U0108711

商務

同義詞
辨析詞典

程 榮—主編

商務印書館

商務同義詞辨析詞典

主　　編：程　榮　　　　副主編：王金鑫

編　　著：葉　青　王世友　王　敏　常　湧
　　　　　盧　瑩　王　偉　張鐵文　王　霞
　　　　　党建鵬　葛麗娜　方亞平　申真選

責任編輯：譚　玉

出　　版：商務印書館（香港）有限公司
　　　　　香港筲箕灣耀興道 3 號東滙廣場 8 樓
　　　　　http://www.commercialpress.com.hk

發　　行：香港聯合書刊物流有限公司
　　　　　香港新界大埔汀麗路 36 號中華商務印刷大廈 3 字樓

印　　刷：中華商務彩色印刷有限公司
　　　　　香港新界大埔汀麗路 36 號中華商務印刷大廈 14 字樓

版　　次：2010 年 11 月第 1 版第 1 次印刷
　　　　　© 2010 商務印書館（香港）有限公司
　　　　　ISBN 978 962 07 0302 7
　　　　　Printed in Hong Kong

目　錄

凡　例

一、收詞範圍

1. 本書共收現代漢語中常用、意思相近又容易混淆的 4000 多組同義詞。

2. 本書所收詞條既包括嚴格意義上的同義詞，也包括一般所説的等義詞和一部分近義詞。所謂同義只是詞與詞在某一意義上的相同或相近，不同義項的同義詞分別辨析。

3. 本書所收同義詞類型包括：同義單音詞、同義複音詞、同義成語、語言使用色彩不同的等義詞、常用的一物多稱的等義名物詞等等，既收各類實詞中的同義者，也收各類虛詞中的同義者。

二、條目的排列及處理

1. 本書正文按詞條的筆畫多少排列，正文前設詞目筆畫索引。

2. 各個詞均作為條頭詞出現，條頭詞下採用一對一對比的形式收列。

3. 每一組詞條都分為主詞目的釋義及相近詞的辨析兩部分。釋義按意義劃分義項，依序號 ❶❷❸ 等排列，對主詞目的詞性和詞義解析並舉例；辨析時以 ▶ 代表主詞目同對比詞目進行比較，對這一組詞條下的同義詞逐一分析對比。

三、釋義及辨析

1. 釋義和用例力求做到清晰明瞭，妥帖易懂。釋義一般不使用以詞釋詞的互訓法，舉例則儘量選取典型語料，使用規範、簡潔的短語或短句。

2. 對同義詞進行辨析時，儘量按不同的義項所對應的意義進行分析，以便較好地反映同義詞之間的區別性特徵。

3. 同義詞之間的辨析部分包括對同點和異點的分析説明，但重點在異點。主要從語義的側重點、語義概括範圍的大小、語義的輕重、指稱事物的個體和集體、感情色彩、風格色彩、語體色彩、適用對象、常用語法成分等方面分析各個詞語之間的區別。

使 用 說 明

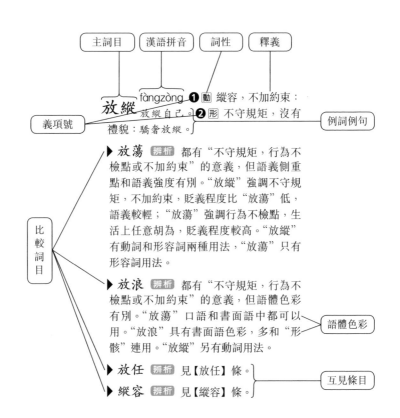

主詞目　漢語拼音　詞性　釋義

義項號

fàngzòng ❶ 動 縱容，不加約束：放縱自己。❷ 形 不守規矩，沒有禮貌：驕奢放縱。

放縱

例詞例句

比較詞目

▶ 放蕩 辨析 都有"不守規矩，行為不檢點或不加約束"的意義，但語義側重點和語義強度有別。"放縱"強調不守規矩，不加約束，貶義程度比"放蕩"低，語義較輕；"放蕩"強調行為不檢點，生活上任意胡為，貶義程度較高。"放縱"有動詞和形容詞兩種用法，"放蕩"只有形容詞用法。

▶ 放浪 辨析 都有"不守規矩，行為不檢點或不加約束"的意義，但語體色彩有別。"放蕩"口語和書面語中都可以用。"放浪"具有書面語色彩，多和"形骸"連用。"放縱"另有動詞用法。

語體色彩

▶ 放任 辨析 見【放任】條。

▶ 縱容 辨析 見【縱容】條。

互見條目

縱容 zòngróng 〔動〕 對於錯誤行為不加制止，任其發展：在個別人的縱容下，他膽子越來越大。

辨析

▶ **放縱** 〔辨析〕 都有"對錯誤行為不加制止"的意義，但語義側重點、語義強度和適用對象有別。"縱容"強調一味容許去做壞事或進行不法的行動，含有支持、慫恿的意味，語義較重，一般用於別人，不用於自身；"放縱"強調放任，放手讓人去做，多用於別人，也可用於自身。

相同點

相異點

語義強度

▶ **姑息** 〔辨析〕 都有"對錯誤行為不加制止"的意義，但語義側重點、適用對象有別。"縱容"側重指放任別人的錯誤行為，不加制止，一般用於別人，不用於自身；"姑息"側重指無原則地寬容，多用於別人，也可用於自身，常和"養奸"組合使用。如"對自己的錯誤不應該有一點姑息"中的"姑息"不能換用"縱容"。

語義側重點

適用對象

▶ **慫恿** 〔辨析〕 都有"讓人去幹不好的事"的意義，但語義側重點、感情色彩和語法功能有別。"縱容"強調對錯誤的或不法的言行不加制止，放任容許，具有貶義色彩，可受程度副詞"太"修飾；"慫恿"強調主動地攛掇、鼓動，積極促使別人去做，語義中性，但多用於貶義，不受程度副詞"太"修飾。

感情色彩

語法功能

詞目筆畫索引

詞右邊的號碼是詞語在詞典正文中的頁碼，有些詞語後面有幾個數字，粗黑體的為主詞條所在頁碼，非粗黑體的為該詞作比較詞條或互見詞條的頁碼。

七畫

同義詞
辨析詞典

商務

一畫

一生 yīshēng 图 從生到死的全部時間：鍾愛一生／光輝的一生。

▶ **畢生** 辨析 都有"從生到死的全部時間"的意義，但語義側重點、語體色彩、搭配對象有別。"一生"通用於口語和書面語，如"傳奇的一生"；"畢生"強調全部、整個兒，含有"歷程長，歷時久"的意味，有較強的書面語色彩，常與精力、心血等搭配。如"傾畢生精力於《史記》的司馬遷""畢生為之奮鬥"。

▶ **一輩子** 辨析 都有"從生到死的全部時間"的意義，但語體色彩有別。"一生"通用於口語和書面語；"一輩子"有較強的口語色彩，如"辛苦一輩子"。

▶ **終身** 辨析 都有"從生到死的全部時間"的意義，但語義側重點、語體色彩有別。"一生"通用於口語和書面語，如"奮鬥一生"；"終身"多就切身的事而言，有書面語色彩，如"終身之計""終身大事"，有時指從某時期開始到生命結束為止的一段時間，如"剝奪政治權利終身"。

▶ **終生** 辨析 都有"從生到死的全部時間"的意義，但語義側重點、語體色彩有別。"一生"通用於口語和書面語，如"共度一生"；"終生"常就事業而言，有時指從某時期開始到生命結束為止的一段時間，如"為理想奮鬥終生"。

一共 yīgòng 副 表示合在一起：本套教材一共有 4 本書。

▶ **總共** 辨析 在作副詞，表示合在一起時意義相同，但語義側重點、語體色彩有別。"一共"用於一般的合計，用於口語；"總共"強調總起來全部計算，常用於書面語。

一再 yīzài 副 一次又一次，表示情況反覆出現：一再強調／一再聲明。

▶ **再三** 辨析 在作副詞，表示情況反覆出現時意義相同，但語義側重點和搭配對象有別。"再三"比"一再"所指的重複次數更多。"一再"常跟強調、敦促、欺騙、推遲、讓步、下跌等詞搭配使用。"再三"的常見搭配有再三道歉、再三叮嚀、考慮再三等。

一定 yīdìng ❶副 表示事理上確定如此：你一定會成功。❷副 表示堅決或確定：一定要好好學習。❸形 相當的：這篇文章具有一定的水平。

▶ **必定** 辨析 在作副詞，表示確定如此時意義相同，但語義側重點有別。"一定"強調說話人的主觀分析和主觀看法，如"他一定很愛你"；"必定"強調說話人對事理的判斷或推理的確鑿性，如"愛必定要有付出"。在其他意義上二者不相同。

一律 yīlǜ ❶形 一個樣子；相同：千篇一律。❷副 表示適用於全體，沒有例外的：本車實行單一票制，乘客乘車時不論乘坐距離遠近一律同一票價。

▶ **一概** 辨析 在作副詞，表示全部，沒有例外時意義相同，但語義側重點、使用頻率有別。"一律"有按某一規則、律例等一視同仁地處理或對待的意味。"一概"有不計較個體間差別一視同仁地處理或對待的意味。"一概"多用於否定句中；"一律"既經常用於肯定句中，也經常用於否定句中，使用頻率高於"一概"。二者在其他意義上不相同。

一概 yīgài 副 表示適用於全體，沒有例外的：一概不理／他面對大家的提問一概不答。

▶ **一律** 辨析 見【一律】條。

一輩子 yībèizi 名 從生到死的全部時間：一輩子的朋友 / 我這一輩子。

▶ **一生** 辨析 見【一生】條。

二畫

十分 shífēn 副 很，非常：十分高興。

▶ **非常** 辨析 都有表示程度很高的意義，但用法有別。"十分"前可加否定副詞"不"修飾，如"不十分高興"，相當於"不太高興"，但不能重疊使用；"非常"可重疊成 ABAB 式使用，但不受否定副詞"不"修飾。

▶ **萬分** 辨析 都有表示程度很高的意義，但語義輕重和用法有別。"十分"着重於"十"，強調程度很高；"萬分"着重於"萬"，強調程度極高，語義較"十分"重。"十分"前可加否定副詞"不"修飾，如"不十分高興"，相當於"不太高興"；"萬分"不受否定副詞"不"修飾。

十足 shízú ❶形 十分充足：十足的理由 / 神氣十足。❷形 成色純：十足的黃金。

▶ **實足** 辨析 都有"充足、足夠"的意義，但語義側重點、適用範圍、語法作用和用法有別。"十足"着重於十分充足，多用於抽象事物，如信心、神氣、威風、幹勁、成色、思想、主義等；"實足"着重於數量確實足夠，多用於能用數量計算的詞，如"30 歲、50 人、100 斤"，還可以形容某些行為，意為確實足以，如"這實足使我們奉為楷模"。"十足"能用作謂語、定語、狀語、補語；

"實足"多用作定語、狀語。"十足"不能重疊使用；"實足"可重疊成 AABB 式使用。

七手八腳 qīshǒubājiǎo 形容人多手雜、動作匆忙或快捷的樣子：大家七手八腳把他抬上了車。

▶ **手忙腳亂** 辨析 都有形容"動作匆忙"的意義，但語義側重點、適用範圍和用法有別。"七手八腳"側重在手雜、快捷，屬中性詞；"手忙腳亂"側重在忙亂，做事慌張而沒有條理，帶有貶義。"七手八腳"只能指許多人，"手忙腳亂"可以指許多人，也可以指一個人，如"看到他手忙腳亂收錢的情景，我真想上去幫幫他"。"七手八腳"常作狀語，也可作謂語；"手忙腳亂"則能作謂語、定語、狀語、補語，後面還可以加趨向動詞"起來"。

入手 rùshǒu 動 着手做，開始做：從改進技術入手。

▶ **下手** 辨析 都有"開始做"的意義，但語義側重點、用法和語體色彩有別。"入手"着重於進入某一事情或工作的過程，強調對事情或工作考慮以何處為突破口，如"首先要從改變觀念入手"；"下手"着重於開始進行，強調在適當的條件下或從適當的地方直接開始進行，如"時隔已久，很多證據都無從下手調查"。"下手"中間可加詞使用，如"下不了手""下不去手""我們還沒到，人家就下了手了"；"入手"沒有這種用法。"入手"多用於書面語；"下手"多用於口語，也可用於書面語。

▶ **着手** 辨析 都有"開始做"的意義，但語義側重點和用法有別。"入手"着重於進入某一事情或工作的過程，強調對事情或工作考慮以何處為突破口，如"從容易解決的問題入手"；"着手"着重於開始接觸，強調把注意力集中到某一事情或工作上，準備開始做，如"有關部門正在着手修訂相應的法規"。"入手"後不能接其他動詞；"着手"後可接其他動詞，如"着手解決""着手編制計劃"等。

入耳 rù ěr ❶形 聽着舒服、合意：這些話十分入耳。❷動 聽得進去：這話實在不堪入耳。

▶ **順耳** 辨析 都有"聽着舒服、合意"的意義，但語義側重點和詞性有別。"入耳"強調讓人很願意聽，聽起來讓人感到舒服，如"這話聽起來很入耳"，或和"不"連用，表示言語對人的刺激性大，難以接受；"順耳"強調好聽、合意，聽起來讓人感到順心合意、舒服滿意，如"順耳之聲要聽，逆耳之言更要聽"。"入耳"除形容詞用法外，還能用作動詞，指"進入耳朵、聽得進去"；"順耳"只用作形容詞。

▶ **中聽** 辨析 都有"聽着舒服、合意"的意義，但語義側重點、語體色彩和詞性有別。"入耳"強調讓人很願意聽，聽起來讓人感到舒服，或與"不"連用，表示言語對人的刺激性大，讓人難以接受，如"他盡說那些不入耳的話"；"中聽"強調好聽、合意，使人特別愛聽，如"他說的話入情入理，很中聽"。"入耳"多用於書面語；"中聽"多用於口語。"入耳"除形容詞用法外，還能用作動詞，指"進入耳朵、聽得進去"；"中聽"只用作形容詞。

入迷 rù mí 動 沉迷於所喜歡的事物：這孩子對電腦簡直入迷了。

▶ **着迷** 辨析 都有"喜愛某種事物到了很深的程度"的意義，但語義側重點和適用對象有別。"入迷"着重指被某種事物吸引到了沉迷其中的地步，以致忘記一切，再也無法擺脫，強調喜愛的程度極深，如"他玩遊戲玩得入迷，學業都荒廢了"；"着迷"着重指接觸某人或某事物後產生迷戀或難以捨棄的愛好，

強調由不喜愛到喜愛的變化，如"他在一個充滿藝術氣氛的家庭裏成長，從小就對藝術着迷"。"入迷"的對象是事物；"着迷"的對象可以是事物，也可以是人。

乃至 nǎizhì 連 表示遞進關係，一般用在並列的幾項中的最後一項前，起突出、強調的作用。

▶ **甚至** 辨析 在作連詞，表示遞進關係時意義相同，但語體色彩有別。"乃至"有書面語色彩；"甚至"通用於口語和書面語。

▶ **以至** 辨析 在作連詞，表示遞進關係時意義相同，但語義側重點有別。"乃至"側重表示事情所達到的最大範圍或極限；"以至"側重表示範圍由小到大或程度由淺到深。

了卻 liǎoquè 動 使事情、心願等完結：我們總算讓老人了卻了一樁心願。

▶ **結束** 辨析 都有"使事情、心願等完結"的意義，但風格色彩有別。"結束"詞義平淡，客觀表述完成的事實；"了卻"有強烈的主觀意願，如"了卻心事""了卻心願"，書面色彩濃厚，風格典雅。

▶ **了結** 辨析 都有"使事情、心願等完結"的意義，但語義側重點有別。"了結"側重將事情結束掉的最終結果，如"了結一切恩怨"，使事情到此為止；"了卻"有"使事件結束，從而完成心願"的含義，主觀願望的色彩更強，希望可以從此忘記，如"了卻一切恩怨"。

了結 liǎojié 動 將事情解決：這事就算了結了，以後咱們兩不相干。

▶ **結束** 辨析 都有"事情已經解決"的意義，但語義側重點有別。"了結"有主動色彩，意思是由人來把事情結束，但就事情本身來說不見得是自然結束的，

如"這個案子雖然了結了,但還有一些遺留問題";"結束"則主要是表述事情完結的狀態,如"會議結束了"。

▶ 了卻 辨析 見【了卻】條。

▶ 終結 辨析 都有"讓事情結束"的意義,但語義側重點有別。"了結"有"階段性的、某個過程的結束"的意思;"終結"則側重在一件事情的完全的、最後的結束,如"這次會戰終結了王朝的統治"。

力求 lìqiú 動 努力爭取達到某個目標:今年要力求取得新突破。

▶ 力圖 辨析 都有"努力爭取,以達到目的"的意義,但語義側重點有別。"力求"的目標通常是比較宏大和概括性的,語義上側重於"追求,希望達到";"力圖"則含有"雖然為達到目的做了具體的努力,但是很難達到"的意思。比較"力求完美"和"力圖完美",前者是說以"完美"作為追求的目標;後者是說在某個具體的事情上,希望做到完美,並且努力爭取了,但是現實中很難實現。

力爭 lìzhēng ❶動 盡力爭取:力爭做最好的。❷動 盡力爭辯:為了大家的利益,你一定要據理力爭。

▶ 力圖 辨析 都有"盡力爭取"的意義,但語義側重點有別。"力爭"的目標通常是具體的,可望實現的,而且時間是近期內,側重於具體的有成效的努力,如"力爭上游",是說與別人比較,盡力做到優秀;"力圖"表達的是主觀願望,並含有"很難實現"的意思。

力圖 lìtú 動 盡力謀求:力圖在三年內實現產值翻兩番。

▶ 力求 辨析 見【力求】條。

▶ 力爭 辨析 見【力爭】條。

三畫

干涉 gānshè 動 過問或制止(多指不該管硬管):干涉婚姻自由。

▶ 干預 辨析 都有"過問別人的事"的意義,但語義側重點、語義強度、適用對象、感情色彩、語體色彩有別。"干涉"強調強行過問或制止,語義較重,多用於不該管硬管、使別人照自己的意願辦理的情況,常含貶義,口語和書面語中都可以用;"干預"強調參與其中並施加一定影響,語義較輕,是中性詞,具有書面語色彩。如"反對外部勢力干涉內政"中的"干涉"不能換用"干預"。

干預 gānyù 動 過問(別人的事):干預別人的私事。

▶ 干涉 辨析 見【干涉】條。

干擾 gānrǎo 動 擾亂,打擾:干擾正常工作。

▶ 打擾 辨析 都有"影響人的正常生活或活動,使混亂或不安"的意義,但語義側重點、語義強度、適用對象有別。"干擾"強調打亂和妨礙活動的正常進行,語義較重,既可用於個人的小事情,也可用於社會重大事件;"打擾"強調使別人生活或活動的正常安排受到影響,語義較輕,多用於個人的小事情。如"這樣做會干擾工程的順利進行"中的"干擾"不能換用"打擾"。

▶ 擾亂 辨析 都有"影響人的正常生活或活動,使混亂或不安"的意義,但語義側重點和語義強度有別。"干擾"強調打亂和妨礙活動的正常進行,語義相對較輕;"擾亂"強調導致別人的生活或活動產生混亂，語義相對較重。

▶ **騷擾** 辨析 都有"影響人的正常生活或活動，使混亂或不安"的意義，但語義側重點和語義強度有別。"干擾"強調打亂和妨礙活動的正常進行，語義相對較輕；"騷擾"強調引起混亂，使不得安寧，語義相對較重。如可以說"騷擾敵人後方"，但一般不說"干擾敵人後方"。

士兵 shìbīng 名 軍隊中的最基層成員：不想當元帥的士兵不是好士兵。

▶ **戰士** 辨析 都有"軍隊中的最基層成員"的意義，但語義側重點和適用範圍有別。"士兵"強調是軍隊中除軍官外的最基層的成員，包括軍士和兵；"戰士"強調是軍隊中最基層的作戰人員。"士兵"一般只用於軍隊中的成員；"戰士"除指軍隊成員外，還泛指投身於某種正義事業的人，如"白衣戰士"等。

工作 gōngzuò ❶ 動 從事體力勞動或腦力勞動，也泛指機器、工具受人操作而發揮生產作用：他正在工作。❷ 名 職業：找工作。❸ 名 業務，任務：宣傳工作。

▶ **職業** 辨析 都有"個人在社會生活中所從事的作為主要生活來源的生產活動"的意義，但語義側重點和適用對象有別。"工作"比較具體，指具體的生產活動；"職業"比較抽象，泛指各類工作，有時強調類別。如可以說"職業婦女、職業作家"，但一般不說"工作婦女、工作作家"，而"工作地址"不說"職業地址"。

工資 gōngzī 名 作為勞動報酬按期付給勞動者的貨幣或實物。

▶ **工薪** 辨析 二者所指相同，但搭配對象有別。"工資"比較通俗，使用較廣；"工薪"比較文雅，使用面窄，不適用於個人，經常和"階層"搭配使用。如可以說"工資總額"，但一般不說"工薪總額"。

▶ **薪俸** 辨析 二者所指相同，但適用對象有別。"工資"是現代詞語，使用較廣；"薪俸"是舊詞語，舊時官吏的所得叫俸給，一般級別較低的職員或僱員的所得叫薪水，後來不分，合稱薪俸，現已少用。

▶ **薪水** 辨析 二者所指相同，但適用對象有別。"工資"使用較廣；"薪水"舊時指級別較低的職員或僱員的所得，現指工資，但不夠正式，口語性強，適用面較窄。"工資收入不高"中的"工資"不宜換用"薪水"。

工薪 gōngxīn 名 工資：工薪階層。

▶ **工資** 辨析 見【工資】條。

才 cái ❶ 名 能力：德才兼備、才藝出眾。❷ 名 有才能的人：奇才。❸ 副 表示事情發生不久：他才回去，還沒到家呢。❹ 副 表示事情發生得晚或結束得晚：他明天才能回來呢。❺ 副 表示數量少，程度低，能力差，相當於"只"：我才去了一次，還想再去一次。❻ 副 表示只有在某種條件下然後怎麼樣，前一小句常有"只有、必須、要、因為、由於、為了"等配合：只有不斷地努力，才能取得優異的成績。❼ 副 強調確定語氣：這樣才好呢！

▶ **方才** 辨析 都有"表示事情或動作發生得晚或結束得晚"的意義，但語義強度、語體色彩和適用對象有別。"才"語義較輕，多用於口語，可修飾單音節詞、雙音節詞和多音節詞；"方才"語義較重，多用於書面語，常修飾雙音節詞。如"第二天起來才知道，隔壁屋裏住着個女的"中的"才"不能換用"方才"。

▶ **剛才** 辨析 都有"表示事情不久以前剛剛發生"的意義，但語法功能有別。"才"是時間副詞；"剛才"是時間名詞。"剛才"可以作名詞性詞語的修飾語，或者直接作主語和介詞的賓語，"才"卻不能這樣用。如"那是剛才的事""剛才這句話說得好""剛才還挺好，現在又不行了""剛才還不到一點，怎麼現在已經三點了""事情就發生在剛才""現在比剛才好受多了"等，這些句中的"剛才"都不能換成"才"。

才能 cáinéng 名 個人的知識和能力：創造才能。

▶ **才幹** 辨析 見【才幹】條。

▶ **才華** 辨析 見【才華】條。

▶ **才識** 辨析 見【才識】條。

▶ **才學** 辨析 見【才學】條。

▶ **才智** 辨析 都有"能力"的意義，但語義側重點和感情色彩有別。"才能"側重指表現在實踐活動中的知識水平和辦事能力，中性詞；"才智"側重指智慧和敏捷的思考能力，多指思維活動方面，褒義詞。如"用才智創造人生價值"中的"才智"不宜換用"才能"。

才華 cáihuá 名 表現出來的才能（多指文藝方面）：才華出眾。

▶ **才幹** 辨析 見【才幹】條。

▶ **才能** 辨析 都有"表現出來的能力"的意義，但語義側重點和感情色彩有別。"才華"側重指個人表現在外的多姿多彩的能力，多指文藝方面，褒義詞；"才能"側重指運用自己的知識進行勞動的技能和本領，不僅包含表現在外的能力，而且包含內在的實際能力，中性詞。如人們常說的"才華橫溢"，就不能換成"才能橫溢"；而"這個人才能過人""大家儘量施展自己的才能"中的"才能"也不能換成"才華"。

▶ **才學** 辨析 都有"才能"的意義，但語義側重點有別。"才華"側重指表現出來的多姿多彩的能力，多指文藝方面；"才學"側重指個人所具有的才能和學

識。如"綠原的才華、學問是多方面的，但他最癡心的仍然是詩"中的"才華"不能換用"才學"。

▶ **才智** 辨析 都有"表現出來的才能"的意義，但語義側重點有別。"才華"側重指表現出來的多姿多彩的能力，多指文藝方面；"才智"側重指創造、發明判斷等方面的智慧和能力，多指思維活動方面。如"他很有才華，能繪畫，善演戲，英語也不錯"中的"才華"不能換用"才智"。

才智 cáizhì 名 才能和智慧：才智過人。

▶ **才華** 辨析 見【才華】條。

▶ **才能** 辨析 見【才能】條。

▶ **才識** 辨析 見【才識】條。

▶ **才學** 辨析 見【才學】條。

才幹 cáigàn 名 工作、辦事的能力：這個經理既年輕，又有才幹。

▶ **才華** 辨析 都有"能力"的意義，但語義側重點有別。"才幹"側重於辦事、工作的實踐能力；"才華"着重指表現在外表的能力，多指在文藝方面給人們顯示出來的能力，如在吹拉彈唱等多方面樣樣精通。如說"我們要在工作實踐中不斷增長才幹"時，其中"才幹"主要指實際工作中的辦事能力等；而說"這個人才華橫溢，學貫中西""小李在這次鋼琴大賽中表現了超人的才華"時，"才華"主要指外在表現出來的多姿多彩的能力。

▶ **才能** 辨析 都有"能力"的意義，但語義側重點有別。"才幹"側重指個人辦事的能力；"才能"側重指知識和能力。如"決定這一切的只有一點，那就是你有沒有知識和才幹"中的"才幹"不宜換用"才能"。

▶ **才氣** 辨析 都有"有能力"的意義，但語義側重點有別。"才幹"側重於辦

事、工作的實踐能力，“才氣”着重指表現在外表的能力。如說“我們要不斷增長才幹”時，其中“才幹”主要指實際的辦事能力；而說“這個人是個很有才氣的作家”時，“才氣”主要指外在表現出來的能力很強的氣質。

才學 cáixué 名 才能和學問：廣博的才學。

▶ **才華** 辨析 都有“才能”的意義，但語義側重點有別。“才學”側重指個人的知識；“才華”側重指表現出來的能力，多指文藝方面。如“他翩翩的風采和廣博的才學，使他成為明星般的人物”中的“才學”不能換用“才能”。

▶ **才能** 辨析 都有“才能”的意義，但語義側重點有別。“才學”指才能與學問，側重於個人內在學術功底；“才能”着重指知識、智力以及實踐能力等，不僅包含學問方面的能力，而且包含實際工作能力，但是多指能力，而少指學問。

▶ **才識** 辨析 見【才識】條。

▶ **才智** 辨析 都有“才能”的意義，但語義側重點有別。“才學”指個人所具有的才能和學識，側重於個人內在學術功底；“才智”側重指創造、發明、判斷等方面的智慧和能力，多指思維活動方面，因而“聰明”和“才智”經常並稱。如“才智過人”中的“才智”不能換用“才學”。

才識 cáishí 名 才能和見識：才識卓越。

▶ **才能** 辨析 都有“個人能力”的意義，但語義側重點和語義範圍有別。“才識”指才能與見識，側重於個人對事物或問題獨到的見解；“才能”指知識、智力以及實踐能力等，包括表現在外表的能力和內在的實際能力，但是一般不包含個人對某種事物或某個問題的見解。所以“才識”的語義範圍略大於“才能”。

▶ **才學** 辨析 都有“才能和知識”的意義，但語義側重點有別。“才識”指才能與見識，側重於個人對事物或問題獨到的見解；“才學”指才能與學問，側重於個人內在的學術功底。

▶ **才智** 辨析 都有“能力”的意義，但語義側重點有別。“才識”指才能與見識，側重於個人對事物或問題獨到的見解；“才智”指才能與智慧，側重於思維方面的能力。如“舞台藝術家們進一步揣摩人物的情感和性格，進行了卓有才識的藝術美的創造”中的“才識”不能換用“才智”。

▶ **學識** 辨析 都有“個人的見識”的意義，但語義側重點有別。“才識”指個人的才能和見識，側重於個人對事物或問題獨到的見解；“學識”指學術上的修養和見識，側重於一個人內在的學術修養。如“請你們在打扮的同時，注意自己的學識和修養”中的“學識”不宜換用“才識”。

下手 xiàshǒu 動 開始做：無從下手。

▶ **動手** 辨析 都有“開始做”的意義，但語義側重點有別。“下手”含有在適當的條件下和適當的地方開始的意味，固定用法有“先下手為強”。“動手”強調開始行動，用手做出動作。

▶ **入手** 辨析 見【入手】條。

▶ **着手** 辨析 都有“開始做”的意義，但語義側重點有別。“下手”含有在適當的條件下和適當的地方開始的意味，固定用法有“先下手為強”。“着手”強調開始接觸，如“着手準備慶典”。

下流 xiàliú ❶名 河流接近出口的部分：長江下流。❷形 卑鄙齷齪：無恥下流。

▶ **下賤** 辨析 見【下賤】條。

▶ **下游** 辨析 都有"河流接近出口的部分"的意義,但適用時期有別。"下流"是較早期的用法,現在多用"下游",如"珠江下游"。在其他意義上二者不相同。

下等 xiàděng 形 等級低的;質量低的:下等兵。

▶ **低等** 辨析 都有"等級低的"的意義,但語義側重點、適用對象有別。"下等"還有質量低的含義,有時有貶損的意味。"低等"是較客觀的評價,常用於低等生物、低等動植物等。

下游 xiàyóu 名❶ 河流接近出口的部分:黃河下游。❷ 比喻落後的地位或處於下位的:成績一直處於下游。

▶ **下流** 辨析 見【下流】條。

下賤 xiàjiàn ❶形 舊時指出身或社會地位低下;低賤。❷形 卑劣下流(罵人的話)。

▶ **卑賤** 辨析 都有"出身或社會地位低下"的意義,但語義側重點、詞語色彩有別。"下賤"有貶損義。"卑賤"多是客觀評價,無特殊色彩,偏重指地位低微。在其他意義上二者不相同。

▶ **低賤** 辨析 都有"出身或社會地位低下"的意義,但感情色彩有別。"下賤"有貶義色彩;"低賤"多是客觀評價,無特殊色彩。在其他意義上二者不相同。

▶ **下流** 辨析 都有"品格、風格等低下"的意義,但適用對象、使用頻率有別。"下賤"只能用於形容人的行為品質;"下流"可以用於形容人的行為品質,也可用於形容文藝作品的卑劣,如可以說"內容下流",但一般不說"內容下賤",其使用頻率遠低於"下流"。在其他意義上二者不相同。

大方 dàfang ❶形 對於財物不計較;不小氣:慷慨大方。❷形 自然,不拘束:舉止大方。❸形 不俗氣:她的穿着端莊大方。

▶ **慷慨** 辨析 都有"不小氣,不吝嗇"的意義,但語體色彩有別。"大方"口語和書面語中都可以用;"慷慨"多用於書面語中。如"看這老太太的模樣,家裏一定不寬裕,手頭不會太大方"中的"大方"不宜換用"慷慨"。

大多 dàduō 副 大部分,大多數:北京的四合院,大多是明清建築。

▶ **大抵** 辨析 都有"大部分"的意義,但語義側重點有別。"大多"側重指數量大;"大抵"側重指情況的大多數。如"以老年為題材的文藝作品大多流露出一種淒苦的音調"中的"大多"不能換用"大抵"。

▶ **大都** 辨析 都有"大多數"的意義,但語義側重點有別。"大多"側重指數量的大多數;"大都"側重指總體上的概括性。如"四合院的街門裏最先走出來的,大多是老人們"中的"大多"不宜換用"大都"。

大批 dàpī 形 數量多:大批考生。

▶ **大量** 辨析 都有"數量大"的意義,但適用對象和語法功能有別。"大批"的適用對象一般是具體的人或事物,前面可以加數詞"一";"大量"的適用對象較寬,可用於具體的人或事物,也可用於抽象的事物,前面不能加數詞"一"。如"今年春天鬧瘟疫,死了一大批人"中的"大批"不能換用"大量"。

大抵 dàdǐ 副 大部分;大概,大略:天下事大抵如此。

▶ **大都** 辨析 都有"大部分"的意義,但語義側重點有別。"大抵"側重指大多數的情況;"大都"側重指數量上的大多數。如"他大抵也不知道自己是違反規則的"中的"大抵"不能換用"大都"。

▶ **大多** 辨析 見【大多】條。

大度 dàdù 形 氣量大,能容人:寬容大度。

▶ **大量** 辨析 都有"度量大,能容人"的意義,但語義側重點和語法功能有別。"大度"側重指心胸開闊,有氣魄,不為別人或事情的不利情形所影響,能受程度副詞修飾,可以單用,也可以與"寬容、豁達"等連用;"大量"側重指氣量寬宏,待人寬厚,不小氣,能容納不同意見,不能受程度副詞修飾,不能單用,要與"寬宏"等連用。如"這個人非常大度,有教養"中的"大度"不能換用"大量"。

大約 dàyuē ❶ 副 表示對數量或時間等不很精確的估計:現在大約十點了。❷ 副 表示有很大的可能性:他大約不會來了。

▶ **大概** 辨析 在作副詞,表示估計、推測時意義相同,但語義側重點有別。"大約"側重指對數量和時間的估計;"大概"側重指對情況的推測。如"大約個把鐘頭以後吧,她就會到了"中的"大約"不宜換用"大概"。

▶ **大致** 辨析 在作副詞,表示不很準確地估計時意義相同,但語義側重點有別。"大約"側重指在大多數的情形下出現的情況,具有很大的可能性,多用於對數量和時間的估計;"大致"側重指估計差不多如此,多用於對情況的估計。如"最早的鐵錢,大約是在西漢初期出現的"中的"大約"不宜換用"大致"。

大致 dàzhì ❶ 形 不十分詳盡的、概要的:大致的內容。❷ 副 大概;大約:大致相同。

▶ **大概** 辨析 都有"大體上的、不十分詳盡的"和"差不多地估計"的意義。在前一意義上,"大致"側重表示差不多與原樣一致;"大概"表示主要的、不詳盡的。如"這大致情形是對的"中的"大致"不宜換用"大概"。在後一意義上,"大致"側重表示估計差不多如此;"大概"側重表示籠統地從大體上來看。如"我想大致也就是這樣的意思"中的"大致"不宜換用"大概"。

▶ **大略** 辨析 都有"不很精確、詳盡,概要的"的意義,但語義側重點有別。"大致"側重指差不多像原來的樣子,基本上和原樣一致;"大略"側重指粗略而不很精細、準確。如"他們兩個班男女生比例大致相等"中的"大致"不宜換用"大略"。

▶ **大體** 辨析 見【大體】條。

▶ **大約** 辨析 見【大約】條。

大都 dàdōu 副 大多數:我寫的人物大都有原型。

▶ **大抵** 辨析 見【大抵】條。

▶ **大多** 辨析 見【大多】條。

大略 dàlüè ❶ 名 大致的情況或內容:馬威知道非説不可,只好粗粗的給她講個大略。❷ 形 大體上的:大略的內容。❸ 名 大的謀略:宏圖大略。

▶ **大概** 辨析 都有"大致的情況或內容"和"不精確的、大體上的"的意義,但語義側重點和語體色彩有別。"大略"側重指不很精確、不很詳盡,多用於書面語;"大概"側重指主要的、概要的,不詳細的,口語和書面語都可以用。如"他領着我們大略參觀了一下他那座結構複雜的小樓"中的"大略"不宜換用"大概"。

▶ **大體** 辨析 見【大體】條。

▶ **大致** 辨析 見【大致】條。

大量 dàliàng ❶ 形 數量大:大量的商品。❷ 形 氣量大,能容忍:寬宏大量。

▶ **大度** 辨析 見【大度】條。

▶ **大批** 辨析 見【大批】條。

大概 dàgài ❶名 大致的內容或情況：看得個大概。❷形 不十分精確或詳盡：大概的情況。❸副 表示有較大的可能性：他大概今天不會來了。

▶ **大略** 辨析 見【大略】條。

▶ **大約** 辨析 見【大約】條。

▶ **大致** 辨析 見【大致】條。

大體 dàtǐ ❶名 重要的道理：我們得識大體呀！❷形 就多數情形或主要方面來說：我的看法大體如此。

▶ **大略** 辨析 都有"主要的、概要的"的意義，但語義側重點和語法功能有別。"大體"側重指具有代表性的大多數情形或主要方面，可以後加"上"；"大略"側重指不很精確、不很詳細的主要內容，不能加"上"。如"大體上前景就是這樣"中的"大體"不能換用"大略"。

▶ **大致** 辨析 都有"就多數情形或主要方面來說"的意義，但語義側重點有別。"大體"側重指就具有代表性的大多數情形或主要方面而言；"大致"側重指就情況的基本內容和主要性質來說。如"從大體上說，他也是個體面的人"中的"大體"不能換用"大致"。

上下 shàngxià ❶名 在地位、職務、輩分上較高的人和較低的人：上下一條心。❷名 事物的上部和下部；從上到下的地方：大河上下頓時滔滔／渾身上下。❸名 (程度) 高低；好壞；優劣：不相上下。❹名 用在數詞或數量詞後，表示約數：二十上下／三十個上下。❺動 上去或下來：上下很方便。

▶ **高低** 辨析 都有"程度高低或水平的好壞、優劣"的意義，但語義側重點和語詞搭配有別。"上下"偏重以方位、名次、等級的上或下來作比喻，多用來比較雙方的優劣好壞；"高低"偏重以程度

的高或低來作比喻，多用來比較雙方的力量、能力、地位、水平等。"上下"常和"不相、難分"等搭配；"高低"常和"見個、比個、分出個"等搭配。在其他意義上二者不相同。

▶ **高下** 辨析 都有"程度高低或水平的好壞、優劣"的意義，但語義側重點和語詞搭配有別。"上下"偏重以方位、名次、等級的上或下來比喻，多用來比較雙方的優劣好壞；"高下"偏重以位置、地位的高或低來作比喻，多用來比較雙方的智謀、見識、技術、人品等。"上下"常和"不相、難分"等搭配；"高下"常和"見個、比個、分出個"等搭配。在其他意義上二者不相同。

上任 shàngrèn ❶動 官員就職：走馬上任／新官上任三把火。❷名 稱前一任的官員或領導人：上任廳長。

▶ **就任** 辨析 都有"接受任命或委派來到工作崗位"的意義，但語義側重點和詞性有別。"上任"強調踏上新的工作崗位，開始新職務的工作；"就任"強調來到新的工作崗位上，開始擔任某種職務並從事工作。"上任"多為一般的職位；"就任"多指較高的職位，也可指一般的職位。"上任"既可作動詞，也可作名詞，指前一任的官員或領導人；"就任"只能作動詞。

▶ **就職** 辨析 都有"接受任命或委派來到工作崗位"的意義，但語義側重點和詞性有別。"上任"強調踏上新的工作崗位，開始新職務的工作；"就職"強調來到新的工作崗位，正式擔任某個職務。"上任"多為一般的職位；"就職"多指較高的職位。"上任"既可作動詞，也可作名詞，指前一任的官員或領導人；"就職"只能作動詞。

上品 shàngpǐn 名 質量優勝而等級高的事物：這是紫砂壺中的上品。

▶ **上乘** 辨析 都有"質量優勝而等級高"的意義,但語義側重點和使用範圍有別。"上品"強調品級高或質量優勝的事物,指同類事物中質地最優良的;"上乘"原為佛教用語,即大乘,本為佛教的一個派別,借指高級的事物。"上品"多用於具體的物品、作品、書法等;"上乘"多用來指文學藝術達到高妙的境界或很高的品位,也可指事物的質量好或水平高。

▶ **上等** 辨析 都有"質量優勝而等級高"的意義,但語義側重點、使用範圍和語體色彩有別。"上品"強調品級高或質量優勝的事物,指同類事物中質地最優良的;"上等"強調等級高或質量高,指同類事物中的最高等級。"上品"多用於具體的物品、作品、書法等;"上等"通用於具體的或抽象的事物,如貨物、工具、席位、客房、成績等。"上品"多用於書面語,帶文雅色彩,"上等"通用於口語和書面語。

上乘 shàngchéng 名 質量優勝而品位高的:上乘之作。

▶ **上等** 辨析 都有"質量優勝而等級高的"的意義,但語義側重點、使用範圍和語體色彩有別。"上乘"原為佛教用語,即大乘,本為佛教的一個派別,借指高妙的事物;"上等"強調等級高或質量高,指同類事物中的最高等級。"上乘"多用來指文學藝術達到高妙的境界或很高的品位,有時可指事物的質量好或水平高,如"高雅藝術,已臻上乘";"上等"通用於具體的或抽象的事物,如貨物、工具、席位、客房、成績等。"上乘"多用於書面語,帶文雅色彩,"上等"通用於口語和書面語。

▶ **上品** 辨析 見【上品】條。

上等 shàngděng 形 等級高的;質量好的:上等茶葉 / 上等艙。

▶ **上乘** 辨析 見【上乘】條。

▶ **上品** 辨析 見【上品】條。

小氣 xiǎoqi 形 過分愛惜自己的財物,不捨得用:他這個人很小氣。

▶ **吝嗇** 辨析 都有"過分愛惜自己的財物,不捨得用"的意義,但語義側重點、語體色彩有別。"小氣"強調不大方,過於看重自己的財物,有口語色彩;"吝嗇"強調不慷慨,該用的也不捨得用,有書面語色彩。

小偷 xiǎotōu 名 偷東西的人:上班族拿起 DV 拍小偷。

▶ **賊** 辨析 都有"偷東西的人"的意義,但語義側重點、語義輕重有別。"小偷"強調所指的人做了偷竊的事,所偷的東西多是易隨身攜帶的錢物,有卑鄙小人的意味;"賊"強調所指的人一般以偷竊為謀生手段,所偷的東西一般數量較多,語義較重。

口吻 kǒuwěn ❶名 某些動物(如魚、狗等)頭部向前突出的部分,包括嘴、鼻子等。❷名 説話時流露出來的語氣:自豪的口吻。

▶ **口氣** 辨析 見【口氣】條。

口若懸河 kǒuruòxuánhé 形容能言善辯,也比喻健談。

▶ **滔滔不絕** 辨析 都有"説起話來就説個不停,很健談"的意義,但語義側重點有別。"口若懸河"強調很能説,能言善辯,如"他不善於台上的口若懸河,侃侃而談";"滔滔不絕"強調説個不停,話一句接着一句,如"談起往事,他興致勃勃,滔滔不絕"。

口是心非 kǒushìxīnfēi 嘴裏説得好聽,心裏想得卻是另外一套,心口不一。

▶ **口蜜腹劍** 辨析 都有"口裏説的和

心裏想的不一樣"的意義,但語義側重點和語義的展現方式有別。"口是心非"強調心口不一,但不一定心裏懷着壞主意,語義的展現是直接、顯豁的,如"要堅決反對口是心非、陽奉陰違、弄虛作假的行為";"口蜜腹劍"強調心裏懷着害人的壞主意,表現出陰險狡詐,語義通過"嘴裏含着蜜,心裏藏着劍"形象地展現出來,如"他是一個口蜜腹劍的偽君子"。

口氣 kǒuqì ❶名 說話的氣勢:你這年輕人説話口氣不小啊！❷名 言外之意;口風:聽他的口氣,這件事不太好辦。❸名 說話時流露出來的感情色彩:嚴肅的口氣。

▶ **口吻** 辨析 都有"説話時流露出來的語氣"的意義,但語義側重點和語體色彩有別。"口氣"強調説的氣勢,通用於口語和書面語,如"他的口氣堅定起來";"口吻"強調説話時流露出來的感情、態度和説話的方式,有書面語色彩,如"這幾位演講者的教師爺的口吻,我一聽就膩""一種勝利者的口吻"。

口蜜腹劍 kǒumìfùjiàn 嘴上説得很甜,肚子裏卻懷着害人的壞主意,形容人陰險。

▶ **口是心非** 辨析 見【口是心非】條。

山腳 shānjiǎo 名 山的底部靠近平地的部分:有一次去泰山時,我在山腳下遇到了兩個大學同學。

▶ **山麓** 辨析 都有"山的底部靠近平地的部分"的意義,但語義側重點和語體色彩有別。"山腳"不一定長有草木,通用於口語和書面語,使用頻率高;"山麓"長有草木,是書面語色彩較濃的詞,一般用於文學色彩較濃的描寫文字,如"山上沒有一棵樹木,似乎太單調了;山麓下卻有無數的竹林和叢藪"。

山嶺 shānlǐng 名 連綿的高山:翻過那座山嶺,就是縣城了。

▶ **山巒** 辨析 都有"連綿的群山"的意義,但語義側重點、用法和語體色彩有別。"山嶺"着重於"嶺",指高大的山脈;"山巒"着重於"巒",連綿,可以是高大的,也可以是矮小的。"山嶺"可以重疊成 AABB 式使用;"山巒"不能重疊使用。"山嶺"可用於口語,也可用於書面語;"山巒"多用於書面語。

山麓 shānlù 名 山腳,多長有草木:在平原最西邊的山麓處,有一片蒼翠的松柏。

▶ **山腳** 辨析 見【山腳】條。

山巒 shānluán 名 連綿的群山:山巒起伏。

▶ **山嶺** 辨析 見【山嶺】條。

千方百計 qiānfāngbǎijì 形容想盡各種計謀或用盡各種辦法:千方百計改善生活。

▶ **想方設法** 辨析 都有"想盡種種辦法"的意義,但語義側重點、語義輕重和用法有別。"千方百計"強調想盡一切辦法,如"要千方百計找措施,想辦法,挖潛力";"想方設法"強調多方面想辦法,語義較"千方百計"輕,如"想方設法排憂解難"。"千方百計"常用作"想"的狀語,但不用作謂語;"想方設法"常用作謂語,但不作"想"的狀語。

千辛萬苦 qiānxīnwànkǔ 形容非常辛苦艱難:歷經千辛萬苦。

▶ **含辛茹苦** 辨析 都有"非常辛苦"的意義,但語義側重點和用法有別。"千辛萬苦"強調辛苦極多極大,如"他們歷盡千辛萬苦,千方百計地保存這份書稿";"含辛茹苦"強調對辛苦的忍受,如"母親拖着病體撐起了這個家,含辛茹苦地把我們撫養大"。"千辛萬苦"常用作賓語;"含辛茹苦"常用作謂語和狀語。

乞求 qǐqiú 動 請求別人給予:一味向別人乞求施捨,不如靠自己加倍努力。

▶ **哀求** 辨析 都有"請求別人給予"的意義,但語義側重點有別。"乞求"側重於"乞",低聲下氣地請求給予,含有降低人格的意味,如"罪大當誅時方知悔恨和乞求,就太遲了";"哀求"側重於"哀",哀苦,苦苦地請求,含有無可奈何的意味,如"債務人陽剛之氣十足,債權人低聲下氣哀求"。

▶ **祈求** 辨析 都有"請求別人給予"的意義,但含義和褒貶色彩有別。"乞求"含有低三下四求人的意思,帶貶義,如"崔氏攔馬認夫,乞求言歸於好";"祈求"含有懇切、誠心的意思,中性詞,如"祈求大家的諒解"。

▶ **請求** 辨析 都有"求別人給予"的意義,但語義側重點和詞性有別。"乞求"側重於低聲下氣地求人,含貶義,如"她不是那種憑着自己的殘體卑微地跪在地下乞求別人可憐施捨的人";"請求"側重於自己提出要求,希望得到滿足,含尊重、恭敬義,如"當事人依法請求法院赴進行證據保全"。"乞求"只能用作動詞;"請求"除動詞用法外,還能用作名詞,指"所提出的要求"。

久久 jiǔjiǔ 副 時間持續很長(用作狀語):心情久久不能平靜。

▶ **好久** 辨析 在表示時間很長的語法作用上意義相同,但語義側重點、語體色彩和語法功能有別。"久久"強調時間延續得很長,沒有間斷,一直如此,有書面語色彩,只用作狀語,如"聚集在那裏久久不肯離去";"好久"有時候可表示時間過長,表現出不滿意或不理解的態度,有口語色彩,可以做狀語,也可以做補語,如"好久不見,甚為想念""這

一夜,我們一家人唱了好久好久"。

▶ **良久** 辨析 在表示時間很長的語法作用上意義相同,但語體色彩和語法功能有別。"久久"有書面語色彩,只用作狀語,如"峨嵋歸來,久久不能平抑寫一寫那些滑竿工的衝動";"良久"是文言詞,有濃厚的書面語色彩,一般用作補語,如"沉默良久""她們在遺像前佇立良久","良久"有時也可以做狀語,但位於句首,修飾全句,如"良久,他才緩緩地抬起頭來"。

久遠 jiǔyuǎn 形 長久:那已經是十分久遠的事了。

▶ **長遠** 辨析 都有"時間距離現在很遙遠"的意義,但語義側重點、適用對象和語體色彩有別。"久遠"強調事情結束至今的時間或從現在往後的時間很長,多指過去的時間,也可指未來的時間,多用於歷史、年代、影響等,有書面語色彩,如"照片的年代並不久遠""我們期望這些作品能夠影響久遠,為中華民族留下彌足珍貴的精神財富";"長遠"強調看得遠,從長期着眼,指未來的時間,多用於打算、利益、目光,通用於口語和書面語,如"長遠的目光""符合各成員國的長遠利益"。

凡人 fánrén ❶ 名 平常的人:凡人瑣事。❷ 名 指塵世的人,區別於"神仙"。

▶ **常人** 辨析 都有"普通的人"的意義,但語義側重點有別。"凡人"強調平凡,一般與"偉人"相對;"常人"強調普通,其對立面多是特殊的人。如"他性格與常人不同"中的"常人"不宜換用"凡人"。

凡是 fánshì 副 總括某一範圍內的一切:凡是民眾反對的,我們就堅決糾正。

▶ **但凡** 辨析 都有"總括某一範圍內的一切"的意義,但語義側重點和搭配對

象有別。"凡是"強調在某個範圍內沒有例外，後面一般是名詞性詞語；"但凡"強調只要屬於某一範圍內的都算，有一定的假設含義，後面可以是名詞性的，也可以是動詞性的。如"但凡有一線希望，也要努力爭取"中的"但凡"不宜換用"凡是"。

丫頭 yātou ❶名 女孩子：低丫頭讓我都服了 / 野丫頭。❷名 舊時指婢女：紅樓丫頭 / 我們家裏有過一個叫做翠鳳的丫頭。

▶ **丫鬟** 辨析 都有"舊時有錢人家僱用的女孩子"的意義，但語體色彩有別。"丫鬟"是較正式的稱呼；"丫頭"有口語色彩，有親切的意味，常用於面稱。

丫鬟 yāhuan 名 舊時指婢女：大觀園裏的丫鬟們 / 小丫鬟端上來一個青瓷小碗。

▶ **丫頭** 辨析 見【丫頭】條。

已 yǐ 副 表示事情完成或時間過去：時間已過。

▶ **已經** 辨析 在作副詞，表示事情完成或時間過去時意義相同，但語體色彩有別。"已"多用於書面語，如"渴望已久""已去世多年；"已經"是最常用的表達，通用於口語和書面語，如"工作已經完成""已經死了"。

孑然 jiérán 形 孤獨的樣子：孑然一身。

▶ **孤單** 辨析 都有"單身一人，感到寂寞"的意義，但語義側重點和語體色彩有別。"孑然"強調獨自一人，無伴而孤寂的樣子，有濃厚的書面語色彩，常與"一身"組合為固定詞組，如"老藝人身懷絕技卻孑然一身"；"孤單"強調孤零零，單獨一個，無依無靠，通用於口語和書面語，如"那彎冷清的秋月，陪伴着我孤單的身影"。

▶ **孤獨** 辨析 都有"單身一人，感到寂寞"的意義，但語義側重點和語體色彩有別。"孑然"強調獨自一人，無伴而孤寂的樣子，有濃厚的書面語色彩，常與"一身"組合為固定詞組，如"空曠的海灘上，只見他一人孑然而立"；"孤獨"強調獨處，不與他人互相往來，如"一個人孤獨地呆在屋子裏"。

也許 yěxǔ 副 表示不很肯定：也許你我有緣 / 轉機也許就在眼前。

▶ **或許** 辨析 在作副詞，表示不很肯定時意義相同，但語義側重點、語體色彩、使用頻率有別。"也許"強調有可能如何，通用於口語和書面語，如"換個角度也許能拍到更好的照片""也許我是幸福的"。"或許"強調揣測性，含有存在幾種可能而選擇其一的意思，常用於書面語，如"零食適量或許有益孩子健康"。"也許"使用頻率比"或許"高。

▶ **興許** 辨析 在作副詞，表示不很肯定時意義相同，但語義側重點、語體色彩、使用頻率有別。"也許"強調有可能如何，通用於口語和書面語，如"天也許會下雨"。"興許"偏重於不肯定，通行於中國北方地區，有較強的口語色彩，如"這書興許你以後用得上""抓緊點興許能趕上末班車"。"也許"使用頻率遠高於"興許"。

女兒 nǚ'ér 名 女孩子，對父母而言的稱呼。

▶ **姑娘** 辨析 都有"對父母而言時，稱呼女孩子"的意義，但語體色彩有別。"女兒"通用於口語和書面語，"姑娘"有口語色彩。

▶ **閨女** 辨析 都有"對父母而言時，稱呼女孩子"的意義，但語體色彩有別。"女兒"通用於口語和書面語；"閨女"多見於口語。

女婿 nǚxu ❶名 娶了別人女兒的男人。❷名 也用來稱呼丈夫：她女婿是開火車的。

▶ **東牀** 辨析 都有"娶了別人女兒的男人"的意義，但適用時代和風格色彩有別。"女婿"在現代漢語中通用；"東牀"則有濃厚的書面語色彩，風格古雅。

▶ **姑爺** 辨析 都有"娶了別人女兒的男人"的意義，但適用場合、語體色彩有別。"姑爺"是比較客氣的稱呼，常稱呼別人家的女婿，如"你家姑爺過年回來嗎？"或當面稱呼自己的女婿，如"姑爺，這些水果帶回去吃吧"，具有口語色彩；"女婿"不能用做對面說話時的稱呼，通用於口語和書面語。

四畫

井井有條 jǐngjǐngyǒutiáo 形容整齊，有條有理。

▶ **井然有序** 辨析 都有"形容整齊，有條不紊"的意義，但語義側重點有別。"井井有條"強調有條有理，一切按部就班，如"工作人員將偌大的訓練中心管理得井井有條"；"井然有序"強調有次序，秩序良好，不混亂，如"隊伍井然有序，氣氛肅穆莊重"。

井然有序 jǐngrányǒuxù 形容整齊，有次序。

▶ **井井有條** 辨析 見【井井有條】條。

天分 tiānfèn 名 人在智力才華方面的自然素質：他繪畫的天分很高。

▶ **天賦** 辨析 都有"人在智力才華方面的自然素質"的意義，但語義側重點、語體色彩和詞性有別。"天分"着重於"分"，成分，強調人的某一方面素質的分量和高下強弱；"天賦"着重於"賦"，授予，強調素質天生而來，自然具有。"天分"可用於書面語，也可用於口語；"天賦"多用於書面語。"天分"只用作名詞；"天賦"除用作名詞外，還能用作動詞，指自然授予，如"天賦人權"。

▶ **資質** 辨析 都有"人在智力才華方面的自然素質"的意義，但語義側重點、用法和語體色彩有別。"天分"強調人的某一方面素質的分量和高下強弱；"資質"強調人的素質，包括智力、人品等。"天分"多與"很高""不高""不錯"等詞搭配使用，可直接作"有"的賓語，如"很有天分"；"資質"多與"高""中等""聰穎""愚鈍"等詞搭配使用，但不直接作"有"的賓語。"天分"可用於書面語，也可用於口語；"資質"多用於書面語。

天氣 tiānqì ❶名 一定時間、一定地域內的氣象情況：天氣預報／今天天氣很好。❷名 時間：天氣不早了，你快走吧。

▶ **氣候** 辨析 都有"一定時間、一定地域內的氣象情況"的意義，但語義側重點和語詞搭配有別。"天氣"着重指較小區域短時期內大氣中發生的各種氣象變化，如氣壓、溫度、濕度、降水、風、雲等，表達的是較具體的概念；"氣候"着重指較大的地域長期的概括性的氣象情況，如氣溫、降雨量、風情等，表達的是較概括的概念。"天氣"多與"陰、晴、雨、雪、冷、熱、好、壞"等詞搭配；"氣候"多與"寒冷、炎熱、熱帶、大陸性、海洋性、春天、冬天"等詞搭配。在其他意義上二者不相同。

天賦 tiānfù ❶動 自然授予，生來就具備：天賦人權。❷名 天分；資質：他所取得的成就一方面來自他的天賦，一方面來自他的勤奮。

▶ **天分** 辨析 見【天分】條。

夫人 fūrén ❶名 尊稱妻子。❷名 舊時僕人等稱女主人。

▶ **老婆** 辨析 都有"稱呼妻子"的意義，但態度色彩和適用場合有別。"夫人"是尊稱，帶莊重色彩；"老婆"口語性較強，主要用於非正式場合。

▶ **內人** 辨析 都有"稱呼妻子"的意義，但態度色彩有別。"夫人"顯得比較莊重；"內人"比較古樸一些，多用於丈夫稱自己的妻子。如"改天，我和內人一同來"中的"內人"不能換用"夫人"。

▶ **妻子** 辨析 都有"男子的配偶"的意義，但態度色彩和適用場合有別。"夫人"顯得比較莊重，多用於社交和外交場合；"妻子"不帶任何感情色彩，比較客觀。如"他把這件事告訴了妻子"中的"妻子"不宜換用"夫人"。

▶ **太太** 辨析 都有"尊稱已婚女性"的意義，但適用場合有別。"夫人"顯得更莊重一些，多用於外交場合；"太太"顯得口語一些，可用於日常生活，特別是涉外日常交往中。如"舒乙取出已 93 歲高齡的老舍夫人的一副賀新春紅對聯送給巴老"中的"夫人"不宜換用"太太"。

夫妻 fūqī 名 丈夫和妻子：夫妻雙雙把家還。

▶ **夫婦** 辨析 見【夫婦】條。

▶ **伉儷** 辨析 都有"丈夫和妻子"的意義，但語體色彩、語法功能有別。"夫妻"口語和書面語都可以用，可作定語；"伉儷"只能用於書面語，一般不作定語。如"激情過後的夫妻生活面臨着現實的考驗"中的"夫妻"不能換用"伉儷"。

夫婦 fūfù 名 夫妻：新婚夫婦。

▶ **夫妻** 辨析 都有"丈夫和妻子"的意義，但語義側重點有別。"夫婦"重在指丈夫和妻子組成的整體；"夫妻"重在指丈夫和妻子之間的關係。如可以説"恩愛夫妻"，一般不説"恩愛夫婦"。

▶ **伉儷** 辨析 都有"丈夫和妻子"的意義，但語義側重點、語體色彩有別。"夫婦"重在指丈夫和妻子的集合體，口語和書面語都可以用；"伉儷"重在指相配的夫妻關係，只能用於書面語。"兩對夫婦"中的"夫婦"不宜換用"伉儷"。

支使 zhīshǐ 動 命令人做事：太太要支使小仆做事。

▶ **指使** 辨析 都有"指令別人遵照執行"的意義，但語義側重點、感情色彩和語體色彩有別。"支使"強調差遣、使喚、調派，語義中性，具有明顯的口語色彩，適用於俗白文字；"指使"強調出主意暗中差遣別人做壞事，多帶貶義，口語和書面語都可以用。如"把我支使出去，你倆頭頂頭，下一盤棋"中的"支使"不能換用"指使"。

支持 zhīchí ❶動 勉強維持，支撐：病得支持不住了。❷動 給以鼓勵或幫助：好好幹吧，我支持你。

▶ **支撐** 辨析 都有"在體力、精力或財力上勉強維持"的意義，但語義側重點和適用對象有別。"支持"強調盡力維持，對象多是身體、精神、生活、局面等；"支撐"強調頂住困難，盡力撐住，可用於身體、精神、生活、局面，也可用於場面、門戶、殘局等。如"他起早貪黑，拼命地支撐着這個家"中的"支撐"不宜換用"支持"。

支援 zhīyuán 動 支持和援助：支援災區。

▶ **聲援** 辨析 都有"援助支持"的意義，但語義側重點和適用範圍有別。"支援"側重指用人力、物力等去援助，既可用於大的方面，也可用於小的方面；"聲援"側重指發表言論支持、鼓勵，是一種精神上或道義上的援助，多用於大的方面，如國家、民族、運動等。如"各界人士慷慨解囊，支援家鄉慈善事業"中的"支援"不宜換用"聲援"。

▶ **增援** 辨析 都有"援助支持"的意義，但語義側重點和適用範圍有別。"支援"側重指在人力、物力、財力、道義等方面提供支持和幫助，常和災區、工作之類的詞語搭配，適用面廣，如"支援地震災區重建"；"增援"側重指在人力、物力方面加強援助，多與陣地、團隊等有關的詞語搭配，如"團隊增援"。

支撐 zhīchēng ❶動 頂住物體，使其不倒下：鋼梁有柱子支撐着。❷動 勉強維持（某種局面）：他要支撐這一大家子甚是艱難。

▶ **支持** 辨析 見【支持】條。

不由自主 bù yóu zì zhǔ 由不得自己；控制不了自己。

▶ **情不自禁** 辨析 都有"自己控制不住"的意義，但語義側重點和適用範圍有別。"不由自主"側重於指身體不受自己意識的控制，可以形容整個人或人的一部分，適用範圍較寬，如"他的腳不由自主地跨了出去"；"情不自禁"側重於指內心的感情無法抑制，只能用來形容整個人，適用範圍較窄。

不用 bùyòng 副 表示事實上沒有必要：不用等了，他已經回家了。

▶ **不必** 辨析 都有"沒有必要，不需要"的意義，但語義側重點和語體色彩有別。"不用"側重於表示事實上沒有必要，多用於口語，如"不用看了、不用不信"；"不必"側重於事理上和情理上沒有必要，多用於書面語，如"不必擔心、大可不必"。

不必 bùbì 副 表示事理上或情理上不需要：不必客氣。

▶ **不用** 辨析 見【不用】條。

不免 bùmiǎn 副 免不了：不免有點緊張。

▶ **難免** 辨析 都有"表示由於某種原因而導致並非理想的結果"的意義，但用法有別。"不免"只用於肯定形式的動詞或形容詞前，如"不免講了這麼多"；"難免"可以用在肯定形式的動詞前，後面常與"要、會"等搭配，也可以在動詞前加否定詞，但意思不變，不表示否定，如"路這麼滑，難免不滑倒"。

▶ **未免** 辨析 都有"表示由於某種原因而導致並非理想的結果"的意義，但語義側重點有別。"不免"側重於表示客觀上不容易避免；"未免"側重於表示對某種過分的情況不以為然，含有委婉的否定的意味，如"未免太可笑了吧"，書面語色彩比"不免"濃。

不妨 bùfáng 動 表示可以這樣做，沒有甚麼妨礙：不妨當面跟他說說。

▶ **何妨** 辨析 都有"可以這樣做，沒有甚麼妨礙"的意義，但"不妨"多用於陳述句，如"不妨試試"；"何妨"一般用於反問句，用反問的語氣表示不妨，常和"又、又有"搭配，如"試試又何妨？"

不知所措 bù zhī suǒ cuò 不知道怎麼辦才好。形容受窘或發急。

▶ **手足無措** 辨析 都有"不知怎麼辦才好"的意義，但語義側重點有別。"不知所措"側重於指心裏着急，一時不知怎麼辦才好，如"聽到被辭退的消息，他站在那裏不知所措"；"手足無措"側重於指舉動慌亂，不知如何應付，如"意中人忽然出現在眼前，他一時手足無措"。

不知高低 bù zhī gāodī 不懂得尊卑上下，多指人沒有眼力，不瞭解內情、底細。

▶ **不知深淺** 辨析 都有"不瞭解情況，說話做事不知深淺輕重"的意義，但語義側重點有別。"不知高低"側重於指狂妄無知，對事物的複雜性和自身瞭解不夠，如"新來的員工竟然指責他這個三朝元老，簡直是不知高低"；"不知深淺"側重於指事物內部很複雜，説話做事不容易掌握分寸。

不知深淺 bù zhī shēnqiǎn 不瞭解其中的複雜性，摸不到內中底細。指説話、做事不能掌握分寸。

▶ **不知高低** 辨析 見【不知高低】條。

不屈不撓 bù qū bù náo 指在困難和巨大壓力面前不屈服，不低頭：不屈不撓地跟對方纏鬥。

▶ **百折不撓** 辨析 都有"意志堅強，在困難和挫折面前不退縮"的意義，但語義側重點和語法功能有別。"不屈不撓"側重於指面臨困難和挫折不被嚇倒，能夠勇敢面對，在句中常作狀語，如"面對重重阻礙，他仍然不屈不撓"；"百折不撓"側重於指在經歷了困難和挫折之後仍能繼續努力，不斷前進，在句中常作定語，"經過百折不撓的努力，終於建好了一道防沙林"。

不脛而走 bù jìng ér zǒu 沒有腿卻能跑。形容傳佈迅速 (脛：小腿)。

▶ **不翼而飛** 辨析 都有"言論、消息等傳佈迅速"的意義，但語義範圍和語體色彩有別。"不脛而走"多指言論、消息等傳佈迅速，書面語色彩比"不翼而飛"濃一些，如"部門合併的消息不脛而走"；"不翼而飛"可以指東西等突然丟失了，也可以指言論、消息等傳佈迅速，多用於前一意義，如"放在抽屜裏的文件不翼而飛"。

不曾 bùcéng 副 沒有 ("曾經"的否定)：不曾聽説。

▶ **未曾** 辨析 都有"表示某種動作、行為以前並沒出現或發生過"的意義，但語體色彩有別。"未曾"比"不曾"書面語色彩更濃些，如"如此奢華的生活是他未曾見過的"。

▶ **沒有** 辨析 都有"表示某種動作、行為以前並沒出現或發生過"的意義，但適用範圍和語體色彩有別。"不曾"用於對曾經發生或曾經出現、存在的否定，多用於書面語；"沒有"可以用於對曾經發生或曾經出現、存在的否定，也可以用於對已經發生過或已經出現、存在過的否定，適用範圍較廣，多用於口語。如"這個房子裏已經沒有人了"中的"沒有"不能換成"不曾"。

友情 yǒuqíng 名 朋友間的交情：他的做法對我們的友情造成了傷害。

▶ **友誼** 辨析 見【友誼】條。

友誼 yǒuyì 名 朋友間的交情：友誼地久天長。

▶ **友情** 辨析 都有"朋友間的交情"的意義，但語義側重點、適用對象有別。"友誼"偏重於友好關係，適用範圍較廣，既可用於個人之間、人民之間，也可用於國家、民族、黨派之間，有莊重色彩；"友情"偏重於友好的感情，多用於具體的個人之間和人民之間，並出現"友情鏈接""友情演出""友情客串"的用法。

匹敵 pǐdí 動 地位對等，力量相當：他武功高強，無可匹敵。

▶ **媲美** 辨析 都有"美好的程度差不多"的意義，但語義側重點有別。"匹敵"側重於雙方能夠相提並論，如"蘇州園林是江南園林的傑作，其他園林無法匹敵"；"媲美"側重於雙方都很好，在好的程度上可以相提並論，如"這種酒口味純正綿長，可以和茅台媲美"。

▶ **相稱** 辨析 都有"事物配合起來顯得合適"的意義，但語義側重點、語體色彩有別。"匹敵"側重指敵對或相對的雙方地位對等或力量相當，多用於書面語，如"孫悟空自恃本領高強，無可匹敵""位高權重，無人匹敵"。"相稱"通用於書面語和口語，側重指事物配搭起來顯得協調，如"她的表情跟她的年齡不相稱""綠上衣跟紅褲子不相稱"。

巨大 jùdà 形（規模、數量等）很大：巨大的成就。

▶ **宏大** 辨析 都有"非常大"的意義，但語義側重點、適用對象和感情色彩有別。"巨大"強調超過一般的大，應用範圍廣，可用於具體事物，也可用於抽象事物，不帶有感情色彩，如"創造了巨大的物質財富和精神財富"；"宏大"強調規模宏偉壯觀，有氣勢，多用於建築物、雕塑、工程、隊伍等規模大、氣勢磅礴的事物，含褒義，如"拉德芳斯大拱門被稱為可與凱旋門、埃菲爾鐵塔媲美的宏大建築物"。

▶ **龐大** 辨析 都有"非常大"的意義，但語義側重點、適用對象和感情色彩有別。"巨大"強調超過一般的大，應用範圍廣，可用於具體事物，也可用於抽象事物，不帶有感情色彩，如"一塊巨大的石板""巨大的勇氣和力量"；"龐大"強調過大或大而無當，多用於形體、組織或數量等，含貶義，如"龐大的軍事力量""開支龐大"。

牙 yá 名 牙齒；人類和高等動物咀嚼食物的器官：今天我去拔了一顆牙／牙好胃口就好。

▶ **牙齒** 辨析 都有"人類和高等動物咀嚼食物的器官"的意義，但搭配對象、語體色彩有別。"牙"常跟單音節詞搭配，較俗白；"牙齒"常跟雙音節或多音節詞語搭配，用於較正式的場合，有書面語色彩。

牙齒 yáchǐ 名 人類和高等動物咀嚼食物的器官，齒的通稱：刷牙是保護牙齒的最好辦法／武裝到牙齒／10～14歲是牙齒矯正的最佳時期。

▶ **牙** 辨析 見【牙】條。

比 bǐ ❶ 動 就兩種或兩種以上同類的事物辨別異同或高下：比槍法／比質量。❷ 動 能夠相比：堅比金石。❸ 動 仿照：比着葫蘆畫瓢。❹ 動 比方；比喻：他常被人比做諸葛亮。❺ 動 表示比賽雙方得分的對比：現在場上比分是三比二。

▶ **比擬** 辨析 都有"就兩種或兩種以上同類的事物辨別異同或高下"的意義，但語體色彩、語法功能有別。"比"口語色彩很強，"比擬"書面語色彩較強。"比擬"多不帶賓語，如"無可比擬"；"比"可帶賓語，也可不帶賓語，如"比性能""無法相比"。

比比皆是 bǐ bǐ jiē shì 到處都是，到處都有，形容非常多：新奇產品比比皆是／浪費現象比比皆是。

▶ **俯拾即是** 辨析 都有"到處都是，到處都有，形容非常多"的意義，但詞語色彩有別。"俯拾即是"有彎腰拾起東西的形象色彩，如"沙灘上的貝殼俯拾即是"；"比比皆是"則沒有這種色彩。

比如 bǐrú 動 舉例時的發端語：我的愛好有很多，比如跑步、打羽毛球。

▶ **例如** 辨析 都有"舉例時的發端語"的意義，但詞語色彩、語體色彩有別。"例如"有舉例的形象色彩，"比如"則沒有。"比如"通用於口語和書面語；"例如"書面語色彩強一些，在數學、文件等的舉例中常見。

▶ **譬如** 辨析 都有"舉例時的發端語"的意義，但語體色彩有別。"比如"通用於口語和書面語；"譬如"書面語色彩較強。

比較 bǐjiào ❶動 就兩種或兩種以上同類的事物辨別異同或高下：對兩款車的油耗進行比較。❷副 表示具有一定程度：這個網站辦得比較好。

▶ **比擬** 辨析 見【比擬】條。

比照 bǐzhào ❶動 按照已有的（格式、標準、方法等）；對比着：比照實物繪圖。❷動（兩種事物）相對比較：比照先進找差距。

▶ **對照** 辨析 都有"按照已有的（格式、標準、方法等）；對比着"和"（兩種事物）相對比較"的意義。在前一個義項上，但語義側重點有別。"比照"側重指把一個事物作為標準，如"比照實物畫圖"；"對照"側重指把兩個事物擺在面前，兩者互相作為標準，如"中英文對照""公曆與農曆日期對照表"。在後一個義項上，二者的語義輕重有別。"比照"更強調比較的含義，"對照"的語義比"比照"輕。

比擬 bǐnǐ ❶動 就兩種或兩種以上同類的事物辨別異同或高下：無可比擬/難以比擬。❷名 一種修辭手法，把物擬做人或把人擬做物。

▶ **比** 辨析 見【比】條。

▶ **比較** 辨析 都有"就兩種或兩種以上同類的事物辨別異同或高下"的意義，但語法功能、語體色彩有別。"比擬"多不帶賓語，如"無可比擬"；"比較"可帶賓語，也可不帶賓語，如"對二者進行比較""比較幾款相機的性能和價格"。"比擬"有書面語色彩，"比較"通用於口語和書面語。

比賽 bǐsài 動 在體育、生產、生活等方面比較本領、技術的高低：攝影比賽/足球比賽。

▶ **競賽** 辨析 都有"比較本領、技術的高低"的意義，但語義側重點、語法功能有別。"比賽"偏重指通過相互較量，區分高下、勝負、好壞等，使用範圍較寬，可以帶賓語，如"比賽唱歌"；"競賽"相互競爭的意味更重，往往分出勝負，頒發獎盃、獎牌、獎狀、獎金等，一般不帶賓語，如"開展競賽""體育競賽""勞動競賽"。

切實 qièshí 形 切合實際的；實實在在：切實可行/切實改過。

▶ **確實** 辨析 都能重疊成 AABB 式使用，都有"符合實際的"的意義，但語義側重點和詞性有別。"切實"着重於如實的、非常符合實際的，如"這是個切實可行的好辦法"；"確實"着重於準確的、真實可靠的，如"一有確實的消息，我就打電話告訴你"。"切實"只用作形容詞，"確實"除形容詞用法外，還能用作副詞，表示對客觀情況真實性的肯定，如"他確實不知道這件事"。

止境 zhǐjìng 名 終止之處，盡頭：學無止境。

▶ **盡頭** 辨析 都有"終止的地方"的意義，但語義側重點、適用對象和語體色彩有別。"止境"側重指不再向前發展，是終止的境地，多用於學習、慾望、事業等抽象事物，也可用於路程、宇宙等具體事物，一般用在否定句或反問句中，具有書面語色彩；"盡頭"側重指停止、完結之處，含有末端或末尾的意味，多用於路程、河川、荒原等具體事物，也可用於苦難、研究等抽象事物，口語和書面語都可以用。如可以說"水流的盡頭"，但不說"水流的止境"。

少許 shǎoxǔ 形 一點兒，少量：加少許鹽。

▶ **些許** 辨析 都有"一點兒、少量"的意義，但用法和語體色彩有別。"少許"能作定語，不能修飾帶"小"的詞語，還能作狀語和謂語，如"少許放點鹽""有皺紋少許"；"些許"只能作定語，能修飾帶"小"的詞語，如"些許小利、些許小事"。"少許"多用於書面語，也能用於口語；"些許"一般只用於書面語。

日積月累 rìjīyuèlěi 長時間不間斷地逐漸積累：精神修養，道德培育，實際上是一點一滴、日積月累而見成效的。

▶ **成年累月** 辨析 都有"時間很長"的意義，但語義側重點和句法功能有別。"日積月累"強調一天天、一月月地逐漸積累，意為長時間積累而成，如"他把寫壞的筆隨手扔到窗外，日積月累，堆積如山"；"成年累月"強調經歷了很多歲月，意為積累成很長時間，如"在這偏僻的小山村，成年累月看不到報刊的大有人在"。"日積月累"多用作謂語、定語，也可用作狀語；"成年累月"多用作狀語，也可用作定語，用作定語時中心詞往往是表示動作變化的詞，如"成年累月的侵蝕"。

中止 zhōngzhǐ 動（做事）中途停止：中止談判。

▶ **停止** 辨析 都有"事物正在進行時停住不動"的意義，但語義側重點有別。"中止"側重指進行中間停下來，着眼於行動的未完而停；"停止"側重指不再進行，着眼於行動的終止。如"水電部門中止了水電的供應"中的"中止"不宜換用"停止"。

▶ **中斷** 辨析 都有"使中途停止"的意義，但語義側重點有別。"中止"強調動作行為進行到中途停止或結束，在某一階段內一般不再繼續下去；"中斷"強調具體的活動、動作行為在進行中停止，過一段時間還可能繼續下去。如"因健康原因中止了這次旅行"中的"中止"不宜換用"中斷"。

▶ **終止** 辨析 都有"停止，結束"的意義，但語義側重點、適用對象和語法功能有別。"中止"側重指中途停止，多屬於主動行為，可帶賓語，適用面廣；"終止"側重指在動作行為或事物發展變化的終了階段的結束，多是自然而然的客觀結果，一般不帶賓語，適用面窄。如"他因家境貧寒，被迫中止了學業"中的"中止"不宜換用"終止"。

中心 zhōngxīn ❶名 跟周圍的距離大致相等的位置：廣場中心有一座紀念碑。❷名 事物的主導部分或主要部分：中心思想。❸名 在某一個方面佔重要地位的城市、地區或機構：文化中心／培訓中心。

▶ **核心** 辨析 都有"事物的主要部分或事物的關鍵"的意義，但語義側重點和適用對象有別。"中心"強調主要性和起支配作用，多用於抽象事物，也可用於人；"核心"強調作為事物基礎及對事物起決定作用的性質，語義較重，可用於人和抽象事物，還可用於具體事物，如"核心家庭"。

中意 zhòngyì 動 合乎心意：經過半年的深入接觸，兩個人都很中意。

▶ **滿意** 辨析 都有"符合自己的心意"的意義，但語義側重點和語體色彩有別。"中意"側重指人或事物切合自己的標準，着眼於評價，有一定的口語色彩；"滿意"側重指人或事物符合自己的心願，着眼於態度，口語和書面語都可以用。如"每當我為買一雙合我這雙大腳尺寸的中意的鞋，滿街亂轉的時候，就格外地懷念外婆的布鞋"中的"中意"不宜換用"滿意"。

中樞 zhōngshū 名 在一個事物系統中起主導作用的部分：神經中樞。

▶ **樞紐** 辨析 都有"事物的重要組成部分"的意義，但語義側重點和適用對象有別。"中樞"側重指同類事物中起主要的引導作用的部分，是最重要和起決定作用的部分，多用於抽象事物；"樞紐"側重指事物相互聯繫的中心環節，突出聯繫性，多用於空間事物。如"上海年內啟動5大交通樞紐工程"中的"樞紐"不能換用"中樞"。

中斷 zhōngduàn 動 事情在進行過程中因故停止或斷絕：中斷交通。

▶ **間斷** 辨析 都有"中途停止"的意義，但語義側重點有別。"中斷"強調連續的動作或活動中途隔斷或停頓下來，以後可能繼續進行，也可能就此中止，間隔時間較長；"間斷"強調連續或接連下去的關係暫時停止，以後還要繼續進行或恢復原來的狀態，間隔時間較短，多用於否定，如"他常年堅持鍛煉，從未間斷。"

▶ **中止** 辨析 見【中止】條。

中聽 zhōngtīng 形 (話語) 聽起來滿意：這話中聽。

▶ **入耳** 辨析 見【入耳】條。

▶ **順耳** 辨析 都有"聽起來合乎心意"的意義，但語義側重點和適用對象有別。"中聽"強調使人愛聽；"順耳"強調合乎心意，聽起來很舒服，含有話說得很恰當的意味。如"這話我聽着真不順耳"中的"順耳"不能換用"中聽"。

內人 nèirén 名 對別人稱呼自己的妻子。

▶ **愛人** 辨析 都有"對別人稱呼自己的妻子"的意義，但使用頻率和適用場合有別。"內人"是傳統的稱呼，常見於老派人口中，現代漢語語境中已經很少見，偶爾在某些社交場合使用；"愛人"隨着西方文化的傳入，逐漸成為通行的稱呼。

▶ **夫人** 辨析 見【夫人】條。

▶ **妻子** 辨析 都有"男人的配偶"的意

義，但適用對象、適用場合和語體色彩有別。"內人"是對別人提起自己的配偶時使用，現代漢語語境中已經很少見，偶爾在某些社交場合使用；"妻子"則可用於稱呼自己的或別人的配偶，通用於口語和書面語，一般場合下都可使用。

內行 nèiháng ❶ 形 對某方面的事有豐富的經驗和知識：你對玉器還挺內行的啊。❷ 名 對某方面的事有豐富的經驗和知識的人：你這些戲弄騙不過內行。

▶ **行家** 辨析 都有"對某方面的事有豐富的經驗和知識的人"的意義，但語義側重點、語義輕重有別。"內行"強調深入某種事情 (包括某個行業) 的內部而瞭解、精通這方面的知識，語義較輕，如"他呀，可是這些個歪門邪道玩意兒的內行"；"行家"強調是某一行業的專門人員，更突出其專業性、知識性，語義較重，如"他是古董鑒定方面的行家"。

▶ **在行** 辨析 都有"瞭解、熟悉某一行業"的意義，但語義輕重、適用場合有別。"內行"的語義更重一些，多用於嚴肅、正經的事情或專業領域，如"他對如何治療這種疾病很內行"；"在行"多用於輕鬆隨便、不重要的生活瑣事，如"他對養花可在行了"。

內疚 nèijiù 動 因自己的錯誤和對不起別人而心裏不安：想起當年沒能好好照顧孩子，我真的很內疚。

▶ **歉疚** 辨析 都有"心裏不安"的意義，但語義側重點和語義輕重有別。"歉疚"強調感到抱歉；"內疚"語義較重。

內訌 nèihòng 名 某個團體內部的衝突：內訌最消耗實力。

▶ **內亂** 辨析 都有"集團內部的不安定"的意義，但語義側重點、語義輕重有別。"內亂"突出不安定的表現是"成規模的動亂、爭鬥、戰爭"；"內訌"的表現不一定是動亂等有規模的、激烈的形式，可能只是意見不同、叛變、吵鬧，語義較輕。

內涵 nèihán 名 人的文化、道德等方面的修養：讀書多的人自然顯得很有內涵。

▶ **涵養** 辨析 都有 "人的內在修養" 的意義，但語義側重點有別。"內涵" 指的是學識、道德方面的修養；"涵養" 則強調為人處世方面的行為表現得體，尤其指控制個人情緒的能力，如 "要不是他有涵養，這一次他倆準得吵起來"。

內情 nèiqíng 名 沒有顯露出來被多數人知道的情況：這件事另有內情，暫時不能告訴你。

▶ **內幕** 辨析 都有 "不為外界所知的內部情況" 的意義，但語義側重點、語體色彩有別，"內幕" 強調情況的秘密性，往往有故意隱瞞的意味，且多用於一些重大的事件，常含貶義，如 "這個決定究竟是怎麼下的，只有幾個人知道內幕"；"內情" 強調其複雜性，包含事情的細節、發展過程等，是中性詞，如 "他倆之所以鬧矛盾，內情恐怕只有他倆知道"。

▶ **隱情** 辨析 都有 "不為外界所知的情況" 的意義，但語義側重點有別。"隱情" 一般指與個人相關的某種不願意或不好說出來的情況；"內情" 多指外人不知道的事情，突出其複雜性。

內亂 nèiluàn 名 一個集團內部發生的矛盾和動亂：十年內亂讓國家蒙受了巨大損失。

▶ **內訌** 辨析 見【內訌】條。

內幕 nèimù 名 不為外界所知的內部情況：交易的內幕只有少數幾個人知道。

▶ **黑幕** 辨析 都有 "不為外界所知的內部情況" 的意義，但語義側重點和感情色彩有別。"黑幕" 突出 "黑暗的、不能被別人知道" 的意思，突出其醜惡性，有貶義色彩；"內幕" 突出其機密性、神秘性，常含貶義，但有時不含有醜惡的意思，如 "文章披露了二戰中盟軍登陸的一些內幕"。

▶ **內情** 辨析 見【內情】條。

▶ **隱情** 辨析 都有 "不為外界所知的內部情況" 的意義，但語義側重點、語體色彩有別。"隱情" 一般指與個人相關的某種不願意或不好說出來的情況，是中性詞，如 "他吞吞吐吐，心中似有隱情"；"內幕" 多指外人不知道或不能讓外人知道的事情，突出其機密性、神秘性，常含貶義。

水平 shuǐpíng ❶ 形 與水平面平行的：水平高度。❷ 名 指某一方面所達到的高度：思想水平 / 業務水平。

▶ **水準** 辨析 都有 "事物發展所達到的高度" 的意義，但語義側重點、使用範圍和語體色彩。"水平" 側重於現實狀況所達到的高度，使用範圍較廣，多用於生產、生活、政治、思想、文化、藝術、技術、業務等方面，口語、書面語中都常用，如 "不斷優化自身的服務水平"；"水準" 側重於達到了一定的標準，多用於藝術、文化、文學等方面，一般只用於書面語，如 "其藝術水準已達到相當高的層次"。在其他意義上二者不相同。

水乳交融 shuǐrǔjiāoróng 水和乳汁融合在一起，比喻思想感情融洽無間：官民之間保持水乳交融的關係，是推進工作的基礎。

▶ **渾然一體** 辨析 都有 "融洽無間、不可分割" 的意義，但語義側重點和使用範圍有別。"水乳交融" 是比喻性的，以水和乳汁融合在一起難以分離來比喻融洽無間，難以分離，如 "作品體現了傳統與現代手法的水乳交融"；"渾然一體"

是直陳性的，"渾然"，完整不可分割的樣子，"一體"，一個整體，意為融合成一個整體，天衣無縫，如"此塔造型獨特，磚石與鑄鐵渾然一體"。"水乳交融"多用於抽象事物，如思想、感情、關係；"渾然一體"多用於具體事物，如景物、建築結構、文章結構等。

水落石出 shuǐluòshíchū 水落下去，水中的石頭就露出來。比喻事情真相大白：這事一定要弄個水落石出。

▶ **真相大白** 辨析 都有"事情的真相完全明白"的意義，但語義側重點和用法有別。"水落石出"是比喻性的，以水落下去後石頭就顯露出來，來比喻事情的真實情況完全顯露出來，如"遇到不懂的問題他非要弄個水落石出"；"真相大白"是直陳性的，"真相"，事情的本來面貌，"白"，明白，意為事情的本來面貌徹底弄清楚了，如"當真相大白時，所有的人都驚呆了"。"水落石出"常用作補語；"真相大白"一般不用作補語，但可以都有"真相"前面加定語，也可以都有"大白"後面加補語。

水準 shuǐzhǔn ❶ 名 地球各部分的水平面：水準器。❷ 名 達到的高度：思想水準。

▶ **水平** 辨析 見【水平】條。

手忙腳亂 shǒumángjiǎoluàn 形容做事慌張、忙亂而沒有條理：她一聽到他的聲音，就慌得手忙腳亂。

▶ **七手八腳** 辨析 見【七手八腳】條。

手足無措 shǒuzúwúcuò 形容遇到情況舉動慌亂，不知該怎麼辦才好：突然遇到車禍，他急得手足無措。

▶ **不知所措** 辨析 見【不知所措】條。

手段 shǒuduàn ❶ 名 為達到某種目的而採取的方法、措施；待人處世的方法：窺測手段／耍手段騙人。❷ 名 能耐；本領：那人可有手段了。

▶ **伎倆** 辨析 都有"為了達到某種目的而採取的某種特殊的處理方法"的意義，但語義側重點、褒貶色彩和語體色彩有別。"手段"泛指待人處世所用的方法，偏重於為了謀取自己的利益而採取的措施，中性詞，通用於口語和書面語，如"價格杠杆仍是開拓市場的有效手段"；"伎倆"強調不高明的騙人方法或計謀，含有不正當的性質，貶義詞，只用於書面語，如"一些經營者惟利是圖，採取各種伎倆坑害消費者"。在其他意義上二者不相同。

▶ **手腕** 辨析 都有"為了達到某種目的而採取的某種特殊的處理方法"的意義，但語義側重點、使用範圍和語體色彩有別。"手段"泛指待人處世所用的方法，偏重於為了謀取自己的利益而採取的措施，可用於政治、經濟、文化、軍事、外交、社會生活、家庭生活等各方面，通用於口語和書面語；"手腕"強調出於較長遠利益的考慮而採取的計謀，含有狡猾的意味，一般用於人事、外交方面，書面語色彩較強。在其他意義上二者不相同。

手無寸鐵 shǒuwúcùntiě 形容手裏沒有一點武器：手無寸鐵的百姓。

▶ **赤手空拳** 辨析 都有"手裏沒有一點武器"的意義，但語義側重點和句法功能有別。"手無寸鐵"中的"鐵"指刀槍等武器，"寸鐵"即極短或極小的武器，整個成語是"手裏沒有任何武器"，如"敵軍竟然動用坦克和飛機來對付手無寸鐵的無辜平民"；"赤手空拳"中的"赤"意為"空"，"赤手"即空着手，整個成語是"手裏沒有任何東西"，意義範圍比"手無寸鐵"廣，如"他赤手空拳與歹徒進行殊死搏鬥"。"手無寸鐵"在句中多用作定語、謂語；"赤手空拳"在句中除用作定語、謂語外，還用作狀語、補語。

手腕 shǒuwàn ❶名 手和臂相接的部分：手腕上有塊疤。❷ 手段：耍手腕／外交手腕。

▶ **手段** 辨析 見【手段】條。

毛糙 máocao ❶形（器物）粗糙，不細緻：遠古人類用的石刀太毛糙。❷形 工作草率，不細緻：這活兒幹得太毛糙了。❸形（人）浮躁、粗心：做事這麼毛糙，怎麼能令人滿意？

▶ **粗糙** 辨析 都有"器物或質料不細緻"和"工作草率，不細緻"的意義。在前一義項上，二者的語體色彩、適用對象和語法功能有別。"粗糙"可用於形容人的皮膚、器物等，通用於口語和書面語，如"媽媽的手很粗糙"；"毛糙"只用於形容器物，用於口語，可重疊，如"土窰燒制的東西很毛糙"。在後一義項上，二者的語體色彩和語法功能有別。"毛糙"用於口語，可以重疊；"粗糙"通用於口語和書面語，不能重疊。在其他意義上二者不相同。

毛躁 máozào ❶形 性情急躁，容易失去冷靜：你得改改這毛躁的脾氣。❷形 不細心，粗心大意：年輕人嘛，做事多少有點毛躁。

▶ **急躁** 辨析 都有"碰上不順心的事情時馬上激動起來，失去冷靜"的意義，但語體色彩有別。"毛躁"用於口語；"急躁"通用於口語和書面語，如"他倆性情都急躁，經常吵架"。在其他意義上二者不相同。

升級 shēngjí ❶動 等級或班級由低級升到高級：升級換代。❷動 戰爭或其他事態發展的規模進一步擴大、緊張程度進一步加深：衝突不斷升級。

▶ **晉級** 辨析 都有"等級由低級升到高級"的意義，但語義側重點和語體色彩有別。"升級"可指學生由低年級升到高年級，可指事物的等級由低級升到高級，還可指形勢、狀態在好或壞的方面程度加深，如"生產結構的調整和優化升級取得了積極的進展"；"晉級"一般僅用於人的行政職務或技術職務升到較高的等級，如"行政官員走公務員晉級、晉職渠道"。"升級"通用於口語和書面語；"晉級"多用於書面語。

片刻 piànkè 名 一會兒，極短的時間：請稍候片刻，總經理一會兒就來。

▶ **頃刻** 辨析 都有"一會兒，短暫的時間"的意義，但語體色彩和語法功能有別。"片刻"通用於口語和書面語，用法比較靈活，可作定語、狀語和補語，如"小憩片刻"；"頃刻"用於書面語，多作定語，一般用在句首，如"頃刻間，海面上就掀起了狂風巨浪"。

▶ **須臾** 辨析 都有"極短暫的時間"的意義，但語體色彩和語法功能有別。"片刻"通用於口語和書面語，用法比較靈活，可作定語、狀語和補語，如"片刻之間""片刻即成""小憩片刻"；"須臾"用於書面語，可作定語和狀語，一般不作補語，如"須臾之間，雨過天晴，雲開霧散""須臾不可或離"。

▶ **轉瞬** 辨析 都有"極短暫的時間"的意義，但語體色彩和語法功能有別。"片刻"通用於口語和書面語，用法比較靈活，可作定語、狀語和補語，如"片刻之間""片刻即可完工，請稍等片刻"；"轉瞬"多用於書面語，常作定語、狀語，如"轉瞬間，飛機就從我們的視野裏消失了""兩年的時間轉瞬即逝"。

▶ **轉眼** 辨析 都有"極短暫的時間"的意義，但語法功能有別。"片刻"用法比較靈活，可作定語、狀語和補語，如"片刻之間，她破涕為笑""片刻即可完工""請稍等片刻";"轉眼"常作定語、狀語,如"轉眼間,我們畢業已有8年了""花兒凋謝,葉兒飄零,轉眼又是冬天了"。

片段 piànduàn 图 整體中的一段:過去的時光中總有些美好的片段留在記憶裏。

▶ **片斷** 辨析 見【片斷】條。

片斷 piànduàn ❶图 整體中的一個段落:這是電影《閃閃的紅星》中的一個片斷。❷形 零碎的,不完整的:拾起片斷的記憶。

▶ **部分** 辨析 都有"整體中的局部"的意義,但語義側重點有別。"片斷"側重指文章、戲劇、小說、生活、經歷等整體中的一個段落,如"《林沖風雪山神廟》是《水滸》中的一個片斷";"部分"指整體中的局部或個體,如"地球由海洋和陸地兩大部分組成""教材中語法部分的編寫由丁教授負責"。

▶ **片段** 辨析 都有"(文章、戲劇、小說、生活、經歷等) 整體中的一個段落"的意義,但語義側重點有別。"片斷"指事物中零碎的、不完整的部分;"片段"指事物整體中有一定完整性的一部分。

仇怨 chóuyuàn 图 仇恨;怨憤:仇怨極深。

▶ **仇恨** 辨析 見【仇恨】條。

▶ **仇隙** 辨析 都有"一種憎恨情緒"的意義,但語義側重點和語體色彩有別。"仇怨"側重指怨恨、憎恨的情緒,口語和書面語都可以用;"仇隙"側重指因憎恨而保持對立,不和睦,多用於書面語。如"她與金三爺發生了密切關係,這也就順手結束了兩家的仇怨"中的"仇怨"不宜換用"仇隙"。

▶ **怨恨** 辨析 都有"一種仇恨情緒"的意義,但語義側重點和語義強度有別。

"仇怨"側重指由於利害衝突而產生的怨恨、憎恨的情緒,語義較重;"怨恨"側重指埋怨、責備和憤恨的一種情緒,語義較輕。如"我常常怨恨自己太低能"中的"怨恨"不宜換用"仇怨"。

仇恨 chóuhèn ❶图 因利害衝突等原因而產生的強烈的憎恨情緒:民族仇恨。❷動 因利害衝突等原因而強烈地憎恨:仇恨敵人。

▶ **仇隙** 辨析 都有"一種憎恨情緒"的意義,但語義側重點、語義強度和語體色彩有別。"仇恨"側重指由於強烈的利害衝突而產生的憎恨情緒,語義較重,口語和書面語都可以用;"仇隙"側重指因仇恨而出現的感情裂痕,語義較輕,書面語色彩濃厚。如"一不思往昔之歲月崢嶸,二不計與取代者的恩怨仇隙"中的"仇隙"不宜換用"仇恨"。

▶ **怨恨** 辨析 都有"憎恨"和"一種憎恨情緒"兩個意義,但語義側重點和語義強度有別。"仇恨"側重指由於利害衝突而強烈地憎恨,語義較重;"怨恨"側重指埋怨、怨憤,語義較輕。如"她不停地捶打着她的丈夫,以發泄滿腔的怨恨"中的"怨恨"不宜換用"仇恨"。

仇視 chóushì 動 把對方當作仇人看待:仇視對方。

▶ **敵視** 辨析 都有"以敵人看待"的意義,但語義側重點、語義強度和適用範圍有別。"仇視"側重指把對方當作仇人看待,語義較重,適用對象可以是抽象的思想體系、社會制度等,也可以是具體的國家和個人;"敵視"側重指把對方當作敵人看待,語義較輕,適用對象一般是具體的國家和個人。如"仇視和平的宗教極端分子"中的"仇視"不宜換用"敵視"。

仇隙 chóuxì 图 因憎恨而保持對立,不和睦:素無仇隙。

▶ **仇恨** 辨析 見【仇恨】條。

▶ **仇怨** 辨析 見【仇怨】條。

仍然 réngrán 副 表示情況延續或恢復原狀：比賽雙方的形勢仍然不很明朗。

▶ **仍舊** 辨析 見【仍舊】條。

仍舊 réngjiù ❶動 照舊：條例仍舊。❷副 仍然；照舊：問題仍舊沒有解決。

▶ **仍然** 辨析 都有"延續以前的狀態"的意義，但語義側重點、語體色彩和詞性有別。"仍舊"強調現在的情狀與以前的情狀一樣，如"四十年前的情景，仍舊歷歷在目"；"仍然"強調客觀的情狀沒有發生變化，一直如此，如"全家人在街頭巷尾找了一整天，仍然沒有發現小狗的蹤跡"。"仍舊"可用於口語，也可用於書面語；"仍然"常用於書面語。"仍舊"既可作副詞，也可作動詞，表示"照舊、跟原樣相同"的意思；"仍然"只能作副詞。

化妝 huàzhuāng 動 用化妝品等使容貌美麗：讓她化化妝再去玩。

▶ **化裝** 辨析 都有"修飾容貌"的意義，但語義側重點、語法功能有別。"化妝"指用化妝品等修飾容貌，目的是為了美麗，是不及物動詞；"化裝"指從容貌、衣着、身份等方面加以修飾，目的多是為了掩飾真實的容貌，是及物動詞。如可以說"化裝舞會"，但一般不說"化妝舞會"。

化為烏有 huàwéi wūyǒu 指變得甚麼都沒有。

▶ **付諸東流** 辨析 都有"（事物）變得沒有了"的意義，但語義側重點、適用對象有別。"化為烏有"強調消失，可以用於具體事物，也可以用於抽象事物，可以用於積極事物，也可以用於消極事物；"付諸東流"強調落空，多用於希望保存或得到的抽象事物，如理想、報負、友誼、幸福等。如"這場災難過後，他那些遠大的理想、對未來家庭的憧憬都付諸東流了"。

化裝 huàzhuāng ❶動 為了適合演出或娛樂而對容貌、形體加以修飾：演員正在化裝。❷動 裝扮，假扮：遊擊隊員常常化裝成難民、商人或小販混進城去。

▶ **化妝** 辨析 見【化妝】條。

▶ **裝扮** 辨析 都有"掩飾真實容貌而扮成另一個人"的意義，但語義側重點有別。"化裝"重在變化服飾、容貌，使人難以辨認；"裝扮"強調扮，重在像、逼真。如"他演技很高，裝扮的人物都很逼真、動人"中的"裝扮"不宜換用"化裝"。

化險為夷 huàxiǎn wéiyí 化險阻為平坦。

▶ **逢凶化吉** 辨析 都有"危險、危急得到轉化"的意義，但語義側重點有別。"化險為夷"側重指化危險為安全，在很多情況下有人的主觀能動作用；"逢凶化吉"側重指遇到兇險轉為吉祥，在不少情況下有客觀環境的作用。

▶ **轉危為安** 辨析 都有"由危險、危急轉化為平安"的意義，但語義側重點、語體色彩有別。"化險為夷"強調人的主觀能動作用，多用於書面語；"轉危為安"多用於口語。如"守門員表現神勇，多次將必進之球撲出，化險為夷"中的"化險為夷"不能換用"轉危為安"。

爪牙 zhǎoyá 名 比喻壞人的黨羽：秦養了一批爪牙。

▶ **幫兇** 辨析 都有"幫助壞人行兇作惡的人"的意義，但語義側重點有別。"爪牙"強調本身就去行兇作惡、為虎作倀，含有以猛禽的爪、猛獸的牙來比喻的形象色彩，自身地位一般比主要行兇作惡者低；"幫兇"強調對兇橫作惡的行為起幫助作用，可以是受驅使的，也可以是主動的，自身地位並不一定比主要行兇作惡者低。如"她還被作為張達逃跑的幫兇，大會小會受到批判"中的"幫兇"不能換用"爪牙"。

▶ **鷹犬** 辨析 都有"幫助壞人行兇作惡的人"的意義，但語義側重點有別。"爪牙"強調本身就去行兇作惡以為虎作倀，含有以猛禽的爪、猛獸的牙來比喻的形象色彩；"鷹犬"強調為壞人效力，含有被人驅遣去作惡的意味，具有以打獵用的鷹和狗來作比喻的形象色彩。如"他這樣死去，使得當時許多忠心耿耿為日寇充當鷹犬的大小漢奸，都存在兔死狐悲之感"。

反 fǎn ❶形 顛倒的；方向相背的：衣服穿反了。❷動 翻轉：反敗為勝。❸動 反抗；反對：反戰。❹動 背叛：官逼民反。❺副 相反地：自己糊塗，反說別人不明白。

▶ **倒** 辨析 都有"表示跟前文意思相反"的意義，但語義強度和搭配對象有別。"反"表示與前文的意思完全相反，語義較重，後面的詞語必須是單音節動詞或"把、被、叫、讓"等介詞；"倒"僅表示轉折，語義較輕，後面的詞語可以是多音節的。如"沒吃藥，我這病倒好了"中的"倒"不宜換用"反"。

反而 fǎn'ér 副 表示跟前文意思相反或出乎意料，在句中起轉折作用。

▶ **反倒** 辨析 都有"表示跟前文意思相反，或出乎意料和常情"的意義，但語義側重點和語體色彩有別。"反而"強調轉折，有時前面可以加上"倒"以增強語氣，口語和書面語都可以用；"反倒"強調倒轉過來，意思比"反而"略重，多用於口語。

反攻 fǎngōng 動 防禦的一方對進攻的一方實行進攻：發起猛烈反攻。

▶ **反撲** 辨析 見【反撲】條。

反抗 fǎnkàng 動 用行動反對：反抗剝削和壓迫。

▶ **抵抗** 辨析 都有"用力量制止別人的進攻"的意義，但適用對象有別。"反抗"的對象既可以是敵對的武力，如侵略、進攻等，也可以是壓迫、剝削、統治等；"抵抗"的對象一般只能是敵對的武力。"反抗"的對象可以是個人，"抵抗"的對象一般不是單個的人，此外"抵抗"有時還可以用於病菌、寒冷等。

▶ **抗拒** 辨析 都有"反對抵抗"的意義，但語義側重點有別。"反抗"強調反對，因反對而抵抗；"抗拒"除抵抗的意義外還有拒絕、不配合的含義。如可以說"抗拒誘惑"，不能說"反抗誘惑"。

反省 fǎnxǐng 動 回想自己的思想行動，檢查其中的錯誤：停職反省。

▶ **反思** 辨析 都有"思考、省察過去"的意義，但語義側重點有別。"反省"強調認識個人的錯誤，以求改正；"反思"強調總結經驗教訓，以勵將來。如可以說"反思百年歷史"，但一般不說"反省百年歷史"。

反映 fǎnyìng ❶動 反照，比喻把客觀事物的實質表現出來：反映了百姓的願望。❷動 把情況、意見等告訴上級或有關部門：向上司反映情況。❸動 有機體接受和回答客觀事物影響的活動過程。

▶ **反應** 辨析 見【反應】條。

反思 fǎnsī 動 思考過去的事情，從中總結經驗教訓：反思過去，展望未來。

▶ **反省** 辨析 見【反省】條。

反倒 fǎndào 圖 表示跟前文意思相反或出乎意料，轉折作用明顯。

▶ **反而** 辨析 見【反而】條。

反常 fǎncháng 彤 跟正常情況不同：氣候反常。

▶ **失常** 辨析 都有"跟正常情況不同"的意義，但語義側重點和語法功能有別。"反常"表現的是一種狀態，是形容詞；"失常"表現的是一種變化，是動詞。如"情況很反常"中的"反常"不宜換用"失常"。

▶ **異常** 辨析 都有"跟正常情況不同"的意義，但語義側重點有別。"反常"強調跟正常情況差距較大；"異常"則指跟平常情況不一樣。"異常"還可用作副詞，如"異常激動"，"反常"不能這樣用。

反問 fǎnwèn ❶ 圖 向提問的人發問：回答完我的問題後，他倒反問起我來。❷ 图 用疑問語氣表達跟字面相反的意義的修辭方法。

▶ **反詰** 辨析 都有"向提問的人發問"的意義，但語體色彩和語法功能有別。"反問"口語和書面語都可以用，是及物動詞，後面可以帶賓語；"反詰"有書面語色彩，是不及物動詞，後面不能帶賓語。

反間 fǎnjiàn 圖 原指利用敵方間諜使敵方獲得虛假的情報，後專指用計使敵方內部不團結：派人到敵方內部反間策應。

▶ **離間** 辨析 都有"使用一定的手法使不團結，發生矛盾"的意義，但語義側重點、語義強度、適用對象、語法功能有別。"反間"側重用計分化敵方，語義較重，只用於敵方，不用於自己內部，不能帶賓語；"離間"側重從中挑撥，使不團結、不和睦，語義較輕，可用於敵方，也可用於自己內部，可以帶賓語。

如可以說"離間將帥關係"，但一般不說"反間將帥關係"。

反詰 fǎnjié 圖 反過來向提問的人發問："不知道你究竟有多少錢喲！"男的經過這一反詰，也就忍耐着沉默了。

▶ **反問** 辨析 見【反問】條。

▶ **設問** 辨析 都有"用疑問語氣表達一定意義的修辭方法"的意義，但適用條件有別。"反問"一般是無疑而問，不需要回答；"設問"是有疑而問，需要對方給以回答。

反駁 fǎnbó 圖 說出自己的理由，來否定別人的理論或意見：反駁錯誤觀點。

▶ **辯駁** 辨析 都有"說出理由，來否定對方的理論或意見"的意義，但語義側重點、語義強度、語法功能有別。"反駁"目的在於否定對方，語義較重，是及物動詞；"辯駁"含有為自己辯護的意味，語義較輕，是不及物動詞。如"用事實反駁對方的觀點"中的"反駁"不能換用"辯駁"；"為自己辯駁"中的"辯駁"也不能換用"反駁"。

反撲 fǎnpū 圖 （猛獸、敵方等）被打退後又撲過來：敵方大舉反撲。

▶ **反攻** 辨析 都有"反過來進攻"的意義，但語義側重點、感情色彩、適用對象有別。"反撲"指敵方被打退後又撲過來，含貶義，可用於敵方或猛獸；"反攻"指防禦的一方攻擊進攻的一方，語義中性，適用於敵我雙方。如"堅持作戰，迎接主力軍隊的反攻"中的"反攻"不能換用"反撲"。

反擊 fǎnjī 圖 向進攻的一方回擊：自衛反擊。

▶ **還擊** 辨析 都有"由於受到攻擊而反過來攻擊對方"的意義，但語義側重點和適用範圍有別。"反擊"強調回擊來犯的敵人，比“還擊”更主動一些，多用於軍事行動；“還擊”含有被動的意味，既可用於軍事行動，也可用於話語、思想態度等方面的交鋒。如“保持自己的主動，準備以後的反擊”中的“反擊”不能換用“回擊”。

▶ **回擊** 辨析 都有“由於受到攻擊而反過來攻擊對方”的意義，但語義強度和適用範圍有別。“反擊”語義較重，多用於軍事行動；“回擊”適用面較寬，既可以用於軍事行動，也可以用於對方話語、思想等方面的攻擊。如“她父親看了，火上澆油，便寫了第二篇回擊文章寄到晚報”中的“回擊”不宜換用“反擊”。

反應 fǎnyìng ❶動 物體受到內部或外部的刺激而引起相應變化。❷名 反應後的變化。❸名 事情所引起的意見、態度或行動：這篇文章在學術界引起了不同的反應。

▶ **反響** 辨析 都有“事情發生後引起的意見、態度或行動”的意義，但適用範圍和語義強度有別。“反應”既可用於眾人，也可用於個人，語義較輕；“反響”一般用於表示引起眾人的意見、態度或行動，語義較重。如“在社會上引起強烈反響”中的“反響”不宜換用“反應”。

▶ **反映** 辨析 都有“外界事物引起相應活動、變化”的意義，但語義側重點和語法功能有別。“反應”側重指對外界刺激做出應對，一般是被動的，不能帶賓語；“反映”側重指向上級或有關機構申訴意見、報告情況，也可指通過各種方式表現客觀事物的實質，一般是主動的、自覺的，可以帶賓語。如“向上司反映情況”中的“反映”不能用“反應”替代，因為“反映情況”是一種主動行為。

反覆 fǎnfù ❶副 一遍又一遍；多次做同一動作：反覆討論。❷動 顛過來倒過去；翻悔：反覆無常。❸動 前面的

過程一次次地重新出現：病情還會反覆。

▶ **重複** 辨析 都有“一遍又一遍地做某事”和“前面的過程重新出現”的意義，但語義側重點有別。“反覆”強調不完全相同的事物或動作多次出現，次數比較多；“重複”強調相同的事物或動作再次出現，次數比較少。如可以說“反覆討論”，但不說“重複討論”，因為兩次討論不可能完全相同。

▶ **再三** 辨析 都有“一遍又一遍地做某事”的意義，但適用範圍和語法功能有別。“反覆”的動作行為既可以是一方的，也可以是雙方的，不能作補語；“再三”重複的動作行為必須是一方的，不能是雙方的，可以作補語。如可以說“反覆討論、考慮再三”，但不能說“再三討論、考慮反覆”，因為討論是雙方共同配合完成的動作。

反襯 fǎnchèn 動 從反面來襯托：鳥的鳴叫反襯出山谷的幽靜。

▶ **襯托** 辨析 都有“用某一事物作陪襯以突出另一事物”的意義，但語義側重點有別。“反襯”強調從反面來襯托，用於襯托的事物和被襯托的事物一般有對立關係；“襯托”既可以是正面的，也可以是反面的，用於襯托的事物和被襯托的事物之間不一定有對立關係。如“絳紫色的山峰把這團雲霧襯托得美麗極了”中的“襯托”不能換用“反襯”。

▶ **陪襯** 辨析 都有“用某一事物突出另一事物”的意義，但語義側重點有別。“反襯”強調從反面來襯托，用於襯托的事物和被襯托的事物一般有對立關係；“陪襯”強調從側面來襯托，用於襯托的事物和被襯托的事物之間有主從關係。如“紅花在綠葉的陪襯下更顯得美麗”中的“陪襯”不能換用“反襯”。

反響 fǎnxiǎng 名 言論或行動等引起的回響、反應：反響強烈。

▶ 反應 [辨析] 見【反應】條。

父親 fùqīn 图 有子女的男子：他是兩個孩子的父親。

▶ 爸 [辨析] 都有"子女對雙親中的男性稱謂"的意義，但適用場合和語體色彩有別。"父親"多用於對別人敘述或書面表達，特別是書信，顯得莊重，口語中使用較少，當面稱呼時一般不用；"爸"多用於當面稱呼，顯得親切，具有口語色彩。

▶ 爸爸 [辨析] 都有"子女對雙親中的男性稱謂"的意義，但適用場合和語體色彩有別。"父親"多用於對別人敘述或書面表達，特別是書信，顯得莊重，口語中使用較少，當面稱呼時一般不用；"爸爸"多用於當面稱呼，顯得親切，具有口語色彩。

▶ 爹 [辨析] 都有"子女對雙親中的男性稱謂"的意義，但適用場合和語體色彩有別。"父親"多用於對別人敘述或書面表達，特別是書信，顯得莊重，口語中使用較少；"爹"多用於當面稱呼，顯得親切，具有方言口語色彩。

分手 fēnshǒu [動] 別離，分開：分手多日，近況如何？

▶ 分別 [辨析] 都有"人與人較長久地分開"的意義，但語體色彩有別。"分手"可以用於指戀人或夫妻之間解除關係，具有口語色彩；"分別"口語和書面語都可以用。如"到衡陽應該分手了"中的"分手"不宜換用"分別"。

▶ 分離 [辨析] 都有"人與人較長久地分開"的意義，但語體色彩有別。"分手"具有口語色彩；"分離"具有書面語色彩。如"骨肉分離"中的"分離"不宜換用"分手"。

▶ 離別 [辨析] 都有"人與人較長久地分開"的意義，但語體色彩、適用對象有別。"分手"具有口語色彩，只能用於人

與人之間；"離別"具有書面語色彩，既可以用於人與人之間，也可以用於人與地方之間。如"分手之後，再沒他的消息"中的"分手"不宜換用"離別"。

分別 fēnbié ❶[動] 離開一段時間：暫時分別，不必哀傷。❷[動] 找出事物的異同：分別是非。❸[名] 差異之處：二者之間的分別。❹[副] 表示有區別地：分別對待。❺[副] 表示分頭、各自：董事長和總經理分別接見了他。

▶ 分離 [辨析] 都有"與他人離開一段時間"的意義，但語義側重點、適用對象、語體色彩有別。"分別"強調分，不聚在一起，多用於同學、朋友等，可以是主動的行為，也可以是客觀原因造成的被動行為，口語和書面語中都可以用；"分離"強調別離，暗含很難再見面的意味，有時特指親人間被形勢所迫的離散，多用於書面語。如可以說"骨肉分離"，但一般不說"骨肉分別"。"分離"還有"把事物分開"的意思。

▶ 分手 [辨析] 見【分手】條。

▶ 離別 [辨析] 都有"離開一段時間"的意義，但語義側重點、適用對象、語法功能有別。"分別"強調分，不聚在一起，多用於同學、朋友等，口語和書面語中都可以用；"離別"強調離，一般指與親人或熟人較長久地分開，除用於人與人之間，還可用於人與處所的分開，帶有依依惜別的意味，具有書面語色彩。如"離別祖國，遊學在外"中的"離別"不能換用"分別"。

▶ 差別 [辨析] 都有"差異之處"的意義，但語義側重點和適用對象有別。"分別"僅僅指不同的地方，相比較的對象之間是平等關係；"差別"相比較的對象之間是不平等的，在相比較的方面一個高，一個低。如可以說"城鄉差別、收入差別"，但不可以說"城鄉分別、收入分別"。"分別"另有動詞用法。

▶ **分辨** 辨析 都有“找出事物的異同”的意義，但語義側重點有別。“分別”重在別，強調把不同類的事物劃分開；“分辨”重在辨，強調在同類事物之間將相似物分開並加以確認。如“他對語音的分辨能力有了很大提高”中的“分辨”不能換用“分別”。

分佈 fēnbù 動 分散地佈置（在一定的區域內）：東北林區分佈着大量針葉林。

▶ **分散** 辨析 都有“散在各處，不集中”的意義，但語義側重點和適用對象有別。“分佈”強調在一定範圍內分開佈置，多用於具體事物；“分散”強調散開，不集中，其內部缺乏必然聯繫，不一定有範圍限制，既可用於具體事物，也可用於抽象事物。如可以說“分散注意力”，但不說“分佈注意力”。

▶ **散佈** 辨析 都有“散在各處，不集中”的意義，但語義側重點、適用對象、語法功能有別。“分佈”強調一定範圍內散佈，多用於具體事物，經常帶處所補語；“散佈”強調分散到各處，分散的程度比“分佈”廣，既可用於具體事物，也可用於抽象事物，經常帶賓語。如“蒲公英的種子隨風散佈”中的“散佈”不能換成“分佈”。

分析 fēnxī 動 把事物分解成幾個部分，分別加以考察，找出各部分的本質屬性及其聯繫：分析問題。

▶ **剖析** 辨析 都有“分解事物並找出規律和本質”的意義，但語義側重點、語體色彩有別。“分析”重在分解、整理，找出事物各組成部分的本質特徵及其聯繫，口語和書面語中都可以用；“剖析”重在剖，含有分條縷析和嚴謹認真的意味，比較深入，前面多與深刻、深入、透闢等詞語搭配，形象色彩較濃，具有書面語色彩。如“深刻地剖析自己”中“剖析”不宜換用“分析”。

分派 fēnpài ❶ 動 分別指定人完成工作或任務：分派任務。❷ 動 指定分攤：演出費用分派給那三個贊助機構。

▶ **分配** 辨析 都有“分給、委派”的意義，但語義側重點、適用對象有別。“分派”重在派，具有一定的強制性和命令性，多用於上級對下級、長輩對晚輩，對象多是具體的工作、任務，強調讓被分派人去幹甚麼；“分配”重在配，按照一定的計劃、標準安排，不一定具有強制性、命令性，分配的既可以是工作、任務，又可以是具體的東西。如“把他們分派到各招待所服務”中的“分派”不能換用“分配”。

分配 fēnpèi ❶ 動 按一定的計劃或標準分（東西）：分配員工宿舍。❷ 動 安排，分派：分配工作。

▶ **調配** 辨析 都有“按計劃配置”的意義，但語義側重點有別。“分配”重在分，強調按照一定計劃或標準分，是一次性的動作；“調配”重在調，目的是調動積極性，最大限度地發揮潛能，是一個逐步調整的過程。如“調配生產工具和原材料”與“分配生產工具和原材料”在發揮生產工具和原材料的潛能方面是存在差異的。

▶ **分派** 辨析 見【分派】條。

分崩離析 fēnbēng líxī 形容家庭、集團、組織或國家分裂瓦解。

▶ **四分五裂** 辨析 都有“分裂瓦解”的意義，但語義側重點和語體色彩有別。“分崩離析”強調人的渙散、分散離開，多形容國家或集體分裂瓦解，比較典雅；“四分五裂”強調分開的狀態，多形容國家、家庭分離破裂，具有口語色彩。如“五代十國，把中國鬧得四分五裂”中的“四分五裂”不宜換用“分崩離析”。

分散 fēnsàn ❶〔動〕散在各處，不集中：人員很分散。❷〔動〕使分散：分散注意力。❸〔動〕散發，分發：分散小冊子。

▶ **分佈** 〔辨析〕 見【分佈】條。

▶ **散佈** 〔辨析〕 都有"散在各處，不集中"的意義，但語義側重點、搭配對象有別。"分散"重在散開，不集中；"散佈"重在分散的狀況，強調各個部分分散在各處，沒有範圍限制。如"炮彈爆炸後彈片散佈很廣"中的"散佈"不宜換成"分散"。

分裂 fēnliè ❶〔動〕整體的事物分開：細胞分裂／隊伍分裂成兩部分。❷〔動〕使分裂：分裂我們團隊。

▶ **決裂** 〔辨析〕 都有"事物分開"的意義，但語義側重點、適用對象、語體色彩有別。"分裂"重在分，指整體事物分開，對象多是組織、團隊等，多含貶義；"決裂"重在決，指堅決打破，徹底分離，語義較重，對象多是舊思想、關係或舊事物。如可以説"徹底和家庭決裂"，但一般不説"徹底和家庭分裂"。"分裂"另有使動用法，"決裂"沒有使動用法。

分量 fēnliàng 〔名〕應有的重量，影響力：這批貨物分量不夠／説話有分量。

▶ **重量** 〔辨析〕 都有"物體受到的重力大小"的意義，但語義側重點、語體色彩有別。"分量"強調指應有的重量，是口語詞，並有引申用法；"重量"強調指事物本身固有的，很少有引申用法，不能説"説話有重量"，但"重量"作定語時有表示很大重量的意味，如可以説"重量級人物"。

分開 fēnkāi ❶〔動〕人或事物不再聚在一起：把他們分開一段時間。❷〔動〕使分開：警察分開圍觀的人群。

▶ **分離** 〔辨析〕 都有"使分開"的意義，但語義側重點和適用對象有別。"分開"強調破壞了原先合在一起的狀態，多用於人或具體事物；"分離"強調脫離原先正常的狀態的結果，既可用於具體事物，也可用於抽象事物。"分開"的賓語是原先的整體；"分離"的賓語是從整體中分離出來的部分。如"老李用手分開灌木叢，採了一朵花"中的"分開"不能換用"分離"。

分擔 fēndān 〔動〕擔負一部分：分擔工作。

▶ **分攤** 〔辨析〕 都有"共同負擔"的意義，但語義側重點和適用範圍有別。"分擔"適用面比較廣，既可以用於費用、工作、任務等具體事物，也可用於壓力、痛苦、悲哀等抽象事物；"分攤"主要用於費用的分攤。如"家務勞動丈夫也應當分擔一部分"中的"分擔"不宜換用"分攤"。

分辨 fēnbiàn 〔動〕根據不同事物的特點加以區別：分辨顏色。

▶ **辨別** 〔辨析〕 都有"把兩個以上相似的對象區分開"的意義，但語義側重點有別。"分辨"強調區分開，不能混同；"辨別"強調看出事物間的不同。如可以説"辨別同義詞"，但一般不説"分辨同義詞"。

▶ **分辯** 〔辨析〕 都有"區分，弄清"的意義，但語義側重點有別。"分辯"強調用語言辯白、解釋，以説清問題，否定對方的説法或看法；"分辨"強調用眼睛、知識區分、辨別，找出異同。如"分辨真相"中的"分辨"不能用"分辯"。

分離 fēnlí ❶〔動〕使本為整體的事物分開：從水中分離出氫氣。❷〔動〕離開（親人等）：骨肉分離。

▶ **別離** 〔辨析〕 都有"離開（親人等）"的意義，但語義側重點、適用對象、語體色彩有別。"分離"重在離、分開，不能用於人與地方的分開，口語和書面語中都可以用；"別離"重在別，可以用於人與地方的分開，具有書面語色彩。如"分離了多年的老朋友又重逢了"中的"分離"不能換用"別離"。

▶ **分別** 辨析 見【分別】條。

▶ **分開** 辨析 見【分開】條。

▶ **分手** 辨析 見【分手】條。

▶ **離別** 辨析 都有"離開（親人等）"的意義，但語義側重點、適用對象、語體色彩、語法功能有別。"分離"重在離、分開，不能用於人與地方的分開，口語和書面語中都可以用，是不及物動詞；"離別"重在別，可以用於人與地方的分開，具有書面語色彩，是及物動詞。如"離別了故鄉的親人"中的"離別"不宜換用"分離"。

分辯 fēnbiàn 動 說清是非曲直：為甚麼不許我分辯。

▶ **辯白** 辨析 都有"因受到誤解或強加的處理而進行辯駁或解釋"的意義，但語義側重點、適用對象有別。"分辯"強調通過分析事實，表明真相，否定對方的說法或看法，一般用於是非曲直方面；"辯白"強調洗清責任，力圖消除受到的誤解或不公正的待遇。如"你不要急於辯白，先聽聽大家的意見"中的"辯白"不宜換用"分辯"。

▶ **辯解** 辨析 都有"因受到誤解或強加的處理而進行辯駁或解釋"的意義，但語義側重點和適用對象有別。"分辯"強調通過分析事實，表明真相，否定對方的說法或看法，一般用於是非曲直方面；"辯解"強調對受人指責的某種見解或行為進行解釋，力圖消除受到的誤解或不公正的待遇。如"我不想為自己辯解，事實勝於雄辯"中的"辯解"不宜換用"分辯"。

▶ **分辨** 辨析 見【分辨】條。

分攤 fēntān 動 分擔（費用）：伙食費大家一起分攤。

▶ **分擔** 辨析 見【分擔】條。

公正 gōngzhèng 形 公平正直，沒有偏私：為人公正。

▶ **公道** 辨析 都有"不徇私，不偏袒，合情合理"的意義，但語義側重點和語體色彩有別。"公正"着重指人的品質的正直無私，口語和書面語中都可以用；"公道"着重指合乎正道，常形容人的品德、對人對事的評說、處置以及物價等，搭配面比較寬，多用於口語。如"價錢公道"中的"公道"不能換用"公正"。

▶ **公平** 辨析 都有"不徇私，不偏袒，合情合理"的意義，但語義側重點和適用對象有別。"公正"着重指正直無私，能按原則辦事，多形容人的品質，有時也形容處理事情沒有偏向，可以說"公正無私、公正廉潔"等；"公平"着重指平等合理，能同樣對待而不因人而異，多形容處理事情的態度，可以說"公平交易、公平競爭"等。

公平 gōngpíng 形 處理事情合情合理，不偏袒一方：公平對待。

▶ **公道** 辨析 都有"不徇私，不偏袒，合情合理"的意義，但適用對象和語體色彩有別。"公平"常形容處理事情的態度，口語和書面語中都可以用；"公道"常形容人的品德、對人對事的評說和處置以及物價等，具有口語色彩。如"公平競爭"中的"公平"不能換用"公道"。

▶ **公正** 辨析 見【公正】條。

公民 gōngmín 名 具有一國國籍的人。

▶ **國民** 辨析 都有"具有一國國籍的人"的意義，但適用場合和語法功能有別。"公民"是法律術語，可以用數量詞修飾；"國民"傾向於作為集合概念使用，不能單獨受數量詞修飾。如可以説"國民經濟、國民生產總值"，但不説"公民經濟、公民生產總值"。

公告 gōnggào ❶動 公開告知：以上通令，公告全體公民周知。❷名 政府或機構團體等向公眾發出的通告。

▶ **佈告** 辨析 都有"張貼出來告知民眾的東西"的意義，但語義側重點和適用對象有別。"公告"比較正式，一般不是現成的文件，而是用敍述性話語將文件的主要內容告知民眾，用於向國內外宣佈重要事項，發佈人多為政府、涉及國際事務的管理機構以及他們授權的發言人等，適用於宣佈政府人員和職務變更，重要領導人的重大活動、病情、去世消息，重大科技實驗、重大事項等，正文結束時，有時要用"現予公告""特此公告"等結束語；"佈告"一般都是現成的文件張貼出來，用於向民眾公佈政策、法令、重大事件，宣傳禁止某些妨害國家安全和公共利益的行為，告知某些需知道和遵守的事項等，內容必須眾所周知，人人遵守。

▶ **告示** 辨析 都有"張貼出來告知民眾的東西"的意義，但適用條件有別。"公告"比較正式，具有一定的官方性；"告示"不很正式，權威性不強。如可以説"政府公告"，但一般不説"政府告示"。

▶ **通告** 辨析 都有"張貼出來告知民眾的東西"的意義，但適用對象有別。"公告"比較正式、嚴肅，多用於國家或政府向國內外鄭重宣佈重大事件和決議、決定等；"通告"比較通俗，事情可大可小，多用於政府部門、基層機構、公眾團體在一定範圍內公佈應當遵守或周知的事項，除在公共場所張貼之外，還經常利用報紙、廣播、電視等手段作公開宣傳。如可以説"通告批評"，但一般不説"公告批評"。

公佈 gōngbù 動 公開發佈（法令、文告、注意事項、科研成果等），使大家知道：公佈錄取名單/公佈選舉結果。

▶ **頒佈** 辨析 都有"公開發佈"的意義，但語義側重點和搭配對象有別。"公佈"強調公開，要使大家知道，可以是書面形式，也可以是口頭形式，對象多是法令、文告、注意事項、科研成果等；"頒佈"強調頒發，要貫徹執行，多以書面形式宣佈，對象多是憲法、法律等，具有莊重色彩。如"最近頒佈了新的保護私隱的法令"中的"頒佈"不宜換用"公佈"。"公佈錄取結果"中的"公佈"不宜換用"頒佈"。

▶ **發佈** 辨析 都有"公開宣佈，使人知道"的意義，但語義側重點和語法功能有別。"公佈"側重公之於眾，不蘊涵上級對下級或權威部門對普通民眾的關係，對象比較明確，可以用"向……公佈"結構，可用於普通場合；"發佈"側重正式宣佈，蘊涵上下關係，對象是泛指的，不能用"向……發佈"結構，具有莊重色彩。如可以説"發佈命令"，但不説"公佈命令"。

▶ **宣佈** 辨析 都有"公開發佈"的意義，但適用對象有別。"公佈"對象多是法令、文告、科研成果等具體內容，而非具體事件；"宣佈"對象多是某一具體事件。如"報社日前宣佈，將舉辦中國著名企業家評選活動"中的"宣佈"不宜換用"公佈"。

公堂 gōngtáng ❶名 古代官吏審理案件的場所：對簿公堂。❷名 祠堂。

▶ **法庭** 辨析 都有"審理案件的場所"的意義，但適用條件有別。"公堂"曾用於古代，現代使用時有較固定的搭配對象；"法庭"是現代審案場所。現代正式場合只能用"法庭"，不能用"公堂"。

公眾 gōngzhòng 名 社會上大多數的人：公眾利益 / 公眾代表。

▶ **民眾** 辨析 都有"多數的人"的意義,但語義側重點有別。"公眾"強調多數人,如"代表公眾利益"指"代表大多數人的利益";"民眾"強調社會整體,如"喚醒民眾",重在指"喚醒全體社會大眾"。

▶ **群眾** 辨析 都有"多數的人"的意義,但語義側重點和感情色彩有別。"公眾"強調多數人,語義中性;"群眾"泛指人民大眾,多含褒義。如"瞭解災情,看望群眾,鼓勵他們振奮精神,生產自救"中的"群眾"不宜換成"公眾"。

公路 gōnglù 图 連接城鎮、鄉村和工礦基地,主要供汽車行駛的道路。

▶ **馬路** 辨析 見【馬路】條。

公道 gōngdào 圈 公平,合理:價錢公道。

▶ **公平** 辨析 見【公平】條。

▶ **公正** 辨析 見【公正】條。

公館 gōngguǎn 图 官員、富人的住宅。

▶ **府邸** 辨析 都有"官員、富人的住宅"的意義,但適用條件有別。"公館"是舊詞語,現在較少使用,使用時前面一般加上一定的姓氏,如張公館、李公館等;"府邸"指貴族官僚或大地主的住宅,現已不使用。

▶ **官邸** 辨析 都有"官員、富人的住宅"的意義,但語義側重點和適用條件有別。"公館"多為私家住宅,前面一般加上一定的姓氏;"官邸"多指政府提供給高級官員的住所,現多在翻譯外文時使用,前面多加職務,如首相官邸、總統官邸等。

月光 yuèguāng 图 月亮發出的光,是月球表面反射太陽光形成的。

▶ **月色** 辨析 都有"月亮發出的光"的意義,但語義側重點、適用對象有別。"月光"強調有一定的亮度,有明亮、能照見人或東西的意味,多用於客觀理性的描述,如"月光是月面反射太陽光形成的";"月色"強調月亮光線的色調,多用於感性的描述,偏重於指一種狀態,如"今晚的月色不錯啊""踏着月色"。

月色 yuèsè 图 月亮發出的光:荷塘月色。

▶ **月光** 辨析 見【月光】條。

欠 qiàn ❶動 睏倦時張大嘴,深吸氣然後呼出:欠伸。❷動 身體一部分稍微向上抬起:欠欠身子。❸動 應當還給人的沒還:賒欠。❹動 不夠,缺乏:欠妥/萬事具備,只欠東風。

▶ **欠缺** 辨析 都有"不夠、缺乏"的意義,但所帶賓語、語氣和詞性有別。"欠"多帶形容詞或動詞作賓語,如"欠妥、欠佳、欠考慮",也可帶名詞作賓語,如"欠火、欠東風";"欠缺"多帶名詞作賓語,所帶賓語可以是具體名詞,也可以是抽象名詞。"欠"表達的語氣比較直接、生硬;"欠缺"表達的語氣比較委婉、緩和。"欠"只用作動詞;"欠缺"除用作動詞外,還可用作名詞,指"不夠的地方",如"沒有甚麼欠缺、欠缺太多"。在其他意義上二者不相同。

▶ **缺** 辨析 都有"不足、缺乏"的意義,但語義側重點、語體色彩和所帶賓語有別。"欠"強調沒有或不夠;"缺"強調所需要的或應該有的人或事物沒有或不夠。"欠"多用於口語,常帶形容詞或動詞作賓語,如"欠妥、欠佳、欠考慮",也可帶名詞作賓語,如"欠火、欠東風";"缺"多用於口語,也可與其他語詞配合用於書面語中,所帶賓語為人或各種事物,如"缺人手、缺水、缺貨"。在其他意義上二者不相同。

欠缺 qiànquē ❶形 不足，不夠：熱情很高，只是還欠缺經驗。❷名 不夠的地方：欠缺太多，一時還沒有辦法解決。

▶ **欠** 辨析 見【欠】條。

▶ **缺** 辨析 都有"不足、缺乏"的意義，但語氣、詞性和語體色彩有別。"欠缺"表達的語氣比較委婉、緩和；"缺"表達的語氣比較直接、生硬。"欠缺"除用作動詞外，還可用作名詞，指"不夠的地方"，如"沒有甚麼欠缺、欠缺太多"；"缺"只用作動詞。"欠缺"可用於口語，也可用於書面語；"缺"多用於口語。在其他意義上二者不相同。

▶ **缺少** 辨析 都有"不足、缺乏"的意義，但語義側重點、語氣和詞性有別。"欠缺"強調所需要的或應該有的沒有或不夠，如"她的舞姿欠缺美感"；"缺少"強調因沒有或不足而不完備，如"我們的時代並不缺少英雄"。"欠缺"表達的語氣比較委婉、緩和；"缺少"表達的語氣比較直接、生硬。"欠缺"除用作動詞外，還可用作名詞，指"不夠的地方"，如"沒有甚麼欠缺、欠缺太多"；"缺少"只用作動詞。

勾引 gōuyǐn 動 勾結引誘(他人做壞事)：勾引有夫之婦。

▶ **引誘** 辨析 都有"誘使他人做某事"的意義，但語義側重點、適用條件有別。"勾引"重在誘騙別人做壞事，施動者一定是人，且懷有不良目的，帶有明顯的貶義，語義相對較重，是口語詞；"引誘"重在指讓別人按照自己的意圖去做，施動者可以是人，也可以是金錢、財產等，多用於貶義，語義相對較輕，具有書面語色彩。如"一夥外地人採用給優惠卡等手段引誘過往人群購買所謂的全毛布料"中的"引誘"不能換用"勾引"。

▶ **誘惑** 辨析 都有"誘使他人做某事"的意義，但語義側重點和適用條件有別。"勾引"重在引，即用某種手段引誘對方做壞事，施動者一定是人；"誘惑"重在惑，即用某種方法迷惑對方，使對方認識不清而按照自己的意願去做，施動者可以是人，也可以是某種事物。如"有些人往往禁不住金錢的誘惑"中的"誘惑"不能換用"勾引"。

勾勒 gōulè 動 用線條或文字描繪事物的輪廓或大致情況：勾勒出一幅仕女圖。

▶ **勾畫** 辨析 見【勾畫】條。

勾畫 gōuhuà 動 勾勒描繪，用簡短的文字描寫：勾畫出一幅動人的圖畫。

▶ **勾勒** 辨析 都有"用簡練的線條或文字描繪事物"的意義，但適用對象有別。"勾畫"的對象可以是簡單的、概括的，也可以是複雜的、細緻的；"勾勒"的對象多是大致的輪廓或情況，較少用於具體、細緻的內容。如"勾畫得惟妙惟肖"中的"勾畫"不宜換用"勾勒"。

勾結 gōujié 動 為了進行不正當的活動暗中互相串通、結合：勾結敵方 / 暗中勾結。

▶ **串通** 辨析 都有"壞人互相聯絡"的意義，但語義側重點、適用對象、語義強度有別。"勾結"強調結合在一起，語義較重，多用於政治勢力或有重要關聯的人物之間；"串通"強調聯絡，語義較輕，多是暗中的活動。如"這幫人勾結得很緊"中的"勾結"不能換用"串通"。

▶ **勾搭** 辨析 都有"為進行不正當的事而暗中結合相通"的意義，但語義側重點、適用對象、語體色彩、語法功能有別。"勾結"強調結合得密切，含有暗中作惡搞陰謀的意味，多用於政治勢力或有重要關聯的人物之間，涉及兩方或兩方以上，口語和書面語中都可以用，是及物動詞，使用較廣；"勾搭"強調有不正當的結合關係，含有"互相引誘地結合起來"的意味，涉及兩方，具有口語色彩，是不及物動詞。如"幾個犯罪團夥互相勾結"中的"勾結"不能換用"勾搭"。

勾搭 gōuda 動 引誘或互相串通做不正當的事：別瞧他們勾搭得緊，其實各有各的打算。

▶ **勾結** 辨析 見【勾結】條。

勾銷 gōuxiāo 動 原定的情況被取消、抹掉：一筆勾銷。

▶ **取消** 辨析 都有"使原有的情況作廢"的意義，但語義側重點和適用對象有別。"勾銷"重在指原定的情況被取消、抹掉，如"勾銷賬目、勾銷多餘的字句"等；"取消"重在指使原有的規章、制度、資格、權利等失去效力，如"取消代理資格、取消訪問計劃"等。

及早 jízǎo 副 抓緊時間，盡可能提前：及早採取必要的措施。

▶ **趁早** 辨析 都有"抓緊時機或提前採取行動"的意義，但語義側重點和語體色彩有別。"及早"強調盡可能早地做某事，含有早於規定時間或預計時間的意味，有書面語色彩，如"及早返回祖國"；"趁早"強調利用較好的條件或恰當的時機抓緊做某事，含有晚了就來不及了或者就會發生變故的意味，有口語色彩，如"要去就趁早去，別錯過了機會"。

及時 jíshí ❶ 形 正趕上時候，適合需要：及時趕到 / 這場雨下得非常及時。❷ 副 不拖延；馬上；立刻：出現問題應及時解決 / 及時處理。

▶ **按時** 辨析 都有"動作行為發生在恰當的時間，不拖延"的意義，但語義側重點有別。"及時"強調不耽擱不拖延，儘早儘快，如"若不及時處理，容易造成環境污染"；"按時"強調與規定的時間相符合，如"按時熄燈睡覺"。

文告 wéngào 名 機構或團體發佈的文件：《海關總署文告》。

▶ **佈告** 辨析 都有"公開發佈的文件"的意義，但語義側重點有別。"文告"可以以定期出版物形式出現，其中可彙集若干公告、規章、政策等。"佈告"一般就某一事件以張貼出來的形式告知，發佈者可以是機構團體，如法院就判決發佈的佈告，也可以是個人，如在網上佈告欄裏發的帖子。

▶ **通告** 辨析 都有"公開發佈的文件"的意義，但語義側重點有別。"文告"可以以定期出版物形式出現，其中可彙集若干公告、規章、政策等，如《對外經濟貿易文告》、聖誕文告；"通告"指普遍通知的文告，如學校通告、網絡通告。

文雅 wényǎ 形 （言談、舉止）溫和有禮貌，不粗俗：談吐文雅 / 文雅端莊。

▶ **高雅** 辨析 都有"雅致，不粗俗"的意義，但語義側重點、適用對象有別。"文雅"強調文質彬彬，有修養，可用於人的言談、行為舉止、態度等。"高雅"偏重指高尚、高貴，多用於形容事物，如"高雅藝術"。

文靜 wénjìng 形 （性格、舉止等）溫和、安靜，有禮貌，不粗俗：文靜的女生。

▶ **嫺靜** 辨析 都有"文雅安靜"的意義，但適用範圍和用法有別。"文靜"既可用於形容女性，也可用於形容男性；"嫺靜"只用於形容女性。"文靜"可重疊使用，如"文文靜靜的女孩"，"嫺靜"不行。

方才 fāngcái ❶ 不久以前：方才之事。❷ 副 表示時間有先後或有條件關係：他略微猶豫了一下，方才答應下來。

▶ 才 辨析 見【才】條。

▶ 剛才 辨析 都有"不久以前"的意義,但語體色彩有別。"方才"一般用於書面語;"剛才"一般用於口語。如一般説"我剛才還見到他了",而不説"我方才還見到他了"。

方法 fāngfǎ 名 解決問題的門路、程序、措施等:學習方法。

▶ 辦法 辨析 都有"解決問題的門路、程序、措施等"的意義,但語義側重點和搭配對象有別。"方法"強調帶有方向性,用於學習、工作、思想等大的方面,比較正式;"辦法"強調可以具體實施,可以有效地解決問題,不能用在學習、工作、思想等的後面。

▶ 主意 辨析 都有"解決問題的門路、程序、措施等"的意義,但語義側重點、搭配對象、語體色彩有別。"方法"強調帶有方向性,用於學習、工作、思想等大的方面,比較正式,多用於書面語;"主意"強調可以具體實施,可以有效地解決問題,不能用在學習、工作、思想等的後面,多用於口語。如人們一般説"你幫我出個主意吧",而不説"你幫我出個方法"。

方便 fāngbiàn ❶形 很容易實現,不費事:這裏購物很方便。❷動 使方便:方便大家。❸形 適宜:這裏説話不太方便。❹動 婉辭,指手頭富裕。❺動 婉辭,指大小便。

▶ 便利 辨析 都有"不費事,沒有困難或阻礙"的意義,但語義側重點有別。"方便"強調不麻煩,不費勁;"便利"強調很容易達到目的。如"這條法規對公務人員利用職務上的便利貪污公共財物的犯罪行為,作了明確的懲處規定"中的"便利"不能換用"方便"。

方案 fāng'àn ❶名 工作的實施計劃:教學方案。❷名 制定的規範模式:

《漢語拼音方案》。

▶ 計劃 辨析 都有"工作或行動預先擬定的內容、方法或步驟"的意義,但語義側重點和適用條件有別。"方案"比較具體,可以依照執行;"計劃"側重於時間上的安排,大方向的籌劃,實施上相對比較概括,具體實施時需要進一步細化。"方案"是某項工作或行動肯定實施時擬定的;"計劃"是規劃中的,具體實施與否不能肯定。如可以説"治療方案",但一般不説"治療計劃"。

方略 fānglüè 名 全盤的計劃和策略:建國方略。

▶ 策略 辨析 都有"為實現一定任務而制定的行動方針和所採取的原則、手段"的意義,但語義側重點和感情色彩有別。"方略"着重指國家或政府為實現政治、軍事、經濟、文化等方面的任務制定的全盤計劃或所採取的手段,具有原則性和相對穩定性,有莊重的態度色彩;"策略"着重指計謀,具有一定的靈活性,可用於國家、政府,也可用於個人。如"戰爭要講究策略"中的"策略"不能換用"方略"。

▶ 計策 辨析 都有"為實現一定任務而制定的行動方針和所採取的原則、手段"的意義,但語義側重點和語體色彩有別。"方略"指大的、全面的、整體的計劃和策略,具有書面語色彩;"計策"一般指具體的某方面的計劃和策略,口語和書面語都可以用。如"他們用了甚麼計策把他弄進了圈套?"中的"計策"不能換用"方略"。

火把 huǒbǎ 名 上端點燃,下端的柄拿在手中,用來照明的東西,多用松木或竹篾等製成。

▶ 火炬 辨析 都有"照明的工具"的意義,但語義側重點有別。"火把"比較具體;"火炬"還含有象徵勝利、光明的意味，具有莊重的態度色彩。如"他倆曾多次在漆黑的夜裏，打上手電、火把滿山遍野地去尋找"中的"火把"不能換用"火炬"。

火炬 huǒjù 〔名〕火把(多用於正式場合)：火炬接力。

▶ **火把** 辨析 見【火把】條。

火速 huǒsù 〔副〕用最快的速度（做緊急的事）：火速前進。

▶ **高速** 辨析 都有"速度快"的意義，但語義強度、適用對象、語法功能有別。"火速"語義較重，多用於形容行動迅速，是副詞，不能作定語；"高速"語義較輕，多用於形容速度快，是形容詞，常作定語。如可以說"高速公路""高速發展"，但不說"火速公路""火速發展"。

▶ **快速** 辨析 都有"速度快"的意義，但語義強度、語法功能有別。"火速"語義較重，是副詞，不能作定語；"快速"語義較輕，是形容詞，可以作定語。如可以說"快速照相機"，但一般不說"火速照相機"。

▶ **神速** 辨析 都有"速度快"的意義，但語義強度、適用對象、語法功能有別。"火速"語義較輕，多用於形容行動迅速，是副詞；"神速"語義較重，多用於形容效果顯著，是形容詞。如可以說"兵貴神速""藥效神速"，但不說"兵貴火速""藥效火速"。

▶ **迅速** 辨析 都有"速度快"的意義，但語義強度、語法功能有別。"火速"語義較重，是副詞；"迅速"語義較輕，是形容詞。如"俄羅斯人雖然粗大，可對別人的表情理解得極細緻，而且反應迅速"中的"迅速"不能換用"火速"。

火熱 huǒrè ❶〔形〕像火一樣熱：火熱的太陽。❷〔形〕形容感情熱烈：一顆火熱的心。❸〔形〕親熱：倆人打得火熱。

❹〔形〕緊張激烈：火熱的拼搏場面。

▶ **熾熱** 辨析 都有"非常熱"和"形容感情熱烈"的意義，但語義強度、語體色彩有別。"火熱"語義相對較輕，口語和書面語都可以用；"熾熱"語義較重，具有書面語色彩。如"暴雨之後的山川樹木顯得格外寧靜，它們似乎在等待着夏日的熾熱與輝煌"中的"熾熱"。

▶ **酷熱** 辨析 都有"非常熱"的意義，但適用對象有別。"火熱"一般多形容具體的事物；"酷熱"一般只形容天氣。如可以說"火熱的太陽"，但一般不說"酷熱的太陽"。

▶ **炎熱** 辨析 都有"非常熱"的意義，但適用對象有別。"火熱"多形容具體的事物；"炎熱"一般只形容天氣。如可以說"炎熱的夏季"，但一般不說"火熱的夏季"。

火線 huǒxiàn ❶〔名〕交戰雙方對峙的(槍炮子彈所射及的）前沿地帶：輕傷不下火線。❷〔名〕電路中輸送電的電源線。❸〔名〕大火燃燒所形成的狹長線路。

▶ **前線** 辨析 都有"作戰雙方軍隊接近的地帶"的意義，但語義側重點有別。"火線"強調交戰雙方距離非常近，槍炮子彈可以打到對方；"前線"交戰雙方距離不一定很近，跟"後方"相對，可用於比喻義。如"企業主管親臨前線，作戰指揮"中的"前線"不能換用"火線"。

▶ **戰線** 辨析 都有"作戰雙方軍隊的接觸線"的意義，但語義側重點有別。"火線"強調交戰雙方接觸的縱向距離，着重指交戰雙方槍彈射到的地方；"戰線"強調雙方接觸的橫向距離，可用於比喻義。如"戰線拉得很長""農業戰線"中的"戰線"都不能換用"火線"。

心地 xīndì 〔名〕指人的內心：心地善良。

▶ **心腸** 辨析 都有"指對別人的命運、遭遇、痛苦等所持的情感狀態"的意義，但語義側重點、搭配對象有別。"心腸"側重於是否善良和純潔等，常和"好""壞""狠毒"等搭配，還可以和"菩薩"組合成固定詞組；"心地"側重於是否富於同情心，是否善良等，常和"善良""坦白""潔白"等搭配。

心坎 xīnkǎn ❶名 心口：一劍刺中對手的心坎。❷名 內心深處：把實事辦到百姓心坎上／他的話説到我的心坎裏了。

▶ **心窩** 辨析 都有"心口"和"內心深處"的意義，但語義側重點、搭配對象有別。"心坎"強調內心深處，有真實的思想和情感的意味。"心窩"也強調內心深處，但搭配與"心坎"有所不同，常見的搭配如：暖心窩、掏心窩、貼心窩。

心思 xīnsi ❶名 心裏的打算：壞心思。❷名 指思考、記憶等能力：挖空心思／費盡心思。❸名 想做某件事的心情：今天沒心思跟你逛街。

▶ **念頭** 辨析 都有"心裏的打算"的意義，但語義側重點、語體色彩有別。"心思"強調內心集中考慮的內容；"念頭"強調打算、考慮的結果，口語色彩較強。

▶ **心腸** 辨析 見【心腸】條。

▶ **心機** 辨析 見【心機】條。

▶ **心計** 辨析 見【心計】條。

心計 xīnjì 名 計謀；心裏的打算：頗有心計。

▶ **心機** 辨析 都有"計謀；心裏的打算"的意義，但語義側重點及語義輕重、語體色彩、搭配對象有別。"心機"強調開動腦筋，費力地去思索，多含貶義，常與"用盡""費盡""煞費""枉費"等搭配，有書面語色彩；"心計"強調心裏的打算、算計，常與"有""沒有""要""工於"等搭配，語義比"心機"輕。

▶ **心思** 辨析 都有"計謀；心裏的打算"的意義，但語體色彩、語義輕重有別。"心思"強調心裏的打算，語義比較輕，如"你的那點小心思，我不用想就知道"；"心計"有時含貶義，語義較重，如"他這個人工於心計，你和他交往可要小心了"。

心胸 xīnxiōng ❶名 內心深處；胸中：心胸迸發出怒火。❷名 氣量：開闊的心胸／寬廣的心胸。❸名 志氣；抱負：他有眼光，有心胸，有氣魄／大心胸加大智慧。

▶ **心懷** 辨析 見【心懷】條。

▶ **胸懷** 辨析 都有"抱負；氣量"的意義，但語義側重點有別。"心胸"偏重指思想境界的開闊程度，如心胸坦蕩、心胸寬廣、瞭解男人的心胸。"胸懷"偏重指對事業的抱負和思想境界的開闊程度，如大海一樣的胸懷、胸懷坦蕩。在此意義上，"胸懷"表意比"心胸"更明確、具體。在其他意義上二者不相同。

心腸 xīncháng ❶名 用心；存心：心腸好。❷名 對事物的感情狀態：鐵石心腸。❸名 興致；想做某件事的心情：他現在沒心腸欣賞窗外的美景。

▶ **心地** 辨析 見【心地】條。

▶ **心思** 辨析 都有"興致；想做某件事的心情"的意義，但使用頻率有別。"心思"是常見的用法。"心腸"的使用頻率極低。在其他意義上二者不相同。

心腹 xīnfù ❶形 親信的：心腹朋友。❷名 親信的人：身邊的心腹。❸形 藏在心裏輕易不對人説的：心腹話／心腹事。

▶ **親信** 辨析 都有"非常值得信賴的人"的意義，但語義側重點、詞語色彩有別。"心腹"有很強的形象色彩，借心腹說明彼此關係密切的程度之深；"親信"偏重指因有親緣關係或因彼此親近關係密切而值得信賴的人。在其他意義上二者不相同。

心意 xīnyì ❶图 對人的情意：借這個小禮物表達她的心意。❷图 意思，心中的想法：用手勢表達心意。

▶ **情意** 辨析 都有"對人關懷、愛護或感激的感情意向"的意義，但語義側重點有別。"心意"強調感情是發自內心的；"情意"有感情真摯深厚的意味。二者在其他意義上不相同。

▶ **意思** 辨析 都有"對人關懷、愛護或感激的感情意向"的意義，但語義側重點、搭配對象、語義輕重、語體色彩有別。"心意"強調感情是發自內心的。"意思"多用於表示客氣，常見搭配有："一點意思""小意思"，語義比"心意"輕，有口語色彩。二者在其他意義上不相同。

心窩 xīnwō ❶图 人體上心臟所在的地方：人們常把心窩部疼痛稱為胃脘痛。❷图 思想裏；頭腦裏：他的話說到了大家的心窩裏。

▶ **心坎** 辨析 見【心坎】條。

心機 xīnjī 图 心裏的打算；計謀：白費心機／暗藏心機。

▶ **心計** 辨析 見【心計】條。

▶ **心思** 辨析 都有"計謀；心裏的打算"的意義，但語義側重點及語義輕重、語體色彩有別。"心機"強調開動腦筋，費力地去思索，多含貶義，有書面語色彩；"心思"強調用心地去思索，語義比"心機"輕。

心願 xīnyuàn 图 希望將來能達到某種目的的想法：了卻了一椿心願。

▶ **願望** 辨析 都有"希望將來能達到某種目的的想法"的意義，但語義側重點及語義輕重有別。"心願"強調是心中的願望，常見搭配有：了卻……心願，語義比"願望"重。

心懷 xīnhuái ❶图 心意；心情：抒寫心懷。❷图 抱負；氣量：慈母心懷。

▶ **心胸** 辨析 都有"抱負；氣量"的意義，但語義側重點、詞語色彩、使用頻率有別。"心懷"偏重指心中的想法存在着，如"敞開心懷""心懷坦蕩""大公無私的心懷"；"心胸"偏重指思想境界的開闊程度，有在胸中包容着的形象色彩，如"心胸坦蕩""心胸寬廣""瞭解男人的心胸"。由於"心胸"表意更明確，因而使用頻率和搭配能力都高於"心懷"。在其他意義上二者不相同。

▶ **胸懷** 辨析 都有"抱負；氣量"的意義，但語義側重點、詞語色彩、使用頻率有別。"心懷"偏重指心中的想法存在着，如"慈母心懷""心懷坦蕩""大公無私的心懷"。"胸懷"偏重指對事業的抱負和思想境界的開闊程度，有在胸中包容着的形象色彩，如"寬廣的胸懷""博大的胸懷""胸懷坦蕩"。在此意義上，"胸懷"表意比"心懷"更明確、具體，因而使用頻率和搭配能力都高於"心懷"。在其他意義上二者不相同。

心驚肉跳 xīnjīngròutiào 形容因受驚嚇或擔心等心跳加速，肌肉痙攣，身心非常緊張不安：一部令人心驚肉跳的交通事故紀錄片／半決賽打得心驚肉跳。

▶ **心驚膽戰** 辨析 都有"形容非常害怕"的意義，但語義側重點及語義輕重有別。"心驚肉跳"偏重形容因受驚嚇或擔心等心跳加速，肌肉痙攣，身心非常緊張不安；"心驚膽戰"偏重形容因受驚嚇或擔心等心跳加速，極度恐懼，語義比"心驚肉跳"重。

心驚膽戰 xīnjīngdǎnzhàn 形容非常害怕：他令罪犯心驚膽戰。

▶ **心驚肉跳** 辨析 見【心驚肉跳】條。

弔唁 diàoyàn 動 祭奠死者並慰問遭到喪事的國家、團體或家屬：他們對來弔唁的人們表示感謝。

▶ **弔喪** 辨析 見【弔喪】條。

弔喪 diàosāng 動 到死者家進行祭奠：弔喪回來後，大家心情都很悲傷。

▶ **弔唁** 辨析 都有"到死者家中祭奠"的意義，但語義側重點、風格色彩和語體色彩有別。"弔喪"側重指對一般熟人死後進行祭奠，口語和書面語中都可以用；"弔唁"側重指對德高望重的死者進行祭奠，並進行有關的慰問，具有嚴肅和莊重的色彩，多用於書面語。如"慣於吃酒弔喪的親友們"，也可以藉此換一換口味"中的"弔喪"不宜換用"弔唁"。

引起 yǐnqǐ 動 一種事情、現象、活動使另一種事情、現象、活動出現：引起重視／引起強烈反應／引起了激烈爭論。

▶ **引發** 辨析 見【引發】條。

引發 yǐnfā 動 一種事情、現象、活動使另一種事情、現象、活動出現；觸發：引發思考／引發疾病。

▶ **引起** 辨析 都有"一種事情、現象、活動使另一種事情、現象、活動出現"的意義，但語義側重點、適用對象有別。"引發"有觸發、啟發的意味，多用於思考等意識活動，也可用於疾病、戰爭等現象，但一般不用於感情活動，如一般不說"引發反感"；"引起"有牽及、引動的意味，多用於反感、注意等感情、意識活動，有時也可以用於行為，如"引起了他對往事的回憶"。

引誘 yǐnyòu 動 誘導，多指引人做壞事：引誘青少年吸毒／高薪引誘。

▶ **誘惑** 辨析 都有"誘導，多指引人做壞事"的意義，但語義側重點有別。"引誘"強調使用手段引導或誘導人進行某種行為，如"引誘人蛇偷渡"；"誘惑"強調使用手段，使人認識模糊而進行某種行為，如"用低價誘惑你買那些一錢不值的東西"。

引導 yǐndǎo 動 在前帶頭使後面的人跟隨着；帶着人向某個目標行動：引導與會者就坐／一部引導青少年健康成長的好書。

▶ **誘導** 辨析 都有"帶着人向某個目標行動"的意義，但語義側重點、感情色彩有別。"引導"強調指引、帶領，施動者可以是人，也可以是言論，常含褒義，是比較常見的用法，如"引導時尚潮流"；"誘導"有開導、啟發的意味，施動者只能是人，有褒義色彩，如"誘導學生自己動腦筋"。

以至 yǐzhì ❶ 連 表示在時間、數量、程度、範圍上的延伸：一個矛盾解決了，新的矛盾又會出現，新的矛盾解決後，還會有另外的矛盾出現以至無窮。❷ 連 用在下半句話的開頭，表示由於前半句的話所說的動作、情況的程度很深而形成的結果：局勢的發展十分迅速，以至很多人感到吃驚。

▶ **以致** 辨析 在作連詞，用在下半句話的開頭，表示下文是上述的原因所形成的結果時意義相同，但語義側重點有別。"以致"強調由於某種原因而形成某種結果，多指形成不好的或說話人不希望出現的結果；"以至"強調由於程度深而形成某種結果，結果可以是好的，也可以是不好的。

▶ **乃至** 辨析 見【乃至】條。

以為 yǐwéi 〔動〕對人或事物確定某種看法，做出某種判斷（多用於判斷失誤的情況）：我還以為你不來了呢／原以為自己會成為一名演員。

▶ **認為** 〔辨析〕見【認為】條。

以致 yǐzhì 〔連〕用在下半句話的開頭，表示下文是上述的原因所形成的結果（多指不好的結果）：她太沉迷嘗試不同的髮型，以致髮質嚴重受損。

▶ **以至** 〔辨析〕見【以至】條。

▶ **致使** 〔辨析〕在作連詞，用在下半句話的開頭，表示下文是上述的原因所形成的結果時意義相同，但語義側重點、語體色彩有別。"以致"有因不周到、有錯誤或發展到不適當的程度，不能不導致的意味，如"他拳頭出得這樣突然，以致她還沒反應過來已經挨了一拳"；"致使"強調使出現某種後果，有書面語色彩，如"飛機故障致使返京旅客逗留"。

允許 yǔnxǔ 〔動〕同意個人或組織做某事；條件、時間、環境等適合做某事：允許私人買飛機。

▶ **許可** 〔辨析〕都有"同意個人或組織做某事；條件、時間、環境等適合做某事"的意義，但語義側重點、語體色彩有別。"允許"有允諾、答應的意味，是很常見的用法，如"允許跨校選課""允許說錯話"；"許可"有認為可以的意味，書面語色彩較強，如"公司從此許可他放開手腳"。

▶ **准許** 〔辨析〕都有"同意個人或組織做某事"的意義，但語義側重點、語義輕重、態度色彩有別。"允許"有允諾、答應的意味，是很常見的用法，如"允許在校大學生結婚""允許說錯話"；"准許"偏重指上級、長輩或組織同意做某事，有鄭重的態度色彩，如"准許銷售轉基因食品"。

幻想 huànxiǎng ❶〔動〕對尚未實現（或根本實現不了）的事物有所想像：幻想着有朝一日插上翅膀飛向藍天。❷〔名〕指難以實現的想像或願望：丟掉幻想，準備奮鬥。

▶ **空想** 〔辨析〕都有"不切實際的想像"的意義，但語義側重點、感情色彩有別。"幻想"指虛幻的想像，既可以用於褒義，也可以用於貶義；"空想"多指毫無根據的憑空設想，常用於貶義。如可以說"科學幻想"，但一般不說"科學空想"。

▶ **夢想** 〔辨析〕都有"對於不存在的事物的想像或願望"的意義，但語義側重點有別。"幻想"指虛擬的、空幻的想像或願望，可指脫離實際的、不可能實現的、有害的，也可指源於現實或有科學依據的、在一定條件下可以實現的、有益的，所想的多是未來遠景或想要達到的目的；"夢想"指根本不能實現的癡迷的想像或願望，可指如同白日做夢一樣荒唐可笑的非分之想，也可指如飢似渴的、夢寐以求的美好願望，所想的多是一心想着儘快得到的事物。

▶ **妄想** 〔辨析〕都有"對於不存在的事物的想像或願望"的意義，但語義側重點、感情色彩有別。"幻想"指空幻的想像，可用於好的方面，如"美麗的幻想"，也可以用於不好的方面，如"不切實際的幻想"；"妄想"指荒誕的、胡亂的或者狂妄的、非分的想像或打算，所想的都是不可能實現的，具有貶義色彩，如可以說"癡心妄想"。

幻滅 huànmiè 〔動〕（理想、希望等）像幻境一樣消失：我不忍看他在幻滅中沉淪下去。

▶ **破滅** 〔辨析〕都有"希望、願望等落空"的意義，但語義側重點、語義強度、適用對象、語體色彩有別。"幻滅"強調像夢幻、幻境一樣地消失，語義較輕，多用於願望的落空，具有書面語色彩；"破滅"強調被無情地破壞、毀滅，語義較重，多用於希望、夢想、計劃、行動等，口語和書面語中都可以用。如"他們妄圖用武力征服亞洲、與希特勒共同瓜分世界的美夢最終破滅"中的"破滅"不能換用"幻滅"。

五畫

刊登 kāndēng 動 文章等在報刊上印出：刊登在報紙上的社論。

▶ **發表** 辨析 都有"文章等在報刊上印出"的意義，但語義側重點和適用對象有別。"刊登"強調出現在報刊上，以出版發行的方式印出，除用於文章外，還可用於廣告，如"在多家新聞媒體刊登廣告"；"發表"強調公之於眾，使大家都看到，可用於文章、講話、公報、評論等，不能用於廣告，如"發表宣言""在核心期刊上發表論文"。

▶ **刊載** 辨析 都有"文章等在報刊上印出"的意義，但語體色彩和搭配對象有別。"刊登"通用於口語和書面語，內容可以是廣告，如"報紙左右兩版之間狹長的部分常常刊登廣告"；"刊載"有書面語色彩，一般不用於廣告，如"他的第一篇小說刊載在《文學》雜誌上"。

刊載 kānzǎi 動 在報紙刊物上印出。

▶ **刊登** 辨析 見【刊登】條。

未免 wèimiǎn ❶副 不能不説是：你想的未免太多了。❷副 免不了：你這樣做，未免讓人傷心。

▶ **不免** 辨析 見【不免】條。

未來 wèilái ❶名 就要到來的（指時間）：未來幾天將持續高溫。❷名 現在以後的時間；將來的光景：展望未來。

▶ **將來** 辨析 都有"以後的時間"的意義，但語體色彩有別。"未來"書面語色彩更強一些。如"我們的未來一片光明"中的"未來"不宜換用"將來"。在其他意義上二者不相同。

未曾 wèicéng 副 表示曾經的否定：未曾謀面。

▶ **不曾** 辨析 見【不曾】條。

▶ **未嘗** 辨析 見【未嘗】條。

未嘗 wèicháng ❶副 表示曾經的否定：終夜未嘗合眼。❷副 加在否定詞前面，構成雙重否定，意思跟"不是(不、沒)"相同，但口氣更委婉：這未嘗不是個好點子。

▶ **未曾** 辨析 在作副詞，表示曾經的否定時意義相同，但語體色彩有別。"未嘗"的書面語色彩更強。在其他意義上二者不相同。

末尾 mòwěi 名 事物的最後部分：句子末尾得加個句號。

▶ **末端** 辨析 都有"事物的最後部分"的意義，但語義側重點和適用對象有別。"末尾"指事物的最後部分，多用於名單、文章、演出等，如"我的名字排在末尾"。"末端"指靠近端點的位置，多用於具體事物，如"簪子的末端很圓潤"。

▶ **末梢** 辨析 都有"事物的最後部分"的意義，但語義側重點有別。"末尾"指事物的最後部分，多用於名單、文章、演出等；"末梢"指條狀物越來越細的部分，如"小狗尾巴的末梢有一撮白毛"。

末梢 mòshāo 名 末尾，事物的最後部分：神經末梢。

▶ **末端** 辨析 都有"事物的最後部分"的意義，但語義側重點有別。"末梢"側重指條狀物越來越細的部分，如"竹枝的末梢還有兩片綠葉"；"末端"強調靠近端點的位置，比"末梢"更靠後，如"響尾蛇尾巴的末端有角質的環"。

▶ **末尾** 辨析 見【末尾】條。

末期 mòqī 名 一個時代、一個過程的最後一段：明朝末期。

▶ **後期** 辨析 見【後期】條。

▶ **末葉** 辨析 見【末葉】條。

▶ **晚期** 辨析 都有"一個時代、一個過程的最後一段時期"的意義，但語義側重點有別。"末期"比"晚期"所指的時段更靠後，更接近結束，如"癌症一旦發現，便是晚期"。"晚期"還可以指一個人一生的最後一段時間，如"他晚期的作品風格大變"，"末期"無此義。

末葉 mòyè 名 一個時代或一個世紀的最後一段時期：唐代末葉；十八世紀末葉。

▶ **末期** 辨析 都有"最後一段時期"的意義，但適用對象、語體色彩和語義側重點有別。"末葉"用於"世紀""朝代"等較長時段的最後部分，用於書面語；"末期"所指的時段接近結束，比"末葉"所指時間段更短，用於或長或短的時段的最後都可以，如"癌症末期""奴隸社會末期"。

▶ **晚期** 辨析 都有"最後一段時期"的意義，但適用對象、語體色彩和語義側重點有別。"末葉"適用於"世紀""朝代"等較長時段的最後部分，用於書面語；"晚期"適用於或長或短的時段的最後部分，還可指一個時代、一個過程或一個人一生的最後階段，如"新石器時代晚期""他晚期的境遇相當不好"。

末端 mòduān 名 東西的末梢，盡頭："劍柄的末端鑲嵌了一顆寶石"。

▶ **末梢** 辨析 見【末梢】條。

▶ **末尾** 辨析 見【末尾】條。

示意 shìyì 動 用表情、動作、言語或圖形等表達某種意思：舉手示意／示意他趕快離開。

▶ **表示** 辨析 都有"用言語、動作等表達某種意思"的意義，但語義側重點和用法有別。"示意"強調通過言語、動作、表情、暗號、圖形等含蓄地表達某種意思，通常為較具體的意思；"表示"強調用言語、行為明確地顯示某種意思，使人知道或領會，通常為思想、感情、神色、態度、決心、關懷等。"示意"的賓語一般為動詞性詞語，如"示意離開、示意關門"等；"表示"的賓語可以是動詞性詞語，如"表示歡迎、表示感謝"等，也可以是名詞性詞語，如"表示決心、表示態度"等。

打扮 dǎban ❶動 使容貌和衣着好看：刻意打扮。❷名 打扮出來的樣子；衣着穿戴：一身學生打扮。

▶ **裝扮** 辨析 都有"使容貌和衣着好看"的意義，但語體色彩和適用對象有別。"打扮"多用於口語，適用對象多是人，也可以是建築物；"裝飾"口語和書面語都可以用，適用對象多是事物。如"她越打扮越漂亮了"中的"打扮"不能換用"裝扮"。

打破 dǎpò 動 破除原有的限制、約束等：打破世界記錄。

▶ **突破** 辨析 都有"使原有的限制、拘束、障礙等不再存在"的意義，但語義側重點、語義強度和適用對象有別。"打破"側重指破除原有的限制、拘束、障礙等，語義較重，對象多是常規、制度、局限、幻想、沉默、僵局等；"突破"側重指集中一點衝破阻力，打開缺口，超過限制，語義較輕，對象多是難關、困難、限制、定額等。如："你們的回來不過是勾起他痛苦的回憶，打破了他的平靜而已"中的"打破"不能換用"突破"。

打消 dǎxiāo 動 使某種現象消失：打消顧慮。

▶ 消除 辨析 都有"使某種事物和現象消失"的意義，但語義側重點和適用對象有別。"打消"側重指通過一定行動或以一定事實而使對象消失，適用對象多是念頭、顧慮、計劃、決心等心理現象；"消除"側重指逐漸除掉，適用對象可以是不安等心理現象，還可以是自然現象、缺點錯誤等。如"消除隔閡"中的"消除"不能換用"打消"。

打探 dǎtàn 動 打聽探問：打探消息。

▶ 打聽 辨析 見【打聽】條。

▶ 探聽 辨析 都有"通過各種方式瞭解情況"的意義，但語義側重點和適用對象有別。"打探"側重指想方設法地瞭解情況或獲悉想要知道的消息，適用對象多是情況、消息、虛實等；"探聽"側重指用不公開或比較隱秘的方式瞭解有關問題，適用對象可以是情況、消息，還可以是隱私、秘密、口氣等。如"我想打探出個所以然，自告奮勇地撥通了電話"中的"打探"不能換用"探聽"。

▶ 探詢 辨析 都有"試圖瞭解情況"的意義，但語義側重點、語體色彩和適用對象有別。"打探"側重指千方百計地想瞭解情況或消息，口語和書面語都可以用，適用對象多是情況、消息、虛實等；"探詢"側重指試圖發現有關情況，多用於書面語，適用對象可以是情況、消息，也可以是心中的秘密或想法。如"老孔頭心裏沒底，就悄悄派了霍家老二去四處打探風聲"中的"打探"不宜換用"探詢"。

打掃 dǎsǎo 動 清理髒東西：打掃衛生。

▶ 清掃 辨析 都有"處理髒東西"的意義，但語義側重點和語體色彩有別。"打掃"側重指把髒東西清掃掉，口語和書面語都可以用；"清掃"側重指掃除得很徹底，多用於書面語。如"只要一有空，她就幫助宋祖群整理書籍，打掃衛生"中的"打掃"不能換用"清掃"。

▶ 掃除 辨析 都有"清除髒東西"的意義，但語義側重點和語法功能有別。"打掃"側重於清理，使保持整潔，可重疊為"打掃打掃"，可帶處所賓語，如"打掃教室""打掃屋子"等；"掃除"側重於把髒東西徹底清除掉，不能重疊，不能帶處所賓語。如"他每天為學校打掃廁所，倒垃圾"中的"打掃"不能換用"掃除"。

打動 dǎdòng 動 使人感動：父親的眼淚幾次打動他，使他負疚。

▶ 觸動 辨析 都有"因某事而心有所感"的意義，但語義側重點和語法功能有別。"打動"側重指由於別人的言論或行動而心動，只能帶賓語；"觸動"側重指由於某種刺激而引起感情變化或回憶等，可以帶賓語，也可以帶補語。如"主人公真摯的情誼、堅定的信仰，至今打動着我"中的"打動"不宜換用"觸動"。

▶ 感動 辨析 都有"使人心動"的意義，但語義側重點、語體色彩和語法功能有別。"打動"側重指由於別人的言論或行動而心動，多用於書面語，前面不能加"使""受"等詞，只能帶賓語；"感動"側重指因外界事物而激動，口語和書面語都可以用，前面可以加"使""受"等詞，可以帶賓語，也可以帶補語。如

"向他陳説利害,打動他的心"中的"打動"不宜換用"感動"。

打量 dǎliang ❶動 仔細觀察:上下打量一番。❷動 以為、估計:我打量他今天不會來了。

▶ **端詳** 辨析 都有"觀看"的意義,但語義側重點和語體色彩有別。"打量"側重指上下掃視人或事物的外貌,一般用時較短,多用於口語;"端詳"側重指細細地看和進行評價,一般用時較長,多用於書面語。如"金枝偷偷打量了他一眼,又忍不住一笑"中的"打量"不能換用"端詳"。

打擊 dǎjī ❶動 敲打;撞擊:打擊樂器。❷動 攻擊,使受傷害:打擊報復。

▶ **攻擊** 辨析 都有"使對方受到傷害"的意義,但語義側重點和適用對象有別。"打擊"側重指用武力攻打敵人,也指口誅筆伐的方式進攻敵人,或使人的積極性、上進心受到挫傷;"攻擊"側重指目標明確地、強有力地攻打對手,也可以指惡意指摘別人。如"這樣做既能團結同道又能打擊對手"中的"打擊"不宜換用"攻擊"。

▶ **敲打** 辨析 都有"撞擊"的意義,但適用對象和語法功能有別。"打擊"的適用對象一般是樂器,不能重疊;"敲打"的適用範圍較廣,可以是腰鼓、玻璃、臉盆、木頭等,可以重疊為"敲敲打打"。如"由一人獨唱,眾人幫腔,用打擊樂器伴奏"中的"打擊"不能換用"敲打"。

▶ **抨擊** 辨析 都有"攻擊使受挫"的意義,但語義側重點、語體色彩和適用對象有別。"打擊"側重指用武力攻擊敵人,也指口誅筆伐的方式攻擊對手,或使人的積極性、上進心受到挫傷,口語和書面語都可以用,適用對象可以是人,也可以是事物;"抨擊"側重指用言論攻擊某種言論或行動,多用於書面語,適用對象多是壞人壞事。如"他寫這匿名信純粹是打擊報復"中的"打擊"不能換用"抨擊"。

打擾 dǎrǎo ❶動 影響別人正常的生活:不要打擾他學習。❷動 婉辭,指受招待或麻煩別人時的客套話:對不起,打擾您了!

▶ **干擾** 辨析 見【干擾】條。

▶ **騷擾** 辨析 都有"影響別人的生活或活動,使產生混亂或不安"的意義,但語義側重點、語義強度、感情色彩和語體色彩有別。"打擾"側重指使別人生活或活動的正常安排受到影響,語義較輕,中性詞,多用於口語;"騷擾"側重指引起混亂,使正常、安寧狀態受到破壞,語義較重,貶義詞,多用於書面語。如"我不想打擾他的鍛煉,就默默地離開了"中的"打擾"不能換用"騷擾"。

打聽 dǎting 動 向有關人員瞭解情況或消息:打聽音訊。

▶ **打探** 辨析 都有"詢問消息,瞭解情況"的意義,但語義側重點、語體色彩和適用對象有別。"打聽"側重指為了不知道的情況或消息而向別人詢問,多用於口語,對象一般是情況、消息;"打探"側重指千方百計地想瞭解情況或消息,口語和書面語都可以用,對象多是情況、消息、虛實等。如"人家是聽説你的戲演得好,才跟我打聽你的"中的"打聽"不宜換用"打探"。

▶ **探詢** 辨析 都有"詢問消息,瞭解情況"的意義,但語義側重點、語體色彩和適用對象有別。"打聽"側重指為了不知道的情況或消息而向別人詢問,多用於口語,適用對象一般是情況、消息;"探詢"側重指試圖發現有關情況,多用於書面語,適用對象可以是情況、消息,也可以是心中的秘密或想法。如"瞧瞧,瞧瞧你打聽起我的事那份好奇勁"中的"打聽"不能換用"探詢"。

打擾 dǎjiǎo ❶【動】擾亂，影響別人的生活：很少有人打擾他。❷【動】婉辭，受招待或麻煩別人時的客套話：打擾了，再會！

▶ 擾亂 辨析 都有"打擾他人的正常生活或活動"的意義，但語義側重點、語義強度和語體色彩有別。"打擾"側重指影響別人的正常生活或活動，語義較輕；"擾亂"側重指導致別人的生活或活動產生混亂，語義較重。如"他知道一家人重逢的時候，最不樂意外人打擾"中的"打擾"不能換用"擾亂"。

▶ 騷擾 辨析 都有"影響人的正常生活或活動"的意義，但語義側重點、語義強度、感情色彩和語體色彩有別。"打擾"側重指影響別人正在進行的事情、工作、討論等，語義較輕，中性詞，多用於口語；"騷擾"側重指引起混亂，使正常、安寧狀態受到破壞，語義較重，貶義詞，多用於書面語。如"他完全沒有思想準備，完全想不到他會打擾年輕人"中的"打擾"不能換用"騷擾"。

巧妙 qiǎomiào 【形】靈巧，高妙：巧妙的設計。

▶ 奇妙 辨析 都有"高明、不凡"的意義，但語義側重點和使用方法有別。"巧妙"着重於"巧"，靈巧，強調方法、技術或手段的靈巧和有效，如"房間格局的設計非常巧妙"；"奇妙"着重於"奇"，特殊，強調方法、手段或事物的不同尋常和罕見，如"在雲霧繚繞的山頂可以看到許多奇妙的自然景觀"。"巧妙"可修飾名詞，也可修飾動詞；"奇妙"一般只修飾名詞。

巧遇 qiǎoyù 【動】湊巧遇上：他在街上巧遇多年未聯繫的大學同學。

▶ 奇遇 辨析 都有"湊巧相遇"的意義，但語義側重點和詞性有別。"巧遇"着重於"巧"，恰巧，湊巧相遇或碰到，如"巧遇偷車賊"；"奇遇"着重於"奇"，奇特，指意外而非同尋常的相遇或遭遇，如"魔術師的奇遇"。"巧遇"多用作動詞；"奇遇"多用作名詞。

正好 zhènghǎo ❶【形】恰好，正合適：這雙鞋我穿正好。❷【副】表示恰恰遇到機會：好不容易見面，正好向你請教。

▶ 恰好 辨析 都有"正合適"和"正是某個時候"的意義，但語義側重點有別。"正好"着重指時間不早不晚，位置不前不後，體積不大不小，數量不多不少，程度不高不低，正合需要，可以作謂語；"恰好"着重指情況恰巧合乎需要，比"正好"多一些偶然性，不能作謂語。如"這雙鞋大小正好"中的"正好"不能換用"恰好"。

正直 zhèngzhí 【形】公正坦率：為人正直。

▶ 耿直 辨析 都有"為人公正直率"的意義，但語義側重點和語體色彩有別。"正直"強調富有正義感，待人處事公道、直率，口語和書面語都可以用；"耿直"強調光明磊落、直爽而不掩飾，多用於書面語。

正派 zhèngpài 【形】（品行、作風）規矩，嚴肅，光明：作風正派。

▶ 正經 辨析 見【正經】條。

正當 zhèngdāng 【形】合理合法的：正當經營。

▶ 正經 辨析 都有"合理合法的，合於正路的"的意義，但語義側重點和語體色彩有別。"正當"強調合理，含有不過分、適宜的意味，口語和書面語都可以用；"正經"強調合乎正路和常理常規，具有口語色彩。如"他是個正經人"中的"正經"不宜換用"正當"。

正經 zhèngjing ❶形 端莊正派：他是個正經人。❷形 正當的：正經事。❸形 正式的，合乎一定標準的：正經貨。

▶ **正當** 辨析 見【正當】條。

▶ **正派** 辨析 都有"品行作風端正，為人光明磊落"的意義，但語義側重點和適用對象有別。"正經"着重指品行作風端正，為人光明磊落，比較莊重，不鬧着玩，含有表情嚴肅、不苟言笑的意味，多用於言談、舉止和表情態度，一般形容人；"正派"強調規矩、正道、光明正大，含有不放蕩胡來、不輕狂浪漫、生活嚴謹的意味，多用於形容人的作風，也可形容黨派、集團和路線等。如可以説"作風正派"，但一般不説"作風正經"。

正確 zhèngquè 形 符合事實、道理或某種公認的標準：答案正確。

▶ **準確** 辨析 都有"形容事物符合實際，沒有差錯"的意義，但語義側重點和適用對象有別。"正確"重在對，主要是從性質上説，既可形容具體行動，也可指抽象的思想活動；"準確"重在準，絲毫不差，主要是從效果上看的，一般用於計算、測量、射擊等。如"正確的思想一定是符合實際的"中的"正確"不能換用"準確"。

扔 rēng ❶動 投擲：扔手榴彈。❷動 丟棄：快把那些破爛扔了。

▶ **丟** 辨析 都有"使不要的東西迅速離手"的意義，但語義側重點有別。"扔"強調揮動手臂，用一點力氣，使不要的東西離開手；"丟"強調拿着不要的東西，隨便使它離手，含輕視的態度色彩。在其他意義上二者不相同。

▶ **拋** 辨析 都有"用力揮動手臂，使拿着的東西迅速離手"和"丟棄"的意義，但語義側重點和語體色彩有別。"扔"強調揮動手臂，用一點力氣，使拿着的東西離開手；"拋"強調使拿着的東西向斜上方離手後經一定的空間再落下。"扔"多用於口語；"拋"多用於書面語。在其他意義上二者不相同。

▶ **投** 辨析 都有"用力揮動手臂，使拿着的東西迅速離手"的意義，但語義側重點、語義輕重和語體色彩有別。"扔"着重於使拿着的東西飛向非指定或非專注的地方；"投"着重使拿着的東西飛向指定或專注的地方，語義較"扔"重。"扔"多用於口語；"投"可用於口語，也可用於書面語。在其他意義上二者不相同。

▶ **擲** 辨析 都有"用力揮動手臂，使拿着的東西迅速離手"的意義，但語義側重點、語義輕重和語體色彩有別。"扔"着重於使拿着的東西飛向非指定或非專注的地方；"擲"着重使拿着的東西飛向指定或專注的地方，語義較"扔"重。"扔"多用於口語；"擲"多用於書面語。"扔"還表示"丟棄"的意思，在這一意義上二者不相同。

功夫 gōngfu 名 本領，能耐：功夫深。

▶ **本領** 辨析 都有"技能，能力"的意義，但語義側重點、搭配對象和語體色彩有別。"功夫"着重指需要經過專門訓練才能具備的較難或較複雜的技能，多用於口語和比較隨便的場合；"本領"既可以指較難或較複雜的技能，也可以指一般的技能，口語和書面語中都可以用。如"功夫深""腰腿功夫硬"中的"功夫"不能換用"本領"。

▶ **本事** 辨析 都有"技能，能力"的意義，但語義側重點有別。"功夫"着重指較難或較複雜的技能；"本事"指一般的技能。如"我沒本事，對不起她們母女"中的"本事"不能換用"功夫"。

功勞 gōngláo 图 對某項事業做出過不小的貢獻：功勞蓋世。

▶ **功績** 辨析 都有"對事業或對國家、人民所做出的成績和貢獻"的意義，但語義側重點、適用對象、語義強度有別。"功勞"重在指對事業付出的勞動、做出的貢獻，多用於一般的事情，語義較輕；"功績"重在指重大的成就和貢獻，多用於重大事業上，語義較重。如"辦成這件事有我一份功勞"中的"功勞"不能換用"功績"。

▶ **功勳** 辨析 都有"對事業或對國家、人民所做出的成績和貢獻"的意義，但語義側重點、適用對象、語義強度、語體色彩有別。"功勞"重在指對事業付出的勞動、做出的貢獻，多用於一般的事情，語義較輕，口語和書面語中都可以用，可用於普通人；"功勳"重在指特殊的重大的貢獻，多用於國家、人民的重大事業上，語義較重，帶有莊重、尊敬的態度色彩，多用於領袖以及有傑出貢獻的人和集體。如"這群在第二次世界大戰中，為中國人民抗日戰爭立下不朽功勳的老戰士，理所當然地受到了中國人民的盛情款待"中的"功勳"不宜換用"功勞"。

功勳 gōngxūn 图 對國家、人民做出的重大貢獻、立下的特殊的功勞：不朽功勳。

▶ **功績** 辨析 都有"對事業或對國家、人民所做出的成績和貢獻"的意義，但語義強度和適用對象有別。"功勳"比"功績"語義要重，常用於領袖及有傑出貢獻的人，政治色彩濃厚。

▶ **功勞** 辨析 見【功勞】條。

功績 gōngjì 图 功勞和業績：功績卓著。

▶ **功勞** 辨析 見【功勞】條。

▶ **功勳** 辨析 見【功勳】條。

▶ **業績** 辨析 都有"重大的成就"的意義，但語義側重點、搭配對象和語體色彩有別。"功績"重在指功勞，口語和書面語中都可以用；"業績"重在指完成的事業，多用於書面語。如"公司上半年取得了輝煌的業績"中的"業績"不宜換用"功績"。

去世 qùshì 動 離開人世；死去。

▶ **逝世** 辨析 都有"離開人世、死去"的意義，但使用範圍和語體色彩有別。"去世"適用於各種場合，一般用於成年人或長者；"逝世"帶尊敬的感情色彩，適用於比較莊重、嚴肅的場合和有一定社會地位或威望的人。"去世"適用於一般口語的表達，也可用於書面語；"逝世"多用於書面語。

瓦解 wǎjiě ❶動 像瓦片一樣碎裂，比喻完全破壞或垮台：一個帝國的瓦解。❷動 使對方的力量崩潰：瓦解對方。

▶ **崩潰** 辨析 都有"完全破壞或垮台"的意義，但形象色彩有別。"瓦解"使人聯想到瓦碎裂，如"聯盟正面臨徹底瓦解"；"崩潰"使人聯想到物體崩塌碎裂破潰，如"系統崩潰""他的精神幾乎完全崩潰了"。二者在其他意義上不相同。

▶ **解體** 辨析 都有"完全破壞或垮台"的意義，但形象色彩不同。"瓦解"使人聯想到瓦碎裂，如"公司面臨瓦解"；"解體"使人聯想到物體的結構分解，如"飛機在空中解體""蘇聯解體"。二者在其他意義上不相同。

甘心 gānxīn ❶動 從心裏願意：甘心做無名英雄。❷動 稱心滿意：不拿金牌絕不甘心。

▶ **甘願** 辨析 都有"心裏願意"的意義，但語義側重點和語義強度有別。"甘心"強調心裏完全同意，程度較輕；"甘願"強調自願的程度，程度較重，常用於吃虧、受苦等事。二者在其他意義上不相同。

▶ **情願** 辨析 都有"心裏願意"的意義，但語義側重點和語義強度有別。"甘心"強調心裏完全同意，程度較重；"情願"強調心裏願意，無絲毫勉強，程度較輕，可用於兩者挑一的場合，表示寧願，如"我情願粉身碎骨，決不向敵方屈服"。

甘願 gānyuàn 動 甘心情願：她甘願辭職做一個家庭主婦，從背後支持丈夫。

▶ **甘心** 辨析 見【甘心】條。

▶ **情願** 辨析 都有"心裏願意"的意義，但語義側重點和語義強度有別。"甘願"強調自願的程度，程度較重；"情願"強調心裏願意，無絲毫勉強，程度較輕，可用於兩者挑一的場合，表示寧願。如"我們不幹了，情願回家種田"中的"情願"不宜換用"甘願"。

▶ **願意** 辨析 都有"心裏同意"的意義，但語義側重點和語法功能有別。"甘願"強調雖然吃一些虧、受一些苦、做一些犧牲但心裏完全同意，不能單用；"願意"強調符合自己的心願而同意，可以單用。如"我願意去"中的"願意"不宜換用"甘願"。

世故 shìgù 形 指為人處事善於敷衍、左右逢源：那人特別世故。

▶ **油滑** 辨析 都有"為人處事善於敷衍討好、左右逢源"的意義，但語義側重點、褒貶色彩和詞性有別。"世故"強調富有處世的經驗，待人處事老練周到而不得罪人，中性詞，有時略含貶義，如"他年紀輕輕，卻很世故"；"油滑"強調為人做事輕浮、不誠懇，見機行事，各方面都不得罪，貶義詞，如"這人充滿

幽默卻不油滑"。"世故"除形容詞用法外，還能用作名詞，指處世的經驗；"油滑"只能用作形容詞。

▶ **圓滑** 辨析 都有"為人處事善於敷衍討好、左右逢源"的意義，但語義側重點、褒貶色彩和詞性有別。"世故"強調富有處世的經驗，待人處事老練周到而不得罪人，中性詞，有時略含貶義，如"此人極世故，深通人生三昧"；"圓滑"強調為人做事沒有原則，不負責任，各方面都不得罪，應付得非常周到，多含貶義，如"青年人應該敢想敢説敢幹，不能學得那麼圓滑，沒有一點棱角"。"世故"除用作形容詞外，還能用作名詞，指處世的經驗；"圓滑"只能用作形容詞。

古玩 gǔwán 名 可供玩賞的古代器物：古玩店。

▶ **古董** 辨析 都有"古代留傳下來的珍貴稀罕器物"的意義，但語義側重點有別。"古玩"強調其玩賞性；"古董"強調其作為瞭解古代文化的參考的歷史作用。如常説"老古董"，但一般不説"老古玩"。

古板 gǔbǎn 形 (思想、作風) 固執守舊，呆板少變化：脾氣很古板。

▶ **呆板** 辨析 都有"不靈活"的意義，但語義側重點和適用對象有別。"古板"一般指人的思想、脾氣、作風等；"呆板"強調外在的形式缺少變化，既可以形容人，也可以形容其他事物。如"這篇文章寫得太呆板"中的"呆板"不宜換用"古板"。

▶ **刻板** 辨析 都有"缺少變化"的意義，但語義側重點和適用對象有別。"古板"重在指變化少，語義較輕，一般指人的思想、脾氣、作風等；"刻板"強調沒有變化，語義較重，貶義色彩濃厚，既可以形容人，也可以形容其他事物。

如"他忍受不了那種沉悶、刻板的工作和生活"中的"刻板"不宜換用"古板"。

▶ **死板** 辨析 都有"不靈活"的意義，但語義側重點有別。"古板"重在指為人；"死板"重在指辦事。如"做事情不能太死板"中的"死板"不宜換用"古板"。

古怪 gǔguài 形 跟一般情況很不相同，使人覺得詫異的或生疏罕見的：脾氣古怪。

▶ **乖僻** 辨析 都有"跟一般的情況不同，很罕見而不正常"的意義，但語義側重點、適用對象、語體色彩有別。"古怪"強調奇特得不合常情，含有使人覺得詫異的意味，令人捉摸不透，不易理解，多用於性情、性格、外形，也可用於其他事物，使用較多；"乖僻"強調表現得不正常，不合一般規律，含有違反情理的意味，一般用於性情、性格、思想、行為等，書面語色彩較濃。如"小姪子雖然長得很可愛，但性格乖僻，總是一個人獨來獨往"中的"乖僻"不宜換成"古怪"。

▶ **蹊蹺** 辨析 都有"跟一般的情況不同"的意義，但語義強度、適用對象、語體色彩有別。"古怪"語義較重，既可形容人，也可形容事情，口語和書面語中都可以用；"蹊蹺"語義較輕，一般用於形容事情，具有口語色彩。如"大家始終認為那人死得蹊蹺"中的"蹊蹺"不能換用"古怪"。

古書 gǔshū 名 古代的書籍或著作：家裏有不少古書。

▶ **古籍** 辨析 都有"古代的書籍"的意義，但語義所指和語體色彩有別。"古書"是非集合名詞，比較通俗；"古籍"是集合名詞，比較正式。如可以說"一本古書"，但一般不說"一本古籍"。

古董 gǔdǒng 名 古代流傳下來的珍貴稀罕器物。

▶ **古玩** 辨析 見【古玩】條。

古蹟 gǔjì 名 古代的遺跡，多指古代留傳下來的建築物：名勝古蹟。

▶ **遺蹟** 辨析 都有"遺留下來的痕跡"的意義，但語義側重點有別。"古蹟"可以指保存完好的古代遺留下來的建築物，歷史比較悠久；"遺蹟"着重指舊事物留下的痕跡，但保存不完整，年代不一定很久遠。如"她想陪父親去杭州、紹興和湘潭，憑弔曾祖母的遺蹟"中的"遺蹟"不能換用"古蹟"。

▶ **遺址** 辨析 都有"遺留下來的痕跡"的意義，但語義側重點有別。"古蹟"多指古代遺留下來的建築物；"遺址"着重指毀壞的年代較久的建築物所在的地方，而不是建築物本身。如"唐華清宮梨園遺址在驪山發現"中的"遺址"不能換用"古蹟"。

古籍 gǔjí 名 古書：整理古籍。

▶ **典籍** 辨析 都有"古代的書籍"的意義，但語義範圍有別。"古籍"泛指古代的所有圖書，是集合名詞；"典籍"一般指比較重要的圖書，是非集合名詞。如"兩部大型人物典籍"中的"典籍"不能換用"古籍"。

▶ **古書** 辨析 見【古書】條。

本末 běnmò ❶名 樹根和樹梢，比喻事情從頭到尾的經過：詳細地說出事情的本末。❷名 比喻事物的主要部分和次要部分：本末倒置。

▶ **始末** 辨析 都有"事情從頭到尾的經過"的意義，但語義側重點、風格色彩和適用範圍有別。"本末"側重於指事情從頭到尾的完整過程，以樹根和樹梢作比，具有形象的風格色彩，多用於敍述，如"詳述本末""本末倒置"；"始末"側重於指事情發生、發展、結束的過程，如"郵票誕生始末、案件的始末"等，適用範圍較廣。"本末"還可以用來比喻"事物的主要部分和次要部分"，"始末"沒有這一意義。

本身 běnshēn 名 指集團、機構或事物等自身：故事本身是存在的。

▶ **自身** 辨析 二者都可以指代前面出現過的名詞或代詞，但語義側重點和適用對象有別。"本身"側重於指事物固有的，非外來的，多用於事物，較少用人；"自身"側重於指自己的，而非別人或別的事物的，多用於人或群體，較少用於事物，如"這件事本身沒有錯，但為甚麼會遭到批評，這就要從你自身找原因了"。

本事 běnshì 名 做事的能力：他也沒啥本事。

▶ **本領** 辨析 都有"某種能力或技能"的意義，但語義側重點和語體色彩有別。"本事"側重於指做事的基本的能力，多用於口語；"本領"側重於指特殊的技能，一般需要培訓或訓練才能掌握，多用於書面語，如"張大爺馴鳥的本領十分高超"。

本來 běnlái ❶形 原有的：本來面目。❷副 原先；先前：我本來不會游泳。❸副 表示按道理應該這樣：天還下着雨，你本來就不該出去。

▶ **原本** 辨析 都有"事物或情況先前就是如此"的意義，但語義側重點和語體色彩有別。"本來"側重於指事物先前本身的狀況，口語和書面語都可以用；"原本"側重於指事物先前的本源的狀況，多用於書面語。

▶ **原來** 辨析 都有"事物或情況先前就是如此"的意義，但語義側重點有別。"本來"側重於指事物先前本身的狀況，如"揭穿他的本來面貌"；"原來"側重於指事物起先固有的狀況和樣子，如"黃河

的河水原來並不是黃色的"。

本意 běnyì 名 本來的意思或意圖：父母的本意是好的。

▶ **原意** 辨析 都有"先前的意思或意圖"的意義，但語義側重點和適用對象有別。"本意"側重於指最初的或本人的意圖或意願，多用於人；"原意"側重於指在此之前的沒有變化的意義或意圖，可以用於人，也可以用於事物，如"把握立法原意"。

本源 běnyuán 名 事物產生的根本原因；起源：物質世界的本源。

▶ **根源** 辨析 都有"事物產生的根本原因"的意義，但語義側重點、語體色彩和適用對象有別。"本源"側重於指所本或所出自的東西，是基礎，有書面語色彩，多用於具體的事物，如"萬物的本源"；"根源"側重於指根本的、起決定作用的因素，是出發點，口語和書面語都可以用，多用於抽象的事物，如"幸福的根源"。

本領 běnlǐng 動 技能；能力：經營管理的本領。

▶ **本事** 辨析 見【本事】條。

本質 běnzhì ❶名 指事物本身所固有的，對事物性質、面貌和發展起決定作用的屬性：發生了本質上的變化。❷名 指人的本性或固有的品質：我們士兵的本質多麼好呀！

▶ **實質** 辨析 都有"事物內在的、主要的、根本的東西"的意義，但語義側重點和語義範圍有別。"本質"側重於指根本的、起決定作用的性質，跟"現象"相對；"實質"側重於指內在的、真正的性質，跟"表象、假象"相對。"本質"還可以指人、群體等的本性、品質；"實質"沒有這層意思。

可惜 kěxī 副 令人感到遺憾：昨天的晚會很精彩，可惜你沒來。

▶ **惋惜** 辨析 都有"表示同情、感到遺憾"的意義，但語義側重點、語義輕重、感情色彩和語體色彩有別。"可惜"強調令人感到遺憾，不帶有感情色彩，通用於口語和書面語，如"可惜演出不太成功"；"惋惜"強調對人的不幸遭遇或事物的意外變壞而深深地遺憾，語義比"可惜"重，帶有強烈的感情色彩，有書面語色彩，如"人們為失去這樣一位優秀的科學家而深深惋惜"。

可惡 kěwù 形 令人厭惡；使人惱恨：可惡的病魔。

▶ **可憎** 辨析 都有"令人厭惡；使人惱恨"的意義，但語義側重點、語義輕重和語體色彩有別。"可惡"強調令人厭惡，使人反感，通用於口語和書面語，如"這樣做實在是可惡"；"可憎"強調令人憎恨，語義比"可惡"重，常和"面目"組合成固定詞組"面目可憎"，有書面語色彩，如"待到他轉過身去，腦後卻現出一副可憎的面目"。

可貴 kěguì 形 值得珍視或重視：可貴的精神。

▶ **寶貴** 辨析 都有"有價值，值得珍視或重視"的意義，但語義側重點和適用對象有別。"可貴"強調很難得，值得重視，一般用於抽象的事物，如"經歷了戰亂方知和平的可貴"；"寶貴"強調像珍寶一樣貴重，價值極大，既可用於抽象事物，也可用於具體事物，如"要珍惜所取得的成果和寶貴的經驗""為孩子們提供了寶貴的讀物"。

▶ **珍貴** 辨析 都有"有價值，值得珍視或重視"的意義，但語義側重點、語義輕重和適用對象有別。"可貴"強調很難得，值得重視，一般用於抽象的事物，如"提供了極可貴的經驗"；"珍貴"強調像珍寶一樣貴重，稀少不容易獲得，值得珍惜，語義比"可貴"重，既可用於抽象事物，也可用於具體事物，如"這本書是研究香港城市史極其珍貴的資料"。

可憎 kězēng 形 令人厭惡；可恨：面目可憎。

▶ **可惡** 辨析 見【可惡】條。

石沉大海 shíchéndàhǎi 像石頭掉進大海裏一樣不見蹤影，比喻始終沒有消息：他這一走，好像石沉大海，再也沒有音信。

▶ **杳無音信** 辨析 都有"始終沒有消息"的意義，但語義側重點和使用範圍有別。"石沉大海"是比喻性的，以像石頭掉進大海裏那樣不見蹤影來比喻始終沒有消息，如"稿子投出去後，如石沉大海"；"杳無音信"是直陳性的，"杳"，"遙遠"，意為遙遠得不見蹤影，如"他等錢一騙到手，便溜之大吉，杳無音信"。"石沉大海"可用於人，也可用於信件、報告等；"杳無音信"多用於人。

平凡 píngfán 形 平常，不希奇：一個平凡的工人，在平凡的工作崗位上兢兢業業地工作了四十年。

▶ **平常** 辨析 都有"普通，不特別"的意義，但語體色彩和語義側重點、適用範圍有別。"平常"着重於形容人或事物沒有特別的地方，多用於口語，如"在過去，一家有五六個孩子是很平常的"；"平凡"着重於形容人、事業、工作等一般，不起眼，不希奇，多用於書面語，如"他在平凡的工作中作出了不平凡的成績"。

▶ **平庸** 辨析 都有"平常、不突出"的意義，但語義側重點和搭配對象、感情色彩有別。"平凡"着重於形容人、事業、工作等一般，不起眼，不突出，是中性詞，如"一個平凡的老人做出了不平凡的事情"；"平庸"着重於形容人的才學、能力、相貌等一般、不出眾，或形容文章、藝術作品等不精彩，含貶義，常與"無能、淺薄"等搭配，如"相貌平庸沒甚麼，才能平庸才可怕"。

▶ **普通** 辨析 都有"平常，一般"的意義，但語義側重點、語體色彩、適用範圍和語法功能有別。"普通"除了可形容人、事業、工作等一般、不起眼，還可指身份、地位等不高，與"特殊"或"高級"等語義相對，如"官員來到工地上，就是一個普通的勞動者，不能再擺官員架子"，而"平凡"僅用於前者。"普通"通用於各種語境，"平凡"多用於書面語。"普通"修飾名詞時，"的"可加可不加，如"普通(的) 人 / 工作 / 院校"，"平凡"修飾名詞時，一般需加"的"，如"平凡的人 / 工作 / 女人"。

平反 píngfǎn 動 把錯誤的判決或政治結論改正過來：政府給咱平了反。

▶ **翻案** 辨析 都有"推翻原來的判決"的意義，但語義側重點、語義概括範圍有別。"平反"強調把錯誤的判決或做錯的政治結論改正過來，可以帶賓語，如"為文革當中蒙冤的廣大知識分子平反昭雪"；"翻案"的內涵比"平反"大，是指推翻原來的判決，而原來的判決可能是對的，也可能是錯的，不能帶賓語，如"他賊心不死，一有風吹草動就想翻案"。"翻案"還可指推翻原來的結論、評價等，如"替海瑞鳴冤的翻案文章"，"平反"無此意義。

▶ **申冤** 辨析 都有"推翻錯誤判決，洗雪蒙受的冤屈"的意義，但語法功能和語義概括範圍有別。"平反"可帶賓語，如"法院為他平反了冤案"；"申冤"不可帶賓語。"平反"的語義範圍比"申冤"寬，除了前述義項外，"平反"還可指推翻原來作錯的政治結論，為政治上受冤屈的人推翻不公正的政治待遇，如"他的右派問題經過重新審查，已經平反了"，

"申冤"不能用在此處。"申冤"還可指受冤屈的人自己申訴冤屈，希望能夠得到昭雪，如"衙門是有理無錢莫進來，我去哪裏申冤哪！""平反"無此意義。

▶ **昭雪** 辨析 都有"推翻錯誤判決，洗雪蒙受的冤屈"的意義，但語體色彩和搭配對象有別。"平反"通用於口語和書面語，賓語多為"冤案、錯案"，如"法院為他平反了冤案"；"昭雪"用於書面語，不能帶賓語，對象多為"冤情、冤屈"，如"沉冤得以昭雪"。

平分 píngfēn 動 平均分配：這筐栗子咱倆平分。

▶ **均攤** 辨析 都有"平均剖分"的意義，但適用對象有別。"平分"的是土地、收益、錢財、食物等，含有使大家受益的意思，如"全村共 2000 畝土地，按人數平分給村民們"；"均攤"的是費用、債務等，如"修建村級公路的費用一半由村裏出，一半由大夥均攤"。

▶ **平均** 辨析 都有"均衡分配"的意義，但語法功能和語義概括範圍有別。用作動詞時，"平分"可帶賓語，用於口語和書面語，而"平均"帶賓語的情況見於書面語，"平均地權是歷次農民起義的政治綱領"。"平均"兼屬形容詞，義為"均勻的，沒有輕重或多少的區別"，如"獎金分得不平均，大夥都不滿意"，"平分"無形容詞義項。

平平 píngpíng 形 尋常，不好不壞，一般化：長相平平。

▶ **平常** 辨析 都有"普通，不特別"的意義，但語義側重點有別。"平常"着重於形容人或事物普普通通，不特別，如"老太太看上去很平常的樣子，她可是醫學界赫赫有名的婦科專家"；"平平"着重指人的長相、學習成績、家境、收入等不好不壞，如"姑娘長相平平，但賢惠靈巧"。

▶**普通** 辨析 都有“平常，不特別”的意義，但語體色彩和適用範圍、語義概括範圍有別。“平平”多用於書面語，“普通”通用於口語和書面語。“平平”着重指人的長相、收入、家境、學習成績等一般化，不好不壞，如“孩子資質平平，但特別勤奮”；“普通”着重於形容人、事業、工作等一般、不希奇、不特別，如“將軍穿得很普通，乍一看，你會以為他是隔壁的老大爺”。“普通”還可指身份、地位等不高，與“特殊”或“高級”等相對，如“普通公路也要將質量放在第一位”，“平平”無此意義。

平安 píng'ān 形 安寧，安全，沒有事故，沒有危險：祝您一路平安。

▶**安好** 辨析 都有“安寧、沒有意外”的意義，但語體色彩和語法功能有別。“平安”通用於口語和書面語，可作狀語和謂語，如“祝你一路平安”“平安抵達目的地”；“安好”用於書面語，尤其是書信中，只能作謂語，如“全家安好，請勿掛念”。“平安”可重疊，如“平平安安出門去，高高興興回家來”；“安好”不能重疊。

▶**安全** 辨析 都有“沒有危險，不出事故”的意義，但語法功能有別。“平安”可作狀語和謂語，如“平安到家”“祝您全家平安、幸福”；“安全”可作狀語、定語和謂語，如“安全施工”“逃到安全地帶”“小鹿在保護區是安全的”等。

平均 píngjūn ❶形 沒有輕重或多少的分別：“不患寡而患不均”就是平均主義的思想。❷動 把總數按份均勻計算：平均地權。

▶**均勻** 辨析 都有“均等，無輕重或多少的分別”的意義，但語義側重點、語法功能和語義概括範圍有別。“平均”多用來指數量、重量等沒有區別，如“平均主義是體制問題”；“均勻”多指速度、數量等一貫保持均等，沒有忽快忽慢、

忽多忽少的變化，如“今年雨水很不均勻，旱澇災害頻頻發生”。

▶**平分** 辨析 見【平分】條。

平步青雲 píngbùqīngyún 比喻一下子上升到很高的地位或境地：他被總經理看中，此後平步青雲。

▶**青雲直上** 辨析 都有“比喻官職、地位升得很快很高”的意義，但語義側重點有別。“平步青雲”是說從地面一下子上升到青雲之上，説明升遷的突然；“青雲直上”義為直線上升到顯要的地位，形容其升遷之速。

平易 píngyì ❶形 性情或態度親切和藹，不盛氣凌人：張教授平易近人，從來不擺學者架子。❷形 文章通俗易懂：學術文章要寫得平易淺近可不容易。

▶**平和** 辨析 都有“性情或態度溫和，不嚴厲”的意義，但語義側重點有別。“平易”強調態度和藹、親切，常構成“平易近人”“平易可親”等詞語，如“老人平易近人，我們和他談話，真是如沐春風”；“平和”強調態度溫和、不激烈，如“這孩子從小性情平和，待人寬厚”。

▶**平緩** 辨析 都有“待人的態度平和”的意義，但語義側重點有別。“平易”強調態度和藹、親切，與“高傲”相對，如“老將軍那麼平易近人，大家誰也沒覺得拘束”；“平緩”側重於形容態度的緩和，與“急躁”相對，如“他聲音平緩，但可聽出他在極力壓抑着自己的感情”。

平和 pínghé ❶形 性情或言行溫和、不激烈：他性子平和，輕易不着急生氣。❷形 平靜，安寧，不強烈：談判在平和的氣氛中開始了。❸形 藥物作用溫和，不劇烈：中藥一般藥性平和。

▶**平易** 辨析 見【平易】條。

平時 píngshí 图 一般的時候，通常情況下。

▶ **平常** 辨析 都有"一般的通常的時候"的意義，但語義側重點和語義概括範圍上有別。"平時"主要是與特定的或特指的時候相對而言，如"平時我們家電話老也不響，我兒子考上大學以後，電話成天響個不停"；"平常"指普通的、正常情況下的大多數時候，如"我平常都是七點起牀"。"平時"還指與非常時期相對的時期，常與"戰時、戒嚴時"等對舉使用，如"平時多流汗，戰時少流血"。

平常 píngcháng ❶ 形 普通，不特別：一個平常的三口之家。❷ 形 不突出，不出色：參賽的小說都很平常。❸ 图 平日，平時：平常你都做些甚麼？

▶ **平凡** 辨析 見【平凡】條。

▶ **平平** 辨析 見【平平】條。

▶ **平時** 辨析 見【平時】條。

▶ **通常** 辨析 都有"一般的、不特殊的"的意義，但語法功能、語義側重點有別。"通常"還可作定語，如"對付感冒的通常方法是多喝水，多休息"。"平常"作定語，表示事物的品質等一般，如"這衣服樣子挺平常的"。作狀語時，"通常"強調沒有意外情況的行為重複，如"通常我們都走側門"；"平常"則主要表示時間角度的行為重複，如"平常大家都是下了班就回家"。

▶ **尋常** 辨析 都有"人或事物一般、普通"的意義，但語體色彩和語義側重點、語義輕重有別。"平常"多用於口語，側重指沒有突出的特徵，如"我就是個平常人，沒有甚麼值得報道的"；"尋常"用於書面語，比較文雅，側重指與其他的表現類似，語義較重，如"這個季節下暴雨很不尋常，要提高警惕，防範水災"。

平庸 píngyōng 形 平凡，尋常，不出色：他資質平庸。

▶ **平凡** 辨析 見【平凡】條。

▶ **庸碌** 辨析 都有"形容人才能或資質很尋常、不出色"的意義，但語義概括範圍有別。用於人時，"庸碌"的內涵比"平庸"廣，除了可形容人的才能或資質很尋常以外，還包含人缺乏遠大志向，無所成就的意思，可重疊為"庸庸碌碌"，如庸庸碌碌地混了一生，一無所成。

平緩 pínghuǎn ❶ 形 地勢平坦，坡度小：長江中下游地區河汊縱橫，地勢平緩。❷ 形 平穩，緩慢：這兒有一個河灣，水流緩慢。❸ 形 心情、聲音、態度等平和，不急躁：他說話的語調總是那麼平緩。

▶ **平易** 辨析 見【平易】條。

平靜 píngjìng 形 心情、環境等沒有不安或動盪：他覺得萬分幸福，心情久久不能平靜。

▶ **靜謐** 辨析 都有"環境安靜，不喧鬧"的意義，但語體色彩和語義側重點、語義概括範圍有別。"平靜"通用於口語和書面語，如"四周陷入了平靜"；"靜謐"用於書面語，指非常安靜，如"靜謐的宮殿矗立在暮色中"。"平靜"還可指心情沒有動盪，如"聽到平反的消息，他很平靜"；"靜謐"無此意義。

▶ **冷靜** 辨析 都有"心情不激動"的意義，但語義側重點、語義概括範圍有別。"平靜"側重指心情沒有動盪，如"聽到他被錄取的消息，他顯得很平靜，好像這是理所當然的事"；"冷靜"主要指心情沉着，不衝動，如"遇事要冷靜分析，不要急於下結論"。

▶ **寧靜** 辨析 都有"心情安靜、不激動，環境不喧鬧"的意義，但語體色彩和語義側重點有別。"平靜"通用於口語和書面語，"寧靜"多用於書面語。指心情時，"平靜"着重於心情沒有動盪，如"讓我們平靜地談一談"；"寧靜"主要指心情沉靜，不煩躁，如"夜深了，躁動的心漸漸寧靜下來"。指環境時，"平靜"着重指環境、聲音等沒有動盪，如"海面上有一種暴風雨來臨前的可怕的平靜"；"寧靜"着重指安寧、無喧嘩，如"遊人都離去了，古陵園恢復了往日的寧靜"。

▶ **鎮靜** 辨析 都有"穩定、無動盪、不慌亂"的意義，但語義側重點有別。"平靜"着重於指心情，如"當別人誤解你時，你一定要保持平靜，切勿慌亂或憤怒"；"鎮靜"着重指情緒沒有波動，如"面對強敵，李廣將軍非常鎮靜"。"鎮靜"還可用作動詞，意為"使鎮靜"，如"面對狼群，我們要做的首先就是盡力讓自己鎮靜"。

平衡 pínghéng ❶形 對立的各方面或一個整體的各方面在數量、質量或程度上相等或相抵：控制盲目消費，維持收支平衡。❷名 哲學上指矛盾暫時的、相對的統一：平衡是相對的、暫時的。

▶ **均衡** 辨析 都有"數量、質量或程度等均等"的意義，但語義側重點和語體色彩有別。"平衡"側重於指一個物體或兩個事物之間的關係處於一種平穩狀態，適用於多種語境，如"走鋼絲需要非常好的平衡性""今年工廠收支平衡，爭取明年利潤翻番"；"均衡"側重於多個事物之間互相牽制，形成一種穩定狀態，多用於書面語，如"目前國際上雖然存在一些局部衝突，但總體態勢比較均衡，難以打破"。

平穩 píngwěn ❶形 平安穩定，沒有波動或危險：國際局勢平穩。❷形 物體穩當，不晃動：桌子沒放平穩，一碰直晃。

▶ **安穩** 辨析 都有"平安穩定"的意義，但語義側重點有別。"平穩"側重於指沒有大起大落、忽高忽低的變化，如"目前物價平穩""飛機飛得很平穩"；"安穩"側重於指安定、無危險和異常，如"我只想過幾年安穩日子"。

▶ **穩當** 辨析 都有"擺放的物體穩固、不晃動"的意義，但語義側重點有別。"平穩"多指擺放在水平面上的物體不晃動，如"這張桌子沒放平穩，有點晃"；"穩當"既可形容擺放在水平面上的物體不晃動，如"這張桌子沒放穩當，一推直搖晃"，也可形容豎放的物體穩固、不晃動，如"梯子放得穩穩當當的了，保證安全"。

目不識丁 mùbùshídīng 形容人一個字也不識：他是一個目不識丁的文盲。

▶ **胸無點墨** 辨析 都有"形容人文化水平很低"的意義，但感情色彩、語義側重點有別。"目不識丁"是中性詞，強調人一個字也不識；"胸無點墨"是貶義詞，形容人讀書太少，沒有文化或文化水平極低，如"他這人胸無點墨，還特別張狂"。

目中無人 mùzhōngwúrén 形容驕傲自大，看不起人：這孩子目中無人，將來準吃虧。

▶ **目空一切** 辨析 都有"形容人驕傲自大，看不起別人"的意義，但語義輕重有別。"目空一切"的語義比"目中無人"重。

▶ **旁若無人** 辨析 都有"不把別人放在眼裏"的意義，但語義輕重和語義側重點有別。"目中無人"的語義比"旁若無人"重，側重指看不起別人；"旁若無人"側重指不顧忌別人的觀感，任意而為。

目光 mùguāng ❶名 眼睛的神采：目光炯炯。❷名 指視線：大家都把驚訝的目光投向那個年輕人。❸名 眼光，見識：目光短淺。

▶ **眼光** 辨析 分別都有"視線"和"見識"的意義。在前一個意義上，二者一般可互換，如"同學們都以詫異的目光／眼光看着老師"。在後一個意義上，二者的語體色彩和搭配對象有別。"目光"多用於書面語，常搭配成"目光如炬、目光如豆"等；"眼光"多用於口語，常組成"沒眼光""有眼光"等。

目的 mùdì ❶名 想要到達的地點：七點才到達目的地。❷名 想要得到的結果或達到的境地：檢查的目的是促進大家更好地工作。

▶ **目標** 辨析 都有"想要達到的境地或想要得到的結果"的意義，但語義側重點和適用對象有別。"目標"着重指明努力的方向，只能用於積極的事物，如"建成國際金融中心的宏偉目標"；"目的"強調行為的意圖、追求的結果，可用於積極的事物，也可用於消極的事物，如"他這麼做一定有甚麼不可告人的目的""我練習書法的目的是修身養性"。

目空一切 mùkōngyīqiè 形容驕傲自大，甚麼都看不起：作為這一領域的開創者，他從沒因卓有成就而目空一切。

▶ **旁若無人** 辨析 都有"看不到別人"的意義，但語義側重點和感情色彩有別。"目空一切"側重指人驕傲自大，不把別人放在眼裏，是貶義詞；"旁若無人"側重指不顧忌別人的觀感，隨意而為，不一定含貶義，如"這孩子旁若無人地坐在沙發上，一心一意地擺弄着自己的玩具"。

▶ **目中無人** 辨析 見【目中無人】條。

目前 mùqián 名 當下，指說話的時候：目前我們已經完成了 80% 的任務。

▶ **當前** 辨析 都有"所處的這個時候"的意義，但語義側重點有別。"當前"強調時間的緊迫性，如"當前最重要的任務是留住人才"；"目前"只指明最近這一段時間。

▶ **如今** 辨析 都有"所處的這個時候"的意義，但語義側重點有別。"目前"強調說話時所處的時間段，如"我們目前的工作重點應該是市場開拓"；"如今"指現在這一時期，所指時間範圍較大，如"如今很難再找到像她那樣忠心耿耿的保姆了"。

▶ **眼下** 辨析 都有"所處的這個時候"的意義，但語義側重點和語體色彩有別。"目前"表示一段時間，用於書面語；"眼下"強調就是說話的這一時間，強調時間的緊迫，用於口語，如"眼下正是農忙季節，實在抽不出身來"。

目睹 mùdǔ 動 親眼看到：耳聞目睹；目睹此情此景，大家都忍不住流下了熱淚。

▶ **目擊** 辨析 見【目擊】條。

目標 mùbiāo ❶名 射擊、攻擊或尋求的對象：看清目標再打，別浪費子彈。❷名 想要達到的境地或標準：會議確定了第十個五年計劃的奮鬥目標。

▶ **對象** 辨析 都有"行動時的意圖指向"的意義，但適用對象有別。"目標"用於具體行動，如射擊、攻擊或尋求等；"對象"可用於具體行動和抽象行動，如"謀殺者可能正在尋找下一個對象""多學科交叉使得各分支學科的研究對象大大豐富了"。

▶ **目的** 辨析 見【目的】條。

▶ **宗旨** 辨析 都有"目的、意圖"的意義，但語義側重點和語體色彩有別。"目標"側重指努力的方向，通用於口語和書面語；"宗旨"強調行為的根本意圖、主要的指導思想，多用於書面語，如"教育的宗旨在於培養德智體兼備的人才"。

目擊 mùjī 【動】親眼看見：目擊者；目擊證人。

▶ **看見** 辨析 都有"看到"的意義，但語義側重點和語體色彩有別。"看見"語義寬泛，通用於口語和書面語；"目擊"強調當時親眼看見，較為正式，常見於新聞報道和法律文件，如"尋找目擊證人"。

▶ **目睹** 辨析 都有"親眼看到"的意義，但語義側重點和搭配對象有別。"目擊"的事情發生在一段較短的時間內，如"目擊印度洋海嘯慘狀"；"目睹"的事情持續的時間可能很長，如"二十年目睹之怪現狀"。一些固定搭配，如"耳聞目睹""親眼目睹"，不能換用"目擊"。

甲魚 jiǎyú 【名】爬行動物，生活在水中，形狀像龜，背甲上有軟皮。

▶ **鱉** 辨析 二者是等義詞。"甲魚"在構詞上表現了這種動物的身體構造特徵和生活習性，即背部有甲殼，生活在水中而像魚。"鱉"是學名。

申明 shēnmíng 【動】鄭重説明：申明立場。

▶ **聲明** 辨析 都有"説明"的意義，但語義側重點、適用對象和詞性有別。"申明"着重於"申"，陳述，強調通過解釋、陳述以明辨是非，使他人明白，含鄭重的意味；"聲明"着重於"聲"，發出聲音，宣佈，強調公開表明對某事的立場態度或説明情況。"申明"的對象多為理由、立場、目的、意向等；"聲明"的對象多為立場、態度或事實真相等。"申明"只用作動詞；"聲明"除動詞用法外，還能用作名詞，指"聲明的文告"，如"雙方在聯合聲明上簽字"。

申請 shēnqǐng 【動】向有關部門説明理由，提出請求：申請書/申請住房。

▶ **請求** 辨析 都有"提出要求"的意義，但語義側重點、適用範圍和詞性有別。"申請"強調在説明理由的前提下提出要求；"請求"強調提出要求並希望實現，可以不説明理由。"申請"適用於向上級或有關部門提出，多用書面形式遞交，含莊重的意味；"請求"適用於向他人、團體、組織等提出，多用口頭形式當面提出，含恭敬、客氣的意味。"申請"只用作動詞；"請求"除動詞用法外，還能用作名詞，表示所提出的要求，如"答應他的請求"。

▶ **要求** 辨析 都有"提出條件"的意義，但語義側重點和適用範圍有別。"申請"強調在説明理由的前提下提出；"要求"強調自覺地提出某種願望或想實現某種條件，可以不説明理由。"申請"適用於向上級或有關部門提出，多用書面形式遞交，含莊重的意味；"要求"適用於向他人、自己、團體、組織等提出，不限於上級、下級、平級，多用口頭形式當面提出，含迫切的意味。"申請"只用作動詞；"要求"除動詞用法外，還能用作名詞，表示所提出的具體願望或條件，如"滿足他的要求"。

田 tián ❶【名】耕種用的土地：水田。❷【名】可供開採資源的地帶：油田。

▶ **地** 辨析 都有"耕種用的土地"的意義，但使用範圍有別。"田"多用於南方，有時專指能蓄水的耕地；"地"多用於北方，一般指旱地。在其他意義上二者不相同。

▶ **田地** 辨析 都有"耕種用的土地"的意義，但語義側重點、用法和使用範圍有別。"田"多用於南方，有時專指能蓄水的耕地，多直接與單音節的農作物名詞組合使用；"田地"多用於面積較廣的莊稼地，一般指旱地，不能直接與單音節的農作物名詞組合使用。"田"通用於口語、書面語和各種場合；"田地"多用於書面語和正式場合。在其他意義上二者不相同。

田地 tiándì ❶名 種植農作物的土地：廣闊的田地。❷名 地步；境遇：落得這個田地。

▶ 地步 辨析 都有"所處的境況"的意義，但語義側重點和適用範圍有別。"田地"着重於某種狀況或境遇，多用於事情向壞處發展所達到的狀況，如"弄到今天這步田地，完全是他咎由自取"；"地步"着重指發展到某一處境或某一程度，多用於不好的景況，如"誠信問題已到了非解決不可的地步"。在其他意義上二者不相同。

▶ 田 辨析 見【田】條。

只有 zhǐyǒu 連 表示必要條件：只有這一把鑰匙才能打開這個保險箱。

▶ 只要 辨析 在作連詞，表示"有了這個條件之後才有後面的結果"時意義相同，但語義側重點和語法功能有別。"只有"着重指唯一的條件，沒有這個條件，就沒有後面的結果，後面常和"才""方"搭配使用；"只要"着重指充足的條件，只要有了這一條件，就有後面的結果，沒有這一條件，滿足其他條件也可有後面的結果，常和"就""便""都"等搭配使用。如"只有這一把鑰匙才能打開這個保險箱"中的"只有"不能換用"只要"。

只要 zhǐyào 連 表示充分的條件：只要有你在，我就不怕。

▶ 只有 辨析 見【只有】條。

史無前例 shǐwúqiánlì 指歷史上從來沒有出現過類似的情形、事件等：史無前例的壯舉。

▶ 前所未有 辨析 都有"歷史上從來沒有出現過類似的情形、事件等"的意義，但語義側重點、語義輕重和使用範圍有別。"史無前例"強調歷史上沒有先例，如"代表團獲得了史無前例的 28 枚金牌"；"前所未有"強調以前從來沒有過，語義較"史無前例"輕，如"前所未有的機遇，前所未有的責任"。"史無前例"一般用於重大的事件；"前所未有"可用於大事、小事，也可用於人或物。

叱責 chìzé 動 大聲責備：嚴厲地叱責。

▶ 斥責 辨析 都有"用言語指出別人的錯誤或罪行"的意義，但語義側重點有別。"叱責"側重指責備時聲音很大；"斥責"側重指嚴厲，但不強調聲音大。如"輿論紛紛斥責她的不道德"中的"斥責"不宜換用"叱責"。

▶ 訓斥 辨析 都有"責備別人的錯誤或罪行"的意義，但語義側重點有別。"叱責"側重指大聲責備；"訓斥"側重指教導並責備，常常是上級對下級，長輩對晚輩。如"我爹常常唉聲歎氣，訓斥我沒有光耀祖宗"中的"訓斥"不宜換用"叱責"。

▶ 責備 辨析 都有"用言語指出別人的錯誤或罪行"的意義，但語義側重點和語義強度有別。"叱責"側重指聲音很大，語義較重；"責備"側重指批評指摘，不強調聲音大小，語義較輕。如"她含笑地責備着孩子"中的"責備"不能換用"叱責"。

▶ 指責 辨析 都有"責備別人的錯誤或罪行"的意義，但語義側重點有別。"叱責"側重指大聲責備；"指責"側重指指出錯誤所在並嚴厲責備。如"李秀英也吃了一驚，她嘟噥着指責王力強"中的"指責"不宜換用"叱責"。

叫 jiào ❶動 人或動物的發音器官發出較大的聲音，表示某種情緒、感覺或慾望：大叫。❷動 招呼；呼喚：母親在叫我。❸動 告訴某些人員(多為服務人員)送來所需要的東西：叫車。❹動 (名稱)是；稱為：這叫時尚。❺動〈方〉雄性的

(某些家畜或家禽)：叫雞。**❻**▣ 使；命令：老師叫我們寫檢查。**❼**▣ 容許或聽任：她不叫去，我們就不去。**❽**㊸ 引出施事，表示被動：衣裳叫露水打濕了。

▶ **稱** 辨析 都有"（名稱）是；稱為"的意義，但語義側重點、適用對象和語體色彩有別。"叫"強調通過發音說出名字，可用於自我介紹，有口語色彩，如"這種水果叫火龍果""我叫余風"；"稱"強調給予名稱，常與"作""為"搭配，不可用於自我介紹，有書面語色彩，如"我們稱之為'黑色幽默'""梅花佔魁，蘭稱君子"。

▶ **喊** 辨析 都有"人或動物的發音器官發出較大的聲音"的意義，但語義側重點和適用對象有別。"叫"強調由人或動物的發音器官發出聲音，既可用於人也可用於動物，如"雞叫了三遍了"；"喊"強調有意使聲音很大，一般只用於人，可與"口號"等搭配，如"宣傳隊員們喊口號動員大家向前趕"。

▶ **讓** 辨析 當用在句子中表示主語是受事（施事放在其後），表示被動的語法作用以及表示"容許或聽任"的意義時構成同義關係。但語體色彩有別。"叫"有口語色彩，如"不叫你進來你別進來""她叫人騙了還不知道呢"；"讓"通用於口語和書面語，如"法院讓她依照程序進行合法的申訴""她的東西全讓警察沒收了"。

▶ **被** 辨析 當用在句子中表示主語是受事（施事放在其後），表示被動的語法作用時意義相同，但語體色彩有別。"叫"有口語色彩，"叫"後面的施事不能省略，如"孩子叫鄰居家的狗咬了"；"被"通用於口語和書面語，"被"後面的施事成分可以省略，如"她被破格提拔為副主任"。

叫喊 jiàohǎn ▣ 大聲叫；嚷：不遠處有人在大聲叫喊。

▶ **叫喚** 辨析 見【叫喚】條。

▶ **叫嚷** 辨析 都有"大聲叫"的意義，但語義側重點、感情色彩和語體色彩有別。"叫喊"強調大聲叫，有意讓別人聽見，不帶有感情色彩，通用於口語和書面語，如"球迷們用噓聲和'胖子'的叫喊聲把他們崇拜的這位球星送出了賽場"；"叫嚷"強調大聲嚷嚷，擾亂別人，常表示反面人物發表言論的情形，這時不一定真的由人的發音器官發出大的聲音，而是一種帶有誇張的表示，含貶義，有書面語色彩，如"人群中爆發出一陣騷動和叫嚷""他叫嚷那些話究竟是甚麼意思呢"。

叫喚 jiàohuan **❶**▣ 大聲叫：她疼得直叫喚。**❷**▣（動物）叫：牲口叫喚。

▶ **叫喊** 辨析 都有"大聲叫"的意義，但語義側重點、適用對象和語體色彩有別。"叫喚"多用於大聲呻吟或感情激動地呼喊或召喚，可用於人，也可用於動物，有口語色彩，如"聽見了她呼天搶地叫喚女兒的聲音""一大群鵝紛紛叫喚了起來"；"叫喊"強調大聲叫，有意讓別人聽見，一般只用於人，通用於口語和書面語，如"一幫納粹分子在球場搗亂，並囂張地叫喊着口號"。

叫嚷 jiàorǎng ▣ 喊叫。

▶ **叫喊** 辨析 見【叫喊】條。

另外 lìngwài ㊯ 除了已經提到的之外：另外的選擇／另外，還有一件事。

▶ **此外** 辨析 都有"除了已經提到的之外的"的意義，但適用範圍有別。"另外"的應用範圍廣；"此外"多用於引起話題，表示在前面說過的內容之外還有其他的內容。

▶ **其他** 辨析 都有"除了已經提到的之外的"的意義，但語法功能有別。"另外"可引起話題，"其他"僅用作定語，如"其他人""其他意見"，結合更為緊密；"另外"作定語時，含義與前面提到的有對抗色彩，如"另外的人""另外的意見"。

囚禁 qiújìn 動 把人關在監獄裏拘禁起來：監獄裏囚禁了幾個女犯人。

▶ 關押 辨析 都有"把人關在監獄裏拘禁起來"的意義，但語義側重點、使用範圍和語體色彩有別。"囚禁"偏重於限制人身自由，如"1815 年，拿破崙從囚禁他的厄爾巴島逃出"；"關押"偏重於關在裏面不讓出來，如"收監關押"。"囚禁"除用於人外，還可以有比喻用法，用於思想感情；"關押"一般只用於人。"囚禁"一般只用於書面語；"關押"可用於口語，也可用於書面語。

四分五裂 sìfēnwǔliè 形容破碎不堪或不完整、不團結：好端端的一個家被他鬧得四分五裂。

▶ 分崩離析 辨析 見【分崩離析】條。

四周 sìzhōu 名 周圍；環繞着中心的部分：環視四周。

▶ 周圍 辨析 都有"環繞中心的部分"的意義，但語義側重點、句法功能有別。"四周"着重於"四"，四個，強調所指的空間範圍處於中心朝外的東南西北四個外沿部分，也說"四周圍"；"周圍"着重於"圍"，環繞處，強調所指的空間範圍處於中心朝外的各個方向。"四周"多用作主語、狀語；"周圍"可用作主語、狀語，還可用作定語。

生存 shēngcún 動 保存生命；存活：生存空間。

▶ 生活 辨析 都有"保存生命"的意義，但語義側重點和詞性有別。"生存"着重於"存"，保存，強調生命處於保存和延續的狀態，如"水是關係人

類生存發展的資源"；"生活"着重於"活"，存活，強調為了存活、發展而進行各種活動，如"脫離了社會，人就不可能生活下去"。"生存"只能用作動詞；"生活"除用作動詞外，還能用作名詞，指"為了生存、發展而進行的各種活動"。在其他意義上二者不相同。

生長 shēngzhǎng ❶動 指生物體在一定的生活條件下體積和重量逐漸增加的過程：植物生長期。❷動 出生和長大；產生和增長：他生長在天津／新生力量不斷生長。

▶ 成長 辨析 都有"發育、增長"的意義，但語義側重點和語法功能有別。"生長"着重於"生"，出生、產生，強調出生並發育長大、產生並發展壯大，如"春秋兩季塵蟎容易生長和繁殖"；"成長"着重於"成"，成熟，強調向成熟、完備的階段發展，如"她從普通的化驗員成長為釀酒專家"。"生長"可以帶賓語；"成長"不能帶賓語。

生事 shēngshì 動 製造事端；引起糾紛：造謠生事。

▶ 惹事 辨析 都有"製造事端、引起糾紛"的意義，但語義側重點和語體色彩有別。"生事"着重於"生"，產生，強調毫無必要地製造出禍事，引起糾紛，如"造謠生事"；"惹事"着重於"惹"，招引，強調因言行不慎而招惹麻煩，如"這孩子從不惹事生非"。"生事"多用於書面語；"惹事"多用於口語。

▶ 滋事 辨析 都有"製造事端、引起糾紛"的意義，但語義側重點、語義輕重和語體色彩有別。"生事"着重於"生"，產生，強調毫無必要地製造出禍事，引起糾紛，如"造謠生事"；"滋事"着重於"滋"，滋生，強調無故製造事端，有意鬧事，語義較"生事"重，如"尋釁滋事"。"生事"多用於書面語；"滋事"含文言色彩，只用於書面語。

生命 shēngmìng 图 生物體所具有的活動能力，屬一種活躍的、有序的、具有新陳代謝和自我複製能力的蛋白體存在形式：人的生命是有限的。

▶ **性命** 辨析 都有"生物體所具有的活動能力"的意義，但使用範圍和語體色彩有別。"生命"使用範圍很廣，可用於人、動物、植物、微生物，還可用於抽象事物，如"政治生命、藝術生命"；"性命"一般只用於人或動物。"生命"多用於書面語；"性命"多用於口語。

生活 shēnghuó ❶图 指人或生物為生存和發展而進行的各種必要的活動：日常生活。❷動 為生存和發展而進行各種必要的活動：他和農民生活在一起。❸動 生存，存活：人脫離了社會就不能生活。❹图 衣、食、住、行等方面的情況：提高生活水平。❺图 某些方言中指話兒：做生活。

▶ **生存** 辨析 見【生存】條。

▶ **生涯** 辨析 都有"為生存、發展而進行的各種必要的活動"的意義，但語義側重點、適用範圍和詞性有別。"生活"泛指各種必要的活動，也指衣、食、住、行方面的情況；"生涯"着重指從事某種長期的或固定的職業、活動，如"研究生涯""舞台生涯"。"生活"可用於人，也可用於動物；"生涯"只用於人。"生活"除用作名詞外，還能用作動詞，指"為了生存、發展而進行各種活動"；"生涯"只能用作名詞。在其他意義上二者不相同。

生氣 shēngqì ❶動 因不滿而產生不愉快的心情：別動不動就生氣。❷图 生命力；活力：生氣勃發。

▶ **活力** 辨析 都有"生命體或組織機構具有的生命力"的意義，但語義側重點和使用範圍有別。"生氣"強調生命具有很強的存活、發展的氣勢、風貌；"活

力"強調生命力旺盛，生存的能力強，有精神。"生氣"適用於人或事物；"活力"適用於人或動物。在其他意義上二者不相同。

▶ **生機** 辨析 都有"生命體或組織機構具有的生命力"的意義，但語義側重點和使用範圍有別。"生氣"着重於"氣"，氣勢、風貌，強調生命的活力，生命力旺盛，有氣勢；"生機"着重於"機"，機能，強調生命具有很強的存活、發展的機能。"生氣"適用於人或事物；"生機"適用於人、植物及植物生長的環境。在其他意義上二者不相同。

生氣勃勃 shēngqìbóbó 形容生命力旺盛，充滿活力，富有朝氣：姑娘們祝願小夥子們像春天一樣生氣勃勃/他給文壇帶來許多生氣勃勃的作品。

▶ **朝氣蓬勃** 辨析 都有"充滿活力、富有朝氣"的意義，但語義側重點和使用範圍有別。"生氣勃勃"着重於"生氣"，活力、生命力，強調生命力旺盛，如"他喜愛運動，顯得生氣勃勃"；"朝氣蓬勃"着重於"朝氣"，早晨的氣象，強調振作奮發、蓬勃向上，如"他永遠朝氣蓬勃，樂觀向上"。"生氣勃勃"可用於人，也可用於事物；"朝氣蓬勃"一般只用於人，且多用於年輕人。

生動 shēngdòng 形 具有活力的，能感動人的：生動活潑。

▶ **活潑** 辨析 都有"具有活力的"的意義，但語義側重點和使用範圍有別。"生動"強調具有生氣、活力，能感動人的；"活潑"強調靈活自然不呆板。"生動"適用於事實、語言、教材、表情、形象、局面等方面，可修飾"說明、刻畫、描寫、體現、教育"等動詞；"活潑"適用於兒童、寵物、文章、流水等方面，能修飾"說、跳"等少數幾個動詞。

生涯 shēngyá 图 指從事某種活動或職業的生活歷程：研究生涯／藝術生涯。

▶ **生活** 辨析 見【生活】條。

生路 shēnglù 图 生活或生存下去的途徑：另謀生路／從重圍中殺出一條生路。

▶ **活路** 辨析 都有"生活或生存下去的途徑"的意義，但語義側重點、語義輕重和語體色彩有別。"生路"指賴以活下去的途徑，語義較"活路"重，如"許多人離開家門到外面去另謀生路"；"活路"原指走得通的路，泛指能夠生活下去或行得通的辦法，如"這樣守着家是沒有活路的"。"生路"多用於書面語；"活路"多用於口語。

生僻 shēngpì 形 較少遇到的；罕為人知的：留心一些生僻字詞的正確讀寫。

▶ **冷僻** 辨析 都有"較少遇到的、罕為人知的"的意義，但語義側重點和使用範圍有別。"生僻"着重於"生"，陌生，強調生疏、不熟悉；"冷僻"着重於"冷"，偏僻、少見，強調少見、不流行。"生僻"多用於文字、詞語、書籍等；"冷僻"多用於文字、名稱、典故、書籍、問題等。"冷僻"還可指地方的冷落偏僻，在這一意義上二者不相同。

生機 shēngjī ❶ 图 生存的機會：一線生機。❷ 图 生命力；活力：生機盎然／那漫山遍野的青青翠竹，向大地顯露着無限的生機。

▶ **活力** 辨析 都有"生命體或組織機構具有的生命力"的意義，但語義側重點和使用範圍有別。"生機"強調生命具有很強的存活、發展的機能，如"這些莊稼生機盎然，長勢喜人"；"活力"強調生命力旺盛，生存的能力強，有精神，如"科技園區的企業充滿活力"。"生機"

適用於人、植物及植物生長的環境；"活力"適用於人、動物及事物。在其他意義上二者不相同。

▶ **生氣** 辨析 見【生氣】條。

失去 shīqù 動 原來有的不再具有；沒有把握住：失去理智／失去機會。

▶ **丟失** 辨析 都有"原來有的不再具有"的意義，但語義側重點、適用對象和語體色彩有別。"失去"強調無意間使原來有的東西丟掉或不再具有；"丟失"強調由於疏忽或粗心大意而使原來有的東西不再具有。"失去"的對象多為具體物品，也可以是抽象事物，如機會、信心、能力、自由、理智、作用等；"丟失"的對象多為具體物品。"失去"可用於書面語，也可用於口語；"丟失"多用於書面語。

▶ **遺失** 辨析 都有"原來有的不再具有"的意義，但語義側重點、適用對象和語體色彩有別。"失去"強調無意間使原來有的東西丟掉或不再具有；"遺失"強調由於疏忽或粗心大意而丟失東西。"失去"的對象多為具體物品，也可以是抽象事物，如機會、信心、能力、自由、理智、作用等；"遺失"的對象多為具體物品。"失去"可用於書面語，也可用於口語；"遺失"多用於書面語。

失常 shīcháng 形 失去正常狀態，不正常：精神失常。

▶ **反常** 辨析 見【反常】條。

失陷 shīxiàn 動 領土等被敵人佔領：東北失陷以後，學生們陷入了深深的痛苦和茫然之中。

▶ **淪陷** 辨析 都有"領土等被敵人佔領"的意義，但語義側重點有別。"失陷"着重於"失"，失去，強調國土丟失或被侵佔的過程；"淪陷"着重於"淪"，陷入，強調城市被攻破，領土被佔領，陷入不幸的境地的狀態。

付諸東流 fùzhūdōngliú 交給向東流去的水，再也回不來了。表示完全喪失或希望落空。

▶ **化為烏有** 辨析 見【化為烏有】條。

代理 dàilǐ ❶動 暫時代人擔任某職務：代理市長。❷動 受當事人委託，代表其進行某種活動：有法定代理人代理民事活動。

▶ **代辦** 辨析 見【代辦】條。

代替 dàitì 動 用甲事物替換乙事物：用積極的態度代替消極迴避的方式。

▶ **取代** 辨析 都有"替換、調換"的意義，但語義側重點和適用對象有別。"代替"側重指甲乙雙方平等地替換，兩者之間一般沒有利害衝突，對象可以是具體的人或事物，也可以是抽象事物；"取代"側重指甲乙雙方地位是不平等的替換，適用對象較窄，一般是一方對另一方的替換。如"它可用在人所不能適應的環境下代替人工作"中的"代替"不能換用"取代"。

▶ **替代** 辨析 都有"替換"的意義，但語體色彩有別。"代替"口語和書面語中都可以用；"替代"多用於書面語。如"父母代替子女思考，似乎子女是他們身體的一部分"中的"代替"不宜換用"替代"。

代辦 dàibàn ❶動 代替辦理：代辦運輸業務。❷名 一國以外交部長的名義派駐另一國的外交代表。❸名 大使或公使不在職時，在使館的高級人員中委派的臨時負責人。

▶ **代勞** 辨析 都有"代替辦理"的意義，但語義側重點、語體色彩和適用對象有別。"代辦"側重指代替別人辦理事情，多用於書面語，適用對象可以是重要的事務，也可以是一般的事務；"代勞"側重指請人代替自己辦事時比較客氣的說法，口語和書面語都可以用，適用對象多是一般的事務。如"學生要用的必需品，須經校長室討論批准，方可由校方代辦"中的"代辦"不宜換用"代勞"。

▶ **代理** 辨析 都有"代替辦理"的意義，但語義側重點有別。"代辦"側重指代替別人辦事；"代理"側重指受當事人的委託，代表其進行某種活動。如"摩托車經銷部代辦駕駛執照"中的"代辦"不能換用"代理"。

白日做夢 bái rì zuò mèng 比喻幻想根本不可能實現：這麼短的時間內完成任務簡直是白日做夢！

▶ **癡心妄想** 辨析 都有"妄想實現根本不可能實現的事情"的意義，但語義側重點和語法功能有別。"白日做夢"強調由於對客觀情況認識或估計不足而無法實現；"癡心妄想"則強調由於想法荒誕、脫離現實而不可能實現。"癡心妄想"既可以作謂詞性成分，也可以作體詞性成分；而"白日做夢"只能作謂詞性成分。如"這次挫折徹底粉碎了他的癡心妄想"中的"癡心妄想"不能換作"白日做夢"。

白淨 báijìng 形 白而潔淨：白淨的衣衫。

▶ **白皙** 辨析 都有"人的皮膚白"的意義，但語義側重點、語體色彩和適用對象有別。"白淨"側重於指人的皮膚雪白乾淨，沒有污垢，多用於口語；"白皙"側重於指人的皮膚白嫩、細膩，多用於書面語。"白淨"除了可以修飾人以外，還可以修飾物，如"白淨的綢褲子""石砌的街巷白淨白淨的"等，而"白皙"只能修飾人的皮膚。

白皙 báixī 形 皮膚白淨：白皙的肌膚。

▶ **白淨** 辨析 見【白淨】條。

仔細 zǐxì

❶形 認真而周密：仔細查看。
❷形 小心，當心：天黑路窄，仔細點。

▶ **細心** 辨析 都有"認真，不馬虎大意"的意義，但語義側重點和適用對象有別。"仔細"強調認真、細緻，不放過細小的地方，適用於人的感官活動、心理活動和一般動作；"細心"強調用心細密，不疏忽，用於照料、侍奉、觀察、研究等行為，也可用來說明人。如"一位細心的警察還是發現了一個異常情況"中的"細心"不宜換用"仔細"。

▶ **細緻** 辨析 都有"認真，不馬虎大意"的意義，但語義側重點和適用對象有別。"仔細"側重指留心，不疏忽，除考慮問題外，還可用於做具體事情等場合，適用範圍較廣；"細緻"側重指精細而又周密，不遺漏有關的細節，多用於考慮問題、分析事物以及形容情感等方面，常與"入微"搭配使用。

斥責 chìzé

動 嚴厲地抨擊別人的錯誤：斥責這種貪污受賄行為。

▶ **叱責** 辨析 見【叱責】條。

▶ **訓斥** 辨析 都有"責備別人的錯誤或罪行"的意義，但語義側重點有別。"斥責"側重指責備；"訓斥"側重指教導並責備，常常是上級對下級，長輩對晚輩。如"當面訓斥手下"中的"訓斥"不宜換用"斥責"。

▶ **責備** 辨析 都有"指出別人的錯誤或罪行"的意義，但語義強度有別。"斥責"指嚴厲地責備，語義較重；"責備"語義較輕。如"那婦人又轉過頭斥責似的對她說"中的"斥責"不宜換用"責備"。

▶ **指責** 辨析 都有"嚴厲地責備別人的錯誤"的意義，但語義側重點和語義強度有別。"斥責"側重指嚴厲地責備，語義較重；"指責"側重指指出並針對別人的錯誤進行嚴厲責備，語義較輕。如"他

憤怒斥責暗殺行徑"中的"斥責"不宜換用"指責"。

瓜葛 guāgé

名 瓜和葛是兩種蔓生植物，能纏繞或攀附在別的物體上。比喻輾轉相連的社會關係，後泛指兩件事情的牽連糾紛：毫無瓜葛。

▶ **關係** 辨析 都有"人或事物之間的某種聯繫"的意義，但語義側重點和感情色彩有別。"瓜葛"強調二者之間相互牽連的關係，含有貶義；"關係"強調二者之間的對等地位，語義中性。如"他們之間沒有瓜葛"與"他們之間沒有關係"意義不同，前者強調二者之間沒有矛盾、不愉快的事情，後者強調二者沒有任何聯繫。

用處 yòngchu

名 起作用的地方：納米技術有甚麼用處／一個用處很大的程序。

▶ **用場** 辨析 都有"起作用的地方"的意義，但語義側重點、搭配對象有別。"用處"偏重指能起某種作用；"用場"偏重在一定的地方起作用，常跟"派"搭配。

▶ **用途** 辨析 都有"起作用的地方"的意義，但語義側重點、適用對象、語體色彩有別。"用處"偏重指能起某種作用，可用於事物和人；"用途"偏重應用的方面或範圍，只用於事物，有書面語色彩。

用途 yòngtú

名 應用的方面或範圍：互聯網用途廣泛。

▶ **用場** 辨析 見【用場】條。

▶ **用處** 辨析 見【用處】條。

用項 yòngxiàng

名 花費的錢；開支：對不明用項的單據，當事人要對理財小組說明情況／曾祖父大人留下的一筆存款，就足夠各房裏的種種用項了。

▶ **費用** 辨析 都有"花費的錢；開支"的意義，但語義側重點有別。"用項"偏

68

重指一項一項的為某目的而具體花費的錢，如"徵用耕地的補償費用項為：土地的補償費、安置補助費以及地上附着物和青苗的補償費"；"費用"含義比較寬泛，多指某筆費用或合計的費用，如"申請專利的費用""本次會議的費用""留學新西蘭的日常生活費用"。

用場 yòngchǎng 名 起作用的地方、應用的方面或範圍：派得上用場。

▶ **用處** 辨析 見【用處】條。

▶ **用途** 辨析 都有"起作用的地方、應用的方面或範圍"的意義，但語義側重點、適用對象、語體色彩有別。"用場"偏重在一定的地方起作用，可用於事物和人，常跟"派"搭配，有口語色彩；"用途"偏重應用的方面或範圍，只用於事物，有書面語色彩。

匆匆 cōngcōng 形 行動急迫的樣子：大人們匆匆吃過晚飯。

▶ **匆忙** 辨析 都有"動作急速的樣子"的意義，但語義側重點有別。"匆匆"側重指速度很快，急急忙忙的樣子；"匆忙"側重指因事物繁多而使動作急迫。如"他匆匆向大家告辭"中的"匆匆"不能換用"匆忙"。

▶ **急忙** 辨析 都有"動作急速的樣子"的意義，但語義側重點、語體色彩和語法功能有別。"匆匆"側重指速度很快，急急忙忙的樣子，口語和書面語都可以用，可作定語、狀語、謂語；"急忙"側重指因心裏着急而自覺地使行動加快，多用於口語，一般作狀語。如"滿街都是行色匆匆的面孔"中的"匆匆"不能換用"急忙"。

匆忙 cōngmáng 形 動作急速：匆忙離開。

▶ **倉促** 辨析 見【倉促】條。

▶ **匆匆** 辨析 見【匆匆】條。

▶ **急促** 辨析 都有"在短時間內行動加快、加緊"的意義，但語義側重點有別。"匆忙"側重指因事物繁多而使行動急速；"急促"側重指速度快，頻率高。如"她們匆忙收拾好東西"中的"匆忙"不宜換用"急促"。

犯人 fànrén 名 犯罪的人，特指在押的。

▶ **罪犯** 辨析 都有"有犯罪行為的人"的意義，但語義側重點和語體色彩有別。"犯人"多指在押的犯罪分子，具有口語色彩；"罪犯"既可能是在押的，也可能是在逃的，具有書面語色彩。

犯法 fànfǎ 動 觸犯法律或法令：知法犯法，罪加一等。

▶ **犯罪** 辨析 都有"不遵守法律或法令"的意義，但語義範圍有別。"犯法"語義較寬，既包括觸犯刑法的犯罪，也包括觸犯民法、行政法等法令的違法行為；"犯罪"語義較窄，僅指觸犯刑法的行為。

▶ **違法** 辨析 都有"不遵守法律或法令"的意義，但語義強度和語體色彩有別。"犯法"語義較重，具有口語色彩；"違法"語義較輕，口語和書面語都可以用。

犯罪 fànzuì 動 做出違反刑法的應受處罰的行為：犯罪分子。

▶ **犯法** 辨析 見【犯法】條。

▶ **違法** 辨析 都有"違反法律法令"的意義，但語義側重點和語義範圍有別。"犯罪"指違反刑法，語義較窄；"違法"泛指違反法律法令，語義較寬。如"執法部門表示要堅決打擊搶搶建的違法行為"中的"違法"不能換成"犯罪"。

外表 wàibiǎo 名 從表面看的樣子：外表美觀。

▶ **表面** 辨析 都有"事物跟外界接觸的部分"的意義，但語義側重點有別。"外表"強調露在外面的部分，跟"裏面""內部"相對；"表面"強調不是內在的、本質的現象，跟"實質""本質"相對。

▶ **外貌** 辨析 都有"從表面看的樣子"的意義，但適用對象有別。"外表"多指人，也用於指物；"外貌"主要用來指人的外部特徵，如面部表情、體形等。

外號 wàihào 名 人的本名以外，別人根據他的特徵給他另起的名字，大都含有親昵、憎惡或開玩笑的意味：他的外號叫跑不死。

▶ **綽號** 辨析 都有"本名以外的名字"的意義，但語體色彩有別。"外號"較俗白，可用於口語和書面語；"綽號"較文雅，多用於書面語。

外貌 wàimào 名 人或物表面的樣子：外貌描寫。

▶ **外表** 辨析 見【外表】條。

▶ **相貌** 辨析 都有"表面的樣子"的意義，但適用對象有別。"外貌"指人或物的整體的樣子；"相貌"僅指人的面部容貌。

包含 bāohán 動 裏邊含有：包含着深厚情誼。

▶ **包括** 辨析 都有"裏面包容着和存在着"的意義，但語義側重點、適用對象和語義範圍有別。"包含"側重於從深度或內在聯繫方面說明事物本身所含有的東西，多用於抽象事物，對象可能只有一個；"包括"側重於從範圍的廣度、數量等方面說明事物所容納的東西，可以用於具體事物，也可以用於抽象事物，對象是兩個或兩個以上，如"這起交通事故造成多人傷亡，包括4名小學生"。

▶ **蘊含** 辨析 都有"裏面包容着和存在着"的意義，但語義側重點和語體色彩

有別。"包含"側重於指存在某種聯繫而容納在其中，口語和書面語都可以用；"蘊含"側重於指深藏其中，含有沒有表露出來的意味，多用於書面語，較少用於口語，如"這個故事蘊含了一個深刻的哲理"。

包庇 bāobì 動 保護或掩護（壞人、壞事）：包庇犯罪嫌疑人。

▶ **袒護** 辨析 都有"保護使不受損害"的意義，但語義側重點、適用對象和語義輕重有別。"包庇"側重於為使不受到應有的懲罰而加以保護或掩護，多用於犯嚴重錯誤的人或壞人；"袒護"側重於指出於偏愛和私心而毫無原則地加以支持或保護，多用於有一般性錯誤思想行為或缺點的人，貶義較輕，如"孩子犯了錯誤，不能一味地袒護"。

包括 bāokuò 動 包含（或列舉各部分，或着重指出某一部分）：包括學生在內28人。

▶ **包含** 辨析 見【包括】條。

包容 bāoróng ❶動 寬容：一味包容。❷動 容納：小禮堂能包容下那麼多人。

▶ **容納** 辨析 都有"固定的空間或範圍內接受或含有"的意義，但語義側重點有別。"包容"側重於指在固定的空間或範圍內含有；"容納"側重於指能夠進入固定的空間或範圍，含有裝得下的意味。

主旨 zhǔzhǐ 名 主要的意義、用意或目的：文章的主旨不清楚。

▶ **宗旨** 辨析 都有"主要的目的和意圖"的意義，但語義側重點和適用對象有別。"主旨"強調主要為了甚麼，即主要的意義和用意，多用於計劃和文字寫作；"宗旨"強調目的所在，適用範圍較廣，大至政黨活動，小至個人行為，都可以用"宗旨"來說明其主要目的。如"竭

誠為客戶服務是本公司的宗旨"中的"宗旨"不宜換用"主旨"。

主見 zhǔjiàn 名（對事情的）確定的意見：他很有主見。

▶ **主意** 辨析 都有"處理事情時所持的見解、意見"的意義，但語義側重點、適用範圍和語體色彩有別。"主見"着重指一個人對事情獨立的而非人云亦云的見解，強調獨立性，所適用的事情較大，多用於個人，常跟"有""沒有"搭配，口語和書面語都可以用；"主意"着重指對解決某些日常生活中的具體問題的意見，強調能解決問題，多用於口語。如"他眼睛一轉，來了主意"中的"主意"不能換用"主見"。

▶ **主張** 辨析 都有"處理事情時所持的見解、意見"的意義，但語義側重點、適用範圍和語體色彩有別。"主見"着重指一個人對事情獨立的而非人云亦云的見解，多用於個人，常跟"有""沒有"搭配，口語和書面語都可以用；"主張"着重指對如何行動所持的確定的系統的見解，比較正式嚴肅，可用於個人，也可用於"政黨、政府"等，常跟"有、拿出、贊成、放棄、提出、自作"等詞語搭配使用，多用於書面語。如"當時中國的主張就是要團結全國一切力量，打倒侵略者"中的"主張"不能換用"主見"。

主使 zhǔshǐ 動 出主意，使別人去做壞事：受人主使。

▶ **指使** 辨析 都有"暗中出主意，使別人去做壞事"的意義，但適用對象和語法功能有別。"主使"強調出主意，對象可以不很明確，如"這個事件是他主使的"；"指使"強調指派、派遣，對象是確定無疑的，經常帶賓語出現，如"是有人指使他這樣做的"。

主要 zhǔyào 形 有關事物中最重要的，起決定作用的：主要矛盾。

▶ **重要** 辨析 都有"表示人或事物的地位或作用十分突出"的意義，但語義側重點和語法功能有別。"主要"強調地位的主次，着重指起決定作用的，一般作定語和狀語，不作謂語；"重要"常作謂語、定語，但不作狀語。主要的一般也是重要的，但重要的不一定是主要的。如"風沙的進攻主要有兩種方式"中的"主要"不能換用"重要"。

主張 zhǔzhāng ❶ 動 對事情持有某種看法或提出某種建議：主張男女平等。❷ 名 對事情持有的某種看法或提出的某種建議：自作主張。

▶ **主見** 辨析 見【主見】條。

▶ **主意** 辨析 都有"對事情所持的明確意見"的意義，但語義側重點和語體色彩有別。"主張"着重指重大的、系統而完整的看法，帶有莊重色彩，多用於書面語；"主意"着重指對解決某些日常生活中的具體問題的意見，多用於口語。如"宣傳代表大會的主張"中的"主張"不能換用"主意"。

主意 zhǔyi ❶ 名 確定的想法，主見：大家七嘴八舌，我倒沒有主意了。❷ 名 處理事情的辦法：餿主意。

▶ **主見** 辨析 見【主見】條。

▶ **主張** 辨析 見【主張】條。

立即 lìjí 副 表示在很短時間內做出反應：立即到我辦公室來一趟。

▶ **當即** 辨析 在作副詞，表示在短時間內做出反應時意義相同，但語義側重點和語體色彩有別。"立即"強調動作或情況發生得很快，如"他們立即決定離開"，是說做決定的時間很短；"當即"強調"在那時"，強調與前因發生的時間相距不遠，如"他們當即決定離開"，是說由於前面發生的事情，使他們很快決定離開，"當即"的書面色彩更濃一些。

▶ **即刻** 辨析 在作副詞，表示在很短時間內作出反應或發生某種情況時意義相同，但語義側重點和語體色彩有別。"即刻"強調對某個命令作出迅速反應，或者在剛發生的行為之後緊接着做出反應，比"立即"要求的時間更短，書面語色彩更濃。

▶ **立刻** 辨析 在作副詞，表示很快發生，立刻反應時意義相同，但語體色彩有別。"立即"比"立刻"書面語色彩稍濃一些。

▶ **馬上** 辨析 見【馬上】條。

立刻 lìkè 副 在很短的時間內就（做出反應）：我立刻給她打了電話，表示安慰。

▶ **頓時** 辨析 在作副詞，表示在很短時間內發生時意義相同，但語義側重和語法功能有別。"頓時"表達的動作的突然性和暴發性比較強，如"禮堂裏頓時響起如雷般的掌聲"，可以置於句首，加逗號與後面的句子分隔開，強調動作的突然性；"立刻"一般不能這樣用。

▶ **即刻** 辨析 在作副詞，表示在短時間內做出反應時意義相同，但語體色彩有別。"即刻"書面語色彩濃厚，如"見字即刻回覆，切盼"；"立刻"通用於口語和書面語，可用於多種語境。

▶ **即時** 辨析 在作副詞，表示在短時間內做出反應時意義相同，但語義側重點、語體色彩和適用對象有別。"立刻"通用於口語和書面語，適用對象範圍寬泛；"即時"要求的反應時間較短，含有緊迫、催促、命令的意思，多用於公函、通知等，有書面語色彩，如"提交申請後，請即時交納學費"。

▶ **立即** 辨析 見【立即】條。

▶ **馬上** 辨析 見【馬上】條。

立體 名 有長寬厚三個維度的物體；多方位的：立體戰爭。

▶ **幾何體** 辨析 見【幾何體】條。

半夜三更 bàn yè sān gēng 深夜：半夜三更鬧甚麼呀。

▶ **深更半夜** 辨析 都有"夜裏很晚的一段時間"的意義，但語義側重點和語義輕重有別。"半夜三更"側重於指零點前後的一段時間，語義較輕；"深更半夜"側重於指半夜以後的一段時間，語義較重，如"深更半夜怎麼還不睡覺，天都快亮了"。

半信半疑 bàn xìn bàn yí 有點相信，又有點懷疑，指對真假是非不敢肯定。

▶ **將信將疑** 辨析 都有"不十分相信或肯定"的意義，但語義側重點和語體色彩有別。"半信半疑"側重於相信或肯定得不完全、不徹底，口語色彩較濃，如"我對你説的話半信半疑"；"將信將疑"側重於指在相信或肯定的同時，又心存懷疑，書面語色彩較濃，如"將軍對敵人的投降將信將疑，並派人仔細打探"。

必定 bìdìng ❶ 副 表示判斷或推論的確定不移：他們必定會走這條路。❷ 副 表示意志的堅決：我後天必定來找你。

▶ **必然** 辨析 在表示判斷或推論的確定不移時意義相同，但語義側重點有別。"必定"偏重於主觀上判斷或推論一定會如此，如"他必定會成功"；"必然"偏重於從客觀規律、事理上判斷或推論一定會如此，語義比"必定"重，如"這一天必然會到來"。

▶ **肯定** 辨析 在表示判斷或推論的確定不移時意義相同，但語義輕重、語體色彩有別。"必定"更強調確定不移，比"肯定"語義重。"必定"多用於書面語，

"肯定"通用於口語和書面語。

▶ **一定** 辨析 見【一定】條。

必然 bìrán ❶副 表示判斷或推論的確定不移：他們必然會這麼做。❷名 哲學上指不以人的意志為轉移的客觀規律。

▶ **必定** 辨析 見【必定】條。

永 yǒng 副 在時間上沒有休止地，持續不斷地：永垂不朽／永不停歇。

▶ **永久** 辨析 都有"在時間上沒有休止，持續不斷"的意義，但詞性、搭配對象有別。"永"是副詞，多修飾單音節的動詞、形容詞，也可修飾雙音節詞語的否定形式，如"永失我愛""永不妥協"；"永久"是形容詞，多修飾雙音節或多音節詞語，還可以修飾名詞，如可以說"永久船閘"。

▶ **永遠** 辨析 在作副詞，表示在時間上沒有休止，持續不斷時意義相同，但語體色彩、搭配對象有別。"永"有書面語色彩，所修飾的詞多是單音節的，也可修飾雙音節詞語的否定形式，如"永不放棄""永不瞑目"；"永遠"通用於口語和書面語，被修飾的成分音節多少不限，但以雙音節為主，如"永遠不會忘記""永遠愛你""我永遠是音樂的奴隸"。

永久 yǒngjiǔ 形 在時間上沒有休止的，持續不斷的：永久保存。

▶ **長久** 辨析 見【長久】條。

▶ **永** 辨析 見【永】條。

▶ **永遠** 辨析 都有"在時間上沒有休止，持續不斷"的意義，但詞性、語體色彩、搭配對象有別。"永久"是形容詞，多用於書面語，可以修飾名詞，如"永久居民"；"永遠"是副詞，通用於口語和書面語，只能修飾動詞、形容詞，不能修飾名詞，如不能說"永遠居民"。

永遠 yǒngyuǎn 副 在時間上沒有休止地，持續不斷地：永遠做你的好朋友。

▶ **永** 辨析 見【永】條。

▶ **永久** 辨析 見【永久】條。

民俗 mínsú 名 民間的風俗習慣：考察民俗。

▶ **風俗** 辨析 見【風俗】條。

民眾 mínzhòng 名 人民大眾：民生政策當服務於廣大的民眾。

▶ **公眾** 辨析 見【公眾】條。

▶ **群眾** 辨析 都有"人民大眾"的意義，但語體色彩和語義概括範圍有別。"民眾"用於書面語，多指一個國家的一般百姓；"群眾"既可屬於一個國家，也可屬於一個地區、一個機構等，通用於口語和書面語，如"這條街臭水橫流，群眾意見很大"。此外，"群眾"還有政治屬性，指"官員""政黨成員"以外的廣大普通百姓，"民眾"無此義。

弘揚 hóngyáng 動 保持發展並使之廣大：弘揚真善美。

▶ **發揚** 辨析 都有"保持並發展"的意義，但語義重點、語義強度、語體色彩、適用對象有別。"發揚"優良作風、傳統、精神等僅是一種出發點，目的是借助這種動力做好具體的事情，口語和書面語都可以用，可用於大的方面，也可以用於小的、個人的方面；"弘揚"本身就表示目的，是通過其他一些具體的行動達到弘揚的目的，語義較重，多指大的方面，具有書面語色彩，除可以和優良作風、傳統、精神等搭配外，還可以與"主旋律、民族文化"等詞語搭配。如可以說"發揚優點，克服缺點"，但一般不說"弘揚優點，克服缺點"。

出力 chūlì 動 拿出力量：每個人都應出力。

▶ **盡力** 辨析 都有"拿出力量"的意義,但語義側重點和語義強度有別。"出力"側重指拿出力量,語義較輕;"盡力"側重指拿出全部力量,語義較重。如"以科教興國為事業,深入調研,積極獻計出力"中的"出力"不宜換用"盡力"。

▶ **效力** 辨析 都有"拿出力量"的意義,但語義側重點和語體色彩有別。"出力"側重指拿出力量,口語和書面語都可以用;"效力"側重指下對上或個人對集體貢獻力量,有崇敬、謙卑的意味,多用於書面語。如"為國家效力是我的光榮"中的"效力"不宜換用"出力"。

出世 chūshì ❶動 脫離母體來到人世:那年我還沒出世。❷動 產生:新政策出世。❸動 超脫人世,擺脫世事的束縛:達到了出世的境界。❹動 高出世間萬物:橫空出世。

▶ **出生** 辨析 都有"脫離母體"的意義,但語義側重點、語體色彩和適用對象有別。"出世"側重指脫離母體以後來到人世,多用於書面語,適用對象一般是人;"出生"側重指脫離母體,書面語和口語都可以用,適用對象可以是人,也可以是其他動物等。如"大批蜂鳥會在那裏出生"中的"出生"不宜換用"出世"。

▶ **誕生** 辨析 都有"脫離母體"的意義,但語義側重點、感情色彩和適用對象有別。"出世"側重指脫離母體以後來到人世,中性詞,適用對象一般是人;"誕生"側重指出生或開始形成、出現,褒義詞,適用對象可以是在民眾中有威望並受到尊敬的人,也可以是有強大生命力的、有積極意義或令人喜愛的重大事物,如國家、政黨、某種情緒等具體事物或抽象事物。如"一種新鮮的渴望已經在痛苦中誕生了"中的"誕生"不能換用"出世"。

▶ **降生** 辨析 都有"脫離母體"的意義,但語義側重點和適用對象有別。"出世"側重指脫離母體以後來到人世,適用對象一般是人;"降生"側重指從母體裏生下,成為獨立個體,適用對象可以是人也可以是動物。如"在飼養場裏一隻雌性幼猴降生了"中的"降生"不能換用"出世"。

出生 chūshēng 動 胎兒從母體裏分離出來:1978 年出生。

▶ **出世** 辨析 見【出世】條。

▶ **誕生** 辨析 都有"脫離母體"的意義,但語義側重點、感情色彩、語體色彩和適用對象有別。"出生"側重指胎兒脫離母體,中性詞,口語和書面語都可以用,適用範圍較窄,一般是人或某種動物;"誕生"既指人的出生,也指開始形成、出現,褒義詞,多用於書面語,適用對象可以是在民眾中有威望並受到尊敬的人,也可以是有強大生命力的、有積極意義或令人喜愛的重大事物,如國家、政黨、團體、名著等,不能用於自身。如"《紅樓夢》經過曹雪芹十多年嘔心瀝血的創作,終於誕生了"中的"誕生"不能換用"出生"。

▶ **降生** 辨析 都有"脫離母體"的意義,但語體色彩和適用對象有別。"出生"口語和書面語中都可以用,適用對象一般是人或動物;"降生"多用於書面語,適用對象一般是宗教的創始人或其他方面的有名人物。如"《聖經》後一部分是說基督降生後,神與人重立的新約"中的"降生"不宜換用"出生"。

出任 chūrèn 動 出來擔任(某種職務):出任市長。

▶ **充任** 辨析 都有"承擔"的意義,但語義側重點和適用對象有別。"出任"側重指出來擔任某種職務,適用對象較窄,一般是比較重要的職務;"充任"重指充當並負起相應的責任,適用對象較寬,不限於職務。如"創辦兒童村並充任三十多個孤兒的爹爹"中的"充任"不宜換用"出任"。

▶ **擔任** 辨析 都有"承擔"的意義，但語義側重點和適用對象有別。"出任"側重指出來承擔某種工作，適用對象較窄，一般是比較重要的職務；"擔任"側重指承擔某種責任，適用對象較寬，可以是一般的職務。如"一營擔任主攻，二營擔任掩護"中的"擔任"不能換用"出任"。

出名 chūmíng ❶動 有名聲：他因愛打抱不平而出名了。❷形 名聲大：這個地方很出名。❸動 出面：由學生會出名。

▶ **馳名** 辨析 都有"有名"的意義，但語義側重點、感情色彩、語體色彩和語法功能有別。"出名"側重指名聲大，中性詞，口語和書面語都可以用，一般不能帶賓語；"馳名"側重指聲名傳得很遠，褒義詞，多用於書面語，經常跟"中外、世界、全球"等名詞性賓語搭配使用。如"朋友中間，她以軟弱出名"中的"出名"不能換用"馳名"。

▶ **聞名** 辨析 都有"有名"的意義，但語義側重點、感情色彩、語體色彩和語法功能有別。"出名"側重指名聲大，很多人都知道，中性詞，口語和書面語都可以用，可以受程度副詞修飾；"聞名"側重指名氣大，褒義詞，多用於書面語，不受程度副詞修飾。如"一個小偷出了名就是災難了"中的"出名"不能換用"聞名"。

▶ **知名** 辨析 都有"名聲大"的意義，但語義側重點、感情色彩、語體色彩和適用範圍有別。"出名"側重指名聲大，中性詞，口語和書面語都可以用，適用對象可以是人也可以是事物；"知名"側重指名聲在外，褒義詞，多用於書面語，適用對象一般是人。如"知名專家"中的"知名"不宜換用"出名"。

▶ **著名** 辨析 都有"名聲大"的意義，但語義側重點和感情色彩有別。"出名"側重指名聲大，很多人都知道，中性詞；"著名"側重指有顯著的好名聲，為大家所熟知，褒義詞。如"這個漢子是一個出名的醉鬼"中的"出名"不能換用"著名"。

出色 chūsè 形 極好；超出一般的：工作出色。

▶ **傑出** 辨析 都有"超出一般"的意義，但語義側重點、語義強度、適用對象和語法功能有別。"出色"側重指超出一般水平，語義較輕，適用對象可以是人的行為動作或技能，也可以是其他事物，可作定語、謂語、狀語、補語；"傑出"側重指非常突出，語義較重，適用對象一般是人或人的某些才能和成就，多作定語。如"一篇出色的散文"中的"出色"不能換用"傑出"。

▶ **卓越** 辨析 都有"超出一般"的意義，但語義側重點、語義強度和語體色彩有別。"出色"側重指超出一般，語義較輕，口語和書面語中都可以用；"卓越"側重指特別好，超出一般水平很多，語義較重，多用於書面語。如"做出了卓越的貢獻"中的"卓越"不宜換用"出色"。

出軌 chūguǐ ❶動（有軌道的車輛）行駛中脫離軌道：火車出軌了。❷動 言語、行動越出常規之外：他生怕出軌，事事都小心得很。

▶ **出格** 辨析 都有"越出常規"的意義，但語義側重點有別。"出軌"側重指越出正常的道德行為規範；"出格"側重指超出一般的程度，含有過分的意思。如"古時候的愛情出軌似乎也是神聖的"中的"出軌"不宜換用"出格"。

▶ **越軌** 辨析 都有"越出常規"的意義，但語義側重點有別。"出軌"側重指越出正常的道德行為規範;"越軌"側重指超出規章制度以及道德規範所允許的範圍。如"經銷商的越軌行為仍是一種市場行為"中的"越軌"不宜換用"出軌"。

出現 chūxiàn 〔動〕顯露出來;產生出來:問題不斷出現。

▶ **呈現** 辨析 都有"產生、顯露"的意義,但語義側重點、語體色彩和適用對象有別。"出現"側重指新產生的事物是以前沒有的,口語和書面語都可以用,適用對象可以是具體事物,也可以是抽象事物;"呈現"側重指事物的整體或全貌完整地顯露在眼前,多用於書面語,適用對象多為姿勢、形勢、表情、景象、氣氛等抽象事物。如"近年來出現了許多優秀作品"中的"出現"不能換用"呈現"。

▶ **浮現** 辨析 都有"顯露"的意義,但語義側重點、語體色彩、風格色彩和適用對象有別。"出現"側重指產生的事物是以前沒有的,口語和書面語都可以用,適用對象可以是具體事物,也可以是抽象事物;"浮現"側重指經歷過的事物又顯露出來,含有回憶的意味,多用於書面語,具有生動的形象色彩,適用對象一般是形象、情景等。如"他們將努力以嶄新的形象出現在市民面前"中的"出現"不能換用"浮現"。

▶ **湧現** 辨析 都有"產生"的意義,但語義側重點、語體色彩、風格色彩和適用對象有別。"出現"側重指產生的事物是以前沒有的,不強調數量的多少,口語和書面語都可以用,適用對象可以是具體事物,也可以是抽象事物;"湧現"側重指像水湧般大量出現,多用於書面語,具有生動的形象色彩,適用對象多為具體的積極事物。如"近年來大批有才華的青年作家不斷湧現"中的"湧現"不宜換用"出現"。

出眾 chūzhòng 〔形〕超出眾人:才貌出眾。

▶ **出類拔萃** 辨析 都有"不同於一般"的意義,但語義強度和適用對象有別。"出眾"語義較輕,適用對象一般是與人相關的某種品質特徵或行為動作;"出類拔萃"側重指同類中最好的,語義較重,適用對象可以是人,也可以是事物。如"要想創造出類拔萃的名牌產品,就必須要有一個優秀的企業家"中的"出類拔萃"不宜換用"出眾"。

▶ **傑出** 辨析 見【傑出】條。

▶ **突出** 辨析 都有"不同於一般"的意義,但語義側重點和適用對象有別。"出眾"側重指水平較高而顯得與眾不同,適用對象一般是與人有關的某種特徵;"突出"側重指因其特殊性而超出一般,適用對象可以是具體的人,也可以是事物。如"冶金史最突出的特點是鑄造技術佔有重要的地位"中的"突出"不宜換用"出眾"。

出脫 chūtuō ❶〔動〕賣出去;脫手:這房子急於出脫。❷〔動〕向好的方向發展:出脫得仙女一般。❸〔動〕開脫:自我出脫罪名。

▶ **出落** 辨析 都有"向好的方向發展"的意義,但語體色彩和適用對象有別。"出脫"多用於書面語,適用對象可以是人,也可以是事物;"出落"口語和書面語都可以用,適用對象一般是人。如"花枝在風雨中洗滌了一番,現在出脫得更加清秀了"中的"出脫"不宜換用"出落"。

出場 chūchǎng 〔動〕演員登台(表演);運動員進入賽場(參加比賽):該丑角出場了;隊裏的老將全部出場。

▶ **登場** 辨析 都有"演員登台"的意義,但語義側重點有別。"出場"側重指演員在舞台上的表演活動;"登場"側重指演員剛剛出現,在舞台上亮相。如"歌星們開價最低的也在萬元以上，否則便不肯出場"中的"出場"不宜換用"登場"。

出發 chūfā ❶〔動〕離開原所在地到別處去：凌晨出發。❷〔動〕考慮或處理問題時以某一方面為着眼點：一切從實際出發。

▶ **動身** 〔辨析〕 都有"離開原所在地到別處去"的意義，但語義側重點、語體色彩和適用對象有別。"出發"側重指離開所在地向目的地進發，具有莊重色彩，口語和書面語中都可以用，對象可以是人，也可以是交通工具；"動身"側重指開始行動，多用於口語，對象一般是人。如"黎連長命令：爆破班出發，往山上運動"中的"出發"不宜換用"動身"。

▶ **啟程** 〔辨析〕 都有"離開原所在地到別處去"的意義，但語義側重點和語體色彩有別。"出發"側重指離開所在地向目的地進發，長短途不限，口語和書面語中都可以用；"啟程"側重從行動的角度看，多是重要的、正式的出訪或有意義的行程，含有鄭重的態度色彩，多用於書面語。如"客人們擠進出租汽車，喜氣洋洋地集體出發"中的"出發"不宜換用"啟程"。

▶ **起程** 〔辨析〕 都有"離開原所在地到別處去"的意義，但語義側重點和語體色彩有別。"出發"側重指離開所在地向目的地進發，長短途不限，口語和書面語中都可以用；"起程"側重指開始行程，多是目的地較遠並較為鄭重或有意義的行程，多用於書面語。如"他很怕大家出發，把他剩下"中的"出發"不宜換用"起程"。

出落 chūluo（落的音調為第四聲）〔動〕青年人（多指女性）的體態、容貌向美好的方面變化：她出落得越發漂亮了。

▶ **出脫** 〔辨析〕 見【出脫】條。

出擊 chūjī ❶〔動〕軍隊出動，向敵人進攻：不要四面出擊。❷〔動〕在戰爭或競賽中發動攻勢：主動出擊。

▶ **攻擊** 〔辨析〕 都有"出動、進攻"的意義，但語義側重點有別。"出擊"側重指發起攻勢；"攻擊"側重指針對進攻目標進行集中打擊。如"專案組繼續出擊，將罪犯抓捕歸案"中的"出擊"不能換用"攻擊"。

▶ **進擊** 〔辨析〕 都有"出動、進攻"的意義，但語義側重點和語義強度有別。"出擊"側重指發動攻勢，語義較輕；"進擊"側重指主動迅猛地進攻、打擊，語義較重。如"孟良崮地區激戰正酣，外線國軍也在全力進擊以解 74 師之圍"中的"進擊"不宜換用"出擊"。

出醜 chūchǒu 〔動〕露出醜相；丟面子：當眾出醜。

▶ **丟臉** 〔辨析〕 都有"丟面子"的意義，但語義側重點和語體色彩有別。"出醜"側重指在很多人面前露出醜相而丟了面子，口語和書面語都可以用；"丟臉"側重指使尊嚴受到損害，沒有面子，多用於口語。如"他最傷心的是當着那麼多老師和同學的面出醜"中的"出醜"不宜換用"丟臉"。

出類拔萃 chū lèi bá cuì 超出同類，在一般水平之上：出類拔萃的好學生。

▶ **出眾** 〔辨析〕 見【出眾】條。

奶奶 nǎinai ❶〔名〕對父親的母親的稱呼。❷對與父親的母親同輩或年紀相仿的婦女的尊稱。

▶ **祖母** 〔辨析〕 都有"對父親的母親的稱呼"的意義，但適用場合和語體色彩有別。"奶奶"多用於當面稱呼，顯得親切，具有口語色彩；"祖母"多用於對別人敘述或書面表達，特別是書信，顯得莊重，口語中使用較少，當面稱呼時一般不用。

奴顏婢膝

núyánbìxī 形容不顧尊嚴地巴結別人的樣子。

▶ 卑躬屈膝 辨析 都有"不顧尊嚴地巴結別人的樣子"的意義，但形象色彩和語義輕重有別。"奴顏婢膝"以奴才的形體表現來形容不顧尊嚴的樣子，更有形象性，其貶義色彩比"卑躬屈膝"更重。

▶ 奴顏媚骨 辨析 都有"不顧尊嚴地巴結別人的樣子"的意義，但語義側重點有別。"奴顏婢膝"主要是對外在表現的表述；"奴顏媚骨"則更多的是針對人的品格做強烈的批評，可以做名詞，如"那副奴顏媚骨，讓人看了直噁心"。

奴顏媚骨

núyánmèigǔ 形容討好別人的樣子。

▶ 奴顏婢膝 辨析 見【奴顏婢膝】條。

加

jiā ❶動 兩個或兩個以上的東西或數目合在一起：喜上加喜／二加二等於四。❷動 使數量比原來大或程度比原來高：加大力度／加了一個人。❸動 把本來沒有的添上去：加註釋。❹動 加以：嚴加看管。

▶ 添 辨析 都有"使數量比原來大或程度比原來高"的意義，但語義側重點和語體色彩有別。"加"強調把新的成分加入到原來的成分中去，有口語色彩，如"我們小組加了一個人"；"添"只強調使數量、內容變多變大，通用於口語和書面語，如"裏海水位上升又給小城添了不少麻煩"。

▶ 增 辨析 都有"使數量比原來大或程度比原來高"的意義，但語義側重點和語體色彩有別。"加"強調把新的成分加入到原來的成分中去，有口語色彩，如"再加一道菜"；"增"強調在原來的基礎上數量變多，有書面語色彩，如"銷售量

猛增到 20 萬平方米""居民徒增了百分之五十"。

加強

jiāqiáng 動 使更堅固或更有效：加強戒備／加強管理。

▶ 增強 辨析 都有"使更堅固或更有效"的意義，但語義側重點和適用對象有別。"加強"強調增加事物的強度或功效，可用於具體事物，也可用於抽象事物，如"現在我們的軍隊減少了，但裝備加強了""要加強對國際互聯網的管理"；"增強"強調在原有基礎上提高，有增進之義，一般用於抽象事物，如"經濟實力有了很大增強""增強民族凝聚力"。

召開

zhàokāi 動 召集人們開會：召開表彰大會。

▶ 舉行 辨析 都有"有組織進行會議"的意義，但適用對象和語體色彩有別。"召開"多用於普通會議，如例會、常委會、小組會等，口語和書面語都可以用；"舉行"多用於某種具有集會性質的會議或某些活動，如報告會、運動會、紀念會等，具有莊重色彩，多用於書面語，如"一次慶豐收、迎新年的聯歡活動正在舉行"。

召喚

zhàohuàn 動 叫人來（多用於抽象方面）：勝利在召喚着我們。

▶ 呼喚 辨析 都有"發出聲音，使對方注意、覺醒而隨之行動"的意義，但語義側重點和適用對象有別。"召喚"含有感召的意味和莊重的態度色彩，施動者多為抽象的事物，而非具體個人，多是大的方面；"呼喚"強調滿懷期望地發出聲音，意義比較具體，適用於抽象的和具體的施動者，口語和書面語可以用。如"他輕聲呼喚妻子"中的"呼喚"不能換用"召喚"。

皮帶

pídài 名 用皮革製成的帶子，有時特指用皮革製成的腰帶：一條皮帶竟值 500 元？

▶ **腰帶** 辨析 都有"繫褲子用的帶子"的意義，但語義側重點有別。"皮帶"使用的材料是皮革，"腰帶"使用的材料可為皮革，也可為布，如"以前老人的腰帶都用一指寬的、結實的布做成"。

皮膚 pífū 名 身體表面包在肌肉外部的組織：剛做了美容，皮膚很細膩。

▶ **肌膚** 辨析 都有"身體表面的組織"的意義，但語體色彩和語義側重點有別。"皮膚"通用於口語和書面語，側重指身體表層，如"皮膚細膩白皙是每個女孩的夢想"；"肌膚"是書面語，包括身體表層和肌肉狀況，如"肌膚健美是所有人的追求"。

矛盾 máodùn ❶名 比喻言語行為自相抵觸：矛盾百出／自相矛盾。❷名 泛指對立的事物互相排斥：他倆的意見有矛盾。

▶ **衝突** 辨析 都有"對立雙方互相排斥"的意義，但語義輕重和語義側重點有別。"衝突"的語義比"矛盾"重，通常已有比較激烈的外在表現，如"雙方隊員發生了肢體衝突"；"矛盾"既可表示一個事物內部各部分互相排斥的狀態，也可表示事物之間的對立，"衝突"則只有後一義，如"信仰與現實發生了衝突"。

▶ **摩擦** 辨析 都有"對立的事物互相排斥"的意義，但語義側重點有別。"矛盾"側重於客觀描述不協調的狀況，不一定實際表現出來，如"婆媳矛盾處理得好就不會影響家庭氣氛"；"摩擦"側重指雙方因立場、觀點的不同而引發的具體表達不滿的行動，如"比賽結束後，雙方球迷發生了一點小摩擦"。

矛頭 máotóu 名 原指矛的尖端，比喻打擊或抨擊的手段：把諷刺的矛頭指向壞人壞事。

▶ **鋒芒** 辨析 都有"比喻打擊或抨擊的手段"的意義，但語義側重點有別。"矛頭"側重指手段的指向，如"社論的矛頭直指搞分裂的一小撮人"；"鋒芒"側重指手段有力，如"魯迅的雜文鋒芒犀利，極富戰鬥性"。

六畫

吉利 jílì 形 吉祥順利：挑選吉利的日子／吉利的數字。

▶ **吉慶** 辨析 見【吉慶】條。

▶ **吉祥** 辨析 都有"幸運，有好運氣"的意義，但語義側重點有別。"吉利"強調一切都順利、如意，如"過年講究穿新衣服，圖個吉利"；"吉祥"強調平安祥和，如"華表，象徵着繁榮、昌盛、吉祥"。

吉祥 jíxiáng 形 幸運、祥和：吉祥如意／吉祥話。

▶ **吉利** 辨析 見【吉利】條。

▶ **吉慶** 辨析 見【吉慶】條。

吉慶 jíqìng 形 吉祥喜慶：平安吉慶。

▶ **吉利** 辨析 都有"幸運，有好運氣"的意義，但語義側重點和語體色彩有別。"吉慶"強調喜慶、歡慶的氣氛，有書面語色彩，如"兩盆杜鵑花，枝密花繁，嫣紅奪目，倍添吉慶氣氛"；"吉利"強調一切都順利、如意，通用於口語和書面語，如"他專挑吉利的話說"。

▶ **吉祥** 辨析 都有"幸運，有好運氣"的意義，但語義側重點和語體色彩有別。"吉慶"強調喜慶、歡慶的氣氛，有書面語色彩，如"舞獅賀歲，以圖吉慶"；"吉祥"強調平安祥和，通用於口語和書面語，如"給孩子起個吉祥的名字"。

考究 kǎojiu ❶動 查考；研究：仔細考究一下，這種看法並不見得完全正確。❷動 講求，重視：他的落款與用印位置，非常考究。❸形 精美：裝幀考究。

▶ **講究** 辨析 都有"精美"的意義，但語義側重點、語義輕重和語體色彩有別。"考究"強調非常重視事物的精美，力求完善，語義比"講究"重，有書面語色彩，如"窗的構造十分考究，窗框構成優美的圖案，框欞上刻有線槽和花紋"；"講究"強調要求很高，追求精緻美好，通用於口語和書面語，如"格陵蘭婦女的民族服裝非常講究"。

考查 kǎochá 動 用一定的標準來檢查衡量 (行為、活動)。

▶ **考察** 辨析 都有"通過檢查、查看瞭解對象是否符合標準"的意義，但語義側重點有別。"考查"強調用一定的標準來檢查衡量，進行考核評定，如"在綜合考查中發現，學校間存在明顯差異"；"考察"強調細緻地觀察、深入地研究，以掌握事物的真相或本質，如"深入到農村考察"。

考察 kǎochá ❶動 實地觀察調查：南極科學考察團。❷動 細緻深刻地觀察：考察和選拔官員。

▶ **考查** 辨析 見【考查】條。

考據 kǎojù 動 根據資料來考核、證實和說明：今日已無從考據。

▶ **考證** 辨析 見【考證】條。

考證 kǎozhèng 動 研究文獻或歷史問題時，根據資料來考核、證實和說明：台專家考證認為台灣島是從大陸板塊漂出的。

▶ **考據** 辨析 都有"根據資料來考核、證實和說明"的意義，但語義側重點有別。"考證"強調考核證明真實性和確切性，多用於文物古籍和史學研究等方面，如"據郭沫若考證，作品出自明朝名畫家之手"；"考據"強調以歷史文獻為研究、考察的依據，追本溯源，多用於典故、傳說或具體歷史問題的研究方面，如"當時許多學者繼承了清代樸學的作風，考據比較精審"。

老 lǎo ❶副 表示程度：老長時間了。❷形 年齡大：他看起來比實際年齡老。

▶ **怪** 辨析 在作程度副詞的義項上意義相同，但語法功能有別。"老"後面通常跟的是單音節詞，帶雙音節詞的時候不多，如"老便宜"；"怪"也可以帶雙音節詞。"老"後面跟的是表示肯定和正向意義的詞，比如"老高老高的"；"怪"沒有這樣的限制，可以說"怪嚇人的"，也可以說"怪漂亮的"。"老"帶了形容詞後，通常需要重疊說出，以表達感歎的情緒，或者再跟"了"字，如"老高了"，來強調肯定的語氣；"怪"在形容詞後常加"的"字，表示陳述完畢。因此，從語氣上，"老"比"怪"強烈。

▶ **夠** 辨析 在作程度副詞的義項上意義相同，但語義輕重和語法功能有別。"老"的感歎語氣較強，"老＋形容詞"常疊用，有一定的方言色彩，尤其在"老＋形容詞＋了"這樣的結構中；"夠＋形容詞"不能疊用，常用"夠＋形容詞＋的"表示陳述語氣，陳述多於感歎。

▶ **很** 辨析 在作程度副詞的義項上意義相同，但適用範圍和語法功能有別。"很"是最常用的程度副詞，適用範圍比"老"廣泛。"很"的前面可以加"不"，表示有保留的否定，如"不很出色"，而"很不出色"表達的就是強烈的否定；這是"老"作為程度副詞所不具備的。"老"有一定的方言色彩，口語化；"很"更為通行。

▶ **挺** 辨析 在作程度副詞的義項上意義相同，但語義輕重和語體色彩有別。

"老"表示的程度比"挺"高。"老"作程度副詞，有一定的方言色彩，比較口語化；"挺"比較通用。

老年 lǎonián 图 人的生命中六十歲以後的一段時間：老年化社會帶來很多問題。

▶ **暮年** 辨析 都有"指人老了以後的那段時間"的意義，但適用場合和語體色彩有別。"老年"比較通用，使用場合多，可以說"老年人"，指稱一個整體；"暮年"指垂暮之年，更接近人生的終結時期，有一定文言色彩，含有悲涼的情調。

▶ **晚年** 辨析 都有"指人老了以後的那段時間"的意義，但適用範圍有別。"老年"比較通用，使用場合多，可以說"老年人"，指稱一個整體；"晚年"指人年老的時期，多就人的活動時期而言，多指生活方面。如"安度晚年""幸福的晚年"中的"晚年"不能換成"老年"。

老師 lǎoshī 图 教給別人知識的人：她是大學老師。

▶ **教師** 辨析 都有"教給別人知識的人"的意義，但適用場合和概括範圍有別。"老師"可以用來直接稱呼具體的人，如"王老師""各位老師"；"教師"是泛稱，可以用作職業的代稱，如"教師是人類靈魂的工程師"，不能用來指稱某個人。"教師"多用於比較正式的場合或文本，如"教師節""特級教師"。"老師"使用的範圍較泛，只要是教給別人知識的人，都可以稱為"老師"，而"教師"多指在政府承認的教育機構擔任教職的人。

▶ **師傅** 辨析 都有"傳授知識的人"的意義，但語義側重點和適用範圍有別。"老師"側重於傳授一般知識；"師傅"指傳授特定技術、技巧、技藝的人。"師傅"也可以稱呼某些專業技術人員，如"司機師傅"；"師傅"還是一般的敬稱，

對於不認識的人，都可以稱"師傅"，如"師傅！跟您問個路"。

▶ **師長** 辨析 都有"傳授知識的人"的意義，但風格色彩和適用場合有別。"師長"比較正式，可泛稱所有的教師，如"尊重師長"；"老師"則可以用來稱呼某個具體的人，如"這是教我語文的王老師"。

▶ **先生** 辨析 都有"傳授知識的人"的意義，但適用場合和風格色彩有別。"老師"是比較常用的稱呼；"先生"用於此義時表達最高的敬意，通常是德高望重的宗師，不分男女，如"先生在八十高齡仍然堅持給本科生授課"。

老婆 lǎopo 图 婚姻關係中的女方：我老婆是南方人。

▶ **夫人** 辨析 見【夫人】條。

▶ **妻子** 辨析 二者所指相同，但語體色彩有別。"老婆"是口語中的表達，有俗語特色，稱呼別人的妻子時，還有不太尊敬的意思；"妻子"是比較正式的稱呼。

▶ **媳婦** 辨析 都有"指婚姻關係中的女方"的意義，但語義概括範圍有別。"媳婦"還可以指晚輩的妻子，如"老孫家的媳婦不孝順"，說的是老孫的兒媳婦，或明確限定語"兄弟媳婦、外甥媳婦"。稱呼自己的妻子時，一般用兒化的方式加以區別，"我媳婦兒是山東人"。用"老婆"稱呼別人的妻子時，有不尊敬的意味。

老當益壯 lǎodāngyìzhuàng 雖然年紀老了，仍然很有幹勁：師傅真是老當益壯，一點都不輸給年輕人。

▶ **老驥伏櫪** 辨析 都有"人雖然年紀老了，但是仍然想做出成績"的意義，但語義側重點有別。"老驥伏櫪"表達的是雖然年紀老了，仍有願望做事，常說

"老驥伏櫪,志在千里",強調的是主觀願望;"老當益壯"通常是表示上年紀的人確實還很有雄心和能力,強調客觀效果。

老實 lǎoshi 形 形容人守規矩,為人真實,不會耍花招:老實人往往心地善良。

▶ **誠實** 辨析 都有"形容為人真實,不欺騙別人"的意義,但語義側重點和語法功能有別。"老實"含有腦筋不夠靈活的意味;"誠實"側重於對人的品質加以判斷。"老實"可以直接帶名詞,如"老實人""老實孩子";"誠實"後面要加"的"才能帶名詞。"老實"還有"老老實實"的疊用形式,"誠實"沒有。

▶ **規矩** 辨析 都有"形容人遵守制度和道德規範"的意義,但語義側重點有別。"老實"側重於人的本性,說明遵守規則制度是天性使然;"規矩"主要是從客觀角度說明遵守了規則制度。

▶ **實在** 辨析 都有"形容人為人真實,不欺騙別人"的意義,但語義側重點有別。"老實"還有"遵守制度規則和道德規範"的意思;"實在"側重於形容人"熱心,熱情,真誠"的性格。

老練 lǎoliàn 形 處理事情不毛躁而且正確:雖然還年輕,他已經可以老練地處理一些問題了。

▶ **成熟** 辨析 都有"形容處理事情得當"的意義,但語義側重點和適用場合有別。"老練"有"因多次處理類似的事情,所以能夠準確、迅速地完成任務"的意思;"成熟"則含有"因為人的心態穩定,所以能夠正確處理事情"的意思。在用於具體處理事情的場合時,多用"老練",如"他老練地一甩套杆,準確地套住了那匹馬"。

▶ **幹練** 辨析 見【幹練】條。

▶ **熟練** 辨析 都有"形容人由於常做某事而能夠迅速處理類似問題"的意義,

但語義側重點有別。"老練"還含有人的心態成熟穩定的意思;"熟練"則停留在處理事情的具體方法上。如可以說"他是一個很老練的人",已經超出具體事情,是對他整個人做出評價;而"他是一個熟練工",說的仍是具體的操作。

▶ **穩重** 辨析 都有"形容人心態成熟、做事得當"的意義,但語義側重點和適用對象有別。"老練"指的是經過長期磨練而擁有的熟練技術和習以為常的心態;"穩重"形容人沉着、自信,能夠謹慎地處理問題,不用於具體做事的場合。

老驥伏櫪 lǎojìfúlì 比喻人雖然老了,仍然有雄心壯志,希望做出成就。

▶ **老當益壯** 辨析 見【老當益壯】條。

地方 dìfang ❶ 名 某一部分或區域;部位:我們到甚麼地方去旅遊? ❷ 名 部分:他說的有對的地方。

▶ **地點** 辨析 都有"某一部分或區域"的意義,但語義側重點有別。"地方"側重指某一區域或空間的一部分;"地點"側重指某一區域內的一個點,即所處的位置。如"山東有許多好玩的地方"中的"地方"不能換用"地點"。

▶ **地區** 辨析 見【地區】條。

地形 dìxíng 名 地表的形態和分佈在地表上的所有固定物體:地形比較複雜。

▶ **地勢** 辨析 都有"地表的形態"的意義,但語義側重點有別。"地形"指一般的地球表面的形態;"地勢"側重指地面高低起伏的形勢。如"營口水陸交通便利,地勢平坦"中的"地勢"不宜換用"地形"。

地步 dìbù 名 境況,所達到的程度:好朋友到了反目成仇的地步。

▶**程度** 辨析 都有"所處的境況或所達到的狀況"的意義,但語體色彩和適用對象有別。"地步"多用於口語,適用對象多是壞的方面;"程度"多用於書面語,適用對象可以是好的方面,也可以是壞的方面。如"他墮落到吸毒的地步"中的"地步"不宜換用"程度"。

▶**田地** 辨析 見【田地】條。

地位 dìwèi ❶名 個人、團體、國家等在社會關係中或國際上所處的位置:社會地位。❷名 所佔的地方。

▶**位置** 辨析 都有"社會關係中或國際上所處的部位"的意義,但語義側重點有別。"地位"側重指在社會關係中或國際上的影響和作用的大小、威信的高低;"位置"側重指在社會關係中的某個特定的點。如"學術地位"中的"地位"不能換用"位置"。

地域 dìyù 名 面積比較大的一塊區域:地域文化。

▶**地區** 辨析 見【地區】條。

地區 dìqū ❶名 較大範圍的區域:華東地區。❷名 中國省、自治區設立的行政區域,一般包括若干縣、市:河北省滄州地區。❸名 指未獲得獨立的殖民地、託管地等。

▶**地方** 辨析 都有"某一部分或區域"的意義,但語義側重點有別。"地區"側重指較大範圍的區域;"地方"側重指某一區域或空間的一部分,可大可小。如"廣大西北地區是當時的主要牧區"中的"地區"不能換用"地方"。

▶**地域** 辨析 都有"較大範圍的區域"的意義,但語義側重點有別。"地區"側重指與相鄰的地方劃分出來;"地域"側重指在一定自然分界線之內的區域。如"華中地區"中的"地區"不能換用"地域"。

地勢 dìshì 名 地面高低起伏的狀態:地勢險峻。

▶**地貌** 辨析 都有"地表的形態"的意義,但語義側重點有別。"地勢"側重指地面高低起伏的形勢;"地貌"側重指一般的地球表面的形態。如"地勢平坦"中的"地勢"不能換用"地貌"。

▶**地形** 辨析 見【地形】條。

地貌 dìmào 名 地球表面各種形態的總稱:這裏幾乎包括了世界上的各種地貌。

▶**地勢** 辨析 見【地勢】條。

地點 dìdiǎn 名 處所,所在的地方:晚會的地點在大禮堂。

▶**地方** 辨析 見【地方】條。

共計 gòngjì 動 合起來計算:共計200萬元。

▶**合計** 辨析 都有"把若干項數目加在一起,求得總和"的意義,但語義側重點和適用條件有別。"共計"強調一共加起來後的結果,後面可以是具體的數目,也可以是動詞,如可以説"共計增加11人";"合計"強調合在一塊計算,後面一般直接出現具體的數目。

▶**總計** 辨析 都有"把若干項數目加在一起,求得總和"的意義,但語義側重點和適用條件有別。"共計"着重指一共加起來後的結果,強調數量整體的不可分性,後面必須直接出現加在一起的結果;"總計"着重指總起來全部計算,強調數量整體中各部分的相對獨立性,可以獨立使用。如"三年總計,我校共培養2516名碩士、617名博士"中的"總計"不宜換用"共計"。

再 zài ❶副 表示同一動作的重複或連續,表示動作的先後承接:學習,學習,再學習。❷副 表示更加:文章可以寫得再精練些。❸副 表示不管怎樣:再好我也不要。❹ 副 表示追加補充：再不然。
❺ 副 表示範圍的擴大：除了改革，再無
出路。❻ 副 表示加強語氣：再不能重犯
以前的錯誤了。

▶ **更** 辨析 在表示程度增高時意義相
同，但語義側重點有別。"再" 側重指自
身的變化，強調在原來基礎上可能得到
進一步發展；"更" 側重指比較，是同一
個體或不同個體之間的比較。如 "高點
兒，再高點兒" 中的 "再" 不宜換用 "更"。

再見 zàijiàn 動 告別時用的客套話，表
示希望以後再見面。

▶ **再會** 辨析 在表示希望以後再見面
時意義相同，但語體色彩和使用條件有
別。"再見" 獨立性比較強，多用於口
語；"再會" 具有書面語色彩。如 "再見
了，北京" 中的 "再見" 不能換用 "再會"。

再會 zàihuì 動 再見。

▶ **再見** 辨析 見【再見】條。

在乎 zàihu ❶ 動 在於，用於指出事物
的本質所在或關鍵所在：評價一個
人，不在乎他怎樣說，而在於他怎樣做。
❷ 動 放在心上：只要東西好，多花幾個
錢倒不在乎。

▶ **在意** 辨析 都有 "把人或事放在心
上" 的意義，但語體色彩和使用條件有
別。"在乎" 具有口語色彩，加 "不" 可
以帶指人詞語，隱含 "不怕" 的意思，如
"我不在乎他"；"在意" 口語和書面語都
可以用，如 "他很在意我" "對這件事他
很在意"。另外 "在意" 還表示留意，如
"我只顧開車了，別的甚麼都沒在意"。

在行 zàiháng 形 懂行，對某事熟練，
能應用自如：幹莊稼活他很在行。

▶ **內行** 辨析 見【內行】條。

在意 zàiyì 動 放在心上，留意（多用於
否定式）：孩子不懂事，你別在意。

▶ **在乎** 辨析 見【在乎】條。

有如 yǒurú 動 在形象上相同或有某些
共同點：兩人有如親姐妹。

▶ **猶如** 辨析 都有 "形象上相同或有某
些共同點" 的意義。"有如" 語義較實，
"猶如" 語義較虛。

百孔千瘡 bǎi kǒng qiān chuāng 比
喻破壞得很嚴重或弊病很
多：戰後重建百孔千瘡的國家。

▶ **瘡痍滿目** 辨析 都有 "破壞得很嚴
重" 的意義，但語義側重點和適用對象
有別。"百孔千瘡" 強調遭受破壞的程
度，破壞嚴重得沒有完好之處；"瘡痍滿
目" 強調遭受破壞的場面，到處都是嚴
重破壞的淒慘景象。"百孔千瘡" 不僅可
以用於環境等具體事物，也可用於抽象
的事物，如 "經歷過幾次婚姻失敗，他的
心早已是百孔千瘡"；"瘡痍滿目" 只能
用於環境等具體的事物，如 "戰爭過後，
到處瘡痍滿目"。

百折不撓 bǎi zhé bù náo 無論遭受
多少挫折都不屈服，形容
意志堅強：面對困難，要有百折不撓的精
神。

▶ **不屈不撓** 辨析 見【不屈不撓】條。

百發百中 bǎi fā bǎi zhòng 射擊技術
高超，每次發射都能命中
目標，比喻做事有充分把握、從不失誤：
投籃百發百中。

▶ **彈無虛發** 辨析 都有 "射擊技術高
超，每次都能射中" 的意義，但語義側
重點和語義範圍有別。"百發百中" 側重
於指有充分把握，不會出現失誤，可以
用於射擊，也可用於計劃、用藥、發言
等，如 "他對於股票漲跌的預言百發百
中"；"彈無虛發" 側重於指每一顆槍彈
或炮彈都能命中目標，沒有空放的，只
用於射擊。

百戰不殆 bǎi zhàn bù dài 多次打仗都不失敗：知己知彼，百戰不殆。

▶ **百戰百勝** 辨析 都有"每次都能取得勝利，不失敗"的意義，但語義側重點有別。"百戰不殆"強調由於熟悉對方情況或善於用兵等而避免遭遇危險，從而取得勝利，如"只有知己知彼，才能百戰不殆"；"百戰百勝"則強調由於力量強大、準備充分等而輕鬆取得勝利，如"李廣將軍驍勇善戰，在與匈奴的戰爭中百戰百勝"。

百戰百勝 bǎi zhàn bǎi shèng 每次作戰都勝利，從不失敗：沒有百戰百勝的常勝將軍。

▶ **百戰不殆** 辨析 見【百戰不殆】條。

存心 cúnxīn ❶動 懷着某種想法：存心不良。❷副 有意；特意：存心跟我過不去。

▶ **故意** 辨析 都有"有意，特意"的意義，但語義強度和語體色彩有別。"存心"語義較重，多用於口語；"故意"語義較輕，口語和書面語都可以用。如"他是存心要我於死地"中的"存心"不宜換用"故意"。

存放 cúnfàng 動 放置；存儲：把錢存放在銀行裏。

▶ **寄放** 辨析 都有"放置、保存"的意義，但語義側重點和語體色彩有別。"存放"側重指物件的放置和保管，口語和書面語中都可以用；"寄放"側重指託付給別人保管，多用於書面語。如"存放自行車"中的"存放"不宜換用"寄放"。

▶ **寄存** 辨析 都有"儲存、保存"的意義，但語義側重點有別。"存放"側重指放置、存儲；"寄存"側重指物件的託付保管。如"一壇存放了很久的酒，醇香甘冽"中的"存放"不能換用"寄存"。

灰塵 huīchén 名 塵土：滿面灰塵。

▶ **塵土** 辨析 都有"附着在器物上的細土"的意義，但語義範圍有別。"灰塵"只指靜止的塵土；"塵土"既可以指靜止的，也可以指飛揚的。如可以説"塵土飛揚"，但一般不説"灰塵飛揚"。

▶ **塵埃** 辨析 都有"附着在器物上的細土"的意義，但語義範圍、語體色彩有別。"灰塵"規模比較小，口語和書面語都可以用；"塵埃"規模比較大，具有書面語色彩。如"忽然間，郊外塵埃沖天，遮天蔽日"中的"塵埃"不宜換用"灰塵"。

死 sǐ ❶動 失去生命、活力，同"生""活"相對：那狗早死了 / 死棋。❷形 拚命的：死戰 / 死守。❸形 堅決：死不承認。❹形 不可調和的：死敵 / 死對頭。❺形 表示達到了極點：樂死了 / 死頑固。❻形 呆板；固定：死心眼 / 開會的時間要定死。❼形 表示無法通過：死胡同 / 快把漏洞給堵死。

▶ **逝世** 辨析 都有"失去生命"的意義，但語義側重點、適用範圍和語體色彩有別。"死"着重於失去生命、失去活力；"逝世"着重於離開人世、死去。"死"可用於人，可用於動植物，還可用於事物，適用於各種場合，通用於口語和書面語；"逝世"只用於人，而且多用於有一定社會地位或威望的人，適用於比較莊重、嚴肅的場合，多用於書面語。在其他意義上二者不相同。

▶ **死亡** 辨析 都有"失去生命"的意義，但語義側重點、適用範圍和語體色彩有別。"死"着重於失去生命、失去活力，同"生""活"相對；"死亡"着重於生命消亡，同"生存"相對。"死"可用於人，可用於動植物，還可用於事物，通用於口語、書面語和各種場合；"死亡"可用於人，還可喻指不再活動、沒有出路等，如"吸食毒品就是走向死亡"，多用於書面語和正式場合。在其他意義上二者不相同。

▶ **犧牲** 辨析 都有"失去生命"的意義,但語義側重點、褒貶色彩和適用範圍有別。"死"着重於失去生命、失去活力,中性詞;"犧牲"着重於為正義事業而獻出生命,褒義詞。"死"可用於人,可用於動植物,還可用於事物;"犧牲"可用於人,還可用來指捨棄個人的財產、利益等。在其他意義上二者不相同。

死亡 sǐwáng 動 失去生命:要查明死亡原因。

▶ **滅亡** 辨析 見【滅亡】條。

▶ **死** 辨析 見【死】條。

死而復生 sǐérfùshēng 死了以後又活過來:死而復生的野草。

▶ **起死回生** 辨析 都有"死了以後又活過來"的意義,但語義側重點和使用範圍有別。"死而復生"是主動式,表示陳述對象本身復活,如"他帶領大家使一個已經倒閉的國有企業死而復生,扭虧為盈";"起死回生"是使動式,表示外力使陳述對象復活,如"憑着精湛的修錶技藝,不少名錶在他的手裏起死回生"。"死而復生"多用於植物、人或人的境遇等方面;"起死回生"多用於醫術、技術方面。

死板 sǐbǎn 形 在生動靈活方面很欠缺:動作死板 / 他這人辦事就是太死板。

▶ **呆板** 辨析 都有"不生動靈活"的意義,但語義側重點和使用範圍有別。"死板"着重於"死",固定,強調不生動活潑,拘泥於一點而不會變通;"呆板"着重於"呆",呆滯,強調刻板、不自如,不善於變化。"死板"可用於神態、動作、表情、性格等,也可用於思維或辦事方式;"呆板"多用於表情、動作、行文等。

▶ **古板** 辨析 見【古板】條。

死路 sǐlù 名 走不通的道路,比喻毀滅的途徑:放着光明大道你不走,偏要揀條死路走,這是何苦呢?

▶ **絕路** 辨析 都有"人或事情處在無法挽救的地步"的意義,但語義側重點有別。"死路"着重於"死",死亡,強調走向毀滅,口語色彩較濃,如"頑抗到底,只有死路一條";"絕路"着重於"絕",斷絕,強調行不通,沒有出路,沒有希望,如"逼上絕路""絕路逢生"。

成功 chénggōng 動 達到預期的目的,獲得預期的結果(跟"失敗"相對):經過千辛萬苦,我們終於成功了。

▶ **勝利** 辨析 都有"經過努力達到預定的目標或取得滿意結果"的意義,但語義側重點、語義強度、感情色彩和適用對象有別。"成功"側重指圓滿結束或取得預期的成果,語義較重,中性詞,適用對象多是演出、試驗、發射等事業方面;"勝利"側重指經過較量而達到預期目的,語義較輕,褒義詞,適用對象多是戰爭、競賽等。如"可是他的運氣不好,幹甚麼都不成功"中的"成功"不能換用"勝利"。

成立 chénglì ❶動(政權、機構、組織等)籌備成功,開始存在:成立調查組。❷動 觀點、看法、意見等證據充分,站得住腳:這個結論,論據充足,可以成立。

▶ **創立** 辨析 都有"設立、使存在"的意義,但語義側重點和適用對象有別。"成立"側重指開始存在,適用對象多是政府、社團等具體事物;"創立"側重指首創、創始、開創,適用對象多是國家、學說、事業等重大的事物。如"一九四九年十月,中華人民共和國成立了"中的"成立"不能換用"創立"。

▶ **建立** 辨析 都有"創立、設立"的意義,但語義側重點和適用對象有別。"成立"側重指開始存在,適用對象多是政府、社團等具體事物;"建立"側重指開始創立,適用對象多是邦交、友誼、關係等抽象事物。如"兩國建立了良好的貿易合作關係"中的"建立"不能換用"成立"。

▶ **確立** 辨析 都有"建立、設立"的意義,但語義側重點和適用對象有別。"成立"側重指開始存在,適用對象多是政府、社團等具體事物;"確立"側重指穩固地建立,適用對象多是思想、目標、關係、學說等抽象事物。如"這次會議確立了他的領導地位"中的"確立"不能換用"成立"。

▶ **設立** 辨析 都有"建立"的意義,但語義側重點和適用對象有別。"成立"側重指開始存在,適用對象多是政府、社團等事物;"設立"側重指設置建立,適用對象多是組織、機構等事物。如"公司裏新設立了一個心理輔導的崗位"中的"設立"不能換用"成立"。

成果 chéngguǒ 图 學習、工作或事業等所取得的收穫:取得顯著成果。

▶ **成績** 辨析 都有"收穫"的意義,但語義側重點、語體色彩和適用對象有別。"成果"側重指人們長期辛勤工作的收穫,褒義詞,適用對象多是技術、工作、勞動等;"成績"側重指一般工作的結果,中性詞,適用對象多是日常工作、學習、體育活動等。如"這酒是他一生研究釀造,最後的一次成果"中的"成果"不能換用"成績"。

▶ **成就** 辨析 都有"取得的收穫"的意義,但語義側重點、語義強度、語體色彩和適用對象有別。"成果"側重指人們長期辛勤工作的收穫,語義較輕,褒義詞,適用對象多是技術、工作、勞動等;"成就"側重指獲得的巨大進展和優異成果,語義較重,褒義詞,適用對象多是建設、學術等具有社會意義的事業或重大事情。如"作者充分尊重過去和當代研究的成果"中的"成果"不能換用"成就"。

成就 chéngjiù ❶ 图 事業上所取得的成績:取得重大成就。❷ 動 完成(多指事業):成就霸業。

▶ **成果** 辨析 見【成果】條。

▶ **成績** 辨析 見【成績】條。

成親 chéngqīn 動 結婚:拜堂成親。

▶ **成婚** 辨析 都有"結婚"的意義,但語體色彩有別。"成親"多用於口語;"成婚"多用於書面語。如"乾脆,定個日子,你們就成親吧"中的"成親"不宜換用"成婚"。

▶ **成家** 辨析 都有"結婚"的意義,但語體色彩和適用對象有別。"成親"多用於口語,適用對象可以是男子結婚,也可以是女子結婚;"成家"口語和書面語中都可以用,適用對象多指男子結婚。如"3 年之後,婆家要領她回鄉下成親"中的"成親"不能換用"成家"。

成績 chéngjì 图 工作或學習等方面所取得的收穫:學習成績優秀。

▶ **成果** 辨析 見【成果】條。

▶ **成就** 辨析 都有"已經取得的結果"的意義,但語義側重點、語義強度、語體色彩和適用對象有別。"成績"側重指一般工作的結果,語義較輕,中性詞,適用對象多是日常工作、學習、體育活動等;"成就"側重指獲得的巨大進展和優異成果,語義較重,褒義詞,適用對象多是建設、學術等具有社會意義的事業或重大事情。如"他在期末考試中取得優異成績"中的"成績"不能換用"成就"。

划算 huásuàn ❶動 計算，盤算：划算來，划算去，日子還是不好過。❷形 上算，合算：這塊地還是種麥子划算。

▶ **合算** 辨析 都有“所費人力、物力較少而收效較大”的意義，但語體色彩有別。“划算”比“合算”口語色彩更濃。

尖刻 jiānkè 形 尖酸刻薄：尖刻的話語。

▶ **尖酸** 辨析 都有“說話帶刺，使人難受”的意義，但語義側重點有別。“尖刻”強調話語內容尖銳，有時指反應敏銳，入木三分，如“他堅持自己的學術觀點，話語激烈而又尖刻”；“尖酸”強調氣量小，言辭犀利，讓人難受，如“氣量狹小，口角尖酸，人前人後，總愛搬弄是非”“這本雜文集，尖酸潑辣，言必有物”。

▶ **刻薄** 辨析 都有“說話帶刺，使人難受”的意義，但語義側重點、語義輕重和感情色彩有別。“尖刻”強調話語內容尖銳挖苦，含貶義，語義比“刻薄”重，如“他的措辭越來越尖刻，使我十分難堪”，但有時指反應敏銳，入木三分，不含貶義，如“文章批判尖刻，獨抒新見”；“刻薄”強調不厚道，待人接物或說話冷酷無情，含貶義，如“待人必須忠厚仁慈，不要殘忍刻薄”。

尖酸 jiānsuān 形 說話帶刺，使人難受：氣量狹小，口角尖酸。

▶ **尖刻** 辨析 見【尖刻】條。

光芒 guāngmáng 名 向四面放射的強烈光線：光芒萬丈。

▶ **光彩** 辨析 都有“物體放射或反射出的明亮的光線”的意義，但語義側重點有別。“光芒”強調向四面放射的強烈的光線，可組成“光芒萬丈、光芒四射”等；“光彩”強調光的色彩豔麗，可組成

“光彩照人、光彩奪目”等。“光彩”另有形容詞詞法，“光芒”沒有。

▶ **光輝** 辨析 都有“明亮的光線”的意義，但語義側重點有別。“光芒”強調強烈光線向四面放射；“光輝”強調光的閃爍耀眼。如可以說“光芒四射”，但一般不說“光輝四射”。

光明 guāngmíng ❶名 很亮的光：黑暗中的一線光明。❷形 光線足，非常亮：天空的薄雲消失，星月更光明。❸形 比喻正義的或有希望的：前景光明。❹形 (胸襟) 坦白，沒有私心：光明磊落。

▶ **明亮** 辨析 都有“光線充足”的意義，但使用情況有別。在這一意義上，“光明”在當代使用很少；“明亮”使用比較普遍。如“一雙明亮的眼睛”中的“明亮”不能換用“光明”。

光明正大 guāngmíng zhèngdà 形 形容襟懷坦白，公正無私。

▶ **光明磊落** 辨析 都有“(心地) 明亮無私”的意義，但語義側重點和適用對象有別。“光明正大”側重指公開公正，適用對象比較廣泛；“光明磊落”側重指無愧於心，只適用於人，包括人的思想、言論、舉動。如“偷聽甚麼！一點不光明正大”中的“光明正大”不宜換用“光明磊落”。

光明磊落 guāngmíng lěiluò 形 形容沒有私心，襟懷坦白。

▶ **光明正大** 辨析 見【光明正大】條。

光彩 guāngcǎi ❶名 顏色和光澤，光輝：光彩照人。❷形 光榮：兒子考上了大學，他覺得很光彩。

▶ **光輝** 辨析 都有“明亮的光線”的意義，但語義側重點有別。“光彩”強調光的色彩鮮豔；“光輝”強調光的亮度強烈，含有光明而偉大崇高的意味，可組

成"光輝形象"等。

▶ **光芒** 辨析 見【光芒】條。

光陰 guāngyīn 名 時間：寸金難買寸光陰。

▶ **時光** 辨析 都有"時間"的意義，但語義側重點、適用對象、語體色彩有別。"光陰"含有比較寶貴的意味，一般指時間段，具有書面語色彩；"時光"既可以指時間段，也可以指時間點，口語和書面語中都可以用。如"消磨時光"中的"時光"不宜換用"光陰"。

▶ **時間** 辨析 都有"有起點和終點的一段時間"的意義，但語義側重點、語體色彩有別。"光陰"含有比較寶貴的意味，具有書面語色彩；"時間"比較客觀，沒有色彩義，是常用詞，口語和書面語都可以用。如可以說"光陰如梭"，但不說"時間如梭"；"時間不早了"中的"時間"不能換用"光陰"。

▶ **歲月** 辨析 都有"時間"的意義，但語義側重點和搭配對象有別。"光陰"含有比較寶貴的意味，具有書面語色彩；"歲月"含有時間比較長的意味，口語和書面語都可以用。如可以說"青春歲月"，但不說"青春光陰"。

光復 guāngfù 動 恢復（已亡的國家）；收回（失去的領土）：光復中華。

▶ **收復** 辨析 都有"收回失去的領土"的意義，但適用對象、語體色彩有別。"光復"對象多是國家、河山等比較大而完整的領土，具有書面語色彩；"收復"的對象多是比較具體的地方，口語和書面語中都可以用。如可以說"收復失地"，但一般不說"光復失地"。

光榮 guāngróng ❶ 形 被人們公認為值得尊敬的：光榮之家。❷ 名 被人們公認為值得尊敬的名譽：光榮歸於祖國。

▶ **榮譽** 辨析 都有"具有值得尊敬的名譽、名聲"的意義，但語義強度、語法功能有別。"光榮"語義較重，一般作主語和賓語，基本不作定語；"榮譽"語義較輕，主語、賓語和定語都可以作。如可以說"榮譽勳章"，但一般不說"光榮勳章"。"光榮"另有形容詞用法，"榮譽"沒有。

光輝 guānghuī ❶ 名 閃爍耀目的光：太陽的光輝。❷ 形 光明，燦爛：光輝前程。

▶ **光彩** 辨析 見【光彩】條。

▶ **光芒** 辨析 見【光芒】條。

光臨 guānglín 動 敬辭，稱賓客來到：歡迎光臨。

▶ **光顧** 辨析 都有"敬辭，稱賓客到來"的意義，但語義側重點有別。"光臨"泛指賓客到來；"光顧"一般指商家稱顧客的到來。

▶ **蒞臨** 辨析 都有"敬辭，稱賓客到來"的意義，但適用對象、語體色彩有別。"光臨"泛指賓客到來，可用於貴賓，也可用於一般賓客，口語和書面語中都可以用；"蒞臨"多指貴賓、上司到來，帶有莊重、典雅、尊敬的態度色彩，是書面語詞。

光顧 guānggù 動 敬辭，稱客人來到，多用於商家歡迎顧客。

▶ **光臨** 辨析 見【光臨】條。

▶ **惠顧** 辨析 都有"敬辭，指對方到自己這裏來"的意義，但語義側重點、語體色彩有別。"光顧"暗含客人到來給自己帶來光榮的意味，使用較多，口語和書面語中都可以用；"惠顧"暗含客人的到來給自己帶來好處的意味，具有書面語色彩。

吐露 tǔlù 動 說出真情或實話：小王的這一番話，吐露出一片真情。

▶ **流露** 辨析 都有"通過某種行為方式傳達出去"的意義，但語義側重點和適用對象有別。"吐露"着重於"吐"，説出來，強調對某個特定對象述説自己的思想感情；"流露"着重於"流"，傳佈，強調不由自主地、無意識地顯露出來。"吐露"的對象多為真情實感、真心話、秘密等；"流露"的對象多為意思、感情、情緒等。

▶ **透露** 辨析 都有"通過某種行為方式傳達出去"的意義，但語義側重點和適用對象有別。"吐露"着重於"吐"，説出來，強調對某個特定對象述説自己的思想感情；"透露"着重於"透"，洩露，強調有意將實情洩露或顯露出來。"吐露"的對象多為真情實感、真心話、秘密等；"透露"的對象多為風聲、消息、真相、內情、心思等。

曲折 qūzhé ❶ 形 彎彎曲曲：山路曲折難行。❷ 名 複雜多變、不順利的情況：個中曲折，外人難曉。

▶ **波折** 辨析 都有"事情發展進程中不順利的狀態"的意義，但語義側重點、語義輕重和使用範圍有別。"曲折"着重指由事情錯綜複雜多變而造成的大的挫折或不順，如"儘管兩國關係有過曲折，但睦鄰友好是兩國關係的主流"；"波折"着重指由遇到困難、變化而造成的一般性的不順利，語義較"曲折"輕，如"兩人關係經歷了較大的波折"。"曲折"除用作名詞外，還能用作形容詞，表示事物形體彎曲；"波折"只能用作名詞。

▶ **崎嶇** 辨析 都有"彎曲、不平"的意義，但語義側重點、使用範圍和用法有別。"曲折"着重指事物形體的彎曲不直，可喻指複雜多變、不順利的情況，如"通往成功的道路是曲折的"；"崎嶇"着重指山路高低不平，可喻指處境艱難，如"癌症康復是一條艱辛、崎嶇、坎坷不平的道路"。"曲折"使用範圍較廣，可

用於山路，也可用於道路、河流等；"崎嶇"只能用於山路。"曲折"可重疊成AABB式使用，"崎嶇"不能重疊使用。

▶ **周折** 辨析 都有"事情發展進程中不順利的狀態"的意義，但語義側重點和詞性有別。"曲折"着重指由事情錯綜複雜多變而造成的大的挫折或不順，如"他的人生經歷中，曾有過許多艱難曲折"；"周折"着重指事情翻來覆去地變化、折騰，如"兩人幾經周折終於言歸於好"。"曲折"除用作名詞外，還能用作形容詞，表示事物形體彎曲；"周折"只能用作名詞，一般與"大費、一番"等詞搭配使用。

同日而語 tóngrì'éryǔ 把不同的人或事放在同一時間裏來談論：一個為己，一個為人，不能同日而語。

▶ **相提並論** 辨析 都有"把不同的人或事混在一起來談論"的意義，但語義側重點和用法有別。"同日而語"側重於混在一起、不加區別地談論的人或事物，不僅本質上不同，而且時間上有差別，如"現在中國的經濟狀況與那時顯然不可同日而語"；"相提並論"側重於把本質上不同的人或事物混在一起來談論，或不加區別地同等看待，如"有人乾脆把這件事與寓言'狼來了'相提並論"。"同日而語"多用於否定式；"相提並論"不限於此。

同伴 tóngbàn 名 在一起生活、學習或工作的人：去那麼老遠的地方旅行，最好找幾個同伴。

▶ **夥伴** 辨析 都有"一起共同做某事的人"的意義，但語義側重點和適用範圍有別。"同伴"着重指相處一起或一同去某處做某事的人，不論關係疏密；"夥伴"着重指共同參加某種組織或從事某種活動的人，關係比較密切。"同伴"只用於個人之間；"夥伴"可用於個人之間，還可用於國家之間，如"中美夥伴關

90

係""貿易夥伴"等。

同流合污 tóngliúhéwū 比喻跟隨壞人一起做壞事：他寧願窮困潦倒，也不想與偷盜團夥同流合污。

▶ **隨波逐流** 辨析 都有"跟隨別人一起行動"的意義，但語義側重點、適用對象和用法有別。"同流合污"中的"流"指流俗，"污"指污濁的世道，整個成語指跟隨壞人一起做壞事，如"他與不法分子沆瀣一氣、同流合污"；"隨波逐流"原指隨着波浪流水漂蕩起伏，喻指自己沒有主見或不拿主意，完全跟着別人行動，如"隨波逐流，是意志不堅定的表現"。"同流合污"跟隨的是壞人，做的是壞事；"隨波逐流"跟隨的是一般人或多數人，做的不一定是壞事。"同流合污"的對象是明確的，常有表示具體對象的介賓結構作狀語；"隨波逐流"的對象是不明確的，因此不能用表示具體對象的介賓結構作狀語。

同窗 tóngchuāng ❶ 動 在同一學校學習：同窗好友。❷ 名 同學；在同一學校學習的人：沒想到他還是我昔日的同窗。

▶ **同學** 辨析 見【同學】條。

同學 tóngxué ❶ 動 在同一學校學習：同學三年。❷ 名 在同一學校學習的人：他是我的小學同學。

▶ **同窗** 辨析 都有"同在一所學校學習"和"在同一學校學習的人"的意義，但語義側重點、用法和語體色彩有別。"同學"使用非常普遍，能加"們"表示複數，還能用作稱呼；"同窗"強調在同一個學校甚至同一個班級學習過，關係比較密切，不能加"們"，也不能用作稱呼。"同學"能用於口語和書面語；"同窗"多用於書面語。

吃力 chīlì ❶ 形 耗費體力或精力，不容易做的：學習很吃力。❷ 形 疲勞、勞累：身體不好，走這樣長的路感覺很吃力。❸ 動 承受重量：靠承重牆吃力。

▶ **費勁** 辨析 都有"耗費精力或體力"的意義，但語義側重點和語體色彩有別。"吃力"側重指某種動作、行為很困難，需要付出很多精力體力，多用於書面語；"費勁"側重指精力、體力的付出很多，口語和書面語中都可以用。如"我們不用再費勁了，就重錄吧"中的"費勁"不能換用"吃力"。

▶ **費力** 辨析 都有"耗費精力或體力"的意義，但語義側重點有別。"吃力"側重指某種動作、行為很困難，需要付出很多精力體力；"費力"側重指精力、體力付出很多。如"個別插班生總是不及格，弄得教師費力，學生吃力"中的"吃力"不宜換用"費力"。

因 yīn ❶ 介 憑藉；根據：因地制宜。❷ 名 原因：事出有因。❸ 連 表示原因或理由：因天氣不好，本次活動推遲舉行。

▶ **因為** 辨析 在作連詞，表示原因或理由時意義相同，但語體色彩、搭配對象有別。"因"有書面語色彩，多跟單音節詞搭配使用，如"因愛成恨""會議因故推遲"；"因為"是最常用的表達，通用於口語和書面語，常跟"所以"連用，如"因為現在還沒有開盤，所以開發商不肯透露最後價格"。在其他意義上二者不相同。

因為 yīnwèi 連 表示原因或理由：因為颱風來襲，學校明天停課一天。

▶ **因** 辨析 見【因】條。

回來 huílái 動 從別處回到原來的地方：從天津回來。

▶ **返回** 辨析 都有"從別處回到原來的地方"的意義，但語義側重點、語體色彩、語法功能有別。"回來"是站在說話人的角度說的，多用於口語，不能帶處所賓語；“返回”是站在客觀的角度説的，多用於書面語，可以帶處所賓語。如可以説“返回東京”，但不説“回來東京”。

回信 huíxìn ❶動 答覆來信：希望早日回信。❷名 答覆的信：給他寫了一封回信。❸名 答覆的話：行不行，給個回信兒。

▶ **覆信** 辨析 都有“答覆來信”和“答覆的信”的意義，但語體色彩有別。“回信”多用於口語；“覆信”多用於書面語，比較正式。如“姑娘羞澀地告訴他，三天後她會在某個地方某一棵樹上放着給他的回信”中的“回信”不能換用“覆信”。

回首 huíshǒu ❶動 把頭轉向後面：驀然回首。❷動 回憶：往事不堪回首。

▶ **回顧** 辨析 都有“想已往的事”的意義，但搭配對象有別。“回首”一般只和往事、過去、不堪等詞語搭配，只用於書面語；“回顧”含有回望的意味，多和歷史、過去等搭配，多用於書面語。如“驀然回首，幾多感慨”中的“回首”不宜換用“回顧”。

▶ **回想** 辨析 都有“想已往的事”的意義，但搭配對象、語體色彩有別。“回首”一般只和往事、過去、不堪等詞語搭配，具有形象色彩，只用於書面語；“回想”用於一般平常的、較隨意的想，語義較輕，口語和書面語都可以用。

回答 huídá 動 對提問或要求做出必要的反應：回答問題。

▶ **答覆** 辨析 都有“對提問或要求做出必要的反應”的意義，但適用場合有別。“回答”用於對一般問題的回話，多是口頭的；“答覆”常用於外交、徵詢、控訴等比較嚴肅的場合，可以是口頭的，也可以是書面的，含有嚴肅認真對待的感情色彩。

▶ **回覆** 辨析 見【回覆】條。

回絕 huíjué 動 答覆對方，表示拒絕：一口回絕。

▶ **拒絕** 辨析 都有“不接受別人的請求、意見或贈禮等”的意義，但適用場合、語義強度有別。“回絕”在答覆時使用，語義較輕；“拒絕”強調不接受，態度比較強硬，語義較重。如可以説“斷然拒絕”，但一般不説“斷然回絕”。

▶ **謝絕** 辨析 都有“不接受別人的請求、意見或贈禮等”的意義，但語義側重點、適用對象有別。“回絕”強調答覆對方，可用於人或具體事物，也可用於抽象事物；“謝絕”強調有禮貌地拒絕，態度比較溫和，多用於抽象事物和一些動作行為。如可以説“謝絕參觀”，但一般不説“回絕參觀”。

回想 huíxiǎng 動 想（過去的事）：回想過去。

▶ **回顧** 辨析 見【回顧】條。

▶ **回首** 辨析 見【回首】條。

▶ **回憶** 辨析 見【回憶】條。

回溯 huísù 動 回憶：回溯過去，展望未來。

▶ **回憶** 辨析 見【回憶】条。

回憶 huíyì 動 回想：回憶往事。

▶ **回顧** 辨析 都有“想已往的事”的意義，但語義側重點、語體色彩有別。“回憶”指有意或無意地回想起自己親身經歷的事情，口語和書面語都可以用；“回顧”指有意識地回想起自己較重大的經歷，乃至機構、國家、社會的歷史，帶有小結或總結的意味，多用於書面語。如“報告實事求是地總結回顧了去年常委會的工作”中的“回顧”不能換用“回憶”。

▶ **回首** 辨析 都有“想已往的事”的意

義，但語義側重點、語體色彩有別。"回憶"內容一般只是自己經歷的事情，口語和書面語都可以用；"回首"內容可以是自己較重大的經歷，也可以是機構以至國家社會的歷史，一般只和往事、過去、不堪等詞語搭配，只用於書面語。

▶ 回溯 辨析 都有"想已往的事"的意義，但語體色彩有別。"回憶"口語和書面語都可以用；"回溯"只用於書面語，適用面非常窄。如"老人回憶說，戰爭爆發時他只有 19 歲，是當時的第一批遊擊隊員"中的"回憶"不能換用"回溯"。

▶ 回想 辨析 都有"想已往的事"的意義，但語義側重點、語義強度有別。"回憶"重在憶，指有意識地使經歷過的事或過去的印象重新浮現在腦海中，語義較重；"回想"指一般平常地、較隨意地想到過去的事情，語義較輕。如"回想半個多月前，當我領到出席證時，內心既有喜悅，也有隱憂"中的"回想"不宜換用"回憶"。

回擊 huíjī 動 受到攻擊後，反過來攻擊對方：給敵方以有力的回擊。

▶ 反擊 辨析 見【反擊】條。

▶ 還擊 辨析 都有"受到攻擊後，反過來攻擊對方"的意義，但語義強度有別。"回擊"語義較輕；"還擊"語義較重。如"俄聯邦軍隊被迫向對方武裝力量的集結地進行還擊"中的"還擊"不宜換用"回擊"。

回應 huíyìng 動 回答，答應：叫了半天，也不見有人回應。

▶ 響應 辨析 都有"對別人的言行作出反應"的意義，但語法功能、感情色彩有別。"回應"是不及物動詞，中性，多用於否定形式；"響應"指對別人的號召或倡議表示贊同、支持，是及物動詞，帶有褒義。如"響應號召"中的"響應"不宜換用"回應"。

回覆 huífù ❶ 動 回答，答覆：回覆讀者來信。❷ 動 恢復（原狀）：神色回覆正常。

▶ 回答 辨析 都有"對提問或要求做出必要的反應"的意義，但語義所指、語體色彩有別。"回覆"多指以書信的形式回答，比較正式，具有書面語色彩；"回答"多是口頭的，口語和書面語都可以用。如"記者隨手把市長的回答記錄下來"中的"回答"不宜換用"回覆"。

回顧 huígù ❶ 動 回過頭來看：頻頻回顧送別的人群。❷ 動 回想（過去的事）：回顧過去。

▶ 回首 辨析 見【回首】條。

▶ 回想 辨析 都有"想過去的事"的意義，但語義側重點、語體色彩有別。"回顧"一般所指時間較長，具有書面語色彩；"回想"所指時間可長可短，口語和書面語都可以用。如"回顧歷史，我們不難看到，越是在黑暗混亂的時期，越是英雄輩出的時期"中的"回顧"不能換用"回想"。

▶ 回憶 辨析 見【回憶】條。

年代 niándài 名 一段時間：不用說了，這都是哪個年代的事了？

▶ 時代 辨析 都有"一段時間"的意義，但語義側重點有別。"年代"的劃分標準是時間段落，如十年為一段落的劃分，所指比較具體；"時代"通常依據歷史發展的某一方面特徵，如"工業時代""我們的時代是信息大爆炸的時代"。

年光 niánguāng ❶ 名 時光：年光易逝。❷ 名 一年的收穫：今年年光不壞。

▶ 年華 辨析 都有"時光"的意義，但使用頻率和語義側重點有別。"年華"比"年光"常用，並有好時光，年輕時光的意味，如"青春年華""年華老去"。

▶ 年景 辨析 都有"一年裏的收穫"的意義，但使用頻率有別。"年景"比"年光"常用。

年事 niánshì 图 已經生存的時間：先生年事已高，不適合長途旅行了。

▶ 年齡 辨析 都有"已經生存的時間"的意義，但語體色彩和適用範圍有別。"年事"是書面語，多用於上年紀的人，"年事已高"是最常用的；"年齡"通用於口語和書面語，可用於不同年紀的人，如"您的年齡是三十二嗎"。

▶ 歲數 辨析 見【歲數】條。

年底 niándǐ 一年的最後幾天：到年底了，要考慮買票回家了。

▶ 年關 辨析 見【年關】條。

▶ 年終 辨析 都有"一年的最後幾天"的意義，但語體色彩、適用場合有別。"年底"用於口語，多用於日常生活中比較隨便的場合，如"年底的車票特別難買"；"年終"有一定的書面語色彩，多用於一些正式的場合，如"年終總結""年終盤點"。

年紀 niánjì 图 人已經生存的時間：看上去他是年紀最大的。

▶ 年齡 辨析 都有"人已經生存的時間"的意義，但語義側重點、語法功能有別。"年紀"對時間長度的要求不是特別精確；而"年齡"一般都要求準確的數字，如"您多大年紀了"，回答可能是"奔八十嘍"。填寫個人表格的"年齡"欄時，要求要準確，"年齡"可以帶"結婚、退休"等定語。

▶ 年歲 辨析 見【年歲】條。

▶ 歲數 辨析 都有"人已經生存的時間"的意義，但語體色彩有別。"年紀"通用於口語和書面語；"歲數"用於口語。

年終 niánzhōng 图 每年的最後幾天：年終評比。

▶ 年底 辨析 見【年底】條。

▶ 年關 辨析 見【年關】條。

年華 niánhuá 图 時間，特指人度過的時間：年華易逝。

▶ 年光 辨析 見【年光】條。

▶ 時光 辨析 都有"度過的時間"的意義，但語義側重點有別。"年華"含有好時光，年輕時光的意味，如"年華老去"；"時光"含有令人留戀、珍惜的意味，如"十年的時光，眨眼間就過去了"。

年景 niánjǐng 图 一年裏的收穫：今年又是好年景。

▶ 年光 辨析 見【年光】條。

▶ 收成 辨析 都有"一年裏的收穫"的意義，但語體色彩和語義側重點有別。"年景"是書面語；"收成"有口語色彩，可以用於指一季的莊稼，或某一種莊稼，如"今年小麥收成不錯，玉米就不行了"。

年富力強 niánfùlìqiáng 年輕而有精力：我們應該推薦年富力強的官員上來工作。

▶ 年輕力壯 辨析 見【年輕力壯】條。

年歲 niánsuì ❶图 人已經生存的時間：上了年歲的人了，要多注意自己的身體。❷图 時間，時代：碰上饑荒年歲，老百姓只好拋家捨業，出去逃荒。

▶ 年紀 辨析 都有"人已經生存的時間"的意義，但語義側重點、搭配對象、適用場合、適用對象有別。"年紀"可同"多大""小""大""不小""不大""上了""輕"等搭配，還可用"一把年紀"這樣的搭配，多用於正式場合，適用於各個年齡段的人；"年歲"有年數較多、歲月較長的意味，不能同"輕""小"搭配，不能用量詞修飾，可以用於比較隨意的場合，不能用於年齡小的人。

▶ **年齡** 辨析 都有"人已經生存的時間"的意義，但語義側重點、適用對象、語體色彩有別。"年歲"有年數較多、歲月較長的意味，多用於口語，不能用於年輕人，可以用於比較隨意的場合；"年齡"通用於口語和書面語，從小孩到老人都可以用，多用於較正式的場合。

▶ **年事** 辨析 都有"人已經生存的時間"的意義，但語體色彩和搭配對象有別。"年事"是書面語，比較莊重，常同"已高""已長""高"搭配；"年歲"多用於口語，同"大""不小""上了"等搭配。

▶ **歲數** 辨析 見【歲數】條。

年輕力壯 niánqīnglìzhuàng 年紀不大，力氣很足：趁着年輕力壯，我想多幹點事。

▶ **年富力強** 辨析 都有"形容年紀不大，很有力量"的意義，但語義側重點和適用對象有別。"年輕力壯"所形容的通常是 30 歲以下的年輕人，側重於體力方面；"年富力強"偏重於中青年的知識分子，包含體力、腦力兩方面。

年關 niánguān 舊曆年的最後幾天：又到年關了，過年的錢還沒着落。

▶ **年底** 辨析 都有"一年的最後幾天"的意義，但語義側重點、適用對象有別。"年關"用於舊曆年，因為舊時到年底就要清帳，常使人感到為難，含有像過關一樣難的意味；"年底"則可用於公曆年，也可用於舊曆年。

▶ **年終** 辨析 都有"一年的最後幾天"的意義，但語義側重點、語體色彩和適用場合有別。"年關"用於舊曆年，因為舊時到年底就要清帳，常使人感到為難，含有像過關一樣難的意味，用於口語，現在較少使用；"年終"有一定的書

面語色彩，多用於一些正式的場合，如"年終總結""年終盤點"。

年齡 niánlíng 名 已經生存的時間：年齡對於有活力的人永遠都不是問題。

▶ **年紀** 辨析 見【年紀】條。

▶ **年事** 辨析 見【年事】條。

▶ **年歲** 辨析 見【年歲】條。

先人 xiānrén ❶ 名 一個家族或民族年代久遠的祖輩人；已死的長輩親屬；已死去的人：愧對先人 / 清明祭奠先人。❷ 名 指已死的父親。

▶ **先父** 辨析 都有"已死的父親"的意義，但使用頻率有別。"先父"的使用頻率遠高於"先人"。在其他意義上二者不相同。

▶ **先考** 辨析 都有"已死的父親"的意義，但適用場合有別。"先考"常見於墓碑，多與"先妣"連用。在其他意義上二者不相同。

▶ **祖先** 辨析 都有"一個家族或民族年代久遠的祖輩人"的意義，但語義側重點、語體色彩有別。"先人"只是強調上代人，所指範圍較寬。"祖先"語義較窄，有書面語色彩。在其他意義上二者不相同。

先父 xiānfù 名 已死的父親：完成先父遺志。

▶ **先考** 辨析 都有"已死的父親"的意義。"先考"常見於墓碑，多與"先妣"共用。

▶ **先人** 辨析 見【先人】條。

先考 xiānkǎo 名 已死的父親：禍延先考 / 墓碑上刻"先考先妣之墓"。

▶ **先父** 辨析 見【先父】條。

▶ **先人** 辨析 見【先人】條。

先兆 xiānzhào 图 事先顯露出來的跡象：中風的先兆及預防。

▶ **前兆** 辨析 都有"事先顯露出來的跡象"的意義，但語體色彩有別。"前兆"比"先兆"更俗白一些。

▶ **預兆** 辨析 都有"事先顯露出來的跡象"的意義，但語體色彩有別。"先兆"較俗白；"預兆"有書面語色彩。

丢人 diūrén 動 不光彩，失去體面：這麼丢人的事，不要再說了。

▶ **出醜** 辨析 見【出醜】條。

▶ **丢臉** 辨析 都有"不光彩，失去體面"的意義，但語義強度有別。"丢臉"側重指使尊嚴受到損害，沒有面子，語義較輕；"丢人"語義較重。如"在你面前我還真的一點面子都沒有了，甚麼丢臉的事情都讓你給瞧見"中的"丢臉"不宜換成"丢人"。

丢失 diūshī 動 喪失，遺失：丢失物品。

▶ **失去** 辨析 見【失去】條。

▶ **遺失** 辨析 都有"因疏忽大意而使原有的東西不再具有"的意義，但語義側重點和適用對象有別。"丢失"側重指不小心而失去，適用對象多是具體的事物，也可以是人以及身份、自信、希望等抽象事物；"遺失"側重指遺落失去，多用於具體事物。如"自然，我不甘心丢失身份"中的"丢失"不能換用"遺失"。

丢臉 diūliǎn 動 不光彩，喪失體面：找不到回家的路，這太丢臉了。

▶ **出醜** 辨析 見【出醜】條。

▶ **丢人** 辨析 見【丢人】條。

休息 xiūxi 動 暫時停止工作、學習或活動：課間休息 / 今天我休息。

▶ **歇息** 辨析 都有"暫時停止工作、學習或活動，以避免或消除疲勞"的意

義，但語義側重點、使用頻率、語體色彩有別。"休息"是最常見的表達，通用於書面語和口語，使用頻率較高；"歇息"強調放鬆肌肉或精神的緊張狀態，恢復體力或精力，有書面語色彩，但有些地方口語仍用，如"歇息了一會""早點歇息吧"。

休戚相關 xiūqīxiāngguān 歡樂和憂愁相關聯，彼此間禍福相互關聯：創新素質和企業存亡休戚相關 / 安全生產法與我們休戚相關。

▶ **息息相關** 辨析 都有"彼此間關係密切"的意義，但形象色彩有別。"休戚相關"有歡樂和憂愁相關聯的形象色彩；"息息相關"有呼吸相關聯的形象色彩。

休業 xiūyè ❶ 動 停止營業：休業整頓。❷ 結束一個階段的學習：昨天學校舉行了本學期的休業儀式。

▶ **停業** 辨析 都有"停止營業"的意義，但語義側重點、語體色彩有別。"休業"既可因正常的休息而停止營業，也可因某些原因被迫停止營業，多是短期性的，暗示會重新開始營業，如"新年時唐人街的商店全部關門休業"；"停業"常偏重指被迫停止營業，多指時間較長的，如"停業整頓""旅行社違反合約將停業""存有火災隱患的公司被停產停業"，"停業"在法律、工商、稅務等行為中特指暫時性停止營業。"休業"是較委婉的說法，有書面語色彩，"停業"則較直接俗白。在其他意義上二者不相同。

▶ **歇業** 辨析 都有"停止營業"的意義，但語義側重點有別。"休業"既可因正常的休息而停止營業，也可因某些原因被迫停止營業，多是短期性的，暗示會重新開始營業，如"春節四家銀行休業三天"；"歇業"可以指短期停止營業，如"京城銀行五一期間部分歇業""亞運村汽車市場元旦歇業"，但"歇業"在法律、工商、稅務等行為中特指永久性停

止營業。在其他意義上二者不相同。

伎倆 jìliǎng 图 不正當的手段：你們的伎倆是迷惑不了任何人的／施展了女孩子在這種場合的種種伎倆。

▶ **手段** 辨析 見【手段】條。

任意 rènyì ❶副 由着心意，愛怎樣就怎樣：任意暢談。❷形 沒有任何限制的：任意三角形。

▶ **肆意** 辨析 都有"愛怎麼樣就怎麼樣"的意義，但語義側重點、使用範圍和語體色彩有別。"任意"着重於"任"，由着，強調由着個人的意願，如"辦公電話任意打，辦公用品任意用，經費開支無底洞"；"肆意"着重於"肆"，毫無顧忌地胡來，強調不顧一切地由着自己的性子去做，語義很重，如"這個森林公園遭到人為的肆意破壞，處境堪憂"。"任意"可用於不好的行為，也可用於一般的行為，屬中性詞；"肆意"多用於不好的行為，含比較明確的貶義色彩。"任意"多用於書面語，但也可用於口語；"肆意"常用於書面語，口語裏不用。在其他意義上二者不相同。

▶ **恣意** 辨析 都有"愛怎麼樣就怎麼樣"的意義，但語義側重點、褒貶色彩和語體色彩有別。"任意"着重於"任"，由着，強調由着個人的意願，如"顧客可根據自己情況任意選擇"；"恣意"着重於"恣"，放縱，強調放縱心意，如"恣意妄為""恣意糟踏"。"任意"屬中性詞，不具有明顯的褒貶色彩；"恣意"含有意破壞的意思，有比較明確的貶義色彩。"任意"多用於書面語，但也可用於口語；"恣意"常用於書面語，口語裏不用。在其他意義上二者不相同。

仿造 fǎngzào 動 模仿已有的式樣製造：仿造汽車。

▶ **仿製** 辨析 見【仿製】條。

仿照 fǎngzhào 動 模仿已有的方法、式樣等做：仿照執行。

▶ **模仿** 辨析 都有"照着去做"的意義，但語義側重點和適用對象有別。"仿照"不像"模仿"那樣強調追求形式、細節上的相似，常是基本上或大體上照着做，對象多是關於某種事物的式樣、規模、做法等，不能帶補語；"模仿"強調照着原樣做，要求細緻、形似，對象多是舉止、姿勢、模樣、神態、聲音等，可以帶補語說明模仿的程度。如"咱們經理的一舉一動，你都在模仿啊"中的"模仿"不能換用"仿照"。

▶ **效仿** 辨析 都有"模仿別人的方法、式樣等做"的意義，但語義側重點有別。"仿照"強調模仿別人的式樣，照着搬用，取得形式上的一致；"效仿"重在效，強調模仿別人的方法，取得相同的效果。如"茶壺都是宜興壺的樣子，卻是本地仿照燒的"中的"仿照"不能換用"效仿"。

仿製 fǎngzhì 動 模仿已有的樣式製作：仿製古畫。

▶ **仿造** 辨析 都有"模仿已有的式樣製造"的意義，但語義側重點和適用對象有別。"仿製"強調製作，力求和樣品在外形上一致，多用於製作細小的物品，如古畫、青銅器等；"仿造"強調製造，力求和樣品在功能上一致，仍須花氣力去製造，多用於大型器物或建築等。如"這些古建築物都是仿造的"中的"仿造"不宜換用"仿製"。

伙食 huǒshí 图 飯食，多指機構、學校等集體中所辦的飯食：伙食補助。

▶ **飯食** 辨析 都有"飯和菜"的意義，但語義側重點有別。"伙食"多指集體所辦的飯食；"飯食"多就質量而言。如可以說"改善伙食"，但一般不說"改善飯食"。

▶ **膳食** 辨析 都有"飯和菜"的意義，

但語義側重點、語體色彩有別。"伙食"多指集體所辦的飯食,具有口語色彩;"膳食"多指個人的飯食,具有書面語色彩。如可以說"膳食結構",但一般不說"伙食結構"。

自 zì 介 引進動作行為的起點、來源或起始時間:來自農村。

▶ **自從** 辨析 都有"表示時間的起點"的意義,但語義側重點和語體色彩不同。"自"可以表示過去時間的起點,也可以表示現在或將來時間的起點,略帶文言色彩,多用於書面語;"自從"只表示過去時間的起點,口語和書面語都可以用。如"本法自 2004 年 1 月 1 日起執行"中的"自"不能換用"自從"。

自大 zìdà 形 自以為了不起:自高自大。

▶ **自傲** 辨析 都有"自以為了不起"的意義,但語義側重點有別。"自大"着重指目中無人,常與"驕傲"等搭配使用,如"驕傲自大只能使人退步""自高自大給人印象不好";"自傲"着重指自認為有本領比別人優越,很傲氣。如"以學識自傲是最大的無知"中的"自傲"不能換用"自大"。

▶ **自負** 辨析 都有"自以為了不起"的意義,但語義側重點有別。"自大"着重指目中無人,"自負"強調自視甚高,多用於因知識、才能、智慧、體力等出眾而看不起別人。如"她有點自負、清高,不大合群"中的"自負"。

自由 zìyóu ❶名 在法律規定的範圍內,隨自己意志活動的權利:人身自由。❷名 哲學上指人認識了事物發展的規律性,自覺地運用到實踐中去。❸形 不受限制:自由參加。

▶ **自在** 辨析 都有"不受限制、不受拘束"的意義,但語義側重點和適用對象有別。"自由"強調決定於自己的意志或意願,不受限制,多用於人的言論、行動;"自在"強調沒有拘束而隨意舒適,常用於人的心情感受,常連用於"自由"之後。如"他生活得無憂無慮,挺自在"中的"自在"不能換用"自由"。

自在 zìzài 形 不受拘束:逍遙自在。

▶ **自由** 辨析 見【自由】條。

自作自受 zì zuò zì shòu 自己做了錯事,自己承擔後果。

▶ **自食其果** 辨析 都有"做了壞事自己承受"的意義,但語義側重點有別。"自作自受"側重指做錯了事而承受不好的後果,往往帶有埋怨的意味,程度相對較輕;"自食其果"側重指做了壞事而害了自己,多用於犯罪行為或犯原則性錯誤,常帶有令人拍手稱快的意味,程度較重。

自身 zìshēn 名 自己(強調非別人或別的事物):首先檢查一下自身的缺點。

▶ **本身** 辨析 見【本身】條。

自食其果 zì shí qí guǒ 自己做了壞事,反而害了自己。

▶ **自作自受** 辨析 見【自作自受】條。

自負 zìfù ❶動 自己擔負(責任、後果等):文責自負。❷形 自以為了不起,看不起別人:這個人很自負。

▶ **自傲** 辨析 都有"自以為了不起"的意義,但語義側重點和適用對象有別。"自負"強調自視甚高,用於因知識、才能、智慧、體力等出眾而看不起別人;"自傲"強調傲氣十足,不限於用在知識、才能、智慧、體力等出眾上,也可以用在自認為其他條件比別人優越上。如"他曾頗為自負地對友人談起他自己的畫"中的"自負"不宜換用"自傲"。

▶ **自大** 辨析 見【自大】條。

自高自大
zì gāo zì dà 自以為了不起，看不起別人。

▶ **妄自尊大** 辨析 都有"自以為了不起"的意義，但語義側重點和語義強度有別。"自高自大"側重指有了一點成績或本領便自以為了不起，瞧不起別人，語義較輕；"妄自尊大"側重指狂妄地自尊自大，含有毫無根據或一點真本事都沒有而盲目自大、抬高自己的意味，語義較重。如"她在工作上也有一些成績，但太自高自大了，大家都不願意跟她接近"中的"自高自大"不能換用"妄自尊大"。

▶ **夜郎自大** 辨析 都有"自以為了不起"的意義，但語義側重點和適用對象有別。"自高自大"側重指有了一點成績或本領便自以為了不起，瞧不起別人，只用於個人；"夜郎自大"含有眼界狹窄、閉塞、見識淺陋的意味，多用於個人，也用於國家、集團、組織等。如"一個國家沒落時，在文化上總是閉關自守，夜郎自大"中的"夜郎自大"不能換用"自高自大"。

自從
zìcóng 介 表示時間的起點：自從上學以來。

▶ **自** 辨析 見【自】條。

自發
zìfā 形 不受外力影響而自然發生的，不自覺的：自發行為。

▶ **自覺** 辨析 都有"不受外力影響"的意義，但語義側重點有別。"自發"側重指自己產生、自己行動，不受外力影響，是一種感性認識階段的行為狀態，如"自發地組織起來"；"自覺"側重指自己已經認識到、覺悟到，是一種理性認識階段的行為、狀態，如"自覺實踐、自覺貫徹"。

自傲
zì'ào 形 自以為有本領有功勞而驕傲：居功自傲。

▶ **自大** 辨析 見【自大】條。

▶ **自負** 辨析 見【自負】條。

自誇
zìkuā 動 自我誇耀：自誇出身好。

▶ **自詡** 辨析 都有"自己誇耀自己"的意義，但語義側重點和語體色彩有別。"自誇"強調誇耀自己，認為自己很行，含有沾沾自喜的意味，具有口語色彩；"自詡"強調吹噓自己，過度地誇大自己，含有洋洋自得的意味，具有書面語色彩。如"尼采就自詡過他是太陽，光熱無窮，只是給予，不想取得"中的"自詡"不宜換用"自誇"。

自詡
zìxǔ 動 自己吹噓自己：自詡為天才。

▶ **自誇** 辨析 見【自誇】條。

自豪
zìháo 形 為國家、民族、自己或與自己有關的成就感到光榮：為家鄉建設而自豪。

▶ **驕傲** 辨析 都有"感到光榮"的意義，但語義側重點和適用對象有別。"自豪"側重指自感有豪氣，充滿豪情，引以為自豪的多是重大的事情；"驕傲"側重指感到確實了不起，引以為驕傲的既可以是重大事情，也可以是一般事情。"驕傲"還有"自以為了不起，看不起他人"的意義用法，"自豪"沒有。

自覺
zìjué ❶動 自己感覺到：他自覺病情有所好轉。❷形 自己有所認識而覺悟：自覺遵守交通法規。

▶ **自發** 辨析 見【自發】條。

血統
xuètǒng 名 人類因生育而自然形成的關係，如父母與子女之間的關係：貴族血統／有中國血統／血統論。

▶ **血緣** 辨析 都有"人類因生育而自然形成的關係"的意義，但語義側重點、搭配對象有別。"血統"強調有遺傳關係的人共同形成一個親緣系統，常見搭配如"有……血統"；"血緣"強調有遺傳關係的自然屬性，有科學風格色彩，常與"關係"組合成"血緣關係"使用。

血緣 xuèyuán 图 人類因生育而自然形成的關係，如父母與子女之間的關係：血緣關係／以血緣、地緣和業緣等為紐帶的社團。

▶ **血統** 辨析 見【血統】條。

向 xiàng ❶動 對着，特指臉或正面對着（跟"背"相對）：向陽／面向太陽。❷介 表示動作的方向：向雷鋒叔叔學習。

▶ **朝** 辨析 在"表示活動向某個方向進行"和作介詞，表示動作的方向時意義相同。在前一意義上，二者的語體色彩有別。"朝"稍俗白一些。在後一意義上，二者的適用對象、用法、語體色彩有別。"向"可用於具體的或抽象的活動，與表示方向的詞語搭配之後的整體多置於動詞之前，也可置於動詞之後，通用於口語和書面語；"朝"只能用於具體的活動，與表示方向的詞語搭配之後的整體只能置於動詞之前，常見於口語。

向來 xiànglái 副 從過去到現在：他向來如此。

▶ **從來** 辨析 見【從來】條。

▶ **歷來** 辨析 見【歷來】條。

▶ **素來** 辨析 在作副詞，表示從過去到現在一直都是如此，沒有變化時意義相同，但語義側重點、語體色彩、使用頻率有別。"素來"有平時、平日、平常的意味，有書面語色彩；"向來"較俗白，使用頻率高於"素來"。

向着 xiàngzhe ❶動 面對着：月球總以同一面向着地球。❷動 偏袒：媽媽不論甚麼事兒總向着妹妹。

▶ **朝着** 辨析 都有"表示活動向某個方向進行"的意義，但語體色彩、使用頻

率有別。"朝着"稍俗白一些，使用頻率也稍低於"向着"；"向着"口語和書面語中都較為常用，如"向着太陽""向着未來""向着炮火"。在其他意義上二者不相同。

似乎 sìhū 副 好像；彷彿：他似乎聽不懂你的話。

▶ **彷彿** 辨析 見【彷彿】條。

▶ **好像** 辨析 都有"有些像"的意義，但用法、語體色彩和詞性有別。"似乎"不能用於打比方，也不能同"一般、似的"等詞相呼應，多用於書面語；"好像"能用於打比方，能同"一般、似的"等詞相呼應，可用於書面語，也可用於口語。"似乎"只用作副詞；"好像"除用作副詞外，還能用作動詞。

行 háng ❶图 行列：行距。❷量 用於排列整齊的人或物：一行樹。❸動 同輩長幼的次序，排行：你行幾？❹图 行業：幹一行，愛一行。

▶ **排** 辨析 都有"用於計量成行的東西"的意義，但語義範圍有別。"排"一般指橫的行列，強調整齊；"行"既可指橫的行列，也可指豎的行列。如"一行樹""兩行眼淚""兩排牙齒"。

行市 hángshi 图 在一定地區和一定時間內各種商品的一般價格：先看看行市再說吧。

▶ **行情** 辨析 都有"市面上商品的一般價格"的意義，但語義側重點、適用條件有別。"行市"比較概括，強調多種商品的平均價格；"行情"比較具體，可以指某種商品的平均價格。如可以說"黃瓜行情不錯"，但一般不說"黃瓜行市不錯"。

行為 xíngwéi 图 受思想支配而表現在外面的活動：行為準則／違法犯罪行為。

▶ **行動** 辨析 都有"受思想支配而進行

的活動"的意義，但語義側重點有別。"行為"側重指反映人的思想品質、精神風貌的舉動，是表示人的所作所為的常見用詞，如"違法行為""作弊行為""嚴格規範行政行為"；"行動"側重指具體的活動、做法，如"公益行動""採取行動""收購行動宣告失敗"。

▶ **行徑** 辨析 都有"受思想支配而進行的活動"的意義，但語義側重點、感情色彩、語體色彩有別。"行為"是表示人的所作所為的常見用詞，有中性色彩，如"行為藝術""政府行為""中學生日常行為規範"；"行徑"多指壞的行為，有很強的貶義色彩，多用於書面語，如"分裂祖國無恥行徑""卑劣的行徑"。

行徑 xíngjìng 名 受思想支配而表現在外面的活動（多指壞的）：無恥行徑／罪惡行徑。

▶ **舉動** 辨析 都有"受思想支配而進行的活動"的意義，但語義側重點、語體色彩有別。"行徑"通常有很強的貶義色彩，多用於書面語，如"野蠻行徑""霸權主義行徑""怪異行徑"；"舉動"偏重指較具體的活動，如"他最近有甚麼舉動""大膽舉動惹爭議""浪漫舉動"。

▶ **行為** 辨析 見【行為】條。

行家 hángjia 名 熟練掌握某項技術的人，精通某類事情的人：行家裏手。

▶ **內行** 辨析 見【內行】條。

▶ **專家** 辨析 見【專家】條。

行動 xíngdòng ❶ 動 行走；走動：他腿受了傷，行動不便。❷ 動 指為實現某種意圖而具體地進行活動：同學們明確了各自的分工後立刻行動起來。❸ 名 受思想支配而表現在外面的活動：展開消滅垃圾郵件行動／呼籲停止軍事行動。

▶ **動作** 辨析 都有"為實現某種意圖而進行活動"的意義，但語義側重點、適用對象、語體色彩、使用頻率有別。"行動"強調進行和體現着意志，一般用於較大或較有意義的活動，是較常見的表達，口語和書面語都可使用，如"立即行動起來"；"動作"強調活動的具體做法，可用於較小或較大的活動，有較強的書面語色彩，使用頻率低於"行動"。二者在其他意義上不相同。

▶ **舉動** 辨析 都有"受思想支配而進行的活動"的意義，但語義側重點有別。"行動"強調為實現某種意圖而進行的活動、做法的整體，如"公益行動""採取行動"；"舉動"偏重指較具體的活動，如"他最近有甚麼舉動""善意的舉動""試探性舉動"。二者在其他意義上不相同。

▶ **行為** 辨析 見【行為】條。

行情 hángqíng 名 市面上商品的一般價格，也指金融市場上利率、匯率、證券價格等的一般情況：行情看漲。

▶ **行市** 辨析 見【行市】條。

行業 hángyè ❶ 名 工商業中的類別。❷ 名 泛指職業：服務行業。

▶ **行當** 辨析 都有"工商業中的類別"的意義，但適用場合、語體色彩有別。"行業"比較正式，使用比較廣泛，口語和書面語中都可以用；"行當"比較舊，使用相對較少，具有口語色彩。如"28 年前她開始從事這一行當的時候，根本就不曉得甚麼是節目主持人"中的"行當"不宜換用"行業"。

行當 hángdang ❶ 名 行業，職業：他特別熱愛自己的行當。❷ 名 戲曲演員根據所演角色的特點來劃分的專業類別：旦角這個行當，又可以分幾個類別。

▶ **行業** 辨析 見【行業】條。

全 quán ❶ 形 完備；齊備：東西已被糟蹋得殘缺不全。❷ 動 使完備無缺：兩全其美。❸形 整個;全部:全家/全書。❹副 都;完全:這裏的東西他已經全包下來了。

▶ 都 辨析 都有"完全,所指範圍內沒有例外"的意義,但詞義和用法有別。"全"着重表示某種性質遍及事物全部,程度達到百分之百,如"全新的理論";"都"着重表示總括全部。"全"除修飾動詞外,還可修飾形容詞,如"全新、全盛、全優"等;"都"只修飾動詞。在其他意義上二者不相同。

全力以赴 quánlìyǐfù 把全部力量都投進去:全力以赴抗非典。

▶ 竭盡全力 辨析 都有"把全部力量都投進去"的意義,但語義側重點、褒貶色彩和語法作用有別。"全力以赴"着重於把全部力量都用上去,屬褒義詞;"竭盡全力"着重於用盡全部力量,屬中性詞。"全力以赴"常用作謂語和狀語,因成語中的"赴"字意為"往、去",故一般不作"沖、跑、逃"之類動詞的狀語;"竭盡全力"常用作狀語,所修飾的動詞沒有特別的限制。

全神貫注 quánshénguànzhù 全部精神都高度集中起來:他全神貫注地在燈下讀書看報。

▶ 聚精會神 辨析 都有"精神高度集中"的意義,但語義側重點和用法有別。"全神貫注"着重於全部精神集中在某一點上,如"他全神貫注地操縱着測試儀器";"聚精會神"着重於精神專注、注意力不分散,如"要專心致志地、聚精會神地搞四個現代化建設"。"全神貫注"可以用介賓詞組"在……"作補語,表示精神集中在甚麼地方,還可以有"把全神"(作狀語)"貫注"(作謂語)的拆開用法;"聚精會神"不能這麼用。

全部 quánbù ❶名 事物所有部分的總和;整個:全部工作/全部時間。

❷副 都;完全:全部解決。

▶ 全盤 辨析 都有"事物所有部分的總和"的意義,但使用範圍和語法作用有別。"全部"就毫無遺漏而言,使用範圍很廣,可指事物所有部分的總和,也可指事物個體的總和,可用於人,也可用於事、物;"全盤"就整個局面而言,使用範圍不如"全部"廣,一般用於考慮、計劃等方面,多與"考慮、計劃、接受、接收、肯定、否定"等詞語搭配。"全部"可用作狀語、定語,也可用作賓語;"全盤"多用作狀語,也可用作定語。

▶ 全體 辨析 見【全體】條。

全盤 quánpán 名 全部;全面:全盤計劃/全盤考慮。

▶ 全部 辨析 見【全部】條。

全體 quántǐ 名 所有部分或各個個體的總和;整體:全體同學/全體出席/看到事情的全體。

▶ 全部 辨析 都有"所有部分或各個個體的總和"的意義,但使用範圍有別。"全體"一般只用於指人,如"全體隊員";"全部"使用範圍較寬,可以指人,也可以指物,如"全部人馬""全部門票"。"全部"還有"都、完全"的意思,在這一意義上二者不相同。

合計 héjì 動 加起來計算:兩處合計三十人。

▶ 共計 辨析 見【共計】條。

▶ 總計 辨析 都有"加起來計算"的意義,但語義範圍有別。"總計"比"合計"概括程度更高,如在統計中,一般把一個月記為小計,把一個季度記為合計,而把一年記為總計。如"盟軍總計損失2.2萬餘人,其中英軍損失近1.3萬人"中的"總計"不宜換用"合計"。

合算 hésuàn ❶形 所費人力物力較少而收效很大：這筆買賣不合算。❷形 算計，考慮：去還是不去，得仔細合算。

▶ **划算** 辨析 見【划算】條。

合適 héshì 形 符合實際情況或客觀要求：這帽子戴着合適。

▶ **恰當** 辨析 都有"符合實際情況或客觀要求"的意義，但語義側重點、語法功能有別。"合適"強調符合要求，可以作謂語，不能作狀語；"恰當"強調準確，可以作狀語，一般不作謂語。如"溫度正合適，既能殺死其中的細菌又不破壞含有的養分"中的"合適"不能換用"恰當"。

▶ **適當** 辨析 都有"符合實際情況或客觀要求"的意義，但語義側重點、語法功能有別。"合適"強調符合要求，具有口語色彩，不能作狀語；"適當"強調有恰當的尺度，可以作狀語。如"差額可由其所在機構適當給予補助"中的"適當"不能換用"合適"。

▶ **適合** 辨析 都有"符合實際情況或客觀要求"的意義，但語法功能有別。"合適"是形容詞，不能帶賓語，可以作定語；"適合"是動詞，可以帶賓語，不能作定語。如"舉辦各種適合青年人的活動"中的"適合"不能換用"合適"。

▶ **適宜** 辨析 都有"符合實際情況或客觀要求"的意義，但語體色彩、語法功能有別。"合適"多用於口語，可以帶程度補語，不能作補語；"適宜"多用於書面語，不能帶程度補語，可以作補語。如"此稻種不適宜在安徽種植"中的"適宜"不能換用"合適"。

兆頭 zhàotou 名 事情發生前顯露出來的跡象或徵候：他覺得這是個好兆頭。

▶ **前兆** 辨析 都有"某些事情在沒有暴露或發作之前顯現出的一些跡象"的意義，但適用對象和語體色彩有別。"兆頭"多用於日常生活中的事情，具有口語色彩，常和"好"搭配使用；"前兆"強調跡象在暴露或發作之前出現，多用於自然災害、疾病、陰謀等不好的事情，口語和書面語都可以用。如"光知道賺錢，不知道讀書，這可不是個好兆頭"中的"兆頭"不宜換用"前兆"。

▶ **預兆** 辨析 都有"某些事情沒有暴露或發作之前顯現出的一些跡象"的意義，但適用對象和語體色彩有別。"兆頭"多用於日常生活中的事情，具有口語色彩，常和"好"搭配使用；"預兆"強調預示，可以是有科學道理的，也可以是迷信的，口語和書面語都可以用，多用於風、雨、雪等自然現象。如"幾天來心裏總覺得有某種不祥的預兆包圍着他"中的"預兆"不宜換用"兆頭"。"預兆"另有動詞用法，"兆頭"沒有。

企圖 qǐtú ❶動 打算；計劃：嫌犯企圖逃跑。❷名 打算；計劃：對方的企圖徹底落空了。

▶ **妄圖** 辨析 都有"打算達到某種目的"的意義，但語義側重點、語義輕重、褒貶色彩和語體色彩有別。"企圖"偏重於"企"，仰望，含刻意追求的意味，如"許多考生企圖用減少睡眠和文體活動的方法來增加複習時間"；"妄圖"偏重於"妄"，違反常規的，含狂妄地、非分地追求的意味，語義較"企圖"重，如"極少數不思改悔的頑固分子，他們仇視社會，對抗政府，妄圖頑抗到底"。"企圖"的目的有時是能夠達到的，屬中性詞，但多用於貶義；"妄圖"的目的往往是不能夠達到的，屬貶義詞。"企圖"可用於口語，也可用於書面語；"妄圖"多用於書面語。

▶ **意圖** 辨析 都有"事先做的打算、計劃"的意義，但語義側重點、語義輕重、褒貶色彩和詞性有別。"企圖"着重於"企"，仰望，是刻意追求的想法、念頭，如"敵人逃竄的企圖沒有得逞"；"意圖"着重於"意"，心願，是主觀上希望達到某種目的的想法、念頭，語義較"企圖"輕，如"講不清自己意圖的教練，不是一個好教練"。"企圖"屬中性詞，但多用於貶義；"打算"屬中性詞，可用於好的想法，也可用於不好的想法。"企圖"可用作名詞，也可用作動詞；"意圖"只能用作名詞。

兇狠 xiōnghěn 形 兇惡狠毒；拚命：兇狠的敵人／兇狠剷球。

▶ **兇殘** 辨析 見【兇殘】條。

兇殘 xiōngcán 形 兇惡殘暴：兇殘的暴徒／生性兇殘。

▶ **兇狠** 辨析 都有"性情表現上兇惡狠毒"的意義，但語義側重點、適用對象有別。"兇殘"強調殘忍、殘暴，多用於性情、行為、態度等，如"作案手段十分兇殘"；"兇狠"強調內心的狠毒、毒辣，多用於形容人的行為、表情、目光、心腸等，如"兇狠的眼神""兇狠的樣子"。

肌膚 jīfū 名 肌肉和皮膚：傷及肌膚。

▶ **皮膚** 辨析 見【皮膚】條。

鳳願 sùyuàn 名 一向抱有的心願：鳳願得償。

▶ **願望** 辨析 都有"心願、想法"的意義，但語義側重點、語義輕重和語體色彩有別。"鳳願"着重於"鳳"，素有的，強調一向懷着的心願，如"他向珠峰挺進，力爭實現登上'地球之巔'的鳳願"；"願望"着重於"望"，希望，強調希望達到某種目的或出現某種情況的心願，語義較"鳳願"輕，如"實現持久和平，促進共同發展，是各

國的共同願望"。"鳳願"多用於書面語；"願望"可用於書面語，也可用於口語。

危殆 wēidài 形（形勢、生命等）十分危險：病勢危殆。

▶ **危急** 辨析 都有"危險"的意義，但語義側重點、語體色彩有別。"危殆"強調（形勢、生命等）十分危險；"危急"含有緊急的意味。"危急"通用於口語和書面語；"危殆"書面語色彩較濃。

▶ **危險** 辨析 都有"處於不安全的狀態"的意義，但語義側重點、語義輕重、語體色彩有別。"危殆"強調十分危險、嚴重，含有（形勢）已危險到無法維持下去或生命危險到即將失去的意味，語義比"危險"重，有很強的書面語色彩。

危急 wēijí 形 危險而緊急：情勢十分危急。

▶ **危殆** 辨析 見【危殆】條。

▶ **危險** 辨析 都有"有遭受損害或失敗的可能"的意義，但語義側重點有別。"危急"含有"緊急"的意味；"危險"沒有。

危險 wēixiǎn 形 有遭受損害或失敗的可能：這種行為非常危險。

▶ **危殆** 辨析 見【危殆】條。

▶ **危急** 辨析 見【危急】條。

名不副實 míngbùfùshí 名稱或名聲不符合實際，多指名聲超過了實際：全運會只有20個省的運動員參加，是一次名不副實的全運會。

▶ **徒有虛名** 辨析 都有"空有名義或名聲，而無實際內容"的意義，但語義概括範圍有別。"名不副實"說明名聲與實際不符合，多指名聲超過了實際，也可能是空有名義或名聲，而無實際；"徒有虛名"明確地指出空有名義或名聲，而無實際，語義概括範圍比"名不副實"

窄，如"租稅都已交納完畢，皇帝免征賦稅的詔書才下達，所謂皇帝恩典，不過是徒有虛名而已"。

名不虛傳 míngbùxūchuán 好名聲確實不假：都說黃山歸來不看嶽，今日一遊，果然名不虛傳。

▶ **名副其實** 辨析 都有"名聲與實際情況相符合"的意義，但感情色彩和語義側重點有別。"名不虛傳"是褒義詞，強調某人或某事物的好名聲確實不假；"名副其實"是中性詞，強調某人或某事物的名聲與實際情況沒有出入，至於名聲好壞，則不一定，如"這傢伙號稱屠夫，從這次屠殺的慘狀來看，可謂名副其實"。

名字 míngzi 名 用一個字，或幾個字連用，來代表一個人或事物：你叫甚麼名字／這種花兒的名字叫勿忘我。

▶ **名稱** 辨析 都有"稱說時使用的稱呼"的意義，但適用對象有別。"名字"可用於人或事物；"名稱"一般用於事物或組織機構，不用於人，如"公司的名稱還沒確定"。

名利 mínglì 名 個人的名聲和物質利益：名利雙收。

▶ **名位** 辨析 都有"個人所得的好處"的意義，但語義側重點有別。"名利"側重指個人的名聲和利益，如"名利思想使得一些官員熱中於搞'政績工程'"；"名位"側重指個人的名聲和地位，如"他不屑於追逐名位，只知道埋頭讀書"。

名位 míngwèi 名 名利和地位，指個人所能獲得的好處：他從不計較甚麼名位。

▶ **名利** 辨析 見【名利】條。

名氣 míngqì 名 名聲：這家飯館小有名氣。

▶ **名聲** 辨析 都有"社會上流傳的評價"的意義，但語體色彩和搭配對象有別。"名氣"用於口語，一般指好的評價，可受"大、小"等修飾；"名聲"通用於口語和書面語，可好可壞，可受"好、壞、顯赫、大、小、臭"等修飾，如"名聲大振""他得了個'賣國賊'的臭名聲"。

名副其實 míngfùqíshí 名稱或名聲與實際相符合：他這個"三好學生"可謂名副其實。也說"名符其實"。

▶ **名不虛傳** 辨析 見【名不虛傳】條。

名落孫山 míngluòsūnshān 婉辭，應考不中：三次高考都名落孫山，他很痛苦。

▶ **榜上無名** 辨析 都有"考試或選拔時沒被錄取"的意義，但風格色彩和適用對象有別。"名落孫山"較委婉，用於人在考試或選拔時沒被錄取；"榜上無名"較直白，還可指事物沒被選中，如"我們的美術設計課申報了全校優質課程，結果榜上無名"。

名義 míngyì ❶ 名 做某事時用作依據的身份或資格：我以主席的名義宣佈，貴國獲得奧運會舉辦權！❷ 名 表面，形式，後面多帶"上"字：我名義上是一家之主，實際上大權都在我老婆手裏。

▶ **旗號** 辨析 都有"用來做某事的表面依據"的意義，但感情色彩、風格色彩和語法搭配有別。"名義"是中性詞，比較正式、鄭重，常用的格式是"以……的名義"；"旗號"比較形象，帶貶義色彩，常用的格式是"打着……的旗號"，如"她打着丈夫的旗號收受賄賂"。

▶ **身份** 辨析 都有"做某事時的資格"的意義，但適用對象有別。"名義"常用於代表某個組織或政府，如"我以學校的名義獎勵你"；"身份"常用於個人的職務、地位，如"他以消費者代表的身份出席了聽證會"。

名稱 míngchēng 图 事物或組織機構的名字或稱呼：公司的名稱已經確定下來了。

▶ **稱呼** 辨析 都有"稱說時使用的名字"的意義，但適用對象有別。"名稱"一般用於事物或組織機構，不用於人，如"這家公司的名稱很拗口"；"稱呼"指人們表示彼此關係的稱謂，多用於人，如"那是九十年代以前通用的稱呼"。

▶ **稱謂** 辨析 都有"名字或稱呼"的意義，但適用對象和語體色彩有別。"名稱"一般用於事物或組織機構，不用於人，通用於口語和書面語；"稱謂"指人們為了表示身份、職業或相互之間的關係等而取得的名稱，多用於人，有書面語色彩，如"漢語的親屬關係稱謂系統非常複雜"。

▶ **名字** 辨析 見【名字】條。

名聲 míngshēng 图 社會上流傳的評價：名聲大振。

▶ **名氣** 辨析 見【名氣】條。

▶ **名譽** 辨析 都有"社會上流傳的評價"的意義，但適用對象和語義側重點有別。"名聲"一般用於人、集體或其他生物，表示"被大家知道"，如"禿鷲因為吃腐食而名聲不大好，這是人類的一種偏見"；"名譽"通常用於人或集體，側重於"被大家所知道的好名聲"，如"他的行為敗壞了公司的名譽"。

▶ **榮譽** 辨析 都有"名譽"的意義，但語體色彩、感情色彩和語法功能有別。"名聲"通用於口語和書面語，是中性詞，可受"好、壞、顯赫、臭"等修飾；"榮譽"用於書面語，是褒義詞，可受"多"修飾，如"他獲得了很多榮譽"。

▶ **聲譽** 辨析 都有"社會上流傳的評價"的意義，但語體色彩、適用對象和搭配對象有別。"名聲"通用於口語和書面語，可用於人、人的集體或其他生物，可受"好、壞、顯赫、大、小、臭"等修飾；"聲譽"用於書面語，可用於人、組織、國家或其他事物，常與"損害、降低、喪失、提高"等動詞和"好、壞、惡劣、卓著"等形容詞搭配使用，如"虐俘事件嚴重損害了美國的國際聲譽"。

名譽 míngyù ❶ 图（人）從別人處得到的評價：名譽欠佳。❷ 形 名義上的：馬先生是我校的名譽教授。

▶ **名聲** 辨析 見【名聲】條。

▶ **榮譽** 辨析 都有"別人給予的評價"的意義，但感情色彩和語義側重點有別。"名譽"是中性詞，側重指公眾的評價；"榮譽"是褒義詞，側重指政府、組織等授予的好的評價，如"她獲得了教師精英的榮譽"。

▶ **聲譽** 辨析 都有"別人給予的評價"的意義，但適用對象有別。"名譽"一般用於個體的人；"聲譽"可用於人、組織、國家或其他事物，如"不能做有損我國國際聲譽的事"。

多心 duōxīn 動 猜疑過多，用不必要的心思：我開玩笑，你不要多心。

▶ **多疑** 辨析 都有"有疑心"的意義，但語義側重點、語體色彩有別。"多心"側重指猜疑過多，用不必要的心思，多用於口語；"多疑"側重指疑慮過多，疑心大，多用於書面語。如"咱們這是說閒話兒，誰都別多心"中的"多心"不宜換用"多疑"。

多疑 duōyí 形 疑慮過多，疑心較大：多疑的性格。

▶ **多心** 辨析 見【多心】條。

色彩 sècǎi ❶図 顏色，多指多種顏色的整體：色彩絢麗。❷図 喻指某種思想傾向或情調：地方色彩/民主色彩。

▶ **色調** 辨析 見【色調】條。

▶ **顏色** 辨析 都有"物體的光波通過視覺所產生的感覺和印象"的意義，但語義側重點、使用範圍和用法有別。"色彩"一般指多種顏色的整體搭配，多用於美術、裝飾、花卉、天空、雲霞等，常與"鮮明、鮮豔、豔麗、絢麗、繽紛、斑斕、豐富"等詞搭配；也可以指一種顏色，如說"一種色彩、這種色彩"，但不能和表具體顏色的詞組合。"顏色"多指各種具體的顏色，如紅、黃、藍、白等，多用於一般的具體事物，如衣物、裝飾品、花朵、器物等。在其他意義上二者不相同。

色調 sèdiào ❶図 畫面色彩的情調、基調：淡雅的色調/暖色調。❷図 喻指文藝作品中體現出來的思想情調：這篇散文色調悲涼。

▶ **色彩** 辨析 都有"喻指某些思想情調"的意義，但語義側重點和意義範圍有別。"色調"原指畫面顏色的濃淡、明暗、冷暖等基調，如"清新的色調""柔和的色調""冷色調""暖色調"等；可喻指文藝作品中思想感情的基調，比較具體，如"色調明快""色調悲涼""色調憂鬱"等。"色彩"原指一種顏色或多種顏色的整體搭配，如"一種色彩""色彩斑斕""色彩繽紛""色彩鮮豔"等；可喻指人的某種思想傾向或事物具有的某種特殊情調、意味，比較宏觀，如"浪漫色彩""傳奇色彩""地方色彩""民主色彩"等。

冰消瓦解 bīngxiāowǎjiě 像冰一樣消融，像瓦一樣碎裂，比喻完全消釋或崩潰，形容分裂崩潰，原來完整的狀態不復存在。

▶ **冰解凍釋** 辨析 都有"像冰融化一樣完全消除或解決"的意義，但語義側重點和適用範圍有別。"冰消瓦解"側重於指原有的狀況徹底消釋或崩潰，不復存在，多用於矛盾、誤會等，也可以用於集團、組織等解散，以及意志、力量等崩潰，適用範圍較廣；"冰解凍釋"側重於指阻滯、疑難的狀況得以解決，多用於障礙、困難、癥結、疑惑等。

▶ **渙然冰釋** 辨析 都有"像冰融化一樣完全消除或解決"的意義，但語義側重點和適用範圍有別。"冰消瓦解"側重於指徹底地消釋或崩潰，可以用於矛盾、誤會，也可以用於集團、組織等解散，以及意志、力量等崩潰；"渙然冰釋"側重於指像冰塊遇熱隨即消融那樣很快解除，多用於疑難、緊張、憂慮等，適用範圍較窄。

冰解凍釋 bīngjiědòngshì 冰凍融化。比喻猜疑、誤會、疑惑等完全消除。

▶ **冰消瓦解** 辨析 見【冰消瓦解】條。

交叉 jiāochā ❶動 幾個方向有別的線條或線路相互穿過：公路和鐵路交叉。❷動 有相同有不同的；有相重的：交叉學科。❸動 間隔穿插：幾個小組交叉作業。

▶ **穿插** 辨析 都有"不同的事情互相交替進行"的意義，但語義側重點有別。"交叉"強調互相交錯疊合的形式，如"有的城市管理常發生職能交叉、政出多門的現象"；"穿插"強調時間上先後交替，次要的事物插入主要的事物中間進行，如"在比賽中穿插幾段歌舞"。

交往 jiāowǎng 動 互相往來：不大和人交往/交往頻繁。

▶ **來往** 辨析 都有"交際中的相互聯繫、互相活動"的意義，但語義側重點和適用對象有別。"交往"強調為了增進瞭解、友誼和感情而進行的友好的交際聯繫，如"同世界各國發展友好合作與交往"；"來往"強調交際雙方彼此的有來有往的互相活動，如"兩國保持高層來往"。

▶ **往來** 辨析 都有"交際中的相互聯繫、互相活動"的意義，但語義側重點和適用對象有別。"交往"強調為了增進瞭解、友誼和感情而進行的友好的交際聯繫，一般用於普通人之間，如"我們曾有多次接觸和交往，彼此有很深的感情"；"往來"強調交際雙方彼此友好訪問、相互聯繫，既可用於普通人之間，也可用於政府、級官員之間的正式、非正式的訪問，如"人員往來、文化交流"。

交鋒 jiāofēng 動 雙方作戰：兩支勁旅將在明日交鋒。

▶ **交戰** 辨析 見【交戰】條。

交戰 jiāozhàn 動 雙方作戰：雙方正在激烈交戰之中。

▶ **交鋒** 辨析 都有"雙方作戰"的意義，但語義側重點和適用對象有別。"交戰"意義普通，指雙方發生戰爭或對抗，一般用於戰爭或比賽，如"跟這樣的敵人交戰，既需分外勇敢，也該多加幾分謹慎"；"交鋒"表示雙方兵刃相接，近距離作戰，含有激烈、勇猛、殘酷的意味，既可用於戰爭或比賽，也可用於觀點、立場等的衝突，如"會談雙方幾次交鋒，幾經曲折，終於取得較為理想的結果"。

交還 jiāohuán 動 把東西還給原主：文件閱後請及時交還。

▶ **歸還** 辨析 見【歸還】條。

衣着 yīzhuó 名 指身上的穿戴，包括衣服、鞋、襪、帽子等：衣着得體。

▶ **穿着** 辨析 都有"身上的穿戴"的意義，但語義側重點有別。"衣着"多用於

某人一時的、具體的表現，如"衣着光鮮"；"穿着"是比較直白的表達，常用於某人一般的或經常性的表現，常跟"打扮"組合成"穿着打扮"使用。

充分 chōngfèn ❶ 形 足夠：根據不充分。❷ 副 盡量；盡可能：充分調動人們的積極性。

▶ **充裕** 辨析 都有"足夠多"的意義，但語義側重點有別。"充分"側重指抽象事物多的程度；"充裕"側重指準備或供應很多，足夠用。如"對提交的建議進行審查，並對修改帶來的影響作充分的估計"中的"充分"不宜換用"充裕"。

▶ **充足** 辨析 都有"足夠多"的意義，但適用對象有別。"充分"的適用對象一般是抽象事物；"充足"的適用對象一般是具體事物。如"對於那些無法實現的要求應向用戶做充分的解釋"中的"充分"不宜換用"充足"。

充斥 chōngchì 動 填滿；塞滿：低劣的產品充斥着市場。

▶ **充滿** 辨析 都有"填滿、塞滿"的意義，但語體色彩和適用對象有別。"充斥"多用於書面語，適用對象較窄，多為具有消極意義的具體事物；"充滿"口語和書面語中都可以用，適用對象較寬，可以是具體事物，也可以是抽象事物。如"全國大小報刊雜誌均充斥着聳人聽聞的關於這起綁架案的文章"中的"充斥"不能換用"充滿"。

充任 chōngrèn 動 擔負起責任：由他充任總經理一職。

▶ **充當** 辨析 見【充當】條。

▶ **出任** 辨析 見【出任】條。

▶ **擔任** 辨析 都有"取得某種職務"的意義，但語義側重點和適用對象有別。"充任"側重指當或做，適用對象可以是某種工作、職務，也可以是其他事物；

"擔任"側重指承擔並負起責任，適用對象較窄，一般是某項具體工作或職務。如"普通話中充任聲母的輔音除 m，n，l，r 以外都是清輔音"中的"充任"不宜換用"擔任"。

充足 chōngzú 形 數量多，能夠滿足需要：資金充足。

▶ **充分** 辨析 見【充分】條。

▶ **充沛** 辨析 都有"足夠多"的意義，但語義側重點和適用對象有別。"充足"側重指數量多，足夠需要，適用對象多是時間、光線、水分等；"充沛"側重指數量多而顯得很旺盛，適用對象較多是體力、精力等。如"這兩個傢夥隨時可以找出充足的理由為自己辯護"中的"充足"不能換用"充沛"。

▶ **充裕** 辨析 都有"足夠多"的意義，但語義側重點有別。"充足"側重指很多，足夠；"充裕"側重指很多，在滿足需要的同時可能還會有剩餘。如"禮堂周圍種着金字塔一般的雪松，陽光充足的白天也一地陰影"中的"充足"不宜換用"充裕"。

充沛 chōngpèi 形 多而飽滿、高漲：體力充沛。

▶ **飽滿** 辨析 都有"數量多"的意義，但語義側重點有別。"充沛"側重指多而旺盛；"飽滿"側重指多而高漲。如"當她重新投入工作時，感到充沛的就不僅僅是體力了"中的"充沛"不宜換用"飽滿"。

▶ **充足** 辨析 見【充足】條。

充盈 chōngyíng ❶ 動 佈滿；填滿：淚水充盈。❷ 形 足夠多：倉廩充盈。❸ 形 身體略胖而勻稱好看：體態充盈。

▶ **充滿** 辨析 都有"填滿、佈滿"的意義，但語義側重點、風格色彩和語體色彩有別。"充盈"側重指滿得充實，滿得不能再容納，具有典雅的文藝風格色彩，多用於書面語；"充滿"側重指在一定空間內佈滿，口語和書面語中都可以用。如"在那樣一個充盈着詩情和崇高的氛圍裏，我陶醉了"中的"充盈"不宜換用"充滿"。

充裕 chōngyù 形 多而有餘：時間充裕。

▶ **充分** 辨析 見【充分】條。

▶ **充足** 辨析 見【充足】條。

▶ **富裕** 辨析 都有"很多"的意義，但語義側重點和語義強度有別。"充裕"側重指大大超過滿足需要的程度，語義較重；"富裕"側重指在滿足需要後還有剩餘，語義較輕。如"飢餓了一天都未能得到充裕的食物補充"中的"充裕"不能換用"富裕"。

▶ **寬裕** 辨析 都有"多而有餘"的意義，但語義側重點有別。"充裕"側重指多而有餘；"寬裕"側重指個人某一時期的生活用度，經濟收入多而有餘。如"在棉苗剛出土尚未進入田間管理時才能有充裕的時間"中的"充裕"不宜換用"寬裕"。

充當 chōngdāng 動 取得某種職務；擔負某種責任：充當調解人。

▶ **充任** 辨析 都有"取得某種職務"的意義，但語義側重點、語體色彩和適用對象有別。"充當"側重指當或做，口語和書面語都可以用，適用對象較寬，可以是人也可以是事物；"充任"側重指擔起某種職務，多用於書面語，適用對象較窄，一般是人。如"她充當了老媽子的角色"中的"充當"不能換用"充任"。

▶ **擔任** 辨析 都有"取得某種職務"的意義，但語義側重點和適用對象有別。"充當"側重指當或做，適用對象可以是職務、身份等；"擔任"側重指承擔，適用對象一般是某種具體的職務或工作。如"他們給野心勃勃的外地人領路，充當奸細"中的"充當"不能換用"擔任"。

充溢 chōngyì **動** 多而有餘，充分表現出來：她的臉上充溢着幸福的笑容。

▶ **充滿** 辨析 見【充滿】條。

▶ **充塞** 辨析 見【充塞】條。

▶ **洋溢** 辨析 都有"充分表現"的意義，但語義側重點和風格色彩有別。"充溢"側重指多而有餘，像水過多而流出來一樣，具有形象色彩；"洋溢"側重指充分表現，不強調數量多，具有普通色彩。如"激動的情緒不禁迷茫縹緲地充溢心胸，在那刹那的時間中振盪"中的"充溢"不宜換用"洋溢"。

充塞 chōngsè **動** 塞滿；填滿：房間裏充塞着雜亂的物品。

▶ **充滿** 辨析 都有"填滿、佈滿"的意義，但語義側重點和語體色彩有別。"充塞"側重指填滿、佈滿以致形成堵塞，多用於書面語；"充滿"側重指填滿、佈滿一定的空間，口語和書面語都可以用。如"那剛剛充塞在九龍站台上的呼叫也彷彿被逝去的列車帶走"中的"充塞"不宜換用"充滿"。

▶ **充溢** 辨析 都有"填滿、佈滿"的意義，但語義側重點和風格色彩有別。"充塞"側重指填滿、佈滿以致形成堵塞，具有普通色彩；"充溢"側重指佈滿並充分流露出來，具有形象色彩。如"我們不說話，小屋裏頓時充塞着沉悶的空氣"中的"充塞"不宜換用"充溢"。

充滿 chōngmǎn **❶動** 佈滿；填滿：讓世界充滿愛。**❷動** 充分具有：充滿了生命的活力。

▶ **充斥** 辨析 見【充斥】條。

▶ **充塞** 辨析 見【充塞】條。

▶ **充溢** 辨析 都有"填滿、佈滿"的意義，但語義側重點、風格色彩和語體色彩有別。"充滿"側重指在一定空間內填滿、佈滿，具有普通色彩，口語和書面語都可以用；"充溢"側重指佈滿並充分流露出來，具有形象色彩，多用於書面語。如"五百斤大白菜買回家，家裏便充滿了大白菜的氣味"中的"充滿"不能換用"充溢"。

▶ **充盈** 辨析 見【充盈】條。

充實 chōngshí **❶形** 多而飽滿：內容很充實。**❷動** 使增多；使加強：不斷充實自己。

▶ **豐富** 辨析 見【豐富】條。

妄想 wàngxiǎng **❶動** 狂妄地打算：敵人妄想捲土重來。**❷名** 不能實現的打算：癡心妄想。

▶ **幻想** 辨析 見【幻想】條。

▶ **妄圖** 辨析 見【妄圖】條。

妄圖 wàngtú **動** 狂妄地謀劃：妄圖破壞和平。

▶ **企圖** 辨析 見【企圖】條。

▶ **妄想** 辨析 都有"狂妄地打算"的意義，但語義輕重、語體色彩有別。"妄圖"比"妄想"語義重，多用於書面語。如"將軍妄圖奪權篡位，最終兵敗身死"中的"妄圖"不宜換用"妄想"。

汗馬功勞 hànmǎ gōngláo 戰功。後泛指大的功勞。

▶ **豐功偉績** 辨析 見【豐功偉績】條。

污辱 wūrǔ **❶動** 使對方人格或名譽受到損害，蒙受恥辱：遭受莫大的污辱。**❷動** 玷污：這不是污辱了這本書了嗎？

▶ **侮辱** 辨析 都有"使對方蒙受恥辱"的意義，但語義側重點、適用對象有別。"污辱"偏重於受到玷污，其對象既可指人也可指物；"侮辱"則主要指人，是比較正式的用法。二者在其他意義上不相同。

污濁 wūzhuó ❶形（水、空氣等）不乾淨；混濁：現在那小河成了污濁的臭水溝。❷動 髒東西：洗去身上的污濁。

▶ **渾濁** 辨析 都有"不乾淨"的意義，但語義側重點、適用對象有別。"污濁"強調不清新、髒，多用於水和空氣；"渾濁"強調因混有雜質而不清、不純，有不透明不清亮的意味，多用於液體和眼睛。

忙碌 mánglù 形 忙着做各種事情，繁忙：他整天忙忙碌碌的。

▶ **繁忙** 辨析 都有"事情多，不得閒"的意義，但語義側重點和語法功能有別。"忙碌"指人、電話、公路等不得空閒；"繁忙"指工作、業務、公務等頭緒繁多，如"我公務繁忙，先走一步"。"忙碌"可重疊，"繁忙"不能重疊。

▶ **勞碌** 辨析 都有"事情多，不得空"的意義，但適用對象、語法功能和語義側重點有別。"忙碌"可用於人、電話、公路等，可重疊；"勞碌"側重指因事情多而辛苦、勞累，只能用於人，不能重疊，如"身體勞碌沒有啥，精神可不能垮"。

守衛 shǒuwèi 動 防守保衛：守衛海疆。

▶ **保衛** 辨析 都有"保護，使不受侵犯"的意義，但語義側重點、語義輕重和適用對象有別。"守衛"着重於"守"，防守，強調守在某處使不受侵犯，對象多為具體事物，如邊疆、大橋、國旗等；"保衛"着重於"保"，護衛、保護，強調護衛着使不受侵犯或損害，語義較"守衛"重，對象可以是具體事物，如邊疆、國旗、財產等，也可以是抽象事物，如主權、和平、權利等。

▶ **捍衛** 辨析 都有"保護，使不受侵犯"的意義，但語義側重點和適用對象有別。"守衛"着重於"守"，防守，強調守在某處使不受侵犯，對象多為具體事物，如邊疆、大橋、國旗等；"捍衛"着重於"捍"，防衛、抵禦，強調防禦着使不受侵犯或損害，語義較重，對象可以是具體事物，如邊疆、領土等，也可以是抽象事物，如主權、和平、尊嚴等。

安全 ānquán 形 沒有危險，不受威脅：安全生產。

▶ **平安** 辨析 見【平安】條。

安好 ānhǎo 形 平安（多用於書信）：新年安好。

▶ **平安** 辨析 見【平安】條。

安放 ānfàng 動 把物件放在妥善的位置：安放攝像頭。

▶ **安置** 辨析 都有"恰當地處置，使有着落"的意義，但語義側重點和適用對象有別。"安放"側重指擺放在一定的位置，動作比較具體，多用於一般事物；"安置"側重指使事物有適當的位置，或使人的工作、生活有着落，如"實驗室被安置在一個大峭壁下的寬敞山洞裏"。而"安置閒散人員"中的"安置"不能換用"安放"。

安定 āndìng ❶形 平靜穩定：安定團結的社會局面。❷動 使安定：安定軍心。

▶ **安寧** 辨析 見【安寧】條。

▶ **穩定** 辨析 都有"平靜正常，沒有變化"的意義，但語義側重點和適用範圍有別。"安定"側重於安，強調沒有波折和紛擾，適用對象主要是生活、社會和抽象事物；"穩定"側重於穩，強調穩固，沒有變動，適用面較寬，可以是抽象事物，也可以是具體事物。如"水位穩定下來了"中的"穩定"不能換用"安定"。

安排 ānpái 動 妥善而有條理地處置：安排就業。

▶ **安頓** 辨析 見【安頓】條。

▶ **安置** 辨析 都有"恰當地處置人員或事物，使之有着落"的意義，但語義側重點和適用對象有別。"安排"側重指分先後主次、輕重緩急，有條理地處置人和事，多指工作上的處理活動，對象可以是具體的，也可以是抽象的，如"安排人力""安排時間"等；"安置"側重指使人或事物有着落，多是處理人事工作的活動，被安置的對象多是具體的人或事物，如"安置失業人員""安置行李"等。

▶ **部署** 辨析 都有"對人或事物作具體的安置或調度，使成一定的組織狀態"的意義，但語義側重點、適用對象和語體色彩有別。"安排"側重指妥當安置，使有着落，可用於人，也可用於其他具體事物，口語和書面語都可以用；"部署"側重指周密細緻地計劃、調度，多用於人力上的處置或上級要下級去做某種工作或完成某種任務的情形，多用於書面語，有莊重的態度色彩。如"他親自部署和指揮這場戰役"中的"部署"不能換用"安排"。

安葬 ānzàng 動 埋葬（含莊重色彩）：成千上萬的上海市民參加魯迅的安葬儀式。

▶ **埋葬** 辨析 都有"掩埋死者遺體"的意義，但語義側重點和適用場合有別。"安葬"一般都要舉行一定的儀式，表示說話人對死者的尊重，多用於比較鄭重的場合，帶有莊重色彩；"埋葬"適用於一般場合，不帶莊重色彩，另有比喻用法。如"埋葬舊世界，創造新世界"中的"埋葬"是"推翻、消滅"的意思，不能換用"安葬"。

安頓 āndùn ❶動 安排處理，使有着落：安頓災民。❷形 沉穩平靜：孩子吃了藥，睡得安頓多了。

▶ **安排** 辨析 都有"通過恰當地處置，使有着落"的意義，但語義側重和適用對象有別。"安頓"側重指妥當地安置，使有確實的着落，多用於人、畜的飲食、居住等生活方面；"安排"側重指有條理、分先後地安置人員、處理事物，適用面較廣。如"子夜，安頓了女兒，撫慰了妻，他一個人披衣出去"中的"安頓"不能換用"安排"。

▶ **安置** 辨析 都有"通過適當處置，使人有着落"的意義，但語義側重點和適用對象有別。"安頓"側重指安排妥當，有了着落，多用於人，一般與飲食起居有關；"安置"側重指使人或事物在工作或生活方面有個適宜的處所，可用於人，也可用於其他具體事物。如"安置行李""東西太多，哪兒也安置不下"中的"安置"不能換用"安頓"。

安置 ānzhì 動 使人或事物有一定位置或得到適當安排：安置災民。

▶ **安頓** 辨析 見【安頓】條。

▶ **安放** 辨析 見【安放】條。

▶ **安排** 辨析 見【安排】條。

安寧 ānníng ❶形 秩序正常，太平：要和平，不要戰爭；要安寧，不要硝煙。❷形 （心情）平定，寧靜：不得安寧。

▶ **安定** 辨析 都有"穩定不亂"的意義，但語義側重點、適用對象和語體色彩有別。"安寧"側重指沒有騷擾、沒有動盪或動亂，可以使人安心，適用於環境及人的心情、生活、睡眠等，多用於書面語；"安定"側重指秩序正常，情況穩定，適用於政局、社會生活和秩序以及人的思想情緒等方面，口語和書面語都可以用。如"避免由此帶來的某些不安定因素""安定祥和的大好形勢"中的"安定"不宜換用"安寧"。"安定"另有動詞用法,"安寧"沒有。

▶ **寧靜** 辨析 見【寧靜】條。

安慰 ānwèi ❶動 安撫勸慰:我越安慰她,她哭得越厲害。❷形 感到滿足,沒有遺憾:哪怕有個可靠的人和她說說話,她也會覺得很安慰。

▶ **撫慰** 辨析 都有"用話語或贈物等使人心情安適"的意義,但語義側重點、適用對象和語體色彩有別。"安慰"側重指使人安心,含有同情、關懷的態度色彩,適用面較廣,既可以用於對他人,也可以用於對自己,口語和書面語都可以用;"撫慰"側重指對人關切和細緻地安頓,常用於對孩子、病殘弱小者、受災者,含有較強的體貼幫助的意味,具有書面語色彩。如"大家紛紛伸出援助之手,捐贈錢物,用以撫慰在洪水中受災的災民"中的"撫慰"不宜換用"安慰"。

▶ **寬慰** 辨析 都有"通過一定的方式使對方心情安適"的意義,但語義側重點和語義強度有別。"安慰"側重指使不安的心情平靜安定,語義較輕;"寬慰"側重指寬解,使放寬心,不煩悶、不擔心,語義較重。

安靜 ānjìng ❶形 沒有聲音,沒有吵鬧和喧嘩:這裏真安靜。❷形 安穩平靜:安靜的生活。

▶ **寂靜** 辨析 都有"沒有聲音"的意義,但語義輕重和適用範圍不同。"安靜"指沒有嘈雜喧嘩的聲音,語義較輕,適用面較寬,多用於形容環境和人的心神動態;"寂靜"指沒有一點聲響,十分安靜,語義較重,只能用於形容環境。如"病人睡得很安靜"中的"安靜"不能換用"寂靜";"寂靜的陵園、安靜的考場"中的"寂靜"和"安靜"不能互換。

▶ **寧靜** 辨析 見【寧靜】條。

▶ **清靜** 辨析 都有"沒有聲響"的意義,但語義側重點和適用對象有別。"安靜"側重指沒有吵鬧和喧嘩,比較客觀,多形容環境或人的心境、情緒;"清靜"側重指對人而言不嘈雜、無擾亂,沒有外界的干擾,帶有主觀色彩,多形容環境。如"今日他不想爭奪財產,只想圖個清靜"中的"清靜"不能換用"安靜"。

安穩 ānwěn ❶形 平穩,穩當:不甘於安穩的職業、平靜的生活,紛紛遷徙北上。❷形 平靜,安定:睡個安穩覺。❸形 舉止沉靜穩重:這女孩一點也不安穩。

▶ **平穩** 辨析 見【平穩】條。

收成 shōucheng 名 農副業產品的收取成績:今年小麥收成不錯。

▶ **年景** 辨析 見【年景】條。

▶ **收穫** 辨析 都有"農副業產品的收取成果"的意義,但語義側重點、語詞搭配和詞性有別。"收成"着重指莊稼、蔬菜、果品等的收取成果,也可指魚蝦等捕撈的成果;"收穫"着重指農作物的收取成果,也可喻指學習、工作、勞動等方面獲得的成果或利益。"收成"常用"好、壞、可喜、不錯、不減"等詞修飾;"收穫"常受"大、小、主要、重要"等詞語修飾。"收成"只用作名詞;"收穫"除名詞用法外,還有動詞用法,指收取成熟的農作物,如"收穫小麥、收穫季節"。

收拾 shōushi ❶動 整頓;整理:收拾屋子。❷動 修理:機子舊了,得收拾一下。❸動 整治;懲治:像現在的秩序早該收拾了。❹動 消滅;殺死:這傢夥不懷好意,不如早點給他收拾了。

▶ **拾掇** 辨析 都有"整理""修理"和"懲治"的意義,但語義側重點、使用對象和語體色彩有別。"收拾"是按一定的次序或常規進行清理打掃,使物品處於整齊狀態或正規的待用狀態，可用於具體事物，也可用於"局勢、殘局、爛攤子"等抽象事物，口語和書面語都可以用，如"她把廚房收拾得乾乾淨淨"；"拾掇"側重於把零亂、散放的東西歸攏好，使處於整齊的狀態，一般用於具體事物，主要用於口語，如"房間太亂了，你趕快拾掇拾掇"。在其他意義上二者不相同。

▶ **整理** 辨析 都有"為了一定的目的而把零亂、散放的東西擺放整齊"的意義，但語義側重點、適用對象和語體色彩有別。"收拾"強調按一定的次序或常規進行清理打掃，使物品處於整齊狀態或正規的待用狀態，適用於衣物、行裝、房間等具體事物，多用於口語；"整理"強調使物品放置得有條理、有秩序，便於使用，適用於辦公用品、文化遺產、家庭用品、機構等，通用於口語和書面語。"整理"可用於人，如"整理團隊"；"收拾"用於人時表示處理、整治的意思，如"收拾他"。在其他意義上二者不相同。

收留 shōuliú 動 把生活困難或有特殊要求的人接收下來給予照顧或幫助：從外地逃荒來的那個姑娘，被大嬸收留在家裏了。

▶ **收容** 辨析 都有"把生活有困難或有特殊要求的人接收下來給予照顧或幫助"的意義，但語義側重點和適用對象有別。"收留"着重於"留"，不讓離去，強調讓對方留下來，如"百鳥園增設了救護、收留鳥類業務"；"收容"着重於"容"，容納，強調接收下來並作一定的接待安排，如"收容遣送'三無'人員"。"收留"的對象可以是人，也可以是物，一般是個人行為；"收容"的對象多是人，一般是政府組織或機構行為。"收容"還有對不法分子集中管理教育的意思，如"收容審查"；"收留"沒有這類意思。

收容 shōuróng 動 收留，容納：收容難民。

▶ **收留** 辨析 見【收留】條。

收場 shōuchǎng ❶ 動 結束：且看他如何收場。❷ 名 結局；下場：這樣的收場還是好的。

▶ **結束** 辨析 都有"停止進行"的意義，但語義側重點、語體色彩和語法功能有別。"收場"強調不再繼續，最後了結；"結束"強調事情、活動等進行發展到最後階段，不再進行。"收場"多用於口語，與"開場"相對；"結束"通用於口語、書面語和各種場合，與"開始"相對。"收場"不能帶賓語；"結束"可以帶賓語。"收場"除動詞用法外，還能用作名詞，指結局、下場，如"希望有個圓滿的收場"；"結束"只能用作動詞。

▶ **完結** 辨析 都有"停止進行"的意義，但語義側重點、語體色彩和詞性有別。"收場"強調不再繼續，了結；"完結"強調事情、活動等進行的過程已經完成，不再進行。"收場"多用於口語；"完結"多用於書面語。"收場"除動詞用法外，還能用作名詞，指結局、下場，如"這樣的收場令人不能接受"；"完結"只能用作動詞。

收集 shōují 動 把分散的事物收攏、聚集到一起：收集古幣。

▶ **收羅** 辨析 見【收羅】條。

▶ **搜集** 辨析 都有"把分散的事物收攏、聚集到一起"的意義，但語義側重點和適用對象有別。"收集"着重於"收"，收攏，強調收攏、收納，一般是有組織的行為，規模比"搜集"大；"搜集"着重於"搜"，尋求，強調到處尋找零星物品並彙聚到一起，一般比較費時費力。"收集"可用於具體事物，也可用於人，如"收集人才"；"搜集"常用於不易得到的東西，可用於具體的物品，也可用於抽象事物，如情報、意見、想法等。

收藏 shōucáng 動 收集起來保藏：收藏文物。

▶ **珍藏** 辨析 都有"保藏、留存"的意義，但語義側重點、褒貶色彩和適用對象有別。"收藏"着重於"收"，收集，強調收集起來加以保藏，不含褒貶色彩；"珍藏"着重於"珍"，珍愛，強調珍重、妥善地加以保藏，帶褒義色彩。"收藏"的對象多為具體物品；"珍藏"的對象多為有價值或珍貴的事物，多是具體的，也可以是抽象的。"收藏"通用於口語和書面語；"珍藏"多用於書面語。

收羅 shōuluó 動 把分散的人或物收攏、聚集到一起：收羅人才。

▶ **收集** 辨析 都有"把分散的人或物收攏、聚集到一起"的意義，但語義側重點和用法有別。"收羅"着重於"羅"，招致，強調將分散在各處的招致、彙聚到一起，如"他到處收羅所需人才"；"收集"着重於"集"，會合，強調把分散的收攏會合到一起，如"科研人員將通過收集衛星發回的數據開展科學研究"。"收羅"多為個人行為，一般不重疊使用；"收集"多為有組織的行為，可重疊為ABAB式使用。

▶ **網羅** 辨析 都有"把分散的人或物收攏、聚集到一起"的意義，但語義側重點、適用對象和詞性有別。"收羅"着重於"收"，收攏，強調將分散在各處的收集到一起；"網羅"着重於"網"，用網捕捉，強調像用網捕捉獵物那樣從各方面招致、彙聚到一起。"收羅"的對象可以是人，也可以是物；"網羅"的對象一般是人。"收羅"只用作動詞；"網羅"除動詞用法外，還有名詞用法，指"捕魚的網和捕鳥的羅"。

收穫 shōuhuò ❶ 動 收取成熟的農作物：收穫莊稼。❷ 名 喻指心得、戰果、利益等：學習收穫。

▶ **收成** 辨析 見【收成】條。

奸詐 jiānzhà 形 虛偽詭詐：心懷奸詐，不忠不信／奸詐卑鄙之人。

▶ **奸猾** 辨析 都有"對人不誠實、不老實，讓人不可信"的意義，但語義側重點有別。"奸詐"強調虛偽、不可信，有欺騙性，含有"陰險毒辣"的意味，如"外表忠厚，內藏奸詐""目光中露出幾分奸詐"；"奸猾"強調狡猾，詭計多端，如"他的吝嗇和奸猾彷彿是出了名的"。

奸猾 jiānhuá 形 詭詐狡猾：奸猾小人。

▶ **奸詐** 辨析 見【奸猾】條。

如 rú ❶ 動 依照；適合：如法炮製／如期完成／如願。❷ 動 好像，類似：整舊如新／如臨大敵。❸ 動 趕得上，比得過，多用於否定句：他還不如你。❹ 動 表示舉例：例如／比如。❺ 連 假使：如有變化，請及早通知我們。

▶ **如果** 辨析 都有"表示假設關係"的意義，但用法和語體色彩有別。"如"一般不用在主語前；"如果"則多用在主語前。"如果"可以構成"如果說""如果……的話"的格式，以增強假設語氣；"如"不能這麼用。"如"多用於書面語；"如果"可用於書面語，也可用於口語。在其他意義上二者不相同。

如今 rújīn 名 現在：如今生活好了。

▶ **當今** 辨析 見【當今】條。

如坐針氈 rúzuòzhēnzhān 如同坐在插着針的氈子上一樣，比喻心神不定：這孩子左顧右盼如坐針氈，我使盡全身解數，也無濟於事。

▶ **坐立不安** 辨析 都有"形容心神不定"的意義，但語義側重點和用法有別。"如坐針氈"本指像坐在插着針的氈子上一樣，比喻心神極度不安，如"部分代表言辭尖銳的發言，使他們如坐針氈"；"坐立不安"指坐也不安、立也不安，形容因憂愁、恐懼或疼痛而心煩意亂，語義較"如坐針氈"輕，如"女兒那麼晚了還沒到家，她十分擔心，坐立不安"。"如坐針氈"是比喻性的，因此不再和其他比喻配合運用；"坐立不安"是直陳性的，因此還可以和其他比喻配合運用。

▶ **芒刺在背** 辨析 見【芒刺在背】條。

如果 rúguǒ 運 假使；表示假設：如果他不願意，你就不要勉強他。

▶ **如** 辨析 見【如】條。

如願以償 rúyuànyǐcháng 就像所希望的那樣得到滿足：他如願以償地登上了冠軍領獎台。

▶ **稱心如意** 辨析 都有"符合意願"的意義，但語義側重點和使用方法有別。"如願以償"着重於像所希望的那樣得到滿足，強調實現願望、達到目的，如"她終於如願以償地跨進理想的大學校門"；"稱心如意"着重於順從意願，強調完全符合心意，如"他終於買到了自己稱心如意的住房"。"稱心如意"能受程度副詞"很、最、非常、十分"等的修飾；"如願以償"沒有這種用法。

好 hǎo ❶形 優點多的，使人滿意的：好東西。❷形 表示令人滿意的效果：好吃／我吃好了。❸形 友好，和睦：好朋友。❹形 健康，病癒：病好了。❺形 用於套語：您好走。❻形 表示讚許、同意或結束等語氣：好了，別說了。❼形 反話，表示不滿意：好，這下麻煩了。❽形 容易：這題好做。❾動 便於：做完作業好回家呀。❿副 用在數量詞、時間詞前面，表示多或久：好幾個／好半天。⓫副 用在

形容詞、動詞前，表示程度深：好漂亮。

▶ **佳** 辨析 都有"使人滿意的"的意義，但語體色彩有別。"好"具有口語色彩，使用面廣；"佳"語義較重，具有文言色彩，使用較少。如"精神衰退，興致欠佳"中的"佳"不宜換用"好"。

好久 hǎojiǔ 形 很久，許久：好久沒有回音。

▶ **良久** 辨析 都有"形容時間較長"的意義，但語義側重點、語體色彩、語法功能有別。"好久"具有一定的口語色彩，可以作補語，也可以作狀語；"良久"具有濃厚的書面語色彩，一般只作補語，不作狀語。如"他好久沒來了"中的"好久"不能換用"良久"。

▶ **久久** 辨析 見【久久】條。

好比 hǎobǐ 動 表示跟以下所說的一樣：人離不開土地，好比魚兒離不開水。

▶ **好像** 辨析 都有"跟以下說的一樣"的意義，但適用條件有別。"好比"帶上賓語可構成對上文或下文的比喻關係，也可以不構成明顯的比喻關係，後面一般用直白的詞語來進行說明或解釋；"好像"帶上賓語可構成對上文或下文的比喻關係，多和"一樣、一般、似的"搭配使用，後面可以不用解釋的詞語。如"你的生活我想像得出，好比一九二九年我在瑞士"中的"好比"不能換用"好像"。

▶ **猶如** 辨析 都有"有些像"的意義，但語體色彩有別。"好比"具有一定的口語色彩；"猶如"具有書面語色彩。如"燈燭輝煌，猶如白晝"中的"猶如"不宜換用"好比"。

好心 hǎoxīn 名 好意：好心有好報。

▶ **好意** 辨析 都有"對別人善良的心意"的意義，但語義側重點有別。"好心"強調心地好，富有同情心；"好意"

強調用意好，意向善良、正當，常用於"好心"後。如"好心不得好報"中的"好心"不能換用"好意"。

▶ **善意** 辨析 都有"對別人善良的心意"的意義，但語義側重點有別。"好心"強調心思出自關心、友愛；"善意"強調心思出自誠懇助人、與人為善。如可以說"善意的批評"，但一般不說"好心的批評"。

好看 hǎokàn ❶形 看着舒服，美觀：這件衣服真好看。❷形 臉上有光彩，體面：學生成才，老師臉上也好看。❸名 洋相，難堪：要你好看！

▶ **標致** 辨析 都有"看着舒服"的意義，但適用對象、語體色彩有別。"好看"既可以用於人，也可以用於事物，具有口語色彩；"標致"一般多形容女子，具有書面語色彩。如"陳康蘭是個標致的女子，桃紅色的西裝勾勒出苗條的身段"中的"標致"不宜換用"好看"。

▶ **美麗** 辨析 都有"看着舒服"的意義，但語義強度、語體色彩有別。"好看"語義較輕，比較通俗，具有口語色彩；"美麗"語義較重，具有書面語色彩。如"癌，怎麼可以生長在美麗的江曼身上呢？"中的"美麗"不宜換用"好看"。

▶ **漂亮** 辨析 都有"外觀悅目，看着舒服"的意義，但語義側重點、語義強度、語體色彩有別。"好看"強調看着舒服、美觀，語義較輕，比較通俗，多用於口語，沒有重疊用法；"漂亮"強調光彩照人，給人以美感，語義較重，口語和書面語都可以用，能夠重疊，如"孩子們都穿得漂漂亮亮的"。在其他意義上二者不相同。

好處 hǎochu ❶名 對人或事物有利的因素：發揚民主好處多。❷名 使人有所得而感到滿意的事物：他從中得到不少好處。

▶ **利益** 辨析 見【利益】條。

▶ **益處** 辨析 都有"對人或事物有利的因素"的意義，但語體色彩有別。"好處"具有口語色彩，與"壞處"相對；"益處"具有書面語色彩，與"害處"相對。

好強 hàoqiáng 形 喜歡自己比別人強，不甘示弱：他很好強，從來不認輸。

▶ **好勝** 辨析 見【好勝】條。

▶ **要強** 辨析 都有"不甘於落在別人後面"的意義，但語義側重點、態度色彩有別。"好強"有爭強好勝的意味，是中性詞，如"他很好強，但又沒甚麼本事"；"要強"有爭取上進的意味，具有褒義色彩，如"他很刻苦，很要強，每日筆耕不輟，數年堅持自學英文"。

好勝 hàoshèng 形 處處都想勝過別人：爭強好勝。

▶ **好強** 辨析 都有"想勝過別人"的意義，但語義側重點有別。"好勝"強調勝過別人；"好強"強調自強。如可以說"好勝心切"，但一般不說"好強心切"。

好意 hǎoyì 名 善良的心意：好心好意。

▶ **好心** 辨析 見【好心】條。

▶ **善意** 辨析 都有"善良的心意"的意義，但語義側重點有別。"好意"強調心思出自關心、友愛；"善意"強調心思出自誠懇助人、與人為善。如可以說"謝謝你的好意""善意的批評"，但一般不說"謝謝你的善意""好意的批評"。

好像 hǎoxiàng 動 有些像，彷彿：他倆好像是親兄弟／工地上的燈火好像佈滿天空的星星。

▶ **彷彿** 辨析 見【彷彿】條。

▶ **好比** 辨析 見【好比】條。

▶ **似乎** 辨析 見【似乎】條。

七畫

形勢 xíngshì ❶名 地勢 (多指從軍事角度看)：形勢險要。❷名 事物發展的狀況：國際形勢/經濟形勢/形勢嚴峻。

▶ **局勢** 辨析 都有"事情發展到一定階段或時期的狀況和趨勢"的意義,但語義側重點有別。"形勢"多用於範圍較大、影響較大的事情,如"經濟形勢分析""國內外形勢的變化""科普工作形勢喜人";"局勢"偏重指政治、軍事方面的局面和形勢,如"伊拉克局勢""中東局勢驟然惡化""局勢漸趨明朗"。二者在其他意義上不相同。

▶ **情勢** 辨析 都有"事情發展到一定階段或時期的狀況和趨勢"的意義,但語義側重點、語體色彩有別。"形勢"多用於範圍較大、影響較大的事情,如"經濟形勢分析""國內外形勢的變化""科普工作形勢喜人";"情勢"多用於範圍較小、持續時間較短、變化較快的事,有書面語色彩,口語較少使用,如"選舉情勢""水資源情勢""今日數碼消費品遍地情勢縱觀"。二者在其他意義上不相同。

戒律 jièlǜ 名 多指有條文規定的宗教徒必須遵守的生活準則,也泛指束縛人行動的規章慣例：清規戒律/衝破種種戒律。

▶ **戒條** 辨析 見【戒條】條。

戒條 jiètiáo 名 束縛人行動的準則、條例。

▶ **戒律** 辨析 都有"要求必須遵守的、束縛人行動的準則"的意義,但語義側重點有別。"戒條"強調以條目的形式一條一條的加以訓誡的規則,如"牢記醫生的囑咐,遵守着戒條";"戒律"強調對人進行約束、限制的準則、規範,如"他篤信佛法,嚴守戒律"。

戒備 jièbèi ❶動 警戒防備：戒備森嚴。❷動 對人有戒心而加以防備：你應該對他有所戒備。

▶ **防備** 辨析 見【防備】條。

吞沒 tūnmò ❶動 把公共的或他人的財物據為己有：吞沒公款。❷動 整個淹沒：洪水吞沒了整個山莊。

▶ **淹沒** 辨析 都有"大水漫過、浸沒"的意義,但語義側重點有別。"吞沒"着重於"吞",整個嚥下,比喻某事物被別的事物吞噬,完全消失,如"數十戶居民房屋被大火吞沒";"淹沒"着重於"淹",浸沒,強調人或東西被大水整個浸沒,如"洪水淹沒了許多民宅和民用設施"。在其他意義上二者不相同。

吞併 tūnbìng 動 兼併他國領土或將他人土地、財物佔為己有：他們集團去年吞併了幾家小公司。

▶ **併吞** 辨析 見【併吞】條。

吞食 tūnshí 動 把整塊東西嚥下去：大魚吞食小魚。

▶ **吞噬** 辨析 都有"吃掉、把整塊東西吞下去"的意義,但語義側重點和使用範圍有別。"吞食"着重於"食",吃,強調吃東西時不嚼或不細細咀嚼就整個嚥下去,多用於人或動物的具體動作,如"吞食藥片";"吞噬"着重於"噬",咬,強調先咬住東西再整個嚥下去,多用於比喻,書面語色彩較濃,如"許多探險家來此尋找被沙漠吞噬的古代文明"。

吞噬 tūnshì 動 吃掉,吞下去;多比喻併吞、侵吞：吞噬四海。

▶ **吞食** 辨析 見【吞食】條。

扶助

fúzhù 動（攙扶）幫助：扶助弱小。

▶ **幫助** 辨析 都有"以力相助"的意義，但語義側重點和語體色彩有別。"扶助"重在扶，含有幫助的對象比較弱小的意味，具有書面語色彩；"幫助"使用面很寬，口語和書面語中都可以用。

▶ **扶持** 辨析 都有"以力相助"的意義，但語義側重點、適用對象、感情色彩有別。"扶助"強調從旁幫助，對象多是有困難需要幫助的個人和集體，帶有褒義；"扶持"強調支持、保護，語義較重，對象不一定是弱小貧困的，是中性詞。如"在皇帝的大力扶持下，唐代的道教也很盛行"中的"扶持"不能換用"扶助"。

扶植

fúzhí 動 扶助支持：扶植親信。

▶ **培植** 辨析 都有"支持成長，使壯大"的意義，但語義側重點和適用對象有別。"扶植"重在扶助，含有幫助的對象勢弱而不易成長的意味，可用於人或抽象事物；"培植"重在培養，含有照顧、提拔的意味，用於人時一般只能是可以形成某種勢力的人，如黨羽、親信等貶義詞語，另外還可用於植物。如"他們要剷除人類中的強暴者，把弱小者扶植起來"中的"扶植"不宜換用"培植"。

扶搖直上

fúyáo zhíshàng 指乘着風勢，快速上升。比喻仕途得志或飛快上升。

▶ **青雲直上** 辨析 都有"迅速上升"的意義，但語義範圍和適用對象有別。"扶搖直上"既可以指職務地位的直線上升，也可指數字、數量等直線上升，既可以用於人，也可以用於物，適用面寬；"青雲直上"一般只指職務地位直線上升，只用於人，適用面窄。如"從20萬元起價，幾番驚心動魄的較量，價位便扶搖直上"中的"扶搖直上"不能換用"青雲直上"。

技巧

jìqiǎo ❶名 表現在藝術、工藝、體育等方面的巧妙的技能：熟練的技巧／繪畫需要技巧。❷名 指技巧運動：技巧比賽。

▶ **技能** 辨析 都有"某種專門的本領或能力"的意義，但語義側重點和適用對象有別。"技巧"強調靈活掌握、巧妙運用，重在"巧妙"，比基本技能更勝一籌，一般用於語言表達、藝術、工藝、體育等方面，如"將古典芭蕾的基本功與現代舞蹈的技巧融為一體"；"技能"強調對某種專門技術的掌握和運用的能力，是在專業領域內應具備的基本能力，多用於生產勞動和技術方面，如"她的服務技能，更令人欽服"。

▶ **技藝** 辨析 見【技藝】條。

技能

jìnéng 名 掌握和運用專門技術的能力：基本技能／多掌握一種技能，就多一條生路。

▶ **技巧** 辨析 見【技巧】條。

▶ **技藝** 辨析 見【技藝】條。

技藝

jìyì 名 富於技巧性的表演藝術或手藝：精湛的技藝／技藝高超。

▶ **技能** 辨析 都有"某種專門的本領或能力"的意義，但語義側重點有別。"技藝"是一種富於技巧性的表現藝術，技術達到了極高的層次和境界，多用於工藝、藝術品，如"我被那精巧絕倫的構思和巧奪天工的技藝深深地震撼了"；"技能"強調對某種專門技術的掌握和運用的能力，是在專業領域內應具備的基本能力，多用於生產勞動和技術方面，如"畢業生應具有多種技能"。

▶ **技巧** 辨析 都有"某種專門的本領或能力"的意義，但語義側重點和適用對象有別。"技藝"強調技術達到了極高的層次和境界，多用於工藝、藝術品，如"蠟像館製作技藝高超"；"技巧"強調靈活掌握、巧妙運用，重在"巧妙"，一般用於語言表達、藝術、工藝、體育等方面，如"缺乏演唱技巧"。

扼守 èshǒu 〔形〕用武力等守衛重要的地方：扼守咽喉要道。

▶ 把守 〔辨析〕 見【把守】條。

拒絕 jùjué 〔動〕不接受（請求、意見或贈禮等）：拒絕我們的要求。

▶ 回絕 〔辨析〕 見【回絕】條。

▶ 謝絕 〔辨析〕 都有"不接受（請求、意見或贈禮等）"的意義，但語體側重點和語體色彩有別。"拒絕"強調果斷、強硬地擋回，不接納，態度比較強硬，通用於口語和書面語，如"嚴詞拒絕""農民有權拒絕除法規、法律規定應盡義務之外的其它物力、財力要求"；"謝絕"強調在表達不接受的意思時態度和緩、言詞委婉，十分客氣，一般用於表示不接受對方的好意，有書面語色彩，如"謝絕了上司的照顧"。

批示 pīshì ❶〔動〕上級對下級的公文表示書面的意見：上司還沒批示呢。❷〔名〕批示的文字：你看到省長的批示了嗎？

▶ 批覆 〔辨析〕 都有"上級對下級的公文表示意見"的意義，但語義側重點有別。"批覆"側重於對下級提出的計劃、建議作出答覆，如"院長批覆：可以立項，但資金一時難以到位"；"批示"側重於對請示的事情表明態度。

▶ 指示 〔辨析〕 都有"上級對下級說明如何處理某個問題"和"上級對下級說明如何處理某個問題的文字"的意義，但語體色彩和語義側重點有別。"批示"是書面形式的，側重於對下級請示的事情表明態度，是書面語；"指示"既可是書面形式的，也可是口頭形式的，有可能並不針對下級請示，直接就某個問題提出意見或解決方案，通用於口語和書面語，如"市長親口指示我，要大力協助你們工作"。

批判 pīpàn ❶〔動〕對錯誤的思想、言論或行為作系統的分析，加以否定：批判投機思想。❷〔動〕批評檢討：對法輪功等邪教組織的批判在全國展開。❸〔副〕分清正確的和錯誤的，或有用的和無用的，分別對待：批判地繼承古代文化遺產。

▶ 鞭撻 〔辨析〕 都有"批評錯誤的思想、言論或行為"的意義，但語體色彩和語義輕重有別。"鞭撻"比"批判"的書面語色彩更濃，表達的情緒更嚴厲，語義較重。

▶ 抨擊 〔辨析〕 都有"對錯誤的思想、言行進行分析、展開批駁或批評"的意義，但適用對象和語義側重點有別。"批判"的對象多是某種思想、言行或理論，側重於以分析、邏輯等方法指出錯誤之處，可以對別人，也可以對自己，如"批判血統論""自我批判"；"抨擊"的對象是不好的或醜惡的人或事、社會現象、勢力或理論，側重於採取嚴厲的批評態度，只能是對手或敵人，不能是自己，如"抨擊時弊"。

▶ 批評 〔辨析〕 都有"用語言或文字對缺點或錯誤提出意見"的意義，但語義側重點、語義輕重和適用對象有別。"批判"側重指毫不留情地指出其錯誤，並加以分析，多用於較為嚴肅、重大的事情，如"批判人種論"；"批評"側重指一般地提出優缺點，對錯誤、缺點提出意見，語義相對輕一些，多用於一般的小事情，如"他又睡懶覺了，我批評了他"。

▶ 聲討 〔辨析〕 都有"用言語批評"的意義，但語義側重點和適用對象有別。"批判"側重於對錯誤的思想、言論或行為進行抨擊、批評，如"批判民族分裂的言論"；"聲討"側重於用言語對罪行進行討伐、公開譴責，其態度比"批判"更激烈，如"憤怒聲討敵軍的暴行""聲討漢奸的附逆行徑"。"批判"的對象可以是他人，也可以是自己，如"批判和自我批判"；"聲討"的對象只能是他人。

批評 pīpíng 〔動〕表示意見；專指表示對缺點、錯誤不滿意的意見。

▶ **批判** 辨析 見【批判】條。

批覆 pīfù ❶〔動〕上級對下級的公文表示書面意見和答覆：上司已經批覆，要嚴懲肇事者。❷〔名〕表示書面意見和答覆的文字：我們已經拿到政府的批覆，可以開工了。

▶ **批示** 辨析 見【批示】條。

▶ **指示** 辨析 都有"上級對下級說明如何處理某個問題"的意義，但語義側重點有別。"批覆"是對下級書面報告的書面答覆；"指示"既可是對下級書面報告的書面答覆，也可是指導下級工作的口頭意見，如"立即按照主管指示去辦"。

走訪 zǒufǎng 〔動〕前往訪問：走訪當地民眾。

▶ **拜訪** 辨析 都有"專門去看望並交談"的意義，但語義側重點和適用對象有別。"走訪"側重指去看望人的行動和瞭解某種情況，多為公務而去看望、瞭解，對象可以是人，也可以是機構；"拜訪"是敬辭，含有尊敬和客氣的態度色彩，對象只能是人。如"他和我一道走訪了五個私人農場"中的"走訪"不宜換用"拜訪"。

▶ **訪問** 辨析 見【訪問】條。

▶ **造訪** 辨析 都有"專門去看望並交談"的意義，但語義側重點、適用對象和語法功能有別。"走訪"側重指去看望人的行動和瞭解某種情況，多用於公

務，常帶賓語，口語和書面語中都可以用；"造訪"側重指前往看望，較為莊重，帶有一定的突然性，一般不帶賓語，多用於書面語。如"三個不速之客深夜造訪，使人一時難以捉摸"中的"造訪"不能換用"走訪"。

走漏 zǒulòu 〔動〕泄露（消息等）：不許走漏半點風聲。

▶ **透漏** 辨析 都有"把一般不讓人知道的事情傳出來"的意義，但語義側重點和適用對象有別。"走漏"強調走失了機密，可能是有意識的，也可能是無意識的，對象多是消息、風聲等；"透漏"含有私下傳出去的意味，多是有意識的。如"他向嫂子透漏了哥哥準備出海的計劃"中的"透漏"不能換用"走漏"。

▶ **泄露** 辨析 都有"把一般不讓人知道的事情傳出來"的意義，但適用對象有別。"走漏"多用於一般的秘密事情；"泄露"多用於重大的機密事情。如可以說"泄露機密"，但不說"走漏機密"；"走漏風聲"不說"泄露風聲"。

抄寫 chāoxiě 〔動〕照着原文寫下來：抄寫文件。

▶ **抄錄** 辨析 都有"照原文寫下來"的意義，但語義側重點和語體色彩有別。"抄寫"側重指重抄謄寫，口語和書面語都可以用；"抄錄"側重指把原文錄下來以備用，多用於書面語。如"抄寫後再查找，一幹就是個把月"中的"抄寫"不宜換用"抄錄"。

▶ **繕寫** 辨析 都有"照原文寫下來"的意義，但語義側重點、語體色彩和適用對象有別。"抄寫"側重指重抄謄寫，口語和書面語都可以用，適用對象較寬，如檔案、文稿、總結、樂譜等；"繕寫"側重指把事務性的文字寫下來，多用於書面語，適用對象較窄，一般是事務性的文字，如公文、證書、信件等。如"他

們究竟為甚麼要抄寫《紅樓夢》"中的"抄寫"不能換用"繕寫"。

抄錄 chāolù 動 照着原文記錄下來：抄錄警句。

▶ **抄寫** 辨析 見【抄寫】條。

▶ **謄錄** 辨析 都有"依原文寫下來"的意義，但語義側重點有別。"抄錄"側重指把原文錄下來以備用；"謄錄"側重指照着底稿重新抄寫，並進行整理，以備將來之需。如"他抄錄了上萬字的農技資料"中的"抄錄"不宜換用"謄錄"。

抄襲 chāoxí ❶ 動 把別人的作品、作業、語句等抄下來當作自己的東西：抄襲作品。❷ 動 不顧客觀情況，生硬地搬用他人的經驗、方法等：抄襲別人的經驗。❸ 動 軍隊從側面或背面繞道襲擊敵人。

▶ **剽竊** 辨析 都有"把他人的作品、作業、語句等抄過來當作自己的東西"的意義，但語義側重點和語義強度有別。"抄襲"側重指不應該完全地照樣抄錄他人的文章、作業等，語義較輕；"剽竊"側重指不道德地偷襲別人的東西，語義較重。如"原來《情愛畫廊》竟然是抄襲了席絹的小說"中的"抄襲"不宜換用"剽竊"。

▶ **照抄** 辨析 都有"把別人的東西抄過來"的意義，但語義側重點、感情色彩和語體色彩有別。"抄襲"側重於照着別人的作品、語句等寫下來當作自己的；而"照抄"側重於照着原文或底稿原封不動地抄寫或引用，不一定把它當作自己的東西。如"會議報道中的幾段文字完全照抄會議文件"，就不能換成"會議報道中的幾段文字完全抄襲會議文件"，否則二者的意義就有了明顯的差別。因此，在感情色彩上，"抄襲"是個貶義詞，而"照抄"是個中性詞。此外，"照抄"既可以用於口語，又可以用於書面語；而"抄

襲"多用於書面語，偶爾也用於口語，因而它的書面語色彩要比"照抄"稍重一些。

芒刺在背 mángcìzàibèi 像芒和刺扎在背上一樣，形容內心惶恐，坐立不安。

▶ **如坐針氈** 辨析 都有"形容心神不寧"的意義，但語義側重點有別。"芒刺在背"側重指因羞愧、緊張或惶恐而心神不寧，如"當着這麼多人的面被批評，他有如芒刺在背，直想哭"；"如坐針氈"側重指因有所顧慮、着急而心神不寧，如"孩子這麼晚還沒回家，爸爸媽媽如坐針氈"。

▶ **坐立不安** 辨析 都有"形容心神不寧"的意義，但語體色彩有別。"芒刺在背"生動形象，多用於書面語；"坐立不安"比較直白，多用於口語，如"小芹坐立不安地等二黑回來"。

攻克 gōngkè ❶ 動 攻下（敵方的據點等）：攻克數城。❷ 動 比喻戰勝或克服困難、障礙等：攻克難關。

▶ **攻破** 辨析 都有"攻下"的意義，但語義側重點、語體色彩和搭配對象有別。"攻克"重在指通過攻擊戰勝對方，強調結果，是書面語詞，賓語多為表示具體區域的名詞；"攻破"強調對方整體防禦體系被打破，口語和書面語中都可以用，賓語一般為"防線"等詞語。如"攻克柏林"中的"攻克"不能換用"攻破"。

▶ **攻取** 辨析 都有"攻下"的意義，但語義側重點和搭配對象有別。"攻克"強調戰勝對方的結果；"攻取"強調奪取。如"攻取制高點"中的"攻取"不宜換用"攻克"。

▶ **攻陷** 辨析 都有"攻下"的意義，但語義側重點有別。"攻克"的區域可大可小，重在指戰勝對方，多用於褒義；"攻陷"的區域一般比較大，重在指對方佔

領的區域陷落他人之手，是中性詞。如"當時香港、緬甸、馬來西亞、新加坡相繼被日軍攻陷"中的"攻陷"不能換用"攻克"。

攻佔 gōngzhàn 勔 攻擊並佔領：攻佔敵方據點。

▶ **攻取** 辨析 都有"攻下"的意義，但語義側重點有別。"攻佔"重在指佔領；"攻取"重在指獲得進攻的區域。如"繼續南下的軍隊攻取深圳，但沒有跨過深圳河，而是按兵於深圳河畔"中的"攻取"不宜換用"攻佔"。

攻取 gōngqǔ 勔 攻打並奪取：攻取高地。

▶ **攻克** 辨析 見【攻克】條。

▶ **攻破** 辨析 都有"攻下"的意義，但語義側重點和適用對象有別。"攻取"重在指佔領敵方賴以防守的比較小的區域，賓語多為表示較小區域的詞語；"攻破"強調對方整體防禦體系被打破，賓語一般為"防線"等詞語。

▶ **攻陷** 辨析 都有"攻下"的意義，但適用對象有別。"攻取"的區域一般比較小，如據點、高地等；"攻陷"的區域一般比較大，如城池等。

▶ **攻佔** 辨析 見【攻佔】條。

攻破 gōngpò 勔 打破，攻下：攻破敵方的防線。

▶ **攻克** 辨析 見【攻克】條。

▶ **攻取** 辨析 見【攻取】條。

▶ **攻陷** 辨析 都有"攻下"的意義，但語義側重點和語法功能有別。"攻破"強調對方整體防禦體系被打破，賓語一般為"防線"等詞語；"攻陷"強調佔領對方賴以防守的區域，賓語為表示具體區域的名詞。如"攻破堡壘"中的"攻破"不能換用"攻陷"。

攻陷 gōngxiàn 勔 攻克，攻佔：攻陷南京。

▶ **攻克** 辨析 見【攻克】條。

▶ **攻破** 辨析 見【攻破】條。

▶ **攻取** 辨析 見【攻取】條。

攻擊 gōngjī ❶勔 進攻：攻擊敵人。❷勔 惡意指摘：攻擊他人。

▶ **出擊** 辨析 見【出擊】條。

▶ **打擊** 辨析 見【打擊】條。

▶ **襲擊** 辨析 都有"進攻"的意義，但語義側重點有別。"攻擊"多指目標明確、強有力地攻打，多是公開的；"襲擊"多指出其不意地打擊，多在對方沒有防備的條件下進行。如"團部決定今晚襲擊敵軍的軍火庫"中的"襲擊"不宜換用"攻擊"。

赤誠 chìchéng 形 十分真誠：赤誠相待。

▶ **誠摯** 辨析 都有"真心誠意，不虛偽"的意義，但語義側重點和語法功能有別。"赤誠"側重指一種態度，常做定語；"誠摯"側重指一種感情，常做狀語。如"他揮筆寫下一首長詩，托出一顆赤誠之心"中的"赤誠"不宜換用"誠摯"。

▶ **真誠** 辨析 都有"真心誠意，不虛偽"的意義，但語義強度有別。"赤誠"語義較重；"真誠"語義較輕。如"幹警們以赤誠之心喚醒僵死的心靈"中的"赤誠"不宜換用"真誠"。

扮演 bànyǎn 勔 化裝成某種人物出場表演：扮演警察。

▶ **飾演** 辨析 都有"化裝成特定的人物進行表演"的意義，但適用對象有別。"扮演"的對象可以是藝術表演中的某個人物，也可以是社會生活中的某個或某類人；"飾演"僅限於藝術表演中的人物。如“母親在孩子成長過程中扮演着重要角色”中的“扮演”不能換成“飾演”。

▶ **裝扮** 辨析 都有“化裝成特定的人物”的意義，但語義側重點和語義範圍有別。“扮演”側重於指演員化裝成藝術中的人物；“裝扮”側重於指某個人改扮成現實中的另一個人。“裝扮”還有“假裝”“打扮”的意思，如“裝扮出一副楚楚可憐的模樣”“新娘子都裝扮好了”。

坎坷 kǎnkě ❶形 道路、土地坑坑窪窪：坎坷的山路。❷形 比喻不得志：仕途坎坷。

▶ **崎嶇** 辨析 都有“道路不平，難行”的意義，但語義側重點有別。“坎坷”強調土地坑坑窪窪，道路凹凸不平，如“汽車在泥濘坎坷的道路上顛顛簸簸”；崎嶇”強調傾斜、不平坦、起伏大，有狹窄、險峻的意味，多用於形容山路，如“山路陡峭，崎嶇蜿蜒”。

均勻 jūnyún 形 分佈或分配在各部分的數量相同：分佈均勻。

▶ **平均** 辨析 見【平均】條。

均衡 jūnhéng 形 對立的各方面在數量、質量或力量上相等或相抵：分佈均衡。

▶ **平衡** 辨析 見【平衡】條。

投 tóu ❶動 有目的地拋擲：投籃 / 投彈 / 投石問路。❷動 跳進去（專指自殺行為）：投河 / 投井。❸動 寄送；遞交：投稿 / 投票。❹動 參加；靠攏：投軍 / 投奔 / 棄暗投明。❺動 目光、光線或陰影指向：目光投向遠方。❻動 迎合：投機 / 情投意合 / 投其所好。❼動 用清水漂洗：投毛巾。

▶ **扔** 辨析 見【扔】條。

▶ **擲** 辨析 都有“用力揮動手臂，使拿着的東西飛向指定或專注的地點”的意義，但語義輕重和語體色彩有別。“投”語義較輕，可用於口語，也可用於書面語，如“投石問路”；“擲”語義較重，多用於書面語，如“擲地有聲”“孤注一擲”。在其他意義上二者不相同。

投降 tóuxiáng 動 停止對抗，向對方屈服：無條件投降。

▶ **投誠** 辨析 見【投誠】條。

投誠 tóuchéng 動 誠心歸附：敵軍前來投誠。

▶ **投降** 辨析 都有“向敵方歸順，不再反對敵方”的意義，但語義側重點、適用範圍、褒貶色彩和語體色彩有別。“投誠”強調主動背棄，誠心歸順正義的一方，帶有棄暗投明的色彩，只用於敵方對我方，屬褒義詞，如“多名非法武裝分子向政府投誠”；“投降”強調停止抵抗或歸順對方而反對原來的一方，帶有恥辱的色彩，可用於敵方對我方，也可用於我方對敵方，屬中性詞，如“1945 年，日本宣佈無條件投降”“你別鬧了，我投降還不行嗎”。“投誠”多用於書面語；“投降”可用於書面語，也可用於口語。

抗衡 kànghéng 動 兩種力量不相上下：與美國公司抗衡。

▶ **對抗** 辨析 見【對抗】條。

志向 zhìxiàng 名 對於自己未來事業的設想和決心：遠大的志向。

▶ **抱負** 辨析 都有“對自己未來的希望和設想”的意義，但語義強度和搭配對象有別。“志向”可大可小，語義較輕，常跟“確立”“立下”等詞語搭配；“抱負”指遠大的希望和設想，語義較重，常跟“施展”“實現”等詞語搭配。如“新時代的年輕人應該有自己的理想和抱負”中的“抱負”不宜換用“志向”。

▶ **志願** 辨析 都有“對自己未來的希望和設想”的意義，但語義側重點和搭配對象有別。“志向”強調確立自己前進的方向、努力的目標，一般比較長遠、重大;"志願"強調希望自己將來做甚麼,一般比較具體,可以是近期目標。如可以說"第一志願",但不說"第一志向"。

志氣 zhìqì 名 求上進的決心和勇氣,做出某事的氣概:有志氣。

▶**骨氣** 辨析 都有"正直、豪邁的精神、氣度"的意義,但語義側重點有別。"志氣"強調有志向,求上進;"骨氣"強調剛強不屈。如"不食嗟來之食,表現了他的骨氣"中的"骨氣"不宜換用"志氣"。

志願 zhìyuàn ❶名 志向和願望:第一志願。❷動 自願:我志願加入義工組織。

▶**志向** 辨析 見【志向】條。

抉擇 juézé 動 在眾多情況中選一種合適的、恰當的:作出重大抉擇。

▶**選擇** 辨析 都有"從眾多中挑出符合要求的"的意義,但語義側重點、語義輕重、適用場合和語體色彩有別。"抉擇"用於在重大事件中必須要做出關鍵性的決定,選出最恰當的,語義比"選擇"重,用於莊重、正式的場合,有書面語色彩,如"陷入了難以抉擇的困境";"選擇"沒有特殊色彩,適用於各種場合,通用於口語和書面語,如"選擇最艱苦的環境磨練自己的意志"。

扭曲 niǔqū 動(使)事物不再像本來的樣子:他極為憤怒,表情都扭曲了。

▶**歪曲** 辨析 都有"使事物不再像原來的樣子"的意義,但適用對象有別。"扭曲"可用於具體的事物,如"自行車輪子撞得都扭曲了","他氣得臉都扭曲了",也可用於抽象事物,如"在這樣冷酷的環境下,孩子的心靈都被扭曲了";"歪曲"只用於抽象的事物,如"歪曲事實"。

扭捏 niǔnie 形 表情或動作不自然:對着一屋子的陌生人,她那麼大方的

人也有點扭捏不安了。

▶**覥腆** 辨析 都有"表情、動作不自然"的意義,但語義側重點有別。"扭捏"側重於人的外在表現,有時有故意約束自己做出某種樣子的意思;"覥腆"偏重於人容易害羞的心理,以及外化以後的表情、動作,如"她生來就這麼覥腆","她覥腆地站在門口,進也不是,退也不是"。

▶**忸怩** 辨析 都有"表情、動作不自然"的意義,但語義側重點有別。"扭捏"側重於人的外在表現不自然,有故意拘束着自己的意味;"忸怩"側重於人因為害羞所以不自然。

扭轉 niǔzhuǎn 動 使事情的發展變個方向:這次戰役徹底扭轉了局勢。

▶**逆轉** 辨析 都有"使事物的發展方向發生變化"的意義,但適用對象和語法功能有別。"扭轉"通常要求帶賓語,可用於具體事物,如"扭轉身子",也可用於抽象事物,如"扭轉局勢";"逆轉"通常不帶賓語,一般用於抽象事物,如"如今大勢已去,不可逆轉了"。

把 bǎ ❶介 表示對人或物的處置,賓語是後面動詞的受事者:把房間收拾一下。❷介 表示致使,謂語後面必須帶有結果補語:把她氣哭了。❸介 表示發生不如意的事情,賓語是後面動詞的當事:把小偷給跑了。❹介 表示動作的處所或範圍:把屋子找了個遍。❺介 拿;對:他能把你怎麼樣。

▶**將** 辨析 在作介詞,表示"拿、對"時意義相同,但用法和語體色彩有別。"把"多用於否定句或反問句,如"不把他當人看""你能把我怎樣",多用於口語;"將"多用於一些固定結構,如"將功贖罪、將心比心、恩將仇報、將勤補拙"等,書面語色彩很濃。

▶**使** 辨析 在作介詞,表示致使意義

125

相同，但前後搭配的詞語有別。"把"後面必須帶賓語，動詞多為"忙、氣、累、急"等，如"把我忙壞了""把她急瘋了"；"使"後面可不帶賓語，動詞不受限制，如"使不發生碰撞""使降低成本"。

把守 bǎshǒu 動 看守、守衛 (重要的地方)：重兵把守。

▶ **扼守** 辨析 都有"守衛、控制某一地方"的意義，但語義側重點、語體色彩和適用範圍有別。"把守"側重於指守衛、控制重要的地方，施事者多是人，也可以是動物，可用於軍事方面也可用於非軍事方面，如"將軍在帳內議政，門口有專人把守"；"扼守"側重於指守衛和控制險要的地方，強調用力量去控制，有像用手掐住那樣的形象色彩，施事者限於人，只用於軍事方面，書面語色彩較濃。如"軍隊扼守潼關，外敵不敢來犯"。

把持 bǎchí ❶動 獨佔位置、權力等，不讓別人參與：把持要害部門。❷動 控制 (感情等)：在誘惑面前要把持得住。

▶ **控制** 辨析 都有"掌握、支配，使不超出一定範圍"的意義，但語義側重點、感情色彩和適用對象有別。"把持"側重於指憑藉特權或某種優勢獨自佔有，並排斥別人，含貶義，一般用於事物，如"權力、位置、機構、部門、地區、誘惑"等；"控制"側重於指通過採取某種措施或憑藉某種力量，將對象限定在某一範圍內，是中性詞，可用於物也可用於人，適用範圍較廣。如"他們被控制了"中的"控制"不能換成"把持"。

把握 bǎwò ❶動 拿，握：把握住方向盤。❷動 抓住 (抽象的東西)：把握機遇。❸名 成功的可能性：我也沒有很大把握。

▶ **掌握** 辨析 都有"控制在自己手中，

加以支配"的意義，但語義側重點和適用對象有別。"把握"強調拿住、抓住等，多用於物品、時間、機遇等，如"把握時機"；"掌握"強調瞭解並加以支配、控制、運用等，多用於知識、技術、原則、方法、規律等，如"掌握烹飪的技能"。

材料 cáiliào ❶名 可以直接造成成品的物料：建築材料。❷名 提供創作內容的事實、場面、人物等：積累材料。❸名 可供參考的資料：個人材料。❹名 比喻適合做某種事情的人：他是塊好材料。

▶ **原料** 辨析 都有"用於製造成品的東西"的意義，但語義範圍有別。"材料"既包括沒有經過加工的原材料，如礦石、棉花、糧食等，也包括經過加工的成品、半成品；"原料"只包括沒有經過加工的原材料，不包括經過加工的成品、半成品。因此"材料"的語義範圍大於"原料"。如"印度決定以甘蔗為原料生產乙醇"中的"原料"不宜換用"材料"。

▶ **資料** 辨析 都有"可供利用、參考或作為依據的事實"的意義，但語義範圍、搭配對象有別。"材料"既包括已經記錄下來的事實，也包括還沒有記錄下來的事實；"資料"只包括已經記錄下來的事實，不包括還沒有記錄下來的事實，如"那次事件成了他寫論文的材料"，而不說"那次事件成了他寫論文的資料"。"材料"可以同"寫"搭配，也可以同"準備、搜集、編"等動詞搭配；而"資料"一般不同"寫"搭配，只能同"準備、搜集、編"等動詞搭配。

杞人憂天 qǐrényōutiān《列子·天瑞》記載，杞國有個人擔心天會塌下來，於是飯也吃不下，覺也睡不好。比喻沒有必要的憂慮：你瞎操甚麼心，真是杞人憂天。

▶ **庸人自擾** 辨析 都有"沒有必要的憂慮"的意義，但語義側重點有別。"杞人憂天"偏重於"憂"，擔憂，害怕，指沒有必要的憂慮，如"這說明我們的擔憂不是杞人憂天"；"庸人自擾"偏重於"擾"，擾動，擾亂，除指沒有必要的擔憂、害怕等心理活動外，還指自找麻煩、自尋煩惱、自討苦吃等具體行為，所指範圍較廣，如"依我看，這其實都是庸人自擾，沒事兒找事"。

求全責備 qiúquánzébèi 苛求別人完美無缺：看人要看大節、看主流、看發展，不能求全責備。

▶ **吹毛求疵** 辨析 都有"對人對事過分苛求"的意義，但語義側重點和褒貶色彩有別。"求全責備"強調要求做到十全十美、完美無缺，如"只要不是原則問題，就不要求全責備"；"吹毛求疵"意為吹開皮上的細毛來尋找疵點，強調故意挑剔毛病、尋找差錯，如"並非閱讀者故意吹毛求疵，這本書實在有些問題"。"求全責備"的動機可以是好意的，也可以是惡意的，屬中性詞；"吹毛求疵"的動機一般是惡意的，屬貶義詞。

求教 qiújiào 動 請求對方進行指教：登門求教。

▶ **請教** 辨析 都有"請求對方進行指教"的意義，但語義側重點、語義輕重和句法功能有別。"求教"着重於"求"，懇求，強調用誠懇、謙卑的態度懇求對方指點教導；"請教"着重於"請"，請求，強調用客氣、謙恭的態度請求別人指點教導，語義較"求教"輕。"求教"不能帶賓語，如只能說"向您求教"；"請教"能帶賓語，可以說"向您請教一個問題"，也可以說"有個問題想請教您"。

▶ **討教** 辨析 見【討教】條。

更 gèng ❶ 副 用於比較，表示程度高：內容可以更詳細一些。❷ 副 表示在幾

種事物中某種事物最突出，最值得特別提出：延安有優美的風景，豐富的物產，更有光榮的戰爭歷史。

▶ **更加** 辨析 都有"用於比較，表示程度高或進一層"的意義，但語體色彩和搭配對象有別。"更"用作比較，表示程度高，有進一步加深的意味，口語和書面語中都可以用；"更加"用於比較，表示第二種情況在跟第一種情況比較時程度上進了一層，語氣更重一些，多用於書面語。"更"後可以使用單音節形容詞；"更加"後一般要使用雙音節形容詞，如可以說"更高"，但一般不說"更加高"。

▶ **還** 辨析 都有"用於比較，表示程度的增強"的意義，但使用條件有別。"更"用於比較的對象可以不出現，一般只用於二項之間的比較，比較結果帶有客觀性，其後一般是形容詞；"還"用於比較的對象一定出現，可以用於三項之間的比較，比較結果帶有主觀性，其後可以是形容詞，但更常用助動詞。如"成績比我們預想的還要好"中的"還"不能換用"更"；同樣"敵人快垮了，也更瘋狂了"中的"更"因比較的對象沒有出現而不能換用"還"。

▶ **越** 辨析 都有"表示程度加深"的意義，但語義側重點有別。"更"主要用於比較兩種或某種事物的性質、狀態的差別；"越"重在說明某一事物由於某種情況或時間的推移而某方面的性質加深。如"他比我更善於學習"中的"更"因是用於不同事物的比較而不能換用"越"。

更正 gēngzhèng 動 改正錯誤（多指已發表的談話或文章中內容或字句方面的）：更正錯別字。

▶ **改正** 辨析 都有"把錯誤的改為正確的"的意義，但語義側重點和適用對象有別。"更正"着重指更換成正確的，目的是讓讀者看到或聽到，以挽回影響，

適用面窄，多用於已發表的談話或文章中內容或字句方面的錯誤，不能和表示抽象事物的名詞搭配，如不可以說「更正缺點、更正壞習慣」等；「改正」着重指改過來使之正確，適用面較寬，既能用於具體事物，也能用於抽象事物，如可以說「改正缺點、改正壞習慣」等。

▶ **矯正** 辨析 都有「把錯誤的改為正確的」的意義，但語義側重點有別。「更正」強調把錯誤的文字改為正確的，且多用於改變自己方面的不正確之處；「矯正」強調把不正確的姿勢、動作、偏差等改為正確的，多用於改變別人的不正確之處，有時帶有強制意味。如「老師正在矯正他的發音」中的「矯正」不能換用「更正」。

▶ **修正** 辨析 都有「把不正確的改為正確的」的意義，但語義側重點有別。「更正」着重指對已經發表的談話或文章中的錯誤加以改正；「修正」多指對原來不完善或者錯誤的地方加以修改，使之正確。如「三聯書店再版《西行漫記》時，替已故多年的斯諾更正了這張失誤 42 年的照片說明」中的「更正」不能換用「修正」。

更加 gèngjiā 副 用於比較，表示第二種情況在跟第一種情況比較時程度上進了一層：學習不是容易的事情，付諸實踐更加不容易。

▶ **更** 辨析 見【更】條。

▶ **越發** 辨析 都有「表示程度加深」的意義，但語義側重點有別。「更加」既可表示第二種情況在跟第一種情況比較時程度上進了一層的橫向對比，也可用於同一事物前後對比的縱向比較；「越發」表示事物、動作的程度因某種原因的影響而加深，多是漸變的，只用於同一事物的縱向比較。如「他的行事越發叫姚大嬸不稱心」中的「越發」不宜換用「更加」。

更替 gēngtì 動 更換，替換：季節更替。

▶ **更換** 辨析 見【更換】條。

更換 gēnghuàn 動 變更，替換：更換位置 / 更換題目。

▶ **變換** 辨析 都有「使事物的形式或內容發生變化」的意義，但語義側重點和搭配對象有別。「更換」強調替換，跟事物原來的形式或內容沒有聯繫；「變換」強調變化，跟事物原來的形式或內容有一定的內在聯繫。如「變換一下說話的方式，他就可以接受」中的「變換」因為其內容沒有實質變化而不宜換用「更換」。

▶ **更替** 辨析 都有「把原來的變換成另外的」的意義，但語義側重點和搭配對象有別。「更換」可以是人為控制的行為，也可以是人不能控制的變化，可以帶賓語；「更替」一般是人不能控制的變化，不能帶賓語。如可以說「更換了工作」，但一般不說「更替了工作」。

▶ **替換** 辨析 都有「使事物的形式或內容發生變化」的意義，但語義側重點和適用範圍有別。「更換」強調變更，如「把牀更換一下」「更換位置」；「替換」側重指倒換，替下來，多用於工作着的人和使用着的衣服等。如可以說「更換了職業」，但一般不說「替換了職業」；「他太累了，你去替換他一下吧」中的「替換」不能換用「更換」。

束手待斃 shùshǒudàibì 捆起手來等死，比喻遇到困難、危險不想法解決或解脫，等着死亡或失敗：面對災難，我們決不能束手待斃。

▶ **束手無策** 辨析 見【束手無策】條。

束手無策 shùshǒuwúcè 像捆住了雙手一樣，遇到事情時毫無辦法：車子壞在山上，在場的人都束手無策。

▶ **束手待斃** 辨析 都有"像捆住了雙手一樣，遇到事情毫無辦法"的意義，但語義側重點和適用範圍有別。"束手無策"中的"策"指計謀，強調無法可想，無計可施，如"對於電腦駭客的頻頻入侵，人們並非束手無策"；"束手待斃"中的"斃"意為死亡，強調不想辦法，坐等死亡或失敗，如"如果不想束手待斃，不如背水一戰"。"束手無策"多用於困難、問題、突發事件，有時也用於人；"束手待斃"多用於困難、危險、險境等。

束之高閣 shùzhīgāogé 把東西捆起來放在高高的架子上。比喻拋置一邊，不再去管它或用它：理論要用於實踐，不要束之高閣。

▶ **置之不理** 辨析 都有"放到一邊，不去管它"的意義，但語義側重點、適用對象和用法有別。"束之高閣"的"束"意為"捆、綁"，"閣"意為"存放東西的架子"，強調棄置一邊不再用它；"置之不理"的"置"意為"安放"，強調放在一邊，不理不睬。"束之高閣"的對象通常是物，可以是具體事物，如畫卷、書本、物品等，也可以是抽象事物，如理論、建議等；"置之不理"的對象通常是事情。"束之高閣"通常用介賓詞組"把……"作狀語；"置之不理"通常用介賓詞組"對……"作狀語。

束縛 shùfù 動 捆綁；比喻使受到制約或限制：束縛手腳 / 束縛思想。

▶ **約束** 辨析 見【約束】條。

否決 fǒujué 動 否定(議案)：否決提案。

▶ **否定** 辨析 都有"不承認事物的合理性"的意義，但適用對象有別。"否決"語義比"否定"面窄，不能用於否認事實，一般只能用於否定決議、提案等。如"不要否定成績"中的"否定"不能換

用"否決"。

否定 fǒudìng ❶ 動 不承認事物的存在或其真實性：否定成績 / 否定錯誤的建議。❷ 形 表示反面的，否認的：否定判斷。

▶ **否決** 辨析 見【否決】條。

▶ **否認** 辨析 見【否認】條。

否認 fǒurèn 動 不承認：否認事實的存在。

▶ **否定** 辨析 都有"不承認事實的存在和事物的真實性"的意義，但語義側重點有別。"否認"重在指不承認某種事實或現象的存在；"否定"重在指不接受某種意見、理論或事實。如"他否認自己幹過違法的事"中的"否認"不能換成"否定"。

夾攻 jiāgōng 動 從兩方面同時進攻：內外夾攻。

▶ **夾擊** 辨析 見【夾擊】條。

夾擊 jiājī 動 從兩個不同的方面同時向一個目標進擊：兩面夾擊。

▶ **夾攻** 辨析 都有"從兩個不同的方面或方向同時向一個目標進攻"的意義，但語義側重點和適用對象有別。"夾擊"強調打擊、進擊，除用於軍事行動外，還可用於比賽、政治和經濟領域等，如"遭到中央軍隊和地方軍閥的南北夾擊""企圖加緊對古巴的'經濟夾擊'"；"夾攻"強調進攻、攻打，除可用於軍事行動外，還可用於生活中被兩方面事情夾在其中的情形，適用範圍比"夾擊"廣，如"林則徐受命禁煙，是在外臨強敵、內對奸臣的兩面夾攻背景下進行的""採取向敵側後迂迴、前後夾攻的戰法"。

呈現 chéngxiàn 動 顯露出來：天蒙蒙亮了，天地間呈現出一片凝重的銀色的光輝。

▶ **出現** 辨析 見【出現】條。

▶ **顯現** 辨析 都有"顯出、露出"的意義，但語義側重點和適用對象有別。"呈現"側重指較清楚的、持續時間較長的、能直接看到的事物出現在臉上或其他事物上，適用對象可以是顏色、自然景色、人的神情等具體事物，也可以是氣氛、社會形勢等抽象事物；"顯現"側重指明顯地表現出來，適用對象多是具體事物。如"那個瀕海的小城，在秋日的陽光下呈現出一派懶洋洋的氣氛"中的"呈現"不能換用"顯現"。

呈報 chéngbào 動 用書面材料報告上級：呈報上級。

▶ **稟報** 辨析 都有"向上級報告"的意義，但語義側重點有別。"呈報"側重指用公文的形式向上級報告；"稟報"側重指以口頭形式向上級或長輩報告。如"他口頭通知李訓導長，李訓導長書面呈報高校長"中的"呈報"不能換用"稟報"。

見地 jiàndì 名 觀點、認識：他的觀點很有見地。

▶ **見解** 辨析 都有"對事物的想法和認識"的意義，但語義側重點和適用對象有別。"見地"強調正確而深入的認識，含有認識有獨到之處的意味，常用於重大的問題，如"提出有見地的對策建議"；"見解"強調對事物的理解，形成比較成熟完整的認識，這種認識可以是正確的、高水平的、新穎的，也可以是錯誤的、低水平的、守舊的，一般用於重要的問題和較大的事情，或一些專業性較強的問題，如"本書內容豐富，思想深邃，有很多獨到見解"。

▶ **看法** 辨析 都有"對事物的想法和認識"的意義，但語義側重點、適用對象、語體色彩和感情色彩有別。"見地"強調正確而深入的認識，含有認識有獨到之處的意味，常用於重大的問題，有

書面語色彩，含褒義，如"他的觀點很有見地"；"看法"表示一種帶有個人傾向性的認識、觀點，既可用於重大的問題，也可用於普通的問題，通用於口語和書面語，中性詞，如"你對此有何看法"，直接跟帶有"有"之後時，含有持批評態度的意味，如"很多人都對這項措施有看法"。

見面 jiànmiàn 動 彼此對面相見：和大學時的好朋友多年沒有見面了。

▶ **會見** 辨析 都有"彼此相見"的意義，但語義側重點、適用場合、語體色彩有別。"見面"強調面對面相見，通用於口語和書面語，如"初次見面，請多關照"；"會見"強調和客人相見或賓主相見，多用於外交場合，也可用於一般場合，但比較正式和莊重，含有事先安排、講禮儀的意味，有書面語色彩，如"會見了來訪的外國使節""此次訪華會見了老朋友，結識了新朋友"。

▶ **會面** 辨析 都有"彼此相見"的意義，但語義側重點、適用場合、語體色彩有別。"見面"強調面對面相見，通用於口語和書面語，如"父子倆一見面聊的便是乒乓球"；"會面"強調彼此聚到一起，多用於較莊重、正式的場合，有書面語色彩，如"兩地的警方定期會面，彼此交換情報"。

▶ **會晤** 辨析 都有"彼此相見"的意義，但語義側重點、適用場合、語體色彩有別。"見面"強調面對面相見，通用於口語和書面語，如"我們以後各走各的路，這輩子再也不見面了"；"會晤"強調彙聚在一起，指外交場合中地位相當的雙方的相見，較為莊重、正式，有濃厚的書面語色彩，如"兩國元首會晤"。

▶ **碰頭** 辨析 都有"彼此相見"的意義，但語義側重點、適用對象和語體色彩有別。"見面"強調面對面相見，通用於口語和書面語，如"我們很快就要見面

了";"碰頭"強調聚在一起,含有為了交換想法的目的的意味,用"頭碰在一起"的形象烘托出詞義,有口語色彩,如"大家分組行動,回來碰頭,交換信息"。

見解 jiànjiě 名 對事物的看法和認識:獨到的見解。

▶ 見地 辨析 見【見地】條。

▶ 看法 辨析 都有"對事物的想法和認識"的意義,但語義側重點和適用對象有別。"見解"強調對事物的理解,形成比較成熟完整的認識,這種認識可以是正確的、高水平的、新穎的,也可以是錯誤的、低水平的、守舊的,一般用於重要的問題和較大的事情,或一些專業性較強的問題,如"早在兩千多年前,孔子就提出了'性相近,習相遠'的見解";"看法"表示一種帶有個人傾向性的認識、觀點,既可用於重大的問題,也可用於普通的問題,如"在西方,對學習實質的看法各派觀點不一",直接跟都有"有"之後時,含有持批評態度的意味,如"其他同事對你有些看法"。

呆板 dāibǎn 形 死板、不靈活、不自然:表情呆板。

▶ 古板 辨析 見【古板】條。

▶ 機械 辨析 見【機械】條。

▶ 死板 辨析 見【死板】條。

吠 fèi 動 (狗) 叫:雞鳴犬吠。

▶ 嗥 辨析 都有"大聲叫"的意義,但適用對象有別。"吠"只用於狗;"嗥"多用於狼。

▶ 吼 辨析 都有"大聲叫"的意義,但適用對象有別。"吠"只用於狗;"吼"多用於獅子、老虎等猛獸。

▶ 嘶 辨析 都有"大聲叫"的意義,但適用對象有別。"吠"只用於狗;"嘶"一般只用於馬,如可以說"人喊馬嘶"。

▶ 啼 辨析 都有"指動物叫"的意義,但適用對象有別。"吠"只用於狗;"啼"一般指鳥和猿的叫聲。

▶ 嘯 辨析 都有"大聲叫"的意義,但適用對象有別。"吠"只用於狗;"嘯"強調拉長聲音叫,可以形容虎等猛獸叫,也可以形容禽鳴叫。

困難 kùnnan ❶ 形 事情複雜,阻礙多:克服困難。❷ 形 窮困,不好過:生活困難。

▶ 艱難 辨析 都有"事情複雜,阻礙多"的意義,但語義側重點、語義輕重、適用對象和語體色彩有別。"困難"強調由於條件的限制而難以處理、解決,適用對象廣,通用於口語和書面語,如"經費困難""雙方在眾多問題上遇到不少困難";"艱難"強調阻礙大,難度大,要克服需付出艱苦的努力,語義比"困難"重,適用對象比"困難"窄,多用於環境、舉動、生活,有書面語色彩,如"他們艱難地爬出車廂"。

吵鬧 chǎonào ❶ 動 大聲爭吵:吵鬧不休。❷ 動 擾亂;干擾:我們談話一定吵鬧了你,是不是? ❸ 形 聲音雜亂,不安靜:屋子裏吵鬧得慌。

▶ 喧嘩 辨析 都有"聲音雜亂"的意義,但語義側重點、語體色彩和語法功能有別。"吵鬧"側重指不安靜,口語和書面語中都可以用,可重疊為"吵吵鬧鬧";"喧嘩"側重指雜亂,多用於書面語,不能重疊。如"環境太吵鬧了,讓人睡不着"中的"吵鬧"不宜換用"喧嘩"。

吶喊 nàhǎn 動 大聲喊叫助威:搖旗吶喊。

▶ 呼喊 辨析 都有"大聲喊叫"的意義,但語義範圍、語法功能、語體色彩有別。"吶喊"的目的是為了助威,"呼喊"則不一定是為了助威,如"在山谷呼喊會產生回音"。"吶喊"不能帶賓語,"呼喊"可以,如"呼喊救命""你呼喊甚麼"。"吶喊"常用於書面語,"呼喊"通用於口語和書面語。

吩咐
fēnfù 【動】口頭指派或命令:有事儘管吩咐。

▶ **囑咐** 辨析 都有"把自己的意見、願望告訴別人並希望對方照辦"的意義,但語義側重點有別。"吩咐"強調要別人做甚麼,帶有一定的強制性;"囑咐"強調要別人記住甚麼,含有告誡、勸勉的意味。如"你有甚麼事儘管吩咐"中的"吩咐"不能換用"囑咐"。

別離
biélí 【動】離開:別離鄉井。

▶ **分離** 辨析 見【分離】條。

▶ **離別** 辨析 見【離別】條。

吹捧
chuīpěng 【動】為了恭維、討好而不切實際地誇大其詞:互相吹捧。

▶ **奉承** 辨析 都有"恭維、討好某人"的意義,但語義側重點有別。"吹捧"側重指用某種言論來恭維和討好某人,受眾可以是被吹捧的對象之外的人;"奉承"側重指為迎合某人的心理,以言語或行動直接恭維和討好這個人,沒有第三者的參與。如"他經常向別人吹捧自己的女婿"中的"吹捧"不能換用"奉承"。

吸收
xīshōu ❶【動】物體把外界的某些物質吸到內部,如海綿吸收水分。❷【動】組織或團體接受別人為成員:吸收會員。

▶ **吸取** 辨析 都有"吸入內部"的意義,但搭配對象有別。"吸取"常與"教訓""養分"等搭配;"吸收"的搭配對象範圍比較寬泛,如"吸收營養""吸收會員"。在其他意義上二者不相同。

吸取
xīqǔ 【動】吸收採取;吸收獲取:吸取養分 / 吸取教訓。

▶ **汲取** 辨析 都有"吸收獲取"的意義,但形象色彩有別。"吸取"有利用壓力差獲得物質的形象色彩;"汲取"有從下往上打水的形象色彩。

▶ **吸收** 辨析 見【吸收】條。

吼
hǒu ❶【動】(猛獸)大聲叫:獅子吼。❷【動】大聲呼喊(多指發怒):你吼甚麼? ❸【動】(風、汽笛、大炮等)發出猛獸咆哮般的聲響:狂風怒吼。

▶ **吠** 辨析 見【吠】條。

▶ **嗥** 辨析 都有"大聲叫"的意義,但語義側重點、適用對象有別。"吼"強調聲音渾厚,多用於獅子、老虎等猛獸;"嗥"多用於狼,大多聲音尖厲。

▶ **嘶** 辨析 都有"大聲叫"的意義,但適用對象有別。"吼"多用於獅子、老虎等猛獸;"嘶"一般只用於馬,如可以說"人喊馬嘶"。

▶ **啼** 辨析 都有"叫"的意義,但適用對象有別。"吼"強調聲音大,多用於獅子、老虎等猛獸;"啼"一般指鳥和猿的叫聲。

▶ **嘯** 辨析 都有"大聲叫"的意義,但語義側重點、適用對象有別。"吼"強調聲音大,多用於猛獸;"嘯"強調拉長聲音叫,可以用於猛獸,也可以用於禽類。

告示
gàoshi 【名】政府機構出的佈告:安民告示。

▶ **公告** 辨析 見【公告】條。

▶ **通告** 辨析 都有"通知的文告"的意義,但語義側重點有別。"告示"特指政府機構出的佈告,多用於小事;"通告"沒有特指,任何機構或團體都可以依法發佈,多用於重大事情。如"早就發過通告,嚴禁在超過 30 度的山坡上耕種"中的"通告"不宜換用"告示"。

告別 gàobié ❶ 動 說話與人分別：告別母親。❷ 動 臨出遠門前到親朋處話別：臨行前，他特地跑來告別。❸ 動 和死者訣別，表示哀悼：向烈士遺體告別。

▶ **告辭** 辨析 都有"離開前打個招呼，說一聲"的意義，但語義側重點和語法功能有別。"告別"着重指分別時告訴一下，可以帶賓語；"告辭"着重指辭別，常用於對主人說話，不能帶賓語。如"她沒敢呆多久就趕緊起身告辭"中的"告辭"不宜換用"告別"。

告知 gàozhī 動 告訴使知道：告知親朋。

▶ **告訴** 辨析 見【告訴】條。

告密 gàomì 動 告發別人的私下言論或活動（多含貶義）：向情報機關告密。

▶ **告發** 辨析 見【告發】條。

告訴 gàosu 動 說出使人知道：告訴他一件事。

▶ **告知** 辨析 都有"說給人聽，使人知道"的意義，但語體色彩和語法功能有別。"告訴"口語和書面語中都可以用，可帶雙賓語；"告知"具有書面語色彩，一般不帶雙賓語，使用頻率沒有"告訴"高。如"忽一日被告知，腹腔內生了個大腫瘤"中的"告知"不宜換用"告訴"。

告發 gàofā 動 向警察局、法院或政府部門揭發檢舉：他貪污受賄之事已被告發。

▶ **告密** 辨析 都有"把隱藏的事告知有關部門"的意義，但語義側重點、感情色彩、語法功能有別。"告發"強調揭發某人的行為，是中性詞，可以帶賓語；"告密"強調把某人的秘密行動告訴有關部門，多含貶義，不能帶賓語。如"老李準備告發那個毀了他恩愛之家的人"中

的"告發"不能換用"告密"。

▶ **揭發** 辨析 都有"把隱藏的人或事揭露出來"的意義，但語義側重點和適用對象有別。"告發"一般涉及的問題比較重大，需要法律或政府部門解決，對象多為人；"揭發"一般指缺點、錯誤等，對象可以是人，也可以是事。如"好幾個人都揭發過他的問題"中的"揭發"不宜換用"告發"，因為"告發"後一般為指人名詞。

告慰 gàowèi 動 使安慰：告慰父母的在天之靈。

▶ **慰藉** 辨析 都有"心情安適"的意義，但語義側重點和適用對象有別。"告慰"指使心情安適，一般用於已死亡的人；"慰藉"一般不直接作謂語，常用於"感到"等動詞後，不表示使動。如"我可以告慰九泉之下的父親，我永遠是他最乖最孝順的女兒"中的"告慰"不能換用"慰藉"。

告辭 gàocí 動（向主人）辭別：宴會一結束，他就向主人告辭了。

▶ **告別** 辨析 見【告別】條。

利令智昏 lìlìngzhìhūn 因為貪圖好處，喪失了判斷力：為了掙錢不惜違法，你可真是利令智昏了。

▶ **利慾燻心** 辨析 都有"形容人因為貪圖金錢等好處而頭腦不清醒"的意義，但語義側重點有別。"利令智昏"常用於人處理具體事情的時候；"利慾燻心"則側重於形容人的本性被金錢等扭曲，有道德判斷的意思在內。

利用 lìyòng 動 使人或事物產生影響或為自己的目的而起作用：廢物利用。

▶ **使用** 辨析 都有"對事物進行控制，使之發揮作用"的意義，但語義側重點和適用對象有別。"利用"側重會產生效

果，尤其是對自己一方有利；"使用"沒有這樣的含義，只是客觀表述。"利用"可搭配的詞很多，可具體可抽象，可以是人，如"利用我們的優勢"；"使用"的賓語通常是工具等，不能是人。

利益 lìyì 名 金錢等好處：不要總考慮個人利益。

▶ **好處** 辨析 見【好處】條。

▶ **益處** 辨析 都有"對自己有利的"的意義，但語義側重點有別。"利益"側重於金錢、權勢、名位等外在附加的東西；"益處"則偏重指對身心健康有利，如"晨練對身體很有益處"。

利害 lìhài 名 好處和壞處：利害關係。

▶ **利弊** 辨析 都有"一件事的好處和壞處"的意義，但語義側重點和適用對象、語義輕重有別。"利弊"強調一件事具有優點或缺點，一般用於具體的事情，語義比"利害"輕；"利害"強調一件事產生的後果有利還是有害，適用範圍廣，常用於較大的、抽象的事情，如"利害衝突"，可用於國際利益、政治外交等領域。

利弊 lìbì 名 好處和壞處：任何事都有利弊。

▶ **利害** 辨析 見【利害】條。

利慾燻心 lìyùxūnxīn 貪圖好處的慾望佔據了全部心思：這幾年他簡直有些利慾燻心，朋友們都逐漸遠離了他。

▶ **利令智昏** 辨析 見【利令智昏】條。

秀美 xiùměi 形 清秀美麗：山川秀美／秀美的眉型。

▶ **秀麗** 辨析 見【秀麗】條。

秀麗 xiùlì 形 清秀美麗：風景秀麗／秀麗的風光／秀麗的山川。

▶ **秀美** 辨析 都有"好看而不俗氣"的意義，但適用對象、使用頻率有別。"秀麗"可用於人，也可用於景色，如"秀麗寫真""秀麗山河""秀麗風景"，使用頻率比"秀美"高；"秀美"常用於形容女性的容貌、姿態、頭髮、身材等，也用於形容景物、字體等，如"秀美的雙腿""她文靜秀美""秀美山川"。

私人 sīrén ❶ 名 指主要屬於個人或圍繞個人的：私人企業／私人秘書。❷ 名 個人之間的：私人關係／私人感情。❸ 名 因私交、私利而投靠自己的人：安插私人。

▶ **個人** 辨析 見【個人】條。

私下 sīxià ❶ 副 背地裏；隱秘地：私下商議。❷ 副 自行；不通過有關部門地：私下調解。

▶ **私自** 辨析 都有"不通過有關部門地"的意義，但語義側重點和適用範圍有別。"私下"着重指不公開或不經過關人員、部門，自行做某事，如"這事我們還是私下解決吧"；"私自"着重指背着別人自己進行某種活動，如"購買者不得私自轉讓、買賣"。"私下"多用於一般的事情，行為發出者一般是雙方或多方；"私自"多用於違章違法的事情，行為發出者一般是單方某一個人或某一些人。

私自 sīzì 副 背着別人進行某種活動：私自離崗。

▶ **私下** 辨析 見【私下】條。

兵 bīng ❶ 名 兵器：短兵相接。❷ 名 軍隊中的最基層成員：許多兵就住在村裏。❸ 名 軍隊：要求出兵。❹ 形 關於軍事或戰爭的：紙上談兵。

▶ **卒** 辨析 都有"軍隊中最基層的成員"的意義，但語義側重點和語體色彩有別。"兵"側重於指軍隊中最普通的成員，口語和書面語都可以用，可以單獨使用，也可以和其他詞語或詞素搭配起來使用，如"士兵""消防兵"等；"卒"側重於指軍隊中可供驅遣的作戰人員，是文言詞，多見於一些固定結構中，如"馬前卒、無名小卒"，不用於口語，現代書面語也很少用。

兵士 bīngshì 名 士兵。

▶ **戰士** 辨析 都有"軍隊中最基層的成員"的意義，但語義側重點和感情色彩有別。"兵士"側重於指軍隊中最普通的成員，是中性詞；"戰士"側重於指軍隊中作戰的人員，含有"能夠英勇作戰"的意味，是褒義詞。"戰士"還可以泛指投身於事業的人，如"白衣戰士、文化戰士"；"兵士"沒有這一意思。

佈告 bùgào ❶動 用張貼佈告的方式告知：特此佈告。❷名（機構、團體）張貼出來告知民眾的文件：張貼佈告。

▶ **公告** 辨析 見【公告】條。

▶ **通告** 辨析 都有"用文告的形式貼出，讓大家知道"和"告知民眾的文件"的意義，但語義側重點有別。"佈告"側重於指由機構團體等向大眾發出文告，常常張貼出來；"通告"多由政府發佈，也可以由一般團體發佈，不一定張貼出來，如"打假通告、停電通告"。

佈置 bùzhì ❶動 對一些活動做出安排：佈置任務。❷動 在一個地方安排和陳列各種物件使這個地方適合某種需要：佈置新家。

▶ **部署** 辨析 都有"對人或事物做具體的調度或安置"的意義，但語義側重點和適用範圍有別。"佈置"側重於指加以確定、處置，可用於對具體物件的安置，多用於一般的場合或一般的事情上，適用範圍較廣；"部署"側重於指在

人力、物力上對全局工作的配置，不能用於對具體物件的安置，多用於正式的場合或重大的事情上，適用範圍較窄。

作風 zuòfēng ❶名 指做現在工作、生活等方面的態度或行為：工作作風。❷名 風格，文風：他的文章作風樸實無華。

▶ **風格** 辨析 見【風格】條。

作祟 zuòsuì 動 比喻暗中搞鬼作怪：虛榮心從中作祟。

▶ **作梗** 辨析 都有"使事情不能順利進行"的意義，但語義側重點和語義強度有別。"作祟"本義是迷信的人指鬼神跟人為難，現比喻壞人、起壞作用的事物、壞思想意識等暗中搗亂，使事情不能順利進行，語義較重；"作梗"強調從中阻撓，製造麻煩，使事情不能順利進行，含有造成阻塞使受妨礙的意味，語義較輕。如"今年天照應，雨水調勻，小蟲子也不來作梗，一畝田多收這麼三五斗"中的"作梗"不能換用"作祟"。

作梗 zuògěng 動 從中阻撓，使事情不能順利進行：有人從中作梗。

▶ **作祟** 辨析 見【作祟】條。

作弊 zuòbì 動 用欺騙的方式作違法亂紀或不合規定的事情：考試作弊。

▶ **舞弊** 辨析 都有"弄虛作假，違法亂紀"的意義，但語義側重點、語義強度、適用對象和語體色彩有別。"作弊"側重指用欺騙手法作違背制度或規定的事情，語義較輕，常用於違反考場紀律方面，口語和書面語都可以用；"舞弊"側重指耍弄欺騙手段，暗中做違反法紀的壞事，語義較重，多用於重大的事情，具有書面語色彩，常與"徇私"搭配使用。如"他曾在高考中作弊"中的"作弊"不能換用"舞弊"。

伶牙俐齒

língyálìchǐ 口才好：這孩子伶牙俐齒的，真招人喜歡。

▶ **能說會道** 辨析 都有"口才好"的意義，但語義側重點和感情色彩有別。"伶牙俐齒"一般形容年輕的女子說話快而清楚；"能說會道"側重於人善長說理，有時含貶義。

▶ **能言善辯** 辨析 都有"口才好"的意義，但語義側重點有別。"伶牙俐齒"一般形容年輕的女子說話快而清楚；"能言善辯"側重於表示人擅長說理和辯論。

低劣

dīliè 形 水平差，(質量) 不好：他的品質很低劣。

▶ **卑劣** 辨析 都有"水平低、差"的意義，但語義側重點、語義強度和適用對象有別。"低劣"側重指水平差、質量不好，語義較輕，適用對象可以是人的行為、品質、精神等，也可以是產品質量；"卑劣"側重指卑鄙惡劣，語義較重，適用對象多是人的行為、行徑、目的、念頭等。如"有不少長篇電視劇，質量低劣，使觀眾厭煩"中的"低劣"不能換用"卑劣"。

低沉

dīchén ❶形 天色陰暗沉悶，雲層低而厚：天氣低沉。❷形 聲音低且厚重：聲音低沉。❸形 (情緒) 低落，不振奮：情緒低沉對身體不好。

▶ **消沉** 辨析 都有"情緒不好"的意義，但語義側重點、語義強度和適用對象有別。"低沉"側重指指情緒低落、不振奮，語義較輕，可用於人的情緒、聲音，也可用於氣氛、曲調等；"消沉"側重指意志不振，消極低落，多用於情緒不高已持續一段時間的情形，語義較重，對象多是人的情緒、意志。如"他這幾天情緒十分低沉，好像有甚麼心事似的"中的"低沉"不宜換用"消沉"。

低微

dīwēi ❶形 (聲音) 細弱微小：聲音低微。❷形 (身份、地位) 低下微賤：由於出身低微，她很自卑。

▶ **卑微** 辨析 都有"地位比較低"的意義，但語義側重點、語義強度和適用對象有別。"低微"側重指身份、地位較低，語義較輕，適用對象多是身份、地位等；"卑微"側重指渺小、卑屑而被人看不起，語義較重，適用對象多是人的思想、行為以及其他事物。如"他雖然出身低微，但是很有才幹"中的"低微"不宜換用"卑微"。

低廉

dīlián 形 價錢比較低，便宜：低廉的成本。

▶ **便宜** 辨析 都有"價格比較低"的意義，但語義側重點和語體色彩有別。"低廉"含有比一般價格定得低、花較少的錢可得實惠的意味，多指價格和成本，多用於書面語；"便宜"含有划算、划得來的意味，多指價格和費用，多用於口語。如"他們以低廉價格和最新設備吸引消費者"中的"低廉"不宜換用"便宜"。

低賤

dījiàn 形 卑微低下：身份低賤。

▶ **卑賤** 辨析 都有"地位比較低"的意義，但語義側重點、語義強度和適用對象有別。"低賤"含有被人瞧不起的意味，語義較輕，適用對象多是人的職業、身份以及生命等；"卑賤"含有卑鄙下賤的意味，語義較重，適用對象多是人的身份、地位、職業、行為、慾望等。如"李香君，身份低賤但品格高潔"中的"低賤"不宜換用"卑賤"。

位置

wèizhì ❶名 所在或所佔的地方：地理位置 / 圖上紅點顯示您當前所處的位置。❷名 地位：沒有人可以取代她在我心中的位置。❸職位：謀了個主編的位置。

▶ **地位** 辨析 見【地位】條。

伴隨 bànsuí 動 隨着；跟着：伴隨左右，不離寸步／伴隨着生產的發展，必將出現一個文化高潮。

▶ **陪伴** 辨析 都有"跟着在一起"的意義，但語義側重點和適用對象有別。"伴隨"側重於指跟隨着一同出現或發生，多用於事物，如"歌聲和柔風伴隨在一起"；"陪伴"側重於指陪隨做伴，使不孤單害怕，多用於人，如"陪伴病着的孩子"。

▶ **陪同** 辨析 都有"跟着在一起"的意義，但語義側重點和適用對象有別。"伴隨"側重於指跟隨着一同出現或發生，多用於事物，較少用於人；"陪同"側重於指陪伴某人進行某一活動，多用於人，如"陪同貴賓觀看表演"。

身份 shēnfen ❶ 名 指人在社會上或法律上的地位、資格：居民身份證。❷ 名 受人尊重的地位：有失身份。

▶ **名義** 辨析 見【名義】條。

身材 shēncái 名 身體的外形，如高、矮、胖、瘦等：身材苗條。

▶ **身軀** 辨析 都有"身體的外形"的意義，但語義側重點、搭配詞語和語體色彩有別。"身材"着重指身體外形輪廓所顯示出來的特徵，如高、矮、胖、瘦等；"身軀"除指身體外形輪廓所顯示出來的特徵外，還指身體素質。"身材"可與"高大、矮小、苗條、魁梧、胖、瘦、好、差"等形容或評價外形的詞語搭配；"身軀"可與"高大、魁梧、矮小"等形容外形的詞語搭配，也可與"健壯、瘦弱"等形容體質的詞語搭配，但不能與"好、差、苗條"等評價外形的詞語搭配。"身材"可用於口語，也可用於書面語；"身軀"多用於書面語。

▶ **個子** 辨析 見【個子】條。

身軀 shēnqū 名 身材，軀體：高大的身軀／瘦弱的身軀。

▶ **身材** 辨析 見【身材】條。

▶ **身體** 辨析 見【身體】條。

身體 shēntǐ 名 指人或動物的全身，有時專指軀幹和四肢：身體健康。

▶ **身軀** 辨析 都有"人或動物的軀幹和四肢"的意義，但語義側重點、詞語搭配和語體色彩有別。"身體"着重指全身，即人或動物的生理組織的整體，也可以指軀幹和四肢；"身軀"專指軀幹和四肢，也可以指身體外形輪廓所顯出來的某些特徵。"身體"受"好、壞、差、強壯、健康"等形容詞修飾，還可以作"檢查、鍛煉、保重"等動詞的賓語；"身軀"多受"高大、魁梧、矮小、健壯、瘦弱、瘦小"等詞語修飾。"身體"通用於口語和書面語；"身軀"多用於書面語。

伺候 cìhou 動 供人使喚，照料飲食起居：伺候病人。

▶ **侍奉** 辨析 都有"供使喚"的意義，但語義側重點、語體色彩和適用對象有別。"伺候"側重指服務、照顧，不強調地位、身份的差別，多用於口語，適用對象可以是人甚至是動物；"侍奉"側重指服侍、奉養，多用於書面語，適用對象多是父母、長輩等。如"現在，她請了事假，趕來伺候弟弟"中的"伺候"不宜換用"侍奉"。

▶ **侍候** 辨析 都有"照顧、照料"的意義，但語義側重點有別。"伺候"側重指供人使喚，精心照顧，盡力照料，不強調身份、地位的差別；"侍候"側重指服侍、照料，有尊重被照料者的意味。如"他在院裏下了馬，俗兒把他侍候到炕上"中的"侍候"不宜換用"伺候"。

▶ **服侍** 辨析 都有"照顧、照料"的意義，但語義側重點、語體色彩和適用對象有別。"伺候"含有處於較低地位而從事照料的意味，口語和書面語中都可以

137

用，適用對象可以是人甚至是動物；"服侍"含有忠誠地、盡心盡力地給與照料的意味，多用於書面語，適用對象一般是人。如"可是他得給給財主伺候着牛馬，他比牛馬還低卑"中的"伺候"不能換用"服侍"。

伺機 sìjī 副 等待時機：伺機反撲。

▶ **趁機** 辨析 都有"尋找機會"的意義，但語義側重點、適用範圍和語體色彩有別。"伺機"着重於"伺"，守候、觀察，強調等待適當的機會做某事，如"他們在加強防守的同時伺機反攻"；"趁機"着重於"趁"，利用，強調利用或抓住機會做某事，如"一些不法之徒想趁機撈上一把"。"伺機"適用於尚未實現或進行的動作行為；"趁機"適用於已經實現或正在進行的動作行為。"伺機"多用於書面語；"趁機"多用於口語。

▶ **乘機** 辨析 都有"尋找機會"的意義，但語義側重點、適用範圍和語體色彩有別。"伺機"着重於"伺"，守候、觀察，強調等待適當的機會做某事，如"臨近年底，一些外地人伺機作案"；"乘機"着重於"乘"，利用，強調利用或憑藉機會做某事，如"她乘機跑出房間，撥打報警電話"。"伺機"適用於尚未實現或進行的動作行為；"乘機"適用於已經實現或正在進行的動作行為。"伺機"多用於書面語；"乘機"可用於書面語，也可用於口語。

彷彿 fǎngfú ❶ 動 類似（表示比喻），像：彷彿高樓上渺茫的歌聲似的。❷ 副 表示不太肯定的語氣：他彷彿知道了這件事。

▶ **好像** 辨析 都有"類似（表示比喻）"和表示不太肯定的語氣的意義，但語體色彩有別。"彷彿"多用於書面語；"好像"口語和書面語中都可以用。

▶ **似乎** 辨析 在表示不太肯定的語氣時意義相同，但語體色彩和搭配對象有別。"彷彿"比較書面化，"似乎"界於"彷彿"和"好像"之間。"似乎有點問題"中的"似乎"一般不用"彷彿"。"似乎"沒有動詞意義。

彷徨 pánghuáng 動 不能確定或猶豫不決。

▶ **徘徊** 辨析 都有"猶疑不決"的意義，但語義側重點有別。"彷徨"強調看不到出路、方向，有內心苦悶、惶惑的意味；"徘徊"強調反覆考慮，不知如何是好。

希望 xīwàng ❶ 動 心裏想着達到某種目的或出現某種情況：她希望大家都快樂。❷ 名 希望達到的某種目的或出現的某種情況：他對我提出一個希望。❸ 名 希望所寄託的對象：孩子是未來的希望。

▶ **盼望** 辨析 都有"想達到某種目的或出現很願意看到的某種情況"的意義，但語義輕重有別。在達到目的或出現某種情況的可能性上，"盼望"比"希望"語義更重。在其他意義上二者不相同。

▶ **期望** 辨析 都有"想達到某種目的或出現很願意看到的某種情況"的意義，但語義輕重有別。在達到目的或出現某種情況的可能性上，"期望"比"希望"語義更重。在其他意義上二者不相同。

坐井觀天 zuò jǐng guān tiān 比喻眼界不開闊，見識不廣。

▶ **管窺蠡測** 辨析 都有"眼界狹隘，對事物的觀察狹隘、片面"的意義，但語義側重點和感情色彩有別。"坐井觀天"強調眼界狹隘，所見有限，貶義色彩濃厚；"管窺蠡測"強調見識短淺，理解膚淺，有時可以作為謙辭使用。如"他談的是長期研究後的心得體會，而我管窺蠡測，談的只是一孔之見"中的"管窺蠡測"不能換用"坐井觀天"。

▶ **管中窺豹** 辨析 都有"只看到事物的一部分"的意義，但語義側重點和感情色彩有別。"坐井觀天"強調見識狹隘，看到的有限，但觀察者自以為看到的是全貌，反映了觀察者認識事物的態度，既主觀片面，又驕傲自大，貶義色彩濃厚；"管中窺豹"強調沒有看到事物的全部，觀察的人也沒有認為自己已經看得很全面了，因此不涉及觀察者認識事物的態度，可與"可見一斑"連用表示以觀察到的部分可以推測全貌，具有中性色彩。如"管中窺豹，可見一斑，根據這件事，我已知道他是一個怎麼樣的人"中的"管中窺豹"不能換用"坐井觀天"。

坐立不安 zuò lì bù'ān 坐也不是，站也不是，形容心情緊張或煩躁。

▶ **芒刺在背** 辨析 見【芒刺在背】條。

▶ **如坐針氈** 辨析 見【如坐針氈】條。

妥協 tuǒxié 動 為避免衝突或爭執，一方讓步或彼此讓步：原則問題上決不妥協。

▶ **讓步** 辨析 見【讓步】條。

妥當 tuǒdàng 形 穩妥適當：這事我都安排妥當了。

▶ **恰當** 辨析 都有"合適、適宜"的意義，但語義側重點有別。"妥當"着重於"妥"，穩妥，強調穩妥、周到、可靠，在安排、準備方面是完備而合適的，如"這種方式是很不妥當的"；"恰當"着重於"恰"，合適，強調言行舉止的分寸達到最合適的程度，如"採取恰當的措施"。

▶ **適當** 辨析 都有"合適、適宜"的意義，但語義側重點和用法有別。"妥當"着重於"妥"，穩妥，強調穩妥、周到、可靠，在安排、準備方面是完備而合適的；"適當"着重於"適"，符合，強調合

度的，在分寸、程度上兩相適合的。"妥當"多用作補語、定語和謂語，一般不用作狀語；"適當"多用作狀語、定語和謂語，較少作補語。

含辛茹苦 hánxīn rúkǔ 形容忍受種種辛苦。

▶ **千辛萬苦** 辨析 見【千辛萬苦】條。

含垢忍辱 hángòu rěnrǔ 忍受恥辱。

▶ **忍辱負重** 辨析 都有"忍受恥辱"的意義，但語義側重點、適用對象有別。"含垢忍辱"重在忍受恥辱，可用於人，也可用於國家、民族等；"忍辱負重"除忍受恥辱外，還有承擔重任的意思，一般只用於人。如"他有最大的氣度，為了集體的利益他甘願忍辱負重"中的"忍辱負重"不能換用"含垢忍辱"。

含恨 hánhèn 動 心中存有怨恨、仇恨或遺憾：含恨九泉／含恨終生。

▶ **懷恨** 辨析 都有"心中存有怨恨、仇恨"的意義，但語義側重點有別。"含恨"含有永遠得不到解決而成為遺憾的意味，一般説"含恨離去、含恨終生"等；"懷恨"強調記恨，想辦法報復，一般説"懷恨在心"。

含意 hányì 名 (詩文、説話等) 含有的意思：這句話有甚麼深刻含意？

▶ **含義** 辨析 見【含義】條。

含義 hányì 名 (詞句等) 包含的意義：含義深奧。

▶ **含意** 辨析 都有"包含的意義"的意義，但語義側重點有別。"含義"強調詞句本身所固有的意義，不是隱含着的；"含意"強調詞句本身以外的和具體語境相聯繫而產生的意思。如"猜不透她這話的含意"並不表示對她這話的表面意義不理解，而是指不理解她説這話的目

的、她要表達的深藏在這句話後面的意思。

含蓄 hánxù ❶動 包含：她的話裏，含蓄著無限的心酸和痛苦。❷形（言語、詩文等）意思含而不露：語言幽默含蓄。❸形（思想、感情）不輕易外露：他是個很含蓄的人。

▶ **婉轉** 辨析 都有"不直接表示本意"的意義，但語義側重點有別。"含蓄"強調包含，不輕易流露自己的思想感情和說話的真實含義，表達委婉隱約，耐人尋味；"婉轉"強調曲折、和緩地表達自己的意思，但又不違背本意。如"他當時對奧納西斯所提的合作要求，做了婉轉的拒絕"中的"婉轉"不宜換用"含蓄"。

▶ **委婉** 辨析 都有"不直接表示本意"的意義，但語義側重點和搭配對象有別。"含蓄"強調隱隱約約含有而不直接流露自己的思想感情和說話的真實含義；"委婉"強調語言上的曲折婉轉，間接地表達見解，適用範圍小。如"語氣委婉"中的"委婉"不宜換用"含蓄"。

岔路 chàlù 名 分岔的道路，由主路上分出來的道路：順著路標往前走，千萬別走到岔路上。

▶ **歧路** 辨析 都有"分岔的道路"的意義，但語義概括範圍有別。"歧路"可用於比喻義，比喻錯誤的道路，如"環境的改變，壞人的引誘，使他漸漸走上了歧路"，而"岔路"卻很少這樣用。

免不了 miǎnbuliǎo 動 無法避免：在前進的道路上，困難是免不了的。

▶ **難免** 辨析 都有"避免不了"的意義，但語體色彩和語義側重點有別。"免不了"強調不能避免，多用於口語，如"你這麼折騰下去，免不了落個妻離子散"；"難免"強調不容易避免，通用於口語和書面語，如"驕傲自大的人難免失敗"。

免職 miǎnzhí 動 免去職務：他因生活作風問題被免職。

▶ **撤職** 辨析 都有"免去職務"的意義，但感情色彩、語義側重點和語義輕重有別。"免職"是中性詞，側重指免去現任的職務，不一定是處分或懲罰，語義較輕，如"他被免職是另有任用"；"撤職"是貶義詞，指因犯錯誤而被撤消職務，是一種嚴厲的懲罰，語義較重，如"王經理因收受賄賂被撤職查辦"。

▶ **革職** 辨析 都有"免去職務"的意義，但感情色彩、語義側重點和語義輕重有別。"免職"是中性詞，側重指免去現任的職務，不一定是處分或懲罰，語義較輕；"革職"是貶義詞，指因犯錯誤而被革除職務，是一種嚴厲的懲罰，語義較重，如"革職查辦"。

▶ **解職** 辨析 都有"免去職務"的意義，但語義側重點有別。"免職"一般為被動的，如"被免職以後，老李在家等候新的任命"；"解職"既可以是被動的，也可以是主動的，如"三名官員因在考核中不合格被解職""因身體欠佳，父親主動解職，回鄉養老"。

狂熱 kuángrè 形 一時所激起的極度熱情：狂熱的歌迷。

▶ **狂躁** 辨析 都有"情緒極度激動"的意義，但語義側重點有別。"狂熱"強調熱情極度高漲，到了發狂的程度，如"它超越時間和空間的限制，無論何時何地都能受到廣大觀眾的狂熱喜愛"；"狂躁"強調情緒激動而焦躁不安、非常不沉着，是一種不好的心理狀態，如"儘管一次次加大安眠藥的劑量，但始終無效，只能使他更興奮，更狂躁"。

狂躁 kuángzào 形 極其焦躁，不沉着：狂躁不安。

▶ **狂熱** 辨析 見【狂熱】條。

刨根問底

páogēnwèndǐ 追問事情發生的根本原因和真實狀況。

▶ **盤根究底** 辨析 都有"追問事情發生的原因"的意義，但語體色彩和語義側重點有別。"刨根問底"追問的狀況偏重於事情的來源和真實情況，口語色彩更濃；"盤根究底"對事情的關注程度更深，側重於事情發生的本質原因。

庇護

bìhù 動 保護；對某種思想行為進行保護：尋求庇護／庇護真兇。

▶ **袒護** 辨析 都有"對某種思想行為進行保護"的意義，但語義側重點、感情色彩、語法功能有別。"庇護"有對錯誤的思想行為無原則地支持或保護的含義，但更常見的含義是中性的保護，不一定含貶義，常不帶賓語，如"尋求庇護""申請庇護""提供庇護"；"袒護"指對錯誤的思想行為進行保護，含貶義，常帶賓語，如"袒護被告"。

吝嗇

lìnsè 形 過於愛惜自己的財物，該用不用，該花不花：不要把節約誤認為吝嗇。

▶ **慳吝** 辨析 都有"過於愛惜財物"的意義，但語義側重點有別。"慳吝"強調當用不用，當花不花，含有"過分地不合理地一味省儉而積存財物"的意思，書面語色彩濃厚；"吝嗇"則有捨不得給別人，生怕受到極微小的損失的意思。

▶ **小氣** 辨析 見【小氣】條。

冷

lěng 形 液體、氣溫等溫度低：最近天氣比較冷。

▶ **涼** 辨析 都有"形容溫度低"的意義，但語義輕重和語義側重點有別。"涼"比"冷"程度淺，稍微有點冷叫做"涼"，如"秋天快到了，颳的風一天比一天涼"。"冷"還可用於比喻人的表情、心理感受等，如"他的為人就是這麼冷"。"涼"則多用於指溫度偏低。

冷清

lěngqing 形 人少，顯得寂寞：宴會結束了，忽然顯得很冷清。

▶ **冷落** 辨析 都有"形容因為人少而顯得寂寞"的意義，但適用對象和語義側重點有別。"冷清"比"冷落"更常用，尤其是形容人的主觀感受時，如"他們都走了，屋子裏特別冷清"。"冷落"用來形容某個環境因為人少而寂靜時，含有"空曠"的意思，通常用於比較大範圍的環境；"冷清"沒有這樣的要求。

冷淡

lěngdàn 形 不熱情，不熱烈：他對我們的態度忽然冷淡起來。

▶ **淡漠** 辨析 都有"缺乏熱情"的意義，但適用範圍和語義側重點、適用對象有別。"冷淡"使用範圍廣，可以是對人、事、物不關心；"淡漠"主要形容對人的態度，含有不在乎、輕視的意思。

▶ **冷落** 辨析 都有"對人態度不熱情"的意義，但語義側重點和語法功能、語義概括範圍有別。"冷淡"側重指故意不理睬，從感情上造成疏遠；"冷落"則主要是從空間上保持距離，減少聯繫，感情的疏遠可能是無意造成的，如"沒來得及招呼你，冷落你了"。"冷落"可用於被動句，如"感到被冷落的時候，自尊心很受傷害"。"冷淡"還可形容對事情不關心、氣氛不熱烈；"冷落"則可形容環境寂靜少人，如"冷落淒清"。

▶ **冷漠** 辨析 都有"對人不熱情，不關心"的意義，但語義側重點、語法功能和語義程度有別。"冷淡"主要是"故意疏遠"的意思，可以帶賓語；"冷漠"主要是"不關心"的意思，不能帶賓語。從程度上來說，"冷漠"要比"冷淡"程度深，表示的"不關心"的含義更嚴重。

冷落

lěngluò ❶ 形 不熱鬧；冬日圓明園冷落淒涼。❷ 動 不理睬人，使人感到被忽視：他是重要客户，別冷落了他。

▶ **冷淡** 辨析 見【冷淡】條。

▶ **冷清** 辨析 見【冷清】條。

冷漠 lěngmò 形 不關心：他對別人一向冷漠。

▶ **淡漠** 辨析 都有"不熱情、不關心"的意義，但語義輕重和語義側重點有別。"冷漠"的程度更深，主觀上根本就不想關心；"淡漠"有"因為不在乎而不太關心"的意味。

▶ **冷淡** 辨析 見【冷淡】條。

冷僻 lěngpì 形 很不常見、不常用的：取名字最好別用冷僻字。

▶ **僻靜** 辨析 都有"形容某個地方很安靜，沒有甚麼人知道"的意義，但語義側重點有別。"冷僻"通常指某一片區域；"僻靜"則多指與熱鬧的地方相比較而冷清的一個具體的地點。"冷僻"側重於沒有甚麼人知道，還可以形容文字、典故等，如"他的名字是冷僻字，大家都不認識"；"僻靜"側重於形容一個地方很安靜，沒有甚麼人會去。

▶ **生僻** 辨析 見【生僻】條。

冷靜 lěngjìng 形 形容人鎮定，不容易激動：遇事要冷靜，慌張忙亂於事無補。

▶ **沉着** 辨析 都有"形容不着急，不驚慌"的意義，但語義側重點有別。"冷靜"側重於對人情緒的描寫；"沉着"主要是形容對具體事情的處理不慌忙。

▶ **平靜** 辨析 見【平靜】條。

▶ **鎮定** 辨析 都有"不着急，不驚慌"的意義，但語義側重點有別。"冷靜"側重於形容人的情緒，不受感情和突然的情況影響；"鎮定"則是形容遇到緊急的情況時，不會驚慌失措。

▶ **鎮靜** 辨析 都有"不着急，不驚慌"的意義，但語義側重點有別。"冷靜"側重於形容人不受一時的情緒影響，不慌張，不激動；"鎮靜"則主要是形容人遇到突發情況時沉着鎮定，如"大家鎮靜，聽隊長指揮"。

序 xù 名 寫在著作正文之前的說明該書寫作經過或評論該書的內容等的文字：這篇序寫得很有意思／請他為新書寫序。

▶ **前言** 辨析 都有"寫在著作正文之前的說明文字"的意義，但語義側重點、語體色彩有別。"序"的文字可長可短，常用於口語，但書面語也用，可跟"小"組合成"小序"使用，可以是作者自己寫的，也可以是請別人寫的，如"這篇序寫得十分平實"；"前言"為作者自己所寫，一般文字不太長。

序言 xùyán 名 寫在著作正文之前的說明該書寫作經過或評論該書的內容等的文字：譯者序言／《聯合國憲章》的序言。

▶ **前言** 辨析 都有"寫在著作正文之前的說明的文字"的意義，但語義側重點、語體色彩有別。"序言"可以是作者自己寫的，也可以是請別人寫的，有書面語色彩；"前言"由作者自己所寫。

辛苦 xīnkǔ ❶形 身心勞苦：他工作非常辛苦。❷動 客套話，用於求人做事：還得請你辛苦一趟。

▶ **辛勞** 辨析 見【辛勞】條。

▶ **辛勤** 辨析 都有"身心勞苦"的意義，但語義側重點、用法有別。"辛苦"強調身心勞苦，可重疊成"辛辛苦苦"使用，如"這些文章都是我辛辛苦苦寫出來的"。"辛勤"強調辛苦勤勞，不能重疊。在其他意義上二者不相同。

辛勞 xīnláo 形 辛苦勞累：不辭辛勞。

▶ **辛苦** 辨析 都有"身心勞苦"的意

義，但語義側重點、語體色彩、用法有別。"辛勞"強調辛苦勞累，多用於書面語，不能重疊；"辛苦"強調身心勞苦，通用於口語和書面語，可重疊成"辛辛苦苦"使用，如"這些文章都是我辛辛苦苦寫出來的"。

▶ **辛勤** 辨析 都有"身心勞苦"的意義，但語義側重點有別。"辛勞"強調辛苦勞累，常用於形容生活狀態，如"他每天要做三份工作，四處奔波，十分辛勞"。"辛勤"強調辛苦勤勞，常用於形容工作和學習，如"辛勤工作"。

辛勤 xīnqín 形 辛苦勤勞：辛勤的園丁。

▶ **辛苦** 辨析 見【辛苦】條。

▶ **辛勞** 辨析 見【辛勞】條。

忘記 wàngjì ❶ 動 經歷的事物不再存留在記憶中；不記得：忘記密碼。❷ 動 應該做的或原來準備做的事情因為疏忽而沒有做；沒有記住：忘記帶鑰匙。

▶ **忘懷** 辨析 都有"不記得"的意義，但語體色彩有別。"忘記"通用於口語和書面語；"忘懷"有較強的書面語色彩，常用於否定句中，如"難以忘懷"。在其他意義上二者不相同。

▶ **遺忘** 辨析 都有"不記得，想不起來"的意義，但語義側重點、語體色彩有別。"忘記"通用於口語和書面語；"遺忘"有較強的書面語色彩，有因時間過久而不記得的意味。在其他意義上二者不相同。

忘懷 wànghuái 動 經歷的事物不再存留在記憶中；不記得：一段難以忘懷的經歷。

▶ **忘記** 辨析 見【忘記】條。

▶ **遺忘** 辨析 都有"不記得，想不起來"的意義，但語義側重點、語體色彩有別。"忘懷"比"遺忘"書面語色彩更

強，常用於否定句中；"遺忘"有因時間過久而不記得的意味。

壯麗 zhuànglì 形 雄壯美麗（含莊重義）：山河壯麗。

▶ **瑰麗** 辨析 都有"十分美麗"的意義，但語義側重點、適用對象和語體色彩有別。"壯麗"側重指雄偉、壯觀，多用於山河、建築、詩文、事業等，口語和書面語都可以用；"瑰麗"側重指美麗得珍貴、奇異，多用於景色和文學作品等，具有書面語色彩，如"畫幅瑰麗，悅人心目。"

▶ **絢麗** 辨析 都有"美麗好看"的意義，但語義側重點和適用對象有別。"壯麗"重在雄壯，多形容氣於氣勢的美，多用於山河、建築、詩文、事業等；"絢麗"重在燦爛，色彩鮮明，多形容富有光彩的美，常用於景物、服飾、人生等。如"秋天，比春天更富有燦爛絢麗的色彩"中的"絢麗"不能換用"壯麗"。

判決 pànjué ❶ 動 判斷決定，特指法院對審理結束的案件作出決定：法官判決案件時，公正是第一重要的。❷ 名 判斷決定的結果，特指法院對審理結束的案件作出的決定：判決馬上生效。

▶ **裁決** 辨析 都有"對事物的是非、曲直、真假等進行分析、判斷，作出決定"的意義，但適用範圍和語義側重點有別。"判決"多指法院對審理結束的案件作出決定，更有權威性，如"法院判決原告勝訴"；"裁決"指經過分析和考慮，作出決定，既可用於法院對審理結束的案件作出決定，也可用於其他方面，如"工程署無權裁決此事"。

▶ **判斷** 辨析 都有"對事物的是非、曲直、真假等情況進行分析，得出結論"的意義，但語義側重點和語法功能有別。"判決"多指法院對審理結束案件所作出的最後的決定；"判斷"着重於對事

物的分析辨別，如"事實都擺在這兒，大家自己去判斷"。"判決"可構成"判決書"，"判斷"可構成"判斷力"，此時不能互換。

判斷 pànduàn 【動】【名】得出某種認識、看法：我判斷他正在來的路上。

▶ **判決** 辨析 見【判決】條。

灼熱 zhuórè ❶【形】像火燒着、燙着那樣熱：灼熱的太陽。❷【形】火一樣的熱情：詩人有一顆灼熱的心。

▶ **熾熱** 辨析 都有"溫度很高，熱得厲害"的意義，但語義側重點和適用對象有別。"灼熱"常在燒燙之意上使用，常用於受熱的物體和發燒的人體，強調人的感覺，形容其熱得燙人；"熾熱"常在火猛、勢盛之意上使用，多形容燃燒之物或熔化之物的高熱。如"我想起在芬蘭桑拿的小木屋裏，坐在灼熱的木凳上，陣陣熱氣升騰瀰漫"中的"灼熱"不能換用"熾熱"。

沐浴 mùyù ❶【動】洗澡：每天沐浴有利於身體健康。❷【動】比喻沉浸在某種環境或氣氛中：他倆沐浴在愛河裏。❸【動】比喻受到某種恩惠或潤澤：每個孩子都沐浴着母親無私的關懷。

▶ **洗浴** 辨析 都有"用水洗身體"的意義，但語義概括範圍和語體色彩有別。"沐浴"指全身洗淨，用於書面語，較文雅，如"沐浴更衣，燻香禮拜"；"洗浴"可能是清洗局部，是通俗的説法，如"每天洗浴，常保健康"。在其他意義上二者不相同。

▶ **洗澡** 辨析 都有"用水滌除身上的污垢"的意義，但語體色彩和語法功能有別。"沐浴"用於書面語，較文雅，若有數量詞，須放都在"沐浴"之後，如"沐浴半小時""沐浴一次"等；"洗澡"用於口語，較通俗，若有數量詞，應加都有"洗"和"澡"之間，如"洗一個澡"。

在其他意義上二者不相同。

沙啞 shāyǎ 【形】嗓音低沉而不圓潤：他用略微沙啞的聲音唱這首歌，把聽眾帶入深深的回憶之中。

▶ **嘶啞** 辨析 都有"形容嗓音低沉、發音困難"的意義，但語義側重點和語義輕重有別。"沙啞"強調聲音低沉、不圓潤，多由自然的生理現象造成，如"他的沙啞嗓挺適合唱流行歌曲"；"嘶啞"強調發音困難、嗓音澀，多由大聲哭鬧喊叫或疾病、疲勞所致，語義較"沙啞"重，如"他咽乾喉痛、聲音嘶啞"。

沙場 shāchǎng 【名】廣闊的沙地；代指戰場：寧願戰死沙場，決不屈膝投降。

▶ **疆場** 辨析 都有"兩軍交戰的場所"的意義，但語義側重點、用法和語體色彩有別。"沙場"本指平沙曠野，代指交戰場所；"疆場"本指疆界內或疆界附近交戰的地方，多用來指和入侵者作戰的地方。"沙場"常作"效命、久經"等詞的賓語，多用於書面語；"疆場"常作"戰死、馳騁"等詞的賓語，多用於書面語，帶文學色彩。

▶ **戰場** 辨析 都有"兩軍交戰的場所"的意義，但語義側重點、用法和語體色彩有別。"沙場"本指平沙曠野，代指交戰場所；"戰場"本指交戰的場所，又可喻指爭執激烈的場合、奮力拼搏的場所，如"抗洪戰場""考場就是戰場"等。"沙場"常作"效命、久經"等詞的賓語，一般不受其他詞修飾，多用於書面語；"戰場"常作"開赴、上、開闢、打掃"等詞的賓語，可受其他詞語修飾，如"古戰場、東西戰場"等，通用於口語和書面語。

沒 mò ❶【動】（人或物）沉下去：太陽沒入了西山背後。❷【動】高過（人或物），使看不見：雪深沒膝。

▶ **沉** 辨析 都有"往水面下落"的意義，但語義側重點有別。"沒"可能是主動的，也可能是被動的，如"她沒入水中，一會兒又鑽出來""冰山有一多半沒入水中"；"沉"指物體、人等因自身重量的原因向水下落，如"石沉大海"。

▶ **陷** 辨析 都有"往下去"的意義，但適用對象有別。"沒"常和"水、雪、雲彩"等搭配，如"雪沒到了膝蓋"；"陷"常與"泥、沙"搭配，如"車輪陷到泥裏去了"。

沒落 mòluò 形 失去當初的權勢、財富等，走向滅亡：腐朽沒落的軍閥統治。

▶ **敗落** 辨析 都有"失去當初的權勢、財富"的意義，但語義側重點有別。"沒落"側重指某階層或文化等失去當初的地位、影響，走向滅亡，如"沒落貴族"；"敗落"側重指一個家庭或家族在經濟方面衰敗下去，如"家道敗落，無力供孩子讀書"。

▶ **衰落** 辨析 都有"失去當初的權勢、地位"的意義，但語義側重點有別。"沒落"側重指某階層或文化等失去當初的地位、影響，走向滅亡；"衰落"側重指政權、家族從興盛到衰微，如"大英帝國的衰落不可挽回"。

沆瀣一氣 hàngxiè yīqì 比喻氣味相投者結合在一起。

▶ **臭味相投** 辨析 都有"因壞思想、壞作風而合得來"的意義，但語義強度、適用對象、語體色彩有別。"沆瀣一氣"語義較重，含有勾結成一夥的意味，既可以用於人，也可以用於組織或集體，具有書面語色彩；"臭味相投"語義相對較輕，一般只用於人，口語和書面語中都可以用。如"自此他整天和一群臭味相投的人廝混在一起，終日從一個晚會遊蕩到另一個晚會"中的"臭味相投"不能換用"沆瀣一氣"。

沉迷 chénmí 形 深深地迷戀於某種事物：沉迷於享樂。

▶ **沉湎** 辨析 都有"迷戀"的意義，但語義強度、感情色彩、語體色彩和適用對象有別。"沉迷"的語義較輕，中性詞，口語和書面語中都可以用，適用對象可以是不良習慣，也可以是美好的事物；"沉湎"的語義較重，貶義詞，多用於書面語，適用對象多是酒色及不正當或過分的娛樂、刺激等。如"那幅畫美麗得叫人傷感，叫人沉迷"中的"沉迷"不能換用"沉湎"。

▶ **沉溺** 辨析 都有"深深地迷戀某種活動"的意義，但語義強度、感情色彩、語體色彩和適用對象有別。"沉迷"的語義較輕，中性詞，口語和書面語中都可以用，適用對象可以是不良習慣，也可以是美好的事物；"沉溺"的語義較重，多用於書面語，適用對象可以是行為、習慣等，也可以是悲哀、憶想等感情意識活動。如"山美水美人亦美，令遊客沉迷於山水色之中"中的"沉迷"不能換用"沉溺"。

▶ **着迷** 辨析 都有"對人或事物產生迷戀"的意義，但語義強度和適用對象有別。"沉迷"的語義較重，適用對象可以是不良習慣，也可以是美好的事物；"着迷"的語義較輕，適用對象多是美好的事物。如"過分地無節制地沉迷於享樂，必將消魂奪志"中的"沉迷"不能換用"着迷"。

沉湎 chénmiǎn 動 陷入不良境地而不能自拔：沉湎於酒色。

▶ **沉迷** 辨析 見【沉迷】條。

沉悶 chénmèn ❶形（天氣、氣氛等）沉重而煩悶：氣氛沉悶。❷形（性格）不開朗；(心情) 不舒暢：心情沉悶。

▶ **煩悶** 辨析 都有"心情不舒暢"的意義，但語義側重點、語義強度和語法功能有別。"沉悶"側重指心情不爽,語義較輕,可重疊為"沉悶悶";"煩悶"側重指心情鬱悶、煩惱,語義較重,不可重疊。如"他聽着屋頂滴滴答答的雨聲,心情有些沉悶"中的"沉悶"不宜換用"煩悶"。

▶ **抑鬱** 辨析 都有"不舒暢"的意義,但語義側重點、語義強度、適用對象和語法功能有別。"沉悶"側重指心情不愉快,語義較輕,適用對象一般是人的心情,可重疊為"沉悶悶";"抑鬱"側重指憋悶、壓抑,語義較重,適用對象可以是人的心情、情緒、心思、神色等,不可重疊。如"聽到他的喪氣話,我的心情也沉悶起來"中的"沉悶"不宜換用"抑鬱"。

沉溺 chénnì 動 深深陷入某種不良境地,不能自拔:沉溺於網絡遊戲。

▶ **沉迷** 辨析 見【沉迷】條。

沉默 chénmò ❶形 不愛説笑:沉默寡言。❷形 不出聲、不説話:沉默不語。

▶ **緘默** 辨析 都有"不説話、不發表意見"的意義,但語義側重點、語義強度和語體色彩有別。"沉默"側重指不言不語,不做聲,語義較輕,口語和書面語中都可以用;"緘默"側重指閉口不説話,有意識地不説出自己的意見或看法,語義較重,多用於書面語。如"他冷着臉沉默了好一會兒"中的"沉默"不宜換用"緘默"。

決裂 juéliè 動(談判、關係、感情等)不和而導致分裂:徹底決裂。

▶ **破裂** 辨析 都有"感情、關係等分裂"的意義,但語義側重點、語義輕重、適用對象和語體色彩有別。"決裂"強調徹底分裂,沒有挽回的餘地,語義比"破裂"重,除用於感情、關係、談判等,還常用於同舊的思想觀念劃清界限,有書面語色彩,如"和舊觀念、舊傳

統徹底決裂";"破裂"強調完整的東西出現裂縫,分裂開來,也可用於感情、關係、談判等,但不用於同舊的思想觀念劃清界限,通用於口語和書面語,如"避免和談再次破裂""家庭破裂"。

▶ **分裂** 辨析 見【分裂】條。

快速 kuàisù 形 速度快的;迅速:做出快速反應。

▶ **火速** 辨析 見【火速】條。

▶ **迅速** 辨析 見【迅速】條。

▶ **神速** 辨析 都有"非常快"的意義,但語義輕重和適用對象有別。"快速"強調高速度,可用於人的行動,還常用於發展、增長等抽象事物,如"他們要有敏鋭的感知能力和快速的反應能力";"神速"含有"快得驚人,不可思議"的意味,語義比"快速"重,用於行進和事情、工作的進行,如"互聯網絡進展神速,被公認為計算機世界的革命"。

忸怩 niǔní 形 感到不好意思:小姑娘忸怩不安地站在門口。

▶ **靦腆** 辨析 都有"感到不好意思"的意義,但語義側重點有別。"忸怩"側重人的表情、動作;"靦腆"側重於人的性格,有生性害羞的意味,如"她從小就是個靦腆的孩子"。

▶ **扭捏** 辨析 見【扭捏】條。

▶ **羞澀** 辨析 都有"感到不好意思"的意義,但語義側重點有別。"忸怩"側重人的表情、動作等外在的表現;"羞澀"側重人的心理,如"雖然結婚好幾年了,説起當年的戀愛經過,她還是很羞澀"。

完成 wánchéng 動 按計劃做完,達到預期目的;做成:完成任務。

▶ **結束** 辨析 都有"發展或進行到最後階段,不再繼續"的意義,但語義側重點有別。"完成"有(事情)取得一定成

果的意味；"結束"則沒有。

▶ **完結** 辨析 都有"發展或進行到最後階段，不再繼續"的意義，但語義側重點、搭配對象、語法功能有別。"完成"有（事情）取得一定成果的意味；"完結"有(事情)有了結果的意味。"完結"常用於標題或固定搭配，如"完結篇"，一般不帶賓語；"完成"可以帶賓語，如"完成任務"。

完全 wánquán ❶形 齊全，不缺少甚麼：完全手冊 / 完全檔案。❷副全部，全然：完全贊成。

▶ **完整** 辨析 都有"齊全，不缺少甚麼"的意義，但語義側重點有別。"完全"強調全面，各部分都很齊備；"完整"強調保持整體性而沒有殘缺，如一般說"領土完整""主權完整"而不說"領土完全""主權完全"。

完好 wánhǎo 形 沒有損壞；沒有殘缺：設備完好。

▶ **完備** 辨析 都有"具有或保持着應有的各部分"的意義，但語義側重點有別。"完好"強調沒有損壞或缺損；"完備"強調齊備。如可以說"功能完備"，但一般不說"功能完好"。

▶ **完善** 辨析 都有"具有或保持着應有的各部分"的意義，但語義側重點有別。"完好"強調沒有損壞或缺損；"完善"強調狀態等良好。如可以說"完好無損"，但一般不說"完善無損"。

▶ **完整** 辨析 都有"具有或保持着應有的各部分"的意義，但語義側重點有別。"完好"強調沒有損壞或缺損；"完整"強調保持住整體性而沒有殘缺。如"履歷要寫完整"中的"完整"不宜換用"完好"。

完畢 wánbì 動 發展或進行到最後階段，不再繼續：考場佈置完畢。

▶ **結束** 辨析 都有"發展或進行到最後階段，不再繼續"的意義，但語法功能有別。"完畢"不能帶賓語；"結束"可以帶賓語，如"結束訪問"。

▶ **完結** 辨析 都有"發展或進行到最後階段，不再繼續"的意義，但語義側重點、搭配對象有別。"完結"強調有了結果；"完畢"沒有這個意思。"完結"常用於標題或固定搭配，如"完結篇"。

完備 wánbèi 形 應該有的全都有了：設施完備。

▶ **齊備** 辨析 見【齊備】條。

▶ **完好** 辨析 見【完好】條。

完結 wánjié 動 發展或進行到最後階段，不再繼續：沒有完結的故事。

▶ **結束** 辨析 都有"發展或進行到最後階段，不再繼續"的意義，但搭配對象、語義側重點、語法功能有別。"完結"常用於標題或固定搭配，如"完結篇"，有"（事情）有了結果"的意思，不能帶賓語；"結束"可以帶賓語，如"結束訪問"。

▶ **收場** 辨析 見【收場】條。

▶ **完畢** 辨析 見【完畢】條。

▶ **完成** 辨析 見【完成】條。

完滿 wánmǎn 形 完善周全；沒有欠缺：問題得到完滿解決。

▶ **圓滿** 辨析 都有"完善周全；沒有缺陷"的意義，但語義側重點有別。"完滿"強調完全，如"春運完滿結束"；"圓滿"強調沒有欠缺，如"預祝大會圓滿成功"。

完整 wánzhěng 形 具有或保持着應有的各部分；沒有損壞或殘缺：領土完整。

▶ **完全** 辨析 見【完全】條。

▶ **完好** 辨析 見【完好】條。

宏大 hóngdà 形 巨大，宏偉：規模宏大／宏大的氣魄。

▶ **巨大** 辨析 見【巨大】條。

宏圖 hóngtú 名 遠大的設想；宏偉的計劃：宏圖偉業。

▶ **藍圖** 辨析 都有"建設計劃"的意義，但語義側重點、適用對象、感情色彩有別。"宏圖"含有宏偉遠大的意味，既可以用於政府建設規劃，有時也用於個人的計劃，是褒義詞；"藍圖"僅指建設計劃，是中性詞。如"海峽兩岸應當攜起手來，共建和平統一的大業，同創振興中華的宏圖"中的"宏圖"不能換用"藍圖"。

▶ **雄圖** 辨析 都有"宏偉遠大的計劃或設想"的意義，但語義側重點、適用對象、感情色彩有別。"宏圖"強調規模的宏大，多用於政府建設規劃，少用於個人方面，是褒義詞；"雄圖"強調氣魄膽識的非凡，謀略的深遠，多指個人的計劃或謀略，是中性詞。如"大家都欽佩老闆的雄圖大計"中的"雄圖"不宜換用"宏圖"。

牢固 láogù 形 形容事物不容易被破壞：牢固的友情。

▶ **堅固** 辨析 見【堅固】條。

牢房 láofáng 名 關押犯人的房間：牢房只有四平米大小。

▶ **監獄** 辨析 都有"關押犯人的地方"的意義，但語體色彩和語法功能有別。"監獄"更正式。"監獄"作為泛稱，搭配"座、所"這樣的量詞使用；"牢房"則與"間"搭配，表示一個房間，並且相對口語化一些。

▶ **牢獄** 辨析 都有"關押犯人的地方"的意義，但語義側重點和語法功能有別。"牢房"與量詞"間"搭配，指單獨的房間；"牢獄"與量詞"座、所"搭配，表示一個整體。"牢獄"有一定的抽象色彩，可組成"牢獄之災"，不能使用其他類似的詞；反過來，可以說"蹲牢房、進牢房"，不能說"蹲牢獄、進牢獄"。

▶ **囹圄** 辨析 都有"關押犯人的地方"的意義，但語體色彩和語法功能有別。"牢房"用於現代語，主要出現在口語中，可以和"間"等量詞搭配；"囹圄"有文言色彩，現在用於書面語，詞義較抽象，不與量詞搭配使用。

牢記 láojì 動 記住，努力不忘記：牢記前輩教誨。

▶ **銘記** 辨析 都有"長久地記住，不忘記"的意義，但語義輕重和風格色彩有別。"銘記"取意於"將文字刻在石頭或金屬上"，比"牢記"表達的程度更深，更形象。"銘記"更正式，更莊嚴。

牢獄 láoyù 名 關押犯人的地方：牢獄之災。

▶ **監牢** 辨析 都有"關押犯人的地方"的意義，但語義側重點有別。"牢獄"含義稍抽象一些；"監牢"較為具體，指的是具體的場所，可以說"監牢裏"。

▶ **監獄** 辨析 都有"關押犯人的地方"的意義，但語法功能和適用範圍有別。"牢獄"比較抽象一些，可以說"牢獄之災""深牢大獄"；"監獄"在現代漢語中更常用。

▶ **牢房** 辨析 見【牢房】條。

▶ **囹圄** 辨析 都有"關押犯人的地方"的意義，但語體色彩和語法功能有別。"囹圄"有文言色彩，指向具體，可以說"身陷囹圄"；"牢獄"沒有特別的語體色彩，含義較抽象，可以說"牢獄之災"。

究竟 jiūjìng ❶ 名 結果；原委：一定要問出個究竟來。❷ 副 用在問句裏，表示追究事情的真相：你究竟要怎樣才肯罷休？ **❸** 圖 不管條件怎樣，事情到底還是這樣：謊話究竟不能掩蓋事實。

▶ **到底** 辨析 在表示追根究底仍得出這樣的結論的語法作用上意義相同，但語義側重點、語義輕重和語體色彩有別。"究竟"強調結論還是站得住，語義比"到底"重，通用於口語和書面語，如"有人說這比兩萬五千里長征還艱苦，可是，這究竟是在勝利中前進"；"到底"強調追根究底，從最根本處來看，有口語色彩，如"到底是上海，一切都井井有條"。

▶ **終究** 辨析 在表示追根究底仍得出這樣的結論的語法作用上意義相同，但語義側重點、語義輕重和語體色彩有別。"究竟"強調結論還是站得住，通用於口語和書面語，如"江邊風大，立久了究竟還是有點冷"；"終究"強調結果的必然性和確定性，含有無法改變，無可奈何的意味，語義比"究竟"重，有書面語色彩，如"管理作為一種社會科學技術，與自然科學技術在性質上終究是有所區別的"。

良久 liángjiǔ 圖 時間很長：良久，他緩緩地站起身。

▶ **好久** 辨析 見【好久】條。

▶ **久久** 辨析 見【久久】條。

初創 chūchuàng 動 剛剛建立：初創時期。

▶ **草創** 辨析 都有"開始建立"的意義，但語義側重點和風格色彩有別。"初創"側重指剛剛建立的起步階段，一般是一個較短的時期；"草創"側重指從無到有的成立過程，含有謙遜的色彩。如"這裏只是一個臨時性質的電影演員養成所，一切都屬草創"中的"草創"不宜換用"初創"。

即 jí **❶** 動 表示判斷，就是：非此即彼／空即色，色即空。**❷** 圖 表示動作在很短時間內或某種條件下立即發生：一觸即發／召之即來。**❸** 連 即使：即無他方支援，也能按期完成任務。

▶ **便** 辨析 表示動作在很短時間內或某種條件下立即發生的用法上意義相同，但語體色彩有別。"即"有濃厚的書面語色彩，多用於正式的場合，如"發行結束後即可上市流通"；"便"是普通的書面語用詞，如"走累了便停下來休息"。

▶ **就** 辨析 表示動作在很短時間內或某種條件下立即發生的用法上意義相同，但語體色彩有別。"即"有濃厚的書面語色彩，多用於正式的場合，如"發行結束後即可上市流通"，"就"通用於口語和書面語，如"放下電話馬上就出發了"。

即使 jíshǐ 連 表示假設兼讓步。

▶ **縱使** 辨析 在表示假設的讓步的語法作用上意義相同，但語義側重點和語體色彩有別。"即使"含有就算如此的意味，通用於口語和書面語，如"牠即使捨掉自己的性命也要救自己的孩子"；"縱使"含有隨便怎樣的意思，讓步的意思比"即使"重，有書面語色彩，如"縱使我考出最好的成績，大學也不是篤定要我的"。

▶ **就是** 辨析 在表示假設的讓步的語法作用上意義相同，但語體色彩有別。"即使"通用於口語和書面語，如"這些老字號商店，即使在最困難的情況下，也要千方百計地保持藥品的質量"；"就是"有口語色彩，如"就是那些青年的教師們，也和學生一樣，十分激憤"。

▶ **儘管** 辨析 見【儘管】條。

即刻 jíkè 圖 很快就要發生；緊接着發生：即刻出發。

▶ **立即** 辨析 見【立即】條。

▶ **立刻** 辨析 見【立刻】條。

▶ **即時** 辨析 見【即時】條。

▶ **馬上** 辨析 見【馬上】條。

即便 jíbiàn 連 表示假設的讓步：即便是他來，也毫無意義。

▶ **縱使** 辨析 在表示假設的讓步的語法作用上意義相同，但語義側重點、語義輕重和語體色彩有別。"即便"含有就算這樣的意味，通用於口語和書面語，如"即便三伏天最熱的時候，也沒見他敵過懷"；"縱使"含有隨便怎樣的意味，讓步的意思比"即便"重，有書面語色彩，如"縱使他臨事多謀，必無一策能成"。

即時 jíshí 副 立即，緊接着：即時處理。

▶ **即刻** 辨析 都有"緊接着，在很短的時間內就(行動或出現新情況)"的意義，但語義側重點和語體色彩有別。"即時"強調就在這個時刻緊接着如何，含有"及時，按時"的意思，書面語色彩比"即刻"濃厚，如"讓家屬即時瞭解調查進展情況"；"即刻"強調就在片刻之間發生，時間非常短，有書面語色彩，如"即刻引起人們的關注"。

▶ **立刻** 辨析 見【立刻】條。

▶ **馬上** 辨析 見【馬上】條。

即將 jíjiāng 副 表明要出現的事物或現象與說話的時間相隔很近，即在說話後不久就要發生：冠軍即將產生／獎項即將揭曉。

▶ **將要** 辨析 都有"在不久以後發生"的意義，但語義側重點有別。"即將"強調時間的短促，很快就會發生，比"將要"時間緊迫，如"新春佳節即將到來"；"將要"強調不久以後就會發生的必然性，如"加入 WTO 後我們將要面對更大的競爭"。

▶ **就要** 辨析 都有"在不久以後發生"的意義，但語義側重點和語體色彩有別。"即將"強調客觀上離發生或出現的時間很短，比"就要"時間緊迫，有書面語色彩，如"美國國務卿即將訪問中國"；"就要"強調主觀上認為離發生或出現的時間不長，實際上時間可能很短，也可能不短，通用於口語和書面語，如"再過幾天就要到春節了""血雨腥風的黑夜就要逝去，光輝燦爛的黎明就要到來"。

迅速 xùnsù 形 速度高；非常快：迅速出擊／市場迅速擴大／遊戲產業發展迅速。

▶ **火速** 辨析 見【火速】條。

▶ **急速** 辨析 都有"速度非常快"的意義，但語義側重點、語體色彩、使用頻率有別。"迅速"是最常用的表達，通用於書面語和口語，使用頻率遠高於"急速"，如"迅速撤退"；"急速"有因事情緊急而加快速度的意味，較俗白，如"救護車在高速路上急速行駛"。

▶ **快速** 辨析 都有"速度非常快"的意義，但語義側重點、適用對象、使用頻率、用法有別。"迅速"是最常用的表達，通用於書面語和口語，可以用於行動，也可以用於認識活動、變化發展、事物的增長等，使用頻率遠高於"快速"，如"產量迅速提高"；"快速"含有高速度的意味，多用於行動，可直接修飾名詞，如"快速列車"。

▶ **神速** 辨析 都有"速度非常快"的意義，但語義側重點、適用對象、感情色彩、使用頻率有別。"迅速"是最常用的表達，通用於書面語和口語，可以用於行動，也可以用於認識活動、變化發展、事物的增長等，使用頻率遠高於"神速"，如"迅速崛起"；"神速"強調速度快到使人驚訝，令人感到神奇的程度，有褒義色彩，多用於行進以及事情、工作的進展等，如"腿傷恢復神速""移動電話神速發展"。

局部 júbù 图 一部分；非全體：局部戰爭。

▶ **部分** 辨析 都有"事物的非全部"的意義，但語義側重點和適用對象有別。"局部"強調從組織結構的角度看，整體中有聯繫的個體，和"整體、全局"相對，一般只用於事物，如"要正確地處理各種利益關係，包括全局與局部的利益、各地方各部門之間的利益"；"部分"強調從數量的角度看，整體中相對獨立的個體，可用於事物，也可用於人，與"全體、全部"相對，如"重要組成部分""部分成員"。

改正 gǎizhèng 動 把錯誤的改為正確的：改正錯誤。

▶ **更正** 辨析 見【更正】條。

▶ **矯正** 辨析 都有"把不正確的改為正確的"的意義，但語義側重點和適用範圍有別。"改正"強調把原來錯誤的方向、意圖等按正確的要求加以改變，多用於改變自己方面的不正確之處，使用範圍廣；"矯正"強調消除歪曲、偏差，含有使回到原有的或本應有的正確狀態的意味，帶有一定的強制性。如可以説"矯正胎位"，但一般不説"改正胎位"。

▶ **修正** 辨析 都有"把不正確的改為正確的"的意義，但語義側重點、語體色彩有別。"改正"強調把錯誤的改為正確的，口語和書面語中都可以用；"修正"強調把原來不完善或錯誤的加以修改，具有書面語色彩。如"新方案修正了原有的一些缺陷，已被大家認可"中的"修正"不能換用"改正"。

改良 gǎiliáng 動 去掉事物的個別缺點，使其更符合要求：改良土壤 / 社會改良。

▶ **改進** 辨析 見【改進】條。

▶ **改善** 辨析 都有"改變舊的情況，使變得比較好"的意義，但語義側重點和適用對象有別。"改良"強調對原有的事物進行改造，使其性質更好，多用於社會、品種、工具、土壤等具體的事物；"改善"強調使原有的狀況變得進一步完善，使更如人意，多用於關係、條件、環境、生活等抽象事物。"改良"還有不徹底變革或不從根本上改變的意思，如可以説"改良主義"。

改革 gǎigé 動 改掉事物中舊的、不合理的部分，使其完善：改革經濟體制 / 改革開放。

▶ **變革** 辨析 都有"改變舊的，建立新的"的意義，但語義側重點和語義強度有別。"改革"重在指性質的部分變化，即廢除不合理的部分，保留並發展合理的部分，語義較輕；"變革"重在指根本性質的變化，語義較重，如"社會變革"。

▶ **改造** 辨析 都有"改變舊的不合理的部分，使之合理、完善"的意義，但語義側重點、適用對象有別。"改革"重在指性質的部分變化，即廢除不合理的部分，保留並發展合理的部分；"改造"重在指性質上的根本改變或大部分改變，可用於人，適用面寬。"改革人事制度"中的"改革"不能換用"改造"；"把他們改造成新人"中的"改造"不能換用"改革"。

▶ **革新** 辨析 都有"改變舊的，建立新的"的意義，但語義側重點和適用對象有別。"改革"強調改掉舊的、不合理的東西；"革新"強調通過改革獲得新的、先進的東西，多用於技術、現狀等，如"技術革新"等。

改造 gǎizào 動 從根本上改革，以適應新的形式和需要：改造思想 / 改造低產田。

▶ **改革** 辨析 見【改革】條。

改動 gǎidòng 動 在原來的基礎上做一些變化：改動個別字句。

151

▶ **變動** 辨析 都有"在原來的基礎上有一些變化"的意義,但語義側重點有別。"改動"強調動作的過程,是一種主動的行為,幅度較小;"變動"往往是由外界的變化而引起的一種被動的變化,幅度較大。如"不准在工作調動、機構變動時,突擊提拔官員"中的"變動"不能換用"改動"。

▶ **篡改** 辨析 都有"在原來的基礎上做一些變化"的意義,但語義側重點、適用對象、感情色彩有別。"改動"變化可大可小,可能是正確的,也可能是錯誤的,適用面比較寬,是中性詞;"篡改"語義較重,指用假的、錯誤的東西取代真的、正確的東西,一般用於歷史、學說、理論等,是貶義詞。如一般説"篡改歷史",不説"改動歷史"。

改進 gǎijìn 動 改變舊有情況,使有所進步:改進工作作風。

▶ **改良** 辨析 都有"改變舊的情況,使變得比原來好"的意義,但語義側重點和適用對象有別。"改進"強調在原有的基礎上適當更改,使有所進步,多用於工作、作風、方法、措施等抽象的事物;"改良"強調對原有的事物進行改造,使其性質更好,多用於社會、品種、工具、土壤等具體的事物。如"這種做法對改良土壤有好處"中的"改良"不能換用"改進"。

▶ **改善** 辨析 都有"改變舊的情況,使變得比原來好"的意義,但語義側重點和適用對象有別。"改進"強調在原有的基礎上適當更改,使有所進步,多用於工作、作風、方法、措施等;"改善"強調使原有的狀況變得完善,多用於關係、條件、環境、生活等。如"改善投資環境"中的"改善"不能換用"改進"。

改善 gǎishàn 動 改變原有的狀況使其好一些:改善關係。

▶ **改進** 辨析 見【改進】條。

▶ **改良** 辨析 見【改良】條。

改過自新 gǎiguò zìxīn 改正邪惡或錯誤,自己重新做人。

▶ **痛改前非** 辨析 都有"改正以前的過錯"的意義,但語義側重點有別。"改過自新"含有重新做人的意味,強調自覺;"痛改前非"強調徹底改正以前的錯誤。如"從今以後,我要改過自新,認真讀書,再也不讓父母擔心"中的"改過自新"不宜換成"痛改前非"。

改變 gǎibiàn 動 使事物發生顯著變化:改變計劃 / 山區面貌大有改變。

▶ **轉變** 辨析 都有"由一種情況變到另一種情況"的意義,但語義側重點和適用對象有別。"改變"強調變化、更動,與原來的狀況有明顯差別,可用於具體事物,也可用於抽象事物;"轉變"強調由一種性質變化為另一種性質,多是漸變的,一般用於抽象事物。如"改變航線"中"改變"不宜換用"轉變"。

忌妒 jìdu 動 對才能、名譽、地位或境遇等比自己好的人心懷怨恨:忌妒比自己生活條件好的同學 / 忌妒他的好人緣。

▶ **嫉妒** 辨析 都有"因看到別人的才能、地位或境遇比自己好而心懷怨恨"的意義,但語義側重點、語義輕重和語體色彩有別。"忌妒"強調覺得別人比自己好對自己不利,通用於口語和書面語,如"這些話都是忌妒他的人説的,當然作不得準";"嫉妒"強調因別人比自己好而心生怨恨,語義比"忌妒"重,有書面語色彩,如"他如此大模大樣,招搖過市,引得一般嫉妒他的人竊議紛紛"。

忌憚 jìdàn 動 心理害怕、恐慌:肆無忌憚。

▶ **顧忌** 辨析 都有"害怕、恐慌的心理"的意義，但語義側重點和語體色彩有別。"忌憚"強調擔心害怕，沒有膽量，有濃厚的書面語色彩，多與"肆無"構成固定短語"肆無忌憚"，如"讓非法侵犯農民利益者有所忌憚"；"顧忌"強調因害怕對人或事情不利而有所顧慮，通用於口語和書面語，如"昔日那種無所顧忌地踐踏草坪的現象已很少看到"。

▶ **畏懼** 辨析 都有"害怕、恐慌的心理"的意義，但語義側重點和語體色彩有別。"忌憚"強調擔心害怕，有所顧慮，沒有膽量，有濃厚的書面語色彩，多與"肆無"構成固定短語"肆無忌憚"，如"她毫無忌憚，不在乎流言"；"畏懼"強調遇到危險心中發慌，是一種恐慌不安的心理狀態，有書面語色彩，如"任何威脅與壓力都不會使我們感到絲毫畏懼"。

妝飾 zhuāngshì ❶ 動 通過梳妝、修飾，使好看：刻意妝飾自己。❷ 名 妝飾出來的樣子：豔麗的妝飾。

▶ **裝飾** 辨析 都有"修飾，打扮，使美麗"的意義，但語義側重點和適用對象有別。"妝飾"多指女子的梳妝打扮；"裝飾"泛指用好看的東西裝點、修飾，除常用於人外，還常用於環境、建築、器物以及文章等。如"中年婦人比少女更需妝飾"中的"妝飾"不宜換用"裝飾"。

妖冶 yāoyě 形 豔麗而不正派：她妖冶迷人，也冷豔逼人。

▶ **妖豔** 辨析 都有"豔麗而不莊重"的意義，但語義側重點、使用頻率有別。"妖冶"有輕佻的意味，如"妖冶寫真"；"妖豔"有不夠莊重的意味，如"妖豔的時裝模特""妖豔絢麗的花朵"，使用頻率高於"妖冶"。

妖豔 yāoyàn 形 豔麗而不莊重：妖豔的女人／憑欄觀賞那些妖豔欲滴的出水芙蓉。

▶ **妖冶** 辨析 見【妖冶】條。

妨礙 fáng'ài 動 使事情不能順利進行：你妨礙我睡覺了。

▶ **阻礙** 辨析 都有"使事情不能順利進行"的意義，但語義側重點、語義強度、搭配對象有別。"妨礙"着重指造成一定的障礙，使受到不好的影響，多用於工作、學習、活動、交通等具體對象，程度較輕；"阻礙"着重指形成很大的障礙，程度較重，搭配對象除了交通、運輸等外，常是人類社會或歷史的發展、進步、改革、戰爭等重大事情。如可以說"妨礙公務"，但不說"阻礙公務"。

忍受 rěnshòu 動 忍耐承受：默默忍受着苦難。

▶ **忍耐** 辨析 都有"抑制感情或情緒"的意義，但語義側重點和適用對象有別。"忍受"着重於"受"，承受，強調壓制住自己的思想、情緒，勉強承受下來，如"一些事業有成的女性也在忍受着家庭暴力"；"忍耐"着重於"耐"，禁得住，強調控制自己的情緒不使流露出來，如"她是個很善於忍耐、有城府的女人"。"忍受"的對象多為痛苦、困難、不幸的遭遇或不良的待遇等；"忍耐"的對象多為內心的煩惱、痛苦、不愉快、不如意的情緒等。

忍耐 rěnnài 動 抑制感情或痛苦，承受壓力：忍耐不住痛苦。

▶ **忍受** 辨析 見【忍受】條。

忍辱負重 rěnrǔfùzhòng 指為了顧全大局，自己忍受着屈辱而承擔重任：不能忍辱負重，何以成就大事。

▶ **含垢忍辱** 辨析 見【含垢忍辱】條。

努力 nǔlì 動 投入很多精力去做某事：努力學習。

▶ **竭力** 辨析 都有"投入很大力量去做某事"的意義，但語義側重點、語義輕重有別。"努力"所投入的力量不是全部，語義較輕；"竭力"是"盡一切力量去做"的意思，語義較重，如"小章竭力想說服我跟她一起去"。

▶ **盡力** 辨析 見【盡力】條。

防守 fángshǒu 動 防護守衛：防守陣地。

▶ **把守** 辨析 都有"保護使不受侵害"的意義，但適用範圍有別。"防守"的處所相對而言比較大；"把守"的處所比較小而具體。如"大橋由衛兵把守"中的"把守"換成"防守"就不太確切。

▶ **防禦** 辨析 都有"保護使不受侵害"的意義，但語義側重點和搭配對象有別。"防守"重在防，多用於一般的警戒，賓語一般是守護的處所，如陣地等；"防禦"重在禦，抗擊，強調利用地形、位置等抵擋對方的進攻力量，賓語一般是抗擊的對象。如可以說"防禦敵方的進攻"，但不能說"防守敵方的進攻"。

防備 fángbèi 動 做好準備以應付攻擊或避免災害：防備敵方的攻擊。

▶ **提防** 辨析 都有"做好準備，以應付侵犯或避免發生不幸"的意義，但語義側重點、適用對象、語體色彩有別。"防備"強調有針對性地做好準備工作，對象多是事情，也可以是製造事端的人等，口語和書面語都可以用；"提防"強調小心、謹慎，要當心，主要指精神上的預防，對象可以是人、國家、野獸、自然災害等，也可以是事情，具有口語色彩。如可以說"設法防備"，但一般不說"設法提防"。

▶ **防範** 辨析 見【防範】條。

▶ **戒備** 辨析 都有"加強準備，避免意外發生"的意義，但語義側重點和語法功能有別。"防備"強調有針對性地做好

準備工作，是及物動詞；"戒備"含有警戒的意義，多用於軍事領域，是不及物動詞。如可以說"戒備森嚴"，但一般不說"防備森嚴"。

防範 fángfàn 動 警戒預防：防範外敵入侵。

▶ **提防** 辨析 都有"加強準備，避免意外或不幸發生"的意義，但語義側重點、語義強度、語體色彩、適用對象有別。"防範"強調要能擋住侵襲，不受損害，語義較重，具有書面語色彩，對象可以是人、國家、野獸、自然災害等，也可以是事情；"提防"強調小心、謹慎，要當心，主要指精神上的預防，語義較輕，具有口語色彩，對象多是敵方、壞人的不軌行為。如可以說"防範措施"，但一般不說"提防措施"。

▶ **防備** 辨析 都有"做好準備，避免意外或不幸發生"的意義，但語義側重點、語體色彩有別。"防範"強調要能擋住侵襲，不受損害，書面語色彩濃；"防備"強調有針對性地做好準備工作。如"防範腐敗現象的發生"中的"防範"不宜換用"防備"。

防禦 fángyù 動 抗擊敵方的進攻：積極防禦，主動進攻。

▶ **抵禦** 辨析 都有"抵擋、抗擊"的意義，但語義側重點和適用對象有別。"防禦"強調既防守又主動進攻，目的是在敵方進攻時有充分的準備，對象多是未發生的事情；"抵禦"強調反抗，目的是使進攻者遠離，對象多是已發生的事情。如可以說"用火防禦野獸"，但一般不說"用火抵禦野獸"。

▶ **防守** 辨析 見【防守】條。

災害 zāihài 图 水、火、戰爭等禍害：自然災害。

▶ **災禍** 辨析 都有"造成嚴重危害，給

人們帶來不幸的禍害"的意義，但語義側重點有別。"災害"側重指自然現象所造成的禍害，一般用於大的方面；"災禍"側重指人為的意外的禍害，既可以用於國家、民族等大的方面，也可以用於個人等小的方面。如"只要他的手一鬆，便會造成驚人的災禍"中的"災禍"不能換用"災害"。

▶ **災難** 辨析 都有"造成嚴重危害，給人們帶來不幸的禍害"的意義，但語義側重點和搭配對象有別。"災害"強調自然因素造成的災情、危害，常與"自然"搭配使用；"災難"強調天災人禍給人造成的慘重損失和痛苦，常與"深重"搭配使用。如"萬眾一心，抗禦自然災害"中的"災害"不宜換用"災難"。

災禍 zāihuò 名 自然的或人為的禍患：這場災禍可不小。

▶ **災害** 辨析 見【災害】條。

災難 zāinàn 名 天災人禍給人帶來的嚴重損害和苦難：災難深重。

▶ **苦難** 辨析 都有"天災人禍所造成的損害和痛苦"的意義。"災難"比較具體，常指某一場具體的天災，如可說"一場災難"；"苦難"比較概括，多指多種天災人禍給人帶來的損害和痛苦。如"永遠銘記民族的苦難和輝煌"中的"苦難"不宜換用"災難"。

▶ **災害** 辨析 見【災害】條。

巡查 xúnchá 動 一面走一面查看：街生監督員每日巡查集貿市場/警察加強夜間巡查力度。

▶ **巡視** 辨析 見【巡視】條。

巡視 xúnshì 動 到各處視察：古代監察巡視制度/中央巡視組/高考網上巡視系統。

▶ **巡查** 辨析 都有"一面走一面查看"的意義，但語義側重點、適用對象有

別。"巡視"偏重指執行任務而到各處視察，不特別強調進行詳細具體的檢查，常用於上級對下級的情形，如"建立起科學有效的巡視制度"；"巡查"中經常會進行一些具體的檢查，多用於管理者對被管理者或責任人對某事物進行查看的情形，使用範圍比"巡視"寬，如"執法人員經常外出巡查""節日期間警察上街巡查""巡查設備運行狀態"。

八畫

奉承 fèngcheng 動 用好聽的話恭維人，向人討好：阿諛奉承/當面奉承。

▶ **諂媚** 辨析 都有"向人討好"的意義，但語義側重點和語體色彩有別。"奉承"強調趨奉承歡，恭維人，多是順着人的心意説話，也可以是通過某種行動向人討好，口語和書面語都可以用；"諂媚"強調以卑賤的態度向人討好，多是通過某種姿態或舉動來迎合討好別人，語義較重，具有書面語色彩。

▶ **吹捧** 辨析 見【吹捧】條。

▶ **恭維** 辨析 都有"説好話迎合別人"的意義，但語義側重點和語義強度有別。"奉承"側重指順着對方的心意説話，語義較重，常和"阿諛"組合使用；"恭維"側重指説讚揚的話美化對方，語義較輕。如"他低聲下氣地奉承那人"中的"奉承"不宜換用"恭維"。

奉送 fèngsòng 動 敬辭，贈送：購物滿百元者，奉送禮品一件。

▶ **贈送** 辨析 二者所指相同，但語體色彩有別。"奉送"比"贈送"顯得更尊敬對方，用在比較文雅的語言環境中，有

時含諷刺意味。如"對這類人應該奉送一句套話：炒郵有風險，入市請慎重"中的"奉送"不能換用"贈送"。

奉養 fèngyǎng 動 侍奉贍養：奉養老人是作子女的義務。

▶ **供養** 辨析 都有"供給費用，使能生活"的意義，但語義側重點和適用對象有別。"奉養"強調盡心盡力地侍奉扶養，只用於對父母或其他長輩，有明顯的尊敬色彩；"供養"強調供給生活費用，使生活有保障，既可用於長輩，也可用於晚輩。如"貧窮人在年富力強的時候要供養兒女，以便年老時靠兒女供養"中的"供養"不能換用"奉養"。

▶ **贍養** 辨析 都有"供給費用，使能生活"的意義，但語義側重點和態度色彩有別。"奉養"強調盡心盡力地侍奉扶養，有明顯的尊敬色彩；"贍養"強調供給足夠的生活所需，有明顯的鄭重色彩，如法律條文中經常使用"贍養"。

奉還 fènghuán 動 敬辭，歸還：原物奉還。

▶ **歸還** 辨析 見【歸還】條。

奉勸 fèngquàn 動 敬辭，勸告：奉勸世人，多做好事。

▶ **規勸** 辨析 都有"勸告"的意義，但語義側重點、態度色彩、語法功能有別。"奉勸"重在指用道理勸某人做某事，有客氣的態度色彩，賓語多為某人做某事；"規勸"重在指鄭重地勸告，使其改正錯誤，有嚴肅的態度色彩，賓語多為具體的人。如"多次規勸，他仍無悔改之意"中的"規勸"不能換用"奉勸"。

奉獻 fèngxiàn 動 恭敬地交付，呈獻：奉獻青春。

▶ **貢獻** 辨析 見【貢獻】條。

玩弄 wánnòng ❶動 擺弄着玩耍：玩弄小汽車。❷動 耍笑捉弄：玩弄他人。❸動 賣弄，有意顯示：玩弄名詞。❹動 施展（手段、伎倆等）：玩弄兩面手法。

▶ **戲弄** 辨析 見【戲弄】條。

玩味 wánwèi 動 細細地體會其中的意味：他的話值得玩味。

▶ **品味** 辨析 都有"細細地體會"的意義，但語法功能、態度色彩有別。"玩味"比"品味"接賓語的情形少，有不鄭重的意味；"品味"則為中性色彩。如"這篇小說寓意深刻，要細細品味方能得其真諦"中的"品味"不宜換用"玩味"。

青眼 qīngyǎn 名 人高興時正眼看人，整個瞳仁在中間。指對人的喜愛、看重：青眼相加。

▶ **青睞** 辨析 都有"指對人的喜愛、看重"的意義，但構詞結構和用法有別。"青眼"通常作狀語，如"青眼相看""青眼相待"，也可作賓語，如"另加青眼"以青眼待人"；"青睞"多用於"得到某某的青睞""受到某某的青睞"之類的結構之中。

青雲直上 qīngyúnzhíshàng 朝着高空飛騰直上，比喻人官運亨通：有的人孤僻高傲，懷才不遇；有的人大智若愚，青雲直上。

▶ **扶搖直上** 辨析 見【扶搖直上】條。

▶ **平步青雲** 辨析 見【平步青雲】條。

青睞 qīnglài 動 重視，看得起：他的突出表現很快博得上司青睞。

▶ **垂青** 辨析 都有"重視、喜愛"的意義，但使用範圍有別。"青睞"可用於對話，也可用於敍述，常用於"得到某某的青睞""受到某某的青睞"之類的結構之中；"垂青"含有恭敬的語氣，多用於對話，常用於"多蒙垂青""承蒙垂青"的結構之中。

▶青眼 辨析 見【青眼】條。

表示 biǎoshì ❶動 用言語行為顯出某種思想、感情、態度等：用掌聲表示歡迎。❷名 顯出思想感情的言語、動作或神情：他看了以後沒有任何表示。❸動 事物本身或憑藉某種事物顯出某種意義或傳達某種信息：老李點點頭，表示可以對付。

▶示意 辨析 見【示意】條。

表情 biǎoqíng ❶名 表現在面部或姿態上的思想感情：驚奇的表情。❷動 表達內心的思想感情：他的動作活潑，臉孔很會表情達意。

▶神情 辨析 都有"從面部或身體上表現出來的精神狀態或內心活動狀況"的意義，但語義側重點和語法功能有別。"表情"側重於指表現出來的精神狀態或思想感情，可以從面部也可以從身體其他部位上看出來，如"痛苦的表情、表情自然"；"神情"側重於指流露出來的心緒或內心活動的狀況，一般從面部看出來，如"疲憊的神情、神情慌亂"。"表情"還有動詞用法，如"表情達意"；"神情"只有名詞用法。

表揚 biǎoyáng 動 對好人好事公開讚美。

▶表彰 辨析 都有"公開讚美好人好事"的意義，但適用對象和風格色彩有別。"表揚"的對象是一般的好人好事，可以是口頭表揚，也可以是書面表揚，形式比較隨意；"表彰"的對象一般是重大的事跡或偉大的功績、貢獻，往往要經過有關部門決定並授予稱號、獎章等，有認真、嚴肅的態度色彩。

▶讚揚 辨析 都有"公開讚美好人好事"的意義，但語義側重點和語體色彩有別。"表揚"側重於指把好人好事公開出來，讓大家知道，口語和書面語都可以用；"讚揚"側重於指對好人或好事表示讚賞和肯定，不一定是公開出來，多用於書面語，"他的這種英勇行為讓人讚揚不已"。

表彰 biǎozhāng 動 對偉大的功績、壯烈的先進事跡進行公開的讚揚：表彰勞模。

▶表揚 辨析 見【表揚】條。

表演 biǎoyǎn ❶動 演出(戲劇、舞蹈、雜技等)：表演跳舞。❷動 做示範性的動作：表演如何使用。❸動 故意裝出某種姿態；裝模作樣，你表演給誰看呀！

▶演出 辨析 都有"當眾把技藝表現出來"的意義，但語義側重點和語體色彩有別。"表演"側重於指向眾人表現技藝，多用於書面語；"演出"側重於指把技藝表現出來給觀眾欣賞，多用於口語。

表露 biǎolù 動 (思想、感情等) 表現出來：這些觀點他從不表露。

▶流露 辨析 都有"表現出來，讓人知道"的意義，但語義側重點和適用對象有別。"表露"側重於指通過某種手段傳達出來，如通過話語、文字等，多用於思想、觀點、感情、心意等；"流露"側重於指無意識地、不由自主地顯現出來，如通過眼神、表情、臉色、談吐舉止等，多用於情緒、愛恨、氣質、性格等。

▶顯露 辨析 都有"表現出來，讓人知道"的意義，但語義側重點和適用對象有別。"表露"側重於指借助某種手段傳達出來，多用於抽象的事物，如思想、觀點、感情、心意等；"顯露"側重於指事物本身由隱蔽、模糊的狀態變為看得見、明顯的狀態，可以用於抽象的事物，如才能、本色、才能、特徵等，也可以用於具體的事物，如"拱橋從霧中顯露出來"，適用範圍較廣。

抹 mǒ ❶動 塗抹，把粉狀的或膏狀的東西塗在物體表面：抹點唇膏；抹點雲南白藥。❷動 接觸物體表面並移動：用刀抹脖子。❸動 除去，不算在內：抹殺別人的功勞。

▶ **擦** 辨析 都有"塗抹"和"接觸物體表面並移動"的意義。在前一個意義上，二者基本等義，如"抹／擦點兒護手霜"。在後一個意義上，語義側重點有別。"抹"側重指動作的輕快，如"孩子吃完飯把嘴一抹就去玩了"；"擦"側重指摩擦使物體乾淨，如"玻璃該擦了"。

▶ **揩** 辨析 都有"接觸物體表面並移動"的意義，但適用對象有別。都有"揩油""抹脖子"等固定搭配裏，二者不可互換。

▶ **抿** 辨析 都有"接觸物體表面並移動"的意義，但語義側重點有別。"抹"指用手、毛巾等擦拭物體，如"抹了下嘴就走"；"抿"則指用手、梳子等把頭髮等弄整齊，如"用梳子把頭髮抿到耳後"。

▶ **塗** 辨析 都有"把粉狀的或膏狀的東西塗在物體表面"和"抹去"的意義。在前一個意義上，二者的語體色彩有別。"抹"多用於口語；"塗"多用於書面語。在後一個意義上，二者的適用對象有別。"抹"可用於"功績""事實""數字的零頭""寫下的文字"等；"塗"一般只能用於"寫下的文字"，如"把這段話塗了重寫"。

長久 chángjiǔ 形 時間很長而久遠：長久的合作項目／長久地友好下去。

▶ **長遠** 辨析 都有"時間長"的意義，但適用對象的範圍有別。"長久"既可以用於過去的時間，又可以用於未來的時間；"長遠"只能用於未來的時間，不能用於過去的時間。如"長久以來養成的好習慣""這樣的日子已經很長久了"，都不能換成"長遠以來養成的好習慣""這樣的日子已經很長遠了"。

▶ **永久** 辨析 都有"時間長"的意義，但語法功能有別。"長久"既可以作名詞性詞語或動詞性詞語的修飾語，又可以受程度副詞修飾或作謂語中心語；"永久"只能作名詞性詞語或動詞性詞語的修飾語，卻不能受程度副詞修飾或作謂語中心語。如可以說"永久的標誌"和"永久地離開了我們"，卻不能說"很永久"或"非常永久"。

▶ **長期** 辨析 都有"時間長"的意義，但語法功能有別。"長久"既可以作名詞性詞語或動詞性詞語的修飾語，又可以受程度副詞修飾或作謂語中心語；"長期"只能作名詞性詞語或動詞性詞語的修飾語，卻不能受程度副詞修飾或作謂語中心語。如可以說"長期貸款""長期使用"，卻不能說"很長期"或"非常長期"。

長征 chángzhēng 動 長途行走或長途行軍：萬里長征人未還／轉戰南北，長征數千里。

▶ **遠征** 辨析 都有"長途行走或長途行軍"的意義，但語義概括範圍和語法功能有別。有時二者可以互換使用，如"轉戰南北，長征數千里"，也可以說"轉戰南北，遠征數千里"；但是"遠征"還有"遠道征討"的意思，如"遠征邊疆恐怖組織"，而"長征"沒有這種用法，所以"遠征"的語義概括範圍大於"長征"。"長征"是不及物動詞，不能帶對象賓語；"遠征"是及物動詞，可以帶對象賓語。

長於 chángyú 動 在某一方面有特長並且做得好：長於書法／長於繪畫／長於治療疑難雜症／長於跟各種人打交道。

▶ **善於** 辨析 都有"在某一方面有特長"的意義，但感情色彩和適用對象的範圍有別。"長於"多用於表述某人在某方面有長處或做得好，略含誇獎的意味，所以涉及的對象一般不包括不好的事或做不好的事；"善於"多用於表述某人在某方面有特長，不含褒貶色彩，所以涉及的對象可以是任何事情或做任何事情。如"長於書法""長於用兵"可以換成"善於書法""善於用兵"，但是"善於騙術""善於鑽營""善於搞破壞"就不能換成"長於騙術""長於鑽營""長於搞破壞"。因此"善於"適用對象的範圍要大於"長於"。

長相 zhǎngxiàng 名 面部形狀：二人長相幾乎一模一樣。

▶ **相貌** 辨析 都有"臉部形狀"的意義，但語體色彩有別。"長相"具有口語色彩；"相貌"具有書面語色彩，比較正式。如"相貌堂堂"中的"相貌"不能換用"長相"。

長處 chángchu 名 相比之下較好的地方，跟"短處"相對：這個人的長處是工作大膽，短處是有些粗心 / 盡可能地發揮每個人的長處。

▶ **特長** 辨析 都有"優點，比較好的地方"的意義，但語義側重點和語義輕重有別。"長處"着重指相比之下，比較突出的地方，與之相對的是"短處"，也就是指一般的優點；"特長"強調特別擅長的能力或優於一般的特有的專長，沒有與之相對的"特短"之類的詞語，一般的優點不能算是"特長"，比如"愛看書是他的長處"，就不能說"愛看書是他的特長"。因此"特長"的語義要重於"長處"。

長期 chángqī 形 長時間的，長期限的：長期規劃 / 長期貸款 / 長期奮戰 / 長期合作下去。

▶ **長久** 辨析 見【長久】條。

▶ **長遠** 辨析 見【長遠】條。

長遠 chángyuǎn 形 未來的時間很長而遙遠：長遠的發展規劃 / 既要照顧

眼前的經濟效益，又要考慮長遠的社會效益 / 設想得很長遠。

▶ **長久** 辨析 見【長久】條。

▶ **久遠** 辨析 見【久遠】條。

▶ **長期** 辨析 都有"時間長"的意義，但適用對象的範圍和語法功能有別。"長期"既可以用於過去的時間，又可以用於未來的時間；"長遠"只能用於未來的時間，不能用於過去的時間。如"長期培養的專業人才""長期的戰亂給人們帶來了無窮的苦難"中的"長期"都不能換成"長遠"。因此"長期"適用對象的範圍要大於"長遠"。在語法功能上，"長遠"既可以作名詞性詞語或動詞性詞語的修飾語，又可以受程度副詞修飾或作謂語中心語，如"長遠的規劃""長遠地籌劃一下""這個設想非常長遠"；"長期"只能作名詞性詞語或動詞性詞語的修飾語，卻不能受程度副詞修飾或作謂語中心語，如可以說"長期的事業""長期地使用"，卻不能說"很長期"或"非常長期"。

長壽 chángshòu 形 壽命長久：長壽老人 / 敬祝二位老人健康長壽。

▶ **高壽** 辨析 都有"壽命長"的意義，但語義概括範圍有別。"高壽"可以用於詢問老人的年紀，有"多大年紀"的意思，如"您老人家高壽啦？"而"長壽"沒有這種用法。

拋 pāo ❶ 動 扔，投擲：拋磚引玉。❷ 動 丟下：他死了，拋下一家老小無人照管。❸ 動 暴露：過去女人是不能拋頭露面的。❹ 動 出售：趕緊把手裏的股票拋了！

▶ **扔** 辨析 見【扔】條。

抨擊 pēngjī 動 用語言或文字斥責某人或某種行為、言論：這篇社論抨擊了見義不為的不良社會風氣。

▶ **打擊** 辨析 見【打擊】條。

▶ **批判** 辨析 見【批判】條。

花白 huābái 形（鬚髮）黑白混雜：花白鬍鬚。

▶ **斑白** 辨析 都有"（鬚髮）黑白混雜"的意義，但語義範圍、語體色彩有別。"花白"可以指黑和白成塊混雜，也可以指不成塊混雜，如"花白鬍子""花白頭髮"，多用於口語；"斑白"一般指黑白不成塊混雜，多形容鬢角的頭髮，不用於動物。

花言巧語 huāyán qiǎoyǔ 虛偽動聽的騙人的話。也指用這種話語騙人。

▶ **甜言蜜語** 辨析 都有"騙人的動聽的話"的意義，但語義側重點、語義強度有別。"花言巧語"強調說話花哨、言詞美麗而不實，目的是欺騙人、坑害人，貶義色彩重；"甜言蜜語"強調說話如糖似蜜一樣甜，目的是哄愛別人或討人喜歡，貶義色彩相對較輕。

花招 huāzhāo ❶名 武術中變化靈巧、姿勢好看而不切實用的招數。❷名 欺騙人的狡猾手段、計策等：耍花招。

▶ **花樣** 辨析 都有"欺騙人的狡猾手段、手法"的意義，但語義側重點、語義強度有別。"花招"強調虛偽的、表面上迷惑人或耍陰謀的性質，語義較重，多和"耍"搭配使用；"花樣"含有可變換的多種樣式的意味，語義較輕。如"他警惕地看着這個狡猾的傢夥，猜想他又在玩甚麼花招詭計"中的"花招"不宜換用"花樣"。

花費 huāfèi ❶動 因使用而消耗掉：花費金錢。❷名 為達到某項目的而用去的錢。

▶ **破費** 辨析 都有"用去金錢"的意義，但適用對象有別。"花費"適用面寬，可以用於自己，也可以用於他人，

消耗的可以是金錢，也可以是時間、精力等；"破費"適用面窄，一般用於他人，含有客氣的意味，消耗的一定是金錢。如"不要多破費，吃頓便飯就得了"中的"破費"不能換成"花費"。

▶ **費用** 辨析 都有"用掉的金錢"的意義，但適用對象有別。"花費"多用於個人，數目相對要小一些；"費用"既可用於個人，也可用於機構、部門等，數目一般較大。如"整形美容不算醫療，所以費用不能由保險承擔"中的"費用"不能換成"花費"。

花園 huāyuán 名 種植花木供遊玩休息的場所。

▶ **公園** 辨析 見【公園】條。

花樣 huāyàng ❶名 花紋的式樣，泛指一切式樣或種類：花樣繁多。❷名 欺騙人的計謀或手段：耍花樣。

▶ **花招** 辨析 見【花招】條。

芳香 fāngxiāng 形 香氣（多指花草）。

▶ **清香** 辨析 都有"香的氣味"的意義，但適用範圍和語義強度有別。"芳香"強調通過嗅覺獲得；"清香"既可通過嗅覺獲得，也可通過味覺獲得，而且就香味而言比"芳香"程度要淡。如可以說"滿口清香"，但一般不說"滿口芳香"。

▶ **幽香** 辨析 都有"香的氣味"的意義，但語義側重點有別。"芳香"多指花草的香氣；"幽香"強調香氣的悠遠。如"進屋後，一股沁人心脾的幽香撲面而來，原來是蘭花開了"中的"幽香"不宜換成"芳香"。

坦白 tǎnbái ❶形 心地純正，言語直率：襟懷坦白。❷動 如實交代：坦白從寬。

▶ **坦率** 辨析 都有"言語直率、不隱瞞"的意義，但語義側重點和詞性有

別。"坦白"着重於心地沒有甚麼見不得人的東西，可以如實說出自己的真實想法，不怕批評，如"他襟懷坦白，光明磊落"；"坦率"着重於表達自己的思想、觀點或看法時語言直率、毫無保留，如"她坦率地指出了這次大賽的一些不足"。"坦白"除用作形容詞外，還可用作動詞，表示交代自己的錯誤或罪行；"坦率"只用作形容詞。

坦率 tǎnshuài 形 直爽；直率：坦率地說。

▶ **坦白** 辨析 見【坦白】條。

▶ **直爽** 辨析 都有"言行直截了當、不隱瞞"的意義，但語義側重點和使用範圍有別。"坦率"着重於"坦"，坦白，強調表達自己的思想、觀點或看法時語言直率、毫不隱諱；"直爽"着重於"爽"，爽快，強調言行爽快、乾脆，沒有顧忌。"坦率"多用於人的言行、態度；"直爽"可用於人的言行、態度，還可以用人的性格。

▶ **直率** 辨析 都有"言行直截了當、不隱瞞"的意義，但語義側重點和使用範圍有別。"坦率"着重於"坦"，坦白，強調表達自己的思想、觀點或看法時語言直率、毫不隱諱；"直率"着重於"直"，直爽，強調言行直截了當、不繞彎子、沒有顧忌。"坦率"多用於人的言行、態度；"直率"可用於人的言行、態度，還可以用於人的性格。

抽泣 chōuqì 動 抽抽搭搭地小聲哭泣：低聲抽泣。

▶ **抽噎** 辨析 都有"一吸一頓地哭泣"的意義，但語義側重點有別。"抽泣"側重指流着眼淚一吸一頓地哭泣；"抽噎"側重指一吸一頓幾乎不出聲地哭泣。如"她一邊抽泣，一邊對這些人說"中的"抽泣"不宜換用"抽噎"。

抽噎 chōuyē 動 一吸一頓幾乎不出聲地哭泣：禁不住抽噎起來。

▶ **抽泣** 辨析 見【抽泣】條。

拖拉 tuōlā 形 辦事遲緩，不抓緊、不按期完成：這事要趕緊辦好，不能拖拉。

▶ **拖沓** 辨析 都有"形容辦事不抓緊、不按期完成"的意義，但語義側重點、使用範圍有別。"拖拉"強調不及時，不按期，多形容人的工作作風；"拖沓"強調辦事不乾脆利落，拖泥帶水，甚至停下來，多形容處理具體事務的情形。

拖沓 tuōtà 形 形容辦事拖拉，不乾脆利落：他辦事非常拖沓。

▶ **拖拉** 辨析 見【拖拉】條。

拖累 tuōlěi 動 因某人、某事的牽連而使人受到損害：是我拖累了你，真對不起！

▶ **連累** 辨析 見【連累】條。

▶ **牽累** 辨析 都有"因某人、某事的牽連而使人受到損害"的意義，但語義側重點和語義輕重有別。"拖累"着重於"拖"，牽制，強調使別人也受到牽制而遭到損害，如"老太太不願拖累兒女竟想輕生"；"牽累"着重於"牽"，涉及，強調因涉及別人而使別人也跟着受害，語義較"拖累"輕，如"他曾因家庭問題受到牽累"。

拆穿 chāichuān 動 把偽裝、謊言、陰謀等徹底揭破，使真實情況顯現出來：拆穿不法商販的騙局 / 把對手的陰謀徹底拆穿。

▶ **揭穿** 辨析 都有"徹底揭破，使真實情況顯現出來"的意義，但語體色彩有別。"拆穿"口語色彩較濃，多用在口語裏；"揭穿"既可以用於口語，也可以用於書面語。

▶ **揭露** 辨析 都有"使真實情況顯現出來"的意義，但語義側重點和適用對象有別。"拆穿"着重強調把虛偽的外表徹底揭破，使掩蓋着的東西顯現出來，對象多是假面具、騙局、謊言、陰謀等騙人的東西，或謎底、秘密等不易被識破的事物；"揭露"着重強調使事物的本來面目清楚地顯現出來，對象範圍大於"拆穿"，可以是罪惡、陰謀等醜惡的行為，也可以是矛盾、本質、真相等一般的事物。如"把對手的陰謀徹底拆穿"，也可以換成"把對手的陰謀徹底揭露"；但是"揭露了問題的本質"，就不能換成"拆穿了問題的本質"。

抵抗 dǐkàng 動（用力量、行動）反抗或制止對方的進攻：抵抗外來侵略者。

▶ **抵擋** 辨析 都有"制止對方的進攻"的意義，但語義側重點和適用對象有別。"抵抗"側重指抵制對方的進攻，適用對象多是進攻或威脅自己的人或事物；"抵擋"側重指擋住壓力，對外來的侵害進行反抗，適用對象多是進犯、勢力、強烈要求、某些自然事物的穿透力等。如"抵抗日寇的侵略"中的"抵抗"不能換用"抵擋"。

▶ **抵禦** 辨析 都有"制止對方的進攻"的意義，但語義側重點和適用對象有別。"抵抗"側重指抵制反抗對方的進攻，適用對象多是進攻或威脅自己的人或事物；"抵禦"側重指抵制擋住對方的侵犯而衛護自己，適用對象多是武力侵犯或自然界的威脅等。如"大家都拚命抵抗"中的"抵抗"不宜換用"抵禦"。

▶ **反抗** 辨析 見【反抗】條。

抵達 dǐdá 動 到了某一地點：抵達目的地。

▶ **到達** 辨析 都有"到了某地"的意義，但適用對象和語體色彩有別。"抵達"後面一般只出現處所詞語，具有書面語色彩；"到達"後面除可出現處所詞語外，還可出現境界、境地、階段等抽象事物。如"以孤獨的方式抵達靈魂深處"中的"抵達"不宜換成"到達"。

抵擋 dǐdǎng 動 擋住壓力，阻擋：抵擋住攻勢。

▶ **抵抗** 辨析 見【抵抗】條。

▶ **抵禦** 辨析 都有"制止對方的進攻"的意義，但語義側重點、語義強度、語體色彩和適用對象有別。"抵擋"側重指受到侵害而加以抵抗，語義較輕，多用於口語，適用對象多是進犯、勢力、強烈要求、某些自然事物的穿透力等；"抵禦"側重指抵制擋住對方的侵犯而衛護自己，語義較重，多用於書面語，適用對象多是武力侵犯或自然界的威脅等。如"這篇小說的魅力不可抵擋"中的"抵擋"不能換用"抵禦"。

▶ **阻擋** 辨析 見【阻擋】條。

抵禦 dǐyù 動 抵制擋住對方的侵犯而衛護自己：抵禦風暴。

▶ **抵擋** 辨析 見【抵擋】條。

▶ **抵抗** 辨析 見【抵抗】條。

▶ **防禦** 辨析 見【防禦】條。

拘束 jūshù ❶動 對人的言語行動加以不必要的限制；過分約束：受到拘束。❷形 過分約束自己，顯得不自然：他看上去顯得有點拘束。

▶ **拘謹** 辨析 都有"（言語、行動）過分謹慎，顯得不自然"的意義，但語義側重點、適用對象和語體色彩有別。"拘束"強調過分約束自己，限制自己的言行，因而顯得很不自然，只用於和人交往的情形，通用於口語和書面語，如"他的熱情招待讓我們覺得像在走親戚，沒有絲毫拘束"；"拘謹"強調過分謹慎，說話十分小心，行動畏手畏腳，既可用於和人交往的情形，也可以指一個人的性格，還常用於指行動方面放不開手腳，有書面語色彩，如"在老前輩面前總不免有些拘謹""他是個拘謹的人，從不和人隨便談笑""有的演員舞姿和跳躍動作完成得過於拘謹和沉重"。

拘押 jūyā 動 拘禁：拘押囚犯。

▶ **羈押** 辨析 都有"把被逮捕的人在規定的時間內暫時押起來，使不能自由活動"的意義，但語義側重點和語體色彩有別。"拘押"強調將被逮捕的人暫時關起來，限制其人身自由，通用於口語和書面語中，如"佔房者還將受到拘押6個月的懲罰"；"羈押"強調將被逮捕的人限制在一定的範圍內，使不能逃身，有書面語色彩，如"又將他繼續羈押了9年"。

拘捕 jūbǔ 動 捉住罪犯，限制其行動自由：被警方拘捕。

▶ **逮捕** 辨析 都有"捉住罪犯，限制其行動自由"的意義，但語義側重點和語體色彩有別。"拘捕"強調捉住罪犯以將其拘禁起來，有書面語色彩，如"美國聯邦調查局拘捕了47歲的前海軍通訊專家約翰·沃克"；"逮捕"強調依法律程序將犯罪嫌疑人捉拿歸案，通用於口語和書面語，如"案件正在審理中，主要肇事者已經被逮捕"。

▶ **捉拿** 辨析 都有"捉住罪犯，限制其行動自由"的意義，但語義側重點和語體色彩有別。"拘捕"強調捉住罪犯以將其拘禁起來，有書面語色彩，如"以涉嫌販毒被聯邦調查局拘捕"；"捉拿"強調捉的目的是要將罪犯控制起來，通用於口語和書面語，如"一鼓作氣將8名吸毒販毒分子捉拿歸案"。

拘謹 jūjǐn 形 (言語、行動) 過分謹慎；拘束：在長輩面前，他顯得過於拘謹。

▶ **拘束** 辨析 見【拘束】條。

抱怨 bàoyuàn 動 心中不滿，數説別人不對：抱怨丈夫沒照顧好孩子。

▶ **埋怨** 辨析 都有"因不滿而有所責怪"的意義，但語義側重點和語義輕重有別。"抱怨"側重於指心中懷有不滿，含有數説別人不對的意味，語義較重；"埋怨"側重於指對造成過失、不如意的人或事物表示不滿，多通過言語、內心活動、表情等表現出來，語義較輕。

抱殘守缺 bào cán shǒu quē 形容保守不知改進。

▶ **墨守成規** 辨析 都有"保守不知改進"的意義，但語義側重點有別。"抱殘守缺"側重於指保存、固守殘缺不全的事物，不肯放棄，如"改革任何舊制度；總不免要受到抱殘守缺的人的阻撓"；"墨守成規"側重於指因襲舊有的規矩、方法，不肯變通，如"母親像一切墨守成規的老人一樣，認定那個姑娘決不是一個好人"。

抱歉 bàoqiàn 動 心中不安，覺得對不住人：很抱歉，我來晚了。

▶ **歉疚** 辨析 都有"對不住人，心中不安"的意義，但語義側重點和語義輕重有別。"抱歉"側重於指因過意不去而對人表示歉意，多用於客套話，語義較輕，如"抱歉，打擾您了"；"歉疚"側重於指因對不住別人而感到內心痛苦，多用來表示因過失、錯誤等產生的一種心理活動，語義較重，如"他誤傷了她，心裏覺得十分歉疚"。

拉攏 lālǒng 動 為了自己的利益，用手段使別人支持自己：拉攏腐蝕官員。

▶ **籠絡** 辨析 都有"通過給別人好處得到支持"的意義，但語義側重點有別。"拉攏"強調目的不正當，"籠絡"這方面的含義較弱;"拉攏"通常是以許諾或給予實際利益為手段,"籠絡"多是用討好的手段,不強調實際的利益;"拉攏"行為的主動方對別人的支持需求更強烈,也側重於要求實際的支持行為,"籠絡"含有籠絡別人者的地位較高或佔有一定優勢,通過籠絡別人得到更多名義上的支持,這種支持不一定涉及實際利益。

幸而 xìng'ér 副 在困難、危險等不利情況下,由於某種因素出現而使局面出現轉折:他在高速公路上出了車禍,幸而有驚無險。

▶ **幸好** 辨析 在作副詞,表示值得慶幸時意義相同,但語義側重點、語體色彩有別,"幸而"多用於書面語,偏重指在困難、危險等不利情況下,由於某種因素出現而使局面出現轉折;"幸好"有好在、好的是的意味,多用於口語。

▶ **幸虧** 辨析 見【幸虧】條。

幸好 xìnghǎo 副 發生了困難、危險等不利情況,好在又出現了避免困難的有利條件:一場劇烈的太陽風暴襲擊了地球,幸好沒有造成太大損失。

▶ **幸而** 辨析 見【幸而】條。

▶ **幸虧** 辨析 見【幸虧】條。

幸虧 xìngkuī 副 在處於困難、危險等不利情況下,由於某種因素而使局面得以扭轉:幸虧學過消防常識。

▶ **幸而** 辨析 在作副詞,表示值得慶幸時意義相同,但語義側重點、語體色彩有別。"幸虧"通用於口語和書面語,有虧得、多虧了的意味;"幸而"多用於書面語,偏重指在困難、危險等不利情況下,由於某種因素出現而使局面出現轉折。

▶ **幸好** 辨析 在作副詞,表示值得慶幸時意義相同,但語義側重點有別。"幸虧"有虧得、多虧了的意味,如"幸虧有

你在,否則我們就談不成這筆生意了";"幸好"有好在、好的是的意味,如"這場颶風破壞力驚人,幸好海事部門提前警醒,沒有漁民傷亡"。

拂曉 fúxiǎo 名 天快亮的時候:拂曉出發。

▶ **黎明** 辨析 都有"天快亮的時候"的意義,但語義側重點有別。"拂曉"重在指天快要亮還沒亮的時候;"黎明"重在指天快要亮或剛亮的時候,比"拂曉"包括的時段要長一些。另外"黎明"還有比喻用法,如可以說"黑暗即將離去,黎明即將到來","拂曉"沒有這種用法。

▶ **凌晨** 辨析 都有"天快亮的時候"的意義,但語義側重點有別。"拂曉"重在指天快要亮還沒亮的時候;"凌晨"包含的時間要長一些,半夜之後不久到天亮之前的時間都可以稱凌晨,所以"凌晨"後常有具體時間,如"凌晨兩點、凌晨四點"等。

招供 zhāogòng 動 (罪犯)承認罪行並交待犯罪事實:他已經招供。

▶ **招認** 辨析 見【招認】條。

招待 zhāodài ❶ 動 對賓客或顧客表示歡迎並給以應有的待遇:招待遠方的客人。❷ 名 擔任招待的人:男招待。

▶ **接待** 辨析 都有"禮待客人"的意義,但語義側重點和適用對象有別。"招待"側重指用飲食、酒食盛情款待客人,或安排好客人的生活,規格較高,氣氛比較熱烈,對象多是客人;"接待"側重指對人的一般迎接或安排,不一定有過高的禮節,對象可以是客人,也可以是其他人。如可以說"接待上訪者",但不宜說"招待上訪者"。

▶ **款待** 辨析 都有"禮待客人"的意義,但語義側重點、語義強度、適用對象和語體色彩有別。"招待"着重於表示

歡迎，並給予應有的待遇，語義較輕，對象多是賓客，也可以是顧客，口語和書面語都可以用；"款待"着重於盛情待客，語義較重，有尊敬、客氣的態度色彩，對象一般是賓客或特別受歡迎的親朋，多用於書面語。

招徠 zhāolài 動 招引，招攬：招徠顧客。

▶ **招攬** 辨析 都有"把人招引到自己方面來"的意義，但語義側重點、適用對象和語體色彩有別。"招徠"着重指把顧客或觀者吸引過來，多用於書面語，只用於人而不能用於生意；"招攬"含有兜攬或盡力爭取過來的意味，對象不限於顧客或觀者，還可以是英雄、人才以及其他具體事物，比"招徠"更通俗常用一些，除常用於人外，還可用於生意、買賣等。

招牌 zhāopái ❶名 掛在門前，作為商店、廠家等標誌的牌子：店門口掛着一塊金字招牌。❷名 比喻名義、幌子等（多含貶義）：掛着企業改組的招牌，侵吞國有資產。

▶ **幌子** 辨析 都有"用作標誌的東西，喻指所假借的某種名義"的意義，但語義側重點和語體色彩有別。"招牌"本指商店等掛在門前作為標誌的牌子，現仍常用，用於比喻泛指虛假的名義，常做"掛"的賓語，還可說"金字招牌"，多用作貶義，但有時不含貶義；"幌子"本指舊時掛在商店門外表示商店性質的標誌，現多用於比喻，強調為掩蓋真實意圖而以某種虛假的名義為依託，一般只用於貶義。如"打着協作出版的幌子出賣書號"中的"幌子"不宜換用"招牌"。

▶ **旗號** 辨析 都有"用作標誌的東西，喻指所假借的某種名義"的意義，但語義側重點和語體色彩有別。"招牌"泛指虛假的名義，常做"掛"的賓語，多用作貶義，但有時不含貶義；"旗號"本指

舊時表明軍隊名稱或將領姓氏的旗子，現比喻假借某種有影響有號召力的名義來以假亂真，來幹壞事，一般只用於貶義。如"打着藝術的旗號，兜售裸體掛曆"中的"旗號"不宜換用"招牌"。

招聘 zhāopìn 動 用公告的方式聘請：招聘業務員。

▶ **聘請** 辨析 都有"鄭重地請人擔任某種職務"的意義，但語義側重點和搭配對象有別。"招聘"指沒有確定的人選，通過公告的方式發佈有關消息，在應聘人員中通過選擇後任用；"聘請"一般是已經有明確的對象，邀請其任職，只要本人同意就可錄用，具有尊敬的、禮貌的態度色彩。如可以說"招聘廣告"，但一般不說"聘請廣告"。

招認 zhāorèn 動 承認犯罪事實：從實招認。

▶ **供認** 辨析 都有"被告人或受審者承認所做的事"的意義，但語義側重點和適用場合有別。"招認"含有不得不承認的意味，多用於非正式場合和一般的談話；"供認"含有在某種程度上主動承認的意味，多用於正式場合和司法方面的表述。如"對犯罪事實供認不諱"中的"供認"不宜換用"招認"。

▶ **招供** 辨析 都有"被告人或受審者承認所做的事"的意義，但語義側重點有別。"招認"多指罪狀詳情已被審判者所掌握，由罪犯承認，含有認罪的意味；"招供"着重指供出自己的犯罪事實，多是審判者促使罪犯供出犯罪的詳細情況。如"據犯罪分子的招供，警察又查到了漏網的罪犯"中的"招供"不宜換用"招認"。

招攬 zhāolǎn 動 招引，吸引：招攬生意。

▶ **招徠** 辨析 見【招徠】條。

拚命 pīnmìng ❶ 動 盡最大的力量：他拚命打工，想掙夠下學期的學費。❷ 動 把性命豁出去，以性命相拼：跟敵人拚命吧！

▶ **極力** 辨析 見【極力】條。

▶ **竭力** 辨析 都有"竭盡全力"的意義，但語體色彩和語義側重點有別。"拚命"口語色彩較濃，比"竭力"的程度更高，如"拚命幹活""拚命拽着媽媽的手，不讓她走"；"竭力"多用於書面語，如"竭力勸說他回心轉意""您放心，我們一定盡心竭力地做好工作"。

其他 qítā 代 別的，另外的：其他情況另行處理。

▶ **另外** 辨析 見【另外】條。

▶ **其餘** 辨析 在指代"除此之外的"的意義，但語義着重點和指代範圍有別。"其他"着重於"他"，別的，另外的，指別的人或物，如"此次降價幅度很小，不會對其他品牌產生影響"；"其餘"着重於"餘"，剩下的，指除此以外的、餘下的人或物，如"分質供水是將一部分地下水處理成為直接飲用水，其餘部分處理成滿足洗滌要求的生活用水"。"其他"所指範圍較廣，可用於泛指，也可用於確指；"其餘"只用於確指，句子前常有表示總體或序數的詞語。

其餘 qíyú 代 另外剩下的：其餘的東西。

▶ **其他** 辨析 見【其餘】條。

取代 qǔdài 動 排除別人或別的事物，佔有其位置：彩色電視取代了黑白電視。

▶ **代替** 辨析 見【代替】條。

取消 qǔxiāo 動 除去，使其失去效力：取消資格。

▶ **撤消** 辨析 都有"除去"的意義，但語義側重點和使用範圍有別。"取消"着重於採取措施使某狀態改變或廢止；"撤消"着重於撤去、免除或不再保留。"取消"的使用範圍較廣，可用於計劃、建議、安排、規定、制度、資格、權利、活動、打算、費用等方面；"撤消"具有嚴肅的、正式的色彩，多用於職務、處分、提議、機構、命令等方面。

▶ **取締** 辨析 都有"除去"的意義，但語義側重點、語義輕重、使用範圍和語體色彩有別。"取消"着重於採取措施使某狀態改變或廢止；"取締"着重於明令禁止或撤消，具有強制性，語義較"取消"重。"取消"的使用範圍較廣，對象為計劃、建議、安排、規定、制度、資格、權利、活動、打算、費用等；"取締"一般用於非法的行為、活動、組織或出版物等。"取消"通用於口語和書面語；"取締"多用於書面語。

取締 qǔdì 動 明令禁止；徹底消除：取締非法組織。

▶ **取消** 辨析 見【取消】條。

直爽 zhíshuǎng 形 言行直截了當：性格直爽，快人快語。

▶ **爽快** 辨析 都有"言語行動直截了當"的意義，但語義側重點和適用對象有別。"直爽"強調乾脆、無顧慮，多用於形容人的性格；"爽快"強調迅捷、利落而痛快，多用於形容人的態度。如"他爽快地答應了"中的"爽快"不能換用"直爽"。

▶ **直率** 辨析 都有"言語行動直截了當，沒有顧慮"的意義，但語義側重點和適用對象有別。"直爽"着重表示爽快乾脆、心底坦白，言語行動沒有顧慮，含有耿直、心中所想和言行一致的意味，既可以形容人的性格，還可形容人的心地、心胸；"直率"着重表示直截了當，不繞彎子，且沒有保留，含有不加修飾的意味，可形容人，但一般不跟表示胸懷的詞語搭配。如"此人心地直爽"中的"直爽"不能換用"直率"。

直率 zhíshuài 〔形〕直爽，坦率：他說話很直率。

▶ **坦率** 辨析 見【坦率】條。

▶ **直爽** 辨析 見【直爽】條。

或者 huòzhě ❶〔副〕或許，也許：你快走，或者還能趕上車。❷〔連〕用在敍述句裏，表示選擇關係：這件事或者是小王幹的，或者是小張幹的。

▶ **或許** 辨析 見【或許】條。

或許 huòxǔ 〔副〕也許：他或許會來。

▶ **或者** 辨析 都有"不很肯定"的意義。"或許"使用較多，"或者"使用較少。"或者"還有作連詞的用法，"或許"沒有。

▶ **興許** 辨析 見【興許】條。

▶ **也許** 辨析 見【也許】條。

刺目 cìmù ❶〔形〕光線太強，使眼睛睜不開：刺目的陽光。❷〔形〕刺激眼睛，很醒目，讓人看了不舒服：那幾行刺目的數字。

▶ **刺眼** 辨析 都有"光線太強，使眼睛睜不開"和"讓人看了不舒服"的意義，但語體色彩有別。"刺目"多用於書面語；"刺眼"多用於口語。如"刺目的光線中站着一個一臉憔悴的遲暮男子"中的"刺目"不宜換用"刺眼"。

刺眼 cìyǎn ❶〔形〕光線太強，使眼睛睜不開：刺眼的陽光。❷〔形〕刺激眼睛，讓人看了不舒服：這種打扮很刺眼。

▶ **刺目** 辨析 見【刺目】條。

協助 xiézhù 〔動〕以言行幫另一方，對事物的進展等起作用：協助孩子學好

外語 / 協助他人實施犯罪。

▶ **幫助** 辨析 都有"以言行對事物的進展等起作用"的意義，但語義側重點有別。"協助"強調起次要的、非決定性的作用；"幫助"可以指起主要的、決定性的作用。

▶ **輔助** 辨析 都有"以言行對事物的進展等起次要的、非決定性的作用"的意義，但語義側重點、適用對象、語義輕重有別。"協助"有協同配合的意味，可用於機構、集體、個人等；"輔助"強調起加強被幫助者力量的作用，可用於人、活動、工作等，強調起次要的或非決定性的作用的程度比"協助"更重。

▶ **援助** 辨析 都有"以言行對事物的進展等起作用"的意義，但語義側重點有別。"協助"強調起次要的、非決定性的作用；"援助"可以指起主要的、決定性的作用。

協作 xiézuò 〔動〕若干人或若干機構互相配合來完成任務：經濟協作 / 戰略協作夥伴關係。

▶ **合作** 辨析 都有"互相配合來完成任務"的意義，但語義側重點有別。"協作"的機構或個人之間常有主次之分；"合作"的雙方或幾方之間不分主次。

協定 xiédìng ❶〔名〕協商後訂立的共同遵守的條款：貿易協定 / 停戰協定 / 君子協定。❷〔動〕經過協商訂立（共同遵守的條款）：具體數字須待履行方案前雙方協定。

▶ **協議** 辨析 見【協議】條。

協議 xiéyì ❶〔動〕協商：雙方協議離婚。❷〔名〕政府、政黨或團體間經過談判、協商後取得的一致意見：達成協議。

▶ **協定** 辨析 都有"協商後訂立的共同遵守的一致意見"的意義，但語義側重點、適用對象有別。"協議"強調經過

談判、協商後取得的一致意見，不限於書面條款。"協定"強調協商後訂立的共同遵守的條款，有莊重色彩。"協議"可用於國家、政黨、團體或個人之間，"協定"主要用於國家、政黨或團體之間。二者在其他意義上不相同。

奔忙 bēnmáng 〔動〕奔走操勞：晝夜奔忙。

▶ 奔波 〔辨析〕都有"不辭辛勞，到處活動"的意義，但語義側重點有別。"奔忙"側重於指由於事情繁多、瑣碎而緊張忙碌地操勞；"奔波"側重於指為達到某種目的，歷盡波折，不辭勞累地往來活動，如"工作人員為了籌集善款到處奔波"。

▶ 奔走 〔辨析〕見【奔走】條。

奔走 bēnzǒu ❶〔動〕為一定目的而到處活動：奔走各地，求師學習。❷〔動〕快走，跑：奔走相告。

▶ 奔波 〔辨析〕都有"不辭辛勞，到處活動"的意義，但語義側重點有別。"奔走"側重指為了一定目的而快速地到處走動，多用於"使命、事業、呼告"等；"奔波"側重於指為了達到某種目的而歷盡波折、不辭勞累地往來活動，多用於"衣食、生計"。

▶ 奔忙 〔辨析〕都有"不辭辛勞，到處活動"的意義，但語義側重點和適用對像有別。"奔走"側重於指為了一定地目的而比較快地走動，多用於比較重要的事情，如"使命、事業"；"奔忙"側重於指由於事情繁多、瑣碎而緊張地忙碌着，多用於日常的事務。

奔波 bēnbō 〔動〕忙忙碌碌地往來走動：為生計奔波。

▶ 奔忙 〔辨析〕見【奔忙】條。

▶ 奔走 〔辨析〕見【奔走】條。

奔馳 bēnchí 〔動〕（車、馬等）很快地跑。

▶ 奔跑 〔辨析〕都有"很快地跑"的意義，但語義側重點和適用對象有別。"奔馳"側重於指飛快而過，多用於車、馬等，較少用於人；"奔跑"側重於指腿的運動，多用於人，有時也可以用於動物和車輛。

▶ 奔騰 〔辨析〕都有"很快地跑"的意義，但語義側重點和適用範圍有別。"奔馳"側重於指跑的速度非常快，多用於車、馬等，較少用於人；"奔騰"側重於指跳躍着跑動或湧動，可用於馬群、人群、水流、浪潮等，也可以用來比喻人的情緒、感情不平靜的態勢，如"他的心裏十分激動，宛如有萬馬奔騰"。

▶ 馳騁 〔辨析〕見【馳騁】條。

奇 qí ❶〔形〕特殊的；稀罕的；與眾眾不同的：希奇／奇恥大辱／奇花異草。❷〔形〕出人意料的；不同尋常的：奇襲／出奇制勝。❸〔形〕驚異：不足為奇。

▶ 怪 〔辨析〕都有"異乎尋常的、不常見的"的意義，但語義側重點和褒貶色彩有別。"奇"偏重於稀罕的、特殊的，如"奇石""奇葩""奇思妙想"等；"怪"偏重於生疏罕見的、使人覺得詫異的，如"怪人""怪題""怪事""怪現象"等。"奇"為中性詞，可用於褒義，也可用於貶義；"怪"多用為貶義。在其他意義上二者不相同。

奇妙 qímiào 〔形〕稀罕而巧妙，稀奇而神妙：世界真奇妙。

▶ 奇特 〔辨析〕都有"不同於一般的"的意義，但語義側重點和使用範圍有別。"奇妙"着重於"妙"，巧妙，神妙，多用於令人感興趣的新奇事物，如"所有這些地方都隱藏着各種各樣奇妙的知識"；"奇特"着重於"特"，特殊，特別，多用於帶有特殊性的事物，如"形狀記憶合金是一種能‘記住’自己形狀的奇特材料”。

▶ **巧妙** 辨析 見【巧妙】條。

奇怪 qíguài ❶形 不同於一般的：奇怪的植物。❷形 出乎意料，使人難以理解：這件事太奇怪了。

▶ **納悶** 辨析 見【納悶】條。

▶ **蹊蹺** 辨析 都有“不同一般的”的意義，但語義和語體色彩有別。“奇怪”含有稀罕的、令人好奇的意思，如“奇怪的想法”“奇怪的現象”；“蹊蹺”含有可疑的、令人懷疑的意思，如“他感到這事兒蹊蹺，便找小明談心”。“奇怪”使用範圍較廣，可用於口語，也可用於書面語；“蹊蹺”使用範圍較窄，一般用於書面語。

▶ **奇特** 辨析 都有“不同於一般的”的意義，但語義側重點和詞形變化有別。“奇怪”偏重於“怪”，出乎意料，使人覺得詫異或難以理解的；“奇特”偏重於“特”，特殊，特別，多用於帶有特殊性的事物。“奇怪”可以重疊成 AABB 式使用；“奇特”不能。“奇怪”還有出乎意料、難以理解的意義，“奇特”沒有這一意義。

▶ **奇異** 辨析 見【奇異】條。

奇特 qítè 形 不同尋常的；新奇而特殊：奇特的幻景。

▶ **獨特** 辨析 都有“不同尋常的”的意義，但語義側重點和使用範圍有別。“奇特”強調新奇而出格的，多用於帶有特殊性的事物，如“那裏還發現了冰川與湖泊、沙漠伴生的奇特景觀”；“獨特”強調獨有的、與眾不同的，多用於見解、想法、風格、個性等，如“他們愛美的方式有些獨特與隱蔽”。

▶ **奇怪** 辨析 見【奇怪】條。

▶ **奇妙** 辨析 見【奇妙】條。

▶ **特別** 辨析 都有“不同尋常的”的意義，但語義側重點和詞性有別。“奇特”強調新奇而出格的，如“山水奇特”“奇特的裝飾”；“特別”強調與眾不同、有別於一般的，如“特別行政區”“脾氣很特別”。“奇特”只用作形容詞；“特別”除用作形容詞外，還常用作副詞，表示格外、特地、尤其等義。

奇異 qíyì ❶形 奇特，不同尋常的：奇異的景象。❷形 驚異：奇異的目光。

▶ **奇怪** 辨析 都有“不同尋常的”的意義，但語義側重點和詞形變化有別。“奇怪”側重於“怪”，不常見的，含出乎意料或難以理解的意思；“奇異”側重於“異”，特別的，新奇的，含特別奇特、非同一般的意思，語義較重。“奇怪”可以重疊成 AABB 式使用，“奇異”不能。在其他意義上二者不相同。

奇遇 qíyù 名 奇特的相逢；意外的遇合：母子分散二十年後還能重逢，真是奇遇。

▶ **巧遇** 辨析 見【巧遇】條。

來世 láishì 名 來生：希望來世再見。

▶ **來生** 辨析 都有“宗教觀念認為的此生之後的另一次生命”的意義，但語體色彩有別。“來世”與“來生”相比，更具有文學色彩和宗教宿命感，如“他的身世孤苦，為了修福來世，行善積德，忠厚良善，深受人們敬仰”。

來生 láishēng 名 人死後轉生的另一次生命：今生未了緣，來生再續。

▶ **來世** 辨析 見【來世】條。

來年 láinián 名 第二年：來年的小參收成會很好。

▶ **明年** 辨析 都有“從現在計的第二

169

年"的意義,但語體色彩有別。"來年"指"即將到來的那一年",使用上比較有文學色彩,如"我們寄希望於來年";"明年"的使用範圍廣,語體色彩淡。在正式的文體中多用"明年"。

來往 láiwǎng ❶動 從一地到另一地:隔着河,人們只能通過渡船來往。❷動 人和人之間發生聯繫:我們很多年沒有來往了。

▶ **交往** 辨析 見【交往】條。

▶ **往來** 辨析 都有"去了又回來"的意義,但語義側重點有別。用於名詞時,"來往"較常見。用作動詞表示"從一地到另一地"時,"來往"可用作重疊形式,如"來來往往的人流"側重"來了又去"的狀態;"往來"則有時突出動作性,如"往來穿梭"。

來客 láikè 名 來到的客人:樓上來客是誰?

▶ **來賓** 辨析 都有"來的客人"的意義,但語體色彩和適用範圍有別。"來客"比較隨意,常用於主人對不多的幾位客人的稱呼;"來賓"較為鄭重,用於比較正式的場合,一般是某種活動的主辦者用來尊稱客人們。"來賓"可用於當面說話時稱呼,"來客"不可以。

來源 láiyuán ❶名 事物來的地方:消息來源。❷動 起源,發生:藝術來源於生活。

▶ **根源** 辨析 都有"事物產生的地方,觀點產生的原因"的意義,但語義側重點有別。"來源"着重指事物、觀點本身的產生地,如"追查假貨來源","我的觀點來源於長期的觀察和總結";"根源"側重指事情、狀態產生的根本原因,如"錯誤行為的根源往往是錯誤觀念"。

▶ **起源** 辨析 都有"事物、觀點等發生的根源"的意義,但語義側重點有別。

"來源"指事物、觀點本身的產生地;"起源"側重從時間發展的角度追溯更早,並含有"事物當初產生與現在的形態有所不同"的意思,如"物種起源"。

來賓 láibīn 名 來的客人:歡迎各位來賓!

▶ **貴賓** 辨析 都有"來的客人"的意義,但語義側重點和語義色彩有別。"貴賓"是敬稱,表示非常尊重,通常用於非常正式的場合,如"歡迎來自友好城市的貴賓";"來賓"的含義沒有這麼隆重。

▶ **來客** 辨析 見【來客】條。

來臨 láilín 動 來到,到來:等待春天的來臨。

▶ **降臨** 辨析 都有"來到"的意義,但搭配對象有別。"來臨"的主語可以是自然現象、某種情況,客觀描述其發生;"降臨"的主語往往是被預料、被期待或被厭惡的,如災難、打擊等。

▶ **蒞臨** 辨析 都有"來到"的意義,但搭配對象有別。"來臨"可用於自然現象和抽象事物,如"災難來臨";"蒞臨"多指人到達說話者所在的地方,並對來者表示尊敬、敬重之情,來的人通常有較高的職務或聲望,如"歡迎蒞臨指導視察"。

妻子 qīzi 名 已婚男子的配偶:他妻子是個演員。

▶ **夫人** 辨析 見【夫人】條。

▶ **老婆** 辨析 見【老婆】條。

▶ **內人** 辨析 見【內人】條。

到底 dàodǐ ❶動 到達盡頭:好人做到底。❷副 表示深究,加強語氣:你到底去不去?

▶ **究竟** 辨析 見【究竟】條。

到達 dàodá 動 到了(某一地方或某一階段):到達終點。

▶ **抵達** 辨析 見【抵達】條。

歧路 qílù 名 由大路分出來的小路：他迷失方向，走上了歧路。

▶ **岔路** 辨析 見【岔路】條。

肯定 kěndìng ❶動 承認事物的存在或事物的真實性（跟"否定"相對）：肯定了他的做法。❷動 表示承認的；正面的（跟"否定"相對）：我們取得的成績是值得肯定的。❸副 一定；無疑問：他肯定會來的。❹形 確定；明確：他的回答十分肯定。

▶ **確定** 辨析 都有"對事物或行動做出明確的主張"的意義，但語義側重點有別。"肯定"強調同意或願意作出決定的主觀認識和態度，如"我們還不能肯定她是否就是我們要找的那個姑娘"；"確定"強調明確、清晰地定下來，具有規定性，不能隨意改變，如"改革過程當中仍存在一些不確定因素"。

▶ **必定** 辨析 見【必定】條。

卓見 zhuójiàn 名 高明的見解，高超的見識：頗有卓見。

▶ **高見** 辨析 都有"高明的見解"的意義，但語義側重點和語體色彩有別。"卓見"強調見識的高明、高超，非同一般，具有書面語色彩；"高見"是敬辭，具有尊敬色彩，多用於對話中，口語和書面語都可以用。如"您對這事有何高見"中的"高見"不宜換用"卓見"。

卓著 zhuózhù 動 突出地好：成效卓著。

▶ **卓絕** 辨析 見【卓絕】條。

▶ **卓越** 辨析 都有"好得超過一般水平"的意義，但語義側重點、語義強度和適用對象有別。"卓著"着重指十分顯著，為人們所公認，語義相對較輕，多形容人的成就、功勳、業績、榮譽、貢獻等，不能直接用於人；"卓越"強調非

常優秀，高超出眾，語義較重，常形容人的成就、貢獻、見解、才能、品質、表演等，可直接用於人。如"卓越的領導人"中"卓越"不能換用"卓著"。

卓越 zhuóyuè 形 非常優秀，超出一般：才華卓越。

▶ **出色** 辨析 見【出色】條。

▶ **非凡** 辨析 見【非凡】條。

▶ **傑出** 辨析 見【傑出】條。

▶ **卓絕** 辨析 見【卓絕】條。

▶ **卓著** 辨析 見【卓著】條。

卓絕 zhuójué 形 超出一切，無與倫比：艱苦卓絕的戰爭。

▶ **卓越** 辨析 都有"好得超過一般水平"的意義，但語義側重點和適用對象有別。"卓絕"強調超過一切，無與倫比，程度達到極點，多形容人的精神、見解、行為、貢獻等；"卓越"強調非常優秀，高超出眾，常形容人的成就、貢獻、見解、才能、品質、表演等。如"老一輩所經歷過的那種艱苦卓絕的歷史雖已過去，但軍人的使命並沒有改變"中的"卓絕"不能換用"卓越"。

▶ **卓著** 辨析 都有"好得超過一般水平"的意義，但語義側重點、語義輕重和適用對象有別。"卓絕"強調超過一切，無與倫比，程度達到極點，語義較重，多形容人的精神、見解、行為、貢獻等；"卓著"側重指顯著地好，並為人們所公認，語義相對較輕，多形容成就、功勳、業績、榮譽、貢獻等。如"全球石化業復蘇主要由亞洲推動，其中國貢獻卓著"中的"卓著"不能換用"卓絕"。

具有 jùyǒu 動 領有（多用於抽象事物）：具有高尚的品質。

▶ **具備** 辨析 都有"領有；佔有"的意

義，但語義側重點和適用對象有別。"具有"強調客觀擁有、佔有，用於意義、作用、精神、信心、水平、特點等，如"具有國際一流標準""具有重要意義"；"具備"強調已經獲得且齊備，用於條件、資格、本領等，如"具備搞市場經濟的能力和本領"。

具備 jùbèi 動 具有；齊備：具備相應的條件。

▶ **具有** 辨析 見【具有】條。

昌盛 chāngshèng 形 形容國家、民族等興旺，興盛：祖國日益繁榮昌盛。

▶ **強盛** 辨析 都有"興盛"的意義，但語義側重點和適用對象有別。"昌盛"側重於興旺發達，多用於形容國家或民族在經濟建設等具體方面的狀況，如"子孫昌盛""人類昌盛於智慧"；"強盛"側重於強大而蓬勃向上，多用於形容國家或民族在綜合實力等方面的狀況，如"國力強盛"。

門可羅雀 ménkěluóquè 大門前面可張網捕雀。形容賓客稀少，十分冷落。

▶ **門庭冷落** 辨析 都有"形容來拜訪的人很少"的意義，但風格色彩有別。"門可羅雀"富有形象性，書面語色彩較濃；"門庭冷落"比較直白，如"他退休以後，無人理睬，門庭冷落"。

門面 ménmiàn ❶名 商店房屋朝向街道的部分：出租門面房。❷名 比喻外表：再沒錢也要支撐一下門面。

▶ **鋪面** 辨析 都有"商店朝向街道的部分"的意義，但語義概括範圍有別。"門面"多指大門、櫥窗這個範圍。"鋪面"可作為商店的代稱，所指的範圍通常較大，還包括擺在店堂裏面的櫃枱等，如"同仁堂的門面很氣派""沿街鋪面房都租出去了"。二者在其他意義上不相同。

門庭冷落 méntínglěngluò 沒有拜訪者上門，很冷清：昔日高官宅邸，客人盈門，如今隨着主人離職而門庭冷落。

▶ **門可羅雀** 辨析 見【門可羅雀】條。

門路 ménlù ❶名 做事的訣竅，解決問題的途徑：廣開生產門路。❷名 特指能達到個人目的的方法：走上司的門路。

▶ **門道** 辨析 見【門道】條。

▶ **途徑** 辨析 都有"解決問題的渠道"的意義，但語體色彩有別。"門路"較為口語化，如"他有門路搞到火車票"；"途徑"通用於口語和書面語，如"一時找不到解決資金困難的途徑"。

門道 méndao 名 做事的訣竅、捷徑：外行看熱鬧，內行看門道。

▶ **門路** 辨析 都有"做事的捷徑"的意義，但語義側重點有別。"門道"指做事情的竅門，如"我剛來，不瞭解那些門道"；"門路"指認識問題或解決問題的方法、途徑，如"你有門路幫我弄到音樂會的門票嗎"。

呵護 hēhù 動 保護，愛護：呵護備至。

▶ **愛護** 辨析 都有"妥善保護，不使受害"的意義，但適用對象、語體色彩有別。"呵護"多用於人，並且一般是長輩對晚輩、上級對下級等，具有書面語色彩；"愛護"既可以用於人，也可以用於事物，口語和書面語都可以用。如可以說"愛護環境"，但不說"呵護環境"。

▶ **保護** 辨析 都有"照管護衛，不使受害"的意義，但適用對象、語體色彩有別。"呵護"多用於人，並且一般是長輩對晚輩、上級對下級等，具有書面語色彩；"保護"既可以用於人，也可以用於事物，口語和書面語都可以用。如可以說"保護百姓財產"中的"保護"不宜換用"呵護"。

明白 míngbai ❶動 知道，瞭解：明白其中的道理。❷形 內容、意思等清楚，明確，使人容易瞭解：老師講得很明白。❸形 公開的：有疑問就明白提出來。❹形 聰明的，懂道理的：他是個明白人，一點兒都透。

▶ **懂** 辨析 都有"知道，瞭解"的意義，但語體色彩和語義側重點有別。"懂"用於口語，通常泛指掌握某種道理和知識，如"你懂法語嗎"，有時表示某種天生或早就應該知道的道理，如"他有點兒不懂人情，你別介意"；"明白"通用於口語和書面語，側重於需要別人解說然後比較透徹地瞭解某種道理，如"我講了這半天，你明白了沒有"。

▶ **理解** 辨析 都有"知道其中的意思，瞭解其中的道理"的意義，但語義側重點和適用對象有別。"明白"側重指較為全面地掌握某事物的原理，可用於知識、道理等；"理解"側重深入掌握事物、道理的內在本質，多用於人的感情、思想等，如"我理解你的苦衷"。

▶ **瞭解** 辨析 見【瞭解】條。

▶ **明確** 辨析 都有"不隱晦，容易瞭解"的意義，但風格色彩、語義側重點和搭配對象有別。"明白"較隨意，側重指清楚好懂，多與"交代""問""說"等搭配，可重疊，如"我說得明明白白"；"明確"較莊重，側重指清晰、確定，多與"態度""目的""觀點""答覆"等搭配，一般不重疊，如"這篇文章觀點明確，論證有力"。

▶ **清楚** 辨析 都有"不含糊，不隱晦"的意義，但語義側重點有別。"明白"強調事物平易、不晦澀，如"朱自清的文章明白曉暢，清新自然"；"清楚"強調事物清晰、準確、有條理，使容易把握

或辨認，如"他的文章條理清楚，結構嚴謹""年代久遠，碑上的字已經不清楚了"。

明年 míngnián 名 今年的下一年：今年是馬年，明年是羊年。

明年—來年 辨析 見【來年】條。

明亮 míngliàng ❶形 光線充足：明亮的教室。❷形 發亮的：明亮的眼睛。❸形 明白：讀了這本法制宣傳小冊子，我心裏明亮了很多。

▶ **光明** 辨析 見【光明】條。

▶ **明朗** 辨析 都有"光線充足"的意義，但語義概括範圍有別。"明亮"可指室內室外光線充足；"明朗"多指室外的光線充足，如"今天是中秋節，月色明朗"。

明朗 mínglǎng ❶形 光線充足（多指室外）：月色格外明朗；初秋的天氣明朗清新。❷形 明顯，清晰：局勢撲朔迷離，很不明朗。❸形 光明磊落，爽快：性格明朗；明朗的風格。

▶ **清楚** 辨析 都有"清晰，易於瞭解"的意義，但語體色彩、語義側重點和適用對象有別。"明朗"用於書面語，較為正式、鄭重，指事物明顯、清晰，多用於政治、經濟的形勢等；"清楚"通用於口語和書面語，強調事物清晰、準確、有條理，適用對象較寬泛，如"法律文件必須表述清楚"。

▶ **晴朗** 辨析 都有"室外光線好"的意義，但語義側重點有別。"明朗"側重表達人的主觀感受，因光線充足而感到心情愉快，如"天明朗，人的心情也明朗多了"；"晴朗"側重指客觀上的天氣好，陽光強，如"天空晴朗，萬里無雲"。

▶ **明亮** 辨析 見【明亮】條。

明確 míngquè ❶形 清楚而確定：目標明確。❷動 使清楚而確定不改變：明確了下一步的工作重點。

▶ **明白** 辨析 見【明白】條。

▶ **清楚** 辨析 都有"明晰,不含糊"的意義,但語義輕重有別。"明確"的語義比"清楚"重,強調清楚而確定,如"我們的目的很明確"。

▶ **確定** 辨析 都有"清楚地定下來,不再更改"的意義,但語義側重點有別。"明確"側重指把本來有疑問的弄確切,如"希望你再明確一下這幾組數字";"確定"側重指把本來沒有正式確立的、不穩定的事物固定下來,如"公派留學生的名單已經確定"。

明顯 míngxiǎn 形 明晰地顯露出來,讓人容易看出或感覺到:塗改的痕跡明顯;意圖明顯。

▶ **清楚** 辨析 都有"易於看到或感覺到"的意義,但語義側重點和語法功能有別。"明顯"側重指事物顯示出來的明晰的狀態,一般不重疊;"清楚"側重指事物不含混,易於瞭解或辨認,可以重疊,如"用望遠鏡看會更清楚"。

▶ **顯著** 辨析 都有"讓人容易看到或感覺到"的意義,但語義輕重和語體色彩、適用對象有別。"顯著"有"非常明顯"的意思,比"明顯"語義重,用於書面語,通常常用於抽象事物,如"取得了顯著的進步""發生了顯著的變化";"明顯"通用於口語和書面語,既可用於抽象事物,還可以用於"痕跡、表情"等具體事物,如"留下了明顯的痕跡"。

昂揚 ángyáng 形 (情緒) 振奮,高漲:鬥志昂揚。

▶ **高昂** 辨析 都有"聲音、情緒等高起而振奮"的意義,但語義側重點和適用對象有別。"昂揚"側重指振奮、高漲,多用於意志、精神、號角、歌聲等;"高昂"側重指高高上揚,多用於情緒、話語、歌聲等。如"一幅幅色調熱烈充滿昂揚奮進精神的宣傳畫,正貼滿街頭"中的"昂揚"不宜換用"高昂"。

▶ **激昂** 辨析 都有"聲音、情緒等高起而振奮"的意義,但語義側重點和適用對象有別。"昂揚"側重指精神振奮、情緒高漲,不具體說明原因,常用於鬥志、士氣、意志、號角、歌聲等;"激昂"側重指由於感情衝動而情緒振奮,語調高亢,多形容說話、喊口號、痛哭等。如"他發表了一通慷慨激昂的演講"中的"激昂"不能換用"昂揚"。

固定 gùdìng ❶形 不變動或不移動的:固定收入。❷動 使固定:把學習時間固定下來。

▶ **穩定** 辨析 都有"平穩,不動搖"和"使平穩,不動搖"的意義。"固定"重在牢固、不動搖,多用於看法、資金、辦法、職業、位置等;"穩定"重在安定、不動搖,多用於情況、局面、市場、物價以及人的思想、感情等易變化的方面。如可以說"穩定軍心",但不說"固定軍心"。

▶ **穩固** 辨析 都有"不動盪、不變動"和"使平穩"的意義,但語義側重點和適用對象有別。"固定"多從情況的變動着眼,常與"資本、人口、職業、時間"等搭配;"穩固"多從基礎着眼,常與"基礎、政權、地位、關係"等搭配。如"政權穩固"中的"穩固"不能換用"固定"。

固執 gùzhí ❶形 (性情或態度) 古板執着,不肯變通:性情固執。❷動 堅持不變:固執己見。

▶ **頑固** 辨析 都有"堅持某種主張,不肯改變"的意義,但語義側重點和適用對象有別。"固執"重在堅持自己原有的東西,不肯變通,多用於作風、性格等方面;"頑固"重在不願接受外界的新事物或堅持政治上的觀點,死不改變,語義較重,多用於立場、思想認識等方面,形容非常守舊落後的人或敵對分子、反對勢力等。"固執"還有動詞用法。如"老漢不肯新事新辦，非常頑固"中的"頑固"不宜換用"固執"。

▶ **執拗** 辨析 見【執拗】條。

忠心 zhōngxīn 名 效命盡忠的心意：一片忠心。

▶ **衷心** 辨析 都有"真心實意"的意義，但語義側重點和語法功能有別。"忠心"強調對別人忠實、真誠，一心一意，決不背叛，多組合成"忠心耿耿、赤膽忠心"使用，一般不作狀語；"衷心"強調發自內心，並非虛情假意，多作狀語使用。如"這是我們老一輩的衷心勸告""衷心祝願"中的"衷心"不能換用"忠心"。

忠厚 zhōnghòu 形 忠實厚道：忠厚老實。

▶ **敦厚** 辨析 都有"待人真誠懇切"的意義，但語義側重點、適用對象和語體色彩有別。"忠厚"強調規矩厚道，不存險惡，一般用於形容人的秉性和為人；"敦厚"強調誠實忠厚，多形容人的性情、品質、相貌等，書面語色彩濃厚，如"性情天真爛漫，篤實敦厚。"

▶ **憨厚** 辨析 都有"待人真誠懇切"的意義，但語義側重點和適用對象有別。"忠厚"強調忠誠寬厚，誠心誠意待人；"憨厚"強調憨直、天真、不乖巧。如可以說"心地忠厚"，但不說"心地憨厚"。

▶ **厚道** 辨析 都有"待人真誠懇切"的意義，但語義側重點和語體色彩有別。"忠厚"強調規矩厚道，誠心誠意待人，口語和書面語中都可以用；"厚道"強調為人寬容，不刻薄，能吃虧讓人，多用於口語。

忠誠 zhōngchéng 形 盡心盡力，誠心誠意：忠誠衛士。

▶ **虔誠** 辨析 都有"誠心誠意"的意義，但語義側重點、適用範圍和感情色彩有別。"忠誠"強調盡心盡力，多用於對國家、人民、事業、組織、上司、朋友等，是褒義詞；"虔誠"強調恭敬而有誠意，一心一意，多用於宗教信仰方面，也可用於人和事，是中性詞。如"他們對祖國最忠誠"中的"忠誠"不能換用"虔誠"。

▶ **忠實** 辨析 見【忠實】條。

忠實 zhōngshí ❶ 形 忠誠老實：為人忠實可靠。❷ 形 真實，不走樣：忠實於原著。

▶ **忠誠** 辨析 都有"誠心誠意"的意義，但語義側重點、適用範圍和感情色彩有別。"忠誠"強調誠心對待，竭誠而為，盡心盡力，不懷私念，常用於形容人的品德、行為以及人對組織的態度，是褒義詞；"忠實"強調誠實可靠，不懷二心，即可形容人的品質，也可用於對人和事物的態度，是中性詞，如可以說"忠實走狗"。

咒罵 zhòumà 動 用惡毒的話罵：暗暗咒罵。

▶ **謾罵** 辨析 都有"用惡毒或粗野的話罵人"的意義，但語義側重點、語義強度和適用對象有別。"咒罵"着重指用詛咒別人的話罵人，希望別人沒有好結果，不一定出聲，語義較重，對象可以是人，也可以是事，非常具體明確；"謾罵"着重指用輕慢、嘲諷的態度罵人，是出聲的罵，語義較輕，對象一般是人，但不一定非常明確。

▶ **詛咒** 辨析 見【詛咒】條。

呼叫 hūjiào ❶ 動 電台上用呼號叫喚招呼對方：連長對着步話機不停地呼叫。❷ 動 呼喊：高聲呼叫。

▶ **呼喊** 辨析 都有"叫喊"的意義，但語義側重點有別。"呼叫"聲音不一定特別大；"呼喊"聲音一定很大。如"他病危時一直呼叫着我的名字"中的"呼叫"不宜換用"呼喊"。

▶ **呼喚** 辨析 都有"叫喊"的意義，但語義側重點有別。"呼叫"重在叫；"呼喚"重在使對方注意或隨聲而來。如"望着昏迷中的弟弟，他輕輕呼喚着孝慈的名字"中的"呼喚"不能換用"呼叫"。

呼喊 hūhǎn 動 大聲叫喊：河邊有人呼喊救命。

▶ **呼喚** 辨析 見【呼喚】條。

▶ **呼叫** 辨析 見【呼叫】條。

▶ **吶喊** 辨析 見【吶喊】條。

呼喚 hūhuàn ❶動 召喚，號召：祖國在呼喚我們！❷動 大聲召喚：呼喚着孩子的名字。

▶ **呼喊** 辨析 都有"大聲叫喊"的意義，但語義側重點有別。"呼喚"強調使對方注意或隨聲而來；"呼喊"僅僅強調大聲叫喊。如可以說"呼喊口號"，但不說"呼喚口號"。

▶ **呼叫** 辨析 見【呼叫】條。

▶ **召喚** 辨析 見【召喚】條。

呼應 hūyìng 動 一呼一應，互相聯繫或照應：遙相呼應。

▶ **照應** 辨析 都有"前後聯繫"的意義，但語義側重點有別。"呼應"前後距離可長可短；"照應"前後距離一般較短。如可以說"遙相呼應"，但一般不說"遙相照應"。

囹圄 língyǔ 名 犯人住的地方：身陷囹圄。

▶ **監牢** 辨析 都有"關押人的地方"的意義，但語義側重點和語體色彩、風格色彩有別。"囹圄"往往用在固定的詞語搭配中，表示被監禁的困境，如"身陷囹圄"；"監牢"是非正式的用詞。"囹圄"

有濃厚的書面語色彩，語義典雅、莊重；"監牢"則是現代漢語中偏口語的詞。

▶ **監獄** 辨析 都有"關押人的地方"的意義，但風格色彩和適用範圍有別。"囹圄"有濃厚的書面語色彩，語義典雅、莊重；"監獄"使用範圍廣，語體色彩不明顯，可泛指，如"蹲監獄"，也可有具體指稱，如"在這所監獄裏"。

▶ **牢房** 辨析 見【牢房】條。

▶ **牢獄** 辨析 見【牢獄】條。

非凡 fēifán 形 超過一般，不同尋常：儀表非凡／非凡的業績。

▶ **超群** 辨析 都有"超過一般"的意義，但語法功能有別。"非凡"是形容詞，可表示較高的程度，可作補語；"超群"是動詞，不能直接表示程度，不能作補語。如可以說"武藝超群、武藝非凡、熱鬧非凡"，但不能說"熱鬧超群"。

▶ **卓越** 辨析 都有"超過一般"的意義，但語義側重點和語法功能有別。"非凡"側重指很不平凡、不一般，可作補語，"卓越"側重指非常出色，不能作補語。

非常 fēicháng ❶副 十分，表示程度高：非常精彩。❷形 不同尋常的，特殊的，不一般的：非常時期／非常措施。

▶ **很** 辨析 都有"表示程度高"的意義，但語義強度和語法功能有別。"非常"語義較重，表示的程度比"很"要高一些，後面可以出現"地"以加強語氣；"很"後面不能出現"地"，但可以作補語。如可以說"非常地痛快、高興得很"，其中"非常"和"很"不能換用。

▶ **十分** 辨析 見【非常】條。

非難 fēinàn 動 (不合理地) 責問，成心批評 (某人)：無可非難。

▶ **責備** 辨析 都有"指出缺點並進行批評"的意義，但語義側重點、適用對象、語體色彩有別。"非難"含有不合理地批評的意味，語義較重，含貶義，具有書面語色彩，只能用於他人；"責備"語義較輕，既可以用於他人，也可用於自己，口語和書面語中都可以用。如可以說"責備自己"，但不說"非難自己"。

▶ **責難** 辨析 都有"批評某人"的意義，但語義側重點、搭配對象有別。"非難"強調主觀認為不正確、不合理而故意批評，多用於否定式；"責難"強調給以責備，語義較重。

制止 zhìzhǐ 動 強力迫使停止：制止事態發展。

▶ **遏止** 辨析 都有"強迫使停止"的意義，但語義側重點、語義強度和適用對象有別。"制止"強調運用權力、法律或其他強制力量迫使停止或不發生，語義較輕，多是已經發生或即將發生的事情，對象是某種行為或實行行為的人；"遏止"強調用猛力制止，語義較重，一般用於情緒的發展、勢力的升降以及事物的蔓延等，多是已經發生的事情，對象一般不是人，而是某種趨勢。如"改革洪流洶湧澎湃，不可遏止"中的"遏止"不宜換用"制止"。

▶ **禁止** 辨析 都有"不許可"的意義，但語義側重點和適用對象有別。"制止"側重指使停下來，被制止的一般是已經發生或正在發生的，對象可以是人、行為或事件，一般不用於物；"禁止"側重指不允許發生，被禁止的一般是未發生的，對象多是事物或人的行為。如"禁止通行"中的"禁止"不能換用"制止"。

▶ **阻止** 辨析 見【阻止】條。

制定 zhìdìng 動 明確規定出（法律、規程、計劃等）：制定計劃。

▶ **制訂** 辨析 見【制訂】條。

制訂 zhìdìng 動 創制擬定：制定新方案。

▶ **制定** 辨析 都有"經過反覆考慮或討論而創制、設定"的意義，但語義側重點和適用對象有別。"制訂"強調從無到有地創制、草擬，經過研究商量而訂立，程度上不像"制定"那樣確定不移，對象多是計劃、方案等；"制定"強調做出決定，完全確定下來，程度上具有更大的穩定性、固定性，對象多是方針政策、法令、決議、規章制度等。

知心 zhīxīn 形 互相瞭解、情誼深厚的：知心朋友。

▶ **貼心** 辨析 都有"相互十分瞭解"的意義，但語義側重點有別。"知心"側重指彼此間無話不說，思想上最瞭解；"貼心"側重指最親近，情誼深切，含有心貼心的意味。如"給用戶上網以最貼心的照顧和保護"中的"貼心"不能換用"知心"。

知名 zhīmíng 形 有名，著名（多用於人）：知名人士。

▶ **出名** 辨析 見【出名】條。

▶ **聞名** 辨析 都有"名字為大家所熟知"的意義，但語義側重點和適用對象有別。"知名"強調名聲大，為大家所知道，多用於人；"聞名"強調在一定範圍內名稱廣為傳佈，大家都聽說過，都熟悉，既可以用於人，也可以用於其他事物，前後常有表示處所的詞語，如"舉世聞名""聞名天下"。

▶ **著名** 辨析 都有"名字為大家所熟知"的意義，但語義側重點和適用對象有別。"知名"強調名聲大，為大家所知道，一般用於人、處所、企業等；"著名"強調在某一方面、某一領域非常突出、顯著，給人印象深刻，多用於人，也可用於其他事物。如可以說"知名度"，但不說"著名度"。

知識 zhīshi 图 人們在改造世界的實踐中所獲得的認識和經驗的總和：知識競賽。

▶ **常識** 辨析 都有"人對事物的認識和經驗"的意義，但語義側重點有別。"知識"側重指專門的學問，具有理論性、系統性，可作定語，表示關於學術文化方面的，如"知識分子"；"常識"側重指一般人應掌握的基本知識，如"生活常識""法律常識""人所共知的常識"。

氛圍 fēnwéi 图 周圍的氣氛和情調：營造良好氛圍。

▶ **氣氛** 辨析 見【氣氛】條。

乖僻 guāipì 形 怪僻，乖張偏執：生性乖僻。

▶ **古怪** 辨析 見【古怪】條。

和 hé ❶介 表示相關、比較等：我和這件事沒關係。❷連 表示聯合：工人和農民。❸图 兩個以上的數加起來後的得數：一加一的和是二。

▶ **跟** 辨析 在作介詞，表示相關、比較；作連詞，表示聯合時意義相同，但語法功能、語體色彩有別。"和"用途很廣，既可以用來連接並列的代詞、名詞性詞語，也可以用來連接並列的動詞性詞語或形容詞性詞語，如可以說"打乒乓球和踢足球""純潔和高尚"等，口語和書面語都可以用；"跟"一般只用來連接並列的代詞、名詞或名詞性詞組，常用於口語。

和氣 héqi ❶形 待人溫和友善：他對人和氣。❷形 關係和諧：同學們之間很和氣。❸图 和睦的感情：別傷了和氣。

▶ **和善** 辨析 都有"態度溫和"的意義，但語義側重點有別。"和氣"強調態度溫和，語氣和緩客氣；"和善"強調品性慈善，態度溫和，不兇暴。如"說話和

氣"中的"和氣"不能換用"和善"。

▶ **隨和** 辨析 都有"態度溫和"的意義，但適用對象有別。"和氣"多用於對其他人；"隨和"多用於自身。如"他脾氣隨和，跟誰都合得來"中的"隨和"不能換用"和氣"。

和善 héshàn 形 溫和善良：態度和善。

▶ **和藹** 辨析 都有"態度溫和"的意義，但語義側重點有別。"和善"強調善良；"和藹"強調平易近人，多用於上對下、長對幼，帶有莊重色彩。如可以說"和藹可親"，但不說"和善可親"。

▶ **和氣** 辨析 見【和氣】條。

▶ **隨和** 辨析 都有"態度溫和"的意義，但語義側重點、語體色彩有別。"和善"強調善良，具有書面語色彩；"隨和"強調容易接近，多用於口語。如"何教授雖然社會名望很高，但卻是個極其隨和的人"中的"隨和"不宜換用"和善"。

和煦 héxù 形 溫暖：和煦的春風。

▶ **暖和** 辨析 都有"冷熱適宜，令人舒適"的意義，但適用對象、語法功能、語體色彩有別。"和煦"常用來形容陽光和風，多作定語和謂語，一般不作其他句法成分，具有書面語色彩；"暖和"使用面很寬，可用於天氣、屋子裏、被子等具體事物，可以作多種句法成分，具有口語色彩。如"和煦的陽光"中的"和煦"不宜換用"暖和"。

▶ **溫暖** 辨析 都有"冷熱適宜，令人舒適"的意義，但適用對象、語法功能、語體色彩有別。"和煦"常用來形容陽光和風，多作定語和謂語，一般不作其他句法成分，具有書面語色彩；"溫暖"使用面很寬，可用於天氣、屋子裏等具體事物，可以作多種句法成分，口語和書面語都可以用。如"初冬的陽光溫暖地灑

在這條古老的青石板鋪成的斜徑上”中的“溫暖”不能換用“和煦”。

和藹 hé'ǎi 形 態度溫和，容易接近：和藹可親。

▶ **和善** 辨析 見【和善】條。

▶ **隨和** 辨析 都有“態度溫和，容易接近”的意義，但適用對象、語體色彩有別。“和藹”一般用於形容對人的態度、說話的語氣等，常用於上對下、長對幼，口語和書面語都可以用；“隨和”一般用於形容人的性情，沒有上對下、長對幼的限制，具有口語色彩。如“新來的老師又和藹，又親切”中的“和藹”不宜換用“隨和”。

季節 jìjié 名 一年裏的某個有特點的時期：正是播種的季節／梅雨季節。

▶ **節令** 辨析 見【節令】條。

▶ **時節** 辨析 見【時節】條。

委任 wěirèn 動 派人擔任職務：委任狀。

▶ **委派** 辨析 都有“派遣擔任某種職務”的意義，但搭配對象有別。“委任”主要與官銜、職務等搭配；“委派”則主要與工作、任務等搭配。

委派 wěipài 動 派人擔任職務或完成某項任務：委派工作。

▶ **委任** 辨析 見【委任】條。

委託 wěituō 動 請人代辦：他委託我把這封信轉交給你。

▶ **拜託** 辨析 都有“請人代辦某事”的意義，但態度色彩和用法有別。“委託”具有鄭重的態度色彩，多用於較正式的場合；“拜託”是敬辭，只能用於自己對別人，如“拜託您給找一找”。

▶ **託付** 辨析 見【託付】條。

委婉 wěiwǎn 形 (言辭) 溫和而曲折：英語中有一些委婉的說法。

▶ **含蓄** 辨析 見【含蓄】條。

▶ **婉轉** 辨析 都有“(言辭) 溫和曲折而不失本意”的意義，但使用頻率有別。“委婉”是較為正式的用法，使用頻率比“婉轉”高，如“言辭委婉”“語氣委婉”。婉轉另有聲音動聽的意義，“委婉”無此義。

佳 jiā 形 好，令人滿意的：味道極佳／美味佳餚。

▶ **好** 辨析 見【好】條。

▶ **美** 辨析 都有“令人滿意的”的意義，但語體色彩和適用範圍有別。“佳”是文言詞，有濃厚的書面語色彩，一般與單音節詞搭配，如“成效不佳”“廣東隊的表現之佳令對手大為吃驚”；“美”適用範圍比“佳”廣，用於物品時表示質優，用於生活、感受時表示心滿意足，用於思想品格時表示境界高，有口語色彩，如“物美價廉”“小兩口日子過得真美”“他的相貌雖然醜，但心靈卻是美的”。

侍奉 shìfèng 動 侍候奉養：侍奉父母。

▶ **伺候** 辨析 見【伺候】條。

▶ **侍候** 辨析 都有“服侍、照料”的意義，但語義側重點和適用對象有別。“侍奉”着重於“奉”，奉養，強調照料贍養長輩，如“他們像親生兒女一樣侍奉着老人”；“侍候”着重於“候”，守候，強調陪伴在身邊照料其飲食起居，如“那位護工正在侍候病人”。“侍奉”的對象多為父母、長輩；“侍候”的對象可以是父母、長輩，也可以是平輩，如病人、朋友等。

侍候 shìhòu 動 密切陪伴並在需要時提供周到的服務：侍候父母／侍候病人。

▶ **伺候** 辨析 見【伺候】條。

▶ **服侍** 辨析 都有"在旁邊照料"的意義，但語義側重點有別。"侍候"着重於"候"，守候，強調陪伴在身邊照料其飲食起居，如"他剛侍候重病的老伴吃完飯"；"服侍"着重於"服"，承當，強調承當陪伴他人並提供周到服務的責任，如"從此，她開始了服侍病人的生活"。

▶ **侍奉** 辨析 見【侍奉】條。

供給 gōngjǐ 動 把生活中必需的物資、錢財、資料等給需要的人使用：供給糧食。

▶ **供應** 辨析 見【供應】條。

▶ **提供** 辨析 都有"給需要的人必需品"的意義，但語義側重點、適用對象、語體色彩有別。"供給"強調歸對方所有，對象多是具體的事物，如糧食、財物、錢財等，是書面語詞；"提供"強調供對方使用，對象既可以是具體的事物，如糧食等，也可以是抽象的事物，如經驗、建議、方案等。如"錢鶴鳴找來了崔福順提供的匯款複印件"中的"提供"不能換用"供給"。

供認 gòngrèn 動 被告人承認自己所做的事情：被告人對所犯罪行供認不諱。

▶ **招認** 辨析 見【招認】條。

供養 gōngyǎng 動 供給長輩或年長的生活所需：供養老人。

▶ **奉養** 辨析 見【奉養】條。

▶ **贍養** 辨析 都有"供給長輩或年長的人生活所需"的意義，但語義側重點和適用對象有別。"供養"強調提供物質需要，供養人與被供養人之間不一定存在親屬關係；"贍養"特指子女對父母在物質和生活上的幫助，贍養人和被贍養人之間存在親屬關係。另外"供養"還可用於動物，如"工蜂供養蜂王"。

供應 gōngyìng 動 以物資滿足需要：計劃供應 / 供應蔬菜。

▶ **供給** 辨析 都有"提供給人用"的意義，但語義側重點和適用對象有別。"供應"強調滿足需要，多是應對方要求而提供；"供給"強調把錢、物等提供給需要的人使用，多是主動提供，常用於人的生活需要方面。如"供應器材、供應武器彈藥"等中的"供應"一般不宜換用"供給"。

▶ **提供** 辨析 都有"給予"的意義，但適用對象有別。"供應"對象多是具體的事物，如糧食、槍支彈藥等；"提供"對象多為抽象事物，如資料、數據、方案等。如"提供數據"中的"提供"不能換用"供應"。

使 shǐ ❶動 用：這把刀很好使。❷動 差遣；支派：使喚 / 使人有方。❸名 奉命出國辦事的外交長官：大使 / 公使。❹動 讓，令：使人高興 / 使年輕人發揮作用。❺連 假如，設若：倘使他去辦這事就好了。

▶ **把** 辨析 見【把】條。

使用 shǐyòng 動 使人、工具、器物等為某種目的服務：合理使用資金。

▶ **採用** 辨析 都有"用來為某種目的服務"的意義，但語義側重點和使用對象有別。"使用"偏重指以某種行動或方式使發揮作用，對象可以是人員、器物、資金、工具等具體事物，也可以是手段、方法等抽象事物，使用範圍較廣；"採用"偏重指選擇合適的加以利用，對象可以是品種、樣式、工具、藥物、稿件等具體事物，也可以是技術、經驗、方案、方法、手段、建議等抽象事物。

▶ **利用** 辨析 見【利用】條。

▶ **應用** 辨析 見【應用】條。

▶ **運用** 辨析 見【運用】條。

例如 lìrú 動 舉例子説明的時候，作為引導詞：這幾種商品都很受歡迎，例如我拿的這種小包。

▶ **比如** 辨析 見【比如】條。

▶ **譬如** 辨析 都有"引出舉例説明的話"的意義，但語義側重點和語體色彩有別。"例如"側重從整體中給出個別，如"同學們很努力，例如小文……"；"譬如"側重於對一個抽象事理加以解説時，給出較為形象的例子做比喻説明，以利於理解，如"人生短暫，譬如朝露"。"譬如"比較書面化。

延伸 yánshēn 動 向加長的方向發展；伸展：外灘風景將延伸 100 米 / 戰爭是政治的延伸。

▶ **延長** 辨析 見【延長】條。

延長 yáncháng 動 向長的方向發展：黃河封河長度繼續延長 / 延長生命 / 有效期延長。

▶ **延伸** 辨析 都有"向長的方向發展"的意義，但語義側重點、適用對象有別。"延長"強調線性的或持續性的加長，用於道路等線性事物、時間、時間性的期限和壽命等；"延伸"有伸展開的意味，可用於道路等具體線性事物，也可用於論點等抽象事物。

延誤 yánwù 動 因某種原因無法按時或及時做某事：因大霧航班延誤數小時 / 延誤搶救時間。

▶ **耽誤** 辨析 都有"無法按時或及時做某事"的意義，但語義側重點有別。"延誤"強調時間上的延遲，使用環境多與時間有關，如"航班延誤賠償標準""延誤時機患者死亡""裝修質量差延誤入住"；"耽誤"有耽擱、影響的意味，如"上網看電視兩不耽誤""耽誤工作"。

延緩 yánhuǎn 動 使緩慢進行；使在時間上拖後：延緩衰老。

▶ **推遲** 辨析 都有"把預定的時間往後拖"的意義，但語義側重點有別。"延緩"強調使行為等緩慢進行，但該行為通常是持續進行，沒有中斷，只是速度降低，如"延緩衰老"；"推遲"強調時間往後推，推遲的行為通常是間斷或間歇性的，如"考試時間推遲""足彩推遲開售""推遲火箭發射時間"。

▶ **延遲** 辨析 見【延遲】條。

延遲 yánchí 動 (行為等) 在時間上拖後：今夜地鐵延遲收車 / 雷達回波延遲 / 計劃被迫延遲。

▶ **推遲** 辨析 都有"把預定的時間往後拖"的意義，但語義側重點有別。"延遲"有延期、拖後的意味，延遲的行為有主動的也有被動的，如"延遲上市""計劃被迫延遲""直播時衛星聲音信號有延遲現象"；"推遲"強調時間往後推，推遲的行為通常是主動的，如"考試時間推遲""足彩推遲開售""無限期推遲臨時股東大會"。

▶ **延緩** 辨析 都有"把預定的時間往後拖"的意義，但語義側重點有別。"延遲"有延期、拖後的意味，延遲的行為通常是間斷或間歇性的，如"延遲上市""計劃被迫延遲""直播時衛星聲音信號有延遲現象"；"延緩"強調使行為等緩慢進行或使過程時間延長，但該行為通常是持續進行，沒有中斷，只是速度降低，如"延緩衰老"。

佩服 pèifu 動 感到可敬而心服：她是個優秀的企業家，我衷心地佩服她。

▶ **敬佩** 辨析 都有"欽佩、感到可敬而心服"的意義，但語體色彩、適用對象和語義側重點有別。"佩服"通用於口語和書面語，多用於對他人，有時也用於對自己；"敬佩"比"佩服"多一層"尊敬、敬重"的含義，具有書面語色彩，只用於對他人，如"他把畢生收藏的珍貴文物無償地捐獻給了博物館，這種舉動令人敬佩"。

▶ **欽佩** 辨析 都有"感到可敬而心服"的意義，但語義側重點、適用對象和語義輕重有別。"佩服"只強調心服，多用於對他人，有時也用於對自己；"欽佩"有衷心佩服的意味，語義較重，只用於對他人。

▶ **拜服** 辨析 見【拜服】條。

侈談 chǐtán ❶動 不切實際的談論：不要侈談甚麼高消費。❷名 不切實際的誇大的話：關於自由平等的侈談。

▶ **奢談** 辨析 都有"不切實際的談論"的意義，但語義側重點有別。"侈談"側重指不認真不負責任地談論；"奢談"側重指過分誇大地談論。如"不看自身，就侈談外國的'人權'問題"中的"侈談"不宜換用"奢談"。

依然 yīrán 副 表示情況繼續不變或恢復原樣：他依然愛我／國債投資依然火爆。

▶ **依舊** 辨析 見【依舊】條。

依靠 yīkào ❶動 指望（別的人或事物來達到一定目的）：依靠集體／依靠社會力量。❷名 可以依靠的人或東西：兒子是老人唯一的依靠。

▶ **依賴** 辨析 見【依賴】條。

▶ **憑藉** 辨析 見【憑藉】條。

依賴 yīlài 動 需要借助別的人或事物而不能自立或自給：依賴藥物／心理依賴。

▶ **依靠** 辨析 都有"需要借助別的人或事物達到某種目的"的意義，但語義側重點、語義輕重有別。"依賴"強調完全借助別的人或事物，不能自立或不願自立，語義比"依靠"重；"依靠"強調借

助別的人或事物，自身也可以發揮一定的作用。

▶ **倚賴** 辨析 都有"需要借助別的人或事物而不能自立或自給"的意義，但語義側重點、語體色彩和使用頻率有別。"依賴"有依靠、依託的意味，"倚賴"有倚仗的意味。"依賴"通用於口語和書面語，"倚賴"有書面語色彩。"依賴"的使用頻率遠高於"倚賴"。

依舊 yījiù ❶動 跟原來一樣：濤聲依舊／風采依舊。❷副 表示情況繼續不變或恢復原樣：降價後銷量依舊沒有起色／轉會依舊沒有定論。

▶ **依然** 辨析 在作副詞，表示情況沒有變化時意義相同，但語義側重點有別。"依舊"有跟過去的、舊有的一樣的意味；"依然"則強調沒有變化而不強調新舊。二者在其他意義上不相同。

▶ **照舊** 辨析 都有"跟原來一樣"的意義，但語體色彩有別。"依舊"書面語色彩較強；"照舊"口語色彩較強。

併吞 bìngtūn 動 把別國的領土或別人的產業強行並入自己的範圍內。

▶ **吞併** 辨析 都有"用某種手段損害或奪取"的意義，但語義範圍有別。"併吞"指將領土、土地、財產等通過不法手段佔為己有；"吞併"除了指將領土、土地、財產等通過不法手段佔為己有之外，還可以指通過購買的手段將別的企業或權利歸併到自己的名下，如"吞併中小企業"，語義範圍比"併吞"廣。

▶ **侵吞** 辨析 都有"用某種手段損害或奪取"的意義，但語義側重點和語義範圍有別。"併吞"側重於指完全佔有；"侵吞"可以指完全佔有也可以指部分佔有。"侵吞"還有"將公共的財物通過非法手段暗中劃歸私有"的意義，如"侵吞公款"，語義範圍比"併吞"寬。

卑下 bēixià ❶形 (地位) 低微:身份卑下。❷形 (品格、風格等) 低下:品質卑下。

▶ **卑賤** 辨析 都有"低下、低劣、沒有地位"的意義,但語義側重點和適用對象有別。"卑下"側重於指下等、低劣,多用於工作、地位等,也可用於品質、風格、作風等;"卑賤"側重於指沒有地位,不高貴,多用於出身、工作,也可以用於言行、慾望等,如"卑賤的惡作劇、卑賤地諂笑着、卑賤而貪婪"等。

卑劣 bēiliè 形 卑鄙惡劣:卑劣的伎倆。

▶ **卑鄙** 辨析 都有"言行低俗惡劣;不道德"的意義,但語義側重點、語義輕重和語體色彩有別。"卑劣"側重於指低下、陰險、惡劣,貶義較重,多用於書面語;"卑鄙"側重於指醜惡、骯髒、不道德,貶義較輕,書面語和口語都可以用。

▶ **低劣** 辨析 見【低劣】條。

卑躬屈膝 bēi gōng qū xī 彎腰下跪,形容沒有骨氣,討好奉承:他為了自己的名譽和地位,到處卑躬屈膝。

▶ **奴顏婢膝** 辨析 見【奴顏婢膝】條。

卑微 bēiwēi 形 (地位) 低下:她從不感覺護士工作是卑微的。

▶ **微賤** 辨析 都有"低下而渺小"的意義,但語義側重點和適用對象有別。"卑微"側重於指渺小,不被人看得上眼,多用於地位、思想行為及其他一些事物,如"卑微的城市、卑微的願望、感情卑微"等;"微賤"側重於指低賤,不高貴,被人看不起,一般用於出身、職業。

卑鄙 bēibǐ 形 (語言、行為) 惡劣、下流:卑鄙無恥。

▶ **卑劣** 辨析 見【卑劣】條。

卑賤 bēijiàn ❶形 卑鄙下賤:他認為"狗仗人勢"是最卑賤的。❷形 舊指出身或地位低下:出身卑賤。

▶ **低賤** 辨析 見【低賤】條。

征服 zhēngfú 動 使屈服,使折服:征服觀眾。

▶ **降服** 辨析 都有"用強力使屈服、順從"的意義,但語義側重點和適用對象有別。"征服"強調使用的力量具有威懾性,使對方折服,對象多為人和自然界的事物,但一般不用於動物;"降服"強調使對象屈從、歸順,語義較輕,對象多為妖魔鬼怪,也可以是人或獸性大發的兇猛動物。如可以説"征服自然",但不説"降服自然"。

征途 zhēngtú 名 遠行的路途:踏上征途。

▶ **征程** 辨析 都有"遠行的道路,常用於比喻"的意義,但語義側重點有別。"征途"強調面前有長長的路要走,路程艱難;"征程"強調遠行的路是計程的,路途遙遠。

征程 zhēngchéng 名 征途,行程:萬里征程。

▶ **征途** 辨析 見【征途】條。

往來 wǎnglái ❶動 去和來:馬路上往來的車輛很多。❷動 互相訪問;交際:他倆往來十分密切。

▶ **交往** 辨析 見【交往】條。

▶ **來往** 辨析 見【來往】條。

爬 pá 動 指手腳並用向前或向上移動:壁虎迅速地爬走了。

▶ **爬行** 辨析 都有"手腳並用向前或往上移動"的意義,但語體色彩和語法功能有別。"爬"用於口語,"爬行"用於書面語。"爬行"可作定語,構成"爬行動物","爬"則不可。

▶ **攀** 〔辨析〕都有"用手抓住東西往上移動"的意義，但語義範圍和語體色彩有別。"爬"既可用於向上移動，也可用於向前移動，有口語色彩；"攀"一般只用於向上移動，有書面語色彩。

▶ **匍匐** 〔辨析〕都有"四肢或全身着地向前移動"的意義，但語體色彩和語義側重點有別。"爬"用於口語，強調四肢着地向前移動，重心不一定很低；"匍匐"書面語色彩濃厚，強調身體緊貼地面或物體表面，重心盡可能地降低。

爬行 páxíng ❶〔動〕昆蟲、爬行動物或人四肢着地向前運動。❷〔動〕比喻行動緩慢：大膽向前闖，別跟在別人後面爬行。

▶ **爬** 〔辨析〕見【爬】條。

▶ **匍匐** 〔辨析〕都有"四肢着地向前運動"的意義，但語體色彩、語義側重點和適用對象有別。"爬行"有書面語色彩，側重於四肢着地的狀態，既可用於人，也可用於動物；"匍匐"書面語色彩濃厚，側重表現行動時挨近地面，多用於人，較少用於動物。

所向披靡 suǒxiàngpīmǐ 原指大風所到之處草木無不倒伏，現用來比喻力量所到之處一切障礙全被掃除：他近年來所向披靡，獨步網壇。

▶ **所向無敵** 〔辨析〕見【所向無敵】條。

所向無敵 suǒxiàngwúdí 所到之處，無人可以抵擋：所向無敵的軍隊。

▶ **所向披靡** 〔辨析〕都有"所到之處，無人可以抵擋"的意義，但語義側重點有別。"所向無敵"是直陳性的，"所向"意為指向之處，"敵"意為力量相當的對手，指軍隊指向之處，誰也抵擋不住，全被戰勝，如"其聲勢之浩大，威力之猛烈，簡直是所向無敵"；"所向披靡"是

比喻性的，"披靡"意為草木隨風倒下，指風吹到的地方，草木隨之倒伏，以此來比喻力量到達之處，所有障礙一掃而空，全被清除，如"這是一支紀律嚴明、所向披靡的鐵軍"。

返回 fǎnhuí 〔動〕回到原來的地方：返回原地。

▶ **回來** 〔辨析〕見【回來】條。

金錢 jīnqián 〔名〕貨幣；錢：金錢不是萬能的。

▶ **錢** 〔辨析〕都有"貨幣"的意義，但語義側重點、使用場合和語體色彩有別。"金錢"一般不用於指商品交換時的具體的貨幣，有書面語色彩，如"我們並不拒絕金錢與財富，但講求'君子愛財，取之有道'"；"錢"可用於各種場合，通用於口語和書面語，如"花錢容易掙錢難"。

命令 mìnglìng ❶〔動〕上級對下級有所指示：書記命令調查組迅速趕赴災區。❷〔名〕上級給下級的指示：指揮部下達了緊急命令。

▶ **號令** 〔辨析〕見【號令】條。

命乖運蹇 mìngguāiyùnjiǎn 命運不好，不順利：這些年我家諸事不順，可謂命乖運蹇。

▶ **命途多舛** 〔辨析〕都有"運氣不好，不順利"的意義，但語義側重點有別。"命乖運蹇"側重指運氣不好；"命途多舛"側重指平生經歷坎坷不幸，如"生活在戰爭年代的人們，誰不是命途多舛呢"。

命途多舛 mìngtúduōchuǎn 一生遭遇很多不幸和坎坷：命途多舛，飽經磨難。

▶ **命乖運蹇** 〔辨析〕見【命乖運蹇】條。

受賄 shòuhuì 〔動〕接受賄賂：他為官清廉，決不受賄。

▶ **納賄** 辨析 見【納賄】條。

受傷 shòushāng 動 身體或物體受到損傷：在這次事故中，他腿部受傷。

▶ **負傷** 辨析 見【負傷】條。

爭持 zhēngchí 動 爭執而相持不下：為一件小事雙方爭持了半天。

▶ **爭執** 辨析 見【爭執】條。

爭執 zhēngzhí 動 爭論中各執己見，不肯相讓：爭執不下。

▶ **爭持** 辨析 都有"持有不同意見，極力申述理由，力爭說服對方"的意義，但語義側重點有別。"爭執"重在指堅持己見，互不相讓；"爭持"重在指相持不下，沒有結果。如"一場爭執剛剛結束"中的"爭執"不能換用"爭持"。

▶ **爭論** 辨析 都有"持有不同意見，互相辯論，力爭說服對方"的意義，但語義側重點和語法功能有別。"爭執"着重於各持己見，不肯相讓，執拗地爭辯，不一定有道理，含有爭吵的意味，並多帶有偏見色彩，多用於具體事情所引發的爭論，一般不受認真、心平氣和等態度比較和緩的詞語修飾，一般不帶賓語；"爭論"着重於各執己見，互相辯論，極力討論，一般不帶有偏見，目的是取得統一的認識，常用於不同見解之爭，可以帶賓語。如可以說"爭論問題"，但一般不說"爭執問題"。

爭奪 zhēngduó 動 爭取，奪取：爭奪制空權。

▶ **奪取** 辨析 見【奪取】條。

爭論 zhēnglùn 動 各執己見，互相辯論：爭論不休。

▶ **辯論** 辨析 都有"持有不同意見，極力申述理由，力爭說服對方"的意義，但語義側重點和適用對象有別。"爭論"着重指雙方各持己見，互不相讓，一般

在短時間內難以取得統一的結論，對象可以是大事，也可以是小事，常用於臨時因意見分歧而發生的爭執；"辯論"着重指正面的論述，通過擺事實、講道理的方式鄭重地有理有節地申述理由、分辨真偽，進而認識真理，以求得正確統一的結論，多是正式的論戰，對象多為大是大非問題。

▶ **爭辯** 辨析 都有"持有不同意見，極力申述理由，力爭說服對方"的意義，但語義側重點和適用對象有別。"爭論"着重指各執己見，互相辯論，據理討論，目的是取得一致意見，爭論雙方是平等的，內容可大可小；"爭辯"着重指就某種言論、行為進行討論、辯解、說明，目的是消除別人對自己的誤解，力爭讓別人相信自己，爭辯者一般處於被動地位，多用於受到委屈、誤解或指責、貶斥時，內容為不符合自己心意的小事情。如"你爭辯甚麼，錯就是錯"中的"爭辯"不能換用"爭論"。

▶ **爭執** 辨析 見【爭執】條。

爭辯 zhēngbiàn 動 爭論和辯駁：這是無可爭辯的事實。

▶ **爭論** 辨析 見【爭論】條。

念頭 niàntou 名 心裏想的，打算做的：永遠都不要有作弊的念頭。

▶ **想法** 辨析 都有"心裏想的，打算做的"的意義，但語義側重點、語體色彩有別。"念頭"指出現時間較短，較有突然性的心理活動，所涉及的問題側重於個人的、私密的，具有口語色彩，如"我忽然冒出一個念頭，為甚麼我不能自己去呢"；"想法"可以是經過長期思考的，已經成熟的思路，所涉及的也可以是比較重大的，可以討論的問題，通用於口語和書面語，如"很久以來，我就有個想法，這個項目我們完全可以自己做"。

▶ **心思** 辨析 見【心思】條。

服侍 fúshì 動 伺候，照料：服侍年邁的父母。

▶ 伺候 辨析 見【伺候】條。

▶ 侍候 辨析 見【侍候】條。

服從 fúcóng 動 遵照執行：服從命令聽指揮。

▶ 順從 辨析 都有"依照別人的意思行事，不違抗"的意義，但語義側重點、適用對象有別。"服從"強調無條件地同意和跟從，有接受支配的意味，多用於好的方面，多是對長輩、上級等；"順從"強調依順別人的意志，不違背，不反抗，含有表面服服帖帖，內心不一定真信服的意味，語義較輕，既可以用於好的方面，也用於壞的方面。如"最後她還是順從了那個男人"中的"順從"不宜改為"服從"。

▶ 聽從 辨析 參見【聽從】條。

▶ 遵從 辨析 都有"依照別人的意思行事，不違抗"的意義，但語義側重點和語體色彩有別。"服從"強調無條件地同意和跟從，有接受支配的意味，口語和書面語中都可以用；"遵從"強調遵照着做，有尊重對方的態度色彩和書面語色彩。如"遵從導師的意見，他又做了一次實驗"中的"遵從"不宜換用"服從"，因為他是因為尊重導師的意見才又做了一次實驗，而不是聽從導師的命令。

肥沃 féiwò 形 (土地) 含有較多適合植物生長的養分和水分：土壤肥沃。

▶ 肥美 辨析 都有"(土地) 含有較多適合植物生長的養分和水分"的意義，但語體色彩有別。"肥沃"口語和書面語中都可以用，無特殊的色彩；"肥美"含有美好的意味，帶有一定的主觀感情色彩，適用於文藝作品，具有文藝風格色彩和書面語色彩。"肥美"還有"肥壯、豐美"的意思。如"這些葡萄看上去十分肥美多汁"中的"肥美"不能換成"肥沃"。

肥美 féiměi ❶ 形 (土地) 肥沃：肥美的土地。❷ 形 肥壯，豐美：肥美的牛羊 / 肥美的牧草 / 肥美的牛肉。

▶ 肥沃 辨析 見【肥沃】條。

肥差 féichāi 名 指從中可多得好處的差事。

▶ 美差 辨析 都有"好差事"的意義，但語義側重點有別。"肥差"強調能獲得較多的收入；"美差"強調對個人有好處，不單指金錢方面。如"15 歲時，她謀得被村裏人羨慕的小學代課教師的美差"中的"美差"不能換用"肥差"。

周全 zhōuquán ❶ 形 周到全面：考慮得很周全。❷ 動 幫助成全：我能有今天，全靠大家周全。

▶ 周到 辨析 都有"照顧得很全面，無疏漏"的意義，但語義側重點和適用對象有別。"周全"強調全面，各方面都照顧到，多用於考慮、計劃等；"周到"強調做得很到位，多用於照顧、服務等。如"他對於我的關心，竟這樣周到"中的"周到"不宜換用"周全"。

周折 zhōuzhé 名 指事情進行往返曲折，不順利：頗費周折。

▶ 波折 辨析 都有"事情進行得不順利"的意義，但語義側重點和搭配對象有別。"周折"強調事情進行過程中的不順利，有許多繁瑣的枝節，比較麻煩；"波折"強調事情進行過程中的起伏跌宕，多用於重大方面。如"他一生遇到了許多波折"中的"波折"不能換用"周折"。

▶ 曲折 辨析 見【曲折】條。

周到 zhōudào 形 各方面都不忽略，都能照顧到：他做事特別周到。

▶ 周全 辨析 見【周全】條。

周密

zhōumì 形 周到細密：周密的計劃。

▶ 縝密 辨析 都有"周到細密"的意義，但語義側重點和適用對象有別。"周密"強調周全嚴密，多用於調查、計劃、佈置、籌劃和論説等；"縝密"強調思維活動過程中分析、判斷、推理等的精細、嚴謹，多用於計劃、策劃、研究、分析等。如"他思想縝密，描寫細膩，比其他同學高出許多"中的"縝密"不宜換用"周密"。

▶ 周詳 辨析 見【周詳】條。

周詳

zhōuxiáng 形 周到詳細：這個説明書寫得十分周詳。

▶ 周密 辨析 都有"細緻周到，沒有疏漏"的意義，但語義側重點有別。"周詳"強調考慮得很詳細，沒有遺漏，該考慮的方面都已經考慮進去，注重客觀的結果；"周密"強調考慮得很嚴密，沒有疏忽，注重主觀的努力。如"他敘述事件的始末很周詳"中的"周詳"不能換用"周密"。

周遊

zhōuyóu 動 到各處遊歷：周遊世界。

▶ 漫遊 辨析 都有"四處遊歷"的意義，但語義範圍有別。"周遊"多指範圍較大的遊歷、觀光、考察，一般有明確的計劃和路線；"漫遊"多指無拘無束地隨意遊覽，範圍可大可小，不一定有明確的計劃和路線。

周濟

zhōujì 動 給貧困以財物支援：周濟孤寡老人。

▶ 救濟 辨析 都有"用錢糧、衣服等救濟"的意義，但語義側重點和適用對象有別。"周濟"側重指對窮困的或一時困難的人給予暫時的接濟、幫助，可以是公開的，也可以是暗中進行的，多是小範圍的、個人對個人的；"救濟"側重指比較緊急、大規模地援救、幫助，施行者多是政府或社會團體，對象常是災民、難民、失業者或其他生活困難而急需救助的人，一般公開進行。如"通過其他渠道暗中周濟一下周圍的親朋好友"中的"周濟"不宜換用"救濟"。

▶ 賑濟 辨析 都有"用錢糧、衣服等救濟"的意義，但語義側重點、適用對象和語體色彩有別。"周濟"側重指對窮困的或一時困難的人給予暫時的接濟、幫助，可以是公開的，也可以是暗中進行的，多是小範圍的、個人對個人的，口語和書面語都可以用；"賑濟"側重指用錢糧、衣服等救助災民，可以是政府、團體大規模實行的，也可以是個人行為，一般都公開進行，多用於書面語，如"購買了36萬公斤大米，賑濟災區貧困農戶。"

昏迷

hūnmí 動 大腦功能紊亂導致長時間失去知覺：昏迷不醒。

▶ 昏厥 辨析 都有"失去知覺"的意義，但語義側重點有別。"昏迷"指長時間的神志不清；"昏厥"指短時間的失去知覺，具有書面語色彩。如"寂靜的深夜，昏迷多日的古籠突然醒來"中的"昏迷"不宜換用"昏厥"。

昏庸

hūnyōng 形 糊塗愚蠢：昏庸無道。

▶ 昏聵 辨析 都有"頭腦糊塗，不明是非"的意義，但語義強度、適用對象有別。"昏庸"語義較重，多用於領導者、當權主事的人；"昏聵"多用於年紀大的人，可以是當權的人，也可以是一般的人，書面語色彩濃厚。如"鄧浩鴻看到朝廷昏庸，不可救藥，便與其弟一起，堅決不受賜封"中的"昏庸"不宜換用"昏聵"。

昏暗

hūn'àn 形 光線不足，可見度低：燈光昏暗。

▶ **黑暗** 辨析 都有"可見度低"的意義，但語義側重點有別。"昏暗"指光線，但不足，跟"明亮"相對；"黑暗"一般指沒有光，跟"光明"相對。如可以說"昏暗的燈光"，但不說"黑暗的燈光"。"黑暗"另有比喻義，"昏暗"沒有。

▶ **幽暗** 辨析 都有"可見度低"的意義，但語義側重點有別。"昏暗"僅指光線不足；"幽暗"還含有僻靜的意味，比較強調某種氣氛。如"竹林中幽暗寂靜"中的"幽暗"。

昏聵 hūnkuì 形 眼花耳聾。比喻頭腦糊塗，不明是非：昏聵無能。

▶ **昏庸** 辨析 見【昏庸】條。

狐疑 húyí 動 像狐狸一樣多疑。指人遇事猶豫、猜疑：滿腹狐疑。

▶ **懷疑** 辨析 見【懷疑】條。

忽略 hūlüè 動 沒有注意到，省去不計：重視結果而忽略了過程。

▶ **疏忽** 辨析 都有"應該留意的事情沒注意到"的意義，但語義側重點有別。"忽略"強調因不重視、不全面考慮而有所遺漏；"疏忽"強調因粗心大意、不細緻而沒有注意到。如"他在散文創作中的地位不應忽略"中的"忽略"不能換用"疏忽"。

忽視 hūshì 動 不注意，不重視：忽視教育，後果不堪設想。

▶ **漠視** 辨析 都有"對事情不注意，不放在心上"的意義，但語義側重點、語義強度有別。"忽視"強調因粗心大意、注意不夠或考慮不周而未加重視，多是無意的行為，語義較輕；"漠視"強調冷淡地對待，因主觀認為不重要而不去注意，語義較重。

忽然 hūrán 副 表示來得迅速而又出乎意料：風忽然大起來了。

▶ **突然** 辨析 都有"來得迅速而又出乎意料"的意義，但語義側重點、語法功能有別。"忽然"強調事情發生得非常迅速，是副詞；"突然"強調出乎意外，是形容詞，可以受程度副詞修飾。如可以說"這事很突然"，但不說"這事很忽然"。

▶ **驟然** 辨析 都有"來得迅速而又出乎意料"的意義，但語義側重點和語體色彩有別。"忽然"強調事情發生的時間短促，口語和書面語都可以用；"驟然"強調事情來得迅捷，語義較重，多用於書面語。如"B 股從每股 40 美元驟然降至每股 20 美元"中的"驟然"不能換用"忽然"。

咎由自取 jiùyóuzìqǔ 罪過、災禍是由自己招來的。

▶ **罪有應得** 辨析 都有"因為做壞事而遭到報應、受到懲罰"的意義，但語義側重點有別。"咎由自取"強調因為自己的過失而受到災禍，如"這是他咎由自取，是他平時缺少道德教養的必然結果"；"罪有應得"強調因為自己的罪行而受到懲罰，如"受賄者遭嚴懲，誠是罪有應得"。

迎合 yínghé 動 故意使自己的言語或舉動適合別人的心意：迎合消費者需求／迎合觀眾口味／迎合上意。

▶ **逢迎** 辨析 都有"故意使自己的言語或舉動適合別人的心意"的意義，但語義側重點、感情色彩、搭配對象、使用頻率有別。"迎合"有為了自己的某種利益而遷就別人的意味，有時帶貶義，常跟"口味""胃口""心意""趣味""需要"等搭配，如"迎合白領需求""迎合低級趣味""迎合潮流"；"逢迎"有巴結、奉承、投其所好的意味，含有較明顯的貶義，常和"曲意""拍馬"等搭配，如"曲意逢迎""逢迎上司""逢迎拍馬"。"迎合"使用頻率高於"逢迎"。

夜郎自大 yèlángzìdà 漢代西南鄰國中,夜郎國(在今貴州西部)最大。夜郎國的國君問漢朝使臣道:"你們漢朝大呢?還是我們夜郎國大呢?",後來以此比喻不切實際地自高自大。

▶ **自高自大** 辨析 見【自高自大】條。

府邸 fǔdǐ 名 貴族官僚或大地主的住宅。

▶ **公館** 辨析 見【公館】條。

▶ **官邸** 辨析 在"官員、富人的住宅"的意義,但語義側重點和適用對象有別。"府邸"指貴族官僚或大地主的住宅,現已很少使用;"官邸"多為政府提供給高級官員的住所,多在翻譯外文時使用,前面多加職務,如首相官邸、總統官邸、大使官邸等。

底本 dǐběn ❶名 留作底子的稿本:這部書還留有底本。❷名 抄寫、刊印、校勘等所依據的本子。

▶ **藍本** 辨析 都有"作為依據的本子"的意義,但語義側重點有別。"底本"側重指留作底稿、校勘時作為依據的、抄本或刊印本所依據的本子;"藍本"側重指著作所依據的本子。如"所選各書均以傳世善本或公認最好的通行本為底本"中的"底本"不宜換用"藍本"。

放 fàng ❶動 解除約束,使自由:放了兩隻鳥。❷動 在一定的時間停止(學習、工作):放寒假。❸動 讓牛羊等在草地上吃草和活動:放牛。❹動 發出:放冷箭。❺動 點燃:放鞭炮。❻動 借錢給人,收取利息:放高利貸。❼動 擴展:放照片。❽動 擱置:這事先放一放。❾動 弄倒:上山放樹。❿動 使處於一定的位置:放桌子上。⓫動 加進去:放鹽。⓬動 控制自己的行動,採取某種態度,達到某種分寸:放明白點!⓭動 丟開:放着大路不走,走小路。

▶ **擺** 辨析 都有"使處於某一地方或一定位置"的意義,但適用範圍有別。"放"對位置和姿態沒有明確要求;"擺"對放置的位置和姿態有具體要求,不能隨便放置。如"展品一擺出來就吸引了不少人"中的"擺"不宜換用"放"。二者在其他意義上不相同。

▶ **擱** 辨析 都有"使處於某一地方或一定位置"的意義,但適用範圍有別。"放"物體可大可小;"擱"物體一般較小,比較隨意。如"男人把頭轉過去,下巴擱在方向盤上,這一來,他的臉就完全隱在暗影裏了"中的"擱"不宜換用"放"。二者在其他意義上不相同。

放任 fàngrèn 動 聽其自然,不加約束或干涉:放任自流 / 對孩子的壞習慣不能放任不管。

▶ **放縱** 辨析 都有"不加約束或干涉"的意義,但語義側重點、適用對象有別。"放任"側重指對其行為不管不顧,如"放任自流";"放縱"還含有縱容的意味,語義較重。如"這兩年他很放縱自己,已被公司開除"。

放浪 fànglàng 形 生活不受約束或行為不檢點:行為放浪。

▶ **放蕩** 辨析 見【放蕩】條。

▶ **放縱** 辨析 見【放縱】條。

放蕩 fàngdàng 動 生活不受約束或行為不檢點:生活放蕩。

▶ **放浪** 辨析 都有"生活不受約束或行為不檢點"的意義,但語義強度、語體色彩、語法功能有別。"放蕩"語義較輕,口語和書面語中都可以用,多作謂語和定語;"放浪"語義較重,具有書面語色彩,多作定語,使用頻率較低。如"那個道姑出了家,卻不守清規,行為放蕩"中的"放蕩"不宜換用"放浪"。

▶ **放縱** 辨析 見【放縱】條。

▶ **浪蕩** 辨析 都有"行為不檢點"的意義，但語義範圍有別。"放蕩"還可指生活不受約束方面；"浪蕩"只指行為不檢點一方面，語義較窄，一般不說"生活浪蕩"。

放縱 fàngzòng ❶動 縱容，不加約束：放縱自己。❷形 不守規矩，沒有禮貌：驕奢放縱。

▶ **放蕩** 辨析 都有"不守規矩，行為不檢點或不加約束"的意義，但語義側重點和語義強度有別。"放縱"強調不守規矩，不加約束，貶義程度比"放蕩"低，語義較輕；"放蕩"強調行為不檢點，生活上任意胡為，貶義程度較高。"放縱"有動詞和形容詞兩種用法，"放蕩"只有形容詞用法。

▶ **放浪** 辨析 都有"不守規矩，行為不檢點或不加約束"的意義，但語體色彩有別。"放蕩"口語和書面語中都可以用。"放浪"具有書面語色彩，多和"形骸"連用。"放縱"另有動詞用法。

▶ **放任** 辨析 見【放任】條。

▶ **縱容** 辨析 見【縱容】條。

刻板 kèbǎn ❶動 在木板或金屬板上刻字或圖（或用化學方法腐蝕而成），使成為印刷用的底版。❷形 比喻呆板沒有變化：刻板的生活。

▶ **古板** 辨析 見【古板】條。

▶ **機械** 辨析 見【機械】條。

刻毒 kèdú 形 刻薄狠毒：刻毒的話語。

▶ **惡毒** 辨析 都有"（用心、手段、話語）陰險狠毒"的意義，但語義側重點和語體色彩有別。"刻毒"強調對人極其冷酷狠毒，包含"刻薄"和"狠毒"兩方面意思，有書面語色彩，如"臉上浮出幾絲刻毒的笑意"；"惡毒"強調十分兇惡毒辣，通用於口語和書面語，如"沒有語

言能夠表達由這次瘋狂惡毒的暴行所引起的震驚和悲傷"。

刻薄 kèbó 形（待人、說話）冷酷無情；過分的苛求：待人刻薄。

▶ **尖刻** 辨析 見【尖刻】條。

狀況 zhuàngkuàng 名 事物表現出來的現象和形式：生活狀況。

▶ **情況** 辨析 都有"事物表現出來的情形"的意義，但語義側重點和適用範圍有別。"狀況"側重指事物在較長時間內表現出來的狀態或情形，具有一定的穩定性，但適用面較窄；"情況"側重指新出現的事實，往往不為人所知，時間短，變化快，適用面較寬。如"情況正在發生變化"中的"情況"不能換用"狀況"。"情況"還可用於指敵情或軍事上情勢的變化，"狀況"沒有這種意義用法。

炎熱 yánrè 形（天氣）很熱：炎熱的夏天 / 天氣炎熱。

▶ **火熱** 辨析 見【火熱】條。

▶ **酷熱** 辨析 都有"很熱"的意義，但語義側重點及語義輕重有別。"炎熱"多用於一般的天氣很熱的情況；"酷熱"多用於天氣非常熱的情況，有熱得令人難以忍受的意味，語義比"炎熱"重，如"酷熱難耐""酷熱難當"。

法制 fǎzhì 名 法律制度，包括法律的制定、執行和遵守等：法制觀念。

▶ **法治** 辨析 都有"與法律制度相關的"的意義，但語義側重點和語法功能有別。"法制"含有完善系統的意味，多作定語，如可以說"法制建設、健全法制"等，是名詞；"法治"指依據法律治理國家，與"人治"相對，是動詞。如"《森林法》的頒佈實施標誌着林業建設納入了法治軌道"中的"法治"不能換用"法制"。

法治 fǎzhì 動 依據法律治理國家：實行民主和法治。

▶ **法制** 辨析 見【法制】條。

法則 fǎzé 名 規律：自然法則。

▶ **原則** 辨析 都有"依據的標準"的意義，但語義側重點和適用對象有別。"法則"強調不可抗拒性，是強制性的、客觀的，多用於表示自然界中的規律；"原則"強調說話或行事的標準，是主觀的，多用於人。如"人總是要有一點原則的"中的"原則"不能換用"法則"。

法紀 fǎjì 名 法律和紀律：目無法紀。

▶ **綱紀** 辨析 見【綱紀】條。

法師 fǎshī 名 對和尚或道士的尊稱。

▶ **禪師** 辨析 都有"對和尚的尊稱"的意義，但語義範圍有別。"法師"既可以稱和尚（精通佛法），也可以稱道士（擅長符籙等法）；"禪師"一般只用於稱和尚。如"燈影法師一手提葫蘆，一手提搖鈴，走街串巷，斬妖除魔"中的"法師"指的是道士，就不能換成"禪師"。

油污 yóuwū ❶ 名 油性的污物；油泥：滿手油污。❷ 名 油污染：船舶油污損害賠償。

▶ **油垢** 辨析 都有"油性的污物；油泥"的意義，但語義側重點、適用對象有別。"油污"可用於人也可用於物，如"滿身油污""清除海岸油污"；"油垢"偏重指長期形成的較厚的油性污物，多用於物，如"抽油煙機風扇葉輪易存油垢""清除廚房的油垢"。在其他意義上二者不相同。

油垢 yóugòu 名 含油的污垢；油泥：家用抽油煙機風扇葉輪易存油垢／

這種溶劑能有效地去除油垢。

▶ **油污** 辨析 見【油污】條。

油滑 yóuhuá 形 形容人各方面敷衍討好；不誠懇：他的回答很油滑／他的文風有點油滑。

▶ **世故** 辨析 見【世故】條。

▶ **圓滑** 辨析 都有"形容人各方面敷衍討好"的意義，但語義側重點、感情色彩有別。"油滑"強調不誠懇，有狡猾、非常善於應變的意味，貶義比"圓滑"重，如"油滑狡詐的人物"；"圓滑"指耍手腕，做事不肯承擔責任，但卻能對各方都應付得很周到，常含貶義，如"他太直了，不懂圓滑"。

沿用 yányòng 動 繼續使用（過去的方法、制度、法令等）：沿用舊模式／沿用國際慣例。

▶ **沿襲** 辨析 都有"繼續使用"的意義，但語義側重點、語體色彩有別。"沿用"的對象可以是舊有的或現行的事物，有俗白的色彩；"沿襲"有把過去的東西繼承、傳承下來的意味，有文雅的色彩，如"沿襲詩書傳統"。

沿襲 yánxí 動 依照舊傳統或原有的規定辦理：沿襲舊制。

▶ **沿用** 辨析 見【沿用】條。

注目 zhùmù 動 把視線集中在一點上：引人注目。

▶ **矚目** 辨析 都有"目光集中地、注意地看"的意義，但適用對象有別。"注目"施動者可以是個人或多人，涉及的對象多是一般的人或具體事物，比"矚目"通俗常用；"矚目"施動者一般限於集體或眾多的人，涉及的對象多是有名的或特出的人物、重大的或有特殊意義的事物，常和"舉世、舉國、世人、萬眾"等組合使用。如"這是冷戰結束後出現的最引人注目的事件之一"中的"注目"不能換用"矚目"。

▶ **注視** 辨析 都有"目光集中地、注意地看"的意義，但語義側重點、語法功能和搭配對象不同。"注目"着重於把視線或注意力集中在某人或某事物上，對象常常是眼前很突出的人、物或事情，通常不表示人的某種神情，一般不帶補語，偶爾帶賓語，可用於被動句，常跟"令人、引人、惹人、引起"等搭配；"注視"着重於集中精力地看，注意地凝視，常用於表達人的某種神情，常帶賓語、補語、狀語，常跟"嚴肅、緊張、嚴厲、專心致志、失望、興奮、恐懼"等搭配。如"他緊張地注視着前面的小樹林"中的"注視"不能換用"注目"。

注重 zhùzhòng 動 注意並重視：注重發展生產力。

▶ **重視** 辨析 都有"認為重要而認真對待"的意義，但語義側重點和適用對象有別。"注重"強調注意、關切，一般只用於事物而不直接用於人；"重視"強調因作用重要或影響重大而認真對待，不可輕視或疏忽，廣泛地用於人或事物。如"受到上層重視"中的"重視"不能換用"注重"。

注視 zhùshì 動 專注地看：密切注視事態的發展。

▶ **凝視** 辨析 都有"專心地看"的意義，但語義側重點和適用對象有別。"注視"既指注意力和精神集中地看，又指從側面或暗中注意觀察，對象可以是人和具體事物，也可以是抽象的、變動的事物，如運動、居室、潮流、事態的發展等；"凝視"着重指帶着某種神情長時間地聚精會神地看某一點，對象多是具體的、靜止的人或事物。如"我常常出神地凝視着那美麗的星星"中的"凝視"不宜換用"注視"。

▶ **注目** 辨析 見【注目】條。

泥坑 níkēng 名 爛泥聚集的低窪地。

▶ **泥潭** 辨析 都有"爛泥聚集的低窪地"的意義，但語義範圍和語體色彩有別。"泥坑"用於口語；"泥潭"用於書面語，常作比喻用，比喻難以應付的困境。

▶ **泥沼** 辨析 都有"爛泥聚集的低窪地"的意義，但語義範圍和語體色彩有別。"泥坑"用於口語；"泥沼"用於書面語，還有比喻義，比喻難以應付的困境。

泥沼 nízhǎo 名 爛泥聚集的低窪地。

▶ **泥坑** 辨析 見【泥坑】條。

▶ **泥潭** 辨析 都有"爛泥聚集的低窪地"的意義，但使用頻率和語義側重點有別。"泥潭"比"泥沼"常用些。"泥潭"側重於形容其深，"泥沼"側重於形容其爛。

泥潭 nítán 名 爛泥聚集的低窪地。

▶ **泥坑** 辨析 見【泥坑】條。

▶ **泥沼** 辨析 見【泥沼】條。

波折 bōzhé 名 事情進行中所發生的曲折：人生難免遭遇波折。

▶ **曲折** 辨析 見【曲折】條。

波濤 bōtāo 名 大波浪：波濤洶湧。

▶ **波浪** 辨析 都有"江河湖海等水域起伏的水面"的意義，但語義側重點和語義強度有別。"波濤"側重於指水面洶湧翻滾，很猛烈，語義較重，如"暴風雨來臨，海上波濤洶湧"；"波浪"側重於指水面動盪湧流，不停頓，語義較輕，如"快艇划過湖面，掀起陣陣波浪"。

性子 xìngzi 名 在對人、對事的態度和行為方式上所表現出來的心理特點，如剛強、果斷、懦弱等。

▶**脾氣** 辨析 都有"在對人、對事的態度和行為方式上所表現出來的心理特點"的意義，但語義側重點、語體色彩有別。"性子"是口語用詞；"脾氣"強調心理特點形成習慣，口語和書面語都可以用。

▶**性格** 辨析 都有"在對人、對事的態度和行為方式上所表現出來的心理特點"的意義，但語體色彩有別。"性子"是口語用詞；"性格"通用於口語和書面語。

▶**性情** 辨析 都有"在對人、對事的態度和行為方式上所表現出來的心理特點"的意義，但語義側重點、語體色彩有別。"性子"是口語用詞；"性情"側重情感反映方面的心理特點，如"性情各異""性情溫順""性情乖戾"。

性格 xìnggé 图 在對人、對事的態度和行為方式上所表現出來的心理特點，如剛強、勇敢、懦弱等：性格特徵／從習慣動作看性格／性格分析。

▶**脾氣** 辨析 都有"在對人、對事的態度和行為方式上所表現出來的心理特點"的意義，但語義側重點、適用對象有別。"性格"有相應於心理的外在表現風格的意味，一般用於人或擬人化的描寫；"脾氣"強調心理特點形成習慣，除用於人外，也用於動物，如"脾氣暴躁""這是一隻脾氣最和善的小狗"。

▶**性情** 辨析 都有"在對人、對事的態度和行為方式上所表現出來的心理特點"的意義，但語義側重點有別。"性格"有相應於心理的外在表現風格的意味；"性情"側重情感反映方面的心理特點，如"性情溫順""性情暴躁""陶冶性情"。

▶**性子** 辨析 見【性子】條。

性情 xìngqíng 图 在對人、對事的態度和行為方式上所表現出來的心理特點，如剛強、粗暴、懦弱等：性情大變、

性情溫和。

▶**脾氣** 辨析 都有"在對人、對事的態度和行為方式上所表現出來的心理特點"的意義，但語義側重點有別。"性情"側重情感反映方面的心理特點，如"性情各異""性情兇殘"；"脾氣"強調心理特點形成的習慣，如"脾氣好""改掉壞脾氣"。

▶**性格** 辨析 見【性格】條。

▶**性子** 辨析 見【性子】條。

怪 guài ❶ 形 奇怪：怪事。❷ 副 很，非常：怪可憐的。❸ 動 責備，埋怨：不用怪他。

▶**夠** 辨析 在作副詞，表示程度高時意義相同，但語義側重點和適用條件有別。"怪"只能表示程度高，可以修飾形容詞或具有程度的動詞，而且後面一般需要帶"的"；"夠"不僅可以表示程度高，還可以表示達到一定標準，一般用在形容詞前，而且後面一般需要帶"的"或"了"。"怪想他的"中的"怪"不能換用"夠"。

▶**很** 辨析 在作副詞，表示程度高時意義相同，但語體色彩、語法功能有別。"怪"表示的程度比"很"低，多用於口語，不能作補語；"很"口語和書面語中都可以用，可以作補語。如可以說"高興得很"，但不說"高興得怪"。

▶**老** 辨析 見【老】條。

▶**挺** 辨析 在作副詞，表示程度高時意義相同，但適用範圍和語法功能有別。"怪"對形容詞的選擇限制較嚴，須有滿意、親昵、喜愛等一定的感情色彩，後面一般需要帶"的"，不能修飾否定形式，如可以說"這東西怪好玩的"，但一般不說"這東西怪好玩""這東西怪不好玩"；"挺"對形容詞的選擇限制較寬，不帶感情色彩，可以修飾否定形式。如可以說"挺老實""挺不老實"。

193

▶ **怨** 辨析 都有"表示不滿"的意義，但語義側重點和語義強度有別。"怪"側重指輕輕的責備，語義較輕；"怨"側重指埋怨，語義較重，如可以說"這事都怪你"，也可以說"這事都怨你"，後者責備埋怨的口氣更重。

▶ **奇** 辨析 見【奇】條。

怪不得 guàibude 連 表示明白了原因，對發生的事不再覺得奇怪。

▶ **難怪** 辨析 在作連詞，表示明白了原因，對發生的事不再覺得奇怪時意義相同，但語義側重點有別。"怪不得"強調事後發現了原因而使結果得到了驗證，表原因的分句之前常用"原來"等詞照應；"難怪"強調因發現了某種情況後，對事物本身的真相有所瞭解，因而覺得這種事情的發生是合乎情理的。如"怪不得他那麼高興，原來兒子考上大學了"中的"怪不得"不能換用"難怪"。

怪罪 guàizuì 動 責備，埋怨：上面要是怪罪下來，我們怎麼擔當得起？

▶ **埋怨** 辨析 都有"對其他人或事物表示不滿"的意義，但語義強度、適用對象有別。"怪罪"語義較重，後面必須是指人名詞，一般不用於自身，如一般不說"怪罪自己"；"埋怨"語義較輕，後面可以是指人名詞，也可以是動詞，既可以用於他人，也可以用於自身，如可以說"埋怨自己無能"。

▶ **責怪** 辨析 見【責怪】條。

怪誕 guàidàn 形 荒誕離奇，古怪：故事怪誕。

▶ **荒誕** 辨析 都有"虛妄荒唐，不合情理"的意義，但語義側重點、語義強度、適用對象有別。"怪誕"側重指離奇古怪，不同於尋常或不合乎實際，語義相對較輕，既可用於抽象事物，也可用於具體事物；"荒誕"側重指極不真實，

極不近情理，虛妄而不可置信，語義相對較重，多用於抽象事物。如"好在歷史終歸是由人民來寫的，那些荒誕無稽的年代已經過去了"中的"荒誕"不宜換用"怪誕"。

宗旨 zōngzhǐ 名 主要的目的和意圖：辦學宗旨。

▶ **目標** 辨析 見【目標】條。

▶ **主旨** 辨析 見【主旨】條。

官吏 guānlì 名 舊時政府工作人員的總稱。

▶ **官僚** 辨析 都有"政府工作人員"的意義，但所指範圍和使用條件有別。"官吏"是舊詞語，不帶褒貶色彩，現在較少使用；"官僚"是非集合名詞，多帶貶義，現還在使用。如"官僚作風"中的"官僚"不能換用"官吏"。

▶ **官員** 辨析 都有"政府工作人員"的意義，但適用場合有別。"官吏"是舊詞語，現在較少使用；"官員"比較正式，現多用於外交場合。如可以說"政府官員"，但一般不說"政府官吏"。

官邸 guāndǐ 名 由政府提供的高級官員的住所：總統官邸。

▶ **府邸** 辨析 見【府邸】條。

▶ **公館** 辨析 見【公館】條。

官員 guānyuán 名 經過任命的、擔任一定職務的政府工作人員（現多用於外交場合）。

▶ **官吏** 辨析 見【官吏】條。

▶ **官僚** 辨析 都有"政府工作人員"的意義，但適用場合有別。"官員"比較正式，多用於外交場合；"官僚"在現今使用時帶貶義色彩，作本義使用較少。

官僚 guānliáo 名 官員，官吏：官僚和軍閥相勾結殘酷鎮壓百姓。

▶ **官吏** 辨析 見【官吏】條。

▶ **官員** 辨析 見【官員】條。

空想 kōngxiǎng ❶動 憑空設想：過去空想的實驗正變得具有實用潛力，科學家的夢想正在變成現實。❷名 不切實際的想法：烏托邦式的空想。

▶ **幻想** 辨析 見【幻想】條。

空廓 kōngkuò 形 空曠：空廓的大宅院。

▶ **空曠** 辨析 見【空曠】條。

空闊 kōngkuò 形 空曠開闊：浩渺空闊的水面。

▶ **空曠** 辨析 見【空曠】條。

空曠 kōngkuàng 形 地方廣闊，沒有樹木、建築物等遮攔：空曠的原野。

▶ **空廓** 辨析 都有“地方廣闊無物”的意義，但語義側重點有別。“空曠”強調在廣闊的空間內空無一物，沒有遮攔，顯得空空蕩蕩，如“歌聲飛向空曠靜謐的山野”；“空廓”強調在一個大範圍內很空，如“這空廓的大宅子是他和她廝守着的一個家”。

▶ **空闊** 辨析 都有“地方廣闊無物”的意義，但語義側重點有別。“空曠”強調在廣闊的空間內空無一物，沒有遮攔，顯得空空蕩蕩，如“他們在空曠的排練廳裏單調地重複着踢腿、點轉、壓腿、開胯”；“空闊”強調空間上的寬闊，一望無際，如“浩渺空闊的水面”。

肩負 jiānfù 動 接受任務使命，並負起責任：肩負着重大的使命／肩負着祖國的重託。

▶ **擔負** 辨析 見【擔負】條。

祈求 qíqiú 動 懇切地希望得到：祈求大家諒解。

▶ **懇求** 辨析 都有“請求並希望得到”

的意義，但語義側重點和態度色彩有別。“祈求”偏重於“祈”，希望，請求，強調請求並希望得到，如“他一直在祈求她的寬恕”；“懇求”偏重於“懇”，真誠，強調用真誠、誠懇的態度請求並希望得到，帶有比“祈求”更鄭重、更懇切的態度色彩，如“她再三懇求也無濟於事”。

▶ **乞求** 辨析 見【乞求】條。

▶ **請求** 辨析 都有“求別人給予”的意義，但語義側重點和詞性有別。“祈求”側重於“祈”，希望，懇切地要求並希望得到，如“全家人一次次為他向上蒼祈求”；“請求”側重於“請”，提出要求，希望實現，含尊重、恭敬的意味，如“他們向法院提起上訴，請求給予精神損害賠償等費用”。“祈求”只能用作動詞；“請求”除動詞用法外，還能用作名詞，如“他同意了她的請求”。

祈禱 qídǎo 動 一種宗教行為，信仰宗教的人向神默告自己的願望，祈求保佑賜福：祈禱神靈保佑。

▶ **禱告** 辨析 都有“向神默告自己的願望”的意義，但語義側重點和使用範圍有別。“祈禱”偏重於向神求福，求神保佑，如“我每天都在為你祈禱”；“禱告”偏重於向神默告自己的情況和願望，如“磕頭禱告”“我姥姥天天為他禱告，希望他早日康復”。“祈禱”是一種宗教行為；“禱告”使用的範圍較廣，不限於宗教行為。

屈服 qūfú 動 在外來壓力下妥協讓步：決不屈服於惡勢力。

▶ **屈從** 辨析 見【屈從】條。

▶ **屈膝** 辨析 都有“對外來壓力妥協讓步”的意義，但語義側重點和態度色彩有別。“屈服”着重於“服”，服從，強調從心理上妥協、不抗爭，含違心服從的態度色彩；“屈膝”着重於“膝”，膝蓋，使膝蓋彎曲，即下跪，含投降求饒的態度色彩，貶義詞。

屈從 qūcóng 〔動〕對外來壓力妥協讓步，勉強服從：屈從於政治壓力。

▶ **屈服** 〔辨析〕 都有"對外來壓力妥協讓步、違心地服從"的意義，但語義側重點和語體色彩有別。"屈從"着重於"從"，順從，強調在行為上順從、不違抗，如"不要無原則地屈從他人"；"屈服"着重於"服"，服從，強調從心理上妥協、不抗爭，如"他樂觀、忍耐，不向命運屈服"。"屈從"多用於書面語；"屈服"可用於書面語，也可用於口語。

▶ **屈膝** 〔辨析〕 都有"對外來壓力妥協讓步、違心地服從"的意義，但語義側重點和態度色彩有別。"屈從"着重於"從"，順從，強調在行為上順從、不違抗，含不得已而為之的態度色彩，如"屈從權貴"；"屈膝"着重於"膝"，膝蓋，使膝蓋彎曲，即下跪，含投降求饒的態度色彩，貶義詞，如"屈膝投降"。

屈膝 qūxī 〔動〕用下跪表示屈服：屈膝投降。

▶ **屈從** 〔辨析〕 見【屈從】條。

▶ **屈服** 〔辨析〕 見【屈服】條。

承受 chéngshòu ❶〔動〕接受；禁得起：承受壓力。❷〔動〕繼承（權利、財產等）：承受遺產。

▶ **經受** 〔辨析〕 都有"接受、受到"的意義，但語義側重點和適用對象有別。"承受"側重指承擔接受，適用對象較寬，可以是財產等具體事物，也可以是考驗、壓力、痛苦等抽象事物；"經受"側重指受到，適用對象較窄，多是考驗、考核等抽象事物。如"老爺太太並未指示，想是怕他們一時不能承受"中的"承受"不能換用"經受"。

承接 chéngjiē ❶〔動〕把下落的物體等接住：屋簷下承接雨水的地方。❷〔動〕領受並負責完成：承接各種廣告。

❸〔動〕銜接：承接上文，引起下文。

▶ **承擔** 〔辨析〕 見【承擔】條。

▶ **承攬** 〔辨析〕 都有"接受"的意義，但語義側重點和適用對象有別。"承接"側重指接受，適用對象較窄，一般是大型的工程或項目；"承攬"側重指攬下、包攬，適用對象較寬，可以是大型的工程項目，也可以是家務等小事。如"原先分配給他的活計，全由我承攬了過來"中的"承攬"不能換用"承接"。

承當 chéngdāng 〔動〕擔當：出了事情，由我一個人去承當。

▶ **承擔** 〔辨析〕 都有"接受任務並負起責任"的意義，但語義側重點和適用對象有別。"承當"側重指不怕負責而接受任務，適用對象多是責任、職務等；"承擔"側重指勇於接受任務，敢於負起責任，適用對象多是責任、任務、工作等。如"幾經周折，郭沫若終於承當了軍委政治部三廳廳長"中的"承當"不宜換用"承擔"。

▶ **擔負** 〔辨析〕 見【擔負】條。

承擔 chéngdān 〔動〕擔當、肩負：承擔賠償責任。

▶ **承當** 〔辨析〕 見【承當】條。

▶ **承接** 〔辨析〕 都有"接受任務並負起責任"的意義，但語義側重點、指稱事物和適用對象有別。"承擔"側重指勇於接受任務，敢於負起責任，其指稱主體可以是單個人，也可以是公司、組織等，適用對象多是責任、任務、工作等；"承接"側重指把任務、項目等接受下來，其指稱主體多是機構、組織等，適用對象多是任務、項目、工程、課題等。如"受讓方應當承擔保密義務，並不得妨礙轉讓方申請專利"中的"承擔"不能換用"承接"。

承諾 chéngnuò 動 答應照辦：不敢貿然承諾。

▶ **許諾** 辨析 見【許諾】條。

承攬 chénglǎn 動 攬下（某項業務）：承攬加工業務。

▶ **承接** 辨析 見【承接】條。

孤寂 gūjì 形 孤獨寂寞：她一直過着孤寂的生活。

▶ **孤單** 辨析 見【孤單】條。

▶ **孤獨** 辨析 見【孤獨】條。

孤單 gūdān ❶ 形 單身無靠，感到寂寞：他很孤單。❷ 形 （力量）單薄：勢力孤單。

▶ **孤獨** 辨析 都有"單身無靠，獨自一人"的意義，但語義側重點和適用對象有別。"孤單"強調單獨，沒有伴侶，多直接用於形容人，比較客觀；"孤獨"強調遠離集體，獨來獨往，多用於形容人的思想、感情、性格等與眾不同，或因為得不到別人的支持、幫助、合作而感到寂寞、苦悶，多是主觀感受。如"當時她內心感到非常孤獨"中的"孤獨"不能換用"孤單"。

▶ **孤寂** 辨析 都有"單身無靠，獨自一人"的意義，但語義側重點和語體色彩有別。"孤單"強調單獨，獨自一人，口語和書面語中都可以用；"孤寂"強調寂寞的感覺，是書面語詞。"老友們為了慰其孤寂之苦，常來與之相聚"中的"孤寂"不宜換用"孤單"。"丈夫經常出差，平時她很孤單"中的"孤單"不宜換用"孤寂"。

▶ **孑然** 辨析 見【孑然】條。

孤獨 gūdú 形 獨自一個人，孤單：他一個人在家，孤獨得很。

▶ **孤單** 辨析 見【孤單】條。

▶ **孤寂** 辨析 都有"寂寞"的意義，但語義側重點和語體色彩有別。"孤獨"強

調獨自一人，因此而感到寂寞，口語和書面語中都可以用；"孤寂"強調寂寞的感覺，是書面語詞。

▶ **孑然** 辨析 見【孑然】條。

姑且 gūqiě 副 表示暫時地：姑且如此。

▶ **暫且** 辨析 都有"表示某種行為或情況的產生只是暫時的"意義，但語義側重點有別。"姑且"含有比較明顯的退讓的意味，強調退一步來處理；"暫且"突出時間性，含有到此告一段落的意味，表示退讓的意味很少甚至沒有。如"房子不好，你暫且住幾天"中的"暫且"不宜換用"姑且"。

姑息 gūxī 動 無原則地寬容：對孩子的錯誤決不能姑息。

▶ **遷就** 辨析 見【遷就】條。

▶ **縱容** 辨析 見【縱容】條。

姑娘 gū·niang ❶ 名 未婚女子。❷ 名 女兒。

▶ **閨女** 辨析 都有稱呼"女兒"的意義，但適用條件有別。"姑娘"多用於背後的稱呼，口語和書面語都可以用；"閨女"當面稱和背後稱都可以，具有親切感，口語色彩濃厚。如"鄰居一直把她當成自己的親生閨女看待"中的"閨女"不能換用"姑娘"。

▶ **女兒** 辨析 見【女兒】條。

始末 shǐmò 名 指事情從頭到尾的經過：他詳細介紹了事情的始末。

▶ **本末** 辨析 見【本末】條。

始祖 shǐzǔ ❶ 名 有世系可查考的最早的祖先：黃帝是中華民族的共同始祖，黃帝陵是炎黃子孫感情的紐帶。❷ 名 某一學派或行業的創始人：傳說李聃是道教的始祖。

▶ **鼻祖** 辨析 都有"某一學派或行業的創始人"的意義，但語義側重點和適用範圍有別。"始祖"着重於"始"，最早的、最初的，由最早的祖先喻指創始人；"鼻祖"着重於"鼻"，開創的，強調創始人、開創者，含褒義。"始祖"一般只用於人；"鼻祖"還可喻指最早出現的某一事物，如"五言在漢，遂為鼻祖"。

阿諛 ēyú 動 用好聽的話去奉承別人：阿諛奉承。

▶ **諂媚** 辨析 都有"奉承人，討好人"的意義，但語義側重點和語義強度有別。"阿諛"側重指用好聽的話去奉承、討好人，投其所好，曲意逢迎，語義較輕；"諂媚"側重指以低三下四、卑賤的態度去討好人，語義較重。如"只要那表示最高利益的權利是靠個人賜予，就永遠存在着狗一樣搖尾諂媚的人"中的"諂媚"不能換用"阿諛"。

▶ **諂諛** 辨析 都有"奉承人，討好人"的意義，但語義側重點和語義強度有別。"阿諛"指用好聽的話去奉承、討好人，語義較輕，比"諂諛"通俗常用；"諂諛"指用卑賤的行為或語言去奉承討好人，語義較重，多用於僚屬向上司或走卒向主子的諂媚、邀寵。如"實際的忠告遠勝於悅耳的阿諛"中的"阿諛"不宜換用"諂諛"。

阻止 zǔzhǐ 動 使不能前進，使行動停止：阻止事態進一步惡化。

▶ **遏止** 辨析 都有"使不能進行"的意義，但語義側重點、語義強度、適用對象和語體色彩有別。"阻止"強調使之停止，語義較輕，對象多是他人的具體行動，口語和書面語都可以用；"遏止"強調用力使之停止，語義較重，對象多是來勢猛而突然的事物，可以是具體的，也可以是抽象的，可以是他人的，也可以是自己的，具有書面語色彩，如"他胸中燃起一股不可遏止的怒火。"

▶ **禁止** 辨析 都有"使不能進行"的意義，但語義側重點和適用對象有別。"阻止"側重指阻擋，以某種力量、行動或辦法使不能活動，對象一般是已經發生的；"禁止"側重指不准許在一定時間、地點和條件下做不合乎要求的事，對象一般是未發生的。如"樓內禁止高聲喧嘩""室內禁止吸煙"中的"禁止"不能換用"阻止"。

▶ **制止** 辨析 都有"使不能進行下去"的意義，但語義側重點有別。"阻止"側重指為其發展設置障礙，使其不能進行下去；"制止"側重指強制停止，多用於法律、權力或其他強制力量使不能發展或變化，如"他正準備把這幅展品拍攝下來，管理人員制止了他。"

阻塞 zǔsè 動 有障礙而不能通過：阻塞交通。

▶ **堵塞** 辨析 都有"有障礙而不能暢通"的意義，但語義側重點和適用對象有別。"阻塞"強調有障礙而受阻，多用於道路交通；"堵塞"強調有障礙物堵住了通道，多用於通道、河流、溝渠等。如"下水道因年久失修而堵塞"中的"堵塞"。

▶ **梗塞** 辨析 都有"有障礙而不能暢通"的意義，但語義側重點和適用對象有別。"阻塞"強調有障礙而受阻，多用於道路交通；"梗塞"強調障礙很大而不能暢通，多用於人體器官的通道，如"心肌梗塞"。

阻撓 zǔnáo 動 阻止或暗中破壞，使不能發展或成功：百般阻撓。

▶ **阻擋** 辨析 都有"使不能順利前進或發展"的意義，但語義側重點、感情色彩和適用對象有別。"阻撓"強調暗中設置障礙進行破壞，是貶義詞，常用於正面的、積極的重大行動或事物；"阻擋"

強調從正面使受阻礙，要擋住的對象來勢較猛，可用於進軍、一般的行動、飛動的東西以及勝利等，是中性詞。"進攻的軍隊被阻擋在碉堡外的一道矮圍牆前"中的"阻擋"不能換用"阻撓"。

▶ **阻攔** 辨析 見【阻攔】條。

阻擋 zǔdǎng 動 擋住，使不能通過：誰也阻擋不了我們前進的步伐。

▶ **抵擋** 辨析 都有"阻攔、擋住"的意義，但語義側重點和適用對象有別。"阻擋"強調阻止、擋住別人的行動，使不能前進或繼續發展，一般是主動的，對象多是重大的抽象事物或眾多人的行動；"抵擋"強調受到侵害而加以抵抗，一般是被動的，對象多是具體事物。如"一些人往往抵擋不住金錢的誘惑"中的"抵擋"不能換用"阻擋"。

▶ **阻攔** 辨析 見【阻攔】條。

▶ **阻撓** 辨析 見【阻撓】條。

阻礙 zǔ'ài ❶ 動 阻擋去路，妨礙通過或發展：阻礙交通。❷ 名 起阻礙作用的事物：消除人為的阻礙。

▶ **妨礙** 辨析 見【妨礙】條。

▶ **障礙** 辨析 都有"阻擋前進的事物"的意義，但語義側重點和適用範圍有別。"阻礙"強調阻擋通過的事物，即可用於道路交通，也可用於事物的發展，適用範圍較寬；"障礙"指阻擋事物前進或人進步的事物，適用範圍較窄。如"學習障礙""心理障礙"中的"障礙"不宜換用"阻礙"。

阻攔 zǔlán 動 阻止，使無法進行或通過：你別阻攔我！

▶ **攔阻** 辨析 見【攔阻】條。

▶ **阻擋** 辨析 都有"擋在前面，使不能順利通過或發展"的意義，但語義側重點和適用對象有別。"阻攔"強調攔截，使中途停止，不能繼續下去，一般都是人為的，對象多是具體可見的行動；"阻擋"強調擋住，使不能順利前進或發展，有時並非人為，對象常是重大的抽象事物或眾多人的行動。如"祖國要統一，國人盼團圓的歷史潮流是不可阻擋的"中的"阻擋"不能換用"阻攔"。

▶ **阻撓** 辨析 都有"使不能順利進行"的意義，但語義側重點、適用對象和感情色彩有別。"阻攔"側重攔住，使不能有所行動，對象多是人的一般行動，比較具體，是中性詞；"阻撓"側重使用手段阻礙擾亂，使不能成功，對象多是正面的、積極的、重大的事物或行動，語義抽象一些，是貶義詞。

附加 fùjiā 動 額外加上：附加政治條件／附加成分。

▶ **附帶** 辨析 都有"另外增添上去"的意義，但語義側重點有別。"附加"重在指本來沒有，額外加上去的；"附帶"重在指很自然地捎帶、補充，不是額外加上去的。

附近 fùjìn 名 靠近某地的地方：附近地區／我家就在附近。

▶ **就近** 辨析 都有"靠近某地"的意義，但語法功能有別。"附近"是名詞；"就近"是副詞，只能作狀語。如"就近提貨、就近結算"中的"就近"不能換用"附近"。

▶ **旁邊** 辨析 都有"靠近某地的地方"的意義，但語義側重點有別。"附近"強調距離上的近，空間距離範圍相對較大，方向是多維的；"旁邊"強調位置上的相鄰，空間距離小，方向上是一維的。如"電影院旁邊有家超市"和"電影院附近有家超市"的不同在於前者所說的超市距離電影院很近，後者所說的超市距離電影院相對要遠一些。

附帶 fùdài 動 額外捎帶，另外有所補充：在信紙的右下方附帶上幾句話。

▶ **附加** 辨析 見【附加】條。

▶ **連帶** 辨析 見【連帶】條。

▶ **捎帶** 辨析 都有"另外有所補充"的意義，但語義側重點和語體色彩有別。"附帶"不像"捎帶"顯得那樣順便；"附帶"口語和書面語中都可以用，"捎帶"多用於口語。

▶ **順便** 辨析 都有"另外有所補充"的意義，但語義側重點和語體色彩有別。"附帶"強調額外加上，與做前一件事沒有直接聯繫，口語和書面語中都可以用；"順便"強調趁做某事的方便做另一件事，使做後一件事省去很多不必要的周折，多用於口語。如"我下班經過這裏，順便來看看你們"中的"順便"不能換成"附帶"。

〔參考條目〕附加—連帶—捎帶—順便

附着 fùzhuó 動 較小的物體附在較大的物體上：病菌附着在管壁上。

▶ **黏附** 辨析 都有"附在其他物體上"的意義，但語義側重點有別。"附着"的兩個物體之間不一定借助有黏性的物質粘在一起；"黏附"必須借助一定的黏性物質粘在一起。

▶ **依附** 辨析 都有"依靠其他物體"的意義，但語義側重點有別。"附着"意義比較具體，一般指兩個物體在空間位置上的確存在的一種關係；"依附"意義比較抽象，多是指生活上、勢力上的一種依賴關係。如可以說"依附權貴"，但不說"附着權貴"。

附屬 fùshǔ ❶形 某一機構附設或管轄的：附屬醫院／附屬小學。❷動 依附於某機構設置並受其管轄：該公司附屬於香港，直接歸亞太區管理。

▶ **歸屬** 辨析 見【歸屬】條。

▶ **隸屬** 辨析 都有"受管轄"的意義，但語義側重點和語法功能有別。"附屬"強調依附關係，附屬機構對被附屬機構提供一定的服務，作謂語時後面一般帶介賓詞組作補語；"隸屬"強調上下級關係，下級受上級管轄，作謂語時後面可以直接帶賓語。如"直轄市直接隸屬國務院"中的"隸屬"換成"附屬"不恰當。

糾正 jiūzhèng 動 改正缺點錯誤：糾正語病。

▶ **矯正** 辨析 都有"使錯誤的變為正確的"的意義，但語義側重點、適用對象和語體色彩有別。"糾正"強調找出錯誤並令其改為正確的，常用於重大的、原則性的錯誤，也可用於一般的錯誤，通用於口語和書面語，如"及時糾正錯誤做法"；"矯正"強調使有偏差的、歪曲的回到原來正確的狀態，不一定針對錯誤的，只強調同標準有偏離的，多用於生理上的不正常表現、畸形等，也可用於抽象事物，有書面語色彩，如"矯正牙齒""矯正不良傾向"。

糾結 jiūjié 動 互相纏繞：歷史與人生緊密地糾結在一起。

▶ **糾纏** 辨析 都有"互相纏繞，緊緊聯結在一起"的意義，但語義側重點、語義輕重和語體色彩有別。"糾結"強調纏繞在一起，且緊緊地交錯連接起來，錯綜複雜，語義比"糾纏"重，有書面語色彩，如"太行山的餘脈分支在這裏相推相摩，柏勾相連，如條條龍蛇蚪蟮糾結"；"糾纏"強調彼此交錯牽連，難以理出頭緒，通用於口語和書面語，如"經濟問題往往同社會文化緊緊糾纏在一起"。

糾纏 jiūchán ❶動 繞在一起：問題糾纏不清。❷動 搗亂，麻煩：糾纏不休。

▶ **糾結** 辨析 見【糾結】條。

九畫

珍重 zhēnzhòng ❶動 珍視和保重自己的身體：兩人依依惜別，互道珍重。❷動 珍愛和重視（有積極作用的人或事物）：人才難得，當深為珍重。

▶ **保重** 辨析 都有"（希望別人）重視身體健康"的意義，但語義側重點、語義強度和語體色彩有別。"珍重"強調要愛護和珍惜自己的健康，含有像對待珍貴東西那樣地加以重視的意味，語義相對較重，書面語色彩比"保重"濃；"保重"強調保護好自己的身體，語義相對較輕，口語和書面語都可以用。如"大娘，我下船了，您多保重。"

▶ **珍愛** 辨析 都有"十分重視和愛護"的意義，但語義側重點有別。"珍重"強調重視小心，多用於重要的難得的事物，比較嚴肅，可作狀語；"珍愛"側重於着意愛護，多用於自己喜愛的事物，一般不作狀語。如可以說"珍愛生命"，但一般不說"珍重生命"。

珍惜 zhēnxī 動 珍重愛惜：珍惜時間。

▶ **愛惜** 辨析 都有"愛護而不糟踏"的意義，但語義強度和適用對象有別。"珍惜"強調像對珍寶一樣地愛惜、看重，語義較重，除用於具體的物及時間外，還常用於幸福、健康、友情、榮譽等抽象事物；"愛惜"強調因重視而愛護，不浪費，多用於具體的物及時間，也用於人，多指人的身體。如可以說"愛惜糧食"，但一般不說"珍惜糧食"。

珍視 zhēnshì 動 珍惜重視：珍視安定團結的大好局面。

▶ **重視** 辨析 都有"看重"的意義，但語義側重點、語義強度、適用對象和感情色彩有別。"珍視"側重指珍重愛惜，語義相對較重，多用於友誼、愛情、感情等方面，適用範圍小，是褒義詞；"重視"側重指認真對待，值得看重，語義相對較輕，常用於人，也可用於事，適用範圍較大，是中性詞。如"一個人不僅應該珍視自己的地位，更應該珍視自己的榮譽與價值"中的"珍視"不宜換用"重視"。

珍貴 zhēnguì 動 寶貴，價值大，意義深刻：珍貴的襯衫。

▶ **寶貴** 辨析 見【寶貴】條。

▶ **可貴** 辨析 見【可貴】條。

珍愛 zhēn'ài 動 珍惜，愛護：珍愛一生。

▶ **珍重** 辨析 見【珍重】條。

珍藏 zhēncáng ❶動 認為有價值而妥善地收藏：珍藏多年，完好無損。❷名 所珍藏的物品：將全部珍藏獻給博物館。

▶ **收藏** 辨析 見【收藏】條。

珍寶 zhēnbǎo 名 珠玉寶石的總稱，泛指有價值的東西：稀世珍寶。

▶ **瑰寶** 辨析 都有"很有價值的、非常珍貴的東西"的意義，但語義強度和適用對象有別。"珍寶"一般用於物，比較具體，很少有比喻用法；"瑰寶"強調更珍貴，更難得，語義較重，可以用於物，但更多的是用於比喻，多用於大的方面，書面語色彩更濃厚。如"敦煌壁畫是古代藝術中的瑰寶。"

毒害 dúhài ❶動 用有毒的東西使人受到傷害：毒害青少年。❷名 有毒害作用的東西。

▶ **荼毒** 辨析 都有"用有毒的東西害

人"的意義，但語義側重點、語體色彩和適用對象有別。"毒害"側重指使人受到傷害，口語和書面語中都可以用，適用對象可以是個人，也可以是群體；"荼毒"強調東西很毒，把人害得很苦，多用於書面語，適用對象一般是集體或國家。如"不能用毒品去毒害他"中的"毒害"不能換用"荼毒"。

持續 chíxù 動 保持並延續不斷：可持續發展。

▶ **繼續** 辨析 都有"保持不斷"的意義，但語義側重點有別。"持續"側重指努力保持，使中間沒有間斷；"繼續"側重指不停止，但中間可以有間斷。如"這場大雨持續下了兩天兩夜"中的"持續"不能換用"繼續"。

▶ **連續** 辨析 見【連續】條。

拷打 kǎodǎ 動 打(指用刑)：嚴刑拷打。

▶ **拷問** 辨析 都有"在審訊時用重刑"的意義，但語義側重點有別。"拷打"側重於打，"拷問"側重於審問，用拷打的方式來刑訊逼供。此外，"拷問"還常用於人的精神世界，如"經受靈魂的拷問"，"拷打"沒有這種用法。

拷問 kǎowèn 動 拷打審問。

▶ **拷打** 辨析 見【拷打】條。

政策 zhèngcè 名 國家或政黨為實現一定歷史時期的路線而制定的行動準則：稅收政策。

▶ **策略** 辨析 都有"行動準則"的意義，但語義側重點有別。"政策"側重指政府或政黨為實現政治、經濟、文化等方面的任務而制定的行動準則，具有相對的穩定性，多是公開的；"策略"側重指根據形勢的發展而採取的手段、方式、方法，具有一定的靈活度，含有在

交往或戰鬥中講究方式方法的意味，多是不公開的。如"大家要注意這次行動的策略"中的"策略"不宜換用"政策"。

茂盛 màoshèng ❶ 形 植物生長得多而茁壯：麥子長得很茂盛。❷ 形 比喻經濟等興旺：財源茂盛。

▶ **繁盛** 辨析 都有"植物多而茁壯"的意義，但語體色彩和語義側重點有別。"繁盛"比"茂盛"更有文學色彩，側重指草木繁密，如"花朵繁盛，生意盎然"。在其他意義上二者不相同。

▶ **茂密** 辨析 都有"植物多而茁壯"的意義，但語義側重點有別。"茂盛"側重指草木長勢良好，如"茂盛的野草"；"茂密"側重指草木長得密實，如"茂密的灌木叢"。在其他意義上二者不相同。

茂密 màomì 形 草木生長多而密：茂密的薔薇盛開在春光裏。

▶ **茂盛** 辨析 見【茂盛】條。

英勇 yīngyǒng 形 不怕困難和危險；有膽量：英勇獻身／英勇就義／向英勇犧牲的軍人致敬。

▶ **神勇** 辨析 都有"不怕困難和危險；有膽量"的意義，但語義側重點、語義輕重有別。"英勇"強調奮不顧身，含有不怕艱險、不怕犧牲及表現出英雄氣概的意味，多用來讚揚軍人或英雄人物的大無畏精神，如"英勇市民挺身擒兇"；"神勇"強調不畏艱險、不怕犧牲的精神不尋常，有神奇的意味，語義較重，如"神勇無敵""表現神勇"。

▶ **勇敢** 辨析 都有"不怕困難和危險；有膽量"的意義，但語義側重點及語義輕重、適用對象、語體色彩、使用頻率有別。"英勇"強調奮不顧身，含有不怕艱險、不怕犧牲及表現出英雄氣概的意味，語義比"勇敢"重，多用來讚揚軍人或英雄人物的大無畏精神，有書面語色

彩，如"英勇奮鬥""英勇殺敵"；"勇敢"強調有膽量，敢作敢為，除用於讚揚軍人和英雄人物外，還可用於日常生活中敢於面對困難，使用頻率遠高於"英勇"，如"勇敢面對""勇敢一點""一個機智勇敢的孩子"。

英魂 yīnghún 名 受崇敬的人去世後的靈魂：英魂長存天地間 / 清明祭英魂。

▶ **英靈** 辨析 見【英靈】條。

英靈 yīnglíng 名 受崇敬的人去世後的靈魂：告慰烈士英靈 / 英靈永存。

▶ **英魂** 辨析 都有"受崇敬的人去世後的靈魂"的意義，但適用對象及語義輕重有別。"英靈"多用於生前有英勇行為或有豐功偉績的受人們崇敬、愛戴、懷念的人，如"告慰英靈""紀念碑前祭英靈""萬人空巷送英靈"；"英魂"語義比"英靈"稍輕，多用於一般的烈士或生前受人們敬重的人，如"熱血鑄英魂""殉職公務員英魂安息於浩園""皖南英魂"。

茅塞頓開 máosèdùnkāi 原來心裏好象有茅草堵塞着，現在突然敞開了。形容突然理解、領會了某種事理：聽君一席話，勝讀十年書，我真是茅塞頓開呀。

▶ **恍然大悟** 辨析 都有"突然明白、理解"的意義，但風格色彩和語義側重點有別。"茅塞頓開"側重指經過他人的指點，突然理解、領會了某個事理，書面語色彩較濃，較為典雅；"恍然大悟"既可指自己突然明白、醒悟過來，也可指經他人的指點，突然明白了某件事，較為通俗，通用於口語和書面語，如"看到他尷尬的表情，我恍然大悟，原來是他告的密"。

▶ **豁然開朗** 辨析 都有"突然理解、領悟"的意義，但語義側重點有別。"茅塞頓開"側重指經過他人的指點，突然理解、領會了某個事理；"豁然開朗"側重指一下子感覺心地開闊明朗，明白了某個道理，如"老師的點撥讓他心裏豁然開朗，不由得連連點頭"。

拾掇 shíduo ❶動 整理；收拾：拾掇房間。❷動 修理：拾掇一下自行車。❸動 整治；懲治：你替我好好拾掇拾掇他。

▶ **收拾** 辨析 見【收拾】條。

▶ **整理** 辨析 都有"把零亂、散亂的東西擺放整齊"的意義，但語義側重點、適用對象和語體色彩有別。"拾掇"強調將零亂、散放的東西歸攏好，使處於整齊的狀態；"整理"強調將物品放置得有條理、有秩序，便於使用。"拾掇"的對象多為家庭物品，如衣物、行裝、房間等，多用於口語；"整理"適用於辦公用品、文化遺產、家庭用品、機構等方面，通用於口語和書面語。"整理"可用於人，如"整理團隊"；"拾掇"用於人時表示懲治的意思，如"你替我好好拾掇他"。在其他意義上二者不相同。

挑唆 tiǎosuō 動 挑動、教唆他人鬧糾紛：他們的矛盾完全是有人挑唆造成的。

▶ **挑撥** 辨析 見【挑撥】條。

挑動 tiǎodòng ❶動 引發；惹起(糾紛、某種心理等)：挑動好奇心。❷動 挑撥煽動：挑動戰爭。

▶ **鼓動** 辨析 都有"激發別人去做某事"的意義，但語義側重點和用法有別。"挑動"強調撥弄是非，離間關係，引發別人的矛盾或糾紛，有時也指引發某種心理活動，如"那種挑動民族分裂的行徑，是違背歷史潮流的"；"鼓動"強調用言語或語言文字激發別人的情緒，使之行動起來，如"她鼓動我去學裁剪"。"挑動"一般不重疊使用；"鼓動"能重疊成 ABAB 式使用。

▶ **煽動** 辨析 都有"激發別人去做某事"的意義,但語義側重點和褒貶色彩有別。"挑動"強調撥弄是非,離間關係,引發別人的矛盾或糾紛,如"你別在那兒挑動是非";"煽動"強調用不正當的手法激發別人的情緒,使他們去做不該做的事,如"他煽動不明真相的民眾鬧事"。"挑動"是中性詞,可指引發矛盾、糾紛,還可指引發某種心理活動;"煽動"多用於貶義。

挑揀 tiāojiǎn 動 從若干對象中找出合適的:這些東西你隨便挑揀。

▶ **挑選** 辨析 都有"從若干對象中找出合適的"的意義,但語義側重點、適用對象和用法有別。"挑揀"着重於"揀",挑出,強調將合適的對象找出來;"挑選"着重於"選",選擇,強調選取合適的。"挑揀"的對象一般是物;"挑選"的對象可以是物,也可以是人。"挑揀"可嵌詞使用,如"挑肥揀瘦、挑毛揀刺、挑三揀四";"挑選"一般不嵌詞使用。

▶ **選擇** 辨析 都有"從若干對象中找出合適的"意義,但語義側重點、適用對象和用法有別。"挑揀"着重於"揀",挑出,強調將合適的對象找出來;"選擇"着重於"擇",選取,強調選取合適的。"挑揀"的對象一般是物;"選擇"的對象可以是具體的人或物,也可以是抽象事物,如"志向、人生道路"等。"挑揀"可嵌詞使用,如"挑肥揀瘦、挑毛揀刺、挑三揀四";"選擇"不能嵌詞使用。"挑選"可重疊為 ABAB 式或 AABB 式使用;"選擇"只能重疊為 ABAB 式使用。

挑撥 tiāobō 動 搬弄是非,使引起矛盾、糾紛:挑撥關係。

▶ **撥弄** 辨析 見【撥弄】條。

▶ **離間** 辨析 見【離間】條。

▶ **挑唆** 辨析 都有"搬弄是非,使引起矛盾、糾紛"的意義,但語義側重點和使用範圍有別。"挑撥"着重於撥弄是非,離間、破壞別人之間的良好關係,多用於個人、組織、國家之間,如"挑撥民族矛盾""挑撥兩國關係";"挑唆"着重於故意製造矛盾或誤解,煽動一方攻擊另一方,一般只用於個人之間,如"他挑唆被告與原告發生口角和爭鬥"。

挑戰 tiǎozhàn ❶ 動 激怒敵方出來打仗:秦軍向趙軍挑戰,趙軍閉守城門,不言應戰。❷ 動 鼓動對方和自己競賽:他們向二組挑戰。

▶ **挑釁** 辨析 都有"激發別人去做某事"的意義,但語義側重點、使用範圍和褒貶色彩有別。"挑戰"着重於"戰",打仗,強調激怒敵方,使之出來打仗;"挑釁"着重於"釁",爭端,強調藉端生事,蓄意引發爭端、衝突或戰爭。"挑戰"可用於戰爭、武力方面,也可用於競賽、論爭方面,中性詞;"挑釁"多用於戰爭、武力或矛盾、衝突方面,貶義詞。

挑選 tiāoxuǎn 動 從若干對象中選取合適的:挑選良種 / 挑選接班人。

▶ **挑揀** 辨析 見【挑揀】條。

▶ **選擇** 辨析 都有"從若干對象中選取合適的"的意義,但適用對象和用法有別。"挑選"的對象多為具體的人或物;"選擇"的對象可以是具體的人或物,也可以是抽象事物,如"志向、人生道路"等。"挑選"可重疊為 ABAB 式或 AABB 式使用;"選擇"只能重疊為 ABAB 式使用。

挑釁 tiǎoxìn 動 藉端生事,蓄意引發爭端、衝突或戰爭:他們不斷向對方挑釁,製造事端。

▶ **挑戰** 辨析 見【挑戰】條。

指引 zhǐyǐn 動 指點引導:燈塔指引着我們衝出黑暗。

▶ **指點** 辨析 都有"告訴別人如何行

動"的意義,但語義側重點和適用對象有別。"指引"側重指指出方向並引導前進,對象常是道路、方向等,適用面窄;"指點"側重指指出來讓人知道,點明方法,多用於具體的事或較小的事。如可以説"指點迷津",但不説"指引迷津"。

指示 zhǐshì ❶動 對下級或晚輩就如何處理問題指明原則或方法:中央指示我們要顧全大局。❷名 給下級或晚輩指示有關事項的言辭或文字:書面指示。❸動 起指示作用的:指示植物。

▶ **批覆** 辨析 見【批覆】條。

▶ **批示** 辨析 見【批示】條。

指使 zhǐshǐ 動 出主意,叫別人去做某事(含貶義):幕後指使。

▶ **支使** 辨析 見【支使】條。

▶ **指派** 辨析 都有"使別人按照自己的命令或意圖去做"的意義,但語義側重點和感情色彩有別。"指使"着重指暗中出主意叫人幹非正義的、不正當的事,是貶義詞;"指派"着重指上級、長輩或有權勢的人公開指定某人做或職務、工作有關的事,是中性詞。如"要不是有人指使,他不敢這麼放肆"中的"指使"不能換用"指派"。

▶ **主使** 辨析 見【主使】條。

指派 zhǐpài 動 指定並派遣(某人去做某些工作):受人指派。

▶ **派遣** 辨析 都有"使別人按照自己的命令去做"的意義,但適用對象和態度色彩有別。"指派"多用於表示上級、長輩或有權勢的人公開指定某人進行某種活動;"派遣"多用於政府、機構、組織、團體或上司人委派去辦公事、大事,多用於正式場合,帶有莊重的態度色彩。如"老師指派班長負責這項工作"中的"指派"不宜換用"派遣"。

▶ **指使** 辨析 見【指使】條。

指責 zhǐzé 動 指摘,責備:他因為不愛惜公共設施而遭到大家的指責。

▶ **叱責** 辨析 見【叱責】條。

▶ **斥責** 辨析 見【斥責】條。

▶ **譴責** 辨析 都有"指出錯誤加以批評"的意義,但語義側重點、語義強度和適用對象有別。"指責"強調指出錯誤並進行批評,語義較輕,適用面寬;"譴責"強調義正詞嚴地斥責,語義較重,對象多是黑暗的社會政治、有嚴重罪行的人以及荒謬的言論、行為等,具有莊重的態度色彩,常受"強烈、嚴厲、無情"等詞語修飾。如"安理會譴責內坦亞爆炸事件"中的"譴責"不能換用"指責"。

指教 zhǐjiào 動 指示教導:請多多指教。

▶ **指點** 辨析 見【指點】條。

指望 zhǐwang ❶動 一心期望,心裏盼望:指望有人來幫忙。❷名 實現某種指望的可能:他這病還有沒有指望?

▶ **盼望** 辨析 都有"希望達到某種目的或出現某種情況"的意義,但語義側重點和語法功能有別。"指望"強調一心希望和等待某人或某事,把希望和要求寄託在某人或某事上,含有想要依靠某人或某事來解決某個問題的意味,後面多出現指人詞語;"盼望"強調急切地對人或某事有所希望和等待,含有期盼的意味。如"別指望他了,趕緊幹吧"中的"指望"不能換用"盼望"。

▶ **期望** 辨析 都有"希望達到某種目的或出現某種情況"的意義,但語義側重點和適用對象有別。"指望"強調寄託着希望,以解決某一問題,含有一心一意仰仗依靠的意味,多用於口語;"期望"強調期待,多指對未來的事物或人的前途的期待,常用於上對下或長輩對晚輩，具有莊重的態度色彩。如"每個孩子的名字都寄寓着母親的期望"中的"期望"不能換用"指望"。

指導 zhǐdǎo 動 指示教導，指點引導：指導方針。

▶ **輔導** 辨析 都有"告訴別人該怎麼做"的意義，但語義側重點和適用範圍有別。"指導"側重指指引、教導，指導者多為師長、上級、長輩等，既可用於工作、學習等具體事物，又可用於思想、觀點、作風等抽象事物，適用面寬；"輔導"着重指從旁進行技藝或知識上的幫助，輔助者並不局限於師長、長輩、上級，凡技藝或知識高超者都可充當，多用於工作、學習等方面。如"歡迎各位蒞臨指導"中的"指導"不能換用"輔導"。

▶ **教導** 辨析 都有"告訴別人該怎麼做"的意義，但語義側重點不同。"指導"含有指示的意味，強調嚴肅認真；"教導"含有教育的意味，強調親切。如可以說"語重心長地教導"，但一般不說"語重心長的指導"。

指點 zhǐdiǎn ❶動 指出來使人知道：請專家進行指點。❷動 在一旁或背後說人的缺點或毛病：少不得遭人指點。

▶ **指教** 辨析 都有"指出來，讓人知道"的意義，但語義側重點和語義強度有別。"指點"着重於點明，指出來，讓人知道明白，語義較輕；"指教"重在教導、教誨，多用於請人對自己的工作、作品提出批評或意見，比較正式嚴肅，語義較重。如"指點迷津""指點方向"中的"指點"不能換用"指教"。

▶ **指引** 辨析 見【指引】條。

挖 wā 動 用工具或手從物體的外面向裏用力，取出其一部分：挖溝 / 挖土。

▶ **掘** 辨析 都有"從物體的外面向裏用力，取出其一部分"的意義，但適用對象、語體色彩有別。"挖"的適用範圍較寬，可大可小，如可以說"挖耳朵"；"掘"的對象一般較大。"挖"另有比喻用法，如可以說"挖人"；"掘"不能這樣用。"挖"口語色彩較濃；"掘"書面語色彩較濃。

▶ **挖掘** 辨析 都有"用工具從物體的外面向裏用力，取出其一部分"的意義，但適用對象、搭配對象、語體色彩有別。"挖"的適用範圍較寬，可大可小；"挖掘"的對象一般較大。"挖"可以跟單音節詞搭配，也可跟多音節詞連用；"挖掘"一般跟多音節詞連用。"挖"口語色彩較濃；"挖掘"書面語色彩較濃。

挖苦 wāku 動 用尖酸刻薄的話譏笑(人)：不要挖苦人 / 極盡挖苦之能事。

▶ **譏諷** 辨析 見【譏諷】條。

▶ **諷刺** 辨析 見【諷刺】條。

挖掘 wājué 動 用工具從物體的外面向裏用力，取出其一部分：挖掘隧道 / 挖掘潛力 / 挖掘獨家新聞。

▶ **發掘** 辨析 見【發掘】條。

▶ **挖** 辨析 見【挖】條。

按時 ànshí 副 按照規定的時間：按時完成。

▶ **及時** 辨析 見【及時】條。

▶ **準時** 辨析 都有"按照規定的時間"的意義，但語義側重點和語法功能有別。"按時"側重指在規定時間內完成某種動作，主要用作狀語；"準時"側重指在規定的時間點上正好完成，時間恰到好處，可作謂語、狀語、補語等。如"她每天都來得很準時"中的"準時"不宜換用"按時"。

按照 ànzhào 介 表示遵從某種標準：按照説明書的提示安裝。

▶ **遵照** 辨析 都有"以某事物為依據照着去做"的意義，但語義側重點、適用對象和語法功能有別。"按照"側重指以某種事物為根據而行動，或根據那件事證明這件事，適用面較廣，多用於一般場合，多作介詞用；"遵照"含有遵奉依照的意味，多用於莊重、嚴肅的場合，帶有尊敬的態度色彩，適用面窄，功能上既有介詞用法，又有動詞用法。如"遵照祖父遺囑，他得到幾十萬元遺產"中的"遵照"不宜換用"按照"。

拯救 zhěngjiù 動 援救，救助：拯救地球。

▶ **解救** 辨析 都有"援助使之脱離災難或危險"的意義，但語義側重點和適用對象有別。"拯救"着重指使從較大的危險或深重的苦難中解脱出來，多用於較大或較概括的方面；"解救"着重指解除危險或困難，可以用於比較具體的方面。如可以説"解救人質"，但一般不説"拯救人質"。

▶ **挽救** 辨析 都有"援助使之脱離災難或危險"的意義，但語義側重點和適用對象有別。"拯救"着重指使從較大的危險或深重的苦難中解脱出來，具有莊重的態度色彩，多用於較大或較概括的方面，如國家、人民、民族、人類、世界等；"挽救"着重指從危險中搶救出來，多用於較具體的方面，如病危者、犯錯誤的人以及處於危險境地的具體事物。如"他用自己的精湛醫術挽救了一個又一個幼嬰的生命"中的"挽救"不能換用"拯救"。

▶ **營救** 辨析 都有"援助使之免受災難或危險"的意義，但語義側重點和適用對象有別。"拯救"着重指使從較大的危險或深重的苦難中解脱出來，具有莊重的態度色彩，多用於較大或較概括的方

面；"營救"着重指想方設法援救，只能用於較為具體的方面。如可以説"營救遇險船員"，但一般不説"拯救遇險船員"。

甚而 shèn'ér 副 甚至。

▶ **甚至** 辨析 都有"強調突出"和"表示更進一層"的意義，但語體色彩有別。"甚而"帶文言色彩，一般只用於書面語，如"觀眾們垂下眼簾，心情變得沉重，甚而長籲短歎起來"；"甚至"較常用，多用於書面語，也可用於口語，如"批評要講究方法，不要冷嘲熱諷，甚至挖苦、搞人身攻擊"。

甚至 shènzhì ❶ 副 強調突出的事例，後面常有"都""也"配合：這個問題甚至高考狀元都沒能回答出來。❷ 連 用在並列的詞、詞組或分句的最後一項前，表示突出或更進一層的意思：散步、吃飯甚至睡覺，他都在琢磨這個問題。

▶ **乃至** 辨析 見【乃至】條。

▶ **甚而** 辨析 見【甚而】條。

革新 géxīn 動 革除舊的，創造新的：技術革新。

▶ **變革** 辨析 見【變革】條。

▶ **改革** 辨析 見【改革】條。

革職 gézhí 動 撤職：革職查辦。

▶ **撤職** 辨析 都有"解除職務"的意義，但語義側重點和語義強度有別。"革職"指徹底解除職務，不再擔任任何職務，具有書面語色彩；"撤職"指解除原有職務，但可能還是普通員工，口語和書面語中都可以用。

▶ **解職** 辨析 都有"解除職務"的意義，但語義側重點和語體色彩有別。"革職"多是為給予其他更嚴厲處置而先解除職務，語義較重；"解職"多是最後的

結果，語義較輕。如可以說"革職查辦"，但一般不說"解職查辦"。

▶ **免職** 辨析 見【免職】條。

故土 gùtǔ 名 故鄉：故土難離。

▶ **故里** 辨析 都有"自己出生、成長的地方"的意義，但語義側重點有別。"故土"着重指故鄉的土地，所指範圍一般較大；"故里"着重指家鄉、鄉里，所指範圍較小，如小鎮、小村或小街等，書面語色彩較濃。

▶ **故鄉** 辨析 都有"出生或長期居住過的地方"的意義，但語義側重點和語體色彩有別。"故土"不能指非常具體的地方，帶有書面語色彩；"故鄉"指非常具體的地方，使用範圍較廣。如"我又回到了故鄉"中的"故鄉"不宜換用"故土"。

故步自封 gùbùzìfēng 比喻因循守舊，安於現狀，不求創新進取。

▶ **墨守成規** 辨析 都有"不求創新"的意義，但語義側重點有別。"故步自封"強調限制在一定範圍內，看不到外面的世界；"墨守成規"強調抱着原來的東西不放，不肯改變。如"他們非常注意世界科學的新動向，緊緊跟上科學發展的步伐，決不故步自封"中的"故步自封"不宜換用"墨守成規"。

故里 gùlǐ 名 故鄉，老家：榮歸故里。

▶ **故土** 辨析 見【故土】條。

▶ **故鄉** 辨析 見【故鄉】條。

▶ **家鄉** 辨析 都有"自己出生、成長或自己家庭世代居住的地方"的意義，但適用對象有別。"故里"多用於比較小的地方，如小鎮、小村或小街，書面語色彩較濃；"家鄉"使用範圍廣，既可以指小的地方，也可以指比較大的地方，口

語和書面語中都可以用。如"達娃次仁的家鄉遠在西藏曲水"中的"家鄉"不能換用"故里"。

故居 gùjū 名 曾居住過的房子：郭沫若故居。

▶ **舊居** 辨析 見【舊居】條。

故鄉 gùxiāng 名 出生或長期居住過的地方：第二故鄉。

▶ **故里** 辨析 都有"自己出生、成長或自己家庭世代居住的地方"的意義，但適用對象有別。"故鄉"使用範圍廣，既可用於比較大的地方，也可用於比較小的地方；"故里"一般用於比較小的地方，帶有書面語色彩。

▶ **故土** 辨析 見【故土】條。

▶ **家鄉** 辨析 都有"自己出生、成長或自己家庭世代居住的地方"的意義，但語義側重點和適用對象有別。"故鄉"強調自己很熟悉的、自己出生成長並曾長期居住過的地方，適用於莊重或正式的場合；"家鄉"強調自己世代居住的地方，多用於口語。如可以說"第二故鄉"，但一般不說"第二家鄉"。"故鄉"還有引申用法，可指祖國、發祥地、產地等。

故意 gùyì 形 有意識地（那樣做）：故意氣他。

▶ **存心** 辨析 見【存心】條。

▶ **蓄意** 辨析 都有"有意識地（那樣做）"的意義，但語義側重點、感情色彩、語體色彩、語法功能有別。"故意"表示有意識地那樣做，語義中性，口語和書面語中都可以用，是形容詞；"蓄意"表示早就存心做壞事，強調有預謀，語義較重，含貶義，多用於書面語，是動詞。如可以說"蓄意已久"，但不說"故意已久"。

枯槁 kūgǎo ❶形（草木）乾枯，缺乏水分：草木枯槁。❷形（面容）憔悴：形容枯槁。

▶乾枯 辨析 見【乾枯】條。

查看 chákàn 動 檢查、驗證或觀察：機場工作人員逐一查看每位旅客的機票和有效證件 / 當地負責人隨即前去查看受災情況。

▶察看 辨析 都有"觀察"的意義，但語義側重點和適用對象有別。"查看"側重於檢查和驗證，多用於對具體物件和現場情況的檢查觀看，如"列車員查看旅客的車票""警察查看違章司機的駕駛執照"；"察看"側重於非常仔細地觀察，多用於對行為表現或一般情況的考察，如"給予他留校察看的處分""暗中察看敵軍的一舉一動"。

查問 cháwèn ❶動 調查詢問：給查號台打個電話，查問一下他們的電話號碼。❷動 審查盤問：警察在現場查問事故的相關人員。

▶查詢 辨析 都有"調查詢問"的意義，但語義概括範圍有別。在二者共同具有的"調查詢問"的意義之外，"查問"還有"審查盤問"的意義，而"查詢"並沒有這層含義。如"查問電話號碼"，可以換成"查詢電話號碼"，其間的意義差別也不大；但是如果把"警察在現場查問事故的相關人員"換成"警察在事故現場查問事故的相關人員"，意思也就從"審查盤問"變成了"調查詢問"，因此，"查問"的語義概括範圍大於"查詢"。

▶盤問 辨析 都有"審查，仔細問"的意義，但語義概括範圍有別。在二者共同具有的"審查，仔細問"的意義之外，"查問"還有"調查詢問"的意義，而"盤問"並沒有這層含義。如"向信息台查問一下電話號碼"，不能換成"向信息台盤問一下電話號碼"，其原因就在於"查問"既可以用於一般性的詢問的場合，又可以用於反覆而仔細地審問的場合，而"盤問"只能用於反覆而仔細地審問的場合，如"對每一個可疑的人都要嚴加查問"，就可以換成"對每一個可疑的人都要嚴加盤問"。可見"查問"的語義概括範圍大於"盤問"。

查詢 cháxún 動 調查詢問：找人查詢一下他家的詳細地址和郵政編碼。

▶查問 辨析 見【查問】條。

查實 cháshí 動 查證核實：案情已經基本查實了。

▶查核 辨析 都有"檢查，查證"的意義，但內部構造和語義側重點有別。"查實"的兩個語素是補充關係，"查核"的兩個語素是並列關係。因而在意義上，前者不僅有檢查的過程，還有檢查的結果，如"查實賬目"表示不僅對賬目進行檢查，而且已經有了核實的結果；而後者只有檢查的過程，如"查核賬目"只表示對賬目進行檢查核算。

相似 xiāngsì 形 彼此有相同點或共同點：面貌相似 / 歷史總是驚人地相似。

▶類似 辨析 都有"差不多"的意義，但語義側重點有別。"相似"有相比、相互比較的意味，通常是兩者之間的比較；"類似"有類比的意味。如"類似這樣的遊戲有很多"中的"類似"不宜換用"相似"。

▶相近 辨析 都有"差不多"的意義，但語義側重點有別。"相似"有相比、相互比較的意味；"相近"有相接近的意味，如"性相近，習相遠"。

相見 xiāngjiàn 動 彼此見面：相見恨晚 / 我們在那個酒吧相見。

▶相逢 辨析 都有"彼此見面"的意義，但語義側重點、語體色彩有別。"相見"多是有計劃和約定的見面行為；"相逢"有較強的書面語色彩，多指偶然地遇見。

▶ **相遇** 辨析 都有"彼此見面"的意義，但語義側重點有別。"相見"多是有計劃和約定的見面行為；"相遇"指偶然地見到，"偶然相遇"。

相信 xiāngxìn 動 認為正確、真實或有能力等而不懷疑：相信自己／我相信她是清白的。

▶ **信賴** 辨析 都有"認為正確、真實或有能力等而不懷疑"的意義，但語義側重點及語義輕重有別。"相信"側重於"信"，信任，不懷疑；"信賴"側重於"賴"，強調因信任而依靠，語義比"相信"重。

▶ **信任** 辨析 都有"認為正確、真實或有能力等而不懷疑"的意義，但語義側重點及語義輕重有別。"相信"側重於"信"，信任，不懷疑；"信任"側重於"任"，強調因相信而敢於託付，語義比"相信"重。

相配 xiāngpèi 形 配合起來合適；相：性格相配。

▶ **相稱** 辨析 都有"事物配合起來顯得合適"的意義，但語義側重點有別。"相配"強調條件、特點方面彼此相差不多，能夠配合起來；"相稱"強調在數量、品質、地位等方面較為一致，能互相適合。

相逢 xiāngféng 動 彼此遇見（多指偶然的）：萍水相逢／狹路相逢。

▶ **相見** 辨析 見【相見】條。

▶ **相遇** 辨析 都有"彼此遇見"的意義，但語體色彩、使用頻率有別。"相遇"口語和書面語都可用；"相逢"有較強的書面語色彩，使用頻率低於"相遇"。

相遇 xiāngyù 動 彼此遇見（多指偶然的）：那天我們偶然相遇。

▶ **相逢** 辨析 見【相逢】條。

▶ **相見** 辨析 見【相見】條。

相稱 xiāngchèn 形 事物配合起來顯得合適：玩具要與年齡相稱。

▶ **匹敵** 辨析 見【匹敵】條。

▶ **相配** 辨析 見【相配】條。

相貌 xiàngmào 名 人面部長的樣子；容貌：相貌清秀。

▶ **外貌** 辨析 見【外貌】條。

枷鎖 jiāsuǒ 名 枷和鎖鏈，比喻所受的壓迫和束縛：精神枷鎖／掙脱道德枷鎖。

▶ **桎梏** 辨析 都有"比喻束縛人的東西"的意義，但適用對象、詞義展現方式和語體色彩有別。"枷鎖"多用於束縛人或人的思想精神或壓迫人、民族的東西，用"木枷和鎖鏈"形象地烘托出本義，有書面語色彩，如"打碎殖民枷鎖""打破精神枷鎖"；"桎梏"除可用於束縛人或人的思想、精神的東西外，還可用於束縛事物的東西，用"腳鐐和手銬"形象地烘托出本義，書面語色彩比"枷鎖"濃厚，如"迷信是束縛人們奔向富裕、文明的精神桎梏""破除了束縛科學技術發展的形形色色的桎梏"。

威信 wēixìn 名 表現出來的能服人或使人敬畏的力量：樹立威信。

▶ **威望** 辨析 都有"令人敬服的聲譽和名望"的意義，但語義側重點有別。"威信"強調有信譽，一般適用於直接的同事或下屬，如"他在下屬間極有威信"；"威望"強調有名望或聲望，一適用於公眾或團體，如"他在學術界頗有威望"。

威望 wēiwàng 名 聲譽和名望：他在學術界有很高的威望。

▶ **威信** 辨析 見【威信】條。

威嚇 wēihè 動 憑藉威勢使害怕：武力威嚇。

▶ **恫嚇** 辨析 都有"使害怕"的意義，但語義側重點、語體色彩有別。"威嚇"偏重於用威勢來嚇唬；"恫嚇"沒有這種意味，書面語色彩比"威嚇"強。

▶ **恐嚇** 辨析 都有"使害怕"的意義，但語義側重點有別。"威嚇"偏重於用威勢來嚇唬；"恐嚇"偏重於用要挾的話或手段威脅以嚇阻。如"綁匪恐嚇家長，稱再不交贖金就要撕票"中的"恐嚇"不宜換用"威嚇"。

▶ **嚇唬** 辨析 見【嚇唬】條。

歪門邪道 wāiménxiédào 不正當的途徑；壞點子：知識不能用在歪門邪道上／搞歪門邪道。

▶ **旁門左道** 辨析 都有"不正派、不正當的東西"的意義，但語義側重點有別。"歪門邪道"側重指不正當或不合法的方法或途徑，如"誠實和努力是立身之本，年輕人切不可企圖走甚麼捷徑，搞那些歪門邪道"；"旁門左道"指不正派的學派或不正派的思想和作風，如"這是一項新興的體育項目，不是你說的甚麼旁門左道"。

厚道 hòudao 形 待人誠懇，能寬容，不刻薄：山裏人厚道。

▶ **憨厚** 辨析 都有"待人誠懇"的意義，但語義側重點和語體色彩有別。"厚道"強調不刻薄，多用於口語；"憨厚"強調老實，口語和書面語都可以用。如"在某些人眼中，他是個馴服聽話、憨厚可愛的好員工"中的"憨厚"不宜換用"厚道"。

▶ **忠厚** 辨析 見【忠厚】條。

厚顏無恥 hòuyán wúchǐ 形容厚着臉皮，不知羞恥。

▶ **恬不知恥** 辨析 都有"不知羞恥"的意義，但語義側重點有別。"厚顏無恥"含有臉皮厚的意思；"恬不知恥"含有做了壞事滿不在乎的意思。如"他還厚顏無恥地坐在那裏，好像沒聽見那些控苦他的話"中的"厚顏無恥"不宜換用"恬不知恥"。

面子 miànzi ❶名 物體的表面：被面子。❷名 體面：傷了他的面子。❸名 人情，情面：給我一個面子。

▶ **臉面** 辨析 都有"情面"的意義，但語體色彩有別。"面子"多用於口語如"看我的面子，你就幫幫他吧"；"臉面"多用於書面語。

▶ **情面** 辨析 都有"人情"的意義，但語義側重點有別。"面子"主要是從某人應該被尊重的角度來說的，如"我哪敢駁叔叔您的面子"；而"情面"則有"雙方本來有交情"的含義，如"不顧老朋友的情面"。

面目 miànmù ❶名 臉的形狀：面目醜陋。❷名 比喻事物所呈現的景象、狀態：不見廬山真面目。❸名 面子，臉面：有何面目見父老鄉親。

▶ **面貌** 辨析 都有"臉的樣子"和"比喻事物呈現出來的景象、狀態"的意義。在前一義項上，二者的搭配對象有別。"面目"常受"猙獰""可憎""醜惡"等貶義詞修飾，"面貌"常受"端正""端莊"等褒義詞修飾。在後一義項上，二者的適用對象有別。"面目"可用於具體事物和抽象事物，"十年過去了，家鄉面目全非"；"面貌"多用於抽象事物，如"呈現出積極的精神面貌"。

▶ **容貌** 辨析 都有"相貌，臉部的樣子"的意義，但搭配對象有別。"面目"常與"猙獰""可憎""醜惡"等帶主觀憎惡色彩的詞語搭配；"容貌"常與"美麗""清秀""秀麗""醜陋"等表示好看或難看的詞語搭配，如"醜陋的容貌下是一顆美好的心靈"。

面色 miànsè ❶名 臉上的氣色：他已八十高齡，仍面色紅潤。❷名 指人的表情：面色不善。

▶ **臉色** 辨析 都有"氣色"和"人的表情"的意義，但語體色彩有別。"面色"多用於書面語，如"爸爸面色不太好看，你別再氣他了"；"臉色"通用於口語和書面語，如"他病了，臉色發黃""他氣得臉色發青"。

▶ **神色** 辨析 都有"人的表情"的意義，但語義側重點有別。"面色"較含蓄，需要觀察和揣摩，如"你面色不太好看啊？生氣啦？"；"神色"較外露或直接，如"神色自若""神色慌張"。

面如土色 miànrútǔsè 非常驚恐，以致臉色跟土一樣沒有血色：那漢奸嚇得面如土色。

▶ **面無人色** 辨析 見【面無人色】條。

面無人色 miànwúrénsè 形容臉上因恐懼等原因而沒有血色：吸毒的人大都面無人色，神情恍惚。

▶ **面如土色** 辨析 都有"臉色不正常，沒有血色"的意義，但語義側重點有別。"面如土色"側重指臉上因恐懼而失去血色；"面無人色"的原因可能是恐懼，也可能是健康不佳等原因。

面善 miànshàn ❶形 看着熟悉，好像認識：覺得他很面善，名字卻想不起來。❷形 表情和藹：張大爺很面善，小孩子們都喜歡他。

▶ **慈祥** 辨析 都有"表情和善"的意義，但語義側重點有別。"慈祥"隱含"心地善良、態度可親"的意思；"面善"則只是外在觀感，如"老人慈祥地笑了""這人面善心惡，你要小心"。

▶ **面熟** 辨析 都有"看着熟悉，好像認識"的意義，但語體色彩有別。"面善"多用於書面語，"面熟"常用於口語。

面貌 miànmào ❶名 臉的樣子，相貌：面貌端正。❷名 比喻事物呈現出來的景象、狀態：精神面貌。

▶ **面目** 辨析 見【面目】條。

▶ **容貌** 辨析 都有"相貌"的意義，但語義側重點有別。"面貌"側重指大體的樣子，如"他這麼一收拾，真有面貌一新的感覺"；"容貌"側重指面部的長相，如"容貌清秀可人"。在其他意義上二者不相同。

面談 miàntán 動 當面商談，當面交談：面談工資待遇問題。

▶ **面議** 辨析 見【面議】條。

面熟 miànshú 形 看着熟悉，好像見過：這人看着面熟，就是想不起在哪兒見過。

▶ **面善** 辨析 見【面善】條。

面議 miànyì 動 面對面地商議：待遇面議。

▶ **面談** 辨析 都有"面對面地交談"的意義，但適用場合有別。"面議"常用於商務性場合，如"價格面議"；"面談"多用於事務性場合，如"公司看了我的簡歷，約我面談一次"。

耐心 nàixīn ❶名 在長時間裏心裏不急躁、不厭煩的能力：只要有耐心，提高口語能力沒問題。❷形 能在長時間裏心裏不急躁、不厭煩：我已經是很耐心地跟你說了。

▶ **耐煩** 辨析 都有"心裏不急躁、不厭煩"的意義，但語義側重點和語法功能有別。"耐心"強調心裏沉靜、不急躁，常作謂語或狀語；"耐煩"強調不厭煩、不怕麻煩，一般跟"不"搭配使用，常作謂語或補語，如"聽得不耐煩了"。

▶ **耐性** 辨析 都有"在長時間裏心裏不急躁、不厭煩的能力"的意義，但語義側重點有別。"耐心"強調不厭煩、不急躁的心理狀態;"耐性"強調不急躁、能忍耐的性格。

耐性 nàixìng 名 在長時間裏心裏不急躁、能忍耐的性格:做這種工作必須要有耐性。

▶ **耐心** 辨析 見【耐心】條。

耐煩 nàifán 形 能忍受麻煩,不急躁:念得不耐煩了。

▶ **耐心** 辨析 見【耐心】條。

背 bèi ❶動 背部對着:背着太陽。❷動 離開:背井離鄉。❸動 躲避;瞞:背着這事我也不背你!❹動 背誦:背單詞。❺動 違背;違反:背信棄義。❻動 朝相反的方向:背過臉去。❼形 偏僻:這條路太背,夜裏不敢走。❽形 不順利;倒霉:背運。❾形 聽覺不靈敏:耳朵幾年前就背了。

▶ **背誦** 辨析 都有"憑記憶唸出"的意義,但語義側重點和語體色彩有別。"背"側重於使保持在大腦裏,多用於口語;"背誦"側重於記住並唸出聲來,多用於書面語,如"請把這篇古文背誦一遍"。

▶ **瞞** 辨析 都有"躲避隱藏,不讓人知道"的意義,但語義側重點和感情色彩有別。"背"側重於指避開、不當面做某事,多含貶義;"瞞"側重於指用言行遮掩,使不暴露真相,是中性詞。

背心 bèixīn 名 不帶袖子和領子的上衣。

▶ **馬甲** 辨析 見【馬甲】條。

背負 bēifù 動 承擔;承當:背負着父輩的重望。

▶ **擔負** 辨析 見【擔負】條。

背叛 bèipàn 動 違背,叛變:背叛祖國。

▶ **背離** 辨析 都有"違背、脱離"的意義,但語義側重點和適用對象有別。"背叛"側重於放棄了原來的立場,投向對立面,多用於"祖國、人民、事業"等;"背離"側重於指不遵從既定的原則或最初的心願,多用於"法規、方針、政策"等。

▶ **叛變** 辨析 都有"離開所屬的一方,加入到敵對的一方"的意義,但語義側重點和語義輕重有別。"背叛"側重於指違背原來所屬的國家、集團,貶義較輕;"叛變"側重於指根本改變原來所屬的國家、集團的立場,發生變節性行為,貶義較重,如"由於他的叛變,導致全軍覆沒"。

背誦 bèisòng 動 憑記憶唸出讀過的文字:背誦詩詞。

▶ **背** 辨析 見【背】條。

省悟 xǐngwù 動 在認識上由模糊而清楚,由錯誤而正確:猛然省悟 / 頓時省悟 / 終於省悟。

▶ **醒悟** 辨析 都有"認識由模糊而清楚"的意義,但語義側重點、使用頻率有別。"省悟"有反省的意味,多指經過自省、內省、反省而明白、覺悟過來;"醒悟"多指在外界作用下覺醒過來,變得清楚,使用頻率遠高於"省悟"。

削減 xuējiǎn 動 從一定的數目中減去:削減財政赤字 / 削減政府開支 / 削減產量。

▶ **縮減** 辨析 都有"從一定的數目中減去"的意義,但形象色彩有別。"削減"給人的形象感覺是用刀削掉一塊,從而使整體變小;"縮減"給人的形象感覺是整體由外向裏收縮,從而使整體變小。

盼望 pànwàng 動 殷切地期望:盼望親人早日歸來。

▶ **渴望** 辨析 都有"希望達到某種目的

或出現某種情況"的意義,但語義側重點、語義輕重、語體色彩有別。"盼望"側重指懷着深情的、殷切的期望而等待;"渴望"側重指如飢似渴地迫切地希望,語義較重,有形象色彩。

▶ **期望** 辨析 都有"希望達到某種目的或出現某種情況"的意義,但語義側重點和語法功能有別。"期望"強調對未來的事物或人的前途有所希望和等待;"盼望"強調這種希望和等待很殷切,期待的意味較濃。"期望"還可以作名詞用,如"不辜負大家的期望","盼望"不能如此用,如不說"不辜負大家的盼望"。

▶ **希望** 辨析 見【希望】條。

▶ **指望** 辨析 見【指望】條。

冒失 màoshi 形 言行魯莽輕率,欠考慮:説話要慎重,別冒失。

▶ **魯莽** 辨析 都有"言行輕率,欠考慮"的意義,但語法功能和語義側重點有別。"冒失"指沒經過慎重考慮就説話或做事,可重疊,如"你別這麼冒冒失失的";"魯莽"側重指言行粗魯,不可重疊,如"這個魯莽的漢子也有着細膩的一面"。

▶ **莽撞** 辨析 都有"言行輕率、魯莽,不考慮後果"的意義,但語義側重點有別。"冒失"指沒經過慎重考慮就説話或做事;"莽撞"側重指無所顧忌,不考慮後果,如"這孩子做事太莽撞,真讓人擔心"。

▶ **貿然** 辨析 都有"做事輕率,不多考慮"的意義,但語體色彩和語法功能有別。"冒失"用於口語,是形容詞,一般作定語或謂語,可重疊成"冒冒失失";"貿然"書面語色彩濃厚,是副詞,多作狀語,可重疊成"貿貿然",如"沒作調查,不能貿然下結論"。

冒犯 màofàn 動 言語或行動不合適,衝撞了對方,或傷害了對方的尊嚴、地位:孩子小,如有冒犯之處,請您原諒。

▶ **衝撞** 辨析 見【衝撞】條。

▶ **觸犯** 辨析 都有"言語或行動不合適,衝撞了對方"的意義,但語義側重點和語義輕重有別。"冒犯"指言語或行動失禮,衝撞了別人,或傷害了別人的尊嚴、地位等;"觸犯"既可指言語或行為衝撞、傷害了別人,也可指行為違反了規矩、法律等,語義更重,如"觸犯法律的人終究會受到法律的嚴懲"。

冒充 màochōng 動 用假的充當真的:他冒充高幹子弟到處行騙。

▶ **假冒** 辨析 都有"用假的充當真的"的意義,但語義側重點和語法功能有別。"冒充"側重於用其他類似的來代替,只能做謂語動詞;"假冒"則側重指以假充真,可做定語,如"這條街上賣的都是假冒名牌"。

星斗 xīngdǒu 名 夜晚天空中閃爍發光的天體:滿天星斗。

▶ **星辰** 辨析 都有"整個天空的星星"的意義,但搭配有別。"星斗"常與"滿天"搭配;"星辰"常與"昨夜""日月"等搭配。

星辰 xīngchén 名 夜晚天空中閃爍發光的天體:昨夜星辰 / 天地、日月、星辰。

▶ **星斗** 辨析 見【星斗】條。

昭雪 zhāoxuě 動 洗清冤屈:平反昭雪。

▶ **翻案** 辨析 都有"把原來的結論改變過來"的意義,但語義側重點、感情色彩和語體色彩有別。"昭雪"指洗清原先蒙受的冤屈,強調公開平反,一般只用於糾正冤假錯案方面,常與"平反"組合使用,是褒義詞,多用於書面語;"翻案"重在推翻,其對象原先既可能是正確的，也可能是錯誤的，是中性詞，口語和書面語都可以用。如"你想為自己翻案，那是不可能的"中的"翻案"不能換用"昭雪"。

▶ **平反** 辨析 見【平反】條。

▶ **洗雪** 辨析 都有"除掉冤屈"的意義，但語義側重點和適用範圍有別。"昭雪"指洗清原先蒙受的冤屈，強調公開平反，一般只用於糾正冤假錯案方面，常與"平反"組合使用，適用範圍較窄；"洗雪"強調乾淨、徹底地清除掉，除多指冤屈外，還常指恥辱、怨恨等，適用範圍較寬泛，而且有像用水滌蕩污垢似的形象色彩。如"洗雪一百年來的樁樁國恥"中的"洗雪"不能換用"昭雪"。

畏懼 wèijù 動 害怕：無所畏懼／有畏懼心理。

▶ **忌憚** 辨析 見【忌憚】條。

趴 pā 動 指胸腹部朝下臥着，也指身體上半部分向前伏在某物上：他趴在地上觀察螞蟻／趴在桌上睡覺。

▶ **匍匐** 辨析 都有"胸腹部朝下臥着"的意義，但語體色彩有別。"趴"多用於口語，"匍匐"有比較濃厚的書面語色彩。

思考 sīkǎo 動 深入、周到地進行思維活動；認真考慮：他思考問題的周密、處理問題的果斷都是別人難以匹敵的。

▶ **思量** 辨析 都有"為了得到某種認識或結論而進行思維活動"的意義，但語義側重點有別。"思考"着重於"考"，考慮，強調對問題作全面深入的考慮，如"他思考再三，終於下了決心"；"思量"着重於"量"，估量，強調估量、斟酌問題以便作出正確的決定，如"名利不妨權放過，潔身須要細思量"。"思量"在方言中還有"記掛、想念"的意思，在這一意義上二者不相同。

思念 sīniàn 動 想念；懷念：思念故鄉。

▶ **懷念** 辨析 見【懷念】條。

▶ **想念** 辨析 都有"心中惦念、希望見到"的意義，但適用對象和語體色彩有別。"思念"的對象可以是離別後的人或環境，也可以是已經消逝的人或物，有可能永遠都見不到了，所體現的感情較"想念"深沉，如"大家一談起他，都感慨良多，敬重、思念之情，溢於言表"；"想念"的對象為離別後的人或環境，一般都可能見到，如"海外遊子沒有一天不想念祖國的"。"思念"多用於書面語；"想念"可用於書面語，也可用於口語。

思量 sīliang ❶動 考慮：反覆思量。❷動 記掛；想念：大家正思量你呢。

▶ **思考** 辨析 見【思考】條。

思路 sīlù 名 指思考的方式或連續性：思路不對／不要打斷他的思路。

▶ **思緒** 辨析 見【思緒】條。

思緒 sīxù ❶名 思想的頭緒：思緒紛亂。❷名 思想情緒：思緒不寧。

▶ **思路** 辨析 都有"人的思維活動的邏輯順序"的意義，但語義側重點和語體色彩有別。"思緒"着重於"緒"，開端，情緒，強調思考問題的契機和頭緒，含有情感的因素，如"面對着眼前的情景，他心潮起伏，思緒萬千"；"思路"着重於"路"，軌跡，強調思考問題、解決問題的邏輯發展順序，含有理性的因素，如"這個計劃思路清晰，目標明確，重點突出"。"思緒"多用於書面語；"思路"可用於書面語，也可用於口語。"思緒"還可指情緒，在這一意義上二者不相同。

品行 pǐnxíng 名 與道德評價有關的行為。

▶ **品德** 辨析 都有"道德品質"的意義，但語義側重點和搭配對象有別。"品行"是中性詞，有優、良、差之別，側重指跟道德有關的行為，多與端正、不端、好、高貴、差等搭配，如"他品行端正，做學問也塌實"；"品德"主要指道德品質，有好壞之分，多與高尚、好、優良、差等搭配，如"品德高尚，萬人仰慕"。

品味 pǐnwèi ❶ 動 嘗試滋味，品嘗：品味新茶。❷ 動 仔細體會，玩味：好好品味他這番話。❸ 名 人或物的品質趣味：這種式樣不符合我的品味。

▶ **品嘗** 辨析 都有"嘗試滋味"的意義，但適用對象有別。"品嘗"多指嘗試水果、菜品等可果腹的食物的滋味，也可用於嘗試酒、茶的味道，如"請諸位品嘗一下我的手藝""品嘗品嘗我家新摘的桃""品嘗名酒"；"品味"的對象多不用於果腹，而是需要經過仔細的品嘗才能體會出其妙處的東西，如好茶、好酒等，如"仔細品味這瓶法國葡萄酒的滋味"。

▶ **玩味** 辨析 見【玩味】條。

品性 pǐnxìng 名 人的道德品質和性格。

▶ **稟性** 辨析 都有"人的品質性格"的意義，但語義側重點有別。"品性"更側重於和社會道德評價有關的方面，如"品性高貴"；"稟性"側重於與生俱來的、難以改變的性格特點，如"江山易改，稟性難移"。

▶ **品德** 辨析 都有"道德品質"的意義，但語義側重點有別。"品性"側重指人的品行性格，多與好、仁義、敦厚、差等搭配，如"小夥子品性敦厚，值得信賴"；"品德"主要指道德品質，有好壞之分，多與高尚、好、優良、差等搭配，如"錢多錢少關係不大，如果品德不好，就不能嫁"。

品格 pǐngé 名 人的道德水平、行為規範等。

▶ **品德** 辨析 都有"品行、人格"的意義，但感情色彩和搭配對象、語義概括範圍有別。"品德"有好壞之分，多用於褒義，常與好、高貴、高尚、優良、差等搭配；"品格"是中性詞，有高低之別，常與好、高貴、高尚、優良、正直、低下等搭配。"品格"還可指文學藝術作品的質量和風格，如"這部作品品格低劣，充滿無聊的耍貧嘴"，"品德"無此意義。

品嘗 pǐncháng 動 仔細地辨別，嘗試（滋味）：許多藥材他都親口品嘗。

▶ **品味** 辨析 見【品味】條。

品德 pǐndé 名 品質道德：人長得好看不好看不重要，關鍵要品德好。

▶ **品格** 辨析 見【品格】條。

▶ **品行** 辨析 見【品行】條。

▶ **品性** 辨析 見【品性】條。

▶ **情操** 辨析 都有"操守、品質"的意義，但搭配對象和語義概括範圍有別。"品德"主要指道德品質，多與高尚、好、優良、差等搭配，如"品德高尚"；"情操"比"品德"的語義範圍廣大，除了指人的品質操守，還指人的感情，多與高尚等詞語搭配，如"培養高尚的情操，樹立遠大的理想"。

幽暗 yōu'àn 形 昏暗：光線幽暗／幽暗的燈光。

▶ **黑暗** 辨析 都有"光線弱"的意義，但語義側重點、語義輕重有別。"幽暗"偏重指光線很弱，有捉摸不定的意味，語義較輕；"黑暗"偏重指光線極弱，甚至是根本沒有光，語義較重。

▶ **昏暗** 辨析 見【昏暗】條。

幽靜 yōujìng 形 幽雅安靜：小區環境幽靜／幽靜的庭院。

▶ **寂靜** 辨析 都有"安靜"的意義，但語義側重點有別。"幽靜"偏重指幽雅；"寂靜"偏重指十分安靜，幾乎沒有聲音。如"現在是晚自習時間，教室裏十分寂靜"中的"寂靜"不宜換用"幽靜"。

幽默 yōumò 形 有趣可笑而意味深長：他說話非常幽默。

▶ **風趣** 辨析 見【風趣】條。

▶ **詼諧** 辨析 見【詼諧】條。

拜見 bàijiàn 動 以一定的禮節跟人見面：拜見岳父岳母。

▶ **拜會** 辨析 都有"有目的地跟人見面"的意義，但適用對象和使用場合有別。"拜見"的對象一般是長輩、上級或有威望的人，多用於比較正式的場合；"拜會"的對象多為外國首腦或官員，也可以是上級或長輩，多用於外交場合和社交場合。

▶ **參拜** 辨析 見【參拜】條。

▶ **會見** 辨析 見【會見】條。

拜服 bàifú 動 對才能等高過自己的人表示敬重、服氣：拱手拜服。

▶ **佩服** 辨析 都有"尊敬、服氣"的意義，但語義側重點、適用對象、語體色彩和態度色彩有別。"拜服"側重於指因服氣而產生敬意，對象多是權威性的言論或較重大的行為，有尊敬、崇拜的態度色彩，多用於書面語；"佩服"側重於指因自己難以做到而尊敬、服氣，對象多是人的品德、品性、才能、技巧、行為等，既可以用於書面語，也可以用於口語。另外，"佩服"可以受程度副詞"很、非常、特別"等修飾，而"拜服"不能。如"我很佩服你"中的"佩服"不能換成"拜服"。

拜託 bàituō 動 敬辭，託人辦事：拜託你把這本書還給他。

▶ **委託** 辨析 見【委託】條。

拜訪 bàifǎng 動 看望；探望：拜訪親友。

▶ **訪問** 辨析 見【訪問】條。

▶ **造訪** 辨析 都有"有目的地看望並進行交談"的意義，但語義側重點和語體色彩有別。"造訪"側重於指到某人的住所去看望，多用於書面語，如"為了以示誠意，他幾度登門造訪"；"拜訪"則沒有會面地點的限制，可以用於書面語，也可以用於口語，如"我對您仰慕已久，一直想去拜訪您"。

▶ **走訪** 辨析 見【走訪】條。

拜會 bàihuì 動 拜訪會見：登門拜會。

▶ **拜見** 辨析 見【拜見】條。

看 kàn ❶動 使視線接觸人或物：看書／看電視。❷動 觀察並加以判斷：你看這款服裝如何？❸動 訪問：週末去看看老朋友。❹動 對待：另眼相看／刮目相看。❺動 診治：看病。❻動 照料：照看。❼動 用在表示動作或變化的詞或詞組前面，表示預見到某種變化趨勢，或者提醒對方注意可能發生或將要發生的某種不好的事情或情況：小心！看別摔着！❽助 用在動詞或動詞結構後面，表示試一試（前面的動詞常用重疊式）：穿穿看／走走看。

▶ **瞅** 辨析 都有"使視線接觸人或物"的意義，但語體色彩有別。"看"通用於口語和書面語；"瞅"是北方方言的口語用詞，有口語色彩，如"他瞅了我一眼，沒說話就走了"。

▶ **瞥** 辨析 都有"使視線接觸人或物"的意義，但語義側重點和語體色彩有別。"看"沒有特殊強調的意義，通用於口語和書面語；"瞥"強調動作很快，視線很快地和對象接觸一下，有書面語色彩，如"一眼瞥見坐在角落裏的小女孩"。

▶ **瞧** 辨析 都有"使視線接觸人或物"的意義，但語體色彩有別。"看"通用於口語和書面語；"瞧"有口語色彩，如"瞧不出來，你還有這本事"。

▶ **望** 辨析 都有"使視線接觸人或物"的意義，但語義側重點和語體色彩有別。"看"沒有特殊強調的意義，通用於口語和書面語；"望"強調向遠處看，視線投向較遠的人或物，有書面語色彩，如"順着他手指的方向望去"，用於看近處的人或物時，常表示帶有感情地注視，如"深情地望着他的眼睛"。

看守 kānshǒu ❶動 負責守衛、照料：看守山林。❷動 監視和管理 (犯人)：對要犯嚴加看守。❸名 稱監獄裏看守犯人的人：幾個犯人躲過了女看守的視線。

▶ **看管** 辨析 都有"監視和管住"的意義，但語義側重點有別。"看守"強調守住，不讓人逃走，如"他們遇見了看守破廟的老人"；"看管"強調管理、嚴加管制，如"值班並看管犯罪嫌疑人"。

看見 kànjiàn 動 視線接觸到人或物並有所感知：我看見他緊握雙拳。

▶ **目擊** 辨析 見【目擊】條。

看法 kànfǎ 動 對客觀事物持有的認識：我們的看法不一致。

▶ **見地** 辨析 見【見地】條。

▶ **見解** 辨析 見【見解】條。

▶ **觀點** 辨析 見【觀點】條。

看重 kànzhòng 動 很看得起；看得很重要：上司十分看重你。

▶ **重視** 辨析 都有"認為很重要而認真對待"的意義，但語義側重點有別。"看重"強調主觀上認為對象很重要、

很好，對對象評價高，如"上司很看重他""不能一味看重青春美貌等外在條件"；"重視"強調因為對象重要或優秀，從而對其持認真對待的態度，如"要重視發揮先進科學技術的作用"。

看穿 kànchuān 動 透徹地認識對方：他一眼看穿了我的心思。

▶ **看破** 辨析 都有"透徹地認識到對方的本來面目"的意義，但語義側重點有別。"看穿"強調穿過事物的表面現象看到了事物的本來面目，得到了最徹底的認識，如"看穿了她的心事"；"看破"強調打破表面的虛幻現象看到了真實的情況，如"看破紅塵""要有本事看破花樣繁多的坑蒙拐騙手段"。

▶ **看透** 辨析 都有"透徹地認識到對方的本來面目"的意義，但語義側重點有別。"看穿"強調穿過事物的表面現象看到了事物的本來面目，得到了最徹底的認識，如"他有何居心，明眼人一眼就可看穿"；"看透"強調認識得深入、透徹，直接看到了事物的本質，如"他的深邃的目光看透了人生的真諦"。

看破 kànpò 動 透徹地認識到：看破紅塵。

▶ **看穿** 辨析 見【看穿】條。

看透 kàntòu ❶動 透徹地瞭解 (對手的計策、用意等)：心細的妻子看透了丈夫的心思。❷動 透徹地認識 (對方的缺點或事物沒有價值、沒有意義)：不少學生把分數看透了，不去爭取那一百分，而想學得多、學得深入、學得活。

▶ **看穿** 辨析 見【看穿】條。

看管 kānguǎn 動 ❶ 監視：看管犯人。❷ 看護、照料：看管行李物品。

▶ **看守** 辨析 見【看守】條。

怎麼 zěnme ❶代 詢問性質、狀況、方式、原因等：怎麼不去？❷代 泛

指性質、狀況或方式：該怎麼辦就怎麼辦。❸代 表示在一定程度上（用於否定式）：不怎麼瞭解。

▶ 怎樣 辨析 都有"詢問性質、狀況或方式"和"泛指性質、狀況或方式"的意義，但語法功能和語體色彩有別。"怎麼"可以詢問原因，如"水怎麼這麼黃"，詢問狀況時突出疑問，如"你今天怎麼了？一點精神也沒有"，口語色彩較濃，作謂語時後面常帶"了（啦）"，不能作補語、賓語；"怎樣"不能用於詢問原因，如不能說"水怎樣這麼黃"，詢問狀況時突出狀況本身，如"你身體怎樣"，口語和書面語都可以用，可以作補語、賓語，如"你想怎樣"。

怎樣 zěnyàng ❶代 詢問性質、狀況、方式等：怎樣回答。❷代 泛指性質、狀況或方式：人家怎樣說，你就怎樣做。

▶ 怎麼 辨析 見【怎麼】條。

垂死 chuísǐ 動 臨近死亡：垂死掙扎。

▶ 垂危 辨析 都有"將近死亡"的意義，但語義側重點、語義強度、感情色彩和語法功能有別。"垂死"側重指接近死亡，語義較重，貶義詞，一般不作謂語；"垂危"側重指因病或傷勢嚴重造成的生命危險，可能死亡，語義較輕，中性詞，多作謂語。如"警察警告疑犯不要做無謂的垂死掙扎"中的"垂死"不能換用"垂危"。

垂危 chuíwēi 動 病重將近死亡：生命垂危。

▶ 垂死 辨析 見【垂死】條。

牲口 shēngkou 名 能幫助人幹活的家畜，如牛、馬、騾、驢等：牲口棚。

▶ 牲畜 辨析 都有"人類馴養的獸類"的意義，但語義側重點和用法有別。"牲口"指人類馴養來幫助幹活的家畜，如牛、馬、騾、驢等；"牲畜"指人類馴養的家畜，包括牛、馬、騾、驢等，也包括豬、羊、狗等。"牲口"可受表確切數量的詞語修飾，如"一頭牲口、三頭牲口"等；"牲畜"可受表示不定數量的詞語修飾，如"一些牲畜、一批牲畜、幾種牲畜"等。

牲畜 shēngchù 名 人類馴養的獸類的總稱：滿院的牲畜。

▶ 畜牲 辨析 都有"獸類（哺乳動物）"的意義，但語義側重點有別。"牲畜"指人類馴養的家畜，包括牛、馬、騾、驢、豬、羊、狗等；"畜牲"所指範圍比"牲畜"大，泛指飛禽走獸。"畜牲"還可用做罵人的話，意指行為如同禽獸；"牲畜"沒有這種用法。

▶ 家畜 辨析 都有"人類馴養的獸類"的意義，但語義來源有別。"牲畜"原為三牲六畜的省稱，古代指祭神用的牛、羊、豬為三牲，人類飼養的馬、牛、羊、雞、犬、豬為六畜，後泛指人類飼養馴化的動物；"家畜"則是指人類為了各種目的而在家裏馴養的獸類，如豬、牛、羊、馬、駱駝、兔、貓、狗等。

▶ 牲口 辨析 見【牲口】條。

重要 zhòngyào 形 具有重大意義、作用和影響的：重要會議。

▶ 緊要 辨析 在表示"事物的地位或作用十分突出，不同一般"的意義，但語義側重點和適用對象有別。"重要"泛指關係大，影響深，可用於人和事；"緊要"強調緊迫性，多用於事。如可以說"重要人物"，但不說"緊要人物"。

▶ 首要 辨析 都有"具有重大意義、作用和影響的"的意義，但適用對象和語法功能有別。"重要"，既可用於抽象事物，也可用於具體事物，可以作謂語，可受程度副詞修飾；"首要"指頭等重要的，多用於抽象事物，只能作定語，不能作謂語，不能受程度副詞修飾。如"十分重要"中的"重要"不能換用"首要"。

▶ **主要** 辨析 見【主要】條。

重視 zhòngshì 動 認為重要而認真對待：他很重視這件事。

▶ **看重** 辨析 見【看重】條。

▶ **器重** 辨析 都有"看重並認真對待"的意義，但語義側重點和適用對象有別。"重視"側重指因人的德才優良或事物重要而看重，沒有上下級的限制，既可用於人，也可用於工作或其他事情；"器重"含有委以重任的意味，只用於人，而且只能用於上級對下級、組織對個人、長輩對晚輩。如"重視業務培訓"中的"重視"不能換用"器重"。

▶ **珍視** 辨析 見【珍視】條。

▶ **注重** 辨析 見【注重】條。

重量 zhòngliàng 名 物體所受重力的大小：物體的重量。

▶ **分量** 辨析 見【分量】條。

便 biàn 副 表示前後事情緊接着：這種電子郵箱的用戶名一但申請成功便無法修改。

▶ **即** 辨析 見【即】條。

▶ **就** 辨析 在作副詞，表示前後事情緊接着時意義相同，但語體色彩有別。"便"有很強的口語色彩；"就"通用於口語和書面語，如"有些機會只有一次，一旦錯過就無法回頭了"。

便宜 piányi ❶ 形 價錢低：甩賣了！大衣便宜，快來買！❷ 名 不應得到的利益：白白讓他撿了個便宜。❸ 動 使得到不應得到的利益：便宜你小子了！

▶ **低廉** 辨析 見【低廉】條。

▶ **廉價** 辨析 都有"價錢不高"的意義，但語體色彩和語義側重點、適用對象有別。"便宜"有合算、划得來的意味，有口語色彩，多用於與日常生活相關的商品，如"買塊便宜的布料"；"廉價"有物品質量差或不容易賣出去而價錢低的意味，有書面語色彩，可比喻地用於同情、愛情、眼淚等，如"中國有大量廉價勞動力""收起你廉價的眼淚吧"。

保存 bǎocún 動 維護着使繼續存在下去：保存實力。

▶ **保留** 辨析 都有"保護、收存，使不受損失或不發生變化"的意義，但語義側重點和語義範圍有別。"保存"側重於指使繼續存在；"保留"側重於指留下並使長期不變。"保留"還有"暫時留着不處理"的意思，如"有不同意見可以保留"，"保存"則沒有這一意思。

保持 bǎochí 動 保住原來的狀態或水平，使不消失或減弱：保持平靜／水土保持。

▶ **維持** 辨析 都有"使事物的現狀繼續存在，保住不變"的意義，但語義側重點、適用對象和語義輕重有別。"保持"側重於指使原來的狀態或水平在較長時間內不消失或減弱，多用於"傳統、水平、榮譽、速度、心態、距離、聯繫"等，語義較重；"維持"側重於指在一定限度內或時間內，使不改變現狀，多用於"生活、秩序、治安、統治、關係"等，語義較輕。

保重 bǎozhòng 動 (希望別人) 注意身體健康或安全：你路上要好生保重。

▶ **珍重** 辨析 見【珍重】條。

保留 bǎoliú ❶ 動 保存不變：這些習慣我都保留着。❷ 動 留下，不拿出來：以前的信件都還保留着。❸ 動 暫時留着不處理：保留看法。

▶ **保存** 辨析 見【保存】條。

保管 bǎoguǎn 動❶ 保藏和管理：保管糧食。❷名 在倉庫中做保管工作的人。❸動 完全有把握，肯定：只要你來，保管讓你大吃一驚。

▶ **保證** 辨析 見【保證】條。

保障 bǎozhàng ❶動 保護(生命、財產、權利等)，使不受侵犯和破壞：保障公民的財產安全。❷名 起保障作用的事物：安全是生產的保障。

▶ **保證** 辨析 見【保證】條。

保衛 bǎowèi 動 保護使不受侵犯：保衛祖國。

▶ **捍衛** 辨析 都有"保護使安全不受侵犯"的意義，但語義側重點、適用對象和語義輕重有別。"保衛"側重於防護好，使不受侵犯，語義較輕；"捍衛"側重於指對外來侵犯進行抗擊和抵禦，以確保安全，對象除了"國家、主權、利益、原則、思想"等之外，還可以是人，語義較重，含有用強力保護的意味。

▶ **護衛** 辨析 見【護衛】條。

保藏 bǎocáng 動 把東西藏起來以免遺失或損壞：保藏手稿。

▶ **儲藏** 辨析 都有"把東西收藏或存放起來"的意義，但語義側重點、適用對象有別。"保藏"側重於指收藏起來使不遺失或受到損壞，多用於物品，如"保藏食物、保藏的信件"等；"儲藏"側重於指收藏起來積攢，多用於財富、資源等，如"把錢儲藏在小匣子裏""石油儲藏豐富"等。

保證 bǎozhèng ❶動 確保既定的要求和標準，不打折扣：保證產品質量。❷動 擔保；擔保做到：保證完成任務。❸名 作為擔保的事物：團結是勝利的保證。

▶ **保管** 辨析 都有"完全有把握，一定做到"的意義，但語義側重點和語法功能有別。"保證"側重於指肯定能做到某事，含有負責到底的意味，多用作謂語，也可以用作賓語；"保管"側重於指對某事完全有把握，含有對所説的話很有信心的意味，多用作狀語，不可以用作賓語。如，"健康是事業成功的保證"，"保證"不能換成"保管"。

▶ **保障** 辨析 都有"確保和起確保作用的事物"的意義，但語義側重點、語義輕重和適用對象有別。"保證"側重於指擔保，確保一定做到，對象多是動詞或動詞性短語，如"保證生產、保證提前完成、保證他沒事"等，語義較輕；"保障"側重於指維護，確保使不受到侵犯和破壞，對象多是名詞或名詞性短語，如"保障生命安全、保障公民權利、保障戰後和平、保障人民自由"等，語義較重。

保護 bǎohù 動 盡力照顧，使不受損害：保護婦女權益。

▶ **愛護** 辨析 都有"使人或事物不受損害"的意義，但語義側重點和常用語法功能有別。"保護"側重於指從行動上盡力照顧使不受損害；"愛護"側重於指從心理上重視並加以保護。"保護"可以帶"好、起來"等補語；"愛護"一般不能帶補語。"愛護"可以受程度副詞修飾，而"保護"不能。如"他特別愛護年輕人"中的"愛護"不能換成"保護"。

▶ **呵護** 辨析 見【呵護】條。

▶ **維護** 辨析 都有"盡力照顧，使不受損害"的意義，但語義側重點和適用對象有別。"保護"側重於指通過照顧，使受照顧對象的安全得到保障，多用於人或具體的事物，也可用於"權益、積極性"等抽象事物；"維護"側重於指通過照顧，使受照顧對象維持良好的狀態，多用於抽象事物，如"統治、秩序、局面、秩序"等,也可用於"機器、設備、公共設施"等具體事物。

促進 cùjìn 動 促使發展前進:促進友誼。

▶ **推進** 辨析 都有"使其前進"的意義,但語義側重點有別。"促進"側重指促使某事物加快前進,含有催促的意味;"推進"側重指給事物以推動力,使較好地發展。如"促進生產"中的"促進"不宜換用"推進"。

▶ **推動** 辨析 都有"使其前進"的意義,但語義側重點有別。"促進"側重指促使某事物加快前進;"推動"側重指使活動開展,使事物前進。如"這促進了學生自制、堅毅等意志品質的發展"中的"促進"不宜換用"推動"。

侮辱 wǔrǔ 動 使對方人格或名譽受到損害,蒙受恥辱:侮辱人格。

▶ **污辱** 辨析 見【污辱】條。

俗氣 súqi 形 低級趣味的;粗俗不雅的:她打扮得太俗氣。

▶ **粗俗** 辨析 都有"低級趣味的"意義,但語義側重點和適用範圍有別。"俗氣"着重於不大方、太一般化,含有不新穎不文雅的意味,可重疊成 A 裏 AB 式使用;"粗俗"着重於粗野而格調不高,含有粗魯無禮的意味。"俗氣"多用於言談、舉止、穿着打扮、行為方式、花色、款式等;"粗俗"多用於言談、舉止、行為等。

俘虜 fúlǔ ❶動 戰勝並捉住(敵人):俘虜了一個排。❷名 被俘虜的敵人:釋放俘虜。

▶ **俘獲** 辨析 都有"打仗時從敵人方面得到"的意義,但適用對象和語體色彩有別。"俘虜"只指被捉住的敵人,不能說"俘虜輜重",口語和書面語中都可以用;"俘獲"可以指被捉住的敵人及其物

資,多用於書面語。如"俘獲敵人一個團及大量輕重武器"中的"俘獲"不宜換用"俘虜"。"俘獲"不能用作名詞。

俘獲 fúhuò 動 戰勝(敵方)而獲得:俘獲輜重。

▶ **俘虜** 辨析 見【俘虜】條。

▶ **繳獲** 辨析 都有"通過戰勝獲得"的意義,但語義側重點和適用對象有別。"俘獲"側重指打仗時捉住敵人,可同時取得武器等戰利品,對象一般是人;"繳獲"側重指從戰敗的敵方或罪犯處取得,對象可以是武器彈藥、物資等軍需用品,也可以是兇器、財物等非法的東西。如"戰爭中繳獲的武器"中的"繳獲"不能換用"俘獲"。

信件 xìnjiàn 名 書信和遞送的文件、印刷品:往來信件 / 通過網絡收發電子信件。

▶ **信函** 辨析 都有"書信"的意義,但語義側重點、語體色彩有別。"信件"除書信外還包括遞送的文件、印刷品等,口語和書面語都可用。"信函"僅指書信,比較正式,有書面語色彩。

信任 xìnrèn 動 相信而敢於託付:大家都信任她。

▶ **相信** 辨析 見【相信】條。

▶ **信賴** 辨析 都有"信得過,不懷疑"的意義,但語義側重點、適用對象、語體色彩有別。"信任"強調相信而敢於託付,對象多是人。"信賴"強調相信、依靠,對象多是人,也可以是組織或抽象事物,有書面語色彩。

信仰 xìnyǎng 動 對某人或某種主張、主義、宗教極度相信和尊敬,拿來作為自己行動的榜樣或指南:宗教信仰自由。

▶ **信奉** 辨析 都有"極度相信和尊敬並作為自己行動的榜樣或指南"的意義,

但語義側重點及語義輕重、詞語色彩有別。"信仰"偏重表示極度相信，有嚴肅、認真的態度色彩，是比較常用的表達；"信奉"強調對所相信的對象的高度尊敬和忠誠，語義比"信仰"重。二者在其他意義上不相同。

信奉 xìnfèng ❶動 信仰並崇奉：信奉佛教。❷動 相信並奉行：信奉和平共處五項原則。

▶ **信仰** 辨析 見【信仰】條。

信函 xìnhán 名 書信：私人信函。

▶ **信件** 辨析 見【信件】條。

信息 xìnxī ❶名 關於人或事物情況的報道；跟某人情況相關的信件、口信、傳言等：他事先向我們透露了一點這方面的信息。❷名 信息論中指用符號傳送的報道，報道的內容是接收符號者預先不知道的。

▶ **消息** 辨析 都有"關於某事物的情況"的意義，但語義範圍有別。"信息"所指的範圍十分寬泛；消息主要用於有關人或事的情況。如"就業信息""加薪的消息"，二者不能互換。在其他意義上二者不相同。

▶ **音信** 辨析 都有"跟某人情況相關的信件、口信、傳言等"的意義，但語義側重點、適用對象有別。"音信"側重指往來的信件和消息。"信息"所指的範圍十分寬泛，"音信"多用於人。在其他意義上二者不相同。

信賴 xìnlài 動 信任並依靠：他是個值得信賴的人。

▶ **相信** 辨析 見【相信】條。

▶ **信任** 辨析 見【信任】條。

皇上 huángshang 名 中國古代稱在位的皇帝。

▶ **皇帝** 辨析 二者所指相同，適用場合有別。"皇上"可用於面稱；"皇帝"只能用於背稱。

皇帝 huángdì 名 古代最高統治者的稱號。秦始皇統一六國後，自認為"德兼三皇，功高五帝"，故號稱為"皇帝"。

▶ **帝王** 辨析 都有"最高統治者"的意義，但二者所指有別。"皇帝"一般用於單指；"帝王"多用於泛指。如可以說"這個狗皇帝""帝王思想"，但一般不說"這個狗帝王""皇帝思想"。

▶ **國王** 辨析 見【國王】條。

▶ **皇上** 辨析 見【皇上】條。

侵犯 qīnfàn ❶動 非法干涉並損害別人的權利：侵犯人權。❷動 採用武力手段非法進入別國領域：不允許大國肆意侵犯小國領土。

▶ **侵略** 辨析 都有"用不正當的手段損害別國的利益"的意義，但語義側重點、語義輕重和適用對象有別。"侵犯"着重於"犯"，損害，泛指損害別人或別國利益的行為；"侵略"着重於"略"，奪取、掠奪，使用軍事手段掠奪別國領土、財富等，也指用政治、經濟、文化等手段對別國進行滲透，語義較"侵犯"重。"侵犯"可用於國與國之間，也可用於社團或個人之間，對象為邊境、領土、領海、領空、權利、利益、自由等；"侵略"一般用於國與國之間，對象為國家、領土、主權等。

▶ **侵佔** 辨析 見【侵佔】條。

侵吞 qīntūn ❶動 暗中非法佔有：侵吞公款。❷動 用武力侵佔或吞併別國領土：他們發動戰爭，侵吞了別國的大量領土。

▶ **併吞** 辨析 見【併吞】條。

侵佔 qīnzhàn ❶動 非法佔有：不許擅販侵佔馬路。❷動 用侵略手段佔領：日寇侵佔了上海。

▶ **霸佔** 辨析 都有"用不正當的手段強行佔有"的意義，但語義側重點、適用對象和語體色彩有別。"侵佔"着重於"侵"，進犯、侵入，強調用強力或其他不正當的手段取得並據為己有；"霸佔"着重於"霸"，蠻橫霸道，強調倚仗權勢強行據為己有。"侵佔"可用於人與人之間，也可用於國與國之間，對象為領土、領空、領海、土地、房屋、錢財、成果等；"霸佔"一般用於人與人之間，對象為人、土地、房屋、錢財等。"侵佔"多用於書面語和正式場合；"霸佔"多用於口語，也可用於書面語。

▶ **侵犯** 辨析 都有"用不正當的手段損害別國或別人的利益"的意義，但語義側重點、語義輕重和適用對象有別。"侵佔"着重於"佔"，佔據、佔領，強調用強力或其他不正當的手段取得並據為己有；"侵犯"着重於"犯"，侵害、損害，泛指損害別人或別國利益的行為，語義較"侵佔"輕。"侵佔"的對象多為領土、土地、房屋、錢財、成果等具體事物；"侵犯"的對象可以是領土、領空、領海、邊境等具體事物，也可以是主權、權利、利益、自由等較抽象的事物。

侵略 qīnlüè 動 侵犯別國的領域和主權，掠奪別國的財富，奴役別國的人民。主要形式是武裝入侵：一些強國肆意發動侵略戰爭。

▶ **侵犯** 辨析 見【侵犯】條。

迫切 pòqiè 形 十分急切：災區迫切需要援助。

▶ **急迫** 辨析 都有"時間緊急，不能等待或拖延"的意義，但適用對象和語義側重點有別。"急迫"多形容任務、需要、期限等刻不容緩，需要馬上解決或辦理，如"情況急迫，來不及跟你解釋了，我得馬上出發"；"迫切"多用於形容問題緊迫或要求、願望、需要等強烈，語義比"急迫"輕，如"這些因貧困而失學的孩子，學習願望多麼迫切"。

▶ **緊迫** 辨析 都有"事情很緊急"的意義，但適用對象和語義側重點有別。"緊迫"多形容任務、時間、形勢、軍情等緊急急迫，需要立即辦理或行動，如"時間緊迫，我們立即分頭行動，防止犯罪分子逃逸"；"迫切"多用於形容問題緊急或要求、願望、需要等強烈，如"沒有迫切的學習願望，怎麼能學習好知識"。

▶ **熱切** 辨析 都有"心情急切"的意義，但適用對象、語義側重點和語義概括範圍有別。"熱切"形容人的心情或希望熱烈懇切，如"人們熱切地盼望奧運健兒早日凱旋"；"迫切"多用於形容要求、願望、需要等強烈急切，比"熱切"語義重，如"我們都迫切地希望新教材馬上運到"。"迫切"還可形容任務、情況等緊急，需要立即行動，如"前線士兵陣亡殆盡，迫切需要增援"，"熱切"無此義。

迫害 pòhài 動 壓迫某人使受傷害或損害，多指政治上的傷害或損害：他在文革中被迫害致死。

▶ **殘害** 辨析 都有"使受傷害或損害"的意義，但語義側重點有別。"迫害"多指政治上的加害，不強調加害的程度，如"許多正直的知識分子被迫害，無處申訴"；"殘害"多指肉體上的殘殺或傷害，強調加害的程度很深，如"殘害當地百姓的黑幫頭目被逮捕歸案"。

▶ **害** 辨析 都有"使受傷害或損害"的意義，但語體色彩和語義側重點、語義輕重、語法功能有別。"迫害"是書面語，多指政治上的加害，可作謂語動詞，但多作主語、賓語，如"許多正直的知識分子遭到迫害"；"害"用於口語，多指日常生活中的加害，程度比"迫害"

輕，而且只作為謂語動詞出現，不作主語、賓語，如"假藥害人不淺，應嚴懲假藥公司""你害得我白忙活了一場"。

徇私 xùnsī 動 為私情而做不合法的事：徇私枉法／防止徇私的措施。

▶ **徇情** 辨析 都有"為私情而做不合法的事"的意義，但語義側重點、語體色彩有別。"徇私"強調從私人關係和私利出發，常用固定形式有"徇私枉法""徇私舞弊"等；"徇情"強調為照顧私人感情而不惜枉法，有書面語色彩。

徇情 xùnqíng 動 為了私情而做不合法的事：法不徇情。

▶ **徇私** 辨析 見【徇私】條。

衍變 yǎnbiàn 動 發展變化：文字的衍變。

▶ **演變** 辨析 都有"發展變化"的意義，但語義側重點有別。"衍變"有衍生出或生發出的意味，如"馬琳離婚案已衍變成洩露國家機密案"；"演變"有歷時較久而逐漸發展變化的意味，如"婚喪習俗的演變"。

很 hěn 副 表示程度相當高：很喜歡／很特別。

▶ **非常** 辨析 見【非常】條。

▶ **夠** 辨析 在表示程度相當高時意義相同，但適用對象、語法功能有別。"很"適用面寬，可以修飾形容詞，也可以修飾部分帶有程度的動詞，不帶有主觀性；"夠"適用面窄，一般多修飾形容詞，很少修飾具有程度的動詞，帶有主觀性，說話人主觀認為已經達到了自己認為的標準或要求。如"我很願意為你服務"中的"很"不能換成"夠"。

▶ **怪** 辨析 見【怪】條。

▶ **老** 辨析 見【老】條。

▶ **挺** 辨析 見【挺】條。

後人 hòurén ❶ 名 子孫後代。❷ 名 泛指後代的人：前人栽樹，後人乘涼。

▶ **後輩** 辨析 都有"子孫後代"的意義，但語義側重點有別。"後人"一般指已經死去的人的子孫；"後輩"既可以指已經死去的人的子孫，也可以指活着的人的子孫。

▶ **後代** 辨析 都有"子孫"的意義，但語義側重點有別。"後人"一般用於指個人或家族的子孫；"後代"既可以指個人或家族的子孫，也可以指整個民族的子孫。

▶ **後嗣** 辨析 都有"子孫後代"的意義，但語義側重點、語體色彩有別。"後人"強調親緣關係上的連續性，口語和書面語都可以用；"後嗣"強調親緣關係上對前代的承接，書面語色彩濃厚。

▶ **後裔** 辨析 都有"子孫後代"的意義，但語義側重點、語體色彩有別。"後人"強調親緣關係上的連續性，口語和書面語都可以用；"後裔"強調距離死者年代久遠，具有書面語色彩。

後世 hòushì 名 某一時代以後的時代。

▶ **後代** 辨析 都有"某一時代以後的時代"的意義，但語體色彩有別。"後世"具有書面語色彩；"後代"口語和書面語都可以用。如可以說"揚名後世"，但一般不說"揚名後代"。

後代 hòudài ❶ 名 某一時代以後的時代：後代的人怎知前代人的事？❷ 名 後代的人：這家人沒有後代。

▶ **後輩** 辨析 都有"傳承中的後繼者"的意義，但語義側重點、適用對象有別。"後代"含有生活於以後時代的意味，較常用，可用於個人或家族的子孫和整個民族的子孫；"後輩"含有輩分低的意味，一般用於個人或家族的子孫。

如"植樹造林於國於民意義重大，是為子孫後代造福的事業，要長期堅持下去"中的"後代"不宜換用"後輩"。

▶ **後人** 辨析 見【後人】條。

▶ **後世** 辨析 見【後世】條。

▶ **後嗣** 辨析 都有"子孫"的意義，但語義側重點、適用對象、感情色彩有別。"後代"強調生活在以後時代，可用於個人或家族的子孫和整個民族的子孫，口語和書面語都可以用；"後嗣"強調在親緣關係上對前代的承接，只用於指個人或家族的子孫，書面語色彩濃厚。

▶ **後裔** 辨析 都有"子孫"的意義，但語義範圍、感情色彩有別。"後代"可用於指活着的人的子孫，也可以指死去的人的子孫，口語和書面語都可以用；"後裔"含有距死者年代較久遠的意味，只用於指已經死去的人的子孫，具有書面語色彩。如"你的後代是會理解你的"中的"後代"不宜換用"後裔"。

後台 hòutái ❶ 名 舞台後面供演員化妝和休息的地方。❷ 名 比喻在背後操縱、支持的人或集團。

▶ **後盾** 辨析 都有"可以依靠的力量"的意義，但語義範圍、感情色彩有別。"後台"僅僅指人，具有貶義色彩；"後盾"既可以指人，也可以指事物，常用於褒義。如可以說"堅強後盾"，但不說"堅強後台"。

▶ **靠山** 辨析 都有"可以依靠的力量"的意義，但語義側重點、語法功能有別。"後台"強調在背後進行操縱，可以作定語；"靠山"強調可以依靠，不可以作定語。如可以說"後台老闆"，但一般不說"靠山老闆"。

後盾 hòudùn 名 背後可以依靠的援助力量。

▶ **後台** 辨析 見【後台】條。

▶ **靠山** 辨析 都有"可以依靠的力量"的意義，但語義側重點、感情色彩有別。"後盾"強調可以依靠的力量，可以是人，也可以是其他事物，通常含有褒義；"靠山"強調依靠的人，略帶貶義。如"對領導和職員中的腐敗、瀆職行為，不論是誰，不論職位高低，有沒有靠山，一視同仁，鐵面無私"中的"靠山"不能換用"後盾"。

後悔 hòuhuǐ 動 事後懊悔：後悔自己太莽撞。

▶ **懊悔** 辨析 都有"覺得自己過去不應該那樣做"的意義，但語義側重點、語義強度有別。"後悔"強調事後才意識到，語義較輕；"懊悔"強調因自己過去做得不當而心裏懊惱，語義較重。如"服刑人員被投進監獄後，大多感到恐懼、孤獨、懊悔"。

▶ **悔恨** 辨析 都有"覺得自己過去不應該那樣做"的意義，但語義側重點、語義強度、感情色彩有別。"後悔"強調認識到自己過去那樣做不恰當不合適，語義較輕，口語和書面語都可以用；"悔恨"強調因過去做得不恰當而恨自己，語義較重，具有書面語色彩。如"他感到問題的嚴重，悔恨當初不該一時衝動"。

後退 hòutuì 動 向後退，退回（以往的發展階段）：後退五十里。

▶ **撤退** 辨析 都有"向後退"的意義，但語義側重點、語法功能有別。"後退"既可以指空間上的向後退，也可以指發展階段上的向後退，意義可實可虛，後面常加數量詞；"撤退"意義比較實在，僅指空間距離上的後退。如"掩護軍隊撤退"中的"撤退"不宜換用"後退"。

▶ **倒退** 辨析 都有"向後退"的意義，但語體色彩有別。"後退"多用於實際距離，口語和書面語都可以用；"倒退"多用於抽象方面，口語色彩濃厚。如"在她創作期間，南方的政治形勢大大倒退，黑人的社會地位跟南北戰爭前差不多"中的"倒退"不能換用"後退"。

後期 hòuqī 名 某一時期的後一階段。

▶ **末期** 辨析 見【末期】條。

▶ **晚期** 辨析 都有"某一時期的後一階段"的意義，但語義側重點、語法功能有別。"後期"所指時間相對較長一些，可以作狀語；"晚期"所指時間相對較短一些，可以指一個人一生的最後階段，不可以作狀語。如"已是癌症晚期"中的"晚期"不宜換用"後期"。

後嗣 hòusì 名 指子孫。

▶ **後輩** 辨析 見【後輩】條。

▶ **後代** 辨析 見【後代】條。

▶ **後人** 辨析 見【後人】條。

▶ **後裔** 辨析 都有"子孫後代"的意義，但語義側重點有別。"後嗣"強調親緣關係上對前代的承接，書面語色彩濃厚；"後裔"強調距離死者年代久遠。

後裔 hòuyì 名 已經死去的人的子孫。

▶ **後輩** 辨析 見【後輩】條。

▶ **後代** 辨析 見【後代】條。

▶ **後嗣** 辨析 見【後嗣】條。

▶ **後人** 辨析 見【後人】條。

後輩 hòubèi ❶名 子孫後代。❷名 同道中年齡較輕或資歷較淺的人。

▶ **後代** 辨析 見【後代】條。

▶ **後人** 辨析 見【後人】條。

▶ **後嗣** 辨析 都有"子孫後代"的意義，但語義側重點、語體色彩有別。"後輩"指自己的晚輩，不一定是直系親屬，口語和書面語都可以用；"後嗣"指自己的直系後代，書面語色彩濃厚。如"這位年過九旬的老作家，向自己的同行和後輩發出語重心長的呼籲"中的"後輩"不能換用"後嗣"。

▶ **後裔** 辨析 都有"子孫後代"的意義，但語義範圍有別。"後輩"可以指在世人的後代，也可以指已經死去的人的後代；"後裔"一般指已經死去的人的後代，含有距死者年代久遠的意味。如"這裏聚居着20多戶文姓人家，有100多人，他們就是文天祥的後裔"中的"後裔"不能換用"後輩"。

食物 shíwù 名 可以充飢的東西：食物中毒／食物鏈。

▶ **食品** 辨析 都有"可供食用的東西"的意義，但語義側重點和使用範圍有別。"食物"泛指所有可以吃的東西，包括經過加工和未經加工的，可指人吃的，也可指動物吃的，如"兩隻小雞跑進我們房間裏來找食物"；"食品"專指商店裏出售的經過加工的食物，一般只指供人食用的，如"綠色食品""速凍食品"。

食品 shípǐn 名 商店出售的經過一定加工製作的食物：食品店／各種食品。

▶ **食物** 辨析 見【食物】條。

食糧 shíliáng 名 糧食，常用為比喻：精神食糧。

▶ **糧食** 辨析 都有"供食用的穀類、豆類和薯類等"的意義，但語義側重點、用法和語體色彩有別。"食糧"專指供人食用的糧食，多喻指不可缺少的東西，如"精神食糧、文化食糧"等；"糧食"可指供人食用的，也可指供畜類食用的，一般沒有比喻用法，但可與"作物、製品、部門"等詞搭配使用。"食糧"多用於書面語；"糧食"通用於口語、書面語和各種場合。

匍匐 púfú ❶〔動〕爬着前進：匍匐前進。❷〔動〕趴着：全體士兵匍匐在地。

▶ **趴** 〔辨析〕 見【趴】條。

▶ **爬** 〔辨析〕 見【爬】條。

▶ **爬行** 〔辨析〕 見【爬行】條。

負疚 fùjiù 〔動〕自己覺得抱歉，對不起人：應允之事未能辦到，深感負疚。

▶ **抱歉** 〔辨析〕 都有"覺得對不起人而心裏不安"的意義，但語義側重點、語義強度、語體色彩有別。"負疚"強調因對不住別人而慚愧不安，語義較重，具有書面語色彩；"抱歉"強調因對不起別人而心裏過意不去，語義較輕，口語和書面語都可以用，可用於直接向別人表示歉意。如"非常抱歉，沒有及時把書還給你"中的"抱歉"不宜換用"負疚"。

負氣 fùqì 〔動〕賭氣，不肯讓人：負氣離家出走。

▶ **賭氣** 〔辨析〕 都有"因受指責或不滿而任性（行動）"的意義，但語義側重點和語體色彩有別。"負氣"強調心裏有怨氣，具有書面語色彩；"賭氣"強調氣憤或不甘心受指責，具有口語色彩。如"他一賭氣就走了"中的"賭氣"不能換用"負氣"。

負隅頑抗 fùyú wánkàng 指憑藉險要地勢或某種條件進行拼死抵抗。

▶ **困獸猶鬥** 〔辨析〕 都有"身處絕境，還竭力掙扎"的意義，但語義側重點有別。"負隅頑抗"強調憑險頑抗，比較常用；"困獸猶鬥"強調被圍困而竭力掙扎，具有比喻色彩，使用較少。如"敗將收拾殘兵，退保縣城，負隅頑抗"中的"負隅頑抗"不能換用"困獸猶鬥"。

負傷 fùshāng 〔動〕受到傷害：腿部負傷。

▶ **受傷** 〔辨析〕 都有"受到傷害"的意義，但適用對象和語體色彩有別。"負傷"一般只指人的身體受傷，具有書面語色彩；"受傷"既可以指人受到傷害，也可以指其他事物受到傷害，口語和書面語都可以用。如可以說"小樹受傷、軍艦受傷"，但一般不說"小樹負傷、軍艦負傷"。

勉強 miǎnqiǎng ❶〔副〕不是心甘情願的：勉強同意。❷〔副〕能力不夠，還盡力做：勉強支撐着這個家。❸〔動〕使人做他自己不願意做的事：不要勉強孩子學鋼琴。❹〔形〕理由牽強，不充足：你的解釋很勉強，不足以服眾。❺〔副〕將就，湊合：這點兒菜勉強夠我一個人吃。

▶ **牽強** 〔辨析〕 見【牽強】條。

勉勵 miǎnlì 〔動〕鼓勵，勸人努力：兄弟倆互相勉勵；勉勵將士們勇猛殺敵。

▶ **鼓勵** 〔辨析〕 都有"勸勉使努力"的意義，但語體色彩、風格色彩和適用對象有別。"勉勵"用於書面語，比較典雅，可用於對他人和自己，如"自我勉勵"；"鼓勵"通用於口語和書面語，是普通用語，一般只用於對他人，"爸爸鼓勵我勇敢點"。

▶ **激勵** 〔辨析〕 都有"激發，使人努力"的意義，但語義側重點和適用對象有別。"勉勵"側重指勸勉人努力工作、學習等，可用於對他人和自己；"激勵"側重指激發對方的鬥志、勇氣等，一般用於對他人，如"主席的話激勵着我們努力奮鬥"。

風光 fēngguāng 〔名〕一定區域內某些自然現象形成的具有地方色彩的供人觀賞的景象：北國風光，千里冰封，萬里雪飄。

▶ **風景** 〔辨析〕 都有"一定區域內某些自然現象形成的供人觀賞的景象"的意

義，但語義側重點和語體色彩有別。"風光"強調有某種美好的光彩，含有表現出地方特色的意味，具有書面語色彩；"風景"強調所指的景象是較小地域內值得欣賞的，口語和書面語中都可以用。如可以說"熱帶風光"，但一般不說"熱帶風景"。

風行 fēngxíng **動** 普遍流行：風行全國。

▶ **風靡** 辨析 都有"廣泛流傳、盛行"的意義，但語義側重點、語義強度、適用對象有別。"風行"重在像風一樣吹到，強調普遍，語義較輕，多用於電影、小說、款式、顏色等具體事物；"風靡"重在向風一樣吹倒草木，強調程度深，多用於思想、思潮、主義等抽象事物。

▶ **流行** 辨析 都有"廣泛流傳、盛行"的意義，但語義側重點、適用對象、語法功能有別。"風行"比喻像風那樣快地普遍傳開，語義較重，不能受程度副詞修飾，是不及物動詞；"流行"側重於傳播廣，多用於風俗習慣、文藝作品、衣着服飾等，也用於傳染的疾病，可以受程度副詞修飾，是及物動詞。如可以說"流行歌曲"，但不說"風行歌曲"。

▶ **盛行** 辨析 都有"廣泛流傳、盛行"的意義，但語義側重點和語法功能有別。"風行"重在像風一樣快，普遍吹到，強調普遍，不能受程度副詞修飾；"盛行"重在盛，強調盛大，大規模地、熱鬧地傳播開來，可以受程度副詞修飾。如"他的故事盛行歐洲民間，老幼皆愛讀"中的"盛行"不能換用"風行"。

風言風語 fēngyán fēngyǔ ❶ 沒有根據的話。❷ 私下裏議論或暗中散佈某種傳聞。

▶ **流言蜚語** 辨析 都有"沒有根據的話"的意義，但語義側重點有別。"風言風語"多指傳說的、沒根據的話，不一定是人有意散佈；"流言蜚語"多指誣衊、挑撥的壞話，強調人的有意散佈。如"這夥人正事不做，專門製造流言蜚語"中的"流言蜚語"不能換用"風言風語"。

風尚 fēngshàng **名** 一定時期內社會上崇尚、尊崇的風氣和習慣：社會風尚。

▶ **風氣** 辨析 見【風氣】條。

▶ **風俗** 辨析 都有"一定時期內社會上流行的愛好、習慣"的意義，但語義側重點、適用範圍、感情色彩有別。"風尚"重在指社會普遍崇尚、尊崇的愛好、習慣，多指思想、道德、精神等方面，多用於褒義和書面語；"風俗"重在指歷代相沿、長期形成的社會習俗，具有歷史性和穩定性，帶有民間性質，使用時多呈中性，常和"習慣、人情"等搭配。

▶ **時尚** 辨析 都有"一定時期內社會上流行的愛好、習慣"的意義，但語義側重點有別。"風尚"重在指一定時期內比較穩定的社會成員普遍認可的愛好、習慣；"時尚"側重指在較短的時期內流行的比較時髦的愛好、習慣。如可以說"時尚服裝"，但不可以說"風尚時裝"；雖然都可以說"社會風尚、社會時尚"，但前者比後者更顯得時間長，具有相對的穩定性。

風俗 fēngsú **名** 社會上長期形成的風尚、禮節、習慣等的總和：風俗習慣。

▶ **風氣** 辨析 見【風氣】條。

▶ **風尚** 辨析 見【風尚】條。

▶ **民俗** 辨析 都有"長期形成的風尚、禮節、習慣等的總和"的意義，但適用範圍有別。"風俗"適用於地區、國家、民族、社會等較大的範圍；"民俗"適用於某一民族聚居區等比較小的範圍，如可以説"民俗風情"。

風度 fēngdù 名 美好的舉止姿態：風度翩翩。

▶ **風範** 辨析 見【風範】條。

▶ **風韻** 辨析 都有"美好的姿態"的意義，但語義側重點和適用對象有別。"風度"重在指舉止姿態所表現出來的美好的氣質，可用於單個人，也可用於某類人；"風韻"重在指姿態優美，暗含有韻味的意思，多形容女子，也可形容某些處所，一般不形容一類人。"風度"常和"有、沒有"搭配使用；"風韻"常和"猶存"搭配使用。如"到桂林不領略一下陽朔的獨特風韻你會終生遺憾的"中的"風韻"不能換用"風度"。

▶ **風姿** 辨析 都有"美好的姿態"的意義，但語義側重點和適用對象有別。"風度"重在指舉止姿態所表現出來的美好的氣質，可用於單個人，也可用於某類人；"風姿"重在指姿態美好，多形容中、青年女子，也可形容某些處所，一般不形容一類人。"風度"常和"有、沒有"搭配使用；"風姿"常和"嫵媚、優美"等形容詞搭配使用。如"小舞台古香古色，再現舊式茶樓戲園的風姿"中的"風姿"不能換用"風度"。

風姿 fēngzī 名 風度姿態：風姿綽約。

▶ **風度** 辨析 見【風度】條。

▶ **風韻** 辨析 都有"美好的姿態"的意義，但語義側重點和搭配對象有別。"風姿"重在指姿態美好，多形容中、青年女子，常和"嫵媚、優美"等形容詞搭配使用。"風韻"重在指姿態優美，暗含有韻味的意味，多形容女子，常和"猶存"搭配使用。

風格 fēnggé ❶ 名 作風，品格：風格高尚。❷ 名 一個時代、一個民族、一個流派或一個人的文藝作品中所表現出來的特色：藝術風格。

▶ **格調** 辨析 都有"表現出來的特色"的意義，但適用範圍有別。"風格"適用面比較寬，可用於民族、時代、流派、個人文藝作品等；"格調"適用面比較窄，只能用於形容個人的文藝作品。如可以説"民族風格"，但一般不説"民族格調"。

▶ **品格** 辨析 都有"工作和生活上表現出來的態度、行為"的意義，但語義側重點有別。"風格"強調品質性格方面表現出來的總體特色；"品格"指具體的品質性格。如"打出風格，打出水平"中的"風格"不能換用"品格"。

▶ **作風** 辨析 都有"工作和生活上表現出來的態度、行為"的意義，但語義側重點和搭配對象有別。"風格"比較抽象，是由一貫作風形成的，多和"高、低、時代、民族、藝術"等搭配使用；"作風"比較具體，是形成風格的基礎，多和"好、壞、民主、工作"等搭配使用。如可以説"工作作風"，但一般不説"工作風格"。

風氣 fēngqì 名 社會上或某個集體中現時流行的愛好和習慣：社會風氣。

▶ **風尚** 辨析 都有"一定時期內流行的愛好和習慣"的意義，但語義側重點、語體色彩、感情色彩有別。"風氣"重在指習氣，是不固定的，時常會變化，多用於口語，是中性詞；"風尚"重在指時尚，具有一定的社會穩定性，其變化往往是十分緩慢的，多用於書面語，具有褒義色彩，不能和"不良、壞"等含貶義的詞語搭配。如"班裏風氣不好"中的"風氣"不能換用"風尚"。

▶ **風俗** 辨析 都有"一定時期內流行的愛好和習慣"的意義，但語義側重點和語體色彩有別。"風氣"重在指習氣，是不固定的，時常會變化，多用於口語；"風俗"重在指習俗，是社會上長期相沿、積久而成的現象、習慣，非常穩定，一般帶有民族性、地方性色彩，口語和書面語中都可以用。如可以說"風俗習慣、地方風俗"，但一般不說"風氣習慣、地方風氣"。

風流 fēngliú ❶ 形 建功立業而又有文采：風流人物。❷ 形 有才學而不拘禮法的：風流才子。❸ 形 有不正當男女關係的：風流韻事。

▶ **風騷** 辨析 都有"有不正當男女關係的"的意義，但適用對象有別。"風流"既可形容男性，也可形容女性；"風騷"一般只形容女性，含有故意引逗男性的意味。如可以說"賣弄風騷"，但不說"賣弄風流"。

風景 fēngjǐng 名 一定區域內某些自然現象綜合形成的供人觀賞的景象：西湖的風景很美。

▶ **風光** 辨析 見【風光】條。

▶ **景色** 辨析 都有"一定區域內某些自然現象形成的供人觀賞的景象"的意義，但語義側重點有別。"風景"強調所指的對象值得欣賞，一般範圍比較大，如可以說"風景名勝區"；"景色"強調景象顏色美好，含有表現出季節特色或地方特色的意味，一般範圍較小，如可以說"柳林內另有一番景色"。

▶ **景致** 辨析 都有"一定區域內某些自然現象形成的供人觀賞的景象"的意義，但語義側重點和語體色彩有別。"風景"強調所指的對象值得欣賞，一般範圍比較大，口語和書面語中都可以用；"景致"強調所指的對象值得欣賞，一般範圍較小，具有書面語色彩。如"島上有一處好景致"中的"景致"不能換用"風景"。

風趣 fēngqù 形 有詼諧、幽默的趣味：他說話很風趣。

▶ **滑稽** 辨析 都有"有趣，引人發笑"的意義，但語義側重點和適用對象有別。"風趣"重在指內容積極而富有風味情趣，引人品味，常形容話語、文章、藝術作品等；"滑稽"重在指引人發笑或讓人覺得可笑，常形容動作、表情、模樣、事態等。如可以說"動作滑稽、表情滑稽"，一般不說"動作風趣、表情風趣"。

▶ **詼諧** 辨析 都有"有趣，引人發笑"的意義，但語義側重點有別。"風趣"重在指內容積極而富有風味情趣，引人品味；"詼諧"重在指說得有趣，引人發笑。如"跟他談話饒有風趣"中的"風趣"不能換用"詼諧"。

▶ **幽默** 辨析 都有"有趣，引人發笑"的意義，但語義側重點有別。"風趣"重在指內容積極而富有風味情趣，引人品味；"幽默"重在指言談舉止滑稽多智，以致引人發笑或意味深長，有時帶有諷刺意味。如"思路清晰，談吐幽默"中的"幽默"不宜換用"風趣"。

風範 fēngfàn 名 可以作為模範的美好的舉止姿態：大家風範。

▶ **風度** 辨析 都有"美好的舉止姿態"的意義，但語義側重點、適用對象、語體色彩有別。"風範"強調美好的舉止姿態的模範作用，一般形容某類人，如可以說"名家風範"，但一般不說某某人的風範，也可形容事物，書面語色彩較濃；"風度"強調指舉止姿態表現出來的美好氣質，既可用於形容一類人，也可形容單個人。如"繼承和發揚中國古典散文的神韻與風範"中的"風範"不能換用"風度"。

風聲鶴唳 fēngshēng hèlì 形容驚慌疑懼，自相驚擾。

▶ **草木皆兵** 辨析 都有"內心恐懼，疑神疑鬼"的意義，但語義側重點有別。"風聲鶴唳"是聽覺效果；"草木皆兵"是視覺效果。如"當時，官老爺和有錢人家最怕空襲，甚至連鴿哨也風聲鶴唳地聽成了警報"中的"風聲鶴唳"不能換用"草木皆兵"。

風騷 fēngsāo 形 婦女舉止輕佻：賣弄風騷。

▶ **風流** 辨析 見【風流】條。

風靡 fēngmí 動 很風行，像風吹倒草木：風靡全球。

▶ **風行** 辨析 見【風行】條。

▶ **流行** 辨析 都有"廣泛傳佈"的意義，但語義輕重和語法功能有別。"風靡"傳佈的範圍比"流行"要廣得多，程度深，語義相對較重。"風靡"不能受程度副詞修飾，是不及物動詞；"流行"語義相對較輕，可以受程度副詞修飾，是及物動詞。如"廣泛流行"中的"流行"不能換用"風靡"。

▶ **盛行** 辨析 都有"廣泛傳佈"的意義，但語義側重點和語法功能有別。"風靡"傳佈的範圍比"盛行"要廣，程度深。"風靡"強調流佈廣，不能受程度副詞修飾，後面必須有處所詞語；"盛行"強調勢頭猛，可以受程度副詞修飾，可單用。如"蘋果減肥法盛行"中的"盛行"不能換用"風靡"。

風韻 fēngyùn 名 優美的姿態（多形容女子）：半老徐娘，風韻猶存。

▶ **風度** 辨析 見【風度】條。

▶ **風姿** 辨析 見【風姿】條。

狡詐 jiǎozhà 形 狡猾奸詐：陰險狡詐／狡詐兇殘而又怯懦的目光。

▶ **狡猾** 辨析 都有"詭計多端，不可信任"的意義，但語義側重點和語體色彩有別。"狡詐"強調善於用詭計來欺騙，

有書面語色彩，如"他陰險狡詐，擅用溫和無害的外衣來偽裝自己"；"狡猾"強調詭計多端，善於變化，通用於口語和書面語，如"他們有狡猾的政治手腕"。

▶ **詭詐** 辨析 見【詭詐】條。

狡猾 jiǎohuá 形 詭計多端，不可信任：狡猾的敵人／狡猾的面孔。

▶ **狡黠** 辨析 都有"詭計多端，不可信任"的意義，但語義側重點和語體色彩有別。"狡猾"強調詭計多端，善於變化，通用於口語和書面語，如"作案手段更加狡猾、隱蔽"；"狡黠"強調耍弄小聰明來偽裝或施詭計，有濃厚的書面語色彩，如"顯出一副狡黠而又幼稚的模樣"。

▶ **狡詐** 辨析 見【狡詐】條。

狡黠 jiǎoxiá 形 狡詐：這個人笑得狡黠，有點心術不正。

▶ **狡猾** 辨析 見【狡猾】條。

狠毒 hěndú 形 （對人）兇狠毒辣：陰險狠毒的傢夥。

▶ **惡毒** 辨析 都有"兇狠毒辣"的意義，但語義側重點、適用對象有別。"狠毒"強調兇狠，常同心、心腸、手段等搭配；"惡毒"強調陰險，常用於心術、手段、語言等。如可以說"惡毒的語言"，但一般不說"狠毒的語言"。

怨恨 yuànhèn ❶動 對人或事物強烈地仇恨：怨恨老師。❷名 強烈的不滿或仇恨：心中充滿怨恨。

▶ **仇恨** 辨析 見【仇恨】條。

▶ **仇怨** 辨析 見【仇怨】條。

急忙 jímáng 副 心裏着急，行動加快：聽到敲門聲，他急忙跑去開門／急忙穿上大衣，快步跟了出去。

▶ **匆匆** 辨析 見【匆匆】條。

▶ **趕緊** 辨析 都有"很快採取行動"的意義,但語義側重點和語體色彩有別。"急忙"強調心裏着急,行動加快,通用語口語和書面語,如"急忙請來醫生診治";"趕緊"強調時間緊迫,要抓緊時間去做,不容耽擱,有口語色彩,如"聽說有貴客要來,趕緊收拾了一下屋子"。

▶ **連忙** 辨析 見【連忙】條。

急促 jícù ❶形 快而短促:急促的呼吸 / 傳來急促的腳步聲。❷形 (時間) 短促:時間急促,不容猶豫。

▶ **匆忙** 辨析 見【匆忙】條。

急迫 jípò 形 馬上需要應付或辦理,不容許遲延:情況急迫 / 急迫要求當局採取行動。

▶ **緊急** 辨析 都有"需要立刻採取行動,刻不容緩"的意義,但語義側重點有別。"緊急"強調情勢迅急,不容拖延,如"傷員被緊急送到醫療中心搶救";"急迫"強調非常迫切地需要採取行動,沒有緩衝的餘地,多用於事情、人物、需要、期限,如"這是當前最急迫的任務"。

▶ **迫切** 辨析 見【迫切】條。

急遽 jíjù 形 速度非常快:態勢急遽變化。

▶ **急驟** 辨析 都有"速度非常快"的意義,但語義側重點和適用對象有別。"急遽"強調緊急、快速,多用於形勢、情況的變化,如"來勢急遽猛烈";"急驟"強調突然而且猛烈,氣勢大,可用於形勢、情況的變化,也可用於暴雨、哨子聲等聲音,如"大白雨點子急驟地灑落下來"。

急躁 jízào ❶形 碰到不稱心的事情馬上激動不安:脾氣急躁 / 一聽説事情弄糟了,他馬上急躁起來。❷形 想馬上達到目的,不做好準備就開始行動:遇

事不要急躁 / 切忌急躁冒進。

▶ **煩躁** 辨析 都有"遇到不稱心的事情而內心不平靜"的意義,但語義側重點有別。"急躁"強調遇到不稱心的事而表現出着急、激動不安、不冷靜,如"遇事不能急躁,要冷靜思考對策";"煩躁"強調由於事情不如意又不知所措而煩悶、內心不安,如"悶熱的天氣使人們更加煩躁"。

▶ **焦躁** 辨析 都有"遇到不稱心的事情而內心不平靜"的意義,但語義側重點和語體色彩有別。"急躁"強調遇到不稱心的事而表現出着急、激動不安、不冷靜,通用於口語和書面語,如"少一分急躁多一分理性";"焦躁"強調由於遇到難解決的問題而焦慮、內心不安,有書面語色彩,如"許多旅客因擔心上不去車而焦躁不安"。

▶ **毛躁** 辨析 見【毛躁】條。

急驟 jízhòu 形 急速:急驟的雨聲 / 急驟的腳步聲。

▶ **急遽** 辨析 見【急遽】條。

計策 jìcè 名 為對付某人或某種情勢而預先安排的方法或策略:白蛇終於中了法海的計策。

▶ **計謀** 辨析 見【計謀】條。

計劃 jìhuà ❶名 工作或行動以前預先既定的具體內容和步驟:工作計劃 / 長遠的計劃。❷動 做計劃:計劃投資 500 萬 / 計劃做一次社會調查。

▶ **方案** 辨析 見【方案】條。

▶ **規劃** 辨析 都有"預先擬訂的工作內容或行動安排"和"預先擬定工作內容或行動安排"的意義,但語義側重點和語體色彩有別。"計劃"在重大的事情和一般的事情上都可以使用,時間上既可以是長遠的也可以是近期的,內容相對比較具體周密,通用於口語和書面語,

233

如"當月的工作計劃";"規劃"用於對全局性的、重大的事項預先作出安排,着眼於事情的長遠發展,內容一般是宏觀的、概括的,有書面語色彩,如"茅山旅遊風景區的規劃,是同濟大學的教授幫助制定的"。

計謀 jìmóu 图 計劃、策略:巧設計謀 / 諸葛亮善於運用計謀來取勝。

▶ **計策** 辨析 都有"為對付某人或某種情勢而預先安排的方法或策略"的意義,但語義側重點和語體色彩有別。"計謀"強調經過精心的思考、謀劃而產生的辦法,有書面語色彩,如"無論他想出何種計謀誘惑,對方就是咬定青山不放鬆";"計策"強調經過認真策劃而產生的巧妙的方法,通用於口語和書面語,如"為節約能源出了不少好計策"。

訃告 fùgào ❶ 動 報喪。❷ 图 報喪的通知。

▶ **訃聞** 辨析 都有"報喪的通知"的意義,但語義側重點有別。"訃告"一般比較短小,不附帶生平事略;"訃聞"一般比較長,附帶有生平事略。如"上海幾張報紙都登着訃告,他去世的消息大概不會錯了"中的"訃告"不宜換用"訃聞"。

訃聞 fùwén 图 向親友報喪的通知,多附有死者的事略。

▶ **訃告** 辨析 見【訃告】條。

哀求 āiqiú 動 苦苦請求:她已失去了反抗的意志,只能軟弱地哀求他。

▶ **哀告** 辨析 都有"苦苦請求"的意義,但語義側重點和語義強度有別。"哀求"強調請求時表情、心情的哀憐,詞義較重;"哀告"強調請求時心情的懇切,詞義較輕。如"他痛哭流涕地哀求我不要告訴別人"中的"哀求"不宜換用"哀告"。

▶ **懇求** 辨析 都有"提出具體而強烈的請求"的意義,但語義側重點和語義強度有別。"哀求"含有苦苦要求、懇求他人哀憐的意味,側重指情緒,詞義較重;"懇求"強調真心實意地請求,態度誠懇,詞義較輕。如"他向我苦苦哀求要來美國"中的"哀求"不能換用"懇求"。

▶ **乞求** 辨析 見【乞求】條。

哀告 āigào 動 苦苦懇求別人憐憫:連連哀告求恕。

▶ **哀求** 辨析 見【哀求】條。

哀悼 āidào 動 悲痛地悼念(死者):對死難者表示沉痛哀悼。

▶ **悼念** 辨析 都有"懷念死者,表示哀痛"的意義,但語義側重點和語體色彩有別。"哀悼"強調帶着悲痛的心情悼念,多和"表示"搭配使用,書面語色彩濃厚;"悼念"重在對死者的懷念、思念,口語和書面語都可以用。"大家用不同的方式悼念他"中的"悼念"一般不用"哀悼"。

▶ **追悼** 辨析 見【追悼】條。

哀傷 āishāng 形 悲哀難過:哀傷的眼神。

▶ **悲傷** 辨析 都有"傷心難過"的意義,但語義側重點、語義強度和語體色彩有別。"哀傷"側重指內在的傷心、哀怨,多深藏於內,詞義較重,多用於書面語;"悲傷"側重指表現於外的傷心難過,詞義較輕,口語和書面語都可以用。如"對他猝然去世,兩地藝人齊表哀傷"中的"哀傷"不宜換用"悲傷"。

度量 dùliàng 图 能寬容忍讓的限度:度量大。

▶ **胸襟** 辨析 都有"容忍的限度"的意義,但語義側重點有別。"度量"側重指寬容人的限度;"胸襟"側重指氣量、抱負,強調事業、意圖的遠大。如"他度量很大,不會計較這些小事"中的"度量"

不能換用"胸襟"。

郊外 jiāowài 名 城市外面的地方（對某一城市而言）。

▶ **郊區** 辨析 見【郊區】條。

郊區 jiāoqū 名 城市周圍在行政管轄上屬於這個城市的地區。

▶ **郊外** 辨析 都有"城市周圍的地區"的意義，但語義側重點有別。"郊區"強調其歸屬及受管轄的性質，是一級行政區劃，如"出生於湖南長沙市郊區的一個貧農家庭"；"郊外"不是行政區劃單位，只強調其位置，對於某城市而言位於該城市的外面、周圍，如"開車到郊外旅遊景點或海濱度週末"。

施行 shīxíng ❶動 實施，執行：本條例自即日起施行。❷動 進行；按照某種方式或辦法去做：施行手術治療。

▶ **實施** 辨析 見【實施】條。

▶ **實行** 辨析 見【實行】條。

▶ **執行** 辨析 見【執行】條。

姿勢 zīshì 名 身體呈現的樣子：姿勢優美。

▶ **姿態** 辨析 都有"身體呈現的樣子"的意義，但語義側重點和適用對象有別。"姿勢"側重指行、立、坐、臥或某種動作所取的架勢，具體可見，多用於人，也可用於高等動物，口語和書面語都可以用；"姿態"側重指能表現出氣質風度的身體形態或情態，不指具體動作，多用於人，也可用於高等動物，還可以用於物，多用於書面語。如"甲隊一開場即以咄咄逼人的姿態抗擊乙隊"中的"姿態"不能換用"姿勢"。

姿態 zītài ❶名 姿勢，樣兒：看書寫字的姿態。❷名 態度，氣度：高姿態。

▶ **姿勢** 辨析 見【姿勢】條。

音信 yīnxìn 名 跟某人情況相關的信件、口信、傳言等：他至今毫無音信。

▶ **消息** 辨析 都有"跟某人情況相關的信件、口信、傳言等"的意義，但語義側重點、適用對象、語體色彩有別。"音信"側重指往來的信件和信息。"消息"側重指關於人或事物的情況、信息。"音信"多用於人。"消息"用於人和事都很常見。"音信"多用於書面語，"消息"通用於口語和書面語。

▶ **信息** 辨析 見【信息】條。

美 měi ❶形 美麗，好看，跟"醜"相對：這小姑娘長得真美。❷動 使美麗：美容美髮。❸形 令人滿意的，好的：美酒；價廉物美。❹名 美好的事物，好事：成人之美；美不勝收。❺〈方〉得意：老師誇了他幾句，他就美得不得了。

▶ **佳** 辨析 見【佳】條。

▶ **美麗** 辨析 都有"好看"的意義，但風格色彩和語法功能有別。"美"表義較普通，多與單音節名詞結合構成新詞，如"美景"；"美麗"較為正式，多修飾雙音節名詞，如"美麗的風景"。

美名 měimíng 名 美好的名譽或名稱：英雄美名，流芳百世。

▶ **美譽** 辨析 都有"美好的名聲"的意義，但適用對象有別。"美名"可用於人或物；"美譽"可用於人，但多用於物，如"這一款車獲得了車中公主的美譽"。

美好 měihǎo 形 好，給人以美感，讓人滿意：美好的生活；美好的願望。

▶ **美妙** 辨析 都有"好，讓人喜歡、滿意"的意義，但語義側重點有別。"美好"多指生活、願望、季節、未來等完美、使人滿意；"美妙"則指聲音、曲調、詩句、想像等完美奇妙,使人喜愛,如"美妙的歌聲令人陶醉"。

美妙 měimiào 形 使人感到愉快和喜愛的:多年前那美妙的旋律一直縈繞在我心裏。

▶ **美好** 辨析 見【美好】條。

美滿 měimǎn 形 生活美好,沒有缺憾:小兩口過得非常美滿。

▶ **圓滿** 辨析 都有"沒有缺憾"的意義,但語義側重點和適用對象有別。"美滿"側重指生活美好幸福,用於婚姻、家庭生活等;"圓滿"強調事物沒有缺欠,使人滿意,多用於通過努力解決問題而達成滿意結果的事情,如"會談圓滿結束"。

美麗 měilì 形 好看,使人看了產生快感的:美麗的彩虹。

▶ **標致** 辨析 見【標致】條。

▶ **好看** 辨析 見【好看】條。

▶ **美** 辨析 見【美】條。

▶ **漂亮** 辨析 都有"好看,看了使人產生快感"的意義,但語體色彩、語法功能和語義側重點有別。"美麗"多用於書面語,不能重疊,多指女性或風光、景物等好看,有莊嚴的色彩,如"人民大會堂莊嚴美麗";"漂亮"通用於口語和書面語,可重疊為"漂漂亮亮",多指人或其他具體事物美觀悅目,如"漂亮的女人""漂亮的絲巾"。

美譽 měiyù 名 美好的名譽:教師享有"園丁"的美譽。

▶ **美名** 辨析 見【美名】條。

叛變 pànbiàn 動 背叛自己的一方,採取敵對的行動或投向敵對的另一方:他叛變了,出賣了戰友。

▶ **背叛** 辨析 見【背叛】條。

前方 qiánfāng ❶ 名 空間或位置靠前的部分:注視前方。❷ 名 接近敵方的地區:支援前方。

▶ **前面** 辨析 都有"空間或位置靠前的部分"的意義,但語義側重點和語體色彩不同。"前面"偏重指位置,如"他衝在隊伍的最前面";"前方"偏重指方向,如"他倆眼目視前方"。"前面"多用於口語,也可用於書面語;"前方"多用於書面語。在其他意義上二者不相同。

▶ **前線** 辨析 都有"接近敵方的地區"的意義,但語義側重點和使用範圍有別。"前方"的本義為"前面",引申指戰場上雙方軍隊接近的地區,區域較廣;"前線"着重指戰場上雙方軍隊接觸的地帶,區域較"前方"小。"前方"可用於戰場,也可用於方位;"前線"除用於戰場外,還可指工作的第一線,如"醫院主管身臨前線檢查"。

前兆 qiánzhào 名 某些事物在發生之前顯現出來的一些徵兆:地震的前兆。

▶ **先兆** 辨析 見【先兆】條。

▶ **預兆** 辨析 都有"事物發生前的一些徵兆"的意義,但語義側重點、使用範圍和詞性有別。"前兆"強調"前",在暴露或發作之前的徵兆、跡象,如"對一部分男性來說,禿頂是冠心病、胸疼和心臟病發作等的前兆";"預兆"強調"預",預先顯露出來的跡象,如"她心中一沉,似乎有一種不祥的預兆"。"前兆"多用於自然災害、自然現象、疾病、陰謀等方面;"預兆"多用於風、雨、雪、地震等自然現象方面。"前兆"只能用作名詞;"預兆"除用作名詞外,還能用作動詞,意為某種現象或事物預示將要發生某種事情。

▶ **兆頭** 辨析 見【兆頭】條。

前言 qiányán ❶图 寫在論著前面類似序言的短文：這本書的前言寫得非常精練。❷图 前面說過的話：前言不搭後語。

▶ **序** 辨析 見【序】條。

▶ **序言** 辨析 見【序言】條。

前所未有 qiánsuǒwèiyǒu 以前從來沒有過：前所未有的壓力／前所未有的金融危機。

▶ **史無前例** 辨析 見【史無前例】條。

前面 qiánmiàn ❶图 空間或位置靠前的部分：大樓的前面有一輛汽車。❷图 次序靠前的部分；先於現在所說的部分：前面的事情不要再提了。

▶ **前方** 辨析 見【前方】條。

前途 qiántú 图 前面的路程；比喻發展的前景：前途是光明的。

▶ **前程** 辨析 都有"比喻事物發展的前景"的意義，但語體色彩和語詞搭配有別。"前途"可用於口語，也可用於書面語；"前程"的意思比"前途"更遠大、更積極，多用於書面語。"前途"可充當"有、沒有"的賓語，可與"光明、遠大、發展、美好、暗淡、渺茫、無量"等詞組合；"前程"可與"遠大、錦繡、萬里、似錦"等詞組合。在其他意義上二者不相同。

前程 qiánchéng ❶图 前途；前景：錦繡前程／前程遠大。❷图 指讀書人或官員企求得到的功名利祿：他差點丟了前程。

▶ **前途** 辨析 見【前途】條。

前線 qiánxiàn 图 跟"後方"相對，指作戰時雙方軍隊接近的地帶，也常指生產、建設等的現場：一切為了前線／親臨前線指揮。

▶ **火線** 辨析 見【火線】條。

▶ **前方** 辨析 見【前方】條。

▶ **戰線** 辨析 見【戰線】條。

首先 shǒuxiān ❶副 最先，最早：首先發言。❷代 用於列舉事項時表示第一：首先要有充足的幹勁，其次要有科學精神。

▶ **首要** 辨析 都有"第一"的意義，但語義側重點和詞性有別。"首先"着重於"先"，在前的，強調排在最前面或時間最早的；"首要"着重於"要"，重要，強調是第一重要的。"首先"用於列舉事項時是代詞，常與"其次""再次""第二""然後"等詞語呼應，表示"最早"義時是副詞，多用作狀語；"首要"是形容詞，多用作定語。"首要"還可以作名詞，指為首的人，在這一意義上二者不相同。

首要 shǒuyào ❶形 放在第一位的，最重要的：首要問題。❷图 首腦；為首的人：地方首要。

▶ **首先** 辨析 見【首先】條。

▶ **重要** 辨析 見【重要】條。

首創 shǒuchuàng 動 創始；最先創造：尊重民間的首創精神。

▶ **創始** 辨析 見【創始】條。

▶ **開創** 辨析 見【開創】條。

首腦 shǒunǎo 图 頭頭兒，一定範圍內的最高領導或領導集團：首腦會議／首腦機構。

▶ **領袖** 辨析 都有"領導人或為首者"的意義，但語義側重點、褒貶色彩和適用範圍有別。"首腦"指在一定範圍內的最高領導人，還可指領導集團，含尊重的色彩，中性詞，多用於政府、機構或其他團體；"領袖"本義是衣領和衣袖，借指能作表率的人，現指領導人，含敬重的色彩，褒義詞，多用於國家、政黨、公眾團體等。

首領 辨析 都有"領導人或為首者"的意義，但語義側重點和適用範圍有別。"首腦"指在一定範圍內的最高領導人，還可指領導集團，多用於政府、機構；"首領"本義是頭和脖子，借指領導人或為首者，多用於軍事集團或其他團體。"首腦"可以指人，也可以指機構，如"首腦機構"；"首領"只能指人。

首領 shǒulǐng 名 本義是頭和脖子，一般用來借指領導者或為首的人：軍事首領。

▶ **領袖** 辨析 都有"領導人"的意義，但本義、褒貶色彩和適用範圍有別。"首領"本義是頭和脖子，借指領導人或為首者，含尊重的色彩，中性詞，多用於軍事集團或其他團體，如"部落首領"；"領袖"本義是衣領和衣袖，借指能作表率的人，現指領導人，含敬重的色彩，褒義詞，多用於國家、政黨、公眾團體等。

▶ **首腦** 辨析 見【首腦】條。

炫耀 xuànyào 動 故意在人面前顯示（自己的長處）：炫耀武力／炫耀式的消費。

▶ **誇耀** 辨析 見【誇耀】條。

▶ **賣弄** 辨析 見【賣弄】條。

洪亮 hóngliàng 形（聲音）大而響亮：鐘聲洪亮。

▶ **嘹亮** 辨析 都有"聲音大"的意義，但語義側重點、適用對象、語體色彩有別。"洪亮"指聲音宏大粗放，多形容鐘聲、回聲、噪音等，口語和書面語都可以用；"嘹亮"強調音色高亢清脆，聲音高，傳得遠，常形容歌聲、號聲等，常用於書面語。如"嘹亮號角在雞形版圖上迴盪"中的"嘹亮"不能換用"洪亮"。

▶ **響亮** 辨析 見【響亮】條。

洩漏 xièlòu ❶ 動（液體、氣體）漏出：燃氣洩漏／原油洩漏。❷ 動 不應該讓人知道的事情讓人知道了：洩漏機密。

▶ **透露** 辨析 都有"不應該讓人知道的事情讓人知道了"的意義，但語義側重點、適用對象有別。"洩漏"強調漏出來，多指無意中漏出，多用於重大的機密或消息；"透露"強調暴露，多指故意漏出，多用於不是嚴格保密的事情。在其他意義上二者不相同。

▶ **洩露** 辨析 都有"不應該讓人知道的事情讓人知道了"的意義，但語義側重點、使用頻率有別。"洩漏"強調漏出來，"洩露"強調暴露，語義比"洩漏"輕。在其他意義上二者不相同。

洩露 xièlòu 動 不應該讓人知道的事情讓人知道了：洩露機密。

▶ **敗露** 辨析 見【敗露】條。

▶ **透露** 辨析 都有"不應該讓人知道的事情讓人知道了"的意義，但語義側重點有別。"洩露"多指無意中漏出，"透露"多指故意漏出。

▶ **洩漏** 辨析 見【洩漏】條。

▶ **走漏** 辨析 見【走漏】條。

洗練 xǐliàn 形（語言、文字、技藝等）簡練利落：文筆洗練。

▶ **凝練** 辨析 都有"簡練利落"的意義，但語義側重點有別。"洗練"強調簡潔而精純，"文字洗練"，"凝練"強調緊湊而精練，"劇情凝練"。

洗澡 xǐzǎo 動 用水洗身體，除去污垢：享受洗澡的樂趣。

▶ **沐浴** 辨析 見【沐浴】條。

活力 huólì 名 旺盛的生命力：青春活力。

▶ 生機 [辨析] 見【生機】條。

▶ 生氣 [辨析] 見【生氣】條。

活潑 huópō [形] 生動自然，不呆板：生動活潑。

▶ 活躍 [辨析] 都有"生動自然而有生氣"的意義，但語義側重點、適用對象有別。"活潑"強調靈活而有生氣，多形容人的舉止、談笑、性格以及氣氛、文字等；"活躍"強調靈活而積極，多形容人的活動、思想、行動、熱烈的氣氛和事情的有力進展等。如可以說"思想活躍""活躍分子"，但一般不說"思想活潑""活潑分子"。

▶ 生動 [辨析] 見【生動】條。

活躍 huóyuè ❶[形] 行動活潑而積極，氣氛蓬勃而熱烈：氣氛活躍。❷[動] 使活躍：活躍氣氛。

▶ 活潑 [辨析] 見【活潑】條。

派 pài ❶[名] 派別。❷[名] 高雅的風度、氣質。❸[動] 上級安排下級去做：這回該派我跑一趟了。

▶ 差 [辨析] 見【差】條。

派別 pàibié [名] 學術、宗教、政黨等內部因觀點不同而形成的小團體或分支。

▶ 派系 [辨析] 都有"因政治、學術、宗教等觀點不同而形成的集團"的意義，但語義側重點、適用對象有別。"派別"強調有自己的主張、與他人不同的特點，適用範圍較廣；"派系"強調在主張上、成員的組織上、成員的數量上已經具有一定的規模，多用於政黨或政治集團的內部，如"內部矛盾重重，派系鬥爭加劇"。

派系 pàixì [名] 某些政黨或集團內部的小集團。

▶ 派別 [辨析] 見【派別】條。

派遣 pàiqiǎn [動] 政府、機構或上司委派人到某處去做某項工作：我受總部的派遣到淶源地區工作。

▶ 差遣 [辨析] 見【差遣】條。

▶ 調遣 [辨析] 都有"調動、分派某人去做某事"的意義，但語義側重點有別。"派遣"強調委派人去做某項工作；"調遣"強調調動、分派任務，多為軍隊或個人從一個地點被調到另一個地點，如"敵方頻繁調遣軍隊，一定有甚麼陰謀"。

▶ 指派 [辨析] 見【指派】條。

洽談 qiàtán [動] 接洽商談：現派我部秘書到你處洽談購貨事宜，盼予協助為荷。

▶ 會談 [辨析] 見【會談】條。

恢復 huīfù ❶[動] 變成原來的樣子：恢復正常。❷[動] 把失去的收回來：恢復失地。

▶ 復原 [辨析] 見【復原】條。

恍然大悟 huǎngrán dàwù 一下子明白醒悟過來。

▶ 豁然開朗 [辨析] 都有"一下子明白過來"的意義，但語義側重點有別。"恍然大悟"強調明白了某個道理、領略到對方的含義；"豁然開朗"強調因明白了某個道理而感覺明朗，多形容心理。如"如今一到這條路上，她感到心情豁然開朗"中的"豁然開朗"不能換用"恍然大悟"。

▶ 茅塞頓開 [辨析] 見【茅塞頓開】條。

恬不知恥 tiánbùzhīchǐ 做了壞事還滿不在乎，不知羞恥：那個傢夥仍在恬不知恥地胡吹。

▶ 厚顏無恥 [辨析] 見【厚顏無恥】條。

恰巧 qiàqiǎo [副] 正好；湊巧：我正想了事，恰巧碰上了司機老李。

▶ **恰好** 辨析 都有"剛好、正好"的意義，但語義側重點和使用範圍有別。"恰巧"偏重於"巧"，巧合，強調正巧遇到發生某種情況，如"後天是元宵節，恰巧又是週末"；"恰好"偏重於"好"，合適，強調正好這時發生或遇到某種情況，且時間不早不晚，空間不大不小，數量或條件不多不少，順序不前不後，如"我正有事找你，恰好你來電話了"。"恰巧"遇到發生的可以是所希望的事情，也可以是所不希望的事情，多用於時間、機會、條件等方面；"恰好"發生或遇上的多為所希望的事情，多用於時間、空間、數量等方面。

▶ **恰恰** 辨析 都有"剛好、正好"的意義，但語義側重點和使用範圍有別。"恰巧"強調事情正好巧合，正好遇上某種情況，如"我朋友的家恰巧就在附近"；"恰恰"強調一點也不差地或有那麼巧地發生或遇上某種情況，巧合的程度比"恰巧"要高，語氣較重，如"這一對孿生姐妹的性格恰恰相反"。"恰巧"多用於時間、機會、條件等方面；"恰恰"多用於時間、機會等方面。

恰好 qiàhǎo 副 剛好；正好：恰好這時候他來了／那篇論文恰好就在我手頭。

▶ **恰恰** 辨析 都有"剛好、正好"的意義，但語義側重點和使用範圍有別。"恰好"強調正好這時發生或遇上某種情況，且時間不早不晚，空間不大不小，數量或條件不多不少，順序不前不後，如"我正要找你，恰好你來了"；"恰恰"強調一點也不差地或有那麼巧地發生或遇上某種情況，巧合的程度比"恰好"要高，語氣較重，如"目前假日旅遊遇到的問題，恰恰是相關行業進行大調整的基礎"。"恰巧"多用於時間、空間、數量等方面；"恰恰"多用於時間、機會等方面。

▶ **恰巧** 辨析 見【恰巧】條。

▶ **正好** 辨析 見【正好】條。

恰恰 qiàqià 副 恰好；正巧：恰恰相反／他並沒有說出實情／我到車站恰恰十點整。

▶ **恰好** 辨析 見【恰好】條。

▶ **恰巧** 辨析 見【恰巧】條。

恰當 qiàdàng 形 切合；適當：寫文章講究用字恰當／這樣處理一個員工是很不恰當的。

▶ **合適** 辨析 見【合適】條。

▶ **適當** 辨析 見【適當】條。

▶ **妥當** 辨析 見【妥當】條。

恪守 kèshǒu 名 嚴格遵守：恪守承諾。

▶ **遵守** 辨析 都有"依照規定行動，不違背"的意義，但語義側重點、語義輕重和語體色彩有別。"恪守"強調嚴格謹慎，一絲不苟，語義比"遵守"重，有書面語色彩，如"這是他所恪守的人生信條"；"遵守"強調遵循規定，不違背，通用於口語和書面語，如"遵守法律""遵守職業道德"。

宣告 xuāngào 動 公開地、正式地告訴（大家）：宣告成立／依法宣告破產。

▶ **宣佈** 辨析 見【宣佈】條。

宣佈 xuānbù 動 正式告訴（大家）：宣佈載人飛船發射成功／宣佈獲獎名單。

▶ **公佈** 辨析 見【公佈】條。

▶ **宣告** 辨析 都有"正式告訴（大家）"的意義，但適用對象、搭配對象有別。"宣佈"的事情所涉及的內容可大可小，但往往有約束性或強制性，常跟"名單""罪名""開會""休會"等搭配；"宣告"有莊嚴的態度色彩，多用於重大事件，常跟"成立""破產""成功""失敗"搭配，有時語義比較虛。

宣揚 xuānyáng 動 對人進行講解說明，努力使大家相信其思想、觀念等：宣揚邪教邪說／宣揚反盜版。

▶ 宣傳 辨析 都有"講解說明，使大家知道"的意義，但語義側重點、感情色彩、使用頻率有別。"宣揚"強調大力宣講，使傳揚開去，常含貶義，如"宣揚邪教""宣揚暴力文化"，也用於褒義，如"宣揚英勇事跡"；"宣傳"強調使大眾知道，以達到某種目的，如"宣傳政治主張""大力宣傳產品""進行普法宣傳"

宣傳 xuānchuán ❶動 對人進行講解說明，使大家知道：對外宣傳。❷名 對人進行的講解說明：這種宣傳很有效。

▶ 宣揚 辨析 見【宣揚】條。

宣稱 xuānchēng 動 公開地用語言、文字表示：無人宣稱對此次爆炸負責。

▶ 聲稱 辨析 見【聲稱】條。

▶ 揚言 辨析 見【揚言】條。

突出 tūchū ❶動 凸起；鼓出來：突出的顴骨／懸崖突出。❷動 使超出一般：突出個人／突出重點。❸形 非凡；與眾不同：表現突出。

▶ 出眾 辨析 見【出眾】條。

突起 tūqǐ ❶動 突然出現或興起：異軍突起。❷動 高聳；凸起：峰巒突起／頭上突起一個小包。

▶ 崛起 辨析 都有"興起"和"高聳"的意義，但語義側重點、使用範圍和語體色彩有別。"突起"強調突然興起或隆起，使用範圍較廣，可用於突然出現或興起的事物，如"異軍突起"，也可用於高聳、凸起之物；"崛起"強調氣勢不凡地興起

或聳立，可用於民族、國家、新興力量等的興起，如"中華民族的崛起"，也可用於山峰、高大建築物。"突起"可用於書面語，也可用於口語；"崛起"多用於書面語。

突然 tūrán ❶形 急速而出乎意料的：突然事件。❷副 急速而出乎意料地：情況突然有變。

▶ 忽然 辨析 見【忽然】條。

▶ 猛然 辨析 都有"急速而出乎意料"的意義，但語義側重點、語義輕重和詞性有別。"突然"着重於突如其來，在極短的時間內急速發生，如"車子突然不動了"；"猛然"着重於來勢猛烈，強勁有力，語義較"突然"重，如"猛然醒悟"。"突然"除用作副詞外，還可用作形容詞；"猛然"只用作副詞。

▶ 驟然 辨析 都有"急速而出乎意料"的意義，但語義側重點、語義輕重和詞性有別。"突然"着重於突如其來，在極短的時間內急速發生，如"他突然胃疼得厲害"；"驟然"着重於迅速而劇烈，語義較"突然"重，如"天氣驟然變冷""鈴聲驟然響起"。"突然"除用作副詞外，還可用作形容詞；"驟然"只用作副詞。

穿着 chuānzhuó 名 身上的服裝打扮：穿着考究。

▶ 穿戴 辨析 都有"衣物裝飾"的意義，但語義側重點有別。"穿着"側重指身上穿的衣服；"穿戴"側重指穿的和戴的，強調衣服和首飾、配件等組合在一起的整體效果。如"她一輩子就不愁吃喝，也少不了穿戴"中"穿戴"不宜換用"穿着"。

▶ 衣着 辨析 見【衣着】條。

▶ 裝束 辨析 都有"整體打扮"的意義，但語義側重點和語體色彩有別。"穿着"側重身上穿的衣服，多用於口語；"裝束"側重指衣服與鞋帽、佩飾等的整

體搭配，多用於書面語。如"一身鄉下人的裝束"中的"裝束"不宜換用"穿着"。

穿戴 chuāndài ❶图 穿的和戴的，泛指衣服首飾：穿戴入時。❷動 穿上和戴上；裝束打扮：姑娘們開始穿戴起來。

▶ **穿着** 辨析 見【穿着】條。

冠冕堂皇 guānmiǎn tánghuáng 形容表面上莊嚴或正大的樣子。

▶ **堂而皇之** 辨析 都有"表面上莊嚴正大"的意義，但語義側重點和語法功能有別。"冠冕堂皇"含有體面的意味，可以受程度副詞修飾，可以作謂語；"堂而皇之"含有有氣派、廣大的意味，不能受程度副詞修飾，多作狀語。如"他們表面上冠冕堂皇，實際心裏想的是個人升官和撈好處"中的"冠冕堂皇"不能換用"堂而皇之"。

祖父 zǔfù 图 父親的父親。

▶ **爺爺** 辨析 見【爺爺】條。

祖母 zǔmǔ 图 父親的母親。

▶ **奶奶** 辨析 見【奶奶】條。

祖先 zǔxiān ❶图 一個民族或家族的上代，特指年代比較久遠的：我們的祖先古代類人猿是成群結合在一起活動的。❷图 演化成現代各類生物的各種古代生物：始祖鳥是鳥類的祖先。

▶ **祖宗** 辨析 都有"一個家族或一個民族的上代"的意義，但語義範圍和語體色彩有別。"祖先"可指一個家族的上代，也可指一個民族或全人類的上代，一般年代比較久遠，口語和書面語都可以用；"祖宗"多指一個家族的上代，年代可以久遠，也可以指上幾代，有時泛指民族的上代，多用於口語。如"他祖宗

幾代都住在這兒"中的"祖宗"。

祖宗 zǔzong 图 一個家族的上輩，多指較早的。也泛指民族的祖先：老祖宗。

▶ **祖先** 辨析 見【祖先】條。

祖國 zǔguó 自己的國家（含尊敬義）：偉大的祖國。

▶ **國家** 辨析 見【國家】條。

神色 shénsè 图 內心情緒的外部表露：神色匆忙。

▶ **臉色** 辨析 都有"內心情緒的外部表露"的意義，但語義側重點和詞語搭配有別。"神色"着重指流露出情緒、感情、內心活動的眼神及面容；"臉色"除指臉上流露出來的內心情緒外，還指臉上顯示出來的身體健康狀況、氣色。"神色"可與"緊張、倉皇、焦慮、痛苦、尷尬、匆忙、自若、淒苦"等形容情緒、感情、內心活動的詞語搭配；"臉色"可與"不安、緊張、溫和、陰沉"等形容內心情緒的詞語搭配，還可與"紅潤、蒼白、蠟黃、難看、不好"等形容顏色或氣色的詞語搭配。

▶ **神氣** 辨析 見【神氣】條。

▶ **神情** 辨析 都有"臉上顯露出來的感情或內心活動"的意義，但語義側重點和詞語搭配有別。"神色"着重於"色"，氣色，指流露出情緒、感情、內心活動的眼神及面容；"神情"着重於"情"，情緒，指面部流露出來的情緒、感情、思想活動。"神色"多受"緊張、倉皇、焦慮、痛苦、尷尬、匆忙、自若、淒苦"等詞語修飾；"神情"多受"嚴肅、淒涼、焦灼、呆板、調皮、安詳、莊重、昂揚、失望"等詞語修飾。

▶ **神態** 辨析 都有"臉上顯露出來的感情或內心活動"的意義，但語義側重點和語詞搭配有別。"神色"着重於"色"，

氣色，指流露出情緒、感情、內心活動的眼神及面容；"神態"着重於"態"，精神狀態，指面部表情及態度。"神色"多受"緊張、倉皇、焦慮、痛苦、尷尬、匆忙、自若、淒苦、失望"等詞語修飾；"神態"多受"嚴肅、正常、安詳、悠閒、自如、若無其事"等詞語修飾。

▶ **面色** 辨析 見【面色】條。

神采奕奕 shéncǎiyìyì 形容精神飽滿、容光煥發：勝利的豪情使他顯得神采奕奕，格外年輕。

▶ **神采飛揚** 辨析 見【神采飛揚】條。

神采飛揚 shéncǎifēiyáng 形容精神飽滿、神情昂揚的樣子：聽到勝利的消息，他高興得神采飛揚。

▶ **神采奕奕** 辨析 都有"形容精神飽滿的樣子"的意義，但語義側重點和適用範圍有別。"神采飛揚"着重於"飛揚"，向上飄動，強調神情振奮、昂揚，含興奮、眉飛色舞的意味，如"一說起網絡，她頓時神采飛揚"；"神采奕奕"着重於"奕奕"，精神煥發，強調精神旺盛、容光煥發，含神情莊重、安詳的意味，如"他神采奕奕，容光煥發"。"神采飛揚"多用於人，也可用於動物；"神采奕奕"只用於人。

神勇 shényǒng 形 極言勇猛程度之高：神勇的戰士。

▶ **英勇** 辨析 見【英勇】條。

▶ **勇敢** 辨析 都有"不怕困難和危險、敢於作戰"的意義，但語義側重點、語義輕重、語體色彩和用法有別。"神勇"強調不畏艱險的精神超乎尋常，如"他的神勇表現令全隊士氣高漲"；"勇敢"強調有膽量，敢作敢為，語義較"神勇"輕，如"我們要勇敢地承擔起時代賦予的重任"。"神勇"多用於書面語；"勇敢"可用於書面語，也可用於口語。

"神勇"多作謂語；"勇敢"即可作謂語，也可作狀語。

神氣 shénqì ❶名 表情；神情：班長的神氣很嚴肅。❷形 自豪；精神飽滿：神氣的少先隊員。❸形 驕傲得意的樣子：神氣活現。

▶ **神情** 辨析 都有"臉上顯露出來的感情或內心活動"的意義，但語義側重點、詞性和語體色彩有別。"神氣"着重於"氣"，風貌，除指臉上表情外，還指全身體態、身體動作表現出來的風貌、氣概、精神狀態；"神情"着重於"情"，情緒，指面部流露出來的情緒、感情、思想活動。"神氣"可用作名詞，還可用作形容詞，形容精神飽滿或驕傲得意的樣子；"神情"只用作名詞。"神氣"多用於口語；"神情"多用於書面語。

▶ **神色** 辨析 都有"臉上顯露出來的感情或內心活動"的意義，但語義側重點、詞性和語體色彩有別。"神氣"着重於"氣"，風貌，除指臉上表情外，還指全身體態、身體動作表現出來的風貌、氣概、精神狀態；"神色"着重於"色"，氣色，指流露出情緒、感情、內心活動的眼神及面容。"神氣"可用作名詞，還可用作形容詞，形容精神飽滿或驕傲得意的樣子；"神色"只用作名詞。"神氣"多用於口語；"神色"多用於書面語。

神秘 shénmì 形 不可捉摸的；玄妙莫測的：不要把事情弄得這麼神秘。

▶ **秘密** 辨析 都有"隱蔽不可知的"意義，但語義側重點、使用範圍、用法和詞性有別。"神秘"着重於"神"，玄妙，強調捉摸不透、玄妙莫測的；"秘密"着重於"密"，不公開的，強調有所隱蔽、不讓人知道。"神秘"常用於人、地點、表情、事物、自然現象、科學技術等方面；"秘密"常用於任務、工作、事情、會議、文件及活動、行為等方面。"神秘"可重疊成 AABB 式使用;"秘密" 不能重疊使用。"神秘"只用作形容詞; "秘密"除形容詞用法外,還能用作名 詞,指秘密的事情,如"保守秘密"。

神速 shénsù 形 速度快得出奇:兵貴神速。

▶ **火速** 辨析 見【火速】條。

▶ **快速** 辨析 見【快速】條。

▶ **迅速** 辨析 見【迅速】條。

神情 shénqíng 名 神色,表情:神情沮喪。

▶ **表情** 辨析 見【表情】條。

▶ **神氣** 辨析 見【神氣】條。

▶ **神色** 辨析 見【神色】條。

▶ **神態** 辨析 見【神態】條。

神態 shéntài 名 神情態度:神態自若。

▶ **情態** 辨析 都有"神情態度"的意義,但語義側重點和適用範圍有別。"神態"着重於"神",表情,指面部表情及態度,如"這些雕像,神態各異,栩栩如生";"情態"着重於"情",情感,指臉上顯露出來的感情、意態,如"他臉上露出一副漫不經心的情態"。"神態"可用於人,也可用於動物及擬人化的景物;"情態"一般只用於人。

▶ **神情** 辨析 都有"臉上顯露出來的感情或內心活動"的意義,但語義側重點和詞語搭配有別。"神態"着重於"態",態度,指面部表情及態度;"神情"着重於"情",情緒,指面部流露出來的情緒、感情、思想活動。"神態"多受"嚴肅、正常、安詳、悠閒、自如、若無其事"等詞語修飾;"神情"多受"嚴肅、淒涼、焦灼、呆板、調皮、安詳、莊重、昂揚、失望"等詞語修飾。

▶ **神色** 辨析 見【神色】條。

祝賀 zhùhè 動 為他人的喜事表示慶祝:祝賀你考上大學。

▶ **慶賀** 辨析 見【慶賀】條。

▶ **慶祝** 辨析 見【慶祝】條。

祝福 zhùfú 動 原指祈求上帝賜福,現泛指祝人平安、幸福:衷心祝福您一路平安。

▶ **祝願** 辨析 都有"向別人表示良好願望"的意義,但語義側重點有別。"祝福"多指祝人幸福和平安;"祝願"不但可用於祝人幸福和平安,還可用於其他方面的美好願望。如"衷心祝願我的母校在未來的道路上有更大的發展"中的"祝願"不能換用"祝福"。

祝願 zhùyuàn 動 表示良好願望:祝願大家在新的一年裏身體健康!

▶ **祝福** 辨析 見【祝福】條。

建 jiàn ❶動 通過施工去造:建一個新的廠房。❷動 設立;成立:建國。❸動 提出;首倡:建議。

▶ **修** 辨析 都有"通過勞動,使出現新事物"的意義,但語義側重點和適用對象有別。"建"強調從無到有地興起,用於建築物、設施等具體事物,如"管好一個廠並不比建好一個廠容易";"修"含有按計劃營造的意味,多用於水庫、道路等,如"修長城""修鐵路"。

建立 jiànlì ❶動 開始成立:建立政權/用血汗建立家園。❷動 開始產生;開始形成:建立友好城市關係/建立邦交。

▶ **成立** 辨析 見【成立】條。

▶ **樹立** 辨析 都有"產生、形成"的意義,但語義側重點、適用對象和感情色彩有別。"建立"強調事物從無到有地產生或形成,可用於具體事物,也可用於抽象事物,如功績、感情、友誼、聯繫、秩序等，是中性詞，如"建立有效的質量控制體系""建立自然環境保護站"；"樹立"強調確立起來，多用於抽象的、好的事物，如榜樣、旗幟、信念、人生觀、風尚等，是褒義詞，如"只有靠人格的力量才能樹立較高的威信"。

既 jì ❶副 已經：既成事實。❷連 用來提出推理的前提：既來之，則安之／既是這樣，就不必深究了。❸連 跟"且、又、也"等副詞呼應，表示兩種情況兼而有之，造成並列結構，表示並列關係：既大又圓／既聰明又用功。

▶ **既然** 辨析 在先提出已成為現實的或已肯定的前提，後一小句根據這個前提推出結論的語法作用上意義相同，二者在句中出現的位置和語體色彩有別。"既"不能用在主語之前，只能用在主語之後，有書面語色彩，如"她既如此堅決，我也不便多說"；"既然"既能用在主語之前，也能用在主語之後，通用於口語和書面語，如"既然看見了就不能不管""你既然決心已定，我也就不攔你了"。"既然"沒有"既"的其他用法。

既然 jìrán 連 用在上半句話裏，下半句話裏往往用副詞"就、也、還"跟它呼應，表示先提出前提，而後加以推論：既然你認定是我做的，那我也無話可說。

▶ **既** 辨析 見【既】條。

屍身 shīshēn 名 屍體：屍身上血跡未乾。

▶ **屍體** 辨析 見【屍體】條。

屍首 shīshou 名 人的屍體：棺材裏的屍首突然不見了。

▶ **遺體** 辨析 都有"人的屍體"的意義，但態度色彩和使用範圍有別。"屍首"多用於一般的死者，不含特別的態度色彩，如"屍首上留有明顯被刺殺的刀

痕"；"遺體"多用於熟識的、敬重的死者，含尊敬的態度色彩，如"首批志願捐獻遺體應用於教學"。"屍首"一般只指人的屍體；"遺體"除指人的屍體外，還指動植物死後剩下的殘餘物質。

屍骨 shīgǔ ❶名 屍體腐爛後剩下的骨頭：屍骨遍野。❷名 借指屍體：屍骨未寒。

▶ **屍骸** 辨析 都有"屍體腐爛後剩下的骨頭"的意義，但語義側重點和語體色彩有別。"屍骨"側重指屍體的骨頭，多用於書面語，如"我最後連他的屍骨都沒見到"；"屍骸"側重指整具屍體或骨架，含文雅的色彩，書面語色彩比"屍骨"更濃厚，如"屍骸蔽野，血流成河"。

屍骸 shīhái 名 屍骨：屍骸無存。

▶ **屍骨** 辨析 見【屍骨】條。

屍體 shītǐ 名 人或動物死後的軀體：山洞裏發現一具屍體。

▶ **屍身** 辨析 都有"人或動物死後的軀體"的意義，但語體色彩有別。"屍體"通用於口語、書面語和各種場合，如"掩埋屍體""森林裏有大象的屍體"；"屍身"多用於書面語，如"他被發現的時候，屍身已經分家"。

眉目 méimù 名 事情的頭緒：我好不容易才把事情弄出了點眉目。

▶ **脈絡** 辨析 見【脈絡】條。

▶ **頭緒** 辨析 見【頭緒】條。

怒放 nùfàng 動 花朵完全開放：園中怒放的牡丹美麗動人。

▶ **盛放** 辨析 都有"花朵完全開放"的意義，但語義側重點有別。"怒放"側重於花朵開放時迅速，有動態的感覺；"盛放"則重在花朵完全開放的狀態。

▶ **盛開** 辨析 都有"花朵完全開放"的

意義，但語義側重點有別。"怒放"側重於花朵開放時迅速，有動態的感覺，富於形象性；"盛開"則重在花朵完全開放的狀態，尤其是很多花同時開放的狀態。

飛行 fēixíng 動 在空中航行：低空飛行。

▶ **翱翔** 辨析 都有"（自主地）在空中活動"的意義，但語義側重點和適用對象有別。"飛行"強調在空中航行，一般用於飛機、火箭等人造物；"翱翔"強調盤旋着飛，含有莊嚴、自豪的意味，具有褒義，可用於飛機、鳥類等，但不能用於火箭、炮彈等。"翱翔"另有比喻用法。如"我從此要在新的開闊的天空中翱翔"中的"翱翔"不能換用"飛行"。

▶ **飛翔** 辨析 都有"（自主地）在空中活動"的意義，但語義側重點和適用對象有別。"飛行"強調在空中航行，一般用於飛機、火箭等人造物；"飛翔"含有自由的意味，強調盤旋着飛，可用於飛機、鳥類等，但不能用於火箭、炮彈等。另外"飛翔"還有比喻用法。如"我們的大地已經長出了翅膀，它要騰空而起，自由飛翔"中的"飛翔"不能換用"飛行"。

飛翔 fēixiáng 動 盤旋着飛：蒼鷹在藍天飛翔。

▶ **翱翔** 辨析 都有"在空中盤旋着飛"的意義，但語義側重點和語體色彩有別。"飛翔"含有飛得隨便、自由的意味，適用面寬；"翱翔"含有莊嚴、自豪的意味，書面語色彩較濃。

▶ **飛行** 辨析 見【飛行】條。

勇敢 yǒnggǎn 形 不怕危險和困難；有膽量：勇敢面對挑戰 / 勇敢的人。

▶ **神勇** 辨析 見【神勇】條。

▶ **英勇** 辨析 見【英勇】條。

柔嫩 róunèn 形 又軟又嫩；不堅硬：柔嫩的幼芽。

▶ **嬌嫩** 辨析 見【嬌嫩】條。

降 jiàng ❶ 動 落下（跟"升"相對）：降雨 / 溫度下降了。❷ 動 使落下（跟"升"相對）：人工降雪 / 降價。

▶ **降落** 辨析 都有"由多到少或由高到低的變化"的意義，但語義側重點、適用對象和語體色彩有別。"降"強調變化，使用範圍廣，可用於空間、數量、程度、品質等，通用於口語和書面語，如"價格不會在短時間內降下來"；"降落"強調落下的動作性，下降着落，只用於空間上的由高到低的變化，有書面語色彩，如"飛機徐徐降落在首都機場"。"降落"有比喻的用法，表示"到來、來臨"之義，如"初冬的寒冷降落在北京嫩綠的冬青樹梢"，"降"沒有這種用法。

▶ **落** 辨析 都有"由多到少或由高到低的變化"的意義，但語義側重點有別。"降"強調變化，如"中國女子蛙泳水平驟降"；"落"強調向低處的某個地方運動並停在這個地方，如"一個炸彈落在離他不遠的地方"。

降生 jiàngshēng 動 來到人世間（多指宗教的創始人或其他方面的有名人物）：佛祖降生。

▶ **出生** 辨析 見【出生】條。

▶ **出世** 辨析 見【出世】條。

降低 jiàngdī 動 下降；使下降：降低要求 / 降低水準。

▶ **減低** 辨析 都有"數量由多變少、程度由高變低"的意義，但語義側重點和適用對象有別。"降低"強調從原來的高度降下來，呈下降的趨勢，可用於費用、聲音、難度、溫度、要求、標準等，如"降低利率""這場小雪可以降低目前偏高的氣溫"；"減低"強調量的方面的減少，多用於速度、產量、費用等，如"減低了運油成本"。

降落 jiàngluò 動 落下；下降着落：飛機降落在機場的跑道上。

▶ 降 辨析 見【降】條。

▶ 落 辨析 都有"由多到少或由高到低的變化"的意義，但語義側重點和語體色彩有別。"降落"強調落下的動作性，有書面語色彩，如"青天變成黃天，降落着黃沙"；"落"則強調向低處的某個地方運動並停在這個地方，通用於口語和書面語，如"她雙膝落地，清冷的月光灑滿她的肩背"。

降臨 jiànglín 動 來到：降臨人間／夜幕降臨。

▶ 來臨 辨析 見【來臨】條。

▶ 蒞臨 辨析 都有"從別處來，到達此處"的意義，但語義側重點、適用對象和語體色彩有別。"降臨"含有從高處向低處運動，到達並停留在低處的意味，可用於自然現象和抽象事物，有書面語色彩，如"暮色開始降臨""他知道災難很快就要降臨了"；"蒞臨"強調到來，一般用於貴賓、上司、重要人物的到來，莊重正式，有濃厚的書面語色彩，如"孫中山先生曾五次蒞臨此地，發表了激動人心的演說""歡迎教育代表團蒞臨香港"。

限制 xiànzhì ❶ 動 規定範圍，不許超過；約束：限制人數／限制人身自由。❷ 名 規定的範圍：有一定的限制。

▶ 限定 辨析 都有"規定範圍，不許超過"的意義，但適用對象有別。"限定"多用於時間、數量；"限制"使用範圍較寬，多用於人的行為或事物的發展方面。在其他意義上二者不相同。

限定 xiàndìng 動 在數量、範圍等方面加以規定：會議時間限定為一小時。

▶ 限制 辨析 見【限制】條。

紅娘 hóngniáng 名 中國古典文學名著《西廂記》中一個婢女的名字，她為崔鶯鶯和張生牽線搭橋，使兩人結成良緣。後用來借指熱心於促成別人美滿因緣的人（不分男女），也泛指從中介紹、促成雙方建立合作關係的機構或個人。

▶ 媒婆 辨析 都有"婚姻介紹人"的意義，但語義範圍、感情色彩有別。"紅娘"既可以是女的，也可以是男的，多帶褒義；"媒婆"指以做媒為職業的婦女，現已少用，略帶貶義。另"紅娘"有比喻用法，如可以說"他為這兩家企業當起了紅娘"；"媒婆"沒有比喻用法。

▶ 媒人 辨析 都有"婚姻介紹人"的意義，但感情色彩有別。"紅娘"多帶褒義，有比喻用法；"媒人"是中性詞，沒有比喻用法。如"現在男女自由戀愛，一般不用媒人介紹"中的"媒人"不能換用"紅娘"。

約束 yuēshù 動 限制使不越出範圍：約束機制／自我約束。

▶ 束縛 辨析 都有"使受到限制"的意義，但語義側重點、適用對象、形象色彩、語體色彩有別。"約束"強調制約，含有控制住的意味，多用抽象的法律、法規、制度等對人或事物進行限制，也可用於自己對自己的限制，中性詞；"束縛"強調像用繩索等工具捆綁那樣限制，有形象色彩，只能用於對他人或事物的限制，不能用於自己對自己，有貶義色彩。

十畫

素來 sùlái 名 向來，從來：她素來不愛說話。

▶ 歷來 辨析 見【歷來】條。

▶ **向來** 辨析 見【向來】條。

捕 bǔ 動 捉;逮:捕魚。

▶ **逮** 辨析 都有"用手等把人或動物拿住或握住"的意義,但語義側重點和語體色彩有別。"捕"側重於指對象不在眼前而設法去抓取,如捕魚、捕鳥;"逮"側重於指對象在眼前,追著去抓取,口語色彩比"捕"濃,如"把這只兔子逮住"。

▶ **捉** 辨析 都有"用手等把人或動物住或握取住"的意義,但語義側重點和語體色彩有別。"捕"側重於指對象不在眼前而設法去抓取,多用於書面語;"捉"側重於指把要逃跑的對象抓住,多用於口語,如"捉迷藏""捉逃犯"。

馬大哈 mǎdàhā ❶ 形 粗心大意:裝配機器可千萬不能馬大哈,少一個零件機器就轉不起來。❷ 名 粗心大意的人:這孩子可真是個馬大哈,做事丟三落四的。

▶ **粗心** 辨析 都有"不細心,馬虎"的意義,但語體色彩有別。"馬大哈"口語色彩較濃;"粗心"通用於口語和書面語,常與"大意"連用,如"你太粗心大意了,竟把孩子給走丟了"。在其他意義上二者不相同。

▶ **馬虎** 辨析 都有"不細心"的意義,但二者的語法功能有別。"馬虎"可重疊,如"馬馬虎虎";"馬大哈"不可重疊。

馬上 mǎshàng ❶ 副 即將發生(某事):快進去吧,馬上就要上課了。❷ 副 緊接著某件事,發生另一件事:他一見女朋友,馬上就高興地笑了。

▶ **即刻** 辨析 在作副詞,表示兩件事發生的時間緊密相連時意義相同,但語體色彩有別。"馬上"多用於口語;"即刻"用於書面語。在其他意義上二者不相同。

▶ **即時** 辨析 在作副詞,表示兩件事發生的時間緊密相連時意義相同,但語義側重點、語體色彩有別。"馬上"有趕緊的意味,多用於口語;"即時"含有及時或搶時間的意味,多用於書面語。在其他意義上二者不相同。

▶ **立即** 辨析 在作副詞,表示兩件事發生的時間緊密相連時意義相同,但語體色彩有別。"馬上"多用於口語;"立即"多用於書面語。在其他意義上二者不相同。

▶ **立刻** 辨析 在作副詞,表示兩件事發生的時間緊密相連時意義相同,但語體色彩有別。"馬上"多用於口語;"立刻"多用於書面語。在其他意義上二者不相同。

馬甲 mǎjiǎ 名 穿在衣服外面的背心:你這件馬甲挺別致的。

▶ **背心** 辨析 都有"沒有領子和袖子的上衣"的意義,但語義範圍有別。"馬甲"指皮的、棉的、毛的穿在其他衣服外面的上衣;"背心"除了此義,也可指夏天貼身穿的薄棉布的汗衫,如"這天兒可真熱,背心全濕透了"。

▶ **坎肩** 辨析 都有"無袖的上衣"的意義,但語義側重點有別。"馬甲"無袖無領;"坎肩"可以有領子,如"這件坎肩的小翻領很漂亮"。

馬虎 mǎhu ❶ 形 草率,敷衍:做任何事情都不能馬馬虎虎地瞎對付。❷ 形 不細心,粗心大意:你太馬虎了,錢包讓人偷了也不知道。

▶ **草率** 辨析 都有"做事不嚴謹、敷衍了事"的意義,但語義側重點、語體色彩、語法功能有別。"馬虎"側重指做事時態度不嚴謹,隨便對付,多用於口語,可重疊;"草率"側重指做比較重要的事情時,疏於考慮,態度不夠慎重,多用於書面語,不可重疊,如"這項市政規劃沒經過人代會認真討論，就草率地做了決定，市民當然不滿意"。

▶ **粗心** 辨析 都有"不細心"的意義，但語體色彩、語法功能有別。"馬虎"用於口語，能重疊；"粗心"通用於口語和書面語，不能重疊，常與"大意"連用，如"我太粗心大意了，把鑰匙落在辦公室了"。在其他意義上二者不相同。

▶ **馬大哈** 辨析 見【馬大哈】條。

馬路 mǎlù 名 城市或近郊可供車輛行走的寬闊平坦的道路：在馬路上踢球很危險。

▶ **公路** 辨析 都有"可通行車輛的寬闊平坦的道路"的意義，但語義側重點有別。"馬路"一般指城市中或近郊的道路；"公路"一般指市區以外的連接城市與城市或地區與地區的道路，如"走八達嶺高速公路會節省半小時"。

▶ **街道** 辨析 都有"城市中可通行車輛的寬闊的道路"的意義，但語義側重點有別。"街道"兩邊一般有房屋；"馬路"兩邊不一定有房屋，如"馬路南側是500畝森林公園"，"馬路"也可指郊區的道路，如"這條馬路通往昌平"，"街道"不能這麼用。

馬腳 mǎjiǎo 名 比喻說話、做事中出現的錯誤，洩露了本來試圖隱瞞的真相：這個狡猾的老狐狸終於露出了馬腳。

▶ **破綻** 辨析 都有"說話、做事當中露出的漏洞"的意義，但語體色彩、適用對象和感情色彩有別。"馬腳"是貶義詞，多用於口語，只用於對別人；"破綻"是中性詞，通用於口語和書面語，對人對己均可使用，如"他說話真是滴水不漏，沒有任何破綻""你的文章要能自圓其說，不能有破綻"。

振作 zhènzuò 動 使精神旺盛，情緒高漲：振作精神。

▶ **振奮** 辨析 都有"打起精神，奮發"的意義，但語義側重點、語義強度和適用對象有別。"振作"強調精神旺盛，情緒高漲，語義較輕，除用於精神外，還可用於情緒、熱情、鬥志、勇氣等方面；"振奮"強調精神煥發，鬥志旺盛，語義較重，除用於精神外，還可用於人心、志氣、意志、力量等方面。如"上海申辦世博會方案振奮人心"中的"振奮"不能換用"振作"。

振動 zhèndòng 動 物體通過一個中心位置，往復不斷地運動：空氣振動。

▶ **震動** 辨析 都有"因受外力作用而顫動"的意義，但語義側重點和適用對象有別。"振動"強調物體通過其平衡位置不斷往復地運動，一般是規則的、反覆多次的，程度上較輕，多用於聲波、光波、翅膀等具體事物的顫動；"震動"強調迅速而激烈地顫動，不一定是有規則的、多次的，程度上比較強烈，常伴有較大的聲響，也可比喻重大的事情、消息等引起的強烈反響，使人心不平靜。如"朝鮮戰場正醞釀着一個震動世界的戰役"中的"震動"不能換用"振動"。

振奮 zhènfèn ❶動（精神）振作奮發：精神振奮。❷動 使振奮：振奮人心。

▶ **振作** 辨析 見【振作】條。

振興 zhènxīng 動 大力發展，使興盛起來：振興經濟。

▶ **復興** 辨析 見【復興】條。

振盪 zhèndàng 動 振動迴盪：電磁振盪。

▶ **震盪** 辨析 都有"動盪不定"的意義，但語義側重點和適用對象有別。"振盪"通常指擺的運動或電流的週期性變化，多用於物理方面；"震盪"指持續搖晃、來回飄盪，動作幅度大，適用範圍較廣，可用於一般的聲音和物體，如"鑼鼓聲和號角聲震盪夜空。"

起死回生

qǐsǐhuíshēng 使死人復生或使死東西復活，常用來稱讚醫生的醫道高明：起死回生之功。

▶ **死而復生** 辨析 見【死而復生】條。

起草

qǐcǎo 動 擬寫草稿：起草文件。

▶ **草擬** 辨析 見【草擬】條。

▶ **擬定** 辨析 見【擬定】條。

▶ **擬訂** 辨析 見【擬訂】條。

起程

qǐchéng 動 動身上路：他明天起程去東京。

▶ **動身** 辨析 見【動身】條。

▶ **出發** 辨析 見【出發】條。

起源

qǐyuán ❶ 動 開始出現，起初產生：文字起源於圖畫是一個值得重視的觀點。❷ 名 指事物產生的源頭：人類的起源是一個大家都很關心的問題。

▶ **發源** 辨析 見【發源】條。

▶ **根源** 辨析 都有"事物產生的源頭"的意義，但語義側重點和詞性有別。"起源"側重於"起"，發生，開始，強調事物從哪裏開始發生，如"長江的起源""人類的起源"；"根源"本指草木的根和水的源頭，強調事物產生的原因，如"她冷靜地思考着問題的根源"。"起源"可用為名詞，也可用為動詞；"根源"一般只用為名詞。

▶ **來源** 辨析 見【來源】條。

▶ **濫觴** 辨析 都有"事物產生的源頭"的意義，但語義側重點和語體色彩有別。"起源"側重於"起"，強調事物從哪裏開始發生，如"人類的起源""文字起源於圖畫"；"濫觴"本指江河發源的地方，那兒水淺只能浮起酒杯（觴），引申指事物的起源，強調事物的開始或事物最初發生的情況，如"假名確實是筆名的濫觴""筆名濫觴於假名"。"起源"使用範圍很廣，可用於口語，也可用於書面語；"濫觴"只用於書面語。

草木皆兵

cǎomùjiēbīng 把山上的草木當成敵兵，形容人在驚慌時疑神疑鬼。

▶ **風聲鶴唳** 辨析 見【風聲鶴唳】條。

草草

cǎocǎo 副 匆忙而粗略地（做）：草草地把房間收拾了一下 / 鬧劇草草收場 / 那篇文章他只草草看了一遍。

▶ **草率** 辨析 都有"做事不細緻"的意義，但語義側重點和語法功能有別。"草草"側重指客觀上由於時間不足而做事匆匆忙忙，急於了事；"草率"側重指由於主觀上不認真而做事粗枝大葉，敷衍了事。"草草"是副詞，只能作動詞性詞語的修飾成分（狀語），不能作名詞性詞語的修飾成分（定語）和謂語中心成分，不能受程度副詞修飾；"草率"是個形容詞，既可以作謂語中心成分，受程度副詞的修飾，又可以作定語和狀語。比如"這個決定非常草率""一個草率的決定""草率地做出決定"中的前兩個"草率"不能換成"草草"，只有最後一個"草率"可以換成"草草"。

▶ **輕率** 辨析 都有"做事不夠細緻"的意義，但語義側重點和語法功能有別。"草草"側重指客觀上由於時間不足而做事匆匆忙忙，急於了事；"輕率"側重指由於主觀上不慎重、不嚴肅，而做事隨隨便便。"草草"是個副詞，只能作動詞性詞語的修飾成分（狀語），不能作名詞性詞語的修飾成分（定語）和謂語中心成分，不能受程度副詞修飾；"輕率"是個形容詞，既可以作謂語中心成分，受程度副詞的修飾，又可以作定語和狀語，如"這個決定過於輕率了""一個輕率的決定"悔不該輕率地相信了他的話"。

草率 cǎoshuài 形 做事不認真，不細緻，敷衍了事：草率的決定／草率從事／你這麼處理也太草率了。

▶ **草草** 辨析 見【草草】條。

▶ **輕率** 辨析 都有"做事不細緻"的意義，但語義側重點有別。"草率"側重於做事不認真，粗枝大葉，敷衍了事；"輕率"側重於在說話、做事、待人等方面不慎重，不嚴肅，隨隨便便。雖然"草率從事"可以換成"輕率從事"，但是意義有區別，前者強調粗心馬虎地做事，後者強調不慎重考慮就隨隨便便地做事。"悔不該輕率地相信了他的話"中的"輕率"就不能換成"草率"，因為錯誤地相信了他的話是由於不慎重，而不是不認真。

▶ **馬虎** 辨析 見【馬虎】條。

草創 cǎochuàng 動 剛剛開始創辦或建立：草創時期／研究所草創之初，各方面條件都還很差。

▶ **初創** 辨析 見【初創】條。

草擬 cǎonǐ 動 初步設計：草擬了一個發言提綱／規劃方案已經草擬出來了。

▶ **起草** 辨析 都有"初步設計（草稿）"的意義，但語體色彩有別。"草擬"較多地用於書面語；"起草"既可以用於書面語，也可以用於口語，所以它口語色彩要比"草擬"重一些。

荒唐 huāngtáng ❶ 形（思想、言行等）錯誤到使人覺得奇怪的程度：荒唐透頂。❷ 形（行為）放蕩，沒有節制。

▶ **荒誕** 辨析 見【荒誕】條。

▶ **荒謬** 辨析 都有"不合乎實際，不近於情理"的意義，但語義側重點、適用對象有別。"荒唐"強調錯誤得令人感到奇怪，含有令人難以置信的意味，多形容言行、思想等；"荒謬"強調極端錯誤，多形容思想、認識、看法、理論等。如"事情就是這樣，不實事求是，一步步發展，就會失控，不斷扭曲，直至達到荒唐的地步"中的"荒唐"。

荒誕 huāngdàn 形 極不真實，極不近情理：荒誕不經。

▶ **怪誕** 辨析 見【怪誕】條。

▶ **荒謬** 辨析 都有"不合乎實際，不近於情理"的意義，但語義側重點、適用對象有別。"荒誕"強調虛妄不實，令人難以置信，多用於故事、情節、事情等；"荒謬"強調極端錯誤，多用於言詞所表示的思想認識等。如可以說"荒誕的謊言"，但一般不說"荒謬的謊言"。

▶ **荒唐** 辨析 都有"不合乎實際，不近於情理"的意義，但語義側重點、適用對象、語體色彩有別。"荒誕"強調虛妄不實，令人難以置信，多用於故事、情節、事情等，具有書面語色彩；"荒唐"強調錯得離奇可笑，令人難以理解，多用於言行、思想等，口語和書面語中都可以用。

荒謬 huāngmiù 形 極端錯誤，非常不合情理：荒謬透頂。

▶ **荒誕** 辨析 見【荒誕】條。

▶ **荒唐** 辨析 見【荒唐】條。

捎帶 shāodài ❶ 副 順便；附帶：旅遊捎帶過車癮。❷ 動 順便攜帶：你回家時幫我捎帶點東西。

▶ **連帶** 辨析 見【連帶】條。

▶ **附帶** 辨析 見【附帶】條。

茫然 mángrán ❶ 形 全然不知的樣子：茫然不解。❷ 形 惘然、失意的樣子：茫然若失。

▶ **迷茫** 辨析 都有"不明白，迷惘"的意義，但語義側重點有別。"茫然"側重指因甚麼都不知道而迷惘；"迷茫"側重指表情或感覺迷離恍惚，如"老人神色迷茫地看着陌生的來客"。在其他意義上二者不相同。

▶ **迷惘** 辨析 都有"不明白，迷惑"的意義，但語義側重點有別。"茫然"側重指因甚麼都不知道而摸不着頭腦；"迷惘"側重指因難以把握某事物而不知所措，如"這美景竟頓時使我迷惘了，不知是真是夢"。在其他意義上二者不相同。

捍衛 hànwèi 動 堅決保衛：捍衛祖國的尊嚴。

▶ **保衛** 辨析 見【保衛】條。

▶ **護衛** 辨析 見【護衛】條。

▶ **守衛** 辨析 見【守衛】條。

捏造 niēzào 動 編出根本不存在的事情或理由：你這是捏造事實誣陷我！

▶ **編造** 辨析 都有"告訴別人根本不存在的事情或理由"的意義，但語義側重點、語義輕重、適用對象有別。"捏造"強調造出假東西來害人，語義較重，一般用於事實、證據、罪名等，如"捏造犯罪證據"；"編造"強調花功夫，以求造出的東西像真的一樣，語義較輕，可用於事實、理由、謠言等，如"編造不在場證明"。

▶ **羅織** 辨析 見【羅織】條。

貢獻 gòngxiàn ❶動 拿出物資、力量、經驗等獻給國家或公眾：為中華民族的騰飛貢獻自己的力量。❷名 對國家或公眾所做的有益的事：巨大的貢獻。

▶ **奉獻** 辨析 都有"把某事物恭敬地獻出"和"呈獻出來的東西"的意義，但語義側重點有別。作動詞時"貢獻"出來的可以是具體的事物，如糧食、寶貝等，也可以是抽象的事物，如生命、青春、力量等；而"奉獻"出來的一般是抽象的

事物，如"奉獻真摯的愛情、奉獻青春"等，且帶有無私、無怨無悔的意味。如可以說"無私奉獻、奉獻精神"，但一般不說"無私貢獻、貢獻精神"。作名詞時，"貢獻"可以用大小來形容，"奉獻"不可。

▶ **捐獻** 辨析 都有"獻出"的意義，但適用對象有別。"貢獻"獻出的可以是具體財物，也可以是力量、才智、生命等抽象事物，可獻給國家、公眾，也可以獻給某種事業；"捐獻"獻出的只能是具體財物或組織器官，一般是獻給國家、集體和個人。如可以說"捐獻眼角膜"，但一般不說"貢獻眼角膜"。"貢獻"還有名詞用法，"捐獻"沒有。

埋伏 máifú ❶動 在敵人將要經過的地方預先佈置兵力，伺機突然襲擊：十面埋伏。❷動 潛伏，隱藏起來：我們埋伏在敵佔區，準備策應起義。❸名 為伺機襲擊敵人而預先佈置好的兵力：敵方中了我們的埋伏。

▶ **潛伏** 辨析 都有"隱藏起來，伺機行動"的意義，但語義側重點、適用對象、語體色彩有別。"埋伏"的目的是為了殲滅敵人、逮捕罪犯等，多用於人，通用於口語和書面語。"潛伏"的目的可以是為了殲滅敵人、逮捕罪犯，也可以是為了保存軍事或政治力量，或躲避危險或災難；可用於人和抽象的事物，如"他是一個潛伏得很深的特務""繁榮的背後潛伏着深刻的危機"。在其他意義上二者不相同。

▶ **隱藏** 辨析 都有"藏起來，不讓人發現"的意義，但語義側重點、語法功能有別。"埋伏"指人藏起來；"隱藏"既可指人藏起來，也可指將某物藏起來，不使發現。"埋伏"可有受事，也可有施事，如"兩個間諜在我軍內部埋伏了多年"；"隱藏"一般只有施事，如有受事，則需用"把"將受事提前，如"他們迅速

地把這些東西隱藏起來"。在其他意義上二者不相同。

埋沒 máimò ❶[動] 掩埋，埋起來：每年都有幾千畝良田被流沙埋沒。❷[動] 使顯不出來，使不能發揮作用：科舉制度埋沒了很多人才。

▶ **湮沒** [辨析] 都有"使顯不出來，使不能發揮作用"的意義，但語體色彩和適用對象有別。"埋沒"通用於口語和書面語，多用於人才、天才；"湮沒"用於書面語，既可指人才被埋沒，也可指其他好的或值得紀念的東西無聲無息地湮滅、消失，如"許多往事就這樣湮沒在歲月的長河中"。

埋怨 mányuàn [動] 因事情不理想而表示不滿：比賽輸了，隊員們互相埋怨。

▶ **抱怨** [辨析] 見【抱怨】條。

▶ **怪罪** [辨析] 見【怪罪】條。

▶ **責怪** [辨析] 見【責怪】條。

埋葬 máizàng ❶[動] 掩埋屍體：他埋葬了父母後，離開了家鄉。❷[動] 比喻消滅或清除舊的或不願意記憶的東西：埋葬舊世界；埋葬死去的愛情。

▶ **安葬** [辨析] 見【安葬】條。

▶ **掩埋** [辨析] 都有"用泥土等蓋住屍體"的意義，但語義側重點、感情色彩有別。"埋葬"強調鄭重地將屍體置於土中，有莊重的態度色彩；"掩埋"指用土覆蓋，可能比較草率或簡陋。

捉 zhuō ❶[動] 握；抓：捉刀。❷[動] 讓人或動物落到自己手中：捉賊。

▶ **捕** [辨析] 見【捕】條。

捉弄 zhuōnòng [動] 戲弄，使難堪：他盡捉弄人。

▶ **戲弄** [辨析] 見【戲弄】條。

捉拿 zhuōná [動] 捉住，逮捕（罪犯或壞人）：捉拿歸案。

▶ **逮捕** [辨析] 都有"逮住"的意義，但語義側重點和適用對象有別。"捉拿"強調要掌握在手中，多用於尚未逮住的情形，如可以說"懸賞捉拿"，適用面比較寬；"逮捕"強調合法性和動作的有力、利索，一般用於司法、警察等機構對於罪犯的捕捉。如"他被廉署逮捕"中的"逮捕"不能換用"捉拿"。

▶ **拘捕** [辨析] 見【拘捕】條。

挺 tǐng ❶[形] 直；硬而直：筆挺／挺立。❷[動] 伸直；撐直：挺身而出／挺舉。❸[動] 支撐：硬挺着。❹[副] 很：挺香。❺[量] 用於機關槍：幾挺機槍。

▶ **老** [辨析] 見【老】條。

▶ **怪** [辨析] 見【怪】條。

▶ **很** [辨析] 都有表示程度高的意義，但語義輕重、語法功能和語體色彩有別。"挺"表示的程度比"很"略低一些，只能充當狀語；"很"除充當狀語外，還能充當補語，如"高興得很"。"挺"多用於口語；"很"既可用於口語，也可用於書面語。在其他意義上二者不相同。

挺立 tǐnglì [動] 直立；聳立：昂首挺立／蒼松挺立。

▶ **矗立** [辨析] 都有"直立"的意義，但語義側重點和使用範圍有別。"挺立"着重於"挺"，直，強調長形物體垂直立着，多用於人或樹木；"矗立"着重於"矗"，高而直，強調高聳地立着，顯得非常雄偉，多用於山峰或高大建築物。

▶ **聳立** [辨析] 都有"直立"的意義，但語義側重點和使用範圍有別。"挺立"着重於"挺"，直，強調長形物體垂直立着，多用於人或樹木；"聳立"着重於"聳"，高而向上突出，強調高高地直立，多用於山或建築物。

▶ **挺拔** 辨析 都有"直立"的意義，但語義側重點、適用範圍和詞性有別。"挺立"着重於"立"，豎立，強調長形物體垂直立着；"挺拔"着重於"拔"，超出、高出，強調人、樹木等直立而高聳的樣子。"挺立"多用於人或樹木；"挺拔"多用於人、樹木、建築物等。"挺立"是動詞；"挺拔"是形容詞。

挺拔 tǐngbá ❶形 形容直立而高聳的樣子：挺拔的白揚。❷形 剛健有力：筆力蒼勁挺拔。

▶ **挺立** 辨析 見【挺立】條。

挽救 wǎnjiù 動 從危險中救回來：挽救病人的生命。

▶ **搶救** 辨析 見【搶救】條。

▶ **拯救** 辨析 見【拯救】條。

恐慌 kǒnghuāng 形 因擔憂害怕而慌張不安。

▶ **驚慌** 辨析 都有"心裏不沉着，動作忙亂"的意義，但語義側重點、語義輕重和語體色彩有別。"恐慌"強調因恐懼、害怕而表現得慌亂、不沉着，語義比"驚慌"重，有書面語色彩，如"非典疫情引起了市民的嚴重恐慌"；"驚慌"強調因受到驚嚇而表現得不沉着，不知所措，通用於口語和書面語，如"峽谷裏出現了一聲慘叫，他驚慌得捂住了嘴"。

恐嚇 kǒnghè 動 以要挾的話或手段威脅人；嚇唬：武力恐嚇／恐嚇信。

▶ **威嚇** 辨析 見【威嚇】條。

挪動 nuódòng 動 換個位置：你挪動一下椅子，讓我過去。

▶ **搬動** 辨析 都有"把東西換個位置"的意義，但語義側重點和適用對象有別。"挪動"的動作幅度較小，移動的距離也不大，一般用於具體事物；"搬動"的動作可大可小，移動的距離也可大

可小，可用於具體事物，也可以用於人體、動物自主的活動，如"他不情願地往前挪動了幾步"。

▶ **移動** 辨析 都有"把東西換個位置"的意義，但語義側重點、語體色彩有別。"挪動"的動作幅度較小，動作持續時間比較短暫，用於口語；"移動"的動作幅度可大可小，動作持續時間可長可短，多用於書面語。

耿直 gěngzhí 形 正直，直爽：為人耿直。

▶ **正直** 辨析 見【正直】條。

耽誤 dānwu 動 因拖延或錯過機會而誤事：耽誤功夫。

▶ **耽擱** 辨析 都有"因拖延而誤事"的意義，但語義側重點、語義強度和適用對象有別。"耽誤"側重指因拖延時間或錯過機會而誤事，後果一般較嚴重，語義較重，適用對象可以是時間，也可以是前途、工作、學習、功課、生產等；"耽擱"側重指在時間上拖延，後果不一定很嚴重，語義較輕，適用對象一般是時間。如"我們一不肯用腦子就耽誤了創造"中的"耽誤"不能換用"耽擱"。

▶ **延誤** 辨析 見【延誤】條。

耽擱 dānge ❶動 停留：他在東京多耽擱了兩天。❷動 拖延；遲延：再耽擱下去對他很不利。❸動 因拖延而誤事：把病給耽擱了。

▶ **耽誤** 辨析 見【耽誤】條。

恥辱 chǐrǔ 名 聲譽上受到的損害：莫大的恥辱。

▶ **羞辱** 辨析 都有"損害聲譽"的意義，但語義側重點和語義強度有別。"恥辱"側重指聲譽上受到損害，語義較重；"羞辱"側重指聲譽上受到損害而感到羞愧，沒臉見人，語義較輕。如"這上面凝聚着民族恥辱的一頁"中的"恥辱"

不宜換用"羞辱"。

恥笑 chǐxiào 〔動〕羞辱、鄙視：不要恥笑別人的缺點。

▶ **嘲笑** 〔辨析〕都有"鄙視、羞辱"的意義，但語義側重點和語義強度有別。"恥笑"側重指説話人認為某種言語、行為是低劣的，語義較重；"嘲笑"側重指鄙視、瞧不起，語義較輕。如"正直的人將會恥笑這些撒謊者"中的"恥笑"不宜換用"嘲笑"。

恭候 gōnghòu 〔動〕敬辭，等候：恭候光臨。

▶ **等候** 〔辨析〕都有"在期望的人或事物出現之前一直等在某個地方或保持某種狀態不變"的意義，但態度色彩、適用對象、語體色彩有別。"恭候"是敬辭，對象只能是人，不能是事物，多用於書面語；"等候"不表示尊敬，對象可以是人，也可以是事物，口語和書面語中都可以用。如可以説"等候出發的命令"，但不能説"恭候出發的命令"。

恭喜 gōngxǐ 〔動〕客套話，祝賀人家的喜事：恭喜發財。

▶ **道賀** 〔辨析〕都有"祝賀人家的喜事"的意義，但語體色彩和語法功能有別。"恭喜"多用於口語，是及物動詞，一般帶賓語；"道賀"多用於書面語，是不及物動詞，一般不帶賓語。如"握着他的手連聲道賀"中的"道賀"不宜換用"恭喜"。

▶ **道喜** 〔辨析〕都有"祝賀人家的喜事"的意義，但語法功能有別。"恭喜"是及物動詞，可以説"恭喜你、恭喜發財"等；"道喜"是不及物動詞，不能説"道喜你、道喜發財"等。

恭順 gōngshùn 〔形〕恭敬順從：態度恭順／樣子很恭順。

▶ **溫順** 〔辨析〕都有"依照別人的意思，不違背"的意義，但語義側重點和適用對象有別。"恭順"重在恭敬，一般多形容人；"溫順"重在溫和，既可形容人，也可形容動物。如"他的太太始終依靠在他身旁，溫順文靜"中的"溫順"不能換用"恭順"。

恭敬 gōngjìng 〔形〕對尊長或賓客嚴肅有禮貌：恭敬不如從命。

▶ **尊敬** 〔辨析〕都有"嚴肅有禮貌"的意義，但語義側重點、語法功能有別。"恭敬"含有謙恭的意味，是形容詞，能疊用為"恭恭敬敬"，不能帶賓語；"尊敬"含有尊重的意味，是動詞，可以帶賓語。如"尊敬老師"中的"尊敬"不宜換用"恭敬"。

恭維 gōngwéi 〔動〕為討好而讚揚：恭維上司。

▶ **奉承** 〔辨析〕見【奉承】條。

真相大白 zhēn xiàng dà bái 事情的真實情況全部弄清楚了。

▶ **水落石出** 〔辨析〕見【水落石出】條。

真理 zhēnlǐ 〔名〕真實的道理：真理面前人人平等。

▶ **真諦** 〔辨析〕都有"真實的道理"的意義，但語義側重點、適用範圍和語體色彩有別。"真理"側重指認識的正確性，適用面廣，除用於日常生活外，也用作哲學術語；"真諦"含有真實的意義、真正的價值的意味，適用範圍較窄，不作哲學術語使用，具有書面語色彩。如可以説"人生的真諦"，但一般不説"人生的真理"。

真誠 zhēnchéng 〔形〕真實誠懇：待人真誠。

▶ **誠懇** 〔辨析〕見【誠懇】條。

▶ **誠實** 〔辨析〕見【誠實】條。

▶ **赤誠** 〔辨析〕見【赤誠】條。

▶**真摯** 辨析 都有"真實誠懇"的意義,但語義側重點、適用對象和語體色彩有別。"真誠"強調真心實意,不虛假,多用於人的態度、心意、言行等方面,也可用於人的感情,比"真摯"通俗;"真摯"強調誠懇,出自內心,含有股切、親切的意味,多用於感情、友誼等方面,也可用於態度、言行,具有書面語色彩。如"他對人十分真誠"中的"真誠"不宜換用"真摯"。

真摯 zhēnzhì 形 真誠懇切:真摯的友情。

▶**誠摯** 辨析 見【誠摯】條。

▶**真誠** 辨析 見【真誠】條。

真諦 zhēndì 名 真實的意義或道理:人生的真諦。

▶**真理** 辨析 見【真理】條。

桎梏 zhìgù 名 腳鐐和手銬,比喻束縛人或事物的東西:擺脫舊思想的桎梏。

▶**枷鎖** 辨析 見【枷鎖】條。

株連 zhūlián 動 一人有罪而牽連他人:株連九族。

▶**牽連** 辨析 見【牽連】條。

格鬥 gédòu 動 緊張激烈地搏鬥:格鬥場面緊張刺激。

▶**搏鬥** 辨析 都有"緊張激烈地對打"的意義,但語義側重點和適用對象有別。"格鬥"一般指約好時間、地點,當事雙方都有準備地對打,只有在人與人之間進行時才用;"搏鬥"可以是有準備的,也可以是突發的,可以是人與人鬥,也可以是人與自然或其他事物鬥。如"姐倆在亢媽媽身上汲取到了與命運搏鬥的勇氣,尋找到了對待人生的答案"中的"搏鬥"不能換用"格鬥"。

格調 gédiào 名 特點的綜合表現:格調高雅。

▶**風格** 辨析 見【風格】條。

校正 jiàozhèng 動 校對訂正:校正錯字。

▶**校改** 辨析 都有"校對並改正錯誤"的意義,但語義側重點和適用對象有別。"校正"強調達到正確的結果,可用於書籍文稿等,也可用於其他事物。如"校正發音""那個掛鐘因無人管理、校正,早已嚴重失準";"校改"強調進行修改、改正,一般用於書籍文稿等,如"做出版前的最後校改"。

校改 jiàogǎi 動 校對並改正錯誤。

▶**校訂** 辨析 見【校訂】條。

▶**校正** 辨析 見【校正】條。

校訂 jiàodìng 動 對照可靠的材料改正書籍、文件中的錯誤。

▶**校改** 辨析 都有"審閱、校對文字,改正錯誤"的意義,但語義側重點和語體色彩有別。"校訂"強調依照可靠的材料進行仔細地校對核查,修改錯誤的,確定正確的,通用於口語和書面語,如"全部書稿我們都已經校訂過了";"校改"強調經過校對改正訛誤,有書面語色彩。如"現以傳世諸家集本為參考,校改此唐詩選殘本"。

核心 héxīn 名 中心,事物中起主導作用的部分:核心人物。

▶**中心** 辨析 見【中心】條。

根本 gēnběn ❶名 事物的根源、本質或最重要的部分:農業的根本是水土。❷形 最重要的,起決定作用的:根本問題。❸副 本來,從來,全然,始終:這件事我根本不知道。❹副 徹底:問題已經得到根本解決。

▶ **基本** 辨析 都有"重要的，主要的"的意義，但語義側重點和語義強度有別。"根本"強調事物的根源本質，起決定作用的，包含有徹底、全部的意味，語義較重；"基本"強調事物的基礎，起主要作用的，指事物的主要方面或絕大部分，語義較輕。如"根本改變學風"意思是徹底改變，不殘存半點舊的學風；"基本改變了學風"意思是舊的學風還有殘存，改變得不徹底。"根本"還兼有名詞用法。

根由 gēnyóu 名 來歷，緣故：説一説事情的根由。

▶ **緣由** 辨析 都有"造成某種結果或引起另一件事情發生的條件"的意義，但語義側重點有別。"根由"強調引起另一件事情發生的最根本的條件；"緣由"強調造成某種結果，比"根由"常用。如"探究西部地區貧困的根由"中的"根由"不宜換成"緣由"。

根除 gēnchú 動 徹底剷除：根除弊端。

▶ **剷除** 辨析 都有"除掉某種有害的東西"的意義，但語義側重點、語義強度、適用對象有別。"根除"強調從根本上徹底除掉，語義較重，多用於抽象事物，如"根除隱患、根除錯誤思想、根除殖民主義"等；"剷除"強調連根除去，語義較輕，既可用於抽象的事物，也可用於具體的事物，如"剷除惡勢力、剷除雜草"等。

▶ **剪除** 辨析 都有"除掉某種有害的東西"的意義，但語義強度和適用對象有別。"根除"強調從根本上徹底除掉，語義較重，多用於抽象事物；"剪除"語義較輕，對象多是具體事物。如可以說"剪除異己"，但一般不説"根除異己"。

▶ **清除** 辨析 都有"除掉某種有害的東西"的意義，但語義側重點、語義強度、適用對象有別。"根除"強調從根本上徹底除掉，語義較重，多用於抽象事物；"清除"強調全部、乾淨地去掉，語義相對較輕，多用於具體的事物，如"清除垃圾、清除口香糖殘漬"等。

根基 gēnjī ❶ 名 事物存在和發展的基本立足點：建房子要打好根基／學英文要打好根基。❷ 名 比喻家底：他家根基深，光房產就好幾處。

▶ **基礎** 辨析 都有"事物發展的根本或起點"的意義，但語法功能有別。"根基"帶有形象色彩，一般不作定語；"基礎"可以作定語。如可以説"基礎教育、基礎理論"，但不説"根基教育、根基理論"。

根源 gēnyuán ❶ 名 使事物產生的根本原因：歷史根源。❷ 動 由……引起（後常帶"於"）：孩子的嬌縱往往根源於父母的溺愛。

▶ **本源** 辨析 見【本源】條。

▶ **來源** 辨析 見【來源】條。

▶ **起源** 辨析 見【起源】條。

▶ **淵源** 辨析 都有"使事物產生的原因"的意義，但語義側重點有別。"根源"強調根本原因，如"思想根源"指思想深處的原因；"淵源"強調歷時原因，着重指產生該事物的歷時原因，如"家學淵源"指家學一脈相承的結果。

配備 pèibèi ❶ 動 根據需要分配：配備人手。❷ 動 佈置兵力：配備三個團。❸ 名 成套的裝備：最新式的德國配備。

▶ **配置** 辨析 都有"根據需要分配"的意義，但語義側重點、適用對象有別。"配備"強調根據需要使齊全而不欠缺，既可用於具體事物，也可用於人員，如"配備兩個助手"；"配置"強調根據需要添加，一般用於具體事物，如"配置桌椅"。

配置 pèizhì ❶動 配備佈置：辦公室新配置了幾把椅子。❷名 配備佈置的東西：這台電腦的配置挺高級的。

▶ **配備** 辨析 見【配備】條。

▶ **裝備** 辨析 都有"根據需要，給以器材或器具等"的意義，但語義側重點、適用對象有別。"配置"強調根據需要添加，並進行佈置，一般用於具體事物；"裝備"強調使完整、充實，常用於軍隊、半成品、車間等，如"裝備軍隊"。

辱罵 rǔmà 動 污辱漫罵：就是在被人隨意辱罵的時候，我也總是昂着頭挺着胸的。

▶ **謾罵** 辨析 都有"用無理的態度、粗俗的言語罵人"的意義，但語義側重點和語義輕重有別。"辱罵"着重於"辱"，侮辱，強調對別人的人格、名譽等進行侮辱和損害；"謾罵"着重於"謾"，輕慢，強調用輕狂、粗暴、嘲笑的口吻罵人，語義較"辱罵"輕。

唇亡齒寒 chún wáng chǐ hán 嘴唇沒有了，牙齒會感到寒冷。比喻關係密切，利害相關。

▶ **唇齒相依** 辨析 都有"關係密切"的意義，但語義側重點和語義強度有別。"唇亡齒寒"側重指關係極密切，一旦受到損害就會牽連到另一方，語義較重；"唇齒相依"側重指相互依存，相互依靠，語義較輕。如"這位高官惟恐唇亡齒寒，只好屈尊飛往無錫，與他共商對策"中的"唇亡齒寒"不能換用"唇齒相依"。

唇齒相依 chún chǐ xiāng yī 嘴唇和牙齒相互依靠。比喻關係密切，相互依存。

▶ **唇亡齒寒** 辨析 見【唇亡齒寒】條。

破敗 pòbài ❶形 殘缺破舊：這座四合院早已破敗不堪。❷形 衰敗：這

個大家族就這麼破敗下來了。

▶ **殘敗** 辨析 見【殘敗】條。

▶ **衰敗** 辨析 都有"衰落、頹敗"的意義，但語義側重點和適用對象有別。"破敗"側重於最終的結果，如"這片破敗的居民區即將拆遷"；"衰敗"則對逐漸敗落的過程有所體現，如"政府無能必然導致經濟衰敗"。"破敗"適用於具體事物、家庭、家業等；"衰敗"常用於比較宏大的概念，如國家、民族。

破裂 pòliè ❶動 裂開，完整的東西出現裂縫：蛋殼破裂了。❷動 雙方的感情、關係、談判等分裂：政府與叛軍的談判破裂了。

▶ **崩** 辨析 都有"裂開，完整的東西出現裂縫"和"雙方的感情、關係、談判等分裂"的意義，但語體色彩、使用場合和語義側重點有別。"破裂"用於書面語和正式的場合，"崩"多用於口語和一般的場合，如"氣球吹得太鼓，碰在樹枝上崩了"；"破裂"的結果並不一定是不好的，"崩"的結果一般是消極的、人們不希望看到的，如"雙方關於裁軍的談判徹底破裂了""倆人談崩了，不歡而散"。

▶ **決裂** 辨析 見【決裂】條。

▶ **皸裂** 辨析 都有"開裂"的意義，但語義概括範圍有別。"皸裂"的內涵很小，僅指皮膚因寒冷乾燥而裂開的情形，而"破裂"可泛指整體的事物裂開。如"今年冬天格外寒冷，很多人的手都皸裂了""自來水管道因寒冷而破裂了"。"破裂"還可用於抽象的雙方的感情、關係、談判等，如"雙方關於稅率的談判破裂了"，"皸裂"無此義。

破費 pòfèi 動 花費金錢或時間：讓您破費了。

▶ **花費** 辨析 見【花費】條。

破滅 pòmiè 動 幻想或希望落空：我上大學的美夢破滅了。

▶ 幻滅 辨析 見【幻滅】條。

破綻 pòzhàn 名 原指衣服綻開的裂口，比喻說話或做事當中出現的漏洞：你編造的這番話破綻百出，一點都不高明。

▶ 漏洞 辨析 都有"說話、做事等不周密的地方"的意義，但語體色彩和語義側重點有別。"漏洞"通用於口語和書面語，比較常用，如"我們的計劃裏有一個漏洞，需要趕緊彌補"；"破綻"多用於書面語，可用於偽裝、謊言，側重於"精心準備之後"出現的漏洞，如"這個人的口音露出了破綻，讓警察確認他就是潛逃的罪犯"。

▶ 馬腳 辨析 見【馬腳】條。

▶ 紕漏 辨析 見【紕漏】條。

破曉 pòxiǎo 動 天色剛亮：天剛破曉，激烈的炮戰就打響了。

▶ 黎明 辨析 都有"天快亮的時候"的意義，但語法功能、語義側重點和語義概括範圍有別。"破曉"是動詞，多作謂語；"黎明"是名詞，一般作時間狀語。"破曉"指天剛亮，如"天剛破曉，安靜了一夜的城市就又喧騰起來了"；"黎明"則指天快要亮或剛亮的時候，比"破曉"的時間跨度大，如"黎明時分，空氣非常清涼"。"黎明"還可比喻一個新生事物即將開始、尚未開始的時期，如"勝利到來前的黎明""破曉"無此含義。

▶ 凌晨 辨析 都有"早晨"的意義，但語法功能、語義側重點有別。"破曉"是動詞，"凌晨"是名詞。"破曉"指天剛亮，是時間上比較模糊的概念；"凌晨"則泛指午夜到天亮之間的一段時間，比"破曉"的時間跨度大，但可確切地指出具體的時間。如"天已破曉，咱們該起牀進行晨練了""老人死於凌晨三點，死時身邊沒有一個人"。

破壞 pòhuài ❶ 動 使物體受到損壞：破壞公共設施要按價賠償。❷ 動 使受到損害：破壞他人名譽。❸ 動 變革社會制度、風俗習慣等：破壞舊世界，建立新世界。❹ 動 違反規章制度等：破壞校紀會受到嚴厲的處分。❺ 動 使內部組織或結構受損：大量營養成分因過分烹調而被破壞。

▶ 毀壞 辨析 都有"損壞、損害"的意義，但語義側重點有別。"破壞"對事物損壞、損害的程度可輕可重；"毀壞"對事物的損壞、損害程度很重。

原本 yuánběn ❶ 副 原來；按道理應該是這樣的：他原本住在香港，後來調到澳門來的。❷ 名 留作底子的稿子。

▶ 本來 辨析 見【本來】條。

原因 yuányīn 名 造成某種結果或引起另一件事情發生的條件：發病原因／衛星發射失敗的原因可能在於火箭助推器。

▶ 緣故 辨析 都有"造成某種結果或引起另一件事情發生的條件"的意義，但語義側重點、適用對象有別。"原因"強調從來源看的決定因素，跟"結果"相對，是最常用的表達，可用於重大事物，也可用於一般事物，如"科學落後的原因"；"緣故"強調從來源上看的因素，含有道理、理由的意味，多用於一般事物，如"也許是小時候生活在農村的緣故吧，我對農民有很深的感情"。

▶ 緣由 辨析 都有"造成某種結果或引起另一件事情發生的條件"的意義，但語義側重點、語體色彩有別。"原因"強調從來源看的決定因素，跟"結果"相對，是最常用的表達，通用於口語和書面語；"緣由"強調追溯本源來看的，多用於書面語。

原來 yuánlái ❶形 以前就有的：原來的那件衣服就挺好的。❷名 起初，以前的某一個時期：我原來也學過繪畫。❸副 發現了以前不知道的真實情況：啊，原來是你！

▶ **本來** 辨析 見【本來】條。

原則 yuánzé ❶名 說話或行事所依據的法則或標準：原則性／遵循公平競爭原則。❷名 指總的方面；大體上：他原則上同意這麼做。

▶ **準則** 辨析 都有"說話或行事所依據的法則或標準"的意義，但語義側重點、搭配對象、語體色彩有別。"原則"強調作為依據的指導性質和根本方針的性質，常見搭配有"堅持原則""講原則"；"準則"強調作為依據的尺度、規範、標準，有書面語色彩和鄭重的態度色彩，常見於正式的文件，如"把誠實守信作為基本行為準則""國際關係準則"。

原料 yuánliào 名 沒有經過加工的東西，如用來紡織的棉花。

▶ **材料** 辨析 見【材料】條。

原意 yuányì 名 原來的意思或意圖：違背了自己的原意。

▶ **本意** 辨析 見【本意】條。

致使 zhìshǐ 動 由於某種原因而使得(產生不好的結果)：由於經營不善，致使企業連年虧損。

▶ **以致** 辨析 見【以致】條。

致敬 zhìjìng 動 向人敬禮或表示敬意：向警務人員致敬。

▶ **致意** 辨析 都有"用言語或動作向人表示情意"的意義，但語義側重點和態度色彩有別。"致敬"強調向人表示敬意或敬禮，多用於嚴肅鄭重的場合；"致意"強調向人表示問候，語義較輕，多用於一般場合，帶有親切友好的態度色彩，如"向老人揮手致意。"

致意 zhìyì 動 表示問候之意：點頭致意。

▶ **致敬** 辨析 見【致敬】條。

晉升 jìnshēng 動 提高(職位、級別)：晉升為少將。

▶ **晉級** 辨析 都有"升到較高的等級"的意義，但語義側重點和適用對象有別。"晉升"強調提高、提升，多用於職位、級別等，如"他晉升為少將軍銜"；"晉級"強調等級的變化，除用於職位、級別，還可用於工資等，如"考核結果作為獎罰和評先進及工資晉級的依據"。

▶ **提升** 辨析 都有"提高職位等級等"的意義，但語義側重點、適用對象和語體色彩有別。"晉升"強調升入較高的級別，多用於指提高到較高的職位、職稱，多用於職位、級別等，有書面語色彩，如"他晉升為少將軍銜""破格晉升為教授"；"提升"強調在原有的基礎上升高，適用範圍廣，通用於口語和書面語，如"提升為教導主任""提升人類的生命質量"。

晉級 jìnjí 動 升到較高的等級：工資晉級。

▶ **晉升** 辨析 見【晉升】條。
▶ **升級** 辨析 見【升級】條。

時代 shídài ❶名 依據經濟、政治、文化等狀況而劃分的歷史時期：秦漢時代／五四時代／改革開放時代。❷名 指人生中的某個時期：少年時代。

▶ **年代** 辨析 見【年代】條。

▶ **時期** 辨析 都有"依據某一特徵而劃分出來的一段時間"的意義，但語義側重點和用法有別。"時代"側重於依據社會發展過程中在政治、經濟、文化、軍事等領域表現出來的特點而劃分出來的時段，也指個人生命中的某個時段，如"少年時代""青年時代"等；"時期"側重於依照歷史自然發展的階段特點而劃分出來的具有某種特徵的一段時間，如"抗日戰爭時期""三年困難時期"。"時代"的時間段較長；"時期"的時間段可長可短。"時代"可受"新、舊"等表時間的形容詞修飾；"時期"可受"長、短、好、困難"等表特徵的形容詞修飾。

時令 shílìng 名 歲時節令：時令已交初夏。

▶ **節令** 辨析 見【節令】條。

▶ **時節** 辨析 見【時節】條。

時光 shíguāng ❶名 時間；光陰：時光如流水。❷名 時期：趕上了經濟成長的好時光。❸名 日子：過了一些時光，他的身體完全康復了。

▶ **光陰** 辨析 見【光陰】條。

▶ **年華** 辨析 見【年華】條。

▶ **時間** 辨析 都有"物質運動過程中持續性表現的某一段或某一點"的意義，但語義側重點和用法有別。"時光"語義較廣，泛指時間、光陰、時期、日子等，常受"美好、幸福"類形容詞修飾，含讓人留戀、珍惜的意味；"時間"着重指從起點到終點的某一時段，常受"長、短"類形容詞修飾。"時光"多用於書面語，帶文學色彩；"時間"通用於口語、書面語和各種場合。

▶ **歲月** 辨析 見【歲月】條。

時辰 shíchen ❶名 舊時計時單位。把一晝夜平分為十二段，每段叫做一個時辰。❷名 時機；時候：時辰不對，不可妄動。

▶ **時間** 辨析 都有"某一時段"的意義，但語義側重點和用法有別。"時辰"着重於"辰"，一晝夜的十二分之一，所表示的時間較長；"時間"着重指從起

點到終點的某一時段，所指時段可長可短，如"十年時間、幾秒鐘時間"。

▶ **時刻** 辨析 都有"時間裏的某一段"的意義，但語義側重點、詞性和用法有別。"時辰"着重於"辰"，一晝夜的十二分之一，表示的是一個時間段，泛指短暫的時間或時間裏的某一點；"時刻"着重於"刻"，古代為一晝夜的百分之一，今特質時間裏特定的一點。"時辰"只能用作名詞；"時刻"除名詞用法外，還能用作副詞，意為"每時每刻、經常"，並可重疊成 AABB 式使用，如"時刻牢記、時時刻刻提醒自己"。

時尚 shíshàng 名 現時的風尚：時尚服飾 / 迎合時尚。

▶ **風尚** 辨析 見【風尚】條。

時刻 shíkè ❶名 時候；某一時點：關鍵時刻。❷副 每時每刻；經常：時刻想到自己的職責。

▶ **時辰** 辨析 見【時辰】條。

▶ **時間** 辨析 見【時間】條。

時時 shíshí 副 常常：時時告誡自己。

▶ **時常** 辨析 都有"事情不止發生一次，而且時間相隔不久"的意義，但語義側重點、語義輕重和用法有別。"時時"強調發生的次數多；"時常"強調時有發生，語義較"時時"輕。"時時"只用於過去的動作、行為；"時常"可用於過去的動作、行為，也可用於未來的動作、行為。

時候 shíhou 名 指時間裏的某一段或某一點：小時候 / 開門的時候。

▶ **時間** 辨析 見【時間】條。

時常 shícháng 副 時時，常常：時常來打擾你，真不好意思。

▶ **常常** 辨析 都有"事情不止發生一

次，而且時間相隔不久”的意義，但語義側重點、語義輕重和語體色彩有別。“時常”強調動作行為屢次發生，如“我們時常派記者到第一線去”；“常常”強調發生的次數多，語義較“時常”重，如“他倆放學後常常一起回家”。“時常”多用於書面語；“常常”多用於口語。

▶ **經常** 辨析 都有“事情不止發生一次，而且時間相隔不久”的意義，但語義側重點、語義輕重和否定用法有別。“時常”強調動作行為屢次發生，不強調其一貫性；“經常”強調一貫性、接連性，強調發生的次數很多，語義較“時常”重。“時常”的否定式是“不常”；“經常”的否定式是“不經常”。“經常”還可以表示“平常、日常”的意思，在這一意義上二者不相同。

▶ **時時** 辨析 見【年代】條。

時期 shíqī 图 依據某一特徵而劃分出來的一段時間：困難時期/戰爭時期。

▶ **時代** 辨析 見【時代】條。

時間 shíjiān ❶图 物質存在的客觀形式，物質運動過程的持續性表現：時間和空間。❷图 指一個時段或一個時點：注意節目播出時間。

▶ **時辰** 辨析 見【時辰】條。

▶ **光陰** 辨析 見【光陰】條。

▶ **時光** 辨析 見【時光】條。

▶ **時候** 辨析 都有“指一個時段或一個時點”的意義，但語義側重點和用法有別。“時間”着重指從起點到終點的某一時段，有時也指時間裏的某一點，往往含有具體鐘點或具體日期的意味，可受“長、短”類形容詞的修飾；“時候”着重指時間裏的某一點，有時也用於指有起點有終點的一段時間，常構成偏正詞組或介賓詞組使用，如“小時候、走的時候、在……時候”等。

▶ **時刻** 辨析 都有“指一個時點”的意義，但語義側重點和詞性有別。“時間”着重指從起點到終點的某一時段，有時也指時間裏的某一點；“時刻”着重指時間裏特定的一點，如“關鍵時刻不手軟”。“時間”只能用作名詞；“時刻”除名詞用法外，還能用作副詞，意為“每時每刻、經常”，並可重疊成 AABB 式使用，如“時刻牢記、時時刻刻提醒自己”。

時節 shíjié 图 指某一特定的時段：秋收時節。

▶ **季節** 辨析 都有“某一特定的時段”的意義，但語義側重點有別。“時節”着重指具有氣候或農業活動特點的時段，如“清明時節、麥收時節”，還可指某個時候，如“學戲那時節她才五歲”；“季節”着重指一年中某個有特點的時期，如“農忙季節、豐收季節、嚴寒季節”，還可指有某種特點的時期，如“戀愛季節”。

▶ **時令** 辨析 都有“某一特定的時段”的意義，但語義側重點和用法有別。“時節”着重指具有氣候或農業活動特點的時段，如“清明時節、麥收時節”，一般不作定語；“時令”着重指歲時節令，一年中某個有特點的時期，多用作主語，如“時令已交初夏”，也可用作定語，如“時令蔬菜、時令病、時令食品”。

時髦 shímáo 形 新潮；入時：趕時髦／穿着很時髦。

▶ **時興** 辨析 見【時興】條。

時機 shíjī 图 指具有時間性的機會：把握時機。

▶ **機會** 辨析 見【機會】條。

▶ **機遇** 辨析 見【機遇】條。

時興 shíxīng ❶形 眼下正在流行的：最時興的打扮。❷動 眼下正在流行：現在的女孩子都時興穿裏長外短的衣服，不知道是甚麼原因。

▶ **時髦** 辨析 都有"新流行、合乎時尚的"的意義，但語義側重點、使用範圍和詞性有別。"時興"強調正在流行，含有大家喜愛、推崇、正在興盛的意味；"時髦"強調新潮，含有摩登、合於流行式樣的意味。"時興"多用於服裝、打扮、事物等；"時髦"可用於衣着、裝飾或家用品，也可用於思想、觀點、言論等，多含有一定的貶義。"時興"可用為形容詞，也可用為動詞，意為"正在流行"，如"時興學鋼琴"；"時髦"只用為形容詞。

財產 cáichǎn 名 國家、集體或個人擁有的金錢、物資、房產、土地等物質財富。

▶ **資產** 辨析 都有"物質財富"的意義，但語義側重點有別。"財產"側重指物質財富的歸屬性；"資產"側重指具體的物質財富，另外還專指企業資金。如"資產重組、資產評估"中的"資產"不宜換用"財產"。

財富 cáifù 名 一切有價值的物質或精神方面的東西：創造財富。

▶ **財寶** 辨析 見【財寶】條。

財寶 cáibǎo 名 錢財和珍貴的物品：金銀財寶。

▶ **財富** 辨析 都有"具有價值的物品"的意義，但語義側重點、適用對象和感情色彩有別。"財寶"一般指金錢等物質方面有價值的東西，並且主要指已經被開發出來的東西，適用對象較窄，中性詞；"財富"除了指物質方面的東西以外，還包含精神方面有價值的東西，以及自然界中沒有開發出來的有價值的自然資源，適用對象較寬，褒義詞。如"他們沒法把平津的財寶都帶在身上去作戰"中的"財寶"不能換用"財富"。

晃動 huàngdòng 動 搖晃，擺動：有個黑影兒在窗外晃動。

▶ **擺動** 辨析 都有"來回搖動"的意義，但語義側重點有別。"晃動"強調不規則地運動，運動方向可以是前後左右；"擺動"一般指規則地運動。如"只見他擺動雙手，邁着四方步向場中央走去。如同古代武士一樣威風"中的"擺動"不宜換用"晃動"。

▶ **搖動** 辨析 都有"來回擺動"的意義，但語義側重點、適用對象有別。"晃動"強調左右晃，既可以用於具體事物，也可以用於人影等比較抽象的事物；"搖動"既可以指左右搖，也可以按順時針或逆時針搖，只用於具體事物。如"我面前晃動着他的親切的面影"中的"晃動"不宜換用"搖動"。

哺育 bǔyù ❶ 動 餵養：哺育我長大成人。❷ 動 比喻培養：哺育了歷代的傑出詩人。

▶ **哺養** 辨析 都有"給（幼兒或幼小動物）東西吃，生活上給予照顧"的意義，但語義側重點和語義範圍有別。"哺育"側重於指餵食物使成長；"哺養"側重於指餵事物使維持生命。"哺育"可以用於比喻，如"祖國哺育了我們"。

閃爍 shǎnshuò ❶ 動（光亮）忽明忽暗，若有若無：星光閃爍。❷ 動（說話）吞吞吐吐，遮遮掩掩：閃爍其詞。

▶ **閃耀** 辨析 都有"光亮忽明忽暗、若有若無"的意義，但語義側重點和用法有別。"閃爍"強調光亮搖晃不定，忽明忽暗，光亮程度不太高，如"警燈閃爍"；"閃耀"強調光亮耀眼，光亮程度較高，如"夜幕降臨，長安街千餘盞華燈閃耀"。"閃爍"能重疊成 AABB 式使用；"閃耀"不能重疊使用。"閃爍"可以引申為言辭不明確、稍微露出一點想法的意思，在這一意義上二者不相同。

閃耀 shǎnyào 動 光亮閃動;光彩耀眼:金光閃耀。

▶ 閃爍 辨析 見【閃爍】條。

骨氣 gǔqì 名 剛強不屈的氣概:做人要有骨氣。

▶ 志氣 辨析 見【志氣】條。

骨瘦如柴 gǔshòurúchái 形容人消瘦到極點。

▶ 瘦骨嶙峋 辨析 都有"消瘦"的意義,但語義側重點和適用對象有別。"骨瘦如柴"形容瘦得像柴稈一樣,常形容孩子,如"看着骨瘦如柴的女兒,母親的心在滴血,父親的心在哭泣";"瘦骨嶙峋"形容人瘦得都露出骨頭,常形容老人。如"老太太瘦骨嶙峋,但精神矍鑠"。

恩典 ēndiǎn ❶ 名 受到的好處或給予的好處:謝謝您的恩典。。

▶ 恩德 辨析 都有"給予或受到的好處"的意義,但語義側重點和語體色彩有別。"恩典"側重指所受到的好處是以某種制度形式或禮儀給予的,多用於書面語;"恩德"側重指受到好處的人對給予人的感謝、感激,含有讚頌施恩於人的美德的意味,口語和書面語中都可以用。如"皇上恩典,微臣受寵若驚"中的"恩典"不能換用"恩德"。

▶ 恩惠 辨析 都有"給予或受到的好處"的意義,但語義側重點和語體色彩有別。"恩典"側重指所受到的好處是以某種制度形式或禮儀給予的,多用於書面語;"恩惠"側重指給予的好處能讓人得到益處或給人以幫助,多是物質利益方面的具體好處,口語和書面語中都可以用。如"他把改革的希望寄託於國王的恩典"中的"恩典"不宜換用"恩惠"。

▶ 恩澤 辨析 都有"給予或受到的好處"的意義,但語義側重點和語體色彩有別。"恩典"側重指所受到的好處是以

某種制度形式或禮儀下給予的;"恩澤"側重指受到好處的感受就像雨露滋潤草木,泛指上級給予下級的好處。如"他給秦可信以最大的恩典,以示其仁愛孝悌的慈懷"中的"恩典"不宜換用"恩澤"。

恩惠 ēnhuì 名 別人給予的好處或受到的好處:別人的恩惠要記得回報。

▶ 恩典 辨析 見【恩典】條。

▶ 恩澤 辨析 見【恩澤】條。

恩德 ēndé 名 給予的好處或受到的好處:我忘不了您的恩德。

▶ 恩典 辨析 見【恩典】條。

▶ 恩澤 辨析 見【恩澤】條。

恩澤 ēnzé 名 比喻恩德及人,猶如雨露滋潤草木:老師的恩澤我永遠難忘。❷ 動 給予恩惠:皇上輕徭薄稅,恩澤天下。

▶ 恩德 辨析 都有"給予或受到的好處"的意義,但語義側重點和語體色彩有別。"恩澤"側重指受到好處的感受就像雨露滋潤草木,泛指上級給予下級的好處,多用於書面語;"恩德"側重指受到好處的人對給予的人的感謝、感激,口語和書面語中都可以用。如"遊人在林中可隨處與它們共享大自然的恩澤"中的"恩澤"不宜換用"恩德"。

▶ 恩典 辨析 見【恩典】條。

▶ 恩惠 辨析 都有"給予或受到的好處"的意義,但語義側重點有別。"恩澤"側重指受到好處的感受就像雨露滋潤草木,泛指上級給予下級的好處;"恩惠"側重指給予的好處能讓人得到益處或給人以幫助。如"這些光都不是為我燃着的,可是連我也分到了它們的一點恩澤"中的"恩澤"不宜換用"恩惠"。

迴避 huíbì 動 想辦法讓開,迂迴着躲開:迴避重大問題。

▶ **躲避** 辨析 都有"有意脫離開對自己不利的事物或人"的意義，但語義側重點、適用對象有別。"迴避"強調有意讓開，避免遭遇，可用於困難、矛盾等抽象事物，也可用於人；"躲避"強調故意躲起來，使人看不見，只用於人。

▶ **規避** 辨析 都有"有意脫離開對自己不利的事物或人"的意義，但語義側重點、適用對象、語體色彩有別。"迴避"強調有意讓開，避免遭遇，可用於困難、矛盾等抽象事物，也可用於人，口語和書面語都可以用；"規避"強調設法避開，免受約束，免遭損失，多用於法令、義務、風險等，具有書面語色彩。如"保值增值、規避風險"中的"規避"不宜換用"迴避"。

▶ **逃避** 辨析 都有"有意脫離開對自己不利的事物或人"的意義，但語義側重點、適用對象有別。"迴避"強調有意讓開，避免遭遇，可用於困難、矛盾等抽象事物，也可用於人；"逃避"強調很不願意接觸，遠遠離開，語義較重，多用於爭鬥、兵役、現實等。如可以說"逃避戰爭"，但一般不說"迴避戰爭"。

剛 gāng ❶副 表示行動或情況發生在不久以前：他剛放假回來。❷副 恰好：大小剛合適。❸副 勉強達到某種程度：聲音很小，剛能聽到。❹副 用在複句裏，後面用"就"呼應，表示兩件事情緊接着發生：他剛到東京就感冒了。

▶ **剛剛** 辨析 都有"表示動作、行動或情況發生在不久以前""恰好""勉強達到某種程度"的意義，但語義側重點和語法功能有別。"剛剛"比"剛"表示的時間更短暫，語氣也較重；可以和意義相近的副詞"才"連用，如"我剛剛才回到家，還沒吃飯呢"，其中的"剛剛"不能換用"剛"。"剛"能與副詞"一"連用，表示時間相距特別短。如"我剛一躺到牀上就睡着了"，其中的"剛"不能換用"剛剛"。

剛才 gāngcái 名 指剛過去不久的時間：你剛才說甚麼來着？

▶ **才** 辨析 見【才】條。

▶ **方才** 辨析 見【方才】條。

剛剛 gānggāng ❶副 恰好。❷副 表示勉強達到某種程度。❸副 表示情況或行動發生在不久以前。

▶ **剛** 辨析 見【剛】條。

剛強 gāngqiáng 形 (性格、意志) 堅強，不怕困難或不屈服於惡勢力：剛強不屈。

▶ **堅強** 辨析 都有"意志性格強而有力"的意義，但語義側重點和使用範圍有別。"剛強"重在指不怕困難或不屈服惡勢力，多用於形容人的性格和意志；"堅強"重在指堅定、不可動搖、不可摧毀，除用於形容人的意志和性格外還可形容組織、堡壘和決心、信念、力量等，適用面較寬。如"家人是我創業路上的堅強後盾"中的"堅強"不宜換用"剛強"。

▶ **頑強** 辨析 都有"意志性格強而有力"的意義，但語義側重點、適用對象、感情色彩有別。"剛強"重在指不怕困難或不屈服惡勢力，多用於形容人的性格和意志，屬褒義詞；"頑強"着重指固定不變，堅持不懈，多用於行動、態度等方面，屬中性詞。如"她以驚人的毅力、頑強的鬥志戰勝病痛"中的"頑強"不宜換用"剛強"。

剛毅 gāngyì 形 意志剛強、堅韌勇毅：剛毅勇敢的性格。

▶ **堅毅** 辨析 都有"性格堅強有毅力"的意義，但語義側重點和適用對象有別。"剛毅"側重指性格堅強，不被困難屈服，多用於物質貧乏、境遇非常困窘而剛強不屈；"堅毅"側重指堅定而有毅力，多用於明知前程有危險、環境極為不利，但能意志堅定、不猶豫、勇往直前。

缺 quē ❶形 殘破不全；不完整；不完善：完滿無缺／缺口／缺點。❷動 短少；不足：缺人手／缺胳膊少腿。❸動 該到而未到：因故缺席。❹名 指某一職務的空額：補缺。

▸ 欠 辨析 見【欠】條。

▸ 欠缺 辨析 見【欠缺】條。

缺少 quēshǎo 動 短少；不足：辦公室不能缺少報紙／缺少人手。

▸ 欠缺 辨析 見【欠缺】條。

▸ 缺乏 辨析 都有"短少、不足"的意義，但語義側重點、語體色彩和適用對象有別。"缺少"強調因沒有、不足而不完備，或指在數量上少一些，如"旅遊已成為許多人生活中不可缺少的一部分"；"缺乏"強調想具有而沒有或很不夠，如"兒童缺乏生活經驗"。"缺少"可用於書面語，也可用於口語，對象一般為人或能夠計數的具體事物；"缺乏"多用於書面語，對象一般為抽象事物、集合概念的具體事物，還可以是行為動作。

缺乏 quēfá 動 應有的卻沒有或應備的卻未備；短少：缺乏經驗／現在人才太缺乏。

▸ 貧乏 辨析 見【貧乏】條。

▸ 缺少 辨析 見【缺少】條。

缺陷 quēxiàn 名 欠缺，缺點，不夠完備的地方：生理缺陷。

▸ 缺點 辨析 見【缺點】條。

缺點 quēdiǎn 名 指思想行為等欠缺或不完善的地方：克服缺點／他這個人樣樣都好，缺點就是有時太固執。

▸ 錯誤 辨析 都有"思想、行為不足之處"的意義，但語義側重點、語義輕重和詞性有別。"缺點"着重指欠缺或不完善的地方；"錯誤"着重指不正確的地方，語義較"缺點"重。"缺點"常作"改正、糾正、克服、暴露"等動詞的賓語；"錯誤"常作"改正、犯"等動詞的賓語。"缺點"只能用作名詞，在句子中可充當賓語、主語；"錯誤"除名詞用法外，還能用作形容詞，指"不正確、不符合實際的"，在句子中可充當賓語、主語及定語、狀語、謂語。

▸ 缺陷 辨析 都有"欠缺或不完善的地方"的意義，但語義側重點、語義輕重和使用範圍有別。"缺點"偏重指短處、不好之處，如"這篇文章的缺點在於不分主次"；"缺陷"偏重指不圓滿之處，語義較"缺點"輕，如"美髮師根據她的特點設計髮型，以彌補她臉型的缺陷"。"缺點"多用於性格、精神、思想、行為等方面比較抽象的不足之處，與"優點"相對；"缺陷"多用於某人或某物外在形象的不完美、不完整之處。

氣吞山河 qìtūnshānhé 氣勢之大，可以吞沒山河，形容氣勢非常雄壯：廣東全省協同作戰，同滔滔洪水展開一場氣吞山河的搏鬥。

▸ 氣貫長虹 辨析 都有"形容氣勢雄偉盛大"的意義，但語義側重點和使用範圍有別。"氣吞山河"偏重於氣魄，強調氣魄宏大；"氣貫長虹"偏重於正氣，強調正義的精神和英雄的氣概直上高空。"氣吞山河"常用來形容人，包括人的聲音、氣概、氣勢、精神等；"氣貫長虹"常用來形容氣勢、精神的旺盛、崇高。

▸ 氣勢磅礴 辨析 都有"形容氣勢雄偉盛大"的意義，但語義側重點、使用範圍和用法有別。"氣吞山河"偏重於氣魄，強調氣魄宏大；"氣勢磅礴"偏重於氣勢，強調氣勢雄偉。"氣吞山河"常用來形容人，包括人的聲音、氣概、氣勢、精神等；"氣勢磅礴"常用來形容山、水或詩篇、樂章等精神產品。"氣吞山河"不受程度副詞修飾;"氣勢磅礴"能受程度副詞"更加"的修飾。

氣氛 qìfēn 图 給人某種強烈感受的場面,眾人一同表現出來的情緒:热烈的氣氛感染了我。

▶ **氛圍** 辨析 都有"人或事物周圍的景象、情調"的意義,但語義側重點和語體色彩有別。"氣氛"強調在一定環境中能給人某種強烈感受的情緒、精神等,如"國慶的首都,到處洋溢着一派節日的氣氛";"氛圍"強調在一定環境中彌漫着的氣息、情調,如"走進音樂堂,人們立即融入了了春的氛圍"。"氣氛"使用範圍較廣,可用於口語,也可用於書面語;"氛圍"多用於描寫性場合,主要用於書面語。

氣急敗壞 qìjíbàihuài 气喘吁吁,狼狽不堪,形容表現得十分慌亂或惱怒:他氣急敗壞地走了。

▶ **暴跳如雷** 辨析 都含貶義,都有"形容生氣、發怒"的意義,但語義側重點和用法有別。"氣急敗壞"意為气喘吁吁、狼狽不堪,強調發怒時的神態慌亂、羞惱;"暴跳如雷"意為跳起來大喊大叫,如同打雷一樣猛烈,強調發怒時的性情聲音暴躁、急怒。"氣急敗壞"用作狀語時,常以"跑""趕""奔"等與"走"有關的動詞為中心詞,也可以"叫""嚷""罵"等與發音有關的動詞為中心詞;"暴跳如雷"用作狀語時,只能以"叫""嚷""罵"等與發音有關的動詞為中心詞。

氣度 qìdù 图 人的氣量和度量的綜合,人的精神風貌的總體水平:氣度不凡。

▶ **氣派** 辨析 都有"人的作風、精神風貌"的意義,但語義側重點、使用範圍、詞性和語體色彩有別。"氣度"側重於

"度",度量,指氣魄和度量;"氣派"側重於"派",風度,指舉止上表現出來的神態、氣勢等。"氣度"只用於人;"氣派"除用於人外,還可用來指某些事物表現出來的氣勢。"氣度"只用為名詞,多與"非凡""不凡"等詞語搭配;"氣派"可用為名詞,也可用為形容詞,可受副詞"很""挺""不""多""真"等修飾。"氣度"多用為書面語;"氣派"可用於口語,也可用為書面語。

▶ **氣魄** 辨析 都有"人的作風、精神風貌"的意義,但語義側重點和使用範圍有別。"氣度"側重於"度",度量,指氣量和度量的綜合;"氣魄"側重於"魄",膽識,指處理事情所具有的膽識和果斷的作風。"氣度"只用於人,指人的精神風貌的總體水平;"氣魄"除指人處理宏觀問題表現出來的情態、力量外,還可用來指某些事物顯示出來的氣勢,如"北京的城市形象應該有首都的氣魄"。

▶ **氣勢** 辨析 見【氣勢】條。

▶ **氣質** 辨析 見【氣質】條。

氣派 qìpài ❶ 图 氣勢;派頭:要有壓倒一切困難的雄心壯志和氣派。❷ 厖 某些事物所表現的氣勢:新建的大樓很氣派。

▶ **氣度** 辨析 見【氣度】條。

▶ **氣魄** 辨析 都有"人的精神風貌或某些事物顯示出來的氣勢"的意義,但語義側重點、詞性和褒貶色彩有別。"氣派"側重於"派",風度,指舉止上表現出來的神態、氣勢、風度等;"氣魄"側重於"魄",膽識,指處理事情所具有的膽識和果斷的作風。"氣派"可用為名詞,也可用為形容詞;"氣魄"只用為名詞。"氣派"是中性詞;"氣魄"是褒義詞。

▶ **氣勢** 辨析 見【氣勢】條。

▶ **氣質** 辨析 見【氣質】條。

氣候 qìhòu ❶图 一定地域經過長期積累所得到的概括性的氣象情況：氣候的變遷與氣流、緯度、海拔高度、地形等都有密切關係。❷图 喻指動向或形勢：政治氣候。❸图 喻指作用或成就：他魄力不夠，成不了甚麼氣候。

▶ **氣象** 辨析 都有"大氣的狀態和現象"的意義，但語義側重點有別。"氣候"着重指一定地域經過長期積累所得到的概括性的氣象情況，如氣溫、降雨量、風情等，表達的是較概括的概念；"氣象"着重指大氣中發生的狀態和現象，如颱風、閃電、打雷、下雨、下雪、結霜等，表達的是較具體的概念。在其他意義上二者不相同。

▶ **天氣** 辨析 見【天氣】條。

氣息奄奄 qìxīyǎnyǎn 形容人呼吸微弱，臨近死亡；也比喻事物接近消亡：氣息奄奄的奶奶彌留之際仍不停地喊着孫子的名字。

▶ **奄奄一息** 辨析 都有"呼吸微弱，臨近死亡"的意義，但語義側重點、適用範圍和用法有別。"氣息奄奄"強調快要斷氣的樣子，可用於人，也可比喻事物，如"肇事司機血流不止，氣息奄奄"；"奄奄一息"強調還剩下一口氣，一般只用於人，如"病牀上的他奄奄一息，彷彿不久於人世"。"氣息奄奄"不能用作賓語，"奄奄一息"能用作某些動詞和介詞的賓語。

氣貫長虹 qìguànchánghóng 形容正氣磅礴，就像是橫貫於天上的長虹一樣：錚錚誓言，擲地有聲，氣貫長虹。

▶ **氣勢磅礴** 辨析 見【氣勢磅礴】條。

▶ **氣吞山河** 辨析 見【氣吞山河】條。

氣象 qìxiàng ❶图 大氣的狀況和現象的統稱：颱風、下雨、打雷、結霜、降雪等氣象會給農作物的生長帶來一定影響。❷图 情景，狀態：新氣象 / 氣象萬千。

▶ **氣候** 辨析 見【氣候】條。

氣焰 qìyàn 图 氣勢如火焰般升騰。比喻人的威風情勢，多含貶義：氣焰萬丈 / 氣焰囂張。

▶ **氣勢** 辨析 見【氣勢】條。

氣勢 qìshì 图 內在力量和勢頭的綜合表現：磅礴的氣勢 / 氣勢雄偉。

▶ **氣度** 辨析 都有"人的作風、精神風貌"的意義，但語義側重點、適用範圍和語體色彩有別。"氣勢"着重於"勢"，人或事物顯示出來的某種力量或情勢，如"氣勢磅礴的《黃河大合唱》"；"氣度"側重於"度"，度量，指氣量和度量的綜合，如"杯酒在手，氣度悠閒"。"氣勢"可用於人，也可用於事物；"氣度"只用於人，指人的精神風貌的總體水平。"氣勢"可用於書面語，也可用於口語；"氣度"多用為書面語。

▶ **氣派** 辨析 都有"人的精神風貌或某些事物顯示出來的氣勢"的意義，但語義側重點和詞性有別。"氣勢"着重於"勢"，人或事物顯示出來的某種力量或情勢，如"氣勢磅礴的鋼琴協奏曲"；"氣派"側重於"派"，風度，指舉止上表現出來的神態、氣勢、風度等，如"展示了當家人的氣派""寬敞氣派的健身房"。"氣勢"只用為名詞；"氣派"可用為名詞，也可用為形容詞。

▶ **氣魄** 辨析 都有"氣勢大的的作風和精神風貌"的意義，但語義側重點和褒貶色彩有別。"氣勢"着重於"勢"，人或事物顯示出來的某種力量或情勢，如"對手氣勢洶洶"；"氣魄"着重於"魄"，膽識，指處理事情所具有的膽識和果斷的作風，如"他幹任何事都很有氣魄"。"氣勢"是中性詞；"氣魄"

是褒義詞。

▶ **氣焰** 辨析 都有"內在力量和狀態的表現"的意義,但語義側重點、褒貶色彩和適用範圍有別。"氣勢"着重於"勢",人或事物顯示出來的某種力量或情勢,如"氣勢雄偉的天安門";"氣焰"着重於"焰",如火焰般升騰,喻指人的威風情勢,如"這一行動沉重打擊了境內外毒品犯罪分子的囂張氣焰"。"氣焰"是貶義詞;"氣勢"是中性詞。"氣勢"可用於人,也可用於事物;"氣焰"只用於人。

▶ **聲勢** 辨析 都有"內在力量和勢頭的表現"的意義,但語義側重點和適用範圍有別。"氣勢"着重於"勢",人或事物顯示出來的某種力量或情勢,如"以昂揚的氣勢去爭取最後的勝利";"聲勢"着重於"聲",社會活動顯示出來的聲威和氣勢,如"聲勢浩大的宣傳陣勢"。"氣勢"適用於人和事物;"聲勢"適用於社會活動。

氣勢磅礴 qìshìpángbó 形容氣勢雄偉浩大:氣勢磅礴的交響樂。

▶ **氣貫長虹** 辨析 都有"形容氣勢雄偉盛大"的意義,但語義側重點、使用範圍和用法有別。"氣勢磅礴"偏重於氣勢,強調氣勢雄偉;"氣貫長虹"偏重於正氣,強調正義的精神和英雄的氣概直上高空。"氣勢磅礴"常用來形容山、水或詩篇、樂章等精神產品;"氣貫長虹"常用來形容氣勢、精神的旺盛、崇高。"氣勢磅礴"能受程度副詞"更加"的修飾;"氣貫長虹"不受程度副詞的修飾。

▶ **氣吞山河** 辨析 見【氣吞山河】條。

氣魄 qìpò 名 氣勢,魄力:長江三峽的雄偉氣魄/要有足夠的氣魄對付當前的困難。

▶ **魄力** 辨析 都有"有氣勢的作風和精

神風貌"的意義,但語義側重點、適用範圍和語體色彩有別。"氣魄"偏重指人處理宏觀問題時的情態和力量,如"他幹任何事都很有氣魄";"魄力"偏重指人處理具體問題時的果斷和勇氣,如"我非常佩服他們的眼光和魄力"。"氣魄"除用於人外,還可指某些事物顯示出來的氣勢;"魄力"只能用於人。"氣魄"常用於書面語;"魄力"可用於書面語,也可用於口語。

▶ **氣度** 辨析 見【氣度】條。

▶ **氣派** 辨析 見【氣派】條。

▶ **氣勢** 辨析 見【氣勢】條。

氣質 qìzhì ❶ 名 指人長期保持相對穩定的內在素質和個性特點:活潑可愛的氣質。❷ 名 風範,氣度:數學家的氣質。

▶ **品質** 辨析 都有"人的相對穩定的個性特點"的意義,但語義側重點和適用範圍有別。"氣質"強調人的內在的風格特徵,如活潑、沉靜、樸實、穩重、剛毅、浮躁、高雅等,還可以指人的風範、氣度;"品質"強調人在思想、作風、品性方面所表現出來的本質,如純潔、高尚、惡劣等。"氣質"只用於人;"品質"除用於人外,還可用來指物品的質量。

▶ **氣度** 辨析 都有"人的素質、精神風貌"的意義,但語義側重點和語體色彩有別。"氣質"強調人的內在的素質和個性特點,如"氣質高雅";"氣度"強調人的氣魄和度量,如"氣度不凡"。"氣質"可用於口語,也可用於書面語;"氣度"多用於書面語。

▶ **氣派** 辨析 都有"人的素質、精神風貌"的意義,但語義側重點、使用範圍和詞性有別。"氣質"強調人的內在風格特徵,如高雅、活潑、沉靜、浮躁等;"氣派"強調人的行為舉止上表現出來的神態、氣勢等。“氣質”只用於人；“氣派”除用於人外，還可用來指某些事物表現出來的氣勢。“氣質”只能用為名詞；“氣派”可用為名詞，還可用為形容詞。

氣餒 qìněi 形 喪失勇氣和信心：挫折面前不要氣餒。

▶ **沮喪** 辨析 都有“情緒低落”的意義，但語義側重點和用法有別。“氣餒”着重於失掉勇氣和信心，如“出師不利，他們沒有氣餒”；“沮喪”着重於失意懊喪，灰心失望，如“不要因沒有找到工作而沮喪”。“氣餒”常受否定副詞修飾；“沮喪”常受程度副詞修飾。

▶ **洩氣** 辨析 都有“喪失勇氣和信心”的意義，但語義側重點有別。“氣餒”強調失掉勇氣、信心後情緒低落，如“面對失業，她沒有氣餒，而是把眼光轉向了社區”；“洩氣”強調失掉勇氣、信心後沒有幹勁或鬆勁，如“遇到困難時，要勉勵自己不退縮，不洩氣，開拓進取，迎難而上”。在其他意義上二者不相同。

氣憤 qìfèn 形 生氣；憤怒：大家對他的無理取鬧感到非常氣憤。

▶ **憤慨** 辨析 都有“生氣、憤怒”的意義，但語義側重點、語義輕重、適用範圍和語體色彩有別。“氣憤”偏重於因事情不合心意而不快，引起不愉快的事情可大可小，如“一位等車的乘客氣憤地告訴我們”；“憤慨”偏重於因憤怒而激動不平，引起激動的事情多為較重大的事情，語義較“氣憤”重，如“當地居民對此事十分憤慨”。“氣憤”適用於對敵對者，也適用於對自己；“憤慨”多用於對敵對者。“氣憤”可用於口語，也可用於書面語；“憤慨”多用於書面語。

特色 tèsè 名 獨有的色彩、風格等：藝術特色。

▶ **特點** 辨析 都有“事物獨有的某些方面”的意義，但語義側重點和適用範圍有別。“特色”強調事物具有的獨特的色彩、色調、風格、格調或樣子等，多是好的有優勢的方面，如“特色粽子”“地方特色”；“特點”強調自身所具有的獨特之處，可以是優點，也可以是缺點，如“這種氣候的特點是雨水稀少，終年高溫”。“特色”多用於具體事物，多指顯而易見的獨特之處；“特點”可用於具體事物，也可用於抽象事物，還可用於人，可指形式或外表的獨特之處，也可指內容或性質的獨特之處。

特別 tèbié ❶ 形 不同一般的：特別會議。❷ 副 格外；非常：特別引人注目。❸ 副 特地；特意：這件事我要特別說明一下。❹ 副 尤其：特別是主管，一定要帶個好頭。

▶ **奇特** 辨析 見【奇特】條。

▶ **特殊** 辨析 都有“不同一般的”意義，但語義側重點、語體色彩和詞性有別。“特別”着重於“別”，區分，強調與眾不同，有別於一般，通用於口語和書面語，如“特別行政區”“特別快車”“特別節目”；“特殊”着重於“殊”，異常，強調非大眾化的，出格的，一般只用於書面語，如“特殊職業”“特殊歷史背景”“特殊地位”“特殊功效”。“特別”除用作形容詞外，還可用作副詞，表示格外、特地、尤其等義；“特殊”只用作形容詞。

特長 tècháng 名 優勢，特別擅長的技能：這項工作正好能發揮他的特長。

▶ **長處** 辨析 見【長處】條。

▶ **專長** 辨析 見【專長】條。

特徵 tèzhēng 名 人或事物獨有的徵象、標誌等：大而凸出的眼睛是青蛙的特徵／時代特徵。

▶ **特點** 辨析 都有"人或事物獨有的某些方面"的意義，但語義側重點和適用範圍有別。"特徵"強調外表或形式上獨有的徵象或標誌；"特點"強調自身所具有的獨特之處。"特徵"多用於人或具體事物，多指顯而易見的代表性徵象，只能用於少數抽象事物，如"思想特徵、時代特徵"等；"特點"可用於具體事物，也可用於抽象事物，還可用於人，可指形式或外表的獨特之處，也可指性質或內容的獨特之處。

特點 tèdiǎn 名 人或事物獨有的方面：她的特點是愛笑 / 八股文的特點是空洞死板。

▶ **特色** 辨析 見【特色】條。

▶ **特徵** 辨析 見【特徵】條。

秘密 mìmì ❶形 有所隱蔽，不讓人知道的：秘密行動 / 秘密通道。❷名 不想讓別人知道的事情：年齡是女人的秘密。

▶ **神秘** 辨析 見【神秘】條。

▶ **隱秘** 辨析 都有"不希望別人知道"的意義，但語義側重點和語法功能有別。"秘密"指有意隱藏，並有一定措施保證不被人知道的，可以做定語和狀語，如"秘密出逃"；"隱秘"則指被別的事物所遮蔽，不容易被發現的，通常做定語，如"隱秘的角落""隱秘的出口"。

笑呵呵 xiàohēhē 形 形容笑的樣子：他笑呵呵迎了上來 / 老漢身體很好，看誰都笑呵呵的。

▶ **笑哈哈** 辨析 都有"形容笑的樣子"的意義，但語義側重點有別。"笑呵呵"指笑的時候張開嘴，發出呵呵的聲音，形容很高興的樣子；"笑哈哈"指笑的時候張大嘴，發出哈哈的聲音，形容很暢快的樣子。

▶ **笑眯眯** 辨析 都有"形容笑的樣子"

的意義，但語義側重點有別。"笑呵呵"指笑的時候張開嘴，發出呵呵的聲音，形容很高興的樣子；"笑眯眯"強調微笑時眼皮微微合攏，眯成一條縫的樣子。

▶ **笑嘻嘻** 辨析 都有"形容笑的樣子"的意義，但語義側重點有別。"笑呵呵"指笑的時候張開嘴，發出呵呵的聲音，形容很高興的樣子；"笑嘻嘻"強調眉開眼笑，輕微地發出嘻嘻的聲音。

笑柄 xiàobǐng 名 可以拿來取笑的把柄：成了笑柄 / 徒留笑柄。

▶ **笑料** 辨析 都有"可以拿來取笑的東西"的意義，但語義側重點、語體色彩有別。"笑柄"強調指可以拿來取笑的把柄、由頭等，有書面語色彩；"笑料"強調指可以拿來取笑的材料、資料等，口和書面語都可以用。

笑哈哈 xiàohāhā 形 形容笑的樣子：聽了短信笑哈哈 / 笑哈哈的形象。

▶ **笑呵呵** 辨析 見【笑呵呵】條。

▶ **笑眯眯** 辨析 都有"形容笑的樣子"的意義，但語義側重點有別。"笑哈哈"指笑的時候張大嘴，發出哈哈的聲音，形容很暢快的樣子；"笑眯眯"強調微笑時眼皮微微合攏，眯成一條縫的樣子。

▶ **笑嘻嘻** 辨析 都有"形容笑的樣子"的意義，但語義側重點有別。"笑哈哈"指笑的時候張大嘴，發出哈哈的聲音，形容很暢快的樣子；"笑嘻嘻"強調眉開眼笑，輕微地發出嘻嘻的聲音。

笑料 xiàoliào 名 可以拿來取笑的材料：爆出笑料 / 頒獎現場笑料多。

▶ **笑柄** 辨析 見【笑柄】條。

笑眯眯 xiàomīmī 形 形容微笑時眼皮微微合攏，眯成一條縫的樣子：他笑眯眯地看着我。

▶ 笑哈哈 [辨析] 見【笑哈哈】條。

▶ 笑呵呵 [辨析] 見【笑呵呵】條。

▶ 笑嘻嘻 [辨析] 都有"形容微笑的樣子"的意義，但語義側重點有別。"笑瞇瞇"強調微笑時眼皮微微合攏，瞇成一條縫的樣子，一般不笑出聲來；"笑嘻嘻"強調眉開眼笑，輕微地發出嘻嘻的聲音。

笑嘻嘻 xiàoxīxī [形] 形容微笑的樣子：她笑嘻嘻地點了點頭。

▶ 笑哈哈 [辨析] 見【笑哈哈】條。

▶ 笑呵呵 [辨析] 見【笑呵呵】條。

▶ 笑瞇瞇 [辨析] 見【笑瞇瞇】條。

倚賴 yǐlài [動] 需要藉助別的人或事物而不能自立或自給：如今她頗為自豪自己能夠不倚賴別人。

▶ 依賴 [辨析] 見【依賴】條。

倒塌 dǎotā [動]（建築物）傾倒下來：房屋倒塌。

▶ 崩塌 [辨析] 都有"倒下來"的意義，但語義側重點和語義強度有別。"倒塌"側重指事物傾倒下來，語義較輕；"崩塌"側重指事物崩裂並傾倒下來，語義較重。如"城牆因為年久失修，倒塌了"中的"倒塌"不宜換用"崩塌"。

倒霉 dǎoméi [形] 遇到的事情不順利；遭遇不好：你說我怎麼那麼倒霉？

▶ 晦氣 [辨析] 都有"遇事不順利、不如意"的意義，但語義側重點和語體色彩有別。"倒霉"側重指意外遇到不如意的事情，多用於口語；"晦氣"側重指遇到不順利的事情而使人不愉快，多用於書面語。如"誰教自己沒有時運，生在這個倒霉的時代呢"中的"倒霉"不宜換用"晦氣"。

修正 xiūzhèng ❶[動] 加以改動使正確：修正照片／修正系統安全缺陷／轉

會申報名單錯誤修正。❷[動] 篡改（修正主義）。

▶ 修改 [辨析] 都有"進行改動"的意義，但語義側重點、使用頻率有別。"修正"側重把錯誤的改為正確的，多用於理論、結論、計劃等，也常見於軍事領域，如"微軟一次性修正了 20 個 Windows 系統的缺陷""修正彈道參數""審議憲法修正草案"；"修改"強調進行文字上的改動和修飾，使用範圍較廣，使用頻率遠高於"修正"，如"修改網站資料""修改作文""證券法修改草案"。

修改 xiūgǎi [動] 改正文章、計劃裏面的錯誤、缺點：修改密碼／修改個人信息。

▶ 修正 [辨析] 見【修正】條。

修葺 xiūqì [動] 整修（建築物）：修葺名人故居／及時進行斜坡修葺。

▶ 修繕 [辨析] 都有"整修（建築物）"的意義，但適用對象、語體色彩有別。"修葺"的對象多為房屋等規模較小的建築物，書面語色彩濃厚；"修繕"的對象可以是房屋等規模較小的建築物，也可以是規模較大的建築群，有書面語色彩。

修繕 xiūshàn [動] 整修（建築物）：修繕古建築／對屋頂進行修繕。

▶ 修葺 [辨析] 見【修葺】條。

倡導 chàngdǎo [動] 帶頭提倡：倡導思想解放、銳意進取。

▶ 倡議 [辨析] 見【倡議】條。

倡議 chàngyì ❶[動] 首先建議：倡議召開會議討論此事。❷[名] 首先提出的主張：大家紛紛響應小李的倡議。

▶ 倡導 [辨析] 都有"帶頭提出建議"的意義，但語義側重點、適用對象和語法功能有別。"倡議"側重於帶頭提出比較具體的建議，"倡導"側重於帶頭提倡某種宏觀而抽象的思想、文化、風氣等，因而它們的搭配對象也多有具體和抽象之別，如"倡議召開會議""倡議開展讀書活動""倡導新風尚""倡導移風易俗"等。另外"倡議"除了動詞用法以外，還有名詞用法，如"提出一個倡議""這個倡議得到多數人的響應"等；"倡導"沒有這種用法，不能說"提出一個倡導""這個倡導得到多數人的響應"，它只有動詞一種語法屬性。

▶ **提議** 〔辨析〕 都有"提出某種建議或主張"的意義，但語義側重點有別。"倡議"側重於帶頭提出或首先提出某種建議或主張；"提議"側重於提出某種建議或主張供大家討論、研究。如"代表倡議，就此事召開一個國際會議""代表提議，就此事召開一個國際會議"，這兩個用例之間就存在上述差異。

個人 gèrén ❶名 一個人：個人利益。❷名 用於自稱，我（正式場合發表意見時）：我個人認為他比較合適。

▶ **私人** 〔辨析〕 都有"一個人"的意義，但語義側重點和語法功能有別。"個人"與"集體"相對，強調單個個體，可以作定語，也可以作主語；"私人"與"國家、公共"等相對，強調歸個人所有，一般只作定語。如可以說"個人服從集體"，但不能說"私人服從集體"。

個子 gèzi ❶名 指人的身材和動物形體的大小：大個子。❷名 指稻、麥等打成的捆：麥個子。

▶ **身材** 〔辨析〕 都有"身體的高矮和胖瘦"的意義，但適用對象和語體色彩有別。"個子"可用於人和動物，多用於口語，多和單音節形容詞搭配；"身材"只用於人，多用於書面語，多和雙音節形容詞搭配。如可以說"身材高大"，但一般不說"個子高大"，而說"個子高"。

隻身 zhīshēn 名 單獨一個人：隻身一人前往。

▶ **單身** 〔辨析〕 都有"單獨一個人"的意義，但語義側重點和適用對象有別。"隻身"強調僅是一個人，沒有同伴，含有不隨身攜帶行李等必要物品的意味，多用於行動、活動方面，具有書面語色彩；"單身"強調孤單地一個人生活，沒有家屬或不跟家屬在一起，多用於生活、居住方面，口語和書面語都可以用。如"他目前還是單身"中的"單身"不能換用"隻身"。

俯拾即是 fǔshí jíshì 只要彎下腰來拾取，到處都是。形容數量非常多，到處都能得到。

▶ **比比皆是** 〔辨析〕 見【比比皆是】條。

息息相關 xīxīxiāngguān 呼吸相關連，比喻關係密切：室內空氣質量與人的健康息息相關。

▶ **休戚相關** 〔辨析〕 見【休戚相關】條。

師長 shīzhǎng ❶名 對教師的尊稱：尊敬師長／目無師長。❷名 軍隊中師的最高軍事指揮官：裝甲師師長。

▶ **教師** 〔辨析〕 都有"擔任教學工作、傳授知識的人"的意義，但語義側重點和用法有別。"師長"着重於"長"，年紀大或輩分高，強調年長而處於長輩的地位；"教師"着重於"教"，傳授知識或技能，強調處於履行教育、教學職責的地位。"師長"一般不與其他詞語搭配使用；"教師"可與表示校級、科目、工作等詞語搭配使用，如"小學教師、地理教師、教師工作、教師團隊"等。"師長"還可用作軍隊中的職務名稱，在這一意義上二者不相同。

▶ **老師** 〔辨析〕 見【老師】條。

追求 zhuīqiú ❶動 為達到某種目的而努力爭取：追求幸福。❷動 特指向異性求愛：他毫不掩飾對她的強烈追求。

▶ **謀求** 辨析 都有"為達到某種目的而爭取"的意義，但語義側重點、適用範圍和使用對象有別。"追求"着重於以積極行動爭取達到某種明確的目的，可用於國家、社會的大事，也可用於個人小事，對象多是真理、光明、幸福、自由、平等、進步、利潤、名利、享受等；"謀求"着重於想方設法尋求實現某種目標，有嚴肅莊重的態度色彩，多用於國家政治、經濟、外交等方面的重大事務，對象多是辦法、途徑、保障、發展、解決等。如"行業商會與行業協會謀求共同發展"中的"謀求"不宜換用"追求"。

▶ **追逐** 辨析 都有"為達到某種目的而爭取"的意義，但語義側重點和適用對象有別。"追求"強調通過自身努力獲得，含有想方設法的意味，含有逐漸接近的意味，賓語經常是褒義詞，如幸福、光明等；"追逐"強調目標的唯一性，多含貶義，常與"名利""虛名"等搭配使用，如"人生在世哪能只為追逐名利而活"。

追究 zhuījiū 動 追查探究，弄清責任：追究刑事責任。

▶ **深究** 辨析 都有"深入考察、瞭解"的意義，但語義側重點有別。"追究"側重於追問產生錯誤、事故的根由，追查發生的原因、責任所在等，含有對責任人責備、讓其負責的意味；"深究"側重指深入研究，精細探索事物的真相，沒有責備的意思。如"對於我們這些普通人來說，瞭解其概貌及發展趨勢便可，深究實是大可不必"中的"深究"不能換用"追究"；而"追究責任"不能換用"深究"。

▶ **追查** 辨析 都有"對已發生的事態找尋和調查根由，弄清責任"的意義，但語義側重點和適用對象有別。"追究"強調徹底地加以探究，適用範圍較廣，除用於錯誤、罪過、事故等外，還可以用於難以明瞭的現象；"追查"強調進行調查，要查清原因和責任，含有要弄清楚事情原由狀況或發生情狀的意味，多用於事故、案件、壞事等。如"沿着這條線索追查到底"中的"追查"不宜換用"追究"。

追查 zhuīchá 動 以事實為線索，進行追問調查：追查事故原因。

▶ **追究** 辨析 見【追究】條。

追逐 zhuīzhú ❶ 動 追趕：追逐嬉戲。❷ 動 追求（多含貶義）：追逐名利。

▶ **追趕** 辨析 都有"努力趕上某個目標"的意義，但語義側重點、適用對象和語體色彩有別。"追逐"強調跟着目標，和目標在一起，時常在後面，但偶爾也可以到前面，對象只能是具體的，具有書面語色彩；"追趕"強調速度快，一先一後，含有雙方對立的意味，對象可以是具體事物，也可以是抽象的人為確定的目標，口語和書面語中都可以用。如"這兩隻小松鼠在松枝上互相追逐取樂"中的"追逐"不能換用"追趕"。

▶ **追求** 辨析 見【追求】條。

追悼 zhuīdào 動 沉痛地悼念（死者）：追悼陣亡的將士。

▶ **哀悼** 辨析 都有"懷念死者，表示哀痛"的意義，但語義側重點和適用對象有別。"追悼"動作性比較強，具有一定的形式，多是群體行為；"哀悼"強調一種哀痛的狀態，多是一種內心的悼念。如"人們不是送輓聯，就是送花圈，表示對老人的哀悼"。

▶ **悼念** 辨析 都有"懷念死者，表示哀痛"的意義，但語義側重點和適用對象有別。"追悼"動作性比較強，強調形式，多是群體行為；"悼念"強調在心裏念念不忘，持續時間較長，既可能是群體行為，又可能是個體行為。如"後世悼念他，沒有忘記他"中的"悼念"不能換用"追悼"。

追問 zhuīwèn 動 追根究底地問：再三追問。

▶ **詰問** 辨析 見【詰問】條。

追趕 zhuīgǎn 動 加快速度逼近（前面的人或事物）：追趕世界先進水平。

▶ **追逐** 辨析 見【追逐】條。

追隨 zhuīsuí 動 緊緊跟隨：追隨孫中山先生進行反清活動。

▶ **跟隨** 辨析 都有"跟在後面行動"的意義，但語義側重點、適用對象和語體色彩有別。"追隨"含有主觀地追趕、追求的意味，是努力地跟隨，語義較重，適用面較廣，既可用於具體的行動，也可指比較抽象的行為，具有書面語色彩；"跟隨"強調緊緊地跟在後面，不強調主觀努力，語義比較實在，程度較輕，多用於具體的行動，口語和書面語都可以用。如"我一直跟隨在他後面，走了兩里多地"中的"跟隨"不能換用"追隨"。

追懷 zhuīhuái 動 回憶，追念：追懷往事。

▶ **緬懷** 辨析 都有"懷念以往的人或事"的意義，但語義側重點和適用對象有別。"追懷"強調追溯、回憶，含有感慨的意味，適用於一般的人或事；"緬懷"強調深情地懷念，適用於較重要的人物或事情，含有莊重嚴肅的態度色彩。如"深切緬懷老一輩的豐功偉績"中的"緬懷"。

徒有虛名 túyǒuxūmíng 有名無實，只有某種空名：世界足球先生絕非徒有虛名。

▶ **名不副實** 辨析 見【名不副實】條。

殺 shā ❶ 動 弄死，使失去生命：殺蟲劑／殺敵立功。❷ 動 通過生死搏鬥而獲得某種結果：殺出重圍。❸ 動 削弱；消除：殺殺暑氣。❹ 動 同"煞"。收束，結束；勒緊：殺尾／殺賬／殺一殺腰帶。❺ 助 用在動詞後，表示程度深：氣殺人／笑殺人。

▶ **宰** 辨析 都有"弄死、使失去生命"的意義，但使用範圍和語體色彩有別。"殺"適用於人或動物，中性詞；"宰"多用於牲畜、家禽等，用於人時，含辱罵、鄙視的感情色彩。"殺"通用於口語和書面語，"宰"多用於口語。

殺害 shāhài 動 為了達到某種不正當的目的而把人弄死：聞一多先生慘遭特務殺害。

▶ **殺戮** 辨析 都有"為了達到某種不正當的目的而把人弄死"的意義，但適用對象和語義輕重有別。"殺害"多用於人，也可用於動物，對象可以是一個，也可以是多個，如"殺害瀕危野生動物有罪"；"殺戮"一般只用於人，對象多是大量的、成批的，語義較"殺害"重。如"大批無辜平民慘遭殺戮的悲劇不能重演"。

殺戮 shālù 動 大量地殺害：殺戮無辜平民。

▶ **殺害** 辨析 見【殺害】條。

▶ **屠殺** 辨析 都有"大量地殺害"的意義，但語義側重點和語體色彩有別。"殺戮"強調用殘暴的手段大批地處死人，多用於書面語，如"我們為慘絕人寰的殺戮而悲泣"；"屠殺"強調像宰殺牲畜那樣殺人，可用於書面語，也可用於口語，如"無數猶太人在納粹集中營中遭屠殺"。

逃亡 táowáng 動 出逃，流浪在外：戰爭失敗後，他逃亡到了日本。

▶ **流亡** 辨析 都有"被迫出逃而流浪在外"的意義，但語義側重點和語義輕重有別。"逃亡"強調因躲避危險而出逃，多為生命危險或人身迫害，如"逃亡他鄉""四處逃亡"；"流亡"強調因災害或政治上的原因而被迫離開家鄉或祖國，生活不安定，多為暫時避難，語義較"逃亡"輕。如"流亡國外""流亡政府"。

逃跑 táopǎo 動 逃走；為躲避不利的環境或事物而迅速地離開：快追，敵人逃跑了。

▶ **逃竄** 辨析 都有"躲避不利的環境或事物"的意義，但語義側重點和語體色彩有別。"逃跑"着重於"跑"，遛走，強調很迅速地離開，如"警察向歹徒逃跑方向追去"；"逃竄"着重於"竄"，流竄，強調很迅速地離開並四處流竄，如"歹徒搶得一桑塔納轎車後駕車繼續逃竄"。"逃跑"可用於書面語，也可用於口語，"逃竄"多用於書面語。

逃避 táobì 動 避開不願或不敢接觸的事物：逃避現實 / 逃避責任。

▶ **躲避** 辨析 都有"避開某種不利的因素"的意義，但語義側重點、適用範圍、語義輕重和褒貶色彩有別。"逃避"強調不願接觸，遠遠離開，一般用於事物，多含貶義；"躲避"強調有意迴避，不使人看見，一般用於人，語義較"逃避"輕，中性詞。

▶ **規避** 辨析 見【規避】條。

▶ **迴避** 辨析 見【迴避】條。

逃竄 táocuàn 動 逃跑流竄：四處逃竄。

▶ **逃跑** 辨析 見【逃跑】條。

倉促 cāngcù 形 匆忙急促：倉促上陣 / 時間倉促 / 這事做得太倉促了。

▶ **匆促** 辨析 都有"匆忙急促"的意義，但語義概括範圍和語體色彩有別。

"倉促"主要指時間上的短暫，不充足；"匆促"除了具有時間短促的意義外，還含有行動匆忙的意思，所以"匆促"的語義概括範圍大於"倉促"。此外，"倉促"既可以用於口語，又可以用於書面語，而"匆促"則更多地用於書面語。

▶ **匆忙** 辨析 都有"急忙，急促"的意義，但語義側重點和適用對象有別。"倉促"側重於時間的短暫，不充足；"匆忙"側重於行動急急忙忙。"倉促"既可以用於形容時間的不充足，又可以用於形容行動的短暫；"匆忙"一般只能用於形容行動的急忙。如"時間倉促，工作必須抓緊進行"中的"倉促"不能換成"匆忙"；但是"這事做得太倉促了"就可以換成"這事做得太匆忙了"。

倉皇 cānghuáng 形 倉促而慌張：倉皇逃竄 / 倉皇躲避。

▶ **張皇** 辨析 都有"神色慌張"的意義，但語義概括範圍和語法功能有別。"倉皇"除了具有神色慌張的意義外，還含有行動倉促的意思，所以它的語義範圍大於"張皇"。"倉皇"主要作動詞的修飾語，說明動作的狀態；而"張皇"既可以作動詞的修飾語，說明動作的狀態，又可以作人或事物的陳述語，形容人物的神態等。如"神色張皇，滿頭流汗"中的"張皇"不能換用"倉皇"。

▶ **驚慌** 辨析 都有"慌張"的意義，但語義側重點和語法功能有別。"倉皇"既有慌張的意義，又有行動倉促的意思；"驚慌"着重強調受到突然的驚嚇而害怕緊張。"倉皇"主要作動詞的修飾語，說明動作的狀態；"驚慌"既可以作動詞的修飾語，說明動作的狀態，如"驚慌應對"，又可以作陳述語和名詞修飾語。如"神色驚慌""立即露出驚慌的表情"，其中的"驚慌"都不能換成"倉皇"。

飢餓 jī'è 形 肚子空，想吃東西：飢餓難忍。

▶ **餓** 辨析 都有"肚子空,想吃東西"的意義,但語義輕重、詞語搭配和語體色彩有別。"飢餓"語義比"餓"稍重,通常與雙音節詞搭配,有書面語色彩,如"死於飢餓、營養不良和貧困";"餓"是口語中的常用詞,通用於口語和書面語,多與單音節詞搭配,如"渴了喝涼水,餓了吃麵包"。此外,"餓"還有"使捱餓"的意思,"飢餓"沒有這種用法。如"餓他兩頓飯,他就不挑食了"中的"餓"不能換用"飢餓"。

脈絡 màiluò ❶名 中醫指人身的經絡,即動脈和靜脈的統稱:打通全身的脈絡,使你神清氣爽。❷名 比喻事情的條理:案子的脈絡還不清楚。❸名 比喻文章的線索或頭緒:這篇文章脈絡清楚,語言流暢。

▶ **眉目** 辨析 都有"事情的頭緒、條理"的意義,但語義側重點有別。"脈絡"多指事情的來龍去脈,側重於事情有條理的狀態;"眉目"指事情的綱目,側重於事情有條理的結果,如"這個官司終於有點眉目了"。

脆弱 cuìruò 形 不堅強;禁不起挫折:脆弱的感情。

▶ **軟弱** 辨析 見【軟弱】條。

▶ **薄弱** 辨析 都有"不堅強"的意義,但語義側重點和適用對象有別。"脆弱"側重指不堅強,禁不起挫折或打擊,在外力衝擊下很容易垮掉,適用對象多是人的感情、性格,有時也用於防線;"薄弱"側重指不雄厚,不堅強,容易破壞,適用對象多是力量、氣氛、思想、意志、事情的環節等。如"意志薄弱"中的"薄弱"不能換用"脆弱"。

胸襟 xiōngjīn ❶名 抱負;氣量:開闊的胸襟 / 博大的胸襟。❷名 胸部的衣襟。

▶ **襟懷** 辨析 都有"抱負;氣量"的意

義,但搭配對象、使用頻率有別。"胸襟"使用頻率高於"襟懷"。"胸襟"的常見搭配如"胸襟寬廣""博大的胸襟";"襟懷"的常見搭配如"襟懷坦白""無私的襟懷"。在其他意義上二者不相同。

▶ **胸懷** 辨析 見【胸懷】條。

胸懷 xiōnghuái ❶名 抱負;氣量:博大的胸懷。❷名 胸部;胸膛:敞開胸懷。

▶ **襟懷** 辨析 都有"抱負;氣量"的意義,但語義側重點、語體色彩有別。"胸懷"偏重指對事業的抱負和思想境界的開闊程度,如"大海一樣的胸懷""胸懷坦蕩";"襟懷"偏重於對事業的遠大理想和氣度,有較強的書面語色彩,使用頻率低於"胸懷"。如"襟懷坦白""襟懷坦蕩""無私的襟懷"。在其他意義上二者不相同。

▶ **心胸** 辨析 見【心胸】條。

▶ **胸襟** 辨析 都有"抱負;氣量"的意義,但語義側重點、語體色彩有別。"胸懷"偏重指對事業的抱負和思想境界的開闊程度,如"海納百川的胸懷""胸懷坦蕩";"胸襟"偏重於對事業的遠大理想和氣度,書面語色彩比"胸懷"濃,如"胸襟寬廣""政治家的胸襟"。在其他意義上二者不相同。

狹小 xiáxiǎo ❶形 狹窄;窄小:居室狹小。❷形 (氣量等) 不宏大寬廣:氣量狹小。

▶ **狹窄** 辨析 都有"寬度小"和"不寬宏大量"的意義。在前一意義上,二者語義側重點、適用對象有別。"狹小"強調長度和寬度都小,多用於空間、場地等;"狹窄"一般強調寬度小,多用於道路、河流等,有時也可用於長度和寬度都小的情況。在後一意義上,二者的適用對象有別。"狹小"主要用於氣量、氣度、心胸外,還可用於、眼界、範圍、市場、規模等;"狹窄"主要用於心胸、見識、氣量外,還可用於思路、視野、題材等。

狹窄 xiázhǎi **①**形 寬度小:狹窄的街道／腰椎管狹窄。**②**形(心胸、見識等)不宏大寬廣:心胸狹窄。

▶ **狹隘** 辨析 都有"寬度小"和"心胸、見識等不寬宏大量"的意義,但適用範圍、使用頻率有別。在前一意義上,"狹窄"比"狹隘"適用範圍廣,即可用於道路、通口等,也可用於場地、空間等,使用頻率較高。在後一意義上,"狹隘"較"狹窄"適用範圍廣,除可用於心胸、氣度、視野、眼光外,更常用於思想、觀念、經驗、偏見等,還可以說"狹隘的民族主義"等,使用頻率較高。

▶ **狹小** 辨析 見【狹小】條。

狹隘 xiá'ài **①**形 寬度小:狹隘的山道。**②**形(心胸、氣量、見識等)局限在一個小範圍裏;不寬廣;不宏大:心胸狹隘。

▶ **狹窄** 辨析 見【狹窄】條。

狼狽 lángbèi 形 陷入困境,進退兩難:他的謊言被戳破了,感到非常狼狽。

▶ **尷尬** 辨析 都有"為難,不好處理"的意義,但語義側重點和語義強度有別。"狼狽"側重指"進不得退不得,陷入困境";"尷尬"多表示因處理不當或不易處理而導致難堪。"狼狽"還可形容遭受艱難困苦以後,外表邋遢精神疲憊。"尷尬"還形容人由於難堪而表情不自然。從程度上來說,"狼狽"比"尷尬"程度重。

▶ **窘迫** 辨析 都有"陷入困境"的意義,但語義側重點有別。"狼狽"側重指受制於客觀條件,事情無法繼續下去;"窘迫"則有因窮困而無法順利進行的意

思。"窘迫"還可形容人難為情,起因通常是被置於自己無法控制的某種境況下,比如"公開課上,他回答不出問題,感到很窘迫"。"窘迫"一詞中的困境有"面對着的情況必須馬上處理"的特點,"狼狽"則強調已經造成困境。

▶ **難堪** 辨析 都有"陷入困境,不知道該怎麼辦"的意義,但語義側重點有別。"狼狽"主要表示被條件限制,進退兩難;"難堪"則是"因犯錯誤等原因,意外造成困境,感到不好意思,無法承受"。"狼狽"側重對外在困難的表述,如"他一身泥水,非常狼狽";"難堪"重在表示人的內心感受,這種感受通常是因別人的眼光引起的,如"他一身泥水出現在舞會上,感到非常難堪"。

留戀 liúliàn 動 不忍捨棄或離開:離校前,大家留戀地到處走,想記住自己生活了四年的地方。

▶ **眷戀** 辨析 都有"不忍捨棄或離開"的意義,但語義側重點和風格色彩有別。"留戀"強調想保留舊狀或停留在原先舊的狀態中,對象多為地方、生活、具體的物品等,如"留戀過去""留戀童年的美好時光""留戀曾經生活過的房子";"眷戀"突出強調因跟對象有親切的關係和感情而不願離開,所含的感情成分比"留戀"更重,對象一般不包括具體的物品。此外"眷戀"有較濃厚的文藝色彩,常出現於文藝作品中。

討教 tǎojiào 動 請求指教:有個問題向您討教。

▶ **請教** 辨析 都有"請求對方進行指教"的意義,但語義側重點、語義輕重和語體色彩有別。"討教"着重於"討",討取,強調向對方討要、索取指點教導,含謙卑的意味,語義較重,如"他想向李老師討教幾招";"請教"着重於"請",請求,用客氣、謙恭的態度請求別人指點教導,含客氣的意味,語義較輕,如"大家

有事都願意找專家請教"。"討教"多用於書面語；"請教"可用於書面語，也可用於口語。

▶ **求教** 辨析 都有"請求對方進行指教"的意義，但語義側重點和語義輕重有別。"討教"着重於"討"，討取，強調向對方討要、索取指點教導，如"你去練功時，不妨向教練討教一下"；"求教"着重於"求"，懇求，用誠懇、謙卑的態度請求對方指點教導，語義較"討教"重，如"她熱愛服裝設計，到處拜師求教，刻苦鑽研"。

討厭 tǎoyàn ❶形 討嫌；招人厭煩：這種人真討厭。❷形 費事，令人心煩：這病很討厭，不容易根治。❸動 不喜歡：他討厭那裏的黃梅天。

▶ **嫌棄** 辨析 都有"不喜歡"的意義，但語義側重點、適用範圍、語體色彩和詞性有別。"討厭"着重於有反感，因嫌煩而不喜歡，適用於人，也適用於事物，口語、書面語中都常用，如"小廣告真是招人討厭"；"嫌棄"着重於因不喜歡而不願接近或理睬，只適用於人，多用於口語，如"他犯了錯誤，可學校並沒有嫌棄他、拋棄他"。"討厭"除用作動詞外，還用作形容詞，表示"討嫌"或"費事"；"嫌棄"只用作動詞。

▶ **厭惡** 辨析 都有"對人或事物不喜歡"的意義，但語義側重點、語義輕重、語體色彩和詞性有別。"討厭"着重於有反感，因嫌煩而不喜歡，語義有輕有重，口語、書面語中都常用，如"這馬蜂飛來飛去的，真討厭"；"厭惡"着重於極反感，憎惡，語義很重，多用於書面語，如"這種行為實在令人厭惡"。"討厭"除用作動詞外，還用作形容詞，表示"討嫌"或"費事"；"厭惡"只用作動詞。

討論 tǎolùn 動 就某一問題廣泛交換意見或進行辯論：學術問題討論會。

▶ **商量** 辨析 都有"就某一問題交換意見"的意義，但語義側重點和適用場合有別。"討論"可以就一般問題交換看法，也可以就某一重大問題交換意見、共同分析研究，甚至進行辯論，可用於非正式場合，也可用於正式或嚴肅的場合，如"會議討論通過了改革方案"；"商量"強調就一般問題交換意見或看法，一般用於非正式場合，如"這事我回家先商量一下"。

訓斥 xùnchì 動 訓誡和斥責：被校長訓斥了一頓。

▶ **叱責** 辨析 見【叱責】條。

▶ **斥責** 辨析 見【斥責】條。

託付 tuōfù 動 委託別人代為照料或辦理：他永遠是一個能以生命相託付的人。

▶ **委託** 辨析 都有"請人代為辦理某事"的意義，但語義側重點、適用範圍和語體色彩有別。"託付"着重指請別人代為照料或辦理，多用於私事，帶親近的態度色彩，多用於口語，也可用於書面語；"委託"着重指請別人代為辦理，多用於公事，帶鄭重的態度色彩，多用於書面語和正式場合。

記掛 jìguà 動 總是想着某人或某事，不能放下心來，惦念：好好讀書，不必記掛着家裏。

▶ **掛念** 辨析 都有"總是想着某人或某事，不能放下心來"的意義，但語義側重點有別。"記掛"強調記在心裏，時時想着，如"鄰里家有啥事她都記掛着"；"掛念"強調想念、思念，時時關心所想之人的境況，如"我們全家都很掛念您""掛念着貧困地區沒解決溫飽的貧民"。

▶ **牽掛** 辨析 都有"總是想着某人或某事，不能放下心來"的意義，但語義側重點和語體色彩有別。"記掛"強調記在心裏，時時想着，通用於口語和書面語，如"大事小事，他無不一一記掛在心，獻策獻力"；"牽掛"強調思念、想念，含有自己的心被所想之人所牽絆的意味，並有擔心、顧慮的意思，有書面語色彩，如"牽掛着曾受傷的戰友們"。

凌晨 língchén 图 天要亮的時候：她每天凌晨就起牀，趕往公司。

▶ **拂曉** 辨析 見【拂曉】條。

▶ **黎明** 辨析 都有"天剛剛亮的時候"的意義，但語義側重點和搭配功能有別。"凌晨"更早，指太陽升起之前的一段時間；"黎明"一般是太陽正在升起的時候。"凌晨"後接具體的時間，如"凌晨三點"，"黎明"不可以。

▶ **破曉** 辨析 見【破曉】條。

衰退 shuāituì 動 衰落；減退：經濟衰退／意志衰退。

▶ **衰敗** 辨析 見【衰敗】條。

▶ **衰落** 辨析 都有"事物由興盛轉向沒落"的意義，但語義側重點和適用範圍有別。"衰退"着重於"退"，減弱，強調事物由興旺強盛趨向衰弱；"衰落"着重於"落"，沒落，強調事物逐漸衰弱沒落、失去活力。"衰退"多用於政治、經濟等狀況，還可用於人，如身體、精神、意志、能力等；"衰落"多用於社會地位、力量、士氣、影響等。

衰弱 shuāiruò ❶形 形容肌體原有的精力、機能相當嚴重地減退：身體衰弱／神經衰弱。❷形 由強盛轉向弱小：對手攻勢漸漸衰弱。

▶ **虛弱** 辨析 都有"身體機能和精力、體力等都達不到正常、健康水平"的意義，但語義側重點和使用範圍有別。"衰弱"着重於"衰"，由強變弱，強調身體不強健，或事物由強轉弱，不興盛；"虛弱"着重於"虛"，體質差、空虛，強調身

體不壯實，或內部空虛、力量弱小，容易挫折、破壞或動搖。"衰弱"可用於人，形容身體、神經、精力、機能等，也可用來形容事物，如風勢、攻勢等；"虛弱"可用於人、國家、團體等，形容身體、體質、本質、力量、國力、兵力等，也可用來形容事物的實力、內部等。

衰敗 shuāibài 動 衰落；敗壞沒落：《抗爭》這部作品揭露了造成教員生活困苦、教育事業衰敗的社會原因。

▶ **衰落** 辨析 都有"事物由興盛轉向沒落"的意義，但語義側重點和適用範圍有別。"衰敗"着重於"敗"，破舊，強調事物逐漸衰弱破敗、失去活力，如"處處顯得零亂衰敗"；"衰落"着重於"落"，低落，強調事物由興旺強盛走向低落弱小，如"昔日的帝國，如今已經衰落"。"衰敗"多用於環境、勢力、事業、企業等；"衰落"多用於社會地位、力量、士氣、影響等。

▶ **衰退** 辨析 都有"事物由興盛轉向沒落"的意義，但語義側重點和適用範圍有別。"衰敗"着重於"敗"，破舊，強調事物逐漸衰弱破敗、失去活力；"衰退"着重於"退"，減弱，強調事物由興旺強盛趨向衰弱。"衰敗"多用於家境、勢力、企業、事業等，如"家庭生活從此江河日下，開始衰敗下來"；"衰退"多用於政治、經濟等狀況，還可用於人，如身體、精神、意志、能力等，如"意志衰退，精神不佳"。

▶ **破敗** 辨析 見【破敗】條。

衰落 shuāiluò 動 指事物由興盛、強大轉向沒落、弱小：家道衰落。

▶ **敗落** 辨析 見【敗落】條。

▶ **沒落** 辨析 見【沒落】條。

▶ **衰敗** 辨析 見【衰敗】條。

▶ **衰退** 辨析 見【衰退】條。

衷心 zhōngxīn 形 出於內心的：衷心祝賀。

▶ **忠心** 辨析 見【忠心】條。

高下 gāoxià ❶名（水平等的）比較結果：難分高下。❷名（智謀、見識、技術等的）水平、程度：以人品和智能的高下作為衡量人才的重要標準。

▶ **高低** 辨析 都有"比較結果"的意義，但適用對象和語體色彩有別。"高下"多用於抽象事物的比較，具有書面語色彩；"高低"多用於具體事物的比較，具有口語色彩。如"大家只有社會分工的不同，而沒有高低貴賤之分"中的"高低"不能換成"高下"。

▶ **上下** 辨析 見【上下】條。

高手 gāoshǒu 名 某方面的技能技巧特別高明的人：高手如雲。

▶ **能手** 辨析 都有"某方面的技能特別高明的人"的意義，但語義側重點和語義強度有別。"高手"着重指技能的精深，強調技能的高技術性，語義較重；"能手"着重指技能的熟練，不強調高深的技術，語義較輕。如可以說"圍棋高手"，但一般不說"圍棋能手"。可以說"工廠生產能手"，但一般不說"工廠生產高手"。

高亢 gāokàng 形（聲音）高而洪亮：高亢的歌聲。

▶ **高昂** 辨析 都有"聲音高"的意義，但語義側重點、適用對象、感情色彩、語體色彩有別。"高亢"強調聲音高而洪亮，除可以形容人發出的聲音外，還可以形容禽獸的叫聲及水、機器等的聲音，是中性詞，多用於書面語；"高昂"強調聲音高而情緒激昂，一般只形容人發出的聲音，如說笑聲、號角聲等，多帶有褒義。如"情緒高昂"中的"高昂"不宜換用"高亢"。

▶ **嘹亮** 辨析 都有"聲音洪亮"的意義，但語義側重點和適用對象有別。"高亢"強調聲音高，搭配面比較寬；"嘹亮"強調聲音傳得遠，搭配面比較窄，一般只形容歌聲、器樂聲等。如"他們那略顯稚氣卻又感人肺腑的歌聲，像嘹亮的號角劃破了重慶陰雲密佈的天空，傳遍四面八方"中的"嘹亮"不能換用"高亢"。

高見 gāojiàn 名 敬辭，高明的見解：願聞高見。

▶ **遠見** 辨析 都有"非同一般的見解"的意義，但語義側重點和態度色彩有別。"高見"強調見解的高明，是敬辭；"遠見"強調遠大的眼光，看得比較遠，不是敬辭，一般與"卓識"搭配使用。

▶ **卓見** 辨析 都有"非同一般的見解"的意義，但態度色彩、適用場合和語體色彩有別。"高見"是敬辭，是對他人見解的尊稱，一般在對話中使用，多用於口語；"卓見"不是敬辭，一般在敍述中使用，多用於書面語，常與"真知"搭配使用。

高低 gāodī ❶名 高低的程度：建築物高低不等。❷名（水平、地位等的）比較結果：見個高低。❸名 說話或做事的輕重深淺：說話不知高低。

▶ **高下** 辨析 見【高下】條。

▶ **上下** 辨析 見【上下】條。

高尚 gāoshàng 形 道德水平高：高尚的情操。

▶ **崇高** 辨析 都有"道德水平高"的意義，但語義側重點和適用對象有別。"高尚"語義較輕，多用於形容人的道德、品質等；"崇高"強調最高的、不平凡的，多用於形容理想、精神、事業等。如可以說"崇高的理想、崇高的敬禮"，但一般不說"高尚的理想、高尚的敬禮"。

▶ **高貴** 辨析 都有"道德水平高"的意義，但語義強度和感情色彩有別。"高尚"相對於"高貴"而言語義較重，褒義程度強烈；"高貴"強調可貴的一面，語義較輕。如"這是屬於高貴的思想領域的工作，不同凡響"中的"高貴"不宜換用"高尚"。"高貴"另有"地位特殊，生活優越"的意義。

高昂 gāo'áng ❶ 動 高高地揚起：高昂着頭。❷ 形（聲音、情緒等）上升，高揚：士氣高昂。❸ 形 昂貴：高昂的代價。

▶ **昂揚** 辨析 見【昂揚】條。

▶ **激昂** 辨析 都有"情緒高亢而振奮"的意義，但語義側重點和搭配對象有別。"高昂"僅指情緒高，沒有其他意味；"激昂"除包含有情緒高的意義外，還包含有激越的意味，常和"慷慨"搭配使用，如"慷慨激昂的歌聲"。

高級 gāojí ❶ 形（階段、級別等）達到一定高度的：高級官員／高級法院。❷ 形（質量、水平等）超過一般：高級餐具。

▶ **高檔** 辨析 都有"（質量等）超過一般"的意義，但語義側重點、適用對象、語法功能有別。"高級"搭配面比較寬，既可以形容一般的商品，也可以形容非商品的其他具體事物，還可以修飾抽象事物，如"高級模式、高級思維"等；"高檔"一般只能形容作為商品的事物。另外"高級"可以作謂語，"高檔"一般不作謂語。

▶ **高等** 辨析 都有"（質量等）超過一般"的意義，但語義側重點、適用對象、語法功能有別。"高級"搭配面比較寬，具體和抽象的事物都可形容；"高等"搭配面比較窄，只用於具體事物，而且是有限的。如二者都可以修飾"動物、植物"，但可以說"高級形式"，而不說"高等形式"。另外"高級"可以作謂語，"高等"一般不作謂語，只能作定語。

高深 gāoshēn 形（學問、技術等）水平高，程度深：高深莫測／學問高深。

▶ **深奧** 辨析 都有"（學問等）程度深"的意義，但語義側重點和感情色彩有別。"高深"強調水平高，是褒義詞；"深奧"強調高深到玄奧不易理解的地步，是中性詞。如可以說"學識高深"，但一般不說"學識深奧"。

高超 gāochāo 形 好得超過一般水平：技藝高超。

▶ **超群** 辨析 都有"好得超過一般水平"的意義，但語義側重點有別。"高超"一般指人的技藝、水平高，不包含比較的意味；"超群"則包含着比較的意味。

高雅 gāoyǎ 形 高尚雅致，不粗俗：格調高雅。

▶ **文雅** 辨析 見【文雅】條。

高貴 gāoguì ❶ 形 達到一定高度的道德水平：高貴的品格。❷ 形 形容地位高、生活優越：高貴的陛下／出身高貴。

▶ **高尚** 辨析 見【高尚】條。

▶ **尊貴** 辨析 都有"形容地位高"的意義，但語義側重點有別。"高貴"含有高高在上的意味；"尊貴"含有尊敬的意味。如"邊框設計端莊高貴"中的"高貴"不能換用"尊貴"。

高傲 gāo'ào ❶ 形 自以為了不起，非常驕傲：高傲自大。❷ 形 倔強不屈：高傲的海燕。

▶ **傲慢** 辨析 都有"自以為了不起"的意義，但語義側重點有別。"高傲"僅指驕傲一方面，不包含有無禮的意味；"傲慢"除有驕傲的意義外，還含有一定的無禮意味。如可以說"傲慢無禮"，但一般不說"高傲無禮"。

▶ 驕傲 [辨析] 見【驕傲】條。

高壽 gāoshòu ❶形（人）壽命長。❷名敬辭，用於問老年人的年紀：老先生高壽啊？

▶ 長壽 [辨析] 見【長壽】條。

高潮 gāocháo ❶名 在潮汐的一個漲落周期內，水面升至最高的水位。❷名 事物發展的頂點：比賽進入高潮。

▶ 熱潮 [辨析] 見【熱潮】條。

高興 gāoxìng ❶形 愉快而興奮：實驗成功了，大家都很高興。❷形 感到愉快而興奮：說說看，讓我也高興高興。❸動 帶着愉快的心情願意做某事：我高興去，你管不着。

▶ 喜悅 [辨析] 都有"表示快樂的感情"的意義，但語義側重點、語義強度、語體色彩有別。"高興"含有因快樂而興奮的意味，是顯露於外的表情；"喜悅"着重指內心的舒暢。"高興"比"喜悅"語義要重一些，如可以說"高興極了"，但一般不說"喜悅極了"。另外"高興"口語和書面語中都可以用，"喜悅"多用於書面語。

▶ 愉快 [辨析] 都有"滿意時感到快樂舒暢"的意義，但語義側重點和語體色彩有別。"高興"強調情緒上的喜悅興奮，多是一時一事引起的，顯露於外的，多用於口語；"愉快"強調心情和精神上的快意舒暢，可以是一時的，也可以是較長時間的，不一定顯露於外，多用於書面語。"這類不愉快的事時常發生"中的"愉快"不能換用"高興"。

准許 zhǔnxǔ 動 同意別人的要求，允許別人做某事：准許通行。

▶ 許可 [辨析] 見【許可】條。

▶ 允許 [辨析] 見【允許】條。

病牀 bìngchuáng 名 病人的牀鋪，特指醫院、療養院裏供住院病人用的牀。

▶ 病榻 [辨析] 都有"病人用的牀鋪"的意義，但語義範圍和語體色彩有別。"病牀"可以指病人在家裏躺的牀，也可以指住院時醫院提供的牀，書面語和口語都可以用；"病榻"一般指病人在家裏躺的牀，只能用於書面語，如"奶奶已經纏綿病榻好幾年了"。

病故 bìnggù 動 因病去世。

▶ 病逝 [辨析] 都有"因病去世"的意義，但態度色彩有別。"病故"含有"不願他（她）死去"的意味，具有委婉的態度色彩，如"她的母親於前年病故"；而"病逝"只是客觀地陳述死亡事實，如"陳局長昨日病逝，享年七十"。

病逝 bìngshì 動 因病去世。

▶ 病故 [辨析] 見【病故】條。

病榻 bìngtà 名 病人的牀鋪：在病榻上度過了十多個春秋。

▶ 病牀 [辨析] 見【病牀】條。

疼 téng ❶動 疼痛；由疾病創傷等引起的難受感覺：頭疼。❷動 喜愛，憐惜：奶奶最疼小孫子。

▶ 痛 [辨析] 都有"由疾病創傷等引起的難受感覺"的意義，但適用範圍和語體色彩有別。"疼"適用於肉體上的難受感覺，如"牙疼""腿疼"；"痛"既適用於肉體上的難受感覺，也適用於精神上的難受感覺，如"傷口痛""巨痛""痛心"。"疼"多用於口語；"痛"可用於口語，也可用於書面語。在其他意義上二者不相同。

疼愛
téng'ài 〔動〕關心憐愛：爺爺疼愛小孫女。

▶ **憐愛** 〔辨析〕 見【憐愛】條。

▶ **鍾愛** 〔辨析〕 見【鍾愛】條。

疲倦
píjuàn 〔形〕因體力支出過多而感到沒精神：他一路走來，已十分疲倦。

▶ **疲憊** 〔辨析〕 都有“非常疲乏”的意義，但語義側重點、語義輕重有別。“疲倦”含有睏倦、想睡覺的意味，語義較輕，如“失眠使我白天十分疲倦”；“疲憊”強調疲乏到了極點，已難以支持，語義較重。

疲勞
píláo 〔形〕因勞動過度等原因而感到沒力氣、沒精神：他們太疲勞了，根本不願意起牀。

▶ **勞累** 〔辨析〕 見【勞累】條。

▶ **疲憊** 〔辨析〕 都有“非常勞累、需要休息”的意義，但語義側重點、語義輕重和語法功能有別。“疲勞”只強調體力和腦力消耗過度，語義較輕；“疲憊”強調體力或腦力消耗過度，已難以支持，語義較重。“疲勞”可用作某些名詞的修飾語，如“疲勞戰術”，“疲憊”無此用法。

疲憊
píbèi ❶〔形〕非常疲乏：奔波多日，疲憊不堪。❷〔動〕使非常疲乏：疲憊敵人，肥的拖瘦，瘦的拖垮。

▶ **疲倦** 〔辨析〕 見【疲倦】條。

▶ **疲勞** 〔辨析〕 見【疲勞】條。

效力
xiàolì 〔動〕出力服務：為國效力。

▶ **效勞** 〔辨析〕 都有“出力服務”的意義，但語義側重點、語義輕重、語法功能有別。“效力”強調貢獻力量，語義較輕，如“效力於國家隊”；“效勞”強調不辭勞苦，語義較重，如“願意為您效勞”。“效勞”是離合詞，可以說“願效犬馬之勞”。

效用
xiàoyòng 〔名〕事物所產生的作用（多指好的）：大蒜價廉效用多／人才測評的效用。

▶ **效果** 〔辨析〕 都有“事物所產生的作用（多指好的）”的意義，但語義側重點有別。“效用”強調產生的作用；“效果”強調最後的結果。如“新的人才機制已經開始發揮效用”，“房價下跌二成，樓市調控新政效果明顯”中的“效用”“效果”不宜互換。

效仿
xiàofǎng 〔動〕照某種現成的樣子學着做：這種管理模式不值得效仿／效仿他的做法。

▶ **模仿** 〔辨析〕 都有“照某種現成的樣子學着做”的意義，但語義側重點、語體色彩、使用頻率有別。“效仿”不但學習外在的形式，還有學習其內在的東西的意味，用於書面語；“模仿”一般指單純地學習外在的形式，如行為舉動等，是最常用的表達，口語和書面語都可用，使用頻率遠高於“效仿”。

效勞
xiàoláo 〔動〕出力服務：願意為您效勞。

▶ **效力** 〔辨析〕 見【效力】條。

凋落
diāoluò 〔動〕草木花葉枯萎脫落：寒風使草木花葉凋落了。

▶ **凋零** 〔辨析〕 都有“草木花葉枯萎掉落”的意義，但語義側重點和語義強度有別。“凋落”側重指草木花葉枯萎脫落，語義較輕；“凋零”側重指草木花葉凋敗零落，並帶有淒涼的意味，語義較重。如“落葉樹是一到冬季樹葉就枯黃凋落的樹木”中的“凋落”不宜換用“凋零”。

▶ **凋謝** 〔辨析〕 都有“草木花葉枯萎脫落”的意義，但語義側重點有別。“凋謝”側重指殘敗萎謝，葉脫花落，可比喻美麗的容貌消失，也可比喻死亡；“凋落”側重指凋殘敗落，脫離枝幹，一般比喻死亡。如"澳網女單第二輪結束,伊萬諾維奇、莎拉波娃、德門蒂耶娃等多名高排位美女均愴然凋謝"中的"凋謝"不能換成"凋落"。

凋零 diāolíng ❶動 草木枯萎零落:草木凋零。❷形 人事衰落:凋零的景象。

▸ **凋落** 辨析 見【凋落】條。

▸ **凋謝** 辨析 見【凋謝】條。

凋謝 diāoxiè 動(草木花葉) 枯萎脫落:凋謝的花葉鋪了滿滿一地。

▸ **凋零** 辨析 都有"草木花葉枯萎脫落"的意義,但語義側重點和語義強度有別。"凋謝"側重指草木花葉枯萎並脫落,語義較輕;"凋零"側重指草木花葉枯萎零落,並帶有淒涼的意味,語義較重。如"前兩年曇花都是夜間開花,早晨花已凋謝"中的"凋謝"不宜換用"凋零"。

▸ **凋落** 辨析 見【凋落】條。

旅社 lǚshè 名 向旅途中的人提供食宿以獲利的經營場所:附近的旅社都住滿了,我們只好走得更遠一點。

▸ **賓館** 辨析 都有"向旅途中的人提供食宿以獲利的經營場所"的意義,但語義側重點有別。"旅社"的規模、檔次均屬中等;"賓館"規模大,檔次高。

▸ **旅店** 辨析 都有"中檔以下向旅途中的人提供食宿以獲利的經營場所"的意義,但語義側重點有別。"旅社"的檔次比"旅店"高一些,一般不會開辦在鄉下,而"旅店"從鄉下到城市均有開辦。

▸ **旅館** 辨析 都有"向旅途中的人提供食宿以獲利的經營場所"的意義,但語義側重點和概括範圍有別。"旅社"的檔次較明確,一般都是中檔以下;"旅館"則包括各種檔次、規模,因而能用來統指各種此類經營性質的場所,是一個泛稱。

▸ **旅舍** 辨析 都有"向旅途中的人提供食宿以獲利的經營場所"的意義,但語義側重點有別。"旅社"指該種性質的場所;"旅舍"則強調該種場所的供住宿用的房屋建築。

旅舍 lǚshè 名 向旅途中的人提供食宿以獲利的經營場所:沒想到大名鼎鼎的橡樹旅舍這麼簡陋。

▸ **旅館** 辨析 都有"向旅途中的人提供食宿以獲利的經營場所"的意義,但語義側重點和適用範圍有別。"旅舍"強調的是供旅客住宿的房舍建築,不太常用;"旅館"是普遍使用的統指此類場所的一般性詞彙。

▸ **旅社** 辨析 見【旅社】條。

旅店 lǚdiàn 名 向旅途中的人提供食宿以獲利的經營場所:這家旅店比較乾淨,今天住這裏吧。

▸ **賓館** 辨析 都有"向旅途中的人提供食宿以獲利的經營場所"的意義,但語義側重點有別。"旅店"多指規模不大、檔次不高的場所;"賓館"則用於指規模大、檔次高的場所。

▸ **旅館** 辨析 都有"向旅途中的人提供食宿以獲利的經營場所"的意義,但語義側重點有別。"旅館"的檔次屬中等,比"旅店"高,規模也比"旅店"大一些。

▸ **旅社** 辨析 見【旅社】條。

▸ **旅舍** 辨析 見【旅舍】條。

旅館 lǚguǎn 動 向旅途中的人提供食宿以獲利的經營場所:她利用自己家的房子,開了家小旅館。

▸ **旅店** 辨析 見【旅店】條。

▸ **旅社** 辨析 見【旅社】條。

▸ **旅舍** 辨析 見【旅舍】條。

剖析 pōuxī 動 仔細分析:文章把事件的原因剖析得十分清楚。

▶ **分析** 辨析 見【分析】條。

旁門左道 pángménzuǒdào 比喻不正派的學派或不正派的思想和作風：他爸爸總認為他搞的那些科技革新是旁門左道。

▶ **歪門邪道** 辨析 見【歪門邪道】條。

旁若無人 pángruòwúrén 好像旁邊沒有別人，形容態度自然或高傲：他旁若無人地坐在那裏，根本不理睬這些窮親戚。

▶ **目空一切** 辨析 見【目空一切】條。

▶ **目中無人** 辨析 見【目中無人】條。

旁觀 pángguān 動 從旁觀察，不參與其中：這是大家的事，誰都不應該旁觀。

▶ **觀望** 辨析 見【觀望】條。

差 chāi ❶動 派遣（去做事）：鬼使神差／即刻差人前去迎接。❷名 被派遣去做的事，公務，職務：出了一趟差／他在校外還兼着差。

▶ **派** 辨析 都有"派遣"的意義，但語體色彩有別。"派"既可以用在口語裏，也可以用在書面語裏；"差"的早期白話的色彩較濃。在現代漢語普通話中，"派"的使用頻率高於"差"。

差別 chābié 名 事物之間的不同之處：儘量縮小城鄉差別／雖說是同學，年齡上還是有差別的。

▶ **差異** 辨析 見【差異】條。

▶ **區別** 辨析 見【區別】條。

差異 chāyì 名 差別，不同之處：兄弟倆在性格上差異很大。

▶ **差別** 辨析 都有"指事物之間的不同之處"的意義，但語義側重點、語體色彩有別。"差異"主要指彼此之間相差的距離，並且側重於事物間內在的本質的

區別，如"東西方文化存在着顯著的差異""縮小觀念上的差異"等；"差別"雖然也指彼此之間的差距與不同，但是既可以表示內在的本質的區別，也可以表示外在的形式上的區別，如"文化差別""觀念差別"和"城鄉差別""男女差別""價格差別"等。另外，"差異"較多地用於書面語，而"差別"既可以用於書面語，也可以用於口語。

▶ **區別** 辨析 見【區別】條。

差距 chājù 名 事物之間的差別程度，也指跟某種標準相差的程度：這兩種布料在質量上差距很大／我們學校跟名牌學校相比，還有一定的差距。

▶ **距離** 辨析 都有"事物之間相隔的長度"的意義，但語義概括範圍和語法功能有別。"差距"着重指事物之間比較抽象的相隔長度，即相差的程度；"距離"既可以指事物之間比較具體的空間或時間上相隔的長度，又可以指事物之間比較抽象的相差程度。如"我們學校跟名牌學校相比，還有一定的差距"中的"差距"可以換成"距離"，但是"從北京到天津的距離有100多公里"，就不能換成"從北京到天津的差距有100多公里"，因此"距離"的語義概括範圍大於"差距"。"差距"只有名詞用法，"距離"既有名詞用法，又有動詞用法。如"天津距離北京100多公里""五四運動距離今天已經85年了"，其中的"距離"不能換成"差距"。

差遣 chāiqiǎn 動 分派（去做事）：受上司差遣，到南方去洽談業務。

▶ **派遣** 辨析 都有"分派人去做事"的意義，但語體色彩有別。"差遣"帶有一點兒早期白話的色彩，多用於早期比較隨意的場合；"派遣"可以用於現代書面語，也可以用於口語，但大多用在比較正式的場合。

差錯 chācuò ❶名 不正確之處：工作要仔細，儘量不要出差錯。❷名 意外的變故（多指災禍）：不要讓孩子在街上亂跑，萬一有個差錯可怎麼得了。

▶ **錯誤** 辨析 都有"不正確的地方"的意義，但語義概括範圍、語法功能和語體色彩有別。"差錯"在二者同樣具有的"不正確的地方"之外，還有一個"意外的變故"的意義，這是"錯誤"所不具備的，所以"差錯"的語義概括範圍大於"錯誤"。在語法功能方面，二者都是名詞，但是"錯誤"還有形容詞用法，可以受程度副詞"很""非常"之類修飾，可以作謂語中心，如"他們這種做法非常錯誤"，而"差錯"就不能這樣用。此外"差錯"的口語色彩要比"錯誤"重一些。

▶ **過錯** 辨析 見【過錯】條。

▶ **訛誤** 辨析 見【訛誤】條。

▶ **亂子** 辨析 見【亂子】條。

送行 sòngxíng ❶動 送遠行者登程：到機場送行。❷動 餞行：這杯送行酒你一定得喝下去。

▶ **送別** 辨析 都有"送人離去"的意義，但語義側重點和用法有別。"送行"着重於"行"，出行，強調到出行者起程的地方和他告別，看他離去，如"大家前往機場為他送行"；"送別"着重於"別"，分離，強調和遠行的人告別，如"大廳裏坐滿了送別的記者和球迷"。"送行"能用介賓詞組"為、給（誰）"作狀語引進送走的對象，不能帶賓語；"送別"能帶賓語，能用"將（誰）"作狀語引進送走的對象。

送別 sòngbié 動 送人離去：揮淚送別。

▶ **送行** 辨析 見【送行】條。

粉飾 fěnshì 動 塗飾表面，掩蓋污點或缺點，使美化：粉飾門臉 / 粉飾

太平。

▶ **掩飾** 辨析 都有"以掩蓋的方法使真相不顯露"的意義，但語義側重點和適用對象有別。"粉飾"重在用粉塗抹，以掩蓋污點、缺點，美化不好的東西，既可用於牆面、房屋等具體事物，也可用於太平、統治等抽象事物。修飾抽象事物時常帶貶義；"掩飾"重在掩蓋事實真相，多用於意圖、過失、心情等抽象事物，不帶貶義。如"掩飾不住內心激動的心情"中的"掩飾"不能換用"粉飾"。

料理 liàolǐ 動 把事情安排好，收拾東西。

▶ **處理** 辨析 見【處理】條。

迷茫 mímáng ❶形 精神不集中的樣子：迷茫的眼神。❷形 看不清的樣子：霧很大，遠處的竹林一片迷茫。

▶ **茫然** 辨析 見【茫然】條。

▶ **迷惑** 辨析 都有"不清楚某種狀況或不知道該怎麼做"的意義，但語義側重點有別。"迷茫"側重指不知道該怎麼做的表情或感覺，如"畢業後會怎麼樣，大家都感到很迷茫"。"迷惑"主要用於對某個問題或情況感到不理解，如"他的表現讓大家都很迷惑"。

▶ **迷惘** 辨析 都有"不清楚某種狀況或不知道該怎麼做"的意義，但語義輕重和語體色彩有別。"迷茫"側重指不知道該怎麼做的樣子；"迷惘"語義更重，通常指面臨非常複雜的狀況或嚴重的危機而產生的感受，如"戰後的一代，對一切都感到迷惘"，書面語色彩更濃厚。

迷惘 míwǎng 形 因分辨不清而困惑，不知道怎麼辦：神情迷惘。

▶ **茫然** 辨析 見【茫然】條。

▶ **迷惑** 辨析 都有"不明白，不理解"的意義，但語義側重點有別。"迷惑"指因情況複雜不明而對事情感到不理解；

"迷惘"側重表達一種茫然的情緒，如"垮掉的一代是迷惘的一代"。

▶ 迷茫 辨析 見【迷茫】條。

迷惑 míhuò ❶形 不明白，不理解：迷惑不解。❷動 使別人不明白：迷惑敵人。

▶ 蠱惑 辨析 都有"使別人不清楚"的意義，但感情色彩和語義側重點有別。"迷惑"是中性詞，側重指不讓對方搞清真實情況，如"運用假動作迷惑對手"；"蠱惑"是貶義詞，側重指使人不能分辨道德、倫理等方面的是非，如"邪教的宣傳蠱惑人心"。

▶ 迷茫 辨析 見【迷茫】條。

▶ 迷惘 辨析 見【迷惘】條。

▶ 疑惑 辨析 都有"不明白，不理解"的意義，但語義側重點有別。"迷惑"側重指因情況複雜不明而感到不理解；"疑惑"側重於有疑問並希望得到解答，如"兒子的反常舉動讓媽媽很疑惑"。

迷糊 míhu 形 腦子模糊，或眼睛看不清楚：沒睡好，腦子有點迷糊／我高度近視，看甚麼都迷糊。

▶ 糊塗 辨析 都有"形容人神志不清或頭腦不清楚"的意義，但語體色彩和語義輕重有別。"迷糊"比"糊塗"的口語色彩更濃，批評、不滿的語氣較輕，如"你可真夠迷糊的"；"糊塗"側重指不明白事理，思路混亂，語義較重，如"我老糊塗了"。

▶ 懵懂 辨析 都有"形容人頭腦不清楚"的意義，但語體色彩和語義側重點有別。"迷糊"用於口語，側重指馬虎、不用心，如"這孩子，學習上老這麼迷糊"；"懵懂"用於書面語，側重指因年齡、教育等原因，不能理解某些事理，如"那時我還是個孩子，懵懂無知"。

▶ 模糊 辨析 都有"形容人頭腦不清楚

或眼睛看不清楚"的意義，但語義側重點有別。形容人頭腦不清楚時，"迷糊"側重指不用心考慮，"模糊"側重指想分辨但辨別不清，如"模模糊糊地覺得不對勁，又說不出到底哪兒不對勁"。指人眼睛看不清楚時，"迷糊"側重指因人的眼睛機能問題而看不清；"模糊"的原因則可能來自外界，如"眼鏡上蒙了一層霧，看東西模模糊糊的"。

益處 yìchu 名 對人或事物有利的因素；好處：嚼口香糖的益處／膳食纖維對人體的益處。

▶ 好處 辨析 見【好處】條。

▶ 利益 辨析 見【利益】條。

逆轉 nìzhuǎn 動 向着與原來的方向或本來希望的方向轉變：球賽上演大逆轉，最終以 3：2 贏得勝利。

▶ 倒轉 辨析 都有"使事情向相反的方向轉變"的意義，但語義側重點、適用對象有別。"逆轉"既可指向有利的方面轉變，也可指向不利的方面轉變，有通過一方的努力使事情發生變化的意味，多用於比賽、局勢、力量對比等抽象事物；"倒轉"一般指向不利的方面轉變，有不受人力控制、自然變化的意味，可用於具體的事物，如"車輪倒轉"，也可用於歷史等抽象事物。

▶ 扭轉 辨析 見【扭轉】條。

烘托 hōngtuō 動 從旁渲染，使事物更鮮明生動：紅花還要綠葉烘托。

▶ 襯托 辨析 見【襯托】條。

▶ 陪襯 辨析 都有"把次要事物和主要事物放在一起作對照或背景，使主要事物的特色突出"的意義，但語義側重點、適用對象有別。"烘托"強調背景和背景上少數事物之間的襯托關係，可用於具體事物，也可以用於抽象事物；"陪襯"強調把兩個事物進行對照，突出主要事物的特色，一般只用於具體事物。如可以說"烘托氣氛、烘托場面"，但一般不說"陪襯氣氛、陪襯場面"。

消亡 xiāowáng 〔動〕（事物）逐漸減少以至沒有：大陸每年約有 20 個湖泊消亡。

▸ **滅亡** 辨析 見【滅亡】條。

▸ **消失** 辨析 都有"逐漸減少以至沒有"的意義，但語義側重點有別。"消亡"強調變化過程歷時較長；"消失"強調變化過程歷時較短。

▸ **消逝** 辨析 都有"逐漸減少以至沒有"的意義，但語義側重點有別。"消亡"強調失去，變化過程歷時較長；"消逝"強調最終成為過去或不見了，變化過程歷時可長可短。

消失 xiāoshī 〔動〕（事物）逐漸減少以至沒有：流星劃出的光跡轉瞬間便在夜空中消失了。

▸ **消滅** 辨析 見【消滅】條。

▸ **消逝** 辨析 都有"（事物）逐漸減少以至沒有"的意義，但語義側重點、語體色彩、適用對象、使用頻率有別。"消失"強調最終失去，不復存在，變化過程歷時較短，可用於人、事物、現象；"消逝"強調最終成為過去或不見了，變化過程歷時可長可短，除可用於人、事物、現象外，還可用於"歲月""時間"等，有較強的書面語色彩。使用頻率較低。

▸ **消亡** 辨析 見【消亡】條。

消沉 xiāochén 〔形〕情緒低落：一個意志消沉的女孩 / 我不再消沉 / 一度消沉。

▸ **低沉** 辨析 見【低沉】條。

▸ **頹喪** 辨析 都有"情緒低落"的意義，但語義側重點及語義輕重有別。"消沉"形容情緒低落；"頹喪"強調精神委靡，語義比"消沉"重。如"頹喪的表情""頹喪的年代"都不宜換用"消沉"。

消耗 xiāohào ❶〔動〕（精神、力量、東西等）因使用或受損失而逐漸減少：能源消耗過大。❷〔動〕使消耗：消耗敵人的有生力量。

▸ **耗費** 辨析 見【耗費】條。

消息 xiāoxi 〔名〕關於人或事物情況的報道；跟某人情況相關的信件、口信、傳言等：財經消息 / 還沒有他的消息。

▸ **信息** 辨析 見【信息】條。

▸ **音信** 辨析 見【音信】條。

消除 xiāochú 〔動〕使不存在；除去（不利的事物）：消除影響 / 消除隱患。

▸ **打消** 辨析 見【打消】條。

▸ **清除** 辨析 都有"去掉，使不存在"的意義，但語義輕重、適用對象不同。"消除"多用於抽象事物，如"影響""隱患""心理障礙"等也可用於具體事物，如"皺紋"，但不能用於人；"清除"強調清除乾淨，語義較重，多用於具體事物，如"上網記錄""積雪""垃圾"等，也可用於抽象事物，如"清除不愉快的記憶"，還可用於人，如"把他清除出去"。

消逝 xiāoshì 〔動〕（事物）逐漸減少以至沒有：消逝的青春 / 永不消逝的電波。

▸ **消失** 辨析 見【消失】條。

▸ **消亡** 辨析 見【消亡】條。

消滅 xiāomiè ❶〔動〕（事物）逐漸減少以至沒有：恐龍、猛獁等古生物早已消滅了。❷〔動〕使消滅；除掉（敵對的或有害的人或事物）：消滅蚊蠅 / 消滅敵人。

▸ **殲滅** 辨析 見【殲滅】條。

▸ **滅亡** 辨析 見【滅亡】條。

▶ **消失** 辨析 都有"逐漸減少以至沒有"的意義,但適用對象、使用頻率有別。"消滅"一般用於事物,也可用於動植物,使用頻率較低;"消失"除可用於事物、動植物外,還可用於人。如"他搖搖晃晃地走遠了,消失在黑夜中"中的"消失"不能換用"消滅"。在其他意義上二者不相同。

海外

hǎiwài 名 國外:海外僑胞。

▶ **國外** 辨析 見【國外】條。

浮現

fúxiàn ❶動(過去經歷的事情)再次在腦海裏顯現:腦海裏浮現出難忘的往事。❷動(漸漸)顯出,露出:臉上浮現出情不自禁的笑容。

▶ **湧現** 辨析 都有"顯現出"的意義,但語義側重點和搭配對象有別。"浮現"重在浮,是一種漸漸地出現,賓語一般是某種景象、聯想、笑容等;"湧現"重在湧,強調如水湧般大量出現,賓語一般是好人好事或新生事物,具有褒義色彩。如"改革開放的時代,新生事物不斷湧現"中的"湧現"不能換用"浮現"。

▶ **出現** 辨析 見【出現】條。

浮躁

fúzào 形 輕浮急躁:性情浮躁。

▶ **煩躁** 辨析 都有"不冷靜、不沉着"的意義,但語義側重點和適用對象有別。"浮躁"重在浮,強調不踏實,一般形容人的性情秉性等;"煩躁"重在煩,強調心煩,一般形容人的情緒等。如"作家應該深入到生活中去體驗、去挖掘、去汲取,克服浮躁心態,以十年磨一劍的精神,投入長篇小説創作"中的"浮躁"不能換用"煩躁"。

▶ **焦躁** 辨析 都有"不冷靜、不沉着"的意義,但語義側重點有別。"浮躁"重在浮,強調不踏實;"焦躁"重在焦,強調焦急。如"足足等了兩個小時,還沒有消息,他一刻比一刻焦躁不安"中的"焦躁"不能換用"浮躁"。

流

liú ❶動 液體狀的物質移動:河水東流入海。❷名 移動中的水:流水不腐。❸名 像水一樣:水流。❹名 派別:意識流。❺名 某一類人:社會名流。

▶ **淌** 辨析 都有"液體狀的物質移動"的意義,但語義側重點和語體色彩上有別。"淌"強調液體舒緩地移動,在語體色彩上,"流"通用於口語、書面語,"淌"多用於書面語。

流亡

liúwáng 動 因災害、戰亂或政治原因而逃亡在外:逃到國外的部分官員組成了流亡政府。

▶ **逃亡** 辨析 見【逃亡】條。

流行

liúxíng 動(某種事物)普遍地時興、傳佈:今年流行粉紅色。

▶ **風靡** 辨析 見【風靡】條。

▶ **風行** 辨析 見【風行】條。

▶ **盛行** 辨析 都有"普遍地時興、傳佈"的意義,但語義側重點和適用對象、語法功能有別。"流行"突出事物時興、傳佈的時效性和普遍性,流行的事物無所謂好壞,如"流行時裝""流行用語""流行感冒";"盛行"突出事物時興、傳佈的大規模和高程度,一般用於好的事物。此外,在語法特性上,"盛行"一般不直接修飾名詞,"流行"可以。

流利

liúlì 形 説話寫文章詞句連貫,無停滯,很順:你的漢語説得很流利。

▶ **流暢** 辨析 都有"連貫無停滯"的意義,但適用對象有別。"流利"只用於説話寫文章,"流暢"的適用對象範圍比較大,除用於説話寫文章外,還可用於彈琴的指法動作、音樂的旋律、繪畫的線條、動作感情的表達等等,如"線條流暢""動作舒展流暢"。

▶ **通順** 辨析 都有"説話寫文章詞句連貫，無停滯"的意義，但語義側重點有別。"流利"強調詞句連貫，快而清楚；"通順"強調詞句沒有語法、邏輯上的毛病，能連貫地讀下來。

流言 liúyán 图 到處傳播的沒有根據的話：這種流言你也相信？

▶ **傳言** 辨析 見【傳言】條。

▶ **謠言** 辨析 都有"沒有事實根據的話"的意義，但語義側重點有別。"流言"側重於突出話是處於流傳擴散中的；"謠言"側重於強調話是無根據的、非真實的，不強調話是否在流傳擴散之中。

流言蜚語 liúyánfēiyǔ 沒有根據的誹謗、謠言：你不要把這些流言蜚語放在心上，該怎麼做就怎麼做。

▶ **風言風語** 辨析 見【風言風語】條。

流浪 liúlàng 勔 沒有固定的職業和住所，四處轉移生活：流浪的吉普賽人至今少有定居下來的。

▶ **浪跡** 辨析 都有"沒有固定的職業和住所，四處轉移"的意義，但語義側重點和語體色彩有別。"流浪"強調四處轉移，生活無着落；"浪跡"側重表示因四處轉移而留下足跡。"流浪"是一般性詞彙，通用於一切場合；"浪跡"多用於書面語，常見於文藝作品中。

▶ **漂泊** 辨析 都有"無一定方向、沒有固定停留之處"的意義，但風格色彩有別。"漂泊"以小船隨處漂移、停泊來比喻人居無定所，強調比較辛苦，具有生動形象的文藝風格，書面語色彩較強；"流浪"強調沒有着落，比較困難。

流動 liúdòng ❶勔（液體或氣體狀的物質）移動。❷勔 像水一樣的移動。❸勔 經常變換位置、非固定的：流動崗哨。

▶ **流淌** 辨析 都有"液體狀的物質移動"的意義，但適用對象、語義色彩和語法功能有別。"流動"可用於氣體狀的物質，如"空氣流動"，而"流淌"則不能。"流動"是一般性詞彙，通用於各種場合，"流淌"帶有文學描寫的色彩，多用於書面語。"流動"後不能帶賓語，"流淌"則可，如"流淌鮮血""流淌汗水"等。

流淌 liútǎng 勔 液體狀物質移動：不管走到哪裏，我們的血管裏都流淌着炎黃子孫的血。

▶ **流動** 辨析 見【流動】條。

流暢 liúchàng 圉 連貫、無停滯：這篇文章語言流暢，敍事清楚。

▶ **流利** 辨析 見【流利】條。

▶ **通暢** 辨析 都有"連貫、無停滯"的意義，但語義側重點和適用對象上有別。"流暢"強調連貫、連續，多指語言文字、筆劃線條、動作感情等；"通暢"強調無阻礙、不堵塞，一般指物體的運行或通路，如"道路通暢""思路通暢""血液循環通暢""運輸通暢""管道通暢"。

▶ **通順** 辨析 都有"語言文字連貫、有條理"的意義，但語義側重點上有別。"通順"主要指語言上的詞句沒有語法、邏輯上的毛病；"流暢"則不強調此義，而強調語言的詞句意思連貫、有條理。

流露 liúlù 勔（思想、感情）不自覺地表現出來：你的不滿最好不要流露出來。

▶ **表露** 辨析 見【表露】條。

▶ **透露** 辨析 都有"表現出來、顯出來"的意義，但語義側重點和適用對象有別。"流露"強調不受人的主觀控制，無意識地表現出來，常用於人的思想、感情、情緒、意識等；"透露"則強調使被隱瞞的事物顯現而為人所知，可用於消息、情況、風聲、真相等，如"透露消息的來源""透露內幕"。

▶ 吐露 [辨析] 見【吐露】條。

浪費 làngfèi [動] 時間、金錢等被輕易用去，不節制，不節約：提倡節約，反對浪費。

▶ 揮霍 [辨析] 見【揮霍】條。

浪跡 làngjì [動] 到處走，沒有目的：浪跡天涯。

▶ 流浪 [辨析] 見【流浪】條。

▶ 漂泊 [辨析] 都有"不穩定地到處走"的意義，但語義側重點和適用對象有別。"浪跡"強調自我選擇，"漂泊"的詞義來源是"隨水流而去"，有被動的含義，通常是迫於外在條件不得已而為之。從搭配上看，"浪跡天涯"表示在廣闊的地域概念內，沒有固定指向；而"漂泊"通常與"異鄉""海外"等搭配，總是有形成對照的心中的目的地——"故鄉"。

浪蕩 làngdàng [形] 形容人不做正經事，行為不端正：浪蕩公子。

▶ 放蕩 [辨析] 見【放蕩】條。

▶ 遊蕩 [辨析] 都有"指人閒逛，不幹正經事"的意義，但感情色彩和語義側重點有別。"浪蕩"的貶義色彩更濃，強調無所事事，且有"尋歡作樂"的意思；"遊蕩"側重於人到處遊逛的行為。"浪蕩"可以做形容詞，如"浪蕩子"，"遊蕩"不可以。

悔恨 huǐhèn [動] 後悔並自恨不該做某事：他悔恨自己得罪了朋友。

▶ 懊悔 [辨析] 都有"做錯了事，說錯了話，心中自恨不該如此"的意義，但語義強度有別。"悔恨"語義較重，強調後悔做某事而恨自己；"懊悔"語義較輕，強調後悔做某事而埋怨自己。如"罪犯帶着深深的罪惡和悔恨踏上了黃泉路"中的"悔恨"不宜換用"懊悔"。

▶ 後悔 [辨析] 見【後悔】條。

家 jiā [名] 家庭，人家：一到過節就更想家 / 我家有 4 口人。

▶ 家庭 [辨析] 都有"以婚姻和血統為基礎的社會單位"的意義，但語體色彩和語法特點有別。"家"是一個常用詞，通用於口語和書面語，如"他家有一間書房"。"家"可以直接受表示領屬的定語修飾，可與姓名連用，表示其全家，如"老王家"。"家庭"沒有這種用法，"家庭"強調作為社會單位的整體，較為正式，有書面語色彩，如"他出生在一個農民家庭"。

家庭 jiātíng [名] 以婚姻和血統為基礎的社會單位，包括父母、子女和其他共同生活的親屬在內：四代同堂的大家庭。

▶ 家 [辨析] 見【家】條。

家畜 jiāchù [名] 人類為了經濟或其他目的而馴養的獸類：養殖家禽和家畜。

▶ 牲畜 [辨析] 見【牲畜】條。

家產 jiāchǎn [名] 家庭的財產：分家產 / 祖輩留下的家產。

▶ 產業 [辨析] 見【產業】條。

家喻戶曉 jiāyùhùxiǎo 家家戶戶都知道：這個成語幾乎家喻戶曉，婦孺皆知。

▶ 盡人皆知 [辨析] 見【盡人皆知】條。

家鄉 jiāxiāng [名] 自己的家庭世代居住的地方：家鄉發生了很大的變化。

▶ 故里 [辨析] 見【故里】條。

▶ 故鄉 [辨析] 見【故鄉】條。

家業 jiāyè 名 家庭的財產：一份大家業。

▶ **產業** 辨析 見【產業】條。

家道 jiādào 名 家庭或家族的命運：家道中落。

▶ **家境** 辨析 都有"家庭的狀況"的意義，但語義側重點有別。"家道"可以指家庭的經濟狀況、境遇，但更強調家庭的命運、家庭的發展道路，如"後來盧家家道中落"；"家境"只強調家庭的經濟狀況、現時的境遇，如"家境貧寒的學生"。

家境 jiājìng 名 家庭的經濟狀況：家境貧寒。

▶ **家道** 辨析 見【家道】條。

害怕 hàipà 動（遇到困難、危險等）內心不安或發慌：我們反對戰爭，但我們不害怕戰爭。

▶ **懼怕** 辨析 都有"內心不安或發慌"的意義，但語義側重點、語義強度、語體色彩有別。"害怕"強調產生和引起不安情緒，語義較輕，多用於口語；"懼怕"含有感受到壓力的意味，語義較重，具有書面語色彩。"害怕"還有"顧慮、擔心"的意思。如"女兒第一次單獨出遠門，母親害怕她在路上碰到壞人"中的"害怕"就不能換成"懼怕"。

害處 hàichu 名 對人或事物不利的因素，壞處。

▶ **壞處** 辨析 見【壞處】條。

害羞 hàixiū 動 因膽怯、怕見生人或做錯了事擔心被嗤笑而心中不安，難為情：新娘子害羞，躲在屋裏不出來。

▶ **害臊** 辨析 二者同義，但語體色彩有別。"害羞"口語和書面語中都可以用，語法功能多樣；"害臊"多用於否定形式，具有口語色彩，一般不作定語、狀語，不能帶補語。如"今天真要他唱主角時，阿四卻害羞得不敢露面了"中的"害羞"不能換用"害臊"。

▶ **靦覥** 辨析 都有"難為情，不好意思"的意義，但語義強度、適用對象有別。"害羞"強調難為情，語義較重，多直接形容人；"靦覥"強調不自然，不願見人，語義較輕，多用以形容人的舉止、神情和面部表情。如"她衣着樸素，人很靦覥"中的"靦覥"不宜換用"害羞"。

害臊 hàisào 動 感到不好意思，難為情。

▶ **害羞** 辨析 見【害羞】條。

容易 róngyì ❶ 形 不難；做起來不費事的：寫簡化字比繁體字容易。❷ 形 發生某種變化或出現某種情況的可能性大：容易生病／容易褪色。

▶ **簡單** 辨析 都有"做起來不費力"的意義，但語義側重點和用法有別。"容易"着重於事情不難，強調客觀對象不需要行為主體費力氣，與"繁難"相對，如"千里迢迢，來一次故地不容易"；"簡單"着重於事物的內容或結構單純、頭緒少，強調易於理解、使用或處理，與"複雜"相對，如"她連簡單的日常生活也需要人照顧"。"簡單"可以重疊成AABB 式使用，"容易"不能重疊使用。在其他意義上二者不相同。

▶ **輕易** 辨析 見【輕易】條。

容貌 róngmào 名 模樣；外貌：容貌清秀。

▶ **面貌** 辨析 見【面貌】條。

▶ **面目** 辨析 見【面目】條。

▶ **容顏** 辨析 都有"人的相貌"的意義，但語義側重點和語體色彩有別。"容貌"着重於"貌"，相貌，強調人的長相、模樣，也可用於其他事物，如"她有一副頎長的身材和姣好的容貌""寺院周邊恢復了往日的容貌";"容顏"着重於"顏"、臉,強調人的臉部神色、表情,如"容顏不老,青春永駐"。"容貌"多用於書面語,但也可用於口語;"容顏"只用於書面語。

容顏 róngyán 名 相貌;長相:容顏秀麗。

▶ 容貌 辨析 見【容貌】條。

宰 zǎi 動 殺(牲畜、家禽等):宰了這小子。

▶ 殺 辨析 見【殺】條。

朗誦 lǎngsòng 動 大聲而帶感情地讀:詩歌朗誦。

▶ 朗讀 辨析 都有"高聲、清楚地讀"的意義,但搭配對象和適用範圍有別。"朗誦"的對象主要是詩歌、散文等可以抒發讚美、歌頌等情緒的文體,如"詩朗誦"可以作為文藝節目登台演出;"朗讀"的對象不強調感情色彩,凡是大聲讀出來都可以說是"朗讀",因此也不具有表演性。

朗讀 lǎngdú 動 大聲而清楚地讀:朗讀是訓練語音的必要手段。

▶ 朗誦 辨析 見【朗誦】條。

袒護 tǎnhù 動 無原則地支持、保護錯誤的思想行為或犯有錯誤的人:在這個問題上,我明顯地感到處長在袒護出納員,不讓她承擔責任。

▶ 包庇 辨析 見【包庇】條。

▶ 庇護 辨析 見【庇護】條。

▶ 偏袒 辨析 都有"無原則地傾向一方"的意義,但語義側重點和適用對象有別。"袒護"強調對錯誤的思想行為無原則地支持或保護,對象多是有錯誤的人、政府、機構、軍隊等;"偏袒"強調無原則地偏向敵對雙方中的一方。如"歷史絕不會偏袒任何人"中的"偏袒"不宜換用"袒護"。

被 bèi ❶動 遭受:被災。❷介 用在句中表示主語是受事,施事放在被字後:衣服被風颳跑了。❸介 用在動詞前表示被動的動作:被欺負。❹名 被子:天熱不用蓋被。

▶ 叫 辨析 見【叫】條。

▶ 給 辨析 見【給】條。

書 shū ❶名 裝訂成冊的著作:叢書/新書。❷名 信件;文本:家書/證書/申請書。❸動 寫字;記錄:書法/大書特書/奮筆疾書。❹名 字體:楷書/隸書。

▶ 書籍 辨析 都有"裝訂成冊的著作"的意義,但語義側重點和用法有別。"書"着重指有文字或圖畫的冊子,是表示個體概念的名詞;"書籍"則為書本冊籍的總稱,是表示集合概念的名詞。"書"可受數量詞的修飾,也可受指示代詞的修飾,還可受形容詞"多、少"的修飾;"書籍"可受形容詞"多、少"的修飾,還可受表示不定數量的詞修飾,如"一些、一部分"等。在其他意義上二者不相同。

書籍 shūjí 名 裝訂成冊的著作的總稱:這裏有不少的科技書籍。

▶ 書 辨析 見【書】條。

退還 tuìhuán 動 退回,還給:違規收取的費用,必須立即如數退還。

▶ 歸還 辨析 見【歸還】條。

退讓 tuìràng ❶動 向後退;讓路:兩輛車互不退讓,結果誰也動不了。❷動 讓步:原則問題,決不退讓。

▶ 讓步 辨析 見【讓步】條。

展示 zhǎnshì 動 明顯地表現出來讓人看到:這幾個細節充分展示了人物的內心世界。

▶ 揭示 辨析 都有"擺出來讓人看見"的意義，但語義側重點和適用對象有別。"展示"側重指清楚地擺出來，明顯地表現出來，讓人看見，多用於精品、樓盤、效果圖、成果等具體可見的事物，也可用於風采、風貌、魅力等抽象事物；"揭示"側重指通過一定的努力揭露出來讓人看見，多用於隱含的、不易看出的事實和真理、矛盾、規律等抽象事物。如"揭示領袖鮮為人知的一面"中的"揭示"不宜換用"展示"。

▶ 展現 辨析 都有"清楚地顯現出來"的意義，但語義側重點和搭配對象有別。"展示"強調讓人看到以領略其意義或價值，搭配對象較廣；"展現"強調顯現出來，含有所表現的是事物的全貌的意味，常和"眼前"搭配。如"他眼前展現出一幅雄偉壯闊的場景"中的"展現"不宜換用"展示"。

展現 zhǎnxiàn 動 清楚地顯現出來：一片綠洲展現在我們面前。

▶ 展示 辨析 見【展示】條。

娟秀 juānxiù 形 好看而不俗氣：容貌娟秀。

▶ 清秀 辨析 都有"形容美麗好而不俗氣"的意義，但語義側重點、適用對象和語體色彩有別。"娟秀"強調不俗氣，多用於字體，用於人時只限於女性，有書面語色彩，如"字體娟秀而遒勁""娟秀弱女"；"清秀"強調清純脫俗，帶有靈秀之氣，可用於人的面龐、自然山水樹木、字體、文章等，通用於口語和書面語，如"自然的美麗清秀""面龐清秀"。

能 néng ❶ 助動 表示主觀上有某種能力：他能唱。❷ 助動 表示對客觀可能性的估計：他一定能回來。❸ 助動 表示條件上、情理上許可：我能幫助你。❹ 名 能力、才能、本領：能人。❺ 名 物理學上

能量的簡稱。❻ 助動 善於做：他很能喝酒。

▶ 能夠 辨析 都有"主觀上有某種能力""客觀上有可能性"和"條件上、情理上許可"的意義，但語義色彩有別。"能"有口語色彩；"能夠"通用於口語和書面語。

能力 nénglì 名 能從事某種工作的才幹：他有這個能力。

▶ 能耐 辨析 都有"才幹"的意義，但語體色彩有別。"能耐"常見於口語；"能力"通用於各種語體。如"這麼棘手的難題你都能解決，真是挺有能耐的啊"此句中的"能耐"不宜換成"能力"。

能手 néngshǒu 名 在某方面有某種高超技能的人：技術能手。

▶ 高手 辨析 見【高手】條。

能言善辯 néngyánshànbiàn 善於講話，口才好。

▶ 伶牙俐齒 辨析 見【伶牙俐齒】條。

▶ 能說會道 辨析 都有"口才好"的意義，但語義側重有別。"能說會道"側重人擅長說理，有時含貶義。"能言善辯"強調善於辯論、辯解，如"這次他再能言善辯也推託不了責任了"。

能耐 néngnai 名 才幹：他可有能耐呢。

▶ 能力 辨析 見【能力】條。

能夠 nénggòu ❶ 助動 表示主觀上有某種能力：他能夠做飯。❷ 助動 表示對客觀可能性的估計：他能夠把這件事辦成。❸ 助動 表示條件上、情理上許可：看電影時不能嗑瓜子。❹ 助動 善於做：他能夠起帶頭作用。

▶ 能 辨析 見【能】條。

能説會道

néngshuōhuìdào 善於講話，口才好。

▶ **伶牙俐齒** 辨析 見【伶牙俐齒】條。

▶ **能言善辯** 辨析 見【能言善辯】條。

陣線

zhènxiàn 名 戰線，多用於比喻：保衛海港陣線。

▶ **戰線** 辨析 都有"敵對雙方軍隊作戰時的接觸線，喻指集體戰鬥力量或一定事業、活動的領域"的意義，但語義側重點和適用對象有別。"陣線"強調擺成戰鬥陣勢的地方，多比喻集體戰鬥力量，比較抽象；"戰線"強調發生戰鬥的地方，比較具體，可用於指社會生活的某個領域。如可以説"工業戰線、思想戰線"，但一般不説"工業陣線、思想陣線"。

純正

chúnzhèng ❶ 形 不含其他成分：純正的普通話。❷ 形 正當；正派：思想純正。

▶ **純粹** 辨析 都有"不混雜"的意義，但語義側重點、感情色彩和語體色彩有別。"純正"側重指正宗、正確，褒義詞，多用於書面語；"純粹"側重指不含雜質，中性詞，口語和書面語都可以用。如"她一口純正而漂亮的法語竟使主考官聽呆了"中的"純正"不能換用"純粹"。

▶ **純淨** 辨析 都有"不含別的成分"的意義，但語義側重點有別。"純正"側重指正宗、正確；"純淨"側重指不含其他成分。如"這個小傢伙的動機是相當純正的"中的"純正"不宜換用"純淨"。

純淨

chúnjìng ❶ 形 潔淨不含雜質：純淨的溪水。❷ 動 使純淨：純淨心靈。

▶ **純潔** 辨析 都有"潔淨"的意義，但語義側重點和適用對象有別。"純淨"側重指不含雜質，單純潔淨，可用於心地等抽象事物，也可用於空氣、泉水等具體事物；"純潔"側重指沒有私心，沒有污點，一般用於心地、感情、關係等抽象事物。如"泉水純淨而透明"中的"純淨"不宜換用"純潔"。

▶ **純正** 辨析 見【純正】條。

純粹

chúncuì ❶ 形 不含別的成分的：純粹的廣東話。❷ 副 完全地、一點也不錯：純粹是幻想。

▶ **純正** 辨析 見【純正】條。

純潔

chúnjié ❶ 形 潔白、沒有污點、沒有私心：純潔的愛情。❷ 動 使純潔：純潔團隊組織。

▶ **純淨** 辨析 見【純淨】條。

▶ **清白** 辨析 都有"沒有污點"的意義，但語義側重點有別。"純潔"側重指沒有私心，單一潔淨；"清白"側重指沒有錯誤，沒有污點。如"那個小姑娘純潔而又善良"中的"純潔"不能換用"清白"。

紕漏

pīlòu 名 因粗心而產生的差錯：千萬不能出任何紕漏！

▶ **漏洞** 辨析 都有"因疏忽而產生的差錯"的意義，但語義側重點有別。"紕漏"側重指事後暴露的、因疏忽而導致的問題、發生的麻煩或事故，如"招生工作出現紕漏"；"漏洞"側重指事故發生前存在的問題、做得不周密的地方，如"堵塞安全工作中的漏洞，千萬別出事故"。

▶ **破綻** 辨析 都有"説話、做事當中露出的漏洞"的意義，但語義側重點有別。"紕漏"側重指因疏忽導致的問題、發生的麻煩或事故，如"飛機安檢有紕漏"；"破綻"側重指説話、做事時因粗心而顯露出的漏洞，如"我們每個人都要確保自己的發言沒有任何破綻"。

▶ **疏漏** 辨析 都有"因粗心而造成的遺漏"的意義，但語義側重點有別。"疏漏"指做事粗心造成的遺漏，如"工作一定要細心，切不可有任何疏漏"；"紕漏"是指被發現、釀成事故或發生麻煩的疏漏，如"一旦出了紕漏，誰也承擔不了責任"。

納悶 nàmèn 動 不明白，不理解，心存疑問：他為甚麼不來呢？我心裏很納悶。

▶ **奇怪** 辨析 都有"不明白，不理解，心存疑問"的意義，但詞性語體色彩有別。"納悶"是動詞，用於口語，"奇怪"是形容詞，通用於口語和書面語。

▶ **疑惑** 辨析 都有"不明白，不理解，心存疑問"的意義，但語義側重點有別。"納悶"含有因事情奇怪而不明白、心存疑問的意味；"疑惑"則不強調原因，而只表示不明白、心存疑問的結果。

納賄 nàhuì ❶ 動 接受賄賂。❷ 動 進行賄賂。

▶ **受賄** 辨析 都有"接受賄賂"的意義，但語體色彩有別。"納賄"有書面語色彩；"受賄"通用於口語和書面語。

紛至沓來 fēnzhì tàlái 形容連續不斷地紛紛到來。

▶ **接踵而至** 辨析 都有"接連不斷地到來"的意義，但語義側重點有別。"紛至沓來"強調眾多，含有雜亂的意味；"接踵而至"強調先後，可用於表示單個的事物（或人），緊接着另一事物（或人）的到來。如"戲剛唱玩，道喜的親戚朋友已經接踵而至"中的"接踵而至"不宜換用"紛至沓來"。

級 jí ❶ 名 按質量、程度、地位等的差異而做出的區別：上級／級別。❷ 名 年級：留級。❸ 名 台階兒：石級。❹ 量 用於樓梯、台階等：十級台階。

▶ **等級** 辨析 都有"按質量、程度、地位等的差異而做出的區別"的意義，但語義側重點和搭配詞語有別。"級"強調不同的層次、水平，多與單音節詞搭配，如"加一級工資""每一級主管部門"；"等級"強調等第的高低次序，多與雙音節詞搭配，如"等級森嚴""把世界各國分成不同等級"。

紋理 wénlǐ 名 物體上線條狀的花紋：大理石紋理。

▶ **紋路** 辨析 都有"物體上的花紋"的意義，但語義側重點有別。"紋理"強調物體的整體；"紋路"既可指物體的整體，也可具體指物體上某條或若干條條紋的延伸狀態，如"兩條紋路匯聚處"。

紋路 wénlù 名 物體上線條狀的花紋：在手指皮膚表面上具有細小的凹凸紋路。

▶ **紋理** 辨析 見【紋理】條。

十一畫

責怪 zéguài 動 責備埋怨：出了事不要互相責怪。

▶ **怪罪** 辨析 都有"指責埋怨做得不好"的意義，但語義側重點、語義輕重有別。"責怪"側重職責、埋怨，語義較輕；"怪罪"強調把錯誤歸於某人，語義相對較重。如"遇事不要互相責怪"中的"責怪"不宜換用"怪罪"；"他擅自行動，一旦汪先生怪罪下來由他負責"中的"怪罪"不宜換用"責怪"。

▶ **埋怨** 辨析 都有"嫌做得不好"的意義，但語義側重點、語義輕重和適用對象有別。"責怪"含有指責的意思，語義相對較重，對象只能是人；"埋怨"不含指責的意思，語義相對較輕，對象可以是人，也可以是事。如"埋怨這裏的生活太艱苦"中的"埋怨"不能換用"責怪"。

▶ **責備** 辨析 見【責備】條。

責問 zéwèn 動 用責備的口氣問：厲聲責問。

▶ **詰問** 辨析 都有"根據事實或道理追問"的意義，但語義側重點、語義強度和語義色彩有別。"責問"強調義正辭嚴地責備，批評過錯，語義較重，有嚴厲、鄭重色彩，口語和書面語都可以用；"詰問"強調追根究底地問，可以帶責備口氣，語義較輕，主要用於書面語，且使用頻率較低。如"新德里的新聞記者向來以敢於藐視權威和大人物，以尖銳的詰問和發難使別人難圓其說而引為自豪"中的"詰問"不宜換用"責問"。

▶ **質問** 辨析 都有"根據事實或道理追問"的意義，但語義側重點和語義強度有別。"責問"強調以責備的口氣追問，批評過錯，語義相對較輕，不一定要求回答，有鄭重色彩；"質問"強調質疑問難，明辨是非，語義相對較重，常要求回答，有較濃的嚴正色彩。如"他的質問，句句像是對媽媽的譴責"中的"質問"不宜換用"責問"。

責備 zébèi 動 批評指摘：責備他的人正是關心他愛護他的人。

▶ **叱責** 辨析 見【叱責】條。

▶ **斥責** 辨析 見【斥責】條。

▶ **譴責** 辨析 都有"指出過錯，進行責問批評"的意義，但語義強度、適用對象和語體色彩有別。"責備"語義較輕，適用於有過失的較為親近的親友或同事，口語和書面語都可以用；"譴責"強調義正詞嚴地斥責，語義較重，對象多是黑暗的社會政治、有嚴重罪行的人及荒謬的言論、行為等，具有鄭重的態度色彩，常受"強烈、憤怒、有力、嚴厲、無情"等詞語修飾，多用於書面語。

▶ **責怪** 辨析 都有"指出過錯，加以批評"的意義，但語義側重點有別。"責備"指客觀地指出問題，提出批評；"責怪"帶有埋怨、怪罪的意思，往往表示一種因對方的錯誤而使自己受到影響的不滿情緒。如"他已做了檢討，你就不要再責備了"中的"責備"不宜換用"責怪"。

責難 zénàn 動 指摘非難：遭網友責難。

▶ **非難** 辨析 見【非難】條。

理想 lǐxiǎng 名 對未來的希望和幻想：年青人要樹立遠大的理想。

▶ **夢想** 辨析 都有"對未來的想像、希望"的意義，但語義側重點有別。"理想"通常是有合理性的，通過努力可以預期實現的；"夢想"則側重於"主觀上就認為不實際，難以實現的"。另外，"夢想"還可以作動詞，表示熱切地期望。如"我夢想有一天能周遊世界"；"理想"不能用作動詞。

理會 lǐhuì ❶ 動 明白別人的意思：你能理會其中的含義嗎？❷ 動 注意並回應別人的舉動：別人跟你打招呼，你怎麼不理會呢？

▶ **理解** 辨析 都有"明白別人的意思"的意義，但語義側重點和語法功能有別。"理會"強調事理上的明白；"理解"側重對別人內心的體會和認同。"理會"常用於否定式，如"不加理會"；"理解"肯定式和否定式都可以用，如"難以理解""十分理解"。

▶ **領會** 辨析 都有"明白別人的意思"的意義，但語義側重點有別。"理會"側重於"能夠明白"，多用於否定式；"領會"側重於表達"明白核心主旨"，如"領會文件精神"。

理解 lǐjiě ❶ 動 知道（道理）：只有理解了，你才能真正掌握。❷ 動 瞭解別人的想法，並能夠體諒：我理解你的處境。

▶ **理會** 辨析 見【理會】條。

▶ **瞭解** 辨析 見【瞭解】條。

▶ **領會** 辨析 見【領會】條。

▶ **明白** 辨析 見【明白】條。

規定 guīdìng ❶動 對事物在數量、質量及進行的方式、方法等方面提出要求、做出決定：規定動作。❷名 所規定的內容：這條規定不合理。

▶ **規程** 辨析 都有"被確認須執行並達到的要求"的意義，但語義側重點、語體色彩有別。"規定"指具體的每一條的內容，口語和書面語中都可以用；"規程"指若干條規定的總體，具有書面語色彩。如可以説"這條規定""做出如下規定"，但不能説"這條規程""做出如下規程"。

▶ **規矩** 辨析 都有"被確認須執行並達到的要求"的意義，但適用對象、語體色彩有別。"規定"對象多是關於事物的數量、質量標準或處理事物的方式方法等，可以是成文的，也可以是口頭宣佈的，口語和書面語中都可以用；"規矩"多是某種行為規範和準則，是人們約定俗成或長期沿襲下來的，不成文的，多用於口語。如"入鄉隨俗，到哪兒聽哪兒的，到我們這兒，就得守這兒的規矩"中的"規矩"不宜換用"規定"。

▶ **規則** 辨析 見【規則】條。

▶ **規章** 辨析 都有"被確認須執行並達到的要求"的意義，但語義側重點、適用對象有別。"規定"指具體的每一條的內容，使用面較窄；"規章"指各項規則章程的總和，常和"制度"搭配使用。

規則 guīzé ❶名 規定出來的供大家共同遵守的制度或章程：比賽規則／遊戲規則。❷名 規律，法則：自然規則。❸形 (在形狀、結構或分佈上) 合乎一定的方式，整齊：規則四邊形。

▶ **規矩** 辨析 都有"必須遵守的人為制定的法則"的意義，但語義側重點、語體色彩有別。"規則"指用文字固定下來的辦事應遵守的規章制度或原則，口語和書面語中都可以用；"規矩"指一些不成文的標準、法則、習慣等，多用於口語。如"世貿組織的遊戲規則"中的"規則"不能換用"規矩"。

▶ **規定** 辨析 都有"規定的制度或章程"的意義，但語義側重點有別。"規則"含有標準的意味，多為大家普遍遵守，多是成文的，適用面比較廣；"規定"強調人為的因素，適用於部分人，可以是成文的，也可以是口頭宣佈的。如"遵循國際慣例和規則進行城市建設與管理，建設國際性城市"中的"規則"不能換用"規定"。

▶ **規章** 辨析 都有"規定的制度或章程"的意義，但語義側重點有別。"規則"效力比較小，是非集合名詞；"規章"效力比較大，是集合名詞，多和"制度"搭配使用。

規矩 guīju ❶名 一定的標準、法則或習慣：按規矩辦事。❷形 (行為) 端正老實，合乎標準或常理：他很規矩。

▶ **規定** 辨析 見【規定】條。

▶ **規則** 辨析 見【規則】條。

▶ **老實** 辨析 見【老實】條。

規章 guīzhāng 名 規則章程：規章制度。

▶ **規程** 辨析 都有"規定的制度或章程"的意義，但語義側重點有別。"規章"比較籠統，指各種規則章程；"規程"比較具體，是對某種政策、制度等所做的分章分條的規定。如可以説"規章制度、法令規章"，但一般不説"規程制度、法令規程"。

▶ **規定** 辨析 見【規定】條。

▶ **規則** 辨析 見【規則】條。

規程 guīchéng 名 規則程式，為進行操作和執行某種制度而作的具體規定：操作規程。

▶ **規定** 辨析 見【規定】條。

▶ **規章** 辨析 見【規章】條。

規劃 guīhuà ❶名 比較全面的長遠的發展計劃：十年規劃。❷動 做規劃：進行全面規劃。

▶ **計劃** 辨析 見【計劃】條。

規範 guīfàn ❶名 約定俗成或明文規定的標準：道德規範。❷形 合乎規範：動作不規範。❸動 使合乎規範：規範人們的行為。

▶ **標準** 辨析 都有"衡量事物的準則"和"合乎準則"的意義，但語義範圍有別。"規範"重在指大家普遍接受的經過認可的準則；"標準"既可以指大家普遍接受的，也可以指個人的。如"你的標準和她的標準其實是一樣的"中的"標準"由於是指個人的標準而不能換用"規範"。

規避 guībì 動 設法避開：規避實質性問題／規避風險。

▶ **躲避** 辨析 都有"設法避開"的意義，但適用對象、語體色彩有別。"規避"多用於抽象事物，具有書面語色彩；"躲避"既可用於抽象事物，也可用於具體事物，口語和書面語中都可以用。如可以說"躲避災難、躲避暴風雪"，但一般不說"規避災難、規避暴風雪"。

▶ **迴避** 辨析 見【迴避】條。

▶ **逃避** 辨析 都有"設法避開"的意義，但感情色彩、語體色彩有別。"規避"是中性詞，具有書面語色彩；"逃避"帶有貶義，口語和書面語中都可以用。如可以說"逃避現實"，但一般不說"規避現實"。

規勸 guīquàn 動 鄭重地勸告，使改正錯誤：你應好言規勸她。

▶ **奉勸** 辨析 見【奉勸】條。

掛念 guàniàn 動 因想念而放心不下：大家都非常掛念您。

▶ **惦記** 辨析 都有"心裏老想着"的意義，但語義側重點、語體色彩和適用對象有別。"掛念"強調想念，持續時間一般相對較長，口語和書面語中都可以用，一般只用於人；"惦記"強調擔心，持續時間一般相對較短，具有口語色彩，可用於人，也可用於物。如"別老惦記我口袋裏這點錢"中的"惦記"不能換用"掛念"。

▶ **記掛** 辨析 見【記掛】條。

▶ **牽掛** 辨析 都有"心裏老想着"的意義，但語義側重點和語義輕重有別。"掛念"強調總是在想念，比"牽掛"常用；"牽掛"強調不能不讓人想念，甚至擔心，語義比"掛念"重。

堵塞 dǔsè 動 阻塞不通：道路堵塞。

▶ **阻塞** 辨析 見【阻塞】條。

掩埋 yǎnmái 動 用泥土等蓋在上面：掩埋屍體。

▶ **埋葬** 辨析 見【埋葬】條。

掉隊 diàoduì ❶動 結隊而行時落在隊伍的後面：不能因為毅力不夠而掉隊。❷動 比喻跟不上形式：在學習上咱們不能掉隊。

▶ **落伍** 辨析 都有"行進中落在隊伍後面"的意義，但語義側重點和語體色彩有別。"掉隊"側重指結隊行走時因跟不上而落在隊伍後面或脫離了隊伍，多用於口語；"落伍"側重指落在隊伍後面，多用於書面語。如"流血流汗不流淚，掉皮掉肉不掉隊"中的"掉隊"不能換

莽撞 mǎngzhuàng 形 魯莽冒失：言行
要謹慎，別莽撞。

▶ 魯莽 辨析 都有"說話做事不仔細考
慮，冒失"的意義，但語法功能和語義
側重點有別。"莽撞"側重指做事冒失，
沒有考慮後果，可重疊，如"我上次闖
進你辦公室，太莽撞了，請你原諒"；
"魯莽"側重於言行粗疏、粗魯，不可重
疊，如"小夥子，你老是這麼魯莽，會吃
苦頭的"。

▶ 冒失 辨析 見【冒失】條。

莫非 mòfēi 副 表示揣測或反問，用在
疑問句中：莫非你連孩子都不要
了？

▶ 難道 辨析 在作副詞，表示揣測、反
問時意義相同，但語體色彩、語義側重
點和搭配對象有別。"莫非"多用於書面
語，側重於揣測，表明心裏有疑問，常
跟"不成"或"麼"呼應，如"莫非你們
倆又鬧矛盾了不成"；"難道"通用於口
語和書面語，側重加強反問的語氣，揣
測的含義較輕，常與"不成""嗎"呼應，
如"難道是我錯了嗎"。

荼毒 túdú 動 毒害；殘害：荼毒生靈。

▶ 毒害 辨析 見【毒害】條。

莊重 zhuāngzhòng 形 言語舉止等端莊
穩重：態度莊重。

▶ 穩重 辨析 都有"不輕浮，不輕率"
的意義，但語義側重點和適用對象有別。
"莊重"強調嚴肅、不輕佻，多形容態
度、神情、言語、舉止等；"穩重"強調
沉着、老練、不浮躁，含有言語舉止徐緩
而得體的意味，還可形容人的性格、作風
等。如"他為人正派，辦事穩重"中的"穩
重"不能換用"莊重"。

▶ 莊嚴 辨析 見【莊嚴】條。

莊嚴 zhuāngyán 形 莊重嚴肅：莊嚴肅
穆。

▶ 威嚴 辨析 都有"十分嚴肅"的意
義，但語義側重點和適用對象有別。"莊
嚴"側重指嚴肅而莊重，不可侵犯，既
可用於人的言語舉止，也可用於事物，
如建築物、會場、旗幟等；"威嚴"側重
指嚴肅而有威力，令人敬畏，一般用於
人，較少用於事物。如"他總是顯得很有
威嚴"中的"威嚴"不能換用"莊嚴"。

▶ 莊重 辨析 都有"端莊"的意義，但
語義側重點和適用對象有別。"莊嚴"強
調嚴肅、不可侵犯，多形容神態、環境、
氣氛、建築物等；"莊重"強調鄭重、不
輕浮，多形容態度、神情、言語、舉止
等。如"她舉止文雅，態度莊重"中的"莊
重"不能換用"莊嚴"。

排 pái ❶ 動 一個挨一個地按着次序擺：
排隊。❷ 名 排列整齊的行列：把小
板凳擺成三排。❸ 量 用於成行列的東
西：教室裏整整齊齊地擺放着六排桌椅。
❹ 名 軍隊編制單位，在連以下，班以
上。❺ 動 排演：排戲。

▶ 行 辨析 見【行】條。

排山倒海 páishāndǎohǎi 比喻力量
或聲勢巨大：以排山倒海
之勢席捲了全中國。

▶ 翻江倒海 辨析 都有"比喻力量或
聲勢巨大"的意義，但語義側重點和語
法功能有別。"排山倒海"側重在強調某
種力量之大，不可阻擋，如"自5月底
起，唱片公司就展開了排山倒海的宣傳
攻勢"；"翻江倒海"重在比喻力量或聲
勢非常壯大，如"他們來勢洶洶，翻江倒
海一般，把我家搞了個一塌糊塗"。"翻江
倒海"還可作動詞的補語，形容動作的
兇猛、厲害程度，如"大家異口同聲地叫
嚷起來，嚷嚷得翻江倒海似的"。

排斥 páichì 動 利用某種手段使別的人或勢力離開：排斥異己。

▶ **排擠** 辨析 都有"不能相容,設法使之離開"的意義,但語義側重點、感情色彩和適用對象有別。"排擠"側重指利用權勢或不正當手段從內部驅逐出去,對象多是內部的不利於自己的人、組織、勢力等,是貶義詞,如"他排擠打擊與自己意見不同的同事,損害了公司利益";"排斥"的對象不一定是內部的,可以是人、組織、勢力等,也可以是思想、事物等,是中性詞,如"寬容的文化不會排斥與自己不同的文化思想、學術理論"。

排除 páichú 動 除掉,除去：排除異己。

▶ **剷除** 辨析 都有"除去消極的事物或於己不利的人"的意義,但語義輕重、語義側重點有別。"剷除"語義更強,有連根除去、徹底消滅的意味,如"剷除殘餘叛匪";"排除"的語義較輕,如"排除異己"。

▶ **清除** 辨析 都有"去掉"的意義,但語義側重點、語義輕重、適用對象有別。"清除"比"排除"語義重,有徹底去掉、掃除乾淨的意味,其對象不一定是消極的事物,如"清除叛徒""清除上網記錄";"排除"的對象一般是消極或不利於自己的人或事物,如"排除險情"。

排練 páiliàn 動 正式演出前的排演練習：今天我們排練第三幕。

▶ **操練** 辨析 都有"為檢閱、視察而事前練習"的意義,但語義側重點和適用對象有別。"排練"側重於為了正式的演出預先進行演練,主體既可是個人,也可是集體,賓語多與藝術表演有關;"操練"側重於按照規範、既定的動作等練習,主體常是集體,賓語常是體育或軍事方面的技能訓練,如"操練人馬"。

排擠 páijǐ 動 利用勢力或不正當的手段對付不利於自己的人、勢力或組織。

▶ **排斥** 辨析 見【排斥】條。

推動 tuīdòng 動 使事物動起來或發展：推動科技發展。

▶ **促進** 辨析 見【促進】條。

▶ **推進** 辨析 都有"使事物動起來或發展"的意義,但語義側重點和用法有別。"推動"着重於"動",運動,強調使脫離靜止或緩慢狀態運動起來;"推進"着重於"進",前進,強調使向前移動或發展前進。"推動"多構成兼語式使用,如"推動科技發展""推動社會進步"等;"推進"一般不這樣使用。

推進 tuījìn ❶動 向前進;向前移動：我軍主力不斷向前推進／戰線已推進到黃河一帶。❷動 使事業或工作發展前進：推進教育事業。

▶ **促進** 辨析 見【促進】條。

▶ **推動** 辨析 見【推動】條。

推測 tuīcè 動 根據已知的來想像、猜測未知的：科學家推測羅布泊乾涸之謎。

▶ **猜測** 辨析 都有"想像、估計未知的情況"的意義,但語義側重點有別。"推測"着重於"推",推理,強調根據事理或邏輯順序來推論結果,有一定的事實依據,如"根據文獻推測";"猜測"着重於"猜",猜想,強調憑主觀想像來估計未來的情形,可能有一些線索,也可能沒有任何依據,如"無端猜測不如直接溝通"。

▶ **揣測** 辨析 都有"根據已知的情況來想像、估計未知的情況"的意義,但語義側重點有別。"推測"着重於"推",推理,強調測度和捉摸,根據常理或邏輯順序來推論結果,如"從他只請了一天假來推測，他是不會去外地的”；“揣測”着重於“揣”，估量，強調推斷、估量未來的情形，如“兩側遊人都在好奇地觀察着，揣測着對方的身份”。

推敲 tuīqiāo 動 比喻反覆考慮字句、措詞的取捨；也比喻反覆認真地分析研究：仔細推敲。

▶ **斟酌** 辨析 都有“反覆考慮取捨”的意義，但語義側重點和適用對象有別。“推敲”着重指反覆考慮是否恰當，選其優者，多用於文章、詞句、字眼、表現方法等；“斟酌”着重指反覆考慮，決定取捨，可用於文章、詞句等，還常用於事情。

▶ **琢磨** 辨析 都有“反覆考慮”的意義，但語義側重點和適用對象有別。“推敲”着重指反覆考慮是否恰當，多用於文章、詞句、字眼、表現方法等；“琢磨”着重指仔細考慮，反覆思索，可用於文章、詞句等，還常用於事情、問題等。

推舉 tuījǔ 動 推選；舉薦：推舉工會代表。

▶ **推薦** 辨析 見【推薦】條。

推遲 tuīchí 動 把預定的時間往後移：會議推遲一週舉行。

▶ **延遲** 辨析 見【延遲】條。

▶ **延緩** 辨析 見【延緩】條。

推選 tuīxuǎn 動 公開提名並選取：我們大家一致推選小王當班長。

▶ **推薦** 辨析 見【推薦】條。

推薦 tuījiàn 動 推舉引見：推薦優秀論文。

▶ **推舉** 辨析 都有“把好的或符合要求的介紹出來”的意義，但語義側重點、適用對象和用法有別。“推薦”着重於“薦”，舉薦，強調舉薦人或物，希望得到接受或任用，可以是個人或公眾行為，也可以是領導或政府行為；“推舉”着重於“舉”，選拔，強調進行口頭提名並選拔合適的人才，使其擔任一定的職務，一般由民眾進行，並經表決後才能最後確認。“推薦”的對象可以人，也可以是事物；“推舉”的對象只能是人。“推薦”能重疊成 ABAB 式使用；“推舉”不能重疊使用。

▶ **推選** 辨析 都有“把好的或符合要求的介紹出來”的意義，但語義側重點、適用對象和用法有別。“推薦”着重於“薦”，舉薦，強調舉薦人或物，以得到認可或採用，可以是個人或公眾行為，也可以是領導或政府行為；“推選”着重於“選”，選舉，強調進行口頭提名並選舉，多為同一社會團體、民眾、會議中的行為。“推薦”的對象可以是人，也可以是事物；“推選”的對象只能是人。“推薦”能重疊成 ABAB 式使用；“推選”不能重疊使用。

頂用 dǐngyòng 動 有一定用處或作用：你說的這些方法不頂用。

▶ **管用** 辨析 都有“有用，起作用”的意義，但語義側重點和語體色彩有別。“頂用”側重指能派上用場，頂得住，多用於口語；“管用”側重指能達到預期效果，口語和書面語中都可以用。如“就現有的人挑選，恐怕就是咱們五個最頂用”中的“頂用”可以換用“管用”。

頂撞 dǐngzhuàng 動 用強硬的話反駁別人：頂撞上司。

▶ **衝撞** 辨析 見【衝撞】條。

逝世 shìshì 動 離開人世；去世。

▶ **去世** 辨析 見【去世】條。

▶ **死** 辨析 見【死】條。

採用

cǎiyòng 動 認為合適而使用：採用新方法。

▶ 採納 辨析 都有"認為合適而取用"的意義，但語義側重點和適用對象有別。"採用"側重指"用"，認為合適而使用，適用的對象比較廣，可用於具體事物，如工具、品種、稿件等，也可用於抽象事物，如經驗、方式、手段等；"採納"側重指吸收和接受，適用的對象比較窄，只用於意見、建議、要求、主張、方案等抽象事物。"採用了他的意見"和"採納了他的意見"的區別點在於，前者側重於接受並使用了他的意見。而後者僅僅是接受了他的意見。

▶ 採取 辨析 都有"挑選合適的並加以應用"的意義，但語義側重點和適用對象有別。"採用"側重指"用"，認為合適而使用，適用的對象比較廣，可用於具體事物，如工具、品種、稿件等，也可用於抽象事物，如經驗、方式、手段等；"採取"側重指"取"，針對具體情況選取合適的並加以使用，適用的對象比較窄，多用於抽象事物，如方針、政策、原則等。如"至遲在商代時，中國已採用了十進位制"中的"採用"不宜換用"採取"。

▶ 使用 辨析 見【使用】條。

採取

cǎiqǔ 動 選擇施行（方針、政策、措施、手段、方式、態度等）：採取行動。

▶ 採納 辨析 見【採納】條。

▶ 採用 辨析 見【採用】條。

▶ 選取 辨析 都有"選擇並採用"的意義，但語義側重點和搭配對象有別。"採取"側重於施行；"選取"側重於選擇的過程。如"他採取了自學成材的方式"，側重於已經施行了這一方式；"他選取了自學成材的方式"，則着重於他在許多方式中經過挑選而確定了這一方式。"採

取"的對象大多是比較抽象的事物；"選取"的對象既可以是具體的事物，如"選取最好的產品參展""選取精兵強將到前線去"等，也可以是比較抽象的事物，如"選取最佳方案""選取有力措施治理社會治安"等。

採納

cǎinà 動 聽取、接受（意見、建議、要求等）：採納大家的意見。

▶ 採取 辨析 都有"選擇合適的而使用"的意義，但語義側重點和適用對象有別。"採納"側重指接受，適用的對象比較窄，只用於意見、建議、要求、主張、方案等抽象事物；"採取"側重指選取並付諸行動，適用的對象較廣，多用於抽象事物，如方針、策略、戰略、路線、步驟、方式、政策、原則等。如"他的這個意見，實際沒被採納"中的"採納"不能換用"採取"。

▶ 採用 辨析 見【採用】條。

採集

cǎijí 動 收集、尋找：採集標本。

▶ 搜集 辨析 都有"收集、尋找"的意義，但語義側重點和適用對象有別。"採集"側重指選取收集，適用的對象可以是具體事物（標本、食物等），也可以是抽象事物（如民間歌謠）；"搜集"側重指尋找、搜查，適用的對象多指意見、文物等。如"工蟻擔任築巢、採集食物、撫養幼蟲等工作"中的"採集"不宜換用"搜集"。

採辦

cǎibàn 動 採買、購置：採辦年貨。

▶ 採購 辨析 都有"選購貨物"的意義，但語義側重點和語體色彩有別。"採辦"側重指購買大宗的貨物，含有辦理的意味，多用書面語；"採購"側重指選擇購買，可是少量地購買，也可是大量地購買，口語和書面語中都可以用。如"他時常遠赴蘇杭採辦貨物，經久不見人

影"中的"採辦"不宜換用"採購"。

採購 cǎigòu ❶動 為機構或企業等選擇購買：採購辦公用品。❷名 擔任採購工作的人：採購員。

▶ **採辦** 辨析 見【採辦】條。

教室 jiàoshì 名 學校裏進行教學的房間：我們的教室寬敞明亮。

▶ **課堂** 辨析 見【課堂】條。

教師 jiàoshī 名 傳授文化、技術的人：合格教師。

▶ **老師** 辨析 見【老師】條。

▶ **師長** 辨析 見【師長】條。

教誨 jiàohuì 動 教訓；教導：諄諄教誨。

▶ **教導** 辨析 見【教導】條。

教導 jiàodǎo 動 教育指導：教導有方。

▶ **教誨** 辨析 都有"教育、引導"的意義，但語義側重點、感情色彩和語體色彩有別。"教導"強調通過教育進行引導，使走上正確的道路，通用於口語和書面語，如"教導我們要嚴以律己，寬以待人"；"教誨"一般用於師長用道理、經驗耐心親切地教育人、訓告人，帶有尊敬的感情，有書面語色彩，如"對恩師們的教誨之情表示深深的謝意"。

掠取 lüèqǔ 動 搶；奪取：敵人掠取了大量珍貴文物。

▶ **擄掠** 辨析 都有"奪取、搶奪東西"的意義，但語義側重點和語義概括範圍有別。"擄掠"側重於行為，"掠取"則常帶賓語，側重於用強力得到甚麼東西。"擄掠"還包括"搶走人"的意思，"掠取"無此意義。

▶ **搶奪** 辨析 見【搶奪】條。

掠奪 lüèduó 動 奪取、搶劫：發達國家對落後地區的資源掠奪越來越隱蔽，但也越來越嚴重。

▶ **擄掠** 辨析 都有"奪取、搶奪東西"的意義，但風格色彩和語義概括範圍有別。"擄掠"書面語色彩濃厚，"掠奪"相對來說書面語色彩淡一些。"擄掠"還包括"搶走人"的意思，"掠奪"無此意義。

▶ **掠取** 辨析 都有"奪取、搶奪"的意義，但語義輕重有別。"掠奪"的語義比"掠取"重，性質比"掠取"更惡劣。

培育 péiyù 動 幫助幼小的或弱小的成長：培育新品種。

▶ **培養** 辨析 都有"按照一定的目標教育人才"的意義，但語義側重點有別。"培育"強調給予一定的條件、適宜的環境，使其能順利成長；"培養"強調給與教導、幫助，使其成長壯大。

▶ **培植** 辨析 都有"培養人才"的意義，但語義側重點、適用對象有別。"培育"強調給與一定的條件、適宜的環境，可用於人才、官員、新人等；"培植"強調給與教育、訓練，一般只用於人才。

培植 péizhí ❶動 栽種、管理（植物）：人工培植出的新品種。❷動 培養造就人才：大學要培植急需的科技人才。❸動 扶植（某種勢力）：培植親信。

▶ **扶植** 辨析 見【扶植】條。

▶ **培養** 辨析 見【培養】條。

▶ **培育** 辨析 見【培育】條。

培養 péiyǎng ❶動 提供適宜的條件使繁殖：培養真菌。❷動 按照一定的目的，盡力提供條件，加以長期的教育和訓練，使成長或發展：培養人才。

▶ **培育** 辨析 見【培育】條。

▶ **培植** 辨析 都有"盡力創造條件，

使（人或生物）成長或發展”的意義，但語義側重點和適用範圍、感情色彩有別。“培植”可用於人，使其具有某種素質或能力，還可以用於扶植勢力，使其壯大，此時有貶義色彩，還可以用於植物，如“花草、樹木”等；“培養”可以用於人，使其增長才智和知識，還可用於動植物，如“花草、樹苗、種豬、水稻新品種”等。

接見 jiējiàn **動** 跟來的人見面：接見駐華使館工作人員。

▶ **會見** **辨析** 見【會見】條。

接近 jiējìn **動** 靠近；相距不遠：接近真理 / 接近正確答案。

▶ **臨近** **辨析** 見【臨近】條。

接待 jiēdài **動** 迎接款待：接待貴賓。

▶ **招待** **辨析** 見【招待】條。

接踵而至 jiēzhǒngérzhì 腳步緊相連接，比喻相繼不斷。

▶ **紛至沓來** **辨析** 見【紛至沓來】條。

接濟 jiējì **動** 在物質上援助：她總是在生活上接濟我們。

▶ **救濟** **辨析** 都有“對缺少財物、生活困難的人給以幫助、救援”的意義，但語義側重點和適用對象有別。“接濟”強調通過物質援助使維持生活，多用於生活困難的個人、家庭，如“他常年接濟照顧寡孤老人和孤兒”；“救濟”強調通過援助使度過難關，保全性命，救死扶傷，可用於生活困難的個人、家庭，也可用於發生災害的地區，用於災區時，一般援助的金錢、物資數量很大，如“救濟補助款”“撥款二百萬美元救濟災區”。

執行 zhíxíng **動** 把政策、法令、決議、計劃、判決等付諸實施：執行死刑。

▶ **履行** **辨析** 都有“通過行動使成為事實”的意義，但語義側重點和適用對象有別。“執行”着重指嚴格依照上級指示去做，帶有約束性或強制性，多用於方針、政策、路線、決議、計劃、人物、命令等；“履行”着重指按照自己答應做的或應該做的去做，使成為事實，多用於諾言、試驗、合約、協議、義務等。如可以說“履行法律義務”，但不說“執行法律義務”。

▶ **施行** **辨析** 都有“通過行動使成為事實”的意義，但語義側重點和適用對象有別。“執行”着重指按照某種既定的、帶有約束性或強制性的規定去做，多用於方針、政策、路線、決議、計劃、人物、命令等；“施行”着重指加以貫徹、推行，使之生效，常用於法令、規章、制度、計劃等。如“本法令自公佈之日起施行”中的“施行”不宜換用“執行”。

▶ **實行** **辨析** 都有“按規定去做”的意義，但語義側重點和適用對象有別。“執行”帶有強制性，目的是使命令、指示、任務、法令、判決等發生效力；“實行”強調通過行動來實現，使綱領、政策、方針、路線、主張等貫徹施行，成為現實。如“員工一律實行聘用制和考核制”中的“實行”不宜換用“執行”。

執拗 zhíniù **形** 固執任性，不聽從別人的意見：脾氣很執拗。

▶ **固執** **辨析** 都有“堅持自己的想法或做法，不肯改變”的意義，但語義側重點和適用對象有別。“執拗”強調很不隨和，多用於形容個人的脾氣、性格，一般不用於集團或組織；“固執”強調固守自己的意見，常用於形容人的性格或作風，也可用於形容集團或組織的作風。如“他們還在固執地堅持原決定。”

控制 kòngzhì ❶**動** 掌握住不使任意活動或越出範圍；操縱：物價上漲總水平要控制在 10%。❷**動** 使處於自己的佔有、管理或影響之下：我們已經控制了整個戰局。

▶ **把持** 辨析 見【把持】條。

▶ **掌握** 辨析 都有"使人或事物處於自己的管理或影響之下"的意義，但語義側重點和語義輕重有別。"控制"強調用力量、權勢、意志約束、限制，語義比"掌握"重，如"該地區經濟詐騙犯罪活動已經得到有效控制"；"掌握"強調對人或事物能按自己的意願調遣和把握，不使脫離，能夠駕馭，如"掌握自己的命運"。

探求 tànqiú 動 探索追求：探求真理。

▶ **探索** 辨析 都有"試圖尋求答案、解決疑難"的意義，但語義側重點和適用對象有別。"探究"着重於"求"，追求，強調不斷尋找、積極追求答案或認識；"探索"着重於"索"，求索，強調為解決疑難問題而多方尋求答案或真實情況。"探求"的對象是事物，如真理、道理、規律等；"探索"的對象可以是事物，如原因、奧秘、知識、本質等，也可以是人，如人體、人生等。

探索 tànsuǒ 動 尋求答案，解決疑難：探索人生道路。

▶ **摸索** 辨析 都有"試圖尋求答案、解決疑難"的意義，但語義側重點和適用對象有別。"探索"着重於"探"，探求，強調為解決疑難問題而多方尋求答案或真實情況；"摸索"着重於"摸"，試着做，強調在沒有確定目標、方向的情況下，一點一點憑感覺去尋找。"探索"的對象可以是事物，如原因、奧秘、知識、本質等，也可以是人，如人體、人生等；"摸索"的對象是事物，如經驗、技術、門徑、辦法、方向等。

▶ **探求** 辨析 見【探求】條。

探詢 tànxún 動 設法詢問、打聽：探詢意圖

▶ **打探** 辨析 見【打探】條。

▶ **打聽** 辨析 見【打聽】條。

掃除 sǎochú ❶ 動 除去髒物：大掃除。❷ 動 消除；清除：掃除障礙。

▶ **打掃** 辨析 見【打掃】條。

▶ **清除** 辨析 都有"除去某物"的意義，但語義側重點、語義輕重和適用對象有別。"掃除"着重於"掃"，打掃、消除，強調消除髒物或不好的人及事物；"清除"着重於"清"，乾淨、純潔，強調掃除淨盡、徹底去掉，語義較"掃除"重。"掃除"的對象一般為較具體的事物，可以是髒東西，也可以是阻礙前進的事物或缺乏某種知識、技藝的人，如"地雷、文盲、科盲、害人蟲"；"清除"的對象可以是人或具體事物，如"叛徒、內奸、路障、積雪、垃圾"等，也可以是抽象事物，如"積弊、舊習、陳舊思想"等。

掃興 sǎoxìng 動 遇到不愉快的事情而敗壞了興致：跳舞時停電，真讓人掃興。

▶ **敗興** 辨析 都有"遇到不愉快的事情而敗壞了興致"的意義，但語義側重點和引發對象有別。"掃興"着重於"掃"，掃除，強調正當高興時遇到某人或某事而使興致掃除淨盡，如"乘興而來，掃興而歸"；"敗興"着重於"敗"，敗壞，強調因遇到不如意的事而使興致全被破壞，如"急着出門卻打不着車，那該多麼心焦和敗興呀"。引發"掃興"的對象可以是人，也可以是事；引發"敗興"的對象多為不如意或不希望的事。

掘 jué 動 用工具或手從物體表面向裏用力：掘地三尺。

▶ **挖** 辨析 見【挖】條。

基本 jīběn ❶名 事物的最重要的部分：百姓是國家的基本。❷形 根本的：基本矛盾／基本任務。❸形 主要的：基本條件／基本情況。❹副 大體上：基本符合標準／任務已基本完成。

▶ **根本** 辨析 見【根本】條。

基礎 jīchǔ ❶名 建築物的根腳：蓋房子一定要打好基礎。❷名 事物發展的根本或起點：《聖經》是西方文明的基礎。

▶ **根基** 辨析 見【根基】條。

聆聽 língtīng 動 認真聽：多年前聆聽先生教誨，至今難忘。

▶ **傾聽** 辨析 見【傾聽】條。

勘探 kāntàn 動 查明礦藏分佈情況，測定礦體的位置、形狀、大小、成礦規律、巖石性質、地質構造等情況。

▶ **勘測** 辨析 見【勘測】條。

勘測 kāncè 動 勘查和測量。

▶ **勘察** 辨析 都有"採礦或工程施工前進行實地查看"的意義，但語義側重點有別。"勘測"強調查看同時進行測量，得到相關數據，如"組織專家和技術人員進行了長達 30 多年的勘測、實驗和設計"；"勘察"強調進行仔細地查看、調查，以瞭解情況，如"刑偵人員對現場進行勘察"。

▶ **勘探** 辨析 都有"採礦或工程施工前進行實地查看"的意義，但語義側重點和適用對象有別。"勘測"強調查看同時進行測量，得到相關數據，適用範圍比"勘探"廣，除用於礦藏、地質等方面，還可用於考古、施工現場等，如"現場勘測""根據文獻記載和考古勘測，遼上京分南北二城，兩城連接呈'日'字形"；"勘探"強調查明情況，多用於礦藏、石油、天然氣等的分佈情況，有時也可用

於文物等其他事物，如"南非諸國的黃金資源尚未得到大規模勘探和開發"。

勘察 kānchá 動 進行實地調查或查看（多用於採礦或工程施工前）：勘察地形。

▶ **勘測** 辨析 見【勘測】條。

勒索 lèsuǒ 動 抓住對方的弱點強行索取好處：敲詐勒索。

▶ **敲詐** 辨析 都有"利用不正當的手段索取金錢等好處"的意義，但語義側重點有別。"勒索"有通過強力手段逼迫索要的意思，如"黑勢力對商家的勒索是嚴重的社會問題"；"敲詐"的受害者通常是受到某種勢力的威脅、欺騙、要挾，如"我根本沒有受賄，你這是敲詐"。

帶領 dàilǐng 動 領導或指揮（一群人進行集體活動）：帶領屬下。

▶ **率領** 辨析 都有"領導、指揮"的意義，但語義側重點、語義強度和適用對象有別。"帶領"側重指領導或指揮一群人進行集體活動，語義較輕，適用對象多是一般的事情、一般的場合；"率領"側重指領導或指揮一支軍隊或一個團體作戰或活動，適用對象多是比較重要的事務、比較莊重的場合。如"他帶領兩個下屬，挨家挨戶去找"中的"帶領"不宜換用"率領"。

乾枯 gānkū ❶形 由於衰老或缺少水分、營養等而失去生機：草木乾枯／乾枯的皮膚。❷形（河道、湖泊、水井等）沒有水了：那口井已經乾枯了。

▶ **乾涸** 辨析 都有"沒有水"的意義，但語體色彩有別。"乾枯"口語和書面語都可以用；"乾涸"是書面語詞。

▶ **枯槁** 辨析 都有"由於衰老或缺少水分、營養等而失去生機"的意義，但語義側重點和語體色彩有別。"乾枯"強調乾癟，失去正常時含有水分的飽滿狀

態；"枯槁"含有乾死、毫無生氣的意味，書面語色彩濃厚，使用較少。如一般說"頭髮乾枯"，而不說"頭髮枯槁"。

▶ **枯萎** 辨析 都有"由於衰老或缺少水分、營養等而失去生機"的意義，但語義側重點和適用對象有別。"乾枯"強調乾癟，失去正常時含有水分的生機；"枯萎"強調萎縮，而且不用於皮膚等方面，只用於形容草木等方面。如"這些花卉都莫名其妙地枯萎凋謝"中的"枯萎"不宜換用"乾枯"。

乾涸 gānhé 形 (河道、池塘等) 沒有水了：河道已乾涸。

▶ **乾枯** 辨析 見【乾枯】條。

▶ **枯竭** 辨析 都有"沒有水"的意義，但語義側重點和適用對象有別。"乾涸"強調乾，多指比較大的河道、池塘等沒有水；"枯竭"強調竭、斷絕，可以指比較小的水井等沒有水。如可以說"水源枯竭"，但一般不說"水源乾涸"。

乾淨 gānjìng ❶形 沒有塵土、污垢、雜質等：衣服很乾淨。❷形 某種言論、行為等符合規範要求：這個人手腳不乾淨，得提防着點。❸形 不拖泥帶水：乾淨利索。❹形 一點不剩：消滅乾淨。

▶ **潔淨** 辨析 都有"沒有塵土、污垢等"的意義，但語義範圍和語體色彩有別。"乾淨"還可指沒有雜質，如可以說"小麥很乾淨，沒有沙礫"，口語和書面語中都可以用；"潔淨"一般不指沒有雜質方面，是書面語詞。如"夜空像水洗過似的潔淨無瑕"中的"潔淨"不宜換用"乾淨"。

▶ **清潔** 辨析 都有"沒有塵土、污垢等"的意義，但語義範圍、適用對象、語體色彩、語法功能有別。"乾淨"還可指沒有雜質，如可以說"棉花很乾淨，沒有碎葉"，可形容具體的物品，口語和書面語中都可以用，既可作定語，也可作謂語；"清潔"一般不能形容具體的物品，是書面語詞，多作定語。如可以說"桌子很乾淨"，但一般不說"桌子很清潔"。可以說"清潔工人"，但一般不說"乾淨工人"。

梗概 gěnggài 名 大略的內容或情節：故事梗概。

▶ **概略** 辨析 都有"大概情況"的意義，但語義側重點和適用對象有別。"梗概"着重指大略的內容，多用於故事、小說、戲劇、電影等有情節的作品，較詳細一些；"概略"着重指簡明而大概的情況，多用於書籍、文章等方面，較粗略一些。如"兩個月的學院生活結束之後，關文清對於拍片的全過程已經略知梗概"中的"梗概"不宜換用"概略"。

梗塞 gěngsè 動 阻塞不通：地下管道梗塞。

▶ **阻塞** 辨析 見【阻塞】條。

救濟 jiùjì 動 用金錢或物資幫助災區或生活困難的人：救濟災民。

▶ **接濟** 辨析 見【接濟】條。

▶ **周濟** 辨析 見【周濟】條。

軟弱 ruǎnruò ❶形 缺乏氣力：身體軟弱。❷形 缺乏強勁的力量；不堅強：軟弱無能／生性軟弱。

▶ **脆弱** 辨析 都有"缺乏強勁的力量、不堅強"的意義，但語義側重點和使用範圍有別。"軟弱"着重於"軟"，力量小、不能堅持，強調缺乏勇氣、魄力和能耐，無力抗爭；"脆弱"着重於"脆"，容易折斷破碎，強調不結實、不堅強，經不起挫折、打擊或折騰。"軟弱"多用來形容人的性格、感情、態度、意志等，可用於個人，也可用於國家、政府、團體等；"脆弱"可用來形容人的性格、感情、意志等，也可用來形容事物。"軟弱"還可以形容身體缺乏氣力，在這一意義上二者不相同。

▶ **虛弱** 辨析 都有"身體缺乏氣力"和"缺乏強勁的力量、不堅強"的意義，但語義側重點和使用範圍有別。"軟弱"着重於"軟"，力量小、不能堅持，強調缺乏氣力，或缺乏勇氣、魄力和能耐，無力抗爭；"虛弱"着重於"虛"，體質差、空虛，強調身體不壯實，或內部空虛、力量弱小，容易受挫折、破壞或動搖。"軟弱"多用來形容人的身體、性格、感情、態度、意志等；"虛弱"可用於人、國家、團體等，形容身體、體質、本質、力量、國力、兵力等，也可用來形容事物的實力等。

軟禁 ruǎnjìn 動 不關進牢獄，但只允許在指定的範圍內活動：他被軟禁半年。

▶ **幽禁** 辨析 都有"不關進牢獄，但只允許在指定的範圍內活動"的意義，但語義側重點和語體色彩有別。"軟禁"着重於"軟"，用溫和的方式，強調形式上寬鬆，不像關進監獄那樣硬性地禁止行動自由，如"他先被軟禁，後被監禁"；"幽禁"着重於"幽"，隱蔽的，強調禁止在公眾場合自由活動，限於隱蔽的處所活動，如"他被幽禁在山上那座小樓裏"。"軟禁"可用於書面語，也可用於口語；"幽禁"一般用於書面語。

連忙 liánmáng 副 表示緊跟着做出某種動作行為：有老人上車，她連忙站起來讓座。

▶ **趕緊** 辨析 都有"緊跟着做某種動作、行為"的意義，但語義側重點和語法功能有別。"連忙"強調前後相隔時間的短暫，可述說自己或別人已經發生的動作行為，如"他看見我進來，連忙站了起來"，但不能用於命令；"趕緊"則側重於急於去做某事，強調緊迫性，可以用於祈使句，如"你趕緊把我的筆記本送

過來"。

▶ **趕忙** 辨析 都有"緊跟着做某種動作、行為"的意義，但語義側重點有別。"連忙"強調前後動作相隔時間短；"趕忙"強調趕快去做，心裏很着急。

▶ **急忙** 辨析 都有"緊跟着做某種動作、行為"的意義，但語義側重點和語義輕重有別。"連忙"強調前後動作相隔時間短；"急忙"強調心裏着急，因而加快行動，詞義比"連忙"重。

連接 liánjiē 動 事物與事物接觸到並聯繫在一起：把兩根線連接在一起。

▶ **鏈接** 辨析 都有"表示事物相連"的意義，但語義側重點有別。"連接"強調連成一體，或互相間影響密切，如"連接電源，機器才能工作"；"鏈接"表義更形象，有一環接一環的意思，如"互聯網鏈接"。

▶ **銜接** 辨析 都有"表示事物相連"的意義，但語義側重點有別。"連接"強調連在一起，多就空間位置而言；"銜接"則強調事物之間相接觸的部分，如"銜接點"，接觸面積比"連接"小。"銜接"可用於空間方面，也可用於時間方面，如"動作銜接不流暢"。

連帶 liándài ❶ 動 互相關聯。❷ 動 放在一起（處理）：她洗衣服的時候連帶着毛巾、抹布都洗一遍。

▶ **附帶** 辨析 都有"表示將事物放在一起處理"的意義，但語義側重點有別。"連帶"側重事物間彼此聯繫在一起，如"這個工作也連帶做了吧"；"附帶"側重聯繫在一起的事物有主次之分，表意更清晰，如"這件事也附帶講一下"。

▶ **捎帶** 辨析 都有"受到（不好）的影響"的意義，但風格色彩有別。"捎帶"有調侃戲謔的口吻，如"你們幹甚麼都行，別捎帶上我吃官司就行"。

連累 liánlèi 動
使本來與某事無關的人一起受到損害：真對不起，我的錯誤連累你也捱批評。

▶ **牽連** 辨析 都有"使本來無關的人一起受到損害"的意義，但適用範圍和語義側重點有別。"連累"使用廣泛，詞義上側重已經產生的不好的影響；"牽連"側重指被涉及，通常用於比較嚴重的事。

▶ **拖累** 辨析 都有"使別人一起受到損害或承擔責任"的意義，但語義輕重和語義側重點有別。"拖累"詞義要重一些，比較"我連累了你"和"我拖累了你"，前者表示因"我"做過的事使"你"受到損害，後者側重"我"與"你"之間已有密切關係，因"我"的存在使得"你"承擔額外的責任。

連續 liánxù 動
前後緊接着，不斷：連續兩天熬夜工作，他真是累壞了。

▶ **持續** 辨析 都有"表示事情前後相連，不間斷"的意義，但語義側重點和適用對象有別。"連續"側重說一件事接一件事，一個人跟一個人，如"連續進來七八個人"，也可說一件事不間斷，如"這雨連續下了三天了"；"持續"做動詞，表示一件事延續下來，沒有間斷，如"這場雨持續了三天了"，具有書面語色彩。

專心 zhuānxīn 形
集中注意力，一心一意：專心致志。

▶ **潛心** 辨析 都有"用心專注"的意義，但語義側重點、適用對象和語體色彩有別。"專心"強調注意力集中、專一，可用於工作、學習、娛樂活動、態度和神情等多方面，口語和書面語都可以用；"潛心"強調用心專注、深入下去，語義較重，多用於鑽研業務或學術研究方面，具有書面語色彩。如"他的特點是潛心鑽研，善作角色分析"中的"潛心"不能換用"專心"。

專長 zhuāncháng 名
專門的知識或技能，特長：學有專長。

▶ **特長** 辨析 都有"在某個方面有較高的素養，能做得很好"的意義，但語義側重點和適用對象有別。"專長"強調個人的專工，多用於學問、技能方面，可組成"學有專長"的固定搭配；"特長"強調特別擅長的方面，多用於技能或工作經驗方面。如"小李的特長是說笑話"中的"特長"不宜換用"專長"。

專家 zhuānjiā 名
對某一門學問有專門研究的人，擅長某項技術的人：老專家。

▶ **行家** 辨析 都有"精通某種技術的人"的意義，但語義側重點和適用對象有別。"專家"着重指對某一門學問或技術有很深造詣，具備高深的理論修養的人，多用於科學領域；"行家"着重指精通某行業的業務、某專業的知識，或很熟識某種事情的人，多用於生活領域。如"在選服裝上，她可是行家"中的"行家"不能換用"專家"。

專橫 zhuānhèng 形
專斷強橫，任意妄為：專橫跋扈。

▶ **蠻橫** 辨析 都有"不講道理"的意義，但語義側重點有別。"專橫"強調辦事專斷，不聽取別人意見；"蠻橫"強調態度粗暴、野蠻，如"保長的態度十分蠻橫。"

▶ **強橫** 辨析 都有"不講道理"的意義，但語義側重點有別。"專橫"強調辦事專斷，不聽取別人意見；"強橫"強調態度強硬。如"那個滿臉橫肉的胖子強橫地把我的東西搬了出去"中的"強橫"不能換用"專橫"。

區分 qūfēn 動
通過比較多個對象以認識和把握彼此的不同：區分兩類不同性質的矛盾。

▶ **區別** 辨析 都有 "比較兩個或兩個以上的事物，從而看出它們之間的差異" 的意義，但語義側重點、使用範圍和詞性有別。"區分" 着重於 "分"，分開，把不同的事物按照差異劃分開來；"區別" 着重於 "別"，辨別，除把不同的事物按照差異劃分開來外，還要判定好壞優劣。"區分" 多用於容易相混、不易分清的事物；"區別" 使用範圍較廣，可用於容易相混、不易分清的事物，也可用於互相聯繫或統一的事物。"區分" 只能用作名詞；"區別" 除用作動詞外，還能用作名詞。

區別 qūbié ❶ 動 通過比較多個對象以認識或把握彼此的不同：分清是非，區別善惡。❷ 名 不同點：彼此有明顯的區別。

▶ **差別** 辨析 都有 "不同之處" 的意義，但語義側重點和詞性有別。"區別" 着重於 "區"，區分、劃分，經過比較而區分出來的彼此間的不同點，如 "我看不出這兩個詞有甚麼區別"；"差別" 着重於 "差"，不同、不合，指事物的形狀、結構、內容等方面的不同，如 "不同領域的科學知識差別之大可謂 '隔行如隔山'"。"區別" 除用作名詞外，還能用作動詞；"差別" 只能用作名詞。

▶ **差異** 辨析 都有 "不同之處" 的意義，但語義側重點和詞性有別。"區別" 着重指經過比較而區分出來的彼此間的不同點，如 "這兩種處理辦法有着原則上的區別"；"差異" 着重指事物間的不相同之處，如 "世界六大洲大城市的市長們，超越社會制度的差異而彙聚一堂"。"區別" 除用作名詞外，還能用作動詞；"差異" 只能用作名詞。

▶ **分辨** 辨析 都有 "認識和把握彼此的不同" 的意義，但語義側重點、使用範圍和詞性有別。"區別" 着重於通過比較多個對象而看出它們之間的差異，"分辨" 着重於辨認分清是非、真假、優劣等。"區別" 使用範圍較廣，可用於互相聯繫或統一的事物，也可用於容易相混、不易區分的事物；"分辨" 一般用於容易相混、不易區分的事物。"區別" 除用作動詞外，還能用作名詞，指 "不同的地方"；"分辨" 只能用作動詞。

▶ **區分** 辨析 見【區分】條。

堅決 jiānjué 形 （態度、主張、行動）確定不移，不猶豫：態度很堅決／堅決改正錯誤。

▶ **堅定** 辨析 都有 "意志、主張不動搖，確定不移" 的意義，但語義側重點、適用對象和語法功能有別。"堅決" 強調下定決心，毫不猶豫，可用於態度、主張、行動等，可作定語、謂語、狀語，做狀語時可直接修飾中心語，如 "堅決打擊黑惡勢力" "對館址問題，他的態度很堅決" "堅決反對強權政治"；"堅定" 強調穩定、不動搖，不改變，可用於立場、主張、意志等，可做定語、謂語、狀語，做狀語時須帶 "地"，如 "堅定的意志和必勝的信心" "話雖說得很輕，但很堅定" "堅定地奉行開放政策"。此外，"堅定" 還有動詞用法，如 "堅定了與對方合作的決心"，"堅決" 沒有這種用法。

堅固 jiāngù 形 結合緊密，不容易破壞；牢固，結實：堅固耐用／堅固的堡壘。

▶ **牢固** 辨析 都有 "不容易摧毀、破壞、打垮" 的意義，但語義側重點和適用對象有別。"堅固" 強調事物內部結合緊密，整體堅實不易受到破壞，多用於具體的事物，也可用於抽象事物，如 "那裏海岸長期受浪濤沖擊，木材石料難以長久保持堅固"；"牢固" 強調事物之間結合緊密，牢靠穩固，不易被分隔開，不易動搖，既可用於具體的事物，也可用於思想、觀念、信念、友誼等抽象事物，如"牢固樹立資金效益觀念""兩國友誼有着牢固的基礎"。

堅定 jiāndìng ❶形（主張、立場、意志等）穩定堅強；不動搖：堅定的信念 / 堅定的立場。❷動 使堅定：堅定立場 / 堅定信心。

▶ **堅決** 辨析 見【堅決】條。

堅持不懈 jiānchíbùxiè 堅持到底，毫不鬆懈：堅持不懈抓好畢業生的就業問題。

▶ **鍥而不捨** 辨析 都有"堅持做下去，不懈怠，不捨棄"的意義，但語義側重點和語義的展現方式有別。"堅持不懈"強調思想和行動上毫不鬆懈，語義的展現是直接、顯豁的，如"堅持不懈地開展農田水利基本建設"；"鍥而不捨"強調有恒心、有毅力，不捨棄，語義通過"雕刻一件東西，一直刻下去不放手"的形象展現出來，如"他們鍥而不捨，以水滴石穿的精神感動了上帝"。

堅強 jiānqiáng ❶形 強固有力，不可動搖或摧毀：他的意志磨練得很堅強 / 堅強的性格。❷動 使堅強：豐富自己的知識，堅強自己的信心。

▶ **頑強** 辨析 都有"意志堅定，不易為外力所改變"的意義，但語義側重點、適用對象和感情色彩有別。"堅強"強調堅定不動搖，內心的力量強大，不易改變、摧毀，多用於意志、性格、力量等，含褒義，如"沒有經過暴風雪的洗禮，算不得一個堅強的人"；"頑強"強調堅持不懈地進行下去，不因外力影響而停止，多用於精神、信念、態度或某些行為等，是中性詞，如"頑強拼搏的精神""頑強抗爭"。

堅毅 jiānyì 形 堅定有毅力：堅毅的神態 / 堅毅挺拔的身軀。

▶ **剛毅** 辨析 見【剛毅】條。

奢華 shēhuá 形 奢侈豪華：奢華的生活。

▶ **豪華** 辨析 都有"揮霍錢財、過分鋪張"的意義，但語義側重點和使用範圍有別。"奢華"強調花費大量錢財，追求門面的闊綽、華貴，略含貶義；"豪華"強調追求華麗、氣派或排場，不含褒貶色彩。"奢華"多形容具體的生活景況，如衣食、住室、陳設、建築等；"豪華"多形容生活奢侈或建築、裝飾等特別富麗堂皇，使用範圍較廣。

奢談 shētán 動 不切實際地談論：奢談人權。

▶ **侈談** 辨析 見【侈談】條。

爽快 shuǎngkuai ❶形 清爽舒暢：洗個澡身上真爽快。❷形 直爽痛快：他說話很爽快。

▶ **爽朗** 辨析 都有"清爽"或"直爽"的意義，但語義側重點、適用範圍和用法有別。在表示"清爽"義時，"爽快"着重於"快"，愉快，強調舒適愉快，多用於人的身心感覺；"爽朗"着重於"朗"，明朗，強調清爽明朗，使人暢快，多用於自然景物，如天空、天氣等。在表示"直爽"義時，"爽快"着重於"快"，痛快，強調乾脆痛快，多用於人的言語行為；"爽朗"着重於"朗"，開朗，強調直爽開朗，多用於人的性格、為人。"爽快"能重疊成 AABB 式使用；"爽朗"一般不重疊使用。

▶ **痛快** 辨析 都有"直截了當、不拖泥帶水"的意義，但語義側重點有別。"爽快"強調說話辦事豪爽、熱情而不猶豫顧忌，含耿直的意味，如"他有求必應，十分爽快"；"痛快"強調辦事說話乾脆，讓人感到暢快，含直率的意味，如"他是個痛快人"。在其他意義上二者不相同。

▶ **直爽** 辨析 見【直爽】條。

爽朗 shuǎnglǎng ❶形 清爽明朗，使人暢快：爽朗的天氣。❷形 直爽開朗：爽朗的笑聲。

▶ **爽快** 辨析 見【爽快】條。

逐步 zhúbù 副 一步一步地，表示動作行為有節奏地循序漸進：逐步深入。

▶ **逐漸** 辨析 都有"數量或程度隨時間慢慢地增加或減少"的意義，但語義側重點和語法功能有別。"逐步"強調有意識地、人為地讓事物的發展變化按步驟進行，階段性比較強，一般只修飾動詞性詞語；"逐漸"強調事物本身自然而然的發展變化，沒有明顯的階段性，既可修飾動詞性詞語，又可修飾形容詞性詞語。如"樹上的果子逐漸稀少起來"中的"逐漸"不能換用"逐步"。

逐漸 zhújiàn 副 漸漸（緩慢而有序）：病情逐漸好轉。

▶ **漸漸** 辨析 都有"表示自然而然的連續性的變化"的意義，但語義側重點有別。"逐漸"強調有秩序地緩慢變化；"漸漸"強調發展變化過程緩慢，如"舞台上的燈光漸漸暗了下去。"

▶ **逐步** 辨析 見【逐步】條。

盛大 shèngdà 形 形容集體活動規模宏大、儀式莊重：盛大的閱兵式。

▶ **隆重** 辨析 都有"形容集體活動儀式莊重"的意義，但語義側重點和語法功能有別。"盛大"強調會議、典禮等儀式莊重且規模宏大，如"東道國舉行盛大招待會慶祝展會開幕"；"隆重"強調會議、典禮等儀式特別莊重，如"總決賽暨頒獎晚會在體育館隆重舉行"。"盛大"多用作定語；"隆重"除用作定語外，還常用作謂語、狀語和補語。

盛行 shèngxíng 動 廣泛、迅速地流行：盛行一時。

▶ **風靡** 辨析 見【風靡】條。

▶ **風行** 辨析 見【風行】條。

▶ **流行** 辨析 見【流行】條。

盛開 shèngkāi 動（花）開得很茂盛：在那桃花盛開的地方。

▶ **怒放** 辨析 見【怒放】條。

頃刻 qǐngkè 名 極短的一段時間：隨着一聲炮響，山頭上頃刻間揚起了一片塵土。

▶ **片刻** 辨析 見【片刻】條。

▶ **須臾** 辨析 都有"極短的一段時間"的意義，但詞語搭配和語體色彩有別。"頃刻"多與"間、之間"搭配使用，如"大地震瞬間爆發，這座工業重鎮在頃刻間變成廢墟"；"須臾"常與"不可、不可以"搭配使用，如"這一場面揭示出水與人須臾不可分離的關係"。"頃刻"多用於書面語；"須臾"書面語色彩比"頃刻"更濃。

處分 chǔfèn ❶動 對犯罪或犯錯誤的人作出處罰決定：免於處分。❷名 犯罪或犯錯誤的人受到的處罰決定：給予警告處分。

▶ **懲處** 辨析 都有"對犯罪或犯錯誤的人給予制裁"的意義，但語義強度、適用對象和語體色彩有別。"處分"語義較輕，適用對象可以是犯罪的人，也可以是犯一般錯誤的人，口語和書面語都可以用；"懲處"語義較重，適用對象多為犯罪的人，具有濃厚的書面語色彩。如"廣東嚴厲懲處一批毒品犯罪分子"中的"懲處"不能換用"處分"。

▶ **處罰** 辨析 都有"對犯罪或犯錯誤的人給予制裁"的意義，但語義側重點和適用對象有別。"處分"側重指制裁的方式是一種行政手段，適用對象一般是隸屬於某個組織的在職人員或學生；"處罰"所採用的制裁方式多種多樣，包括警告、罰款、拘留，甚至體罰等，適用對象身份不限。如"上司非但沒有處分他，反而給他加薪"中的"處分"不宜換用"處罰"。

▶ **處理** 辨析 都有"對犯罪或犯錯誤的人給予制裁"的意義，但語義側重點和適用對象有別。"處分"側重指對犯罪或犯錯誤的人做出處罰，適用對象一般是隸屬於某個組織的在職人員或學生；"處理"側重指給予一定的懲罰以使問題得到解決，適用對象多是違法違紀的人。如"嚴肅處理亂砍亂伐林木的人"中的"處理"不能換用"處分"。

處決 chǔjué ❶動 執行死刑：立即處決。❷動 處理決定：由專責小組處決。

▶ **裁決** 辨析 都有"處理、決定"的意義，但語義側重點、風格色彩和適用對象有別。"處決"側重指處理、解決，適用對象可以是一般事件，也可以是違法、違規行為；"裁決"側重指裁定、判決，具有莊重色彩，適用對象多是糾紛、爭議或違法違規行為等。如"根據事實和法律進行裁決"中的"裁決"不能換用"處決"。

▶ **槍決** 辨析 都有"使犯人死亡"的意義，但語義概括範圍有別。"處決"可以採用多種方式，如電椅、槍斃等；"槍決"專指槍斃。如"如今世界上有多種處決人的方法。如電椅、瓦斯、行刑隊等"中的"處決"不能換用"槍決"。

處所 chùsuǒ 名 所處的地點：這位老人的定居處所。

▶ **場所** 辨析 都有"地點"的意義，但語義側重點有別。"處所"側重指所處的地點；"場所"側重指活動或聚集的具體的地點。如"他們值班的處所究竟離你的舖位有多遠"中的"處所"不能換用"場所"。

▶ **地方** 辨析 都有"某一區域"的意義，但語義側重和語體色彩有別。"處所"側重指所處的位置是某一事物的所在地，多用於書面語；"地方"一般泛指某一區域，多用於口語。如"大使館是外交人員的常駐處所"中的"處所"不能換用"地方"。

處治 chǔzhì 動 懲罰；制裁：好好處治她。

▶ **處罰** 辨析 都有"給予制裁"的意義，但語義側重點和適用對象有別。"處治"側重指教訓、懲治，適用於平等個體之間；"處罰"側重指制裁、懲罰，多用於上級對下級、組織對個人等。如"我們這次一定要好好處治他"中的"處治"不宜換用"處罰"。

▶ **處理** 辨析 都有"給予制裁"的意義，但語義側重點有別。"處治"側重指教訓、懲治；"處理"側重指給以一定的懲罰以使問題得到解決。如"只要你能處治了那個小妖精，怎麼辦都行"中的"處治"不宜換用"處理"。

▶ **處置** 辨析 都有"給予制裁"的意義，但語義側重點有別。"處治"側重指教訓、懲治；"處置"側重指做出最終懲罰。如"怎麼處置他"中的"處置"不宜換用"處治"。

處理 chǔlǐ ❶動 安排；解決：處理問題。❷動 處罰；懲辦：依法處理。❸動 減價出售：處理商品。❹動 對工作或產品進行加工，使獲得所需要的性能：熱處理。

▶ **處治** 辨析 見【處治】條。

▶ **處分** 辨析 見【處分】條。

▶ **處置** 辨析 都有"加以安排或辦理"和"給予制裁"的意義。在前一意義上，"處理"強調加以辦理，口語和書面語都可以用；"處置"強調加以安排，使事物對象處於一定的地位，多用於書面語。

在後一意義上，"處理"語義較輕，"處置"語義較重。如"把他交政府處理"中的"處理"不宜換用"處置"。

▶ **料理** 辨析 都有"安排、辦理"的意義，但語義側重點和適用對象有別。"處理"側重指解決、安排，適用對象可以是人，也可以是文件、問題等一些抽象事物；"料理"側重指打理，適用對象多是生活、家務、喪事等。如"剛剛料理完父親的後事，他馬上請求奔赴一線"中的"料理"不能換用"處理"。

處置 chǔzhì ❶動 安置；安排：合理處置。❷動 發落；懲治：嚴加處置。

▶ **處理** 辨析 見【處理】條。

▶ **處治** 辨析 見【處治】條。

處罰 chǔfá 動 對犯罪或犯錯誤的人給予制裁：處罰無照駕駛者。

▶ **懲罰** 辨析 都有"對犯罪或犯錯誤的人給予制裁"的意義，但語義側重點、語體色彩和適用對象有別。"處罰"側重指使犯罪或犯錯誤的人受到應有的損失或痛苦，多用於書面語；"懲罰"側重指給以懲戒處罰，使不再犯罪或犯錯誤，口語和書面語都可以用，適用對象不限於犯罪或犯錯誤的人。如"只要他不高興，就懲罰我們、羞辱我們"中的"懲罰"不宜換用"處罰"。

▶ **處分** 辨析 見【處分】條。

▶ **處治** 辨析 見【處治】條。

堂而皇之 táng'érhuángzhī 形容公開或不加掩飾，也形容雄偉、很有氣派："京罵"堂而皇之入詞典，專家學者對此頗有微詞。

▶ **冠冕堂皇** 辨析 見【冠冕堂皇】條。

常例 chánglì 名 沿襲下來的通常的做法：他辦事總是援引常例。

▶ **慣例** 辨析 都有"通常的做法"的意義，但語義側重點有別。"常例"側重於從前有過的，後來經常被仿效的事例，泛指通常的規則，如"援引常例""參照常例處理"；"慣例"側重於一向習以為常的做法，有時也指雖然沒有明文規定，但是過去曾經施行，可以仿照辦理的事例，如"一早一晚活動半小時是老人多年的慣例""這種做法違反了國際慣例"。

常常 chángcháng 副 表示動作行為發生的次數多，而且時間相隔不久：這裏常常下雨 / 他常常幫助老人做家務。

▶ **經常** 辨析 見【經常】條。

▶ **時常** 辨析 見【時常】條。

逞能 chěngnéng 動 顯示或炫耀自己能幹：你別逞能了。

▶ **逞強** 辨析 都有"顯示或炫耀自己"的意義，但語義側重點有別。"逞能"側重指顯示有能力，能做某件事；"逞強"側重指能力強。如"你們不用逞能，男女的分工就得不一樣"中的"逞能"不宜換用"逞強"。

逞強 chěngqiáng 動 顯示自己能力強：逞強好勝。

▶ **逞能** 辨析 見【逞能】條。

晨光 chénguāng 名 清早的陽光：清新的晨光。

▶ **晨曦** 辨析 都有"清晨的陽光"的意義，但語義側重點有別。"晨光"側重指日出時的光線、光亮、光芒；"晨曦"側重指清晨的陽光、變幻的日色，光線較弱。如"沐浴着燦爛的晨光，體力與智力同步增長"中的"晨光"不能換用"晨曦"。

晨曦 chénxī 名 早晨的陽光：晨曦乍現。

▶ **晨光** 辨析 見【晨光】條。

敗落 bàiluò 勔 由盛而衰；破落：敗落的小鎮。

▶ **沒落** 辨析 見【沒落】條。

▶ **衰敗** 辨析 都有"事物走向衰亡"的意義，但語義側重點和適用對象有別。"敗落"側重於指家境、村落、建築等殘破零落，如"自從他父親死後，家道就敗落了"；"衰敗"側重於指生命力、勢力等衰弱敗壞，如"爺爺的身體日漸衰敗了"。

▶ **衰落** 辨析 都有"事物走向衰亡"的意義，但語義側重點和適用對象有別。"敗落"側重於指變得敗壞破落，多用於家庭、家道、村落、建築等；"衰落"側重於指變得衰弱無力，多用於國家、權力、家族、事業等。

敗興 bàixìng 勔 因遇到不如意的事而情緒低落：別敗了大家的興。

▶ **掃興** 辨析 見【掃興】條。

敗壞 bàihuài ❶形（道德、品行等）惡劣：道德敗壞。❷勔 損害；破壞（名譽、風氣等）：敗壞聲譽。

▶ **損害** 辨析 都有"使遭受損失；破壞"的意義，但適用對象有別。"敗壞"的對象一般是道德、紀律、風氣、傳統、名譽、興致等，如"傾盆大雨敗壞了大家的遊興"；"損害"的對象一般是利益、事業、健康、名譽等，如"他的這種行為嚴重損害了公司的利益"。

敗露 bàilù 勔（隱蔽的事）被人發覺：陰謀敗露。

▶ **暴露** 辨析 都有"不想讓人知道的事情被人知道"的意義，但語義側重點和適用對象有別。"敗露"側重於指隱蔽的事情被人發覺，對象一般是陰謀、事態、醜事、壞事等；"暴露"側重於指隱蔽的事情突然顯露出來，對象一般是目標、弱點、身份、矛盾、問題等。

▶ **洩露** 辨析 都有"不想讓人知道的事情被人知道"的意義，但語義側重點和適用對象有別。"敗露"側重於指隱蔽的事情由於被人發覺，對象一般是陰謀、事態、醜事、壞事等；"洩漏"側重於指隱蔽的事情由於疏忽而被人知道，對象一般是秘密、消息等。

販賣 fànmài 勔 商人買進貨物再賣出以獲取利潤：販賣蔬菜。

▶ **倒賣** 辨析 都有"買進貨物再賣出以獲取利潤"的意義，但適用範圍、感情色彩有別。"販賣"一般數量較小，是中性詞；"倒賣"數量可大可小，略帶貶義。如可以說"倒賣軍火"，但一般不說"販賣軍火"。

眼 yǎn ❶名 人或動物的視覺器官。❷名 小洞；窟窿：針眼。❸名 指事物的關鍵所在：節骨眼。❹名 圍棋用語，成片的白子或黑子中間的空兒，在這個空兒中對手不能下成活棋：做眼。❺名 戲曲中的拍子：一板三眼。❻量 用於井、泉、窰洞等：一眼泉。

▶ **眼睛** 辨析 二者所指相同，"眼睛"是"眼"的通稱。

眼力 yǎnlì ❶名 在一定距離內眼睛辨別物體形象的能力：她雖然年過八十，眼力尚好，還能穿針引線。❷名 辨別是非好壞的能力：分辨真偽的眼力／他看人很有眼力。

▶ **眼光** 辨析 都有"觀察事物和辨別是非好壞的能力"的意義，但語義側重點、適用對象有別。"眼力"強調敏銳地看出事物本質的能力，用於對人或物品等的判斷、選擇，如"攝影家的眼力""我發現你這孩子看人還很有眼力"；"眼光"強調看出事物發展前途的能力，多用於對事情、事業或對人的觀察、判斷，如"有眼光的讀者""有眼光的實業家"。在其他意義上二者不相同。

眼下 yǎnxià 名 目前：這是眼下最受歡迎的電影。

▶ **當前** 辨析 見【當前】條。

▶ **目前** 辨析 見【目前】條。

眼光 yǎnguāng ❶名 視線：吸引眾人的眼光。❷名 觀察鑒別事物的能力：他是個很有眼光的人，看人很準。❸名 指觀點：用發展的眼光看問題。

▶ **目光** 辨析 見【目光】條。

▶ **眼力** 辨析 見【眼力】條。

眼珠 yǎnzhū 名 眼的主要組成部分，呈球形：華人的頭髮和眼珠兒往往被描述為黑色 / 多可愛的雪孩子，可惜沒有眼珠兒。

▶ **眼球** 辨析 見【眼球】條。

眼球 yǎnqiú ❶名 眼的主要組成部分，呈球形：只要還有一線希望，不要輕易摘除眼球。❷名 視覺上的吸引力、注意力：吸引眼球 / 眼球經濟。

▶ **眼珠** 辨析 二者所指相同，但語體色彩有別。"眼球"是醫學術語，比較正式；"眼珠"有很強的口語色彩，如"他的兩顆眼珠子轉來轉去，一看就不老實"。在其他意義上二者不相同。

眼睛 yǎnjing 名 人或動物的視覺器官：眼睛健康常識 / 她的眼睛會放電。

▶ **眼** 辨析 見【眼】條。

眼熱 yǎnrè 形 看見好的事物而感到羨慕或希望得到：讓人眼熱的法國假日。

▶ **眼饞** 辨析 都有"看見好的事物而希望得到"的意義，但形象色彩有別。"眼熱"有感覺溫度升高，從而吸引人的形象色彩；"眼饞"有食物非常好吃，從而吸引人的形象色彩。

眼饞 yǎnchán 形 看見自己喜歡的事物而極想得到：這款車由於價格高昂，許多消費者只能看着眼饞。

▶ **眼熱** 辨析 見【眼熱】條。

野蠻 yěmán ❶形 不文明，沒有開化：野蠻人。❷形 粗暴，蠻不講理：舉止野蠻。

▶ **粗野** 辨析 見【粗野】條。

畢生 bìshēng 名 從生到死的全部時間：畢生精力 / 畢生積蓄。

▶ **一生** 辨析 見【一生】條。

▶ **終身** 辨析 都有"一直到死的全部時間"的意義，但語義側重點和適用對象有別。"終身"偏重指一直到死，有關係一生的含義，多就切身的事說，所適用的對象通常是現在還活着的人，如"終身大事""終身伴侶""終身教育""終身監禁"；"畢生"強調從生到死的全過程，適用的對象通常是年齡較大的老年人或已死去的人，如"畢生夢想""把畢生心血獻給了科學事業"。

▶ **終生** 辨析 都有"一直到死的全部時間"的意義，但語義側重點和適用對象有別。"終生"偏重指一直到死，所適用的對象多是現在還活着的人，如"終生受益""終生失去駕駛資格""抱憾終生""終生遺憾"；"畢生"強調從生到死的全過程，適用的對象通常是年齡較大的老年人或已去世的人，如"畢生追求""畢生精力"。

曼延 mànyán 形 向一定的方向伸展開去，連綿不斷，姿態曼妙柔美：曼延起伏的山間小路。

▶ **蔓延** 辨析 都有"向一定的方向伸展"的意義，但語義側重點和適用範圍有別。"曼延"指具體事物向外延展，姿態曼妙柔美，如"盛開的紫雲英曼延幾十公里"；"蔓延"指事物像蔓草一樣不斷向四周擴展，可用於具體事物，也可用於抽象事物，如"憤怒的情緒在人們心中蔓延"。

▸ **綿延** 辨析 都有"向着一定的方向伸展開去，連綿不斷"的意義，但適用對象有別。"曼延"指具體事物連綿不斷，姿態曼妙柔美；"綿延"可用於具體事物和抽象事物，如"綿延千里的古長城""中國有着綿延數千年的文明史"。

晦氣 huìqì 形 不順利，不吉利：真晦氣！一出門就摔了一跤。

▸ **倒霉** 辨析 見【倒霉】條。

晦澀 huìsè 形 (詩文、樂曲等的含意)隱晦，不容易懂：晦澀難懂。

▸ **隱晦** 辨析 都有"意思不明顯"的意義，但語義側重點、感情色彩有別。"晦澀"強調本身意思不明顯，文字不通暢，帶有貶義色彩。"隱晦"強調詞句本身通暢，但意思不明顯，一般是有意為之，是中性詞。如"無須隱晦，他與所有的中國男人一樣，很看重女人有喜這事"中的"隱晦"不能換用"晦澀"。

晚年 wǎnnián 名 指人年老的時期：安度晚年。

▸ **老年** 辨析 見【老年】條。

▸ **暮年** 辨析 都有"人年老的時期"的意義，但語體色彩有別。"暮年"書面語色彩更濃。如"烈士暮年，壯心不已"中的"暮年"不宜換用"晚年"。

晚期 wǎnqī 名 某一時期或人生的最後一個階段。

▸ **後期** 辨析 見【後期】條。

▸ **末期** 辨析 見【末期】條。

▸ **末葉** 辨析 見【末葉】條。

距 jù ❶動 在時間上或空間上相隔：距今2500年前。❷動 相隔的長度：行距 /

間距。

▸ **距離** 辨析 都有"在空間上或時間上相隔"和"相隔的長度"的意義，但語體色彩有別。"距"有書面語色彩，如"聚會的地點距我家較遠"；"距離"通用於口語和書面語，如"爆炸地點距離市中心6公里"。

▸ **離** 辨析 見【離】條。

距離 jùlí ❶動 在時間或空間上相隔：距離現在已2500年。❷動 相隔的長度：兩地之間有一定距離。

▸ **差距** 辨析 見【差距】條。

▸ **距** 辨析 見【距】條。

略微 lüèwēi 副 程度極低地；數量極少地：本季度利潤略微有所下降。

▸ **稍微** 辨析 都有"程度極低地；數量極少地"的意義，但語體風格有別。"略微"比"稍微"正式一點兒。如"股市縮量調整，指數略微下挫"中的"略微"不宜換用"稍微"。

國王 guówáng 名 古代某些國家的統治者，現代某些君主制國家的元首。

▸ **帝王** 辨析 都有"國家的統治者"的意義，但適用條件有別。"國王"多用於稱國外元首，可用於面稱、背稱或敍述；"帝王"一般不用於面稱、背稱，而用於敍述中。

▸ **皇帝** 辨析 都有"國家的統治者"的意義，但適用對象有別。"國王"多用於稱國外元首；"皇帝"多用於稱中國古代國家的最高統治者。

國外 guówài 名 本國以外：國外旅遊。

▸ **海外** 辨析 都有"本國以外"的意義，但感情色彩有別。"國外"比較中性，不帶有感情色彩；"海外"強調與本國的聯繫，不能和貶義詞語搭配。如可以說"海外遊子、海外僑胞"，但一般不說"國外遊子、國外僑胞"。

國民 guómín 图 具有某國國籍的人即為該國國民。

▶ 公民 辨析 見【公民】條。

國度 guódù 图 指國家（多就國家區域而言）：他們來自不同的國度。

▶ 國家 辨析 都有"一個國家的整個區域"的意義，但語義側重點、語體色彩有別。"國度"強調一定的地域範圍和長期歷史所形成，具有書面語色彩；"國家"使用比較普遍，既可以指一個國家的整個區域，也可以指國家組織，口語和書面語中都可以用。如"一個金髮碧眼的青年帶着對中國這個神奇國度的夢幻來到上海"中的"國度"不宜換用"國家"。

國家 guójiā ❶图 執政者實施統治的組織，由軍隊、警察、法庭、監獄等組成。❷图 國家政權領有的整個區域：中國是一個地大物博、人口眾多的國家。

▶ 國度 辨析 見【國度】條。

▶ 祖國 辨析 都有"一個國家的整個區域"的意義，但感情色彩有別。"國家"使用比較普遍；"祖國"特指自己的國家，含有親切的意味。

崎嶇 qíqū 圈 形容山路曲折，高低不平：崎嶇的山路。

▶ 坎坷 辨析 見【坎坷】條。

▶ 曲折 辨析 見【曲折】條。

眾多 zhòngduō 圈 很多：奇特的景觀吸引了眾多遊客。

▶ 許多 辨析 都有"表示數量大"的意義，但語法功能和適用對象有別。"眾多"不能同量詞組合，多形容人，可以作謂語，作定語時後面一般加"的"，多用於書面語；"許多"能和量詞組合使用，既可用於人，也可用於其他事物，不能作謂語，作定語時後面不帶"的"，口語和書面語都可以用。如"中國人口眾多，幅員遼闊"中的"眾多"不能換用"許多"。

崩 bēng ❶動 倒塌；崩裂：山崩。❷動（完整的東西）出現裂縫；感情等出現裂痕：把氣球吹崩了／談崩了。❸動 被崩裂的物體擊中：水崩到身上／炸起的石子差點崩到他。❹動 用槍打死：老子崩了你。❺動 君主時代稱帝王死：駕崩。

▶ 斃 辨析 見【斃】條。

▶ 破裂 辨析 見【破裂】條。

崩塌 bēngtā 動 因崩裂而坍塌：巖層崩塌。

▶ 倒塌 辨析 見【倒塌】條。

崩潰 bēngkuì 動 完全破壞；垮台（多指國家政治、經濟、軍事等）：精神崩潰。

▶ 解體 辨析 都有"完全破壞；垮台"的意義，但語義側重點、適用對象有別。"崩潰"有猛然崩解破潰的含義，"解體"偏重指由整體分裂成若干部分，可以是瞬間的，也可以是緩慢的。"崩潰"常用來指國家政治、經濟、軍事等的垮台，多用於抽象事物，如"政權崩潰""精神崩潰""防線崩潰"；"解體"多用於比較具體的事物，如"飛機在空中解體""汽車解體廠""蘇聯解體"。

▶ 瓦解 辨析 見【瓦解】條。

崇拜 chóngbài 動 尊敬；佩服：崇拜英雄。

▶ 崇敬 辨析 都有"推崇"的意義，但語義側重點、語義強度、感情色彩和適用範圍有別。"崇拜"側重指尊敬、佩服，認為了不起，語義較重，中性詞，適用對象可以是人，也可以是鬼神、偶像、自然物等；"崇敬"側重指推崇、尊敬，語義較輕，褒義詞，適用對象一般是人。如"黃帝崇拜天上的雲，以雲為圖騰"中的"崇拜"不宜換用"崇敬"。

▶ **敬仰** 辨析 都有"尊重崇敬"的意義，但語義側重點、語義強度、感情色彩和適用範圍有別。"崇拜"側重指尊敬欽佩，語義較重，中性詞，適用對象可以是人，也可以是鬼神、偶像、自然物等；"敬仰"側重指尊重仰慕，含有佩服並以之為榜樣的意味，含褒義，適用對象一般是人。如"古人有崇拜玉的心理，認為玉是跟神仙聯繫在一起的"中的"崇拜"不能換用"敬仰"。

崇高 chónggāo 形 極高：崇高的理想。

▶ **高尚** 辨析 見【高尚】條。

崇敬 chóngjìng 動 推崇；尊敬：高尚的品質為人崇敬。

▶ **崇拜** 辨析 見【崇拜】條。

▶ **敬仰** 辨析 都有"敬佩"的意義，但語義側重點和適用範圍有別。"崇敬"側重指推崇尊敬，適用對象可以是人，也可以是某些抽象事物；"敬仰"側重指敬重仰慕，並以之為榜樣，適用對象一般是人。如"在我們的身邊大多數人對科學理論永遠懷着一種崇敬的心情"中的"崇敬"不宜換用"敬仰"。

▶ **敬重** 辨析 都有"敬佩"的意義，但語義側重點和適用範圍有別。"崇敬"側重指推崇，適用對象可以是人，也可以是某些抽象事物；"敬重"側重指恭敬尊重，適用對象一般是人。如"滿懷崇敬之情"中的"崇敬"不宜換用"敬重"。

崛起 juéqǐ ❶ 動（山峰等）高聳：平地上崛起一座青翠的山峰。❷ 動 興起：旅遊業迅猛崛起。

▶ **突起** 辨析 見【突起】條。

造作 zàozuò 形 做作，不自然：矯揉造作，令人作嘔。

▶ **做作** 辨析 都有"裝模作樣，不自然"的意義，但語義側重點、適用對象和語法功能有別。"造作"強調過分做作，很不自然，含有強裝硬造的意味，常用於人、文藝作品等，很少單獨使用，常與"矯揉"組成成語"矯揉造作"出現，有時也用"驕矜造作"；"做作"強調指故意做出某種表情、腔調等，動作、表情不自然，不真誠，比"造作"用得普遍、經常，且多單獨使用。如"他的表演讓人感到十分做作"中的"做作"不宜換用"造作"。

造訪 zàofǎng 動 到別人家裏拜訪：登門造訪。

▶ **拜訪** 辨析 見【拜訪】條。

▶ **訪問** 辨析 見【訪問】條。

▶ **走訪** 辨析 見【走訪】條。

造謠 zàoyáo 動 為了達到某種目的而捏造不真實的信息以迷惑他人：造謠生事。

▶ **誹謗** 辨析 都有"捏造事實以損害別人"的意義，但語義側重點、搭配對象和語體色彩有別。"造謠"側重指用捏造的言辭來中傷對方，迷惑大家，具有口語色彩；"誹謗"側重指捏造事實，壞人名譽，具有書面語色彩。如"你公然同奸賊們串通在一起，對我加以誹謗"中的"誹謗"不能換用"造謠"。

甜言蜜語 tiányánmìyǔ 為了討人喜歡或哄騙別人而說的十分動聽的話：別輕信他人的甜言蜜語。

▶ **花言巧語** 辨析 見【花言巧語】條。

甜美 tiánměi ❶ 形 甘甜；像糖或蜜的味道：甜美的西瓜。❷ 形 愉快；舒適；美滿：甜美的生活。

▶ **甜蜜** 辨析 都有 "甘甜" 和 "感到愉快、舒適、美滿" 的意義，但語義側重點、適用範圍和用法有別。"甜美" 着重於 "美"，美好，強調甘甜美好，比喻舒適愉快美好的感覺；"甜蜜" 着重於 "蜜"，如蜜似的甘甜，強調如蜜般甘甜幸福的感覺。"甜美" 多用於生活、日子、愛情、音色、笑容等；"甜蜜" 多用於生活、日子、愛情、表情、心情、感受、語言等。"甜美" 能重疊成 AABB 式使用；"甜蜜" 能重疊成 AABB 式或 ABB 式使用。

甜蜜 tiánmì ❶形 如蜜一般的甘甜：這水蜜桃吃起來甜蜜蜜的。❷形 比喻幸福愉快：甜蜜的回憶。

▶ **甜美** 辨析 見【甜美】條。

透徹 tòuchè 形 指對情況的瞭解或事理的分析詳盡而深入：他的話講得十分透徹。

▶ **精闢** 辨析 都有 "對情況的瞭解或事理的分析詳盡而深入" 的意義，但語義側重點和適用範圍有別。"透徹" 着重於 "徹"，徹底，強調非常深入，如 "自信源於對市場的透徹分析"；"精闢" 着重於 "精"，精深，強調精密深奧，有獨到之處，如 "他的發言論述精闢，內容豐富"。"透徹" 多用於情況、事理；"精闢" 多用於理論、見解。

透露 tòulù 動 洩漏或顯露：透露消息。

▶ **流露** 辨析 都有 "顯現出、表現出" 的意義，但語義側重點和適用對象有別。"透露" 着重於 "透"，洩露，強調有意洩露或顯露出來，多由言語或文字露出，如 "熟悉內情的人賽後透露"；"流露" 着重於 "流"，傳佈，強調不由自主地、無意識地顯露出來，可由言語文字露出，也可通過表情、動作等露出，如 "談及家常，他流露出對父母的思念"。

"透露" 的對象多為風聲、消息、真相、內情、心思等；"流露" 的對象多為意思、感情、情緒等。

▶ **吐露** 辨析 見【吐露】條。

▶ **洩漏** 辨析 見【洩漏】條。

▶ **洩露** 辨析 見【洩露】條。

動身 dòngshēn 動 離開某地去另外的地方：動身去旅行。

▶ **出發** 辨析 見【出發】條。

▶ **起程** 辨析 都有 "離開所在地" 的意義，但語義側重點、適用對象和語體色彩有別。"動身" 側重指離開所在地，一般用於人，多用於口語；"起程" 側重指開始行程，既可用於人，也可用於車、船等工具，多用於書面語。如 "下午再動身吧" 中的 "動身" 不宜換用 "起程"。

笨 bèn ❶形 理解能力和記憶能力差；不聰明：腦子不笨。❷形 不靈巧；不靈活：笨手笨腳。❸形 費力氣的；粗重：從前的傢具多笨哪！

▶ **蠢** 辨析 都有 "理解、判斷能力或行動能力差" 的意義，但語義側重點和適用對象有別。"笨" 側重於指腦子遲鈍，反應不快，多用於人的腦子、手腳、口舌、身體等；"蠢" 側重於指想法、判斷不高明，多用於人說的話，做的事，如 "我今天幹了件蠢事"。

笨拙 bènzhuō 形 笨；不聰明；不靈巧：動作笨拙。

▶ **笨鈍** 辨析 都有 "理解、判斷能力或行動能力差" 的意義，但語義側重點和適用對象有別。"笨拙" 側重於指不靈巧、不巧妙，多用於人或動物的動作、行為；"笨鈍" 側重於指不靈活、不敏捷，多用於人的頭腦，也可以用來表示動作、行為遲緩。

▶ **蠢笨** 辨析 都有 "理解、判斷能力或行動能力差"的意義，但語義側重點和適用對象有別。"笨拙"側重於指靈巧、不巧妙，多用於動作、行為，也可以用於手法、方法等；"蠢笨"側重於指不靈便，不高明，可以用於動作、行為，也可以用於體形、樣子等。

笨鈍 bèndùn 形 愚笨而遲鈍：頭腦笨鈍。

▶ **笨拙** 辨析 見【笨拙】條。

敏捷 mǐnjié 形 動作等迅速而靈敏：行動敏捷；思維敏捷。

▶ **靈敏** 辨析 見【靈敏】條。

敏感 mǐngǎn 形 生理上或心理上對外界事物反應很快：患關節炎的人對天氣的變化非常敏感。

▶ **敏銳** 辨析 見【敏銳】條。

敏銳 mǐnruì 形 感覺靈敏，眼光尖銳：感覺異常敏銳；敏銳的洞察力。

▶ **敏感** 辨析 都有"對外界刺激感受靈敏"的意義，但語義側重點和適用對象有別。"敏銳"側重指人認識事物很迅速，抓住事物本質的能力強，只能用於人，如"一個敏銳的記者總能發現有價值的新聞"；"敏感"側重指生理上或心理上對事物的感受力強，可用於人或物，如"落榜後，她對別人的眼光很敏感""含羞草對外界的刺激很敏感"。

▶ **銳利** 辨析 都有"看問題尖銳"的意義，但語義側重點和適用對象有別。"敏銳"側重指認識事物很迅速，抓住事物本質的能力強，可用於眼光、感覺和觀察力等；"銳利"指表達清楚犀利，可用於眼光、感覺和表達能力等，如"這篇報道銳利的批判鋒芒讓有關部門不得不立即做出反應"。

做 zuò ❶動 製造，製作：做衣服。❷動 寫作，創作：做詩。❸動 從事某種工作活動：做買賣。❹動 舉行家庭的慶祝或紀念活動：給小寶寶做滿月。❺動 充當，擔任：做官。❻動 用作，當作：這間房可以做倉庫。❼動 結成某種關係：做朋友。❽動 假裝出某種樣子：做鬼臉。

▶ **幹** 辨析 見【幹】條。

▶ **搞** 辨析 都有"從事某種工作或活動"的意義，但語義範圍、適用對象和語體色彩有別。"做"意義非常具體，沒有甚麼特殊含義，適用面廣，口語和書面語都可以用；"搞"側重指用一定智力、採取一定方式方法去做，適用面窄，口語色彩濃厚。另外"搞"還可以代替不同的動詞，隨賓語的不同而具有不同的意義。如"搞出版工作、搞科研"中的"搞"可以換用"做"，但"搞關係、搞建設"中的"搞"不能換用"做"。

做作 zuòzuo 形 裝模作樣，故意做出某種姿態或表情：他的表演太做作了，一點也不自然。

▶ **造作** 辨析 見【造作】條。

偵查 zhēnchá 動 為了搜集證據、確定犯罪事實和犯罪嫌疑人而依法進行調查：立案偵查。

▶ **偵察** 辨析 都有"暗中探查瞭解，以弄清情況"的意義，但語義側重點和適用對象有別。"偵查"側重指為了確定犯罪事實和犯罪人而進行調查瞭解，重在查證，多用於警察、檢察等社會治安方面；"偵察"側重指為了弄清敵情及其他有關作戰情況而進行探查活動，重在察看，多用於軍事方面。如"美國最近三次偵察我海岸"中的"偵察"不宜換用"偵查"。

偵察 zhēnchá 動 為弄清敵情、地形和其他有關作戰方面的情況，進行考察、秘密察訪等活動：偵察敵兵火力。

▶ **偵查** 辨析 見【偵查】條。

側重

cèzhòng 動 着重於某一方面：近期工作要側重解決失業人員的再就業問題 / 期末複習一定要有所側重。

▶ 偏重 辨析 都有"着重於某一方面"的意義，但語義側重點和感情色彩有別。"側重"的"側"是"旁邊"的意思，所以"側重"主要指"向旁邊的一個方面有所注重"；"偏重"的"偏"是"不正，傾斜"的意思，所以"偏重"主要指"單獨注重一個方面"或"偏離了正確方向而向一邊傾斜"。"側重"多用於中性色彩的語句中；"偏重"既可以用於中性色彩的語句中，又可以用於帶有貶義色彩的語句中。如"期末複習一定要有所側重"，如果將"側重"換成"偏重"，意義基本相同；但如果把"出版圖書不能只偏重經濟效益，而忽視社會效益"，換成"出版圖書不能只側重經濟效益，而忽視社會效益"，貶義色彩就明顯減弱了。

偷盜

tōudào 動 偷竊；盜竊：偷盜文物。

▶ 偷竊 辨析 見【偷竊】條。

偷竊

tōuqiè 動 偷；竊取：偷竊糧食。

▶ 偷盜 辨析 都有"暗地裏拿走別人的東西並據為己有"的意義，但適用對象和語義輕重有別。"偷竊"的對象多為一般的錢、財、物品，含小偷小摸的意味，語義較輕，如"刑滿釋放後，他又重操舊業，開始扒包、偷竊作案"；"偷盜"的對象可以是一般的財物，也可以是貴重的財物，含集團作案的意味，語義較重，如"這夥不法分子非法偷盜、倒賣文物，牟取不義之財"。

停止

tíngzhǐ 動 中止或不再進行：停止發放。

▶ 停頓 辨析 都有"中斷進行"的意義，但語義側重點和詞性有別。"停止"着重於"止"，中止，強調不再進行或運動，可以是永久中止，也可以是暫時中斷；"停頓"着重於"頓"，稍停，強調正在進行中的事情或說話時的語音暫時中斷。"停止"是及物動詞；"停頓"是不及物動詞。"停止"只用作動詞；"停頓"除用作動詞外，還可用作名詞，指說話時語音上的間歇。

▶ 停滯 辨析 都有"中斷進行、止住不動"的意義，但語義側重點、詞性和語體色彩有別。"停止"着重於"止"，中止，強調不再進行或運動，可以是永久中止，也可以是暫時中斷；"停滯"着重於"滯"，滯留，強調因受阻而不能繼續進行或順利發展，多為長時間的停留不前。"停止"是及物動詞；"停滯"是不及物動詞。"停止"通用於口語和書面語；"停滯"多用於書面語。

▶ 結束 辨析 見【結束】條。

▶ 終止 辨析 見【終止】條。

停頓

tíngdùn ❶ 動 中止或暫停：受非典的影響，這項工作被迫停頓 / 他停頓了一下，又接着說了下去。❷ 名 語音上的間歇：句與句之間應該有個停頓。

▶ 停止 辨析 見【停止】條。

▶ 停滯 辨析 都有"中斷進行"的意義，但語義側重點、語體色彩和詞性有別。"停頓"着重於"頓"，稍停，強調正在進行中的事情或說話時的語音暫時中斷，一般停歇的時間不長，如"停頓片刻之後，觀眾席上響起了熱烈的掌聲"；"停滯"着重於"滯"，滯留，強調因受阻而不能繼續進行或順利發展，多為長時間的停留不前，如"雙方合作不可能長期停滯在技術知識交流的層面"。"停頓"通用於口語和書面語；"停滯"多用於書面語。"停頓"除用作動詞外，還可用作名詞，指說話時語音上的間歇；"停滯"只用作動詞。

停業 tíngyè ❶動 暫停營業：停業整頓。❷動 中止營業；歇業：因經營不善，這家商場被迫停業。

▶ **休業** 辨析 見【休業】條。

停滯 tíngzhì 動 事物較長時間處在固定狀況下而不能順利進行或發展：停滯不前。

▶ **停頓** 辨析 見【停頓】條。

▶ **停止** 辨析 見【停止】條。

偏心 piānxīn 形 不公正，偏向某一方：奶奶最偏心，只疼愛長孫。

▶ **偏愛** 辨析 都有"偏向某一方"的意義，但語法功能有別。"偏心"是形容詞，不能帶賓語；"偏愛"是動詞，可以帶賓語，如"奶奶很偏心，她偏愛孫子，不疼孫女"。

▶ **偏袒** 辨析 都有"（長輩）特別喜愛且袒護某個或某幾個孩子"的意義，但語義側重點、語法功能、感情色彩、適用對象有別。"偏心"是形容詞，意為出於偏愛而對某個或某幾個孩子特別好，一般用於自己的孩子，如"奶奶可偏心了，就喜歡弟弟"；"偏袒"是動詞，側重指出於偏愛或私心，袒護雙方或幾方中的某一方，其對象不一定是自己的孩子，有貶義色彩，如"執法公正就是不偏袒當事人中的任何一方，秉公辦事"。

偏向 piānxiàng ❶動 對某一方無原則的袒護或支持：我們爭吵時，不管誰對誰錯，媽媽總偏向小弟。❷形 更傾向於贊成某一方：我偏向於第二種方案。❸名 掌握或執行方針政策時偏離正確方向的或不全面的傾向：在工作中，要注意避免出現任何偏向。

▶ **偏愛** 辨析 都有"對雙方或多方中的某一方有特別的感情"的意義，但語義側重點有別。"偏向"側重指因為利害關係或個人好惡，對雙方或多方中的某一

方作過分的支持，如"主裁判偏向主隊"；"偏愛"強調對雙方或多方中的某一方特別喜愛，如"在所有的課程中，我偏愛語文課"。

▶ **傾向** 辨析 見【傾向】條。

偏袒 piāntǎn 動 袒護雙方或幾方中的某一方：都是你的孩子，你不能偏袒任何一個。

▶ **偏愛** 辨析 見【偏愛】條。

▶ **偏心** 辨析 見【偏心】條。

▶ **袒護** 辨析 見【袒護】條。

偏愛 piān'ài 動 在幾個人中，特別喜愛其中的一個；在幾件事物中，特別喜愛其中的某一件：我媽偏愛我二姐。

▶ **溺愛** 辨析 都有"（長輩）特別喜愛某個或某幾個孩子"的意義，但語義側重點和語義輕重、感情色彩有別。"溺愛"有過於寵愛甚至嬌縱的意思，比"偏愛"語義重，帶貶義色彩，如"溺愛孩子其實是害孩子"；"偏愛"側重指在幾個人中，特別喜愛其中的一個，如"在所有的孫子孫女中，賈母最偏愛賈寶玉"。

▶ **偏袒** 辨析 都有"偏向某一方"的意義，但語義側重點、感情色彩有別。"偏愛"指特別喜愛幾個人的某一個或幾件事物中的某一件，如"大多數父母偏愛最小的那個孩子"；"偏袒"指袒護某兩方或某幾方中的一方，帶有貶義色彩，如"執法時要公正，不能偏袒任何一方"。

▶ **偏心** 辨析 見【偏心】條。

▶ **偏向** 辨析 見【偏向】條。

健壯 jiànzhuàng 形 健康，強壯：體格健壯。

▶ **強健** 辨析 都有"健康而且有力量"的意義，但語義側重點、適用對象和語體色彩有別。"健壯"強調身體健康，肌肉厚實，多用於人，也可用於動物植

物，通用於口語和書面語，如"這片煙田的煙棵一般高，都很健壯"；"強健"強調強大有力量，只用於人，一般用於書面語，有書面語色彩，如"強健的體魄""他身體強健有力，動作迅捷靈活"。

▶ **強壯** 辨析 都有"健康而且有力量"的意義，但語義側重點和適用對象有別。"健壯"強調身體健康，肌肉厚實，多用於人，也可用於動物植物，如"高大而健壯的黃狗頸上繫着一根皮帶"；"強壯"強調富有力量，除用於人外，還可用於兵馬、大牲畜，如"強壯的臂膀""烏魯斯牛是體大而具有長角的強壯動物"。

假定 jiǎdìng ❶動 姑且認定：假定他明天啟程，後天就可以到達。❷名 科學上的假設。

▶ **假設** 辨析 見【假設】條。

假冒 jiǎmào 動 假的充當真的：假冒偽劣產品／壁畫也着實假冒得惟妙惟肖。

▶ **冒充** 辨析 見【冒充】條。

假設 jiǎshè ❶動 姑且認定：假設這種方法行得通。❷動 虛構：故事情節是假設的。❸名 科學研究上對客觀事物的假定的說明：假設要根據事實提出，經過實踐證明是正確的，就成為理論。

▶ **假定** 辨析 都有"姑且認定"的意義，但語義側重點有別。"假設"強調設想、設定某種情形，含有讓步的意思，一般不用來表示暫時認定或肯定某種態度、認識，如"訓練中，假設最壞的敵情，提高軍隊在最艱苦的環境裏生存的能力"；"假定"既可以表示暫時設定某種情形，如"假定望春花是一個追求光明的少女，春天就是她的理想王國"，也可以表示暫時認定、肯定某種態度、認識，如"如果我們從一開始就假定只有自己正確，那麼任何對話都毫無意義"。

假想 jiǎxiǎng 動 想像，虛構：假想敵／假想的故事結局。

▶ **設想** 辨析 見【設想】條。

假話 jiǎhuà 名 不真實的話：不要用假話來騙我／反對說假話、說空話。

▶ **謊話** 辨析 都有"不真實的話"的意義，但語義側重點、語義輕重和語體色彩有別。"假話"強調內容的不真實、虛假，有口語色彩，如"說假話、空話、大話的現象確實是存在的"；"謊話"強調有意撒謊而編造出來的騙人的話，語義比"假話"重，通用於口語和書面語，如"說謊話進行誣陷"。

▶ **謊言** 辨析 都有"不真實的話"的意義，但語義側重點、語義輕重和語體色彩有別。"假話"強調內容的不真實、虛假，有口語色彩，如"說戒煙不難受那是假話，可說戒不了也是假話"；"謊言"強調有意編造出來騙人的言論，可用於用文字寫出來的言論，語義比"假話"重，有書面語色彩，如"這是別有用心的人製造出來的謊言"。

徘徊 páihuái ❶動 在一個地方來回地走而不前進：他在姑娘窗下徘徊。❷動 猶豫：大家都在徘徊觀望。❸動 事物在某個範圍內來回浮動、起伏：我家的收入在每月 2000 元左右徘徊。

▶ **躊躇** 辨析 都有"猶豫不決"的意義，但語義側重點有別。"徘徊"側重於人的外在表現；"躊躇"側重人內心的猶豫不決。

▶ **彷徨** 辨析 見【彷徨】條。

從來 cónglái 副 從過去到現在一直如此：從來不吸煙。

▶ **歷來** 辨析 見【歷來】條。

▶ **向來** 辨析 都有"從過去到現在一直如此"的意義，但語義側重點和語義強度有別。"從來"側重指從過去到現在就是這樣，沒有改變，有肯定的語氣，語義較重；"向來"側重指一向如此，常常這樣，語義較輕。如"這絕對不是畫眉，畫眉從來不這樣叫"中的"從來"不宜換用"向來"。

敍述 xùshù 動 把事情的前後經過記載下來或說出來：敍述目擊的全過程。

▶ **陳述** 辨析 見【陳述】條。

▶ **敍說** 辨析 都有"把事情的前後經過說出來"的意義，但語義側重點有別。"敍述"強調客觀地表述，除指口頭的表述外，也可以指書面的，如"文章詳細敍述了她的逃生經過"；"敍說"常帶有說話人的評論，多指口頭的，如"敍說成長艱辛"。

敍說 xùshuō 動 把事情的前後經過說出來：敍說事件經過/敍說情感經歷。

▶ **敍述** 辨析 見【敍述】條。

悉心 xīxīn 動 用盡所有心思：悉心照料/悉心呵護。

▶ **精心** 辨析 都有"用心思"的意義，但語義側重點有別。"悉心"強調全身心地投入；"精心"強調特別用心，或細緻周到，或精益求精，如"精心準備""精心設計"。

彩禮 cǎilǐ 名 訂婚或結婚時，男方送給女方的財物：收取彩禮。

▶ **聘禮** 辨析 都有"訂婚時，男方向女方下的定禮"的意義，但語義側重點和使用場合有別。"彩禮"側重指在訂婚和結婚時，男方送給女方的財物，可以指訂婚也可以指結婚；"聘禮"側重指在訂婚時，男方送給女方的財物，只指訂婚，另外，還指聘請用的禮物。如"她啥事總是讓着別人：結婚時沒要彩禮，卻把娘家陪嫁的衣裳送給了兩個妹妹，被

褥給了公婆"中的"彩禮"不能換用"聘禮"。

貪 tān ❶動 過於愛財佔物：貪官/貪贓枉法。❷動 片面追求；過分追求：貪便宜/貪玩/貪得無厭。

▶ **貪圖** 辨析 都有"過分追求"的意義，但語義側重點、語體色彩和用法有別。"貪"着重於不知滿足或極為留戀地追求，包括某種好處和某些愛好，如"貪便宜"；"貪圖"着重於極力希望得到或保持享有某種好處，如"貪圖享受"。"貪"多用於口語，所帶賓語多為單音節詞；"貪圖"多用於書面語，所帶賓語多為雙音節詞。在其他意義上二者不相同。

貪心 tānxīn ❶名 不知滿足的慾望：貪心不足蛇吞象。❷形 貪得無厭：那漢子不怕人家笑他貪心，接過了一套衣服，還伸手去抓那件外套。

▶ **貪婪** 辨析 都有"非分地貪求而不知滿足"的意義，但語義側重點、語義輕重、語體色彩和語法功能有別。"貪心"着重內心非分地貪求私利，含貶義，語義較"貪婪"輕；"貪婪"着重於表現貪求的慾望重，不得到不罷休，多表現於狀貌和行動，含貶義，但在表示"追求而不知滿足"的意義時，不含貶義，如"最近他在貪婪地看小說"中的"貪婪"。"貪心"可用於口語，也可用於書面語；"貪婪"一般用於書面語。"貪心"除用作形容詞外，還可用作名詞，指不知滿足的慾望；"貪婪"只用作形容詞。

貪婪 tānlán ❶形 貪心大而不知滿足：貪婪的目光。❷形 追求而不知滿足：貪婪地學習。

▶ **貪心** 辨析 見【貪心】條。

貪圖 tāntú 動 過分追求：貪圖享受。

▶ **貪** 辨析 見【貪】條。

貧乏 pínfá ❶形 貧窮：家境貧乏。❷形 不豐富，缺乏：非洲水資源貧乏。

▶ **缺乏** 辨析 都有"應有的、想要的或所需要的事物沒有或不夠"的意義，但適用對象有別。"貧乏"主要指內容、知識、資源、物產、礦產、資料等數量少、不豐富，如"這本書內容貧乏，語言無味"；"缺乏"適用範圍比"貧乏"大，凡應有的、想要的或所需要的事物沒有或不夠的，均可謂"缺乏"，如"乾淨的飲用水非常缺乏""在邊遠地區，醫療衛生設施十分缺乏"。"缺乏"可作動詞使用，如"許多廣告缺乏新意，令人反感"，"貧乏"無動詞義項。

貧困 pínkùn 形 經濟條件差，而且難以改變。

▶ **貧寒** 辨析 都有"貧窮、困苦"的意義，但語體色彩和適用對象有別。"貧困"通用於書面語和口語；"貧寒"用於書面語；"貧困"多指收入少，經濟困難，除了可指家庭外，還可用來形容地區、山區、面貌等，常與潦倒、落後等詞並用，如"徹底改變貧困山區的落後面貌""孔乙己沒考上舉人，日子過得貧困潦倒的"；"貧寒"多指有讀書人的家庭貧窮、清寒，多用於家境、生活等，如"他幼時家境貧寒""貧寒人家的子弟學習更刻苦"。

▶ **窮困** 辨析 見【窮困】條。

貧苦 pínkǔ 形 形容非常窮。

▶ **貧寒** 辨析 都有"貧困、窮苦"的意義，但語義側重點和語體色彩有別。"貧寒"多指有讀書人的家庭貧窮、清寒，多用於家境、生活等，通用於書面語和口語，如"家境貧寒""貧寒人家的子弟特別珍惜學習的機會"；"貧苦"着重指條件差，生活艱苦，除了可指家庭、生活外，還可用於人家、出身、學生、老百姓等，有書面語色彩，如"貧苦老百姓最盼望的是豐衣足食"。

▶ **窮苦** 辨析 見【貧苦】條。

貧寒 pínhán 形 家境、生活等窮苦：他出身貧寒，好學上進。

▶ **貧苦** 辨析 見【貧苦】條。

▶ **貧困** 辨析 見【貧困】條。

▶ **貧窮** 辨析 見【貧窮】條。

▶ **清寒** 辨析 都有"清貧、貧苦"的意義，但語義強度有別。"清寒"的程度比"貧寒"更甚，有一貧如洗，滿室冷清的意味。

▶ **清貧** 辨析 都有"貧窮"的意義，但語義側重點有別。"貧寒"指有讀書人的家庭貧窮、清寒，多用於家境、生活等；"清貧"常用來形容讀書人貧窮，如"清貧自守，耐得住寂寞"。

貧窮 pínqióng 形 經濟條件差。

▶ **貧寒** 辨析 都有"貧困、窮苦，缺少生產資料和生活資料"的意義，但語體色彩和語義側重點、適用範圍有別。"貧窮"通用於書面語和口語；"貧寒"用於書面語。"貧窮"着重於生活貧苦，不富裕，適用範圍比較寬泛，可形容家庭、家境、家鄉、國家、地區、鄉鎮等，常與"落後"並用，如"我的家鄉以前十分貧窮，現在經濟發展起來了"；"貧寒"多指有讀書人的家庭貧窮、清寒，常用於形容家境、生活等，如"家境貧寒""貧寒人家的子弟"。

脫 tuō ❶動 掉；落：脫皮／脫毛。❷動 取下；去掉：脫帽／脫脂。❸動 離開；擺脫：脫韁／脫險。❹動 遺漏（文字）：脫字。

▶ **脫落** 辨析 都有"掉下"和"遺漏文

字"的意義，但用法和語體色彩有別。"脫"多同單音詞搭配，多用於口語；"脫落"多同雙音或多音節詞語搭配，多用於書面語。在其他意義上二者不相同。

脫落 tuōluò ❶動 掉下：牙齒脫落。❷動 遺漏：文字脫落。

▶ **脫** 辨析 見【脫】條。

猜忌 cāijì 動 因疑心別人對自己不利而心懷不滿：她不願這樣猜忌丈夫和嫉恨這位秘書。

▶ **猜疑** 辨析 都有"對人對事不放心而表示疑惑"的意義，但語義側重點和語義強度有別。"猜忌"側重指懷疑別人而心存怨恨，語義較重；"猜疑"側重指無中生有地起疑心，語義較輕。如"夫妻互相猜疑對方有第三者"中的"猜疑"不宜換用"猜忌"。

猜測 cāicè 動 憑藉不明顯的線索或想像估計：一時都猜測不到究竟發生了甚麼事。

▶ **猜想** 辨析 都有"估計、推測"的意義，但語義側重點和適用對象有別。"猜想"含有思索、想像的過程，"猜測"含有"試着估量一下"的意思，因而"猜想"的思維過程要稍大於"猜測"，在語義上也就稍重一些。所以"猜想"多用於比較重大的事情，如"大家都在猜想，2012 年倫敦京奧運會的盛況"；而"猜測"多用於一般事情的推測，如"天氣悶熱，人們猜測這兩天可能要下雨"。

▶ **揣測** 辨析 都有"估計、料想"的意義，但語義側重點有別。"猜測"側重指根據不太明顯的線索憑想像估計；"揣測"在想像過程上稍長，在想像的依據上稍實，語義稍重於"猜測"，多用於推測人的心理活動，如"她十分善於揣測別人的心思"。

▶ **推測** 辨析 見【推測】條。

▶ **臆測** 辨析 都有"估計、推測"的意義，但語義側重點、感情色彩和語體色彩有別。"猜測"側重指根據不太明顯的線索作某種推測，對問題尋求解答，感情色彩為中性，口語和書面語中都可用；"臆測"側重指無根據地主觀地想像、推測，比"猜測"更強調主觀性，因而含有一定的貶義，多用於書面語。如"全班同學交頭接耳，猜測判斷"中的"猜測"不能換用"臆測"。

猜想 cāixiǎng 動 憑主觀的想像估計未知的事物：祥子猜想着，也許小福子搬了家，並沒有甚麼更大的變動。

▶ **猜測** 辨析 見【猜測】條。

▶ **揣測** 辨析 都有"估計、想像"的意義，但語義側重點和語體色彩有別。"猜想"側重指主觀地想像，口語和書面語中都可以用；"揣測"側重指根據已知的事情來推想，多用於口語。如"他們都在猜想：校長也許是真病了"中的"猜想"不能換用"揣測"。

猜疑 cāiyí 動 對人對事起疑心：不猜疑人，才能相信人。

▶ **猜忌** 辨析 見【猜忌】條。

▶ **懷疑** 辨析 見【懷疑】條。

猖狂 chāngkuáng 形 形容行為狂妄而放肆：這夥歹徒橫行鄉里，胡作非為，如果不及時打擊，他們就會更加猖狂 / 電腦病毒每每徹底消滅一次，不久又猖狂反撲一次。

▶ **猖獗** 辨析 都有"橫行無忌，肆意胡為"的意義，但語義側重點、適用對象和語義輕重有別。"猖狂"着重強調大膽狂妄、任意妄為，多用於形容進攻、破壞、挑釁、反撲等動作行為；"猖獗"着重強調兇猛強橫、氣焰囂張，多用於形容黑惡勢力、疾病災害等。此外"猖獗"在語義上的可怕程度要重於"猖狂"。

如"網絡犯罪日益猖獗"中的"猖獗"不宜換用"猖狂"。

猖獗 chāngjué 〔形〕形容勢力或氣焰等兇猛而放肆：別看她氣焰囂張，也只能猖獗一時／那年秋天蟲害猖獗。

▶ **猖狂** 辨析 見【猖狂】條。

猛烈 měngliè ❶〔形〕力量大，來勢盛：猛烈的炮火；猛烈的攻擊。❷〔形〕急速，劇烈：心臟猛烈地跳動着。

▶ **激烈** 辨析 都有"形容某種情形令人緊張"的意義，但語義側重點有別。"猛烈"側重指規模大；"激烈"側重指情況、衝突等劇烈，如"激烈的辯論"。在其他意義上二者不相同。

▶ **劇烈** 辨析 見【劇烈】條。

逢凶化吉 féngxiōng huàjí 遇到兇險時能轉化為吉祥。

▶ **化險為夷** 辨析 見【化險為夷】條。

逢迎 féngyíng 〔動〕故意迎合別人的心意：逢迎討好上司。

▶ **迎合** 辨析 見【迎合】條。

夠 gòu ❶〔動〕數量上可以滿足需要：錢夠了。❷〔動〕達到某種程度或要求：夠條件。❸〔動〕用手或工具伸向不易達到的地方去接觸或拿來：夠不着。❹〔副〕表示程度很高：夠大／夠壞。

▶ **怪** 辨析 見【怪】條。

▶ **很** 辨析 見【很】條。

▶ **老** 辨析 見【老】條。

許可 xǔkě 〔動〕同意個人或組織做某事；條件、時間、環境等適合做某事：經營許可／行政許可／只要時間許可，他一定會來。

▶ **允許** 辨析 見【允許】條。

▶ **准許** 辨析 都有"同意個人或組織做某事"的意義，但語義側重點、搭配對象有別。"許可"可以是個人或組織同意別人或別的組織做某事，也可以是條件、時間、環境等適合做某事，如"商標註冊人許可他使用其註冊商標"。"許可"也可構成一些固定搭配，如"入境許可""許可證"；"准許"偏重指人或組織同意別人或別的組織做某事，也可以指法律、規章制度等允許做某事，如"英國准許用蛆清理傷口""准許銷售轉基因食品"。

許諾 xǔnuò 〔動〕答應；應承：向員工許諾／別輕易許諾。

▶ **承諾** 辨析 都有"同意或接受別人的請求"的意義，但語義側重點、適用場合有別。"許諾"強調回應以諾言，多用於非正式場合，如"發展商不能兌現廣告中的許諾怎麼辦"；"承諾"多用於正式場合，如"鄭重承諾""政府承諾對貧困愛滋病患者免費提供治療藥物"。

訛詐 ézhà 〔動〕以某種藉口，用威脅手段向人索取財物：訛詐錢財。

▶ **敲** 辨析 都有"用威脅、欺騙手段向人索取財物"的意義，但語義側重點和適用對象有別。"訛詐"側重指用虛假的理由來索取財物，含有耍賴的意味，適用對象可以是人與人之間，也可以是國家、集團之間；"敲詐"側重指依靠較強的勢力或抓住別人的把柄來逼迫索取，適用對象一般是人與人之間。如"一群流氓故意與一輛白色麵包車相撞，訛詐錢財"中的"訛詐"不宜換用"敲詐"。

訛誤 éwù 〔名〕文字或記載上的錯誤：這篇文章訛誤不少，許多地方都與事實不符。

▶ **差錯** 辨析 都有"不正確，與事實有差別的地方"的意義，但語義側重點和語體色彩有別。"訛誤"側重指文字方面上的不正確，多用於書面語；"差錯"側重指事物之間有差別或不正確，含有意外的變化的意味，多用於口語。如"他經管的賬目從來沒有差錯"中的"差錯"不宜換用"訛誤"。

▶ **錯誤** 辨析 都有"不正確，與事實有差別的地方"的意義，但語義側重點、語體色彩和適用對象有別。"訛誤"側重指文字方面的不正確，多用於書面語，適用對象一般是文字、語言等；"錯誤"側重指一般事物的不正確，口語和書面語中都可以用，適用對象可以是文字、語言、工作、學習中的具體事情，也可以是思想、方針、政策、關係等抽象事物。如"他犯有不可饒恕的錯誤"中的"錯誤"不宜換用"訛誤"。

設立 shèlì 動 建立（組織、機構等）：設立分公司／設立教育基金。

▶ **成立** 辨析 見【成立】條。

設法 shèfǎ 動 想辦法（解決問題）：設法開展工作。

▶ **想法** 辨析 都有"想辦法解決問題"的意義，但語義側重點和詞性有別。"設法"着重於"設"，籌劃，強調籌劃、思索，千方百計地考慮解決問題的方法或辦法，如"要設法解決失業員工再就業的問題"；"想法"着重於"想"，思考，強調開動腦筋，思考出解決問題的方法或辦法，語義較"設法"輕，如"這事我來想法解決"。"設法"只用作動詞；"想法"除動詞用法外，還能用作名詞，指思考的内容或結果，如"談談你的想法"。

設問 shèwèn ❶動 提出問題，發問：怎樣設問。❷名 一種修辭方式，在闡述觀點或敍述事實時通過自問自答的形式來加強表達效果。

▶ **反問** 辨析 見【反問】條。

▶ **疑問** 辨析 都有表示"有問題"的意義，但語義側重點有別。作動詞時，"設問"着重於"設"，設置，強調無疑而問，自問自答；"疑問"着重於"疑"，疑惑，強調有疑義而發問，等待回答。作名詞時二者的意思差別很大，"設問"是一種故意先提出問題以引起注意的修辭方式；"疑問"則指疑惑不解的問題。

設備 shèbèi 名 有專門用途的成套器械用品或建築：機器設備／設備不完善。

▶ **裝備** 辨析 都有"有專門用途的成套器械用品"的意義，但語義側重點、適用範圍和詞性有別。"設備"着重指生產或生活上所需要的成套器材或建築；"裝備"着重指生產或軍事上所需配備的成套器物。"設備"多用於生產或生活方面，如"廠房設備""暖氣設備""衛生設備"等；"裝備"多用於軍事或技術力量方面，如"武器裝備""技術裝備""現代化裝備"等。"設備"一般只用作名詞；"裝備"除名詞用法外，還能用作動詞，如"用現代化武器去裝備軍隊"。

設想 shèxiǎng ❶動 對未來或未知的情形加以推測、推想：不堪設想。❷動 着想；考慮：凡事要多替大家設想。❸名 一種想像：他談了他的初步設想。

▶ **假想** 辨析 都有"對未來或未知的情形加以推測、推想"的意義，但語義側重點和色彩有別。"設想"着重於"設"，設計，強調按照邏輯發展的趨勢來設計推導出結果，含有理性色彩，如"我設想中就是這個樣子"；"假想"着重於"假"，假定，強調虛構未來的事情或人物，含姑且認定的色彩，如"假想敵"。在其他意義上二者不相同。

▶ **想像** 辨析 都有"對未來或未知的情形加以推測、推想"的意義，但語義側重點和色彩有別。"設想"着重於"設"，設計，強調按照邏輯發展的趨勢來設計推導出結果，含有理性色彩，如"後果難以設想"；"想像"着重於"像"，形象，強調在腦中浮現出未來事情或人物的具體形象，含文學色彩，如"報名情況並不像想像的那麼熱烈"。在其他意義上二者不相同。

訪問 fǎngwèn 〔動〕有目的地去探望某人並與之談話：訪問歐洲各國。

▶ **拜訪** 辨析 都有"專門看望某人並與之談話"的意義，但語義側重點、態度色彩、適用對象有別。"訪問"強調瞭解被看望人的情況，帶有莊重的態度色彩，對象可以是人也可以是國家、城市、工廠、學校等；"拜訪"是敬辭，強調為了問候、求教、聯繫感情等而專程去看望，帶有尊敬和客氣的態度色彩，被訪對象只能是人或其家庭等，多為長輩或有社會地位的人。如可以說"訪問泰國"，但不說"拜訪泰國"。

▶ **造訪** 辨析 都有"專門看望某人並與之談話"的意義，但語義側重點和語體色彩有別。"訪問"口語和書面語中都可以用；"造訪"暗含打擾被訪人的意味，書面語色彩濃厚。如"先生今日登門造訪，不知為何事？"中的"造訪"不宜換成"訪問"。

▶ **走訪** 辨析 都有"專門看望某人並與之談話"的意義，但語義側重點、適用條件有別。"訪問"比較普通，指一般地看望並與之談話；"走訪"強調去看望人的具體行為和瞭解情況，常用於為公務而看望、瞭解的情形。如"走訪當地受災民眾"中的"走訪"不宜換用"訪問"。

訣竅 juéqiào 〔名〕解決問題的關鍵性方法：市場競爭的訣竅之一是"知己知彼"。

▶ **竅門** 辨析 都有"解決問題的好方法"的意義，但語義側重點有別。"訣竅"強調方法的關鍵性、切中要害，如

"他擁有戰勝風沙與寒冷的許多訣竅"；"竅門"強調解決困難問題的巧妙、易行的好方法，如"做事情要找竅門，不能悶頭死幹"。

麻木 mámù ❶〔形〕身體的某一部分發生像螞蟻爬似的那種不舒服的感覺，或感覺完全喪失：他被電擊中了，渾身麻木。❷〔形〕比喻反應遲鈍，思想不敏銳：他可真麻木，說了半天他也沒明白。

▶ **麻痹** 辨析 都有"身體的某一部分有不舒服的感覺，或感覺完全喪失"的意義，但語義側重點有別。"麻木"通常由擠壓、電擊、坐立姿勢不當等外因引起，"麻痹"主要由人的神經系統的病變引起。在其他意義上二者不相同。

麻痹 mábì ❶〔形〕由神經系統的病變引起的身體某一部分知覺能力的喪失和運動機能障礙：他得了小兒麻痹症。❷〔形〕疏忽，失去警惕性，常與"大意"連用：水火無情，可千萬不能麻痹大意呀！

▶ **麻木** 辨析 見【麻木】條。

麻煩 máfan ❶〔形〕煩瑣，費事：藥得堅持吃，不能怕麻煩。❷〔動〕使別人費事，增加別人負擔：麻煩您很多次了，真過意不去。

▶ **費事** 辨析 見【費事】條。

▶ **勞駕** 辨析 見【勞駕】條。

麻醉劑 mázuìjì 〔名〕醫學術語。指能引起身體局部或全部麻醉的藥物：鴉片除了作麻醉劑，嚴禁用於其他場合。

▶ **麻藥** 辨析 見【麻藥】條。

▶ **蒙汗藥** 辨析 都有"使人暫時失去知覺的藥物"的意義，但語義側重點、語體色彩有別。"麻醉劑"指為了減輕病人手術時的疼痛而採用的、可引起病人身體局部或全部麻醉的藥物，如乙醚、可

卡因、嗎啡等，是醫學術語；"蒙汗藥"是古典戲曲小說裏常提到的能使人暫時失去知覺、昏睡，或雖有知覺但手腳無力動彈的藥，通用於口語和書面語。

麻藥 máyào 图 麻醉劑：拔牙時得上一點兒麻藥。

▶ **麻醉劑** 辨析 都有"能引起身體局部或全部麻醉的藥物"的意義，但語體色彩有別。"麻藥"多用於口語，"麻醉劑"是醫學術語，如"嗎啡可用作麻醉劑"。

▶ **蒙汗藥** 辨析 都有"使人暫時失去知覺的藥物"的意義，但語義側重點有別。"麻藥"是醫學名詞，指為了減輕病人手術時的疼痛而採用的可引起病人身體局部或全部麻醉的藥物，如乙醚、氯仿、可卡因、嗎啡、鴉片等；"蒙汗藥"是戲曲小說裏常提到的能使人暫時失去知覺、昏睡，或雖有知覺但手腳無力動彈的藥，如"楊志喝了摻有蒙汗藥的酒後，渾身乏力，眼睜睜地看着生辰綱被劫走"。

產生 chǎnshēng 動 從已有的事物中生出新的事物：代表由民眾選舉產生／兩個人漸漸產生了感情。

▶ **發生** 辨析 見【發生】條。

產業 chǎnyè ❶图 指土地、房屋、店舖、廠礦等財產（多指私有的）：在郊外購置了一處四合院，屬於自己的一份產業／這個小店就是他的全部產業。❷图 指工業生產，也泛指各種生產經營事業：產業革命／產業工人／第三產業。

▶ **家產** 辨析 都有"個人家庭財產"的意義，但語義概括範圍有別。"產業"不僅指家庭私人財產，還可以指屬於集體或國家的財產，以及工業生產等各種經營事業；"家產"僅指家庭的財產。如"這是學校的產業""發展第三產業"，其中的"產業"就不能換成"家產"，所以"產業"的語義概括範圍大於"家產"。

▶ **家業** 辨析 都有"家庭財產"的意義，但語義概括範圍有別。二者不僅在"家庭財產"意義上可以互換，如"這是他辛苦一輩子掙下的產業"，也可以說"這是他辛苦一輩子掙下的家業"；而且在"集體或國家的財產"意義上也可以互換，如"這是學校的產業"，也可以說"這是學校的家業。"但是二者由此擴展出的意義卻不同，"產業"引申為"工業生產等各種經營事業"，如"發展第三產業"；而"家業"引申為"家傳的事業，包括學問、技藝等"，如"要把捏面人這個家業代代傳承下去"，其中的"產業"和"家業"就不能互換。

痕跡 hénjì ❶图 物體留下的印記。❷图 殘存的跡象：十年浩劫留給人們的痕跡至今猶在。

▶ **蹤跡** 辨析 都有"留下的印記"的意義，但語義側重點有別。"痕跡"既可以指靜止物體搬離後留下的印記，也可以指運動物體活動後留下的印記；"蹤跡"只指行動後留下的痕跡，含有追蹤、尋找行蹤的意味。如"各個角落都找遍了，仍然不見蹤跡"中的"蹤跡"不能換用"痕跡"。

庸碌 yōnglù 形 形容人平庸沒有志氣，沒有作為：一生庸碌平凡。

▶ **平庸** 辨析 見【平庸】條。

部下 bùxià 图 軍隊中被統率的人，泛指下級。

▶ **屬下** 辨析 都有"被統率或被領導的人或組織"的意義，但語義側重點和常用語法功能有別。"部下"側重於指軍隊中被統率的人，只能用作名詞；"屬下"側重於指某個公司或機構名下的人或機構，可以用作動詞，如"總公司屬下的子公司有很多"。

部分

bùfen 名 整體中的局部；整體裏的一些個體：部分地區。

▶ **片斷** 辨析 見【片斷】條。

▶ **局部** 辨析 見【局部】條。

部署

bùshǔ 動 安排；佈置（人力、任務）：作戰部署。

▶ **安排** 辨析 見【安排】條。

▶ **佈置** 辨析 見【佈置】條。

商討

shāngtǎo 動 商量討論，交換意見：商討經濟合作問題。

▶ **商量** 辨析 都有"就某一問題進行討論、交換意見"的意義，但語義側重點和語體色彩有別。"商討"強調就較重大或較複雜的問題展開討論，反覆交換想法、認識，含有莊重的色彩；"商量"強調就一般問題進行討論、交換意見，一般是非正式的。"商討"多用於書面語；"商量"可用於口語，也可用於書面語。

▶ **商榷** 辨析 都有"就某一問題進行討論、交換意見"的意義，但語義側重點和用法有別。"商討"強調就政治、經濟、軍事、文化等較重大或較複雜的問題展開討論，含有莊重的色彩，如"經過專家反覆商量，才將科學研究規劃確定下來"；"商榷"強調就學術或其他需要慎重研究的問題進行仔細斟酌、討論，以求得出穩妥合理的結論，含有尊重、文雅的色彩，如"文章的許多論點值得商榷"。"商討"可重疊成 ABAB 式使用；"商榷"不能重疊使用。

▶ **商議** 辨析 都有"就某一問題進行討論、交換意見"的意義，但語義側重點有別。"商討"強調就政治、經濟、軍事、文化等較重大或較複雜的問題展開討論，含有莊重的色彩；"商議"強調個人的一般問題或重大的事情討論研究，以取得一致的意見或解決的辦法。"商討"的方式可以是相關人員討論，也可以是召開一定的會議；"商議"的方式多是幾個有關的人互相議論。

商量

shāngliáng 動 就某一問題進行討論、交換意見：有事多商量。

▶ **磋商** 辨析 都有"就某一問題進行討論、交換意見"的意義，但語義側重點、用法和語體色彩有別。"商量"強調就一般問題進行討論、交換意見，一般是非正式的，如"這事我回家商量一下"；"磋商"強調就某一重大問題進行正式的討論，反覆交換想法、認識，含有嚴肅的或政治的色彩，如"雙方幾經磋商，對賠償問題仍無法達成一致"。"商量"可重疊成 ABAB 式使用；"磋商"不能重疊使用。"商量"可用於口語，也可用於書面語；"磋商"多用於書面語。

▶ **商榷** 辨析 都有"就某一問題進行討論、交換意見"的意義，但語義側重點、使用方法和語體色彩有別。"商量"強調就一般問題進行討論、交換意見，一般是非正式的，如"有朋友在，萬事好商量"；"商榷"強調就學術或其他需要慎重研究的問題進行仔細斟酌、討論，以求得出穩妥合理的結論，含有尊重、文雅的色彩，如"這種看法有待商榷"。"商量"可重疊成 ABAB 式使用；"商榷"不能重疊使用。"商量"可用於口語，也可用於書面語；"商榷"多用於書面語。

▶ **商討** 辨析 見【商討】條。

▶ **商議** 辨析 見【商議】條。

▶ **討論** 辨析 見【討論】條。

商榷

shāngquè 動 商量討論：有待商榷的問題／我有一點不同的意見，要同作者商榷。

▶ **商量** 辨析 見【商量】條。

▶ **商討** 辨析 見【商討】條。

商談

shāngtán 動 口頭商量；當面商量：商談春遊事宜。

▶ **會談** 辨析 見【會談】條。

▶ **談判** 辨析 見【談判】條。

商議 shāngyì 動 為了對某些問題取得一致意見而討論研究：村民共同商議，決定挖開這條小溝，引水進村。

▶ **商量** 辨析 都有"就某一問題進行討論、交換意見"的意義，但語義側重點和語體色彩有別。"商議"強調就個人的一般問題或重大的事情討論研究，以辦好某事或解決某個問題；"商量"強調就一般問題進行討論、交換意見，一般是非正式的。"商議"多用於書面語；"商量"可用於口語，也可用於書面語。

▶ **商討** 辨析 見【商討】條。

望梅止渴 wàngméizhǐkě 比喻用空想安慰自己。

▶ **畫餅充飢** 辨析 見【畫餅充飢】條。

率領 shuàilǐng 動 居於領導地位來指揮或引導：率領大批人馬攻城。

▶ **帶領** 辨析 見【帶領】條。

▶ **領導** 辨析 見【領導】條。

牽掛 qiānguà 動 記掛想念，放不下心：老師叮囑學生們好好學習，不用牽掛大人的事兒。

▶ **掛念** 辨析 都有"記掛想念、放心不下"的意義，但語義側重點有別。"牽掛"強調"牽"，對某人或某事放心不下，心裏像被牽住一樣，含擔心或顧慮的意味，如"你安心住院，家裏的事不用牽掛"；"掛念"強調"念"，想念，心裏老是想着，含惦念的意味，如"最近沒有你的音信，很是掛念"。

▶ **記掛** 辨析 見【記掛】條。

牽連 qiānlián ❶動 牽扯連累；因某人或某事的影響而使別的人或事不利：這個案件牽連了一大批人。❷動 聯繫到一起；關聯：別把這兩件事牽連到一起。

▶ **關聯** 辨析 見【關聯】條。

▶ **關係** 辨析 見【關係】條。

▶ **連累** 辨析 見【連累】條。

▶ **株連** 辨析 都有"牽扯連累"的意義，但語義側重點、語義輕重和語體色彩有別。"牽連"強調"牽"，牽涉，因與某人或某事有關聯而受到影響，如"他與黑幫人物有牽連的傳言並非空穴來風"；"株連"強調"株"，樹根、樹樁，樹根被伐則枝葉盡落，用指一人有罪則連累所有親友，語義較"牽連"重，如"不少人被株連入獄"。"牽連"可用於口語，也可用於書面語；"株連"只用於書面語。

牽累 qiānlěi 動 因牽連或牽制而受勞累：孩子的牽累使他安不下心來工作。

▶ **拖累** 辨析 見【拖累】條。

牽強 qiānqiáng 形 不合理的；理由不充足的：牽強附會／你的解釋太牽強了。

▶ **勉強** 辨析 都有"不合理的、理由不充足的"的意義，但語義側重點和用法有別。"牽強"強調把兩件無關或關係不大的事強拉在一起，做法非常生硬，如"把這兩件事扯到一起似乎太牽強了點"；"勉強"強調做法不自然、不合理，如"他的觀點實在太勉強了"。"牽強"不能重疊使用；"勉強"可以重疊成AABB使用。"牽強"多與"附會"連用；"勉強"則多單獨使用。在其他意義上二者不相同。

牽強附會 qiānqiǎngfùhuì 把本來沒有關係或關係不大的幾件事情勉強地扯到一起加以比附：這個解釋太牽強附會。

▶ **穿鑿附會** 辨析 都有"把沒有關係

或關係不大的事物扯到一起說成有關係"的意義，但語義側重點、用法和語體色彩有別。"牽強附會"強調"牽強"，把不相干的事強拉到一起，含生拉硬扯的意味，如"文中引用的術語完全是望文生義和牽強附會"；"穿鑿附會"強調"穿鑿"，曲解其意，強求其通，含力圖自圓其說的意味，如"有些作者在史料不夠時，攙入了自己的推演和穿鑿附會"。"牽強附會"能受程度副詞的修飾；"穿鑿附會"不能受程度副詞的修飾。"牽強附會"可用於口語，也可用於書面語；"穿鑿附會"多用於書面語。

羞辱 xiūrǔ ❶動 使受到恥辱：他被羞辱了半天。❷名 聲譽上受到的損害：蒙受羞辱。

▶ 恥辱 辨析 見【恥辱】條。

羞愧 xiūkuì 形 感到羞恥和愧疚：羞愧難當／我為你們的行為而羞愧／羞愧地低下了頭。

▶ 慚愧 辨析 都有"感到羞恥"的意義，但語義側重點及語義輕重、使用頻率有別。"羞愧"更強調羞恥感，語義比"慚愧"重；"慚愧"指因有缺點或做錯事而感到羞恥和自責，是很常見的用法，使用頻率高於"羞愧"。

▶ 羞慚 辨析 見【羞慚】條。

羞慚 xiūcán 形 感到羞恥：他紅着臉，羞慚地盯着自己的腳尖。

▶ 慚愧 辨析 都有"感到羞恥"的意義，但語義側重點、語體色彩、使用頻率有別。"羞慚"更強調羞恥感，有很強的書面語色彩；"慚愧"指因有缺點或做錯事而感到羞恥和自責，是很常見的用法，口語和書面語都可使用，使用頻率遠高於"羞慚"。

▶ 羞愧 辨析 都有"感到羞恥"的意義，但語體色彩、使用頻率有別。"羞

慚"有較強的書面語色彩；"羞愧"口語和書面語都使用，是比較常見的用法，使用頻率遠高於"羞慚"。

眷戀 juànliàn 動 （對自己喜歡的人或地方）感情深厚，不願離開或捨棄。

▶ 留戀 辨析 見【留戀】條。

粗放 cūfàng ❶形 不細緻：管理粗放。❷形 豪放：粗放的筆觸。

▶ 粗獷 辨析 見【粗獷】條。

粗野 cūyě 形 野蠻；沒禮貌：粗野無禮。

▶ 粗暴 辨析 都有"不文雅"的意義，但語義側重點有別。"粗野"側重指野蠻，沒有禮貌；"粗暴"側重指暴躁、蠻橫，不講道理。如"說着說着，他們就很粗野地笑起來了"中的"粗野"不宜換用"粗暴"。

▶ 粗魯 辨析 都有"不文雅"的意義，但語義側重點有別。"粗野"側重指野蠻，沒有禮貌；"粗魯"側重指粗俗、莽撞。如"和所有在粗野地區長大的少年一樣，斯蒂切納有一種自我虛構的本領"中的"粗野"不宜換用"粗魯"。

▶ 野蠻 辨析 都有"不文明"的意義，但語義側重點和語義強度有別。"粗野"側重指不文明，不禮貌，語義較輕；"野蠻"側重指兇狠、殘暴，語義較重。如"他因為動作粗野又得了黃牌"中的"粗野"不宜換用"野蠻"。

粗暴 cūbào 形 魯莽；暴躁：態度粗暴。

▶ 粗魯 辨析 見【粗魯】條。

▶ 粗野 辨析 見【粗野】條。

粗魯 cūlǔ 形 魯莽；沒禮貌：舉止粗魯。

▶ 粗暴 辨析 都有"不文明，沒禮貌"

的意義，但語義側重點和語義強度有別。"粗魯"側重指粗俗，莽撞，語義較輕；"粗暴"側重指野蠻，暴躁無理，語義較重。如"別人說他說話大聲，吃飯粗魯"中的"粗魯"不宜換用"粗暴"。

▶ **粗野** 辨析 見【粗野】條。

▶ **魯莽** 辨析 都有"莽撞"的意義，但語義側重點有別。"粗魯"側重指粗俗莽撞而顯得沒禮貌；"魯莽"側重指冒失，欠考慮。如"用不堪入耳的粗魯語言辱罵對手"中的"粗魯"不宜換用"魯莽"。

粗糙 cūcāo ❶形 不精細；不光滑：粗糙的雙手。❷形（工作）馬虎草率；不細緻：做工粗糙。

▶ **毛糙** 辨析 見【毛糙】條。

粗獷 cūguǎng ❶形 不柔和；不精細：性格野蠻粗獷。❷形 不受約束；有氣魄：文風粗獷。

▶ **粗放** 辨析 都有"豪放"的意義，但語義側重點有別。"粗獷"側重指人無所拘束，性情開朗、直率，適用對象多是人的動作、體魄、習氣、作風、性情以及草原、大海、線條。等；"粗放"側重指豪放而無拘無束，適用對象可以是人的性格，還可以是水土、旋律等。如"他的面孔還是那種黑銅色的，粗獷，年輕，強健"中的"粗獷"不宜換用"粗放"。

▶ **豪放** 辨析 都有"有氣魄"的意義，但語義側重點和適用對象有別。"粗獷"側重指粗線條，不拘小節，自然隨意，適用對象可以是人，也可以是文藝作品和自然物的風格；"豪放"側重指豪情奔放，無所顧忌，適用對象一般是人的性格、言語、行為等。如"突顯出來的只是一截沉鬱、蒼古、粗獷、雍容的石頭"中的"粗獷"不能換用"豪放"。

▶ **豪爽** 辨析 都有"不受約束"的意義，但語義側重點和適用對象有別。"粗獷"側重指粗線條，不拘小節，自然隨

意，適用對象可以是人，也可以是文藝作品和自然物的風格；"豪爽"側重指爽直痛快，乾脆利落，不拖泥帶水，適用對象一般是人。如"她運用的是一種粗獷而又抽象誇張的線條。"中的"粗獷"不能換用"豪爽"。

粒 lì 量 用於小的、立體的東西：小時候，一粒糖就能帶給我無限的幸福。

▶ **顆** 辨析 在作量詞時同義，都表示"小的，立體的東西"，但語義輕重有別。"粒"比"顆"表示的更小，如常說"一顆子彈""幾粒米"，雖然換着說也可以，但常用的組合說明這兩個詞的偏重。另外，"粒"作為詞素可以組成"鹽粒兒""沙粒兒"等詞。也可以證明"粒"表示更小的東西。

剪除 jiǎnchú 動 剷除（惡勢力）；消滅（壞人）：剪除奸逆。

▶ **剷除** 辨析 見【剷除】條。

烽火 fēnghuǒ ❶名 古代邊防報警時點的煙火。❷名 比喻較大的戰火或戰爭：烽火連天。

▶ **烽煙** 辨析 都有"古代邊防報警用的煙火"和"戰火、戰爭"的意義，但語義範圍有別。"烽火"既包括白天報警用的狼煙，也包括夜間報警用的明火；"烽煙"一般只指白天報警用的狼煙。在後一意義上"烽火"一般比喻比較大的、持續時間較長的戰爭；"烽煙"比喻一般的戰爭。如"烽火連天"中的"烽火"不宜換用"烽煙"。

烽煙 fēngyān ❶名 古代邊防白天報警時用的狼煙。❷名 比喻戰爭：烽煙四起。

▶ **烽火** 辨析 見【烽火】條。

清秀 qīngxiù 形 清雅秀氣，不俗氣：面容清秀／這小姑娘長得清秀而端莊。

▶ **娟秀** 辨析 見【娟秀】條。

清苦 qīngkǔ 形 清貧，窮苦：讀書人難免生活清苦。

▶ **窮苦** 辨析 見【窮苦】條。

清香 qīngxiāng 名 清新的香氣：水果的清香。

▶ **芳香** 辨析 見【芳香】條。

清亮 qīngliàng 形 清晰響亮：清亮的女高音／你嗓音這麼清亮，不妨去學學京劇。

▶ **清脆** 辨析 都有"形容聲音清晰"的意義，但語義側重點和使用範圍有別。"清亮"着重於"亮"，強調聲音響亮；"清脆"着重於"脆"，強調聲音悅耳。"清亮"除形容聲音外，還可形容透徹明亮的事物，如水、山泉、眼睛、玻璃等；"清脆"除形容聲音外，還可形容食物，意為清香鬆爽。

清脆 qīngcuì ❶形 清爽脆亮，十分悅耳：一大早上就能聽到清脆的鳥鳴聲。❷形 食物脆而清香：清脆香甜的鮮棗。

▶ **清亮** 辨析 見【清亮】條。

清除 qīngchú 動 掃除乾淨；徹底去除：清除垃圾／清除叛徒。

▶ **剷除** 辨析 見【剷除】條。

▶ **根除** 辨析 見【根除】條。

▶ **排除** 辨析 見【排除】條。

▶ **掃除** 辨析 見【掃除】條。

▶ **消除** 辨析 見【消除】條。

清理 qīnglǐ 動 徹底整理：清理庫存物資。

▶ **清算** 辨析 都有"徹底整理"的意義，但語義側重點、語義輕重和適用對象有別。"清理"着重於"理"，整理，把零亂的東西整理好；"清算"着重於"算"，計算，指徹底清查賬目或歷數全部的罪行或錯誤並做出相應的處理，語義較"清理"重。"清理"的對象可以是具體事物，如東西、物資、房間、倉庫、文件、書籍、賬目等，也可以是人或抽象事物，如隊伍、思想等；"清算"的對象多為賬目、罪行、罪惡等。

▶ **整理** 辨析 都有"收拾、使有條理秩序"的意義，但語義側重點、語義輕重和適用對象有別。"清理"着重於徹底清查、整理或處理；"整理"着重於使零散、凌亂、混亂的事物變得整齊而有條理，語義較"清理"輕。"清理"的對象可以是具體事物，如東西、物資、房間、倉庫、文件、書籍、賬目等，也可以是人或抽象事物，如隊伍、思想等；"整理"的對象多為具體而雜亂的事物，如書籍、材料、房間、行裝、賬目、文化遺產等。

清掃 qīngsǎo 動 徹底掃除：清掃垃圾。

▶ **打掃** 辨析 見【打掃】條。

清爽 qīngshuǎng ❶形 清潔涼爽：秋季雨後的天空會更加清爽。❷形 形容情緒輕鬆、暢快：幹了一天重活兒，坐下來聽聽音樂，可真叫清爽。❸形 整潔乾淨：你快把屋子弄清爽了。❹形 清楚；明白：還是把事情講清爽的好。

▶ **涼爽** 辨析 見【涼爽】條。

清貧 qīngpín 形 貧窮；貧苦：學者不怕過清貧的生活。

▶ **貧寒** 辨析 見【貧寒】條。

▶ **清寒** 辨析 都有"貧窮、貧苦"的意義，但語義側重點和用法有別。"清貧"多含因操守清白而貧窮的意味，多用於讀書人或有節操的人者；"清寒"多指個人或家庭的貧窮困苦，不限於讀書人或有節操的人。"清貧"多修飾"生活、家境、家道、家世"等詞,可與"自守"組合成"清貧自守";"清寒"多修飾"家境、出身"等詞。"清寒"還表示"清爽純淨而略帶寒意",在這一意義上二者不相同。

清涼 qīngliáng 形 清爽愜意:清涼的薄荷氣味。

▶ **涼快** 辨析 見【涼快】條。

清晰 qīngxī 形 明晰;容易辨認:清晰的字跡。

▶ **清楚** 辨析 都有"不模糊,容易辨認"的意義,但語義側重點、語義輕重、用法、使用範圍和語義色彩有別。"清晰"強調物體從外部輪廓、線條到局部細微處都很分明;"清楚"強調對象物在整體上特徵分明,語義較"清晰"輕。"清楚"能重疊成 AABB 式使用;"清晰"不能重疊使用。"清晰"使用範圍較窄,一般用於物象、聲音;"清楚"除用於物象、聲音外,還可用於話語、事理、數目、手續、問題等。"清晰"多用於書面語;"清楚"可用於書面語,也可用於口語。在其他意義上二者不相同。

清寒 qīnghán ❶形 清爽純淨而略帶寒意:清寒的夜色。❷形 貧窮:家境清寒。

▶ **貧寒** 辨析 見【貧寒】條。

▶ **清貧** 辨析 見【清貧】條。

清楚 qīngchu ❶形 容易辨認、瞭解的:把作業寫清楚。❷形 不糊塗;明辨事理的:頭腦清楚。❸動 明白;瞭解:他很清楚這種事情帶來的嚴重後果。

▶ **明白** 辨析 見【明白】條。

▶ **明朗** 辨析 見【明朗】條。

▶ **明確** 辨析 見【明確】條。

▶ **明顯** 辨析 見【明顯】條。

▶ **清晰** 辨析 見【清晰】條。

清算 qīngsuàn ❶動 徹底核算:清算去年的賬目。❷動 指徹底查究罪惡、錯誤並做出相應的處理:清算車匪路霸的罪行。

▶ **清理** 辨析 見【清理】條。

清潔 qīngjié 形 清爽潔淨,沒有塵土污物:清潔衛生。

▶ **乾淨** 辨析 見【乾淨】條。

▶ **潔淨** 辨析 見【潔淨】條。

▶ **整潔** 辨析 都有"潔淨、沒有塵土污物"的意義,但語義側重點和使用範圍有別。"清潔"着重於"清",清純、乾淨,強調沒有塵土、油垢等髒東西,如"應經常保持臉和手的皮膚清潔";"整潔"着重於"整",整齊,強調有秩序、有條理,如"院內的六間房舍寬敞明亮,被褥整潔"。"清潔"多用來形容身體、環境、物品等不骯髒;"整潔"多用來形容穿着、環境等乾淨整齊。

清靜 qīngjìng 形 清爽安靜,不混亂嘈雜:湖邊小樹林裏很清靜,正是讀書的絕好去處。

▶ **安靜** 辨析 見【安靜】條。

▶ **寂靜** 辨析 都有"安靜、沒有聲響"的意義,但語義側重點和語體色彩有別。"清靜"着重於"清",不雜亂,強調周圍環境沒有紛擾嘈雜的聲音,如"郊區的房子大又清靜";"寂靜"着重於"寂",寂然無聲,強調沒有任何聲響,如"突然,寂靜的院落裏響起'咚、咚'的腳步聲"。"清靜"使用範圍較廣,通用於口語和書面語;"寂靜"多用於書面語。

▶ **寧靜** 辨析 見【寧靜】條。

▶ **僻靜** 辨析 都有"安靜、沒有聲響"的意義,但語義側重點和語體色彩有別。"清靜"着重於"清",不雜亂,強調周圍環境沒有紛擾嘈雜的聲音,如"她喜歡清靜,不願意湊熱鬧";"僻靜"着重於"僻",偏僻,強調地方偏僻背靜,如"如今他住在法國僻靜的小村子裏"。"清靜"使用範圍較廣,通用於口語和書面語;"僻靜"多用於書面語。

清醒 qīngxǐng ❶形 清楚,不糊塗,不瞓倦:要保持清醒的頭腦。❷動 指神志從昏迷狀態中恢復過來:病人要徹底清醒了才能說話。

▶ **蘇醒** 辨析 見【蘇醒】條。

添 tiān 動 使數量比原來多:添人／錦上添花。

▶ **加** 辨析 見【加】條。

淒切 qīqiè 形 形容淒涼悲切:寒蟬淒切。

▶ **淒慘** 辨析 都有"淒涼痛苦"的意義,但語義側重點和使用範圍有別。"淒切"側重於"悲哀、悲切",多用於聲音,如"寒蟬淒切""其聲淒切,不忍卒聽",有時也可用於眼神;"淒慘"側重於"慘痛、慘烈",多用於叫聲、曲調、神色、結局、不幸遭遇等。

淒涼 qīliáng ❶形 悲哀痛苦:淒涼的表情。❷形 形容環境、景物等的寂寞冷落:秋色淒涼。

▶ **悲涼** 辨析 見【悲涼】條。

▶ **蒼涼** 辨析 見【蒼涼】條。

▶ **淒慘** 辨析 都有"悲哀痛苦"的意義,但語義側重點、語義輕重、使用範圍和用法有別。"淒涼"側重於因荒涼、落寞而悲哀難過,多用於日子、心境、生活遭遇、精神面貌等;"淒慘"側重於悲慘痛苦,多用於叫聲、曲調、結局、不幸遭遇等,語義較"淒涼"重。"淒涼"一般不重疊使用,"淒慘"可以重疊成 AABB 式使用。在形容"環境、氣氛、景物等的

寂寞冷落"時二者意義不同。

淒慘 qīcǎn 形 淒苦慘痛:他發出了一聲淒慘的喊叫。

▶ **悲慘** 辨析 都有"慘痛、痛苦"的意義,但語義側重點、使用範圍和語體色彩有別。"淒慘"側重於淒苦,語義較重;"悲慘"側重於傷心、可悲,意思比"淒慘"重。"淒慘"多用於聲音、曲調、神色和結局等,多用於書面語,如"淒慘的哭聲、淒慘的面容、淒慘的歲月、淒慘的景象"等;"悲慘"多用於生活、遭遇、身世、事件等,口語、書面語裏都能用,如"悲慘的年代、悲慘的境地、悲慘的結局、悲慘世界、悲慘事件"等。

▶ **淒涼** 辨析 見【淒涼】條。

▶ **淒切** 辨析 見【淒切】條。

淺薄 qiǎnbó ❶形 學識貧乏,修養不深:知識淺薄。❷形 不深厚:情分淺薄。

▶ **膚淺** 辨析 見【膚淺】條。

淌 tǎng 動 往下流:淌血／汗水直淌。

▶ **流** 辨析 見【流】條。

混合 hùnhé 動 摻雜在一起:混合雙打。

▶ **摻雜** 辨析 都有"不同的東西互相混亂地或錯合地摻在一起"的意義,但語義側重點、適用對象有別。"混合"指摻和在一起的東西沒有主次之分,多用於具體事物;"摻雜"指摻和在一起的東西有主次之分,以一方為主,其他為輔,既可用於具體事物,也可用於抽象事物。如"新思想中摻雜着舊思想""大米中摻雜着沙子"中的"摻雜"不宜換成"混合"。

▶ **混雜** 辨析 都有"不同的東西互相混

亂地或錯合地摻在一起"的意義,但語義側重點、感情色彩有別。"混合"強調錯合起來成為一體,是中性詞;"混雜"強調錯雜地合起來,成為雜亂物,多帶有貶義。如可以說"男女混雜、字句混雜",但一般不說"男女混合""字句混合",而"男女混合雙打""客貨混合列車"中的"混合"也不能換用"混雜"。

混濁 hùnzhuó 形 (水、空氣等) 含有雜質,不清潔。

▶ **污濁** 辨析 見【污濁】條。

混雜 hùnzá 動 混合摻雜:蛇龍混雜。

▶ **摻雜** 辨析 都有"不同的東西互相混亂地或錯合地摻在一起"的意義,但適用對象有別。"混雜"多用於具體事物;"摻雜"可用於具體事物,也可用於抽象事物。如"摻雜不良動機"中的"摻雜"不宜換用"混雜"。

▶ **混合** 辨析 見【混合】條。

淪陷 lúnxiàn 動 (領土) 被敵人佔領:上海淪陷後被稱為"孤島"。

▶ **失陷** 辨析 見【失陷】條。

淨 jìng 副 表示單純而沒有別的;只:櫃子裏裝的淨是衣服。

▶ **都** 辨析 在所有的,沒有例外的語法作用上意義相同,但語義側重點和語體色彩有別。"淨"強調單純,單一,表明除此之外沒有其他的,有口語色彩,如"路上淨是尖利的小石子";"都"強調總括全部,通用於口語和書面語,如"他這麼一說,大家都不想去了"。

涼 liáng 形 溫度不高:早晨的風挺涼,加件衣服。

▶ **冷** 辨析 見【冷】條。

涼快 liángkuài 形 氣溫稍低,讓人不感到悶熱:雷雨過後涼快了許多。

▶ **涼爽** 辨析 都有"形容人感到氣溫稍低,不悶熱"的意義,但語義輕重和語體色彩有別。"涼快"側重"感到清涼,心裏舒暢痛快"的主觀感覺;"涼爽"則強調不悶熱,清新舒適。"涼快"有口語色彩,"涼爽"一般見於書面語。搭配上,"天氣涼快",具體到一天、一段時間;而"涼爽"可概括,如"這裏夏天氣候涼爽"。

▶ **清涼** 辨析 都有"形容溫度低"的意義,但語義側重點有別。"涼快"側重於人對氣溫的感受,如"今天挺涼快的";"清涼"則描述一種類似於接觸低溫的感覺,如"薄荷給人一種清涼的口感"。

涼爽 liángshuǎng 形 溫度稍低,使人感到清醒爽快:立秋以後的天氣很快涼爽起來。

▶ **涼快** 辨析 見【涼快】條。

▶ **清爽** 辨析 都有"形容氣溫稍低,使人感到清醒爽快"的意義,但語義側重點和適用對象有別。"涼爽"側重於客觀環境影響多一些,如"雷雨過後,感覺涼爽了一些";"清爽"側重於人的感受,感到精神振奮,如"早晨起來,空氣清爽"。因此"清爽"可以指其他令人感到不拖沓、不膩味的感覺,如菜餚口感可以說清爽,心情輕鬆愉快也可以說清爽。

淳樸 chúnpǔ 形 誠實樸素:民風淳樸。

▶ **樸實** 辨析 見【樸實】條。

▶ **質樸** 辨析 見【質樸】條。

淡漠 dànmò ❶ 形 不熱情、冷淡:人情淡漠。❷ 形 印象模糊、記憶不清楚:因往事過於遙遠而顯得淡漠。

▶ **淡薄** 辨析 都有"因淡忘而印象模糊、記憶不真切"的意義,但語義側重點有別。"淡漠"側重指不關心、不在意而記憶不很清楚;"淡薄"側重指記憶不

341

強而印象較淡。如"數十年再沒回到過家鄉，張家兄弟在我記憶中漸漸淡漠了"中的"淡漠"不宜換用"淡薄"。

▶ 冷淡 辨析 見【冷淡】條。

▶ 冷漠 辨析 見【冷漠】條。

淡薄 dànbó ❶形 密度小、不濃：空氣淡薄。❷形 感情、興趣不濃厚：求知慾淡薄。❸形 因淡忘而印象模糊：當年那一幕場景，早已被人淡薄忘卻。

▶ 淡漠 辨析 見【淡漠】條。

▶ 稀薄 辨析 都有"密度小、不濃"的意義，但語義側重點和適用對象有別。"淡薄"側重指不厚密，味道不濃，適用對象多是陽光、月光、味道等；"稀薄"側重指氣體或液體濃度或密度小，適用對象多是空氣、煙霧、液體等。如"淡薄的月光從窗外射進來"中的"淡薄"不能換用"稀薄"。

深入 shēnrù ❶動 進入到事物的內部或中心：深入敵後。❷形 透徹：深入分析。

▶ 深刻 辨析 都有"形容達到的程度深"的意義，但語義側重點、使用範圍和詞性有別。"深入"着重於"入"，進入，強調透過外表進入事物的內在深層，形容不膚淺；"深刻"着重於"刻"，程度深，強調認識、體會的精闢深透或程度很高，達到事物或問題的本質。"深入"多用於調查、研究、進行（某事），多修飾"調查、研究、分析、瞭解、體會、發展、討論、揭發、批判"等詞；"深刻"多用於認識、體會、感受，多修飾"認識、體會、內容、變化、感受、感覺、印象"等詞。"深入"可用作形容詞，也可用作動詞；"深刻"只用作形容詞。

深更半夜 shēngēngbànyè 形容夜很深：深更半夜，誰來的電話？

▶ 半夜三更 辨析 見【半夜三更】條。

深刻 shēnkè ❶形 觸及問題實質或事情內部的：內容深刻。❷形 感受程度很高的：印象深刻。

▶ 深入 辨析 見【深入】條。

▶ 深遠 辨析 見【深遠】條。

深厚 shēnhòu ❶形 物體上下之間的距離大：土層深厚。❷形 堅實，雄厚：深厚的基礎。❸形 深遠，濃厚：深厚的友誼。

▶ 濃厚 辨析 見【濃厚】條。

深思熟慮 shēnsīshúlǜ 深入透徹地思索，周密細緻地考慮：他的看法是經過深思熟慮的。

▶ 深謀遠慮 辨析 都有"深入、細緻地考慮"的意義，但語義側重點和褒貶色彩有別。"深思熟慮"着重於"熟""思"，強調反覆思考、透徹考慮，含褒義色彩，如"經過深思熟慮和大量調查，他向上司提交了一份改革設想"；"深謀遠慮"着重於"遠""謀"，強調謀劃周全、計劃久遠，不含褒貶色彩，如"會上不乏激情洋溢的演講和深謀遠慮的建議"。

深遠 shēnyuǎn 形 深刻而久遠：這次會議具有深遠的歷史意義。

▶ 深刻 辨析 都有"形容達到的程度深"的意義，但語義側重點、使用範圍和語法功能有別。"深遠"着重於"遠"，久遠，強調其意義、影響的久遠；"深刻"着重於"刻"，程度深，強調認識、體會的精闢深透或程度很高。"深遠"多用於意義、影響，多修飾"意義、立意、寓意、謀略、影響"等詞；"深刻"多用於認識、體會、感受，多修飾"認識、體會、內容、變化、感受、感覺、印象"等詞。"深遠"只能作定語、謂語；"深刻"可以作定語、謂語，還可以作狀語。

深謀遠慮 shēnmóuyuǎnlǜ 計劃得很周密，考慮得很長遠：在各種利益的趨動下，一批深謀遠慮的企業家也把目光盯在了高新科技產業上，看準了就一擲萬金。

▶ **深思熟慮** 辨析 見【深思熟慮】條。

情形 qíngxing 名 面貌；事物呈現出來的樣子：最近幾年村裏的生活情形逐漸好轉。

▶ **情景** 辨析 都有"事物呈現出來的樣子"的意義，但語義側重點和使用範圍有別。"情形"着重於"形"，形狀，強調已經存在的客觀狀態，如"審判人員錯誤裁判，其下列情形之一的應予追究"；"情景"着重於"景"，景象，強調具體場合的現象、景象，比"情形"更具體、更形象，如"四十年前的情景，依舊歷歷在目"。"情形"多用於具體事物；"情景"多用於某個場合的具體現象和景象。

▶ **情況** 辨析 都有"事物呈現出來的樣子"的意義，但語義側重點、使用範圍和語體色彩有別。"情形"着重於"形"，形狀，強調已經存在的客觀狀態，如"從當時交流的情形看來，隔膜之處居多"；"情況"着重於"況"，狀況，強調事物的各種狀態或正在進行的狀況，如"來自許多方面的信息反映：總體情況不容樂觀"。"情形"多用於具體的事物；"情況"使用範圍較廣，可用於具體的事物，也可用於較抽象的事物。"情形"多用於書面語；"情況"可用於書面語，也可用於口語。

情況 qíngkuàng ❶名 狀況；事物呈現出來的樣子：工作情況。❷名 所處的境地或所出現的變化：及時報告前線的情況。

▶ **情景** 辨析 都有"事物呈現出來的樣子"的意義，但語義側重點和使用範圍

和語體色彩有別。"情況"着重於"況"，狀況，指事情正在進行的狀態、狀況；"情景"着重於"景"，景象，指具體場合的現象、景象。"情況"可用於具體的事物，如家鄉、家庭等，也可用於較抽象的事物，如工作、學習、發展、思想等；"情景"多用於某個場合的具體現象和景象，如"兒時情景、當時的情景"等。"情況"通用於口語和書面語；"情景"多用於書面語。在其他意義上二者不相同。

▶ **情形** 辨析 見【情形】條。

▶ **狀況** 辨析 見【狀況】條。

情面 qíngmiàn 名 私人間的情分：在大是大非面前要拋開個人情面。

▶ **面子** 辨析 見【面子】條。

情景 qíngjǐng 名 情形和景象：情景描寫要適當。

▶ **情況** 辨析 見【情況】條。

▶ **情形** 辨析 見【情形】條。

情勢 qíngshì 名 情形和趨勢；形勢：情勢危急。

▶ **形勢** 辨析 見【形勢】條。

情感 qínggǎn 名 對外界刺激做出的肯定或否定的心理反應，如喜歡、憤怒、悲傷、恐懼、愛慕等：人在受到刺激時往往有強烈的情感表露。

▶ **感情** 辨析 都有"對外界刺激做出的心理反應"的意義，但語義側重點有別。"情感"着重指對外界刺激的一種自然心理反應和流露，如"氣勢磅礴的《黃河大合唱》禮讚了正義和光明，表達了華夏兒女的共同情感"；"感情"着重指對外界刺激的比較強烈的心理反應和情緒，如"要冷靜，不要感情用事"。"感情"還可表示對人或事物關切、喜愛的心情，在這一意義上二者不相同。

情意 qíngyì 名 對人關心、愛護的感情：情意綿綿。

▶ **情義** 辨析 見【情義】條。

▶ **情誼** 辨析 見【情誼】條。

▶ **心意** 辨析 見【心意】條。

情義 qíngyì 名 親屬、朋友之間應有的情分和應講的義氣：你待他也算是盡了情義。

▶ **情誼** 辨析 都有"人與人之間的感情"的意義，但語義側重點有別。"情義"着重於"義"，義氣，強調人與人之間應有的情分和應講的義氣，如"情義無價"；"情誼"着重於"誼"，友誼、交情，強調因互相交往而產生的相互關心愛護的感情，如"甚麼樣的言語都無法表達我們之間的這種情誼"。

▶ **情意** 辨析 都有"人與人之間的感情"的意義，但語義側重點、使用範圍和用法有別。"情義"着重於"義"，義氣，強調人與人之間應有的情分和應講的義氣，如"他這人內心火熱，極重情義"；"情意"着重於"意"，心意，強調對人的真心實意或好意，如"禮輕情意重"。"情義"多用於親屬、朋友之間；"情意"多用於對人方面。"情義"多用作"講、顧、懂、有"等詞的賓語；"情意"多用作主語。

情態 qíngtài 名 表情，神態：情態逼真。

▶ **神態** 辨析 見【神態】條。

情誼 qíngyì 名 相互關心愛護的感情和友誼：他們的情誼是小時候培養起來的。

▶ **情義** 辨析 見【情義】條。

▶ **情意** 辨析 都有"人與人之間的感情"的意義，但語義側重點和感情色彩有別。"情誼"着重於"誼"，友誼、交情，強調因互相交往而產生的相互關心愛護的感情，帶莊重的感情色彩；"情意"着重於"意"，心意，強調對人的真心實意和深厚友好的感情，帶親切的感情色彩。

情願 qíngyuàn ❶ 動 真心地願意：他甘心情願把東西還給你。❷ 助動 寧願；寧可：他情願去邊疆，也不願待在城市裏整天無所事事。

▶ **甘心** 辨析 見【甘心】條。

▶ **甘願** 辨析 見【甘願】條。

▶ **寧願** 辨析 見【寧願】條。

▶ **寧可** 辨析 見【寧可】條。

悵惘 chàngwǎng 形 形容因為不如意而傷感迷惘困惑的樣子：理想始終未能實現，他感到無比悵惘。

▶ **惆悵** 辨析 都有"因為不如意而傷感"的意義，但語義概括範圍有別。除了二者相同的意義以外，"悵惘"還有迷惘困惑的意義。如"事情怎麼會發展到如此田地，他覺得十分悵惘"中的"悵惘"就不宜換成"惆悵"。因此"悵惘"的語義概括範圍要大於"惆悵"。

悼念 dàoniàn 動 懷念死者，表示哀痛：悼念死難烈士 / 沉痛悼念。

▶ **哀悼** 辨析 見【哀悼】條。

▶ **懷念** 辨析 見【懷念】條。

惆悵 chóuchàng 形 傷感；失意：惆悵的心緒。

▶ **悵惘** 辨析 見【悵惘】條。

惦記 diànjì 動 心裏總是想着，不能忘記：她總是惦記着在外地的孩子。

▶ **掛念** 辨析 見【掛念】條。

惋惜 wǎnxī 動 對人的不幸遭遇或事物的意外變化表示同情、可惜：大家對他的辭職深感惋惜。

▶ **可惜** 辨析 見【可惜】條。

寄存 jìcún 動 將物品臨時放在別人處：行李寄存處/把衣帽寄存在衣帽間。

▶ **存放** 辨析 見【存放】條。

▶ **寄放** 辨析 都有"暫時將物品放在他人處，保存起來"的意義，但語義側重點有別。"寄存"強調暫時放在他人處，託付別人代為保管，不久便會取走，如"免費寄存""他將摩托車寄存在一戶農家，提着鞋艱難地向前走去"；"寄放"強調物品臨時的安置，放置在他處，如"這些價值幾萬法郎的試劑被寄放在低溫冰箱"。

寄放 jìfàng 動 把東西暫時託付給別人保管：把大件物品寄放在朋友那裏。

▶ **存放** 辨析 見【存放】條。

▶ **寄存** 辨析 見【寄存】條。

寂靜 jìjìng 形 沒有聲音；很靜：寂靜無聲/夜深了，校園一片寂靜。

▶ **安靜** 辨析 見【安靜】條。

▶ **清靜** 辨析 見【清靜】條。

▶ **幽靜** 辨析 見【幽靜】條。

密切 mìqiè 形 關係親近密切：他倆的關係十分密切。動（使）關係近：中美雙方近年來保持了密切的接觸。

▶ **親密** 辨析 見【親密】條。

啟示 qǐshì ❶ 動 通過提示或暗示某種事理使對方有所領悟：啟示新學。❷ 名 受到的啟示：從困難中獲取重要啟示。

▶ **啟發** 辨析 都有"通過開導使對方有所領悟"的意義，但語義側重點、語體色彩和構詞能力有別。"啟示"側重於"示"，表明，強調直接給予一定的提示或暗示，使人有所領會；"啟發"側重於

"發"，引起，強調用一定的語言或行為使別人開通思路，引起聯想，得到結論。"啟示"多用於書面語；"啟發"可用於書面語，也可用於口語。"啟發"能加詞綴構成新詞，如"啟發性、啟發式"等；"啟示"不能。

▶ **啟事** 辨析 二詞的詞義和用法都不同，本不構成同義關係，但因為同音常造成誤用，故需辨析。"啟示"側重於"示"，表明，強調直接給予一定的提示或暗示，使人有所領會；"啟示"可以是名詞，也可以是動詞。"啟事"側重於"事"，事情，是對某事進行公開聲明的、面向公眾的文字，屬一種日常應用文體；"啟事"只能是名詞，常受"徵文""徵稿""徵婚""招聘""尋人""失物"等表示具體事情的詞語修飾。

啟事 qǐshì 名 對某事進行公開聲明的文字，多見於報刊雜誌或街道牆壁上：徵稿啟事/招領啟事。

▶ **啟示** 辨析 見【啟示】條。

啟迪 qǐdí 動 開導；啟發：啟迪後進。

▶ **啟發** 辨析 見【啟發】條。

啟程 qǐchéng 動 行程開始；動身上路：他明天一早啟程。

▶ **出發** 辨析 見【出發】條。

啟發 qǐfā ❶ 動 通過闡明事理使對方領悟；有所領悟，明白事理：啟發式教學/啟發興趣。❷ 名 受到的啟發：大家從報告中獲得了很多啟發。

▶ **啟迪** 辨析 都有"通過闡明事理使對方有所領悟"的意義，但語體色彩和構詞能力有別。"啟發"使用範圍較廣，可用於口語，也可用於書面語，如"啟發思維，鍛煉心志"；"啟迪"常用於書面語，如"她的一番話令人感動，也給人以啟迪"。"啟發"能加詞綴構成新詞，如"啟

發性、啟發式"等；"啟迪"不能。

▶ **啟示** 辨析 見【啟示】條。

問安 wèn'ān 動 詢問是否安好 (多對長輩)：打電話向老人問安。

▶ **請安** 辨析 都有"問好"的意義，但適用對象有別。"問安"多用於對長輩；"請安"除用於對長輩外，也可用於對上級，如"給各位大人請安"，現在已不常用。在其他意義上二者不相同。

▶ **問好** 辨析 都有"詢問是否安好"的意義，但適用對象有別。"問安"多用於對長輩；"問好"的對象比較寬泛，既可用於對長輩，也可用於同輩之間。

▶ **問候** 辨析 都有"詢問是否安好"的意義，但適用對象有別。"問安"多用於對長輩；"問候"的對象比較寬泛，即可用於對長輩，也可用於同輩之間。

問好 wènhǎo 動 詢問是否安好，表示關切：向大家問好。

▶ **問安** 辨析 見【問安】條。

▶ **問候** 辨析 都有"詢問是否安好"的意義，但語義側重點和語法功能有別。"問好"偏重指當面的情形，不能帶賓語；"問候"多用於書信等非當面的情形，如"他讓我轉達對您的問候"，可以帶賓語，如"致信問候守島官兵"。

問候 wènhòu 動 詢問 (起居等是否安好) 並祝願：節日問候。

▶ **問安** 辨析 見【問安】條。

▶ **問好** 辨析 見【問好】條。

屠殺 túshā 動 大批地殺戮：屠殺手無寸鐵的平民，犯下了滔天罪行。

▶ **殺戮** 辨析 見【殺戮】條。

張皇 zhānghuáng 形 驚慌，慌張：張皇失措。

▶ **倉皇** 辨析 見【倉皇】條。

張望 zhāngwàng 動 向四周或遠處看：四處張望。

▶ **觀望** 辨析 見【觀望】條。

張揚 zhāngyáng 動 把不必讓眾人知道的事情宣揚出去：張揚個性。

▶ **聲張** 辨析 見【聲張】條。

強大 qiángdà 形 力量特別雄厚，佔有明顯優勢，與"弱小"相對：強大的國家。

▶ **強盛** 辨析 都有"力量雄厚"的意義，但語義側重點和使用範圍有別。"強大"偏重於"大"，實力雄厚；"強盛"偏重於"盛"，繁榮興旺。"強大"多用於國家、政治、團體、軍事勢力、攻勢等；"強盛"多用於國家、民族。

▶ **強壯** 辨析 都有"力量大"的意義，但語義側重點和使用範圍有別。"強大"偏重於"大"，實力雄厚，跟"弱小"相對；"強壯"偏重於"壯"，健壯、有力氣，跟"衰弱"相對。"強大"多用於國家、政治、團體、軍事勢力、攻勢等方面，"強壯"主要用於身體是否健康有力氣。

強壯 qiángzhuàng ❶形 健康壯實：強壯的身體。❷動 使健康壯實：強壯劑。

▶ **健壯** 辨析 見【健壯】條。

▶ **強大** 辨析 見【強大】條。

▶ **強健** 辨析 都有"健康結實"的意義，但語義側重點、適用範圍、語體色彩和詞性有別。"強壯"着重於"壯"，壯實有力氣，如"男人有較強壯的臂膊"；"強健"着重於"健"，雄健，具有活力的，如"心功能的強健是健康長壽的條件"。"強壯"可形容人，也可以形容體形較大的動物；"強健"只能用於人。"強壯"可用於口語，也可用於書面語；"強健"多用於書面語，帶文學色彩。"強壯"可作形容詞，還可作動詞，表示"使健康壯實"；"強健"只用作形容詞。

強制 qiángzhì 動 硬性實施；在對方不情願的情況下用強力迫使其接受：強制執行／強制性措施。

▶ **強迫** 辨析 見【強迫】條。

強迫 qiǎngpò 動 施加壓力，迫使服從：不要強迫孩子去學超過他們接受能力的東西。

▶ **逼迫** 辨析 見【逼迫】條。

▶ **強制** 辨析 都有"使用某種力量或手段迫使對方做某事"的意義，但語義側重點、語義輕重、適用範圍和語體色彩有別。"強迫"着重於用政治、法律、經濟等手段或施加精神壓力逼迫對方服從，如"不要強迫他去做那些難以做到的事"；"強制"着重於用政治、法律、經濟等手段或通過硬性規定逼迫執行，語義較"強迫"重，如"這筆錢款是法院通過強制執行討回的"。"強迫"可以是組織、集體的行為，也可以是個人的意志；"強制"往往是政府、組織或集體的行為。"強迫"常用於口語；"強制"常用於書面語。

強烈 qiángliè ❶形 很強的；強而有力的：強烈的好奇心。❷形 鮮明的；程度很深的：強烈的感情色彩／強烈的對比。

▶ **激烈** 辨析 都有"很強的、程度很深的"的意義，但語義側重點和使用範圍有別。"強烈"着重於"強"，強勁有力；"激烈"着重於"激"，急劇尖銳。"強烈"使用範圍較廣，可用來形容光線、電流、色彩、氣味等具體事物，也可用來形容感情、思想、表現、要求、願望等抽象事物；"激烈"多用來形容爭論、辯論、競爭、競賽、對抗、搏鬥等言論行為。

▶ **濃烈** 辨析 見【濃烈】條。

▶ **濃郁** 辨析 見【濃郁】條。

強盛 qiángshèng 形 強大昌盛，多指國家的狀況：國家日益強盛。

▶ **強大** 辨析 見【強大】條。

強健 qiángjiàn 形 強壯健康：強健的體魄。

▶ **健壯** 辨析 都有"健康"的意義，但語義側重點和使用範圍有別。"強健"着重於身體健康而有力，如"美好的事業，永遠需要一個美好的心情、強健的體魄來支持"；"健壯"着重於身體健康而結實，如"父母祈盼嬰兒有個健壯的身體"。"強健"只用於人，可形容人的體魄、筋骨、腳力等；"健壯"可用於人，形容身體、體格、體魄等，也可用於體形較大的動物。

▶ **強壯** 辨析 見【強壯】條。

強逼 qiǎngbī 動 施加壓力，催促服從：強逼少女吸毒、賣淫的三個歹人被刑拘。

▶ **逼迫** 辨析 見【逼迫】條。

強橫 qiánghèng 形 強硬蠻橫，不講道理：他一貫就態度強橫，不可理喻。

▶ **霸道** 辨析 都有"態度強硬、不講道理"的意義，但語義側重點和語體色彩有別。"強橫"偏重於兇惡蠻橫，如"他裝出一副兇狠強橫的樣子"；"霸道"偏重於蠻不講理，仗勢壓人，如"他們家的蠻橫霸道是鄉里出了名的"。"強橫"多用於書面語；"霸道"多用於口語。在其他意義上二者不相同。

▶ **蠻橫** 辨析 見【蠻橫】條。

▶ **專橫** 辨析 見【專橫】條。

347

將要 jiāngyào 〔副〕表示行為或情況在不久以後發生：他將要到上海去主持工作／將要在這一地區建立基地。

▶ **即將** 〔辨析〕見【即將】條。

將信將疑 jiāngxìnjiāngyí 有些相信，又有些不相信。

▶ **半信半疑** 〔辨析〕見【半信半疑】條。

將就 jiāngjiù 〔動〕勉強適應不很滿意的事物或環境：地方太小，你就將就一下吧／將就着用吧。

▶ **遷就** 〔辨析〕見【遷就】條。

婉轉 wǎnzhuǎn ❶〔形〕(説話) 溫和而曲折：她婉轉地拒絕了我。❷〔形〕(歌聲、鳥鳴聲等) 抑揚動聽：婉轉的歌喉。

▶ **委婉** 〔辨析〕見【委婉】條。

▶ **含蓄** 〔辨析〕見【含蓄】條。

習性 xíxìng 〔名〕長期在某種自然條件或社會環境下所養成的特性：貓的生活習性／人的習性有善有惡。

▶ **習慣** 〔辨析〕都有“長期在某種自然條件或社會環境下所養成的特性”的意義，但適用對象有別。“習性”多用於動植物，也可用於人；“習慣”多用於人或社會，也可用於動物。

▶ **習氣** 〔辨析〕見【習氣】條。

習氣 xíqì 〔名〕逐漸形成的壞習慣或壞作風：沾染不良習氣／流氓習氣。

▶ **習慣** 〔辨析〕都有“逐漸形成的，一時不容易改變的行為、傾向或風氣”的意義，但語義側重點、適用對象、語體色彩有別。“習氣”指壞習慣或壞作風，有貶義色彩。“習慣”可以是好的，也可以是壞的，中性詞。“習氣”多用於人或集體，“習慣”可用於人或社會，也可用於動物。

▶ **習性** 〔辨析〕都有“長期在某種自然

條件或社會環境下所養成的特性”的意義，但語義側重點、適用對象、語體色彩有別。“習氣”指壞習慣或壞作風，有貶義色彩。“習性”偏重指本性、特性，中性詞。“習氣”多用於人，“習性”多用於動植物，也可用於人。

習慣 xíguàn ❶〔動〕常常接觸某種新的情況而逐漸適應：習慣了這裏的生活。❷〔名〕在長時期裏逐漸養成的、一時不容易改變的行為、傾向或社會風氣：風俗習慣／要養成良好的衛生習慣。

▶ **習氣** 〔辨析〕見【習氣】條。

▶ **習性** 〔辨析〕見【習性】條。

通告 tōnggào ❶〔動〕廣泛地通知：通告全國。❷〔名〕普遍告知的文告：疫情通告。

▶ **佈告** 〔辨析〕見【佈告】條。

▶ **告示** 〔辨析〕見【告示】條。

▶ **公告** 〔辨析〕見【公告】條。

▶ **文告** 〔辨析〕見【文告】條。

通俗 tōngsú 〔形〕普及性的；容易為廣大民眾所理解和接受的：通俗易懂／通俗讀物。

▶ **庸俗** 〔辨析〕都有“簡明易懂”的意義，但語義側重點、褒貶色彩和適用範圍有別。“通俗”着重於淺顯易懂，容易為廣大百姓所理解和接受，含有大眾化的意味，中性詞；“庸俗”着重於平庸而格調不高，含有鄙陋淺薄的意味，帶貶義色彩。“通俗”多用於語言、講演、文章、作品、歌曲等；“庸俗”多用於思想、生活、言談、活動、作風等。

通信 tōngxìn 〔動〕書信聯絡，互通消息：久不通信／通信地址。

▶ **通訊** 〔辨析〕見【通訊】條。

通訊 tōngxùn ❶〔動〕利用電訊設備傳遞信息：無線電通訊。❷〔名〕詳實而生動地報道消息的文章：新華社通訊。

▶ **通信** 辨析 都有"通過某種手段傳遞信息、保持聯繫"的意義，但語義側重點、使用範圍、用法和詞性有別。"通訊"強調利用電報、電話、無線電等現代化設備進行聯繫，多用於政府部門或軍事機構；"通信"強調用書信方式進行聯繫，一般用於個人之間。"通訊"不能拆開使用；"通信"能拆開使用，如"我們最近還通過信"。"通訊"除用作動詞外，還可用作名詞，指報道消息的文章；"通信"只用作動詞。

通宵 tōngxiāo 名 整夜：通宵達旦。

▶ **徹夜** 辨析 見【徹夜】條。

通常 tōngcháng 形 普通；平常：通常情況／我通常八點鐘就上班。

▶ **平常** 辨析 見【平常】條。

通順 tōngshùn 形 指行文措辭不生硬，沒有邏輯上或語法上的毛病：文理通順。

▶ **流暢** 辨析 見【流暢】條。

▶ **流利** 辨析 見【流利】條。

通暢 tōngchàng ❶形 運行沒有阻礙：道路通暢。❷形 通順流暢：文筆通暢。

▶ **順暢** 辨析 見【順暢】條。

▶ **流暢** 辨析 見【流暢】條。

參加 cānjiā ❶動 加入（某種組織、活動、工作等）：參加乒乓球隊／參加晚會／參加義務勞動。❷動 提出（意見等）：在會議上，他沒有參加意見。

▶ **參與** 辨析 見【參與】條。

參拜 cānbài 動 以一定的禮節進見敬重的人或瞻仰敬重的人的遺像、陵墓等：參拜孔廟／參拜烈士陵園。

▶ **拜見** 辨析 都有"進見敬重的人"的意義，但語義概括範圍有別。"參拜"既可以指進見敬重的人，又可以指瞻仰敬重的人的遺像、陵墓等，強調拜望，多伴隨有一定的儀式；而"拜見"只能指進見敬重的人，強調見面，不能指瞻仰敬重的人的遺像、陵墓等。如"拜見岳父大人"中的"拜見"就不能換成"參拜"。

參與 cānyù 動 參加（某種活動、計劃等）：這個事件的全過程他都參與了／他沒有參與計劃的討論。

▶ **參加** 辨析 都有"加入某種活動或工作"的意義，但適用對象和範圍有別。"參與"的適用範圍要小於"參加"，能夠跟它搭配的對象大多是某種活動，如"外出活動""工作勞動""談話討論"或"計劃""意見""其間""其事"等；而"參加"除了"參與"所能搭配的對象以外，還可以跟某種組織、集團相搭配，如"黨派""團隊""團體"等，"參與"一般不能跟這一類對象搭配。

貫注 guànzhù ❶動（精神、精力）集中：全部精力都貫注於事業中。❷動 說話或行文語言連貫：一氣呵成，前後貫注。

▶ **傾注** 辨析 都有"集中精力"的意義，但語義側重點、語法功能有別。"貫注"着重指精神、精力、心思、感情等集中投入某項工作、活動或其他事物，一般不直接帶賓語，書面語色彩較濃；"傾注"着重指把力量、精力、感情集中到一個目標上，可以帶賓語。如"各級政府特別是勞動行政部門，傾注了大量心血"中的"傾注"不能換用"貫注"。

陳列 chénliè 動 把物品擺放出來供人觀看：陳列品。

▶ **陳設** 辨析 都有"把物品擺出來供人看"的意義，但語義側重點和適用對象有別。"陳列"側重指有計劃有條理地把物品排列出來供人參觀、欣賞、使用或選購，適用對象多是展覽物品；“陳設”側重指擺設、佈置，除供人參觀之外，還有實用的意思，適用對象多是藝術品、普通的傢具物品等。如“店堂裏，各色各式鋼琴陳列有序”中的“陳列”不能換用“陳設”。

▶ **羅列** 辨析 見【羅列】條。

陳述 chénshù 動 有條理地說出來：陳述事實。

▶ **陳說** 辨析 都有“把要說的內容有條有理地說出來”的意義，但語義側重點和適用對象有別。“陳述”側重指客觀地表述，適用對象多是看法、問題及事物的經過等；“陳說”側重指口頭說出，容許帶上說話人的主觀想法，適用對象多是事情、道理、理由、意見等。如“他只是平靜地陳述了一個事實”中的“陳述”不宜換用“陳說”。

▶ **敘述** 辨析 都有“把意思表達出來”的意義，但語義側重點和適用對象有別。“陳述”側重指通過口頭有條有理地述說出來，適用對象多是看法、意見、要求及事物的經過等；“敘述”側重指通過口頭、筆頭或影、視、劇等形式記述或敘說出來，適用對象多是故事、事件、見聞及事情的經過等。如“父親幾乎沒給兒子任何申辯和陳述事實的機會”中的“陳述”不宜換用“敘述”。

陳設 chénshè ❶ 動 佈置、擺設：桌子上陳設着供品。❷ 名 擺設的物品：屋子裏的陳設很講究。

▶ **擺設** 辨析 都有“把物品按審美觀點安放”的意義，但語義側重點和語體色彩有別。“陳設”側重指陳列、佈置，其物品除了實用以外，多是為了供人觀賞、觀看，多用於書面語；“擺設”側重指安放、擺放，多是為了生活或工作上的需要，也可以是為了欣賞，口語和書面語中都可以用。如“裏面陳設着各色家什，皆如同真物”中的“陳設”不宜換用“擺設”。

▶ **陳列** 辨析 見【陳列】條。

陳說 chénshuō 動 逐一說出：陳說利害。

▶ **陳述** 辨析 見【陳述】條。

陳腐 chénfǔ 形（思想、觀念等）陳舊腐朽：陳腐的道德觀念。

▶ **陳舊** 辨析 見【陳舊】條。

▶ **腐朽** 辨析 都有“過時”的意義，但語義側重點、語義強度和適用對象有別。“陳腐”側重指時間久、腐朽、腐敗，語義較輕，適用對象多是思想、理論、觀念、概念等抽象事物；“腐朽”側重指早已過時的，或沒落的、危亡的、垂死的，語義較重，適用對象可以是木材、建築物等具體事物，也可以是制度、意識、作風等抽象事物。如“他揶揄她太陳腐，還像是 60 年代的人”中的“陳腐”不宜換用“腐朽”。

陳舊 chénjiù 形 舊的；過時的：設備陳舊。

▶ **陳腐** 辨析 都有“過時”的意義，但語義側重點、語義強度、感情色彩和適用對象有別。“陳舊”側重指時間久的、很舊的，語義較輕，中性詞，適用對象可以是傢具等具體事物，也可以是觀念、思想、方法等抽象事物；“陳腐”側重指時間久、腐朽、腐敗，語義較重，貶義詞，適用對象多是思想、理論、觀念、概念等抽象事物。如“那衣服的料子很高級，但式樣陳舊”中的“陳舊”不能換用“陳腐”。

陶冶 táoyě 動 燒製陶器和冶煉金屬，比喻給人的思想、性格或品德以有益的影響：陶冶性情。

▶ **燻陶** 辨析 都有"教育和影響人的思想、性格或品德"的意義，但語義側重點和使用範圍有別。"陶冶"着重於經過教育或鍛煉，給人以有益的影響，潛移默化地受到好的影響，如"陶冶青少年的情操"；"燻陶"着重於經過長期的接觸，逐漸給人以感染、影響，如"他自幼受到傳統文化的燻陶"。"陶冶"多用於思想、性情、情操、心靈等方面；"燻陶"多用於思想、品德、行為、學問、生活習慣等方面。

陪同 péitóng 動 陪伴着一同去：陪同客戶考察市場。

▶ **伴隨** 辨析 見【伴隨】條。

▶ **陪伴** 辨析 都有"一同去進行某一活動"的意義，但語義側重點、語體色彩和語法功能有別。"陪同"多用於書面語，雙方地位不平等，有主次之別，如"外交部長陪同總理出國訪問"；"陪伴"較口語化，有做伴的意味，雙方無主次之分。

陪伴 péibàn 動 隨同做伴：歌聲陪伴我們走過那段歲月。

▶ **伴隨** 辨析 見【伴隨】條。

▶ **陪同** 辨析 見【陪同】條。

陪襯 péichèn ❶動 襯托，加上其他事物使主要事物更突出：紅花還需綠葉陪襯。 ❷名 使主要事物更突出的事物：我在這兒就是個陪襯。"

▶ **襯托** 辨析 見【襯托】條。

▶ **反襯** 辨析 見【反襯】條。

▶ **烘托** 辨析 見【烘托】條。

細心 xìxīn 形 用心細緻周到：細心呵護。

▶ **細緻** 辨析 都有"精細周密"的意義，但語義側重點有別。"細心"強調用心精細周密，如"她為人十分細心周到"；

"細緻"有工作等做得細，沒有疏漏的意味，如"小王做事細緻入微，從不出一點紕漏"。

▶ **仔細** 辨析 見【仔細】條。

細膩 xìnì ❶形 精細光滑：肌膚嫩白細膩。 ❷形 (描寫、表演等) 細緻入微：文筆細膩／腳法細膩。

▶ **細緻** 辨析 見【細緻】條。

細緻 xìzhì ❶形 精細周密：細緻入微的服務／細緻地記錄。 ❷形 細而精緻：細緻的花紋。

▶ **細膩** 辨析 都有"精細周密"的意義，但語義側重點有別。"細緻"有"(質地等) 細密精緻"的意味；"細膩"強調細密光滑。在其他意義上二者不相同。

▶ **細心** 辨析 見【細心】條。

▶ **仔細** 辨析 見【仔細】條。

終止 zhōngzhǐ 動 結束，停止：辯論終止。

▶ **結束** 辨析 都有"發展或進行到一定階段後不再繼續"的意義，但語義側重點、適用對象有別。"終止"強調動作行為或事物發展變化進行到終了階段時不再繼續，一般用於客觀行為，常同聯繫、關係、合同等搭配使用，如"終止勞動合同""夫妻關係已經終止"；"結束"只強調完畢、不再繼續，既可用於客觀行為，也可用於主觀行為，常同工作、事情、勞動等搭配使用，如"結束會議""會議已經結束"。

▶ **停止** 辨析 都有"不再進行"的意義，但語義側重點、適用對象有別。"終止"強調動作行為或事物發展變化進行到終了階段時不再繼續，一般用於客觀行為，具有對立的雙方或多方；"停止"強調停下來不做、不再繼續，一般用於具體的行動或與行動有關的事，既可用於客觀行為，也可用於主觀行為。如"合同自動終止"中的"終止"不能換用"停止"。

▶ **中止** 辨析 見【中止】條。

▶ **終結** 辨析 都有"結束,不再進行"的意義,但語義側重點和適用對象有別。"終止"側重指過程結束、停止,多用於有明顯的運動形式和運動過程的事物,如比賽、生命、關係等;"終結"側重指本身的最後結束,多用於沒有明顯運動形式和運動過程的事物,如歷史、著作、哲學等。如"互聯網免費時代即將終結"中的"終結"。

終生 zhōngshēng 图 一生(多就事業來說):奮鬥終生。

▶ **畢生** 辨析 見【畢生】條。

▶ **一生** 辨析 見【一生】條。

▶ **終身** 辨析 都有"從生到死的全部時間"的意義,但語義側重點和適用對象有別。"終生"多用於有關事業或工作的方面,可作狀語,如"終生相伴""終生不忘";"終身"多用於與自身有關的切身的事情,如婚姻、友誼等,可作定語,如"終身大事"。

終身 zhōngshēn ❶图 一生,一輩子(多就切身的事來說):終身不嫁。❷图 指婚姻大事(多指女方):私訂終身。

▶ **畢生** 辨析 見【畢生】條。

▶ **一生** 辨析 見【一生】條。

▶ **終生** 辨析 見【終生】條。

終究 zhōngjiū 副 畢竟,終歸:一個人的力量終究有限。

▶ **究竟** 辨析 見【究竟】條。

▶ **終歸** 辨析 見【終歸】條。

終結 zhōngjié 動 最後結束:戰爭尚未終結。

▶ **了結** 辨析 見【了結】條。

▶ **終止** 辨析 見【終止】條。

終歸 zhōngguī 副 表示最後必然如此:你終歸是要嫁人的。

▶ **終究** 辨析 都有"不管怎樣最後一定如此"的意義,但語義側重點有別。"終究"強調事物的本質、特點以及這種本質、特點不因其他因素而改變,有強調語氣的作用,說明結果的確定性,如"老虎終究是老虎,牠總是要吃人的"中的"終究";"終歸"強調歸根結底最終的結果定會如此。

十二畫

琢磨 zhuómo 動 反覆斟酌、思考:先琢磨一會兒再寫。

▶ **揣摩** 辨析 都有"反覆思考推求"的意義,但語義側重點、適用對象和語體色彩有別。"琢磨"強調仔細思索,反覆咀嚼、體味,對象常是含義、情理、解決問題的方法等,口語色彩濃厚;"揣摩"強調對思考的對象加以估計、測度,反覆揣度推求,以得其真意,對象常是辭章義理或別人的心理、意圖等,口語和書面語都可以用。如"她還不會揣摩媽媽的心事呀"中的"揣摩"不能換用"琢磨"。

斑白 bānbái 形(鬍鬚、頭髮)花白:雙鬢斑白。

▶ **花白** 辨析 見【花白】條。

替代 tìdài 動 替換;取代:任何人都替代不了他。

▶ **代替** 辨析 見【代替】條。

款待 kuǎndài 動 親切優厚的接待:設宴款待。

▸ **招待** 辨析 見【招待】條。

〔參考條目〕招待 — 接待

描述 miáoshù 動 描寫敍述，形象地敍述：作品描述了中年知識分子的生活。

▸ **描繪** 辨析 都有"用文字表述"的意義，但語義側重點有別。"描述"側重指通過形象、生動的情節來講述故事，構成作品，如"回憶錄對戰爭的描述很生動"；"描繪"側重指對具體人物或事物的形象性記述，體現某個人物、某種環境的特徵或情狀，如"作品對冬日景致的描繪引人入勝"。

▸ **描寫** 辨析 見【描寫】條。

描畫 miáohuà ❶動 用畫筆畫：描畫牡丹。❷動 用文字表述：描畫城市發展的遠景。

▸ **描繪** 辨析 分別都有"用畫筆畫"和"用文字表述"的意義，但語體色彩有別。"描畫"比"描繪"的書面語色彩更濃。

描寫 miáoxiě 動 用語言文字來表現：描寫風景；描寫人物內心活動。

▸ **描畫** 辨析 都有"用語言文字描述"的意義，但語義側重點和語體色彩有別。"描寫"側重按照實際情況用語言表述，風格平實，用於書面語，如"文章描寫了幾個學生一天的生活"；"描畫"強調形象性，通用於口語和書面語，如"這一段對香山秋景的描畫非常優美"。

▸ **描繪** 辨析 都有"用語言文字形象地表現"的意義，但語義側重點有別。"描寫"側重按照實際情況用語言記述事物，刻畫人物，風格平實；"描繪"側重指用語言文字把事物、人物生動、形象地表現出來，如"這段文字描繪了農民豐收的情景"。

▸ **描述** 辨析 都有"用語言文字表述"的意義，但語義側重點有別。"描寫"側重指通過對風景、心理、生活等的記敍來表述事物，刻畫人物，如"這篇小說對人物的描寫很成功"；"描述"側重指通過情節來講述故事，構成作品，如"這篇小說描述了一個農村知識青年的心路歷程"。

描繪 miáohuì 動 描畫，形象地記述具體人物或事物：描繪三峽水庫建設的火熱場面。

▸ **描畫** 辨析 見【描畫】條。

▸ **描述** 辨析 見【描述】條。

▸ **描寫** 辨析 見【描寫】條。

揩 kāi 動 用布、手巾等摩擦物體表面，去掉物體表面的東西：揩汗。

▸ **擦** 辨析 都有"用布、手巾等摩擦物體表面，使乾淨"的意義，但語義側重點有別。"揩"強調使東西離開物體，去掉物體表面的東西，如"她強忍着疼痛，揩乾身上的血跡，一步一挪地向風雪中走去"；"擦"強調摩擦表面，使乾淨，如"擦桌子"。

▸ **抹** 辨析 見【抹】條。

華美 huáměi 形 華麗：華美的服飾。

▸ **華麗** 辨析 見【華美】條。

華誕 huádàn 名 敬詞，稱人的生日或機構等的成立之日：祝賀商務印書館百年華誕。

▸ **壽辰** 辨析 都有"人出生的日子"的意義，但適用對象、語體色彩有別。"華誕"具有書面語色彩，既可以用於人，也可以用於機構、團體等；"壽辰"口語和書面語中都可以用，多用於中老年人，不用於機構、團體等。如"來自海內外的 5000 餘名校友匯聚一堂，共慶母校華誕"中的"華誕"不能換用"壽辰"。

▶ **誕辰** 辨析 都有"人出生的日子"的意義，但適用對象、語體色彩有別。"華誕"書面語色彩更濃，既可以用於人，也可以用於機構、團體等；"誕辰"多用於長輩或令人尊敬的人。如"孔子誕辰100週年"。

華麗 huálì 形 美麗而有光彩：辭藻華麗／華麗的服飾。

▶ **富麗** 辨析 都有"視覺上看着好，很美"的意義，但語義側重點、適用對象有別。"華麗"強調外表有光澤，光彩煥發，多形容建築、裝飾、陳設、衣着、花朵、詞句等；"富麗"強調富有、宏偉、壯麗，多形容建築、陳設等，適用面較窄，常與"堂皇"搭配使用。如"現在許多商場特別是一些大商場攀比之風漸盛，一味講究富麗堂皇的裝修陳設，在這方面投資甚巨"中的"富麗"不能換用"華麗"。

▶ **華美** 辨析 都有"視覺上看着好，很美"的意義，但適用對象、感情色彩、語體色彩有別。"華麗"適用面寬，可形容建築、裝飾、陳設、衣着、花朵、詞句等，有時可用於貶義；"華美"適用面窄，一般只形容裝飾品和陳設，一般不用於貶義，書面語色彩更濃。如可以說"過於華麗"，但一般不說"過於華美"。

▶ **豔麗** 辨析 都有"視覺上看着好，很美"的意義，但語義側重點、適用對象有別。"華麗"強調外表有光彩，多形容建築、裝飾、陳設、衣着、文章、詞句等；"豔麗"強調色彩鮮豔，多形容有色彩的具體事物。如可以說"華麗的篇章"，但一般不說"豔麗的篇章"。

著名 zhùmíng 形 名氣非常大：著名地質學家李四光。

▶ **知名** 辨析 見【知名】條。

著作 zhùzuò ❶ 動 撰寫，寫作：專事著作。❷ 名 寫出的作品（多指成冊的）：著作等身。

▶ **著述** 辨析 見【著述】條。

著述 zhùshù ❶ 動 撰寫文章或書籍：專心著述。❷ 名 寫成的作品：著述頗豐。

▶ **著作** 辨析 都有"寫作"和"寫出的作品"的意義，但語義側重點、適用對象和語體色彩有別。"著述"強調述寫而成，一般寬泛地用於各種書文，包括文章和編纂的書在內，具有書面語色彩；"著作"強調以創造性的勞動寫成，一般用於學術性的專書、政論或雜議的書以及成卷冊的文學作品，口語和書面語中都可以用。如"郭沫若一生的著述極為豐富，有大量歷史劇、詩歌、散文、小說，有歷史、古文字的學術巨著，有編纂的甲骨文材料，等等"中的"著述"不宜換用"著作"。

越軌 yuèguǐ 動 行為超出道德或規章制度所允許的範圍：越軌行為。

▶ **出軌** 辨析 見【出軌】條。

越發 yuèfā 副 表示程度上又深了一層或者數量上進一步增加或減少：這話越發讓我不安了。

▶ **更加** 辨析 見【更加】條。

▶ **愈益** 辨析 在作副詞，表示程度上又深了一層或者數量上進一步增加或減少時意義相同，但語體色彩有別。"越發"通用於口語和書面語，如"我越發覺得自己老土了""師傅的技術越發的好了"；"愈益"書面語色彩較濃，如"在執政道路上愈益成熟"。

趁勢 chènshì 副 藉助有利的形勢；就勢：大家要認清形勢，統一思想，抓住機遇，振奮精神，趁勢而上。

▶ **趁機** 辨析 見【趁機】條。

▶ **順勢** 辨析 見【順勢】條。

趁機 chènjī 動 利用有利的時機：趁機逃跑。

▸ **趁勢** 辨析 都有"就着有利的時機而便於（進行某種活動）"的意義，但語義側重點和語體色彩有別。"趁機"側重指利用有利的機會，多用於口語；"趁勢"側重指利用有利的形勢，多用於書面語。如"羅卓英趁機抓起帽子，連蹦帶跳地溜走了"中的"趁機"不宜換用"趁勢"。

超凡 chāofán ❶形 超過凡人。❷形 超出平常：超凡的能力。

▸ **超群** 辨析 都有"超出一般水平"的意義，但語義側重點、語義強度和適用對象有別。"超凡"側重指超出凡人的水平，語義較重，適用對象多是能力、境界、魅力等；"超群"側重指超出同類之上，出類拔萃，語義較輕，適用對象多是武藝、技巧、學問等。如"那位奧斯卡影后在年屆 45 歲的今天，其風采仍不減當年的超凡魅力"中的"超凡"不能換用"超群"。

超凡入聖 chāo fán rù shèng 超出凡人，達到聖人的境界。

▸ **超塵拔俗** 辨析 都有"超過一般人"的意義，但語義側重點、適用對象和語義概括範圍有別。"超凡入聖"不僅強調超越了一般凡人，而且側重於達到的程度，即進入了聖人的行列，多用來形容人的學識、造詣等；而"超塵拔俗"只是強調了超過一般的凡夫俗子，並沒有說明達到了甚麼程度，多用來形容人的品德、修養等。因此"超塵拔俗"的語義概括範圍大於"超凡入聖"。

▸ **超群絕倫** 辨析 都有"超越常人，極不平凡"的意義，但語義側重點和適用對象有別。"超凡入聖"側重指超過常人，達到聖人的境界，適用對象多是修養、造詣等；"超群絕倫"側重指超出眾人，同輩中沒有可以相比的，適用對象多是智慧、品德、才能等。如"我們沒有超凡入聖，終究是被時代所制約的"中的"超凡入聖"不宜換用"超群絕倫"。

超出 chāochū 動 超過（一定數量或範圍）：超出一般。

▸ **超過** 辨析 都有"因發展較高或較快而越出原有範圍、數量等"的意義，但語義側重點和語法功能有別。"超出"側重指越過原範圍之外，中間不能加入"得""不"；"超過"側重指跨過原範圍的界線，中間可以加入"得""不"。如"我對她的感情沒有能夠超出友情之上"中的"超出"不宜換用"超過"。

▸ **超越** 辨析 都有"越出一定的範圍或數量"的意義，但語義側重點和適用對象有別。"超出"側重於高於標準的程度或多出數額的部分，對象多是範圍、數量等，如"今年的產值超出了去年許多"，強調超出的是許多；"超越"側重於跨越了一定的標準或界限，對象可以是界限、範圍、數量、職權以及人和事物等，如"今年的建設成就超越了往年"，強調跨越了往年的建設成就這一標準。

超重 chāozhòng 動 超過規定的重量：運輸貨車決不能超重／辦理登機手續時發現行李超重了／信件如果超重，就得加貼一定面值的郵票。

▸ **超載** 辨析 都有"超過規定的重量"的意義，但語義概括範圍有別。"超載"的意義已經限定了超過重量的對象，專指運輸工具所規定的載重量；而"超重"並沒有具體限定超過重量的對象，因而可以泛指超過一切規定的重量。如"行李超重""信件超重"中的"超重"就不能換成"超載"。可見"超重"的語義概括範圍大於"超載"。

超俗 chāosú 形 超脫世俗；不落俗套：灑脫超俗。

▸ **超脫** 辨析 都有"超然於世俗之外"

的意義，但語義概括範圍和語法功能有別。"超俗"的意義已經確指超脫的對象是世俗或俗套之類，而"超脫"並沒有確指超脫的具體對象，因而意義就變得非常寬泛，既可以是超脫世俗或俗套，也可以是社會上的傳統、成規、形式等。可見"超脫"的語義概括範圍大於"超俗"。此外，在語法功能上，"超脫"除了跟"超俗"相同的形容詞用法以外，還有動詞用法，可以帶賓語，如"人的理想不能超脫現實社會"；而"超俗"沒有這種動詞用法。

超常 chāocháng 形 超過尋常；高於一般：超常發揮。

▶ **超群** 辨析 都有"超過一般"的意義，但語義側重點、語義概括範圍和適用對象有別。"超群"側重於跟眾多的人相比能力出眾，而"超常"側重於跟平常相比能力突出。但是這"平常"既包括了平常的人，也包括平常或往常的時候；可以是跟別人相比，也可以是跟自己的平時或往常相比。如"這孩子在考試時他往往能夠超常發揮"，就不能換成"這孩子在考試時往往能夠超群發揮"。這說明"超常"的語義概括範圍大於"超群"。另外，"超常"常常用於形容人的智力、能力、知識水平等，而"超群"常常用於形容人的技藝、武藝、本領等。

超脫 chāotuō ❶形 不拘泥於常規、傳統、形式等，不受束縛：超脫的境界。❷動 超出；脫離：超脫塵世。

▶ **超然** 辨析 都有"不拘泥於世俗等"的意義，但語義側重點和語法功能有別。"超脫"側重於不拘泥於社會上的成規、習俗、形式、傳統等，如"你得活得超脫一點，別把這些形式看得太重"；"超然"側重於獨立不群的樣子，如"這個人不大跟別人來往，整天一副超然的樣子"。"超脫"除了跟"超然"相同的形容詞用法以外，還有動詞用法，可以帶賓

語，如"人的理想不能超脫現實社會"；而"超然"沒有這種動詞用法。

▶ **超俗** 辨析 見【超俗】條。

超越 chāoyuè 動 超出；越過（一定界限、範圍等）：超越自己。

▶ **超出** 辨析 見【超出】條。

▶ **超過** 辨析 見【超過】條。

▶ **逾越** 辨析 都有"突破一定的範圍"的意義，但語義側重點、適用對象和語法功能有別。"超越"側重指不受界限的約束而跨越出去，適用對象較寬，可以是界限、範圍、數量、職權以及人和事物等，可用於肯定式，也可用於否定式；"逾越"側重指跨過，適用對象較窄，一般是鴻溝、常規、障礙等，多用於否定式，同"不可""無法"搭配。如"這樣一個小生命也在想超越自己"中的"超越"不能換用"逾越"。

超然 chāorán 形 不偏向對立各方中的任何一方：王洛賓有一顆超然物外的平常心。

▶ **超脫** 辨析 見【超脫】條。

超載 chāozài 動 超過運輸工具規定的載重量：這輛貨車嚴重超載，繼續行駛非常危險。

▶ **超重** 辨析 見【超重】條。

超過 chāoguò ❶動 由某事物的後面趕到它的前面：他從後面超過了前面的車。❷動 比……還高；在……之上：超過極限。

▶ **超出** 辨析 見【超出】條。

▶ **超越** 辨析 都有"由後面趕到前面"的意義，但語義側重點有別。"超過"側重於高於一定的數額或跨越了比較具體的標準，而"超越"側重於跨越了一定的障礙、界限或比較抽象的標準。如"在萬米賽跑的最後一圈，他超過了其他選手

獲得了冠軍"，可以將"超過"換成"超越"；但"球隊隊員的平均年齡超過了 25 歲""招生人數超過了原計劃的 100 人""今年的產值超過了去年"等句子中的"超過"就不能換成"超越"；而"超越心理障礙""要學會超越自己"等句子中的"超越"也不能換成"超過"，其原因就在於一個是具體的數額或標準，一個是抽象的界限或標準。

超群 chāoqún 形 超過一般的：智力超群。

▶ **超常** 辨析 見【超常】條。

▶ **超凡** 辨析 見【超凡】條。

超群絕倫 chāo qún jué lún 超出眾人，同輩中沒有可以相比的。

▶ **超塵拔俗** 辨析 見【超塵拔俗】條。

▶ **超凡入聖** 辨析 見【超凡入聖】條。

超塵拔俗 chāo chén bá sú 形容人品超過一般，不同凡俗：超塵拔俗的品質。

▶ **超凡入聖** 辨析 見【超凡入聖】條。

▶ **超群絕倫** 辨析 都有"超過一般人"的意義，但語義側重點和適用對象有別。"超塵拔俗"側重於超過一般的凡夫俗子，多用來形容人的品德、修養等很高深；"超群絕倫"側重於超出眾人，沒有人能跟他相比，一般多用來形容人的技藝、才能等。

萌生 méngshēng 動 開始發生，產生（多用於抽象事物）：萌生邪念；萌生一線希望。

▶ **萌發** 辨析 都有"產生某種想法"的意義，但適用對象有別。"萌生"既可用於正面的事物，也可用於反面的事物，如"就在那一瞬間，他萌生了一個罪惡的念頭"；"萌發"一般用於正面的事物，

如"萌發了強烈的鬥志"。

萌發 méngfā ❶ 動 種子或孢子發芽：雨後雜草萌發。❷ 動 比喻事物產生：萌發了強烈的求知慾望。

▶ **萌生** 辨析 見【萌生】條。

提升 tíshēng ❶ 動 用捲揚機等向高處傳送：提升混凝土。❷ 動 提高職位、等級、級別等：破格提升。

▶ **晉升** 辨析 見【晉升】條。

提示 tíshì 動 指出容易被忽略的因素，使人注意或啟發思考：提示課文要點。

▶ **提醒** 辨析 都有"從旁提說、指點，讓人注意或啟發思考"的意義，但語義側重點、用法和語體色彩有別。"提示"強調為了引導別人想起或正確地思考某事而作言行上的指點、暗示，一般用於重要的或容易忽略之處；"提醒"強調防止忘記某事而從旁提說，一般用於該注重的、該注意的或容易忽略忘記的事情。"提示"中間不能嵌字；"提醒"中間能嵌字使用，如說"到時候你可得給我提個醒兒"。"提示"多用於書面語；"提醒"多用於口語。

提拔 tíbá 動 挑選提升：提拔年青官員。

▶ **選拔** 辨析 見【選拔】條。

提取 tíqǔ ❶ 動 從負責保管的機構中取出存放的或應得的財物：提取現金。❷ 動 經過提煉而取得所需的東西：從油頁巖中提取石油。

▶ **提煉** 辨析 都有"用一定的方法將化合物或混合物中的有用成分取出來"的意義，但語義範圍和用法有別。"提取"着重指從中獲得，注重結果，如"從野生芳香植物中提取香精"；"提煉"着重指加工、精煉、提純的過程，如"這幾克金子

是從好幾噸礦石中提煉出來的"。"提取"不能重疊使用;"提煉"能重疊成 ABAB 式使用。在其他意義上二者不相同。

提高 tígāo 動 提升、發展,使比原來高:提高產量 / 提高警惕。

▶ **進步** 辨析 見【進步】條。

提問 tíwèn ❶動 提出問題來問:老師已經提問了好幾個同學。❷名 提出的問題:回答老師的提問。

▶ **發問** 辨析 見【發問】條。

提煉 tíliàn 動 用一定方法從物質中取出所要的東西:提煉香精/提煉素材。

▶ **提取** 辨析 見【提取】條。

提醒 tíxǐng 動 從旁指點,促使別人注意或思考:一句話提醒了他。

▶ **提示** 辨析 見【提示】條。

提議 tíyì ❶動 商討問題時提出意見、主張:小王提議星期天去工地參加義務勞動。❷名 提出的意見、主張:這個提議博得了大家的掌聲。

▶ **倡議** 辨析 見【倡議】條。

場地 chǎngdì 名 進行某種活動的地方:胡同裏場地太小,孩子們跑不開 / 進入施工場地,必須戴好安全帽。

▶ **場所** 辨析 都有"一定的活動空間"的意義,但語義側重點和語義概括範圍有別。"場地"着重指進行某種活動或工作的一定面積的空地或地點,如"公園裏有一個跳舞的場地""施工場地狹小";"場所"着重指一定區域或處所,既可以指某一個比較大的活動範圍,如"學校是學習的場所",也可以指某一個具體的建築物,如"把小房間當作堆放雜物的場所"。

場合 chǎnghé 名 指一定的時間、地點、情況等:在商務洽談的場合,

既要有原則性,還要有靈活性 / 說話、做事一定得注意場合。

▶ **場所** 辨析 都有"一定的活動範圍"的意義,但語義概括範圍和適用對象有別。"場所"一般指人們活動的具體地點和處所,而"場合"不僅指人們活動的具體地點和處所,還包含一定的時間、條件和情況等因素;雖然二者有時可以互換使用,如"在公共場所,一定要注意談吐和儀表",也可以說"在公共場合,一定要注意談吐和儀表",但是二者所指的意義是有區別的。在一般情況下,"場所"常常跟表示具體活動的詞語相搭配,如"工作""學習""娛樂""休息"等;"場合"常常跟表示抽象意義的詞語相搭配,如"正規""私下""特殊""一般""莊重""隨意"等。

場所 chǎngsuǒ 名 進行某種活動的區域或處所:學習知識並沒有固定不變的場所 / 茶館是他們聊天的場所。

▶ **場地** 辨析 見【場地】條。

▶ **場合** 辨析 見【場合】條。

揚名 yángmíng 動 傳播名聲:揚名海內外。

▶ **馳名** 辨析 見【馳名】條。

揚言 yángyán 動 故意說出要採取某種行動的話(多含貶義):揚言報復。

▶ **聲稱** 辨析 都有"公開地說出要採取某種行動的話"的意義,但語義側重點、感情色彩及語義輕重有別。"揚言"更強調行為的故意性,經常指所說的要採取的行動只是故作姿態,而不真的去做,意在嚇唬對方,多含貶義;"聲稱"比"揚言"語義輕,有聲明的意味,可以是說明事實、顯示實力,也可以是故意欺詐以達到某種目的,貶義色彩較輕。

▶ **宣稱** 辨析 都有"公開地說出要採取某種行動的話"的意義,但語義側重

點、感情色彩有別。"揚言"更強調行為的故意性，經常指所說的要採取的行動只是故作色姿態，而不真的去做，意在嚇唬對方，多含貶義；"宣稱"有向大家宣告的意味，用於較正式的場合，不一定含貶義。

博大 bódà 形 寬廣；豐富 (多用於抽象事物)：博大的胸襟。

▶ **廣博** 辨析 見【廣博】條。

博得 bódé 動 取得；得到 (好感、同情等)：博得好評。

▶ **贏得** 辨析 都有"以自己的行動得到別人的讚賞、好感、信任等"的意義，但語義側重點和語義強度有別。"博得"側重於指通過有意識地做某種行動而得到，如"博得掌聲、博得歡心、博得同情"，語義較輕；"贏得"側重於指因成功而得到，含有經過一番努力才得到的意味，如"贏得勝利、贏得比賽、贏得時間"，語義較重。

揭穿 jiēchuān 動 揭露；戳穿：揭穿陰謀。

▶ **拆穿** 辨析 見【拆穿】條。

▶ **戳穿** 辨析 都有"使真相暴露、顯露"的意義，但語義側重點和適用對象有別。"戳穿"側重指一下子捅破假象，適用對象一般含貶義，如陰謀、花招等；"揭穿"側重指使隱蔽的東西顯露出來，常用於真相或實質深藏的人或事。如"揭穿了他假善人的真相"中的"揭穿"不宜換用"戳穿"。

▶ **揭發** 辨析 見【揭發】條。

▶ **揭露** 辨析 都有"使隱蔽的事物顯露出來"的意義，但語義側重點、適用對象和語義輕重有別。"揭穿"強調將虛假的外表戳穿，使被隱藏起來的東西徹底暴露出來，一般用於事物，不用於人，語義比"揭露"重，如"揭穿騙局"；

"揭露"強調使顯露出來，看清其真實面目，可用於陰謀罪行等，也可用於矛盾、本質、奧秘等中性事物，如"揭露罪行""寧可揭露矛盾捱批評，也不掩蓋矛盾圖表揚"。

▶ **揭破** 辨析 都有"使隱蔽的事物顯露出來"的意義，但語義側重點、適用對象和語體色彩有別。"揭穿"強調將虛假的外表戳穿，使被隱藏起來的東西徹底暴露出來，一般用於事物，不用於人，通用於口語和書面語，如"他沒有勇氣當面揭穿他的託詞"；"揭破"強調對虛假的、掩蓋真相的事物進行破壞，使之不能起作用，有書面語色彩，如"這一彌天大謊恰恰是他們自己把它揭破的"。

揭破 jiēpò 動 使掩蓋着的真相顯露出來：揭破詭計。

▶ **戳穿** 辨析 都有"使真相暴露、顯露"的意義，但語義側重點、語義強度和適用對象有別。"戳穿"側重指一下子捅破，語義較重，適用對象多為消極的事物；"揭破"側重指使真相顯露出來，語義較輕，適用對象不一定具有消極意義。如"她後悔當初未能及時揭破自己的性別"中"揭破"不宜換用"戳穿"。

▶ **揭穿** 辨析 見【揭穿】條。

揭發 jiēfā 動 使隱蔽的壞人壞事公開出來：揭發他的收受賄賂的行為。

▶ **揭穿** 辨析 都有"使隱蔽的事物顯露出來"的意義，但語義側重點、適用對象和語義輕重有別。"揭發"強調使隱藏的壞人壞事被公開出來，公之於眾，可用於人或事物，如"揭發時弊""強令他們揭發他們的父母"；"揭穿"強調將虛假的外表戳穿，使被隱藏起來的東西徹底暴露出來，一般用於事物，不用於人，語義比"揭發"重，如"用事實來揭穿他的謊言"。

揭露
jiēlù 動 使隱蔽的事物顯露：揭露陰謀。

▶ 揭穿 辨析 見【揭穿】條。

▶ 拆穿 辨析 見【拆穿】條。

喜好
xǐhào 動 喜歡；愛好：出於個人的喜好 / 喜好清靜。

▶ 愛好 辨析 見【愛好】條。

▶ 喜愛 辨析 都有"對人或事物有好感或感興趣"的意義，但語義側重點、適用對象有別。"喜好"有愛好、嗜好的意味，多用於事物、行為；"喜愛"有非常有好感的意味，多用於人、事物、行為。

▶ 喜歡 辨析 都有"對人或事物有好感或感興趣"的意義，但語義側重點、適用對象有別。"喜好"有愛好、嗜好的意味，多用於事物、行為；"喜歡"有高興、感到心情愉快的意味，多用於人、事物、行為。

喜悦
xǐyuè 形 快意；舒暢：喜悦的心情。

▶ 愉悦 辨析 都有"高興快樂"的意義，但語義側重點有別。"喜悦"強調有值得高興的事發生；"愉悦"強調心情舒暢，高興。如"老闆大派西餅，與員工分享他晚年得子的喜悦"中的"喜悦"不宜換用"愉悦"。

▶ 高興 辨析 見【高興】條。

喜愛
xǐ'ài 動 對人或事物有好感或感興趣：她是個惹人喜愛的女孩 / 我最喜愛的運動是爬山。

▶ 喜好 辨析 見【喜好】條。

▶ 喜歡 辨析 見【喜歡】條。

喜歡
xǐhuan 動 對人或事物有好感或感興趣：她喜歡那個男孩 / 他喜歡旅遊。

▶ 喜愛 辨析 都有"對人或事物有好感

或感興趣"的意義，但語義側重點及語義輕重有別。"喜歡"有高興、感到心情愉快的意味，"喜愛"有非常有好感的意味。"喜愛"比"喜歡"語義重、程度深。

▶ 喜好 辨析 見【喜好】條。

揣度
chuǎiduó 動 估量；測度：幾經揣度。

▶ 揣測 辨析 都有"猜測、考慮"的意義，但語義側重點和語義強度有別。"揣度"側重指經過仔細思考，然後去估量、推測，語義較重；"揣測"側重指一般的推測、思考，語義較輕。如"警察對這個案件進行了反覆的揣度、審訊和調查"中的"揣度"不宜換用"揣測"。

▶ 揣摩 辨析 都有"反覆思考"的意義，但語義側重點有別。"揣度"側重指憑藉一定的事實去估量、推測；"揣摩"側重指仔細地反覆思考。如"他細細揣摩，凝思良久"中的"揣摩"不宜換用"揣度"。

揣測
chuǎicè 動 估量；推測：揣測她的心思。

▶ 猜測 辨析 見【猜測】條。

▶ 猜想 辨析 見【猜想】條。

▶ 揣度 辨析 見【揣度】條。

▶ 揣摩 辨析 都有"反覆思考"的意義，但語義側重點有別。"揣測"側重指憑一定根據去估量、推測；"揣摩"側重指仔細地反覆思考。如"他的話讓記者揣摩了半天"中的"揣摩"不宜換用"揣測"。

▶ 推測 辨析 見【推測】條。

揣摩
chuǎimó 動 反覆思考推求：仔細揣摩。

▶ 揣測 辨析 見【揣測】條。

▶ 揣度 辨析 見【揣度】條。

▶ 琢磨 辨析 見【琢磨】條。

插手 chāshǒu ❶動 幫忙做事：我們幾個忙不過來，你來插一下手／老奶奶眼看着兒女們累得要命，想幫忙又插不上手。❷動 比喻參與某種活動：這兒的活兒快幹完了，不用你插手了／他們也派人插手這個案子的審查。❸動 干預，干涉：孩子們之間的事情，家長最好不要插手。

▶ **插足** 辨析 都有"參與某種活動"的意義，但語義概括範圍、搭配對象的範圍和語體色彩有別。二者雖然都有"參與某種活動"的意義，但這一意義的來源義和引申義不同，"插手"是從"幫忙做事"的意義引申而來，另外還引申為"干預，干涉"的意義；"插足"是從"站到裏面去"的意義引申而來，沒有其他引申義，相比之下，"插手"的語義概括範圍大於"插足"。能夠跟"插足"搭配的詞語只有"其間""其事"等少數幾個，因而"插足"的搭配對象的範圍要小於"插手"。此外，"插手"是個口語詞，"插足"是個書面語詞，語體色彩相差較遠。

插足 chāzú ❶動 站到裏面去：屋子裏擁擠不堪，令人無法插足。❷動 比喻插入別人之間或參與某種活動：第三者插足／這種事情，外人不要插足其間。

▶ **插手** 辨析 見【插手】條。

插話 chāhuà ❶動 在別人談話過程中插進去説話：在報告會上，上司插話補充了幾個重要問題／我們在説事，你不要插話。❷名 在別人談話過程中插進去的話：在報告會上，上司的幾句插話起到了重要作用。

▶ **插嘴** 辨析 都有"在別人談話過程中插進去説話"的意義，但語法功能、感情色彩和風格色彩有別。"插話"除了二者共同的動詞用法以外，還有名詞用法。如"上司的幾句插話起到了重要作用"，就不能換成"上司的幾句插嘴起到了重要作用"。"插話"是個中性詞，"插嘴"帶有貶義色彩，所以"插嘴"多用於隨意而通俗的話語中，一般不用於正式而莊重的場合，一般不説"在報告會上，上司插嘴補充了幾個重要問題"，"插話"卻可以用在兩種不同風格的語體中。

插嘴 chāzuǐ 動 在別人談話過程中插進去説話：大人在説話，小孩不要插嘴／他們幾個聊得挺熱鬧，我插不上嘴。

▶ **插話** 辨析 見【插話】條。

搜集 sōují 動 到處尋找並使收攏、聚集到一起：搜集罪證。

▶ **採集** 辨析 見【採集】條。

▶ **收集** 辨析 見【收集】條。

▶ **搜羅** 辨析 見【搜羅】條。

搜羅 sōuluó 動 到處尋找並予以集中：這所新建學院為充實師資力量，以招聘的方式搜羅了不少優秀人才。

▶ **搜集** 辨析 都有"到處尋找並使收攏、聚集到一起"的意義，但語義側重點和適用對象有別。"搜羅"着重於"羅"，招致，強調到處尋找、招致，盡力收集齊全，並匯聚到一起為己所用；"搜集"着重於"集"，會合，強調到處尋找零星物品並聚集起來。"搜羅"的對象可以是人，也可以是物；"搜集"的對象只能是事物，可以是具體的物品，也可以是抽象事物，如情報、意見、想法等。

▶ **網羅** 辨析 見【網羅】條。

援助 yuánzhù 動 一方向處於困境或危難等不利狀態的另一方提供幫助：提供法律援助／向貧窮和戰亂地區提供人道主義援助。

▶ **協助** 辨析 見【協助】條。

裁兵 cáibīng 動 裁減軍隊。

▶ **裁軍** 辨析 見【裁軍】條。

裁判 cáipàn ❶動 法院依照法律，對案件作出決定：做好執行工作，前提是要做到裁判公正。❷名 法院依照法律，對案件作出的決定（包括判決和裁定兩種）：裁判書。❸動 根據體育運動競賽規則，對參賽運動員的成績或競賽中發生的問題進行評判。❹名 在體育競賽中執行評判的人：國際裁判。

▶ **裁決** 辨析 見【裁決】條。

▶ **評判** 辨析 見【評判】條。

裁決 cáijué 動 經過仔細地考慮，作出決定：法院裁決水泥廠敗訴。

▶ **裁斷** 辨析 都有"作出決定、判斷"的意義，但語義側重點有別。"裁決"側重指對問題進行決定，可以指對一般問題進行決定，也可指對案件作出決定；"裁斷"側重指對問題作出決定，判斷是非曲直。如"漢武帝為了加強君主專制，親自裁決政事，"中的"裁決"不宜換用"裁斷"。

▶ **處決** 辨析 見【處決】條。

▶ **判決** 辨析 見【判決】條。

裁軍 cáijūn 動 裁減軍事人員和軍事裝備。

▶ **裁兵** 辨析 都有"裁減軍隊"的意義，但語義側重點有別。"裁軍"側重指裁減軍事人員和軍事裝備；"裁兵"側重指裁減軍事人員。如"反對軍備競賽，主張真正裁軍"中的"裁軍"不宜換用"裁兵"。

裁減 cáijiǎn 動 對人員、機構或裝備等進行削減：裁減人員。

▶ **縮減** 辨析 都有"減少"的意義，但語義側重點有別。"裁減"側重指通過去掉不用的或多餘的方式來達到減少的目的；"縮減"側重指通過緊縮的方式達到減少的目的。如"多次精簡機構、裁減冗員"中的"裁減"不宜換用"縮減"。

裁斷 cáiduàn 動 裁決判斷：秉公裁斷。

▶ **裁決** 辨析 見【裁決】條。

報仇 bàochóu 動 採取行動，打擊仇敵：報仇血恨。

▶ **復仇** 辨析 都有"採取行動，打擊跟自己有仇的人"的意義，但語義側重點、語體色彩有別。"報仇"側重於指跟自己有仇的人施行報復性行動，多用於口語，也可以用於書面語。"復仇"側重於指將報復性行動實施到跟自己有仇的人身上，多用於書面語。如"他策劃了一個復仇大計"中的"復仇"不宜換成"報仇"。

揮動 huīdòng 動 揮舞：揮動手臂。

▶ **揮舞** 辨析 都有"舉起手臂（連同拿着的東西）搖擺"的意義，但適用對象有別。"揮動"動作幅度一般較小，既可用於人的手臂動作，也可用於動物；"揮舞"強調搖擺動作有較大的幅度，含有興奮的感情色彩，只用於人，不用於動物。如"人們從座位上站起來，揮舞着手裏的衣物、小帽和旗子"中的"揮舞"不宜換用"揮動"。

揮舞 huīwǔ 動 舉起手臂（連同拿着的東西）搖擺：揮舞着大棒。

▶ **揮動** 辨析 見【揮動】條。

揮霍 huīhuò 動 無節制地任意花錢：揮霍無度。

▶ **浪費** 辨析 都有"不愛惜、任意耗費"的意義，但語義側重點、語義強度、適用對象、語體色彩有別。"揮霍"強調任意浪費財物，揮金如土，語義較重，只用於金錢方面，具有書面語色彩；"浪費"強調不加節制地、放縱地消耗人力、財物、時間等，適用面寬，口語和書面語都可以用。如"浪費口舌""浪費時間""浪費筆墨"中的"浪費"不能換用"揮霍"。

摒棄 bìngqì 動 捨棄、清除：摒棄舊觀念。

▶ **擯棄** 辨析 都有"拋掉不要"的意義，但語義側重點和語體色彩有別。"摒棄"含有清除掉、不留痕跡的意味，多用於思想、作風、方法等；"擯棄"含有排除掉、不被擁有或不被包含在內的意味，可以用於事物，也可以用於人，如"擯棄出局、被擯棄的妻子"，書面語色彩較濃。

惡毒 èdú 形 (語言、心術、手段等) 陰險狠毒：這種殘害兒童的手段很惡毒。

▶ **狠毒** 辨析 見【狠毒】條。

▶ **刻毒** 辨析 見【刻毒】條。

期刊 qīkān 名 定期出版的書：我在學術類期刊上發表了很多論文。

▶ **雜誌** 辨析 見【雜誌】條。

期望 qīwàng ❶ 動 期待；想望：期望大家同心同德。❷ 名 期待人的前途或未來事物向好的方向發展或轉化的念頭：一定不辜負大家的期望。

▶ **渴望** 辨析 都有"希望、想要達到某種目的或出現某種情況"的意義，但語義側重點、語義輕重和詞性有別。"期望"側重於集體、上司或長輩對人或事物有所期待，如"期望祖國早日統一"，含有鄭重的意味，書面語色彩較濃；"渴望"側重於迫切、深切地希望，就好像人渴了要喝水一樣迫切地希望着，如"她非常渴望有自己獨立的空間"，語義較"期望"重。"期望"既可作動詞，也可作名詞；"渴望"只能作動詞。

▶ **盼望** 辨析 見【盼望】條。

▶ **希望** 辨析 見【希望】條。

▶ **指望** 辨析 見【指望】條。

欺負 qīfu 動 蠻橫無理地凌辱、壓迫：堅決制止欺負婦女的行為。

▶ **欺凌** 辨析 都有"壓迫、侵犯"的意義，但語義側重點、語義輕重和語體色彩有別。"欺負"側重於用蠻橫無理的手段壓迫，如"你別老欺負外地人"；"欺凌"側重於凌辱、侵犯，語義較"欺負"重，如"今天的中國早已不是一百多年前那個積貧積弱、任人欺凌的中國。"；"欺負"是常用詞，可用於口語，也可用於書面語；"欺凌"是書面語用詞，含貶義，只用於書面語。

▶ **欺壓** 辨析 見【欺壓】條。

欺凌 qīlíng 動 欺負凌辱：肆意欺凌弱小。

▶ **欺負** 辨析 見【欺負】條。

▶ **欺壓** 辨析 見【欺壓】條。

欺詐 qīzhà 動 用狡猾奸詐手段使人無法瞭解真相或上當受騙：欺詐遊客錢財是不道德的。

▶ **欺騙** 辨析 都有"掩蓋真相，使人受騙上當"的意義，但語義側重點、語義輕重和適用對象有別。"欺詐"強調用狡猾奸詐的手段使人上當，語義較"欺騙"重；"欺騙"強調用虛假的言語或某些手段使人相信、上當。"欺詐"的對象只能是別人；"欺騙"的對象可以是別人，也可以是自己。

欺壓 qīyā 動 欺侮壓迫：欺壓弱小民族。

▶ **欺負** 辨析 都有"欺侮壓迫"的意義，但語義側重點和使用範圍有別。"欺壓"着重於壓迫，常用於比較抽象的行為，程度較重，如"他因貪贓枉法、欺壓百姓，最終受到刑事處罰"；"欺負"是泛指，常用於某一具體的行為，如"今天他欺負我了"，程度可輕可重。

▶ **欺凌** 辨析 都有"欺負"的意義，但語義側重點和語體色彩有別。"欺壓"側重於"壓"，壓迫，依仗權勢壓迫別人；"欺凌"側重於"凌"，凌辱弱小。"欺壓"既可用於書面語，也可用於口語；"欺凌"只用於書面語。

欺騙 qīpiàn 動 掩蓋真相，用虛假的言行使人上當：不要欺騙同事。

▶ **蒙騙** 辨析 都有"用虛假的言行掩蓋真相，使人上當"的意義，但語義側重點有別。"欺騙"側重於"欺"，強調用假話或某種手段使人上當，如"在多年銷售中，這家商店從未發生過在質量和信譽方面欺騙顧客的現象"；"蒙騙"側重於"蒙"，蒙蔽，在隱瞞真相的情況下使人受騙，如"他為謀取非法利益，刊播虛假廣告，蒙騙誘導廣大患者就診"。

▶ **欺詐** 辨析 見【欺詐】條。

散步 sànbù 動 輕鬆地隨便走走：晚飯後出去散步。

▶ **漫步** 辨析 都有"輕鬆地隨便走走"的意義，但語義側重點、語體色彩和使用方法有別。"散步"偏重於以隨意、放鬆地行走作為一種休息、鍛煉方式；"漫步"偏重於沒有目的、悠閒地行走。"散步"可用於口語，也可用於書面語；"漫步"多用於書面語。"散步"中間可加詞使用，如"散一會兒步""散完步"，也可重疊成 AAB 式使用，如"出去散散步"；"漫步"沒有這些用法。

散佈 sànbù 動 擴散，傳佈；分散到各處：散佈謠言／散佈傳單。

▶ **傳播** 辨析 見【傳播】條。

▶ **傳佈** 辨析 見【傳佈】條。

▶ **分佈** 辨析 見【分佈】條。

▶ **分散** 辨析 見【分散】條。

▶ **散播** 辨析 都有"擴散、分散到各處"的意義，但語義側重點和適用對象有別。"散佈"着重於"佈"，傳佈、分佈，強調散開在一定範圍內的各處，如"十萬多平方米的遺址內，散佈着不少文物"；"散播"着重於"播"，播撒、傳揚，強調在一個廣闊的範圍內散開、播揚開來，如"我們的新文學是散播火種的文學"。"散佈"廣泛運用於人和物；"散播"多用於種子類的具體事物和流言蜚語類的抽象事物。

散播 sànbō 動 散佈；傳播：散播謠言。

▶ **傳播** 辨析 見【傳播】條。

▶ **散佈** 辨析 見【散佈】條。

朝 cháo ❶ 名 朝廷：上朝。❷ 名 朝代：商朝。❸ 名 指一個君主的統治時期：乾隆朝。❹ 動 朝見；拜見：朝觀。❺ 動 正對着；朝向：坐北朝南。❻ 介 表示動作的方向：朝北走。❼ 名 姓。

▶ **向** 辨析 見【向】條。

朝氣蓬勃 zhāo qì péng bó 形容富有朝氣、充滿活力、蓬勃向上的樣子。

▶ **生氣勃勃** 辨析 見【生氣勃勃】條。

棋逢對手 qíféngduìshǒu 下棋時遇到技藝相當的人；比喻雙方本領不相上下，難分高下：這兩人棋逢對手，殺得難解難分。

▶ **旗鼓相當** 辨析 都有"雙方勢均力敵，不相上下"的意義，但語義側重點和用法有別。"棋逢對手"也說"棋逢敵手"，原指下棋時遇到技藝相當的對手，故偏重於本領、能力相當，不相上下，如"另一場半決賽堪稱棋逢對手"；"旗鼓相當"原指作戰雙方力量不相上下，故偏重於力量、氣勢相當，難分勝負，如"師生評價他們二人的智商旗鼓相當，難分上下"。"棋逢對手"常和"將遇良才"

配合使用;"旗鼓相當"常和"勢均力敵"或"不相上下"配合使用。

焚毀 fénhuǐ 〔動〕燒壞,毀掉:焚毀民宅。

▶ **燒毀** 辨析 見【燒毀】條。

▶ **銷毀** 辨析 都有"毀掉"的意義,但語義側重點有別。"焚毀"強調用火燒毀,被毀掉的東西必然是可燃物;"銷毀"不一定是用火燒毀,還可以用其他方式毀掉,被銷毀的東西不一定是可燃物,強調毀滅的徹底性。如"銷毀罪證"中的"罪證"可以是票據等可燃物,也可以是不可燃的作案工具。

焚燒 fénshāo 〔動〕燒毀,燒掉:焚燒書籍。

▶ **燃燒** 辨析 都有"物質着火"的意義,但語義側重點和語法功能有別。"焚燒"可以是一種主動的行為,主語可以是人,後面可以帶賓語;"燃燒"是一種狀態,主語不可以是人,而必須是可燃物,後面不可以帶賓語。如"村莊被焚燒過兩次"中的"焚燒"不能換成"燃燒"。"燃燒"另有比喻用法。

極力 jílì 〔副〕用盡一切力量;想盡一切辦法:極力勸解/極力設法克服困難。

▶ **竭力** 辨析 都有"盡最大的力量"的意義,但語義側重點和語義輕重有別。"極力"強調極度地使用力量,如"極力主張擴大其在愛琴海的領海寬度";"竭力"強調將力量全部使用出來,不遺餘力,語義比"極力"重,如"工黨要竭力保住執政地位"。

▶ **拚命** 辨析 都有"用盡全力"的意義,但語義側重點、詞義的展現方式和語體色彩有別。"極力"強調力量使用到極點,詞義的展現方式是直接、顯豁的,有書面語色彩,如"晚清政府極力維護王朝的統治";"拚命"以"把性命豁出

去,以性命相拼"的形象烘托出"盡最大力量"的詞義,有形象色彩,含有"不顧一切"的意味,有口語色彩,如"拚命工作"。

惠臨 huìlín 〔動〕敬辭,指對方到自己這裏來:敬候惠臨。

▶ **惠顧** 辨析 都有"請對方到自己這裏來"的意義,但適用場合有別。"惠臨"多用於主人對客人,書面語色彩濃厚;"惠顧"一般只用於商家對顧客。

▶ **蒞臨** 辨析 見【蒞臨】條。

惠顧 huìgù 〔動〕敬辭,請光臨(多用於商店對顧客):歡迎惠顧!

▶ **光顧** 辨析 見【光顧】條。

▶ **惠臨** 辨析 見【惠臨】條。

惑亂 huòluàn 〔動〕使迷惑混亂:惑亂人心。

▶ **蠱惑** 辨析 見【蠱惑】條。

棘手 jíshǒu 〔形〕形容事情難辦,像荊棘刺手:這個案件非常棘手/棘手的問題。

▶ **辣手** 辨析 都有"形容事情很難辦"的意義,但語義側重點、詞義展現方式和語體色彩有別。"棘手"強調事情難辦,問題難以解決,有形象色彩,用"荊棘刺手的觸覺"烘托出本義,有書面語色彩,如"外國難民是德國面臨的一個棘手問題";"辣手"強調與之打交道的人厲害,不好對付,或事情難辦,有形象色彩,用"手感覺到火辣辣的難受"烘托出本義,有口語色彩,如"要打得堅決、要打得他認得我們的力量、曉得我們是辣手的"。

酣暢 hānchàng 〔形〕暢快:酣暢淋漓。

▶ **歡暢** 辨析 見【歡暢】條。

▶ **舒暢** 辨析 都有"舒服暢快"的意義,但語義側重點、語法功能有別。"酣暢"強調非常痛快、過癮,多作補語,多和"淋漓"搭配適用;"舒暢"強調心情舒服痛快,適用較廣。如可以說"心情舒暢",但一般不說"心情酣暢"。

▶ **痛快** 辨析 都有"舒暢,高興"的意義,但語義強度、語體色彩有別。"酣暢"語義較重,多作補語,多和"淋漓"搭配適用,具有書面語色彩;"痛快"語義較輕,多作謂語、狀語,多用於口語。如"今天他心裏不痛快"中的"痛快"不能換用"酣暢"。

殘忍 cánrěn 形 兇惡狠毒:兇狠而殘忍 / 殘忍的做法 / 濫殺野生動物的人太殘忍了 / 恐怖分子殘忍地對待平民百姓。

▶ **殘酷** 辨析 都有"兇惡"的意義,但語義側重點有別。"殘酷"側重指冷酷無情,所以"殘酷無情"一般不能換成"殘忍無情";"殘忍"側重於心腸狠毒,能夠硬着心腸做一般人不忍心做的事情。如"殘忍殺害無辜平民"中的"殘忍"不能換用"殘酷"。

▶ **殘暴** 辨析 都有"兇惡"的意義,但語義側重點和語義輕重有別。除了"兇惡"以外,"殘忍"更側重於心腸狠毒;"殘暴"更側重於手段兇暴。因此,"殘暴"的語義比"殘忍"稍重些。如"揭露侵略者的殘暴行徑"中的"殘暴"不宜換用"殘忍"。

▶ **暴虐** 辨析 都有"兇惡"的意義,但語義側重點、語法功能和語體色彩有別。"殘忍"側重於心腸狠毒;"暴虐"側重於做法殘酷。"殘忍"是個形容詞,一般不能帶賓語;"暴虐"除了具有形容詞的屬性之外,有時還可以充當動詞帶賓語,如"暴虐百姓""暴虐無辜"等。此外"暴虐"的書面語色彩比"殘忍"稍微重些。

殘破 cánpò 動 殘缺破損:小屋已經殘破了 / 殘破的山河。

▶ **殘缺** 辨析 都有"破損,不完整"的意義,但語義側重點和語義輕重有別。"殘破"除了不完整的意義外,還含有遭到破壞的意味;"殘缺"側重於缺少了一部分,所以"殘破"的語義稍重於"殘缺"。如可以說"功能殘缺、殘缺的肢體",但不說"功能殘破、殘破的肢體"。

▶ **破損** 辨析 都有"殘損,不完整"的意義,但語義側重點和語義輕重有別。"殘破"除了不完整的意義外,還含有遭到破壞的意義;"破損"側重於受到損傷,所以"殘破"的語義稍重於"破損"。

殘缺 cánquē 動 殘缺破損:由於管理不善,名冊已經殘缺不全了。

▶ **殘破** 辨析 見【殘破】條。

殘殺 cánshā 動 殘暴地殺害:我們內部千萬不要自相殘殺 / 匪幫殘殺了許多普通老百姓 / 許多熱血青年被專制的暴君殘殺在廣場上。

▶ **殘害** 辨析 都有"殺害"的意義,但語義概括範圍和語義輕重有別。"殘害"除了"殺害"義之外,還含有損害或傷害的意義;而"殘殺"只有殺害義,"殘害樹苗""殘害少年兒童的健康心靈"中的"殘害"都不能換成"殘殺",所以"殘害"的語義概括範圍大於"殘殺"。正因為"殘害"包含"損害或傷害"義,所以"殘殺"的語義重於"殘害"。

▶ **屠殺** 辨析 都有"殺害"的意義,但語義側重點和適用對象有別。"殘殺"側重於殘暴地殺害,"屠殺"側重於大批地殺害。因此"殘殺"的對象既可以是個體,如"殘殺一名兒童",也可以是集體,如"殘殺了許多普通百姓";"屠殺"的對象只能是集體,如"屠殺戰俘""屠殺百姓"等。

殘疾 cánjí ❶名 肢體、器官或其功能方面存在的生理缺陷：他的左腿有殘疾，走路不太方便 / 一次工傷使他的眼睛落下了殘疾。❷名 指有殘疾的人：從此他成了殘疾。

▶ 殘廢 辨析 見【殘廢】條。

殘害 cánhài 動 傷害或殺害：殘害肢體 / 不能隨意殘害小樹苗 / 殘害少年兒童健康的心靈 / 被暴徒殘害致死。

▶ 迫害 辨析 見【迫害】條。

▶ 摧殘 辨析 都有"使受到嚴重傷害"的意義，但語義概括範圍和語義輕重有別。"殘害"除了使受傷害或損害的意義以外，還有殺害義；"摧殘"只有使受傷害或損害義。"殘害少年兒童的健康心靈"中的"殘害"可以換成"摧殘"，但是"殘害了多少無辜的生命"中的"殘害"，如果換成"摧殘"，意思就發生了變化（生命受到摧殘，但不一定致死），所以"殘害"的語義概括範圍大於"摧殘"。正因為這樣，"殘害"的語義要比"摧殘"重一些。

殘敗 cánbài 動 殘缺衰敗：，舊時的民族工業已經殘敗不堪。

▶ 衰敗 辨析 都有"衰微敗落"的意義，但語義側重點和語義概括範圍有別。"殘敗"除了"衰微敗落"義之外，還含有"殘缺，不完整"的意思，而"衰敗"只有這一個意義。比如"民族工業已經殘敗了"，可以換成"民族工業已經衰敗了"；但"那所老宅子早已殘敗了"中的"殘敗"就不能換用"衰敗"。因而"殘敗"側重於殘缺，"衰敗"側重於衰落，並且"殘敗"的語義範圍大於"衰敗"。

▶ 破敗 辨析 都有"殘破，衰敗"的意義，但語義側重點有別。除了共同的"殘破，衰敗"義之外，"殘敗"更側重於殘缺、不完整，而"破敗"側重於破損。

殘酷 cánkù 形 兇狠冷酷：殘酷無情 / 殘酷的刑罰 / 暴徒的手段十分殘酷 / 侵略者殘酷地屠殺無辜的老百姓。

▶ 殘忍 辨析 見【殘忍】條。

▶ 殘暴 辨析 都有"殘忍兇狠"的意義，但語義側重點和語義輕重有別。"殘酷"側重指冷酷無情，對象多是人、現實、形勢、環境等；"殘暴"側重指兇暴。對象多是人或動物。因此"殘暴"的語義稍重於"殘酷"。如可以說"殘酷的現實、殘暴的歹徒"，一般不說"殘暴的現實、殘酷的歹徒"。

殘暴 cánbào 形 殘忍兇暴：殘暴的手段 / 這夥暴徒非常殘暴 / 殘暴殺害起義者。

▶ 殘酷 辨析 見【殘酷】條。

▶ 殘忍 辨析 見【殘忍】條。

▶ 暴虐 辨析 都有"兇暴殘忍"的意義，但語法功能和語體色彩有別。"殘暴"是個形容詞，一般不能帶賓語；而"暴虐"除了具有形容詞的屬性之外，有時還可以充當動詞帶賓語，如"暴虐百姓""暴虐無辜"等。另外"暴虐"的書面語色彩比"殘暴"要重一些。

殘廢 cánfèi ❶動 人的肢體或器官喪失部分機能或全部機能：因為小兒麻痹，他的腿從小就殘廢了。❷名 指殘廢的人：由於車禍，他變成了一個殘廢的人。

▶ 殘疾 辨析 都有"存在生理缺陷"的意義，但語義側重點和語法功能有別。"殘廢"含有廢而無用的意思，"殘疾"主要指存在生理缺陷，因而如今較多用"殘疾"，而較少用"殘廢"。"殘廢"可以作名詞用，也可以作不及物動詞用，可以作謂語中心，如"他的腿從小就殘廢了"；"殘疾"只能作名詞使用，常常作"有"或"落下"等動詞的賓語。

雄壯 xióngzhuàng 形（氣魄、聲勢）強大或（身體）魁梧強壯：一曲雄壯的交響樂／大會在雄壯的國歌聲中開幕／雄壯的身姿。

▸ **雄健** 辨析 都有"氣勢或氣魄強大有力"的意義，但語義側重點、搭配對象有別。"雄壯"強調強大壯偉，多用於人和事的外貌、樂聲、歌聲等，如"雄壯的樂曲聲"；"雄健"強調強健，多用於步態、嘯聲、樂歌聲、書畫的筆勢、精神面貌等，如"雄健的體魄"。

雄健 xióngjiàn 形 氣勢、氣魄等強健有力：雄健的步伐／雄健的體魄／筆勢雄健多變。

▸ **雄壯** 辨析 見【雄壯】條。

虛構 xūgòu 動 憑想像造出來：本片情節純屬虛構。

▸ **虛擬** 辨析 見【虛擬】條。

虛擬 xūnǐ ❶形 感覺上或假想存在，但實際上並不存在的：虛擬主機／虛擬社區／虛擬圖書館。❷動 依靠一定技術手段造出來（看起來非常逼真的環境、狀態等）：虛擬現實／虛擬技術。

▸ **虛構** 辨析 都有"憑想像或設想造出不真實的東西"的意義，但語義側重點、適用對象有別。"虛擬"強調假設或虛假的性質，現在多用於技術性的事物，如計算機和網絡方面的虛擬聊天室、虛擬硬盤、虛擬校園；"虛構"強調主觀的想像，多用於小說、影視劇的故事情節等，如"一部虛構的小說"。二者在其他意義上不相同。

掌握 zhǎngwò ❶動 瞭解事物，因而能充分支配或運用：掌握要領。❷動 主持，控制：在他的掌握之中。

▸ **把握** 辨析 見【把握】條。

▸ **控制** 辨析 見【控制】條。

晴朗 qínglǎng 形 沒有雲霧，陽光充足：咱們得趁天氣晴朗趕快收割地裏的麥子。

▸ **明朗** 辨析 見【明朗】條。

最後 zuìhòu 名 時間上最晚，次序上最末：最後的晚餐。

▸ **最終** 辨析 都有"在所有別的之後"的意義，但語義側重點、語法功能和語體色彩有別。"最後"指時間上或次序上、數量上在所有別的之後，可修飾數量詞，口語和書面語都可以用；"最終"指時間上在所有別的之後，不能修飾數量詞，多用於書面語。如"他是最後一個"中的"最後"不能換用"最終"。

最終 zuìzhōng 名 最後，末了：最終目標。

▸ **最後** 辨析 見【最後】條。

貼心 tiēxīn 形 形容關係十分親密：貼心朋友。

▸ **知心** 辨析 見【知心】條。

貼補 tiēbǔ 動 補助；彌補：貼補家用／這些存米先貼補着吃吧。

▸ **補貼** 辨析 見【補貼】條。

開支 kāizhī ❶動 付出（錢）。❷名 開支的費用。❸動 發工資。

▸ **開銷** 辨析 都有"付出（錢）"和"付出的費用"的意義，但語義側重點和適用對象有別。"開支"強調為一定的用途把錢提取出來，付出的費用一般較多，如"節省2萬元開支"；"開銷"強調將錢消費掉，多用於個人生活或小型經營中的花費，付出的費用一般較少，如"以他的經濟實力不夠如此開銷的，超支的錢哪兒來的呢"。

開拓 kāituò ❶動 開闢；擴展：開拓國際市場。❷動 採掘礦物前進行的修建巷道等工序的總稱。

▶ **開闢** 辨析 都有"打開通路,進入新領域"的意義,但語義側重點和適用對象有別。"開拓"強調使開闊,在原有的基礎上擴展、拓寬,除可用於道路、空間、市場、局面等外,還可用於思路、心胸等,如"不斷開拓新的國際市場""開拓思路,轉變觀念";"開闢"強調開創新的,從無到有,可用於道路、空間、市場等,還可用於電視報紙的欄目、講座、技術、前景等,如"在本版開闢一個新欄目""聯合聲明為促進兩國關係開闢了十分樂觀的前景"。

開脫 kāituō 動 推卸或解除(罪名或對過失的責任):一些議員公開為侵略罪行開脫。

▶ **解脫** 辨析 都有"推卸或解除(罪名或對過失的責任)"的意義,但語義側重點有別。"開脫"強調將應承擔的罪名或應負的責任推卸掉,如"居然為綁架人質者開脫罪責";"解脫"強調從束縛、牽制、困境、不利情況中擺脫出來,如"他終於從困境中解脫出來"。

開創 kāichuàng 動 開始建立;創建:開創工作新局面。

▶ **創始** 辨析 都有"開始創立"的意義,但語義側重點和適用對象有別。"開創"含有開闢出新道路、打開新天地的意味,可用於事業等具體事物,也可用於環境、局面等抽象事物,如"許多在海外的留學人員具備回國開創高新技術產業的必要條件""開創良好的環境";"創始"強調開始建立,所建立的事物從此開始存在,多用於派別、組織等,如"聯合會創始於1921年"。

▶ **首創** 辨析 都有"開始創立"的意義,但語義側重點和適用對象有別。"開創"含有開闢出新道路、打開新天地的意味,可用於事業等具體事物,也可用於環境、局面等抽象事物,如"開創環保工作新局面""揚州八怪開創一代畫風";

"首創"強調第一個創造出前所未有的事物,多用於抽象的制度、方法、理論等,也可以用於具體事物,如"此次手術使用的方法在世界尚屬首創""成功地首創了桁式組合拱橋"。

開銷 kāixiāo ❶動 付出(費用):舖子生意不好,僅僅夠開銷。❷名 付出的費用:今年的開銷比去年大。

▶ **開支** 辨析 見【開支】條。

開辦 kāibàn 動 建立(工廠、學校、商店、醫院等):開辦短期培訓班。

▶ **創辦** 辨析 都有"建立,開始辦"的意義,但語義側重點和適用對象有別。"開辦"強調建立並開始經營,含有剛剛開始的意味,可用於企業、學校、商店、醫院、報刊等,也可用於講座、培訓班、金融機構的某些業務等,如"志願教師們到貧困地區開辦中小學和訓練班,培訓當地居民""開辦京津冀區域支票結算業務";"創辦"強調從無到有,具有開創性,也可用於企業、學校、商店、醫院、報刊等,但不用於講座、培訓班、金融機構的某些業務等,如"創辦了北洋水師學堂"。

開導 kāidǎo 動 以道理啟發引導:耐心地開導我。

▶ **勸導** 辨析 都有"用道理啟發引導"的意義,但語義側重點有別。"開導"強調通過講道理啟發、打通思想,使思路開闊,不鑽牛角尖,如"耐心開導,好言相勸";"勸導"強調耐心地進行勸說或勸解,使聽從、使改變原來的做法,如"在醫生和親屬勸導下決定暫時停止絕食"。

開闊 kāikuò ❶形(面積或空間範圍)寬廣:地勢高峻,海天開闊。❷形(思想、心胸)開朗:思路開闊。❸動 使開闊:開闊眼界。

369

▶ **寬闊** 辨析 都有 "思想開朗,不狹隘" 的意義,但語義側重點有別。"開闊" 強調現實、眼界沒有障礙,具有包容性、開放性,如 "知識廣博,視野開闊";"寬闊" 強調寬廣,範圍很大,如 "以寬闊的胸懷吸納先進的技術和經驗"。

開釋 kāishì 動 釋放(被拘禁的人):無罪開釋。

▶ **釋放** 辨析 都有 "給被拘禁的人以人身自由" 的意義,但語義側重點和語體色彩有別。"開釋" 強調除去對罪犯的拘禁,含有 "打開囚禁之處的門、解開束縛的繩索" 的意味,有濃厚的書面語色彩,如 "他被判無罪開釋" "要求無條件開釋";"釋放" 強調解除束縛和限制,使自由,有書面語色彩,如 "釋放了三名人質"。

開闢 kāipì ❶動 打開通路;創立:開闢新的航道。❷動 開拓發展:開闢新欄目。❸動 古代神話,盤古氏開天闢地,簡稱開闢,指宇宙的開始。

▶ **開拓** 辨析 見【開拓】條。

間隙 jiànxì 名 中間空着的地方或時間:利用學習間隙打工掙錢。

▶ **空隙** 辨析 都有 "中間空着的地方或時間" 的意義,但語義側重點有別。"間隙" 強調兩個相隔事物或事件之間的時間或空間,如 "透過竹林間隙,隱約看到了東龍潭瀑布";"空隙" 強調空着的,未被佔用、使用的時間或空間,如 "頂天立地的書架幾乎把所有的空隙填滿"。

喊 hǎn ❶動 大聲叫:喊口號。❷動 叫(人):去喊他一聲。

▶ **叫** 辨析 見【叫】條。

景色 jǐngsè 名 一定地域內由山水、花草、樹木、建築物及某些自然現象(如雲彩、雪等)所形成的可供人觀賞的景象:景色優美 / 迷人的景色。

▶ **風景** 辨析 見【風景】條。

▶ **景致** 辨析 都有 "一定地域內由山水、花草、樹木、建築物及某些自然現象(如雲彩、雪等)所形成的可供人觀賞的景象" 的意義,但語義側重點和語體色彩有別。"景色" 泛指有花草、樹木、山水等構成的大自然的風景,通用於口語和書面語,如 "他爬上山頂,俯視着山下的景色";"景致" 強調有特點、有韻味的景物,有書面語色彩,如 "環月亮湖多為歐洲景致"。

景致 jǐngzhì 名 風景。

▶ **風景** 辨析 見【風景】條。

▶ **景色** 辨析 見【景色】條。

單身 dānshēn 形 沒有家屬或不和家屬生活在一起:單身貴族。

▶ **獨身** 辨析 都有 "沒有家屬或沒有家人生活在一起" 的意義,但語義側重點和適用對象有別。"單身" 側重指一個人生活,可形容個人生活、居住、過日子等,也可以形容員工、宿舍、住房等;"獨身" 側重指獨自生活,一般形容人的生活、居住方面。如 "他住在單身宿舍裏" 中的 "單身" 不能換用 "獨身"。

單純 dānchún ❶形 簡單純潔;不複雜:單純的小姑娘。❷副 單一;只顧:單純追求經濟效益的做法是不對的。

▶ **簡單** 辨析 都有 "不複雜" 的意義,但語義側重點、感情色彩和語法功能有別。"單純" 側重指不複雜、無雜質、純粹,褒義詞,不能作狀語,不能重疊;"簡單" 側重指結構單一、頭緒少、容易理解,中性詞,可以作狀語,能重疊為 "簡簡單單"。如 "你是個多麼溫柔,多麼單純的小姑娘呵" 中的 "單純" 不能換用 "簡單"。

單獨 dāndú 〔形〕不跟別的合在一起；單個的：單獨行動。

▶ **獨自** 辨析 都有"單個的"的意義，但語義側重點有別。"單獨"強調不跟別的在一起，沒有其他的；"獨自"強調自己一個人（行動），含有孤獨的意味。如"在那些苦悶彷徨的日子裏，她常常獨自徘徊在江畔"中的"獨自"不宜換用"單獨"。

單薄 dānbó ❶〔形〕禦寒的衣物薄而少：單薄的衣衫。❷〔形〕身體瘦弱、不健壯：單薄的身材。❸〔形〕薄弱；不充實、不豐富：力量單薄。

▶ **薄弱** 辨析 都有"不厚實、不雄厚、容易破壞"的意義，但語義側重點、語體色彩和適用對象有別。"單薄"側重指不厚實、顯得無力，口語和書面語中都可以用，適用對象多是力量、論據以及某些具體事物；"薄弱"側重指力量微弱、易於破壞、不堅強，多用於書面語，適用對象多是力量、意志、能力等抽象事物。如"我的屋雖不漏，可是牆是竹製的，單薄得很"中的"單薄"不能換用"薄弱"。

喘氣 chuǎnqì ❶〔動〕大口呼吸；深呼吸：喘不過氣來。❷〔動〕緊張活動中的短暫休息：太累了，讓我喘口氣。

▶ **喘息** 辨析 都有"大口、急促地呼吸"和"緊張活動中的短暫休息"的意義。在前一意義上，"喘氣"多用於口語，中間可以加入其他成分；"喘息"多用於書面語，中間不能加入其他成分。如"她臉紅撲撲地從外面跑進來，坐在沙發上喘氣"中的"喘氣"不能換用"喘息"。在後一意義上，"喘氣"多用於口語，具有形象色彩；"喘息"多用於書面語，具有莊重色彩。如"吃完飯回家，剛在牀上坐下喘氣，就聽見一聲巨大的爆炸"中的"喘氣"不宜換用"喘息"。

喘息 chuǎnxī ❶〔動〕急促呼吸：艱難地喘息着。❷〔動〕緊張活動中的短時休息：不得喘息。

▶ **喘氣** 辨析 見【喘氣】條。

唾棄 tuòqì 〔動〕厭惡；深表鄙視並予以拋棄：那幫漢奸受到大家的唾棄。

▶ **鄙棄** 辨析 都有"厭惡、拋棄"的意義，但語義側重點和語義輕重有別。"唾棄"着重於"唾"，吐唾沫，強調用吐唾沫的方式表示嫌惡、看不起，比較形象，如"那種負心漢歷來受人唾棄"；"鄙棄"着重於"鄙"，輕蔑，強調認為粗俗低下而討厭、輕視，語義較"唾棄"輕，如"那些陋俗為人們所厭惡和鄙棄"。

喉嚨 hóulóng 〔名〕咽部和喉部的統稱。

▶ **嗓子** 辨析 二者所指相同，但語體色彩有別。"喉嚨"口語和書面語都可以用；"嗓子"強調是發音器官，具有口語色彩。如"尤其是對這種酒吧歌女，不能光看長相、嗓子，還得看人品"中的"嗓子"不能換用"喉嚨"。

喧鬧 xuānnào 〔形〕聲音雜亂熱鬧：喧鬧的工地／喧鬧的商業街。

▶ **喧囂** 辨析 都有"聲音雜亂熱鬧"的意義，但語義側重點、適用對象、感情色彩有別。"喧鬧"強調聲音大而鬧哄，多用於形容室外的嘈雜聲，如"喧鬧的大街""繁華喧鬧的都市"；"喧囂"含有聲音雜亂熱鬧得惹人心煩的意味，可用於抽象的事物，如"喧囂的塵世"，有貶義色彩。

喧囂 xuānxiāo ❶〔形〕聲音雜亂；不清靜：喧囂的都市。❷〔動〕叫囂；喧嚷：喧囂一時。

▶ **喧鬧** 辨析 見【喧鬧】條。

買主 mǎizhǔ 〔名〕購買者：買主紛至沓來，幾千噸貨很快賣光了。

▶ **顧客** 辨析 都有“買東西的人”的意義，但語義側重點、語體色彩有別。“顧客”通用於口語和書面語，多指去商店購買物品的人，如“這家超市顧客很多，生意興隆”；“買主”多用於書面語，指購買大宗貨物或重要物品的人，如“那件拍賣品被一個神秘的買主買走”。

▶ **顧主** 辨析 都有“買東西的人”的意義，但語義側重點、語體色彩有別。“顧主”通用於口語和書面語，多指去商店購買物品的人，如“我們的古玩店顧主稀少”；“買主”多用於書面語，指購買大宗貨物或重要物品的人，如“豐收的果農盼不來買主”。

黑暗 hēi'àn ❶形 沒有或少有光：黑暗的角落。❷形 比喻（社會狀況）落後，（政府官員）腐敗：黑暗的舊社會。

▶ **昏暗** 辨析 見【昏暗】條。

▶ **幽暗** 辨析 見【幽暗】條。

黑幕 hēimù 名 黑暗的内幕。

▶ **内幕** 辨析 見【内幕】條。

圍剿 wéijiǎo 動 包圍起來剿滅：圍剿殘匪。

▶ **圍殲** 辨析 見【圍殲】條。

圍殲 wéijiān 動 包圍起來殲滅：圍殲敵軍。

▶ **圍剿** 辨析 都有“包圍起來消滅”的意義，但語義側重點有別。“圍剿”有正義對邪惡或強勢對弱勢的意味；“圍殲”則是中性的。

悲哀 bēi'āi 形 十分傷心：感到悲哀。

▶ **悲痛** 辨析 都有“因遭遇不幸、不如意等而心裏痛苦”的意義，但語義側重點和語義輕重有別。“悲哀”側重於指對某些事物有所感而心裏難受、不愉快，

語義較輕，如“看到兒女們為財產爭吵不休，母親覺得十分悲哀”；“悲痛”側重於指因遭受重大不幸而心中痛苦，不舒暢，語義較重，如“老人沉浸在喪子的巨大悲痛中”。

悲涼 bēiliáng 形 悲哀淒涼：琴聲悲涼。

▶ **蒼涼** 辨析 見【蒼涼】條。

▶ **淒涼** 辨析 都有“悲傷、冷清、落寞”的意義，但適用對象、語義輕重有別。“悲涼”側重於指因失望、恐懼或環境蕭條等而感到沉重、難過，多用於感覺、情緒、心境；“淒涼”側重於指因環境或景物冷清而感到落寞、悲苦，多用於環境、景物，也可以用於神情、聲音、命運、結局等。

悲痛 bēitòng 形 極度傷心：化悲痛為力量。

▶ **悲哀** 辨析 見【悲哀】條。

無心 wúxīn ❶動 沒有心思；沒有心情：隊員們無心戀戰。❷形 不是故意的：無心傷害。

▶ **無意** 辨析 都有“沒有願望”和“不是故意的”的意義，但語義側重點有別。在前一意義上，“無心”常因被動因素引起，“無意”則多指主動的行為。在後一意義上，“無心”側重指無意識的；“無意”側重指沒有注意。

無限 wúxiàn 形 沒有窮盡；沒有限量：商機無限。

▶ **無盡** 辨析 見【無盡】條。

▶ **無窮** 辨析 見【無窮】條。

無意 wúyì ❶動 沒有（做某事）的願望：無意改變計劃。❷形 沒有加以注意；不是故意的：無意中走漏了消息。

▶ **無心** 辨析 見【無心】條。

無盡 wújìn 圈 沒有盡頭：無盡的哀思／無盡的探索。

▶ **無窮** 辨析 都有"沒有盡頭"的意義，但搭配對象有別。如"無盡的愛""後患無窮"，其中的"無盡""無窮"不能互換。

▶ **無限** 辨析 都有"沒有窮盡"的意義，但語義側重點有別。"無盡"強調沒有盡頭，如"這片茂盛的玉米地，一望無盡"；"無限"強調沒有限量，如"無限可能"，"無限生機"。

無窮 wúqióng 圈 沒有窮盡：魅力無窮。

▶ **無盡** 辨析 見【無盡】條。

▶ **無限** 辨析 都有"沒有窮盡"的意義，但語義側重點有別。"無窮"強調沒有窮盡；"無限"強調沒有限度。

稍 shāo 副 略微；表示數量不多或程度很淺：稍等一等／稍有不同。

▶ **稍微** 辨析 都有"數量不多或程度很淺"的意義，但用法有別。"稍"常修飾單音節詞，可重疊成AA式使用；"稍微"語義較"稍"要重，常修飾雙音節詞或多音節詞。

稍微 shāowēi 副 表示數量少或程度淺：稍微休息一下。

▶ **略微** 辨析 見【略微】條。

▶ **稍** 辨析 見【稍】條。

稀少 xīshǎo 圈 事物出現得少：行人稀少／綠地稀少／高山上氧氣稀少。

▶ **稀薄** 辨析 都有"在一定範圍內事物出現得少"的意義，但語體色彩、適用對象有別。"稀少"是較常見的表達，較俗白，可用於人口分佈、空氣、毛髮等；"稀薄"多用於氣體。

稀罕 xīhan ❶圈 稀少罕見：當時手機絕對是稀罕玩意。❷動 認為稀奇

而喜愛：誰稀罕你的破東西。❸名 稀少新奇的事物：看稀罕兒。

▶ **稀奇** 辨析 都有"稀少"的意義，但語義側重點、語體色彩有別。"稀罕"強調難得見到，"稀奇"強調新奇。"稀罕"口語色彩比"稀奇"強。二者在其他意義上不相同。

稀奇 xīqí 圈 稀少新奇：這有甚麼稀奇。

▶ **稀罕** 辨析 見【稀罕】條。

稀薄 xībó 圈（空氣、煙霧等）密度小；不濃厚：高海拔地區空氣稀薄。

▶ **淡薄** 辨析 見【淡薄】條。

▶ **稀少** 辨析 見【稀少】條。

等待 děngdài 動 等着所期望的人、事物或情況出現：等待時機。

▶ **等候** 辨析 都有"等着所期望的人、事物或情況的來到或出現"的意義，但適用對象有別。"等待"含有期待、盼望的意味，除可用於具體人和事物外，常用於較抽象的時機、機會等；"等候"多用於具體的人或事物。如"等待機遇的出現"中的"等待"不能換用"等候"。

等候 děnghòu 動 等着人、事物或情況的到來（多用於具體對象）：等候親人。

▶ **等待** 辨析 見【等待】條。

▶ **恭候** 辨析 見【恭候】條。

策略 cèlüè ❶名 根據形勢發展而制定的全盤計劃或方案：戰爭策略。❷圈 做人做事能注重方式方法：他做事很講究策略。

▶ **戰略** 辨析 見【戰略】條。

▶ **政策** 辨析 見【政策】條。

▶ **方略** 辨析 見【方略】條。

策劃 cèhuà 動 為某項活動或事情出主意，想辦法，設計安排：幕後策劃／一手策劃了這次的演出／精心策劃公眾遊園活動。

▶ **籌劃** 辨析 都有"出主意，想辦法，制定計劃"的意義，但語義概括範圍有別。除了二者相同的意義以外，"籌劃"還含有"籌措，想方設法弄到"的意思，如"精心籌劃公眾遊園活動"中的"籌劃"可以換成"策劃"，但是"籌劃一筆建設資金"，就不能說"策劃一筆建設資金"。因此"籌劃"的語義概括範圍大於"策劃"。

▶ **謀劃** 辨析 見【謀劃】條。

答謝 dáxiè 動 受了別人的好處或招待，表示謝意：答謝各位來賓。

▶ **道謝** 辨析 都有"表示謝意"的意義，但語義側重點、語體色彩和語法功能有別。"答謝"側重於用語言或行動來表示謝意，多用於書面語，可帶賓語；"道謝"側重於用言語表示謝意，口語和書面語都可以用，不能帶賓語。如"舉行答謝活動"中的"答謝"不能換用"道謝"。

▶ **感謝** 辨析 都有"表示謝意"的意義，但語義側重點有別。"答謝"側重指受到他人的好處，表示謝意；"感謝"側重指感激感動，並表示謝意。如"我們也將努力編輯出更多更好的版面，來答謝讀者的厚愛"中的"答謝"不宜換用"感謝"。

答覆 dáfù ❶ 動 回答問題或要求：立即答覆。❷ 名 對問題或要求所作的回答：一個滿意的答覆。

▶ **回答** 辨析 見【回答】條。

筆直 bǐzhí 形 很直：筆直的馬路。

▶ **筆挺** 辨析 都有"很直"的意義，但適用對象有別。"筆直"的對象很寬泛，如"馬路筆直""腰桿筆直""筆直地墜落"；

"筆挺"常見的是"腰板筆挺"。

筆挺 bǐtǐng ❶ 形 立得很直：腰板筆挺。❷ 形 （衣服）燙得很平而摺疊的痕跡又很直：筆挺的西裝。

▶ **筆直** 辨析 見【筆直】條。

筆跡 bǐjì 名 每個人寫的字所特有的形象；字的筆畫和形體：筆跡鑒定／筆跡潦草。

▶ **墨跡** 辨析 都有"每個人寫的字所特有的形象"的意義，但語義側重點有別。"筆跡"多用於指鋼筆、圓珠筆等的字跡；"墨跡"多用於指毛筆的字跡，也用於指鋼筆的字跡。

順手 shùnshǒu ❶ 形 順利，做事沒有阻礙：事情辦得很順手。❷ 形 稱手；適用：這把板頭用起來很順手。❸ 副 順便，隨手：擦完車，你順手將髒水倒了。

▶ **順便** 辨析 都有"趁着做某事的方便附帶做另一事"的意義，但語義側重點和詞性有別。"順手"強調藉着做某事時或做完之後，不用多費事，就很方便地把另一件事給辦了；"順便"強調藉着做某事時，不用多花多少力氣或時間，就附帶着把另一件事給做了。"順手"除副詞用法外，還能用作形容詞，表示順利、適用；"順便"只能用作副詞。在其他意義上二者不相同。

▶ **隨手** 辨析 都有"趁着做某事的方便附帶做另一事"的意義，但語義側重點和詞性有別。"順手"強調藉着做某事時或做完之後，不用多費事，就很方便地把另一件事給做了；"隨手"強調跟着前一個動作行為很隨意地一伸手就捎帶着將另一件事給辦了。"順手"除副詞用法外，還能用作形容詞，表示順利、適用；"隨手"只能用作副詞。在其他意義上二者不相同。

順耳 shùn'ěr 形 合乎心意，聽着讓人感到舒服：他的話聽起來很順耳。

▶ 入耳 辨析 見【入耳】條。

順序 shùnxù ❶名 次序；次第：姓名按筆畫順序排列。❷副 依着次序的先後：順序進場。

▶ 秩序 辨析 都有"有條理、不混亂"的意義，但語義側重點和詞性有別。"順序"強調事物按時間或空間先後排列，如"按順序編號"；"秩序"強調事物整齊地組合在一起的狀況，如"建立正常的經濟、文化市場秩序"。"順序"除名詞用法外，還能用作副詞，表示依着次序的先後，可用作狀語；"秩序"只能用作名詞。

順便 shùnbiàn 副 趁着做某事的方便附帶做另一事：你出去順便帶斤鹽回來。

▶ 附帶 辨析 見【附帶】條。

▶ 順手 辨析 見【順手】條。

順從 shùncóng 動 依照別人的意思行事，不違背，不反抗：她對他非常順從。

▶ 服從 辨析 見【服從】條。

▶ 聽從 辨析 見【聽從】條。

▶ 遵從 辨析 都有"依照別人的意見行事、不違背、不反抗"的意義，但語義側重點和語體色彩有別。"順從"着重於"順"，依順，強調依順別人的意志，含有不敢違抗的意味，如"他總是想讓對方順從自己的意願"；"遵從"着重於"遵"，遵照，強調遵照並服從，含有尊重對方的色彩，如"當時，我很不高興地遵從了父母親的決定"。"順從"可用於書面語，也可用於口語；"遵從"多用於書面語。

順勢 shùnshì ❶副 順着情勢：順勢而上。❷副 趁便；順便：既然路過他家，我們就順勢去看看他。

▶ 趁勢 辨析 都有"順着情勢做某事"的意義，但語義側重點有別。"順勢"強調藉着有利的情勢、自然而順當地去做某事，如"我們要乘風順勢，積極做好各項工作"；"趁勢"強調利用或及時抓住對自己有利的情勢去做某事，如"遊戲結束了，她趁勢讓學生敍述自認為最精彩的一個情節"。"順勢"另有"順便"的意思，在這一意義上二者不相同。

順暢 shùnchàng 形 順利通暢而沒有阻礙：呼吸順暢。

▶ 通暢 辨析 都有"沒有阻礙"的意義，但語義側重點和使用範圍有別。"順暢"着重於"順"，順利，強調事情或活動的進展非常順利；"通暢"着重於"通"，貫通，通順，強調由此至彼，中無阻隔，也指通順流暢。"順暢"多用於事情、活動、流水及運行於其他通道的事物；"通暢"多用於道路、交通、思路、文字、血液循環及其他運行於通道的事物。

堡壘 bǎolěi ❶名 軍事上防守用的堅固建築物：在山頭修建堡壘。❷名 比喻難於攻破的事物或不容易接受進步思想的人：科學堡壘。

▶ 碉堡 辨析 都有"軍事上防守用的堅固建築物"的意義，但語義範圍有別。"堡壘"除了指具體的軍事上防守用的堅固建築物，多用於抽象事物，比喻像堡壘一樣堅強而難於攻破的人或事物；而"碉堡"沒有比喻義。如"大家團結一心，形成無法攻破的堡壘"中的"堡壘"不能換成"碉堡"。

傑出 jiéchū 形 （才能、成就）出眾：傑出青年。

▶ 出色 辨析 見【出色】條。

▶ 出眾 辨析 見【出眾】條。

▶**卓越** 辨析 都有"出眾,超出一般的"的意義,但語義側重點有別。"傑出"強調優異出眾,出類拔萃,如"他在肖像畫藝術上的傑出才能與精湛的繪畫技巧令我大為驚訝";"卓越"強調高出、超越一般的,非常人所能達到的,如"他在該領域取得的卓越成就,贏得了海內外的普遍讚譽和崇高評價"。

集合 jíhé 動 分散的人或物集中到一起:全體同學到操場集合。

▶**聚集** 辨析 都有"集中在一起"的意義,但語義側重點、適用對象和語體色彩有別。"集合"強調分散的人或物集中到一起,合成一個整體,通常是為了共同的、特定的目的而集中到一起,既可用於具體的人或物,也可用於抽象的事物,通用於口語和書面語,如"集合全連隊員";"聚集"強調由分散轉為集中的狀態,常用於人,有時也用於事物,有書面語色彩,如"把分散的土地聚集成相對較多的土地"。

▶**聚攏** 辨析 都有"集中在一起"的意義,但語義側重點、適用對象和語體色彩有別。"集合"強調分散的人或物集中到一起,合成一個整體,通常是為了共同的、特定的目的而集中到一起,既可用於具體的人或物,也可用於抽象的事物,通用於口語和書面語,如"籃球隊推遲集合時間";"聚攏"強調分散的人或物互相接近而集中,多用於人或物,也可用於"人氣、人心"等抽象事物,有書面語色彩,如"渙散的人心聚攏到一起"。

▶**集聚** 辨析 都有"集中在一起"的意義,但語義側重點、適用對象和語體色彩有別。"集合"強調分散的人或物集中到一起,合成一個整體,通常是為了共同的、特定的目的而集中到一起,既可用於具體的人或物,也可用於抽象的事物,通用於口語和書面語,如"示威者開始集合";"集聚"強調由分散轉為集中

的狀態,可用於人、具體的事物,還常用於財富、力量、資金等抽象事物,有書面語色彩,如"節省資源,集聚財富"。

▶**會合** 辨析 見【會合】條。

集腋成裘 jíyèchéngqiú 比喻積少成多或集眾力而成一事。

▶**積少成多** 辨析 見【積少成多】條。

集團 jítuán 名 為了一定的目的組織起來共同行動的團體:民族獨立集團 / 集團公司。

▶**團體** 辨析 見【團體】條。

焦灼 jiāozhuó 形 非常着急:焦灼不安。

▶**焦急** 辨析 都有"因事情緊迫或一時難以解決而急躁不安"的意義,但語義輕重和詞義的展現方式有別。"焦灼"強調心中異常焦躁不安,語義比"焦急"重,用"用火燒"的形象烘托出詞義,如"陣陣腰痛和對邊疆缺水的極度焦灼,使得她無法入睡";"焦急"強調急切、內心不平靜,詞義的展現是直接、顯豁的,如"媽媽一直在焦急地等着我回去"。

焦炙 jiāozhì 形 形容心裏像火烤一樣焦急:心情焦炙萬分。

▶**焦急** 辨析 都有"因事情緊迫或一時難以解決而急躁不安"的意義,但語義輕重、詞義的展現方式和語體色彩有別。"焦炙"強調極度焦躁不安,語義比"焦急"重,用"身上的皮肉被火烤"的形象烘托出詞義,有濃厚的書面語色彩,如"他們都呆呆地站着,焦炙,緊張,一時不知道如何對付這事變";"焦急"強調急切、內心不平靜,詞義的展現是直接、顯豁的,有書面語色彩,如"她焦急地在屋裏來回踱着步"。

焦急 jiāojí 形 內心急躁不安:萬分焦急 / 神情焦急。

▶ 焦炙 辨析 見【焦炙】條。

▶ 焦灼 辨析 見【焦灼】條。

▶ 着急 辨析 見【着急】條。

焦躁 jiāozào 形 着急而煩躁：等得實在有些焦躁了／蟬聲不像午間那樣急迫焦躁了。

▶ 急躁 辨析 見【急躁】條。

▶ 煩躁 辨析 見【煩躁】條。

▶ 浮躁 辨析 見【浮躁】條。

進步 jìnbù ❶動（人或事物）向前發展，比原來好：孩子們的學習進步了。❷形 符合時代要求，對社會發展起促進作用的：進步的思想。

▶ 提高 辨析 都有"（人或事物）有所前進，有所發展，比原來好"的意義，但語義側重點和適用對象有別。"進步"強調向前發展的方向性，用於學習、思想、社會制度、經濟、文化等，如"推動社會全面進步""有着進步思想的青年學者"；"提高"強調高度的向上升，表示位置、程度、水平、數量、質量等方面比原來高，用於思想、認識、道德修養、技術、效率等，如"國際地位提高了""技術裝備水平有了較大提高"。

街坊 jiēfang 名 住家接近的人或人家：我們是街坊。

▶ 鄰居 辨析 見【鄰居】條。

▶ 鄰里 辨析 見【鄰里】條。

▶ 鄰舍 辨析 見【鄰舍】條。

復仇 fùchóu 動 採取報復行動：復仇的火焰。

▶ 報仇 辨析 見【報仇】條。

復活 fùhuó ❶動 死而復生，多用於比喻：經過科學處理，廢油井復活了。❷動 使復活：地產與足球聯姻，復活"中超"球隊。

▶ 復蘇 辨析 見【復蘇】條。

復核 fùhé 動 重新核對：把論文中的引文出處再復核一遍。

▶ 核對 辨析 都有"審核查對"的意義，但語義側重點有別。"復核"含有再次核對的意味，比較正式；"核對"重在審核，使用較多。如"各部門必須按照規定對登記的人員，每年進行一次核對"中的"核對"不宜換用"復核"。

復原 fùyuán ❶動 病後恢復健康：身體復原。❷動 恢復原狀：遭到破壞的國畫已無法復原。

▶ 恢復 辨析 都有"變成原來的樣子"的意義，但適用範圍和語法功能有別。"復原"所指比較窄，一般只指健康和具體物品的形狀兩個方面，是不及物動詞；"恢復"所指比較寬，可作不及物動詞，也可作及物動詞。如"恢復秩序"中的"恢復"不能換用"復原"；"恢復健康"不可以說成"復原健康"。

復興 fùxīng ❶動 衰落之後又重新興盛起來：民族復興。❷動 使復興：復興國家。

▶ 振興 辨析 都有"興盛起來和使興盛起來"的意義，但語義側重點有別。"復興"強調原來有過一段時間的興盛，現在已經衰落，要重新興盛起來；"振興"僅僅強調使興盛起來，而不管其原來的狀態，如一般說"民族復興""文藝復興"而不說"民族振興""文藝振興"。

復蘇 fùsū 動 重新獲得生命力：大地回春，萬物復蘇。

▶ 復活 辨析 都有"重新獲得生命"的意義，但適用對象和感情色彩有別。"復蘇"一般用於具體的事物，如各種動植物等；"復活"既可以用於具體事物，也可以用於抽象事物，用於抽象的事物時，多帶貶義。如"反對復活軍國主義"

377

中的"復活"不能換用"復蘇"。

舒坦 shūtan 形 舒服；舒適：了卻了一件煩心事，她感到舒坦了許多。

▶ **舒暢** 辨析 都有"心情好、輕鬆愉快"的意義，但語義側重點、用法和語體色彩有別。"舒坦"着重指內心、思想或精神上的體驗，有舒心坦然的意味；"舒暢"着重指心情或精神上的開朗、暢快，沒有不順心的事。"舒坦"一般不作定語；"舒暢"能用作定語。"舒坦"多用於口語；"舒暢"多用於書面語。

▶ **舒服** 辨析 都有"心情好、輕鬆愉快"的意義，但語義側重點和語體色彩有別。"舒坦"着重指內心、思想或精神上的體驗，有舒心坦然的意味；"舒服"着重指感到輕鬆愉快或能使身心感到輕鬆愉快。"舒坦"多用於口語；"舒服"通用於口語和書面語。

舒服 shūfu 形 身心輕鬆愉快；給身心帶來輕鬆愉快感覺的：這件事讓我心裏很不舒服／這水味真舒服。

▶ **舒適** 辨析 都有"輕鬆愉快"的意義，但語義側重點、適用範圍、用法和語體色彩有別。"舒服"着重指身體或精神上感到輕鬆愉快，如"他覺得學校不如家裏舒服"；"舒適"着重指合意安適，如"新式校服美觀大方，穿着舒適"。"舒服"可用於人，也可用於給人帶來輕鬆愉快感覺的環境或事物；"舒適"多用於令人輕鬆適意的生活環境、氣氛或事物。"舒服"作定語或狀語時能重疊成 AABB 式使用，作謂語時能重疊成 ABAB 式使用；"舒適"不能重疊使用。"舒服"通用於口語、書面語和各種場合；"舒適"多用於書面語。

▶ **舒坦** 辨析 見【舒坦】條。

舒暢 shūchàng 形 舒服暢快；開朗愉快：心情舒暢。

▶ **暢快** 辨析 見【暢快】條。

▶ **酣暢** 辨析 見【酣暢】條。

▶ **歡暢** 辨析 見【歡暢】條。

▶ **舒坦** 辨析 見【舒坦】條。

舒適 shūshì 形 舒服適意：寬敞舒適的房間。

▶ **舒服** 辨析 見【舒服】條。

欽佩 qīnpèi 動 敬重佩服：大家都欽佩他的為人。

▶ **敬佩** 辨析 都有"尊敬而心悅誠服"的意義，但語義側重點、語義輕重和使用範圍有別。"欽佩"着重於"欽"，強調敬重而佩服，如"他的膽識、魄力令人欽佩"；"敬佩"着重於"敬"，強調尊重而佩服，語義較"欽佩"輕，如"他的博學多才，令周圍的人敬佩不已"。"欽佩"多用於高尚的人或精神；"敬佩"多用於人的道德、文章、品質等。

▶ **佩服** 辨析 見【佩服】條。

創立 chuànglì 動 首次建立；開始建立：創立了新的理論體系。

▶ **成立** 辨析 見【成立】條。

▶ **創辦** 辨析 見【創辦】條。

▶ **創建** 辨析 都有"首次建立"的意義，但語義側重點和適用對象有別。"創立"側重指從無到有的建立過程，多用於黨派、國家、社團、學校、醫院等；"創建"側重指開始建立、建設，適用於國家、機構、制度等。如"我們的具體目標是，創立 1000 種名牌產品"中的"創立"不宜換用"創建"。

創始 chuàngshǐ 動 開始建立：創始於 1989 年。

▶ **創建** 辨析 都有"開始建立"的意義，但語義側重點和語法功能有別。"創

始"強調在某時、某地開始建立，不及
物動詞；"創建"強調第一次建立、建
設，及物動詞。如"這種曆法相傳創始於
夏代，所以又稱夏曆"中的"創始"不宜
換用"創建"。

▶ **首創** 辨析 都有"開始建立"的意
義，但語義側重點和語法功能有別。"創
始"強調在某時、某地開始建立，不及
物動詞；"首創"強調第一次建立、出
現，及物動詞。如"他在學習傳統舞蹈的
基礎上首創了這個舞蹈動作"中的"首
創"不能換用"創始"。

▶ **開創** 辨析 見【開創】條。

創建 chuàngjiàn 動 首次建立；建設：
創建了一所學校。

▶ **創辦** 辨析 見【創辦】條。

▶ **創立** 辨析 見【創立】條。

▶ **創始** 辨析 見【創始】條。

創造 chuàngzào 動 造出以前所沒有的
事物：創造奇蹟。

▶ **發明** 辨析 見【發明】條。

創辦 chuàngbàn 動 開始辦；第一個舉
辦：創辦慈善養老院。

▶ **創建** 辨析 都有"開始建立"的意
義，但語義側重點和適用對象有別。"創
辦"側重指開始興辦、開辦，適用對象
多是報紙、雜誌、刊物、學校、公司
等；"創建"側重指第一次建立、建設，
適用對象可以是政黨、國家、制度等，
也可以是學校、醫院等。如"夫妻早年跟
隨將軍創建抗日根據地"中"創建"不能
換用"創辦"。

▶ **創立** 辨析 都有"開始建立"的意
義，但語義側重點和適用對象有別。"創
辦"側重指開始興辦、開辦，適用對象
多是報紙、雜誌、刊物、學校、公司等
具體事物；"創立"側重指開始建立，適

用對象可以是政黨、國家、組織、學校
等具體事物，也可以是體制、學說、理
論等抽象事物。如"秋瑾創辦了《中國女
報》"中的"創辦"不能換用"創立"。

▶ **開辦** 辨析 見【開辦】條。

飯食 fànshí 名 飯和菜（多就質量而
言）：他們家飯食好。

▶ **伙食** 辨析 見【伙食】條。

▶ **膳食** 辨析 都有"飯和菜"的意義，
但語義側重點和語體色彩有別。"飯食"
多就質量而言，具有口語色彩；"膳食"
多就飯和菜的搭配而言，具有書面語色
彩。如可以說"膳食結構"，但一般不說
"飯食結構"。

脾氣 píqi ❶名 性情：他打小脾氣就好。
❷名 容易發怒的性情：你脾氣可
真大。

▶ **性格** 辨析 見【性格】條。

▶ **性情** 辨析 見【性情】條。

▶ **性子** 辨析 見【性子】條。

勝 shèng ❶動 打敗對手，贏得優勢，
同"負"或"敗"相對：得勝／以少勝
多／打了個大勝仗。❷動 超過，比另一
方優越：事實勝於雄辯／一個勝似一個。
❸動 能夠承擔或承受：勝任／不勝其煩。
❹形（風景）優美；美好：勝景／勝地。
❺名 優美的景物、境界：名勝／引人入
勝。❻副 盡數，完全：不勝枚舉／數不
勝數。

▶ **勝利** 辨析 都有"打敗對手、贏得優
勢"的意義，但語義輕重、語法作用和
語體色彩有別。"勝"與"負"或"敗"
相對；"勝利"與"失敗"相對，語義較
"勝"重。"勝"能作謂語、定語，還能作
補語，如"戰勝"；"勝利"一般只作謂
語、定語。"勝"多用於口語，在一些長
期習用的語詞搭配中則用於書面語；"勝

利"多用於書面語,也可用於口語。在其他意義上二者不相同。

▶ **贏** 辨析 都有"打敗對手、獲得優勢"的意義,但適用範圍有別。"勝"多用於戰爭、爭鬥或競賽,與"負"或"敗"相對,如"這次參賽,他勝多負少";"贏"多用於比賽或打賭,與"輸"相對,如"這盤棋我贏了"。在其他意義上二者不相同。

勝利 shènglì ❶動 在戰爭、爭鬥或競賽中打敗對手:作戰勝利。❷名 得到的勝利:取得最後的勝利。

▶ **成功** 辨析 見【成功】條。

▶ **勝** 辨析 見【勝】條。

勝負 shèngfù 名 勝利或失敗:勝負乃兵家常事。

▶ **輸贏** 辨析 都有"勝利或失敗"的意義,但語體色彩有別。"勝負"多用於書面語,如"不分勝負,意在弘揚;不計名次,重在參與";"輸贏"多用於口語,如"這場官司不論輸贏,我都得感謝你"。

猶如 yóurú 動 在形象上相同或有某些共同點:猶如人間仙境 / 建築群猶如雨後春筍般拔地而起。

▶ **好比** 辨析 見【好比】條。

▶ **有如** 辨析 見【有如】條。

猶疑 yóuyí 形 拿不定主意:猶疑不定 / 猶疑不決。

▶ **遲疑** 辨析 都有"拿不定主意"的意義,但語義側重點、使用頻率有別。"猶疑"強調因有某種顧慮而難以取捨,無法下決心,如"在等待中,我的決心時而堅定,時而猶疑";"遲疑"強調因懷疑、猜疑而不馬上做某種舉動或採取某種行動,內心的主意不定在時間上表現了出來,含有不果斷的意味,如"別再遲疑""遲疑半晌"。"遲疑"的使用頻率比"猶疑"高。

▶ **猶豫** 辨析 都有"拿不定主意"的意義,但語義側重點、語體色彩、使用頻率有別。"猶疑"強調充滿疑惑,難以取捨,無法下決心,有書面語色彩,如"態度猶疑""投資者心存猶疑"。"猶豫"強調進行考慮、比較,難以取捨,無法下決心,通用於口語和書面語,如"猶豫不決""正在猶豫時聽到有人在叫我"。"猶豫"的使用頻率遠高於"猶疑"。

猶豫 yóuyù 形 拿不定主意:毫不猶豫 / 不再猶豫。

▶ **遲疑** 辨析 都有"拿不定主意"的意義,但語義側重點、語體色彩、使用頻率有別。"猶豫"強調進行考慮、比較,難以取捨,無法下決心,通用於口語和書面語,如"你在猶豫甚麼""消費者買車猶豫難決"。"遲疑"強調因懷疑、猜疑而不馬上做某種舉動或採取某種行動,有書面語色彩,如"金融改革不容遲疑""不再遲疑"。"猶豫"使用頻率遠高於"遲疑"。

▶ **躊躇** 辨析 都有"拿不定主意"的意義,但語義側重點、語體色彩、使用頻率有別。"猶豫"強調進行考慮、比較,難以取捨,無法下決心,有想這樣辦,又不想這樣辦的意味,通用於口語和書面語,如"我在猶豫我到底要不要進去""信息化建設不能猶豫觀望"。"躊躇"強調主意不定在態度、表情、行動上表現出來,有很強的書面語色彩,如"大盤躊躇向前,短線資金活躍,熱點不斷"。"猶豫"使用頻率遠高於"躊躇"。

▶ **猶疑** 辨析 見【猶疑】條。

貿然 màorán 副 輕率地,不加考慮地:貿然行事,定會帶來糟糕的後果。

▶ **冒失** 辨析 見【冒失】條。

▶ **隨便** 辨析 都有"不多加考慮"的意義,但語體色彩、語法功能和語義側重點有別。"貿然"用於書面語,可重疊成

"貿貿然"，側重指言行輕率，不慎重考慮，是貶義詞，一般作狀語；"隨便"通用於口語和書面語，可重疊成"隨隨便便"，側重指隨着自己的意願，不加過多約束或考慮，有時有貶義色彩，可作狀語和謂語，如"他説話太隨便""這事要慎重考慮，別隨隨便便就決定"。

評判 píngpàn 動 判斷是非、勝負或優劣：他的評判很公允。

▶ **裁判** 辨析 都有"對是非、勝負等作出判斷"的意義，但語義側重點有別。"評判"可通指一般場合的判斷，如"經過嘉賓評判，二號廚師贏得了比賽的勝利"；"裁判"特指"對體育活動中的問題或運動員的成績作出判斷"，如"主裁判裁判主隊犯規"，另外，還可指法院依法對案件作出決定，如"法院裁判原告敗訴"。

▶ **評定** 辨析 都有"判斷等級、優劣等"的意義，但語義側重點有別。"評定"強調在判斷之後還要決定，如"今年職稱評定工作已經結束"；"評判"只強調進行判斷，還可指判斷事物的是非、真假，如"兩名售票員甩下全車乘客，下車找人評判是非去了""電視台找來專家，評判這幅畫是否是贋品"，"評定"不能用在此處。

▶ **評審** 辨析 都有"通過比較評議事物的等級、優劣等"的意義，但語義側重點有別。"評判"側重於對事物的是非、優劣作出判斷，如"誰對誰錯，觀眾們心中自有評判"；"評審"側重於上對下的、有標準作為依據的審查，如"小區的三幢樓已經通過有關機構的評審驗收"。

評定 píngdìng 動 經過討論、審查以後確定：職稱評定。

▶ **評判** 辨析 見【評判】條。

評審 píngshěn 動 評議審查：對初賽作品進行評審。

▶ **評判** 辨析 見【評判】條。

詛咒 zǔzhòu 動 因痛恨而咒罵，希望所恨的人或事物遭災受禍：詛咒這鬼天氣。

▶ **咒罵** 辨析 都有"用惡毒的言語或粗野的話罵人"的意義，但語義側重點和語體色彩有別。"詛咒"含有期盼着被罵的對象早日滅亡、毀滅的意味，既可以用於口中進行的罵，也可以用於心裏進行的罵，具有書面語色彩。"咒罵"強調行為和惡毒言語的具體可感的性質，多用於口頭上的罵。如"誰在這裏動土他將要受詛咒"中的"詛咒"不能換用"咒罵"。

註解 zhùjiě 動 用文字解釋字句：註解古籍。名 解釋字句的文字：不懂的地方可以看註解。

▶ **註釋** 辨析 見【註釋】條。

註釋 zhùshì 動 用文字或語言來解釋字句：為註釋魯迅的著作盡自己的綿薄之力。名 解釋字句的文字：文後有註釋。

▶ **註解** 辨析 都有"對語句進行解釋"和"解釋字句的文字"的意義，但語義側重點和適用範圍不同。"註釋"着重於用文字解釋詞句的含義；"註解"着重於對難理解的地方加以説明，既可用文字解釋詞句，也可用語言口頭解釋。

就任 jiùrèn 動 擔任（某種職務）：就任總統。

▶ **就職** 辨析 都有"接受任務或職務，來到工作崗位"的意義，但語義側重點和語法功能有別。"就任"強調擔任某種職務，履行新的崗位職責，後面可直接接表示"職務"的賓語，如"他於1990年2月就任國防部長一職"；"就職"側重於開始到某種職務的工作圈子裏去，是不及物動詞，後面不能帶賓語，如"就職於科技大學管理學院"。

▶ **上任** 辨析 見【上任】條。

就要 jiùyào 副 不久以後就發生：就要下雨了。

▶ **即將** 辨析 見【即將】條。

就是 jiùshì 連 表示假設的讓步：為了保衛祖國，就是犧牲了生命也在所不惜。

▶ **即使** 辨析 見【即使】條。

就職 jiùzhí 動 正式到任 (多指較高的職位)：宣誓就職。

▶ **就任** 辨析 見【就任】條。

▶ **上任** 辨析 見【上任】條。

敦厚 dūnhòu 形 待人誠懇，不刻薄：敦厚純樸。

▶ **忠厚** 辨析 見【忠厚】條。

敦促 dūncù 動 誠懇地要求儘快實施：敦促實施計劃。

▶ **催促** 辨析 都有"要求儘快實施"的意義，但語義側重點、適用對象和語體色彩有別。"敦促"側重指誠懇地要求儘快實施，可用於一般的事情，也可用於重大的事情，多用於書面語；"催促"則沒有懇切的意味，多用於一般的事情，口語和書面語中都可以用。如"學者們敦促台灣當局以實際行動緩和兩岸關係"中的"敦促"不能換用"催促"。

▶ **督促** 辨析 都有"要求儘快實施"的意義，但語義側重點有別。"敦促"側重指誠懇地要求儘快實施，適用對象一般是別人；"督促"側重指監督對方，讓他把事情做好，適用對象可以是別人，也可以是自己。如"已經佈置了的工作，應當認真督促檢查"中的"督促"不宜換用"敦促"。

痛 tòng ❶ 動 疼痛；由疾病、創傷等引起的難受感覺：頭痛 / 不痛不癢。❷ 動 悲傷；痛苦：悲痛 / 沉痛。❸ 副 盡情地；深切地：痛飲 / 痛恨 / 痛改前非。

▶ **疼** 辨析 見【疼】條。

痛快 tòngkuài ❶ 形 心情舒暢，高興愉快：真痛快。❷ 形 直率；乾脆：他這人說話很痛快。

▶ **酣暢** 辨析 見【酣暢】條。

▶ **爽快** 辨析 見【爽快】條。

痛改前非 tònggǎiqiánfēi 徹底改正以前的錯誤：他發誓要痛改前非。

▶ **改過自新** 辨析 見【改過自新】條。

痛苦 tòngkǔ 形 肉體或精神感到非常難受：痛苦的表情。

▶ **痛楚** 辨析 都有"肉體或精神感到非常難受"的意義，但語義側重點、使用範圍和語體色彩有別。"痛苦"着重於"苦"，苦處，強調有着難以擺脫的苦處，如"痛苦的事情""痛苦的回憶"；"痛楚"着重於"楚"，悽楚，強調身體或精神受到折磨，含有悲涼酸楚的意味，如"絲絲悲哀和痛楚，壓得他心胸發緊"。"痛苦"可用於個人，也可用於群體；"痛楚"只用於個人。"痛苦"含口語色彩，通用於口語和書面語；"痛楚"含文言色彩，多用於書面語。

▶ **難受** 辨析 見【難受】條。

痛恨 tònghèn 動 非常仇視；深切地憎恨：痛恨仇人。

▶ **憎恨** 辨析 都有"非常仇視"的意義，但語義側重點和語義輕重有別。"痛恨"着重於"痛"，深切地，強調深切地仇視，語義較"憎恨"重，如"老百姓痛恨腐敗、要求改革"；"憎恨"着重於"憎"，厭惡，強調厭惡並仇視，如"人們憎恨社會不良現象"。

痛楚 tòngchǔ 〔形〕痛苦；苦楚：內心痛楚。

▶ 痛苦 辨析 見【痛苦】條。

翔實 xiángshí 〔形〕詳細而確實：資料翔實／翔實的報道。

▶ 詳盡 辨析 見【詳盡】條。

▶ 詳細 辨析 見【詳細】條。

着手 zhuóshǒu 〔動〕動手開始做：着手下一步工作。

▶ 入手 辨析 見【入手】條。

▶ 下手 辨析 見【下手】條。

着急 zháojí ❶〔形〕急躁不安：真叫人着急。❷〔動〕擔心，放心不下：他着急腿殘廢了今後怎麼辦。

▶ 焦急 辨析 都有"急躁不安"的意義，但語義側重點、語義強度和語體色彩有別。"着急"側重指聽到或遇到較為嚴重的情況，一時拿不出辦法來，心中發急，語義較輕，多用於口語；"焦急"側重指有些亟待解決的問題沒有處理好，心中焦躁不安，語義較重，多用於書面語。如可以説"萬分焦急"，但一般不説"萬分着急"。

着迷 zháomí 〔動〕對人或事物產生迷戀：聽戲聽得着迷了。

▶ 沉迷 辨析 見【沉迷】條。

▶ 入迷 辨析 見【入迷】條。

着實 zhuóshí ❶〔副〕實在，確實：這孩子着實討人喜歡。❷〔副〕(言語、動作) 分量重，力量大：着實批評了他一頓。

▶ 確實 辨析 在充分肯定、確認事物特點上的真實性的意義上相同，但語義側重點和使用條件有別。"着實"強調程度重，含有非常的意思，帶有一定的客觀

性；"確實"強調主觀認定，側重驗證，可以重疊，使用在主語之前。如"她確確實實是個好孩子""確實，她妹妹很能幹"。

善於 shànyú 〔動〕在某一方面具有特長：善於察言觀色。

▶ 長於 辨析 見【長於】條。

▶ 擅長 辨析 都有"某一方面具有特長"的意義，但語義側重點、使用範圍和用法有別。"善於"強調具有某一方面的特長，很會做某種事；"擅長"強調在某一方面顯得才能突出，有專長，語義較"善於"重。"善於"使用範圍較廣，可用於行為、活動、工作經驗等方面；"擅長"多用於某種技能方面，如技術、技巧、文藝、體育等方面。"善於"後必須帶賓語，除"善於辭令、善於外交"等習慣用法外，賓語多為動詞或動詞性詞組；"擅長"可以不帶賓語，也可以帶賓語，賓語可以是動詞或動詞性詞組，也可以是名詞或名詞性詞組。

善意 shànyì 〔名〕善良的心意；好的心意：善意的批評。

▶ 好心 辨析 見【好心】條。

▶ 好意 辨析 見【好意】條。

普通 pǔtōng 〔形〕平常的，一般的：我們都是普通人。

▶ 平凡 辨析 見【平凡】條。

▶ 平平 辨析 見【平平】條。

▶ 尋常 辨析 見【尋常】條。

尊重 zūnzhòng ❶〔動〕尊敬，敬重：尊重老人。❷〔動〕正式並嚴肅對待：尊重歷史。❸〔形〕莊重 (指行為)：放尊重些！

▶ 尊敬 辨析 都有"以恭敬有禮的態度對待"的意義，但語義側重點和適用對象有別。"尊重"強調對人不輕慢，對事

物不違拗，有一種敬重的心情，對象主要是人，有時也用於人的精神、行為；"尊敬"強調態度恭敬，對象可以是個人、集體或有關的抽象事物。如"尊重知識，尊重人才"中的"尊重"不能換用"尊敬"。

尊貴 zūnguì 形 高貴而可敬的：尊貴的客人。

▶ 高貴 辨析 見【高貴】條。

尊敬 zūnjìng ❶ 動 敬重對待：尊敬老師。❷ 形 值得敬重的：尊敬的總統閣下。

▶ 尊重 辨析 見【尊重】條。

勞神 láoshén 動 花費精力：您勞神給看一下。

▶ 操心 辨析 都有"花費精力去關注人或事"的意義，但語法功能和語義側重點有別。"勞神"不帶賓語，"操心"後面可以帶人、事作賓語。"勞神"還可作請人幫忙的客氣話，如"您勞神給看看"。"操心"除了表示精神上的關注以外，還會處理有關的具體事，而"勞神"則缺乏這方面的意思。

▶ 費心 辨析 都有"花費精力關注"的意義，但適用範圍和語體色彩有別。"勞神"較口語化。"費心"在日常生活中比較常用。如"我姪女的工作就麻煩您多費心了"。

▶ 費神 辨析 都有"花費精力"的意義，但語義輕重和語體色彩有別。"勞神"比較有口語色彩。"費神"比"勞神"更強調專注於某事，耗費的精力更多。如"勞您費神看看這篇稿子"。

勞累 láolèi 形 因做事辛苦而感到沒力氣或精神不振：勞累了一天，回到家裏真舒服。

▶ 勞頓 辨析 見【勞頓】條。

▶ 疲勞 辨析 都有"因做事辛苦而感到

累"的意義，但語義側重點有別。"勞累"更側重於"做事很多"這一方面，如"勞累了一天，終於可以歇歇了"；"疲勞"側重"身體感到疲憊"的方面，如"對着電腦一整天，眼睛感到很疲勞"。

勞碌 láolù 形 事情很多，辛苦忙碌：天生勞碌命。

▶ 勞頓 辨析 見【勞頓】條。

▶ 忙碌 辨析 見【忙碌】條。

勞頓 láodùn 形 疲勞，困乏：舟車勞頓。

▶ 勞累 辨析 都有"感到很累"的意義，但語義側重點和語體色彩有別。"勞頓"多指因長時間趕路，身體感到疲勞，如"舟車勞頓"，有書面語特色；"勞累"使用較泛，沒有特指。

▶ 勞碌 辨析 都有"感到很累"的意義，但語義側重點和語體色彩有別。"勞頓"多指因長時間趕路，身體感到疲勞，如"舟車勞頓"，有書面語特色；"勞碌"側重於"忙碌"的意味。

勞駕 láojià 動 請人幫忙的敬辭：勞駕您讓一下！"

▶ 麻煩 辨析 都有"請人幫忙的敬辭"的意義，但語法功能有別。"勞駕"可以單獨使用，如"勞駕！讓我過去"；"麻煩"則需要帶賓語。"勞駕"還可拆成"勞您大駕"這樣的句式，"麻煩"不可以。

湊巧 còuqiǎo 形 正是時候或正遇着某事：湊巧碰見了老同學。

▶ 趕巧 辨析 見【趕巧】條。

▶ 碰巧 辨析 都有"偶然遇到或發生"的意義，但語義側重點有別。"湊巧"側重指意外性，含有沒想到的意思；"碰巧"側重指突然遇到。如"倒也湊巧，這一職位正好空缺"中的"湊巧"不宜換用"碰巧"。

減低 jiǎndī 動 使數量減少，程度降低：減低產量／減低速度。

▶ **降低** 辨析 見【降低】條。

溫和 wēnhé ❶形（氣候）不冷不熱：澳門全年氣候溫和。❷形（性情、態度、言語等）不嚴厲，不粗暴，使人感到親切：她是一個性格溫和的女人。

▶ **溫暖** 辨析 都有"不冷不熱"的意義，但語義側重點、搭配對象有別。"溫和"側重表示不冷，多與氣候、風等搭配；"溫暖"強調有暖意，多與天氣、陽光等搭配。在其他意義上二者不相同。

溫柔 wēnróu 形 溫和柔順（多形容女性）：溫柔體貼／溫柔陷阱。

▶ **溫順** 辨析 見【溫順】條。

溫順 wēnshùn 形 溫和順從：性格溫順。

▶ **溫柔** 辨析 都有"溫和柔順"的意義，但語義側重點、語體色彩有別。"溫順"強調順從、隨和、不倔強，書面語色彩較強。"溫柔"強調柔和，多用於形容女性的性情、舉止、聲音等，有時也用於形容風、水等。

溫暖 wēnnuǎn ❶形 暖和：天氣溫暖。❷動 使感到溫暖：溫暖民心。

▶ **暖和** 辨析 都有"不冷不熱"的意義，但語體色彩、搭配對象有別。"溫暖"口語和書面語都可以用，多與天氣、陽光等搭配；"暖和"具有口語色彩，多用於天氣、環境等。在其他意義上二者不相同。

▶ **和煦** 辨析 見【和煦】條。

▶ **溫和** 辨析 見【溫和】條。

渴望 kěwàng 動 迫切地希望：渴望得到老師的愛。

▶ **盼望** 辨析 見【盼望】條。

期望 辨析 見【期望】條。

淵博 yuānbó 形（學識）深而且廣：學識淵博。

▶ **廣博** 辨析 見【廣博】條。

淵源 yuānyuán 名 比喻事情的本原：文化淵源。

▶ **根源** 辨析 見【根源】條。

游水 yóushuǐ 動 在水裏游：夏日游水知多少。

▶ **游泳** 辨析 都有"人或動物在水裏游動"的意義，但語體色彩有別。"游水"比較俗白，有口語色彩；"游泳"通用於口語和書面語。

游泳 yóuyǒng ❶動 人或動物在水裏游動。❷名 體育運動項目之一，人在水裏用各種不同的姿勢划水前進。

▶ **游水** 辨析 見【游水】條。

滋事 zīshì 動 惹事，製造糾紛：尋釁滋事。

▶ **惹事** 辨析 見【惹事】條。

▶ **生事** 辨析 見【生事】條。

▶ **肇事** 辨析 都有"興起事端，鬧事"的意義，但語義側重點、語義強度和適用對象有別。"滋事"強調滋生事端，製造糾紛，語義較輕；"肇事"強調造成事故或聚眾搗亂、破壞治安，已造成惡果，語義較重。如"重大交通肇事逃逸案偵破掃描"中的"肇事"不能換用"滋事"。

滋補 zībǔ 動 供給身體需要的養分，補養：滋補身體。

▶ **滋養** 辨析 都有"供給養分"的意義，但語義側重點和適用對象有別。"滋補"強調補充營養，比較具體，一般只用於身體方面；"滋養"強調增加營養，不僅可用於身體，還可用於其他方面。

如 "他們的成就離不開書籍的滋養" 中的 "滋養" 不能換用 "滋補"。

滋養 zīyǎng ❶ 動 供給養分：蜂蜜能滋養身體。❷ 名 養分，養料：吸收滋養。

▶ **補養** 辨析 見【補養】條。

▶ **滋補** 辨析 見【滋補】條。

渾水摸魚 húnshuǐ mōyú 比喻趁亂撈取好處。

▶ **趁火打劫** 辨析 都有 "趁機撈一把" 的意義，但語義側重點、適用條件有別。"渾水摸魚" 多指趁混亂的時候撈一把，有時也指故意製造混亂，以便從中獲取好處；"趁火打劫" 強調趁緊張、危急或困難的時候撈取好處，含有乘人之危的意味。如 "他自己也利用這種身份渾水摸魚，弄點兒好外快，至少有機會吃喝幾頓" 中的 "渾水摸魚" 不能換用 "趁火打劫"。

渾然一體 húnrán yītǐ 融合而形成一個整體。

▶ **水乳交融** 辨析 見【水乳交融】條。

湧現 yǒngxiàn 動 人或事物大量出現：不斷湧現出好人好事。

▶ **出現** 辨析 見【出現】條。

▶ **浮現** 辨析 見【浮現】條。

愉快 yúkuài 形 快意；舒暢：愉快的假期／合作愉快。

▶ **高興** 辨析 見【高興】條。

▶ **愉悅** 辨析 都有 "快意；舒暢" 的意義，但語義側重點、語體色彩有別。"愉快" 強調心情好，心情舒暢；"愉悅" 強調心情舒暢，喜悅，有書面語色彩。

愉悅 yúyuè 形 快意；舒暢：懷着十分愉悅的心情。

▶ **喜悅** 辨析 見【喜悅】條。

▶ **愉快** 辨析 見【愉快】條。

惱 nǎo 動 生氣，發怒：你再鬧我就惱了。

▶ **惱火** 辨析 都有 "生氣，發怒" 的意義，但語法功能有別。"惱" 能帶賓語，如 "你別惱我"。"惱火" 不能帶賓語。"惱火" 前後可加程度副詞修飾，如 "很惱火" "特別惱火" "惱火極了" "惱火得很"，而 "惱" 則不能。

▶ **惱怒** 辨析 都有 "生氣，發怒" 的意義，但語義輕重和語法功能、語體色彩有別。"惱怒" 還有憤怒的意思，生氣的程度比 "惱" 更重。"惱" 能帶賓語，"惱怒" 則不行。"惱怒" 前後可加程度副詞修飾、補充、說明，如 "很惱怒" "惱怒極了"，"惱" 則不行。"惱" 多用於口語，"惱怒" 多見於書面語。

惱火 nǎohuǒ 動 非常生氣：上司對這次的失誤非常惱火。

▶ **憤怒** 辨析 都有 "生氣" 的意義，但語義輕重和語體色彩有別。"憤怒" 語義較重，多用於書面語；"惱火" 語義較輕，多用於口語。

▶ **惱** 辨析 見【惱】條。

▶ **惱恨** 辨析 都有 "生氣，發怒" 的意義，但語義側重點和語法功能有別。"惱恨" 強調由生氣而生恨，可帶賓語，如 "心裏惱恨別人"；"惱火" 強調很生氣，不能帶賓語，其前後可加程度副詞修飾、補充、說明，如 "非常惱火" "惱火極了"。

▶ **惱怒** 辨析 都有 "生氣，憤怒" 的意義，但語義輕重和語體色彩有別。"惱怒" 語義較重，多用於書面語；"惱火" 語義較輕，多用於口語。

惱恨 nǎohèn 動 生氣，怨恨：老王一直惱恨我沒給她寫信。

▶ **懊惱** 辨析 都有 "生氣" 的意義，但語義側重點和語法功能有別。"惱恨"

側重於怨恨，"懊惱"強調後悔，以及煩惱，不舒心。"惱恨"可帶賓語，如"惱恨別人"，"懊惱"不能帶賓語。"懊惱"前後可加程度副詞修飾、補充、說明，如"非常懊惱""懊惱極了"，"惱恨"則不能。

▶ 惱火 辨析 見【惱火】條。

▶ 惱怒 辨析 都有"生氣，發怒"的意義，但語義輕重和語法功能有別。"惱恨"還包含有"怨恨"之義，可帶賓語，如"到時候你可別惱恨我"；"惱怒"不能帶賓語，其前後可加程度副詞修飾、補充、說明，如"很惱怒""惱怒極了"。

惱怒 nǎonù 動 生氣、發怒：你的態度太讓人惱怒了。

▶ 憤怒 辨析 都有"生氣"的意義，但語義輕重有別。"惱怒"的語義比"憤怒"輕一些。

▶ 惱 辨析 見【惱】條。

▶ 惱恨 辨析 見【惱恨】條。

▶ 惱火 辨析 見【惱火】條。

富有 fùyǒu ❶形 擁有大量的財產：這裏並非人人都很富有。❷動 充分地擁有(多指積極方面的)：富有活力。

▶ 富裕 辨析 都有"財物多"的意義，但語義側重點和語體色彩有別。"富有"強調佔有的財產多，是書面語詞；"富裕"強調充裕、夠用，口語和書面語中都可以用。如"實行改革開放後，農民的生活比過去富裕多了"中的"富裕"不宜換用"富有"。

▶ 富足 辨析 都有"財物多"的意義，但語義側重點有別。"富有"強調佔有的財產多；"富足"強調豐富充足。如"過着富足的日子"中的"富足"不宜換成"富有"。

富足 fùzú 形 財物豐富充足：生活富足。

▶ 富有 辨析 見【富有】條。

▶ 富裕 辨析 都有"財物多"的意義，但語義側重點有別。"富足"比"富裕"顯得財物更多，"富足"強調的是一種狀態，"富裕"強調的是一種性質。如"如今這個曾經貧窮落後的小山村也一步步地富裕起來"中的"富裕"不能換用"富足"。

富翁 fùwēng 名 非常有錢的人。

▶ 富豪 辨析 都有"非常有錢的人"的意義，但語義側重點有別。"富翁"一般只指有錢這一方面，是新詞語，可組成"百萬富翁、億萬富翁"等；"富豪"指既有錢又有權勢的人。如"以前他是有名的大富豪"中的"富豪"不宜換成"富翁"。

富庶 fùshù 形 物產豐富，人口眾多。

▶ 富饒 辨析 見【富饒】條。

富裕 fùyù 形 財物充裕：日子挺富裕。

▶ 充裕 辨析 見【充裕】條。

▶ 富有 辨析 見【富有】條。

▶ 富足 辨析 見【富足】條。

▶ 寬綽 辨析 見【寬綽】條。

富豪 fùháo 名 既有錢又有權勢的人。

▶ 富翁 辨析 見【富翁】條。

富麗 fùlì 形 宏偉美麗：富麗堂皇。

▶ 瑰麗 辨析 都有"十分美麗"的意義，但語義側重點和適用對象有別。"富麗"強調宏偉、華貴、華麗，多形容建築物、陳設、山川景物、花卉等，有時也形容文學語言，常和"堂皇"連用；"瑰麗"強調美得珍奇、奇異，多形容自然景物、文藝作品，有時也用於建築物和花卉。如「珠穆朗瑪主峰被瑰麗的朝暉染成暖紅色」中的「瑰麗」不能換用「富麗」。

▶ **華麗** 辨析 見【華麗】條。

富饒 fùráo 形 物產豐富，財源充足：偉大的祖國美麗富饒。

▶ **富庶** 辨析 都有「物產豐盛」的意義，但語義側重點和適用對象有別。「富饒」強調物產豐富，財富多，多用於國家，也用於地區；「富庶」強調物產豐富，人口眾多，多用於地區，有時也用於國家。如可以說「富饒的寶島」，但一般不說「富庶的寶島」。

割捨 gēshě 動 捨去（緊密相關的部分）：親生子女他怎麼能割捨得下？

▶ **割愛** 辨析 都有「捨去某種東西」的意義，但語義側重點和語法功能有別。「割捨」重在指捨去與自己緊密相連的部分，一旦捨去會使人感到痛苦，可以帶賓語；「割愛」重在指捨去自己喜歡的東西，一旦捨去會使人感到惋惜、遺憾，不可以帶賓語。如「他忍痛割愛，出賣一件家藏珍品」中的「割愛」不能換用「割捨」。

割愛 gē'ài 動 放棄心愛的東西：忍痛割愛。

▶ **割捨** 辨析 見【割捨】條。

窘迫 jiǒngpò ❶ 形 非常窮困：生活窘迫。❷ 形 十分為難：一席話說得他窘迫不堪。

▶ **尷尬** 辨析 見【尷尬】條。

▶ **狼狽** 辨析 見【狼狽】條。

▶ **難堪** 辨析 見【難堪】條。

補救 bǔjiù 動 採取措施矯正差錯，防止或減少損失或不利影響：無法補救。

▶ **彌補** 辨析 都有「把不夠或不足的部分添足」的意義，但語義側重點有別。「補救」側重於指採取措施減少或消除已經出現的損失或不利影響，扭轉不利形勢，如「事情既然已經發生了，就要趕緊採取補救措施」；「彌補」側重於指減少人或事物身上存在的不足，使完滿，如「缺失的父愛是不能用金錢來彌補的」。

補貼 bǔtiē ❶ 動 貼補：由政府補貼。❷ 名 貼補的費用：伙食補貼。

▶ **貼補** 辨析 都有「從經濟上給予幫助」的意義，但語義側重點和語法功能有別。「補貼」側重於指國家或政府在財政上給予幫助，多用作動詞，也可以用作名詞，如「勞動補貼、醫療補貼、發放補貼」等；「貼補」側重於指給親屬或朋友經濟上的幫助，只能用作動詞。「貼補」還有「用積存的財物補充日常消費」的意思，如「貼補家用」；「補貼」沒有這層意思。

補養 bǔyǎng 動 用飲食或藥物來滋養身體：精心補養。

▶ **滋養** 辨析 都有「用飲食和藥物補充身體所需營養」的意義，但語義側重點和語法功能有別。「補養」側重於指增加營養並進行調養，使身體恢復健康，只能用作動詞，如「初秋時節身體不能過分補養」；「滋養」側重於指供給養分，使身體得到滋潤，可以用作動詞，也可以用作名詞，如「有了陽光和雨露的滋養，樹木生長得很快」。

補償 bǔcháng 動 抵消（損失、消耗）；補足（缺欠、差額）：補償損失。

▶ **彌補** 辨析 都有「把不足或有損失的部分添足」的意義，但語義側重點和適用對象有別。「補償」側重於指使不虧欠，對象多為損失、差額、損耗、欠缺等；「彌補」側重於指使完滿，對象多為缺陷、漏洞、缺憾、過失等。

尋找 xúnzhǎo 動 為了要見到或得到所需求的人或事物而努力找：尋找知心的朋友／尋找生存空間。

▶ **尋求** 辨析 都有"為了得到所需求的事物而努力找"的意義，但語義側重點、適用對象、使用頻率有別。"尋找"是最為常見的表達，其對象可實可虛，使用頻率高於"尋求"，如"尋找合作夥伴"；"尋求"有為達到某種目的而努力的意味，其對象經常是比較抽象的事物，如"尋求支持"。

▶ **尋覓** 辨析 都有"為了要見到或得到所需求的人或事物而努力找"的意義，但使用頻率、語體色彩有別。"尋找"是最為常見的表達，使用頻率遠高於"尋覓"，如"尋找玩伴""尋找未來的世界"；"尋覓"有較強的書面語色彩，可重疊為"尋尋覓覓"使用。

尋求 xúnqiú 動 為了得到所需求的事物或達到某種目的而努力找：尋求真理。

▶ **尋找** 辨析 見【尋找】條。

尋常 xúncháng 形 古代八尺為"尋"，倍尋為"常"，指一般的，不特殊的：尋常百姓／不同尋常的故事。

▶ **平常** 辨析 見【平常】條。

▶ **普通** 辨析 都有"一般的，不特殊的"的意義，但語體色彩、搭配對象、使用頻率有別。"尋常"有書面語色彩，常見搭配有"非比尋常""非同尋常"；"普通"是極為常見的表達，通用於口語和書面語，搭配能力和使用頻率遠遠高於"尋常"，如"普通高校""普通會員""普通的朋友"。

尋覓 xúnmì 動 為了要見到或得到所需求的人或事物而努力找：尋覓校友／尋覓商機。

▶ **尋找** 辨析 見【尋找】條。

畫餅充飢 huàbǐngchōngjī 比喻借空想安慰自己。

▶ **望梅止渴** 辨析 都有"借空想安慰自己"的意義，但語義側重點有別。"畫餅充飢"往往有一點點具體的行動，儘管是徒勞的，強調以根本不能兌現的辦法來解決實際問題；"望梅止渴"往往是一點行動都沒有，只是空等、空望而已，目的是用對前途的預想來慰藉人們。如"梅西在南非世界杯第一場賽事上雖然沒有進球，但是他的精彩表現也足以讓球迷們望梅止渴了"中的"望梅止渴"不能換用"畫餅充飢"。

逮 dǎi 動 抓：逮住小偷。

▶ **捕** 辨析 見【捕】條。

逮捕 dàibǔ 動 捉拿（罪犯）：逮捕兇手。

▶ **拘捕** 辨析 見【拘捕】條。

▶ **捉拿** 辨析 見【捉拿】條。

犀利 xīlì 形 （武器、言語等）尖銳：目光犀利／文筆犀利。

▶ **銳利** 辨析 見【銳利】條。

費力 fèilì 形 耗費力量：幹這活很費力。

▶ **吃力** 辨析 見【吃力】條。

▶ **費勁** 辨析 都有"事情不易做，耗費力量"的意義，但語義側重點和語法功能有別。"費力"側重耗費體力方面，可以作狀語；"費勁"側重耗費腦力方面，一般不作狀語。如"叫你辦這點事就這麼費勁"中的"費勁"不宜換用"費力"。

費心 fèixīn 動 耗費心神（多用作請託時的客套話）：請您多費心／這孩子真讓人費心。

▶ **操心** 辨析 都有"耗費心神"的意

義，但語義側重點和語法功能有別。"費心"強調某事耗費心神，往往是一種被動的耗費，不能帶名詞性賓語；"操心"強調費心去考慮和料理，是一種主動行為，可以帶名詞性賓語。如可以説"操心自己的事"，而不能説"費心自己的事"。"費心"還可用作請託或致謝時的客套話。

▶ **勞神** 辨析 見【勞神】條。

▶ **費神** 辨析 都有"耗費心神"的意義，但語義側重點和語義強度有別。"費心"暗含操心的意味，需要多花心力關注，語義較輕，可用作致謝時的客套話；"費神"強調因是比較複雜的腦力勞動而需耗費心神，語義較重。

費用 fèiyong 图 花費的錢：生活費用。

▶ **花費** 辨析 見【花費】條。

▶ **經費** 辨析 見【經費】條。

▶ **用項** 辨析 見【用項】條。

費事 fèishì 形 因複雜而不容易辦，程序多，花費時間多：做飯太費事，還是到外面去吃吧。

▶ **麻煩** 辨析 都有"頭緒多、程序多"的意義，但語義側重點有別。"費事"含有具有一定難度、需要花費一定精力才可做好的意味；"麻煩"不包含具有一定難度的意味。如"家家都得通知到，真麻煩極了"中的"麻煩"換成"費事"就不太合適。

費勁 fèijìn 形 耗費精力：安裝這台機器真費勁。

▶ **吃力** 辨析 見【吃力】條。

▶ **費力** 辨析 見【費力】條。

費神 fèishén 形 耗費心神（多用作請託時的客套話）：這篇稿子請費神潤色。

▶ **勞神** 辨析 見【勞神】條。

▶ **費心** 辨析 見【費心】條。

疏忽 shūhu 動 因粗心大意而沒有注意到：他經常疏忽她的感情。

▶ **忽略** 辨析 見【忽略】條。

疏漏 shūlòu 图 疏忽遺漏的地方：彌補工作中的疏漏。

▶ **紕漏** 辨析 見【紕漏】條。

媒人 méirén 图 撮合男女婚事的人，婚姻介紹人：充當員工的媒人。

▶ **紅娘** 辨析 見【紅娘】條。

▶ **媒婆** 辨析 都有"撮合男女婚事的人"的意義，但語義側重點有別。"媒人"指婚姻介紹人，不一定是女人，一般不能兒化；"媒婆"指專門以做媒為職業的婦女，且多為中年或老年婦女，常可兒化，如"媒婆兒兩頭跑，嘴皮磨得起了泡"。

媒婆 méipó 图 以做媒為職業的婦女，多為中年或老年婦女，常可兒化：媒婆兒的嘴巴能把死的説成活的。

▶ **紅娘** 辨析 見【紅娘】條。

▶ **媒人** 辨析 見【媒人】條。

絮叨 xùdāo ❶形 形容説話重複，沒完沒了：我有那麼絮叨麼？❷動 重複地説，沒完沒了地説：在他面前不停地絮叨／老人絮叨個沒完。

▶ **嘮叨** 辨析 見【嘮叨】條。

▶ **囉唆** 辨析 見【囉唆】條。

登場 dēngchǎng 動（劇中人）走到舞台上：粉墨登場。

▶ **出場** 辨析 見【出場】條。

發 fā ❶動 送出；發出：發稿／發命令。❷動 因變化而出現新的現象：發黃／發家。❸動 產生：發芽／發電。❹動 發酵，膨脹：用鮮酵母發麵。**❺動** 起行，起程：發班車。**❻動** 流露出（感情）：發脾氣。**❼動** 感到（多指不愉快的情形）：發麻／頭發暈。**❽量** 顆，用於子彈、炮彈等：一發子彈／信號彈三發。

▶ **顆** 辨析 在作量詞，用於子彈、炮彈時意義相同，但語體色彩和搭配對象有別。"發"在軍事領域使用時比較正式，多用於書面語；"顆"多用於口語。"發"搭配對象比"顆"要少，如可以說"一顆手榴彈（魚雷、子彈、炸彈）"，但不說"一發手榴彈（魚雷、子彈、炸彈）"。

▶ **粒** 辨析 在作量詞，用於子彈、炮彈時意義相同，但搭配對象和適用場合有別。"發"是正式的軍事用語，適用於正式場合；"粒"適用於非正式場合，搭配對象與"發"比要少，"一發炮彈"不宜換用"一粒炮彈"，但"粒"與"子彈"搭配，略帶表珍貴的感情色彩，如"把最後一粒子彈留給自己"中的"粒"。

發火 fāhuǒ **❶動**（發動機等）開始點火。**❷動** 子彈、炮彈底火經撞擊後火藥爆發。**❸動** 發脾氣：有話好好說，不用發火。

▶ **發怒** 辨析 都有"因憤怒而表現出粗暴的聲色、舉動"的意義，但語義側重點、語義強度、語體色彩、適用對象有別。"發火"指因事情不如意而吵鬧或罵人，語義較輕，具有口語色彩，一般只用於人；"發怒"指因憤怒而表現出粗暴的聲色舉動，語義較重，具有書面語色彩，多用於人，也可以用於動物。如"因為廠裏的事情不順心，爸爸這幾天動不動就發火"中的"發火"不宜換用"發怒"。"發怒"的比喻義也可用於"洪水、波濤、雷電"等。

發生 fāshēng **動** 原來沒有的事出現了，產生：發生事故。

▶ **產生** 辨析 都有"不存在的事物出

現"的意義，但語義側重點和適用對象有別。"發生"指以前沒有的事出現了，往往是其他事物發展變化引起的現象、情況，對象一般是抽象事物；"產生"指從已有的事物中生出新的事物，對象可以是理論、方法、思想等抽象事物，也可以是文字、作品、貨幣等具體事物。如"發生意外事故、產生新的管理層"中的"發生"和"產生"不能換用。

發抖 fādǒu **動** 因恐懼、生氣、寒冷等原因身體顫動：嚇得發抖／氣得發抖／凍得發抖。

▶ **顫抖** 辨析 都有"身體顫動"的意義，但語義範圍、語義強度和語法功能有別。"發抖"語義比較窄，一般指人體顫動；"顫抖"語義比較寬，可以指人體顫動，也可以指物體顫動。"顫抖"抖動幅度比較小，其後可帶補語，"發抖"一般不這樣用。如可以說"微微顫抖了兩下"，但不說"微微發抖了兩下"。

發呆 fādāi **動** 因着急、害怕或心思有所專注而對外界事物完全不注意：他一聲不響地立在那裏發呆。

▶ **發愣** 辨析 都有"心思凝注而愣神"的意義，但語體色彩有別。"發呆"口語和書面語都可以用；"發愣"具有口語色彩，如"他甚麼話也不說，直坐在那兒發愣。"

▶ **發怔** 辨析 都有"心思凝注而愣神"的意義，但語體色彩有別。"發呆"口語和書面語都可以用；"發怔"具有書面語色彩，如"那老女人蹌蹌踉踉退下幾步，瞪着眼只是發怔。"。

發佈 fābù **動** 公開告知（命令、指示、新聞等）：發佈命令／發佈重大新聞。

▶ **頒佈** 辨析 都有"公開宣佈，使人知道"的意義，但語義側重點和搭配對象有別。"發佈"一般指上級對下級下達命

391

令、指示等，或權威部門向公眾傳達某方面的規章制度、新聞、最新研究成果等，可以是口頭形式，也可以是書面形式；"頒佈"對象主要是重大的時效性比較長的憲法、法律等政策性文告，一般是書面形式的。如可以說"頒佈憲法"，但不說"發佈憲法"。

▶ **公佈** 辨析 見【公佈】條。

發表 fābiǎo ❶動（向一定人群）公開表達（意見等）：發表意見／發表聲明。❷動 在公開出版物上印出：發表論文／發表社論。

▶ **刊登** 辨析 見【刊登】條。

發明 fāmíng ❶動 製造出前所未有的事物或想出新的技術方法：發明火藥。❷名 發明的事物或技術方法：古代四大發明／重大發明。

▶ **創造** 辨析 都有"製造出前所未有的事物"的意義，但搭配對象有別。"發明"一般都是比較具體的事物，無所謂褒貶，如火藥、印刷術、指南針、某項先進技術等；"創造"可以是具體事物，也可以是比較抽象的事物，如歷史、財富、理論、奇蹟、記錄等，且一般具有褒義，如有利條件、就業機會、良好環境、大好局面等。

發泄 fāxiè 動 盡情發作（情慾或不滿情緒）：發泄怨氣／發泄獸慾。

▶ **宣泄** 辨析 都有"盡情傾吐"的意義，但語義側重點和搭配對象有別。"發泄"動作性強，一般具有比較明確的發泄對象，賓語一般是怨氣、獸慾、怒火等帶有貶義的詞語；"宣泄"重在自身煩悶、積怨的排出，作用對象不一定明確，賓語一般是表示某種感情等中性詞語。如"對生活的厭倦和失望甚至使他懶於宣泄心中的苦痛"中的"宣泄"不宜換成"發泄"。

發怔 fāzhèng 動 因迷惑、吃驚等而對外界事物完全不注意。

▶ **發呆** 辨析 見【發呆】條。

▶ **發愣** 辨析 都有"對外界事物完全不注意"的意義，但語義側重點和語體色彩有別。"發怔"強調進入對外界完全不注意的狀態，持續時間較長，具有一定的書面語色彩；"發愣"強調一種變化，持續時間較短，口語和書面語都可以用。

發胖 fāpàng 動（人的身體）變胖：運動員不運動就容易發胖。

▶ **發福** 辨析 都有"變胖"的意義，但語義側重點、適用對象、感情色彩有別。"發胖"僅僅是一般的變胖，可能是由於生活好的原因，也可能是天生如此的體形，甚至還可能是虛胖，適用於各個年齡階段的人，是中性詞，在現代以苗條為美的審美觀念的支配下，一般人不願意別人說自己發胖；"發福"在說話人看來卻主要是由於生活水平高造成的，是對人生活水平的一種肯定，多用於中年人以上，是褒義詞，包含着說話人對其生活質量的一種肯定、讚美。如"你們看邢老漢，眼下就是發福了，紅光滿面，連印堂都放光哩！"中的"發福"不能換用"發胖"。

發怒 fānù 動 因憤怒而表現出粗暴的聲色舉動：老虎發怒了。

▶ **發火** 辨析 見【發火】條。

發起 fāqǐ ❶動 倡議（做某事）：發起組織同學會。❷動 使（戰役、進攻等）開始：發起新的攻勢／發起衝鋒。

▶ **發動** 辨析 見【發動】條。

發現 fāxiàn ❶動（經過研究、探索等）看到或找到前人沒有看到的事物或規律：發現新大陸／發現慣性定律。❷名 發現的事物或規律：重大發現。❸動（通過主觀努力）得知（某一事件）：這時大家才發現他並不高興。

▶ **發覺** 辨析 都有"開始知道隱藏的或以前沒有注意到的事物"的意義，但語義重點和適用範圍不同。"發現"帶有更加肯定的意味，往往是靠視覺器官直接觀察到的，是瞬間完成的過程，對象一般是比較明顯的現象；"發覺"僅是一種感覺，可以是視覺、聽覺、觸覺、味覺器官的一種或共同作用的結果，並不十分肯定，具有一個漸變的過程，現象變化往往不十分明顯。如"她發現了其中的某些漏洞"中的"發現"不宜換用"發覺"。

▶ **覺察** 辨析 都有"開始知道"的意義，但語義側重點和語法功能有別。"發現"往往是觀察到的，是瞬間完成的過程，帶賓語比較自由；"覺察"往往是感覺觀察後獲得的，具有漸變性，帶賓語時受到嚴格的限制，其後一般要有補語。如"眉間有幾絲不易覺察的細紋"中的"覺察"不宜換用"發現"。

發掘 fājué 動 努力發現深藏未露的有價值的東西、內容等：發掘寶藏 / 發掘潛力。

▶ **挖掘** 辨析 都有"使深藏未露的東西顯現出來"的意義，但語義側重點和搭配對象有別。"發掘"強調努力去發現隱含着的、一般看不出來的東西；"挖掘"強調把深藏的東西找出來，使其顯現，既可用於坑道、隧道等具體事物，也可用於潛能、主題等抽象事物。

發動 fādòng ❶動 使開始（行動起來）：發動戰爭 / 發動大家積極參加活動。❷動 使機器運轉起來：這台柴油機發動不起來。

▶ **動員** 辨析 都有"使開始行動起來"的意義，但語義側重點和搭配對象有別。"發動"側重用大力宣傳鼓動的方式進行啟發，強調由不主動到積極參與的變化，激發起行動熱情，作用效果比較明顯，賓語可以是民眾、人民等指人名詞，也可以是戰爭、政變等表示事件的名詞，但指人名詞一般是複數；"動員"側重用說服、教育、號召的方式進行啟發，是從本身利益出發，不願意參加到勉強參與的轉變，賓語只能是指人名詞，既可以是單數，也可以是複數。如"動員他參加集體活動"中的"動員"不能換用"發動"。

▶ **發起** 辨析 都有"使開始行動"的意義，但語義側重點和搭配對象有別。"發動"強調使某一事件發生的原因，可以接指人名詞的賓語，也可以接表示事件的名詞賓語；"發起"強調某一事件開始發生，時間性強，賓語只能是表示事件的詞語。如可以說"發動民眾"，但不能說"發起民眾"。

▶ **鼓動** 辨析 都有"使開始行動起來"的意義，但語義側重點和搭配對象有別。"發動"暗含一定的組織性，是在發動者的領導下做某事；"鼓動"作用於單個的個體，缺乏組織性，由單個個體單獨做某事。"發動"某人做某事發動者一般都參加，如"發動政變、發動戰爭"等，發動者都直接參加政變、戰爭；而"鼓動"某人做某事鼓動者可參加也可不參加，如"鼓動大家參加遊藝活動"，鼓動者自己可能參加，也可能不參加。"發動"的賓語可以是指人名詞（複數），也可以是事件名詞；"鼓動"的賓語一般是指人名詞（單複數均可）。

發售 fāshòu 動（壟斷性地）賣：發售紀念郵票。

▶ **銷售** 辨析 都有"拿東西換錢"的意義，但語義側重點和適用對象有別。"發售"多是壟斷性的買賣關係，對象多是票據類的商品；"銷售"不存在壟斷性，對象多是非票據類的貨物。如可以說"發售火車票"，但一般不說"銷售火車票"。

發問 fāwèn 動 口頭提出問題：主席請聽眾向報告人發問。

▶ **提問** 辨析 都有"提出問題以求得解答"的意義，但適用對象、語體色彩、語法功能有別。"發問"多用於平等主體之間提出問題，具有書面語色彩，是不及物動詞；"提問"多用於教師對學生，口語和書面語都可以用，是及物動詞。如"老師向學生提問問題"中的"提問"不能換用"發問"。

發揚 fāyáng 動 保持並發展（優良作風、傳統、精神等）：發揚民主／發揚優良傳統／發揚光大。

▶ **發揮** 辨析 都有"展開，擴大"的意義，但語義側重點和搭配對象有別。"發揮"強調把內在的性質、能力等充分表現出來，對象多是蘊藏在內的東西，如聰明才智、能力、積極性等，是中性詞；"發揚"強調在原有的基礎上進一步展開、提高，對象多是已經存在的好的東西，值得進一步擴大，如優良傳統、進取精神、成績、優點等，是褒義詞。

▶ **弘揚** 辨析 見【弘揚】條。

發愣 fālèng 動 發呆，愣神兒：他誰也不理，坐在那兒直發愣。

▶ **發呆** 辨析 見【發呆】條。

▶ **發怔** 辨析 見【發怔】條。

發愁 fāchóu 動（因沒有主意或辦法）感到愁悶：發愁沒有錢花／發愁柴米油鹽。

▶ **憂愁** 辨析 都有"感到愁悶"的意義，但語義側重點和語法功能有別。"發愁"強調因某種原因而感到愁悶，是及物動詞，可以帶動詞性賓語；"憂愁"強調因遭遇困難或不如意的事情而苦悶，是形容詞，不能帶賓語。如可以說"發愁

孩子考不上大學"，同樣的意思用"憂愁"只能說"為孩子考不上大學而憂愁"。

發源 fāyuán 動（河流）開始流出。比喻事情發端：黃河、長江都發源於青海。

▶ **起源** 辨析 都有"開始發生"的意義，但適用對象有別。"發源"多用於河流，引申義可用於藝術、運動等，適用面窄；"起源"多用於人、動物、植物、藝術、文字、貨幣等較久遠的事物。如可以說"文字的起源"，但一般不說"文字的發源"。

發福 fāfú 動 發胖（多用於中年以上的人）。

▶ **發胖** 辨析 見【發胖】條。

發誓 fāshì 動 以口頭形式表示決心或做出保證：向天發誓／發誓要為父報仇。

▶ **賭咒** 辨析 都有"對某事提出保證或說出表示決心的話"的意義，但語義重點、語體色彩有別。"發誓"着重表示一定要做到的決心，常用於保證今後發生的事，內容不必含有不吉利的話，可以是單方面的，也可以是雙方面的；"賭咒"含有用打賭的方式表示決心的意味，常用於保證過去發生的事，內容多含有不吉利的話，而且常用於雙方面，往往是向別人做出保證。如"他狠狠地賭咒：如果不痛改前非，自己不得好死"。"發誓"含有莊重、嚴肅的色彩，口語書面語中都可以用；"賭咒"含有憎恨的感情色彩，多用於口語，且常和"發誓"連用，較少單用。

▶ **宣誓** 辨析 都有"嚴肅認真地表示決心或做出保證"的意義，但語義側重點有別。"發誓"可以當着眾人，也可以暗地裏進行，一般沒有一定的儀式；"宣誓"一般是在眾人面前表示決心或做出保證，有一定的儀式，更顯莊重。如可

以説"他在紫荊旗下莊嚴宣誓就職",但不宜説"他在紫荊旗下莊嚴發誓就職"。

發憤 fāfèn 動 因自覺不滿足而奮力追求：發憤著書／發憤圖強。

▶ **發奮** 辨析 見【發奮】條。

▶ **奮發** 辨析 都有"努力奮鬥"的意義,但語義側重點和搭配對象有別。"發憤"強調由不滿於現狀而努力,與其他詞語搭配比較自由;"奮發"強調精神振作、情緒高漲的精神狀態,原因不定,一般僅和"向上、進取、成材"等幾個限定的詞語搭配使用。

發奮 fāfèn 動 ❶ 鼓舞精神,振作起來：發奮有為／發奮努力。❷ 動 同"發憤"。

▶ **發憤** 辨析 都有"鼓舞精神,奮發努力"的意義,但語義側重點和語義強度有別。"發奮"強調振作起來,在積極的行動中體現出自我意志,具有為實現某一既定目標而堅持不懈的意味,語義較輕;"發憤"強調因不滿於現狀而努力,下決心,立大志,求發展,感情色彩強烈,語義較重。二者都有"自覺不滿足而奮力追求"意義上構成嚴格的同義關係,沒有甚麼區別,這時使用"發憤"較多。

▶ **奮發** 辨析 都有"鼓舞精神,努力奮鬥"的意義,但語義側重點、語義強度、搭配對象有別。"發奮"強調堅持不懈的過程,具有動態性,語義較重,與其他詞語搭配比較自由;"奮發"強調精神振作、情緒高漲的精神狀態,語義較輕,常和向上、進取、成材等搭配使用,形成比較固定的格式。

發覺 fājué 動 開始知道（隱藏的或以前沒有注意到的事）：他躲在媽媽背後,媽媽一直沒有發覺。

▶ **察覺** 辨析 都有"開始知道"的意義,但語義側重點和語法功能有別。"發覺"強調通過人的各種感覺器官（眼、耳、鼻、皮膚等）獲得某種信息,賓語可以是名詞性的詞語,也可以是小句;"察覺"一般是指通過眼睛觀察獲得信息,通常不直接帶賓語,如果要帶賓語,其後一般要有"到""出"等,而且其後的賓語一般是一個小句。

▶ **發現** 辨析 見【發現】條。

▶ **覺察** 辨析 都有"開始知道"的意義,但語法功能不同。"發覺"可以直接帶賓語;"覺察"一般要在後邊加"到""出"等才能帶賓語。如"我覺察到他們要對人質下毒手了"中的"覺察"不能換成"發覺"。

隆冬 lóngdōng 名 冬季最寒冷的一段時期：隆冬時節,天寒地凍。

▶ **寒冬** 辨析 都有"寒冷的冬天"的意義,但語義概括範圍有別。"隆冬"是一個有明確規定的時間段,即冬季最寒冷的一段時期;"寒冬"所指的時間範圍籠統,整個冬天都可以稱為"寒冬"。在寒冷程度上,"隆冬"顯然甚於"寒冬"。

隆重 lóngzhòng 形 氣勢大;莊嚴：我的母校前年舉行了隆重的建校百年的慶典。

▶ **盛大** 辨析 見【盛大】條。

鄉下 xiāngxia 名 主要從事農業、人口分佈較城鎮分散的地方：從城裏返回鄉下／在湖南長沙鄉下種田。

▶ **鄉間** 辨析 都有"主要從事農業、人口分佈較城鎮分散的地方"的意義,但語義側重點、語體色彩有別。"鄉下"與"城裏"相對,有處於下位的意味,有口語色彩;"鄉間"有鄉村間和鄉村裏的意味,有書面語色彩。

鄉村 xiāngcūn 名 主要從事農業、人口分佈較城鎮分散的地方：鄉村旅遊／鄉村教師。

▶ **農村** 辨析 都有"主要從事農業、人口分佈較城鎮分散的地方"的意義，但語義側重點有別。"鄉村"除多指從事農業外，也特別指主要從事林牧漁業的小而分散的居民點；"農村"常強調以從事農業生產為主。

鄉里 xiānglǐ ❶名 農村：橫行鄉里。❷名 同鄉的人：看望鄉里。

▶ **鄉間** 辨析 見【鄉間】條。

▶ **鄉親** 辨析 都有"同鄉的人"的意義，但語義色彩、使用頻率有別。"鄉親"是很常用的表達，有口語色彩；"鄉里"多用於書面語，如"魚肉鄉里"。在其他意義上二者不相同。

鄉間 xiāngjiān 名 鄉村裏：鄉間小路／我想起了早年在鄉間度過的那些歲月。

▶ **鄉里** 辨析 都有"主要從事農業、人口分佈較城鎮分散的地方"的意義，但語義側重點、語體色彩有別。"鄉間"有鄉村間和鄉村裏的意味，有書面語色彩；"鄉里"有鄉村裏的意味，有口語色彩。

▶ **鄉下** 辨析 見【鄉下】條。

鄉親 xiāngqīn ❶名 同鄉的人：帶領鄉親共同致富。❷名 對農村中當地人的稱呼：舞台四周早已被鄉親們圍得水泄不通。

▶ **鄉里** 辨析 見【鄉里】條。

結束 jiéshù 動 發展或進行到最後階段，不再繼續：演出結束。

▶ **停止** 辨析 都有"發展或進行到最後階段，不再繼續"的意義，但語義側重點有別。"結束"強調完成、終結，是永久性的，如"一個學期結束了""晚會結束了"；"停止"強調停下來，不一定完成了，只是不再繼續進行下去了，可以是暫時的、階段性的，也可以是永久性的，如"呼吸停止了""表演並沒有因大雨而停止"。

▶ **了結** 辨析 見【了結】條。

▶ **了卻** 辨析 見【了卻】條。

▶ **收場** 辨析 見【收場】條。

▶ **完畢** 辨析 見【完畢】條。

▶ **完結** 辨析 見【完結】條。

▶ **終止** 辨析 見【終止】條。

結構 jiégòu ❶名 各個組成部分的搭配和排列。❷名 建築物上承擔重力或外力的部分的構造。

▶ **構造** 辨析 見【構造】條。

給 gěi ❶動 使對方得到某種東西或受到某種遭遇：書給他了／給他點厲害嘗嘗。❷介 引進動作受益的對象：給他看病／給老師行禮。❸介 表示被動，引進動作的施事：羊給狼吃了。❹助（直接用在謂語動詞或形容詞前）表示被動、處置等：老虎給打死了。

▶ **被** 辨析 在用作介詞，表示被動時意義相同，但語體色彩有別。"給"具有口語色彩；"被"口語和書面語中都可以用，且使用面更寬。如"被大家團團圍住"中的"被"就不宜換用"給"。

絢爛 xuànlàn 形 鮮明，光彩耀眼：絢爛的陽光。

▶ **燦爛** 辨析 見【燦爛】條。

絡繹不絕 luòyìbùjué 前後相接不斷絕：前來參觀的人絡繹不絕。

▶ **接二連三** 辨析 都有"連接不斷"的意義，但適用範圍有別。"絡繹不絕"的對象指的是車、馬、行人，"接二連三"則不限於此，適用對象的範圍更廣，如"事情接二連三""大家接二連三地病倒了""最近接二連三發生入室盜竊的案件。"

絕地 juédì ❶名 極險惡的地方：這裏左邊是峭壁，右邊是深淵，真是個絕地。❷名 沒有出路的境地：陷入絕地。

▶ **絕境** 辨析 都有"沒有出路的境地"的意義，但語義側重點、語義輕重有別。"絕地"強調地極為困窘，沒有出路，語義比"絕境"重，如"他們知道陷入絕地是逃不掉的"；"絕境"強調處境艱難、險惡，如"許多傳統音樂現在瀕臨絕境"。

絕路 juélù 名 走不通的路：走上絕路。

▶ **死路** 辨析 見【死路】條。

絕境 juéjìng ❶名 與外界隔絕的境地。❷名 沒有出路的境地：瀕臨絕境／陷入絕境。

▶ **絕地** 辨析 見【絕境】條。

統轄 tǒngxiá 動 領導、約束、管制（所屬機構）：統轄範圍。

▶ **管轄** 辨析 都有"管理轄制"的意義，但適用對象有別。"統轄"強調管理的範圍，對象是所屬機構；"管轄"強調隸屬關係，對象可以是所屬機構，還可以是人員、事務、區域、案件等。如"管轄案件"中的"管轄"不宜換用"統轄"。

幾 jǐ ❶數 詢問數目（估計數目不太大）：有幾個東北人／發射了幾枚導彈。❷數 表示大於一而小於十的不定的數目：有幾個人提前溜走了／幾種情況都考慮到了。

▶ **多少** 辨析 都有"詢問數目"的意義，但語法特點有別。用"幾"來詢問數目時，表明問話人預先估計所問數目不大，用在名詞前，通常須加量詞，書面語中有時不加量詞，如"來了幾個人？""能記得他們的又有幾人？"；用"多少"來詢問數目時，數目可大可小，用在名詞前，可以不加量詞，如"運動員一年最多能參加多少比賽？""私家車一年'吃'你多少錢？"，作賓語時，有時還可以省略被修飾的名詞而單獨使用，如"還剩下多少？"，"幾"沒有這種用法。

幾乎 jīhū ❶副 差不多，很接近：幾乎每一個店舖都擠滿了人。❷副 眼看要發生，結果卻並未發生：幾乎撞到了門上。

▶ **差點兒** 辨析 都有"眼看要發生，結果卻並未發生"的意義，但語體色彩有別。"差點兒"在口語中更常用，如"差點兒沒趕上火車"；"幾乎"則通用於口語和書面語，如"這位工人幾乎流下眼淚"。二者在其他意義上不相同。

▶ **簡直** 辨析 都有"接近於某種程度或狀態"的意義，但語義輕重和語氣有別。"幾乎"只表示"接近"，"簡直"表示"完全接近"，近乎"等於"，因此，"幾乎"比"簡直"語義稍輕。如"簡直不行了（徹底不行了）""幾乎不行了（就要不行了，但還可以堅持下去）"。"簡直"含有誇張的語氣，如"你簡直豬狗不如"，"幾乎"有時也含有誇張的語氣，但語氣較弱，如"他的心幾乎要被撕碎了"。

幾何體 jǐhétǐ 名 空間的有限部分，由平面和曲面所圍成。

▶ **立體** 辨析 都有"空間的有限部分，由平面和曲面所圍成"的意義，但語義側重點、適用對象和語體色彩有別。"幾何體"是幾何學術語，有書面語色彩，如"這些建築物是由不同形狀的幾何體組成，洋溢着濃厚的現代氣息"；"立體"強調與平面物體、圖形相對，具有長寬高，佔有一定的空間，既可用於具體事物，也可用於抽象事物，通用於口語和書面語，如"立體浮雕""它是中華文化的立體結晶"。

十三畫

頑皮 wánpí 〔形〕（兒童、少年等）愛玩愛鬧，不聽勸導：頑皮的孩子。

▶ **調皮** 〔辨析〕都有"愛玩愛鬧，不聽管教"的意義，但語體色彩有別。"調皮"比"頑皮"口語色彩更強。

頑固 wángù ❶〔形〕思想保守，不願意接受新鮮事物。❷〔形〕指在政治立場上堅持錯誤，不肯改變。❸〔形〕不易制服或改變：這病很頑固。

▶ **固執** 〔辨析〕見【固執】條。

頑強 wánqiáng 〔形〕強固有力，不可動搖或摧毀；強硬：頑強拚搏。

▶ **剛強** 〔辨析〕見【剛強】條。

▶ **堅強** 〔辨析〕見【堅強】條。

肆意 sìyì 〔副〕由着性子來：肆意踐踏。

▶ **任意** 〔辨析〕見【任意】條。

搏鬥 bódòu 〔動〕徒手或用刀、棒等激烈地對打：與歹徒展開搏鬥。

▶ **格鬥** 〔辨析〕見【格鬥】條。

填補 tiánbǔ 〔動〕補足空缺或缺欠：填補虧空。

▶ **彌補** 〔辨析〕見【彌補】條。

惹事 rěshì 〔動〕引起麻煩、糾紛或引來禍害：惹事生非。

▶ **生事** 〔辨析〕見【生事】條。

▶ **滋事** 〔辨析〕都有"引起麻煩、糾紛或禍害"的意義，但語義側重點、語義輕重、用法和語體色彩有別。"惹事"着重於"惹"，引發，強調因言行不慎而引發事端；"滋事"着重於"滋"，滋生，強調鬧事、製造事端，語義較"惹事"重。"惹事"中間可插入其他詞使用，如"他在外面惹了不少事"；"滋事"沒有這種用法。"惹事"多用於口語，可與"生非"連用組成固定詞組"惹事生非"；"滋事"多用於書面語。

趔趄 lièqiè 〔形〕走路不穩的樣子。

▶ **踉蹌** 〔辨析〕見【踉蹌】條。

葬送 zàngsòng 〔動〕斷送，毀掉：葬送了一生的幸福。

▶ **斷送** 〔辨析〕見【斷送】條。

萬分 wànfēn 〔副〕一萬分地，強調程度之深：萬分高興。

▶ **十分** 〔辨析〕見【十分】條。

蔥翠 cōngcuì 〔形〕青翠：竹林蔥翠。

▶ **蔥蘢** 〔辨析〕見【蔥蘢】條。

▶ **蔥鬱** 〔辨析〕見【蔥鬱】條。

蔥蘢 cōnglóng 〔形〕青翠茂盛：大地一片蔥蘢。

▶ **蔥翠** 〔辨析〕都有"草木茂盛"的意義，但語義側重點有別。"蔥蘢"側重指草木長得茂盛，很有生命力；"蔥翠"側重指草木顏色青翠而顯得很有生氣。如"蔥蘢花木中，8萬隻斗笠塗紅抹金密織排列"中的"蔥蘢"不宜換用"蔥翠"。

蔥鬱 cōngyù 〔形〕青翠茂密：蔥鬱的松林。

▶ **蒼鬱** 〔辨析〕見【蒼鬱】條。

▶ **蔥翠** 〔辨析〕都有"草木茂盛"的意義，但語義側重點有別。"蔥鬱"側重指草木長得又厚又密，很茂盛；"蔥翠"側重指草木顏色青翠而顯得很有生氣。如

"城市街道兩旁樹蔭葱鬱，鮮花吐豔"中的"葱鬱"不宜換用"葱翠"。

落 luò 勔 向下掉：花瓣落在水上，漂遠了。

▶ **降** 辨析 見【降】條。

▶ **降落** 辨析 見【降落】條。

落伍 luòwǔ ❶勔 掉在隊伍後面。❷勔 跟不上時代的發展，過時了：這種技術早已落伍了。

▶ **掉隊** 辨析 見【掉隊】條。

▶ **落後** 辨析 見【落後】條。

▶ **滯後** 辨析 都有"落後"的意義，但語義側重點有別。"落伍"既表示落在人的隊伍、集體之後，又表示落在時代之後，如"因傷落伍""這種思想早已落伍了"；"滯後"則強調落後於與之相比對的、相關的其他事物，如"消費超前，生產滯後""讀寫能力的發展較快，聽說能力卻滯後"。

落拓 luòtuò ❶形 豪邁，不拘束：他的性格落拓不拘小節。❷形 情緒低落；失意：不過是一次失敗，何必一副落拓的樣子。

▶ **潦倒** 辨析 都有"情緒低落、失意"的意義，但適用範圍和風格色彩有別。"潦倒"比"落拓"更常用，"落拓"的風格比較典雅。

▶ **落魄** 辨析 都有"失意"的意義，但風格色彩和語義側重點有別。"落拓"的風格比較典雅，側重於失意後精神不振的樣子；"落魄"相對常用一些，側重於因窮困而感到窘迫。

落後 luòhòu ❶勔 跟不上，被拋在後面。❷形 進度、水平、程度比別的低：落後的管理制度。

▶ **落伍** 辨析 都有"被拋在後面"的意義，但語義側重點、語法功能有別。

"落伍"特別強調是落在隊伍、集群的後面，"落後"則不強調是否落在隊伍、集群的後面，如"內地在經濟發展上落後於沿海地區""落後於先進國家"。"落後"可以直接帶賓語，如"他落後第一名五十米"；"落伍"不能帶賓語。

▶ **滯後** 辨析 都有"跟不上，被拋在後面"的意義，但語義側重點有別。"滯後"強調落後於與之相比對的、相關的其他事物，如"消費超前，生產滯後""讀寫能力的發展較快，聽說能力卻滯後"；"落後"則強調與同類的比較，如"落後於別人""落後於別的國家"。

落魄 luòpò ❶勔 失掉魂魄，比喻驚慌失措：在逃的罪犯一聽到警笛聲就失魂落魄。❷形 情緒低落；失意：誰能想到我如今落魄到如此田地。

▶ **潦倒** 辨析 都有"情緒低落、失意"的意義，但適用範圍有別。"潦倒"比"落魄"更常用。

▶ **落拓** 辨析 見【落拓】條。

損害 sǔnhài 勔 使遭受損失：見損害公眾利益的行為不憤恨，不勸告，不制止，不解釋，聽之任之，這是錯誤的。

▶ **傷害** 辨析 見【傷害】條。

▶ **損壞** 辨析 見【損壞】條。

▶ **損傷** 辨析 見【損傷】條。

損傷 sǔnshāng ❶勔 損害；傷害：損傷積極性。❷名 損失；被損傷的部分：兵力損傷情況。

▶ **損害** 辨析 都有"使受到損失或破壞"的意義，但語義側重點、適用對象和詞性有別。"損傷"着重於"傷"，創傷，強調蒙受損失或創傷；"損害"着重於"害"，受害，強調受到破壞而招致不良後果。"損傷"的對象可以是具體事物，如身體、眼球等，也可以是抽象事物，如尊嚴、體面、感情、自尊性、積極性等；"損害"的對象多為抽象的、概括性的事物，如名譽、主權、獨立、事業、利益、健康等。"損傷"除了作動詞外，還能用作名詞，表示"被損傷的部分"；"損害"只用作動詞。

▶ **損壞** 辨析 都有"使受到損失或破壞"的意義，但語義側重點、適用對象和詞性有別。"損傷"着重於"傷"，傷害，強調蒙受損失、傷害或創傷；"損壞"着重於"壞"，破壞，強調主動去破壞而使失去一定的功能。"損傷"的對象可以是具體事物，如身體、眼球等，也可以是抽象事物，如尊嚴、體面、感情、自尊心、積極性等；"損壞"的對象多為具體事物，如莊稼、公共設施、牙齒等。"損傷"除了作動詞外，還能用作名詞，表示"被損傷的部分"；"損壞"只用作動詞。

損壞 sǔnhuài 動 使受損變壞；使失去原有的功能：損壞東西要賠。

▶ **毀壞** 辨析 都有"使變壞、使失去原有的功能"的意義，但語義側重點、語義輕重和適用對象有別。"損壞"着重於"損"，損傷，強調受到損傷，但尚未徹底破壞，其行為可以是有意識的，也可以是無意識的；"毀壞"着重於"毀"，破壞，強調受到嚴重的破壞，其行為往往是有意識的，語義較"損壞"重。"損壞"的對象多為具體事物，如莊稼、公共設施、牙齒等；"毀壞"的對象可以是具體事物，如工具、物品、樹苗等，也可以是抽象事物，如名聲、組織等。

▶ **損害** 辨析 都有"使受到損失或破壞"的意義，但語義側重點和適用對象有別。"損壞"着重於"壞"，破壞，強調破壞而使失去一定的功能；"損害"着重於"害"，受害，強調受到破壞而招致不良後果。"損壞"的對象多為具體事物，如莊稼、公共設施、牙齒等；"損害"的對象多為抽象的、概括性的事物，如名

譽、主權、獨立、事業、利益、健康等。

▶ **損傷** 辨析 見【損傷】條。

鼓動 gǔdòng ❶ 動 扇動：鼓動翅膀。❷ 動 用語言、文字等調動情緒，使人們行動起來：鼓動罷工／鼓動學生參加遊行。

▶ **發動** 辨析 見【發動】條。

▶ **煽動** 辨析 都有"激發人的情緒使之行動起來"的意義，但感情色彩有別。"鼓動"是中性詞，可用於好事，也可用於壞事；"煽動"是貶義詞，只能用於壞事。如"煽動民族情緒"中的"煽動"不能換用"鼓動"。

▶ **慫恿** 辨析 見【慫恿】條。

▶ **挑動** 辨析 見【挑動】條。

鼓舞 gǔwǔ 動 使振作起來，增強信心或勇氣：鼓舞人心。

▶ **鼓勵** 辨析 見【鼓勵】條。

鼓勵 gǔlì 動 激發，勉勵：鼓勵孩子好好學習。

▶ **鼓舞** 辨析 都有"使人振奮，促使他人行動"的意義，但語義側重點、適用對象有別。"鼓勵"重在指一方對另一方用言詞激發別人向上，具有一定的目的性，施動者多是人或組織；"鼓舞"重在指受到某種外部積極力量的影響而振作、奮發起來，不是一方對另一方的，不帶有目的性，施動者多是事物，如榜樣、消息等。如"老師鼓勵他們進行實驗"中的"鼓勵"不能換用"鼓舞"。

▶ **激勵** 辨析 都有"激發或勸勉人努力"的意義，但語義側重點、適用對象有別。"鼓勵"重在激發人的積極性，使人增加勇氣和信心去做得更好，施動者一般是人或組織；"激勵"重在精神上的勉勵，激發人奮發的情緒，施動者可以是人，也可以是某種精神品質或行為事跡。

如《雷雨》的成功更激勵了曹禺的創作熱情"中的"激勵"不能改用"鼓勵"。

▶ **勉勵** 辨析 見【勉勵】條。

搗蛋 dǎodàn 動 藉端生事，無理取鬧或給人找麻煩：調皮搗蛋。

▶ **搗亂** 辨析 見【搗亂】條。

搗亂 dǎoluàn ❶動 進行破壞；擾亂：聚眾搗亂，破壞公共秩序。❷動 添亂，給人找麻煩：你不應該和父親搗亂。

▶ **搗蛋** 辨析 都有"無理取鬧、有意擾亂"的意義，但語義側重點、語義強度、語體色彩和語法功能有別。"搗亂"側重指有意進行，存心擾亂、破壞正常秩序，可指敵人、壞人進行破壞，也可指小孩、成人進行擾亂，語義較重，口語和書面語中都可以用，中間不能加入其他成分，能帶賓語；"搗蛋"側重指藉端生事、無理取鬧，多是頑皮的小孩進行擾亂，語義較輕，多用於口語，中間可加入其他成分，不能帶賓語。如"這孩子上課經常搗亂"中的"搗亂"不能換用"搗蛋"。

搬弄 bānnòng ❶動 用手撥動：搬弄開關。❷動 故意顯示：總搬弄自己那點兒知識。❸動 挑撥：搬弄是非。

▶ **撥弄** 辨析 見【撥弄】條。

搶救 qiǎngjiù 動 在緊急或危險的情況下迅速採取救護措施：搶救傷員／搶救瀕臨滅絕的珍希動物。

▶ **挽救** 辨析 都有"採取措施救護或救助"的意義，但語義側重點和適用對象有別。"搶救"着重於"搶"，突擊，在緊急或危險的情況下迅速救助或救護；"挽救"着重於"挽"，挽回，通過救助使處於危險情況下的生命、事情或局勢恢復常態，轉危為安。"搶救"的對象為處於危急情況下的人、動物或物；"挽救"的

對象為民族、國家、局面、事態等，也可以是人，如"挽救病人、挽救生命、挽救失足者"等。

▶ **營救** 辨析 都有"採取措施救護或救助"的意義，但語義側重點、使用範圍和語體色彩有別。"搶救"着重於"搶"，突擊，在緊急或危險的情況下迅速救助或救護，如"經醫護人員全力搶救，他終於脫離了危險"；"營救"着重於"營"，謀求，想方設法支援解救，使別人脫離痛苦或危險，如"警方已成立了一支特別行動隊營救人質"。"搶救"可以是個人的行為，也可以是集體的行為；"營救"通常是集體的行為。"搶救"使用範圍較廣，可用於口語，也可用於書面語；"營救"通常用於書面語。

勢不可擋 shìbùkědǎng 來勢迅猛，不可抵擋：改革大潮，勢不可擋。

▶ **勢如破竹** 辨析 都有"氣勢猛烈，不可抵擋"的意義，但語義側重點和使用範圍有別。"勢不可擋"是直陳性的，"擋"，阻攔，抵擋，強調來勢迅猛；"勢如破竹"是比喻性的，原義為用刀劈開竹子上端，以下各節就都順着刀刃分開了，比喻氣勢強盛，節節勝利，毫無阻礙，也比喻銳不可當的氣勢，強調迅疾、乾脆利落。"勢不可當"多用於能顯示出某種力量或情勢的事物，如大水、浪潮、社會活動等；"勢如破竹"多用於作戰、軍隊等。

勢如破竹 shìrúpòzhú 勢頭就像刀劈竹子一樣，劈開上端之後底下各節都順着刀刃分開了。比喻節節勝利，毫無阻礙：我軍勢如破竹，一舉攻下了這座城池。

▶ **勢不可擋** 辨析 見【勢不可擋】條。

搖動 yáodòng 動 搖使東西動：搖動樹幹。

▶ **擺動** 辨析 見【擺動】條。

▶ **晃動** 辨析 見【晃動】條。

搖頭晃腦 yáotóuhuàngnǎo 搖晃腦袋，形容自得其樂或自以為是的樣子：他常一個人在屋子裏搖頭晃腦地不知吟些甚麼。

▶ **搖頭擺尾** 辨析 都有"自得其樂"的意義，但語義側重點有別。"搖頭晃腦"偏重指搖晃頭部，還有形容自以為是的意思。"搖頭擺尾"還指擺動尾巴，還有形容輕狂的意思。

搖頭擺尾 yáotóubǎiwěi 搖頭部擺尾巴，形容得意或輕狂的樣子：他搖頭擺尾地欣賞着耳機裏的音樂。

▶ **搖頭晃腦** 辨析 見【搖頭晃腦】條。

搞 gǎo ❶ 動 做，幹：搞建設。❷ 動 設法獲得：搞材料。❸ 動 整治人，使吃苦頭：這件事搞得我吃不下飯。

▶ **幹** 辨析 見【幹】條。

▶ **做** 辨析 見【做】條。

達觀 dáguān 形 對事情看得開：遇事要達觀。

▶ **豁達** 辨析 都有"看得開"的意義，但語義側重點有別。"達觀"側重指對不如意的事能夠看得開；"豁達"側重指人的心胸開闊，性格爽朗。如"對生死，我看得很達觀"中的"達觀"不能換用"豁達"。

▶ **樂觀** 辨析 見【樂觀】條。

聘請 pìnqǐng 動 請人擔任某個職務或從事某項工作：聘請兩位法律顧問。

▶ **招聘** 辨析 見【招聘】條。

聘禮 pìnlǐ ❶ 名 訂婚時，男方家向女方家下的定禮：給姑娘家甚麼聘禮呀？❷ 名 聘請某人時表示敬意的禮物。

這尊半身塑像是專門為您製作的聘禮。

▶ **彩禮** 辨析 見【彩禮】條。

敬仰 jìngyǎng 動 敬重仰慕：敬仰偉大領袖。

▶ **崇拜** 辨析 見【崇拜】條。

▶ **崇敬** 辨析 見【崇敬】條。

敬佩 jìngpèi 動 敬重佩服：對他敬佩有加。

▶ **佩服** 辨析 見【佩服】條。

▶ **欽佩** 辨析 見【欽佩】條。

敬重 jìngzhòng 動 恭敬尊重：對英雄十分敬重。

▶ **崇敬** 辨析 見【崇敬】條。

敬愛 jìng'ài 動 尊敬熱愛：敬愛的老師。

▶ **愛戴** 辨析 見【愛戴】條。

幹 gàn ❶ 動 努力做（某事）：幹事業/幹農活。❷ 動 擔任，從事：他幹過班長。

▶ **搞** 辨析 都有"從事某種工作或活動"的意義，但語義側重點和語體色彩有別。"幹"多指勁頭十足地做，口語和書面語中都可以用；"搞"多指用一定的智力、採取一定的方式方法去做，具有口語色彩。如"幹事業"中的"幹"不能換用"搞"；"搞設計"中的"搞"不能換用"幹"。

▶ **做** 辨析 都有"從事某種工作或活動"的意義，但語義側重點、適用對象、感情色彩有別。"幹"多指勁頭十足地做，多用於比較大的方面，含有一定的褒義；"做"沒有色彩義，多用於比較具體的方面。如可以說"做生意、做數學題、做思想工作"。

幹勁 gànjìn 做事的勁頭：幹勁很足。

▶ **勁頭** 辨析 都有"積極的情緒"的意義，但感情色彩和語體色彩有別。"幹勁"含褒義，口語和書面語都可以用；"勁頭"是中性詞，具有口語色彩。如"各家書店以極大的熱情和幹勁投身春季促銷"中的"幹勁"不宜換用"勁頭"。

幹練 gànliàn 形 有才能，有經驗：精明幹練。

▶ **精幹** 辨析 都有"辦事能力強"的意義，但語義側重點和適用對象有別。"幹練"含有富有經驗的意味，一般只用於指個人，常與"精明、聰明"等組合使用；"精幹"含有精明機靈的意味，除用於個人外，還可用於集體、組織、機構等。如"精簡人員能夠使機構更精幹"中的"精幹"不宜換用"幹練"。

▶ **老練** 辨析 都有"形容經驗多，能幹"的意義，但語義側重點和搭配對象有別。"幹練"強調有才幹，能力強，會辦事，常和"精明"連用；"老練"強調閱歷深，沉着穩重，面對出現的複雜事物或場面，能想出好的辦法來處置或應付，常和"沉着"連用。如"年輕幹練的主管向我們做了介紹"中的"幹練"不宜換用"老練"。

禁止 jìnzhǐ 動 不准許在一定時間、地點和條件下做不合乎要求的事：禁止通行。

▶ **阻止** 辨析 見【阻止】條。

▶ **制止** 辨析 見【制止】條。

想念 xiǎngniàn 動 對景仰的人、離別的人或環境等不能忘懷：他很想念你。

▶ **懷念** 辨析 見【懷念】條。

▶ **思念** 辨析 見【思念】條。

想法 xiǎngfa ❶名 思索所得的結果；意見：你的想法不錯。❷動 想辦法：我們會想法改進技術。

▶ **念頭** 辨析 見【念頭】條。

▶ **設法** 辨析 見【設法】條。

想像 xiǎngxiàng ❶動 心理學上指在知覺材料的基礎上，經過新的配合而創造出新形象的心理過程。❷動 對於不在眼前的事物想它的具體形象；設想：難以想像。

▶ **設想** 辨析 見【設想】條。

概況 gàikuàng 名 大概的情況：生產概況。

▶ **概略** 辨析 都有"大致的情況"的意義，但語義側重點有別。"概況"多指事物大概的情況；"概略"多指內容方面經過概括、略去局部細節後呈現出來的情況。如可以説"生活概況"，但一般不説"生活概略"。

▶ **概貌** 辨析 都有"大致的情況"的意義，但語義側重點有別。"概況"比"概貌"要具體一些；"概況"可以通過多種渠道獲得，"概貌"多是通過視覺獲得。如"察看市郊建設概貌""收聽市郊建設概況"。

概括 gàikuò ❶動 歸結事物的共同點，總結：我們的意見概括起來只有兩點。❷形 簡單扼要：他説的很概括。

▶ **歸納** 辨析 見【歸納】條。

▶ **綜合** 辨析 見【綜合】條。

概略 gàilüè 名 大致的情況：這只是該小説的概略，詳細情節可參看原書。

▶ **概況** 辨析 見【概況】條。

▶ **概貌** 辨析 都有"大致的形態"的意義，但語義側重點有別。"概略"重在略，多指內容上經過概括、略去局部細節後呈現出來的情況；"概貌"重在貌，多指經過概括、選取重要的部分呈現出來的外部形態。如"故事概略、情節概略"，"生活概貌、歷史概貌"等。

▶ **梗概** 辨析 見【梗概】條。

概貌 gàimào 名 大概的面貌：地形概貌。

▶ **概況** 辨析 見【概況】條。

▶ **概略** 辨析 見【概略】條。

逼迫 bīpò 動 緊緊地促使；用壓力促使：蛇頭逼迫偷渡客跳海／逼迫對方讓步。

▶ **強迫** 辨析 都有"緊緊地促使；用壓力促使"的意義，但語義側重點、適用對象、語體色彩有別。"逼迫"強調由某種壓力緊緊地促使，造成壓力的原因可以是暴力、實力，也可以是客觀形勢等，可用於消極的事物，如"逼迫少女賣淫"，也可用於積極的事物，如"激烈的市場競爭逼迫銀行不斷提高服務水平"，多用於書面語；"強迫"則更強調用暴力等手段迫使對方做某事，如"強迫交易""強迫旅客下車"，也用於施加壓力使服從的情形，如"個人意見不要強迫別人接受"，多用於消極的事物，通用於口語和書面語。

▶ **強逼** 辨析 都有"緊緊地促使；用壓力促使"的意義，但語義側重點、適用對象有別。"逼迫"強調由某種壓力緊緊地促使，造成壓力的原因可以是暴力、實力，也可以是客觀形勢等，可用於消極的事物，如"逼迫少女偷運毒品"，也可用於積極的事物，如"降價逼迫車商優勝劣汰"；"強逼"則更強調用暴力等手段迫使對方做某事，如"強逼礦工下井""強逼自己淡忘這件事"，多用於消極事物。

剽竊 piāoqiè 動 抄襲竊取別人的著作：政府大力打擊剽竊別人作品的行為。

▶ **抄襲** 辨析 見【抄襲】條。

酬報 chóubào ❶ 名 報酬：他不接受任何酬報。❷ 動 用財物或行動來回報：加倍酬報。

▶ **酬答** 辨析 都有"回報"的意義，但語義側重點有別。"酬報"側重指以財物或行動來報答、回報別人給予自己的好處；"酬答"側重指答謝行為本身，不強調答謝的方式。如"她具有一種母性之愛，不需要任何人酬報她"中的"酬報"不宜換用"酬答"。

▶ **酬勞** 辨析 見【酬勞】條。

▶ **酬謝** 辨析 都有"給幫助自己的人財物"的意義，但語義側重點有別。"酬報"側重指用財物或行動報答、回報；"酬謝"側重指用禮品財物表示謝意。如"我們非常感激，並重金酬謝"中的"酬謝"不宜換用"酬報"。

酬答 chóudá ❶ 動 用金錢或禮品表示謝意，回應對方：日後定要好好酬答各位。❷ 動 用言語或詩文應答：用一首小詩酬答友人。

▶ **酬報** 辨析 見【酬報】條。

▶ **酬對** 辨析 見【酬對】條。

▶ **酬謝** 辨析 都有"給人財物以示感謝"的意義，但語義側重點有別。"酬答"側重指用財物來回應對方的幫助；"酬謝"側重指以財物來表達感激之情。如"他用兩隻老母雞來酬謝醫生"中的"酬謝"不宜換用"酬答"。

酬勞 chóuláo ❶ 名 給出力人的財物：酬勞豐厚。❷ 動 給出力人財物以表示慰勞：酬勞幫忙的朋友們。

▶ **酬報** 辨析 都有"給出力人財物"和"給出力人的財物"的意義，但語義側重點和語義強度有別。"酬勞"側重指為表示慰問犒勞而給出力人財物，語義較輕；"酬報"側重指用行動或財物來回報、報答，語義較重。如"你的功勞我定會重重酬報的"中的"酬報"不宜換用"酬勞"。

酬對 chóuduì 動 應答；答對：吟唱酬對。

▶ **酬答** 辨析 都有"用言語或詩文應答、應對"的意義，但語義側重點有別。"酬對"側重指言語交流中一應一答的互動性；"酬答"側重指回答、回覆，不強調交流雙方的互動性。如"以文會友，酬對吟唱，頗有仙風道骨的飄逸之態"中的"酬對"不宜換用"酬答"。

酬謝 chóuxiè 動 用財物表示謝意：酬謝救命恩人。

▶ **酬報** 辨析 見【酬報】條。

▶ **酬答** 辨析 見【酬答】條。

感到 gǎndào 動 通過感官感覺到：他感到身上不舒服。

▶ **感覺** 辨析 都有"通過感官感覺到，覺得"的意義，但語義側重點、適用對象、語法功能有別。"感覺"更強調親身感受，一般用於親自接觸或經歷的事，後面可以跟"到、出"作補語，還可用作名詞；"感到"後面不能再跟"到、出"作補語，只能用作動詞。如"那種感覺真是好極了！""這一點，我已經感覺到了。"這兩個句子中的"感覺"不能換用"感到"。

感受 gǎnshòu ❶動 受到(影響)，接受：感受生活的甜美。❷名 接觸外界事物而得到的影響：談談你的感受。

▶ **感觸** 辨析 都有"接觸外界事物而得到的影響"的意義，但語義側重點有別。"感受"側重指接觸外界事物後產生的印象、體會，受到的影響可大可小；"感觸"側重指接觸外界事物後引起的思想情緒，受到的影響一般比較大。如可以說"感受生活的甜美"，但不說"感觸生活的甜美"。

▶ **感想** 辨析 都有"接觸外界事物而得到的影響"的意義，但語義側重點有別。"感受"強調受到的影響，有深淺之分；"感想"強調接觸外界事物後產生的想法，有多少之分。如可以說"感受頗深、感想頗多"，但一般不說"感想頗深、感受頗多"。

感悟 gǎnwù 動 有所感觸而領悟：在奮鬥中感悟到人生的真諦。

▶ **醒悟** 辨析 都有"認識上由模糊而清楚，達到理解領會"的意義，但語義側重點和語法功能有別。"感悟"側重領悟，可以帶賓語，如"回味人生就是感悟命運"。"醒悟"側重認識上的變化，如"他終於醒悟了"，不能帶賓語。

感動 gǎndòng ❶形 思想感情因外界影響而激動：很受感動。❷動 使感動：感動了在座的每一個人。

▶ **打動** 辨析 見【打動】條。

▶ **激動** 辨析 都有"因外界事物的影響而產生感情上的變化"的意義，但語義側重點和語法功能有別。"感動"着重指感情的共鳴、同情或敬佩，引起感動的事物都是正面的、積極的，引起人感情變化的原因可以直接作"感動"的主語，但不能直接作"激動"的主語，作賓語時常常受"受、深受"支配；"激動"着重指感情被激發引起強烈的情緒波動，使其激動的事物可能是正面的、積極的，也可能是反面的、消極的，作謂語時，主語除了可以是指人的成分外，還可以是跟人的感情相關的一些詞語，作賓語時常常受"感到、覺得"支配。如"看到他捨身救人的英勇行為，人們深受感動"中的"感動"不能換成"激動"。

感情 gǎnqíng ❶名 受外界影響而產生的比較強烈的心理反應：感情豐富。❷名 對人或事物關切、喜愛的心情：我對她的感情很純真。

405

▶ **情感** 辨析 見【情感】條。

感慨 gǎnkǎi 動 有所感觸而慨歎：感慨萬千。

▶ **感歎** 辨析 見【感歎】條。

感想 gǎnxiǎng 名 接觸外界事物而引起的思想反應：我心頭湧起很多感想。

▶ **感觸** 辨析 都有"接觸外界事物而引起的思想反應"的意義，但語義側重點有別。"感想"強調引起的想法，可多可少，感受可深可淺；"感觸"強調引起的觸動，一般感受比較深。如可以說"深有感觸、感想如何"，但一般不說"深有感想、感觸如何"。

▶ **感受** 辨析 見【感受】條。

感歎 gǎntàn 動 有所感觸而歎息：感歎身世。

▶ **感慨** 辨析 都有"有所感觸而慨歎"的意義，但語義側重點和語法功能有別。"感慨"多指因新舊情景兩相對照而感懷，內心有所感觸，多用於憤激感傷等情緒，能受程度副詞修飾，能作賓語；"感歎"多指觸景傷情引起喜怒哀樂情緒而歎息，多用於氣憤、哀傷、驚喜、讚美等情緒，不能受程度副詞修飾。如"'學無止境啊！'盧新才感歎"中的"感歎"不能換用"感慨"。

感激 gǎnjī 動 因對方的好意或幫助而產生激動心情：我對此感激不盡。

▶ **感謝** 辨析 見【感謝】條。

感謝 gǎnxiè 動 用言語行動表示感激之情：感謝你的熱心幫助。

▶ **答謝** 辨析 見【答謝】條。

▶ **感激** 辨析 都有"對別人的好意或幫助心存謝意"的意義，但語義側重點、語義強度、語體色彩、適用對象有別。"感謝"指感激之情用某種形式表現出來，感情程度較淺，口語和書面語中都可以用，可用於客觀敍述，也可用於直接向對方說出；"感激"強調情感激動，不一定表達出來，感情較強烈，具有一定的書面語色彩，多用於客觀敍述，很少用於當面向對方說出。如"聽了陳老總的話，我很感動，一股感激之情油然而生"中的"感激"不能換用"感謝"。

感覺 gǎnjué ❶ 名 客觀事物的個別特性在人腦中引起的反應：找不到寫作的感覺。❷ 動 覺得：感覺不舒服。

▶ **感到** 辨析 見【感到】條。

感觸 gǎnchù 名 接觸外界事物而引起的思想情緒：感觸頗深。

▶ **感受** 辨析 見【感受】條。

▶ **感想** 辨析 見【感想】條。

碉堡 diāobǎo 名 指軍事上防守用的堅固的建築物，多用磚、石、鋼筋混凝土建成。

▶ **堡壘** 辨析 見【堡壘】條。

碰 pèng ❶ 動 運動着的物體跟別的物體突然接觸：自行車前輪碰到我的腿了。❷ 動 碰見，遇見：昨天偶然在街上碰到一位小學同學。❸ 動 試探：我想去碰碰運氣。

▶ **碰見** 辨析 都有"無意中遇見"的意義，但語體色彩和語法功能有別。"碰"口語色彩更濃，後邊不能直接跟賓語，如不能說"昨天碰小王了"；"碰見"後邊可以直接跟賓語，如"昨天碰見小王了"。

▶ **碰撞** 辨析 都有"物體和物體突然接觸"的意義，但語義色彩、語義輕重、語義側重點有別。"碰撞"多用於書面語，兩個物體接觸時的力量一般都很大，語義較重；"碰"多用於口語，兩個物體相接觸時的力不一定很大，強度比"碰撞"輕，如"別碰我，我正掏耳朵呢"。

碰巧 pèngqiǎo 〔副〕正好遇到發生某種情況，正巧：我剛到家，碰巧接到了他的電話。

▶ **湊巧** 〔辨析〕 見【湊巧】條。

▶ **趕巧** 〔辨析〕 見【趕巧】條。

碰見 pèngjiàn 〔動〕意外地見到：昨天碰見一個小學同學。

▶ **碰** 〔辨析〕 見【碰】條。

碰面 pèngmiàn 〔動〕會見，會面：我們在哪兒碰面？

▶ **會面** 〔辨析〕 見【會面】條。

▶ **碰頭** 〔辨析〕 見【碰頭】條。

碰釘子 pèngdīngzi 〔動〕比喻遭受拒絕或遇到阻礙：他向姑娘求愛，碰了個大釘子。

▶ **碰壁** 〔辨析〕 都有"比喻遇到嚴重阻礙或受到拒絕"的意義，但語體色彩和語法功能有別。"碰壁"多用於書面語，中間不能插入其他成分；"碰釘子"多用於口語，中間可插入其他成分，如"碰了個釘子""碰個軟釘子，滋味還好嗎？"，還可以變換動詞"碰"和賓語"釘子"的位置，如"你這不是找釘子碰嗎？"。

碰撞 pèngzhuàng 〔動〕〔名〕物體相互撞擊：高速行駛中的任何碰撞都可能是致命的。

▶ **碰** 〔辨析〕 見【碰】條。

碰頭 pèngtóu 〔動〕人和人見面：開個碰頭會。

▶ **會面** 〔辨析〕 見【會面】條。

▶ **見面** 〔辨析〕 見【見面】條。

▶ **碰面** 〔辨析〕 都有"會面、會見"的意義，但語義側重點和語體色彩有別。"碰頭"一般是有事要處理，所以在某些語境下有"見面討論事情"的意味，口語色彩更濃，如"碰頭會"；"碰面"多側重

於彼此見面的狀態。

碰壁 pèngbì 〔動〕比喻遇到嚴重阻礙或受到拒絕：他多次碰壁，還不死心。

▶ **碰釘子** 〔辨析〕 見【碰釘子】條。

匯合 huìhé 〔動〕（水流、人群、意志、力量等）聚集在一起：保衛世界和平的力量匯合在一起。

▶ **會合** 〔辨析〕 都有"（人或河流）聚集在一起"的意義，但適用對象、適用場合有別。"匯合"一般不用於規模較小的場合，可用於指意志、力量等抽象事物會聚在一起；"會合"可以用於規模較小的場合，只用於人或河流等具體事物。如"我們幾個在校門口會合"中的"會合"不宜換用"匯合"，而"民眾的意志匯合起來，就能成為巨大的洪流"中的"匯合"也不能換用"會合"。

雷同 léitóng 〔動〕語言、情節等相同：這麼多雷同的地方足以證明他抄襲了我的著作。

▶ **類似** 〔辨析〕 見【類似】條。

頓時 dùnshí 〔副〕立刻，馬上：比賽一結束，人們頓時圍住了球星們。

▶ **立刻** 〔辨析〕 見【立刻】條。

督促 dūcù 〔動〕監督別人儘快做事或行動：你要負責督促他們完成任務。

▶ **催促** 〔辨析〕 都有"叫人儘快做事或行動"的意義，但語義側重點、語體色彩和適用對象有別。"督促"側重指監督對方，讓他把事情做好，多用於書面語，適用對象可以是別人，也可以是自己；"催促"側重指叫人儘快做事或行動，多用於口語，適用對象一般是別人。如"督促學生努力學習"中的"督促"不宜換用"催促"。

▶ **敦促** 〔辨析〕 見【敦促】條。

▶ **監督** 辨析 見【監督】條。

歲月 suìyuè 名 年月；泛指時間：艱難的歲月。

▶ **光陰** 辨析 見【光陰】條。

▶ **時光** 辨析 都有"年月、時間"的意義，但語義側重點有別。"歲月"着重指已經過去了的較長的一段時間，常受"艱難、漫長、崢嶸、無情"等詞語修飾，含有不尋常或可貴的意味；"時光"泛指時間、光陰、時期、日子等，常受"美好、幸福"類形容詞修飾，含讓人留戀、珍惜的意味。

歲數 suìshu 名 人的年齡：他到底有多大歲數？

▶ **年紀** 辨析 都有"人已經生存在世間的年數"的意義，但詞語搭配和語體色彩有別。"歲數"可與"多大""小""不小""上"等詞搭配，一般不與"輕"搭配；"年紀"多與"多大""小""不小""上"等詞搭配，可與"輕"搭配。"歲數"多用於口語；"年紀"多用於正式場合，可用於口語，也可用於書面語。

▶ **年事** 辨析 都有"人已經生存在世間的年數"的意義，但適用範圍、詞語搭配和語體色彩有別。"歲數"適用於各個年齡段的人，常與"多大""小""不小""上"等詞搭配，多用於口語；"年事"適用於老年人，常與"高""已高"等詞搭配，多用於書面語。

▶ **年歲** 辨析 都有"人已經生存在世間的年數"的意義，但語義側重點、適用範圍和詞語搭配有別。"歲數"着重於"數"，數目，強調個人已經生存的年份數量；"年歲"着重於"年"，年月，除指個人的生存年月外，還指年代、歲月。"歲數"只用於人；"年歲"可用於人，也可用於動物。"歲數"可與"多大""小""不小""上"等詞搭配，一般不與"輕"搭配；"年歲"多與"大""不小""上"等

詞搭配，還可與"輕""好"等詞搭配。

當即 dāngjí 副 立即、馬上就：當即決定。

▶ **立即** 辨析 見【立即】條。

當前 dāngqián ❶ 動 在面前：大敵當前，我們應團結起來。❷ 名 目前，現階段：當前的問題。

▶ **目前** 辨析 見【目前】條。

▶ **眼下** 辨析 都有"目前"的意義，但語義側重點和語體色彩有別。"當前"側重指現在較長的一段時間，口語和書面語中都可以用；"眼下"側重指現在較短的一段時間，多用於口語。如"當前，人類社會正經歷着環境對人類的懲罰"中的"當前"不宜換用"眼下"。

嗜好 shìhào ❶ 名 特殊的愛好：那時候，他又抽煙，又喝酒，嗜好挺多。❷ 動 特別愛好：他嗜好喝酒。

▶ **愛好** 辨析 見【愛好】條。

▶ **癖好** 辨析 都有"指某種愛好"的意義，但語義側重點、使用範圍和詞性有別。"嗜好"着重於特殊的愛好，強調習慣上喜歡、愛好某事物，帶有主觀上難以控制的意味，多用於抽煙、喝酒、賭博等不良習慣方面；"癖好"着重於積久成習的特別愛好，強調偏愛和執着，帶有與眾不同、怪異的意味，多用於好的方面。"嗜好"除名詞用法外，還能用作動詞，表示特別愛好，如"他嗜好抽煙"；"癖好"只能用作名詞。

暖和 nuǎnhuo 形 氣候、氣溫合適的感覺：今年冬天挺暖和的。

▶ **和煦** 辨析 見【和煦】條。

▶ **溫暖** 辨析 見【溫暖】條。

歇息 xiēxi ❶ 動 暫時停止工作、學習或活動，恢復體力或精力：走這麼遠了，歇息一下吧。❷ 動 住宿；睡覺：明

天還要上班，早點歇息吧。

▶ **休息** 辨析 見【休息】條。

歇業 xiēyè 動 不再繼續營業：關門歇業。

▶ **休業** 辨析 見【休業】條。

▶ **關門** 辨析 見【關門】條。

遏止 èzhǐ 動 竭力控制，使停止：遏止風沙的侵襲。

▶ **遏制** 辨析 都有“用強力阻擋住”的意義，但語義側重點和適用對象有別。“遏止”着重於“止”，強調用強力使停止，不再進行，對象多是來勢兇猛而突然的重大事物，如戰爭、進攻、暴動、潮流等；“遏制”着重於“制”，強調用強力壓制住、控制住，不使發作，或使不隨意活動，對象多是自己的某種情緒，或是某種力量等。如“遏止不住強大的攻勢”中的“遏止”不宜換用“遏制”。

▶ **制止** 辨析 見【制止】條。

▶ **阻止** 辨析 見【阻止】條。

遏制 èzhì 動 用力控制，迫使停止：遏制事態的發展。

▶ **遏止** 辨析 見【遏止】條。

暗藏 àncáng 動 暗中隱藏：暗藏殺機。

▶ **潛藏** 辨析 都有“隱蔽地藏起來使不被發現”的意義，但語義側重點和適用對象有別。“暗藏”側重指懷着不可告人的目的不公開地、私下裏藏起來，不讓人發現，多帶貶義，多用於具體的人或事物；“潛藏”側重指秘密地、不露痕跡地藏起來，含有藏得深、時間長的意味，多用於活力、才能、生命力等抽象事物，用於具體事物時藏的程度比“暗藏”深。如“平靜的水面下潛藏着我們難以料想的危險”中的“潛藏”不宜換用“暗藏”。

號令 hàolìng ❶動 軍隊中用口説、軍號或信號下達命令：號令三軍。❷名 下達的命令（多指軍隊中或比賽時的）：發佈號令／一聲號令。

▶ **命令** 辨析 都有“上級對下級有所指示”的意義，但語法功能有別。“號令”後只能帶名詞性賓語，使用面較窄；“命令”後一般帶動詞性賓語，使用面較寬。如可以説“命令出發”“命令他去”中的“命令”不宜換用“號令”。

照抄 zhàochāo ❶動 照原來的文字抄寫或引用：照抄原文。❷動 照搬：外國的經驗不能照抄。

▶ **抄襲** 辨析 見【抄襲】條。

照看 zhàokàn 動 照料看護(人或東西)：照看病人。

▶ **照顧** 辨析 都有“表示關心而加以料理”的意義，但語義側重點和適用對象有別。“照看”強調看護、守護，可用於人、事情或物，但不能用於自己；“照顧”強調重視，給予良好的待遇，可指精神上的，也可指物質上的，多用於人，也可用於自身。如“我買票，你照看行李”中的“照看”不能換用“照顧”。

▶ **照料** 辨析 都有“表示關心而加以料理”的意義，但語義範圍和適用對象有別。“照看”含有看護的意味，可用於行李、物品，也可以用於事情和人；“照料”含有主動料理的意味，廣泛地用於人、家畜、事務等。如“他平日不照料家裏的事”中的“照料”不能換用“照看”。

▶ **照應** 辨析 見【照應】條。

照料 zhàoliào 動 關心，料理：請照料一下我的孩子。

▶ **關照** 辨析 見【關照】條。

▶ **照顧** 辨析 見【照顧】條。

▶ **照看** 辨析 見【照看】條。

▶ **照應** 辨析 見【照應】條。

照樣 zhàoyàng ❶動 按照原有的樣子或式樣（做）：照樣做一個新的。❷副 照舊，依舊：衣服破了，補一下，照樣可以穿。

▶ **照舊** 辨析 見【照舊】條。

照應 zhàoying 動 照料，照看：這兒有列車員照應着，你就放心吧。

▶ **呼應** 辨析 見【呼應】條。

▶ **關照** 辨析 見【關照】條。

▶ **照顧** 辨析 都有"關心而加以料理"的意義，但語義側重點、語義強度、適用對象和語體色彩有別。"照應"多指一般性的關心注意，含有發生了情況及時做出反應、給予妥善處理的意味，可用於對人、對事等，口語色彩濃厚；"照顧"強調關心重視，給予良好的待遇，多用於對人，有時也用於對事物，口語和書面語都可以用。如可以說"照顧老人"，但一般不說"照應老人"。

▶ **照看** 辨析 都有"關心而加以料理"的意義，但語義側重點、語義強度和適用對象有別。"照應"含有發生了情況及時做出反應、給予妥善處理的意味，語義較輕，多用於人，也可用於事；"照看"含有看護的意味，語義較重，可用於行李、物品，也可以用於事情和人。如"乘務員一路照應旅客，夠辛苦的"中的"照應"不宜換用"照看"。

▶ **照料** 辨析 都有"關心而加以料理"的意義，但語義側重點、語義強度和適用對象有別。"照應"強調照看，多用於生活方面的幫助，語義較輕，對象可以是人或事物，但一般不用於動物；"照料"強調關心，多用於幫助處理生活方面的事情，語義較重，對象多是人或動物，也可以是事物。如可以說"照料母親"，但一般不說"照應母親"。

照舊 zhàojiù 動 沒有改變，跟原來一樣：一切照舊／已經批評他多次了，他照舊不改。

▶ **依舊** 辨析 見【依舊】條。

▶ **照樣** 辨析 都有"跟原來一樣，沒有變化"的意義，但語義側重點和使用條件有別。"照舊"側重指和先前的習慣、行為一樣；"照樣"側重指和原先的做法、方法一樣。如"體例可照舊，內容需要修改"中的"照舊"不宜換用"照樣"。

照顧 zhàogù ❶動 考慮到，注意到：照顧全局。❷動 照管，照料：請你照顧照顧孩子。❸動 關照，加以優待：照顧他們一官半職。❹動 商店或服務行業等管顧客前來購買東西或要求服務叫照顧：先生，再見了！請時常來照顧我們生意。

▶ **關照** 辨析 見【關照】條。

▶ **照看** 辨析 見【照看】條。

▶ **照料** 辨析 都有"關心並幫助、料理"的意義，但語義側重點和適用對象有別。"照顧"側重指特別關心、注意，給予良好的待遇，多指精神上的或物質上的幫助，包括思想、工作、學習、生活等方面，多用於對人；"照料"側重指細心照看，具體料理，多指幫助處理生活方面的事情，可用於對人、對動物和其他事物。如可以說"照料牲口"。

▶ **照應** 辨析 見【照應】條。

路費 lùfèi 名 旅途中的交通、食宿所需的費用：你來吧，路費我出。

▶ **盤纏** 辨析 見【盤纏】條。

跟隨 gēnsuí 動 在後面跟着向同一方向或目標行動：他一生跟隨孫中山先生，為中國的民主革命奔波。

▶ **追隨** 辨析 見【追隨】條。

農村 nóngcūn 名 農民聚居的地方：近年來農村的落後面貌有了很大改變。

▶ 鄉村 辨析 見【鄉村】條。

過分 guòfèn 形（說話、做事等）超過一定的程度或限度：過分謙虛就是驕傲。

▶ 過度 辨析 都有"超過應有限度"的意義，但語義側重點、適用對象、語法功能有別。"過分"強調超過一定限度和程度，多用於言行、性質等方面，經常作狀語、補語、謂語，可受"太"等程度副詞修飾；"過度"強調超過適當限度，多用於身體、情緒等方面，經常作狀語、補語，不能作謂語，不能受"太"等程度副詞修飾。如可以說"過度疲勞""過分強調"，但不說"過分疲勞""過度強調"。

▶ 過火 辨析 都有"超過應有限度"的意義，但適用對象、語法功能有別。"過分"適用範圍寬，可以作謂語、定語、狀語、補語；"過火"適用範圍窄，多作補語。如"你太過分了，這樣欺負人"中的"過分"不能換用"過火"。

▶ 過頭 辨析 都有"超過應有限度"的意義，但語義側重點、適用對象、語法功能有別。"過分"強調超過一定限度和程度，多用於言行、性質等方面，可以作狀語，可以受程度副詞修飾；"過頭"強調超過適當範圍內的最高限度，多用於話語、要求等，不能作狀語，不受程度副詞修飾。如可以說"說過頭了"，但一般不說"說過分了"。

過火 guòhuǒ 形（說話、做事）超過適當的分寸或限度：開玩笑開得太火了。

▶ 過度 辨析 都有"超過限度"的意義，但語法功能有別。"過火"經常作補語，不能作狀語；"過度"經常作狀語，一般不作補語。如可以說"說得有點過火"，但一般不說"說得有點過度"等。

▶ 過分 辨析 見【過分】條。

過失 guòshī 名 因疏忽而犯的錯誤：過失殺人。

▶ 過錯 辨析 都有"不正確、有差錯的行為"的意義，但語義側重點和適用對象有別。"過失"強調由疏忽大意而造成的錯誤或失誤，並非由不良動機造成，語義較重；"過錯"強調犯下的錯誤，並不強調造成錯誤的原因。如"持票人因重大過失取得不符合本法規定的票據的，也不得享有票據權利"中的"過失"不宜換用"過錯"。

過度 guòdù 形 超過適當的限度：過度疲勞。

▶ 過分 辨析 見【過分】條。

▶ 過火 辨析 見【過火】條。

▶ 過頭 辨析 見【過頭】條。

過程 guòchéng 名 事情進行或事物發展所經過的程序：發展過程。

▶ 歷程 辨析 見【歷程】條。

過頭 guòtóu 形 超過限度和分寸：別說過頭話。

▶ 過度 辨析 都有"超過限度"的意義，但語法功能有別。"過頭"可以作謂語，不能作狀語；"過度"經常作狀語，不能作謂語。如可以說"過度砍伐、過度勞累"，但一般不說"過頭砍伐、過頭勞累"等。

▶ 過分 辨析 見【過分】條。

過錯 guòcuò 名 過失，錯誤：幹了幾十年工作，難免會有這樣或那樣的過錯。

▶ 差錯 辨析 都有"不合要求、不對的地方"的意義，但語義側重點有別。"過錯"側重由於自己的過失而犯的錯誤；

"差錯"側重由於意外的變化而造成的不正確、不準確。如"寫好了沒再過目，結果就出了差錯"中的"差錯"不能換用"過錯"。

▶ 過失 辨析 見【過失】條。

過激 guòjī 形 過於激烈：過激的言詞。

▶ 偏激 辨析 都有"（言詞等）過火"的意義，但語義側重點有別。"過激"強調過於激烈，所認識到的程度超過了實際狀況；"偏激"強調只看到問題的一個方面，據此得出絕對化的結論，貶義色彩更濃。如"口號和做法都過於偏激"中的"偏激"不能換用"過激"。

嗓子 sǎngzi ❶名 喉嚨：我今天嗓子疼，不想說話。❷名 嗓音：她嗓子真好。

▶ 喉嚨 辨析 見【喉嚨】條。

置之不理 zhì zhī bù lǐ 放在一邊不予理睬。

▶ 束之高閣 辨析 見【束之高閣】條。

罪犯 zuìfàn 名 有犯罪行為的人：通過勞動，改造罪犯。

▶ 犯人 辨析 見【犯人】條。

▶ 嫌疑犯 辨析 都有"犯罪的人"的意義，但語義範圍有別。"罪犯"是指經審判定罪量刑、正在執行刑罰的人；"嫌疑犯"指有犯罪嫌疑但未經審判證實的人。如"法國禁止德國警員越境追捕嫌疑犯"中的"嫌疑犯"換用"罪犯"後意義就會發生明顯變化。

罪有應得 zuì yǒu yīng dé 指所受的懲罰是應該的，沒有被冤枉。

▶ 咎由自取 辨析 見【咎由自取】條。

罪行 zuìxíng 名 犯罪的行為：罪行累累。

▶ 罪過 辨析 見【罪過】條。

▶ 罪狀 辨析 都有"犯法的行為"的意義，但語義側重點有別。"罪行"強調犯法的行為活動性質；"罪狀"強調犯法行為構成了事實，概括程度比"罪行"高一些，不同的罪行可以屬於一種罪狀。如"那天的報紙上詳細列出了'犯人'的四大罪狀，四十八條罪行"中的"罪狀"和"罪行"不能互換。

罪狀 zuìzhuàng 名 犯罪事實：宣佈罪狀。

▶ 罪行 辨析 見【罪行】條。

罪惡 zuì'è 名 嚴重危害公共或他人利益的行為：罪惡深重。

▶ 罪孽 辨析 都有"嚴重損害他人利益的行為"的意義，但語義側重點和適用對象有別。"罪惡"強調是惡事，使用較普遍，多用於明顯的、人所共知的損害公眾利益的行為；"罪孽"含有應受到報應或懲罰的意味，常用於不明顯的、不易被人察覺的損害別人的行為。如"絕大多數讀者都對侵略者製造的罪惡感到震驚"中的"罪惡"不能換用"罪孽"。

罪過 zuìguò ❶名 過失：這是我的罪過。❷名 謙辭，表示不敢當：罪過，罪過，承您親自來邀。

▶ 罪行 辨析 都有"具有嚴重過錯"的意義，但語義側重點、語義強度和搭配對象有別。"罪過"側重指有犯罪性質或類似犯罪性質那麼嚴重的過失，語義較輕；"罪行"側重指犯罪行為，語義較重。如"他沒有甚麼罪過"中的"罪過"不宜換用"罪行"；"罪行累累""犯有滔天罪行"中的"罪行"不宜換用"罪過"。

罪孽 zuìniè 名 應該受到報應的罪惡：罪孽深重。

▶ **罪惡** 辨析 見【罪惡】條。

幌子 huǎngzi ❶名 舊時商店門外懸掛的表明所賣商品的標誌。❷名 比喻進行某種活動時所假借的名義和做出的樣子：打着慈善的幌子，幹着害人的勾當。

▶ **旗號** 辨析 都有"假借的某種名義"的意義，但語義側重點有別。"幌子"強調欺騙性，一般不用在人名之後；"旗號"強調以假借的名義壯大聲勢。如"他打着上司的旗號到處招搖撞騙"中的"旗號"不宜換用"幌子"。

▶ **招牌** 辨析 見【招牌】條。

圓滑 yuánhuá 形 形容人各方面敷衍討好：這人很圓滑／公眾人物是否應該世故圓滑。

▶ **世故** 辨析 見【世故】條。

▶ **油滑** 辨析 見【油滑】條。

圓滿 yuánmǎn 形 沒有欠缺、疏漏，令人滿意的：計劃圓滿完成。

▶ **完滿** 辨析 見【完滿】條。

▶ **美滿** 辨析 見【美滿】條。

愁苦 chóukǔ 形 苦悶、苦惱：異常愁苦。

▶ **愁悶** 辨析 見【愁悶】條。

愁悶 chóumèn 形 憂愁煩悶：這一席話說得他十分愁悶。

▶ **愁苦** 辨析 都有"憂愁煩惱"的意義，但語義側重點和語義強度有別。"愁悶"側重指煩悶，語義較輕；"愁苦"側重指痛苦，語義較重。如"生命裏有着多少的無奈和惋惜，又有着怎樣的愁苦和感傷"中的"愁苦"不宜換用"愁悶"。

節令 jiélìng 名 某個節氣的氣候或物候。

▶ **時令** 辨析 都有"一年裏的某個有特點的時期"的意義，但語義側重點有別。"節令"強調某個節氣的氣候和物候，如"眼下正是百花盛開的節令"；"時令"強調指歲時節令，一年中某個有特點的時期，如"她腳上穿着一雙不合時令的棉鞋"。

▶ **季節** 辨析 都有"一年裏的某個有特點的時期"的意義，但語義側重點有別。"節令"強調與某個節氣的氣候和物候，如"根據節令和農時進行安排"；"季節"除表示一年中根據氣候特徵劃分出來的時間段落（春夏秋冬）外，還可表示進行某種活動所需的特定時期，如"眼下，正是哈爾濱冰上運動的黃金季節"。

節省 jiéshěng 形 不耗費或少耗費財力物力等：他雖節省，但不吝嗇。

▶ **節儉** 辨析 都有"愛惜物力，不浪費財物"的意義，但語義側重點和適用對象有別。"節省"強調在日常生活中消耗方面有節制，能省的就省下來，不隨便消耗掉，可以用於金錢、財物，也可用於人力、物力、時間等，如"孩子入學後辭掉保姆，家裏節省了一大筆開支"；"節儉"強調使用上有節制，甘於生活的清淡，只用於金錢、財物等，如"她生活節儉，衣着樸素"。

▶ **節約** 辨析 見【節約】條。

節約 jiéyuē 形 節省（多用於較大的範圍）。

▶ **節省** 辨析 都有"愛惜物力，不浪費財物"的意義，但語義側重點和適用對象有別。"節約"強調使用有節制，不鋪張浪費，如"節約成本"；"節省"強調在日常生活中消耗方面有節制，能省的就省下來，不隨便消耗掉，如"她用節省下來的錢買了很多書"。

節儉 jiéjiǎn 形 用錢等有節制；儉省：生活節儉。

▶ **節省** 辨析 見【節省】條。

傳佈 chuánbù 動 傳送；發佈：傳佈勝利的好消息。

▶ **散佈** 辨析 都有"廣泛宣傳、發佈"的意義，但語義側重點和適用對象有別。"傳佈"側重指向四處廣泛地宣傳、發佈，適用對象多是理論、消息、教義等抽象事物；"散佈"側重指在一定範圍內廣泛分佈，適用對象多是具有消極意義的抽象事物。如"人才的外流對雜技藝術的傳佈有一定積極意義"中的"傳佈"不宜換用"散佈"。

傳言 chuányán ❶ 名 流傳的話：輕信傳言。❷ 動 輾轉相傳：傳言他已病故。

▶ **傳說** 辨析 都有"輾轉相傳"的意義，但適用對象有別。"傳言"的適用對象多是負面消息；"傳說"的適用對象可以是正面的，也可以是負面的。如"傳說他大慈大悲，救苦救難"中的"傳說"不宜換用"傳言"。

▶ **傳聞** 辨析 都有"流傳的説法"和"輾轉相傳"的意義。在前一意義上，"傳言"側重指流傳的言論、説法；"傳聞"側重指輾轉聽説的話。如"很長一段時間以後，他才聽到一些傳聞"中的"傳聞"不宜換用"傳言"。在後一意義上，"傳言"側重指輾轉相傳，互相議論；"傳聞"側重指輾轉聽説。如"傳聞他每天要生吞三四兩鴉片膏子"中的"傳聞"不宜換用"傳言"。

▶ **流言** 辨析 都有"流傳的話"的意義，但語義側重點和語體色彩有別。"傳言"側重指一種很流行的説法，可能確有其事，中性詞；"流言"側重指出於不良企圖而到處散佈的一些言論，貶義詞。如"證實傳言不假"中的"傳言"不宜換用"流言"。

傳達 chuándá ❶ 動 把一方的意思告訴給另一方：傳達指示。❷ 名 在機構、學校、工廠等門口承擔文件、報紙收發登記和來賓登記、引導等工作：傳達室。❸ 名 承擔文件、報紙收發傳達工作的人。

▶ **轉達** 辨析 都有"把一方的意思告訴給另一方"的意義，但語義側重點有別。"傳達"側重指一方直接把消息告訴給另一方，一般用於上級對下級；"轉達"側重指通過中介間接地把意思傳遞給另一方，不限於等級的差別。如"我請她轉達我們對冰心老前輩的致意"中的"轉達"不宜換用"傳達"。

▶ **轉告** 辨析 都有"把一方的意思告訴給另一方"的意義，但語義側重點和適用對象有別。"傳達"側重指上級對下級發佈信息、命令、指示等；"轉告"側重指通過中介間接地把意思傳遞給另一方，不限於等級的差別，適用對象多是意見、消息等。如"他高高興興地向下屬傳達公司即將上市的消息"中的"傳達"不宜換用"轉告"。

傳說 chuánshuō ❶ 動 輾轉述説：傳説河伯是辰日死的。❷ 名 民間口頭上流傳下來的添枝加葉的故事，常夾雜神話：關於七仙女的傳説。

▶ **傳言** 辨析 見【傳言】條。

▶ **傳聞** 辨析 見【傳聞】條。

傳聞 chuánwén ❶ 動 輾轉聽到：傳聞他已經死了。❷ 名 輾轉聽到的事情：傳聞不可信。

▶ **傳說** 辨析 都有"輾轉相傳"的意義，但語義側重點有別。"傳聞"側重指輾轉聽到；"傳説"側重指輾轉述説。如"最近城裏一直傳聞美國飛機將進駐保山機場"中的"傳聞"不宜換用"傳説"。

▶ **傳言** 辨析 見【傳言】條。

傳播 chuánbō 動 大範圍傳送、宣揚：傳播文化。

▶ **散播** 辨析 都有"廣泛傳送"的意義，但語義側重點和適用對象有別。"傳播"側重指向更大範圍傳送，適用對象可以是抽象事物，如經驗、知識等，也可以是具體事物，如種子、花粉、病毒等；"散播"側重指在一定範圍內廣泛傳送，適用對象多是具有消極意義的抽象事物，如小道消息、謠言等。如"南北朝時競渡習俗更廣泛地傳播開來"中的"傳播"不能換用"散播"。

▶ **散佈** 辨析 都有"分散到各處"的意義，但語義側重點和適用對象有別。"傳播"側重指向較大範圍傳送，適用對象可以是抽象事物，如經驗、知識等，也可以是具體事物，如種子、花粉、病毒等；"散佈"側重指在一定範圍內廣泛分佈，適用對象多是具有消極意義的抽象事物，如謠言等。如"這種做法對理解藝術和傳播藝術構成了危害"中的"傳播"不能換用"散佈"。

毀滅 huǐmiè 動 摧毀，消滅：毀滅罪證。

▶ **覆滅** 辨析 都有"徹底消滅"的意義，但語義側重點、語法功能、適用對象有別。"毀滅"是一種主動行為，及物動詞，多用於罪證、文件、森林等無生命的事物；"覆滅"是一種被動行為，不及物動詞，一般只用於軍隊。如"敵軍遭到伏擊，全軍覆滅"中的"覆滅"不能換用"毀滅"。

毀壞 huǐhuài 動 損壞，破壞：毀壞山林。

▶ **破壞** 辨析 見【破壞】條。

▶ **損壞** 辨析 見【損壞】條。

傾吐 qīngtǔ 動 把心裏話完全説出來：傾吐衷腸。

▶ **傾訴** 辨析 都有"把心裏話完全説出來"的意義，但語義側重點有別。"傾吐"着重於"吐"，吐露，強調把深藏心底的話盡情地吐露出來，如"傾吐心聲、傾吐苦衷、傾吐鄉思"；"傾訴"着重於"訴"，陳訴，強調把自己的感情、感受全部訴説出來，含有一定的感情因素，如"人們自演自唱，傾訴着對祖國的無限熱愛"。

傾向 qīngxiàng ❶動 偏於贊成對立事物中的某一方：他傾向於提前告訴對方。❷名 趨勢；發展變化的動向：錯誤傾向。

▶ **偏向** 辨析 都有"偏於贊成對立事物中的某一方"的意義，但語義側重點和褒貶色彩有別。"傾向"着重於"傾"，趨向，強調在對立的兩種事物中，贊成其中的一種；"偏向"着重於"偏"，不公正，強調在對立的兩方中，袒護、向着其中的某一方。在表示"趨勢"的意義上，"傾向"指事物發展變化的走向、動向，"偏向"則表示不正確或不全面的趨勢。"傾向"屬中性詞；"偏向"屬貶義詞。

▶ **趨向** 辨析 都有"事物發展變化的動向"的意義，但語義側重點和使用範圍有別。"傾向"着重指事物發展變化的走向，如"疾病的易感性有着明顯的家族傾向"；"趨向"着重指事物發展的方向性，如"購房人的需求越來越呈現出多層次、多樣化的趨向"。"傾向"可用於一般事物，也可用於重大事物；"趨向"一般用於重大事物。

傾注 qīngzhù ❶動 自上而下地流入：山泉徐徐傾注到深潭裏。❷動 指感情、精力、力量等集中到一個目標上：他把整個身心都傾注到事業上了。

▶ **貫注** 辨析 見【貫注】條。

▶ **傾瀉** 辨析 都有"自上而下地流入"

的意義，但語義側重點、語義輕重和適用範圍有別。"傾注"着重於"注"，注入，強調自上而下地流入；"傾瀉"着重於"瀉"，急速地流，強調量大勢猛地流下，語義較"傾注"重。"傾注"可用於山泉、水流等具體事物，也可用於感情、精力、力量等抽象事物；"傾瀉"一般用於山洪、瀑布等具體事物，還可用於被比擬為能流動的事物，如月光、光華等。

傾訴 qīngsù 動 把心裏話完全説出來：傾訴衷情。

▶ **傾吐** 辨析 見【傾吐】條。

傾慕 qīngmù 動 傾心愛慕；非常喜愛仰慕：教練瀟灑的談吐贏得了學員的傾慕。

▶ **愛慕** 辨析 都有"因喜愛、仰慕而很想接近"的意義，但語義側重點、語義輕重和使用範圍有別。"傾慕"着重於"傾"，傾心，強調一心向往；"愛慕"着重於"愛"，喜愛，強調喜歡並願意親近，語義較"傾慕"輕。"傾慕"多用於人，如"他曾經是周圍人傾慕的對象"；"愛慕"可用於人，也可用於事物，如"相互愛慕、愛慕虛榮"。

傾瀉 qīngxiè 動 大量地、迅速地從高處流下：到了雨季，山水傾瀉而下，致使農田嚴重受淹。

▶ **傾注** 辨析 見【傾注】條。

傾聽 qīngtīng 動 細心聽取（多用於上級對下級）：傾聽公眾的呼聲 / 傾聽學生的反映。

▶ **聆聽** 辨析 都有"細心聽取"的意義，但適用對象、態度和語體色彩有別。"傾聽"的對象可以是外界的聲音、動靜等，也可以是他人的講話、發言等；"聆聽"的對象通常為他人的言語、教誨等。"傾聽"多用於上級對下級，含虛心的態度色彩；"聆聽"多用於下級對上級、晚

輩對長輩，含尊敬的態度色彩。"傾聽"使用範圍較廣，通用於口語和書面語；"聆聽"只用於書面語。

催促 cuīcù 動 叫人趕快行動或做某事：催促她趕快去上學。

▶ **督促** 辨析 見【督促】條。

▶ **敦促** 辨析 見【敦促】條。

傷心 shāngxīn 動 因遭受不幸或碰到不如意的事而感到痛苦、難過：傷心流淚。

▶ **悲傷** 辨析 都有"因遭受不幸而感到痛苦"的意義，但語義側重點、語義輕重和語體色彩有別。"傷心"強調遭遇或碰到不如意的事使心靈受到損傷，使人感到傷感、難過；"悲傷"強調受到重大挫折而內心悲哀難受，難受的程度比"傷心"重。"傷心"多用於口語，也可用於書面語；"悲傷"多用於書面語。

▶ **痛心** 辨析 都有"因遭受不幸而感到痛苦"的意義，但語義側重點、語義輕重和語體色彩有別。"傷心"側重指感到悲傷，多由個人、家庭、或親友遭受不幸而引起；"痛心"側重指感到十分悲痛，多由國家、民族、集體、他人等遭受極大的不幸而引起，語義比"傷心"重。"傷心"通用於口語和書面語；"痛心"多用於書面語。

傷疤 shāngbā 名 受損傷後留下的痕跡：他臉上有一塊傷疤。

▶ **傷痕** 辨析 都有"受損傷、損害後留下的痕跡"的意義，但語義側重點、使用範圍和語體色彩有別。"傷疤"着重於"疤"，疤痕，傷口癒合處留下的痕跡，表明受傷較久，當時傷勢較重；"傷痕"着重於"痕"，痕跡，泛指人體或物體受損害後留下的痕跡，表明受傷不久，當時傷勢可輕可重。"傷疤"多用於人體或動物，也可喻指過去的錯誤、隱私、

恥辱等；"傷痕"可用於人體或動物，還可用於物體和抽象事物，如"心靈上的傷痕很難癒合"。"傷疤"多用於口語；"傷痕"多用於書面語，也可用於口語。

傷害 shānghài 〔動〕使受到損失或破壞：躺着看書會傷害眼睛／傷害自尊心。

▶ **損害** 〔辨析〕 都有"使受到損失或破壞"的意義，但語義側重點、適用範圍和語義輕重有別。"傷害"着重於"傷"，創傷，使受到創傷或造成不好的影響，對象可以是局部的，也可以是全部的；"損害"着重於"損"，損失，使受到損失，對象多是局部的。"傷害"適用於人的身體、思想、感情及相關的抽象事物，也適用於其他生物，如"傷害了他的自尊"；"損害"適用於抽象的、概括性的事物，如名譽、主權、獨立、事業、利益、健康等，造成的影響或損失要比"傷害"小，語義較"傷害"輕，如"吸煙損害健康"。

▶ **危害** 〔辨析〕 都有"使受到損失或破壞"的意義，但語義側重點、適用範圍和語義輕重有別。"傷害"着重於"傷"，創傷，使受到創傷或造成不好的影響；"危害"着重於"危"，危險，受到破壞、損失而處於危險的境地。"傷害"適用於人的身體、思想、感情及相關的抽象事物，也適用於其他生物；"危害"適用於人或物，牽涉到生存、發展等方面，對象可以是國家、社會、和平、治安等，也可以是公眾、個人、生命、集體、農作物等，語義很重。

傷痕 shānghén 〔名〕受損傷、損害後留下的痕跡：他脫下外衣，只見前胸後背上傷痕累累，血跡斑斑。

▶ **創傷** 〔辨析〕 都有"受損傷、損害後留下的痕跡"的意義，但語義側重點、語義輕重和適用範圍有別。"傷痕"着重指人體或物體受損害後留下的痕跡；"創傷"着重指受到創傷、破壞以後留下的

痕跡或影響，語義較"傷痕"重。"傷痕"可用於人體或動物，還可用於物體和抽象事物，側重指傷口癒合後留下的具體實在的痕跡；"創傷"側重指身體受傷的地方、外傷，但多喻指物質、社會、精神、心靈或感情方面遭受的破壞或傷害，如"心靈創傷"。

▶ **傷疤** 〔辨析〕 見【傷疤】條。

傻 shǎ ❶〔形〕智力低下，不明事理：説傻話／傻頭傻腦。❷〔形〕死心眼，不知變通：犯傻／傻等。

▶ **蠢** 〔辨析〕 都有"智力低下、不明事理"的意義，但語義側重點和褒貶色彩有別。"傻"強調因智力低下而頭腦糊塗、不明事理，不一定都用於貶義，中性詞；"蠢"強調因智力低下而想法、判斷很不高明，貶義詞。"傻"還形容"死心眼、不知變通"，如"傻等""傻幹"；"蠢"還形容"笨拙、不靈活"，如"他説了不少蠢話""這樣子真蠢"，在這些意義上二者不相同。

躲避 duǒbì 〔動〕有意避開或隱蔽起來：他總是在躲避討債的人。

▶ **躲藏** 〔辨析〕 都有"有意避開"的意義，但語義側重點和語法功能有別。"躲避"側重指故意避開或隱蔽起來，可以帶賓語，且賓語多為指人詞語，可重疊為"躲避躲避"；"躲藏"側重指借其他事物把身體隱藏起來，使人看不見，不能帶賓語，可重疊為"躲藏躲藏"和"躲躲藏藏"。如"躲避搜捕"中的"躲避"不宜換用"躲藏"。

▶ **規避** 〔辨析〕 見【規避】條。

▶ **迴避** 〔辨析〕 見【迴避】條。

躲藏 duǒcáng 〔動〕躲避隱藏起來，不讓人看見：到處躲藏。

▶ **躲避** 〔辨析〕 見【隱避】條。

417

微薄 wēibó 〔形〕微小單薄；數量少：微薄的收入。

▶ **綿薄** 辨析 見【綿薄】條。

愈益 yùyì 〔副〕表示程度上又深了一層或者數量上進一步增加或減少：生命科學在整個社會經濟和生活中的作用愈益顯現。

▶ **越發** 辨析 見【越發】條。

逾越 yúyuè 〔動〕超出；越過：難以逾越的障礙。

▶ **超越** 辨析 見【超越】條。

會心 huìxīn 〔動〕領會別人沒有明白表示的意思：會心的微笑。

▶ **會意** 辨析 都有"領會別人沒有明白表示的意思"的意義，但語義側重點、語法功能有別。"會心"強調領會別人的心思、用心，含有心心相印的意味，一般作狀語和定語；"會意"強調領會別人的意圖、願望，不含感情因素，一般作狀語、謂語和定語。如"他拿起報紙，頭版頭條新聞的旁邊有兩幅照片，看着照片，他會心地笑了"中的"會心"不宜換用"會意"。

會合 huìhé 〔動〕聚集到一起：兩軍會合後繼續前進。

▶ **匯合** 辨析 見【匯合】條。

▶ **集合** 辨析 都有"分散的人或事物聚集到一起"的意義，但語義側重點、適用對象有別。"會合"強調聚集到一起成為一個整體，多是自然的，多用於軍隊、河流等；"集合"強調把分散的人或物聚集起來，但仍各自獨立，多是人為的、主動的，既可用於具體事物，也可用於抽象事物。如"他身上集合了父親和母親的優點"中的"集合"不宜換用"會合"。

會見 huìjiàn 〔動〕跟別人相見：會見各國駐華使節。

▶ **拜見** 辨析 都有"跟別人相見"的意義，但適用場合有別。"會見"可用於上對下，也可以用於地位相當的人相見，是從主人的角度說的；"拜見"只用於下對上，是從客人的角度說的。如"她提出要求，希望拜見田漢"中的"拜見"不能換用"會見"。

▶ **會面** 辨析 都有"跟別人相見"的意義，但語義側重點、適用場合有別。"會見"含有講禮儀的意味，多用於外交場合，或其他比較重要的場合；"會面"強調彼此聚會在一起。如"弟兄三人又得以在黃浦江畔會面"中的"會面"不能換用"會見"。

▶ **會晤** 辨析 都有"跟別人相見"的意義，但態度色彩、適用對象、語體色彩有別。"會見"比較客氣，含有莊重、講禮儀的態度色彩，多用於面見地位、輩分較低或相當的人；"會晤"含有和對方的關係比較隨便和面談的意味，多用於客人或地位相當的人，書面語色彩濃厚。如"會議召開之前，法美首腦舉行了一次秘密會晤"中的"會晤"不能換用"會見"。

▶ **見面** 辨析 見【見面】條。

▶ **接見** 辨析 都有"跟別人相見"的意義，但語義側重點、適用場合有別。"會見"一般指彼此相約見面，可用於上對下，也可以用於地位相當的人相見；"接見"一般指接受對方求見的要求而見面，多用於上對下。如"那大國土接見了他"中的"接見"。

會面 huìmiàn 〔動〕雙方見面。

▶ **會見** 辨析 見【會見】條。

▶ **會晤** 辨析 都有"彼此相見"的意義，但態度色彩、語法功能有別。"會面"含有莊重的態度色彩,是不及物動詞;"會晤"多用於外交場合中地位相當的雙方的相見,具有鄭重嚴肅的態度色彩和較濃厚的書面語色彩,是及物動詞。如"這是兩國政府首腦的第一次會晤"中的"會晤"不宜換用"會面"。

▶ **見面** 辨析 見【見面】條。

▶ **碰面** 辨析 都有"彼此相見"的意義,但態度色彩、語體色彩有別。"會面"比較莊重,具有書面語色彩;"碰面"比較隨意,具有口語色彩。如"安排兩位大忙人在一個適當的時間和場合會面非常不易"中的"會面"不宜換用"碰面"。

▶ **碰頭** 辨析 都有"彼此相見"的意義,但態度色彩、語體色彩、搭配對象有別。"會面"比較莊重,具有書面語色彩;"碰頭"相對較隨意,有一定的口語色彩,另有"碰頭會"的固定搭配。

會晤 huìwù 動 會面,會見:兩國外長定期會晤/會晤韓國總統。

▶ **會見** 辨析 見【會見】條。

▶ **會面** 辨析 見【會面】條。

▶ **見面** 辨析 見【見面】條。

會意 huìyì 動 領會別人沒有明說的意思:讀書貴在會意。

▶ **會心** 辨析 見【會心】條。

▶ **意會** 辨析 都有"不經別人直接明白地說出而能瞭解別人的意思"的意義,但語義側重點、語法功能有別。"會意"強調領會別人沒有說出的意思,可作狀語;"意會"強調不經說明靠自己體會瞭解,一般不作狀語。如可以說"只可意會,不可言傳","會意地點點頭"。

會談 huìtán 動(雙方或多方)共同商談:雙邊會談。

▶ **洽談** 辨析 都有"口頭商量"的意義,但適用場合、語法功能有別。"會談"多用於政治場合,具有莊重色彩,是不及物動詞;"洽談"多用於經濟領域,是及物動詞。如可以說"洽談生意",但一般不說"會談生意"。

▶ **商談** 辨析 都有"口頭商量"的意義,但適用場合、語法功能有別。"會談"多用於國際場合,具有莊重色彩,是不及物動詞;"商談"用於比較正式的場合,是及物動詞。如"商談工作"中的"商談"不能換用"會談"。

爺爺 yéye ❶名 父親的父親;祖父:這是爺爺奶奶送給我的生日禮物。❷名 稱呼跟祖父輩分相同或年紀相仿的男人:小學生為老爺爺祝壽。

▶ **祖父** 辨析 都有"父親的父親"的意義,但語體色彩和適用場合有別。"爺爺"多用於當面稱呼,顯得親切,具有口語色彩;"祖父"多用於對別人敍述或書面表達,特別是書信,顯得莊重,口語中使用較少,當面稱呼時一般不用。在其他意義上二者不相同。

愛好 àihào ❶動 喜歡,對某事物感興趣:愛好文學。❷名 對某事物的濃厚興趣:愛好廣泛。

▶ **癖好** 辨析 都有"對某事物具有濃厚的興趣"和"對某事物的濃厚興趣"的意義,但語義側重點和語義強度有別。"愛好"強調對事物的愛意和感情,以致積極參與,語義較輕;"癖好"強調愛好深固,已積久成習成癖,難以改變,語義較重。如"他口裏不說,心裏卻是喜滋滋的,因為他本來有愛坐新車的癖好"中的"癖好"不宜換用"愛好"。

▶ **嗜好** 辨析 都有"對某事物具有濃厚的興趣"和"對某事物的濃厚興趣"的意義,但語義側重點、適用對象和語法功能有別。"愛好"側重指喜愛,有濃厚興趣並積極參與,多用於積極方面,對象可以是書法、文學、繪畫、讀書等具體事物或活動，也可以是和平、自由等抽象事物，可受程度副詞修飾；"嗜好"側重指喜愛得過分，已形成一種特殊的、不能自制的習慣，詞義較重，多用於消極方面，對象多是賭博、飲酒、抽煙等不良習慣，不受程度副詞修飾。如"他漸漸染上了酗酒的嗜好"中的"嗜好"不宜換用"愛好"。

▶ **喜好** 辨析 都有"對某事物具有濃厚的興趣"的意義，但語義側重點和語義強度有別。"愛好"強調對事物的愛意和感情，以致積極參與；"喜好"強調因感興趣而歡喜的情緒，詞義略重。如"孔二小姐對杯中物的喜好，可説到了魚離不開水的地步"中的"喜好"不宜換用"愛好"。

愛慕 àimù 動 因喜愛而思念和向往：她愛慕着一位作家/愛慕他的才華。

▶ **傾慕** 辨析 都有"從內心思念、向往"的意義，但語義側重點和適用範圍有別。"愛慕"重在愛，喜愛的對象除了人之外，還可以是思想意識方面，如"愛慕虛榮"；"傾慕"重在傾，一心向往，傾心愛慕，含有為對方傾倒的意味，主要用於人。

愛戴 àidài 動 敬愛並擁護：深受人們愛戴。

▶ **愛護** 辨析 見【愛護】條。

▶ **敬愛** 辨析 都有"衷心熱愛"的意義，但語義側重點、適用對象和語法功能有別。"愛戴"側重指因熱愛而擁護，帶有莊重的態度色彩，主要用於有威望的人；"敬愛"側重指因熱愛而敬重，含有親切的意味，可以單獨作定語。如"敬愛的老師"中的"敬愛"不能換用"愛戴"。

愛護 àihù 動 愛惜並加以保護：愛護公共設施/愛護集體。

▶ **愛戴** 辨析 都有"熱愛保護"的意義，但語義側重點和適用對象有別。"愛護"側重指愛惜和保護，既可能是個體行為，也可能是群體行為，對象可以是人，也可以是物；"愛戴"側重指敬愛擁護，多是群體行為，對象只能是人，而且大多是下對上或是身份較低的對身份較高的。如"他在守衛國土的戰爭中立了軍功，受到國民的愛戴"中的"愛戴"不能換用"愛護"。

▶ **愛惜** 辨析 都有"對事物愛而重視，不糟踏或不使受到傷害"的意義，但語義側重點和適用對象有別。"愛護"重在護，強調妥善保護，使不受傷害，對象多是易受傷害的人、生物或其他事物；"愛惜"重在惜，強調不能白白消耗掉，捨不得，對象多是正在使用的容易逐漸消耗的事物，對象可以是具體的東西，也可以是時間等抽象事物。如"愛惜自己的身體"中的"愛惜"不能換用"愛護"。

▶ **保護** 辨析 見【保護】條。

▶ **呵護** 辨析 見【呵護】條。

亂子 luànzi 名 事故、錯誤：礦上又出亂子了，好在沒人受傷。

▶ **差錯** 辨析 都有"不如意的事情、壞事"的意義，但語義側重點有別。"差錯"強調的是由於主觀上的不小心而帶來的失誤；"亂子"強調的是客觀上產生的壞事、糾紛，事態的嚴重性一般甚於"亂子"。

飾演 shìyǎn 動 化裝後表演某個人物：他在劇中飾演一個重要角色。

▶ **扮演** 辨析 見【扮演】條。

飽滿 bǎomǎn ❶ 形 充足而有活力：精神飽滿。❷ 形 充實而豐滿：顆粒飽滿。

▶ **充沛** 辨析 見【充沛】條。

▶ **豐滿** 辨析 見【豐滿】條。

飼養 sìyǎng 動 餵養動物：精心飼養。

▶ **豢養** 辨析 都有"給食物吃，使其生存下去"的意義，但使用範圍和褒貶色彩有別。"飼養"僅用於動物，使用範圍較窄，中性詞；"豢養"可用於動物，也可用於人，比喻收買、培植並利用奴才、爪牙或走狗，含貶義色彩。

▶ **餵養** 辨析 都有"給食物吃，使其生存下去"的意義，但使用範圍和語體色彩有別。"飼養"僅用於動物，使用範圍較窄，多用於書面語；"餵養"既可用於動物，也可用於人，特別是嬰兒，既可用於書面語，也可用於口語。

頒佈 bānbù 動 公佈或發佈（法令、條例等）：頒佈新的婚姻法。

▶ **頒發** 辨析 都有"公開宣佈，讓人們知道"的意義，但適用對象和語義範圍有別。"頒佈"的對象多是法令、條例等；"頒發"的對象多是命令、指示、政策等。此外，"頒發"還有"授予"的意思，如"頒發獎章、頒發畢業證書"等，語義比"頒佈"要廣。

頒發 bānfā ❶動 發佈（命令、指示、政策等）❷動 授與（勳章、獎狀、證書等）：頒發五一勞動獎章。

▶ **頒佈** 辨析 見【頒佈】條。

斟酌 zhēnzhuó 動 反覆考慮，仔細推敲：斟酌字句。

▶ **衡量** 辨析 都有"反覆考慮"的意義，但語義側重點、適用對象有別。"斟酌"強調仔細地反覆考慮，含有從容進行的意味，具有形象色彩，既可以用於事情，也可以用於字句、話語等；"衡量"強調在考慮中作估量和比較，語義較重，多用於較重要或重大的事情，一般不用於字句。如"每一字句都是經過斟酌的"中的"斟酌"不能換用"衡量"。

▶ **推敲** 辨析 見【推敲】條。

解救 jiějiù 動 使脫離危險或困難：解救人質。

▶ **拯救** 辨析 見【拯救】條。

解脫 jiětuō ❶動 佛教用語，擺脫苦惱，得到自在。❷動 脫離束縛、困難、影響等：從繁重的體力勞動中解脫出來。❸動 開脫：為人解脫罪責。

▶ **擺脫** 辨析 見【擺脫】條。

▶ **開脫** 辨析 見【開脫】條。

解聘 jiěpìn 動 解除職務，不再聘用。

▶ **辭退** 辨析 見【辭退】條。

解僱 jiěgù 動 停止僱用：被公司解僱了。

▶ **辭退** 辨析 見【辭退】條。

解說 jiěshuō 動 口頭上解釋說明：它圖文聲像並茂，解說朗誦兼備，音樂歡快流暢。

▶ **講解** 辨析 見【講解】條。

解職 jiězhí 動 解去職務：他因年度考核不合格被解職。

▶ **革職** 辨析 見【革職】條。

▶ **免職** 辨析 見【免職】條。

解釋 jiěshì ❶動 分析闡明：對這種自然現象進行科學的解釋。❷動 說明含義、原因、理由等：解釋句子的含義。

▶ **說明** 辨析 見【說明】條。

解體 jiětǐ ❶動 物體的結構分解：南極半島的5塊冰蓋已經解體。❷動 整體遭到破壞，不復存在：政黨解體了。

▶ **崩潰** 辨析 見【崩潰】條。

▶ **瓦解** 辨析 見【瓦解】條。

試驗 shìyàn **❶**動 為了考察事物的效果或性能而先進行小規模的驗證活動：我們反覆試驗了這種拖拉機的性能，結果還是理想的。**❷**名 進行試驗的活動：這項試驗很成功。

▶ **嘗試** 辨析 都有"為了某一目的而先進行小規模的活動"的意義，但語義側重點、適用範圍和詞性有別。"試驗"着重於"驗"，檢查，強調為考察事物的效果或性能而採用一定的方法、手段進行驗證；"嘗試"着重於"試"，感受，強調為達到某種目的而去親身感受，以取得經驗。"試驗"多用於科學技術、生產活動方面；"嘗試"多用於工作、學習、生活方面。"試驗"除動詞用法外，還可以用作名詞，指進行試驗的活動，如"這項試驗很成功"；"嘗試"只用作動詞。

▶ **實驗** 辨析 見【實驗】條。

詰問 jiéwèn 動 帶有質疑地追根究底地問：人們對他拿大獎提出了詰問。

▶ **責問** 辨析 見【責問】條。

▶ **質問** 辨析 見【質問】條。

▶ **追問** 辨析 都有"追根究底地問"的意義，但語義側重點、語義輕重和語體色彩有別。"詰問"強調帶有責備、質疑語氣地問，嚴厲並且莊重，語義比"追問"重，有書面語色彩，如"我在父親的詰問下低下了頭"；"追問"強調緊追不捨，步步緊逼，直到問出真相，通用於口語和書面語，如"在人們的追問之下她顯得十分尷尬"。

誇大 kuādà 動 把事情説得超過了原有的程度：誇大其辭 / 誇大主觀意志和主觀努力的作用。

▶ **誇張** 辨析 都有"把事情説得超過了原有的程度"的意義，但語義側重點、語法特點和感情色彩有別。"誇大"強調由於認識上的片面性或有意歪曲事實，而言過其實，超出原有的程度，含

貶義，能帶賓語，如"誇大事實，顛倒黑白"；"誇張"強調為了突出或強調對事物作超過實際情況的渲染和鋪張的描述，不含貶義，不能帶賓語，如"用遊人如織來形容這裏的繁華，絲毫不誇張"。

誇張 kuāzhāng **❶**動 對事情的敍述言過其實：人們對摩托的不安全性的演繹雖不免誇張，卻也可以理解。**❷**名 修辭手段，指為了啟發聽者或讀者的想像力或加強所説的話的分量，而用誇大的詞句來形容事物。**❸**動 指文藝創作中突出描寫對象某些特點的手法。

▶ **誇大** 辨析 見【誇大】條。

誇獎 kuājiǎng 動 用言語表達對人或事物的肯定：誇獎兒子聰明。

▶ **稱讚** 辨析 都有"用言語表達對人或事物的優點的喜愛和肯定"的意義，但語義側重點和語體色彩有別。"誇獎"強調用言語的表揚進行獎勵，突出肯定的意味，通用於口語和書面語，如"誇獎他的英語説得不錯"；"稱讚"強調用言語表達喜愛和讚美之情，有書面語色彩，如"他倆常常被鄰居們稱讚為天造地設的一對兒"。

▶ **讚美** 辨析 都有"用言語表達對人或事物的優點的喜愛和肯定"的意義，但語義側重點、語義輕重、適用對象和語體色彩有別。"誇獎"強調用言語的表揚進行獎勵，突出肯定的意味，一般用於人，通用於口語和書面語，如"誇獎他老實穩重"；"讚美"強調認為形貌、品質等很美好，帶有強烈的感情色彩，語義比"誇獎"重，可用於人，也可用於具體和抽象的事物，有書面語色彩，如"人們通常讚美司馬遷是位偉大的史學家和文學家、思想家""讚美生活"。

誇耀 kuāyào 動 向人顯示（自己有本領、有功勞、有權勢地位等）：父母見了親戚朋友，喜歡誇耀孩子的分數和名次。

▶ **炫耀** 辨析 都有"向人顯示優於別人之處"的意義，但語義側重點和感情色彩有別。"誇耀"強調因為值得誇獎和讚賞而感到榮耀，不帶有感情色彩，如"這是一段值得誇耀的光榮歷史"；"炫耀"強調在別人面前顯示別人沒有的、自認為有光彩的事物，含貶義，如"莊園刻意裝飾門面，藉以炫耀門第"。

詼諧 huīxié 形 說話風趣，引人發笑：談吐詼諧。

▶ **風趣** 辨析 見【風趣】條。

▶ **滑稽** 辨析 都有"輕鬆有趣"的意義，但適用對象、語體色彩有別。"詼諧"適用面窄，一般只指人說話有趣，令人發笑，具有書面語色彩；"滑稽"適用面寬，可用於形容語言、表情、動作、事態等，多用於口語。如"熊貓騎自行車的表演真滑稽"中的"滑稽"不能換用"詼諧"。

▶ **幽默** 辨析 都有"輕鬆有趣"的意義，但語義側重點、語體色彩有別。"詼諧"一般指說話有趣，令人發笑，可與"幽默"連用，具有書面語色彩；"幽默"多用於言談舉止方面，強調語言行動使人感到有趣而意味深長，有時帶諷刺意味，口語和書面語都可以用。如"這人還挺幽默"中的"幽默"不宜換成"詼諧"。

誠心 chéngxīn ❶ 名 誠懇的心意：只要有誠心，再厚的冰也會融化的。❷ 形 誠懇：你現在做對了，我們是歡迎的，誠心地歡迎。

▶ **誠懇** 辨析 都有"真誠而懇切"的意義，但語義側重點、適用對象和語法功能有別。"誠心"側重指心意一片真誠，沒有一點虛假，適用對象多是勸告、行動等，不能重疊；"誠懇"側重指真誠、心意實在，適用對象多是態度、說話、解釋等，可重疊為"誠誠懇懇"。如"老人

也看得出瑞宣是誠心地感激，再多說甚麼便是廢話"中的"誠心"不能換用"誠懇"。

誠實 chéngshí 形 言行跟內心思想一致；不虛假：誠實正直。

▶ **老實** 辨析 見【老實】條。

▶ **真誠** 辨析 都有"不虛假"的意義，但語義側重點和適用對象有別。"誠實"側重指老實、真實，適用對象多是人的品德方面；"真誠"側重指真心、誠實，一點也不虛假，適用對象多是人的態度、心意、言行等，還可以是人的感情、友情等。如"有意識或無意識地，我可能做過許多不誠實的事情"中的"誠實"不宜換用"真誠"。

誠摯 chéngzhì 形 誠懇真摯：在共同的事業中，他們結下了誠摯的友誼。

▶ **赤誠** 辨析 見【赤誠】條。

▶ **真摯** 辨析 都有"真誠懇切"的意義，但語義側重點和語義強度有別。"誠摯"側重指真心誠實，不虛假，語義較重；"真摯"側重指誠懇，並含有殷切、親切的意味，語義較輕。如"面對一張張誠摯的面孔，他感到已無必要再去掩飾些甚麼"中的"誠摯"不宜換用"真摯"。

誠懇 chéngkěn 形 真誠懇切：態度誠懇。

▶ **誠心** 辨析 見【誠心】條。

▶ **真誠** 辨析 都有"真實、不虛假"的意義，但語義側重點和適用對象有別。"誠懇"側重指心意實在，適用對象多是態度、說話、解釋等；"真誠"側重指真心、誠實，一點也不虛假，適用對象多是人的態度、心意、言行等，還可以是人的感情、友情等。如"伍明嚴肅的、誠懇的臉色深深地震動了他"中的"誠懇"不宜換用"真誠"。

詭詐

guǐzhà 形 狡詐：詭詐異常。

▶ 狡詐 辨析 都有“狡猾奸詐”的意義，但適用對象、語體色彩有別。“詭詐”常形容人的心計、為人處事所採取的策略、手段等，可用於用兵方面，書面語色彩較濃；“狡詐”常形容敵方的陰謀、伎倆等，比較通俗，貶義色彩濃。

詳細

xiángxì 形 周詳細緻：詳細情況 / 詳細信息 / 說明書對該產品的功能進行了詳細介紹。

▶ 詳盡 辨析 見【詳盡】條。

▶ 翔實 辨析 都有“周詳細緻”的意義，但語義側重點、語體色彩有別。“詳盡”強調詳細而全面；“翔實”強調詳細而確實，多用於書面語。

詳盡

xiángjìn 形 詳細而全面：詳盡分析 / 詳盡報道 / 詳盡的描述。

▶ 詳細 辨析 都有“周詳細緻”的意義，但語義側重點有別。“詳盡”強調全面；“詳細”強調細緻。

▶ 翔實 辨析 都有“周詳細緻”的意義，但語義側重點、語體色彩有別。“詳盡”強調詳細而全面，口語和書面語都可用；“翔實”強調詳細而確實，有書面語色彩。

裏面

lǐmiàn 名 事物的內部。

▶ 裏邊 辨析 見【裏邊】條。

裏邊

lǐbian 名 事物的內部：我認為這裏邊有問題。

▶ 裏面 辨析 二者所指與用法基本相同，但語體色彩有別。“裏邊”稍有口語色彩，尤其在兒化以後，如“您裏邊兒請”；“裏面”則稍顯莊重。比較“裏邊請”和“裏面請”，語氣略有不同。

稟報

bǐngbào 動 向上級或長輩報告：只得向上級稟報實情。

▶ 呈報 辨析 見【呈報】條。

劓除

chǎnchú 動 用鏟子連根除去，比喻徹底清除：劓除雜草 / 劓除禍根。

▶ 根除 辨析 見【根除】條。

▶ 排除 辨析 見【排除】條。

▶ 清除 辨析 都有“徹底清除”的意義，但語義側重點和語義輕重有別。“劓除”最初是強調用鐵鏟等工具將毒惡的東西及其根源一起除去，如“劓除雜草”“劓除毒苗”“劓除禍根”等；“清除”最初是強調用清洗或清掃的方式除去骯髒或不衛生的東西，如“清除污垢”“清除血漬”“清除垃圾”等。“劓除”的語義稍重於“清除”，顯得更徹底一些。

▶ 剪除 辨析 都有“除掉”的意義，但語義側重點有別。“劓除”最初是強調用鐵鏟等工具除去野草等，如“劓除雜草”“劓除毒苗”，後來擴展為將毒惡的東西及其根源徹底除掉，如“劓除禍根”；“剪除”最初是強調用刀剪之類剪去並除掉樹枝等，如“剪除枯死的樹枝”，後來擴展為除掉壞人或黑惡勢力等，如“剪除危害百姓的流氓團夥”。

廉價

liánjià 形 價格低。比喻沒有價值。

▶ 便宜 辨析 見【便宜】條。

遊人

yóurén 名 遊覽的人：遊人如織。

▶ 遊客 辨析 都有“遊覽的人”的意義，但語義側重點、態度色彩有別。“遊客”含有遊覽者是遊玩的客人的意味，有尊重的色彩；“遊人”是比較客觀的稱呼，中性色彩。

遊客

yóukè 名 遊覽的客人：遊客須知。

▶ **遊人** 辨析 見【遊人】條。

資助 zīzhù 動 用財物幫助：資助她上學。

▶ **贊助** 辨析 都有"對別人的行動、事業等給以幫助"的意義，但語義範圍和適用對象有別。"資助"一般只指用財物幫助人，多用於對經濟上有困難的個人，如"這些年他一直在資助幾個山區孩子上學"；"贊助"強調贊同並從精神上或物質上給以幫助、支持，多用於對集體事業，也可用於對個人，如"贊助希望工程""拉贊助"。

資料 zīliào ❶ 名 生產、生活中必需的東西：生產資料。❷ 名 用作參考或依據的材料：報刊資料。

▶ **材料** 辨析 見【材料】條。

資產 zīchǎn 名 財產，產業：國有資產。

▶ **財產** 辨析 見【財產】條。

資質 zīzhì 名 人在智力方面的素質：資質很高。

▶ **天分** 辨析 見【天分】條。

新穎 xīnyǐng 形 新而別致：設計新穎。

▶ **新鮮** 辨析 都有"出現不久，還不普遍"的意義，但語義側重點、適用對象、語體色彩有別。"新穎"側重新奇別致，多用於文藝作品的思想內容或某種東西的造型、式樣等一般事物，有書面語色彩；"新鮮"側重不普遍、少見，可用於日常各種一般事物，也可用於重大事件，口語和書面語都可以用。

新鮮 xīnxiān ❶ 形 (植物、食物等) 沒有變質的：新鮮蔬菜。❷ 形 (事物) 出現不久，還不普遍；少見的；稀罕：新鮮玩意。

▶ **新穎** 辨析 見【新穎】條。

意料 yìliào ❶ 動 事先對情況、結果等進行估計：意料不到的事情。❷ 名 事先的推測：出乎意料。

▶ **意想** 辨析 都有"事先對情況、結果等進行估計"的意義，但語義側重點、搭配對象有別。"意料"側重指可以通過常規推理進行事先預測，有固定搭配如："意料之中""意料之外""意料不到"；"意想"有想像的意味，預測的意味比"意料"弱，固定搭配比"意料"少，常見的有"意想不到"。二者在其他意義上不相同。

▶ **預料** 辨析 見【預料】條。

意想 yìxiǎng 動 事前推想；想像：意想不到 / 比賽結果在意想之中。

▶ **意料** 辨析 見【意料】條。

▶ **預料** 辨析 見【預料】條。

羨慕 xiànmù 動 看見別人有某種長處、好處或有利條件而希望自己也有：你去過那麼多地方，我好羨慕你啊。

▶ **豔羨** 辨析 見【豔羨】條。

豢養 huànyǎng ❶ 動 餵養 (牲畜)：我們家從前豢養過幾隻大狼狗。❷ 動 比喻收買並利用 (奴才、走狗等)。

▶ **飼養** 辨析 見【飼養】條。

道喜 dàoxǐ 動 對有喜慶事的人表示慶賀：給您道喜了。

▶ **道賀** 辨析 見【道賀】條。

▶ **恭喜** 辨析 見【恭喜】條。

道賀 dàohè 動 向別人表示慶祝，祝賀：他結婚了，同學都來道賀。

▶ **道喜** 辨析 都有"用話語向別人表示祝賀"的意義，但風格色彩和適用對象有別。"道賀"有鄭重的態度色彩，多用於意義比較重大的喜慶場合；"道喜"多用於平常生活中的喜事，如結婚、生孩子等。如"在本鎮的親友及同事在早茶散後齊來道賀"中的"道賀"不宜換用"道喜"。

▶ 恭喜 辨析 見【恭喜】條。

慈祥 cíxiáng 形 和藹；安詳：慈祥的笑容。

▶ 慈愛 辨析 見【慈愛】條。

▶ 面善 辨析 見【面善】條。

慈愛 cí'ài 形 可親、和善，仁慈愛護：慈愛的目光。

▶ 慈祥 辨析 都有"可親、和善"的意義，但語義側重點和適用對象有別。"慈愛"側重指長輩對晚輩的仁慈喜愛，注重內在的思想情感；"慈祥"側重指和藹安詳，注重外在的神態，和藹可親，適用對象多是老人。如"董老笑容滿面地站在那裏，笑得那樣慈祥"中的"慈祥"不能換用"慈愛"。

煙蒂 yāndì 名 紙煙吸到最後剩下的部分：失火現場發現煙蒂。

▶ 煙頭 辨析 見【煙頭】條。

煙頭 yāntóu 名 紙煙吸到最後剩下的部分：不要隨意亂扔煙頭。

▶ 煙蒂 辨析 都有"紙煙吸到最後剩下的部分"的意義，但語體色彩、使用頻率有別。"煙蒂"有書面語色彩；"煙頭"是最常用的表達，多用於口語，使用頻率高於"煙蒂"。

煩冗 fánrǒng ❶形 (事務) 煩亂。❷形 (文章) 煩瑣冗長。

▶ 繁雜 辨析 都有"繁多而雜亂"的意義，但語義側重點和語體色彩有別。"煩冗"強調過多，造成雜亂局面的往往是當中瑣碎的沒有積極作用的枝節，含有"存在不少多餘、不必要的成分"的意味，有書面語色彩；"繁雜"強調紛繁，

包含的項目或支派很多，缺乏清楚的條理，多用於工作、事情、現象等，口語和書面語中都可以用。如"不繁雜的家務勞動"中的"繁雜"不宜換用"煩冗"。

煩惱 fánnǎo 形 煩悶苦惱：這個難題始終沒有得到徹底解決，工程師煩惱極了。

▶ 懊惱 辨析 都有"煩悶苦惱"的意義，但語義側重點和語體色彩有別。"煩惱"側重指由於遇到不順利的事情和不好解決的問題而煩悶、苦惱，口語和書面語都可以用；"懊惱"側重於懊悔，多用於對已經發生的別人或自己的言行很不滿意而引起的煩惱，多用於書面語。如"他似乎很為自己缺乏毅力而懊惱"中的"懊惱"不宜換用"煩惱"。

▶ 煩悶 辨析 見【煩悶】條。

煩悶 fánmèn 形 心情不暢快：雨下個不停，真叫人煩悶。

▶ 煩惱 辨析 都有"心情不暢快"的意義，但語義範圍和語義強度有別。"煩悶"只有心情不快的意義，語義較輕；"煩惱"既有煩悶的意義，還有苦惱的含義，語義較重。如可以說"他心情很煩悶"，但不說"他心情很煩惱"。

▶ 鬱悶 辨析 都有"心情不暢快"的意義，但語義側重點和語體色彩有別。"煩悶"側重指心煩、心情不暢快，既可用於書面語，也可用於口語；"鬱悶"側重指憂愁、氣憤等在心裏積聚不得發洩，一般用於書面語。

煩瑣 fánsuǒ 形 繁雜瑣碎：手續煩瑣。

▶ 瑣碎 辨析 都有"細小而繁多"的意義，但二者適用範圍有別。"煩瑣"多形容文章和講話等；"瑣碎"多形容事務等。如"主管們要擺脫一些瑣碎事務，多解決大問題"中的"瑣碎"不宜換用"煩瑣"。

煩躁

fánzào 形 煩悶急躁：煩躁不安。

▶ 浮躁 辨析 見【浮躁】條。

▶ 急躁 辨析 見【急躁】條。

▶ 焦躁 辨析 都有"心情着急不安"的意義，但語義側重點、語義強度、語體色彩有別。"煩躁"強調因遇到不如意的事而煩悶不安，不寧靜，語義較輕；"焦躁"強調因遇到難解決的問題而急得火燒火燎，焦急不安，語義較重。如"隨着世界盃賽事一天天臨近，南非在期待之餘，也漸感焦躁不安"中的"焦躁"不能換用"煩躁"。

滅亡

mièwáng 動（國家、種族等）不再存在：納粹的種族滅亡政策使幾百萬猶太人慘遭厄運。

▶ 死亡 辨析 都有"事物不再存在"的意義，但語義側重點有別。"死亡"側重指生物體的個體（動物、植物、人類等）喪失生命的狀態，如"醫生宣告他已死亡"；"滅亡"側重指種族、民族、國家等集體事物徹底消失，如"秦國很快就滅亡了"。

▶ 消滅 辨析 都有"事物不再存在"的意義，但適用對象有別。"滅亡"的對象一般為國家、種族、文化等集體事物；"消滅"的對象一般為物種、問題等，如"許多物種在人類征服自然的過程中被消滅了"。

▶ 消亡 辨析 都有"事物不再存在"的意義，但語義側重點有別。"滅亡"側重指事物徹底消失，消失的過程可能是漸進的，也可能是突然的；"消亡"側重指事物逐漸衰落以至消失，如"許多傳統民俗就這樣慢慢被人忘記，直至最後消亡"。

滑稽

huájī ❶形（言語、動作）引人發笑：熊貓騎自行車的表演真滑稽。❷名 曲藝的一種，流行於上海、蘇州、杭州等地，以逗笑為主，與北方相聲類似。

▶ 風趣 辨析 見【風趣】條。

▶ 詼諧 辨析 見【詼諧】條。

準則

zhǔnzé 名 言論、行動等所依據的原則：國際關係準則。

▶ 原則 辨析 見【原則】條。

▶ 準繩 辨析 都有"言論、行動等所遵循的原則、標準"的意義，但語義側重點和適用對象有別。"準則"側重指言論、行動等所依據的原則，這種原則對理論、行動起規範作用，多用於外交條款、組織紀律、倫理道德、思想理論等方面，具有明顯的鄭重色彩；"準繩"側重指衡量言論、行動正確與否的標準、尺度，比較具體，多用於思想理論方面。

準時

zhǔnshí 形 按規定時間：準時出發。

▶ 按時 辨析 見【按時】條。

準備

zhǔnbèi ❶動 預先安排或計劃：時刻準備着。❷動 打算，考慮：我們準備先找個招待所住下。

▶ 預備 辨析 都有"在事情發生或行動進行之前做好安排或籌劃"的意義，但語義側重點和適用對象有別。"準備"着重指按照一定的要求或需要事前創造條件，強調針對性、目的性，用於即將出現或較長時日後出現的事情、行為；"預備"着重指事先的安排，以供將來使用，也指進入正式階段前的籌劃，強調時間性，含有準備進入正式階段的意味，多用於即將或短期內出現、重大或需要認真對付的事情、行動。"預備"還有一些固定搭配，如可以說"預備隊員、預備會議"，但不說"準備隊員、準備會議"。"要有思想準備"中的"準備"不能換用"預備"。

準確 zhǔnquè 形 完全符合實際情況或預期要求：用詞準確。

▶ **精確** 辨析 都有"完全符合實際情況或預期要求，沒有差錯"的意義，但語義側重點有別。"準確"強調準，沒有出入，符合一定的要求、標準或規格；"精確"強調精，絲毫差錯都沒有，非常嚴密細緻。如"他普通話很好，發音很準確"中的"準確"不能換用"精確"。

▶ **正確** 辨析 見【正確】條。

準繩 zhǔnshéng 名 衡量事物的標準或原則：以事實為依據，以法律為準繩。

▶ **準則** 辨析 見【準則】條。

塗 tú ❶ 動 塗抹；讓油漆、顏色、藥物等附着在物體表面：塗牆／塗脂抹粉。❷ 動 亂寫亂畫：塗鴉。❸ 動 抹去（文字）：塗改。❹ 名 污泥：塗炭。❺ 名 灘塗：海塗／圍塗造田。

▶ **擦** 辨析 都有"塗抹、使東西附着在物體表面"的意義，但語義側重點和適用對象有別。"塗"着重指刷、抹，使物體表面覆蓋上一層東西；"擦"着重於磨擦，使物體表面附着上一層東西。"塗"的適用範圍較廣，對象多為泥、灰、油漆、顏料、油脂、脂粉、藥物等；"擦"的對象多為粉、油、藥膏等。在其他意義上二者不相同。

▶ **抹** 辨析 見【抹】條。

滔滔不絕 tāotāobùjué 形容大水源源不斷地流淌；比喻連續不斷地說話：他一扯開話題，就會滔滔不絕地講個沒完。

▶ **口若懸河** 辨析 見【口若懸河】條。

溺愛 nì'ài 動 沒有原則地過分愛孩子：溺愛孩子會害了孩子。

▶ **寵愛** 辨析 見【寵愛】條。

▶ **偏愛** 辨析 見【偏愛】條。

慌張 huāngzhāng 形 心裏不沉着，動作忙亂：他神色慌張，其中必有蹊蹺。

▶ **驚慌** 辨析 見【驚慌】條。

慎重 shènzhòng 形 謹慎持重，不輕率隨意：慎重行事。

▶ **謹慎** 辨析 都有"小心認真、不輕率"的意義，但語義側重點和適用範圍有別。"慎重"着重於"重"，不輕率，強調言行穩重、不輕舉妄動，如"消費者應慎重選擇美容機構"；"謹慎"着重於"謹"，小心，強調言行態度小心認真，以避免發生不利或不幸的事情，如"他這人謹慎有餘而膽量不足"。"慎重"多用於某時某事；"謹慎"可用於某時某事，也可用於人的態度、性格。

▶ **鄭重** 辨析 見【鄭重】條。

運用 yùnyòng 動 根據事物的特性加以利用：靈活運用。

▶ **使用** 辨析 都有"加以利用"的意義，但語義側重點有別。"運用"強調根據事物的特性來利用；"使用"則側重為達到某一目的而利用。

▶ **應用** 辨析 都有"加以利用"的意義，但語義側重點有別。"運用"強調根據事物的特性來靈活行事，如"將軍將《孫子兵法》靈活運用於每場戰役"；"應用"則側重按一定規律或規則進行，如"新的房貸政策已廣泛應用於各大銀行"。

運行 yùnxíng ❶ 動 沿着一定的軌道或路線運動：軌道艙在軌運行正常。❷ 動 比喻組織、機構等進行工作：鋼鐵行業運行態勢。

▶ **運轉** 辨析 都有"沿着一定的軌道運動"的意義，但語義側重點、適用對象有別。"運行"既可指繞圓形軌道運動也可指沿直線等運動，強調不斷往返地運動，常用於星球、車船等；"運轉"多指繞圓形軌道運動，強調週而復始地運動，一般不用於車船。

運轉 yùnzhuǎn ❶动 沿着一定的軌道運動：地球圍繞太陽運轉。❷动 指機器轉動：發動機運轉正常。❸动 比喻組織、機構等進行工作：公司進入正式運轉。

▶ **運行** 辨析 見【運行】條。

福分 fúfen 名 享受幸福生活的命運：有福分。

▶ **福氣** 辨析 見【福氣】條。

福氣 fúqi 名 享受幸福生活的運氣：有福氣。

▶ **福分** 辨析 都有"享受幸福生活的命運"的意義，但語義側重點和語體色彩有別。"福氣"含有有運氣的意味；"福分"含有有緣分的意味，口語性更強。如"他的福分真大，居然娶到了總統的女兒"中的"福分"不宜換成"福氣"。

禍害 huòhai ❶名 禍事：黃河在歷史上經常引起禍害。❷名 帶來災難的人或事物：蝗蟲是農業的一大禍害。❸动 嚴重損害：野豬禍害了大片莊稼。

▶ **禍患** 辨析 都有"帶來災難的事物"的意義，但語義側重點、語體色彩有別。"禍害"指給人帶來嚴重的危害或損害的人或事物，多用於口語；"禍患"強調引發災禍的潛在根源，一般指事情，不能指人，多用於書面語。如"那小子是地方上的一個禍害"中的"禍害"不能換用"禍患"。

禍患 huòhuàn 名 禍事，災難：禍患無窮。

▶ **禍害** 辨析 見【禍害】條。

肅靜 sùjìng 形 嚴肅安靜：請大家肅靜。

肅穆 辨析 都有"形容嚴肅的感覺和氣氛"的意義，但語義側重點和使用範圍有別。"肅靜"着重於"靜"，安靜，強調嚴肅而安靜；"肅穆"着重於"穆"，恭敬，強調嚴肅而恭敬。"肅靜"多用於有人群的空間環境，如會場、禮堂、醫院等；"肅穆"多用於悼念人的場合或氣氛，也可用於人的神態，如"那副肅穆、莊嚴的神氣，使人想起慷慨悲歌奔赴戰場的戰士"。

肅穆 sùmù 形 氣氛嚴肅恭敬；神態莊嚴祥和：莊嚴肅穆。

▶ **肅靜** 辨析 見【肅靜】條。

群眾 qúnzhòng ❶名 大眾：群眾路線／群眾是真正的英雄。❷名 指不擔任領導職務的人：關心群眾生活。

▶ **公眾** 辨析 見【公眾】條。

▶ **民眾** 辨析 見【民眾】條。

違反 wéifǎn 动 不遵守、不依從、不符合 (法則、規程等)：違反憲法／違反禁令。

▶ **違背** 辨析 都有"不遵守、不依從、不符合"的意義，但語義輕重、搭配對象有別。"違反"語義較重，多與法律、法規、規律等搭配；"違背"語義較輕，搭配對象範圍較廣。

違背 wéibèi 动 不遵守，背離：違背承諾／違背民意。

▶ **違反** 辨析 見【違反】條。

裝扮 zhuāngbàn ❶动 打扮，妝飾：裝扮得十分華麗。❷动 扮演，化裝：他裝扮成算命先生，進城偵察敵情。❸动 假裝：巫婆裝扮神仙欺騙人。

▶ **扮演** 辨析 見【扮演】條。

▶ **打扮** 辨析 見【打扮】條。

▶ **化裝** 辨析 見【化裝】條。

裝備 zhuāngbèi ❶動 配備（武器、機器等）：用新式武器裝備軍隊。❷名 裝備的武器、機器等：裝備精良。

▶ 設備 辨析 見【設備】條。

▶ 配置 辨析 見【配置】條。

裝飾 zhuāngshì ❶動 表面加一些附屬的東西，使美觀：彩霞把天空裝飾得非常絢麗。❷名 裝飾品：有了這些裝飾，大廳顯得更雅致了。

▶ 妝飾 辨析 見【妝飾】條。

▶ 裝潢 辨析 都有“表面加一些附屬的東西，使美觀”的意義，但語義側重點和適用對象有別。“裝飾”側重指在身體或物體的表面加些附屬的東西，使美觀，可用於環境、建築物、穿戴、器物等，也可用於人；“裝潢”側重指在物體表面加些修飾性的東西，使富有色彩、美觀，多用於物品或商品的包裝、建築物等。如“他從提包裏取出一本裝潢考究的書”中的“裝潢”不能換用“裝飾”。

裝潢 zhuānghuáng ❶動 裝飾物品，使美觀：裝潢設計。❷名 物品的裝飾：裝潢考究。

▶ 裝飾 辨析 見【裝飾】條。

媳婦 xífù ❶名 婚姻關係中的女方：我媳婦是山東人。❷名 晚輩的妻子：孫媳婦／姪媳婦

▶ 老婆 辨析 見【老婆】條。

媲美 pìměi 動 差不多一樣好：我們的產品質量可以媲美世界名牌。

▶ 匹敵 辨析 見【匹敵】條。

嫉妒 jídù 動 對才能、名譽、地位或境遇等比自己好的人心懷怨恨：看到旁人步步高升，心中不免嫉妒／他並不嫉妒別人擁有高官厚祿。

▶ 忌妒 辨析 見【忌妒】條。

嫌棄 xiánqì 動 因某種原因而不願理睬、避免接近：大家不要嫌棄他。

▶ 討厭 辨析 見【討厭】條。

預兆 yùzhào ❶名 預先顯露出來的跡象：不祥的預兆。❷動 （某種跡象）預示將要發生某種事情：瑞雪預兆來年豐收。

▶ 前兆 辨析 見【前兆】條。

▶ 先兆 辨析 見【先兆】條。

▶ 兆頭 辨析 見【兆頭】條。

預定 yùdìng ❶動 預先規定或確定：飛船進入預定軌道。❷動 預先約定：按預定時間地點會面。

▶ 預約 辨析 見【預約】條。

預約 yùyuē 動 事先約定（服務時間、購貨權利等）：電話預約／預約掛號系統／開通網上預約借書服務。

▶ 預定 辨析 都有“事先約定”的意義，但語義側重點、適用對象有別。“預約”強調事先約定某個時間做某事，常用於酒席、賓館客房、就診時間等的預先確定；“預定”強調事先確定做某事，除用於酒席、賓館客房的預先確定外，還用於機票、火車票的預先購買，以及會議、會見等的預先商定。

預料 yùliào ❶動 事先推測：今年的出口額預料會有大幅增加。❷名 事先的推測：出乎預料。

▶ 意料 辨析 都有“事先推測、推想”和“事先的推測”的意義，但語義側重點、語義色彩有別。“預料”強調預先做推測，突出時間性，通用於口語和書面語，如“預料今年的收入會進一步增加”“與外界預料相反”；“意料”側重指可以通過常規推理進行事先預測，突出意念性，多用於口語。

▶ 意想 辨析 都有“事先推測、推想”

的意義，但語義側重點、語體色彩、使用頻率有別。"預料"強調預先做推測，突出預先的時間性，通用於口語和書面語，如"預料今年的產量會創新高""無法預料的風險"；"意想"強調做一番推想，突出想像的意念性，多用於口語，如"意想不到的驚喜"。"預料"使用頻率遠高於"意想"。二者在其他意義上不相同。

▶ **預想** 辨析 都有"事先推測、推想"和"事先的推測"的意義，但語體色彩、搭配對象、使用頻率有別。"預料"有想來會如此的意味，通用於口語和書面語，如"預料遊人會比去年有大幅增加""比預料的要多"，有固定搭配如：預料之中、預料之外、出人預料、出乎預料。"預想"有做一番推想的意味，有書面語色彩，如"票房好得超乎預想"。"預料"使用頻率高於"預想"。

預備 yùbèi ❶動 預先安排或籌劃：留學預備班。❷動 打算：預備大幅增加產量。

▶ **準備** 辨析 見【準備】條。

預想 yùxiǎng ❶動 事前推想：事情並不像預想的那麼簡單。❷名 事先的推測：超乎預想。

▶ **意料** 辨析 都有"事先推測、推想"和"事先的推測"的意義，但語義側重點、語體色彩有別。"預想"強調預先做推測，突出時間性，多用於書面語，如"上市的好處比預想的更多"。"意料"側重指可以通過常規推理進行事先預測，多用於口語。

▶ **意想** 辨析 都有"事先推測、推想"的意義，但語義側重點、語體色彩有別。"預想"強調預先做推測，突出時間性，多用於書面語，如"行情比預想好很多"。"意想"強調做一番推想，突出意念性，多用於口語，如"意想不到的驚喜"。

在其他意義上二者不相同。

▶ **預料** 辨析 見【預料】條。

彙報 huìbào 動 綜合有關材料向上級或公眾報告：彙報情況。

▶ **報告** 辨析 都有"把情況正式告訴上級或公眾"的意義，但語義側重點、語法功能有別。"彙報"強調彙總各方面的材料報告，賓語只能是具體的情況，比較鄭重；"報告"比較寬泛，賓語可以是具體的內容，也可以是報告的對象。如可以說"報告老師一個好消息"，但不說"彙報老師一個好消息"。

▶ **稟報** 辨析 都有"把情況正式告訴上級"的意義，但語義側重點、語體色彩有別。"彙報"指綜合有關材料向上級或公眾報告，口語和書面語都可以用；"稟報"指向上級或長輩報告，具有書面語色彩。如"他向上司彙報了上半年的工作"中的"彙報"不能換用"稟報"。

彙集 huìjí 動 彙總集中，聚集：彙集材料。

▶ **聚集** 辨析 都有"人或事物聚在一起"的意義，但語義側重點、適用對象有別。"彙集"多是有組織有目的地聚攏起來，既可用於具體事物，也可用於抽象事物，適用面比較寬；"聚集"常指人自動地或自然地湊在一起，一般只用於人，適用面比較窄。

隔閡 géhé 名 彼此情意不通，思想感情上的距離：消除隔閡。

▶ **隔膜** 辨析 都有"彼此情義不通"的意義，但語義側重點、語義強度、適用對象有別。"隔閡"強調阻隔不斷，思想感情上的距離大，彼此有意見，關係不融洽，語義較重，除常用於人與人之間的關係外，還可以用於國家之間、民族之間、地方之間、語言之間等方面；"隔膜"強調隔着一層，彼此不瞭解，關係不密切，語義較輕，一般只用於人與人之間的關係。如"它揭示了人與人之間的落差與隔膜，從一個側面展現了個人與社會、世俗與反世俗之間的衝突"中的"隔膜"不宜換用"隔閡"。

隔膜 gémó 图 彼此情意不通的障礙：夫妻間長期兩地分居，容易產生隔膜。

▶ **隔閡** 辨析 見【隔閡】條。

經受 jīngshòu 動 承受；禁受。

▶ **承受** 辨析 見【承受】條。

經常 jīngcháng ❶副 平常；日常：❷副 事情頻繁發生，相隔時間不長：我們經常聯繫。

▶ **常常** 辨析 在事情頻繁發生，相隔時間不長的語法作用上意義相同，但語義側重點有別。"經常"強調動作行為屢次發生，並且強調其一貫性，如"房子是應該經常打掃的，不打掃就會積滿了灰塵"；"常常"只強調屢次、頻繁，沒有一貫性的意思，如"常常會幹出許多蠢事"。

▶ **時常** 辨析 見【時常】條。

經費 jīngfèi 图（機構、學校等）經常支出的費用：經費不足。

▶ **費用** 辨析 都有"支出的錢款"的意義，但適用對象有別。"經費"一般用於具體的機構、大型項目的開支，如"科研經費"；"費用"可用於機構或個人的日常的小筆開支，也可用於大筆款額，如"無力負擔繁重的嫁娶費用""撥款五千萬元作為重建費用"。

經過 jīngguò ❶動 通過（處所、時間、動作等）：經過十年的等待，我們終於迎來了這一天。❷图 過程；經歷：請你描述一下事情的經過。

▶ **經歷** 辨析 見【經歷】條。

經歷 jīnglì ❶動 親身見過、做過或遭受過：她的一生經歷了很多磨難。❷图 親身見過、做過或遭受過的事：經歷曲折。

▶ **經過** 辨析 都有"見過、做過、經受過的事"的意義，但語義側重點和適用對象有別。"經歷"強調親身經受過的事，多用於人，如"一段不平凡的經歷"；"經過"強調從頭到尾的全過程，多用於事情，如"講述了創作兒童詩《孔雀》的經過"。

▶ **閱歷** 辨析 都有"見過、做過、經受過的事"的意義，但語義側重點和語體色彩有別。"經歷"強調親身經受過的事，通用於口語和書面語，如"一段不平凡的經歷"；"閱歷"強調由經歷獲得或逐漸積累的知識，有書面語色彩，"以知識為前提，閱歷為經驗，把社會當課堂，生活當老師"。

十四畫

瑣碎 suǒsuì 形 細小而繁多：瑣碎的家務。

▶ **煩瑣** 辨析 見【煩瑣】條。

瑰寶 guībǎo 图 特別珍貴的東西：故宮是中國建築藝術的瑰寶。

▶ **珍寶** 辨析 見【珍寶】條。

魂不附體 húnbùfùtǐ 形容恐懼萬分。

▶ **魂飛魄散** 辨析 見【魂飛魄散】條。

魂飛魄散 húnfēi pòsàn 形容非常驚恐。

▶ **魂不附體** 辨析 都有"非常恐懼"的意義，但語義側重點有別。"魂飛魄散"

指嚇得魂魄都飛散消失了，通常形容驚恐萬狀，含有不知如何是好的意味；"魂不附體"指嚇得靈魂脫離了軀體，形容吃驚害怕，含有不能自主的意味。如"我軍所向披靡，使敵方魂飛魄散"中的"魂飛魄散"不能換用"魂不附體"。

摸索 mōsuǒ ❶動 試探着行進：他們在暴風雨的黑夜裏摸索着前進。❷動 尋找方向、方法、經驗等：初步摸索出一些經驗。

▶ **探索** 辨析 見【探索】條。

趕 gǎn ❶動 追：你追我趕。❷動 加快行動，使不誤時間：趕火車。❸動 去，到：趕廟會。❹動 駕馭：趕大車。❺動 追逐使其離開：趕蒼蠅。❻動 遇到（某種情況）：趕上下雨。❼介 用在表示時間的詞語前面，表示等到某個時候：汽車趕星期天準能修好。

▶ **轟** 辨析 見【轟】條。

▶ **攆** 辨析 都有"使其離開"的意義，但語體色彩和適用對象有別。"趕"程度比"攆"重，適用於對立面比較強的事物。如"把敵人趕出去"中的"趕"不宜換成"攆"；"趕"口語和書面語中都可以用，"攆"具有較濃的口語色彩。

趕巧 gǎnqiǎo 副 表示正遇上某件事：我出門時趕巧碰上了他。

▶ **湊巧** 辨析 都有"表示正遇上某件事"的意義，但語法功能有別。"趕巧"是副詞，只能作狀語，其否定式是"趕不巧"；"湊巧"是形容詞，可以作謂語，其否定式是"不湊巧"。如可以說"今天真是太湊巧了"，但不能說"今天真是太趕巧了"。

▶ **碰巧** 辨析 都有"表示正遇上某件事"的意義，但語義側重點有別。"趕巧"強調的是一種巧合；"碰巧"強調的是一種偶然性。如"試卷上碰巧有這道

題"中的"碰巧"不宜換成"趕巧"。

趕忙 gǎnmáng 副 表示人的行為動作的迅速和急迫：一聽到有人敲門，他趕忙把東西藏起來。

▶ **趕緊** 辨析 都有"抓緊時間，不拖延"的意義，但適用範圍有別。"趕忙"不能用於祈使句，只能用於陳述句；"趕緊"祈使句和陳述句中都可以用。如可以說"你趕緊去"，但不可以說"你趕忙去"。

▶ **連忙** 辨析 見【連忙】條。

趕快 gǎnkuài 副 表示抓緊時間，加快速度：時間不早了，趕快走吧。

▶ **趕緊** 辨析 都有"抓緊時間行動，不拖延"的意義，但語義側重點有別。"趕快"重在加快速度，有儘快的意味；"趕緊"重在不拖延，時間上銜接緊密，口語色彩較濃。

趕緊 gǎnjǐn 副 表示抓緊時機，毫不拖延：眼看他要倒下去了，我趕緊扶住了他。

▶ **趕快** 辨析 見【趕快】條。
▶ **趕忙** 辨析 見【趕忙】條。
▶ **急忙** 辨析 見【急忙】條。
▶ **連忙** 辨析 見【連忙】條。

墓 mù 名 墳墓：公墓；烈士墓前擺滿了鮮花。

▶ **墳** 辨析 見【墳】條。

▶ **墓穴** 辨析 都有"埋葬死人的地方"的意義，但語義概括範圍有別。"墓"即墳墓，包括墓碑、墓穴等；"墓穴"是埋棺材、骨灰或陪葬品的坑，語義概括範圍比"墓"小，如"這個陪葬坑的墓穴比人們估計的還要大"。

墓穴 mùxué 名 埋棺材或骨灰的坑：已經挖好了墓穴。

▶ **墓** 辨析 見【墓】條。

墓地 mùdì 名 埋葬死人的地方，墳地：這片墓地很大。

▶ **墓園** 辨析 都有“埋葬死人的地方”的意義，但語體色彩和語義側重點、語法功能有別。“墓地”通用於口語和書面語，可指有意劃出的一片供埋葬死人的區域，也可指自然形成的墳地，其量詞可為“塊、片、處”等，如“這塊墓地是由土地管理所審批建立的”；“墓園”用於書面語，是有意劃出的墳墓區，其量詞多為“個”，如“每年都有很多人到烈士墓園來祭拜”。

墓園 mùyuán 名 埋葬去世的人的地方：這個墓園地方僻靜，很少人來。

▶ **墓地** 辨析 見【墓地】條。

夢想 mèngxiǎng ❶ 名 空想，妄想：現實擊碎了他的夢想。❷ 動 渴望：他小時候夢想着當一名飛行員。

▶ **幻想** 辨析 見【幻想】條。

▶ **理想** 辨析 見【理想】條。

夢話 mènghuà ❶ 名 睡夢中說的話：孩子在說夢話。❷ 名 比喻不切實際、不能實現的希望：你要坐飛船去火星？說夢話吧？！

▶ **夢囈** 辨析 見【夢囈】條。

夢囈 mèngyì 名 夢話：喃喃夢囈。

▶ **夢話** 辨析 都有“夢中說的話”的意義，但語體色彩和語法功能有別。“夢囈”用於書面語，“夢話”用於口語。“夢話”可做“說”的賓語，“夢囈”不能。

蒼白 cāngbái 形 白而發青，常比喻缺乏旺盛生命力：臉色蒼白 / 蒼白無力 / 這部小說中的人物形象都很蒼白。

▶ **慘白** 辨析 都有“形容臉色白”的意義，但語義輕重和適用對象有別。“蒼白”常常用來形容人的臉色白而略微發青或者鬢髮灰白的顏色，“慘白”主要用來形容人的臉色白得一點兒血色都沒有，因而“慘白”的語義重於“蒼白”。“蒼白”除了用來形容臉色和鬢髮以外，還有比喻用法，可以用來形容缺乏生命力的事物；“慘白”一般沒有這種比喻用法。如“這部小說中的主人公形象顯得很蒼白”，就不能說成“這部小說中的主人公形象顯得很慘白”。所以“蒼白”適用範圍要大於“慘白”。

蒼茫 cāngmáng 形 空闊遼遠而朦朧，無邊無際：蒼茫大地 / 暮色蒼茫 / 浩淼的湖面上，水天蒼茫一片。

▶ **蒼莽** 辨析 見【蒼莽】條。

▶ **蒼蒼** 辨析 見【蒼蒼】條。

蒼莽 cāngmǎng 形 形容廣闊而沒有邊際的樣子：蒼莽的大陸 / 林海蒼莽 / 在黑山白水之間，廣大的草原顯示出它那蒼莽雄渾的本色。

▶ **蒼茫** 辨析 都有“廣闊遼遠，沒有邊際”的意義，但語義概括範圍和適用對象有別。“蒼茫”除了二者共同的“廣闊而沒有邊際”的意義之外，還含有朦朧迷茫的意思；因而“蒼茫”的語義概括範圍略大於“蒼莽”。“蒼莽”常常用來形容大面積的原野或林地等，“蒼茫”常常用來形容遼遠的大地、開闊的水面、朦朧的暮色等。

▶ **蒼蒼** 辨析 見【蒼蒼】條。

蒼涼 cāngliáng 形 寂寞冷落的樣子：火災過後，事故現場一片蒼涼的景象。

▶ **淒涼** 辨析 都有“寂寞冷落”的意義，但語義概括範圍和適用對象有別。“淒涼”除了二者共同的“寂寞冷落”的意義之外，還含有“悽楚悲傷”的意義，因而“淒涼”的語義概括範圍和適用對象的範圍都要大於“蒼涼”。“蒼涼”常常用來形容環境或景物等客觀外界的事物，如"蒼涼的原野""戰爭之後，大地一片蒼涼"等；而"淒涼"既可以用來形容環境或景物等客觀外界的事物，又可以用來形容人的身世、境遇或內心感受等具有主觀色彩的事物，如"滿目淒涼""到處是殘垣斷壁，一片淒涼""淒涼的身世""與親人離別，心裏不由得一陣淒涼"。

▶ **悲涼** 辨析 都有"寂寞淒涼"的意義，但語義側重點和適用對象有別。"蒼涼"側重於孤獨寂寞、荒蕪冷落；"悲涼"側重於悽楚悲哀。"蒼涼"主要用來形容環境或景物等客觀外界的事物，如"蒼涼的原野""戰爭之後，大地一片蒼涼"等；"悲涼"主要用來形容人的內心世界，雖然有時也可以用來形容環境或景物等客觀外界的事物，但是這些外界事物都跟人的內心感受密切相關，如"內心無比悲涼""遠處傳來一陣悲涼的琴聲""月光下一片悲涼""站台上充滿了悲涼的氣氛"。

蒼蒼 cāngcāng ❶形 深綠色或深藍色：蒼蒼林海／天色蒼蒼。❷形 灰白色：白髮蒼蒼。❸形 空闊遼遠，漫無邊際：山海蒼蒼。

▶ **蒼茫** 辨析 都有"空闊遼遠，漫無邊際"的意義，但語義側重點和適用對象有別。"蒼蒼"含有"一片青色或灰白色"的意義，因而常常跟表示草木茂盛的"鬱鬱"連用，形容廣闊的原野或林地，以及遼遠的天空或海洋、灰白的毛髮等等；"蒼茫"含有"朦朧迷茫"的意義，常用來形容遼遠的大地、開闊的水面、朦朧的暮色等。

▶ **蒼莽** 辨析 都有"廣闊遼遠，漫無邊際"的意義，但語義概括範圍和適用對象有別。"蒼蒼"除了二者共同的"廣闊而沒有邊際"的意義之外，還含有"一片青色或灰白色"的意義，因而"蒼蒼"的語義概括範圍大於"蒼莽"。"蒼蒼"常用

來形容廣闊的原野或林地、遼遠的天空或海洋、灰白的毛髮等等，"蒼莽"主要用來形容大面積的原野或林地等。

蒼翠 cāngcuì 形 草木等的顏色深綠：蒼翠的山林。

▶ **蒼鬱** 辨析 見【蒼鬱】條。

蒼鬱 cāngyù 形 形容草木濃綠茂盛的樣子：蒼鬱的原野／山上松柏蒼鬱，山下碧水清漱。

▶ **蒼翠** 辨析 都有"形容樹木青翠茂盛"的意義，但語義側重點有別。"蒼鬱"着重強調林木枝繁葉茂、顏色濃綠的樣子；"蒼翠"着重強調草木清新鮮亮、充滿生機的樣子。"蒼鬱"常常用來形容夏秋之際的林木或大地山川等；"蒼翠"常用來形容春夏之際或雨後的花草林木以及原野、山河等。

▶ **葱鬱** 辨析 都有"形容樹木青翠茂盛"的意義，但語體色彩有別。二者都屬於書面語詞，但是"蒼鬱"有時也用於口語，因而"蒼鬱"在現代漢語中的使用頻率高於"葱鬱"。

蓄意 xùyì 動 早有計劃或打算做（多指壞的）：蓄意破壞／蓄意謀殺／蓄意挑起事端。

▶ **故意** 辨析 見【故意】條。

▶ **蓄謀** 辨析 見【蓄謀】條。

蓄謀 xùmóu 動 早有計劃或打算做（多指壞的）：蓄謀已久／蓄謀發動侵略戰爭。

▶ **蓄意** 辨析 都有"早有計劃或打算做"的意義，但語義側重點及語義輕重有別。"蓄謀"強調進行精心策劃、有周密的計劃，往往用於較重大的事情，有固定搭配"蓄謀已久""蓄謀不軌"；"蓄意"強調有某種企圖或打算，但未必是經過深思熟慮的，語義比"蓄謀"輕，如"蓄意縱火""蓄意侵犯專利權"。

蒞臨 lìlín 動 來到某個地方。

▶ 光臨 辨析 見【光臨】條。

▶ 惠臨 辨析 都有"客氣地表示歡迎對方來到自己這裏"的意義，但語義側重點和適用對象有別。"蒞臨"是下對上，有表示恭敬的色彩；"惠臨"則有表示感謝的意思，即對方的到來給自己帶來好處，常見於酒店等，如"謝謝惠臨"。

▶ 降臨 辨析 見【降臨】條。

▶ 來臨 辨析 見【來臨】條。

蒙汗藥 ménghànyào 名 古典戲曲小說裏常提到的能使人暫時失去知覺、昏睡，或雖有知覺但手腳無力動彈的藥。

▶ 麻藥 辨析 見【麻藥】條。

▶ 麻醉劑 辨析 見【麻醉劑】條。

蒙蔽 méngbì 動 隱瞞真相，使人上當：花言巧語蒙蔽不了人。

▶ 矇騙 辨析 見【矇騙】條。

遠征 yuǎnzhēng 動 長途行軍或遠道出征：遠征軍。

▶ 長征 辨析 見【長征】條。

嘉獎 jiājiǎng ❶動 稱讚和鼓勵：政府嘉獎做出突出貢獻的科技人才。❷名 稱讚的話語或獎勵的實物：最高的嘉獎／無上的嘉獎。

▶ 獎勵 辨析 見【獎勵】條。

▶ 獎賞 辨析 見【獎賞】條。

摧殘 cuīcán 動 使受到嚴重損害：摧殘身心健康。

▶ 殘害 辨析 見【殘害】條。

蒸汽 zhēngqì 名 水蒸氣：蒸汽機。

▶ 蒸氣 辨析 見【蒸氣】條。

蒸氣 zhēngqì 名 液體或固體因蒸發、沸騰或昇華而變成的氣體：水蒸氣。

▶ 蒸汽 辨析 都有"液體或固體受熱而變成的氣體"的意義，但語義範圍有別。"蒸氣"泛指由液體蒸發、沸騰或固體昇華而成的氣體，包括水蒸氣、汞蒸氣、碘蒸氣等多種，使用較普遍；"蒸汽"多指用作機械化生產工具的動力的水蒸氣，很少單用，多構成某些生產工具的名稱，如蒸汽機、蒸汽錘、蒸汽鍋爐、蒸汽房等。

誓言 shìyán 名 發誓時表示決心的言語：他在父親的遺像前立下一個誓言。

▶ 諾言 辨析 見【諾言】條。

壽辰 shòuchén 名 生日，一般用於年歲較大的人：今天是爺爺的壽辰。

▶ 華誕 辨析 見【華誕】條。

摻兌 chānduì 動 把不同成分的東西（多指液體）混合在一起：消毒液需要摻兌一定比例的水才能達到最佳消毒效果。

▶ 摻和 辨析 都有"把不同的東西混合在一起"的意義，但語義概括範圍和適用對象的範圍有別。除了"把不同的東西混合在一起"的意義以外，"摻和"還有一個引申用法"介入，參加進去並混合在一起"的意思，如"這種事兒你少摻和""別跟他們幾個瞎摻和"，而"摻兌"沒有這種用法。"摻和"可以用於各種各樣的東西，包括固體和液體等；"摻兌"一般只用於液體，如"這兩種藥水必須摻兌在一起才能使用"。

▶ 摻雜 辨析 見【摻雜】條。

摻和 chānhuo ❶動 把不同的東西混合到一起：把大米、小紅豆、花生、大棗摻和在一塊兒熬粥。❷ 動 介入，參加進去並混合在一起：這種事兒你少摻和 / 別跟他們幾個瞎摻和。

▶ **摻雜** 辨析 見【摻雜】條。

▶ **摻兌** 辨析 見【摻兌】條。

▶ **攪和** 辨析 都有"參加進去並混合在一起"的意義，但語義概括範圍和語體色彩有別。"攪和"還有"使混合"的意思，如"你把粥攪和一下"，而"摻和"沒有這種用法，一般不說"你把粥摻和一下"，所以"攪和"的語義概括範圍大於"摻和"。此外，雖然二者都是口語詞，但"攪和"更具有北方方言色彩。

摻雜 chānzá 動 不同的東西夾雜在一起，使不同的東西混合到一起：大米裏頭竟然摻雜着沙子 / 哭喊聲和叫罵聲摻雜在一起 / 秉公辦事，決不把私人關係摻雜進去。

▶ **摻和** 辨析 都有"把不同的東西混合起來"的意義，但語義側重點有別。"摻和"強調把不同的東西混合為一體；"摻雜"強調使不同的東西交錯地混雜或夾雜在一起；如"把兩種顏色的油漆摻和起來使用"，一般不說"把兩種顏色的油漆摻雜起來使用"。

▶ **摻兌** 辨析 都有"把不同的東西混合在一起"的意義，但二者適用對象的範圍有別。"摻雜"可以用於各種各樣的東西，包括固體和液體等；"摻兌"一般只用於液體。如"這兩種藥水必須摻兌在一起才能使用"。但是"大米裏頭竟然摻雜着沙子""哭喊聲和叫罵聲摻雜在一起"，就不能換成"大米裏頭竟然摻兌着沙子""哭喊聲和叫罵聲摻兌在一起"。因此，"摻雜"適用對象的範圍大於"摻兌"。

▶ **混合** 辨析 見【混合】條。

▶ **混雜** 辨析 見【混雜】條。

聚沙成塔 jùshāchéngtǎ 把細沙堆積成寶塔，比喻積少成多。

▶ **積少成多** 辨析 見【積少成多】條。

聚首 jùshǒu 動 人們為了一定的目的而聚集在一起：聚首東京。

▶ **聚會** 辨析 見【聚會】條。

聚集 jùjí 動 集合；湊在一起：鄉親們都聚集在村頭。

▶ **彙集** 辨析 見【彙集】條。

▶ **集合** 辨析 見【集合】條。

聚會 jùhuì ❶ 動（人）會合在一起：同學聚會。❷ 名 指聚會的事：參加同學聚會。

▶ **聚首** 辨析 都有"會合在一起交談或進行某種活動"的意義，但語義側重點、適用場合和語體色彩有別。"聚會"強調人們從不同的地方來到一處共聚一堂，可以用於正式的或非正式的場合，通用於口語和書面語，如"老同學大聚會""聚會總籠罩着一層若有若無的淒涼"，"聚首"強調為了一定的目的而來一處，聚到一起，用於正式的場合，有濃厚的書面語色彩，如"數十名詩人、書畫家聚首梅花山舉辦新春賞梅筆會"。

構成 gòuchéng 動 結構而成：構成犯罪。

▶ **組成** 辨析 都有"分散的人或事物組合在一起"的意義，但語義側重點有別。"構成"強調各個體之間的內在聯繫；"組成"強調個體組合後形成的整體，個體之間保持相對的獨立性。如"代表隊由 15 人組成"中的"組成"不宜換用"構成"，因為代表隊中每個隊員都有相對獨立性。

構造 gòuzào 名 事物各組成部分的安排、組織和相互關係：人體構造。

▶ **結構** 辨析 都有"事物各個組成部分

的搭配和安排"的意義,但語義側重點和適用對象有別。"構造"強調各組成部分的內在關係、事物整體是如何形成的,多用於具體事物,如"地質構造、眼睛的構造"等;"結構"強調構成整體的各個組成部分及其結合方式,既可用於具體事物,也可用於抽象事物,如"食品結構、知識結構"等。

槍決 qiāngjué 動 用槍打死,多用於執行死刑:殺害父母的兇手昨日被槍決。

▶ 處決 辨析 見【處決】條。

榜上無名 bǎng shàng wú míng 指考試未被錄取或未被列入某種級別的名冊。

▶ 名落孫山 辨析 見【名落孫山】條。

輔助 fǔzhù 動 從旁幫助:家人輔助他完成了這項發明。

▶ 輔佐 辨析 都有"從旁幫助"的意義,但適用對象有別。"輔助"適用面比較寬,給予的幫助往往起次要作用;"輔佐"一般適用於政治等大的方面,如"輔佐朝政、輔佐小皇帝"等,給予的幫助往往起很大的作用。

▶ 協助 辨析 見【協助】條。

輔佐 fǔzuǒ 動 從旁幫助(多指政治上):輔佐朝政。

▶ 輔助 辨析 見【輔助】條。

輔導 fǔdǎo 動 幫助並指導:輔導功課。

▶ 指導 辨析 見【指導】條。

輕巧 qīngqiǎo ❶形 輕便靈巧:這輛自行車很輕巧 / 他劃起船來真輕巧。❷形 簡單容易:要是事情都跟你想得那麼輕巧就好了。

▶ 靈巧 辨析 見【靈巧】條。

▶ 輕便 辨析 都有"重量較小而使用方便"的意義,但語義側重點和使用範圍有別。"輕巧"着重於"巧",靈巧,強調巧妙靈活,如"曲線型的流暢設計讓這座橋看起來輕巧美觀";"輕便"着重於"便",便利,強調使用方便、省力,如"輕便摩托車"。"輕巧"可形容人,也可形容物體;"輕便"一般只形容物體。"輕巧"還可表示"簡單容易",在這一意義上二者不相同。

輕快 qīngkuài ❶形 輕鬆而不費勁:他跑起來顯得十分輕快,確實適宜長跑。❷形 輕鬆愉快:輕快的樂曲。

▶ 輕鬆 辨析 都有"不吃力的、不緊張的或愉快的"意義,但語義側重點和適用範圍有別。"輕快"着重於"快",暢快、愉快,強調輕柔、愉快的感覺,如"事情辦妥了,他心中感到格外輕快";"輕鬆"着重於"鬆",寬緩、放鬆,強調不感到負擔或勞累,如"他們輕鬆愉快地遊覽這一帶的景點"。"輕快"常用來形容人的動作行為、心理狀態、樂曲等;"輕鬆"常用來形容人的心理狀態、生活、工作等。

輕易 qīngyì ❶形 輕鬆容易;不費力:成功不是輕易就能取得的。❷形 隨意,隨便:他輕易不發脾氣。

▶ 容易 辨析 都有"做事不費力"的意義,但語義側重點和語法特點有別。"輕易"着重於輕鬆,強調對人或事物看得輕鬆、簡單,如"勝利是不會輕易到手的";"容易"着重於事情不難或簡單淺顯,強調客觀對象不需要行為主體費力氣,如"千里迢迢,來一次故地不容易"。"輕易"多用作狀語;"容易"多用作謂語或定語。"輕易"還表示行為主體不能控制自己,隨便做某事,"容易"還表示某種變化的可能性大,在這些意義上二者不相同。

輕佻 qīngtiāo 形 言行浮躁，不莊重；不嚴肅：有些年輕人舉止輕佻，實在有些令人厭惡。

▸ **輕浮** 辨析 都有"言行浮躁、不莊重、不嚴肅"的意義，但語義側重點、語義輕重和使用範圍有別。"輕佻"着重於"佻"，輕薄，強調行為舉止的隨意、不穩重，如"輕佻女郎"；"輕浮"着重於"浮"，不踏實，強調作風浮躁、言行隨便，語義較"輕佻"重，如"他是一個好吃懶做、作風輕浮的人"。"輕佻"常用於言談、舉止、行為等方面；"輕浮"使用範圍較廣，除用於言談、舉止、行為等方面外，還可用於作風、性格、作派等方面。

輕便 qīngbiàn 形 重量較小而建造或使用方便的：輕便自行車。

▸ **輕巧** 辨析 見【輕巧】條。

輕浮 qīngfú 形 言行舉止不莊重、不嚴肅：舉止輕浮。

▸ **輕佻** 辨析 見【輕佻】條。

輕率 qīngshuài 形 隨意，不慎重：不要輕率表態。

▸ **草草** 辨析 見【草草】條。

▸ **草率** 辨析 見【草率】條。

輕鬆 qīngsōng 形 不吃力，不緊張：應該為孩子們創造一個輕鬆愉快的學習環境。

▸ **輕快** 辨析 見【輕快】條。

歌唱 gēchàng ❶動 唱（歌）：放聲歌唱。❷動 用唱歌等形式頌揚：歌唱祖國。

▸ **歌頌** 辨析 見【歌頌】條。

▸ **歌詠** 辨析 見【歌詠】條。

歌詠 gēyǒng 動 唱（歌）：歌詠比賽。

▸ **歌唱** 辨析 都有"唱（歌）"的意義，但語體色彩和語法功能有別。"歌詠"具有書面語色彩，常作定語，搭配面較窄；"歌唱"口語和書面語中都可以用，是不及物動詞，不作定語。如可以説"歌詠晚會"，但一般不説"歌唱晚會"。

歌頌 gēsòng 動 用詩歌頌揚，泛指用語言文字等讚美：歌頌祖國。

▸ **歌唱** 辨析 都有"表示頌揚"的意義，但語義側重點和語體色彩有別。"歌頌"讚揚的方式可以更寬一些，可以詩歌、圖畫等其他形式讚美，口語和書面語都可以用；"歌唱"強調用唱歌的形式讚美，多用於文學語體。如"盡情歌頌抗日英雄"中的"歌頌"不宜換用"歌唱"。

▸ **謳歌** 辨析 見【謳歌】條。

▸ **讚美** 辨析 都有"對人或事物頌揚"的意義，但適用對象和語義強度有別。"歌頌"多用於有偉大意義的人或事，是從總的方面進行的稱頌，語義較重；"讚美"多表示一般人或事物的美好，是對具體方面的稱讚，語義較輕。"大家由衷的讚美這位義工"中的"讚美"不宜換用"歌頌"。

▸ **讚頌** 辨析 都有"對人或事物頌揚"的意義，但語義側重點和語義強度有別。"歌頌"側重指謳歌頌揚，比"讚頌"語義要重一些，如"歌頌偉大的祖國"比"讚頌偉大的祖國"感情更飽滿，語義更重。

監牢 jiānláo 名 關押囚禁犯人的處所：他被關押在插翅難飛的監牢裏。

▸ **監獄** 辨析 都有"關押犯人的處所"的意義，但語義側重點和語體色彩有別。"監牢"強調將犯人關起來，限制其行動自由、活動範圍的特徵，有書面語色彩，如"長期被關押在監牢裏"；"監獄"沒有特殊強調的意味，表示機構時只能用"監獄"一詞,通用於口語和書面語,如"被關押在以色列監獄的八百名巴勒斯坦人"。

▶ **牢獄** 辨析 見【牢房】條。

▶ **囹圄** 辨析 見【囹圄】條。

監督 jiāndū ❶動 察看並督促:監督他們的行動/嚴格監督。❷名 做監督工作的人。

▶ **督促** 辨析 都有"認真察看,使對方正確地、順利地把事情做好"的意義,但語義側重點有別。"監督"強調公開地從旁察看、監管,以使事情按正常的程序進行,如"釋放人質的行動是在北約軍方的監督下進行的";"督促"強調察看並催促,使儘快行動,如"督促各地查荒滅荒,開展復耕工作"。

監獄 jiānyù 名 監禁犯人的處所:他在監獄裏呆了五年。

▶ **監牢** 辨析 見【監牢】條。

▶ **牢房** 辨析 見【牢房】條。

▶ **牢獄** 辨析 見【牢獄】條。

▶ **囹圄** 辨析 見【囹圄】條。

緊急 jǐnjí 形 必須立即採取行動、不容許拖延的。

▶ **急迫** 辨析 見【急迫】條。

甄別 zhēnbié 動 審查辨別,考核鑒別:甄別官員。

▶ **鑒別** 辨析 都有"通過審查,辨別真假好壞"的意義,但語義側重點、適用對象有別。"甄別"強調認真審查或考核,加以辨別、判定,多用於資料、史料等具體事物,也用於對人下的結論,帶有鄭重色彩,多用於書面語;"鑒別"強調仔細查看分辨、識別評定,多用於文物、古董等具體事物,有時也用於人的言論、行動,比"甄別"通俗常用。如"對傳世的文物,首先有一個鑒別真偽的

問題"中的"鑒別"不宜換用"甄別"。

酷熱 kùrè 形 (天氣) 極熱:酷熱難當。

▶ **熾熱** 辨析 見【熾熱】條。

▶ **火熱** 辨析 見【火熱】條。

▶ **炎熱** 辨析 見【炎熱】條。

酸 suān ❶名 能在水溶液中產生氫離子的化合物的統稱:硫酸/醋酸。❷形 醋一樣的氣味或味道:酸梅。❸形 身上微痛而無力的難受感覺:酸痛/腰酸腿疼。❹形 悲傷難受:心酸/辛酸。❺形 迂腐可憐:窮酸書生。

▶ **酸溜溜** 辨析 在形容詞的各義項上意義相同,但語義輕重、用法和詞性有別。"酸"的語義一般較"酸溜溜"重。"酸"可受程度低的副詞修飾,如"有點、有些",也可受程度高的副詞修飾,如"很、太、非常";"酸溜溜"只受程度低的副詞修飾,如"這東西有些酸溜溜的"。"酸"能帶補語,但不能用作狀語;"酸溜溜"能用作狀語,但不能帶補語。"酸"除用作形容詞外,還能用作名詞,指一類化學物質;"酸溜溜"只用作形容詞。

酸溜溜 suānliūliū ❶形 形容酸的氣味或味道:酸溜溜的葡萄。❷形 形容輕微酸痛的感覺:我的腿酸溜溜的,不出去了。❸形 形容心裏難受或輕微嫉妒的感覺:聽說他中了大獎,她心裏酸溜溜的。❹形 形容言行迂腐:你別介意,他說話就是這麼酸溜溜的。

▶ **酸** 辨析 見【酸】條。

厭惡 yànwù 動 (對人或事物) 產生很大的反感:他的行為令人厭惡。

▶ **討厭** 辨析 見【討厭】條。

厭煩 yànfán 動 討厭,不耐煩:他對這種生活感到厭煩。

▶ **膩煩** 辨析 都有"不耐煩"的意義，但語義側重點有別。"厭煩"偏重討厭、厭惡；"膩煩"偏重指因機械重複、沒有新意而讓人感到不耐煩。如"你這話說了幾十遍，我聽得都膩煩了"中的"膩煩"不宜換成"厭煩"。

奪取 duóqǔ ❶動 用武力強行取得：奪取戰略要地。❷動 盡力取得：奪取新的勝利。

▶ **爭奪** 辨析 都有"盡力取得"的意義，但語義側重點有別。"奪取"着重於"取"，側重指通過努力取得；"爭奪"着重於"爭"，側重指互不相讓的激烈行動。如"饑民團結在一起到富商家去吃飯或奪取糧食"中的"奪取"不宜換用"爭奪"。

▶ **爭取** 辨析 都有"盡力取得"的意義，但語義側重點、語義強度和適用對象有別。"奪取"側重指通過努力取得，語義較重，適用對象多是勝利、桂冠、豐收等；"爭取"側重指力求獲得和力求實現，語義較輕，適用對象可以是勝利、桂冠、豐收等，還可以是合作、幫助、援助等。如"這項措施的目的在於擊敗競爭對手，奪取市場，進而壟斷商品價格"中的"奪取"不能換用"爭取"。

需求 xūqiú 名 因必須具有或使用某事物而對該事物產生的要求或慾望：需求信息 / 市場需求。

▶ **需要** 辨析 都有"對某事物產生的要求或慾望"的意義，但語義側重點、語體色彩有別。"需求"特別強調對事物的要求，多用於書面語，如"滿足消費者的需求"。"需要"偏重於必須要獲取來使用或擁有的，口語和書面語都可以使用，如"不同的人有不同的需要"。

需要 xūyào ❶動 應該有或必須有：我們需要更多的精品。❷名 因必須具有或使用某事物而對該事物產生的要求或慾望：滿足日常生活需要。

▶ **需求** 辨析 見【需求】條。

對比 duìbǐ 動 進行比較：對比研究。

▶ **對照** 辨析 都有"彼此相對比較"的意義，但語義側重點和適用對象有別。"對比"側重指相互之間的比較，適用對象多是人或同類的事物；"對照"側重指有參照物的比較，適用對象多是有關聯性的人或事物。如"中西文化對比，這也算是重要的一例吧"中的"對比"不能換用"對照"。

對立 duìlì 動 兩種事物或一種事物中的兩個方面之間相互矛盾、相互排斥：對立雙方。

▶ **敵對** 辨析 都有"兩種事物之間有矛盾"的意義，但語義側重點、語義強度有別。"對立"側重指兩種事物或一種事物中的兩個方面之間相互矛盾、相互排斥，語義較輕；"敵對"側重指仇視而相對抗，有利害衝突不能相容，語義較重。如"不要把學習和實踐對立起來"中的"對立"不能換用"敵對"。

▶ **對抗** 辨析 都有"兩種事物之間有矛盾"的意義，但語義側重點有別。"對立"側重指兩種事物或一種事物中的兩個方面之間相互矛盾、相互排斥；"對抗"側重指有足夠的力量和對方較量。如"奴隸主和奴隸兩個群體永遠是對立的"中的"對立"不宜換用"對抗"。

對抗 duìkàng ❶動 堅持對立，相持不下：兩派長期對抗，對經濟的發展很不利。❷動 抵抗、拒絕：不要對抗現行政策。

▶ **對立** 辨析 見【對立】條。

▶ **抗衡** 辨析 都有"兩種事物或兩種力量相持不下"的意義，但語義側重點、語義強度和語體色彩有別。"對抗"側重指有足夠的力量和對方較量，語義較重，口語和書面語中都可以用；"抗衡"側重指兩方力量相差不大，可以進行一番較量，對立抵抗的意思不如"對抗"重，多用於書面語。如"不要有對抗情緒"中的"對抗"不能換用"抗衡"。

〔**參考條目**〕抵抗 — 反抗

對照 duìzhào 〔動〕彼此相對着進行比較：對照規定，看你做得對不對。

▶ **比照** 辨析 見【比照】條。

▶ **參照** 辨析 都有"彼此相對比較"的意義，但語義側重點有別。"對照"側重指互相對比、比較；"參照"側重指參考並比較。如"對照答案把試卷看一下"中的"對照"不宜換用"參照"。

▶ **對比** 辨析 見【對比】條。

夥伴 huǒbàn 〔名〕共同參加某種組織或從事某種活動的人。

▶ **搭檔** 辨析 都有"共同參加某種組織或從事某種活動的人"的意義，但"夥伴"一般是臨時的，不固定的；"搭檔"一般是長期的，穩定的。如可以説"老搭檔"，但一般不説"老夥伴"。

▶ **同伴** 辨析 見【同伴】條。

賑濟 zhènjì 〔動〕用錢糧或其他實物救濟：賑濟災民。

▶ **周濟** 辨析 見【周濟】條。

暢快 chàngkuài 〔形〕形容心情舒暢而快活：消除了鬱積在心裏的苦悶，他覺得無比暢快 / 假期他們全家出去暢快地玩了幾天。

▶ **歡暢** 辨析 見【歡暢】條。

▶ **舒暢** 辨析 都有"形容心情順暢"的意義，但語義概括範圍有別。二者共同具有的意義，主要表示由於稱心如意而心情順暢。此外"暢快"還有由於幸福而非常快活的意思。如"他獲得了這屆乒乓球賽的冠軍，心情十分暢快"中的"暢快"不宜換成"舒暢"。因此"暢快"的語義概括範圍要大於"舒暢"。

閨女 guīnü ❶〔名〕沒有結婚的女子。❷〔名〕女兒：閨女小子一個樣。

▶ **姑娘** 辨析 見【姑娘】條。

▶ **女兒** 辨析 見【女兒】條。

踉蹌 liàngqiàng 〔動〕走路不穩：一個踉蹌，差點滑倒。

▶ **趔趄** 辨析 都有"形容走路不穩"的意義，但語義側重點有別。"踉蹌"指人走路腳步不穩，是一種持續的狀態，如"他腳步虛浮，一路走一路踉蹌"；"趔趄"則是一個突發的動作，側重點在於要摔倒而沒有倒下去，如"一不留神被石頭絆了個趔趄"。

鄙視 bǐshì 〔動〕看輕；看不起：鄙視小人 / 我鄙視你這種行為。

▶ **鄙薄** 辨析 都有"看輕；看不起"的意義，但適用對象、語體色彩有別。"鄙視"的對象很寬泛，如"我鄙視你""鄙視一切""鄙視小男人"；"鄙薄"的對象常常是人，如"鄙薄技術工人""鄙薄他人"，也用於其他對象，如"鄙薄傳統"。"鄙視"通用於口語和書面語，"鄙薄"有較強的書面語色彩。

▶ **蔑視** 辨析 都有"看輕；看不起"的意義，但搭配對象、語體色彩有別。"鄙視"的對象很寬泛，如"我鄙視你""鄙視一切""鄙視小男人"；"蔑視"的對象常常不是個體的人，如"蔑視法庭""蔑視一切""戰略上蔑視敵人"。"鄙視"通用於口語和書面語，"蔑視"則有書面語色彩。

鄙棄 bǐqì 〔動〕看不起；厭惡：大家都鄙棄他。

▶ **唾棄** 辨析 見【唾棄】條。

鄙薄 bǐbó ❶【動】看輕；看不起：他常鄙薄和嘲笑別人。❷【形】鄙陋淺薄：學識鄙薄。

▶ **鄙視** 辨析 見【鄙視】條。

▶ **蔑視** 辨析 都有"看輕；看不起"的意義，但語義側重點、搭配對象、語體色彩有別。"鄙薄"有鄙視、厭惡的意味，對象常常是人，如"鄙薄知識分子"，也用於其他對象，如"鄙薄傳統"；"蔑視"有輕慢、輕蔑的意味，對象比較寬泛，如"蔑視對手""蔑視死神""蔑視女性"。"鄙薄"的書面語色彩比"蔑視"更強一些。

骯髒 āngzāng ❶【形】不乾淨：有些人生活在骯髒之中，破報紙、舊瓶子、垃圾包圍着他們生活的空間。❷【形】比喻思想或行為醜惡、卑鄙：骯髒的交易。

▶ **齷齪** 辨析 都有"不乾淨"和"形容人品質惡劣"的意義，但適用對象和語體色彩有別。"骯髒"適用面廣，可用於物件、處所、空氣、人的外表和內心等，口語和書面語都可以用；"齷齪"側重指不乾淨得可憎可惡，常用於思想、心靈、品行、態度、言行、生活等抽象事物，具有書面語色彩。如"當一個人太出名的時候，就會有一些齷齪人或者齷齪事找上他"中的"齷齪"不能換用"骯髒"。

團圓 tuányuán ❶【動】家人分別或失散後又相聚：春節是中國人團圓的日子／骨肉團圓。❷【形】圓形的：團圓臉。

▶ **團聚** 辨析 都有"相聚在一起"的意義，但語義側重點和使用範圍有別。"團圓"着重指分散開或失散後又聚集、生活在一起，強調聚齊，不缺少任何一個，如"夫妻倆兩地分居，現在終於團圓了"；"團聚"着重指從各處聚集到一起，如"家人團聚，自然是喜氣洋洋"。"團圓"只用於家庭成員之間；"團聚"多用於家庭成員或其他關係親密的人之間。在其他意義

上二者不相同。

團聚 tuánjù ❶【動】相聚，多指親人散而復聚：合家團聚。❷【動】團結；聚集：把廣大民眾團聚到一起。

▶ **團圓** 辨析 見【團圓】條。

團體 tuántǐ 【名】由目的、志趣相同的人組成的集體：藝術團體。

▶ **集團** 辨析 都有"因某種原因組織而成的集體"的意義，但語義側重點和使用範圍有別。"團體"着重指由許多目的、志趣相同的人結合而成的一個整體，多用於民眾組織，如"藝術團體""團體項目"；"集團"着重指為了一定的目的或共同利益組織起來共同行動的集體，多用於軍事力量、政治勢力、領導層等方面，如"報業集團"。

嶄新 zhǎnxīn 【形】極新：以嶄新的面貌迎接新的挑戰。

▶ **簇新** 辨析 都有"非常新"的意義，但語義側重點、適用對象和語體色彩有別。"嶄新"強調特別新，新得突出，不同一般，可用於建築物、服裝、家具、機器、武器等具體事物，也可用於面貌、生活、思想、局面、姿態等抽象事物；"簇新"強調全新，含有色澤光鮮的意味，多用於能煥發光澤的用品、服裝、鈔票等具體事物，如"一套簇新的西裝"，書面語色彩比"嶄新"濃。

罰金 fájīn ❶【名】犯罪分子向政府繳納一定數額金錢的刑罰。❷【名】被判罰金時繳納的錢。

▶ **罰款** 辨析 廣義上都有"繳納一定數額金錢"的意義，但作為法律術語，在中文使用的不同地區，含義不同。在大陸、台灣、澳門，二者適用對象有別。"罰金"是一種刑罰，適用於犯罪分子；"罰款"是一種行政處罰，適用於違反交通法規等條例的違法的人，而不是犯罪

的人。如"法院判決被告繳納二萬元罰金"中的"罰金"不能換成"罰款"。香港則不同,"罰款"適用這兩種情況。

罰款 fákuǎn ❶名 強制違法者繳納一定數量金錢的行政處罰。❷名 被罰款時繳納的錢。

▶ 罰金 辨析 見【罰金】條。

製作 zhìzuò 動 經加工使原材料成為可用之物:製作糕點。

▶ 製造 辨析 都有"做出某種東西"的意義,但語義側重點有別。"製作"着重指用手工造出較小較簡單的物品,如玩具、盆景、家具等;"製造"着重指造出較大較複雜的成品,如飛機、輪船、武器等。如可以說"製造機器""製造化肥",但不說"製作機器""製作化肥"。

製造 zhìzào ❶動 把原材料加工成可供使用的物品:製造飛機。❷動 人為地造成某種氣氛或局面等(含貶義):製造緊張氣氛。

▶ 製作 辨析 見【製作】條。

犒勞 kàoláo ❶動 用酒食等慰勞:犒勞將士。❷名 指慰勞的酒食等。

▶ 犒賞 辨析 都有"用酒食等慰勞"的意義,但語義側重點有別。"犒勞"強調對有功之人進行慰勞,如"用最隆重的禮儀犒勞官兵";"犒賞"強調對有功之人給以賞賜,如"犒賞三軍"。

犒賞 kàoshǎng 動 犒勞賞賜:犒賞三軍。

▶ 犒勞 辨析 見【犒勞】條。

稱呼 chēnghu ❶動 叫:這個,您就稱呼我茶鏡吧!❷名 表示某種關係的互相稱謂,如:哥哥、姐姐、先生等。

▶ 稱謂 辨析 都有"表示人們彼此關係的名稱"的意義,但語義側重點和語體色彩有別。"稱呼"側重指當面招呼用的

表示人們彼此關係的名稱,如"媽媽、爺爺、姑父"等,口語和書面語中都可以用;"稱謂"側重指由於親屬或其他關係以及由於身份、職業等而得來的名稱,如"母親、祖父、局長、服務生"等,多用於書面語。如"工作後,聽慣了'阿劉'的稱呼"中的"稱呼"不能換用"稱謂"。

▶ 名稱 辨析 見【名稱】條。

稱道 chēngdào 動 深表滿意而誇獎:他的木刻,至今為人所稱道。

▶ 稱讚 辨析 都有"誇獎"的意義,但語義強度和語體色彩有別。"稱道"的語義較重,多用於書面語;"稱讚"的語義較輕,口語和書面語中都可以用。如"包先生為人恪守信用,為眾人所稱道"中的"稱道"不宜換用"稱讚"。

稱謂 chēngwèi 名 人們為了表示親屬或其他方面的相互關係,或為了表示身份、職業等的區別而得來的名稱。

▶ 稱呼 辨析 見【稱呼】條。

▶ 名稱 辨析 見【名稱】條。

稱讚 chēngzàn 動 用言辭表達對人或事物優點的喜愛:他淺笑着稱讚我的坦白。

▶ 稱道 辨析 見【稱道】條。

▶ 誇獎 辨析 見【誇獎】條。

管中窺豹 guǎnzhōngkuībào 從管中看豹。比喻見識狹小,看不到全面。有時與"可見一斑"連用,比喻從觀察到的部分可以推知全貌。

▶ 管窺蠡測 辨析 都有"以管觀看,所見有限"的意義,但語義側重點有別。"管中窺豹"比喻只觀察到事物的一部分,強調不全面;"管窺蠡測"比喻對事物的觀察極其狹隘,含有理解極其膚淺、零碎的意味,可用於自謙。

▶ 坐井觀天 辨析 見【坐井觀天】條。

管窺蠡測 guǎnkuī lícè 從竹管孔中觀天，以瓢量海水。比喻見識短淺、瞭解片面。

▶ **管中窺豹** 辨析 見【管中窺豹】條。

▶ **坐井觀天** 辨析 見【坐井觀天】條。

催用 gùyòng 動 出錢讓人為自己做事：我準備催用他。

▶ **催傭** 辨析 二者所指相同，但語體色彩有別。"催用"比較生活化，口語和書面語中都可以用；"催傭"比較正式，具有書面語色彩。如"一位穿戴極普通的布衣老者在與一個四川姑娘談催傭條件"中的"催傭"不宜換用"催用"。

催傭 gùyōng 動 用貨幣購買勞動力：催傭軍。

▶ **催用** 辨析 見【催用】條。

鼻祖 bízǔ 名 有世系可考的最初的祖先，比喻創始人：現代計算機的鼻祖／相聲的鼻祖。

▶ **始祖** 辨析 見【始祖】條。

銘刻 míngkè ❶ 名 在金屬器物或石碑等表面鑄或刻的文字：秦代銘刻。❷ 動 深深地記住：父親的教誨銘刻在心中。

▶ **雕刻** 辨析 都有"刻、鑿成的作品"的意義，但語義側重點有別。"銘刻"指在金屬器物上鑄或石碑上刻的文字，如"鼎上的銘刻依然清晰"；"雕刻"則指用各種材料刻成的藝術品，如"這套象牙雕刻非常珍貴"。

▶ **鏤刻** 辨析 都有"銘記，深深地記在心裏"的意義，但語體色彩有別。"鏤刻"的書面語色彩更濃，如"他的音容笑貌鏤刻在我的心裏"。

▶ **銘記** 辨析 見【銘記】條。

銘記 míngjì ❶ 動 深深地記在心裏：銘記教誨。❷ 名 銘文。

▶ **牢記** 辨析 見【牢記】條。

▶ **銘刻** 辨析 都有"深深記在心裏"的意義，但語義側重點、語義輕重和語法功能有別。"銘記"指記得很牢，可以直接帶賓語，如"銘記血的教訓"；"銘刻"強調像刻在心上一樣牢，語義較重，一般不能直接帶賓語，要先加動態助詞"着"，如果不帶賓語，則一定加由"在"或"於"組成的介詞結構，如"血的教訓銘刻在心中"。

蝕本 shíběn 動 賠本；本錢虧損：蝕本生意。

▶ **虧本** 辨析 見【虧本】條。

▶ **賠本** 辨析 都有"本錢虧損"的意義，但語義側重點和語體色彩有別。"蝕本"着重於"蝕"，損傷、虧缺，強調做買賣本錢有所損耗，如"我可不願意做蝕本生意"；"賠本"着重於"賠"，相對於"賺"，強調做買賣損失了本錢、資金，如"賠本賺吆喝"。"蝕本"多用於書面語，在南方地區多用於口語；"賠本"多用於口語，也可用於書面語。

領袖 lǐngxiù 名 集體、組織或政治軍事集團的領導人：領袖人物在關鍵時刻才顯示出作用。

▶ **領導** 辨析 見【領導】條。

▶ **首領** 辨析 見【首領】條。

▶ **首腦** 辨析 見【首腦】條。

領會 lǐnghuì 動 理解明白（講話、文件等的）內在含義：領會他話裏的含義。

▶ **理會** 辨析 見【理會】條。

▶ **理解** 辨析 見【理解】條。

▶ **領悟** 辨析 都有"感受、認識到某種體驗、知識等"的意義，但語義側重點有別。"領會"指通過學習思考而明白特定對象的內在或隱含的含義，如"領會上司的意圖";"領悟"表示通過學習或由於某種契機而被觸動,突然想通或理解,如"先生一席話使我對人生有所領悟"。

▶ **體會** 辨析 見【體會】條。

▶ **體味** 辨析 見【體味】條。

領導 lǐngdǎo ❶名 部門、機構、國家等的帶頭人。❷動 帶着別人做事:作為部門負責人,你要有信心領導大家工作。

▶ **領袖** 辨析 都有"帶頭人"的意義,但風格色彩和適用對象有別。"領袖"具有尊敬和莊重的態度色彩,一般用於政府、政黨領導人,有褒義;"領導"的語體色彩不強烈,適用於各種規模的組織機構。

▶ **率領** 辨析 都有"帶領人們去做某事"的意義,但語義側重點有別。"領導"含有"指引方向"的意思;"率領"則強調親自帶領大家去做事。

鳳毛麟角 fèngmáo línjiǎo 比喻稀少而可貴的人或事物。

▶ **百裏挑一** 辨析 都有"形容很好,很難得"的意義,但適用對象和語體色彩有別。"鳳毛麟角"適用面較寬,既可以指人才出眾,也可以指物品珍貴稀少,語義較重,具有形象色彩;"百裏挑一"一般只指人才難得,語義較輕。如"我們公司招聘非常嚴格,每個人都是百裏挑一"中的"百裏挑一"不宜換用"鳳毛麟角"。

誣告 wūgào 動 無中生有地控告別人有犯罪行為:誣告陷害他人構成犯罪的,依法追究刑事責任。

▶ **誣賴** 辨析 都有"捏造事實來陷害"的意義,但語義側重點、語義輕重有別。"誣告"強調無中生有地控告別人有犯罪行為;"誣賴"強調嫁禍於人,語義較輕。

▶ **誣陷** 辨析 都有"捏造事實來陷害"的意義,但語義側重點及語義輕重有別。"誣告"強調無中生有地控告別人有犯罪行為;"誣陷"強調無中生有編造罪狀害人,語義較重。

誣陷 wūxiàn 動 誣告陷害:遭人誣陷。

▶ **誣告** 辨析 見【誣告】條。

▶ **誣賴** 辨析 都有"捏造事實來陷害"的意義,但語義側重點、語義輕重有別。"誣陷"強調無中生有地編造罪狀害人,語義較重;"誣賴"強調嫁禍於人。

誣賴 wūlài 動 毫無根據地説別人做了壞事或説了壞話:那事不是他做的,別誣賴好人。

▶ **誣衊** 辨析 都有"敗壞別人的名譽"的意義,但語義側重點有別。"誣賴"強調嫁禍於人;"誣衊"強調無中生有地捏造事實。

▶ **誣陷** 辨析 見【誣陷】條。

誣衊 wūmiè 動 捏造事實敗壞別人的名譽:絕不讓他們肆意誣衊領導。

▶ **誹謗** 辨析 都有"故意説別人壞話,敗壞其名譽"的意義,但語義側重點、語體色彩有別。"誣衊"偏重於使對方帶上污點;"誹謗"強調無中生有説壞話,有書面語色彩。

▶ **誣賴** 辨析 見【誣賴】條。

誤會 wùhuì ❶動 誤解對方的意思:我誤會他了。❷名 對對方意思的誤解:這是個天大的誤會。

▶ **誤解** 辨析 都有"理解得不正確"和"不正確的理解"的意義,但語義側重點有別。"誤會"強調把別人的本意理解錯了或者雙方都理解錯了對方的本意;"誤解"強調對別人的意思理解錯了。

誤解 wùjiě ❶動 理解得不正確：你誤解了我的意思。❷名 不正確的理解：這是一種誤解。

▶ **誤會** 辨析 見【誤會】條。

誘惑 yòuhuò ❶動 使用手段，使人認識模糊而做壞事：誘惑別人犯罪。❷動 吸引；招引：誘惑人的美食。

▶ **引誘** 辨析 見【引誘】條。

誘導 yòudǎo 動 勸誘教導：誘導孩子誤入歧途。

▶ **引導** 辨析 見【引導】條。

説 shuō ❶動 用言語來表達意思：説笑話。❷動 解釋；闡明：這件事你必須説清楚／道理一説就明白。❸動 責備，批評：你不妨多説他幾句。❹動 意思上指：他説的是數學公式。❺動 介紹：説婆家。❻名 言論，主張：學説／著書立説。

▶ **講** 辨析 見【講】條。

▶ **談** 辨析 都有"用言語來表達意思"和"言論、主張"的意義，但適用場合、語義側重點和詞性有別。"説"適用於日常生活中需要表達意思或進行會話的各種場合，包括用言語表達自己的意思，包括解釋、闡明，也包括責備、批評，多指單方的行為；"談"多用於較為認真嚴肅的場合，也可用於兩人或兩人以上的對話，多為雙方或多方的行為。在其他意義上二者不相同。

説明 shuōmíng ❶動 解釋清楚：説明理由。❷名 用來解釋的話或文字：吃藥前你最好先看一下説明。❸動 證明：這充分説明他的方法有誤。

▶ **闡明** 辨析 都有"為了使人明白某事而進行解釋"的意義，但語義側重點、語體色彩和詞性有別。"説明"重在解釋、敍説、陳述，把問題説清楚，使用範圍較廣，通用於口語和書面語；"闡明"重在闡釋、論述並講明白自己的觀點或某種深奧的道理，只用於書面語。"説明"除用作動詞外，還可用作名詞，指用來解釋的話或文字，如"圖片説明""使用説明"等；"闡明"只用作動詞。

▶ **解釋** 辨析 都有"説清楚、講明白"的意義，但語義側重點有別。"説明"着重於敍説、陳述，把問題講清楚，如"你應該説明遲到的理由"；"解釋"着重於分析、剖析，闡釋事物的含義，如"他解釋了半天，大家也沒弄明白"。"説明"還有"證明"的意思，用事實或材料來斷定事物的真實可靠；"解釋"還有"辯解"的意思，為受到指責的行為、意見進行分辯，在這些意義上二者不相同。

説話 shuōhuà ❶動 用言語表達意思：他在人面前很愛説話。❷副 説一句（幾句）話的時間，指時間很短：讓他等一等，我説話就來。❸名 唐宋時代以講述故事為主的一種説唱藝術，類似現在的説書。

▶ **談話** 辨析 都有"用言語表達意思"的意義，但使用範圍和詞性有別。"説話"適用於日常生活中需要表達意思或進行會話的各種場合，包括用話表達自己的意思，包括聊天、閒談，多指單方的行為；"談話"多用於較為嚴肅認真的場合，也可用於兩人或兩人以上的對話，多為雙方或多方的行為。"説話"除動詞、名詞的用法外，在北方官話中還可用作副詞，指説話的那點時間；"談話"沒有這種用法。

説謊 shuōhuǎng 動 説假話：他從來不説謊。

▶ **撒謊** 辨析 都有"説假話"的意義，但語義側重點和語體色彩有別。"説謊"着重於"説"，表達，強調為了騙人、掩飾真相而有意説假話，如"心理測試技術絕非檢驗有關人員是否説謊"；"撒謊"着重於"撒"，放開，強調看情形隨口説假話騙人，如"是好人幹嘛撒謊"。"説謊"多用於書面語，也可用於口語；"撒謊"多用於口語。

認為 rènwéi 動 確定某種看法，做出某種判斷：他認為你的觀點是十分正確的。

▶ **以為** 辨析 都有"確定某種看法、做出某種判斷"的意義，但語義側重點、適用對象和使用範圍有別。"認為"強調基於一定的認識，經過思考、分析後得出的看法或判斷，語氣比較肯定，如"多數專家認為，此次降價不同於以往的降價"；"以為"強調從主觀認識出發來猜想、估計或推斷，提出自己的主張，而這種看法往往與事實不符，語氣不太肯定，如"看着鄰居的屋子往外冒煙，我以為是着火了"。"認為"的對象可以是重要的人或事物，也可以是一般的人或事物；"以為"的對象多為一般的人或事物。"認為"適用於個人，也適用於團體、組織或某種會議形式；"以為"多適用於個人或某一些人。

敲詐 qiāozhà 動 倚仗勢力或用威脅、欺騙等手段索取財物：敲詐勒索，無惡不作。

▶ **訛詐** 辨析 見【訛詐】條。

▶ **勒索** 辨析 見【勒索】條。

豪放 háofàng 形 氣魄大而無所拘束：豪放不羈。

▶ **豪邁** 辨析 見【豪邁】條。

▶ **豪爽** 辨析 都有"氣魄大而無所拘束"的意義，但語義側重點、適用對象有別。"豪放"含有胸懷寬廣、熱情奔放的意思，既可以用於形容人的氣質、性情、胸懷等，也可以形容詩文、書畫的藝術特色等；"豪爽"含有爽直痛快、乾淨利落的意思，一般只用於人。如"文筆豪放"中的"豪放"不能換用"豪爽"。

豪爽 háoshuǎng 形 豪放直爽：為人豪爽。

▶ **豪放** 辨析 見【豪放】條。

豪情 háoqíng 名 豪邁的情懷，盡情奔放的感情：豪情滿懷。

▶ **激情** 辨析 都有"強烈的感情"的意義，但語義側重點、感情色彩有別。"豪情"指豪邁的情懷，是褒義詞；"激情"指強烈激動的情感，是中性詞。如可以說"創作激情"，但一般不說"創作豪情"。

豪華 háohuá ❶ 形（生活）過分鋪張，奢侈：豪華慷慨的饋贈。❷ 形（建築、設備或裝飾）富麗堂皇，十分華麗：豪華賓館。

▶ **奢華** 辨析 見【奢華】條。

豪邁 háomài 形 氣魄大，勇往直前：豪邁氣概。

▶ **豪放** 辨析 都有"氣魄大"的意義，但語義側重點、適用對象、語法功能有別。"豪邁"強調滿懷豪情有氣魄，無所畏懼，勇往直前，多用於形容人的胸襟、氣概、言詞或事業等，可作狀語；"豪放"強調豪情奔放，不受拘束，多用於形容人的性格、氣質或詩文的風格等，一般不作狀語。如可以說"豪邁氣概、豪放風格"，但一般不說"豪放氣概、豪邁風格"。

▶ **豪壯** 辨析 都有"氣魄大"的意義，但語義側重點和適用對象有別。"豪邁"強調勇往直前；"豪壯"強調雄壯。如"我缺乏最普通人的生活，缺乏他們豪邁的熱情"中的"豪邁"不能換用"豪壯"。

腐化 fǔhuà ❶ 動 思想行為變壞（多指過分貪圖享受）：生活腐化 / 腐化墮落。❷ 動 使腐化：腐化青年人的靈魂。❸ 動 有機體由於微生物的滋生而逐漸變壞：屍體已經腐化。

▶ **腐蝕** 辨析 都有"使思想行為變壞"的意義，但語義側重點有別。"腐化"重在指思想行為已經變壞的事實，多是因內部變化而變壞；"腐蝕"重在指思想行為逐漸變壞的過程，多是因外部侵蝕破壞而變質。如"享樂主義正在腐蝕我們團隊"中的"腐蝕"不宜改為"腐化"。

腐朽 fǔxiǔ ❶動 木料等含有纖維的物質由於長期風吹、雨淋或微生物侵害而遭到破壞：從古墓裏挖出的棺木都腐朽了。❷形 比喻思想陳腐、生活墮落或制度敗壞：腐朽的制度。

▶ **腐敗** 辨析 在動詞和名詞的兩個意義上都相同，但語義側重點、語義強度、適用範圍有別。"腐朽"重在朽，強調是早已過時的或沒落的、垂死的，語義較重，使用範圍較窄，用於具體事物時，一般只形容木料等含有纖維的物質，用於抽象事物時一般形容比較大的方面，如制度、思想意識等；"腐敗"重在敗壞，語義較輕，使用範圍較寬，用於具體事物時，可形容動物、植物、食物等，用於抽象事物時多形容個人比較具體的方面，如思想、行為等。如可以說"腐敗分子"，但一般不說"腐朽分子"。

▶ **腐爛** 辨析 在動詞和名詞的兩個意義上都相同，但語義強度和語義側重點有別。"腐爛"語義較重，多指從內到外的全部敗壞；"腐朽"語義較輕，多指內部敗壞。如"迷濛的雨霧飄撒在枯敗的落葉上，散發出腐爛的氣味"中的"腐爛"不能換用"腐朽"。

腐敗 fǔbài ❶動 有機體由於微生物的滋生而遭到破壞：腐敗的食物。❷形 行為墮落、敗壞：貪污受賄是嚴重的腐敗行為 / 反腐敗。

▶ **腐爛** 辨析 都有"東西變壞"和"行為墮落、敗壞"的意義，但語義側重點和適用對象有別。"腐敗"重在指事物內部遭到破壞，表面上不一定看得出來，

可直接用於人；"腐爛"重在指事物從內部到表面都遭到破壞，程度較重，一般不直接用於人。如"沙漠中零落的古城堡建築材料早已腐爛了"中的"腐爛"不宜換成"腐敗"。

▶ **腐朽** 辨析 見【腐朽】條。

腐蝕 fǔshí ❶動 物質表面由於發生化學變化而逐漸消損破壞的現象。❷動 在壞的思想、行為、環境等因素的影響下逐漸變質墮落：拉攏腐蝕官員是一些犯罪分子慣用的伎倆。

▶ **腐化** 辨析 見【腐化】條。

腐爛 fǔlàn ❶動 有機體由於微生物的滋生而遭到嚴重破壞：一筐蘋果都腐爛了。❷形 行為墮落、敗壞：生活腐爛 / 這個集體已徹底腐爛，無可救藥。

▶ **腐敗** 辨析 見【腐敗】條。

▶ **腐朽** 辨析 見【腐朽】條。

▶ **糜爛** 辨析 都有"有機體遭到破壞"和"行為墮落、敗壞"的意義，但語義強度和語體色彩有別。"腐爛"程度較輕，口語和書面語中都可以用；"糜爛"程度較重，強調爛得不可收拾，具有書面語色彩。如"生活糜爛"要比"生活腐爛"重一些。

瘦骨嶙峋 shòugǔlínxún 形容人消瘦：她曾被厭食症折磨得瘦骨嶙峋。

▶ **骨瘦如柴** 辨析 見【骨瘦如柴】條。

瘦弱 shòuruò 形 肌肉不豐滿，軟弱無力：身體瘦弱。

▶ **羸弱** 辨析 都有"肌肉不豐滿，軟弱無力"的意義，但語義側重點和語體色彩有別。"瘦弱"着重於"瘦"，脂肪少，強調肌肉不豐滿，身體弱，如"她用瘦弱無力的雙手握着我的手"；"羸弱"着重於"羸"，疲病，強調身體衰老、血氣虧，

如"此時的教授贏弱得無法抬頭批改論文"。"瘦弱"可用於口語，也可用於書面語；"贏弱"一般只用於書面語。

塵土 chéntǔ 名 附在器物上或飛揚着的細小灰土：塵土飛揚。

▶ **塵埃** 辨析 都有"細小灰土"的意義，但語體色彩有別。"塵土"口語和書面語中都可以用；"塵埃"多用於書面語。如"他故意弄得塵土飛揚"中的"塵土"不宜換用"塵埃"。

▶ **灰塵** 辨析 都有"灰土"的意義，但語體色彩有別。"塵土"口語和書面語中都可以用；"灰塵"多用於書面語。如"姑娘用髒衣角擦擦瓜上的塵土，咔嚓一口咬了下去"中的"塵土"不宜換用"灰塵"。

塵埃 chén'āi 名 附着在東西上或飄在空中的細土。

▶ **塵土** 辨析 見【塵土】條。

▶ **灰塵** 辨析 見【灰塵】條。

旗鼓相當 qígǔxiāngdāng 比喻雙方力量不相上下，彼此可以抗衡：這兩個隊旗鼓相當，連賽幾場，難分勝負。

▶ **棋逢對手** 辨析 見【棋逢對手】條。

旗號 qíhào 名 古時用來標明軍隊名稱或將領姓氏的旗子，現常用來比喻某種名義：打着集體的旗號兜售私人的貨色。

▶ **幌子** 辨析 見【幌子】條。

▶ **名義** 辨析 見【名義】條。

▶ **旗幟** 辨析 都有"旗子、某種標誌"的意義，但適用對象和褒貶色彩有別。"旗號"多指抽象的事物，如辦事或進行活動時假借的某種名義，如"豐厚的利潤使有些人打着網絡服務的旗號，開展遊戲項目"；"旗幟"既指具體的旗子，也指抽象的事物，如立場、榜樣、模範及

有代表性或號召力的主張、學說或政治思想等，如"高舉理論旗幟"。指稱抽象事物時，"旗號"帶貶義，"旗幟"帶褒義。

▶ **招牌** 辨析 見【招牌】條。

旗幟 qízhì ❶名 旗子：鮮豔的旗幟。❷名 喻指立場：旗幟鮮明。❸名 喻指榜樣或模範：培養正面典型，樹立光輝旗幟。❹名 喻指有代表性和號召力的某種主張、學說或政治思想：旗幟鮮明／革新派的旗幟。

▶ **旗號** 辨析 見【旗號】條。

辣手 làshǒu ❶名 毒辣的辦法；厲害的手段：痛下辣手。❷形 不好辦：這件事有點辣手。

▶ **棘手** 辨析 見【棘手】條。

竭力 jiélì 副 盡力。

▶ **極力** 辨析 見【極力】條。

▶ **努力** 辨析 見【努力】條。

▶ **拼命** 辨析 見【拼命】條。

端詳 duānxiáng 動 仔細地看：他拿着女兒的照片，細細地端詳着。

▶ **打量** 辨析 見【打量】條。

齊全 qíquán 形 應有盡有：年貨都已準備齊全了。

▶ **齊備** 辨析 都有"應有盡有"的意義，但語義側重點有別。"齊全"強調應該有的一樣也不欠缺，如"功能齊全""設施齊全""品種齊全""資料齊全"等；"齊備"強調需要有的都準備好了，如"各種消防設備齊備有效""野炊區內廚具齊備"等。

齊備 qíbèi 形 齊全：行裝齊備。

▶ **齊全** 辨析 見【齊全】條。

▶ **完備** 辨析 都有"應該有的全都有了"的意義，但語義側重點和使用範圍有別。"齊備"側重於需要的東西應有盡有，沒有缺漏，多用於物品；"完備"側重於完善、不缺甚麼，多用於證據、材料、工具等事物，包括條件、手續等抽象事物。

齊頭並進 qítóubìngjìn 並排前進，不分先後：各路大軍齊頭並進。

▶ **並駕齊驅** 辨析 都有"並排前進，不分先後"或"兩件或幾件事同時進行"的意義，有時還可以配合運用，但語義及狀語搭配有別。"並駕齊驅"除含"不分先後"的意義外，有時還含"不相上下"的意義，如"'三套馬車'並駕齊驅"。"齊頭並進"多用於表示方向、處所的介賓短語作狀語，如"學員在聽、說、讀、寫四個環節上齊頭並進"；"並駕齊驅"多用於表示對象的介賓短語作狀語，如"人文科學在創新中的作用，開始與自然科學並駕齊驅"。

精彩 jīngcǎi 形 表演、文章等非常優美，超過一般：精彩片斷。

▶ **漂亮** 辨析 見【漂亮】條。

精密 jīngmì 形 精確細密：精密儀器。

▶ **精細** 辨析 見【精細】條。

精細 jīngxì ❶ 形 精密細緻：製作精細。❷ 形 精明細心：為人精細。

▶ **精密** 辨析 都有"精確細緻"的意義，但語義側重點有別。"精細"強調做工細緻，不粗糙，如"每個老字號都具有做工精細、貨真價實、特色鮮明的拳頭產品"；"精密"強調嚴絲合縫，沒有誤差、沒有漏洞，如"科學的論證，精密的計算"。

精華 jīnghuá ❶ 形（事物）最重要、最好的部分：取其精華，去其糟粕。❷ 名 光華；光輝：日月之精華。

▶ **精髓** 辨析 都有"（事物）最重要、最好的部分"的意義，但語義側重點和適用對象有別。"精華"強調最美好、最寶貴的部分，可用於具體事物，也可用於思想文化等方面，如"大學時代是一個人一生中最精華的一段歲月"；"精髓"強調最重要、最體現事物本質的核心部分，多用於思想文化方面，如"正氣是中華民族傳統文化的精髓"。

精幹 jīnggàn 形 精明強幹：精幹的團隊。

▶ **幹練** 辨析 見【幹練】條。

精確 jīngquè 形 非常準確；非常正確：精確的數據。

▶ **準確** 辨析 見【準確】條。

精練 jīngliàn 形（文章或講話）扼要，沒有多餘的詞句：短小精練。

▶ **簡練** 辨析 見【簡練】條。

精髓 jīngsuǐ 名 比喻精華：思想精髓。

▶ **精華** 辨析 見【精華】條。

歉疚 qiànjiù 形 對自己的過失感到不安，覺得對不起別人：深感歉疚。

▶ **抱歉** 辨析 見【抱歉】條。

▶ **內疚** 辨析 見【內疚】條。

熄滅 xīmiè ❶ 動 燃燒停止：篝火即將熄滅。❷ 動 使燃燒停止：熄滅油井大火。

▶ **撲滅** 辨析 見【撲滅】條。

榮譽 róngyù 名 光榮的名譽：愛護集體的榮譽。

▶ **光榮** 辨析 見【光榮】條。

▶ 名譽 辨析 見【名譽】條。

▶ 名聲 辨析 見【名聲】條。

煽動 shāndòng 動 煽惑鼓動別人去做不該做的事：煽動鬧事。

▶ 鼓動 辨析 見【鼓動】條。

▶ 慫恿 辨析 見【慫恿】條。

▶ 挑動 辨析 見【挑動】條。

漠視 mòshì 動 不注意，不放在心上，冷淡地對待：漠視民眾的根本利益，就會失去民心。

▶ 忽視 辨析 見【忽視】條。

滿心 mǎnxīn 名 心中充滿（某種情緒）：滿心歡喜；滿心希望。

▶ 滿腹 辨析 都有"心中充滿（某種情緒）"的意義，但語體色彩和搭配對象有別。"滿心"通用於口語和書面語，常與"歡喜、願意、希望"等積極的情緒搭配，如"她雖然滿心願意，可又不好意思說出口"；"滿腹"多用於書面語，多與比較消極的情緒搭配，如"滿腹牢騷"。"滿腹"還可以修飾"文章、經綸"等詞，在這一意義上與"滿心"不相同。

▶ 滿懷 辨析 都有"心中充滿（某種情緒）"的意義，但語法功能和適用對象有別。"滿心"常與"歡喜、願意、希望"等積極的情緒搭配；"滿懷"既可與積極的情緒搭配，也可與消極的情緒搭配，如"歡樂、惆悵、愁緒、熱情、希望"等，如"他滿懷惆悵地離開了家鄉"。

▶ 滿腔 辨析 都有"心中充滿（某種情緒）"的意義，但搭配對象有別。"滿心"常與"歡喜、願意、希望"等積極的情緒搭配；"滿腔"的適用範圍比"滿心"廣，常與"激情、怒火、仇恨、熱情、悲憤"等搭配，如"他滿腔熱情的表演贏得了熱烈的掌聲"。

滿足 mǎnzú ❶ 形 感到足夠好：容易滿足的人也容易止步不前。❷ 動 使感到足夠好：滿足孩子的願望。

▶ 滿意 辨析 都有"感到足夠好"的意義，但語義側重點、語義輕重有別。"滿意"指因一定的標準、要求完全符合自己的心意而感到可以接受，如"爸爸對我的成績還算滿意"；"滿足"強調已經感到足夠好，語義比"滿意"重，如"滿足於現狀"。

滿腔 mǎnqiāng 名 心中充滿：滿腔熱情。

▶ 滿腹 辨析 都有"心中充滿（某種情緒）"的意義，但搭配對象有別。"滿腔"常與"激情、怒火、悲痛、熱情、悲憤"等搭配，如"按捺不住滿腔的悲憤"；"滿腹"多與"經綸、哀傷、牢騷、惆悵"等搭配，如"爸爸滿腹心事""諸葛亮滿腹經綸"。

▶ 滿懷 辨析 見【滿懷】條。

▶ 滿心 辨析 見【滿心】條。

滿腹 mǎnfù 名 充滿心中：滿腹經綸。

▶ 滿懷 辨析 見【滿懷】條。

▶ 滿腔 辨析 見【滿腔】條。

▶ 滿心 辨析 見【滿心】條。

滿意 mǎnyì 動 符合自己的意願，心裏感到滿足：服務周到，包您滿意。

▶ 滿足 辨析 見【滿足】條。

▶ 中意 辨析 見【中意】條。

滿懷 mǎnhuái ❶ 動 心中充滿（某種情緒）：滿懷惆悵。❷ 名 指整個前胸部分：我剛出門，就跟他撞了個滿懷。

▶ 滿腹 辨析 都有"心中充滿（某種情緒）"的意義，但搭配對象有別。"滿懷"常與"壯志、惆悵、興奮、熱情"等搭配，如“我們滿懷熱情地投入到祖國的建設事業中”；“滿腹”常與“牢騷、疑雲、經綸”等搭配，如“她的解釋驅散了我滿腹的疑雲”。

▶ **滿腔** 辨析 都有“心中充滿（某種情緒）”的意義，但搭配對象有別。“滿懷”常與“歡樂、惆悵、興奮、希望”等搭配，如“我們滿懷着希望”；“滿腔”常與“激情、怒火、仇恨、熱情、柔情”等搭配，如“強忍着滿腔的悲痛”。在其他意義上二者不相同。

▶ **滿心** 辨析 見【滿心】條。

滯後 zhìhòu 動（事物）落在形勢發展的後面：政治體制改革嚴重滯後。

▶ **落後** 辨析 見【落後】條。

▶ **落伍** 辨析 見【落伍】條。

漸次 jiàncì 副 表示行為或狀態變化、發展是依次緩慢進行的：遠山近樹漸次融化在夜色之中。

▶ **漸漸** 辨析 在表示程度或數量隨時間較慢地增減變化的語法作用時意義相同，但語義側重點和語體色彩有別。“漸次”強調一步一步有次序地進行，變化過程具有層次性，有書面語色彩，如“由山底至山頂，紅的黃的綠的樹葉漸次鋪展”；“漸漸”強調變化過程的延續性、漸進性，不強調動作依次進行，通用於口語和書面語，如“吳橋雜技的輝煌也曾被歷史的長河漸漸沖淡”。

漸漸 jiànjiàn 副 表示程度或數量緩慢增減：聚集的人漸漸多了起來。

▶ **漸次** 辨析 見【漸次】條。

▶ **逐漸** 辨析 見【逐漸】條。

漂泊 piāobó 動 名 在水上，位置不定；比喻人沒有固定的落腳點：漂泊海外的遊子對祖國格外有感情。

▶ **浪跡** 辨析 見【浪跡】條。

▶ **流浪** 辨析 見【流浪】條。

漂亮 piàoliang ❶形 好看，悅目，美觀：你姐姐真漂亮。❷形 出色：瞧這筆字，寫得多漂亮！

▶ **標致** 辨析 見【標致】條。

▶ **好看** 辨析 見【好看】條。

▶ **精彩** 辨析 都有“某事做得出色、優美”的意義，但語體色彩、語義側重點和語法功能有別。“漂亮”通用於口語和書面語，側重指某事做得好、出色，如“他說了一口漂亮的英語”“阻擊戰打得很漂亮”；“精彩”多用於書面語，側重指表演、言論、文章等優美、出色，如“春節晚會的節目很精彩”“他在北大發表了精彩的演講”。“漂亮”還可指人或事物悅目，有光彩，給人以美的感受，如“一條漂亮的裙子”；“精彩”無此意義。“漂亮”可重疊，如“打扮得漂漂亮亮的”；“精彩”不能重疊。

▶ **美麗** 辨析 見【美麗】條。

漫步 mànbù 動 隨意悠閒地走：漫步林間小道。

▶ **漫遊** 辨析 都有“隨意走動”的意義，但語義側重點有別。“漫步”指人悠閒隨意地步行，活動範圍不大，如“漫步在春風裏”“我們漫步在山岡上”；“漫遊”指人悠閒隨意地遊玩、遊覽，通常指在比較大的範圍內，如“漫遊大江南北，飽覽山川秀色”。

▶ **散步** 辨析 見【散步】條。

漫話 mànhuà 動 隨便聊，不拘形式地隨意談論：午夜漫話／漫話家常。

▶ **漫談** 辨析 都有“隨便談論”的意義，但語體色彩和語義側重點有別。“漫話”側重指隨便閒聊，談話不一定有中心或主題，多用於書面語；“漫談”的書面語色彩較濃，側重指某事自由地發表意見或看法，可用作文章標題，如“《修辭漫談》"漫談形勢"。

▶ **漫語** 辨析 都有"隨意談論"的意義，但語義側重點、語體色彩有別。"漫話"側重指隨便閒聊，談話不一定有中心或主題，多用於書面語；"漫語"的書面語色彩濃厚，多用作書名或文章標題，如"《人生漫語》是一部好書"。

漫遊 mànyóu ❶動 魚類在水裏隨意地游動：小黑魚跟着媽媽到處漫遊。❷動 隨意地、無拘無束地遊玩：等我退休了，我要漫遊世界。

▶ **漫步** 辨析 見【漫步】條。

▶ **周遊** 辨析 見【周遊】條。

漫語 mànyǔ 名 隨意的談話：先生在世的時候，常和我們杯茶清談，漫語人生。

▶ **漫話** 辨析 見【漫話】條。

漫談 màntán 動 名 沒有明確主題和條理的談話：我今天的演講只能算是關於《紅樓夢》的漫談。

▶ **漫話** 辨析 見【漫話】條。

演化 yǎnhuà 動 發展變化 (多指自然界的)：生命的起源與演化。

▶ **演變** 辨析 都有"發展變化"的意義，但語義側重點、適用對象有別。"演化"強調由低級到高級的發展，多用於自然界，如"生物的演化""宇宙的演化"；"演變"的使用範圍較廣，可用於歷史、局勢、語言、觀念等。

演出 yǎnchū 動 把戲劇、音樂、舞蹈、雜技、曲藝等演出來給觀眾看：演出京劇。

▶ **表演** 辨析 見【表演】條。

演說 yǎnshuō 動 就某個問題對聽眾說明事理，發表見解：發表演說。

▶ **演講** 辨析 見【演講】條。

演講 yǎnjiǎng 動 就某個問題對聽眾說明事理，發表見解：演講大賽。

▶ **演說** 辨析 都有"就某個問題對聽眾說明事理，發表見解"的意義，但語義側重點有別。"演講"的對象人數一般較少，通常在小範圍進行，有非正式的意味；"演說"的對象人數可多可少，常見的是政治家發表演說，有正式的意味。

演變 yǎnbiàn 動 發展變化 (指歷時較久的)：健康概念的演變。

▶ **衍變** 辨析 見【衍變】條。

▶ **演化** 辨析 見【演化】條。

漏洞 lòudòng ❶名 物體上不應有的可以漏下東西的小窟窿。❷名 比喻言行不嚴密的地方：這漏洞太明顯了，誰都看得出。

▶ **紕漏** 辨析 見【紕漏】條。

▶ **破綻** 辨析 見【破綻】條。

慚愧 cánkuì 動 因為自己有缺點、錯誤或未能盡到責任而感到不安：為了這事，小張慚愧極了 / 他覺得對不起大家而萬分慚愧。

▶ **羞愧** 辨析 見【羞愧】條。

▶ **羞慚** 辨析 見【羞慚】條。

慳吝 qiānlìn 形 吝嗇，小氣：那老頭十分慳吝。

▶ **吝嗇** 辨析 見【吝嗇】條。

慷慨 kāngkǎi ❶形 充滿正氣，情緒激昂：慷慨陳辭。❷形 不吝惜：慷慨解囊。

▶ **大方** 辨析 見【大方】條。

慘白 cǎnbái ❶形 (景色、光線等) 暗淡：胡同裏的路燈發出慘白的光。❷形 (面色) 蒼白：這一下把他嚇得臉色慘白。

▶ **蒼白** 辨析 見【蒼白】條。

慘然 cǎnrán 形 形容神情悲慘的樣子：慘然離去／電影中的悲傷畫面，讓觀眾慘然淚下。

▶ **慘痛** 辨析 都有"悲慘"的意義，但語義側重點和適用對象有別。"慘然"側重於一種狀態的描繪，多用於形容人的神情面目；"慘痛"在悲慘的意義之外，還有痛苦的意思，而且更側重於痛苦，所以"慘痛"多用於經驗教訓等。"慘然離去"不能換成"慘痛離去"；"慘痛的教訓"也不能換成"慘然的教訓"。

慘痛 cǎntòng 形 悲慘而痛苦：這個教訓太慘痛了。

▶ **慘然** 辨析 見【慘然】條。

慣例 guànlì 名 一貫的做法，常例：打破慣例。

▶ **常例** 辨析 見【常例】條。

察看 chákàn 動 仔細觀察：暗中察看敵軍的一舉一動。

▶ **查看** 辨析 見【查看】條。

▶ **觀察** 辨析 見【觀察】條。

察覺 chájué 動 發覺，看出來：他一進來就察覺會場的氣氛不對頭／我怎麼沒有察覺出他有心事？

▶ **發覺** 辨析 見【發覺】條。

寧可 nìngkě 副 經過比較後選取的：我寧可自己做，也不願花這種冤枉錢。

▶ **寧願** 辨析 在作副詞，表示經過比較後選取的意義時相同，但語義側重點有別。"寧願"側重於主觀的選擇；"寧可"含有即使要付出很大的代價或引起比較嚴重的後果，也要選取這個方面的意味。

▶ **情願** 辨析 都有"經過比較後選取的"的意義，但詞性、語義側重點有別。"情願"突出主觀的意願，是動詞，如"我情願失去這次出國的機會，也要陪着父親度過難關"；"寧可"則側重於"不得不，必須"，表示更堅決的選擇，是副詞。

寧靜 níngjìng 形 非常安靜，使人感到平靜：草原上寧靜的夜晚多麼美好！

▶ **安靜** 辨析 都有"沒有打擾人的聲音"的意義，但語體色彩、適用對象有別。"寧靜"有書面語色彩，一般用於自然環境和夜晚；"安靜"通用於口語和書面語，適用於各種場合。

▶ **安寧** 辨析 都有"沒有打擾人的聲音，感到心情平靜"的意義，但語義側重點、語體色彩有別。"寧靜"強調周圍很安穩，沒有打擾人的聲響，可用於形容客觀環境，也可用於形容人的心境，通用於口語和書面語；"安寧"強調因為沒有干擾而使人安心，通常只用來形容人的心境，有書面語色彩。

▶ **平靜** 辨析 見【平靜】條。

▶ **清靜** 辨析 都有"沒有打擾人的聲音"的意義，但語體色彩和適用對象有別。"寧靜"有書面語色彩，可用於形容環境，也可用於形容人的心情；"清靜"通用於口語和書面語，主要用於形容環境，如"這裏比較清靜，就在這裏談吧"。

寧願 nìngyuàn 副 經過比較之後做出選擇。

▶ **寧可** 辨析 見【寧可】條。

▶ **情願** 辨析 都有"經過比較後做出選擇"的意義，但語義輕重、詞性有別。"寧願"在表達"比較、衡量然後做出選擇"的意思上比"情願"重，是副詞；"情願"語義較輕，是動詞。

寥若晨星 liáoruòchénxīng 數量稀少，像早晨的星星。

▶ **寥寥無幾** 辨析 都有"數量稀少"的意義，但風格色彩有別。"寥若晨星"採用比喻的手法，更形象，有文學意味；"寥寥無幾"相對缺乏形象性。如"當中國自辦的幼稚園還寥若晨星的時候，傳教士為了訓練中國兒童的宗教意識，已經把這種發源於歐洲的幼兒教育制度帶到中國來了"。

寥寥無幾 liáoliáowújǐ 非常少：能進入最後決賽的選手寥寥無幾。

▶ **寥若晨星** 辨析 見【寥若晨星】條。

實在 shízài ❶ 形 真誠；不虛假：他是個實在人。❷ 副 真的；的確：這事我實在不知道。

▶ **老實** 辨析 見【老實】條。

▶ **確實** 辨析 都有"符合實際的"和"的確"的意義，但語義側重點有別。用作形容詞時，"實在"強調真誠，是甚麼就是甚麼，一點也不虛假，如"他這人很實在"；"確實"強調準確，真實可靠，如"情況確實"。用作副詞時，"實在"強調事實就是如此；"確實"強調對客觀情況的真實性表示確認或肯定，帶有一定的主觀評判性。

實行 shíxíng 動 用行動去實現：既然擬訂了學校計劃，就應該認真實行。

▶ **施行** 辨析 都有"用行動去實現"的意義，但語義側重點和使用範圍有別。"實行"強調採取措施，開始執行某種行動計劃；"施行"強調對法令、規章等加以執行。"實行"多用於指導工作的文件，如綱領、政策、計劃、法規等，也可用於個人的計劃；"施行"多用於法令、政策、計劃、制度等，也指進行某種手術。

▶ **實施** 辨析 都有"用行動去實現"的意義，但語義側重點和使用範圍有別。"實行"強調採取措施，開始執行某種行動計劃；"實施"強調實際去做，使法令、政策、措施等產生效力。"實行"多用於指導工作的文件，如綱領、政策、計劃、法規等，也可用於個人的計劃；"實施"多用於法令、政策等。

實足 shízú 形 確實的，足數的：實足年齡。

▶ **十足** 辨析 見【十足】條。

實施 shíshī 動 實行，施行：實施一號方案。

▶ **施行** 辨析 都有"進行某種行為"的意義，但語義側重點有別。"實施"着重於"實"，實際，強調實際去做，使法令、政策、措施等發生效力，如"實施西部大開發戰略"；"施行"着重於"行"，做，強調對法令、規章、計劃、制度等加以執行，也指進行某種手術，如"本條例自公佈之日起施行"。

▶ **實行** 辨析 見【實行】條。

實質 shízhì 名 指事物的固有屬性：精神實質。

▶ **本質** 辨析 見【本質】條。

實驗 shíyàn ❶ 動 科學研究中為檢驗某種科學理論或假設而進行實際操作或模擬操作：繼續實驗。❷ 名 指實驗的工作：做了多次科學實驗。

▶ **試驗** 辨析 都有"為了某一目的而從事某種活動以證明某一命題"的意義，但語義側重點有別。"實驗"強調用科學的手段和技術裝備來從事某種活動，以實際驗證某一科學的假設，專業性或學術性較強，它還可以指實驗的工作，如"科學實驗"；"試驗"強調嘗試性的活動，以觀察效果或性能，為調整或修正某一認識服務。

肇事 zhàoshì 動 引發事故，挑起事端：肇事司機。

▶ **滋事** 辨析 見【滋事】條。

複印 fùyìn 動 照原樣重印,特指用複印機重印:複印材料。

▶ **翻印** 辨析 都有"照原樣重印"的意義,但語義側重點和適用對象有別。"複印"強調不僅內容上前後一致,而且形式上一般也相同,可以是成冊的,也可以是散裝的;"翻印"強調內容上前後一致,形式上不一定和原來的一致,一般是成冊的,多指非原出版者重印。如"版權所有,翻印必究"中的"翻印"不能換成"複印"。

複習 fùxí 動 重複學習學過的東西,使鞏固:複習功課。

▶ **溫習** 辨析 都有"重新學習學過的東西"的意義,但語義側重點和語義色彩有別。"複習"強調再重複學習,以加深印象或理解,口語和書面語中都可以用,多用於教學方面;"溫習"強調回顧或熟悉學過的內容,不使其忘懷,語義較輕,可用於回顧過去的經歷,一般不直接作定語,具有書面語色彩。如可以說"複習材料、複習大綱",但一般不說"溫習材料、溫習大綱";而"他們就這樣回憶着、溫習着那激情燃燒的歲月"中的"溫習"不能換用"複習"。

盡人皆知 jìnrénjiēzhī 人人都知道。

▶ **家喻戶曉** 辨析 都有"人人都知道"的意義,但語義側重點有別。"盡人皆知"強調所有的人都知道,如"'曙光'這個名字在我國計算機領域盡人皆知";"家喻戶曉"強調家家戶戶都知道,具有普遍性,深入人心,如"抱璞剛足、完璧歸趙的故事在我國早已家喻戶曉"。

盡力 jìnlì 動 用一切力量:盡力挽回損失。

▶ **出力** 辨析 見【出力】條。

▶ **努力** 辨析 都有"把力量儘量使出來"的意義,但語義側重點和語義輕重有別。"盡力"強調把力量全部都使出來,有不遺餘力的決心,語義比"努力"重,如"聯合國將盡力幫助兩國和平解決相互間的領土爭端";"努力"強調使出大力,付出所有的力量,帶有一種積極奮發向上的態度,如"我們要繼續努力,把經濟特區辦得更好"。

盡情 jìnqíng 副 儘量由着自己的情感,不加約束:盡情享受大自然。

▶ **縱情** 辨析 都有"儘量抒發自己的情感,不加約束"的意義,但語義側重點和適用對象有別。"盡情"強調完全充分的、沒有節制地釋放、抒發自己的情感,既可用於歡快、興奮的事情,也可用於悲憤、不滿的事情,如"孩子們抽冰猴,滾雪球,打雪仗,盡情地享樂""他盡情地去辱罵他們,來傾瀉這許多年來所嘗的人情的苦味";"縱情"強調情感奔放、熱烈,只用於歡快、興奮的事情,如"這琴聲如少年在花叢中縱情歌唱"。

聞名 wénmíng ❶動 聽到名聲:聞名已久。❷動 有名:聞名全球。

▶ **出名** 辨析 見【出名】條。

際遇 jìyù 名 遭遇(多指好的)。

▶ **際會** 辨析 見【際會】條。

▶ **遭遇** 辨析 都有"遇到、碰上的事情"的意義,但語義側重點和語體色彩有別。"際遇"強調生活中遇到、碰上的事情、機會,常用於人生的經歷,有濃厚的書面語色彩,如"沉重和艱難的生活際遇沒有能銷熔和沖淡歌者的內心向往、創作靈感";"遭遇"強調遇到、碰上,通常是敵人、不幸的或不順利的事,通用於口語和書面語,如"中國在近代歷史上有着長期被侵略被壓迫的遭遇"。"遭遇"有動詞用法;"際遇"不能作動詞用。

際會 jìhuì 名 際遇、遇合：風雲際會。

▶ **際遇** 辨析 都有"遇到、碰上的事情"的意義，但語義側重點有別。"際會"強調眾多人物、事情匯合聚集到一起，一般與"風雲"搭配組成固定短語"風雲際會"，如"也正是有如此境界，小鎮能夠坦然地面對風雲際會的世界"；"際遇"強調生活中遇到、碰上的事情、機會，人生的遭遇、經歷，如"作者從各自的人生際遇方面對其走上犯罪道路的軌跡進行了分析"。

▶ **遭遇** 辨析 都有"遇到、碰上的事情"的意義，但語義側重點和語體色彩有別。"際會"強調眾多人物、事情匯合聚集到一起，一般與"風雲"搭配組成固定短語"風雲際會"，有濃厚的書面語色彩，如"掌管文書的工作，説起來很重要，但畢竟不是運籌帷幄、風雲際會之舉"；"遭遇"強調遇到、碰上敵人、不幸的或不順利的事，通用於口語和書面語，如"善良的主人公的不幸遭遇，使人為之淚下"。"遭遇"另有動詞用法；"際會"不能作動詞用。

障礙 zhàng'ài 名 構成阻礙的事物：清除障礙。

▶ **阻礙** 辨析 見【阻礙】條。

網羅 wǎngluó ❶名 捕魚的網和捕鳥的羅，比喻束縛人的東西。❷動 從各方面搜尋招致：網羅人才。

▶ **收羅** 辨析 見【收羅】條。

▶ **搜羅** 辨析 都有"從各方面搜集"的意義，但語義側重點、搭配對象有別。"網羅"有網和羅的形象色彩；"搜羅"強調搜尋。"網羅"多跟"人才"搭配；"搜羅"的對象比較寬泛，不只限於人。

▶ **搜尋** 辨析 都有"搜索尋找"的意義，但語義側重點、搭配對象有別。"網羅"有網和羅的形象色彩，多跟"人才"搭配；"搜尋"強調尋找，搭配對象比較寬泛，不只限於人。

綱要 gāngyào 名 內容上比較具體的提綱：《農業發展綱要》。

▶ **綱領** 辨析 都有"內容的要點"的意義，但語義側重點和適用對象有別。"綱要"重在指事物的基本情況或行動的具體步驟，是對原有內容的概括，比"綱領"要具體得多；"綱領"多帶有方向性、根本性、指導性，多用於社會生活的大的方面。如"綱領性文件"中的"綱領"不宜換用"綱要"。

綱紀 gāngjì 名 社會秩序和國家法紀：綱紀廢弛。

▶ **法紀** 辨析 都有"國家的法律和紀律"的意義，但語義範圍有別。"綱紀"不但指國家的法律和紀律，還另指社會秩序，強調人為制定的法律和紀律與社會秩序的關係，書面語色彩較濃；"法紀"僅指國家人為制定的法律和紀律。如可以説"目無法紀"，但不説"目無綱紀"。

綱領 gānglǐng 名 政府、政黨、社團等根據一定時期內的任務而制定的奮鬥目標、指導原則和行動步驟等：行動綱領 / 政治綱領。

▶ **綱要** 辨析 見【綱要】條。

維持 wéichí 動 使繼續存在下去；使狀態不發生改變：維持秩序。

▶ **保持** 辨析 見【保持】條。

維護 wéihù 動 使免於遭受破壞；維持保護：維護生態安全。

▶ **保護** 辨析 見【保護】條。

綿延 miányán 形 延伸出去，延續不斷：綿延千里的天山山脈；綿延數千年的傳統。

▶ **曼延** 辨析 見【曼延】條。

▶ 蔓延 [辨析] 都有"展開,連綿不斷"的意義,但語義側重點有別。"綿延"指事物沿着一定的方向展開,延續不斷,如"太行山脈綿延千里";"蔓延"則指事物向四周擴展,如"火借風勢,蔓延開來""絕望的情緒在人們心中蔓延"。

綿薄 miánbó [名] 謙辭,指自己微薄的能力:略盡綿薄之力。

▶ 微薄 [辨析] 都有"微小、薄弱的"的意義,但語法功能和語體色彩有別。"綿薄"是名詞,一般作賓語或定語,書面語色彩較濃;"微薄"是形容詞,一般作謂語、定語,多用於書面語,如"這份工作收入微薄,不足以養家糊口"。

綜合 zōnghé ❶[動] 把各種不同而相互關聯的事物或現象組合在一起:綜合利用。❷[動] 把分析過的對象或現象的各個部分、各屬性聯合成一個統一的整體的思維過程:科學研究既有分析,也有綜合。

▶ 概括 [辨析] 都有"歸納彙集在一起"的意義,但語義側重點和適用對象有別。"綜合"側重指經過分析把事物或現象的各個部分、各屬性組合成一個統一的整體,是分析後的彙總過程,多用於獨立而又相互關聯的事物或現象;"概括"側重指經過提煉把事物的共同特點或主要內容歸結、總括在一起,是對原材料的提煉過程,對象多是本質、特點、要點、性質等。

▶ 歸納 [辨析] 見【歸納】條。

十五畫

璀璨 cuǐcàn [形] 形容事物光彩鮮明:璀璨的明珠。

▶ 燦爛 [辨析] 見【燦爛】條。

墳 fén [名] 墳墓。

▶ 墓 [辨析] 二者所指相同,但語義側重點和態度色彩有別。"墳"一般指有隆起土堆的墳墓;"墓"一般指有墓碑的墳墓,帶有莊嚴、尊重的態度色彩。如常說"烈士墓前",但不大說"烈士墳前"。

撒 sa (一) sā [動] 鬆開;張開:撒手 / 撒網。(二) sǎ ❶[動] 儘量施展或表現出來:撒賴 / 撒嬌。❷[動] 散播;散佈;把顆粒狀的東西分散着拋出去:撒種 / 撒些鹽再吃。❸[動] 散落;灑:把碗端平,別撒了湯。

▶ 灑 [辨析] 見【灑】條。

撒謊 sāhuǎng [動] 說假話騙人:這孩子老撒謊 / 他撒了一個彌天大謊。

▶ 說謊 [辨析] 見【說謊】條。

駐防 zhùfáng [動] 軍隊在重要的地方駐紮防守:左安門裏還駐防幾營官兵。

▶ 駐紮 [辨析] 見【駐紮】條。

駐紮 zhùzhā [動] (軍隊) 在某地住下:一連駐紮在柳林。

▶ 駐防 [辨析] 都有"軍隊在某地停留住下"的意義,但語義側重點和語法功能有別。"駐紮"着重於住下、紮營,可帶處所補語;"駐防"着重於軍隊在某地住下並擔負防衛任務,不能帶處所補語。如"祖國邊疆到處都有駐防官兵"中的"駐防"不能換用"駐紮"。

撲滅 pūmiè [動] 撲打火焰、蟲災等,使止息消滅:撲不滅的火焰。

▶ 熄滅 [辨析] 都有"火停止燃燒"的意義,但語義側重點有別。"撲滅"的賓語"火"多為火勢較大的、有害的,人為地使其消滅,如"警民配合,撲滅了工地上的大火";"熄滅"的事物是火或燈,可

459

以是"人為地"也可以是"自主地"停止燃燒，如"把手裏的煙頭熄滅了"，"篝火熄滅了，大家也都睡著了"。

暮年

mùnián 名 晚年：烈士暮年，壯心不已。

▶ 老年 辨析 見【老年】條。

▶ 晚年 辨析 見【晚年】條。

蔓延

mànyán 動 形容像蔓草一樣地不斷向周圍擴展：驕傲的情緒在隊伍中蔓延。

▶ 曼延 辨析 見【曼延】條。

▶ 綿延 辨析 見【綿延】條。

蔑視

mièshì 動 小看，輕視：蔑視權威。

▶ 鄙薄 辨析 見【鄙薄】條。

▶ 藐視 辨析 都有"小看，輕視"的意義，但語義側重點和語義輕重有別。"藐視"側重指認為對方藐小，從而不重視對方，如"他藐視地看著那個嬌滴滴的姑娘"；"蔑視"側重指以輕蔑的態度對待對方，不尊重對方，語義比"藐視"重，如"我蔑視你這種不道德的行為"。

蓬亂

péngluàn 形 頭髮、草等蓬鬆凌亂：頭髮燙過以後，蓬亂地披散著。

▶ 蓬鬆 辨析 都有"形容頭髮、草、絨毛等鬆散"的意義，但語義側重點有別。"蓬亂"強調鬆散、凌亂、雜亂，給人的感覺是不悅目的、不舒服的，如"他的頭髮長得很長，又沒有梳洗，蓬亂地堆在頭上，像個野人"；"蓬鬆"多形容東西鬆散、柔軟，讓人覺得舒服，如"枕頭曬過以後，十分蓬鬆"。

蓬鬆

péngsōng 形容毛髮鬆散的樣子：蓬鬆的頭髮。

▶ 蓬亂 辨析 見【蓬亂】條。

賣

mài ❶ 動 拿東西、技藝等換錢，跟"買"相對：賣藝／賣文為生。❷ 動 出賣（親友或國家）：賣國賊／賣友求榮。❸ 動 不吝惜（氣力），毫無保留地用出（力氣）：小夥子們幹活可真賣力氣。❹ 動 故意顯示出來，讓人看見或知道：賣俏／裝瘋賣傻。

▶ 銷售 辨析 都有"出售東西"的意義，但語義側重點、語體色彩有別。"賣"通用於口語和書面語，語義比較寬泛，其對象可以是普通的商品，也可以是一般認為不應該是商品的東西，如"賣菜""為了給他交學費，他父親只得去賣血"；"銷售"用於書面語，其對象只能是商品，如"這種羽絨服剛上市就銷售一空"。

賣弄

màinòng 動 有意顯示、炫耀自己的本領：會說幾個英文單詞，就來賣弄啦？

▶ 炫耀 辨析 都有"有意顯示、誇耀"的意義，但語體色彩、適用對象有別。"賣弄"的多是本領、才能、風情、聰明、風騷等，多用於口語；"炫耀"的多為才情、本領、財物、武力等，如"向全世界炫耀自己的武力"，多用於書面語。

撫育

fǔyù ❶ 動 照料、教育兒童使健康成長：撫育幼兒。❷ 動 照管動植物，使很好地生長：撫育幼苗。

▶ 撫養 辨析 都有"照料、教育使健康成長"的意義，但語義側重點和適用對象有別。"撫育"強調照料、培養，多用於兒童；"撫養"強調愛護、供養，多用於長輩對晚輩，包括平輩中年齡大的對年齡小的。如"根據判決，5歲的孩子歸女方撫養"中的"撫養"不宜換用"撫育"。

撫養

fǔyǎng 動 愛護並教養：撫養子女。

▶ 撫育 辨析 見【撫育】條。

▶ **贍養** 辨析 都有"照料使正常生活"的意義，但適用對象有別。"撫養"一般用於長對幼，包括平輩中年齡大的對年齡小的；"贍養"一般用於晚輩對長輩。如可以説"贍養父母"，但一般不説"撫養父母"。

撫慰 fǔwèi 動 安撫慰問：撫慰災民。

▶ **安慰** 辨析 見【安慰】條。

熱切 rèqiè 形 熱烈而懇切：熱切的願望。

▶ **迫切** 辨析 見【迫切】條。

熱心 rèxīn ❶ 形 熱情主動：熱心人／熱心為大家服務。❷ 動 在某方面積極出力；肯盡力：熱心公益事業。

▶ **熱忱** 辨析 都有"感情熱烈"的意義，但語義側重點、使用範圍、語體色彩和詞性有別。"熱心"強調內心關切而主動，屬中性詞，如"熱心觀眾"；"熱忱"強調情意真摯而懇切，屬褒義詞，如"他滿腔熱忱地關心退休員工"。"熱心"多用於對事情或事業；"熱忱"多用於對人。"熱心"可用於口語，也可用於書面語；"熱忱"多用於書面語。"熱心"除用作形容詞外，還可用作動詞，表示肯盡力；"熱誠"除用作形容詞外，還可用作名詞，表示熱切誠懇的心情。

▶ **熱情** 辨析 都有"感情熱烈"的意義，但語義側重點、使用範圍和詞性有別。"熱心"強調內心關切而主動，屬中性詞，如"熱心參與"；"熱情"強調感情的熱烈而奔放，屬褒義詞，如"他在宴會上發表了熱情洋溢的講話"。"熱心"多用於對事情或事業；"熱情"可用於對事，也可用於對人。"熱心"除用作形容詞外，還可用作動詞，表示肯盡力；"熱情"除用作形容詞外，還可用作名詞，表示熱烈的感情。

熱忱 rèchén ❶ 名 熱烈誠摯的感情：一片熱忱／滿腔熱忱。❷ 形 感情熱烈而誠摯：魯迅對青年極端熱忱。

▶ **熱誠** 辨析 都有"熱烈誠摯的感情"和"感情熱烈而誠摯"的意義，但語義側重點和使用範圍有別。"熱忱"着重於"忱"，心意、情意，強調情意真摯懇切，如"要滿腔熱忱地把工作做好"；"熱誠"着重於"誠"，真誠、誠懇，強調真心實意而且態度熱心誠懇，如"我們學院熱誠歡迎海內外一切有識之士前來投資合作"。"熱忱"多用於對人；"熱誠"可用於對人，也可用於對事。

▶ **熱情** 辨析 都有"熱烈誠摯的感情"和"感情熱烈而誠摯"的意義，但語義側重點、使用範圍和語體色彩有別。"熱忱"強調感情的真摯和深厚，如"敬請讀者關注，熱忱歡迎參與"；"熱情"強調感情的熱烈和奔放，如"大家熱情都很高""熱情洋溢的講話"。"熱忱"多用於對人；"熱情"可用於對人，也可用於對事。"熱忱"多用於書面語；"熱情"可用於口語，也可用於書面語。

▶ **熱心** 辨析 見【熱心】條。

熱烈 rèliè 形 氣氛活躍；興奮激動：掌聲熱烈／熱烈歡迎。

▶ **熱鬧** 辨析 見【熱鬧】條。

熱情 rèqíng ❶ 名 熱烈的感情：工作熱情高漲。❷ 形 感情熱烈：待人熱情。

▶ **激情** 辨析 都有"熱烈的感情"的意義，但語義側重點、語義輕重和詞性有別。"熱情"着重於"熱"，熾熱，指激動熱烈的感情，如"大家熱情都很高，沒有叫苦叫累的"；"激情"着重於"激"，劇烈，指突發性的強烈情感，語義較"熱情"重，如"老人們擁抱大自然、熱愛新生活的激情感染了在場觀眾"。"熱情"既可作名詞，也可作形容詞；"激情"只能作名詞。

▶ **熱忱** 辨析 見【熱忱】條。

▶ **熱心** 辨析 見【熱心】條。

熱誠 rèchéng ❶形 熱切而誠懇:熱誠的幫助。❷名 熱切誠懇的心情:滿腔熱誠。

▶ **熱忱** 辨析 見【熱忱】條。

熱鬧 rènao ❶形 景象繁盛,氣氛活躍:熱鬧的商場。❷名 繁盛的景象,活躍的氣氛:他只顧瞧熱鬧,哪裏還有心思看書!❸動 使氣氛活躍、心情舒暢:春節裏得讓孩子們熱鬧熱鬧。

▶ **熱烈** 辨析 都有"氣氛活躍"的意義,但語義側重點、適用範圍、詞性和用法有別。"熱鬧"着重於"鬧",喧嘩,強調景象繁盛、氣氛活躍;"熱烈"着重於"烈",強烈,強調興奮激動的情緒非常強烈。"熱鬧"多用來形容情景、場面等,不含褒貶色彩;"熱烈"多用來形容氣氛、情緒等,含褒義色彩。"熱鬧"既可作形容詞,也可作動詞,還可作名詞;"熱烈"只能作形容詞。"熱鬧"能重疊成 AABB 式(形容詞)、ABAB 式(動詞)使用;"熱烈"不能重疊使用。

熱潮 rècháo 名 形容蓬勃發展的形勢或熱火朝天的局面:今年冬天,我們掀起了興修水利的熱潮。

▶ **高潮** 辨析 都有"事物或運動高度發展的局面"的意義,但語義側重點和褒貶色彩有別。"熱潮"着重於"熱",熱烈,形容事物蓬勃發展,形成熱火朝天的局面,褒義詞,在熱潮中可以有高潮,如"科技園區出現新的創業熱潮";"高潮"着重於"高",本義為自然現象中的最高潮位,比喻事物發展達到頂點,中性詞,運用範圍較廣,如"近幾年醫療衛生改革呈現後浪推前浪、高潮叠起之勢"。"高潮"還可以指小説、戲劇、電影情節中矛盾發展的頂點,在這一意義上二者不相同。

撤退 chètuì 動 (軍隊等) 退出原來的陣地或佔領的地區:緊急撤退。

▶ **撤離** 辨析 都有"從某處退出"的意義,但語義側重點和語法功能有別。"撤退"側重指從某處向後退,可帶施事賓語(工作人員、軍隊等);"撤離"側重指從某處離開,可帶處所賓語(陣地、現場等)。如"將軍決定立即撤退軍隊"中的"撤退"不能換用"撤離"。

▶ **後退** 辨析 見【後退】條。

撤職 chèzhí 動 撤銷職務:撤職審查。

▶ **革職** 辨析 見【革職】條。

▶ **免職** 辨析 見【免職】條。

撤離 chèlí 動 撤退;離開:撤離現場。

▶ **撤退** 辨析 見【撤退】條。

增加 zēngjiā 動 在原有的基礎上加多:增加投入。

▶ **增添** 辨析 都有"在原有基礎上添加"的意義,但語義側重點、搭配對象和語體色彩有別。"增加"強調在原有的基礎上使量的方面變大,可與收入、消費、開支、面積、重量等詞語搭配,口語和書面語都可以用;"增添"強調在原有數量的基礎上添補一些,可與光彩、氣氛、美感等詞語搭配,多用於書面語。如"增添歡樂"中的"增添"不宜換用"增加"。

增添 zēngtiān 動 在原有的基礎上添加:增添光彩。

▶ **增加** 辨析 見【增加】條。

增強 zēngqiáng 動 在原有的基礎上加強:增強體質。

▶ **加強** 辨析 見【加強】條。

增援 zēngyuán 動 增加人力物力來支援:望你部火速前往增援。

▶ 支援 辨析 見【支援】條。

撰寫 zhuànxiě 動 寫作：撰寫論文。

▶ 編寫 辨析 見【編寫】條。

撥弄 bōnòng ❶動 用手腳或棍棒等來回地撥動：撥弄算盤子。❷動 挑撥：撥弄是非。❸動 擺佈：受人撥弄的木偶。

▶ 搬弄 辨析 都有"來回撥動"和"使引起糾紛"的意義。在前一意義上，語義側重點和適用對象有別。"撥弄"側重於指用手拿着棍棒等撥動，多用於一些碎小的東西；"搬弄"側重於指直接用手搬動，多用於一些較大的東西。在後一意義上，語義側重點有別。"撥弄"側重於指背後胡亂議論，使產生矛盾、糾紛；"搬弄"側重於指使能夠產生矛盾、糾紛的言語在兩方之間流傳，從而產生矛盾、糾紛。

▶ 挑撥 辨析 都有"使引起糾紛"的意義，但語義側重點、適用對象有別。"挑撥"強調有意製造別人相互之間的矛盾，引起糾紛，可用於個人之間，也可以用於國家和集體之間；"撥弄"側重於指在背後到處亂說是非，多用於個人之間，常和"是非"連在一起使用。

模仿 mófǎng 動 按照某種樣子去做相似的事：小孩的模仿能力很強。也作"摹仿"。

▶ 模擬 辨析 都有"照着某種樣子做"的意義，但語義側重點有別。"模仿"側重指按具體的人、事、物的樣子去做類似的事，如"模仿卓別林走路"；"模擬"側重指按照設定的某種情景去做，如"模擬考試""實戰模擬演習"。

模糊 móhu ❶形 不分明，不清楚：視線模糊；神志模糊。❷動 混淆：模糊了是非界限。

▶ 曖昧 辨析 都有"不清楚"的意義，但語義側重點有別。"模糊"通常指客觀事物不清楚；"曖昧"通常指態度、表情等主觀事物含糊，不明確，如"他的表情很曖昧"。

▶ 迷糊 辨析 見【迷糊】條。

模擬 mónǐ 動 模仿：模擬考試；模擬演習。

▶ 模仿 辨析 見【模仿】條。

標致 biāozhì 形 相貌、姿態美麗（多用於女子）：她穿上這身衣服，顯得越發標致了。

▶ 好看 辨析 見【好看】條。

▶ 美麗 辨析 都有"看起來舒服，美觀"的意義，但語義側重點和適用範圍有別。"標致"側重於指相貌、姿態出眾，含有端莊、雅致的意味，只能用於人；"美麗"側重於指形態或外形勻稱、給人以美感，可以用於人，也可以用於事物，如"美麗的眼睛、美麗的心靈、美麗的傳說、美麗的風景"，適用範圍較廣。

▶ 漂亮 辨析 都有"看起來舒服，美觀"的意義，但語義側重點、適用範圍和語體色彩有別。"標致"側重於外貌、姿態出眾，含有端莊、雅致的意味，多用於女子，書面語色彩較濃；"漂亮"側重於指外形悅目、色澤鮮亮，含有讓人眼前一亮的意味，可以用於人的外貌，也可以用於事物，適用範圍較廣，多用於口語。"漂亮"還有"（說話、做事）出色、精彩"的意思，如"這件事幹得漂亮""話說得很漂亮"；"標致"沒有這一意思。

標記 biāojì ❶動 用文字、圖形、記號等表示出來：在頁碼上方標記一下。❷名 標誌；記號：沿着路上的標記走。

▶ **標誌** 辨析 都有 "標明某種事物現象的符號" 的意義，但語義側重點、適用對象和常用語法功能有別。"標記" 側重於指為了便於記認而用記號標示，多用於具體事物，如 "指示航路的標記"；"標誌" 側重於指為了顯示特徵或區別於其他而用記號標示，多用於抽象事物，也可以用於具體事物，如 "思想成熟的標誌""商品質量合格標誌"。另外，"標誌" 多在動詞意義上使用，如 "這標誌着我們又向前邁進一步"；而 "標記" 多在名詞意義上使用。

標準 biāozhǔn ❶图 衡量事物的準則：質量標準。❷圈 本身合於準則，可供同類事物比較核對的：普通話說得很標準。

▶ **規範** 辨析 見【規範】條。

暫且 zànqiě 副 暫時，姑且（稍帶有讓步的意味）：這件事暫且不論。

▶ **姑且** 辨析 見【姑且】條。

暫時 zànshí 副 短時間之內：這件事可暫時擱一擱。

▶ **臨時** 辨析 見【臨時】條。

輪流 lúnliú 副 按次序一個接替一個：咱們輪流抬着吧，這樣都不會太累。

▶ **輪番** 辨析 都有 "按次序一個接替一個" 的意義，但語體色彩、語法功能有別。"輪流" 屬一般性詞彙，通用於一切語體，常用；"輪番" 常見於書面語中，較少使用。此外，"輪流" 前可有修飾性定語，如 "這樣輪流行嗎？"，也可充當定語修飾別的詞語，如 "輪流的制度"；而 "輪番" 則無此用法。

輪番 lúnfān 副 按次序一個接替一個：家裏人輪番勸說他，都沒有用。

▶ **輪流** 辨析 見【輪流】條。

賢淑 xiánshū 形 指婦女心地善良，通情達理：賢淑的妻子。

▶ **賢惠** 辨析 都有 "指婦女心地善良，有德行" 的意義，但語義側重點、適用對象有別。"賢淑" 強調溫和、善良、性情行為好，只用於女性；"賢惠" 強調識大體，明大義，體貼，偶爾可用於男子，如賢惠的丈夫。

賢惠 xiánhuì 形 指（婦女）心地善良，通情達理，對人和藹：賢惠的妻子。

▶ **賢淑** 辨析 見【賢淑】條。

豎立 shùlì 動 物體垂直立起：大門前豎立着一根旗杆。

▶ **樹立** 辨析 見【樹立】條。

遷移 qiānyí 動 離開原地去往別處：因為失業的原因，一年內我的寓所遷移了三次。

▶ **遷徙** 辨析 都有 "離開原地點而另換地點" 的意義，但語義側重點和適用對象有別。"遷移" 泛指從一處移動到另一處，距離可遠可近，規模可大可小；"遷徙" 着重指遠距離、大規模的住處移動。"遷移" 可指人或動物的移動，也可指機構所在地的變換；"遷徙" 一般用於人或動物。

遷徙 qiānxǐ 動 遷移：盲目遷徙。

▶ **遷移** 辨析 見【遷移】條。

遷就 qiānjiù 動 過分將就：不能無原則地遷就孩子。

▶ **姑息** 辨析 都有 "對某種情形妥協" 的意義，但語義側重點、語義輕重、用法和語體色彩有別。"遷就" 強調順從別人的意願，如 "他愛孩子，但從不遷就孩子"；"姑息" 強調過分順從寬容，不講原則，語義較 "遷就" 重，如 "對此事要嚴肅查處，絕不姑息"。"遷就"可以是單方面的行為，也可以是雙方的行為；"姑息"一般是單方面的行為。"遷就"常獨立使用；"姑息"常與"養奸"搭配使用。"遷就"通用於口語和書面語；"姑息"多用於書面語。

▶ **將就** 辨析 都有"對某種情形妥協"的意義，但語義側重點和適用對象有別。"遷就"強調放棄自己原來的意願去順從某人或某事，如"有的俱樂部在名次和保級的壓力下，往往遷就球員"；"將就"強調對不滿意的情形或環境無可奈何而服從、順應，如"這事大家能湊合的就湊合，能將就的就將就"。"遷就"的對象為人或事情；"將就"的對象為事物或環境。

憂愁 yōuchóu 形 因遭遇困難或不如意的事而擔心、苦惱：煩惱和憂愁是人極易產生的消極情緒／令人憂愁的事。

▶ **擔憂** 辨析 都有"因遭遇困難或不如意的事而擔心、苦惱"的意義，但詞性、語義側重點有別。"憂愁"是形容詞，強調苦惱愁悶，有想不出辦法，不知如何是好的意味，如"擺脫憂愁的困擾"；"擔憂"是動詞，強調擔心，放心不下，如"擔憂全球氣候變暖"。

▶ **發愁** 辨析 見【發愁】條。

▶ **憂慮** 辨析 見【憂慮】條。

憂慮 yōulǜ 動 因遭遇困難或不如意的事而擔心：深表憂慮／令人憂慮。

▶ **擔憂** 辨析 都有"因遭遇困難或不如意的事而擔心"的意義，但語義側重點有別。"憂慮"強調十分擔心且思慮很多，有很怕事情會有很壞的結果或會出大問題的意味，如"健康調查結果令人憂慮"；"擔憂"強調擔心，放心不下，如"他的健康狀況令人擔憂"。

▶ **憂愁** 辨析 都有"因遭遇困難或不如意的事而擔心"的意義，但詞性、語義側重點有別。"憂愁"是動詞，強調十分擔心且思慮很多，有很怕事情會有很壞的結果或會出大問題的意味，如"食品安全令人憂慮"；"憂愁"是形容詞，強調苦惱愁悶，有想不出辦法，不知如何是好的意味，如"快樂與憂愁"。

磋商 cuōshāng 動 交換意見，反覆商量：經過磋商，達成協議。

▶ **商量** 辨析 見【商量】條。

確切 quèqiè ❶ 形 準確，恰切：注意用詞的確切。❷ 形 真實可靠：大家都要提出確切的保證。

▶ **確實** 辨析 都有"形容情況真實可靠"的意義，但語義側重點、使用範圍和詞性有別。"確切"着重於"切"，相合，強調符合實際，沒有差錯；"確實"着重於"實"，真實，強調真實可靠，沒有虛假。"確切"多用於認識、理解、判斷、評價、描寫等的恰當合適；"確實"多用於事實、消息、情況、證據、數字等的準確真實。"確切"只能用作形容詞；"確實"除形容詞用法外，還能用作副詞，表示對客觀情況真實性的肯定，如"他確實失業了"。

▶ **確鑿** 辨析 都有"形容情況真實可靠"的意義，但語義側重點、語義輕重和使用範圍有別。"確切"着重於"切"，相合，強調符合實際，沒有差錯；"確鑿"着重於"鑿"，明確、真實，強調真實可靠，不容置疑，語義較"確切"重。"確切"多用於認識、理解、判斷、評價、描寫等的恰當合適；"確鑿"多用於事實、證據的可靠。

確立 quèlì 動 確切建立或樹立：確立美好信念。

▶ **成立** 辨析 見【成立】條。

確定 quèdìng ❶ 明確而肯定：給予確定的答覆。❷ 明確地決定：及時確定候選人名單。

▶ **肯定** 辨析 見【肯定】條。

▶ **明確** 辨析 見【明確】條。

確實 quèshí ❶形 準確無誤，真實可靠：那件事應是確實無誤的。❷副 對客觀情況的真實性表示確認和肯定：我確實沒有見過這個人。

▶ **切實** 辨析 見【切實】條。

▶ **確切** 辨析 見【確切】條。

▶ **確鑿** 辨析 都有"形容情況真實可靠"的意義，但語義側重點、語義輕重、使用範圍和詞性有別。"確實"着重於"實"，真實，強調真實可靠，沒有虛假；"確鑿"着重於"鑿"，明確、真實，強調真實可靠，不容置疑，語義較"確實"重。"確實"多用於事實、消息、情況、證據、數字等的準確真實；"確鑿"多用於事實、證據的可靠。"確實"除形容詞用法外，還能用作副詞，表示對客觀情況真實性的肯定，如"他確實走了"；"確鑿"只能用作形容詞。

▶ **實在** 辨析 見【實在】條。

▶ **着實** 辨析 見【着實】條。

確鑿 quèzáo 形 非常確實；真實可靠：證據確鑿。

▶ **確切** 辨析 見【確切】條。

▶ **確實** 辨析 見【確實】條。

震動 zhèndòng ❶動 因外力影響而顫動：大地在震動。❷動 (因不尋常的事情、消息等) 使人心不平靜：震動全國。

▶ **振動** 辨析 見【振動】條。

▶ **震撼** 辨析 都有"物體因外力的作用而顫動"和"使人心不平靜"的意義，但語義強度和語體色彩有別。"震動"重在指脫離靜止狀態，常比喻重大事情、消息等引起強烈反響，使人心不平靜，感到驚訝、意外，語義相對較輕，口語

和書面語中都可以用；"震撼"強調劇烈地、大幅度地震動，給人的內心以強有力的刺激影響，程度重，具有明顯的書面語色彩。如"炮聲像滾滾春雷，震撼着崇山峻嶺"中的"震撼"不宜換用"震動"。

震撼 zhènhàn 動 震動搖撼：震撼人心。

▶ **震動** 辨析 見【震動】條。

震蕩 zhèndàng 動 震動，動盪：震蕩山谷 / 社會震蕩。

▶ **振蕩** 辨析 見【振蕩】條。

劇烈 jùliè 形 強度大，力量大：劇烈運動。

▶ **激烈** 辨析 都有"迅猛厲害"的意義，但語義側重點和適用對象有別。"劇烈"強調強度大、變化快，常用於社會變革、體育運動、疼痛、藥性、矛盾、衝突等，如"劇烈的高原反應""社會生活的各個方面都發生了劇烈的變革"；"激烈"強調氣氛緊張激越，一般用於言論、情緒、競賽、搏鬥、競爭、戰爭等，如"戰況激烈""激烈的國際經濟競爭"。

▶ **猛烈** 辨析 都有"氣勢大；力量大"的意義，但語義側重點和適用對象有別。"劇烈"強調力量大、作用強度大，多用於運動、物體振動、事情的急劇變動等，如"船劇烈地搖晃起來"；"猛烈"強調速度極快、強度極大，可用於人或事物的具體的或抽象的動作等，不用於事情的急劇變動等，如"遭到猛烈襲擊""這種挑戰猛烈地震撼着陳舊的經濟體制與結構"。

膚淺 fūqiǎn 形 (認識) 淺薄，不深不透：見解膚淺。

▶ **淺薄** 辨析 都有"認識程度不深"的意義，但語義側重點和語義強度有別。"膚淺"強調認識淺，理解不深、不透，

多用於人的認識活動，語義較輕；"淺薄"着重指功力淺、學力低、修養差，強調量的單薄、不足，多用於學識、修養等，語義較重。

弊病 bìbìng 名 事情中的毛病：解決自身的諸多弊病。

▶ **弊端** 辨析 都有"事情中存在的問題"的意義，但語義側重點有別。"弊病"偏重指事情中的毛病，如"你說的這句話存在一個弊病"；"弊端"偏重指事情中不好的一面，如"不切實際是目前大學生面試時表現出的最大弊端"。

暴虐 bàonüè ❶形 兇狠殘酷：君主暴虐。❷動 兇狠殘酷地對待：暴虐百姓。

▶ **殘暴** 辨析 見【殘暴】條。

▶ **殘忍** 辨析 見【殘忍】條。

暴發 bàofā ❶動（力量、情緒）突然發作：暴發瘟疫。❷動 突然發財或得勢（多指用不正當手段）：在一夜之間暴發。

▶ **爆發** 辨析 都有"突然發生或發作"的意義，但語義側重點和適用範圍有別。"暴發"側重於指由於外部的因素造成，多用於跟水有關的具體的事物，如"洪水、山洪"等，適用範圍較小；"爆發"側重指由於內部的矛盾、爭鬥或變化引起，可用於具體事物，如"火山、巨大聲響"等，也可用於重大的事變或變革，如"戰爭、運動、政變"等，適用範圍較廣。

暴露 bàolù 動（隱蔽的事物、缺陷、矛盾、問題等）顯露出來：目標暴露／暴露缺點。

▶ **敗露** 辨析 見【敗露】條。

賭氣 dǔqì 動 因不滿意或受指責而意氣用事：賭氣出走。

▶ **負氣** 辨析 見【負氣】條。

賠本 péiběn 動 本錢或資金虧損：老王今年炒股賠本了。

▶ **虧本** 辨析 見【虧本】條。

▶ **蝕本** 辨析 見【蝕本】條。

賠罪 péizuì 動 因得罪了人而向人道歉，求人原諒：你跟他賠個罪，不就得了嗎？

▶ **賠禮** 辨析 見【賠禮】條。

▶ **謝罪** 辨析 都有"向人認錯，表示歉意，請人原諒"的意義，但語體色彩、語義輕重有別。"賠罪"用於口語，語義較輕；"謝罪"通用於口語和書面語，語義比"賠罪"重，如"戰犯必須向人民謝罪"。

賠禮 péilǐ 動 向人施禮認錯：我錯了，向夫人賠禮！

▶ **賠罪** 辨析 都有"得罪了人，向人道歉"的意義，但語義輕重和適用對象有別。"賠禮"比"賠罪"語義輕。"賠禮"通常用於地位平等的人之間；"賠罪"則有將自己放在較低位置的意思。

嘶啞 sīyǎ 形 聲音沙啞：他累得嗓子都嘶啞了。

▶ **沙啞** 辨析 見【沙啞】條。

嘲弄 cháonòng 動 嘲笑戲弄：自我嘲弄。

▶ **嘲諷** 辨析 見【嘲諷】條。

嘲笑 cháoxiào 動 用言辭笑話別人：嘲笑自己。

▶ **恥笑** 辨析 見【恥笑】條。

▶ **譏笑** 辨析 見【譏笑】條。

嘲諷 cháofěng 動 嘲笑諷刺：辛辣地嘲諷。

▶ **嘲弄** 辨析 都有"用言語笑話對方"

的意義，但語義側重點有別。"嘲諷"除了嘲笑的神情、動作以外，還有諷刺挖苦的意思，着重於用話語或文字譏笑別人，如"小強熱心助人，反而被幾個不理解的同學嘲諷了一番"，所以有時可以擴展為"冷嘲熱諷"；"嘲弄"在嘲笑之外，還有捉弄、拿人開心的意思，着重於用神情、動作取笑別人，如"幾次報考失敗以後，她覺得這是上天在嘲弄自己"。

▶ 譏笑 辨析 見【譏笑】條。

▶ 諷刺 辨析 見【諷刺】條。

嘹亮 liáoliàng 形 聲音大而高亢、清晰：嘹亮的軍號聲劃破黎明。

▶ 高亢 辨析 見【高亢】條。

▶ 洪亮 辨析 見【洪亮】條。

▶ 響亮 辨析 見【響亮】條。

影射 yǐngshè 動 借此說彼，暗指某人某事：文章影射了某影星的私生活。

▶ 隱射 辨析 見【隱射】條。

踐踏 jiàntà ❶動 踩：不要踐踏花草。❷動 比喻摧殘：踐踏人權。

▶ 踩躪 辨析 都有"用暴力損害、欺壓"的意義，但語義側重點、詞義展現方式和適用對象有別。"踐踏"強調用強力迫害、摧殘，用"踩、踏"的形象烘托出詞義，用於領土、主權、民主、法律、尊嚴等，不用於人，如"殖民統治曾踐踏了亞洲人的家園和尊嚴"；"踩躪"強調用暴力欺壓、侮辱、侵害，用於婦女、地方、人民、主權、獨立、國家等，如"飽受侵略與戰爭踩躪的中國百姓""日本侵略者踩躪了大半個中國"。

▶ 踩踏 辨析 都有"用腳踩"的意義，但語義側重點有別。"踐踏"強調行為，如"不損壞公共設施，不亂扔果皮紙屑，不斜穿馬路，不踐踏草坪"；"踩踏"

突出"踩"的動作，如"入口處秩序混亂，觀眾相互踩踏"。"踐踏"有比喻義；"踩踏"沒有比喻義。

嘮叨 láodao 動 話多，沒完沒了：年紀大了就是愛嘮叨；你可真夠嘮叨的。

▶ 絮叨 辨析 都有"形容人話多"的意義，"嘮叨"常指批評性的話很多，有讓人厭煩的意思，如可以說"你別嘮叨我了"；"絮叨"多形容老年人因記憶力減退，一件事說了一遍又一遍。

墨守成規 mòshǒuchéngguī 戰國時墨子善於守城，後稱事情不輕易改變為墨守。形容因循守舊，不肯改進：墨守成規怎麼能開創新局面呢？

▶ 故步自封 辨析 見【故步自封】條。

▶ 抱殘守缺 辨析 見【抱殘守缺】條。

黎明 límíng 名 天剛剛亮的時候：黎明前的一段是最黑暗的時候。

▶ 拂曉 辨析 見【拂曉】條。

▶ 凌晨 辨析 見【凌晨】條。

▶ 破曉 辨析 見【破曉】條。

稿費 gǎofèi 名 著作、譯文、繪畫等發表後出版機構向作者支付的報酬：今天我又收到一筆稿費。

▶ 稿酬 辨析 都有"因發表著作、譯文等而獲得的報酬"的意義，但語義側重點有別。"稿酬"是從出版機構的角度而言的，是給作者的報酬；"稿費"沒有特定的角度，作者和出版者都可以用。如"今年我掙了不少稿費"中的"稿費"不宜換用"稿酬"。

稿酬 gǎochóu 名 出版者給予作者的稿費。

▶ 稿費 辨析 見【稿費】條。

範圍 fànwéi 图 周圍界限：活動範圍/在我瞭解的學術範圍內。

▶ **範疇** 辨析 都有"本身周圍的界限"的意義，但適用對象、語體色彩、語法功能有別。"範圍"既可用於抽象事物，也可用於具體事物，既可用於書面語，也可用於口語；"範疇"一般只用於抽象事物或概念，具有書面語色彩。"範圍"前可以受由動詞構成的定語修飾；"範疇"前一般只能受名詞性定語修飾。如可以說"活動範圍"，但一般不說"活動範疇"。

▶ **領域** 辨析 都有"本身周圍的界限"的意義，但適用對象、語體色彩有別。"範圍"可用於一切事物，可以是大的、小的、具體的、抽象的，還可以是人，口語和書面語中都可以用；"領域"多用於學術思想或社會活動方面的抽象事物，具有書面語色彩。如可以說"思想領域"，但一般不說"思想範圍"。

範疇 fànchóu ❶ 图 人的思維對客觀事物的普遍本質的概括和反映。❷ 图 類型，範圍：美學範疇。

▶ **範圍** 辨析 見【範圍】條。

價格 jiàgé 图 商品價值的貨幣表現：石油價格攀升/蔬菜價格保持穩定。

▶ **價錢** 辨析 都有"商品價值的貨幣表現"的意義，但搭配對象、適用場合和語體色彩有別。"價格"用作經濟學術語時表示用貨幣表現出來的商品價值，含有作為一種尺度的意思，作為一般詞語則指某一具體商品售出的錢數，多出現在較正式的場合，通用於口語和書面語，如"穩定的質量、適中的價格和良好的售後服務""價格穩定"；"價錢"指商品售出的錢數，有口語色彩，可以直接受形容詞"好""大"的修飾，如"賣個好價錢""這裏的價錢一般僅為藥店的 1/2 至 1/3"。

價錢 jiàqian 實際價格：不用花大價錢，就能買一台稱心如意的彩電/價錢公道。

▶ **價格** 辨析 見【價格】條。

儀表 yíbiǎo ❶ 图 人的外表（包括容貌、姿態、風度等，指好的）：注重儀表/儀表堂堂。❷ 图 測定溫度、氣壓、電量、血壓等的儀器：儀表顯示一切正常。

▶ **儀容** 辨析 都有"人的外表"的意義，但語義側重點別別。"儀表"指人的整個外表，包括容貌、姿態、風度等；"儀容"偏重指容貌。在其他意義上二者不相同。

▶ **儀態** 辨析 都有"人的外表"的意義，但語義側重點有別。"儀表"指人的整個外表，包括容貌、姿態、風度等；"儀態"偏重指人的姿態。在其他意義上二者不相同。

儀容 yíróng 图 人的外表（多就容貌說）：儀容嚴整。

▶ **儀表** 辨析 見【儀表】條。

儀態 yítài 图 人的外表（多就姿態說）：儀態萬方。

▶ **儀表** 辨析 見【儀表】條。

魄力 pòlì 图 人所具有的處置事情的膽識和果斷的作風：他是個有着非凡魄力的政治家。

▶ **氣魄** 辨析 見【氣魄】條。

樂土 lètǔ 图 使人感到快樂的地方：這裏是現代派藝術家的樂土。

▶ **樂園** 辨析 都有"令人感到快樂的地方"的意義，但語義側重點和適用對象有別。"樂土"所指地域更廣大，有抽象含義，如"這裏是學術研究的樂土"；"樂園"所指地域較小，有封閉性，可以用來命名公園等，如"水上樂園"。

樂天 lètiān 形 形容人無憂無慮：我真佩服你這股子樂天的勁兒。

▶ **樂觀** 辨析 都有"形容人的性格開朗，有積極的態度和信心"的意義，但語義側重點和適用對象有別。"樂天"主要是總體上概括一個人的個性，無憂無慮，如"他是一個樂天派"；"樂觀"可用於具體的語境，針對將要發生的具體事情，如"我對這個項目的前景持樂觀態度"。

樂園 lèyuán 名 人們遊樂的地方；也稱令人感到快樂的地方：兒童樂園。

▶ **樂土** 辨析 見【樂土】條。

樂觀 lèguān 形 對未來有信心，對克服困難有信心：他是個樂觀的人。

▶ **達觀** 辨析 都有"看得開，不悲傷"的意義，"樂觀"強調精神愉快，對事物的發展充滿信心，多就未來而言，語法功能多樣；"達觀"側重指對不如意的事情看得開，多對已經發生的事情而言，一般不作狀語。如"只有樂觀地對待生活，才能生活得幸福"中的"樂觀"不能換用"達觀"。

▶ **豁達** 辨析 都有"形容性格開朗、有信心"的意義，但語義側重點和適用對象有別。"樂觀"是說對事情、對未來有信心；"豁達"主要是形容人胸懷寬廣，尤其對遇到的問題或與自己有矛盾的人，看得開，肯原諒。

▶ **樂天** 辨析 見【樂天】條。

僻靜 pìjìng 形 偏僻，清靜：假山背後很僻靜。

▶ **冷僻** 辨析 見【冷僻】條。

▶ **清靜** 辨析 見【清靜】條。

質問 zhìwèn 動 根據事實問明是非：當面質問。

▶ **詰問** 辨析 都有"根據事實或道理追問"的意義，但語義側重點和適用對象有別。"質問"強調質疑問難，明辨是非，一般不用於自己，常要求回答，有較濃的嚴正色彩；"詰問"強調追根究底地問，可以帶責備口氣，可用於自身，書面語色彩濃厚，使用頻率較低，如"他一遍又一遍地詰問自己"。

▶ **責問** 辨析 見【責問】條。

質樸 zhìpǔ 形 樸實無華：為人質樸忠厚。

▶ **淳樸** 辨析 都有"不加修飾，不華麗，很實在"的意義，但語義側重點和適用對象有別。"質樸"強調單純實在，保持本色，不造作、不華麗，多形容人的為人、品質、感情、言談、作風和文藝作品的風格、語言、文字等；"淳樸"強調樸實，不浮誇，多形容人的心地、感情、秉性、性格、氣質和文風、社會風尚、民族風貌等。

▶ **樸實** 辨析 見【樸實】條。

衝撞 chōngzhuàng ❶ 動 撞擊：波濤衝撞着礁石。❷ 動 傷害、侵犯：我不應該衝撞你。

▶ **衝擊** 辨析 見【衝擊】條。

▶ **觸犯** 辨析 都有"侵犯"的意義，但適用對象有別。"衝撞"的適用對象較窄，一般是人；"觸犯"的適用對象較寬，可以是法律、法規等，也可以是某個人或某個集團的利益。如"他變成一個淡泊自持的人並不是出於對觸犯法律的恐懼"中的"觸犯"不能換用"衝撞"。

▶ **頂撞** 辨析 都有"侵犯"的意義，但語義側重點有別。"衝撞"側重指侵犯，不限於言語或行為；"頂撞"側重指用言語侵犯。如"這不是甚麼大膽的頂撞，電話另一端的人絕不會惱怒的"中的"頂撞"不宜換用"衝撞"。

▶ **冒犯** 辨析 都有"不禮貌、傷害"的意義，但語義側重點有別。"衝撞"側重指侵犯，不限於言語或行為；"冒犯"側重指由於語言或行為失於檢點而觸犯了對方的尊嚴。如"一群男孩欺侮他，故意衝撞他"中的"衝撞"不宜換用"冒犯"。

衝鋒 chōngfēng 動 作戰時向對手猛攻：衝鋒陷陣。

▶ **衝擊** 辨析 見【衝擊】條。

衝擊 chōngjī ❶動 水流等猛烈撞擊物體：海浪衝擊着大堤。❷動 猛烈打擊：向敵人發起衝擊。❸動 干擾或打擊使受影響：外國商品衝擊着國內市場。

▶ **衝鋒** 辨析 都有"向敵人進攻"的意義，但語義側重點有別。"衝擊"側重指猛烈打擊；"衝鋒"側重指軍人持小型武器向敵人進攻。如"敵人反衝擊，你來我往打到下半夜"中的"衝擊"不宜換用"衝鋒"。

▶ **衝撞** 辨析 都有"撞擊"的意義，但語義側重點有別。"衝擊"側重指主動出擊，具有主動性；"衝撞"側重指兩物體相撞並產生的強烈的撞擊結果。如"小行星衝撞地球的概率為 12 萬年一次"中的"衝撞"不宜換用"衝擊"。

慫恿 sǒngyǒng 動 攛掇；鼓動別人去做某事：你別慫恿他抽煙。

▶ **攛掇** 辨析 都有"勸誘別人做某事"的意義，但語義側重點和語體色彩有別。"慫恿"強調用言語從旁勸誘別人做某事，常帶貶義，如"處理過輕、打擊不力，無異於默許、慫恿、包庇非法庸醫"；"攛掇"強調用刺激的手法從旁勸誘，中性詞，如"經不住女友的攛掇，我只好挺身一試"。"慫恿"多用於書面語；"攛掇"多用於口語。

▶ **鼓動** 辨析 都有"勸誘別人做某事"的意義，但語義側重點、褒貶色彩和用法有別。"慫恿"強調用言語從旁勸誘別人做某事，常含一定的貶義，如"那壞傢伙竟慫恿孩子去偷東西"；"鼓動"強調用言語或語言文字激發人們的情緒，使之行動起來，中性詞，如"他老鼓動我去學車"。"慫恿"一般不重疊使用；"鼓動"能重疊成 ABAB 式使用。

▶ **煽動** 辨析 都有"勸誘別人做某事"的意義，但語義側重點和適用對象有別。"慫恿"強調用言語從旁勸誘別人做某事，常含一定的貶義；"煽動"強調用不正當的手法激發別人的情緒，使其做不該做的事。"慫恿"的對象往往是個別人的行為，如"慫恿他喝酒"；"煽動"的對象往往是多人的行為、抽象事物或事情，如"煽動鬧事、煽動不滿情緒、煽動罷工"等。

▶ **縱容** 辨析 見【縱容】條。

徹夜 chèyè 形 整夜：徹夜未眠。

▶ **通宵** 辨析 都有"整夜，整宿"的意義，但語體色彩有別。"徹夜"多用於書面語；"通宵"口語和書面語中都可以用。如"他們打了一個通宵的麻將"中的"通宵"不宜換用"徹夜"；"那種聲音使我恐懼，徹夜難眠"中的"徹夜"不宜換用"通宵"。

盤根究底 pángēnjiūdǐ 追問事情發生的根本原因。

▶ **刨根問底** 辨析 見【刨根問底】條。

▶ **盤詰** 辨析 見【盤詰】條

盤問 pánwèn 動 反覆查問，詳細詢問：媽媽仔細盤問着女兒。

▶ **查問** 辨析 見【查問】條。

▶ **盤詰** 辨析 都有"一再詢問、追問（多指對可疑的人）"的意義，但語義側重點、語體色彩和適用對象有別。"盤詰"有因感到有疑問而追問的意味，書面語色彩濃厚，一般只用於查問可疑的人；

"盤問"強調全面而嚴密地查問,通用於書面語和口語,可用於人,也可用於事情。

盤詰 pánjié 動 詳細盤問(多指對可疑的人):守城士兵嚴厲盤詰每一個可疑的人。

▸ **盤根究底** 辨析 都有"反覆地詢問,追問事情的原因、底細"的意義,但語體色彩和語義輕重有別。"盤詰"書面語色彩很強,態度比"盤根究底"更嚴厲,語義也更重。

▸ **盤問** 辨析 見【盤問】條。

盤纏 pánchan 名 旅程中用的錢:做生意蝕了本,連回家的盤纏都沒有了。

▸ **路費** 辨析 都有"旅途所需的費用"的意義,但語體色彩有別。"盤纏"用於口語以及古代的戲曲和小說,現在已很少用到;"路費"通用於口語和書面語。

鋪面 pùmiàn 名 商店臨街的地方,也泛稱商店:我想可以租個鋪面,做點小生意。

▸ **門面** 辨析 見【門面】條。

銷毀 xiāohuǐ 動 徹底毀掉:銷毀證據。

▸ **焚毀** 辨析 見【焚毀】條。

▸ **燒毀** 辨析 見【燒毀】條。

鋒芒 fēngmáng 名 刀劍或器物的銳利部分,常比喻爭執的矛頭:論戰的鋒芒直指恐怖主義。

▸ **矛頭** 辨析 見【矛頭】條。

鋒利 fēnglì ❶ 形(刀、劍等頭部或刃部)容易刺入或切割:鋒利的鋼刀。❷ 形(言論、文筆等)尖銳有力:筆調鋒利。

▸ **銳利** 辨析 見【銳利】條。

銳利 ruìlì ❶ 形(刀、劍等鋒刃)尖而快:銳利的匕首。❷ 形 目光、言論等尖銳;對事物的認識敏銳深刻:銳利的目光/筆鋒銳利。

▸ **鋒利** 辨析 都有"尖而快"和"對事物的認識敏銳深刻"的意義,但語義側重點和使用範圍有別。在形容刀、劍等工具、武器時,"銳利"着重指又尖又快,能輕易刺入,多用於匕首、梭標、小刀、錐子、牙齒等;"鋒利"着重指頭尖刃薄,能輕易切入,多用於刀、劍的刃。在形容對事物的認識敏銳深刻時,"銳利"着重指觀察透闢,善於抓住本質,多用於眼光、筆鋒等;"鋒利"着重指準確、深刻、有鋒芒,多用於言論、文筆等。

▸ **犀利** 辨析 都有"形容刀、劍等工具、武器又尖又快"和"對事物的認識敏銳深刻"的意義,但語義側重點、使用範圍和語體色彩有別。"銳利"着重指觀察透闢,善於抓住本質;多用於眼光、筆鋒等;"犀利"着重指準確、深刻、有鋒芒,多用於目光、言辭、言論、文筆等。"銳利"可用於書面語,也可用於口語;"犀利"具有濃厚的書面語色彩,多用於書面語。

▸ **敏銳** 辨析 見【敏銳】條。

慾念 yùniàn 名 想得到某種東西或想達到某種目的的要求:隱藏慾念。

▸ **慾望** 辨析 都有"想得到某種東西或想達到某種目的的要求"的意義,但語義側重點、適用對象、感情色彩、語體色彩有別。"慾念"突出預想的念頭,多用於壞的或不應該希望有的事情,常含貶義,有書面語色彩;"慾望"突出希望的性質,可用於好的或希望有的事情,也可以用於壞的或不希望有的事情,是中性詞,通用於口語和書面語。

慾望 yùwàng 名 想得到某種東西或想達到某種目的的要求:求知的慾望。

▶ 慫念 [辨析] 見【慫恿】條。

魯莽 lǔmǎng [形] 言行粗魯、輕率：我認為應該有個計劃，不能魯莽從事。

▶ 粗魯 [辨析] 見【粗魯】條。

▶ 莽撞 [辨析] 見【莽撞】條。

▶ 冒失 [辨析] 見【冒失】條。

請安 qǐng'ān [動] 問好，(一般用於下級對上級或晚輩對長輩)：年節到了，別忘了向母親大人請安。

▶ 問安 [辨析] 見【問安】條。

請求 qǐngqiú ❶ [動] 鄭重提出要求，希望得到對方的同意或批准：請求上司給予照顧。❷ [名] 所提出的請示、要求：對他的請求應予考慮。

▶ 懇求 [辨析] 都有"提出要求並希望得到同意"的意義，但語義側重點、語義輕重和詞性有別。"請求"着重於"請"，提出要求並希望實現，帶客氣的意味，如"他再三請求上司准假"；"懇求"着重於"懇"，懇切，誠懇地要求並希望得到滿足，帶鄭重的意味，語義較"請求"重，如"他懇求外科主任為妻子做手術"。"請求"除動詞用法外，還能用作名詞，表示所提出的要求，如"答應他的請求"；"懇求"只能用作動詞。

▶ 祈求 [辨析] 見【祈求】條。

▶ 乞求 [辨析] 見【乞求】條。

▶ 申請 [辨析] 見【申請】條。

請帖 qǐngtiě [名] 邀請客人時送上的書面通知：請帖已經送去。

▶ 請柬 [辨析] 都有"邀請客人的書面通知"的意義，但態度色彩和適用範圍有別。"請帖"含客氣的態度色彩；"請柬"含莊重的態度色彩。"請帖"多用於民間或人們之間的邀請，如"如今，人們把鮮紅的請帖戲稱為'紅色罰款單'"；

"請柬"多用於機構、團體、會議等的邀請，如"上個月，我就收到了4份洽談會的請柬"。

請柬 qǐngjiǎn [名] 請帖；邀請客人的書面通知：收到一份請柬。

▶ 請帖 [辨析] 見【請帖】條。

請教 qǐngjiào [動] 求教；請求指教：虛心請教／向行家請教。

▶ 求教 [辨析] 見【求教】條。

▶ 討教 [辨析] 見【討教】條。

課堂 kètáng [名] 教室在用來進行教學活動時叫課堂，泛指進行各種教學活動的場所：課堂討論。

▶ 教室 [辨析] 都有"進行教學的場所"的意義，但語義側重點有別。"教室"指學校中進行教學活動的房間，強調的是場所，如"新建校舍2800餘間，翻修教室250間"；"課堂"可以泛指進行各種教學活動的場所，並不一定指具體的房間，強調的是知識的傳授和學習，如"把監獄也變成了影響和教育人的課堂"。

誹謗 fěibàng [動] 無中生有地說人壞話，損人名譽：誹謗中傷。

▶ 譭謗 [辨析] 都有"說別人壞話，毀壞別人名譽"的意義，但語義側重點、語義強度、語體色彩有別。"誹謗"指別有用心惡意中傷別人的行為，語義較輕；"譭謗"指別有用心故意編造謊言毀人名譽，語義較重，具有濃厚的書面語色彩。

▶ 誣衊 [辨析] 見【誣衊】條。

誕生 dànshēng [動] 嬰兒離開母體，來到世界上：誕生於1893年。

▶ 出生 [辨析] 見【出生】條。

▶ 出世 [辨析] 見【出世】條。

論爭 lùnzhēng [名] 在政治、學術、思想道德等領域的問題上因看法不同而爭論：這場論爭是純學術的爭論。

▶ **紛爭** 辨析 都有"因意見不同而產生的爭執"的意義，但語義概括範圍有別。"論爭"側重的是在政治、學術、思想道德等領域的嚴肅的研究問題上因看法不同而爭論；"紛爭"的內容不僅包括上述領域，還包括其他方面，如"遺產紛爭""鄰里紛爭""領土紛爭"。

▶ **論戰** 辨析 都有"在政治、學術、思想道德領域的問題上因看法不同而爭論"的意義，但語義輕重有別。"論戰"在激烈程度、衝突性上均比"論爭"強；在規模上，"論戰"一般較大，"論爭"則可大可小。

論述 lùnshù ❶動 分析性地敍述：請你論述一下主要觀點。❷名 分析性地敍述的內容：論文觀點明確，論述有力。

▶ **表述** 辨析 都有"敍述"的意義，但語義側重點有別。"論述"側重的是敍述的性質，即從理論角度進行的分析性的敍述，論是述的組成部分；"表述"側重的是敍述的目的，即讓思想意識通過敍述顯現出來。

▶ **闡釋** 辨析 都有"分析性議論"的意義，但語義側重點有別。"論述"強調這一行為是從理論角度來進行的；"闡釋"強調這一行為主要是一個解釋、說明的過程。

▶ **闡述** 辨析 都有"分析性地敍述"的意義，但語義側重點有別。"論述"側重總體的性質，強調這一行為是從理論角度來進行的；"闡述"側重過程，強調這一行為具有解釋、說明、舉例等過程。此外，"闡述"的書面語色彩更重，口語裏極少使用。

▶ **論證** 辨析 見【論證】條。

論戰 lùnzhàn 名 不同方面對一件事情發表不同的觀點：新保守主義引發

的論戰已經持續了很長時間。

▶ **論爭** 辨析 見【論爭】條。

論證 lùnzhèng ❶動 用論據來證明：請論證下列命題。❷名 立論的根據：論點、論據和論證是議論文的三大要素。

▶ **論述** 辨析 都有"用論據證明"的意義，但語義側重點有別。"論證"側重證明某種觀點；"論述"側重對觀點加以闡明。

▶ **證明** 辨析 都有"用證據說明"的意義，但語義側重點有別。"論證"突出強調通過論述來證明；"證明"則可以各種憑據來證明，如"以身份證證明身份""有目擊者證明"。

調和 tiáohé ❶形 協調或配合得和諧：雨水調和。❷動 排解糾紛，使重新和好：從中調和。❸動 妥協；讓步：沒有調和的餘地。

▶ **調解** 辨析 都有"排解糾紛"的意義，但語義側重點、使用範圍、用法和詞性有別。"調和"着重於"和"，和好，和諧，強調平息矛盾，使雙方重新和好；"調解"着重於"解"，消除，強調勸說雙方消除糾紛。"調和"多用於矛盾、爭吵、糾紛、口角等方面的平息工作；"調解"多用於爭執、仇恨、械鬥、矛盾的化解消除工作。"調和"一般不直接作定語；"調解"可直接作定語，如"調解工作""調解人"。"調和"除用作動詞外，還可用作形容詞，指"協調或配合得均勻和諧"；"調解"只能用作動詞。在其他意義上二者不相同。

▶ **調停** 辨析 都有"排解糾紛"的意義，但語義側重點、使用範圍、語義輕重和詞性有別。"調和"着重於"和"，和好，和諧，強調平息矛盾，使雙方重新和好；"調停"着重於"停"，停止，強調排解糾紛，使雙方停止爭端或衝突。"調和"多用於矛盾、爭吵、口角等方面；

"調停"多用於政治、經濟、軍事集團之間的重大問題或矛盾的調解工作，語義較"調和"重。"調和"除用作動詞外，還可用作形容詞，指"協調或配合得均勻和諧"；"調停"只能用作動詞。在其他意義上二者不相同。

調停 tiáotíng 🔟 排解糾紛，使雙方停止爭端或衝突：經聯合國代表團積極調停，巴以兩國的軍事衝突得以和平解決。

▶ **調解** 辨析 都有"排解糾紛"的意義，但語義側重點、語義輕重和使用範圍有別。"調停"着重於"停"，停止，強調排解糾紛，使雙方停止爭執或衝突，如"國際社會的調停可以暫時撲滅暴力的火焰，但衝突仍有隨時爆發的可能"；"調解"着重於"解"，消除，強調勸說雙方消除糾紛，語義較"調停"輕，如"經過調解，原、被告雙方達成和解協議"。"調停"多用於政治、經濟、軍事團體之間的重大問題或矛盾；"調解"多用於日常生活中的糾紛、爭執、矛盾等。

調節 tiáojié 🔟 調整數量、程度等，使適合要求：這溫泉的溫度據說能自然調節，天熱的時候變涼，天冷的時候變熱。

▶ **調劑** 辨析 都有"重新安排組合使適應要求"的意義，但語義側重點和適用範圍有別。"調節"着重於"節"，節制，強調在一定數量或程度範圍內進行調整、控制，使之適度或適用；"調劑"着重於"劑"，調和，強調改變數量或程度上的不均衡狀況，互相搭配，合理安排，使達到合適的程度。"調節"多用於關係、矛盾、空氣、溫度等；"調劑"多用於人力、物力、生活、精神等。在其他意義上二者不相同。

▶ **調整** 辨析 都有"重新安排組合使適應要求"的意義，但語義側重點和適用範圍有別。"調節"着重於"節"，節制，

強調在一定數量或程度範圍內進行調整、控制，使之適度或適用；"調整"着重於"整"，整頓，強調重新安排、加以整頓，以改變混亂的、無秩序的狀態。"調節"多用於關係、矛盾、空氣、溫度等；"調整"多用於經濟、計劃、機構、政策、時間、關係等。

調解 tiáojiě 🔟 勸說雙方消除糾紛：村裏誰家吵了嘴打了架，總是她給調解。

▶ **調和** 辨析 見【調和】條。

▶ **調停** 辨析 見【調停】條。

調遣 diàoqiǎn 🔟 調動差遣，派遣：調遣人馬。

▶ **派遣** 辨析 見【派遣】條。

調整 tiáozhěng 🔟 重新安排組合使適應客觀環境或現實需要：調整工作計劃。

▶ **調劑** 辨析 見【調劑】條。

▶ **調節** 辨析 見【調節】條。

調劑 tiáojì ❶🔟 根據處方製藥物：調劑師。❷🔟 把忙和閒、好和壞、多和少等加以適當調整：調劑生活。

▶ **調節** 辨析 見【調節】條。

▶ **調整** 辨析 都有"重新安排組合使適應客觀環境或現實的需要"的意義，但語義側重點和適用範圍有別。"調劑"着重於"劑"，調和，強調改變數量或程度上的不均衡狀況，使達到合適的程度，如"社區成員能夠互通有無，自行調劑圖書的供需"；"調整"着重於"整"，整頓，強調重新安排、加以整頓，以改變混亂的、無秩序的狀態，如"經濟結構將進行戰略性調整"。"調劑"多用於人力、物力、生活、精神等；"調整"多用於經濟、計劃、機構、政策、時間、關係等。在其他意義上二者不相同。

諂媚 chǎnmèi 動 用卑賤的態度和言行討好別人：這種人就會溜鬚拍馬，諂媚上司。

▶ **諂諛** 辨析 見【諂諛】條。

▶ **阿諛** 辨析 見【阿諛】條。

諂諛 chǎnyú 動 諂媚阿諛，用卑賤的態度巴結奉承別人：諂諛之人，令人不齒。

▶ **諂媚** 辨析 都有"用卑賤的態度巴結奉承別人"的意義，但語體色彩有別。"諂諛"的文言色彩要比"諂媚"更濃重一些，多用在書面語裏；"諂媚"偶爾也可用在口語裏。

▶ **阿諛** 辨析 見【阿諛】條。

諒解 liàngjiě 動 由於瞭解對方的狀況而原諒對方做過的事情：經過溝通，雙方取得了諒解。

▶ **體諒** 辨析 見【體諒】條。

談 tán ❶動 對話，討論：漫談／面談。❷名 話語；言論：奇談怪論／無稽之談。

▶ **講** 辨析 見【講】條。

▶ **說** 辨析 見【說】條。

談判 tánpàn 動 有關方面舉行會談，以解決有關的重大問題：和平談判。

▶ **商談** 辨析 都有"就某些問題進行討論、交換意見"的意義，但語義側重點、語義輕重和適用範圍有別。"談判"着重於"判"，裁定，強調進行會談、商議，以謀求解決問題，消除矛盾，如"巴以談判""與外商談判"；"商談"着重於"商"，商量，強調大家在一起商量、交換意見，語義較"談判"輕，如"商談合作事宜"。"談判"的對象多為有待解決的重大問題，多用於兩國或雙方，一般不帶賓語；"商談"的對象多為一般性的問題，多用於雙方或多方，可以帶賓語。

談話 tánhuà ❶動 兩個人或許多人在一起說話；與人對話：大家在一起談話／老師找學生談話。❷名 用談話形式發表的意見：他就非典問題發表談話。

▶ **聊天** 辨析 都有"說話、對話"的意義，但語義側重點、使用範圍和詞性有別。"談話"着重指兩個人或許多人在一起對話、說話，所說的內容一般有一定的中心，使用範圍較廣，多用於較為認真嚴肅的場合，也可用於隨意輕鬆的場合；"聊天"着重指沒有目的、漫無邊際地隨意閒扯，多用於隨意輕鬆的場合。"談話"除用作動詞外，還可用作名詞，指用談話形式發表的意見；"聊天"只用作動詞。

▶ **說話** 辨析 見【說話】條。

熟練 shúliàn 形 指工作、技能或某些動作等因經常接觸、運用而富有經驗：熟練工人。

▶ **老練** 辨析 見【老練】條。

▶ **嫻熟** 辨析 見【嫻熟】條。

遮掩 zhēyǎn ❶動 遮擋，遮蔽：濃霧遮掩了群山。❷動 掩飾，掩蓋：別遮遮掩掩的，有甚麼話直說。

▶ **遮蔽** 辨析 都有"遮蓋、隱蔽，使不顯露"的意義，但語義側重點和語義範圍有別。"遮掩"強調使顯現不出或被淹沒，看不清楚，模模糊糊，多用於具體對象；"遮蔽"強調被完全擋住，看不見，對象常是光線、發光體、人體、視線等。"遮掩"另有比喻用法，能夠用重疊式；"遮蔽"沒有這種用法。

遮蔽 zhēbì 動 遮住，使不顯露：烏雲遮蔽了整個天空。

▶ **遮擋** 辨析 見【遮擋】條。

▶ **遮掩** 辨析 見【遮掩】條。

遮擋 zhēdǎng ❶[動] 遮蔽攔擋：遮擋風雨。❷[名] 起遮擋作用的東西：草原上沒有甚麼遮擋。

▶ **遮蔽** [辨析] 都有"遮住"的意義，但語義側重點和適用對象有別。"遮擋"側重指擋住外界的侵襲，遮住所要保護的東西，對象常是具體事物；"遮蔽"側重指把東西蓋住，對象可以是具體事物，也可以是抽象事物。如"個人名利觀念遮蔽了他的眼睛。"

▶ **遮攔** [辨析] 見【遮攔】條。

遮攔 zhēlán [動] 遮擋，阻擋：口無遮攔。

▶ **遮擋** [辨析] 都有"遮蔽阻擋"的意義，但語義側重點、適用對象和語法功能有別。"遮攔"着重指遮蓋，使不能透過或被發現，既可用於具體事物，也可用於抽象事物，還比喻說話不直來直去，很少帶賓語；"遮擋"着重指擋住外界的侵襲，遮住所要保護的東西，用於陽光、燈光、風、雨等具體事物，作謂語時常帶賓語。如"遮擋風雨"中的"遮擋"不能換用"遮攔"。

廣大 guǎngdà ❶[形]（面積、空間）寬闊：農村廣大地區。❷[形]（範圍、規模）巨大：規模廣大。❸[形]（人數）眾多：廣大學生。

▶ **廣闊** [辨析] 都有"（面積、空間）寬闊"的意義，但語義範圍、適用對象有別。"廣大"所指範圍比較大，一般只跟表示處所的詞語搭配；"廣闊"所指範圍相對要小一些，可用於抽象事物。如可以說"視野廣闊"，但一般不說"視野廣大"。

廣博 guǎngbó [形] 範圍大，方面多（多指知識）：學問廣博。

▶ **博大** [辨析] 都有"表示範圍大而量又豐富"的意義，但語義側重點、適用範圍有別。"廣博"強調涉及面廣，包含的方面多，使用範圍比較寬，可用於知識、學問、見聞、經驗等；"博大"強調豐富，包羅得多，使用範圍比較窄，多用於學問或學識，多與"精深"連用。

▶ **淵博** [辨析] 都有"見識廣，知識豐富"的意義，但語義側重點、適用對象有別。"廣博"強調學識等範圍大，方面多，不涉及深度，可形容內容、見識、閱歷、胸懷等，適用面寬；"淵博"強調學識等既有廣度也有深度，一般只形容知識、學識等。

廣闊 guǎngkuò [形] 廣大寬闊：廣闊的田野／廣闊天地。

▶ **廣大** [辨析] 見【廣大】條。

▶ **寬闊** [辨析] 都有"面積寬廣"的意義，但語義側重點、適用對象有別。"廣闊"所指範圍較大，着重表示面積廣大、寬闊，既可用於範圍較大的具體事物，也可用於視野、前途等抽象事物；"寬闊"所指範圍小些，着重表示橫距大，除適用於範圍較大的具體事物外，還可用於形容人的額、肩、胸膛等具體部位，也可形容胸懷、視野等抽象事物。如可以說"街道寬闊"，但不說"街道廣闊"。

▶ **遼闊** [辨析] 都有"面積寬廣"的意義，但語義側重點、適用對象有別。"廣闊"所指範圍較大，着重表示面積廣大、寬闊，既可用於範圍較大的具體事物，也可用於視野、前途等抽象事物；"遼闊"所指範圍非常大，着重表示遼遠無邊，只適用於面積範圍特別大的具體事物，如大地、空間、水域等。

摩擦 mócā ❶[動] 物體和物體緊挨着來回移動：摩擦生熱。❷[名] 因利害關係有矛盾而引起的衝突：雙方的摩擦不斷升級。

▶ **擦** [辨析] 都有"物體和物體緊挨着來回移動"的意義，但語義側重點和語體色彩有別。"摩擦"側重指從事物雙方的角度來説，多用於書面語；"擦"側重於從一方來説，用於口語，如"擦火柴"。

▶ **蹭** 辨析 都有"物體和物體緊挨着來回移動"的意義，但語體色彩、語義側重點和語法功能有別。"摩擦"側重指物體和物體來回移動的狀態，多用於書面語，可修飾名詞，構成"摩擦力""摩擦音"等；"蹭"多指人或動物的肢體動作，多用於口語，不能修飾名詞。

▶ **矛盾** 辨析 見【矛盾】條。

▶ **磨** 辨析 都有"物體和物體緊挨着來回移動"的意義，但語體色彩、語義側重點和語法功能有別。"摩擦"側重指來回移動的時間長或次數多，多用於書面語，可修飾名詞，構成"摩擦力""摩擦音"等；"磨"側重指物體和物體來回移動的狀態，多用於口語，不能修飾名詞，如"再走下去，我的腳就要磨破了"。

褒揚 bāoyáng 動 讚美表揚：褒揚先進。

▶ **讚揚** 辨析 都有"對好人好事表示讚美"的意義，但語義側重點、語體色彩有別。"褒揚"側重於指誇獎並給予高度肯定，多用於書面語，如"政府對抗震救災的英雄進行褒揚"；"讚揚"側重於指稱讚並把好的評價説出來、傳開去，書面語和口語都可以用，如"人們對他的勇敢行為讚揚不已"。

瘡痍滿目 chuāngyímǎnmù 滿眼看到的都是創傷，形容遭受破壞或受到災害後的景象。

▶ **百孔千瘡** 辨析 見【百孔千瘡】條。

慶祝 qìngzhù 動 為共同的喜事、好事舉行一些活動以表示歡樂或紀念：慶祝國慶／籌辦建校百年的慶祝活動。

▶ **慶賀** 辨析 都有"為共同的喜事、好事舉行一些活動表示歡樂或紀念"的意義，但語義側重點、使用範圍和語體色彩有別。"慶祝"着重於"祝"，祝願，強調提前預祝；"慶賀"着重於"賀"，道喜，強調對共同的喜事表示快樂、高興，或向有喜事的人道喜。"慶祝"可用於已經實現的喜事或好事，也可用於尚未實現的喜事或好事，通常是集體性的活動；"慶賀"多用於已經實現的喜事或好事，可以是集體性的活動，也可以是個人的行為。"慶祝"廣泛用於口語和書面語中；"慶賀"多用於書面語。

▶ **祝賀** 辨析 都有"為共同的喜事、好事舉行一些活動表示歡樂或紀念"的意義，但語義側重點和適用對象有別。"慶祝"着重於為共同的喜事、好事而開展活動，以表示歡樂、祝賀；"祝賀"着重於用語言文字等方式表示美好的願望。"慶祝"的對象是具有普遍意義的喜慶事、節日等，通常是公眾性的活動；"祝賀"的對象是已經實現或尚未實現的喜事或好事，通常是個人的行為。

慶賀 qìnghè 動 慶祝或向人祝賀道喜：慶賀新春佳節。

▶ **慶祝** 辨析 見【慶祝】條。

▶ **祝賀** 辨析 都有"慶祝或向人道喜"的意義，但語義側重點、使用範圍和語體色彩有別。"慶賀"着重於"慶"，慶祝，強調對共同的喜事表示快樂、高興，或向有喜事的人道喜；"祝賀"着重於"祝"，祝願，強調用語言文字等方式表示美好的願望。"慶賀"多用於已經實現的喜事或好事；"祝賀"可用於已經實現的喜事或好事，也可用於尚未實現的喜事或好事，有提前祝願的意思。"慶賀"多用於書面語；"祝賀"可用於書面語，也可用於口語。

廢止 fèizhǐ 動 取消，不再使用（法令、制度、方法等）：廢止過時的規章制度。

▶ **廢除** 辨析 都有"取消，不再使用"的意義，但語義側重點和適用對象有別。"廢止"重在止，停止其作用，不再執行或使用，對象多是過時的東西，多用於書面語；"廢除"重在除，除掉、取消，使之無效或不再存在，對象多是不合理的東西。如"舊條例自即日起廢止"中的"廢止"不宜換成"廢除"。

廢除 fèichú 動 取消，廢止：廢除不平等條約。

▶ **廢止** 辨析 見【廢止】條。

▶ **破除** 辨析 都有"去掉不好的或沒有用的東西"的意義，但語義側重點和適用對象有別。"廢除"重在廢，是取消、廢止，多通過行政力量實現，一次完成，對象常是不合理和沒有用的東西，如舊法令(規章、制度等)、不平等條約、苛捐雜稅等；"破除"重在破，是破壞、去除，多從思想意識上打破、衝破，不一定一次完成，對象常是舊的落後的東西，如迷信、舊習慣、舊勢力等。如"不斷破除舊的思想觀念的束縛"中的"破除"不能換用"廢除"。

敵視 díshì 動 當敵人看待：用敵視的目光看着大家。

▶ **仇視** 辨析 見【仇視】條。

敵對 díduì 形 有利害衝突而不能互容；仇視並互相對抗：敵對勢力。

▶ **對立** 辨析 見【對立】條。

適中 shìzhōng ❶形 程度合適：冷熱適中。❷形 位置合適：地點適中。

▶ **適當** 辨析 都有"合適"的意義，但語義側重點和句法功能有別。"適中"着重於"中"，不偏不倚，強調程度或位置合適；"適當"着重於"當"，恰當，強調合度的，在分寸、程度上兩相適合的。"適中"一般不作狀語；"適當"能作狀語，含"稍微"的意思，如"適當收費、

適當調整"等。

適合 shìhé 動 適應；符合：他不適合幹這樣的工作／以往的經驗未必適合當前的情況。

▶ **合適** 辨析 見【合適】條。

▶ **適宜** 辨析 都有"與某種實際情況相符或與客觀要求相適應"的意義，但語義側重點有別。"適合"着重於"合"，符合，強調符合某種要求，多指實際情況或客觀要求，如"這是一套適合兒童閱讀的好書"；"適宜"着重於"宜"，合適，強調某對象對另一對象而言是合適的、恰當的，如"這裏的環境、氣候適宜療養"。

適宜 shìyí 形 合適，相宜：鹹淡適宜。

▶ **合適** 辨析 見【合適】條。

▶ **適合** 辨析 見【適合】條。

適當 shìdàng 形 合適；妥當：適當的人選／適當休息。

▶ **合適** 辨析 見【合適】條。

▶ **恰當** 辨析 都有"合適妥當"的意義，但語義側重點有別。"適當"着重於"適"，符合，強調合度的，在分寸、程度上兩相適合的，如"這種方法最為適當"；"恰當"着重於"恰"，妥當，強調一事物對另一事物而言是妥當的、恰如其分的，如"這個時候找他，不很恰當"。

▶ **適中** 辨析 見【適中】條。

▶ **妥當** 辨析 見【妥當】條。

鄰里 línlǐ ❶名 鄰居。❷名 居住的居民區。

▶ **街坊** 辨析 都有"對附近居住的人的泛稱"的意義，但風格色彩和語義概括範圍有別。"鄰里"可指大範圍的居住地，詞語色彩典雅；"街坊"多指人，一般用於口語。

▶ **鄰居** 辨析 都有"對附近居住的人的泛稱"的意義，但語義概括範圍有別。"鄰居"還可指具體的人；"鄰里"常泛指居住區裏的人們。

▶ **鄰舍** 辨析 都有"對附近居住的人的泛稱"的意義，但語義概括範圍和風格色彩有別。"鄰里"多泛指居住區裏的人們；"鄰舍"指住得近的那家人，色彩典雅，不常用。

鄰舍 línshè 名 居住在附近的人家：村居寂寞，與鄰舍亦少往還。

▶ **街坊** 辨析 都有"居住在附近的人家"的意義，但語義概括範圍和語體色彩有別。"鄰舍"強調隔壁的住家，是書面語；"街坊"可泛稱所有住在附近的人，更口語化，有方言色彩。

▶ **鄰里** 辨析 見【鄰里】條。

鄰居 línjū 名 住在附近的人家：我和鄰居的關係很好。

▶ **街坊** 辨析 都有"住在附近的人家"的意義，但語義側重點和適用範圍、語體色彩有別。"鄰居"強調住在近處的，用於口語和書面語，是常用詞；"街坊"強調所指的人或人家住在附近，或者同一個街道、里巷，多用於口語。二者可連用，用於書面。

▶ **鄰里** 辨析 見【鄰里】條。

糊口 húkǒu 動 勉強維持生活：靠手藝養家糊口。

▶ **謀生** 辨析 見【謀生】條。

糊塗 hútu ❶ 形 不明事理，對事物的認識模糊、混亂：明白人不做糊塗事。❷ 形 內容混亂的：一本糊塗賬。

▶ **懵懂** 辨析 都有"不明事理"的意義，但語體色彩、語法功能有別。"糊塗"多用於口語，可以受程度副詞修飾；"懵懂"多用於書面語，一般不受程度副詞修飾。如"我當時雖然已經 23 歲，但還是懵懂無知，我不知道我能夠承擔多少重負"中的"懵懂"不能換用"糊塗"。

▶ **迷糊** 辨析 見【迷糊】條。

鄭重 zhèngzhòng 形 嚴肅認真：鄭重其事。

▶ **慎重** 辨析 都有"嚴肅認真"的意義，但語義側重點和適用範圍有別。"鄭重"側重指人從言語、行為上表現出來的正經嚴肅的態度，可用於表示莊重行為的宣告、宣佈、聲明等，也可用於表示具體動作的説、遞交、囑託等，適用面較寬；"慎重"除了指人的態度外，還指思想上的謹慎、小心，多用於表示較為莊重行為的處理、研究、考慮、選擇等，適用面較窄。如"老王慎重地處理着這起民事糾紛"中的"慎重"不能換用"鄭重"。

潔淨 jiéjìng 形 清潔，沒有塵土、雜質等：潔淨的自来水。

▶ **乾淨** 辨析 見【乾淨】條。

▶ **清潔** 辨析 都有"沒有塵土、雜質等"的意義，但語義側重點有別。"潔淨"強調純潔，沒有污穢，如"寬敞的馬路，潔淨得一塵不染"；"清潔"強調清新，沒有污染，如"燃放煙花爆竹，滿天煙霧，一地紙屑，污染了清潔的環境"。

澆 jiāo ❶ 動 讓水或別的液體落在物體上：澆水 / 澆花兒。❷ 動 把水輸送到田地裏：澆地。❸ 把流體向模子內灌注：澆鑄 / 澆鉛字。

▶ **澆灌** 辨析 都有"把水輸送到田地裏"和"把流體向模子內灌注"的意義。在前一意義上，語義側重點、搭配詞語和語體色彩有別。"澆"是普通用詞，沒有特殊意義，可與單音節詞搭配，也可與多音節詞搭配，通用於口語和書面語，如"澆地種菜""澆莊稼"；"澆灌"

強調灌溉、滋養，只與多音節詞搭配，有書面語色彩，如"用辛勤的汗水澆灌出了豐碩的果實"。"澆灌"還有比喻的用法，如"黃河、長江孕育澆灌出古老的中華文明"；"澆"沒有這種用法。在後一意義上，二者是等義詞。

澆注 jiāozhù 勔 把金屬熔液、混凝土等注入 (模型等)：澆注混凝土。

▶ **澆鑄** 辨析 都有"把金屬熔液、混凝土等注入 (模型等)"的意義，但語義側重點有別。"澆注"強調注入的過程，如"嚴格檢查塔基澆注的每一道工序"；"澆鑄"強調鑄造，鑄成物件，如"這件稀世珍寶是由青銅澆鑄而成"。"澆鑄"有比喻的用法，如"用血汗澆鑄了一種拚搏、求實、進取、奉獻的精神"；"澆注"沒有這種用法。

澆灌 jiāoguàn ❶勔 把流體向模子內灌注：澆灌混凝土。❷勔 澆水灌溉。

▶ **澆** 辨析 見【澆】條。

澆鑄 jiāozhù 勔 把熔化了的金屬等倒入模型，鑄成物件。

▶ **澆注** 辨析 見【澆注】條。

潮濕 cháoshī 形 含有水分多：潮濕的泥土。

▶ **濕潤** 辨析 見【濕潤】條。

潦倒 liáodǎo 形 不順利，不得意：後半生的潦倒，讓人幾乎認不出他了。

▶ **落魄** 辨析 見【落魄】條。

▶ **落拓** 辨析 見【落拓】條。

潛力 qiánlì 名 潛在的力量：每個人身上都存在着巨大的創造潛力，有待我們進一步挖掘。

▶ **潛能** 辨析 都有"隱藏在內部還沒有發揮出來的力量"的意義，但語義側重點有別。"潛力"着重於"力"，力量，

強調還未發揮出來的力量、作用、效力等，如"旅遊經濟潛力巨大"；"潛能"着重於"能"，能量，強調人還未發揮出來的活動能力或物質做功的能力，如"兒童學習卡通畫有利於開發智力潛能"。

潛心 qiánxīn 用 心：近年來他潛心鑽研，取得了一系列很有影響的成果。

▶ **專心** 辨析 見【專心】條。

潛伏 qiánfú 勔 隱藏；埋伏：潛伏在心裏的熱情終於爆發出來了 / 這個間諜一直潛伏在對方陣營當中。

▶ **埋伏** 辨析 見【埋伏】條。

潛能 qiánnéng 名 潛在的能量：充分認識和發揮電視文化的巨大潛能。

▶ **潛力** 辨析 見【潛力】條。

潛藏 qiáncáng 勔 隱藏，藏匿：潛藏的異己分子。

▶ **暗藏** 辨析 見【暗藏】條。

憤怒 fènnù 形 非常生氣，大怒：憤怒聲討侵略者的暴行。

▶ **憤慨** 辨析 都有"因特別不滿意而感情激動、生氣"的意義，但語義側重點、語體色彩有別。"憤怒"重在生氣，有較濃的憎惡色彩，口語和書面語中都可以用；"憤慨"強調氣憤不平，意氣高昂，多用於重大事件，具有書面語色彩。如"工人們憤怒起來了，吶喊聲震天動地"中的"憤怒"不宜換用"憤慨"。

▶ **惱火** 辨析 見【惱火】條。

▶ **惱怒** 辨析 見【惱怒】條。

憤慨 fènkǎi 形 氣憤不平：對於流氓的暴行，工人們十分憤慨。

▶ **憤怒** 辨析 見【憤怒】條。

▶ **氣憤** 辨析 見【氣憤】條。

憐惜 liánxī 動 同情愛惜：奶奶憐惜地撫摸着小姑娘的頭髮，歎了口氣。

▶ 憐憫 辨析 見【憐憫】條。

憐愛 lián'ài 動 因對象顯得弱小而產生喜愛和心疼的感情：媽媽憐愛地撫摸女兒的頭髮。

▶ 愛憐 辨析 都有“對人、小動物有喜愛、心疼的感情”的意義，但語義側重點和適用對象有別。“憐愛”的感情中側重於“憐”，多用於小動物、弱小的人等；“愛憐”的感情側重於“愛”，多用於人。

▶ 疼愛 辨析 都有“表示喜愛、心疼的感情”的意義，但語義側重點有別。“憐愛”是因為對象柔弱、嬌嫩，需要愛護幫助而產生；“疼愛”不交代起因，只表達愛護對方的感情。

憐憫 liánmǐn 動 對不幸者表示同情：男人不需要憐憫。

▶ 憐惜 辨析 都有“表示對不幸者的同情”的意義，但語義側重點有別。“憐憫”側重於不忍心，為對方感到難過和擔心；“憐惜”則含有“因可憐而產生保護、愛護對方的願望”的意思。

憎恨 zēnghèn 動 厭惡痛恨：憎恨仇人。

▶ 痛恨 辨析 見【痛恨】條。

▶ 憎惡 辨析 都有“對人或事物強烈的厭惡或仇恨”的意義，但語義側重點、適用對象和語體色彩有別。“憎恨”強調痛恨，廣泛地用於人和事物，口語和書面語都可以用；“憎惡”強調反感、厭惡，不想接觸或看到，多用於事物，少用於人，具有書面語色彩。如“他有些憎恨自己”中的“憎恨”不宜換用“憎惡”。

憎惡 zēngwù 動 憎恨厭惡：我一向憎惡那種唯利是圖的人。

▶ 憎恨 辨析 見【憎恨】條。

寬敞 kuānchǎng 形 面積大，空間開闊：寬敞舒適的房間。

▶ 寬綽 辨析 見【寬綽】條。

▶ 寬闊 辨析 都有“面積大而寬廣”的意義，但語義側重點和適用對象有別。“寬敞”強調空間很大，沒有遮攔，多用於建築物內，也可以用於馬路、操場等，如“許多農民住上了寬敞的新樓房”；“寬闊”強調平面的面積廣大，多用於廣場、大道、江河湖的水面等，如“布達拉宮廣場寬闊、整潔，成為假日遊人如織之地”。還可用於人體的一部分，如胸膛、雙肩、臉膛、前額、眉宇。

寬裕 kuānyù 形 寬綽富餘：距離航班起飛還有一個小時，時間很寬裕。

▶ 充裕 辨析 見【充裕】條。

▶ 寬綽 辨析 見【寬綽】條。

寬綽 kuānchuo ❶形 寬闊；不狹窄：屋裏很寬綽。❷形 (心胸) 開闊：心裏寬綽了許多。❸形 富餘：城市居民生活越來越寬綽了。

▶ 寬敞 辨析 都有“面積大而寬廣”的意義，但語義側重點有別。“寬綽”強調空間大、不狹窄，很多人活動於其間而仍顯富餘，如“河東藥王廟不錯，那裏清淨一些，地方也寬綽”；“寬敞”強調空間很大，沒有遮攔，如“寬敞的運動場從大清早就聚集了1000多名市民”。

▶ 富裕 辨析 都有“十分豐富，充足有餘”的意義，但語義側重點和適用對象有別。“寬綽”強調綽綽有餘，不拮据，一般只用於財物，如“城市居民生活越來越寬綽了”；“富裕”強調量多而充分，可用於財物，也可用於時間，如“覺得錢有點不富裕了”“我的時間倒還富裕”。

▶ 寬裕 辨析 都有“十分豐富，充足有餘”的意義，但語義側重點和語體色彩有別。“寬綽”強調綽綽有餘，不拮据，有口語色彩，如"家境不甚寬綽"；"寬裕"強調充足，能夠從容處理，通用於口語和書面語，如"他手頭並不寬裕，卻打扮得像個闊少爺"。

寬廣 kuānguǎng 形 面積或範圍大：寬廣的道路。

▶ **遼闊** 辨析 見【遼闊】條。

寬闊 kuānkuò ❶形 寬廣開闊：寬闊的馬路。❷形（思想）開朗，不狹隘：思路寬闊。

▶ **寬敞** 辨析 見【寬敞】條。

▶ **開闊** 辨析 見【開闊】條。

窮困 qióngkùn 形 貧窮困難：窮困潦倒。

▶ **貧困** 辨析 都有"生活貧窮、經濟困難"的意義，但語義側重點和語義輕重有別。"窮困"着重於生活窮苦，吃不飽、穿不暖，度日艱難，如"如果生活窮困，吃沒吃，穿沒穿，住沒住，談何幸福"；"貧困"着重於收入微薄、經濟拮据，語義較"窮困"輕，如"要積極推行助學貸款，保證貧困學生完成學業"。

窮苦 qióngkǔ 形 缺衣少食，貧窮困苦：窮苦百姓。

▶ **貧苦** 辨析 都有"缺衣少食、貧窮困苦"的意義，但語義側重點、語義輕重和使用範圍有別。"窮苦"強調生活艱難痛苦，含有困苦不堪的意思；"貧苦"強調生產資料和生活資料缺乏，含有條件很差、生活艱辛的意思，語義較"窮苦"輕。"窮苦"使用範圍較廣，除用於人和生活之外，還用於形容"日子、歲月、一生"等時間名詞；"貧苦"一般只用於人或生活。

▶ **清苦** 辨析 都有"缺衣少食、貧窮困苦"的意義，但語義側重點、語義輕重和使用範圍有別。"窮苦"強調生活艱難痛苦，含有困苦不堪的意思，語義較"清

苦"重；"清苦"強調生活資料缺乏，收入很少，生活艱苦，語氣較委婉。"窮苦"使用範圍較廣，除用於人和生活之外，還可以形容"日子、歲月、一生"等時間名詞；"清苦"一般用於形容知識分子的生活。

履行 lǚxíng 動 將（應做的或答應要做的事）付諸實際行動：履行職責。

▶ **執行** 辨析 見【執行】條。

彈無虛發 dànwúxūfā 射出去的每一顆子彈都擊中目標。比喻所做的每一件事都能成功。

▶ **百發百中** 辨析 見【百發百中】條。

獎賞 jiǎngshǎng 動 對有功的人或取得勝利的人進行賞賜。

▶ **嘉獎** 辨析 都有"對成績優異者或成功者給予榮譽或財物進行褒獎"的意義，但語義側重點、適用場合和語義輕重有別。"獎賞"強調對有功者進行賞賜，通常是用獎金或獎品進行獎賞，如"這勳章是對他們所作貢獻的最高獎賞"；"嘉獎"強調表示讚許和表彰，多用話語和給予榮譽的方式，莊重而且正式，語義較重，如"對做出優異成績的員工通報嘉獎"。

▶ **獎勵** 辨析 見【獎勵】條。

獎勵 jiǎnglì 動 給予榮譽或財物來鼓勵：對前三名進行獎勵。

▶ **嘉獎** 辨析 都有"對成績優異者或成功者給予榮譽或財物進行褒獎"的意義，但語義側重點、適用場合、語義輕重和語體色彩有別。"獎勵"強調鼓勵、激勵，多通過給予榮譽或具體財物的方式進行，適用各種場合，通用於口語和書面語，如"有 229 篇作品受到表彰獎勵"；"嘉獎"強調表示讚許和表彰，多用話語和給予榮譽的方式，莊重而且正式，語義較重，有書面語色彩，如"獲得

了編劇、表演、舞美、音樂、燈光等多項嘉獎"。

▶ **獎賞** 辨析 都有"對成績優異者或成功者給予榮譽或財物進行褒獎"的意義,但語義側重點和語體色彩有別。"獎勵"強調鼓勵、激勵,多通過給予榮譽或具體的財物的方式進行,通用於口語和書面語,如"給予總計 1.4 萬元的獎勵";"獎賞"強調對有功者進行賞賜,通常是用獎金或獎品進行獎賞,有書面語色彩,如"這把銀扇子是 1963 年老闆獎賞給我的"。

嫻熟 xiánshú 形 工作、動作等因常做而有經驗:技術嫻熟。

▶ **熟練** 辨析 都有"因常做而有經驗"的意義,但語義側重點、語義輕重、語體色彩有別。"嫻熟"有較強的書面語色彩,語義比"熟練"更重,強調技藝高超;"熟練"是比較普通但很常用的表達。

嫻靜 xiánjìng 形 文雅安詳:舉止嫻靜。

▶ **文靜** 辨析 見【文靜】條。

嬌慣 jiāoguàn 動 寵愛縱容(多指對幼年兒女)。

▶ **嬌縱** 辨析 見【嬌縱】條。

嬌嫩 jiāonen 形 柔弱,不堅強:嬌嫩的鮮花／身體嬌嫩。

▶ **柔嫩** 辨析 都有"嫩而柔弱"的意義,但語義側重點和適用對象有別。"嬌嫩"強調不堅強,易被破壞,多用於女子、小孩兒、花朵等,含有令人喜愛或憐愛的意味,如"小兒科大夫面對的是尚在發育成長的嬌嫩的軀體""一朵朵荷花潔白如玉,嬌嫩欲滴";"柔嫩"強調柔軟,不堅硬,多用於生長不久的植物或新長的枝葉、花朵,如"我的手變成了柔嫩的枝葉,我的身軀變成了堅實的枝

幹""妻子用她那柔嫩的雙肩擔負着家庭的重擔"。

嬌縱 jiāozòng 動 嬌養放縱。

▶ **嬌寵** 辨析 都有"對孩子過度愛護"的意義,但語義側重點有別。"嬌縱"強調放縱不管,因偏愛而任其自由行事,不加管束,如"很多大城市的家長對子女溺愛、嬌縱";"嬌寵"強調過度喜愛、偏愛,如"獨生子女易被嬌寵成'小皇帝'"。

▶ **嬌慣** 辨析 都有"對孩子過度愛護"的意義,但語義側重點和語體色彩有別。"嬌縱"強調放縱不管,因偏愛而任其自由行事,不加管束,有書面語色彩,如"她雖嬌縱任性,但還是明事理的";"嬌慣"強調縱容子女養成不良習慣或作風,多指對幼年兒女,通用於口語和書面語,如"她的媽媽對子女的教育非常嚴格,決不縱容嬌慣"。

嬌寵 jiāochǒng 動 嬌慣;寵愛:對孩子過於嬌寵。

▶ **嬌縱** 辨析 見【嬌縱】條。

駕輕就熟 jiàqīngjiùshú 趕着輕車去走熟路,比喻對事情很熟悉,做起來很容易:她對人物的理解與把握達到了一種駕輕就熟的高度。

▶ **得心應手** 辨析 都有"做事很容易,很順手"的意義,但語義側重點和語義展現方式有別。"駕輕就熟"強調由於對事情很熟悉,從而做起來很容易,如"她在中學當了幾年教員,做這些事早已駕輕就熟了";"得心應手"強調心裏怎麼想,手就能怎麼做,運用自如,做事順手如意,還可以形容技藝純熟或學識融會貫通,使用自如,如"知識廣博,視野開闊,才能在新聞領域裏工作得得心應手,縱橫馳騁"。語義展現方式上,"駕輕就熟"用"趕輕車走熟路"的形象將語

將語義展現出來；"得心應手"則用"心手相應"的形象將語義展現出來。

緘默 jiānmò 動 閉口不說話：保持緘默 / 緘默無言。

▶ 沉默 辨析 見【沉默】條。

緬懷 miǎnhuái 動 追想以前的事跡：緬懷先烈的功績。

▶ 懷念 辨析 見【懷念】條。

▶ 追懷 辨析 見【追懷】條。

緝捕 jībǔ 動 搜查追捕：緝捕逃犯 / 緝捕朝廷要犯。

▶ 緝拿 辨析 都有"搜查捉住（犯罪的人）"的意義，但語義側重點有別。"緝捕"強調將犯罪的人依法建捕，側重追捕的過程，如"全力緝捕在逃嫌疑案犯"；"緝拿"強調捉拿、捉住犯罪的人，側重追捕的目標或結果，即要將罪犯捉住，如"犯罪分子被警方緝拿歸案"。

緝拿 jīná 動 搜查捉拿（犯罪的人）：緝拿歸案。

▶ 緝捕 辨析 見【緝捕】條。

編造 biānzào ❶動 把資料組織排列起來（多指報表等）：編造名冊。❷動 憑想像創造（故事）：編造神話故事。❸動 假造事實：編造謊言。

▶ 羅織 辨析 見【羅織】條。

▶ 捏造 辨析 見【捏造】條。

編著 biānzhù 動 就現成的材料加以整理，寫成書；著述：這部書由多位專家參與編著而成。

▶ 編輯 辨析 都有"對資料或現成的作品進行整理、加工"的意義，但語義側重點、適用對象有別。"編輯"僅指對資料或現成的作品進行整理、加工，適用對象比較寬泛，一篇小文章、文字較多的論文、大部頭的著作等文字材料等都

適用；"編著"則強調就現成的材料加以整理，寫成書。

▶ 編寫 辨析 見【編寫】條。

編寫 biānxiě ❶動 就現成的材料加以整理，寫成書或文章等：編寫教材。❷動 創作：編寫劇本。

▶ 編輯 辨析 都有"對資料或現成的作品進行整理、加工"的意義，但語義側重點、適用對象有別。"編寫"更強調寫的動作，多用於教材、文章、軟件程序等；"編輯"更強調編輯錄、整理，對象寬泛，一篇小文章、文字較多的論文、大部頭的著作等文字材料等都適用。

▶ 編著 辨析 都有"對資料或現成的作品進行整理、加工"的意義，但語義側重點、適用對象有別。"編寫"更強調寫的動作，多用於教材、文章、軟件程序等；"編著"則強調就現成的材料加以整理，寫成書。

▶ 撰寫 辨析 都有"寫（文章）、創作"的意義，但語義側重點、適用對象有別。"編寫"有時隱含有編輯的成分；"撰寫"比較強調獨立創作。"編寫"的對象經常是劇本等；"撰寫"的對象比較寬，如"撰寫文章""撰寫調查報告""撰寫回憶錄"。

編輯 biānjí ❶動 對資料或現成的作品進行整理、加工：編輯期刊。❷名 做編輯工作的人：他是個老編輯了。

▶ 編寫 辨析 見【編寫】條。

▶ 編著 辨析 見【編著】條。

緣由 yuányóu 名 造成某種結果或引起另一件事情發生的條件：其中緣由頗費思量 / 年報應披露股價異常波動的緣由。

▶ 根由 辨析 見【根由】條。

▶ 原因 辨析 見【原因】條。

▶ **緣故** 辨析 都有"造成某種結果或引起另一件事情發生的條件"的意義，但使用頻率有別。"緣由"使用頻率低於"緣故"。

緣故 yuángù 名 造成某種結果或引起另一件事情發生的條件：中華老字號落伍的緣故 / 可能由於文件太大的緣故，無法成功上傳。

▶ **原因** 辨析 見【原因】條。

▶ **緣由** 辨析 見【緣由】條。

十六畫

静謐 jìngmì 形 安靜。

▶ **平靜** 辨析 見【平靜】條。

駭人聽聞 hàirén tīngwén 使人聽了感到非常震驚 (多指社會上發生的壞事)。

▶ **聳人聽聞** 辨析 都有"使人聽了感到非常震驚"的意義，但語義側重點有別。"駭人聽聞"強調對聽到驚人程度的壞事感到震驚、害怕；"聳人聽聞"強調對誇大了的或捏造出來的事感到震驚。如"為了引起別人的注意，他故意用了一些聳人聽聞的字句"中的"聳人聽聞"不宜換用"駭人聽聞"。

馳名 chíming 動 聲名傳得很遠：馳名中外。

▶ **出名** 辨析 見【出名】條。

▶ **揚名** 辨析 都有"名聲傳播得很遠、到處傳播"的意義，但語義側重點有別。"馳名"側重指出名已成事實；"揚名"側重指把名聲傳出去這種行為，也可以是這種行為的結果。如"我應送上一

卦，説準了，您替我揚名"中的"揚名"不能換用"馳名"。

馳騁 chíchěng ❶ 動 (馬) 奔跑：駿馬馳騁。❷ 動 在某領域充分發揮才幹：馳騁文壇。

▶ **奔馳** 辨析 都有"快速前進"的意義，但語義側重點和適用對象有別。"馳騁"側重指很有氣勢地快速前進，適用對象可以是馬等動物，也可以是思想、幻想等抽象事物；"奔馳"側重指速度快，不強調有氣勢，適用對象一般是馬、火車等具體事物。如"那時候你便可以讓幻想馳騁於這朱紅的方場之中"中的"馳騁"不宜換用"奔馳"。

擄掠 lǔlüè 動 搶奪人或財物：日本侵略者在我們的國土上燒殺擄掠，這樣的罪行永遠不要忘記。

▶ **掠奪** 辨析 見【掠奪】條。

▶ **掠取** 辨析 見【掠取】條。

憨厚 hānhòu 動 樸實厚道：為人憨厚。

▶ **厚道** 辨析 見【厚道】條。

▶ **忠厚** 辨析 見【忠厚】條。

操心 cāoxīn 動 為了某事而費心思慮並用心料理：老師為學生們升學的事操心 / 孩子大了，不用老人操心了。

▶ **費心** 辨析 見【費心】條。

▶ **勞神** 辨析 見【勞神】條。

操持 cāochí 動 料理，處理：操持家務 / 鄰居的事兒老太太也幫着操持。

▶ **操辦** 辨析 見【操辦】條。

操演 cāoyǎn 動 操練，演習：為了明天的閲兵不出問題，今天先操演一下。

▶ **操練** 辨析 見【操練】條。

操練 cāoliàn 動 以隊列形式進行軍事或體育技能的訓練，也泛指鍛煉或演練：軍訓的學生連正在加緊操練／事先把演講操練一遍。

▶ **操演** 辨析 都有"以隊列形式進行軍事或體育技能的訓練"的意義，但語義側重點有別。"操練"側重於實地訓練或為了某種目的而練習；"操演"含有演習的意味，它跟一般訓練不同的是，必須完全按照正式作戰、檢閱或演出等的程式進行實地練習，因此，"操演"的語義更側重於"正式地演習"。

▶ **排練** 辨析 見【排練】條。

操辦 cāobàn 動 操持辦理：他正忙着操辦喜事／新聞發佈會由老李一手操辦。

▶ **操持** 辨析 都有"主持並辦理"的意義，但語義概括範圍和語體色彩方面有別。"操辦"主要指一次性地主持並辦理某件具體事務；"操持"既可以指一次性地也可以指持續地主持並辦理某件具體事務。如"操辦婚事""操辦運動會的籌備工作"，都可以換成"操持婚事""操持運動會的籌備工作"，但是如果把"操持家務""操持全隊幾十號人的吃喝"換成"操辦家務""操辦全隊幾十號人的吃喝"的話，就將需長期或多次進行的事務變成了只需一次性處理的意思，可見"操持"的語義概括範圍稍大於"操辦"。此外，雖然二者都屬於口語詞，但是"操辦"也可以用於書面語；而"操持"則更多地用於口語。

操縱 cāozòng ❶動 控制儀器、機械的開啟或停止等：操縱台。❷動 用不正當的手段控制、支配：幕後操縱的黑手。

▶ **擺佈** 辨析 見【擺佈】條。

▶ **擺弄** 辨析 見【擺弄】條。

擔心 dānxīn 動 放心不下，有顧慮：擔心他的安全。

▶ **擔憂** 辨析 都有"放心不下、有顧慮"的意義，但語義側重點、語義強度、語體色彩、適用對象和語法功能有別。"擔心"側重指因牽掛而不安、不放心，語義較輕，口語和書面語中都可以用，適用對象常是人和具體的事物，可以帶賓語；"擔憂"側重指因牽掛而憂慮、發愁，語義較重，多用於書面語，適用對象可以是人和具體的事物，也可以是抽象的事物，不能帶賓語。如"他只是擔心他的那些病人"中的"擔心"不能換用"擔憂"。

擔任 dānrèn 動 擔當某種職務或承擔某種責任：擔任編寫工作。

▶ **承擔** 辨析 都有"承受"的意義，但適用對象有別。"擔任"的適用對象多是職務、工作等；"承擔"的適用對象多是責任、義務、費用、罪名等。如"勞動爭議調解委員會主任由工會代表擔任"中的"擔任"不能換用"承擔"。

▶ **出任** 辨析 見【出任】條。

擔負 dānfù 動 應承擔當：擔負重任。

▶ **背負** 辨析 都有"承受"的意義，但語義強度、風格色彩和適用對象有別。"擔負"語義較輕，適用對象多是責任、工作、費用等；"背負"語義較重，具有形象色彩，適用對象多是責任、負擔、壓力、包袱、希望等。如"他曉得自己的經濟能力是擔負不起兩個人的一日三餐的"中的"擔負"不宜換用"背負"。

▶ **承當** 辨析 都有"承擔"的意義，但適用對象有別。"擔負"適用對象多是責任、工作、費用等；"承當"適用對象多是責任、職務、角色等。如"古代男子擔負着社會的主要生產勞動"中的"擔負"不宜換用"承當"。

▶ 肩負 [辨析] 見【肩負】條。

擔憂 dānyōu [動] 發愁；憂慮：為他的安全而擔憂。

▶ 擔心 [辨析] 見【擔心】條。

▶ 憂慮 [辨析] 見【憂慮】條。

擅長 shàncháng [動] 在某一方面有專長：擅長丹青。

▶ 善於 [辨析] 見【善於】條。

樹立 shùlì [動] 建立；確立：樹立信心／樹立典型。

▶ 建立 [辨析] 見【建立】條。

▶ 豎立 [辨析] 都有"使立起來"的意義，但語義側重點、褒貶色彩和適用對象有別。"樹立"着重於"樹"，確立，強調積極地使新事物形成、確立，多含褒義，如"要樹立全局觀念和大局意識"；"豎立"着重於"豎"，直立，強調使物體垂直立起來，不含褒貶色彩，如"大街兩旁豎立着一塊塊標語牌"。"豎立"多用於具體事物；"樹立"多用於抽象事物，如思想、理想、觀念、信心、風格、風氣、威信、榜樣、典型等，多用於好的方面。

樸素 pǔsù ❶ [形] 顏色等不新奇，不刺眼：衣着樸素。❷ [形] 簡單，不浪費，不奢侈：生活樸素。❸ [形] 最基礎的，沒有經過發展、矯飾的：語言樸素。

▶ 簡樸 [辨析] 都有"生活簡單，不奢侈"的意義，但語義側重點有別。"樸素"的含義側重表達不事鋪張，不引人注意，而"簡樸"有不鋪張、簡單、甚至簡陋的意思。

▶ 樸實 [辨析] 見【樸實】條。

樸實 pǔshí ❶ [形] 穿着、佈置等樸素：他穿得十分樸實。❷ [形] 質樸誠實：小伙子性格很樸實。❸ [形] 文筆、感情等踏實，不浮誇：這部作品樸實地反映 80 後的生活和想法。

▶ 淳樸 [辨析] 都有"誠實質樸"的意義，但語體色彩和語義側重點有別。"樸實"通用於口語和書面語；"淳樸"多見於書面語。"樸實"側重指人的性格實在，不浮誇；"淳樸"側重指性格、民風厚道，如"當地民風淳樸，路不拾遺"。在其他意義上二者不相同。

▶ 簡樸 [辨析] 都有"衣着、陳設等樸素、不華麗"和"文筆等樸素、不浮誇"的意義，但語義側重點有別。"簡樸"比"樸實"意義更進一層，不僅樸素，而且簡單，如"他衣着簡樸，因為他不想在穿着上費心思"。在其他意義上二者不相同。

▶ 樸素 [辨析] 都有"不浮誇、不虛假"的意義，但語義側重點和適用對象有別。"樸素"側重於"簡單、不華麗"的特徵，常用於衣着、居室佈置、生活作風等，如"她的穿着很樸素"；"樸實"側重於"實在、不虛偽"的特徵，常用於性格、語言等，如"我很欣賞她樸實無華的性格"。

▶ 質樸 [辨析] 都有"樸素，不加矯飾"的意義，但語義側重點有別。"樸實"側重於實在、不虛偽的特徵，如"這孩子樸實的話深深打動了我"；"質樸"側重於純真、不修飾的含義，如"老大娘質樸的笑容讓我們永遠難忘"。

橋 qiáo [名] 架設在河面上或空中把兩岸或兩邊接通的建築物：石橋／過街橋。

▶ 橋梁 [辨析] 都有"接通兩岸或兩邊的建築物"的意義，但語義側重點、用法和語體色彩有別。"橋"偏重指一般的、結構較簡單的；"橋梁"偏重指大型的、結構較複雜的。"橋"只有實指的用法；"橋梁"除實指外，還有比喻的用法，指能起到溝通作用的人或事物，如"注重發揮公眾團體的紐帶和橋梁作用"。"橋"多用於口語，也可用於書面語；"橋梁"則多用於書面語。

橋梁 qiáoliáng ❶图 架設在河面上或空中連通兩岸或兩邊的建築物：架設橋梁／橋梁倒塌。❷图 比喻能起到溝通作用的人或事物：郵電事業為促進社會發展和人類進步起到了很好的橋梁作用。

▶ **橋** 辨析 見【橋】條。

機要 jīyào 形 機密重要的：機要秘書／機要工作。

▶ **機密** 辨析 都有"重要而秘密"的意義，但語義側重點、適用範圍和語法功能有別。"機密"強調事情、事物的秘密程度很高；"機要"則強調事務的重大、重要。"機密"適用範圍較廣，可以用於各種重要而秘密的事情、事物；"機要"適用範圍較窄，常與"部門、工作、秘書"等詞語搭配，一般專用於有關國家、政府重要而秘密的事務。如"有關價格的機密細節""軍事機密"中的"機密"不能換成"機要"；而"領導地下機要電台及情報工作""機要秘書"中的"機要"不能換成"機密"。"機密"除作定語外，還可作狀語、謂語，能受程度副詞修飾；"機要"只能作定語，且不能受程度副詞修飾。

機械 jīxiè ❶图 利用力學原理組成的各種裝置。❷形 比喻方式拘泥死板，沒有變化，不靈活；不是辯證的：工作方法十分機械。

▶ **呆板** 辨析 都有"沒有變化，不靈活"的意義，但語義側重點有別。"機械"強調拘泥於舊有的或規定的方式，不做變通，如"不能機械地看待問題"；"呆板"強調不靈活、不善於變化，含有癡呆笨拙的意味，如"臉上帶着一幅呆板的笑容"。

▶ **刻板** 辨析 都有"沒有變化，不靈活"的意義，但語義側重點有別。"機械"強調拘泥於舊有的或規定的方式，不做變通，如"不機械地照抄照搬別人的

做法"；"刻板"強調一板一眼，沒有任何變化，如"刻板的説教"。

機敏 jīmǐn 形 機警靈敏：反應機敏。

▶ **機警** 辨析 都有"對事物、情況的變化能迅速地察覺"的意義，但語義側重點有別。"機敏"強調思維敏捷，反應迅速，如"機敏俏皮的應答與表述得到遊客的讚譽"；"機警"強調警覺，具有較高的警惕性，如"機警地覺察了他的毒計"。

▶ **機靈** 辨析 見【機靈】條。

機密 jīmì ❶形 重要而秘密：機密文件。❷图 機密的事：國家機密／公司機密。

▶ **機要** 辨析 見【機要】條。

機智 jīzhì 形 腦筋靈活，有智慧，有智謀，能夠隨機應變：英勇機智／機智勇敢。

▶ **靈活** 辨析 都有"善於隨機應變，靈活而不拘泥"的意義，但語義側重點、搭配對象和語體色彩有別。"機智"側重有智謀，不僅思維敏捷、應變能力強，而且有謀略，只用於人，不用於物，有書面語色彩，如"他們機智地分散開來，步步逼近歹徒"；"靈活"側重善於根據客觀實際的情況隨機應變採取變通的辦法，不拘泥於原有的成規，既可用於人也可用於物，通用於口語和書面語，如"在和談策略上，他顯示了更多的靈活性"。

機遇 jīyù 图 有利的條件，好的境遇：緊緊抓住這一發展機遇。

▶ **機會** 辨析 見【機會】條。

▶ **時機** 辨析 都有"條件恰好、有利的時候"的意義，但語義側重點有別。"機遇"強調各方面條件成熟、有利，含有難得遇上、不應錯過的意味，如"千載難逢的機遇"；"時機"則側重時間性條件

的成熟、恰當，適於做某種事情，如"媒體不失時機地對這一事件進行了報道"。

機會 jīhuì 图 恰好的、適當的時候：千載難逢的機會／抓住機會，不要錯過／有機會我再告訴你實情。

▶ **機遇** 辨析 都有"條件恰好、有利的時候"的意義，但語義側重點、詞語搭配和語體色彩有別。"機會"強調做某種事情的條件恰好、有利，一般具有特定性，側重於某一具體的時候或情景，可與"有、尋找、遇到、借、利用"等詞語搭配，通用於口語和書面語，如"有機會參加國際比賽"；"機遇"強調各方面條件成熟、有利，含有難得遇上、不應錯過的意味，一般是泛指，不一定有明確的時間或情景，一般不與"有、尋找、遇到、借、利用"等詞語搭配，有書面語色彩，如"機遇難求""迎接新的機遇、新的挑戰、新的世紀"。

▶ **時機** 辨析 都有"恰好、有利的時候"的意義，但語義側重點、詞語搭配和語體色彩有別。"機會"強調做某種事情的各種條件恰好、有利，可與"有、遇到、借"等詞語搭配，通用於口語和書面語，如"立功的機會到了""尋找復仇的機會"；"時機"側重指做某種事情的時間性條件的成熟、恰當，一般不與"有、遇到、借"等詞語搭配，有書面語色彩，如"時機已近成熟""利用春節前有利時機繼續大興水利"。

機警 jījǐng 圈 對情況的變化察覺得快，機智敏銳：他機警地向院子外面望了一下。

▶ **機靈** 辨析 見【機靈】條。

▶ **機敏** 辨析 見【機敏】條。

機靈 jīling 圈 聰明伶俐：這小姑娘非常機靈。

▶ **機警** 辨析 都有"對事物、情況的變

化能迅速地察覺"的意義，但語義側重點和語體色彩有別。"機靈"強調靈活、不呆板，善於隨機應變，有口語色彩，如"沒料到鯊魚也是十分機靈的"；"機警"強調警覺，在察知情況變化的同時具有較高的警惕性，有書面語色彩，如"他十分機警，早有準備"。

▶ **機敏** 辨析 都有"對事物、情況的變化能迅速地察覺並作出反應"的意義，但語義側重點和語體色彩有別。"機靈"強調靈活、不呆板，善於隨機應變，有口語色彩，如"機靈的小力趁機跳車逃走"；"機敏"強調思維敏捷，反應迅速，有書面語色彩，如"反應機敏"。

輸贏 shūyíng 图 勝負；失敗或勝利：這盤棋現在還看不出輸贏。

▶ **勝負** 辨析 見【勝負】條。

整理 zhěnglǐ 動 使有條理、秩序：整理書桌。

▶ **清理** 辨析 見【清理】條。

▶ **拾掇** 辨析 見【拾掇】條。

▶ **收拾** 辨析 見【收拾】條。

▶ **整頓** 辨析 見【整頓】條。

整頓 zhěngdùn 動 使紊亂的變為整齊有序的：整頓市場。

▶ **整理** 辨析 都有"使有條理，有秩序，由紊亂變為整齊"的意義，但語義側重點和適用對象有別。"整頓"含有治理的意味，使完善、正常起來，多用於紀律、作風、思想等抽象事物；"整理"強調通過一定的勞動使變得有條理有秩序，多用於被褥、行裝、材料、內務等具體事物。如可以說"整頓作風"，但不說"整理作風"。

整潔 zhěngjié 圈 整齊，清潔：卷面整潔。

▶ **清潔** 辨析 見【清潔】條。

融化 rónghuà 動 冰、雪等固體受熱化成水：河裏的冰已經融化了。

▶ **融解** 辨析 都有"固體受熱變軟或變為液體"的意義，但語義側重點有別。"融化"着重於"化"，變化、消解，強調因加熱、溫度升高而使固體物質變為液體；"融解"着重於"解"，分解，強調固體顆粒經過一定的反應後分解於液體之中。

▶ **消融** 辨析 見【消融】條。

融合 rónghé 動 幾種不同的事物合成一體：融合中西文化。

▶ **融會** 辨析 見【融會】條。

融會 rónghuì 動 不同的事物聚集彙總起來合成一體：融會貫通／千言萬語融會成一句話。

▶ **融合** 辨析 都有"幾種不同的事物合成一體"的意義，但語義側重點有別。"融合"着重於"合"，結合，強調不同的事物合成一體，如"延慶始終是中原文化和北方草原文化相互融合的熱點地區"；"融會"着重"會"，聚集彙總，強調把不同的事物聚集彙總起來合成一體，如"製作者融會了韻文和散文的章法""小吃街融會了古都北京傳統的建築特色和市井文化"。

融解 róngjiě 動 化開，消釋：積雪逐漸溶解。

▶ **融化** 辨析 見【融化】條。

頭目 tóumù 名 首領；某些集團中的為首者：大小頭目。

▶ **首腦** 辨析 都有"領導人或為首者"的意義，但語義側重點和褒貶色彩有別。"頭目"既可指某些集團中的最高領導人，也可指中下層為首的人，含貶義，多用於某些集團；"首腦"指在一定範圍內的最高領導人，還可指領導集團，含尊重的色彩，中性詞，多用於政府、機構或其他團體。

▶ **頭領** 辨析 都有"某些集團中的為首者"的意義，但語義側重點和褒貶色彩有別。"頭目"既可指某些集團中的最高領導人，也可指中下層為首的人，多含貶義；"頭領"則指較小的軍事組織或軍隊的領導人，不含褒貶色彩。

頭領 tóulǐng 名 頭兒；首領：部落頭領。

▶ **頭目** 辨析 見【頭目】條。

頭緒 tóuxù 名 條理；線索：這事一點頭緒都沒有。

▶ **眉目** 辨析 都有"複雜紛亂事情中的線索和條理"的意義，但語義側重點有別。"頭緒"着重指處理、解決問題的各種線索，如"如此混亂的局面，讓人很難理出頭緒"；"眉目"着重指把握、思考問題過程中出現的契機和方向，如"這件案子到現在還毫無眉目"。在其他意義上二者不相同。

醒悟 xǐngwù 動 在認識上由模糊而清楚，由錯誤而正確：幡然醒悟。

▶ **覺悟** 辨析 見【覺悟】條。

▶ **省悟** 辨析 見【省悟】條。

靦覥 miǎntiǎn 形 因怕生或害羞而神情不自然：這姑娘生性靦覥，見了生人就臉紅。

▶ **害羞** 辨析 見【害羞】條。

▶ **忸怩** 辨析 見【忸怩】條。

▶ **扭捏** 辨析 見【扭捏】條。

歷來 lìlái 副 從過去的某個時間到現在：我們系歷來以嚴格要求學生著稱。

▶ **從來** 辨析 在作副詞，表示從過去到現在時意義相同，但語義側重點和語體色彩有別。"歷來"有"過去每一次都可以證明"的含義,有書面色彩,如"她歷來説話算數";"從來"是從整體上對一種現象加以肯定,通用於口語和書面語,如"從來就沒有救世主"。

▶ 素來 辨析 在作副詞,表示從過去到現在時意義相同,但語義側重點有別。"歷來"有"過去的每一次都可以證明"的含義;"素來"強調的是事物的一貫性,如"這孩子素來不喜歡與別人打交道"。

▶ 向來 辨析 在作副詞,表示從過去到現在時意義相同,但語義側重點有別。"歷來"有"過去的每一次情況都可以證明"的意思,如"他歷來誠實守信";"向來"側重於行為的從過去到現在的一貫性,如"她向來自信"。

歷程 lìchéng 名 總稱經過的各個階段:心路歷程。

▶ 過程 辨析 都有"事物發展所經歷過的階段"的意義,但語義側重點和搭配對象有別。"過程"是指從總體上說已經過去的時間,已經走過的空間,側重於大框架的總結,搭配對象範圍比較寬泛;"歷程"側重於對發展過程中已經過去的時間進行回顧,側重於"發展需要經過的多個階段",如"思想歷程"。"歷程"常常和"人生、思想"等搭配使用。

奮發 fènfā 動 精神振作,情緒高漲:奮發向上 / 奮發圖強。

▶ 發奮 辨析 見【發奮】條。

▶ 發憤 辨析 見【發憤】條。

遼闊 liáo kuò 形 廣大開闊:遼闊的草原。

▶ 廣闊 辨析 見【廣闊】條。

▶ 浩瀚 辨析 都有"形容空間廣大"的意義,但語義側重點和適用對象有別。"遼闊"側重於地面的延伸,如"遼闊的草原";"浩瀚"原指水勢浩大,現在

側重於廣大而內容繁多,如"浩瀚的海洋""浩瀚的典籍""浩瀚的宇宙"。

▶ 寬廣 辨析 都有"形容空間廣大"的意義,但語義側重點和適用對象有別。"遼闊"比"寬廣"形容的空間更大,描寫地面向四面八方延展;"寬廣"側重於寬度,還可以用比喻義,如"寬廣的胸懷"。從搭配上,"遼闊"多形容草原、大地;"寬廣"則表現河流、心胸。

頻頻 pínpín 形 類似的事情多次發生。

▶ 頻繁 辨析 都有"事情發生次數多"的意義,但語體色彩和語法功能有別。"頻頻"書面語色彩更濃,如"國事活動頻繁""賓主頻頻舉杯,氣氛親切和諧"。"頻繁"可作謂語和定語,而"頻頻"只能作謂語,不能作定語,如"頻繁的爭吵使他倆的感情徹底破裂了"。

頻繁 pínfán 形 次數多:交通事故頻繁發生。

▶ 頻頻 辨析 見【頻頻】條。

瞞 mán 動 隱瞞,不讓別人知道真實情況:病人有知情權,別瞞他。

▶ 背 辨析 見【背】條。

瞟 piǎo 動 斜着眼睛看:考試時要避嫌,不要拿眼睛亂瞟。

▶ 瞥 辨析 都有"看"的意義,但語義側重點和語體色彩有別。"瞟"強調看時斜着眼睛,如"他邊説話邊瞟着牆上的鐘,我們就知趣地告辭了";"瞥"強調"看"的動作很快地發生,又很快地結束,如"驚鴻一瞥""爸爸瞥了我一眼,不吭聲"。"瞟"用於口語;"瞥"則通用於口語和書面語。

▶ 瞧 辨析 都有"看"的意義,但語義側重點、語體色彩和語法功能有別。"瞟"強調看時斜着眼睛,用於口語,如"賊溜溜的眼睛瞟來瞟去";"瞧"語義範

圍比"瞟"寬泛得多，口語色彩較濃。"瞧"後可加補語"……得起／不起"，義為"輕視"，如"你瞧得起瞧不起我這位過去的同學？""瞟"不能這樣用。

蹂躪 róulìn 〔動〕踐踏，摧殘。比喻用暴力欺壓、侮辱、侵害：入侵者肆意蹂躪殖民地人民。

▶ **踐踏** 辨析 見【踐踏】條。

▶ **糟蹋** 辨析 都有"用暴力欺壓、侮辱、侵害"的意義，但語義輕重、使用範圍和語體色彩有別。"蹂躪"語義較重，多用於大的方面，如"歷史上恐怕沒有任何一個民族像我們中華民族那樣飽受侵略戰爭的蹂躪"；"糟蹋"語義較輕，多用於小的方面，如"進城打工的小姑娘被人糟蹋了"。"蹂躪"多用於書面語。

遺失 yíshī 〔動〕由於疏忽而失掉(東西)：遺失一公文包／遺失密碼。

▶ **丟失** 辨析 見【丟失】條。

▶ **失去** 辨析 見【失去】條。

遺忘 yíwàng 〔動〕經歷的事物不再存留在記憶中；不記得：歷史不能遺忘。

▶ **忘懷** 辨析 見【忘懷】條。

▶ **忘記** 辨析 見【忘記】條。

器重 qìzhòng 〔動〕表示上對下或大對小特別看重：父親總是對小兒子很器重／他在班裏的優異表現進一步贏得了老師的稱讚和校長的器重。

▶ **重視** 辨析 見【重視】條。

戰士 zhànshì ❶〔名〕軍隊最基層的成員：新戰士。❷〔名〕泛指從事某種正義事業的人：鋼鐵戰士。

▶ **兵士** 辨析 見【兵士】條。

▶ **士兵** 辨析 見【士兵】條。

戰役 zhànyì 〔名〕為實現一定的戰略目的，按照作戰計劃，在一定方向和一定時間內所作的一系列戰鬥的總和：著名戰役。

▶ **戰鬥** 辨析 見【戰鬥】條。

▶ **戰爭** 辨析 見【戰爭】條。

戰爭 zhànzhēng 〔名〕國家之間、民族之間或不同軍隊之間的軍事衝突：戰爭與和平。

▶ **戰鬥** 辨析 見【戰鬥】條。

▶ **戰役** 辨析 都有"敵對雙方發生的軍事衝突"的意義，但語義側重點和語義範圍有別。"戰爭"概括指一定時期內國家、民族或不同軍隊之間的軍事衝突，語義範圍較大；"戰役"着重指大規模的、持續一定時間的戰事，比較具體。另外"戰役"還有比喻用法，"戰爭"沒有。

戰俘 zhànfú 〔名〕戰爭中被活捉的人：交換戰俘。

▶ **俘虜** 辨析 都有"打仗時捉住的敵人"的意義，但語體色彩有別。"戰俘"是中性詞，不含褒貶色彩；"俘虜"具有貶義色彩。"俘虜"另有動詞用法，"戰俘"沒有。

戰鬥 zhàndòu ❶〔名〕敵對雙方發生的軍事衝突：戰鬥剛剛打響。❷〔動〕敵對雙方發生軍事衝突：這是戰鬥的地點。❸〔動〕泛指抗爭：戰鬥在抗洪前線。

▶ **戰役** 辨析 都有"敵對雙方的軍事衝突"的意義，但語義側重點有別。"戰鬥"比較具體，規模有大有小，時間可長可短；"戰役"着重指為實現戰略目的，按照作戰計劃，在一定的時間和區域內所進行的一系列的戰鬥的總和，規模較大，時間較長。如"台兒莊戰役"中的"戰役"不宜換用"戰鬥"。

▶ **戰爭** 辨析 都有"敵對雙方的軍事衝

突"的意義,但語義側重點和語義範圍有別。"戰鬥"着重指一次具體的作戰,僅涉及衝突的敵對雙方;"戰爭"着重指民族之間、國家之間、不同軍隊之間有一定規模的軍事衝突,由許多戰鬥和戰役組成,涉及前方後方所有的人員,語義範圍較大,持續時間較長。如"抗日戰爭、古代戰爭"中的"戰爭"不能換用"戰鬥"。

戰略 zhànlüè ❶图 指導戰爭全局的計劃或策略:戰略轉移。❷图 比喻決定全局的策略:全局戰略。

▶ **策略** 辨析 都有"為達到某一目的而採取的方式方法"的意義,但語義側重點和適用對象有別。"戰略"側重指指導某一重大行動的全局、爭取勝利的方針和總路線,多用於大的方面,可以作定語;"策略"側重指為實現某一目的而制定的行動方針和具體的方式方法,適用面比較廣,既可用於大的方面,也可用於小的方面,一般不作定語。如"兩個多月以後,新四軍作了戰略轉移"中的"戰略"不宜換用"策略"。"策略"另有形容詞用法,"戰略"沒有。

▶ **戰術** 辨析 見【戰術】條。

戰術 zhànshù ❶图 作戰的原則和方法:戰術多變。❷图 比喻解決局部問題的方法:籃球內線強攻戰術。

▶ **戰略** 辨析 都有"作戰的原則和方法"的意義,但語義側重點有別。"戰術"着眼於局部,強調為實現戰略計劃而規定的具體方法和步驟;"戰略"着眼於全局,強調指導戰爭全局的總方針、總計劃,即全面的作戰方針、策略、重大決策等。如可以說"游擊戰術",但一般不說"游擊戰略"。

戰場 zhànchǎng 图 兩軍交戰的地方。也比喻其他衝突相爭的領域:開赴戰場。

▶ **疆場** 辨析 都有"兩軍交戰的場所"的意義,但語義側重點、感情色彩和語體色彩有別。"戰場"強調作戰的地方,語義中性,口語和書面語都可以用,另外還有比喻用法,如"思想交鋒的戰場";"疆場"多指和入侵敵人作戰的地方,多用於文藝性的語境中,書面語色彩較濃,略含褒義。如"戰死疆場""馳騁疆場"中的"疆場"不宜換用"戰場"。

▶ **沙場** 辨析 見【沙場】條。

戰線 zhànxiàn ❶图 敵對雙方作戰時的接觸線:不要把戰線拉得太長。❷图 比喻社會生活中的某個領域:教育戰線。

▶ **火線** 辨析 見【火線】條。

▶ **前線** 辨析 都有"交戰雙方接近而擺開戰場的地方"的意義,但語義側重點、適用對象和語法功能有別。"戰線"強調雙方軍隊作戰的接觸線,比較抽象,常用於較大、較長的交戰接觸線,可受數量詞修飾;"前線"強調交戰時自己方面的軍隊和敵方軍隊接近的地帶、同敵軍交戰的第一線,所指空間位置非常具體,不能受數量詞修飾。如"他在前線是指揮官"中的"前線"不能換用"戰線"。

▶ **陣線** 辨析 見【陣線】條。

積少成多 jīshǎochéngduō 點滴積累,由少而多:採取積少成多的辦法募捐籌集資金。

▶ **集腋成裘** 辨析 二者是等義成語,只在語義的展現方式上有所不同。"集腋成裘"通過"狐狸腋下的皮毛雖然很少,但聚集起來就能縫成一件皮袍"比喻積少成多或集眾力而成一事,用形象的事物展現出本義,有形象色彩;而"積少成多"的表義方式是直接的、顯豁的。

▶ **聚沙成塔** 辨析 二者是等義成語,只在語義的展現方式上有所不同。"聚沙成塔"通過"把細沙堆積成寶塔"比喻積少成多,用形象的事物展現出本義,有形象色彩;而"積少成多"的表義方式是直接的、顯豁的。

積蓄 jīxù ❶ 動 積攢儲備:積蓄力量。❷ 名 積攢儲備的錢:月月都有積蓄。

▶ 積儲 辨析 見【積儲】條。

積儲 jīchǔ 動 積累儲備:積儲力量。

▶ 積蓄 辨析 都有"積聚並保存起來"的意義,但語義側重點和語體色彩有別。"積儲"強調儲存備用,有濃厚的書面語色彩,如"無論在生活資源和藝術資源上,都有豐富的積儲";"積蓄"強調聚合、累積起來並加以保存,有書面語色彩,如"積蓄山區資源,把資源優勢轉化為經濟優勢"。

頹唐 tuítáng 形 情緒低落,委靡不振:神情頹唐。

▶ 頹廢 辨析 見【頹廢】條。

▶ 頹喪 辨析 見【頹喪】條。

頹喪 tuísàng 形 情緒低落,精神不振:他頹喪地走了。

▶ 頹廢 辨析 都有"精神委靡不振"的意義,但語義側重點和用法有別。"頹喪"着重指因失望而情緒低落,多形容情緒、神色;"頹廢"着重指意志消沉,多形容思想、生活。"頹廢"能構成"頹廢派""頹廢主義";"頹喪"不能。"頹喪"能用作狀語;"頹廢"不能用作狀語。

▶ 頹唐 辨析 都有"精神委靡不振"的意義,但語義側重點和語義輕重有別。"頹喪"着重指因失望而情緒低落,多形容情緒、神色,如"他頹喪地離開了公司";"頹唐"着重指情緒低落,多形容情緒、神色,語義較"頹喪"輕,如"他

最近神情頹唐,你去開導開導他"。

▶ 消沉 辨析 見【消沉】條。

頹廢 tuífèi 形 消沉;委靡:頹廢的生活。

▶ 頹喪 辨析 見【頹喪】條。

▶ 頹唐 辨析 都有"精神委靡不振"的意義,但語義側重點、語義輕重和用法有別。"頹廢"着重指意志消沉,多形容思想、生活;"頹唐"着重指情緒低落,多形容情緒、神色,語義較"頹廢"輕。"頹廢"能構成"頹廢派""頹廢主義";"頹唐"不能。

舉行 jǔxíng 動 開展(活動):舉行籃球比賽。

▶ 舉辦 辨析 見【舉辦】條。

舉措 jǔcuò 名 採取的辦法、措施:重大舉措。

▶ 舉動 辨析 見【舉動】條。

舉動 jǔdòng 名 為實現一定的目的而進行的活動:新舉動。

▶ 行動 辨析 見【行動】條。

▶ 舉措 辨析 都有"為實現一定的意圖而進行的活動或採取的辦法"的意義,但語義側重點和適用對象有別。"舉動"側重於依據一定的方法、策略而進行的活動,一般用於重大的事情、活動,如"對尊重知識、尊重人才的舉動表示讚賞";"舉措"強調制定的方法、採取的策略,適用的對象比"舉動"更為重大,如"農業產業化開發是深化農村改革的重大舉措"。

舉辦 jǔbàn 動 開展(活動);辦理(事業):舉辦大型文藝晚會。

▶ 舉行 辨析 都有"從事、開展某種活動"的意義,但語義側重點和適用對象有別。"舉辦"強調開展須事先做出

周密安排和認真準備的工作，含有程序複雜，須進行安排和計劃才能辦理的意味，用於開展大型活動，辦理事業，如"舉辦奧運會""依法律規定舉辦各種教育事業"；"舉行"強調活動的實行、進行，多用於集會、比賽等大型活動，不用於辦理事業，如"首屆八達嶺長城登山活動在這裏舉行""舉行部長級會談"。

興旺 xīngwàng 〔形〕蓬勃發展；旺盛：人丁興旺／事業興旺。

▶ **興隆** 辨析 都有"蓬勃發展"的意義，但語義側重點、搭配對象有別。"興旺"偏重指旺盛，不強調規模大，搭配能力比較強，如"生意興旺""興旺發達""地產業興旺"。"興隆"偏重指經濟方面的發展，搭配對象較少，最常見的是"生意興隆"。

▶ **興盛** 辨析 都有"蓬勃發展；旺盛"的意義，但語義側重點、搭配對象有別。"興旺"不強調規模大，搭配能力比較強，如"生意興旺""興旺發達""地產業興旺"。"興盛"多用於形容規模較大、較具影響或較抽象的事物，如"傳統漁業繁榮興盛""佛教的興盛""公益活動日益興盛"。

興致 xìngzhì 〔名〕對做某事感到高興和有情趣的情緒：聽了這話，我的興致來了／興致高昂。

▶ **興趣** 辨析 都有"喜好的情緒"的意義，但語義側重點、搭配對象、語體色彩有別。"興致"側重於感到高興和有情趣，有固定搭配如"興致勃勃"，也常跟"高、高昂、濃、不減"等搭配使用；"興趣"泛指喜好的情緒，常跟"高、大"和"有、感、激發、產生"等搭配。"興致"有書面語色彩；"興趣"通用於口語和書面語。

興盛 xīngshèng 〔形〕蓬勃發展：國家興盛。

興隆 辨析 都有"蓬勃發展"的意義，但語義側重點、搭配對象有別。"興盛"偏重指旺盛，多用於形容規模大、較具影響或較抽象的事物，如"傳統漁業繁榮興盛""佛教的興盛""公益活動日益興盛"；"興隆"偏重指經濟方面的發展，搭配對象較少，最常見的是"生意興隆"。

▶ **興旺** 辨析 見【興旺】條。

興許 xīngxǔ 〔副〕表示不很肯定：興許她會回心轉意。

▶ **或許** 辨析 在作副詞，表示不很肯定時意義相同，但語義側重點、語體色彩有別。"興許"偏重於不肯定，有較強的口語色彩，如"這點錢興許對你有用"；"或許"強調揣測性，含有存在幾種可能而選擇其一的意思，常用於書面，如"或許是我錯了"。

▶ **也許** 辨析 見【也許】條。

興隆 xīnglóng 〔形〕蓬勃發展；發達：生意興隆。

▶ **興盛** 辨析 見【興盛】條。

▶ **興旺** 辨析 見【興旺】條。

興趣 xìngqù 〔名〕喜好的情緒：興趣小組／對航天感興趣。

▶ **興致** 辨析 見【興致】條。

學識 xuéshí 〔名〕學術方面的知識和修養：淵博的學識。

▶ **才識** 辨析 見【才識】條。

儘管 jǐnguǎn 〔連〕姑且承認某種事實。

▶ **即使** 辨析 在姑且承認某種事實的語法作用上意義相同。"儘管"表示的情況一般是事實，後面可以和"可是、但是、然而"連用，只能表示讓步，不能表示假設，如"儘管如此困難，但工程建設仍然突飛猛進";"即使"表示的情況一般是假設性的,後面常和副詞"也"搭配,可以同時既表示假設,又表示讓步,如"即使是一件很小的事,我們也應該認真對待"。

衡量 hénglliáng ❶動 比較或評定:用甚麼標準來衡量。❷動 斟酌,思量:這件事大家再衡量一下,看有甚麼好辦法。

▶ 權衡 辨析 見【權衡】條。

▶ 斟酌 辨析 見【斟酌】條。

錯誤 cuòwù ❶形 不正確;不符合實際:錯誤的思想。❷名 不正確的事物、行為:改正錯誤。

▶ 差錯 辨析 見【差錯】條。

▶ 訛誤 辨析 見【訛誤】條。

▶ 謬誤 辨析 都有"不正確的事物、行為"的意義,但語義側重點、語義強度、語體色彩和適用對象有別。"錯誤"側重指一般事物中的不正確之處,語義較輕,口語和書面語都可以用,適用對象可以是文字、語言、工作、學習中的具體事情,也可以是思想、方針、政策、關係等抽象事物;"謬誤"側重指極端地不正確,語義較重,多用於書面語,適用對象多是思想、看法、判斷等。如"小學生容易犯錯誤"中的"錯誤"不能換用"謬誤"。

錢 qián ❶名 貨幣;充當任何商品等價物的特殊商品:金錢。❷名 款項:車錢。❸名 泛指錢財:有錢有勢。❹名 形似銅錢的:紙錢。❺量 重量單位。十厘等於一錢,十錢等於一兩。

▶ 金錢 辨析 見【金錢】條。

墾求 kěnqiú 動 誠懇而殷切地請求:他懇求老師再給他一次機會。

▶ 哀求 辨析 見【哀求】條。

▶ 祈求 辨析 見【祈求】條。

▶ 請求 辨析 見【請求】條。

膩煩 nìfan 動 覺得厭倦了,或不喜歡了:說來說去就是這些話,我都聽得膩煩了。

▶ 厭煩 辨析 見【厭煩】條。

膳食 shànshí 名 日常所吃的飯和菜:膳食自理。

▶ 飯食 辨析 見【飯食】條。

▶ 伙食 辨析 見【伙食】條。

雕刻 diāokè ❶動 在竹、木、石、玉石、象牙等材料上刻畫出形象或其他紋樣:雕刻石像。❷名 雕刻成的物品。

▶ 雕琢 辨析 都有"在材料上刻畫出形象或其他紋樣"的意義,但語義側重點有別。"雕刻"側重指在竹、木、石、玉石、象牙等材料上刻畫出形象或其他紋樣;"雕琢"側重指在玉石上刻畫出形象或其他紋樣時,加以打磨,使之更加美觀,含有精益求精的意味。如"簷下青磚上雕刻着鳳凰、麒麟、花草"中的"雕刻"不宜換用"雕琢"。

▶ 鏤刻 辨析 見【鏤刻】條。

▶ 銘刻 辨析 見【銘刻】條。

雕琢 diāozhuó 動 雕刻琢磨:這只小鳥是用翡翠雕琢而成的。

▶ 雕刻 辨析 見【雕刻】條。

獨自 dúzì 形 單獨一人:獨自旅行。

▶ 單獨 辨析 見【單獨】條。

獨身 dúshēn ❶名 到了該結婚的年齡而沒有結婚或結了婚而沒有和家人生活在一起的人:獨身生活了二十年。❷動 到了該結婚的年齡而不結婚:他打算永遠獨身。

▶ 單身 [辨析] 見【單身】條。

獨到 dúdào [形]（見解、學問等）與眾不同：獨到的見解。

▶ 獨特 [辨析] 都有"與眾不同"的意義，但語義側重點和適用對象有別。"獨到"側重指一般，與眾不同，適用對象多是思想、學問、見解等抽象事物；"獨特"側重指獨有的、特殊的而且是唯一的或別具一格，適用對象可以是具體的事物，也可以是風格等抽象事物。如"從歷史到現代，教授講得精闢獨到"中的"獨到"不能換用"獨特"。

獨特 dútè [形] 獨有的，與眾不同的：風味獨特。

▶ 獨到 [辨析] 見【獨到】條。

獨裁 dúcái [動] 獨自裁斷，特指獨攬權力，執行專制統治：獨裁統治。

▶ 獨斷 [辨析] 見【獨斷】條。

獨斷 dúduàn [動] 獨自作出決斷，專斷：他行事一向很獨斷。

▶ 獨裁 [辨析] 都有"憑個人意志作出決斷"的意義，但語義側重點有別。"獨斷"側重指不和別人商量就獨自作出決定；"獨裁"側重指獨攬政權，進行專制統治。如"這是大家的事，我不能獨斷專行"中的"獨斷"不能換用"獨裁"。

諾言 nuòyán [名] 答應別人的話：信守諾言是一個人的基本品德。

▶ 誓言 [辨析] 都有"答應別人的話"的意義，但語義側重點、語義輕重、適用對象有別。"諾言"側重於答應別人做到某事，如"我曾許下諾言，三年後一定會來見你，現在我來了"，一般針對具體事情；"誓言"的語義比"諾言"重，表達對人、對事的忠誠，不一定針對具體的事，如"他們在教堂立下誓言，一生相親相愛永不分離"。

謀生 móushēng [動] 設法謀求維持生計的辦法：他打算去廣州謀生。

▶ 糊口 [辨析] 都有"維持生活"的意義，但語體色彩和語義側重點有別。"謀生"用於書面語，側重指想辦法維持生計，如"為了謀生，她開了一間小舖子"；"糊口"通用於口語和書面語，指勉強維持生活，強調生活的艱難，如"她無兒無女，擺個小煙攤，收入微薄，糊口而已"。

謀求 móuqiú [動] 想辦法得到：他謀求連任的努力沒有獲得成功。

▶ 追求 [辨析] 見【追求】條。

謀殺 móushā [動] 謀劃殺害：郊區發生了一樁謀殺案。

▶ 謀害 [辨析] 都有"陰謀殺害"的意義，但適用對象和語義側重點有別。"謀殺"的對象多是人，目的就是殺死這個人，如"有兩個人被謀殺了"；"謀害"的對象可為人或動物，對象為人時，目的是殺死或陷害他（她），使其健康或聲譽等受損害；對象為動物時，目的是殺死，如"他家那條兒猛的狼狗不知被誰給謀害了""他在文革中被自己的戰友謀害，險些喪命"。

謀害 móuhài [動] 謀劃殺害或陷害：謀害進步人士。

▶ 謀殺 [辨析] 見【謀殺】條。

謀劃 móuhuà [動] 想辦法，籌謀策劃，商量計議：他們謀劃着舉辦一次募捐義演。

▶ 策劃 [辨析] 都有"籌劃，想辦法"的意義，但適用對象和語義側重點有別。"謀劃"多用於正面的事情或事件，可以是比較大的事件，也可以是只與個人有關的事情，側重於"出主意"的意思，如"兒子考大學報志願，請親戚朋友來一起謀劃謀劃"；"策劃"適用於正面的或反面的事情或事件，通常是需要精心設計的事情、計劃，側重於從提供想法、思路，到設計具體過程的整體安排，如"精心策劃的陰謀""這台晚會是宣傳部策劃的"。

▶ **籌劃** 辨析 都有"籌謀，計劃"的意義，但語義側重點有別。"謀劃"側重指想辦法；"籌劃"強調不僅想辦法，而且要訂出具體的計劃並組織實施，如"幼兒園籌劃着舉辦一次親子遊藝活動"。

諷刺 fěngcì 動 用比喻、誇張等手法對人或事進行揭露、批評或嘲笑等：諷刺不良現象／他被人諷刺了一頓，心裏很不舒服。

▶ **嘲諷** 辨析 都有"用言語刺激、嘲笑"的意義，但語義側重點和適用對象有別。"諷刺"重在刺，強調用言語刺激對方，對象可以是人，也可以是某種社會現象；"嘲諷"還有嘲笑對方的意思，對象只能是人。如"對壞人進行嘲諷，對好人無限同情，這反映了作者鮮明的愛憎感情"中的"嘲諷"不宜換用"諷刺"。

▶ **譏諷** 辨析 見【譏諷】條。

▶ **挖苦** 辨析 都有"用言語刺激、嘲笑"的意義，但語義側重點、適用對象、語體色彩有別。"諷刺"重在刺，強調用含蓄曲折的言語刺激對方，對象可以是人，也可以是某種社會現象，口語和書面語中都可以用；"挖苦"強調直接用尖刻的話語譏笑對方的缺點、錯誤等，往往使人感到難堪丟臉，一般具有口語色彩。如"這是對某種人極大的諷刺"中的"諷刺"不宜換用"挖苦"。

憑藉 píngjiè 動 依靠：要戰勝困難必須憑藉科技的力量。

▶ **依靠** 辨析 都有"仰仗某種力量達到一定的目的"的意義，但語體色彩和語義概括範圍有別。"憑藉"用於書面語，如"憑藉着老百姓的力量，我們才建立了

新的家園"；"依靠"通用於口語和書面語，如"要過幸福的生活，只能依靠自己的努力。""依靠"還是名詞，指可依靠的人或事物，如"這份工作的收入是我們全家生活的唯一依靠"；"憑藉"無此義項。

磨 mó ❶動 物體和物體緊挨着來回移動，摩擦：腳上磨了個泡。❷動 使光滑、鋒利或達到其他目的：磨刀；鐵杵磨成針。❸動 折磨：他被生活磨得喪失了銳氣。❹動 糾纏：這幾個孩子可真磨人。❺動 消耗時間，拖延：磨洋工。❻動 磨滅，消滅：百世不磨。

▶ **擦** 辨析 都有"物體和物體緊挨着來回移動"的意義，但語義側重點有別。"磨"比"擦"的動作力量大，持續時間可能較長，如"摩拳擦掌""鞋都磨破了"。

▶ **蹭** 辨析 都有"物體和物體緊挨着來回移動"的意義，但語義側重點有別。"磨"側重指來回移動的時間長或次數多，如"磨了這麼多年，核桃皮都變光滑了"；"蹭"的動作幅度小，次數少，多指人或動物的肢體動作，如"他很緊張，手在褲子上蹭着"。

▶ **摩擦** 辨析 見【摩擦】條。

磨練 móliàn 動 反覆鍛煉：磨練意志。也作"磨煉"。

▶ **錘煉** 辨析 見【錘煉】條。

▶ **鍛煉** 辨析 見【鍛煉】條。

▶ **磨礪** 辨析 都有"鍛煉"的意義，但風格色彩有別。"磨練"是普通詞語；"磨礪"比較典雅，如"寶劍鋒從磨礪出"。

磨礪 mólì 動 摩擦使銳利，比喻磨練：磨礪自己，迎接挑戰。

▶ **磨練** 辨析 見【磨練】條。

凝固 nínggù 動 液體變成固體：血液已經凝固。

▶ **凝結** 辨析 都有 "液體變成固體" 的意義，但語義範圍有別。"凝結" 還有氣體變成液體的意思，如 "氮氣等不冷凝的氣體被稱為'不凝結氣體'"。

凝思 níngsī 動 集中注意力考慮：將軍正在凝思良策，不要打擾他。

▶ **沉思** 辨析 見【沉思】條。

凝望 níngwàng 動 向遠處盯着看：老人凝望遠方，那裏是闊別數十載的故鄉。

▶ **凝視** 辨析 見【凝視】條。

凝視 níngshì 動 盯着看：她凝視着我，眼中充滿淚水。

▶ **凝望** 辨析 都有 "盯着看" 的意義，但語義側重點有別。"凝視" 的對象是當面的、距離近的；"凝望" 則是向着遠處看。

▶ **注視** 辨析 見【注視】條。

凝結 níngjié 動 氣體變成液體，液體變成固體。

▶ **凝固** 辨析 見【凝固】條。

親切 qīnqiè ❶形 關係親近而密切：故地重遊，他感到周圍的一切都那麼親切。❷形 親善而關切：老師的親切教導。

▶ **親熱** 辨析 都有 "關係近、感情好" 的意義，但語義側重點、使用範圍和詞性有別。"親切" 着重於 "切"，靠近、貼近，形容感情的真誠懇切或態度的和善熱情；"親熱" 着重於 "熱"，熱情、熱切，形容關係親近密切，態度熱情。"親切" 多形容上級對下級、長輩對晚輩、官員對民眾等的關懷、教導、態度、語氣、聲音等；"親熱" 多形容人的態度、表情。"親切" 只用作形容詞；"親熱" 除用作形容詞外，還可用作動詞，指 "用動作表示親密熱情"。

親自 qīnzì 副 由自己直接(做)；自身：親自料理政事。

▶ **親身** 辨析 都有 "由當事者本人自己做某事" 的意義，但語義側重點、使用範圍和語體色彩有別。"親自" 偏重於直接參與，由自己親手去做，如 "她要親自照顧病兒"；"親身" 偏重於投身其中，經歷、參與某事，如 "通過參觀，團員們親身體會到祖國的進步與強大"。"親自" 使用範圍較廣，所做的事情可大可小，可修飾表示動作行為的各種動詞；"親身" 使用範圍較窄，所經歷的事情一般較大，只修飾 "經歷、經過、參加、體驗、體會、感受" 等動詞。"親自" 可用於口語，也可用於書面語；"親身" 多用於書面語。

親身 qīnshēn 副 本身，親自：親身經歷。

▶ **親自** 辨析 見【親自】條。

親近 qīnjìn ❶形 親熱；關係密切：兩人一直都很親近。❷動 親密地接近：只要你對人熱情誠懇，有誰不願意親近你呢？

▶ **親密** 辨析 都有 "距離近、關係密切" 的意義，但語義側重點、語義輕重和詞性有別。"親近" 偏重於 "近"，距離短，強調關係接近、友好，如 "他們兩家關係很親近"；"親密" 偏重於 "密"，空隙小，強調感情融洽深厚，語義較 "親近" 重，如 "親密的戰友"。"親近" 可作形容詞，也可作動詞，意為 "親密地接近"；"親密" 只能用作形容詞。

▶ **親熱** 辨析 都有 "距離近、關係密切" 的意義，但語義側重點和詞形變化有別。"親近" 偏重於 "近"，距離短，強調關係接近、友好，如 "與母親關係親近的孩子較多"；"親熱" 着重於 "熱"，熱情、熱切，形容關係親近密切，態度熱情，如 "這一家老小親親熱熱地坐在一起"。"親近"能重疊成 ABAB 式使用；"親熱"能重疊成 AABB 式使用，還能重疊成 ABAB 式使用。

親信 qīnxìn ❶動 親近而信任：這種人不可過於親信重用。❷名 親近而信任的人：皇帝的親信。

▶ **心腹** 辨析 見【心腹】條。

親密 qīnmì 形 關係親近密切：親密的朋友。

▶ **密切** 辨析 都有"距離近、關係親"的意義，但語義側重點、適用範圍、使用方法和詞性有別。"親密"着重於"親"，感情深，如"親密的朋友"；"密切"着重於"切"，靠近、貼近，如"密切的關係"。"親密"適用於人與人之間；"密切"既適用於人與人之間，也適用於人與事物或事物與事物之間。"親密"可重疊成 AABB 式使用；"密切"不能重疊使用。"親密"只用為形容詞；"密切"除用為形容詞外，還可用為動詞，表示"使距離近、關係親"。

▶ **親近** 辨析 見【親近】條。

▶ **親熱** 辨析 見【親熱】條。

親熱 qīnrè ❶形 親密而熱情：鄉親們親熱極了。❷動 用動作表示親密熱情：他出差回家先和孩子親熱了一會兒。

▶ **親近** 辨析 見【親近】條。

▶ **親密** 辨析 都有"關係近、感情好"的意義，但語義側重點、使用範圍、用法和詞性有別。"親熱"着重於"熱"，熱情、熱切，形容關係親近和態度熱情；"親密"着重於"密"，空隙小，形容人與人之間的關係密切和感情融洽。"親熱"可用來指單方，也可用來指雙方；"親密"只用來指雙方。"親熱"可以重疊成 AABB 式或 ABAB 式使用，"親密"只能重疊成 AABB 式使用。"親熱"可用為形容詞，也可用為動詞；"親密"只用為形容詞。

▶ **親切** 辨析 見【親切】條。

辨別 biànbié 動 根據不同事物的特點加以區別：辨別真偽／辨別聲音／辨別方向。

▶ **分辨** 辨析 見【分辨】條。

▶ **鑒定** 辨析 見【鑒定】條。

▶ **鑒別** 辨析 見【鑒別】條。

▶ **區別** 辨析 見【區別】條。

▶ **識別** 辨析 見【識別】條。

遵守 zūnshǒu 動 按規定作，不違背：遵守紀律。

▶ **恪守** 辨析 見【恪守】條。

遵從 zūncóng 動 遵照並服從：遵從上級指示。

▶ **服從** 辨析 見【服從】條。

▶ **順從** 辨析 見【順從】條。

▶ **聽從** 辨析 見【聽從】條。

遵循 zūnxún 動 遵照，沿襲：遵循事物發展的規律。

▶ **遵照** 辨析 都有"照着去做，不違背"的意義，但語義側重點、適用對象和語體色彩有別。"遵循"含有照着指明的方向、道路前進而不偏離的意味，對象常是方向、道路、路線、方針、原則、方法、客觀規律等，書面語色彩比"遵照"濃；"遵照"強調照辦，如樣地或如所要求地去做，對象多是上級的指示、命令、教導、決定以及方針政策等。如"遵照上級指示"中的"遵照"不宜換用"遵循"。

遵照 zūnzhào 動 遵從，依照：遵照執行。

▶ **按照** 辨析 見【按照】條。

▶ **遵循** 辨析 見【遵循】條。

容詞，也可用為動詞；"親密"只用為形容詞。

▶ **親切** 辨析 見【親切】條。

燒毀 shāohuǐ 動 燒掉；焚燒並毀滅：那份證據被燒毀了。

▶ **焚毀** 辨析 都有"燒掉、使之着火並毀滅"的意義，但使用範圍和語體色彩有別。"燒毀"可以是人的主動行為，也可以是天災人禍或自燃引起，可用於口語，也可用於書面語，如"你怎麼能燒毀這些照片呢""一把大火燒毀了公園市場內的貨攤和大批服裝"；"焚毀"多是人的主動行為，多用於書面語，如"1860年，有'萬園之園'之稱的圓明園被西方列強焚毀"。

▶ **銷毀** 辨析 都有"燒掉"的意義，但語義側重點有別。"燒毀"着重於"燒"，燃燒，強調通過燃燒而使之毀滅，如"大火將整個廚房燒毀"；"銷毀"着重於"銷"，熔化，可以是通過燃燒而使之毀滅，也可以通過其他手段如熔化、粉碎等使之毀滅，如"文化局與有關部門一起集中銷毀了1500多台賭博機"。"燒毀"的行為可以是有意的，也可以是無意的；"銷毀"的行為則是主動的。

燃燒 ránshāo ❶ 動 物質劇烈氧化而發出光和熱：汽油碰上火星就會燃燒起來。❷ 比喻某種情感強烈的反應：怒火在胸中燃燒。

▶ **焚燒** 辨析 見【焚燒】條。

熾熱 chìrè ❶ 形 極熱：熾熱的氣體。❷ 形 非常熱烈：熾熱的愛情。

▶ **火熱** 辨析 見【火熱】條。

▶ **酷熱** 辨析 都有"溫度高"的意義，但語義側重點和適用對象有別。"熾熱"側重指物體物理屬性方面的高溫，適用對象多是某種高溫氣體或固體；"酷熱"側重指天氣炎熱，適用對象多是天氣。如"在平常氣壓下元素的熾熱氣體就能形成這種光譜"中的"熾熱"不宜換用"酷熱"。

▶ **灼熱** 辨析 見【灼熱】條。

濃 nóng 形 味道、煙霧等很多、很強烈：好濃的大霧啊！

▶ **稠** 辨析 都有"形容液體濃厚"的意義，但語義側重點有別。"濃"主要是從味道方面強調液體濃厚，如"沏一碗濃茶來"；"稠"側重於形態方面，如"粥太稠了"。

▶ **釅** 辨析 都有"形容茶水等液體濃厚"的意義，但語體色彩有別。"釅"是書面語；"濃"通用於口語和書面語。

濃厚 nónghòu 形 氣氛、味道等很明顯，很強烈：濃厚的鄉土氣息。

▶ **深厚** 辨析 都有"某種感情很強烈"的意義，但語義側重點有別。"深厚"強調有歷史淵源的聯繫，如"對家鄉懷有深厚的感情"；"濃厚"側重對當下所具有的感情做描述，如"大衛來到中國沒多久，就對京劇產生了濃厚的興趣"。

濃郁 nóngyù 形 味道、氣味、氣氛等明顯、強烈：趙樹理的小説充滿了濃郁的鄉土氣息。

▶ **濃烈** 辨析 都有"形容氣味、味道等強烈"的意義，但語義輕重和語義側重點有別。"濃郁"語義較輕，表達的感覺有持續時間較長，味覺濃厚的意味，如"濃郁的咖喱味讓人胃口大開"；"濃烈"語義較重，突出強烈，如"濃烈的香水味撲面而來"。

▶ **強烈** 辨析 都有"形容氣味、味道等明顯"的意義，但語義側重點、適用對象有別。"濃郁"強調濃度大，一般用於形容芳香的氣味；"強烈"側重於給人明顯的感受，即可用於形容芳香的氣味，也可用於形容其他氣味，如"強烈的刺激性氣味"。

濃烈 nóngliè 形 形容氣味等明顯，強烈：濃烈的熱帶風情。

▶ **濃郁** 辨析 見【濃郁】條。

▶ **強烈** 辨析 都有"使人感受明顯"的意義，但語義側重點有別。"濃烈"含有氣味等使人感覺厚重的意味；"強烈"強調氣味等使人覺得有刺激性。

濃密 nóngmì 形 草木、毛髮等很多的樣子：濃密的玫瑰花叢。

▶ **稠密** 辨析 都有"很多"的意義，但搭配對象有別。"濃密"多與草木、毛髮搭配使用；"稠密"多與人口、草木枝葉搭配。

激昂 jī'áng 形 情緒等激動振奮：慷慨激昂。

▶ **昂揚** 辨析 見【昂揚】條。

激怒 jīnù 動 刺激使其發怒：這句話激怒了他。

▶ **觸怒** 辨析 見【觸怒】條。

激烈 jīliè ❶形 (動作、言論) 激越猛烈：激烈的競爭／言辭激烈。❷形 (性情、情懷) 激奮，剛烈：壯懷激烈。

▶ **劇烈** 辨析 見【劇烈】條。

▶ **猛烈** 辨析 見【猛烈】條。

▶ **強烈** 辨析 見【強烈】條。

激動 jīdòng ❶形 (感情) 因受刺激而衝動：激動的心情／情緒不要太激動。❷動 使感情衝動：激動人心。❸動 激蕩。

▶ **感動** 辨析 見【感動】條。

激勵 jīlì 動 激發勉勵：激勵那些苦悶、彷徨的青年。

▶ **鼓勵** 辨析 見【鼓勵】條。

▶ **勉勵** 辨析 見【勉勵】條。

懊悔 àohuǐ 動 因自己的言行失誤而煩惱後悔：他對自己的行為十分懊悔。

▶ **懊惱** 辨析 見【懊惱】條。

▶ **後悔** 辨析 見【後悔】條。

▶ **悔恨** 辨析 見【悔恨】條。

懊惱 àonǎo 動 心理彆扭，煩惱：為臨場發揮不好而懊惱。

▶ **懊悔** 辨析 都有"因未滿足心願而悔恨、煩惱"的意義，但語義側重點和語法功能有別。"懊惱"側重指煩惱，一般表示因外界的影響而引起煩惱，從而產生埋怨自己或責怪他人的情緒，一般不帶賓語；"懊悔"側重指後悔，多用於自己的言行或錯誤，可以帶賓語，也可以不帶賓語。如"他懊悔自己不該做那件事"中的"懊悔"不能換用"懊惱"。

▶ **煩惱** 辨析 見【煩惱】條。

▶ **惱恨** 辨析 見【惱恨】條。

選拔 xuǎnbá 動 從若干人中找出適合要求的：選拔人才／選拔航天員／公開選拔總裁。

▶ **提拔** 辨析 都有"找出適合要求的人使擔任重要工作"的意義，但語義側重點、適用對象有別。"選拔"側重於從候選對象中找出適合要求的人，其候選對象的數量可以是大量的，也可以少到只有兩個，"選拔"可以用於各種專門人才，如運動員、演員、公派留學人員，也可以用於找出合適的領導人選；"提拔"側重於使人有機會擔任重要工作，"提拔"的對象的數量通常較少，有時只有一個，多用於職位的升遷，如"破格提拔優秀年輕官員"。

選取 xuǎnqǔ 動 從若干事物或人中找出適合要求的：域名選取的技巧、用鼠標拖曳的方式選取文章的指定段落。

▶ **採取** 辨析 見【採取】條。

▶ **選擇** 辨析 都有"從若干事物或人中找出適合要求的"的意義，但語義側重點、適用對象有別。"選取"有獲取、取得的意味，多用於事物，偶爾用於人，如"選取密碼""選取士官的標準"；"選擇"是極常見的表達，"選擇"的對象可以是人也可以是事物，如"選擇朋友""選擇新款手機"。

選擇 xuǎnzé 動 從若干人或事物中找出適合要求的：選擇商品／選擇專業。

▶ **挑選** 辨析 都有"從若干人或事物中找出適合要求的"的意義，但適用對象、語體色彩有別。"選擇"是極常見的表達，通用於書面語和口語，"選擇"出的對象可以是好的也可以是壞的，如"選擇終身伴侶""選擇生還是選擇死"；"挑選"口語色彩比較濃，"挑選"出的對象多是好的，如"挑選求職者""為孩子挑選開發智力的玩具""挑選禮物"。"選擇"有"做選擇"的用法，"挑選"不能這樣用。

▶ **選取** 辨析 見【選取】條。

▶ **抉擇** 辨析 見【抉擇】條。

隨手 suíshǒu 副 順手；隨便：隨手關燈。

▶ **順手** 辨析 見【順手】條。

隨地 suídì 副 不局限甚麼地方：不要隨地吐痰。

▶ **隨處** 辨析 見【隨處】條。

隨和 suíhe 形 形容為人和氣、容易相處，不固執，不彆扭：他為人隨和，從不與人爭吵。

▶ **和藹** 辨析 見【和藹】條。

▶ **和氣** 辨析 見【和氣】條。

▶ **和善** 辨析 見【和善】條。

隨便 suíbiàn ❶ 副 不受約束或限制地；由着自己方便：隨便談談。❷ 形 怎麼方便就怎麼做：去別人家不要太隨便。❸ 連 任憑；無論：他這人隨便甚麼都愛管。

▶ **隨意** 辨析 都有"不受約束或限制"

的意義，但語義側重點、詞性和用法有別。"隨便"着重於"便"，方便，強調由着自己方便，怎麼方便就怎麼做，如"不要在網上隨便下載不知底細的軟件"；"隨意"着重於"意"，心思，強調由着自己的心思，想怎麼做就怎麼做，如"買票入園，可以自由採摘，也可以隨意品嘗"。"隨便"除副詞用法外，還可用作形容詞、連詞，有時能重疊成 AABB 式使用；"隨意"除副詞用法外，還可用作動詞，不能重疊使用。

▶ **貿然** 辨析 見【貿然】條。

隨處 suíchù 副 到處；不局限甚麼地方：隨處可見。

▶ **隨地** 辨析 都有"不局限甚麼地方"的意義，但語義側重點有別。"隨處"着重於"處"，處所，強調不管甚麼處所、甚麼場合，如"奧運宣傳畫在北京隨處可見"；"隨地"着重於"地"，地點，強調不管地面上的哪一個局部，在強調情況的任意性時，可組成"隨時隨地"使用，如"通過網絡殯葬這種方式，人們可以隨時隨地紀念親友"。

隨意 suíyì ❶ 副 不受約束或限制地；由着自己的心思：隨意走走。❷ 動 想怎麼做就怎麼做：請大家隨意。

▶ **隨便** 辨析 見【隨便】條。

縝密 zhěnmì 形 謹慎精細，細緻周密（多指思想）：文思縝密。

▶ **周密** 辨析 見【周密】條。

十七畫

環抱 huánbào 動 圍繞（多用於自然景物）：群山環抱。

▸ **環繞** 辨析 都有"在四面圍着"的意義，但語義側重點有別。"環抱"強調四周被圍着的靜止狀態，圍繞可以是連續的，也可以是離散的；"環繞"強調連續的圍繞，可以是動態的，也可以是靜態的。如"衛星環繞着行星公轉"中的"環繞"不能換用"環抱"；而"遼東半島和山東半島像兩個巨人，緊緊地環抱着渤海"中的"環抱"不能換用"環繞"。

環繞 huánrào 動 圍繞：綠樹環繞着河塘。

▸ **纏繞** 辨析 都有"在周圍繞着、圍着"的意義，但語義側重點有別。"環繞"着重指在人或物的周圍成圓圈形地分佈或繞着活動；"纏繞"着重指條狀物靜止地繞在別的物體上，多是主動行為。如可以説"環繞太陽運行"，但絕對不能説"纏繞太陽運行"。

▸ **環抱** 辨析 見【環抱】條。

幫兇 bāngxiōng ❶動 幫助行兇或作惡：你這樣做有幫兇的嫌疑。❷名 幫助行兇或作惡的人：胡作非為者的幫兇。

▸ **鷹犬** 辨析 都有"幫助行兇或作惡的人"的意義，但語義側重點、語義輕重、語體色彩和風格色彩有別。"幫兇"側重於指對行兇或作惡的行為起幫助作用，貶義較輕，書面語和口語都可以用；"鷹犬"側重於指使壞人的驅遣去行兇或作惡，用"打獵所用的鷹和狗"作比喻，具有形象色彩，貶義較重，書面語色彩較濃，如"東廠和西廠就是朝廷的鷹犬"。

▸ **爪牙** 辨析 見【爪牙】條。

〔參考條目〕鷹犬—爪牙

趨向 qūxiàng ❶動 事情朝着某個方向發展：由冷落趨向於繁榮。❷名 趨勢；傾向：總趨向。

▸ **傾向** 辨析 見【傾向】條。

▸ **趨勢** 辨析 都有"事物發展的走向、動向"的意義，但語義側重點和詞性有別。"趨向"強調事物發展的方向性，具有引導的含義，如"觀察一下明星的相貌衣着，就能知道如今年輕人的審美趨向"；"趨勢"強調整體共同的、必然的走向，具有大勢所趨的含義，如"世界正在走向多極化，這是歷史發展的必然趨勢"。"趨向"除用作名詞外，還能用作動詞，表示"事情朝着某個方向發展"；"趨勢"只能用作名詞。

趨勢 qūshì 名 事物發展的動向、形勢：緊張的趨勢。

▸ **趨向** 辨析 見【趨向】條。

薄弱 bóruò 形 不雄厚；不堅強；不堅定：意志薄弱。

▸ **脆弱** 辨析 見【脆弱】條。

▸ **單薄** 辨析 見【單薄】條。

蕭索 xiāosuǒ 形 缺乏生機；不熱鬧：蕭索的秋風／蕭索的冬天。

▸ **蕭條** 辨析 見【蕭條】條。

蕭條 xiāotiáo ❶形 毫無生氣：落葉紛飛滿目蕭條。❷形 經濟衰微：股市蕭條／電腦市場蕭條。

▸ **蕭索** 辨析 都有"毫無生氣"的意義，但語義側重點、適用對象有別。"蕭條"強調冷寂、不興旺；"蕭索"強調荒涼、衰敗、沒有生氣，多用於自然景物。在其他意義上二者不相同。

擬定 nǐdìng 動 打草稿後制定：擬定團體旅行計劃。

▸ **擬訂** 辨析 見【擬訂】條。

▸ **起草** 辨析 都有"寫出初步的文字"的意義，但語義側重點有別。"擬定"包含有起草好不再更改的意思。

擬訂 nǐdìng 打草稿：擬訂方案。

▶ **擬定** 辨析 都有"起草"的意義，但語義側重點有別。"擬定"包含有起草好不再更改，只待最後正式承認通過的意思。

▶ **起草** 辨析 都有"寫出初步的，非最後正式確認的文字"的意義，但語義側重點有別。"擬訂"側重於依據一些既定原則來寫。

擠 jǐ ❶動（人、物）緊緊靠攏在一起；（事情）集中在同一時間內：大廳裏擠滿了人／狹窄的通道擠得水泄不通。❷動在擁擠的環境中用身體排開人或物：別擠我／好不容易從人群中擠了出來。❸動用壓力使從空隙中出來：擠牙膏／擠牛奶。❹動排斥；排擠：我的名額被擠掉了／把我擠出了候選人之列。

▶ **擁擠** 辨析 都有"（人、物）集中在狹小的空間裏，緊緊靠在一起"和"用身體排開人或物"的意義。在前一意義上，語義側重點、適用對象和語體色彩有別。"擠"強調很多人、事物或事情集中在有限的空間或時間內的一種狀態，有口語色彩，如"屋裏太擠了""最近太忙了""都擠到一塊兒了"；"擁擠"表示一種動態的情況，強調在人或事物多的情況下運動的艱難，可以用於人或車船等，也可以用於抽象事物，但不用於表示事情集中在同一時間內，有書面語色彩，如"交通擁擠"。在後一意義上，語義側重點和語法功能有別。"擠"強調用身體排開人或物，可以帶賓語，如"別擠我""大家不要擠，按順序來"；"擁擠"強調人群互相推攘，不能帶賓語，如"人群擁擠，空氣中混着各種氣味"。

擯棄 bìnqì 動 排除掉（不好的觀念、意識等）：擯棄迷信思想。

▶ **摒棄** 辨析 見【摒棄】條。

擱 gē ❶動 使處於一定的位置：把錢擱桌上。❷動 加進去：擱點鹽。❸動 擱置：這事擱一擱。

▶ **擺** 辨析 都有"使處於一定位置"的意義，但語義側重點和語體色彩有別。"擱"比較隨意，具有口語色彩；"擺"對放置的位置和姿態有具體要求，不能隨便放置，口語和書面語都可以用。如"桌子上擺着各式各樣的花瓶"中的"擺"不宜換用"擱"。

▶ **放** 辨析 見【放】條。

聲名狼藉 shēngmínglángjí 形容名聲壞到了極點：聲名狼藉的英足球流氓在國際賽場上大出其醜，為全世界愛好足球的人們充當了反面教材。

▶ **臭名昭著** 辨析 都有"名聲壞到了極點"的意義，但語義側重點、語義輕重和使用範圍有別。"聲名狼藉"着重於"狼藉"，亂七八糟、雜亂不堪，強調名聲敗壞得不可收拾，如"他因為剽竊別人的學術成果而弄得聲名狼藉"；"臭名昭著"着重於"昭著"，顯著，強調壞名聲分外顯著、無人不曉，語義較"聲名狼藉"重，如"墨索里尼是臭名昭著的意大利法西斯頭子"。"聲名狼藉"一般只用於人或團體；"臭名昭著"可用於人或團體，也可用於事物，如"臭名昭著的文章"。

聲明 shēngmíng ❶動 公開表明態度、立場或説明真相：再三聲明。❷名 聲明的文告：雙方在聯合聲明上簽字。

▶ **申明** 辨析 見【申明】條。

聲音 shēngyīn 名 物體的振動波在聽覺器官產生的印象：洪亮的聲音。

▶ **聲響** 辨析 見【聲響】條。

▶ **音** 辨析 都有"物體的振動波在聽覺器官產生的印象"的意義，但語體色彩和詞性有別。"聲音"通用於口語、書面語和各種場合；"音"多與單音詞搭配，如"鼻、低、口、嗓、鄉、雜、濁、單、五、重"等，常用於書面語。

▶ **音響** 辨析 都有"物體的振動波在聽覺器官產生的印象"的意義，但語義側重點和使用範圍有別。"聲音"泛指各種各樣的振動波在聽覺器官產生的印象；"音響"強調有一定響度的聲音，多就聲音所產生的效果而言。"聲音"適用於各種場合；"音響"適用於有聲音效果的場合，尤其是音樂。"音響"另指能產生音響的機器設備，如錄音機、收音機、擴音器等，在這一意義上二者不相同。

聲討 shēngtǎo 公開譴責（罪行）：聲討恐怖暴行。

▶ **批判** 辨析 見【批判】條。

聲張 shēngzhāng 動 把消息、事情等傳揚出去：這事別聲張出去。

▶ **張揚** 辨析 都有"把消息、事情等傳揚出去"的意義，但語義側重點有別。"聲張"着重於"聲"，發出聲音，強調不注意保密，無意中讓消息、事情傳了出去，如"他威脅村民們誰也不准聲張此事"；"張揚"着重於"揚"，宣揚，強調將隱密的或不願被人所知的事情有意散佈出去，如"他為人低調，不事張揚"。

聲勢 shēngshì 名 聲威和氣勢：虛張聲勢。

▶ **氣勢** 辨析 見【氣勢】條。

聲稱 shēngchēng 動 聲言；公開說明或表示：他竟然聲稱此事與他無關，真是豈有此理。

▶ **宣稱** 辨析 都有"公開說明或表示"的意義，但語義側重點和色彩有別。"聲稱"着重於"聲"，陳述，強調用語言或文字公開說明或聲明，對象往往是言不符實的事情，多含有貶義色彩，如"已有人聲稱對這起綁架事件負責"；"宣稱"

着重於"宣"，傳揚，強調向大家宣告，多含有莊嚴色彩，如"他上任時宣稱自己要進行規範管理"。

聲調 shēngdiào ❶ 名 音調；說話聲音的高低：他說話時聲調低沉。❷ 名 字調：普通話的聲調有陰平、陽平、上聲和去聲。

▶ **音調** 辨析 都有"說話時聲音的高低"的意義，但語義側重點和使用場合有別。"聲調"側重於說話時聲音的高低變化，多用於正式的場合；"音調"側重於說話、朗讀、音樂等聲音的高低、強弱、快慢等變化及個人的音質特點，多用於表示感情態度或個人語音特色的場合。"聲調"還指字調，表示字音的高低升降，在這一意義上二者不相同。

▶ **語調** 辨析 都有"說話時聲音的高低"的意義，但語義側重點和使用場合有別。"聲調"側重於說話時聲音的高低變化，多用於正式的場合；"語調"側重於說話時聲音的高低、輕重、快慢等的變化，多用於表達一定的感情、風格的場合。"聲調"還指字調，表示字音的高低升降，在這一意義上二者不相同。

聲譽 shēngyù 名 聲望和名譽：享有很高的聲譽。

▶ **名聲** 辨析 見【名聲】條。

▶ **名譽** 辨析 見【名譽】條。

聲響 shēngxiǎng 名 物體振動所發出的音響：巨大的聲響。

▶ **聲音** 辨析 都有"物體振動所發出的音響"的意義，但語義側重點和語體色彩有別。"聲響"強調有一定的響度，多由撞擊、爆炸等造成；"聲音"泛指物體振動所發出的各種各樣的音響。"聲響"多用於書面語；"聲音"通用於口語、書面語和各種場合。

聰明 cōngmíng 〔形〕智商高,理解能力強:生來聰明。

▶ 聰慧 〔辨析〕 都有"智商高"的意義,但語義側重點和語體色彩有別。"聰明"側重指智商高,理解能力強,使用非常廣泛,口語和書面語都可以用;"聰慧"側重指很有智慧,多用於書面語。如"巴爾扎克睿智和聰慧的語言,喚起了她的情感"中的"聰慧"不宜換用"聰明"。

▶ 聰敏 〔辨析〕 都有"智商高"的意義,但語義側重點和語體色彩有別。"聰明"側重指智商高,理解能力強,使用非常廣泛,口語和書面語都可以用;"聰敏"側重指頭腦靈活,機靈、敏銳,多用於書面語。如"這是個聰明的孩子"中的"聰明"不宜換用"聰敏"。

▶ 聰穎 〔辨析〕 都有"智商高"的意義,但語義側重點、語義強度和語體色彩有別。"聰明"側重指智商較高,理解能力強,語義較輕,使用非常廣泛,口語和書面語都可以用;"聰穎"側重指智商很高,超出一般水平,語義較重,多用於書面語。如"糊塗人也不會絕對糊塗,而是在某一點或幾點上聰明"中的"聰明"不宜換用"聰穎"。

聰敏 cōngmǐn 〔形〕聰明敏捷:天資聰敏。

▶ 聰慧 〔辨析〕 都有"智商高"的意義,但語義側重點有別。"聰敏"側重指頭腦靈活,機靈、敏銳;"聰慧"側重指很有智慧。如"他被女畫家如此聰敏的頭腦與嫻熟的筆功驚呆了"中的"聰敏"不宜換用"聰慧"。

▶ 聰明 〔辨析〕 見【聰明】條。

▶ 聰穎 〔辨析〕 都有"智商高"的意義,但語義側重點有別。"聰敏"側重指頭腦靈活,機靈、敏銳;"聰穎"側重指智商很高,超出一般水平。如"他很聰敏,他先不提過去的往事"中的"聰敏"不宜換用"聰穎"。

聰慧 cōnghuì 〔形〕聰明而有智慧:聰慧過人。

▶ 聰敏 〔辨析〕 見【聰敏】條。

▶ 聰明 〔辨析〕 見【聰明】條。

聰穎 cōngyǐng 〔形〕智商高,記憶力和理解能力好。

▶ 聰敏 〔辨析〕 見【聰敏】條。

▶ 聰明 〔辨析〕 見【聰明】條。

聯絡 liánluò ❶〔動〕建立關係:你負責聯絡市場部。❷〔名〕事物之間有關係:保持聯繫。

▶ 聯繫 〔辨析〕 見【聯繫】條。

聯繫 liánxì ❶〔動〕建立關係。❷〔名〕事物之間有關係的狀況。

▶ 聯絡 〔辨析〕 都有"表示事物之間或人之間建立、保持某種關係"的意義,但語法功能和適用對象有別。"聯繫"作名詞側重保持某種關係的狀態,可以用"產生""有"這樣的動詞,如"我和以前的同事還有聯繫";"聯絡"作名詞強調在保持的關係中有溝通,如"有情況的話你要及時聯絡我們"。作為動詞,"聯繫"可用於與個人建立關係,做某事去建立關係,如"我聯繫不上他""你負責聯繫交通用車";"聯絡"則多用於在多個方面之間建立聯繫,如"聯絡有關部門落實此事","聯絡員"是負責多方聯繫的人。

艱辛 jiānxīn 〔形〕非常艱難、辛苦:學習是一種艱辛複雜的勞動。

▶ 艱苦 〔辨析〕 都有"艱難困苦"的意義,但語義側重點、語義輕重和語體色彩有別。"艱辛"強調生活不容易,極其勞累、困苦,語義較重,有書面語色彩,如"飽經風霜,歷盡艱辛""每個人身後都有一條充滿艱辛和坎坷的道路";"艱苦"強調環境、狀況不好,使人感到痛苦，通用於口語和書面語，如"提高軍隊在最艱苦的環境裏生存的能力"。

艱苦 jiānkǔ 形 艱難困苦：艱苦的戰爭 / 條件艱苦。

▶ 艱辛 辨析 見【艱辛】條。

艱難 jiānnán 形 事情複雜，阻礙多，難以實施行動：步履艱難 / 不畏艱難。

▶ 困難 辨析 見【困難】條。

隸屬 lìshǔ 動 下級機構等受上級管轄：該研究所隸屬於文化部。

▶ 附屬 辨析 見【附屬】條。

▶ 歸屬 辨析 見【歸屬】條。

檢測 jiǎncè 動 檢驗測定：檢測產品質量。

▶ 檢驗 辨析 都有"通過一定的方法對事物進行檢查，以確定其是否合格"的意義，但語義側重點和適用對象有別。"檢測"強調通過科學精確的方法手段進行測定，只用於具體事物，如"掌握檢測鑒定純毛、純棉的科學知識"；"檢驗"強調進行查看、驗證，既可用於具體的事物，也可用於抽象的事物，如"檢驗文明程度的尺度"。

檢驗 jiǎnyàn 動 檢查驗看：檢驗科研成果 / 檢驗真理。

▶ 檢測 辨析 見【檢測】條。

輾轉反側 zhǎn zhuǎn fǎn cè 形容有心事躺在牀上不能入睡：輾轉反側，思念心上人。

▶ 翻來覆去 辨析 都有"來回翻轉身體"的意義，但語體色彩和語法功能有別。"輾轉反側"具有書面語色彩，一般不作狀語；"翻來覆去"具有口語色彩，可以作狀語，如"他翻來覆去就是睡不着"。另外"翻來覆去"還有"多次重複"

的意義，"輾轉反側"沒有。

擊 jī ❶ 動 敲打：擊鼓 / 擊掌。❷ 動 攻打：襲擊 / 出擊。❸ 動 碰；接觸：撞擊 / 目擊。

▶ 打 辨析 都有"敲打、撞擊物體"和"攻打"的意義。在前一意義上，語義側重點、適用對象和語體色彩有別。"擊"強調迅猛有力地觸擊到人或物體上，多用於物，也用於人，有書面語色彩，如"他憤怒地朝他擊出重重的一拳"；"打"不強調迅猛有力，通用於口語和書面語，如"打門""打鼓"。在後一意義上，二者均可用於戰爭和比賽，但"擊"主要用於書面，如"用高射機槍擊落敵軍飛機""擊敗歐洲冠軍荷蘭隊"；"打"則通用於書面語和口語，如"幾名平民被打死""中國羽毛球隊打敗了韓國、印尼等強隊"。二者在其他意義上不相同。

臨死 línsǐ 動 將要死去：臨死前他終於悔悟了。

▶ 臨終 辨析 都有"將要死去"的意義，但風格色彩有別。"臨終"是比較委婉的説法，對死者表示敬意；"臨死"則沒有這樣的含義。如"那個搶劫犯臨死還不曾悔悟"中的"臨死"不能換成"臨終"。

▶ 彌留 辨析 見【彌留】條。

臨近 línjìn 動 在附近；事情將要發生：臨近高考，家長們越來越緊張。

▶ 瀕臨 辨析 都有"事情將要發生"的意義，但語義側重點有別。"臨近"是從時間的角度表現事情即將發生，如"臨近年底"；"瀕臨"側重於某種狀況就要出現，接近某個界限，如"瀕臨崩潰""瀕臨滅絕"。

▶ 接近 辨析 都有"事情將要發生"的意義，但語義側重點有別。"臨近"強調時間角度，如"臨近考試"；"接近"強調事物之間的關係，表示某個狀態的發生，有相似性的趨向，如"科學研究就是無限接近真理的過程"。

臨盆 línpén 〔動〕婦女將要生孩子：古代社會，臨盆的婦女被視作不祥，男人要避開。

▶ **臨產** 〔辨析〕見【臨產】條。

臨時 línshí 〔形〕短時間內的：我臨時代替王老師講這一課。

▶ **暫時** 〔辨析〕都有"短時間內"的意義，但語義側重點和適用範圍有別。"臨時"有"非正式、非固定"的意味；"暫時"只表示時間短。"臨時"使用的範圍更廣泛，既可形容具體事物也可表示抽象事物；"暫時"只說明抽象事物。"臨時"還可以表示事情將要發生的時候，"暫時"沒有這種用法。

臨產 línchǎn 〔動〕婦女將要生孩子：快要臨產的時候就不要到處跑了。

▶ **臨盆** 〔辨析〕都有"婦女將要生孩子"的意義，但語體色彩和適用範圍有別。"臨產"是現今的通用語；"臨盆"舊時多用，有文言色彩。

臨終 línzhōng 〔動〕人將要死去：他臨終的時候一直神志清醒。

▶ **臨死** 〔辨析〕見【臨死】條。

▶ **彌留** 〔辨析〕見【彌留】條。

尷尬 gāngà 〔形〕感到為難，不好處理：這種事情使他左右為難，非常尷尬。

▶ **窘迫** 〔辨析〕都有"十分為難"的意義，但語義側重點和語體色彩有別。"尷尬"強調不好處理，多有顧慮，口語和書面語中都可以用；"窘迫"強調處境困難，無法立身，具有書面語色彩。如"決賽中的公開社交能力考核題是專門來檢測選手的應變能力，要求選手當場解決一些很棘手或很尷尬的事情"中的"尷

尬"不能換用"窘迫"。

▶ **狼狽** 〔辨析〕見【狼狽】條。

▶ **難堪** 〔辨析〕見【難堪】條。

戲弄 xìnòng 〔動〕耍笑捉弄，拿人開心。

▶ **玩弄** 〔辨析〕都有"耍笑捉弄"的意義，但語義側重點、語體色彩有別。"戲弄"強調捉弄人來取樂，有書面語色彩，如"被他戲弄了一番"；"玩弄"有不以嚴肅認真的態度對待的意味，如"玩弄女人"，口語色彩較強。

▶ **捉弄** 〔辨析〕都有"拿人開玩笑，使為難"的意義，但語義側重點有別。"戲弄"比"捉弄"更強調戲耍的意思。

虧本 kuīběn 〔動〕損失本錢：虧本的買賣。

▶ **賠本** 〔辨析〕都有"損失本錢"的意義，但語義側重點有別。"虧本"強調虧損，收入不抵本錢，如"奧運會一改虧本的歷史，成為一棵人人爭搶的搖錢樹"；"賠本"強調把本錢都賠出去了，如"出反映改革題材的書，往往賠本，只能靠多出賺錢的書來貼補"。

▶ **蝕本** 〔辨析〕都有"損失本錢"的意義，但語體色彩有別。"虧本"通用於口語和書面語；"蝕本"有書面語色彩。

瞥 piē 〔動〕很快地看：我瞥了來人一眼，覺得很面熟。

▶ **瞟** 〔辨析〕見【瞟】條。

▶ **看** 〔辨析〕見【看】條。

瞭解 liǎojiě 〔動〕清楚地知道：你瞭解真相嗎？

▶ **理解** 〔辨析〕都有"清楚地知道"的意義，但語義側重點有別。"瞭解"可用於對事情過程、細節、別人的觀點的掌握；而"理解"則是對道理、原則、別人的觀點和內心想法的深刻體會，如"理解

是寬容的必由之路"。

▶ 明白 辨析 都有"掌握了某種知識，能夠體會某種思想感情"的意義，但語體色彩和適用對象有別。"瞭解"書面色彩更濃，其對象可以是技術、心理等；"明白"詞義比較淺顯，多用於口語，多用於事情、道理。"明白"還可用作形容詞，如"這事情很明白"。

▶ 知道 辨析 都有"明白某種道理"的意義，但語義側重點有別。"知道"的應用範圍廣，詞義更淺顯，含義輕，如"知道這件事"比"瞭解這件事"在對事情把握的詳細程度和深入程度上都要淺一些。"知道"側重於對一種既定狀態的掌握；"瞭解"側重於對事物內在邏輯等的把握。如"知道他的電話"，這裏不能用"瞭解"代替。

瞧 qiáo 動 看；看望（多用於口語）：瞧病。

▶ 看 辨析 見【看】條。

▶ 瞭 辨析 見【瞭】條。

嚇唬 xiàhu 動 使害怕：你嚇唬誰？

▶ 恫嚇 辨析 都有"使害怕"的意義，但語體色彩有別。"嚇唬"具有口語色彩，"恫嚇"具有書面語色彩。

▶ 威嚇 辨析 都有"使害怕"的意義，但語義側重點、語體色彩有別。"威嚇"強調"憑藉威勢使害怕"，書面語色彩較強；"嚇唬"口語色彩較強。

蹊蹺 qīqiāo 形 怪異：這事有點蹊蹺。

▶ 古怪 辨析 見【古怪】條。

▶ 奇怪 辨析 見【奇怪】條。

還 hái ❶ 副 表示現象繼續存在和動作繼續進行：午夜了，老師還在批改作業。❷ 副 表示在某種程度之上有所增加

或在某個範圍之外有所補充：他比我還高／做完作業還要複習功課。❸ 副 用在形容詞前，表示程度上勉強過得去（多用於好的方面）：屋子裏收拾得還算乾淨。❹ 副 用在上半句裏，表示陪襯，下半句進而推論，多用反問的語氣：這個問題你還解決不了，何況我呢！❺ 副 表示對某件事物，沒想到如此，而居然如此：他還真有辦法。❻ 副 表示早已如此：還在幾年前，我們就研究過這個問題。

▶ 更 辨析 見【更】條。

▶ 尚 辨析 在作副詞，表示在某個範圍之外有所補充時意義相同，但語體色彩有別。"還"口語和書面語中都可以用；"尚"具有書面語色彩。如"到現在已過去兩年時間，物價漲幅尚無明顯的回落"中的"尚"不能換用"還"。

還債 huánzhài 動 歸還所欠的債：借債還債，理當如此。

▶ 還賬 辨析 見【還賬】條。

還賬 huánzhàng 動 歸還所欠的債或償還所欠的貸款：信用卡還賬。

▶ 還債 辨析 都有"歸還所欠的債"的意義，但語義範圍、語體色彩有別。"還賬"既可以指還債，也可以指償還貸款，語義較寬，具有口語色彩；"還債"語義較窄，僅指歸還欠債，口語和書面語中都可以用。

還擊 huánjī 動 回擊：自衛還擊。

▶ 反擊 辨析 見【反擊】條。

▶ 回擊 辨析 見【回擊】條。

矯正 jiǎozhèng 動 使錯誤的變為正確的：矯正視力／矯正不良傾向。

▶ 改正 辨析 見【改正】條。

▶ 更正 辨析 見【更正】條。

▶ 糾正　辨析　見【糾正】條。

矯捷 jiǎojié 〔形〕矯健而敏捷：矯捷的舞姿／步履矯捷。

▶ 矯健　辨析　見【矯健】條。

矯健 jiǎojiàn 〔形〕強壯有力：矯健的身影／矯健的步伐。

▶ 矯捷　辨析　都有"強壯有力"的意義，但語義側重點有別。"矯健"強調強壯、健康、有活力，如"他以矯健的身手舞雙戟"；"矯捷"強調敏捷、快速，如"連忙矯捷地游回岸上"。

簇新 cùxīn 〔形〕非常新，特別新：簇新的衣服。

▶ 嶄新　辨析　見【嶄新】條。

繁忙 fánmáng 〔形〕事情多，不得空：業務繁忙。

▶ 忙碌　辨析　見【忙碌】條。

繁育 fányù 〔動〕繁殖培育：繁育後代／繁育優良品種。

▶ 繁殖　辨析　都有"產生新個體"的意義，但語義側重點和搭配對象有別。"繁育"含有培育的意味，是人出於一定的目的而進行的一種主動行為，後面一般出現褒義詞語；"繁殖"單純是一種生物行為，後面既可以是褒義詞語，也可以是貶義詞語。如"真菌大量繁殖，造成疾病迅速蔓延"中的"繁殖"不能換用"繁育"。

繁盛 fánshèng ❶〔形〕繁榮興盛：首都日益繁盛。❷〔形〕繁密茂盛：草木繁盛。

▶ 茂盛　辨析　見【茂盛】條。

▶ 繁榮　辨析　見【繁榮】條。

繁華 fánhuá 〔形〕（城鎮、街市等）興旺熱鬧：王府井商業街很繁華。

▶ 繁榮　辨析　都有"興旺發達"的意義，但語義側重點和搭配對象有別。"繁華"着重指興旺熱鬧，主要體現在街市經濟方面，多指商業發達、物品豐富、顧客和行人較多，一般用於具體的較小的地方；"繁榮"着重指蓬勃發展、欣欣向榮，既可形容街市等較小的具體的地方，也可形容國家、社會及經濟、文化、科學、事業等比較抽象的重大事物。如"文化繁榮"中的"繁榮"不宜換用"繁華"。"繁榮"另有使動用法，後面可以帶賓語，如"繁榮經濟"，"繁華"不能這樣用。

繁殖 fánzhí 〔動〕生物產生新的個體：牲畜繁殖很快。

▶ 繁育　辨析　見【繁育】條。

繁榮 fánróng 〔形〕（經濟或事業等）蓬勃發展：市場繁榮／繁榮經濟。

▶ 繁華　辨析　見【繁華】條。

▶ 繁盛　辨析　都有"發達昌盛"的意義，但語義側重點、適用範圍、語體色彩有別。"繁榮"側重於發展勢頭好，欣欣向榮，適用面寬，如經濟、工商業、國家、社會、朝代等，口語和書面語都可以用；"繁盛"有繁榮昌盛的意義，側重於氣勢大，多用於商業、都市、社會等，有書面語色彩，口語中少用。"繁榮"另有使動用法，可以帶賓語，如"繁榮經濟"，"繁盛"不能這樣用。"繁盛"還可以形容草木茂盛，"繁榮"不能。

繁雜 fánzá 〔形〕（事情）多而雜亂：事務繁雜。

▶ 煩冗　辨析　見【煩冗】條。

優秀 yōuxiù 〔形〕（品行、學問、成績等）非常好：優秀作品／成績優秀。

▶ 優良　辨析　都有"好"的意義，但語義側重點、語義輕重、適用對象有別。"優秀"強調好到很高的程度，非常好，語義較重，既可用於事物，也可用於人；"優良"強調相當好，語義較輕，只能用於事物，不能用於人，如不能說"優良企業家"。

▶ **優異** 辨析 見【優異】條。

優良 yōuliáng 形（品種、質量、成績、作風等）十分好：優良的作風。

▶ **優秀** 辨析 見【優秀】條。

▶ **優異** 辨析 見【優異】條。

優異 yōuyì 形（成績、表現、性能等）特別好：成績優異。

▶ **優良** 辨析 都有"好"的意義，但語義側重點、語義輕重有別。"優異"強調好到極高的程度，特別好，語義較重；"優良"強調相當好，語義較輕。如"學習成績優異""學習成績優良"，前者的成績比後者更好，更突出。

▶ **優秀** 辨析 都有"好"的意義，但語義側重點、語義輕重、適用對象有別。"優異"強調好到極高的程度，特別好，語義較重，只能用於事物；"優秀"強調好到很高的程度，非常好，語義較輕，即可用於事物，也可用於人。如"優秀企業家"中的"優秀"不能換用"優異"。

償還 chánghuán 動 把所借的債務等還給債權人：無力償還貸款／血債必須用血來償還。

▶ **歸還** 辨析 見【歸還】條。

儲藏 chǔcáng ❶動 存放：把水果儲藏起來。❷動 天然積蓄：儲藏着豐富的礦產。

▶ **蘊藏** 辨析 都有"在內部積蓄着"的意義，但語義側重點和適用對象有別。"儲藏"側重指天然地積蓄，是一種自然力量，適用對象也常常是存在於自然界的物質；"蘊藏"側重指在內部積蓄，適用對象不限於自然物，也可以是人的能力、精神等。如"在她那羸弱的生命裏蘊藏着強大的創造力"中的"蘊藏"不能換

用"儲藏"。

聳人聽聞 sǒngréntīngwén 用誇張或離奇的言論使人聽了以後感到震驚：聳人聽聞的消息。

▶ **駭人聽聞** 辨析 見【駭人聽聞】條。

聳立 sǒnglì 動 高高地直立：群峰聳立。

▶ **矗立** 辨析 都有"高高地直立"的意義，但語義側重點有別。"聳立"着重於"聳"，高而突出，多用來表示山、建築物或其他東西的高起、直立，如"水中礁石嶙峋，兩岸絕壁聳立"；"矗立"着重於"矗"，高而直，多用來表示山峰、高大建築物的高聳、挺直、雄偉，如"天安門廣場上矗立着人民英雄紀念碑"。

▶ **挺立** 辨析 見【挺立】條。

鍥而不捨 qiè'érbùshě 堅持不懈地雕刻下去。比喻有恆心，有毅力，不輕易放棄：幹任何事情都應該有鍥而不捨的精神。

▶ **堅持不懈** 辨析 見【堅持不懈】條。

錘煉 chuíliàn ❶動 冶煉金屬：錘煉生鐵。❷動 通過實踐考驗來提高、加強：錘煉鬥志。❸動 反覆加工琢磨使精練、純熟：錘煉詞句。

▶ **鍛煉** 辨析 都有"通過實踐考驗來提高、加強"的意義，但語義側重點和語體色彩有別。"錘煉"側重指像錘子打煉鋼鐵那樣不斷克服困難、增長才幹，多用於書面語；"鍛煉"側重指通過實踐來增長才幹、提高技能，口語和書面語都可以用。如"南征北戰錘煉過來的人，還會畏懼死亡嗎"中的"錘煉"不宜換用"鍛煉"。

▶ **磨練** 辨析 都有"通過實踐考驗來提高、加強"的意義，但語義側重點和語體色彩有別。"錘煉"側重指像錘子打煉鋼鐵那樣不斷克服困難、增長才幹，多

用於書面語;"磨練"側重指通過長期反覆地實踐來提高、加強,口語和書面語都可以用。如"到邊遠山區工作,也是對一個人意志的磨練"中的"磨練"不宜換用"錘煉"。

鍾愛 zhōng'ài 【動】極其疼愛(子女或晚輩):鍾愛一生。

▶ **寵愛** 辨析 見【寵愛】條。

▶ **疼愛** 辨析 都有"特別喜愛"的意義,但適用對象有別。"鍾愛"常用於長輩對晚輩或男女情愛方面,也常用於對動物,具有書面語色彩;"疼愛"常用於長輩對晚輩,但不用於男女情愛方面,口語和書面語都可以用。如"母親最疼愛小女兒"中的"疼愛"不能換用"鍾愛"。

鍛煉 duànliàn ❶【動】冶煉金屬。❷【動】通過一些活動增強體質或意志:鍛煉身體。

▶ **錘煉** 辨析 見【錘煉】條。

▶ **磨練** 辨析 都有"通過實踐使意志增強"的意義,但語義側重點有別。"鍛煉"側重指在比較差的條件和環境中實踐,以提高克服困難的能力和意志;"磨練"側重指經過較長時間的反覆實踐,使思想意志、性格等變得堅強,如"這十年的屈辱也磨煉了他的堅韌毅力"。

臉色 liǎnsè 【名】指人的表情或者表現出來的狀態:她近來臉色不大好。

▶ **面色** 辨析 見【面色】條。

▶ **神色** 辨析 見【神色】條。

▶ **顏色** 辨析 都有"表現在臉上的表情、狀態"的意義,但語義側重點和語體色彩、語義概括範圍有別。"臉色"強調在臉上表現出來,如"你臉色不大好啊";"顏色"則強調反映心理狀態的面部表現,如"他的陰謀被揭穿,臉上立刻變了顏色"。"臉色"比"顏色"常用,意思也淺顯,"顏色"書面語色彩濃。"顏色"還指厲害的表情,如"給你點顏色看看",意思是讓對方看看厲害。"給人看臉色"則是表現出不高興、不滿意,此時"臉色"與"顏色"不同義。

臉面 liǎnmiàn 【名】人的面部;比喻被人重視、承認而產生的光榮感:他這人最重臉面。

▶ **面子** 辨析 見【面子】條。

膽小 dǎnxiǎo 【形】缺乏勇氣、沒有膽量:膽小如鼠。

▶ **膽怯** 辨析 都有"缺乏勇氣"的意義,但語義側重點和語體色彩有別。"膽小"側重指人和動物的天生沒有膽量,多用於口語;"膽怯"側重指因主觀的原因而不敢做某事,多用於書面語。如"我到現在還沒交上女朋友,大概就因為膽小"中的"膽小"不宜換用"膽怯"。

膽怯 dǎnqiè 【形】畏縮、膽小、沒有勇氣:膽怯而懦弱。

▶ **膽小** 辨析 見【膽小】條。

臆測 yìcè 【動】主觀地推測:不可隨便臆測。

▶ **猜測** 辨析 見【猜測】條。

謄錄 ténglù 【動】謄寫,過錄:謄錄書稿。

▶ **抄錄** 辨析 見【抄錄】條。

講 jiǎng ❶【動】用話語向別人表達:講故事/講話。❷【動】解釋;說明;論述:講道理/這個字有幾個講法。❸【動】商量;商議:講價錢。❹【動】就某方面說;論:講技術她不如你,講幹勁兒她比你足。❺【動】講求:講效率/講衛生。

▶ **道** 辨析 都有"用話語向別人表達意思"的意義,但語義側重點和語體色彩有別。"講"強調敍述、描述某個事實或事件過程,通用於口語和書面語,如"無獨有偶,一位同行也講了類似的一件事";"道"強調用話語表達意思,有書面語色彩,如"跪在老人面前哭道……"。

▶ 説 [辨析] 都有"用話語向別人表達意思"的意義,但語義側重點和語體色彩有別。"講"強調敍述、描述某個事實或事件過程,一般用於書面語,如"當他講起貧困山區的孩子來,我看見淚水在他的眼眶裏打轉";"説"強調用話語表達意思,可用於各種事情的表達,通用於口語和書面語,如"事情太複雜了,一時説不清"。

▶ 談 [辨析] 都有"用話語向別人表達意思"的意義,但語義側重點和適用場合有別。"講"強調敍述、描述某個事實或事件過程,如"他不禁想起大娘講的天狗吃月亮的故事";"談"強調把意思表達出來,讓對方知道,含有交流思想,溝通感情的意思,用於較正式的場合,如"誠懇地談談對解決彼此間矛盾的看法"。

講台 jiǎngtái 图 教室或會場中一段建造得高出地面的台子,人在上面講課或演講:老師從講台上走下來。

▶ 講壇 [辨析] 都有"人站在上面向很多人講話的地方"的意義,但語義側重點、適用對象和語體色彩有別。"講台"強調有高台,位置較高,可用於演講、講課或講授知識時講話人所站的位置,通用於口語和書面語,如"一走進教室,就看見講台上擺着一束鮮花";"講壇"泛指演講討論的場所,不一定有高台,較為莊重,有書面語色彩,如"聯合國大會是體現聯合國成員最廣泛意見的重要講壇"。

講究 jiǎngjiu ❶動 講求;重視:講究衛生。❷图 值得注意或推敲的內容:不能小看它,這裏面大有講究。❸形 精美:房間佈置得很講究。

▶ 考究 [辨析] 見【考究】條。

講解 jiǎngjiě 動 解釋;解説:深入細緻的講解。

▶ 解説 [辨析] 都有"通過解釋使聽者理解明白"的意義,但語義側重點和適用對象有別。"講解"強調通過有條理的分析、講述使聽者理解、明白,多用於教授知識,講明道理,如"詳細地向農民講解使用方法";"解説"強調向讀者聽者解釋説明,使讀者聽者加深瞭解、認識,多用於書畫、展覽、事件、比賽等,不用於講授知識,如"以恢宏大度的繪畫、言簡意賅的解説,描繪了中華文明發展的面貌和進程"。

講壇 jiǎngtán 图 泛指演講討論的場所。

▶ 講台 [辨析] 見【講台】條。

謊言 huǎngyán 图 不真實的、騙人的言語。

▶ 謊話 [辨析] 二者所指相同,但語體色彩有別。"謊言"具有書面語色彩;"謊話"口語和書面語中都可以用。如可以説"善良的謊言",但不説"善良的謊話"。

▶ 假話 [辨析] 見【假話】條。

謊話 huǎnghuà 图 不真實的、騙人的話:謊話連篇。

▶ 謊言 [辨析] 見【謊言】條。

▶ 假話 [辨析] 見【假話】條。

謝絕 xièjué 動 婉辭,拒絕:謝絕參觀/婉言謝絕。

▶ 回絕 [辨析] 見【回絕】條。

▶ 拒絕 [辨析] 見【拒絕】條。

謝罪 xièzuì 動 向人承認錯誤,請求原諒:登門謝罪。

▶ 賠罪 [辨析] 見【賠罪】條。

謙虛 qiānxū ❶形 虛心,不自傲自滿:謙虛謹慎。❷動 指説話謙虛:再謙虛下去不就成了嘮叨?

▶ **謙遜** 辨析 見【謙遜】條。

謙遜 qiānxùn 形 虛心恭謹而有禮貌:上司誇獎他,他站起來謙遜地微笑點頭。

▶ **謙虛** 辨析 都有"虛心、不自傲自滿"的意義,但語義側重點和語體色彩有別。"謙遜"偏重於"遜",謙恭、恭謹、客氣而有禮貌;"謙虛"偏重於"虛",虛心,不自滿,願意向人求教或接受別人的批評意見。"謙遜"多用於書面語,帶文雅色彩;"謙虛"較通俗常用,通用於口語和書面語。

糜爛 mílàn 形 爛得很厲害,甚至不可收拾,比喻生活奢侈腐爛:紙醉金迷的糜爛生活。

▶ **腐爛** 辨析 見【腐爛】條。

應用 yìngyòng ❶動 用於生活或生產:商務應用。❷形 直接用於生活或生產的:應用科學。

▶ **使用** 辨析 都有"用於生活或生產"的意義,但語義側重點有別。"應用"側重按一定規律或規則進行;"使用"側重為達到某種目的而進行。在其他意義上二者不相同。

▶ **運用** 辨析 見【運用】條。

應當 yīngdāng 動 理所當然:節能應當成為一種生活方式。

▶ **應該** 辨析 都有"理所當然"的意義,但語義側重點有別。"應當"強調當然要如此,如"這事你應當承擔責任";"應該"強調這樣做合於道理或客觀要求,如"一般來說,電腦操作人員在連續工作 1 小時後應該休息 10 分鐘左右"。

應該 yīnggāi 動 理所當然:飼養寵物應該注意的事項 / 那個球應該判點球。

▶ **應當** 辨析 見【應當】條。

糟粕 zāopò 名 酒糟、豆渣之類的東西,比喻粗劣而沒有價值的東西:取其精華,去其糟粕。

▶ **糟糠** 辨析 都有"酒糟之類的粗劣東西"的意義,但語義側重點和適用對象有別。"糟粕"本義泛指酒糟、豆渣之類的粗劣東西,現多比喻粗劣而沒有價值的東西,常與"精華"對舉使用;"糟糠"本義指酒糟、米糠等粗劣食物,舊時窮苦人用來充飢,現多比喻苦難生活,多用於成語"糟糠之妻"中。

糟蹋 zāotà ❶動 浪費或損壞:糟蹋莊稼。❷動 侮辱踐踏(指強姦):小姑娘被壞人糟蹋了。

▶ **蹂躪** 辨析 見【蹂躪】條。

糟糠 zāokāng 名 酒糟、米糠等粗劣食物,舊時窮人用來充飢:糟糠之妻。

▶ **糟粕** 辨析 見【糟粕】條。

燦爛 cànlàn 形 光彩鮮明耀眼:陽光燦爛 / 燦爛的星空。

▶ **絢爛** 辨析 都有"色彩鮮明"的意義,但語義側重點和適用對象方面稍有差別。"燦爛"側重於光彩耀眼的亮度;"絢爛"側重於色彩的光華豔麗。因此,"燦爛"多跟"光輝"組成並列詞組,常用於形容具有光亮的具體事物,如陽光、火光、星光等,也常用於形容含有光輝意味的抽象事物,如文明、文化、歷史、成就等;"絢爛"多跟"多彩"組成並列詞組,常用於形容鮮花、雲霞等具有鮮明色彩的具體事物,有時也用來形容文藝作品、時代、人生等含有豐富多彩意味的抽象事物。

▶ **璀璨** 辨析 都有"色彩鮮明"的意義,但語義輕重和適用對象方面稍有差別。一般說來,"燦爛"所形容的亮度要強於"璀璨",因而"燦爛"的語義重於"璀璨"。"燦爛"多用於形容陽光、火光、星光或文明、文化、歷史、成就等具有較強光輝的事物;"璀璨"多用於形容珠寶、玉石等光色比較鮮明的事物。如"日出東方,它那燦爛的光輝普照大地""這顆世界罕見的明珠發出璀璨奪目的光芒"。

營救 yíng jiù 〔動〕採取救護措施將人從險境中解脫出來:營救海上被困的船員。

▶ 搶救 辨析 見【搶救】條。

▶ 拯救 辨析 見【拯救】條。

濫觴 lànshāng 〔名〕河流發源的地方,水流很小。比喻事物的起源:遠古的祭祀歌舞可以説是戲劇的濫觴。

▶ 起源 辨析 見【起源】條。

濕潤 shīrùn 〔形〕潮濕潤澤:空氣濕潤。

▶ 潮濕 辨析 都有"空氣或物體中含有較多的水分"的意義,但語義側重點、語義輕重和適用範圍有別。"濕潤"着重於"潤",潤澤,強調水分充足、不乾燥,含適度的意味;"潮濕"着重於"潮",濕,強調水分高於正常含量,含過分的意味,語義較"濕潤"重。"濕潤"可用於人,如眼睛、皮膚等,也可用於物體;"潮濕"一般只用於物體。

禮花 lǐhuā 〔名〕用火藥摻入不同的金屬元素,用紙包裹,點燃時發出不同顏色的火花:國慶之夜,禮花盛放。

▶ 煙花 辨析 都有"用火藥摻入不同的金屬元素,用紙包裹起來,供人燃放"的意義,但語義側重點有別。"禮花"指的是節日或者舉行慶典時燃放的煙花,通常製作複雜,燃放時規模更大、更壯觀,色彩、形態變化更豐富;"煙花"則可泛稱這一類東西,沒有特指。尋常百姓家點放的多稱"煙花",通常僅是噴出火星,造型、色彩等簡單。

禮拜 lǐbài ❶〔名〕宗教徒進行祭祀敬神的儀式。❷〔名〕劃分時間的段落,七天為一個禮拜。

▶ 彌撒 辨析 都有"教徒敬神的儀式"的意義,但語義側重點和語法功能有別。"禮拜"是指"行禮祭拜",可以指多種敬神的活動;"彌撒"專指天主教的敬神儀式。"禮拜"可作動詞,如"禮拜天神";"彌撒"是名詞,如"他很虔誠,每個星期天都去教堂望彌撒"。

▶ 星期 辨析 都有"劃分時間的段落"的意義,但語義來源有別。"禮拜"源自天主教、基督教每七天舉行一次的大型的集體敬神儀式;"星期"源於用星辰命名七天中的每一天。"星期"比"禮拜"常用。

彌留 míliú 〔名〕就要死去:彌留之際。

▶ 臨死 辨析 都有"就要死去"的意義,但語體色彩和風格色彩有別。"彌留"有濃厚的書面語色彩和文學風格,是帶有敬意的隱諱的説法;"臨死"用於口語,而且不帶有敬意。

▶ 臨終 辨析 都有"就要死去"的意義,但風格色彩有別。"彌留"有濃厚的書面語色彩和文學風格;"臨終"是較為正式的説法,通用於口語和書面語,如"臨終囑託"。

彌補 míbǔ 〔動〕把不夠的部分補足:他的聰明才智彌補了生理上的缺陷。

▶ 補償 辨析 見【補償】條。

▶ 補救 辨析 見【補救】條。

▶ 填補 辨析 都有"補上欠缺的部分"的意義,但語義側重點和搭配對象有別。"彌補"側重指對不應有的缺損進行補償,常與"損失""傷害"等搭配,如"火災造成的損失無法彌補";"填補"表示"補足欠缺的部分",常與"空白""空虛""缺額"等搭配,如"他的研究成果填補了這個領域的空白"。

彌撒 mísa 图 天主教的一種宗教儀式:旅遊者在大教堂遇到做彌撒的神父,都會尊敬地致意。

▶ **禮拜** 辨析 見【禮拜】條。

隱約 yǐnyuē 形 看起來或聽起來不很清楚;感覺不很明顯:水中的珊瑚隱約可見。

▶ **隱隱** 辨析 都有"看起來或聽起來不很清楚;感覺不很明顯"的意義,但語義側重點、語體色彩、適用對象有別。"隱約"有指感到大約的情形,不夠真切的意味,通用於口語和書面語,多用於視覺、聽覺,如"隱約可見""隱隱聽見腳步聲",也有"隱約記得"的用法;"隱隱"有好像是有,但較難確定的意味,有書面語色彩,使用範圍比"隱約"寬泛,如"青山隱隱""隱隱作痛""心中隱隱不安"。

隱射 yǐnshè 動 借此說彼,暗指某人某事:廣告內容隱射了某產品質量低劣。

▶ **影射** 辨析 都有"借此說彼,暗指某人某事"的意義,但語義側重點、使用頻率有別。"隱射"強調暗中進行、隱晦低調,如"我的說法絕沒有隱射的意思";"影射"強調像一面鏡子一樣,借此反映出彼的情況,如"小品影射了社會上存在的不良風氣",使用頻率遠高於"隱射"。

隱隱 yǐnyǐn 形 看起來或聽起來不很清楚;感覺不很明顯:隱隱作痛/西北方隱隱響起了一陣馬蹄聲。

▶ **隱約** 辨析 見【隱約】條。

隱藏 yǐncáng 動 藏起來使不被發現:隱藏在背後的秘密/把武器隱藏在地下。

▶ **埋伏** 辨析 見【埋伏】條。

總計 zǒngjì 動 合起來計算:聽眾總計有 2000 人。

▶ **共計** 辨析 見【共計】條。

▶ **合計** 辨析 見【合計】條。

縱使 zòngshǐ 連 即使:縱使手裏有一架高倍望遠鏡,也看不清那遙遠的星辰。

▶ **即便** 辨析 見【即便】條。

▶ **即使** 辨析 見【即使】條。

縱容 zòngróng 動 對於錯誤行為不加制止,任其發展:在個別人的縱容下,他膽子越來越大。

▶ **放縱** 辨析 都有"對錯誤行為不加制止"的意義,但語義側重點、語義強度和適用對象有別。"縱容"強調一味容許去做壞事或進行不法的行動,含有支持、慫恿的意味,語義較重,一般用於別人,不用於自身;"放縱"強調放任放手讓去做,多用於別人,也可用於自身。

▶ **姑息** 辨析 都有"對錯誤行為不加制止"的意義,但語義側重點、適用對象有別。"縱容"側重指放任別人的錯誤行為,不加制止,一般用於別人,不用於自身;"姑息"側重指無原則地寬容,多用於別人,也可用於自身,常和"養奸"組合使用。如"對自己的錯誤不應該有一點姑息"中的"姑息"不能換用"縱容"。

▶ **慫恿** 辨析 都有"讓人去幹不好的事"的意義,但語義側重點、感情色彩和語法功能有別。"縱容"強調對錯誤的或不法的言行不加制止,放任容許,具有貶義色彩,可受程度副詞"太"修飾;"慫恿"強調主動地攛掇、鼓動,積極促使別人去做,語義中性,但多用於貶義,不受程度副詞"太"修飾。

縱情 zòngqíng 形 盡情，盡興：縱情
歌唱。

▶ **盡情** 辨析 見【盡情】條。

縮短 suōduǎn 動 緊縮變短：縮短距
離。

▶ **縮減** 辨析 見【縮減】條。

縮減 suōjiǎn 動 緊縮減少：縮減經費。

▶ **裁減** 辨析 見【裁減】條。

▶ **縮短** 辨析 都有"縮小、減少"的意
義，但語義側重點和適用對象有別。"縮
減"着重於"減"，減少，強調部分減少；
"縮短"着重於"短"，短小，強調變短
變小。"縮減"適用於開支、經費、機構
等；"縮短"適用於時間、年限、距離、
長度等。

▶ **削減** 辨析 見【削減】條。

十八畫

攆 niǎn 動 迫使人或動物離開：天黑了，
把雞攆進窩。

▶ **趕** 辨析 見【趕】條。

▶ **轟** 辨析 見【轟】條。

鬆弛 sōngchí ❶ 形 鬆散；結構不緊：
神經鬆弛/肌肉鬆弛。❷ 形 散漫；
制度、紀律等執行得不夠嚴格：紀律鬆
弛。

▶ **鬆散** 辨析 都有"結構不緊密、緊張
程度不夠"的意義，但語義側重點和適
用範圍有別。"鬆弛"着重於"弛"，鬆
開，強調放鬆、不緊張，多用於神經、
精神、肌肉、繩索等具體事物，也可用
於紀律、心情、制度等抽象事物；"鬆

散"着重於"散"，分散，強調分散、
不集中，可用於頭髮、捆紮或聚放的物
品、文章結構、團體組織等具體事物，
也可用於紀律、思想等抽象事物。在其
他意義上二者不相同。

▶ **鬆懈** 辨析 都有"緊張程度不夠"和
"使不緊張"的意義，但語義側重點和適
用範圍有別。"鬆弛"着重於"弛"，鬆
開，強調放鬆、不緊張，多用於神經、
精神、肌肉、繩索等具體事物，也可用
於紀律、心情、制度等抽象事物；"鬆
懈"着重於"懈"，懈怠，強調精神懈怠、
不努力，多用於精神、鬥志、紀律、行
事等，還可用來指關係不密切、動作不
協調。

鬆散 sōngsǎn ❶ 形 形容事物的結構不
緊密：他們的組織形式雖然有些鬆
散，但辦事效率卻很高。❷ 形 鬆懈；散
漫：隊列太鬆散了。

▶ **鬆弛** 辨析 見【鬆弛】條。

鬆懈 sōngxiè ❶ 形 疲沓；散漫；精神、
勁頭不足或不夠緊張：工作鬆懈/
紀律鬆懈。❷ 動 使放鬆：切不可鬆懈鬥
志。

▶ **鬆弛** 辨析 見【鬆弛】條。

▶ **懈怠** 辨析 都有"精神、勁頭不足或
不夠緊張"的意義，但語義側重點、語
義輕重和適用範圍有別。"鬆懈"着重
於"鬆"，鬆散，強調疲沓、散漫、不努
力，如"要做到思想不鬆懈，工作不鬆
勁"；"懈怠"着重於"怠"，懶惰，強調
散漫懶惰，語義較"鬆懈"重，如"他
每天工作十幾個小時，絲毫不敢懈怠"。
"鬆懈"多用於精神、鬥志、紀律、行事
等，還可用來指關係不密切、動作不協
調，如"這套武術動作顯得有些鬆懈"；
"懈怠"多用於對待學習、工作的態度。

藍本 lánběn 名 文學著作、書畫作品等
依據的版本：他以多年前的作品為

藍本，創作了這部小說。

▶ **底本** 辨析 見【底本】條。

藍圖 lántú ❶ 名 工程或地圖繪製的圖紙，用感光紙複製出來，一般為藍地白線或白地藍線。❷ 比喻遠景規劃。

▶ **宏圖** 辨析 見【宏圖】條。

舊居 jiùjū 名 從前居住過的住所：魯迅的舊居。

▶ **故居** 辨析 都有"從前居住過的住所"的意義，但語義側重點、適用對象和感情色彩有別。"舊居"強調是過去的某個時期居住過的，與現在居住的新的住所相比，是舊的，既可用於有聲望的人，也可用於普通人，不帶有感情色彩，如"來到位於長沙西郊的雷鋒舊居及紀念館""依然留存着對鄉野舊居和自然風物的嚮往"；"故居"強調曾經居住過的，主人多已不在世，含有追憶過去的意味，多用於有聲望的人，帶有尊敬的感情色彩，如"我們想順便取道法蘭克福，拜謁歌德的故居"。

藐視 miǎoshì 動 輕視，小看：藐視敵人；藐視困難。

▶ **鄙視** 辨析 見【鄙視】條。

▶ **蔑視** 辨析 見【蔑視】條。

擺弄 bǎinòng ❶ 動 擺佈；玩弄：別聽人家擺弄。❷ 動 反覆撥動或移動：她低着頭，擺弄着衣角。

▶ **擺佈** 辨析 見【擺佈】條。

▶ **操縱** 辨析 都有"控制、支配"的意義，但語義側重點和語體色彩有別。"擺弄"側重指當面支配、控制使難堪，多用於口語；"操縱"側重指從背後控制、支配，使失去自由，書面語色彩較濃，如"兩國間的緊張局勢，實際上是由於大國在背後操縱所致"。

擺佈 bǎibù ❶ 動 操縱；支配：受人擺佈。❷ 動 安排；佈置：事情早已擺佈好。

▶ **擺弄** 辨析 都有"控制、支配"的意義，但語義側重點和語體色彩有別。"擺佈"側重於指使人服從或失去選擇的餘地，既可以用於書面語，也可以用於口語；"擺弄"側重於指使人難堪，多用於口語，如"真是沒事幹啦，盡是擺弄人"，含有"捉弄"的意味。

▶ **操縱** 辨析 都有"控制、支配"的意義，但語義側重點和適用對象有別。"擺佈"側重於指由於力量或勢力強大而控制、支配，多是公開的明目張膽的活動，對象只能是人或人的行動；"操縱"側重於指用不正當的手段控制、支配，多是幕後的隱蔽的活動，對象可以是人，也可以是事物，如政權、機構、局面等。

擺動 bǎidòng 動 來回搖動；搖擺：迎風擺動。

▶ **晃動** 辨析 見【晃動】條。

▶ **搖動** 辨析 都有"來回移動或變動"的意義，但語義側重點、適用對象有別。"擺動"側重於指物體來回地動，不靜止，對象多是具體的事物，如"車身擺動得厲害"；"搖動"側重於指使物體等來回地動，不穩固，對象可以是具體事物，也可以是抽象事物，如"搖動着雙臂、搖動軍心"。

擺脫 bǎituō 動 脫離（某種不良處境或不良的情況等）：擺脫貧困／擺脫干擾。

▶ **解脫** 辨析 都有"脫離開某種不良處境或情況"的意義，但語義側重點、適用對象和語法功能有別，"擺脫"側重於指甩開某種不良處境或情況，對象多是自身以外的牽制、束縛或某種不利的影響，後面可以帶賓語，如"擺脫跟蹤、擺脱束縛、擺脱糾纏、擺脱困境";"解脱"
側重於指脱離某種不良處境或情況,使
自己解放出來,對象多是自身的擔憂、
苦惱、痛苦等,後面不能帶賓語,如"從
失戀的痛苦中解脱出來""從家務勞動中
解脱出來"等。

擴大 kuòdà 動 使(範圍、規模等)比
原來大:貧富的鴻溝還在擴大。

▶ **擴展** 辨析 都有"使範圍比原來大"
的意義,但語義側重點和適用對象有別。
"擴大"強調結果比原來增大,多用於規
模、範圍、生產、機構、交流、市場、經
營、矛盾、影響、差別等,如"全力支持
歐盟的發展與擴大";"擴展"強調向更
大空間或其他領域展開或推進,多用於面
積、範圍、局面、數量、程度、視野等,
如"唯有如此,才能擴展視野,取得駕馭
市場的主動權""向東擴展 35 米"。

▶ **擴張** 辨析 都有"使範圍比原來大"
的意義,但語義側重點和適用對象有別。
"擴大"強調結果比原來增大,多
用於規模、範圍、生產、機構、交流、
市場、經營、矛盾、影響、差別等,如
"調整後的版面加大了新聞評述分量,擴
大了新聞信息容量";"擴張"強調使原
有事物向四周伸張,對周圍其他事物產
生影響,多用於領土、版圖、規模、範
圍、數量、勢力、野心等,用於勢力、
野心時含貶義,如"把地盤從昆明擴張到
了重慶"。

擴展 kuòzhǎn 動 向外伸展,使變大:
這計劃將擴展港商在內地的經營領
域。

▶ **擴大** 辨析 見【擴大】條。

▶ **擴張** 辨析 見【擴張】條。

擴張 kuòzhāng 動 使勢力、疆土等比
原來大:把傳統室內樂的內在魅力
擴張到十分理想的境地。

▶ **擴大** 辨析 見【擴大】條。

▶ **擴展** 辨析 都有"使範圍比原來大"
的意義,但語義側重點和適用對象有
別。"擴張"強調使原有事物向四周伸
張,對周圍其他事物產生影響,多用於
領土、版圖、規模、範圍、數量、勢
力、野心等,用於勢力、野心時含貶
義,如"勢利迅速擴張";"擴展"強調向
更大空間或其他領域展開或推進,多用
於面積、範圍、局面、數量、程度、視
野等,如"擴展視野""擴展空間"。

職業 zhíyè ❶名 個人服務於社會,並
作為主要謀生手段的工作:自謀職
業。❷形 專門的,專業的:職業殺手。

▶ **工作** 辨析 見【工作】條。

鞭打 biāndǎ 動 用鞭子打:鞭打一百
下／鞭打快牛／無情鞭打。

▶ **鞭笞** 辨析 都有"用鞭子打"的意
義,但語義側重點、語體色彩有別。"鞭
打"僅指用鞭子打,通用於口語和書面
語;"鞭笞"可指用鞭子打,還可指用板
子打,有很強的書面語色彩。

▶ **鞭撻** 辨析 都有"用鞭子打"的意
義,但語義側重點、語體色彩有別。"鞭
打"僅指用鞭子打,通用於口語和書面
語;"鞭撻"可指用鞭子打,還可指用棍
子等打,"鞭撻"比"鞭打"更常借指用
評論來攻擊(某人或某種言論、行動),
有很強的書面語色彩,如"掀起鞭撻皮草
風"。

鞭炮 biānpào 名 指用小紙筒裹火藥編
成串的娛樂性爆炸物,如一掛 200
響的小鞭炮,也泛指節日燃放的各種爆炸
或發出火花的娛樂用品,如二踢腳、魔術
彈。

▶ **爆竹** 辨析 都有"泛指節日燃放的
各種爆炸或發出火花的娛樂用品"的意
義,但二者語源、語體色彩、搭配對象

有別。古人將竹子丟入火中，以其發出的劈啪爆裂響聲來驅逐邪魔鬼怪，稱為"爆竹"，隨後演變成用小紙筒裹火藥燃放的形式，因此可以說"放一個大爆竹"，後來也泛指節日燃放的各種爆炸或發出火花的娛樂用品；"鞭炮"是後起詞，除有跟"爆竹"一樣的泛指義外，也特指用小紙筒裹火藥編成串的娛樂性爆炸物。"鞭炮"口語色彩稍濃，"爆竹"書面語色彩稍濃。"爆竹"經常跟"煙花"搭配成"煙花爆竹"使用，如"燃放煙花爆竹是中國人慶祝農曆新年的方式之一"。

鞭笞 biānchī 動 用鞭子或板子打：受鞭笞／弘揚正氣，鞭笞醜惡現象。

▶ 鞭打 辨析 見【鞭打】條。

▶ 鞭撻 辨析 見【鞭撻】條。

鞭撻 biāntà 動 用鞭子、棍子等打，常借用指評論來攻擊（某人或某種言論、行動）：鞭撻十下／鞭撻社會陋習／鞭撻假、惡、醜。

▶ 鞭笞 辨析 都有"用鞭子打"的意義，但語義側重點有別。"鞭撻"既可指用鞭子打，還可指用棍子等打；"鞭笞"可指用鞭子打，還可指用板子打，"鞭撻"比"鞭笞"更常借用指評論來攻擊(某人或某種言論、行動)。

▶ 鞭打 辨析 見【鞭打】條。

▶ 批判 辨析 見【批判】條。

轉告 zhuǎngào 動 把一方的話告訴另一方：請分頭轉告一下。

▶ 傳達 辨析 見【傳達】條。

▶ 轉達 辨析 見【轉達】條。

轉達 zhuǎndá 動 把一方的意思轉告給另一方：轉達總經理對你的問候。

▶ 傳達 辨析 見【傳達】條。

▶ 轉告 辨析 都有"把一方的意見傳達給另一方"的意義，但語義側重點和語

體色彩有別。"轉達"強調送達，含有上對下的意味，內容一般是莊重的事，多用於書面語；"轉告"強調告訴，含有客觀平等的意味，內容可以是日常生活中的事，也可以是較莊重的事。如"他轉達了上級的意見"中的"轉達"不能換用"轉告"。

轉變 zhuǎnbiàn 動 由一種情況變到另一種情況：轉變政府職能。

▶ 改變 辨析 見【改變】條。

覆沒 fùmò ❶ 動 (船) 翻而沉沒：風急浪高，船艦覆沒。❷ 動 (軍隊) 被消滅：全軍覆沒。

▶ 覆滅 辨析 見【覆滅】條。

覆信 fùxìn ❶ 動 答覆來信：讓秘書覆信。❷ 名 答覆的信：收到覆信。

▶ 回信 辨析 見【回信】條。

覆滅 fùmiè 動 全部被消滅：全軍覆滅。

▶ 覆沒 辨析 都有"被消滅"的意義，但語義側重點和適用對象有別。"覆滅"強調全部被消滅，可用於軍隊，也可用於政權、敵人等，適用面寬；"覆沒"強調像沉沒一樣被消滅，具有形象色彩，多用於軍隊。

▶ 毀滅 辨析 見【毀滅】條。

豐功偉績 fēnggōng wěijì 偉大的功勞和業績：您的豐功偉績，我們不會忘懷。

▶ 汗馬功勞 辨析 都有"有大功勞"的意義，但語義側重點和適用對象有別。"豐功偉績"重在指功勞的偉大，一般用於對人民有重大貢獻的人，不能用於自己；"汗馬功勞"重在指功勞的來之不易，可用於一般人，也可用於自身。如"先輩的豐功偉績永遠不會磨滅"中的"豐功偉績"不宜換用"汗馬功勞"。

豐收 fēngshōu 動 收成好：糧食喜獲豐收。

▶ 豐產 辨析 見【豐產】條。

豐厚 fēnghòu 形 多而密：絨毛豐厚。

▶ 豐富 辨析 都有"數量多，充足"的意義，但語義側重點和適用範圍有別。"豐厚"一般只形容具體的東西，而且比較貴重，含有厚待、厚重的意味；"豐富"重在質量高，內容好，含有富有的意味，適用面較廣。如"絨毛豐厚"中的"豐厚"不能換用"豐富"；而"營養豐富"中的"豐富"也不能換乘"豐厚"。

▶ 豐盛 辨析 都有"數量多，充足"的意義，但適用對象有別。"豐厚"一般只形容具體的東西，而且比較貴重；"豐盛"一般形容物質財富，特別是食物方面，強調足夠多。如可以說"豐盛的年夜飯"，但一般不說"豐厚的年夜飯"。

豐盛 fēngshèng 形 (物質方面) 豐富：酒筵豐盛。

▶ 豐富 辨析 都有"數量多，充足"的意義，但適用對象有別。"豐盛"一般只用於物質財富，特別是食物方面；"豐富"既可用於物質財富，也可用於精神財富。如可以說"豐富的知識"，但一般不說"豐盛的知識"。"豐富"另有動詞用法。

▶ 豐厚 辨析 見【豐厚】條。

豐產 fēngchǎn 動 農業上指高於一般產量：今年是大年，水果豐產。

▶ 豐收 辨析 都有"獲得好收成"的意義，但語義側重點和適用範圍有別。"豐產"重在產，強調某一作物的在一定面積內的產量高，比較具體，使用範圍較小；"豐收"重在收，強調收穫多，質量好，多用於大面積農田的總收穫，除用於農業外，還可用於教學、科研、養殖

等。如可以說"農業喜獲豐收"，但不說"農業喜獲豐產"。

豐腴 fēngyú 形 豐滿潤澤：這時候，他枯黃的臉色，已變作豐腴圓潤的了。

▶ 豐滿 辨析 都有"胖得勻稱好看"的意義，但語義側重點、適用對象、語體色彩有別。"豐腴"含有潤澤的意義，不但可以形容身材，還可以形容臉，具有書面語色彩；"豐滿"沒有潤澤的意義，不能形容臉，口語和書面語中都可以用。如"她比去年更時髦了，臉也豐腴得多"中的"豐腴"不宜換用"豐滿"。

豐富 fēngfù ❶ 形 種類多，數量大：資源豐富 / 內容豐富。❷ 動 使豐富：豐富員工業餘文化生活。

▶ 充實 辨析 都有"種類足夠多，數量足夠大"和"使之種類足夠多，數量足夠大"的意義，但語義側重點有別。"豐富"重在富，強調多樣；"充實"重在實，強調有實際內容。在動詞意義上"充實"含有補充使之充實起來的意味；"豐富"強調通過一定的方法手段使之豐富。如可以說"感情豐富"，但一般不說"感情充實"。

▶ 豐厚 辨析 見【豐厚】條。

▶ 豐盛 辨析 見【豐盛】條。

豐滿 fēngmǎn ❶ 形 足夠多：羽毛豐滿。❷ 形 胖得勻稱好看：豐滿的身材。

▶ 飽滿 辨析 都有"充實，足夠"的意義，但語義側重點和適用對象有別。"豐滿"重在豐，強調足夠多，多用於具體事物；"飽滿"重在飽，即充實、鼓脹、旺盛，既可用於具體事物，又可用於抽象事物，如精神、情緒等。如"一列列身着校服的新生，精神飽滿"中的"飽滿"不宜換用"豐滿"。

▶ 豐腴 辨析 見【豐腴】條。

豐饒 fēngráo 形 富饒充足：豐饒的大草原，一望無際。

▶ 富饒 辨析 都有"物產多，財富多"的意義，但語義側重點和語體色彩有別。"豐饒"重在豐，即豐富，具有書面語色彩；"富饒"重在富，即富有，口語和書面語中都可以用。

蹤跡 zōngjì 名 行動留下的痕跡：無蹤跡可循。

▶ 痕跡 辨析 見【痕跡】條。

▶ 蹤影 辨析 都有"行動所留的痕跡"的意義，但語義側重點、適用對象和語體色彩有別。"蹤跡"側重指具體可見的痕跡，常用於人或動物，有時也可直接用於事物，多用於書面語；"蹤影"側重指蹤跡和形影，含有因對象的行動飄忽不定而留下的痕跡不很明晰的意味，多用於尋找的或等待的對象，可以是人、動物或其他事物，一般用於否定式，口語和書面語中都可以用。如"飛機沒了蹤影，他還久久地凝望着那悠遠的藍天"中的"蹤影"。

蹤影 zōngyǐng 名 蹤跡和形影（指尋找的對象，多用於否定式）：蹤影全無。

▶ 蹤跡 辨析 見【蹤跡】條。

簡明 jiǎnmíng 形 簡單明白：簡明扼要／簡明的推理。

▶ 簡潔 辨析 都有"簡單、經濟"的意義，但語義側重點有別。"簡明"強調簡單明瞭，使人一目瞭然，如"本書中的每一篇可以說就是一門學問的簡明學術史"；"簡潔"強調乾淨利落，不拖沓，如"教師的語言必須做到準確、簡潔、生動"。

▶ 簡練 辨析 都有"簡單扼要"的意義，但語義側重點有別。"簡明"強調簡單明瞭，使人一目瞭然，如"政府對企業

的管理，應當簡明化"；"簡練"強調簡單、凝練，沒有多餘的，如"一段段簡練的人生格言，給繁忙奔波的人們一點感悟，一點啟迪"。

簡要 jiǎnyào 形 簡單扼要：敍述簡要。

▶ 簡潔 辨析 都有"簡單、經濟"的意義，但語義側重點有別。"簡要"強調抓住要點，重點突出，如"簡要介紹"；"簡潔"強調乾淨利落，不拖沓，如"簡潔的話語"。

▶ 簡練 辨析 見【簡練】條。

簡單 jiǎndān ❶ 形 結構比較單一，頭緒少，容易理解或操作：這道題比較簡單。❷ 形 經歷或能力等一般：他這個人可不簡單。❸ 形 草率，不細緻：簡單弄了弄。

▶ 單純 辨析 見【單純】條。

▶ 容易 辨析 見【容易】條。

簡潔 jiǎnjié 形 簡單利落，不拖沓。

▶ 簡練 辨析 見【簡練】條。

▶ 簡明 辨析 見【簡明】條。

▶ 簡要 辨析 見【簡要】條。

簡練 jiǎnliàn 形 簡單、凝練：簡練的文字／進行簡練地概括。

▶ 簡潔 辨析 都有"簡單、經濟"的意義，但語義側重點有別。"簡練"強調簡單、凝練，沒有多餘的，如"一段段簡練的人生格言，給繁忙奔波的人們一點感悟，一點啟迪"；"簡潔"強調乾淨利落，不拖沓，如"總體風格簡潔流暢"。

▶ 簡明 辨析 見【簡明】條。

▶ 簡要 辨析 都有"簡單扼要"的意義，但語義側重點有別。"簡練"強調簡單、凝練，沒有多餘語句，如"畫面造型

優美，佈局豐滿勻稱，線條挺拔簡練，色彩鮮豔明亮”；“簡要”強調抓住要點，重點突出，如“對文章內容進行簡要概括”。

▶ **精練** 辨析 都有“用少量的詞語表達豐富的感情和意思”的意義，但語義側重點和語體色彩有別。“簡練”強調簡潔、明快，通用於口語和書面語，如“中國的古文經典，文字都是極其簡練的”；“精練”強調經過認真地提煉，有書面語色彩，如“對種種不合理的社會現象作了高度精練的概括”。

簡樸 jiǎnpǔ 形 (語言、文筆、生活作風等) 簡單樸素：衣着簡樸 / 簡樸的陳設。

▶ **樸實** 辨析 見【樸實】條。

▶ **樸素** 辨析 見【樸素】條。

翱翔 áoxiáng 動 在空中迴旋地飛：振翅翱翔。

▶ **飛翔** 辨析 見【飛翔】條。

▶ **飛行** 辨析 見【飛行】條。

歸 guī ❶動 返回：歸國華僑。❷動 歸還：物歸原主。❸動 趨向或集中於一個地方：千條河流歸大海。❹介 由 (誰負責)：這事歸他管。❺動 屬於 (誰所有)：功勞歸他。❻連 用在相同的動詞之間表示動作並未引起相應的結果：批評歸批評，任務還是由你們完成。

▶ **由** 辨析 在作介詞，引進動作行為的發出者時意義相同，但使用條件有別。“歸”只用於劃分職責的範圍，強調責任的歸屬；“由”還可用於不表職責劃分時引進動作行為的發出者。如“今後系主任由全體教師推選”中的“由”不宜換用“歸”。

歸咎 guījiù 動 把責任歸於某人和某事物：把錯誤完全歸咎於客觀原因是不正確的。

▶ **歸罪** 辨析 都有“把罪過或責任歸於某人、某集體或某事”的意義，但語義側重點、語義強度、適用對象、語體色彩有別。“歸咎”強調追究罪責或出問題的責任，語義較輕，對象既可以是人或集體，也可以是某事物，具有書面語色彩；“歸罪”強調追究真正的罪過或過失，語義較重，一般只用於人或集體，口語和書面語中都可以用。如“你把自己弄得那樣被動，那樣尷尬的地步，都應該歸咎於你的軟弱”中的“歸咎”不宜換用“歸罪”。

歸納 guīnà ❶動 歸攏並使有條理 (多用於抽象事物)：大家的發言，歸納起來有三點。❷動 從具體事實概括出一般原理的推理方法。

▶ **概括** 辨析 都有“歸結，集合在一起”的意義，但語義側重點有別。“歸納”強調把分散的事物歸攏在一起，使有條理；“概括”強調找出事物的主要特點總括在一起。如“候鳥這個詞概括了各種各樣的候鳥的特徵，表示隨着季節的變遷而遷徙的鳥的意思”中的“概括”不宜換用“歸納”。

▶ **綜合** 辨析 都有“歸結，集合在一起”的意義，但語義側重點、語法功能有別。“歸納”強調把分散的事物歸攏在一起，使有條理，一般作謂語；“綜合”強調把各個獨立而互相關聯的事物或現象經過分析總合起來，重在組合、集合，除作謂語外，還可以直接作定語和狀語，如可以說“綜合大學、綜合利用”。

歸罪 guīzuì 動 把罪過歸於某個人或集體：歸罪於他。

▶ **歸咎** 辨析 見【歸咎】條。

歸還 guīhuán 動 把借來的錢或物還給原主：將失物歸還原主。

▶ **奉還** 辨析 都有“還給原主”的意義，但感情色彩和適用範圍有別。“歸還"是通用詞，適用面較寬；"奉還"是敬詞，帶有尊敬的態度色彩，適用面較窄，多用於書面語。如"郵政速遞承諾，超時將原銀奉還"中的"奉還"不宜換用"歸還"。

▶ **償還** 辨析 都有"還給原主"的意義，但適用對象有別。"歸還"對象可以是錢，也可以是物，只還原物，不附加其他條件；"償還"對象是金錢，一般還要支付一定的利息。如"償還貸款"中的"償還"不宜換用"歸還"。

▶ **交還** 辨析 都有"還給原主"的意義，但語義側重點、適用條件和語體色彩有別。"歸還"側重使錢或物品回到原主手中或原處，口語和書面語中都可以用；"交還"側重把物品交回原主或原處，並有退還義，比較正式，具有書面語色彩。如"文件閱後請及時交還給秘書處"中的"交還"不能換用"歸還"。

▶ **退還** 辨析 都有"還給原主"的意義，但語義側重點有別。"歸還"強調使用完畢後還給原主人；"退還"強調把已經收下來或買下來的東西退回去。如"當員工離、退休時，其積累的住房公積金本息餘額一次結清，退還員工本人"中的"退還"不宜換用"歸還"。

歸屬 guīshǔ 動 歸某方所有：無所歸屬。

▶ **附屬** 辨析 都有"歸某方所有"的意義，但語義側重點、語法功能有別。"歸屬"強調劃定從屬關係；"附屬"強調依附關係，可以直接作定語，如可以說"附屬醫院、附屬中學"等。

▶ **隸屬** 辨析 都有"歸某方所有"的意義，但語義側重點、語法功能有別。"歸屬"強調歸誰所有，一般不帶賓語；"隸屬"強調歸誰管轄，帶賓語比較自由。如"直轄市直接隸屬國務院"中的"隸屬"不宜換用"歸屬"。

鎮定 zhèndìng ❶形 遇到緊急的情況不慌張：鎮定自若。❷動 使鎮定：竭力鎮定自己。

▶ **鎮靜** 辨析 都有"遇事沉着、穩定，不失常態"的意義，但語義側重點和語義強度有別。"鎮定"側重指平定安穩，不慌亂，多形容遇到緊急情況時不慌不亂的心理、精神、神態以及言行等，語義相對較重；"鎮靜"側重指平靜安詳，不急躁，多形容遇事或處事時的情緒、態度、言行表現等，語義相對較輕。如"我們丟了一局，教練卻依然很鎮定。"另外"鎮定"還有動詞用法，如"竭力鎮定自己"，"鎮靜"沒有這種用法。

▶ **冷靜** 辨析 見【冷靜】條。

鎮靜 zhènjìng ❶形 情緒穩定或平靜：故作鎮靜。❷動 穩定情緒：盡力鎮靜自己。

▶ **冷靜** 辨析 見【冷靜】條。

▶ **平靜** 辨析 見【平靜】條。

▶ **鎮定** 辨析 見【鎮定】條。

翻江倒海 fānjiāng dǎohǎi 形容水勢浩大，多用來比喻力量和聲勢巨大。

▶ **排山倒海** 辨析 見【排山倒海】條。

翻來覆去 fānlái fùqù ❶ 躺在牀上來回轉動身體，多指睡不着覺。❷ 形容某個動作多次重複地進行。

▶ **輾轉反側** 辨析 見【輾轉反側】條。

翻案 fān'àn ❶動 推翻原來的判決：為蒙冤者翻案。❷動 泛指推翻原來的處分、結論、評價等：翻案文章。

▶ **平反** 辨析 見【平凡】條。

▶ **昭雪** 辨析 見【昭雪】條。

龜 guī 名 爬行動物，背腹皆有硬甲，頭、尾和四肢通常能縮入甲內。種類頗多，如玳瑁、烏龜、海龜等。

▶ 鱉 <u>辨析</u> 二者都是爬行動物。"龜"背腹皆有硬甲；"鱉"一般背部有甲，腹部乳白色。

謹慎 jǐnshèn 形 對外界事物或自己的言行密切注意，以免發生不利或不幸的事情：謹慎小心。

▶ 慎重 <u>辨析</u> 見【慎重】條。

謳歌 ōugē 動 用言語文字等對喜歡、敬慕的人或事物進行讚美：謳歌我們偉大的祖國。

▶ 歌頌 <u>辨析</u> 都有"用言語對美好事物進行讚美"的意義，但適用範圍和感情色彩有別。"謳歌"的對象多為美好、重要、偉大的人或事物，如"謳歌愛情"；"歌頌"的對象較為寬泛，可指人，也可指物，如"歌頌偉大的祖國""歌頌兩國之間的友誼"。

▶ 讚美 <u>辨析</u> 都有"用言語稱讚、頌揚"的意義，但語體色彩和適用範圍有別。"謳歌"的書面語色彩較強，對象多為美好、重要、偉大的人或事物；"讚美"的適用範圍則較廣，口語色彩較"謳歌"強，只要是自己喜歡的人或事物都可加以"讚美"，如"讚美他們相濡以沫的愛情""讚美辛勤的園丁"。

▶ 讚揚 <u>辨析</u> 都有"用言語稱讚"的意義，但語體色彩和適用範圍有別。"謳歌"用於書面語，對象多為美好、重要、偉大的人或事物；"讚揚"的口語色彩較濃，適用場合較為廣泛，對象多為日常生活中美好的、受人喜愛的人、事物、品德，如"讚揚新風尚""他們助人為樂的精神受到了大家的讚揚"。

謾罵 mànmà 動 用輕慢、侮辱的態度罵：恐嚇與謾罵不是正確的手段。

▶ 辱罵 <u>辨析</u> 見【辱罵】條。

▶ 咒罵 <u>辨析</u> 見【咒罵】條。

謬誤 miùwù 名 出現的差錯。

▶ 錯誤 <u>辨析</u> 見【錯誤】條。

顏色 yánsè ❶名 由物體發射、反射或透過的光波通過視覺所產生的印象：衣着的顏色／口紅的顏色。❷名 指顯示給人看的厲害的臉色或行動：給你點顏色看看。

▶ 色彩 <u>辨析</u> 見【色彩】條。

▶ 臉色 <u>辨析</u> 見【臉色】條。

癖好 pǐhào 名 (對某種事物) 特別的愛好：集郵是他的癖好。

▶ 愛好 <u>辨析</u> 見【愛好】條。

▶ 嗜好 <u>辨析</u> 見【嗜好】條。

雜誌 zázhì 名 登載有關文章的連續出版物。

▶ 期刊 <u>辨析</u> 二者所指相同，但使用範圍有別。"雜誌"多用於普通大眾；"期刊"多用於專業領域。如常說"學術期刊""時尚雜誌"。

糧食 liángshi 名 供人食用的五穀、豆類等：節約糧食是美德。

▶ 食糧 <u>辨析</u> 見【食糧】條。

燻染 xūnrǎn 動 長期接觸的人或事物對生活習慣、思想行為、品行學問等逐漸產生某種影響 (有時指壞的)：遠離銅臭的燻染／從小就接受漢文化的燻染。

▶ 燻陶 <u>辨析</u> 都有"因長期接觸而逐漸產生某種影響"的意義，但語義側重點有別。"燻染"有感染、沾染、污染等意味，可以用於好的影響，也可以用於壞的影響，如"受傳統飲食文化的燻染""不良習氣的燻染"；"燻陶"多用於好的影響，如"藝術的燻陶"。

燻陶 xūntáo 動 長期接觸的人或事物對生活習慣、思想行為、品行學問等逐漸產生好的影響：傳統文化的燻陶／現代文明的燻陶。

▶ **燻染** 辨析 見【燻染】條。

竅門 qiàomén 名 能解決困難或問題的高明的方法：找竅門／別看這些民間流傳的機械玩意兒很複雜，只要你知道竅門，就可以打開了。

▶ **訣竅** 辨析 見【訣竅】條。

襟懷 jīn huái 名 胸襟；胸懷：襟懷坦蕩。

▶ **胸懷** 辨析 見【胸懷】條。

▶ **胸襟** 辨析 見【胸襟】條。

戳穿 chuōchuān ❶動 捅透：窗戶紙被戳穿了。❷動 說破：戳穿了她的騙局。

▶ **戳破** 辨析 都有"捅破"和"使真相暴露、顯露"的意義。在前一意義上，"戳穿"側重指動作的結果是使物體穿透；"戳破"側重指動作的結果是捅進去，不強調穿透。如"她受傷 20 多處，腹部一刀戳穿大小腸及膀胱"中的"戳穿"不宜換用"戳破"。在後一意義上，"戳穿"側重指徹底揭露，語義較重；"戳破"側重指揭破假象，語義較輕。如"一針見血地戳穿了他的陰謀"中的"戳穿"不宜換用"戳破"。

▶ **揭穿** 辨析 見【揭穿】條。

▶ **揭破** 辨析 見【揭破】條。

戳破 chuōpò 動 刺破；捅破：手指被戳破了。

▶ **戳穿** 辨析 見【戳穿】條。

斷送 duànsòng 動 毀滅，喪失：斷送前程。

▶ **葬送** 辨析 都有"喪失，毀滅"的意義，但語義側重點、語義強度和適用對象有別。"斷送"側重指在發展過程中被毀滅，語義較輕，適用對象多是人的生命、前途等；"葬送"側重指因受壓迫、侵害而毀滅，語義較重，適用對象多是人的生命、產業、成果以及某些不合理的社會現象。如"在不擇手段地撈取個人私利中斷送自己"中的"斷送"不宜換用"葬送"。

十九畫

藥店 yàodiàn 名 出售藥品的商店：非處方藥可直接到藥店購買。

▶ **藥房** 辨析 都有"出售藥品的商店"的意義，但語義側重點有別。"藥店"通常主要出售西藥；"藥房"偏重指出售西藥，有的能調劑配方，有的兼售中藥的成藥。

▶ **藥舖** 辨析 都有"出售藥品的商店"的意義，但語義側重點有別。"藥店"通常主要出售西藥；"藥舖"偏重指出售中藥，按中醫藥方配藥，有的兼售西藥，現在在城市中已很少見。

藥房 yàofáng ❶名 出售西藥的商店，有的能調劑配方，有的兼售中藥的成藥：上海市 24 小時全天候藥房一覽表。❷名 醫院或診所裏供應藥物的部門：計算機聯網在醫院藥房中的應用。

▶ **藥店** 辨析 見【藥店】條。

▶ **藥舖** 辨析 都有"出售藥品的商店"的意義，但語義側重點有別。"藥房"偏重指出售西藥，有的能調劑配方，有的兼售中藥的成藥；"藥舖"偏重指出售中藥，按中醫藥方配藥，有的兼售西藥。在其他意義上二者不相同。

藥舖 yàopù 名 ：出售中藥的商店，主要按中醫藥方配藥，有的兼售西藥。

▶ 藥店 [辨析] 見【藥店】條。

▶ 藥房 [辨析] 見【藥房】條。

蘊含 yùnhán 動 裏邊含有：蘊含着豐富的思想內容。

▶ 包含 [辨析] 見【包含】條。

壞處 huàichu 名 對人或事物不利的方面：把困難估計得多一些，只有好處，沒有壞處。

▶ 害處 [辨析] 都有"對人或事物不好的方面"的意義，但語義強度、語義側重點有別。"壞處"語義較輕，多指不利的方面；"害處"語義較重，多指給人體或事物帶來損害的方面。如"吸煙的害處很大"中的"害處"。

難免 nánmiǎn 形 不容易避免：難免會出錯。

▶ 不免 [辨析] 見【不免】條。

▶ 免不了 [辨析] 見【免不了】條。

難受 nánshòu ❶形 心理上不愉快，傷心：這次考試考砸了，他心裏很難受。❷形 生理上不舒服，難以忍受：胃病又犯了，真難受。

▶ 難過 [辨析] 見【難過】條。

▶ 痛苦 [辨析] 都有"心理上不愉快，生理上不舒服"的意義，但語義輕重有別。"痛苦"的語義比"難受"重得多。

難怪 nánguài 副 明白了原因，不再覺得奇怪，用於表示恍然大悟。

▶ 怪不得 [辨析] 見【怪不得】條。

難堪 nánkān ❶形 神態不自然，不知如何是好；為難：他覺得難堪，低下了頭。❷動 難以忍受；受不了：讓人難堪的場面。

▶ 尷尬 [辨析] 都有"神態不自然，不知如何是好"的意義，但語義輕重有別。"難堪"比"尷尬"語義更重。

▶ 窘迫 [辨析] 都有"為難，不知如何是好"的意義，但適用對象有別。"難堪"一般用於心理、情緒上的為難；"窘迫"既可用於心理、情緒上的為難，也可用於處境、境況的為難。

▶ 狼狽 [辨析] 見【狼狽】條。

難過 nánguò 形 不好受；痛苦：心裏很難過。

▶ 悲傷 [辨析] 都有"心裏痛苦"的意義，但語義輕重、語體色彩、語義範圍有別。"難過"還可以指身體上、生理上的痛苦，如"吃了辣椒，胃裏難過得很"，語義較輕，有口語色彩；"悲傷"語義較重，多用於書面語。

▶ 難受 [辨析] 都有"身體、心裏痛苦"的意義，但適用對象有別有別。"難過"一般多用於指精神方面的痛苦；"難受"多用於指身體上的痛苦。

難道 nándào 副 表示反問：難道你就沒考慮過這樣做的後果？

▶ 莫非 [辨析] 見【莫非】條。

攀 pān ❶動 用手抓住東西往上爬：你喜歡攀巖嗎？❷動 攀附（有權勢、富有的人）：他家有權有勢，我們可不敢高攀。❸動 比喻克服困難努力向上：攀上科學高峰。

▶ 爬 [辨析] 見【爬】條。

願望 yuànwàng 名 希望將來能達到某種目的的想法：這個願望終於實現了。

▶ 願望 [辨析] 見【願望】條。

▶ 心願 [辨析] 見【心願】條。

矇騙 mēngpiàn 動 欺騙：矇騙顧客。

▶ 蒙蔽 [辨析] 都有"隱瞞真相，不讓人瞭解"的意義，但語義側重點和適用對象有別。"矇騙"側重指隱瞞真相，欺騙對方，對象多為人或組織；"蒙蔽"側重指掩蔽情況，不使知道，對象多為"民眾、輿論、組織、媒體"等。

▶ 欺騙 辨析 見【欺騙】條。

贈送 zèngsòng 動 把東西無代價地送給別人：免費贈送。

▶ 奉送 辨析 見【奉送】條。

關切 guānqiè ❶形 親切：關切的目光。❷動 把人或事放在心上：深表關切。

▶ 關懷 辨析 都有"放在心上，很上心"的意義，但語義側重點、適用對象、語法功能有別。"關切"重在表示關心時的急切情態，可用於人或事，很少帶賓語；"關懷"重在表示懷念安撫的意思，對象只能是人，而且用於上級對下級，官員對民眾，長輩對晚輩，帶賓語比較自由。如可以說"關懷下一代"，但一般不說"關切下一代"。

▶ 關心 辨析 都有"放在心上，很上心"的意義，但語義側重點、適用範圍、語法功能有別。"關切"重在表示關心時的急切情態，可用於人或事，但一般不用於施動者自身，適用範圍比較窄，很少帶賓語；"關心"可用於人或事，也可用於施動者自身，適用範圍廣，帶賓語比較自由，使用較多。如可以說"關心自己"，但不說"關切自己"。

▶ 關注 辨析 都有"放在心上，很重視"的意義，但語義側重點和適用對象有別。"關切"着重表示關心時的急切情態，可用於人，也可用於事物，多和"表示、深表、予以"等詞語搭配使用；"關注"着重表示關心時的集中注意、非常重視的情態，多用於較大的事情，常帶賓語。如"這件事已引起上司關注"中的"關注"不宜換用"關切"。

關心 guānxīn 動（把人或事物）常放在心上，重視和愛護：關心失業人員。

▶ 關懷 辨析 都有"放在心上，很上心"的意義，但適用對象有別。"關心"可用於人或事，也可用於施動者自身，沒有上下級的關係；"關懷"只能用於人，並且具有上級對下級，官員對民眾，長輩對晚輩等關係，比較正式嚴肅。

▶ 關切 辨析 見【關切】條。

▶ 關注 辨析 都有"放在心上，重視"的意義，但語義側重點和適用對象有別。"關心"強調愛護、照顧，對象多是人或事；"關注"強調重視，對象多是具體的過程。如"關注事態發展"。"關心員工生活"不能換用"關注"。

關押 guānyā 動 把犯罪的人關起來：犯人關押在甚麼地方？

▶ 囚禁 辨析 見【囚禁】條。

關門 guānmén ❶動 停業，歇業：商店關門了。❷動 比喻不願接納，不願聯合：關門主義。❸動 指最後的：關門弟子。

▶ 歇業 辨析 都有"商店停止營業"的意義，但語義範圍有別。"關門"既可以指臨時性的停業，也可以指永久性的停業；"歇業"多指臨時性的停業。如"該店近期歇業整頓"中的"歇業"不能換用"關門"。

關注 guānzhù 動 關心重視：關注事態的發展。

▶ 關懷 辨析 見【關懷】條。
▶ 關切 辨析 見【關切】條。
▶ 關心 辨析 見【關心】條。

關係 guānxì ❶名 人或事物之間的相互聯繫：關係密切／鄰里關係。❷名 對事物的影響或重要性：有很大關係。❸名 表示原因或條件：由於時間關係，我必須就此打住。❹名 表明組織關係的證件：辦理組織關係。❺動 關聯，牽涉：這件事關係到大家的切身利益。

▶ 瓜葛 辨析 見【瓜葛】條。

▶ 關聯 辨析 都有"有聯繫和影響"的意義，但適用對象有別。"關係"的對象可以是人，也可以是事；"關聯"的對象只能是事，不能是具體的人。如"這關係着他的前途和命運"中的"關係"不能換用"關聯"。

▶ 關涉 辨析 都有"對事物有一定影響"的意義，但語體色彩有別。"關係"口語和書面語中都可以用，使用較多；"關涉"具有書面語色彩，使用較少。

▶ 牽連 辨析 都有"對事物有一定影響"的意義，但適用對象有別。"關係"的對象可以是人，也可以是事，可以是有利的影響，也可以是不利的影響；"牽連"的對象只能是人，而且是對人不利的影響。如"他因此而受牽連，十餘年未得提升"中的"牽連"不能換用"關係"。

關涉 guānshè 動 關聯，牽涉：這項改革關涉到每一個人。

▶ 關聯 辨析 都有"事物相互之間發生牽連和影響"的意義，但語義側重點和語體色彩有別。"關涉"強調以一方為主，涉及、牽涉到其他事物，書面語色彩較濃；"關聯"強調雙方平等的地位，相互影響，相互牽連。如"科學和藝術是密切關聯的"中的"關聯"不能換用"關涉"。

▶ 關係 辨析 見【關係】條。

關照 guānzhào ❶動 關心照顧：請多多關照。❷動 口頭通知：你關照食堂一聲，今天早點兒開飯。

▶ 照顧 辨析 都有"放在心上，予以關注和愛護"的意義，但適用對象、語義

強度有別。"關照"一般用於比較小的方面，請對方多與便利，語義較輕；"照顧"多用於精神上的或物質上的幫助，語義較重。如"照顧老人"比"關照老人"意義要重得多。

▶ 照料 辨析 都有"放在心上，予以關注和愛護"的意義，但語義側重點和適用對象有別。"關照"重在關心，多用於工作方面，比較正式；"照料"重在指料理，多用於生活方面。如"他出國前將女兒託給岳母照料"中的"照料"不能換用"關照"。

▶ 照應 辨析 都有"關心、照顧"的意義，但語義側重點和適用對象有別。"關照"強調在學習、工作、生意等方面給予關心、幫助，對象一般是人；"照應"強調給予關心、照看，多用於生活、工作、生意等方面，對象可以是人，也可以是事物。如"你幫我照應一下家裏吧"中的"照應"不能換用"關照"。

關聯 guānlián 動 事物相互之間發生牽連和影響：互相關聯。

▶ 關涉 辨析 見【關涉】條。

▶ 關係 辨析 見【關係】條。

▶ 牽連 辨析 都有"事物之間相互影響"的意義，但語義側重點和適用條件有別。"關聯"強調二者之間的相互聯繫、影響，這種聯繫、影響可能是有利的，也可能是不利的，相互關聯的可以是人，也可以是事件；"牽連"強調給某人帶來的不利影響，對象一般是人。如"此案與諸多事件有關聯"中的"關聯"不宜換用"牽連"。

關懷 guānhuái 動 關心（含愛護、照顧義）：關懷下一代。

▶ 關切 辨析 見【關切】條。

▶ 關心 辨析 見【關心】條。

▶ 關注 辨析 都有"重視，放在心上"

的意義，但語義側重點和適用對象有別。"關懷"含有愛護、照顧的意味，對象一般是人或與人有關的事物，多用於上對下，比較正式嚴肅；"關注"強調特別注意，對象一般是某一過程，沒有上對下的關係。如"總經理問寒問暖，悉心關懷"中的"關懷"不能換用"關注"。

曠達 kuàngdá 形 心胸開闊，想得開：領略悠遠曠達的文化襟抱。

▶ **豁達** 辨析 都有"心胸開闊，氣量大"的意義，但語義側重點有別。"曠達"強調內心寬廣，能包容，氣量大，如"領略悠遠曠達的文化襟抱"；"豁達"強調內心開闊、通達，不為瑣事所阻塞，想得開，如"他出獄後對此事豁達處之"。

羅列 luóliè ❶動 分佈；排列：展台上羅列着我們歷年得的獎項。❷動 逐一列舉：如果只是羅列數字，沒有任何說服力。

▶ **陳列** 辨析 都有"分佈、排列"的意義，但語義側重點和適用對象有別。"陳列"的目的是側重於展示物品，供人參觀，"羅列"無此目的。"陳列"常用於藝術品、文物、紀念品等具體事物，"羅列"則常用於比較抽象的事物，如觀點、證據等。

羅織 luózhī 動 憑空虛構：羅織罪名。

▶ **編造** 辨析 都有"憑空虛構"的意義，但適用範圍有別。"羅織"的對象僅限於罪名、罪行、罪狀；"編造"的對象則不僅限於此，如"編造理由""編造假賬"。

▶ **捏造** 辨析 都有"憑空虛構"的意義，但適用範圍有別。"羅織"的對象僅限於罪名、罪行、罪狀；"捏造"的對象則不僅限於此，如"捏造事實""捏造謠言"。

贊成 zànchéng 動 同意（別人的主張或行動）：我贊成他的意見。

▶ **贊同** 辨析 都有"同意別人的主張和意見"的意義，但語義側重點、語法功能和語體色彩有別。"贊成"帶有讚許擁護的意味，可以帶名詞性賓語，也可以帶動詞性賓語，口語和書面語都可以用。"贊同"強調同意，表明自己的主張，只能帶名詞性賓語，多用於書面語。對上級的重大決策一般只能用"贊成"，不用"贊同"。

贊同 zàntóng 動 贊成同意：大家都一致贊同。

▶ **贊成** 辨析 見【贊成】條。

贊助 zànzhù 動 支持（用財物等）並幫助：贊助醫療器械。

▶ **資助** 辨析 見【資助】條。

穩妥 wěntuǒ 形 穩重妥貼。

▶ **穩當** 辨析 見【穩當】條。

穩定 wěndìng ❶形 能長時間固定在一定位置、程度上，或保持某一狀態：水位穩定 / 病情穩定。❷動 使穩定：穩定物價。

▶ **安定** 辨析 見【安定】條。

▶ **固定** 辨析 見【固定】條。

穩當 wěndang ❶形 穩重妥當：辦事穩當。❷形 穩固牢靠：把梯子放穩當。

▶ **穩妥** 辨析 都有"穩重妥貼"的意義，但語義側重點、適用對象、語體色彩、用法有別。"穩當"強調安穩、不浮躁，多用於指人的動作行為；"穩妥"強調妥善、可靠，多用於事物。"穩當"多用於口語；"穩妥"多用於書面語。"穩當"可以重疊成"穩穩當當"。在其他意義上二者不相同。

▶ 平穩 辨析 見【平穩】條。

簽訂 qiāndìng 動 訂立條約、合約等並簽字為憑：簽訂雙邊貿易協定書。

▶ 簽署 辨析 都有"簽字"的意義，但語義側重點和適用對象有別。"簽訂"着重於"訂"，訂立，訂立條約、合約等；"簽署"着重於"署"，署名，在重要文件上簽字署名。"簽訂"的對象為條約、合約、協議等；"簽署"的對象除條約、合約、協議等外，還可以是文件、意見等。"簽訂"是雙方或多方的行為；"簽署"可以是雙方或多方的行為，也可以是單方面的行為。

簽署 qiānshǔ 動 在重要文件上正式簽字署名：簽署聯合聲明。

▶ 簽訂 辨析 見【簽訂】條。

邊沿 biānyán 名 沿邊的部分：破碎的玻璃邊沿很鋒利。

▶ 邊緣 辨析 都有"沿邊的部分"的意義，但語體色彩、適用對象有別。"邊沿"口語色彩較濃，多用於具體的事物，如"桌子的邊沿"；"邊緣"書面語色彩較濃，可用於具體事物，如"宇宙的邊緣"，也可用於抽象事物，此時多是消極的情形，如"死亡的邊緣""崩潰的邊緣"。

邊陲 biānchuí 名 靠近國界的地方：邊陲小鎮。

▶ 邊境 辨析 都有"靠近邊界的地方"的意義，但語義側重點有別。"邊陲"僅指靠近國界的地方，如"東北邊陲""邊陲風光"；"邊境"的語義範圍較寬，可指靠近國界的地方，也可指靠近省界等的地方，如"邊境貿易""位於三省邊境"。

邊境 biānjìng 名 靠近邊界的地方：中朝邊境／邊境貿易。

▶ 邊陲 辨析 見【邊陲】條。

邊際 biānjì 名 沿邊的部分；界限（多指地區或空間）：飛向宇宙的邊際／不着邊際。

▶ 邊緣 辨析 都有"沿邊的部分"的意義，但適用對象有別。"邊緣"可用於具體事物，也可用於抽象事物，如"城市邊緣""死亡的邊緣"；"邊際"一般用於具體事物，如"大海茫茫一片，望不到邊際"。

懲治 chéngzhì 動 依法定罪，予以相應的處置：懲治犯罪。

▶ 懲處 辨析 見【懲處】條。

▶ 懲罰 辨析 都有"處理制裁"的意義，但語義概括範圍有別。"懲治"指依法定罪，也常指管束、教訓、打擊，使不再犯錯誤；"懲罰"一般只指嚴厲處罰，而沒有教育、管束的意義。如"這次我一定好好懲治她，看她下回還長不長記性"中的"懲治"不宜換用"懲罰"。

懲處 chéngchǔ 動 嚴肅論處，強力處分：嚴加懲處。

▶ 懲罰 辨析 都有"處罰"的意義，但語義概括範圍有別。"懲處"一般指對觸犯法令或規章制度的人做出處理；"懲罰"的意義範圍較為寬泛，即可以是政治、經濟、法律方面的處罰，也可以是精神、肉體上的處罰。如"他把我當作禮物送出去，我可是想不出辦法懲罰他"中"懲罰"不能換用"懲處"。

▶ 懲治 辨析 都有"處治"的意義，但語義概括範圍有別。"懲處"一般指對觸犯法律或規章制度的人進行處治；"懲治"除了指對犯罪的人依法定罪以外，還有管束、打擊，使不再犯錯誤的意義。如"他想用肉體的痛苦懲治瘦鬼"中的"懲治"不宜換用"懲處"。

▶ 處分 辨析 見【處分】條。

懲罰 chéngfá ❶動 給於制裁：嚴厲懲罰肇事者。❷名 所給的制裁：把這當作對他們的懲罰。

▶ 懲處 辨析 見【懲處】條。

▶ 懲治 辨析 見【懲治】條。

▶ 處罰 辨析 見【處罰】條。

鏈接 liànjiē 動 雙方關聯上，能夠交換信息：寬帶可以實現更快的網絡鏈接。

▶ 連接 辨析 見【連接】條。

鏗然 kēngrán 形 形容聲音響亮有力：溪水奔流，鏗然有聲。

▶ 鏗鏘 辨析 都有"聲音有節奏而響亮"的意義，但語義側重點有別。"鏗然"強調響亮而有力量，如"溪水奔流，鏗然有聲"；"鏗鏘"強調響亮而有節奏，如"他鏗鏘頓挫的聲音在寂靜的會議室裏震響"。

鏗鏘 kēngqiāng 形 形容有節奏而響亮的聲音：鏗鏘有力的聲音。

▶ 鏗然 辨析 見【鏗然】條。

鏤刻 lòukè ❶動 用尖利的工具在物體上刻：這顆玉球上鏤刻了將近二千字的文章。❷動 牢牢地記在心裏。

▶ 雕刻 辨析 都有"在物體上刻出圖案"的意義，但語義概括範圍和風格色彩有別。"鏤刻"有時包含有將物體雕刻穿透的意思，風格比較典雅，多用於書面語；"雕刻"的風格較普通，口語、書面語均常用。

▶ 銘刻 辨析 見【銘刻】條。

辭退 cítuì ❶動 使不再繼續工作：辭退了所有僱員。❷動 客氣地退回：辭退了邀請。

▶ 解僱 辨析 都有"使停止工作"的意義，但語義側重點和適用對象有別。"辭退"側重指使不再繼續工作，有推卻、停止的意思，適用對象可以是人，也可以是某種工作；"解僱"側重指僱用與被僱用人之間解除僱用關係，適用對象一般是具體的人。如"他就辭退了所有的工作"中的"辭退"不能換用"解僱"。

▶ 解聘 辨析 都有"使停止工作"的意義，但語義側重點和適用對象有別。"辭退"側重指使不再繼續工作，有推卻、停止的意思，適用對象可以是人，也可以是某種工作；"解聘"側重指解除聘用關係，適用對象一般是職位較高的人。如"小林老婆主動提出要馬上辭退工作"中的"辭退"不能換用"解聘"。

識別 shíbié 動 辨別；辨認：識別真偽。

▶ 辨別 辨析 都有"根據某種特點對某對象加以認識和判別"的意義，但語義側重點有別。"識別"強調對個體特徵加以認識，以確定性質，比如真假、優劣、好壞等，如"實行任前公示制有助於全面瞭解和識別官員"；"辨別"強調對某一類事物中的各個個體加以分辨、區別，使易混淆的區分開，找出或判定某一合適的對象，如"我能夠辨別那是一種小鑼的聲音"。

▶ 鑒別 辨析 都有"根據某種特點對某對象加以認識和判別"的意義，但語義側重點有別。"識別"強調對個體特徵加以認識，以確定性質，如真假、優劣、好壞等，如"他向大家介紹了一些識別食品好壞的辦法"；"鑒別"強調對某一類事物中的各個個體進行仔細觀察，以確定事物的性質特徵，評定其真假好壞，如"該機擁有多種鑒別偽鈔的手段"。

證明 zhèngmíng ❶動 用事實或材料來表明事物的真實性：事實證明他是對的。❷名 起證明作用的文件：婚姻證明。

▶ 論證 [辨析] 見【論證】條。

▶ 證實 [辨析] 都有“依據可靠的材料來說明判定人或事物的真實性”的意義，但語義側重點和適用範圍有別。“證明”着重指根據可靠材料確定某種情況或說法是否正確，也指根據可靠的材料引出某種結論，適用面較廣，被證明的可以是正確的，也可以是錯誤的；“證實”着重指驗證所說的對象是否符合實際情況，適用面較窄，一般只限於證明假想或預言的確實性。如“考古新發現證實了這裏曾經是一片汪洋”中的“證實”不能換用“證明”。

證實 zhèngshí [動] 證明其確實如此：媽媽的話被證實了。

▶ 證明 [辨析] 見【證明】條。

譏笑 jīxiào [動] 用言詞諷刺和嘲笑別人：我們只有追求真理才能不為古人所譏笑。

▶ 嘲諷 [辨析] 都有“用言辭笑話別人”的意義，但語義側重點有別。“譏笑”含有鄙夷、看不起的意味，有書面語色彩，如“成為同事譏笑的對象”；“嘲諷”表示在嘲笑對方的話語中含蓄地表達諷刺或批評的意思，如“嘲諷那些不得人心的醜事”。

▶ 嘲笑 [辨析] 都有“笑話別人”的意義，但語義側重點和語體色彩有別。“譏笑”強調用諷刺的話笑話別人，含有鄙夷的意味，有書面語色彩，如“人們譏笑他，發出種種非議”；“嘲笑”側重笑話別人，含有嘲弄、看不起的意味，通用於口語和書面語，如“嘲笑他的浪漫”“嘲笑我的做法”。

譏諷 jīfěng [動] 用旁敲側擊或尖刻的話來指責或嘲笑別人：有人不但聽不進去，反而譏諷我。

▶ 諷刺 [辨析] 都有“用旁敲側擊或尖刻的話語來指責或批判”的意義，但語義側重點、語義輕重和語體色彩有別。“譏諷”含有嘲笑的意味，表現出鄙夷不屑的態度，語義比“諷刺”重，有書面語色彩，如“幾個月過去，他學習名列前茅，沒有人再譏諷、歧視他了”；“諷刺”強調用來指責或批判的話語比較含蓄，不直接，通用於口語和書面語，如“通過漫畫對現實現象進行諷刺”。

▶ 挖苦 [辨析] 都有“用旁敲側擊或尖刻的話語來指責或批判”的意義，但語義側重點、語義輕重和語體色彩有別。“譏諷”含有嘲笑的意味，表現出鄙夷不屑的態度，語義比“挖苦”重，有書面語色彩，如“一些評論家譏諷海明威‘江郎才盡’”；“挖苦”強調指責、揭發別人的缺點錯誤，含有使人難堪的意味，有口語色彩，如“當眾挖苦、訓斥學生”。

癡心 chīxīn [名]（對某事或某物）沉迷的心思：癡心一片。

▶ 癡情 [辨析] 都有“沉迷、着迷”的意義，但語義概括範圍有別。“癡心”概括了對所有喜愛或想得到的事物的沉迷；“癡情”常指對異性的着迷。如“深圳光明華僑畜牧場，十幾年癡心發展農牧業”中的“癡心”不能換用“癡情”。

癡心妄想 chīxīnwàngxiǎng 光想那些不可能實現的事情。

▶ 白日做夢 [辨析] 見【白日做夢】條。

癡情 chīqíng ❶ [名] 着迷的感情：一片癡情。❷ [形] 達到着迷的程度：他對音樂很癡情。

▶ 癡心 [辨析] 見【癡心】條。

龐大 pángdà [形] 很大，常指組織、形體或數量等大而無當：最早的計算機體積龐大，需佔用大量的空間。

▶ 巨大 [辨析] 見【巨大】條。

離 ㈠ **❶** 動 從所在的地方走：離家出走。 **❷** 動 從某地到另一地：北京離石家莊 280公里。**❸** 動 沒有，缺少：離了誰地球都照轉。

▶ **距** 辨析 都有"從某地到另一地"的意義，但語體色彩和語義概括範圍有別。"離"具有口語色彩，"距"的專業性和書面色彩更重。如"離我家只有二里地了"，"敵與距我方陣地八公里"。

離別 líbié 動 長時間的離開某地，或與人不再接觸：離別令人感傷。

▶ **別離** 辨析 都有"離開某地或某人"的意義，但語法功能和語義側重點、風格色彩有別。"離別"可以帶賓語，側重已經分開的狀態。"別離"一般不帶賓語，側重分手的那一刻，並且有文學色彩，更典雅。

▶ **分別** 辨析 見【分別】條。

▶ **分離** 辨析 見【分離】條。

▶ **分手** 辨析 見【分手】條。

離間 líjiàn 動 用手段使本來親密的人不再親密：離間計。

▶ **反間** 辨析 見【反間】條。

▶ **挑撥** 辨析 都有"耍手段使關係疏遠"的意義，但適用對象和語義側重點有別。"離間"的雙方通常是集團性的，"挑撥"則既可用於集團之間，也可以是個人之間，所以"離間計"不能換用"挑撥"。"離間"側重於表達使雙方產生矛盾，不再接觸的意思，而"挑撥"側重利用雙方已有或可能的矛盾使其激化。這兩個詞常連用，構成"挑撥離間"，指挑動雙方的矛盾，使雙方不再親密。

類似 lèisì 動 大體上一樣：類似的錯誤不能一犯再犯。

▶ **雷同** 辨析 都有"形容兩個事物之間有一樣的地方"的意義，但語義側重點和適用對象有別。"類似"偏重於事物之間有大體一樣的地方，共同點不一定完全相同，使用範圍比較廣泛；"雷同"強調事物之間完全相同的一致，多用於形容文學、藝術作品的語言、情節相似，如"如有雷同，純屬偶然"。

▶ **相似** 辨析 見【相似】條。

爆發 bàofā **❶** 動 火山內部的巖漿突然衝破地殼向外迸出：火山爆發。 **❷** 動 忽然發作；突然發生：爆發戰爭。

▶ **暴發** 辨析 見【暴發】條。

瀕臨 bīnlín 動 緊靠；臨近：瀕臨太平洋西岸／瀕臨滅絕。

▶ **臨近** 辨析 見【臨近】條。

懵懂 méngdǒng 形 糊塗，不明事理：聰明一世，懵懂一時。

▶ **糊塗** 辨析 見【糊塗】條。

▶ **迷糊** 辨析 見【迷糊】條。

懶散 lǎnsǎn 形 形容人散漫，不愛做事，精神不振：小李懶散慣了，一時很不適應緊張的工作節奏。

▶ **懶惰** 辨析 都有"不願意做事"的意義，但語義側重點和語體色彩有別。"懶散"指人因為缺乏自律而不願做事，精神缺乏活力；"懶惰"側重指主觀上不願意做，是貶義詞。

懶惰 lǎnduò 形 不願意做事：懶惰的人會想出各種理由不幹活。

▶ **懶散** 辨析 見【懶散】條。

懷念 huáiniàn 動 時時記得，不能忘懷：懷念先烈。

▶ **悼念** 辨析 都有"時時想着"的意義，但語義側重點、適用對象有別。"懷念"強調不能忘懷，對象可以是人，也可以是事物；"悼念"強調哀痛心情，多和"沉痛"搭配使用，對象只能是死者，而且多是重要人物。

▶ **緬懷** 辨析 都有"追念已往的人或事"的意義，但語義強度、適用對象有別。"懷念"語義較輕，既可以用於重要的人或事，也可以用於一般的人或事；"緬懷"語義較重，一般只用於領袖人物、重要人物或莊重的事情。如"緬懷前任做出的卓越貢獻"中的"緬懷"。

▶ **思念** 辨析 都有"時時想着"的意義，但語義側重點、適用對象有別。"懷念"強調時時記得，不能忘懷，多用於已去世的人或已見不到的人或事物；"思念"強調時時想起，希望見到，多用於還存在、有可能見到的人或事物。如"思念祖國的情緒在他的心上與日俱增"中的"思念"。

▶ **想念** 辨析 都有"時時想着"的意義，但語義側重點、適用對象、語體色彩有別。"懷念"強調時時記得，不能忘懷，多用於已去世的人或已見不到的人或事物，多用於書面語；"想念"強調時時想起，希望見到，多用於還存在、有可能見到的人或事物，口語和書面語都可以用。

懷恨 huáihèn 動 心裏怨恨：懷恨在心。

▶ **含恨** 辨析 見【含恨】條。

懷疑 huáiyí ❶ 動 存有疑惑，不很相信：我懷疑他的能力。❷ 動 主觀猜測：我懷疑這事是他幹的。

▶ **猜疑** 辨析 都有"存有疑惑"的意義，但語義側重點有別。"懷疑"強調對人對事不很相信、有疑惑，屬於主觀估計，不一定屬實，是中性詞；"猜疑"強調無中生有地起疑心，對人對事不放心，帶有貶義。如"我們反對在同事之間互相猜疑，因為它不利於團結"中的"猜疑"不能換用"懷疑"。

▶ **狐疑** 辨析 都有"存有疑惑"的意義，但語義側重點、語體色彩、語法功能有別。"懷疑"強調對人對事不很相信、有疑惑，屬於主觀估計，不一定屬實，口語和書面語中都可以用，是及物動詞；"狐疑"強調像狐狸一樣多疑，猶豫猜疑，多帶貶義，書面語色彩濃厚，多和"滿腹、不決"等搭配使用，是不及物動詞。如"有關部門懷疑受害者賊喊捉賊，以騙取保險公司的高額賠償"中的"懷疑"不能換用"狐疑"。

寵倖 chǒngxìng 動 （地位高的人對地位低的人）喜愛呵護：皇帝十分寵倖她。

▶ **寵愛** 辨析 都有"十分喜愛"的意義，但語義側重點、語體色彩和適用對象有別。"寵倖"側重指地位高的人對地位低的人的喜愛呵護，多用於書面語，對象一般是人；"寵愛"側重指嬌縱偏愛，不強調地位的差別，口語和書面語都可以用，對象一般是人或人豢養的寵物。如"這個角色因得孝文帝寵倖而大富大貴，紅極一時"中的"寵倖"不宜換用"寵愛"。

寵愛 chǒng'ài 動 （上對下）十分喜愛；嬌縱：寵愛自己的孩子。

▶ **寵倖** 辨析 見【寵倖】條。

▶ **溺愛** 辨析 都有"十分喜愛"的意義，但語義側重點、感情色彩和適用對象有別。"寵愛"側重指偏愛，另眼看待，中性詞，多用於上級對下級、長輩對晚輩，對象可以是人，也可以是人豢養的寵物；"溺愛"側重指無原則地過分喜愛，貶義詞，對象一般是子女。如"他常常以此博得老師的寵愛和好感"中的"寵愛"不能換用"溺愛"。

▶ **鍾愛** 辨析 都有"喜愛"的意義，但語義側重點、語體色彩和適用對象有別。"寵愛"側重指偏愛，另眼看待，口語和書面語都可以用，多用於上級對下級、長輩對晚輩，對象一般是人或人豢養的寵物；"鍾愛"側重指情有獨鍾，強調感情特別專注，多用於書面語，多表示長輩對晚輩的愛或男女之間的愛情。如"一個音樂家不可能不給自己心裏鍾愛的人寫下愛的樂章"中的"鍾愛"不宜換用"寵愛"。

疆場 jiāngchǎng 名 軍隊交戰的場地：馳騁疆場／戰死疆場。

▶ **沙場** 辨析 見【沙場】條。

▶ **戰場** 辨析 見【戰場】條。

二十畫

騷動 sāodòng ❶ 動 秩序混亂：觀眾席上忽然騷動起來。❷ 動 騷亂；動盪不安：內外騷動。

▶ **騷亂** 辨析 都有"擾亂、動盪不安"的意義，但語義側重點、語義輕重和詞性有別。"騷動"着重於"動"，變動，因受攪擾而使局面動盪或不安定，如"在購票處等候時，忽然人群出現了騷動"；"騷亂"着重於"亂"，混亂，因受攪擾而使局面混亂或人心不安，如"遏制騷亂鬧事"。"騷動"可指因活躍、鬧騰而造成的沒有規則、秩序紊亂，語義較輕，也可指整個局面動盪不安，語義較重；"騷亂"多指動亂不安，語義較重。"騷動"只能用作動詞；"騷亂"除動詞用法外，還能用作名詞，指"造成動亂不安的事件"，如"這場騷亂造成了很大的破壞"。

騷亂 sāoluàn ❶ 動 騷擾；動亂不安：市場裏騷亂起來。❷ 名 指造成動亂不安的事件：平息多起騷亂。

▶ **騷動** 辨析 見【騷動】條。

騷擾 sāorǎo 動 擾亂，使不安寧：不要騷擾百姓。

▶ **打攪** 辨析 見【打攪】條。

▶ **打擾** 辨析 見【打擾】條。

▶ **干擾** 辨析 見【干擾】條。

蘇醒 sūxǐng 動 從昏迷或沉睡中醒過來：他昏迷了三天三夜，今天終於蘇醒了。

▶ **清醒** 辨析 都有"從昏迷中醒過來"的意義，但語義側重點、適用範圍、用法和詞性有別。"蘇醒"着重指從昏迷或沉睡中醒過來；"清醒"着重指神志從昏迷狀態中恢復過來。"蘇醒"能用於人，也能用於物，如"大地蘇醒、萬物蘇醒"；"清醒"只能用於人。"蘇醒"不能重疊使用；"清醒"能重疊成 ABAB 式使用。"蘇醒"只能用作動詞；"清醒"除動詞用法外，還能用作形容詞，意為頭腦清楚、不糊塗。

警惕 jǐngtì 動 對可能發生的危險情況或錯誤傾向保持敏銳的感覺：提高警惕。

▶ **警覺** 辨析 見【警覺】條。

警覺 jǐngjué 動 對危險或情況變化的敏銳感覺：這引起了醫學家們的警覺。

▶ **警惕** 辨析 都有"對危險或情況變化的敏銳感覺"的意義，但語義側重點有別。"警覺"強調提高注意力，從某些情況變化中敏銳地察覺並做出反應，如"二人立刻警覺起來，斷定這是一個有作案經驗的重大在逃犯"；"警惕"強調思想上高度重視，加強戒備，十分謹慎小心，如"他提醒人們警惕部族仇殺再次爆發的危險"。

攔阻 lánzǔ 動 擋住，不讓通過：他要做的事，沒有人敢攔阻他。

▶ **攔截** 辨析 都有"制止，不讓通過"的意義，但語義側重點有別。"攔截"的動作色彩強烈，有強行制止的含義，如"攔截敵方"；"攔阻"側重表示阻擋行為發生，不強調動作。

▶ 阻攔 辨析 見【阻攔】條。

攔截 lánjié 動 截斷對方去路，不讓通過：攔截敵方的援軍。

▶ 攔阻 辨析 見【攔阻】條。

勸告 quàngào ❶ 動 通過講明道理來說服人，使其改正錯誤或接受意見：醫生勸告他立即住院。❷ 名 勸人改正錯誤或接受意見的話：他聽不進別人的勸告。

▶ 警告 辨析 都有"說服、告誡對方，使之改正錯誤或接受意見"的意義，但語義側重點、語義輕重和使用範圍有別。"勸告"着重於"勸"，勸說，強調通過講明道理來說服人，如"大家對他的作風問題提出批評和勸告"；"警告"着重於"警"，告誡，強調對錯誤或不正當行為提出嚴正告誡，使錯誤方認識到應負的責任，語義較"勸告"重，如"警察警告球迷不要從票販子手中購買門票""鳴槍警告"。"勸告"常用於人與人之間，限於內部；"警告"可用於人與人之間，也可用於團體、國家之間，不限於內部。在其他意義上二者不相同。

勸導 quàndǎo 動 勸說，開導：對以前犯有錯誤的孩子應該耐心進行勸導，最忌態度生硬。

▶ 開導 辨析 見【開導】條。

獻身 xiànshēn 動 獻出自己的身體，借指把自己的全部精力或生命獻給國家、人民或事業：獻身環保事業／為搶救落水兒童英勇獻身。

▶ 犧牲 辨析 見【犧牲】條。

贍養 shànyǎng 動 供給生活所需，使其生活有靠，特指子女對父母、長輩在物質、生活上進行幫助：贍養失去勞動

能力的老人，是我們作兒女應盡的義務。

▶ 奉養 辨析 見【奉養】條。

▶ 撫養 辨析 見【撫養】條。

▶ 供養 辨析 見【供養】條。

闡明 chǎnmíng 動 把道理、原理等申述明白：他在會議上闡明了自己的立場。

▶ 說明 辨析 見【說明】條。

闡述 chǎnshù 動 申述並且說明：這篇文章闡述了歷史發展的一般規律。

▶ 論述 辨析 見【論述】條。

▶ 闡釋 辨析 都有"申述說明"的意義，但語義概括範圍有別。除了二者共同的的意義以外，"闡釋"還包含"解釋"的意思，所以"闡釋"的語義概括範圍大於"闡述"。如"哲學闡釋是將普通題材提到哲學高度進行分析和理解，從中看出通常隱而不顯的深層意義"中的"闡釋"不宜換用"闡述"。

闡釋 chǎnshì 動 說明並解釋：老師重點闡釋了一個深刻的道理。

▶ 闡述 辨析 見【闡述】條。

▶ 論述 辨析 見【論述】條。

嚴重 yánzhòng 形 程度深；影響大；情勢危急：問題嚴重／污染嚴重／發生嚴重水災。

▶ 嚴峻 辨析 都有"情勢危急"的意義，但語義側重點，搭配對象有別。"嚴重"強調程度深、影響大，搭配對象很多，如"病情嚴重""嚴重違紀""嚴重超載"。"嚴峻"偏重指形勢不樂觀，壓力大，常以"形勢嚴峻"的搭配出現。

嚴峻 yánjùn 形 情勢危急：形勢嚴峻。

▶ 嚴重 辨析 見【嚴重】條。

犧牲 xīshēng ❶名 古代為祭祀宰殺的牲畜。❷動 為了正義的目的捨棄自己的生命：在此次火災事故中，有數名消防員英勇犧牲。❸動 放棄或損害一方的利益：她自願犧牲業餘時間做義工／不要只顧自己而犧牲大家的利益。

▶獻身 辨析 都有"捨棄自己的生命"的意義，但語義側重點、語法功能有別。"犧牲"強調為了正義事業，一般是直接對象作其賓語，如"犧牲生命"；"獻身"強調把自己的生命獻給國家或事業，一般是間接對象作其賓語，如"獻身城市建設"。"犧牲"一定是失去生命，"獻身"則還可指獻出全部精力，如"獻身民族獨立事業"。在其他意義上二者不相同。

籌措 chóucuò 動 想辦法弄到：籌措救災物資。

▶籌備 辨析 見【籌備】條。

▶籌集 辨析 都有"謀劃、設法弄到"的意義，但語義側重點有別。"籌措"側重指結果，籌措涉及的面不一定很廣；"籌集"側重把分散的東西聚集起來，籌集涉及的面較廣。如"面向社會公眾籌集資金"中的"籌集"不能換用"籌措"。

籌備 chóubèi 動 籌劃準備：籌備建立業主委員會。

▶籌措 辨析 都有"謀劃、準備做某事"的意義，但語義側重點和適用對象有別。"籌備"側重指事前謀劃、準備，多用於召開會議、成立組織或機構、進行某種活動等；"籌措"側重指事先想辦法弄到、籌集，對象多為資金、財物等。如"大會籌備工作進展順利"中的"籌備"不能換用"籌措"。

▶籌劃 辨析 見【籌劃】條。

▶籌謀 辨析 都有"事先定計劃、做準備"的意義，但語義側重點和適用對象有別。"籌備"側重指事先做具體的準備工作，對象多是會議、組織機構等；"籌

謀"側重指想辦法、謀劃，對象一般是計劃、陰謀等重大的事情。如"姐姐也正忙着籌備老七的婚事"中的"籌備"不能換用"籌謀"。

籌集 chóují 動 籌措聚集：籌集資金。

▶籌措 辨析 見【籌措】條。

籌劃 chóuhuà ❶動 想辦法；定計劃：籌劃興建一所學校。❷動 想辦法安排、準備：籌劃資金。

▶策劃 辨析 見【策劃】條。

▶謀劃 辨析 見【謀劃】條。

▶籌備 辨析 都有"事前想辦法、準備"的意義，但語義側重點和適用對象有別。"籌劃"側重指事前想辦法安排、計劃，對象多為新機構、新工程、新事業或工作、生活等具體事情；"籌備"側重指為某事做具體的準備工作，對象多是會議、組織機構等。如"老謀深算的他又在籌劃全身之策"中的"籌劃"不宜換用"籌備"。

▶籌謀 辨析 都有"想辦法"的意義，但語義側重點有別。"籌劃"側重指事前想辦法，並已經做好一定的計劃；"籌謀"側重指想辦法，並沒有一定的具體計劃。如"匪徒們緊急籌劃了逃跑計劃"中的"籌劃"不宜換用"籌謀"。

籌謀 chóumóu 動 想辦法；謀劃：籌謀計策。

▶籌劃 辨析 見【籌劃】條。

覺悟 juéwù ❶動 由迷惑而明白；由模糊而認清：在精神文明之力的感召下，他終於覺悟了。❷動 佛教指領悟教義的真諦。

▶覺醒 辨析 都有"由迷惑而明白；由模糊而認清"的意義，但語義側重點有別。"覺悟"強調悟出真理、道理，使思

想有所改變,如"當了大半輩子牧民的老巴覺悟到,再靠自然牧放是不行了";"覺醒"強調認識上清醒了,從迷惑、錯誤當中走出來,如"人們在付出沉重的代價後,開始覺醒了"。

▶ **醒悟** 辨析 都有"由迷惑而明白;由模糊而認清"的意義,但語義側重點有別。"覺悟"強調悟出真理、道理,使思想有所改變,如"他突然覺悟到這是一次不尋常的經歷";"醒悟"強調一下子清醒、明白了,悟出了道理,如"越來越多的迷信者醒悟了"。

覺察 juéchá 動 發現,感覺到,看出來:生活中靜悄悄的變化往往不易被人覺察。

▶ **發覺** 辨析 見【發覺】條。

▶ **發現** 辨析 見【發現】條。

覺醒 juéxǐng 動 醒悟;覺悟。

▶ **覺悟** 辨析 見【覺悟】條。

釋放 shìfàng ❶動 放出被逮捕、拘留或判刑者,恢復其人身自由:刑滿釋放。❷動 將所含的物質或能量放出來:原子反應堆能有效地釋放原子能。

▶ **開釋** 辨析 見【開釋】條。

饑荒 jīhuang ❶名 莊稼收成不好或沒有收成:這一帶過去常鬧饑荒。❷名 經濟困難,周轉不靈:家裏鬧饑荒。❸名 債務:拉饑荒。

▶ **饑饉** 辨析 都有"莊稼收成不好或沒有收成而引起的普遍缺糧、飢餓情況"的意義,但語義側重點和語體色彩有別。"饑荒"強調因歉收而造成災荒,通用於口語和書面語,如"嚴重自然災害引起的饑荒每年至少要造成 7.36 萬人死亡";"饑饉"側重指因缺糧而造成的嚴重的飢餓現象,有書面語色彩,如"市鎮百業凋敝,農村饑饉頻起"。在其他意義

上二者不相同。

饑饉 jījǐn 名 莊稼收成不好或沒有收成:市鎮百業凋敝,農村饑饉頻起。

▶ **饑荒** 辨析 見【饑荒】條。

觸犯 chùfàn 動 侵犯、違反:觸犯了刑法。

▶ **衝撞** 辨析 見【衝撞】條。

▶ **冒犯** 辨析 見【冒犯】條。

觸怒 chùnù 動 觸犯而使發怒:說話切忌觸怒他人。

▶ **激怒** 辨析 都有"使發怒"的意義,但語義側重點和語義強度有別。"觸怒"側重指因觸犯而使發怒,語義較輕;"激怒"側重指由於受到強烈刺激而使情緒激動,發怒,語義較重。如"那輕蔑的眼光深深地激怒了他"中的"激怒"不宜換用"觸怒"。

觸動 chùdòng ❶動 碰;撞:觸動了一塊石頭。❷動 因某種刺激而引起(感情變化、回憶等):這一番話觸動了她的心。❸動 碰撞使受損害:觸動了公司的利益。

▶ **打動** 辨析 見【打動】條。

諛謗 huǐbàng 動 詆毀,誹謗:肆意諛謗。

▶ **誹謗** 辨析 見【誹謗】條。

競賽 jìngsài 名 互相比賽,爭取優勝:軍備競賽。

▶ **比賽** 辨析 見【比賽】條。

瀟灑 xiāosǎ 形 (神情、舉止、風貌等)自然大方,有韻致,不拘束:瀟灑男孩/瀟灑走一回。

▶ **灑脫** 辨析 見【灑脫】條。

寶貴 bǎoguì 形 極有價值;非常值得重視:寶貴經驗/時間很寶貴。

▶ **可貴** 辨析 見【可貴】條。

▶ **珍貴** 辨析 都有"價值大或意義深刻，值得重視"的意義，但語義側重點和適用對象有別。"寶貴"側重於指像寶貝一樣珍惜重視，多用於抽象事物，如經驗、時間、財富、精神、意見、品性等；"珍貴"側重於指因稀少、難得而價值大，多用於具體事物，如文物、資料、物品等。

豁然開朗 huòrán kāilǎng ❶ 由狹窄陰暗突然變為開闊敞亮。❷ 比喻心裏突然悟出道理而感覺明朗。

▶ **恍然大悟** 辨析 見【恍然大悟】條。

▶ **茅塞頓開** 辨析 見【茅塞頓開】條。

豁達 huòdá 形 胸襟開闊，性格開朗，氣量大：豁達大度。

▶ **達觀** 辨析 見【達觀】條。

▶ **曠達** 辨析 見【曠達】條。

▶ **樂觀** 辨析 見【樂觀】條。

譬如 pìrú 動 舉例時的發端語：這次考試都是常見的題型，譬如，選詞填空、完成會話等。

▶ **比如** 辨析 見【比如】條。

▶ **例如** 辨析 見【例如】條。

二十一畫

蠢 chǔn ❶ 形 頭腦遲鈍，不聰明：蠢貨。❷ 形 不靈巧，不靈活：笨狗熊。

▶ **笨** 辨析 見【笨】條。

▶ **傻** 辨析 見【傻】條。

蠢笨 chǔnbèn 形 不靈巧，不靈便，不聰明：蠢笨的狗熊。

▶ **笨拙** 辨析 見【笨拙】條。

驅逐 qūzhú 動 趕走；用強力迫使離開：驅逐出境。

▶ **驅趕** 辨析 見【驅趕】條。

驅趕 qūgǎn ❶ 動 施加外力，使動起來；駕馭：驅趕馬車。❷ 動 趕走；使用某種手段迫使離開：驅趕蒼蠅。

▶ **驅逐** 辨析 都有"趕走、使用某種手段迫使離開"的意義，但適用對象、語義輕重和語體色彩有別。"驅趕"一般是個人行為，迫使別人離開而到另一處，對象可以是人，也可以是家禽或動物；"驅逐"一般是政府行為，迫使別國人離境，對象多為敵對分子或被欺凌者，常具有政治色彩，一般用於外交場合，語義較"驅趕"重。"驅趕"可用於書面語，也可用於口語；"驅逐"多用於書面語。"驅趕"另有"駕馭"的意思，在這一意義上二者不構成同義關係。

攛掇 cuānduo 動 鼓動別人做某事：攛掇他吸煙。

▶ **慫恿** 辨析 見【慫恿】條。

轟 hōng ❶ 象聲 表示巨大的響聲，如打雷、放炮、爆炸等聲音：轟的一聲巨響。❷ 動 通過爆炸來打擊、破壞：炮轟敵艦。❸ 動 趕，驅逐：轟蚊子。

▶ **趕** 辨析 都有"使其離開"的意義，但語義側重點、語義強度有別。"轟"是多方向性的，可以向四方散去，語義較重；"趕"是一個方向的，使朝一個方向離去。如"警察把圍觀的人群轟開了"中的"轟"不宜換用"趕"。

▶ **攆** 辨析 都有"使其離開"的意義，但語義強度、適用對象有別。"轟"語義更重，既可以用於人，也可以用於動物；"攆"語義較輕，一般只用於人。如可以說"轟蚊子"，但一般不說"攆蚊子"。

殲滅 jiānmiè 動 除掉（敵對的人或勢力）：將敵軍全部殲滅／游擊隊殲滅了敵偽軍。

▶ **消滅** 辨析 都有"除掉（敵對的人或勢力）"的意義，但適用對象、語義輕重和語體色彩有別。"殲滅"適用範圍窄，多用於除掉敵人，也可用於工程、項目、災難，且對象數量較大，不用於除掉個體，語義較重，有書面語色彩，如"恐怖分子突圍時，大部分被殲滅""全力以赴打殲滅戰"；"消滅"適用範圍廣，可用於除掉任何敵對的或有害的人或事物，語義比"殲滅"輕，通用於口語和書面語，如"消滅錯別字""消滅財政赤字"。

霸道 bàdào 形 強橫不講理；蠻橫：你怎麼這麼霸道，一點道理不講！

▶ **蠻橫** 辨析 見【蠻橫】條。

▶ **強橫** 辨析 見【強橫】條。

巍峨 wēi'é 形 形容山或建築物高大雄偉：巍峨的群山。

▶ **巍然** 辨析 都有"高大"的意義，但語義範圍和語法功能有別。"巍峨"主要用來形容山、建築物；"巍然"除可形容山、建築物以外，還可形容人、事物等，可實指也可虛指，如"國外彩電價格巍然不動"。"巍峨"多作定語；"巍然"多作狀語。

▶ **巍巍** 辨析 都有"形容山或建築物高大"的意義，但用法有別。"巍峨"修飾名詞時常加"的"；"巍巍"則常直接修飾名詞。

巍然 wēirán 形 形容山、建築物、人等高大而有氣勢的樣子：巍然屹立。

▶ **巍峨** 辨析 見【巍峨】條。

▶ **巍巍** 辨析 都有"高大"的意義，但適用對象和語法功能有別。"巍巍"主要用來形容山、建築物；"巍然"除可形容山、建築物外，還可形容人、事物等，

可實指也可虛指。"巍然"多作狀語，如"巍然屹立在世界的東方"；"巍巍"多作定語，如"巍巍泰山"。

巍巍 wēiwēi 形 形容高大：巍巍崑崙。

▶ **巍峨** 辨析 見【巍峨】條。

▶ **巍然** 辨析 見【巍然】條。

護衛 hùwèi ❶ 動 保護，保衛：在保鏢的護衛下離開演出現場。❷ 名 執行護衛任務的人員。

▶ **保衛** 辨析 都有"保護使不受侵犯"的意義，但語義側重點、適用對象有別。"護衛"重在護，使不受干擾，多用於具體的個人；"保衛"重在保證安全，使不受侵犯，既可以用於個人，也可以用於具體的場所，還可以用於抽象事物。如可以說"保衛和平"，但一般不說"護衛和平"。

▶ **捍衛** 辨析 都有"保護使不受侵犯"的意義，但語義側重點、適用對象有別。"護衛"重在護，使不受干擾，多用於具體的個人；"捍衛"重在捍，既有保護的意思，還有抵禦的意思，多用於重大的抽象事物，不能用於個人。如可以說"捍衛國家主權"，但一般不說"護衛國家主權"。

譴責 qiǎnzé 動 對荒謬的言行予以嚴正申斥：世界主持正義的輿論一致譴責侵略者的罪惡行徑。

▶ **責備** 辨析 見【責備】條。

▶ **指責** 辨析 見【指責】條。

辯白 biànbái 動 說明事實真相，用來消除誤會或受到的指責：給你辯白的機會／急着辯白。

▶ **辯解** 辨析 都有"說明事實真相，用來消除誤會或受到的指責"的意義，但語體色彩、感情色彩有別。"辯白"有

較強的書面語色彩，沒有特殊的感情色彩；"辯解"通用於口語和書面語，有時略帶貶義。

▶ **分辯** 辨析 見【分辯】條。

辯解 biànjiě 動 對受人指責的某種見解或行為加以解釋：急着為自己辯解／出面辯解。

▶ **辯白** 辨析 見【辯白】條。

▶ **分辯** 辨析 見【分辯】條。

灌注 guànzhù 動 澆進，注入：灌注鐵水／灌注知識。

▶ **灌輸** 辨析 都有"輸送"的意義，但適用對象有別。"灌注"重在指感情、心血、勇氣、生命力等較抽象事物的注入，也可用於水泥、混凝土、水等具體事物；"灌輸"重在指思想、知識等抽象事物逐步的教育、傳授。如可以說"灌輸民主思想"，但一般不說"灌注民主思想"。

灌輸 guànshū ❶ 動 把流水引導到需要水分的地方。❷ 動 輸送（知識、思想等）：灌輸民主思想。

▶ **灌注** 辨析 見【灌注】條。

懼怕 jùpà 動 害怕。

▶ **害怕** 辨析 見【害怕】條。

顧及 gùjí 動 照顧到，注意到：無暇顧及／顧及員工生活。

▶ **顧全** 辨析 都有"考慮到，注意到"的意義，但語義側重點、語義強度、語法功能有別。"顧及"含有注意和考慮某方面問題的意味，語義較輕，賓語可以是名詞，也可以是動詞；"顧全"含有不僅要注意到、考慮到，而且要使其不受損害，得到保全的意味，語義較重，賓語多是名詞。如"對於自己，她已無暇顧及，她甚至想這樣也好在牢裏能見到自

己的夫君"中的"顧及"不宜換用"顧全"。

顧主 gùzhǔ 名 顧客。

▶ **顧客** 辨析 二者所指相同，但語體色彩有別。"顧主"具有書面語色彩，使用較少；"顧客"口語和書面語都可以用，使用比較普遍。

▶ **買主** 辨析 見【買主】條。

顧全 gùquán 動 顧及，使不受損害：顧全大局。

▶ **顧及** 辨析 見【顧及】條。

顧忌 gùjì 動 恐怕對人或對事不利而有顧慮：無所顧忌。

▶ **顧慮** 辨析 都有"因外界情況的阻礙而不敢按自己本意說話或行動"的意義，但語義側重點、適用對象有別。"顧忌"強調有所忌諱，心中考慮的程度較淺，只用於考慮對別人或事情的不利影響，不用於對自己；"顧慮"強調有所憂慮、掛慮，心中考慮的程度較深，既可用於考慮對別人或事情的不利影響，也可用於對自己的不利影響。如可以說"顧慮重重"，但一般不說"顧忌重重"。

▶ **忌憚** 辨析 見【忌憚】條。

顧客 gùkè 名 商店或服務行業對來買東西的人或服務對象的稱謂：顧客至上。

▶ **顧主** 辨析 見【顧主】條。

▶ **買主** 辨析 見【買主】條。

顧慮 gùlǜ 名 恐怕對自己、對人或對事情不利而不敢按照自己本意說話或行動：顧慮重重。

▶ **顧忌** 辨析 見【顧忌】條。

襯托 chèntuō 動 用某一事物作陪襯以突出另一事物：綠油油的枝葉襯托着紅艷艷的花朵。

▶ **烘托** 辨析 都有"用其他事物作陪襯來突出重要事物"的意義，但語義側重點、語體色彩和適用對象有別。"襯托"側重指陪襯、對照，以突出事物的特色，還可以是事物互相陪襯，口語和書面語中都可以用，適用對象可以是自然景物、建築物等具體事物，也可以是品質、特點、性格等抽象事物；"烘托"側重指從旁渲染，使事物更為鮮明、生動，各事物不能互相陪襯，多用於書面語，適用對象多是氣氛、性格、精神等抽象事物。如"綠色的禾苗，綠色的水網，互相襯托，相映成趣"中的"襯托"不能換用"烘托"。

▶ **陪襯** 辨析 都有"採用一定的方法或手段使某一事物或事物的部分更加突出"的意義，但語義側重點和指稱事物有別。"襯托"側重指在裏面襯上一層，起對照作用，以突出原物的特色，常指一種事物；"陪襯"側重指陪着其他事物，使主要事物更突出，常指多種事物。如"優美的舞台佈景有效地襯托着主題"中的"襯托"不宜換用"陪襯"。

屬下 shǔxià 名 泛指級別低的人員。

▶ **部下** 辨析 見【部下】條。

響亮 xiǎngliàng 形 （聲音）大：一記響亮的耳光／響亮的回答。

▶ **洪亮** 辨析 都有"形容聲音大"的意義，但語義側重點、適用對象、使用頻率有別。"洪亮"強調聲音大而渾厚，常用於形容人說話的聲音；"響亮"強調聲音大而清脆，廣泛用於人、動物和一般物體發出的聲音，使用頻率高於"洪亮"。

▶ **嘹亮** 辨析 都有"形容聲音大"的意義，但語義側重點、適用對象、使用頻率有別。"響亮"強調聲音大而清脆，廣泛用於人、動物和一般物體發出的聲音，使用頻率高於"嘹亮"；"嘹亮"強調聲音明亮而傳得遠，含有悅耳動聽的意

味，多用於歌聲、號角聲。

響應 xiǎngyìng 動 回聲相應。比喻用言語行動表示贊同、支持某種號召或倡議：響應號召。

▶ **回應** 辨析 見【回應】條。

纏繞 chánrào ❶ 動 條狀物迴旋地繞在其他物體上：扶手上纏繞着布條／把毛線纏繞在線軸上。❷ 動 長時間地困擾：失去親人的痛苦一直纏繞在她的心頭。

▶ **環繞** 辨析 見【環繞】條。

二十二畫

驕傲 jiāo'ào ❶ 形 自以為了不起：驕傲自滿。❷ 形 因個人或集體具有優良品質或取得偉大成就而感到光榮：為祖國的日益強盛而驕傲。❸ 名 值得自豪的人或事物：他是中國人的驕傲。

▶ **高傲** 辨析 都有"自以為了不起，看不起別人"的意義，但語義側重點、語義輕重、感情色彩和語體色彩有別。"驕傲"通用於口語和書面語，含貶義，如"不能取得了一點成績就驕傲自滿"；"高傲"強調表現出高高在上的姿態，把自己估計過高，多形容性格、態度、架勢、神態等，比"驕傲"的程度深，語義重，通常含貶義，有書面語色彩，如"擺出一幅生冷面孔、高傲姿態而使人敬而遠之"。"高傲"有時可用於褒義，表示"表現出一種自豪、高尚或不屈不撓的樣子"，如"被高牆阻擋不能伸展軀體的側枝，也是高傲地向上挺立着"。

▶ **自豪** 辨析 見【自豪】條。

聽從 tīngcóng 動 接受並服從：聽從指揮。

▶ **服從** 辨析 都有"依照別人的意思行事,不違背、不反抗"的意義,但語義側重點和適用對象有別。"聽從"着重於"聽",聽取,強調聽取、接受,並按照別人的意思行動;"服從"着重於"服",信服,強調心悅誠服或無條件地跟從或同意。"聽從"的對象多與言語有關,如勸告、召喚、指揮、命令、教誨、吩咐等;"服從"的對象可以與人有關,如多數、上級,也可以與言語或事物有關,如命令、指揮、利益等。

▶ **順從** 辨析 都有"依照別人的意思行事,不違背、不反抗"的意義,但語義側重點和適用對象有別。"聽從"着重於"聽",聽取,強調聽取、接受,並按照別人的意思行動;"順從"着重於"順",依順,強調依順別人的意志,不敢違抗。"聽從"的對象多與言語有關,如勸告、召喚、指揮、命令、教誨、吩咐等;"順從"的對象多為人,也可以是抽象事物,如願望、意志等。

▶ **遵從** 辨析 都有"依照別人的意思行事,不違背、不反抗"的意義,但語義側重點和適用對象有別。"聽從"着重於"聽",聽取,強調聽取、接受,並按照別人的意思行動;"遵從"着重於"遵",遵照,強調遵照並無條件地跟從或同意,含有尊重對方的色彩。"聽從"的對象多與言語有關,如勸告、召喚、指揮、命令、教誨、吩咐等;"遵從"的對象可以與言語有關,如指示、教導等,也可以是抽象事物,如願望、意志、決議等。

歡暢 huānchàng 形 歡樂暢快:心情歡暢。

▶ **暢快** 辨析 都有"舒暢快樂"的意義,但語義側重點、適用對象有別。"歡暢"重在指歡快,常形容心情、歌聲、流水等;"暢快"重在指痛快,一般只形容心情。如"嚐一口,甘甜清冽,口感潤滑,通體有一種難以喻的暢快之感"中的"暢快"不能換用"歡暢"。

▶ **酣暢** 辨析 都有"舒暢快樂"的意義,但語義側重點、適用對象有別。"歡暢"重在指歡快,常形容心情、歌聲、流水等;"酣暢"強調盡興,多形容動作等。如可以說"喝得酣暢""睡得酣暢",但不能說"喝得歡暢""睡得歡暢"。

▶ **舒暢** 辨析 都有"心情痛快"的意義,但語義側重點、適用對象有別。"歡暢"強調歡樂,常形容心情、歌聲、流水等;"舒暢"強調舒服,一般只形容人的心情。

權力 quánlì ❶ 名 政治上的強制力量:國家權力機關。❷ 名 職責範圍內的支配或指揮力量:行使權力。

▶ **權利** 辨析 都有"一定範圍內的政治、經濟、軍事等方面的強制和支配的力量"的意義,但語義側重點、使用範圍和用法有別。"權力"強調行政的支配力量;"權利"強調依法享有的支配力量和利益。"權力"可用於個人,也可用於政府機構、部門;"權利"多用於公民、法人。"權力"常作"行使、使用、利用、擁有、得到、奪取"等詞語的賓語,受"統治、最高、國家、社會、部分"等詞語修飾;"權利"常作"享受、享有、維護、保護、剝奪"等詞語的賓語,受"合法、民主、人身"等詞語修飾。

權利 quánlì 名 公民或法人在政治、經濟、文化、軍事等方面依法享有的權力和利益:權利和義務。

▶ **權力** 辨析 見【權力】條。

權術 quánshù 名 隨機應變的手段或方法:耍弄權術。

▶ **權謀** 辨析 都有"處理各種情況時靈活有效的方法"的意義,但語義側重點和褒貶色彩有別。"權術"着重於"術",方法,手段,強調隨機應變的手段或做法,如"這人善於玩弄權術,排擠異己";"權謀"着重於"謀",謀略,強調隨機應變的計謀和才智,如"他才智過人,很有權謀"。"權術"多用於搞陰謀詭計方面,含有明顯的貶義色彩;"權謀"屬中性詞。

權衡 quánhéng ❶名 秤錘和秤桿。❷動 比較;估計;斟酌:權衡利弊 / 權衡得失。

▶ **衡量** 辨析 都有"比較、估計、斟酌"的意義,但語義側重點、使用範圍和語體色彩有別。"權衡"原指秤錘和秤桿,引申為估計輕重、測定重量,喻指考慮,多指從利害、得失、輕重的角度進行比較、斟酌;"衡量"原指衡器和量器,引申為以衡器、量器為標準來確定事物的長短、大小、多少、輕重等,喻指對抽象事物的比較、評定,多指用一定的標準來考慮、確定事物是否恰當可行。"權衡"常用於書面語;"衡量"可用於書面語,也可用於口語。

權謀 quánmóu 名 計謀;隨機應變的才智:富有權謀。

▶ **權術** 辨析 見【權術】條。

鑒別 jiànbié 動 判斷、分別(真假好壞):鑒別真偽 / 鑒別古玩。

▶ **辨別** 辨析 都有"對事物分析比較,在認識上加以區別"的意義,但語義側重點有別。"鑒別"強調審查、仔細看,確定事物的性質特徵或真假好壞,如"傳統中藥生產憑藉經驗,是靠對藥物的眼看、手摸、鼻聞、口嚐的感官鑒別";"辨別"強調通過認識、分辨事物的特點來加以區分,如"具備較高的辨別雙胞胎的能力"。

▶ **鑒定** 辨析 都有"對事物分析比較,在認識上加以區別"的意義,但語義側重點有別。"鑒別"強調對事物進行分辨,如"對假冒偽劣產品的鑒別能力";"鑒定"強調對事物的優劣、真偽進行認定,如"經考古工作者鑒定,確認該殘碑係南宋年間所刻"。

▶ **識別** 辨析 見【識別】條。

▶ **甄別** 辨析 見【甄別】條。

鑒定 jiàndìng ❶動 鑒別和評定(人的優缺點):自我鑒定。❷名 評定人的優缺點的文字:導師給學生寫鑒定。❸動 辨別並確定事物的真偽、優劣:對出土文物進行鑒定 / 技術鑒定。

▶ **辨別** 辨析 都有"對事物分析比較,在認識上加以區別"的意義,但語義側重點有別。"鑒定"強調對事物的優劣、真偽進行認定,如"發現票幣可疑,應去銀行鑒定";"辨別"強調通過認識、分辨事物的特點來加以區分,如"辨別顏色的能力從嬰兒時期就開始發展"。

▶ **鑒別** 辨析 見【鑒別】條。

囉唆 luōsuō ❶動 說話重複繁瑣:你就別囉唆了,反正他也聽不進去。❷形 說話重複繁瑣:事情倒不是很難,就是囉唆。

▶ **絮叨** 辨析 都有"說話重複,令人厭煩"的意義,但語義側重點有別。"囉唆"強調話語內容重複、多餘、無意義,如"他囉唆了半天也沒把這件事說清楚";"絮叨"強調說話時間長,沒完沒了,如"一天到晚絮叨些雜七雜八的事"。

籠絡 lǒngluò 動 用手段使人際關係更緊密:為了當選,他使盡辦法籠絡民心。

▶ **拉攏** 辨析 見【拉攏】條。

灑 sǎ ❶動 把液體散佈在地上:灑水掃地。❷動 散落:糧食灑了一地。

▶ **撒** 辨析 都有"散佈"和"散落"的意義,但語義側重點和適用對象有別。"灑"偏重指使水或其他液體分散地落下,如淚水、汗水、農藥、雨水等;"撒"偏重指把顆粒狀的固體分散着拋出去,如鹽、白糖、芝麻、花椒、胡椒粉、種子、肥料等。

灑脫 sǎtuo 〔形〕形容言談舉止自然大方，毫不拘謹：這年輕人動作灑脫而從容。

▶ **瀟灑** 辨析 都有"形容舉止自然大方、毫不拘謹"的意義，但語義側重點和適用範圍有別。"灑脫"着重於自然、不俗氣，含有隨意、超脫的意味，如"他的生活平凡而灑脫"；"瀟灑"着重於落落大方、不呆板，含有飄逸、優雅的意味，如"他的談吐瀟灑儒雅"。"灑脫"多用於言談、舉止、風度、性格等，還可用於形容書法、文筆的風格；"瀟灑"多用於舉止、姿態、神情等。

二十三畫

驚奇 jīngqí 〔動〕覺得很奇怪。

▶ **驚詫** 辨析 都有"由於突然來的刺激而精神緊張並感到非常奇怪"的意義，但語義側重點、語義輕重和語體色彩有別。"驚奇"強調因沒有見過或沒有想到而感到非常好奇、奇怪，通用於口語和書面語，如"通過意外的發現給人以驚奇，往往能引起人們的注意，並留下深刻印象"；"驚詫"強調內心受到震動，語義比"驚奇"重，有書面語色彩，如"我們時時驚詫於造假者的'勇敢'和面對打假聲威的'泰然處之'"。

驚異 jīngyì 〔動〕驚奇詫異。

▶ **驚詫** 辨析 都有"由於突然來的刺激而精神緊張並感到非常奇怪"的意義，但語義側重點有別。"驚詫"強調奇怪，內心受到震動，有時含有疑惑不解的意味，如"我第二次到梅雨潭的時候，我不禁驚詫於梅雨潭的綠了"；"驚異"強調

感到異常、不尋常，如"狒狒屬於靈長類高等動物，令人驚異的是牠不易受到感染能力最強的愛滋病1型病毒的侵害"。

驚訝 jīngyà 〔動〕感到很奇怪。

▶ **驚詫** 辨析 都有"由於突然來的刺激而精神緊張並感到非常奇怪"的意義，但語義側重點、語義輕重和語體色彩有別。"驚詫"強調內心受到震動，有時含有疑惑不解的意味，語義比"驚訝"重，有書面語色彩，如"校長對他那富有想像力的大腦感到驚詫"；"驚訝"含有"因覺得奇怪而發出歡聲和流露出表情來"的意味，通用於口語和書面語，如"我對他在肖像畫藝術上的傑出才能與精湛的繪畫技巧大為驚訝"。

驚惶 jīnghuáng 〔形〕因受到驚嚇而惶恐不安：他驚惶地時時回頭去看車子後面追上來的三匹巨狼。

▶ **驚慌** 辨析 見【驚慌】條。

驚詫 jīngchà 〔動〕驚訝詫異：這時出現了一幕令人驚詫的場面。

▶ **驚奇** 辨析 見【驚奇】條。

▶ **驚訝** 辨析 見【驚訝】條。

▶ **驚異** 辨析 見【驚異】條。

驚慌 jīnghuāng 〔形〕害怕慌張：驚慌失措。

▶ **倉皇** 辨析 見【倉皇】條。

▶ **慌張** 辨析 都有"心裏不沉着，動作忙亂"的意義，但語義側重點有別。"驚慌"強調因受到驚嚇而表現得不沉着，不知所措，如"發生火災時請不要驚慌失措"；"慌張"強調神態不安、動作忙亂，可以重疊為"慌慌張張"，如"一個男子慌慌張張地從後窗縱身跳了下去"。

▶ **驚惶** 辨析 都有"心裏不沉着，動作忙亂"的意義，但語義側重點和語體色

彩有別。"驚慌"強調因受到驚嚇而表現得不沉着，不知所措，通用於口語和書面語，如"當警報響起時，居民一片驚慌"；"驚惶"強調因受到驚嚇而惶恐不安，緊張而害怕，有書面語色彩，如"客戶以為發生了突發事件，驚惶不已"。

▶ 恐慌 辨析 見【恐慌】條。

攪和 jiǎohuo ❶動 混合；摻雜：把不明真相的人和別有用心的人都攪和在一起了。❷動 攪亂：別把好事攪和壞了。

▶ 摻和 辨析 見【摻和】條。

顯示 xiǎnshì 動 可以明顯地看出：顯示實力。

▶ 顯露 辨析 都有"隱藏的或未知的事物變得可見可知"的意義，但語法功能、使用頻率有別。"顯示"多要帶賓語，"顯露"經常可以不帶賓語。"顯示"是最常見的表達，使用頻率遠高於"顯露"。

▶ 顯現 辨析 都有"隱藏的或未知的事物變得可見可知"的意義，但語義側重點、語體色彩有別。"顯示"有時有主動顯露的意味，如"他在向我們顯示實力"；"顯現"強調能明顯地看見，沒有主動顯露的意味，有書面語色彩。

顯現 xiǎnxiàn 動 隱藏的或未知的事物變得可見可知；呈現：這項政策的作用已經開始顯現。

▶ 呈現 辨析 見【呈現】條。

▶ 顯露 辨析 都有"隱藏的或未知的事物變得可見可知"的意義，但語義側重點、語體色彩有別。"顯現"強調能明顯地看見，沒有主動顯示的意味，有書面語色彩；"顯露"有時有主動顯示的意味，如"顯露迷人身姿"。

▶ 顯示 辨析 見【顯示】條。

顯露 xiǎnlù 動 原來看不見的變成看得見的；現出：顯露出玲瓏的曲線／

香港聖誕氣氛逐漸顯露／顯露出強勁實力。

▶ 表露 辨析 見【表露】條。

▶ 顯示 辨析 見【顯示】條。

▶ 顯現 辨析 見【顯現】條。

蠱惑 gǔhuò 動 毒害，迷惑，使人心志迷亂：蠱惑人心。

▶ 惑亂 辨析 都有"使人迷亂"的意義，但語義側重點和語義強度有別。"蠱惑"側重指迷惑的同時受到毒害，語義較重；"惑亂"側重指迷惑後混亂，毒害的意義相對較輕。

▶ 迷惑 辨析 見【迷惑】條。

體系 tǐxì 名 具有內在邏輯關係的若干事物或思想意識相互聯繫而構成的整體：我國的汽車工業要形成獨立的製造、銷售和維修體系，以適應工業現代化的需要。

▶ 系統 辨析 都有"具有內在邏輯關係的各個部分所構成的整體"的意義，但語義側重點、使用範圍和詞性有別。"體系"強調各個部分或要素之間的內在一致性，不相互矛盾，多用於表示各種學術理論和派別等，如"要完善社會保險體系"；"系統"強調各個部分之間的協調和有次序，多用於表示某種組織機構，如"發動機供油系統"。"體系"只用作名詞；"系統"除用作名詞外，還可用作形容詞，表示有條理的，如"系統學習""系統研究"。

體味 tǐwèi 動 細心體會：反覆體味。

▶ 領會 辨析 都有"通過思考或從事某種活動而有所感受和理解"的意義，但語義側重點和適用對象有別。"體味"側重於仔細玩味、反覆琢磨，如"細微之處，讓人體味到商家的用心良苦"；"領會"側重於對事物內在含義的理解和領悟，如"要認真學習、深刻領會講話精神"。"體味"的對象多為語言文字中包含的意味及人的情趣等；"領會"的對象多為精神、意圖、含義、心情、道理。

▶ **體會** 辨析 見【體會】條。

體例 tǐlì 图 著作的編寫樣式或組織形式：編寫體例。

▶ **格式** 辨析 都有"文字組織的規格樣式"的意義，但語義側重點和使用範圍有別。"體例"着重於著作編寫的形式或內容方面的規則，也指文章的組織形式，多用於著作、文章，如"該書內容全面，體例新穎"；"格式"着重於規定的要求、標準和式樣，多用於公文、書信、詩詞、應用文等，如"合約格式""公證書格式"。

體現 tǐxiàn ❶动 某種性質或現象通過具體事物顯現出來：無償獻血體現了他們的高尚品格。❷图 具體的表現：這是政府富民政策的深刻體現。

▶ **表現** 辨析 都有"通過具體事物顯現出來"和"通過具體事物顯現出來的"的意義，但語義側重點和褒貶色彩有別。"體現"着重指事理、性質、現象、精神、特點等在某一事物上具體顯現出來，如"他們助人為樂，體現了新一代的新風尚"；"表現"着重指人的思想、精神、行為、作風或事物的內在情況通過一定的形式顯現或表露出來，為眾人所知，如"他的畫作以表現軍事和歷史題材見長"。"體現"是中性詞；"表現"有時指故意顯示自己，帶貶義，如"他這個人就好表現自己"。

體會 tǐhuì ❶动 體察領會；通過思考或從事某種活動而對別的事情有所感受和理解：體會精神實質。❷图 心得；所體會到的內容：談點體會。

▶ **領會** 辨析 都有"通過思考或從事某種活動而有所感受和理解"的意義，但語義側重點、適用對象和詞性有別。"體會"側重於對事物內在精神的感受和受到的啟發；"領會"側重於對事物內在

含義的理解和領悟。"體會"的對象多為文件、指示、政策、決定等的思想內容以及他人所要表達的意思、感情、心理等；"領會"的對象多為精神、意圖、含義、心情、道理等。"體會"除用作動詞外，還能用作名詞，指"體會到的內容"；"領會"只能用作動詞。

▶ **體味** 辨析 都有"通過思考或從事某種活動而有所感受和理解"的意義，但語義側重點、適用對象和詞性有別。"體會"側重於對事物內在精神的感受和受到的啟發；"體味"側重於仔細玩味、反覆琢磨。"體會"的對象多為文件、指示、政策、決定等的思想內容以及他人所要表達的意思、感情、心理等；"體味"的對象多為語言文字中包含的意味及人的情趣等。"體會"除用作動詞外，還能用作名詞，指"體會到的內容"；"體味"只能用作動詞。

▶ **體驗** 辨析 都有"通過思考或從事某種活動而有所感受和理解"的意義，但語義側重點和適用對象有別。"體會"側重於對事物內在精神的感受和受到的啟發；"體驗"側重於親身經歷，對原本不熟悉的情況加以認識、熟悉，從而加深理解。"體會"的對象多為文件、指示、政策、決定等的思想內容以及他人所要表達的意思、感情、心理等；"體驗"的對象多為現實、生活等。

體諒 tǐliàng 动 設身處地考慮，予以寬恕或消除意見：這種時候，子女更應該體諒父母的心情。

▶ **諒解** 辨析 都有"予以寬恕或消除意見"的意義，但語義側重點、語義輕重和用法有別。"體諒"着重於"體"，設身處地，強調設身處地地考慮對方的處境，予以原諒或消除意見，如"要體諒公司困難，加薪要量力而為"；"諒解"着重於"解"，理解，強調瞭解事情的真實情況後理解對方，消除意見或誤會，語義較"體諒"輕，

如"我這一段工作很忙，沒時間和你聯繫，希望你能諒解。"。"體諒"能重疊成 ABAB 式使用；"諒解"不能重疊使用。

體驗 tǐyàn 動 親身經歷，通過實踐來領會：體驗生活。

▶ **體會** 辨析 見【體會】條。

變化 biànhuà 動 事物在形態上或本質上產生新的狀況：化學變化 / 生理變化。

▶ **變易** 辨析 都有"事物產生新的狀況"的意義，但語義側重點、搭配對象、語體色彩有別。"變化"常常指事物在具體的形態上或本質上產生新的狀況，搭配對象十分寬泛，如化學變化、氣候變化、條件發生變化，通用於口語和書面語；"變易"只是説事物出現了新的狀況，搭配對象範圍較窄，有強烈的書面語色彩。

變更 biàngēng 動 事物產生新的狀況：賽期因故變更 / 戶主變更。

▶ **變動** 辨析 見【變動】條。

變易 biànyì 動 事物產生新的狀況：審美變易。

▶ **變化** 辨析 見【變化】條。

變革 biàngé 動 改變事物的本質（多指社會制度而言）：巨大的社會變革。

▶ **改革** 辨析 見【改革】條。

▶ **革新** 辨析 都有"和原來的不同；事物產生新的狀況"的意義，但語義側重點、搭配對象有別。"變革"強調改變事物的本質（多指社會制度而言），偏重強調發生巨大的變化，常見搭配有"巨大的社會變革""新軍事變革"；"革新"偏重指革除舊的，創造新的，強調有新變化、新氣象。常見搭配有"技術革新""科研革新""材料革新""教育革新"。

變動 biàndòng 動 改換、使產生變化：人事變動 / 股權變動 / 有幾處文字變動。

▶ **變更** 辨析 都有"事物產生新的狀況"的意義，但語義側重點、搭配對象有別。"變動"強調發生變化、改動，常見搭配如"人事變動""匯率變動"；"變更"強調有改換，有時有輪流更換的含義，常見搭配如"產權變更""航線變更""日期變更"。

▶ **改動** 辨析 見【改動】條。

二十四畫

驟然 zhòurán 副 突然，忽然：驟然下降。

▶ **忽然** 辨析 見【忽然】條。

▶ **突然** 辨析 見【突然】條。

靈巧 língqiǎo 形 人的動作等快速而準確：她靈巧地一轉身，躲過了對手的攔截。

▶ **靈活** 辨析 都有"快速，不呆板"的意義，但語義側重點和概括範圍有別。"靈巧"側重人的動作和機器不呆笨、精巧；"靈活"側重於人的頭腦思想不僵化。"靈活"還有"隨機應變、不拘泥成規"的含義，"靈巧"沒有這種含義。

▶ **輕巧** 辨析 都有"形容動作快捷"的意義，但語義側重點有別。"靈巧"強調人的動作不笨拙，如"他的手很靈巧"；"輕巧"側重很容易就完成，如"不要説得這麼輕巧，你真的能做出來我就服你"。

靈活 línghuó 形 表示敏捷，反應快，活潑不死板：她有一雙靈活的大眼睛。

▶ **機智** 辨析 見【機智】條。

▶ **靈敏** 辨析 都有"動作敏捷快速"的意義，但語義側重點有別。"靈活"重在強調動作敏捷、反應快，多用於人和動物的感覺、反應和儀器的性能；"靈活"側重於表現人的思想不僵化，善變通。

▶ 靈巧 〔辨析〕 見【靈巧】條。

靈敏 língmǐn 〔形〕 對外部刺激敏感，反應快：這種新的測震儀非常靈敏。

▶ 靈活 〔辨析〕 見【靈活】條。

▶ 敏捷 〔辨析〕 都有"反應快"的意義，但語義側重點有別。"靈敏"表示反應迅速，多用於人和動物的感覺、反應和儀器的性能；"敏捷"指生物的行動或思維比較迅速。如一般常説"身手敏捷""思維敏捷"，而不説"身手靈敏""思維靈敏"。

齷齪 wòchuò 〔形〕❶ 不乾淨：衣領齷齪。❷ 比喻人的品質卑劣：齷齪下流。

▶ 骯髒 〔辨析〕 見【骯髒】條。

囑咐 zhǔfu 〔動〕 仔細告訴對方該如何做（多用於對晚輩或下級）：千叮嚀萬囑咐。

▶ 吩咐 〔辨析〕 見【吩咐】條。

羈押 jīyā 〔動〕 把被逮捕的人在規定的時間內暫時押起來：羈押要犯。

▶ 拘押 〔辨析〕 見【拘押】條。

讓步 ràngbù 〔動〕 在爭執中放棄自己的意見、利益或降低原有的要求：如果貴方肯合作下去，價格上我方可以讓步。

▶ 退讓 〔辨析〕 都有"爭執時放棄自己的意見、利益或降低原有的要求"的意義，但語義側重點和用法有別。"讓步"強調不再堅持原有的要求，而讓對方得利，如"她為了適應對方做出過不少犧牲和讓步"；"退讓"強調自己主動向後退，把利益讓給對方，如"沉默是一種韌性而不是退讓"。"讓步"中間可插入其他詞使用，如"在這一點上他們已經讓了步"；"退讓"沒有這種用法。"退讓"還表示"向

後退、讓路"的意思，在這一意義上二者不相同。

▶ 妥協 〔辨析〕 都有"爭執時放棄自己的意見、利益或降低原有的要求"的意義，但語義側重點、使用範圍、語義輕重和使用方法有別。"讓步"強調不再堅持原有的要求，而讓對方得利，如"在價格問題上我們可以讓步"；"妥協"強調放棄原有的要求，以避免或解決衝突、爭執，如"在重大原則問題上，沒有任何妥協的可能"。"讓步"多用於利益、要求方面的爭執；"妥協"多用於政治、思想方面的爭執，也可用於一般利益的爭執，語義較"讓步"重。"讓步"中間可插入其他詞使用，如"你就讓一步嘛"；"妥協"沒有這種用法。

鷹犬 yīngquǎn 〔名〕 打獵用的鷹和狗。比喻幫着別人做壞事的人。

▶ 幫兇 〔辨析〕 見【幫兇】條。

二十五畫

觀念 guānniàn ❶〔名〕 思想意識：傳統觀念。❷〔名〕 客觀事物的外部特徵在人腦中留下的概括形象。

▶ 觀點 〔辨析〕 見【觀點】條。

觀看 guānkàn 〔動〕 特意地看，參觀，觀察：觀看足球比賽。

▶ 觀望 〔辨析〕 都有"看"的意義，但語義側重點和適用對象有別。"觀看"着重指特意去看，有時含有欣賞的意味，距離比較近，多用於具體事物；"觀望"着重指從遠處仔細地看，想從中看出些甚麼，還可用於抽象事物。"徘徊觀望"中的"觀望"不能換用"觀看"。

觀望 guānwàng ❶動 懷着猶豫的心情觀看形勢的發展變化（再決定行止）：先不要貿然行事，先觀望觀望。❷動 觀看，張望：四下觀望。

▶ **觀看** 辨析 見【觀看】條。

▶ **旁觀** 辨析 都有"站在第三者的立場上觀看事態的發展"的意義，但語義側重點有別。"觀望"強調懷有猶豫的心情，無法決定自己的行動；"旁觀"強調站在局外，從旁觀看，與己無關。如"袖手旁觀"中的"旁觀"不能換用"觀望"。"徘徊觀望"中的"觀望"不能換用"旁觀"。

▶ **張望** 辨析 都有"觀看"的意義，但語義側重點有別。"觀望"着重指從遠處仔細地看，想從中看出些甚麼；"張望"着重指警覺地向四周或遠處看，以便打探或搜尋些甚麼。如"我發現媽媽正站在大操場上往這邊張望"中的"張望"不宜換用"觀望"。

觀察 guānchá 動 仔細察看（事物或現象）：觀察地形。

▶ **察看** 辨析 都有"有目的地仔細看"的意義，但語義側重點和適用對象有別。"觀察"含有一邊看、一邊估量分析的意味，既可用於具體事物，也可用於情況、問題、現象、生活等抽象事物，口語和書面語中都可以用，能組成"觀察所""觀察員"等詞語；"察看"強調為瞭解情況而細看，一般用於具體事物，具有一定的書面語色彩。如可以說"留校察看"，但不説"留校觀察"。

觀賞 guānshǎng 動 觀看欣賞：觀賞夜景。

▶ **欣賞** 辨析 都有"享受美好的事物，領略其中的趣味"的意義，但語義側重點和適用對象有別。"觀賞"只能通過視覺享受美好的事物，對象只能是看得見的事物；"欣賞"除了指視覺享受美好的事物外，還可以指聽覺的、味覺的、嗅覺的或精神上的享受，對象不限於看得見的事物。"欣賞音樂"中的"欣賞"不能換用"觀賞"。在其他意義上二者不相同。

觀點 guāndiǎn 名 觀察事物時所處的位置或採取的態度：學術觀點。

▶ **觀念** 辨析 都有"對某種事物或某個問題的看法"的意義，但語義側重點和適用對象有別。"觀點"着重指從某一立場或角度出發看問題，可構成"政治觀點、科學觀點"等詞語；"觀念"着重指頭腦裏形成的整體的思想意識、總的看法，可構成"生活觀念、法制觀念"等詞語。

▶ **看法** 辨析 都有"對事物的一種認識"的意義，但語義側重點和適用場合有別。"觀點"着重指人從一定的立足點出發得出的一種正式的、穩定的認識，多用於比較正式或鄭重的場合；"看法"指人們對事物的某種具體認識，多用於一般場合。如"談兩點看法"中的"看法"不能換用"觀點"。

蠻橫 mánhèng 形 態度野蠻強橫，不講道理：他撞了人不但不道歉，態度還挺蠻橫。

▶ **霸道** 辨析 都有"強橫，不講理"的意義，但語體色彩、語義側重點有別。"蠻橫"通用於口語和書面語，多用於書面語，側重指人的態度野蠻、粗暴而又強橫，不講道理；"霸道"多用於口語，指仗着權勢或武力欺負別人，不講道理，如"橫行霸道，魚肉鄉里"。

▶ **強橫** 辨析 都有"粗暴、兇惡，不講道理"的意義，但語義側重點和語體色彩有別。"蠻橫"強調態度野蠻、粗暴，通用於口語和書面語；"強橫"強調兇惡，有書面語色彩。

▶ **專橫** 辨析 見【專橫】條。

二十六畫以上

矚目 zhǔmù 動 注視，注目：萬眾矚目。

▶ 注目 辨析 見【注目】條。

讚美 zànměi 動 用語言或文藝形式表達對美好事物的稱許：讚美祖國。

▶ 讚賞 辨析 都有"用言語等對人、事物的優點或突出方面稱讚"的意義，但語義側重點、語法功能和搭配對象有別。"讚美"強調認為美好而稱讚其優點或突出方面，不受程度副詞修飾，可用於人和具體事物，也可用於抽象事物；"讚賞"側重指賞識、欣賞，可以受程度副詞修飾，多用於人的精神、行為、技藝、才能、作品等方面。如"很讚賞他的才能"中的"讚賞"不宜換用"讚美"。

▶ 歌頌 辨析 見【歌頌】條。

▶ 謳歌 辨析 見【謳歌】條。

▶ 誇獎 辨析 見【誇獎】條。

讚揚 zànyáng 動 稱讚並加以表揚：他的精神受到人們的讚揚。

▶ 褒揚 辨析 見【褒揚】條。

▶ 表揚 辨析 見【表揚】條。

▶ 謳歌 辨析 見【謳歌】條。

讚頌 zànsòng 動 稱讚頌揚：讚頌他助人為樂的精神。

▶ 歌頌 辨析 見【歌頌】條。

讚歎 zàntàn 動 感慨地稱讚：讚歎不已。

▶ 讚賞 辨析 都有"用言語表達對人或事物的喜愛、稱讚"的意義，但語義側重點、語義強度、適用對象和語體色彩有別。"讚歎"含有為之感慨、歎服而嘖嘖稱羨的意味，語義較重，對象常是不尋常、了不起的事物，多用於書面語；"讚賞"含有賞識、欣賞的意味，對象常是人、高超的技藝、文藝作品等，口語和書面語都可以用。如"老人家情不自禁地觸摸蠟像的手、頭髮等處，連連讚歎"中的"讚歎"不宜換用"讚賞"。

讚賞 zànshǎng 動 讚美，賞識：對他們堅持合作的立場表示讚賞。

▶ 讚美 辨析 見【讚美】條。

▶ 讚歎 辨析 見【讚歎】條。

釅 yàn 形 (汁液) 濃；味厚：釅釅的茶水。

▶ 濃 辨析 見【濃】條。

豔羨 yànxiàn 動 看見別人有某種長處、好處或有利條件而非常希望自己也有：令人豔羨／豔羨的目光。

▶ 羨慕 辨析 都有"看見別人有某種長處、好處或有利條件而希望自己也有"的意義，但語義輕重、語體色彩、使用頻率有別。"豔羨"語義比"羨慕"重，有較強的書面語色彩；"羨慕"是最常見的表達，使用於頻率遠高於"豔羨"。

商務印書館  讀者回饋咭

請詳細填寫下列各項資料，傳真至2565 1113，以便寄上本館門市優惠券，憑券前往商務印書館本港各大門市購書，可獲折扣優惠。

所購本館出版之書籍：_____

購書地點：_____ 姓名：_____

通訊地址：_____

電話：_____ 傳真：_____

電郵：_____

您是否想透過電郵或傳真收到商務新書資訊？ 1□是 2□否

性別：1□男 2□女

出生年份：_____年

學歷： 1□小學或以下 2□中學 3□預科 4□大專 5□研究院

每月家庭總收入：1□HK$6,000以下 2□HK$6,000-9,999
3□HK$10,000-14,999 4□HK$15,000-24,999
5□HK$25,000-34,999 6□HK$35,000或以上

子女人數（只適用於有子女人士） 1□1-2個 2□3-4個 3□5個以上

子女年齡（可多於一個選擇） 1□12歲以下 2□12-17歲 3□18歲以上

職業： 1□僱主 2□經理級 3□專業人士 4□白領 5□藍領 6□教師 7□學生
8□主婦 9□其他

最多前往的書店：_____

每月往書店次數：1□1次或以下 2□2-4次 3□5-7次 4□8次或以上

每月購書量：1□1本或以下 2□2-4本 3□5-7本 2□8本或以上

每月購書消費：1□HK$50以下 2□HK$50-199 3□HK$200-499 4□HK$500-999
5□HK$1,000或以上

您從哪裏得知本書：1□書店 2□報章或雜誌廣告 3□電台 4□電視 5□書評/書介
6□親友介紹 7□商務文化網站 8□其他(請註明：_____)

您對本書內容的意見：_____

_____

您有否進行過網上購書？ 1□有 2□否

您有否瀏覽過商務出版網(網址：http://www.commercialpress.com.hk)？1□有 2□否

您希望本公司能加強出版的書籍：1□辭書 2□外語書籍 3□文學/語言 4□歷史文化
5□自然科學 6□社會科學 7□醫學衛生 8□財經書籍 9□管理書籍
10□兒童書籍 11□流行書 12□其他(請註明：_____)

根據個人資料「私隱」條例，讀者有權查閱及更改其個人資料。讀者如須查閱或更改其個人資料，請來函本館，信封上請註明「讀者回饋咭-更改個人資料」

香港筲箕灣
耀興道3號
東滙廣場8樓
商務印書館（香港）有限公司
顧客服務部收